POMNIK CESARZOWEJ ACHAI

fabryka słów®
WYDAWNICTWO

ANDRZEJ
ZIEMIAŃSKI

POMNIK CESARZOWEJ ACHAI

TOM V

Ilustracje
Dominik Broniek

fabryka słów®

Lublin 2016

Cykl Achaja

1. Achaja – tom 1
2. Achaja – tom 2
3. Achaja – tom 3
4. Pomnik cesarzowej Achai – tom 1
5. Pomnik cesarzowej Achai – tom 2
6. Pomnik cesarzowej Achai – tom 3
7. Pomnik cesarzowej Achai – tom 4
8. Pomnik cesarzowej Achai – tom 5

Rozdział pierwszy

Foe z najwyższym trudem dźwignęła się z klęczek. Otarła usta rękawem i pół zgięta, pół na czworakach dotarła do swojej koleżanki. Morskie fale, które rzucały barką to w lewo, to w prawo, sprawiały, że wszystkie dziewczyny chorowały. Twarze niezbyt przytomnych żołnierzy przybierały barwy od bladosinej po zielonkawą z różnymi odcieniami pomiędzy.

Wszystkie były weterankami. Choć nigdy nie walczyły razem. Pochodziły z oddziałów pokonanych i rozbitych gdzieś daleko, na przeróżnych zapomnianych rubieżach cesarstwa. Znały tylko prowincjonalne garnizony, prowizoryczne obozy i wojny, o których w macierzy nikt nigdy nawet nie słyszał. Znały tylko biedę, braki w zaopatrzeniu, głód, chłód, złe, zawodne uzbrojenie i co gorsza, złe dowodzenie. Siłą rzeczy nauczyły się więc kraść, rabować, lawirować w gąszczach regulaminów i robić wszystko, żeby jakimś cudem przetrwać. Nie było to łatwe. Każdy watażka na rubieżach za punkt honoru stawiał sobie pokonanie cesarskiego wojska i złupienie przygranicznych miasteczek. A jego żołnierze byli zawsze lepiej uzbrojeni, lepiej wyposażeni, no i siłą rzeczy lepiej wyszkoleni, ponieważ zagniewani z jakichś powodów na cesarstwo królowie i znaczniejsi książęta używali do walki profesjonalistów w prowadzeniu wojny. Teoretycznie nie było ich stać na utrzymywanie najemników. Ale potrafili się zapożyczyć i zorganizować choćby pojedynczą akcję. A wtedy niedozbrojone dziewczyny nie miały wielkich szans. Pogranicze jednak nie spędzało snu z powiek kolejnych władców cesarstwa na tyle, żeby przynajmniej posyłać tam wystarczającą ilość racji żywnościowych. Pieniądze szły na ważniejsze cele, jak na przykład szaleńcza i tragiczna wyprawa korpusu w dolinie Sait. A wysunięte rubieże? Jak wszędzie na nieważnych odcinkach królowały głód, bieda, dezercje, samobójstwa, brak morale, szczucie i obezwładniająca beznadzieja. Żołnierz to niepotrzebny nikomu szmaciarz, w dodatku nieudolny, bo kto chce, to sobie pas przygraniczny najeżdża. I tylko braku zasobności otaczających imperium władców należy zawdzięczać, że ich oddziały nie maszerują jeszcze na stolicę, nie napotykając prawie oporu.

W tym roku jednak było inaczej niż zwykle. Nadszedł taki dzień, w którym do zapomnianych przez Bogów i ludzi jednostek zaczęły przychodzić personalne rozkazy przeniesienia. Nikt nie wiedział, o co chodzi, bo takie rzeczy nigdy dotąd nie miały miejsca. Rekrut przybywał do wyznaczonej jednostki i tonął w niej do końca życia lub końca służby. Zależy, co przytrafiało się wcześniej. Z reguły to pierwsze, bo mało której udawało się przetrwać żywej przez dziesięć lat na wojnie. Rozkazy jednak przyszły i każda z żołnierzy rozpoczęła swoją podróż, której pierwszy etap kończył się na wyspie Tarpy. Sławetne miejsce, którego nazwę żołnierze od pokoleń przerabiały na „Tarapaty", wcale nie okazało się tak złowieszcze jak jego sława. Owszem, z weteranów utworzono nowe jednostki, męczono ćwiczeniami, a z powodu permanentnych braków w zaopatrzeniu panował głód. Ale nie było innych szykan. Z ćwiczeń serwowano głównie musztrę, broni dziewczynom nie rozdano i ani razu nie wysłano ich na poligon.

Potem, kiedy już wariowały z nudów, pod uzbrojoną eskortą, jak więźniów, załadowano je na barki i ruszyły w nieznane. Gdzie? Nikt nie raczył niczego wyjaśnić. Podobno dziwne istoty zza Gór Bogów przybyły do imperium i podpisano z nimi układy międzypaństwowe. Istoty żywiły się ludzkim mięsem, zatem cesarzowa, chcąc wkraść się w ich łaski oraz napełnić swój skarbiec, sprzedawała im niepotrzebnych, zapomnianych przez wszystkich żołnierzy. Takie przynajmniej plotki krążyły wśród okrętowanego wojska.

Foe nie wierzyła temu, co ludzie gadają. No ale z drugiej strony w każdej plotce tkwi ziarno prawdy. A jeśli obce istoty praktykowały na przykład niewolnictwo i weteranki zostaną po prostu sprzedane im na własność? Do czego będą używane? Wolała nie myśleć. Zresztą i warunków po temu nie było sprzyjających. W dzień po opuszczeniu portu pogoda się popsuła. Jeszcze nie dramatycznie, na tyle jednak, że większość dziewczyn opróżniała swoje żołądki, i to nie drogą przewidzianą przez naturę. Potem, niestety, było jeszcze gorzej. Rozszalała się burza. No, może niekoniecznie straszny sztorm, jeśli wierzyć żołnierzom eskorty, które pływały tu wiele razy. Jakiś taki szkwał połączony z przejściem frontu w powietrzu.

Foe nie bardzo rozumiała, co tamte mówiły. Z przerażeniem jednak patrzyła, jak urywa się lina łącząca ich barkę ze statkiem. Zgromadzone na pokładzie dziewczyny zaczęły krzyczeć, nawet sternik panikował. Statek, pchany siłą wiatru, oddalał się szybko. Barka, od momentu zerwania holu zdana na prąd morski, płynęła w zupełnie innym kierunku. Holownik w tych warunkach nie miał możliwości wykonania jakiegokolwiek manewru. One tym bardziej. Szybko stracili się z oczu w ciemnościach.

O świcie morze uspokoiło się trochę. To znaczy kołysało cały czas, ale przynajmniej woda nie wlewała się przez niskie burty. Kiedy następowała chwila, w której barka znajdowała się na szczycie fali, mogły się rozejrzeć. Niestety. W zasięgu wzroku nie pływało nic, co było dziełem rąk człowieka. Wbrew pozorom nie doznały szczególnego wstrząsu. Po nocy spędzonej na huśtaniu się w górę i w dół, prawdę powiedziawszy, nie były za bardzo przytomne. Większość gorączkowała, część nawet majaczyła. Nikt nie tknął głodowych racji kaszy jaglanej, której niewielki zapas przewozili. Za to w szybkim tempie ubywało im słodkiej wody.

Foe przytuliła się do śpiącej koleżanki, szukając odrobiny choćby iluzorycznego ciepła. Naan otworzyła oczy. Wcale nie spała.

– Co?

– Nic, nic. Tulę się.

– Strasznie dygoczesz, biedaku. Ale już niedługo.

Foe uśmiechnęła się w duchu. Jej wojskowa siostra nie należała do osób jasno patrzących w przyszłość. Przeciwnie. Była małym tchórzem i zwolenniczką poglądu, że jeśli może się nie udać, to na pewno się nie uda. Skąd więc u niej ta pewność siebie?

– Optymistka. – Foe przytuliła się mocniej, usiłując okryć je obie swoim cienkim, teraz jeszcze dodatkowo przemoczonym kocem.

– Nie, to nie optymizm. Jutro, pojutrze dotrzemy na stały ląd. To wiem, a nie tylko mam nadzieję.

– Gorączkujesz. Jakbyś zwymiotowała, tobyś poczuła ulgę.

– Nie mam czym wymiotować.

– To napij się wody.

Naan szturchnęła siostrę porozumiewawczo.

– Nie martw się. Niedługo ktoś zawoła, że widzi ląd.

Biedaczka najwyraźniej zaczęła już majaczyć. Nawiasem mówiąc, nie pierwszy raz jej się to zdarzało. Naan popadała czasem w dziwne stany, nie mogąc odróżnić omamów od rzeczywistości. Raz, podczas zasadzki, kiedy walczyły w zrujnowanym miasteczku, jej głupia siostra uznała, że na wpół zawalony budynek po drugiej stronie ulicy to wieża ze spiżu. Zachwycona tym, co w jej mniemaniu widzi, nie bacząc na nic, wyszła prosto pod lufy wroga i brnęła gdzieś w stronę mirażu. Na szczęście Foe skoczyła do przodu, ściągając ją z ulicy. Bogowie, co za wariactwo. Każde dziecko wie, że nie da się zbudować wieży ze spiżu. Metal ma przecież to do siebie, że nie połączysz dwóch sztab żadnymi gwoździami. A związać sznurkiem? Toż pierwszy wiatr porozrywa sznurki i wszystko runie. Szaleńcze wizje pojawiały się u Naan od czasu do czasu. Nie było na to reguły. Raz ich oddział zatrzymał się na nocny biwak pod wielką skałą. Prawie pionowa ściana wznosiła się na wysokość jakichś pięćdziesięciu ludzi ustawionych jeden na drugim i mniej więcej ze środka tej wysokości z kamienia tryskała struga wody, tworząc malowniczy wodospad. Piękne miejsce, ale żadna z żołnierzy nie zachwycała się widokami. Ważniejsze było, czy gdzieś w pobliżu rosły drzewa pokryte jadalną korą. Kwestia znalezienia czegoś, czym dałoby się choć na chwilę oszukać głód, stała się absolutnym priorytetem. Nie dla Naan jednak. W środku nocy zerwała się ze swojego legowiska z wrzaskiem, że to nie u podnóża góry się zatrzymały, tylko pod wielką tamą. I z drugiej strony jest olbrzymie jezioro. Wariatka! Nie da się zbudować tamy, która ma wysokość pięćdziesięciu ustawionych jeden na drugim ludzi. Nie da się jej zbudować ze skały. A ta durna swoim krzykiem pobudziła oficerów, zaalarmowała warty, uczyniła zamieszanie. Ktoś nawet zaczął twierdzić, że dziewczyna udaje wariatkę, bo chce, żeby ją zwolniono ze służby. Co za pomysł! Przecież wiadomo było, że nikogo nie zwolnią. Wariatów albo tych, którzy zwariowali już w trakcie jakiejś kampanii, wysyłało się po prostu na pierwszą linię i wróg szybko załatwiał problem. Definitywnie.

Foe westchnęła ciężko. Szare, nieprzyjazne morze falujące wokół przytłaczało swoją grozą. Beznadziejna sytuacja, w jakiej się znaleźli, działała na umysły. Nic dziwnego, że wszystkim odbija. Nic dziwnego, że szczególnie podatna Naan dostała zwidów.

– Troszkę cieplej? – zapytała Foe, przytulając się mocniej do swojej wojskowej siostry.

– Trochę. Dzięki.

Leżały bez słowa, czując lekką ulgę, kiedy morze uspokajało się coraz bardziej. Mniej więcej w południe fale przestały być uciążliwe. Dziewczyny mogły nawet zasnąć. Wszystko było dobre, co odsuwało myśl o powolnym konaniu z głodu albo, co gorsza, z pragnienia na środku morza. Sen czy omdlenie, wszystko jedno. Byle przyszło i zabrało świadomość.

Foe, skostniała, budziła się wielokrotnie. Czasami miała wrażenie, że umiera. Że to już koniec, że można się poddać, a może nawet przyspieszyć nieuchronne. Gdyby tak wskoczyć do ciemnej wody? Zamiast wielu dni raptem kilka modlitw umierania. Może to byłoby lepsze? Powstrzymywała ją jedynie wiedza na temat tego, jak straszna jest śmierć przez utonięcie. Szeregowa Foe niejedno już przeżyła i niejedno widziała. I, niestety, miała świadomość, że to nie tak, jak się każdemu wydaje. Że tonięcie to nie parę rozpaczliwych szarpnięć, zachłyśnięcie i szybki koniec. Nie, nie, nic z tych rzeczy. Kiedy już płuca wypełnią się wodą, umysł topielca wcale nie zamiera. I jeszcze bardzo długo jest świadomy okropnych i bolesnych procesów, które zachodzą w ciele.

Na szczęście Naan była bardzo czujna. Kiedy tylko robiło się źle na duszy, obejmowała mocno siostrę i szeptała do ucha:

– Już, już niedługo. Zaraz gdzieś dopłyniemy.

Akurat! No... niemniej kolejną noc udało się jakoś przetrwać. Rano jednak wcale nie było lepiej. Odrętwiała Foe z trudem dotrwała do południa. Potem się poddała. Jedyną myślą, która ją opanowała, było: jak zabrać dowodzącej barką podoficer jej pistolet i strzelić sobie w usta. Musiała nawet powiedzieć to na głos, bo Naan ścisnęła Foe mocniej.

– Nie, nic z tych rzeczy. Nawet gdybyś zdobyła broń, to i tak proch jest wilgotny. Nie wystrzeli.

– W lufie, pod kulą, jest suchy, trzeba tylko podsypać świeżego na panewkę...

– Nie. Wszystko jest wilgotne. I zostaw to w ogóle. Zaraz gdzieś dopłyniemy.

– Skąd wiesz?

– Od mojego przyjaciela z dzieciństwa. Znowu zaczął mnie odwiedzać.

– Tutaj?!

– Tak. Teraz przychodzi we śnie.

– No to, kurwa, po prostu on ci się śni, idiotko!

– Jest różnica między snem a tym, że ktoś przychodzi przez sen.

– Tak? Doprawdy?

Foe opadła zrezygnowana na ich prowizoryczne posłanie. Pamiętała, jak Naan, ilekroć ich wspomnienia dotyczyły dzieciństwa, opowiadała o swoim cichym przyjacielu z lasu. Podobno kiedy wychodziła wieczorem za wieś, pod samą linię drzew, czekał tam na nią sympatyczny chłopak. Poza wspólnymi zabawami, opowiadaniem sobie różnych ciekawych historii chłopak usiłował dziewczynie pomóc. Udzielał jej rad. Czasami mówił, co nastąpi, czego powinna się spodziewać. Jednak mieszkaniec lasu wydawał się dziwny. Po pierwsze poza Naan nikt go nigdy nie widział. Ba, nikt nie słyszał o kimkolwiek kryjącym się w chaszczach za chałupami. A po drugie chłopak nigdy nie dawał się dotknąć. Nigdy nie grał w berka, w łapki, w rzucanego. Nigdy nie podał dziewczynie ręki. Ale jego słowa zawsze się sprawdzały, a rady często okazywały się bezcenne.

Niestety, kiedy Naan osiągnęła dojrzałość, chłopak zniknął. I tak też traktowała go Foe. Jako wyraz zaćmienia umysłu dorastającej dziewczyny. A opowieści o nim jako fantazje dziecka, któremu w życiu się nie wiodło. No a teraz, pod wpływem ekstremalnych warunków, chłopak najwyraźniej powrócił. A żeby nikt nie zarzucił Naan, że nie ma chłopców, którzy pojawiają się znienacka na barce zagubionej pośrodku morza, przychodził po prostu we śnie. No i dobrze. Sprawdzić nie ma jak i leczyć nie trzeba, bo przecież obie umrą.

– Nie wierzysz mi? – zapytała Naan poważnie.

– Ależ wierzę. – Foe wzruszyła ramionami. – Czy co tam chcesz usłyszeć.

– Wiem, że to trochę dziwne. Ale ja go znam od dziecka.

– Tylko zazdrościć. I marudzić, że też mnie się nie chce nic przyśnić poza złą babą i utopcami.

– Uwierz mi. On mi wszystko wyjaśnił.

– Co wyjaśnił?

– Mówił na przykład, że barek przecież nie holuje się przez morze samym środkiem. Zawsze w miarę możliwości niedaleko od brzegu.

– Żadnego brzegu nie widziałam po drodze.

– Oj, on musi być za horyzontem. Żeby nie kusić żadnej dezerterki do popróbowania szczęścia i rzucenia się wpław na hazard.

– To bzdura!

– Uwierz mi, że nie.

– Uwierzę we wszystko, jeśli tylko ten chłopak podpowie, jak się zabić bez bólu. I szybko.

Naan mocniej przygarnęła koleżankę.

– Już niedługo – powiedziała. – Do brzegu pcha nas silny prąd.

– I stado morskich koników.

– Nie. Dzisiaj dobijemy...

– Do portu w Negger Bank?

– Nie, do... – Naan nie zdążyła powiedzieć gdzie, bo przerwał jej głośny okrzyk:

– Kipiel! Kipiel przed nami!

Kilka osób, które miały jeszcze w sobie jakieś resztki sił, podniosło się niemrawo.

– Kipiel! Woda się kotłuje!

Nawet dowodząca nimi ruda sierżant podeszła do dziobu.

– Co wy tam widzicie? – I choć słońce nie było widoczne zza chmur, usiłowała osłonić sobie oczy dłonią. – Mgła tylko.

– Ja córka sieciarza. – Z boku podeszła jakaś szeregowa. – Przy morzu chowana. Wodę znam. To nie jest zwykła mgła.

– A co?

– To ziemia! Zbliżamy się do plaży!

– Ziemia! Ziemia! – Dziewczyny zaczęły krzyczeć jedna przez drugą. – Hurra! Ziemia!

Foe zaskoczona spojrzała na swoją siostrę. Twarz Naan jednak wcale nie wyrażała triumfu. Dziewczyna wydawała się raczej zasępiona.

– Co?

– Teraz się cieszą. Ale kiedy już staniemy na piasku... to wcale nie będzie im tak wesoło.

Foe aż podskoczyła.

– Czemu?

– Bo to wcale nie jest dobra ziemia.

Tomaszewski przysypiał na bocznym siedzeniu w wietrznej kabinie wiatrakowca. Nie miał już sił. Podróż nad morzem zdawała się trwać w nieskończoność. No tak, ale wcześniej porwał ich jakiś przedziwny prąd strumieniowy, który o mało nie rozwalił maszyny. Teraz Ina, żeby nie zużywać za dużo paliwa, szybowała z różnymi wiatrami, wynajdując swoim niesamowitym instynktem te sprzyjające. Naprawdę była pilotem natchnionym. Zdawało się, że potrafi wszystko i że żywioły będą jej posłuszne, łącznie z tą, jak mówiła, nieokiełznaną maszyną, którą los powierzył jej rękom. Ina potrafiła współgrać z naturą, nawet mając za plecami ten okropny „generator mocy". I współgrała prawie przez całą niekończącą się podróż, oprócz jednego jedynego razu.

– Krzysiek – powiedziała, kiedy zobaczyła na horyzoncie kondensującą się szarość. – Mógłbyś zatankować?

– Aż tak źle?

Mieli jeszcze prawie połowę pełnych zbiorników. Tomaszewski liczył na to, że uda się przelać benzynę z kanistrów podczas jakiegoś międzylądowania, nie wiedział, gdzieś na malutkiej wysepce, a może nawet dzikiej plaży. Oczywiście zatankowanie wiatrakowca w locie było możliwe, ale skrajnie niebezpieczne. W końcu silnik siłą rzeczy musiał pracować przez cały czas.

– Burza przed nami. A omijanie jej zajmie Bogowie wiedzą ile.

– Latacie w burzy?

– Nie. Nasze aparaty błyskawicznie ulegają zniszczeniu.

Tomaszewski, przypinając się pasem bezpieczeństwa, domyślił się czegoś.

– A ty latałaś? – zadał pytanie raz jeszcze, trochę je modyfikując.

– Raz.

– I?

– Nabawiłam się strachu przed burzą. Muszę go pokonać.

– Jezu... Jak by ci powiedzieć? Ta maszyna nie jest pancerna, jak ci się może wydawać.

– Nie bój się. Przecież nie wlecę w sam środek.

Tomaszewski nie wiedział, jak powinien się zachować. Wydać dziewczynie rozkaz lotu inną drogą? A jeśli na oblot tego obszaru nie wystarczy paliwa? A jeśli Ina przewiduje tam niesprzyjające wiatry? Nie miał pojęcia o lataniu, a ona zdawała się do tego urodzona. Do tej pory we wszystkim miała rację. Nie miał więc pojęcia, co zrobić.

Powierzając życie parcianemu pasowi bezpieczeństwa i własnej zręczności, przelewał paliwo do zbiorników z kolejnych kanistrów. Puste wyrzucał, obserwując, jak szybują w dół aż do powierzchni morza. Nie lecieli przesadnie wysoko.

Kiedy wrócił na swój fotel, niebo zaczynało już przybierać siną barwę. Chwilę później dało się odczuć pierwsze podmuchy wiatru.

– Jesteś pewna? – zapytał.

– Zaufaj mi. – W jej głosie zabrzmiała taka pewność, że nie oponował.

I żałował tego przez najbliższą godzinę. Wiatr rzucał nimi na wszystkie strony, deszcz zalewał szyby, a pilotka z obcej cywilizacji dopiero teraz dowiadywała się, do czego tak naprawdę służą te wszystkie przyrządy do określania ich pozycji w przestrzeni. Służyły do zachowania życia.

Śmiała się, kiedy po upiornie długiej godzinie w oślepiającym znowu słońcu opuszczali strefę turbulencji.

– Dziękuję ci, Krzysiek! – krzyczała. – To było naprawdę świetne. To była jazda!

– Niech cię szlag trafi!

– I dziękuję ci, że zgodziłeś się zaryzykować ze mną tak strasznie. Ale naprawdę pozbyłam się strachu przed burzą.

– Jak... Zaraz... To mogłem się nie zgodzić?

– No przecież ty jesteś dowódcą. Mogłeś mi kazać ominąć ten obszar.

Zaczął kląć na czym świat stoi. Ta wredna mała pinda chciała się po prostu pozbyć lęków z dzieciństwa! I narażała ich, bo w przeciwieństwie do koszmaru, który kiedyś przeżyła, teraz miała odpowiednią maszynę, żeby rzucić wyzwanie żywiołowi. No żeby ją szlag trafił, żeby ją powykręcało!

Na szczęście dalsze wybuchy złości przerwał mu okrzyk:

– Brzeg!

Spojrzał w kierunku horyzontu, ale niczego nie dostrzegł. Nauczył się już jednak nie lekceważyć zmysłu obserwacji Iny. Cholera jedna wie jakie zjawiska rejestrowała dziewczyna, żeby móc stwierdzić istnienie stałego lądu we wskazanym kierunku. Wyjął ze schowka lornetkę, przyłożył do oczu i wyregulował ostrość. No, może, rzeczywiście... To mógł być ląd. Ale jakim cudem Ina dostrzegła go bez lornetki? Rozłożył na kolanach prowizoryczną mapę. Nie była zbyt dokładna, przypominała raczej szkic powstały z porównania dwóch różnych odwzorowań stworzonych według różnych szkół kartograficznych i w dodatku w różnych skalach. Po dłuższym czasie, kiedy już dotarli nad poszarpaną linię plaży, nie mógł określić miejsca, gdzie się znajdują.

– Leć w prawo.

– Tyle sama wiem – roześmiała się Ina. Tomaszewski nie miał pojęcia, skąd ona czerpała tyle energii po tak długim i wyczerpującym locie. – Ale jak długo jeszcze?

– Paliwa wystarczy jeszcze na dość długo.

– Dziękuję za precyzyjną i wyczerpującą odpowiedź. – W jej głosie ciągle pobrzmiewały nutki wesołości. – Zaraz zapadnie zmrok. I mamy do wyboru: albo jeszcze za szarości lądować na plaży, albo lecieć przez całą noc.

– W nocy też możemy lądować. Oświetlą nam pas.

– A jak ich zawiadomisz, nie mając radiostacji?

– Będę strzelał race. A poza tym, kiedy zaczniemy krążyć nad lotniskiem, to sam warkot silnika po ciemku sprawi, że zapalą ogniska.

Ina nie zamierzała dyskutować. Wiedziała z doświadczenia, że przewidywanie, co zrobi kto inny w danej sytuacji, jest raczej pozbawione sensu. A liczenie na to, że ktokolwiek zachowa się racjonalnie, i to zaskoczony w środku nocy, jest już zupełnym idiotyzmem. Nie miała pojęcia, że tę wiedzę posiedli również twórcy regulaminów i zamiast przewidywać ludzkie reakcje, opracowali po prostu odpowiednie procedury. Nie chciała jednak lądować teraz, bo po pierwsze bała się siadania na przygodnej plaży – nigdy nie wiadomo, na jaki rodzaj piasku się natrafi. A po drugie jeszcze większym niepokojem napawało ją spędzenie nocy w pobliżu Wielkiego Lasu, w którego gąszczu zaalarmowane warkotem silnika potwory mogły zaplanować niezłą zemstę za wcześniejsze działania Polaków. Za dużo się nasłuchała o tym, co tam się wcześniej wyrabiało.

Tomaszewski zagłębił się w swoich obliczeniach dotyczących kierunku lotu według kompasu, czasu i prędkości. Nie było to wiele warte, ponieważ nie potrafił uwzględnić siły wiatru, który spychał ich z kursu.

– Mam wrażenie, że jesteśmy już blisko – powiedział do interkomu.

– A nie rozpoznajesz żadnych punktów terenu?

– Wiesz, wszystko, czym dysponuję z tej okolicy, to własne szkice z drogi w tamtą stronę.

– Rozumiem. A wybrzeże bez punktów charakterystycznych.

– Właśnie. Ale jeśli tamto wzgórze – wskazał pokryty drzewami pagórek, a właściwie ledwie widoczne na wzniesieniu wierzchołki drzew – jest tym, które zaznaczyłem, to jesteśmy o rzut kamieniem.

– O co?

– O rzut kamieniem.

Ina się rozejrzała.

– Nie mam pojęcia, jak daleko potrafisz wyrzucić kamień, ale nie widzę niczego nawet na odległość strzału z procy!

– Oj, Inna. To taka przenośnia. Można nawet powiedzieć: o rzut beretem, to znaczy czapką.

– Nie wiem, po co komu tak nieprecyzyjne określenia. I to w przenośni jeszcze.

Tomaszewski tylko westchnął. Skupił się na terenie pod sobą, bo jeśli miał rację, to z mapy wynikało, że od bazy przy świątyni w lesie Banxi dzielił ich naprawdę niewielki dystans.

– Wypatruj świateł.

– Przecież pierwsza szarość dopiero. Po co ktoś miałby światła palić tak wcześnie?

– Na wieży lotniskowej musi się świecić czerwona lampa.

– Już przy pierwszej szarości?

– Nikt nie zwraca uwagi na to, kiedy będzie pierwsza szarość w danej strefie geograficznej. Lampę zapala się według regulaminu.

– Czyli nawet w południe?

– Regulamin uwzględnia położenie geograficzne lotniska.

– Aha. – Ina przyjęła to, acz niechętnie, do wiadomości. – No to nie wiem, jak z szarością i strefą, ale czerwone światło pali się tam. – Wyciągnęła rękę, żeby pokazać kierunek.

Tomaszewski wytężył wzrok, ale oczywiście niczego nie dostrzegł. Nawet kiedy pomógł sobie lornetką, dalej niczego nie widział.

– Masz omamy wzrokowe. To pewnie ze zmęczenia.

– Oj, no przecież samego światła oczywiście nie widać. Ale jest wyraźny poblask na tamtej małej chmurce! Myślałam, że to od jakiegoś pożaru lasu, ale skoro mówisz, że czerwona lampa...

Tomaszewski przeniósł lornetkę i wyostrzył obraz na odległej malutkiej chmurce. Nie widział niczego nienaturalnego.

– Muszę ci wierzyć na słowo.

– Naprawdę tego nie widzisz?

Ina, wiedząc już, że nie musi się liczyć z paliwem, przyspieszyła ostro. Wiatrakowiec w jej rękach sprawował się idealnie. Wzrósł hałas silnika, ale Tomaszewski nie czuł żadnych niepotrzebnych wibracji czy drgań. Podziwiał wyczucie dziewczyny. A po chwili dostrzegł nareszcie dowód na to, że w sprawie czerwonego światła również miała rację. Rozpoznał na dole charakterystyczne parowy, które tak bardzo dały mu się we znaki podczas rajdu do świątyni. Mógł już prowadzić Inę według jednoznacznych punktów orientacyjnych. Odblask na chmurze, która wisiała nad świątynią, był bardzo wyraźny. Po kilku minutach dostrzegli samą lampę na wysokim maszcie.

– Musisz zatoczyć krąg, zanim wylądujesz.

– To znaczy?

– Musimy pokazać, że jesteśmy swoi i że znamy procedury. Musisz oblecieć lotnisko dookoła cały czas w zasięgu wzroku.

– Aha. – Ina zrozumiała to po swojemu. – Musimy się pokazać dokładnie, bo inaczej nas zestrzelą.

– Gdyby była wojna, to miałabyś rację. Teraz po prostu wypełniamy punkt regulaminu.

Wiatrakowiec położył się w łagodnym wirażu. Na dole, w pobliżu zaimprowizowanego pasa startowego, pojawiło się kilka sylwetek. Przylot wiatrakowca sam w sobie był atrakcją na tym zadupiu, ale najwyraźniej ktoś zauważył numery boczne. Na wieść, że wraca zaginiona maszyna wysłana na daleki zwiad, pojawili się nawet oficerowie. Kontroler musiał już wiedzieć, że krążąca nad lotniskiem maszyna nie ma łączności radiowej. Ktoś wyszedł przed drzwi udającego kontrolę lotów małego baraku i wystrzelił białą rakietę.

– Strzelają do nas? – Ina spojrzała gwałtownie w tamtym kierunku.

– Nie. To rodzaj pozwolenia na przyziemienie.

Dziewczyna skinęła głową i zgrabnie ustawiła maszynę na osi pasa. Delikatnie poprowadziła ją w dół i mimo że było to pierwsze w jej życiu lądowanie tak ciężkim aparatem, leciutko dotknęła kołami gruntu. Zatrzymali się po kilkunastu metrach. Tomaszewski zaczął manipulować przy przełącznikach.

– Niemożliwe! – Siwecki pierwszy dobiegł do kabiny. – No niemożliwe! Krzysiek żywy i... – głos zamarł mu w gardle, kiedy zobaczył tylko dwie osoby. – Gdzie reszta?

– Straciłem ludzi. Wylądowaliśmy w samym środku bitwy.

Siwecki patrzył na niego bez słowa. Ale naprawdę wielkiego szoku doznał, gdy Ina zdjęła hełm i kilkoma potrząśnięciami głowy rozpuściła swoje długie włosy.

– Ożeż! To dziecko!

Tomaszewski spojrzał na Inę i wzdrygnął się teatralnie.

– Jezu Chryste! Ktoś zamienił mi pilota!

– To kobieta! – Lekarz nie mógł się otrząsnąć z bezbrzeżnego zdumienia.

– Nie no, a po czym poznajesz?

– Ale... – Siwecki nie potrafił oderwać wzroku od dziewczyny. – Skąd ją wytrzasnąłeś?

Tomaszewski rozłożył bezradnie ręce. A Ina uśmiechnęła się szeroko. Po polsku nie rozumiała ani słowa. No, może poza kilkoma podstawowymi zwrotami, których nauczył ją Krzysiek. Ponieważ jednak mężczyźni co chwila na nią zerkali, a ten na zewnątrz maszyny nawet pokazywał ją palcem, przez głowę przemknęła jej myśl, że być może tamci właśnie nią handlują.

– Wyjdźcie nareszcie z tej kabiny. – Siwecki zorientował się, że przetrzymuje ich w środku.

– O niczym innym nie marzę.

Okazało się jednak, że nie jest to takie proste. Piekielnie długie godziny lotu prawie w jednej pozycji sprawiły, że Tomaszewski ledwie mógł się wyprostować. Gdyby nie Siwecki, który podał mu ramię, pewnie upadłby na ziemię.

– Ale cię powyginało.

– Daj spokój. – Tomaszewski z zazdrością patrzył na Inę, która lekko wyskoczyła na zewnątrz. Zazdrość szybko zamieniła się w satysfakcję, kiedy dziewczyna potknęła się po kilku krokach i również o mało nie wylądowała na trawie. Stanęli obok siebie, usiłując wykonywać jak najbardziej oszczędne ruchy, żeby przyzwyczaić mięśnie do działania.

– No, opowiadaj! – denerwował się lekarz. – Co tam się stało?

– Jak mówiłem. Psiakrew! Kiedy lecisz, nic nie słyszysz. Nie dochodzi do ciebie żaden dźwięk z ziemi. Huk silnika po prostu łeb rozsadza, a wylądować trzeba, oceniając teren na oko.

– I co?

– No co co? Pilot wybrał piękną plażę nad jeziorkiem pośrodku lasu. Wylądował idealnie, a gdy wyłączył silnik, okazało się, że wokół strzelają, psiakrew, że wylądowaliśmy w środku jakiejś bitwy!

– O kurde balans! A nie widzieliście z góry walczących żołnierzy? Czyście się po prostu nie przyglądali?

– No żeby cię szlag trafił! A żołnierze podczas bitwy co robią? Stoją na polankach i w niebo patrzą? Jeśli walczą w lesie, to się kryją pod drzewami. W najgłębszym cieniu!

– Ja cię pieprzę! I co? I tamci zginęli tak od razu?

– Prawie od razu zginął pilot. A myśmy jeszcze tamtych trochę natłukli. Ale wystartować już nie dało rady.

– A ilu zabiliście?

– Matematyk się znalazł, kurde. Fyfnastu.

Tomaszewski skrzywił się na tamto wspomnienie. Za wiele razy już widział we śnie zdziwioną twarz rannego chłopca, którego zastrzelił w jeziorku. Pierdolony wbity do głowy regulamin, który mówił jasno: w bitwie nie wolno zostawiać za plecami uzbrojonych rannych żołnierzy wroga! A czy chłopak był uzbrojony? No, miał karabin. Boże, przecież stojąc po pas w wodzie, nie miał szans, żeby nabić to gówno! Tylko skąd Tomaszewski miałby wziąć czas, żeby przemyśleć sobie wszystko? Działał przez zaskoczenie, instynktownie, polegając na tym, co wbito mu do głowy. A poza tym... chłopak miał jeszcze bagnet.

Z drugiej strony wiatrakowca Ina podeszła do grupy cesarskich żołnierzy. Dziewczyny patrzyły na nią z dziką ciekawością. Nie były umundurowane ani galowo, ani na wyjście, ani do musztry. Wyglądały zdecydowanie luzacko, więc odważyła się zagadnąć.

– Cześć. – Nieśmiało skinęła im ręką.

– No cześć! – Dziewczyna, która opierała się o wielki skałkowy karabin, odpowiedziała jej uśmiechem. – Jesteś zza Wielkiego Lasu?

– Jeszcze dalej. Mój kraj leży za morzem.

Ledwie się rozumiały, tak bardzo różne były ich akcenty i wymowa.

– I tam u was wszyscy potrafią latać? – zapytała ta z karabinem.

– Nie, skąd. Nauczyłam się. – Ina wskazała latającą maszynę z metalu. – Jestem pilotem. Tyle tylko, że my używamy latawców.

Dziewczyny z pułku Kong chyba niewiele rozumiały. Patrzyły jednak uśmiechnięte na obcą. Ponieważ temat latania się wyczerpał, Ina postanowiła pochwalić się swoją znajomością świata i historii.

– A wiecie, że nasze armie już się kiedyś spotkały? Na Złych Ziemiach starliśmy się z wojskami cesarzowej Achai.

– O? – To rzeczywiście wywołało u żołnierzy żywszą reakcję. – I kto wygrał?

Szlag! Ina mogła przecież przewidzieć taki obrót sprawy i takie pytanie. A była na tyle inteligentna, żeby nie podawać swojej wersji wydarzeń, czyli tego, czego nauczono ją w szkole.

– Prawdę powiedziawszy, nie wiem. – Wzruszyła ramionami. – Przecież ta bitwa miała miejsce tysiąc lat temu.

Żołnierze zaczęły się śmiać. Wydawały się sympatyczne. Ale miały jeszcze jakąś cechę, która odróżniała je od wojska znanego Inie. Kogoś jej przypominały. Olśnienie przyszło szybko. Tak, tą różnicą była ich pewność siebie. I bardzo w tym czymś przypominały Krzyśka.

Generalnie, ludzie będący czyimiś poddanymi nie zachowywali się w ten sposób. To pan decydował o ich losie, nawet jeśli nie bezpośrednio. On stwarzał rzeczywistość, w której żyli, i od jego woli zależeli. Wielu poddanych wznosiło modły już nie do Bogów, ale do władcy: „Zmiłuj się nad nami, panie (królu, cesarzu, książę), daj lepszy los i powiedz, co robić. Jak żyć?". Te dziewczyny tutaj już nie. Tak jak Krzysiek. „Zrób sam. Nie wyszło? To wiń się sam!" To złota zasada, według której można dzielić ludzi na poddanych i wolnych. Nawet jeśli rzecz dotyczy wyłącznie stanu umysłu. Dziewczyny z kongijskiego pułku już dawno znalazły się po drugiej stronie. Widać walka czyni wolnym. A już na pewno walka zwycięska.

I nagle pochodząca z innego kraju Ina zrozumiała ważną rzecz. Cesarstwo stawało właśnie przed decydującym rozstrzygnięciem. Nie musiało się obawiać ani partyzantów Shen, których znała z opowieści Krzyśka, ani zagranicznych wrogów. Teraz musiało się zmierzyć ze stanem umysłów własnych obywateli. Polacy zza gór bowiem oprócz technologii i wiedzy przywieźli coś jeszcze. Coś niewidzialnego. Nienamacalnego. Takiego właśnie jak stan duszy ludzkiej.

Obcemu zawsze łatwiej coś takiego dostrzec. Zmiany w umysłach są tak powolne i niedostrzegalne, że miejscowy przegapi.

– Co? – Tomaszewski, który podszedł z boku, położył Inie rękę na ramieniu. – Jak ci się podoba cesarskie wojsko? Wiedziałaś, że tu służą same kobiety?

Zaprzeczyła ruchem głowy. Trudno się dziwić. Jej informacje na temat imperium pochodziły sprzed tysiąca lat, a i wtedy, krótko po objęciu władzy przez Achaję, w armii przeważały formacje tradycyjne dla Luan. Uwaga ta jednak bardzo zaciekawiła żołnierzy.

– Panie komandorze – zapytała ta z karabinem o długiej lufie – a w kraju, z którego ona pochodzi, też są dziewczyny w wojsku?

– Nie, kapralu – odparł Tomaszewski. – Sami mężczyźni. Za to pilotami są wyłącznie kobiety.

– Oni mają maszyny latające? Takie jak wasze?

– Nie takie. Bardziej przypominają latawce. W każdym razie zapewniam, bałabyś się wsiąść do czegoś takiego, żeby się nie rozpadło pod twoim ciężarem.

Dziewczyny zaczęły się śmiać. Kapral rzeczywiście nie należała do najchudszych.

– Aha, to dlatego ta tutaj jest taka mała i leciutka.

– I tak jest duża w porównaniu z innymi.

Ina nie komentowała i nie wtrącała się do rozmowy. Z pewnym zaskoczeniem obserwowała swobodę żołnierzy, które nie bały się niepytane odezwać do oficera. Dziewczyny usztywniły się dopiero na widok pułkownika Baranowskiego i towarzyszącego mu czarownika.

– Gratuluję awansu! – Tomaszewski od razu zauważył nowe naszywki eksmajora i zamiast regulaminowego salutu złapał go za ramiona.

Poklepali się po plecach i Baranowski cofnął się, umożliwiając przywitanie z Meredithem.

– Słyszałem już o śmierci pańskich ludzi. – Pułkownik wykonał zapraszający gest, wskazując barak, który pełnił teraz rolę kasyna. – Ale skąd w dziczy wytrzasnął pan zapasowego pilota?

– To wcale nie taka dzicz. – Tomaszewski cieszył się, że Ina nie rozumie po polsku. – Mają własne lotnictwo.

– Żartuje pan?

– Nie. Oczywiście nie są to czterosilnikowe bombowce, ale zasięg ich szybowców jest zupełnie nieprawdopodobny.

– I pilot szybowca opanował pierwszy raz w życiu widzianą maszynę? – Baranowski zasalutował Inie z wyraźnym podziwem. Odpowiedziała salutem. Oczywiście po swojemu. Słów może nie rozumiała, lecz wyczuwała niekłamany podziw wśród otaczających ją mężczyzn.

– Zresztą nie tylko oni dysponują lotnictwem.

– Słucham?

– Po drodze zestrzeliliśmy motoszybowiec tych Anglosasów zza oceanu.

– O Matko Boska! Wywołał pan wojnę, panie komandorze? Za to chyba grozi sąd polowy.

– Spokojnie, pilot raczej już nikomu niczego nie zamelduje.

– Ale sam incydent...

– No bardzo przepraszam. Tym samolotem była przenoszona broń biologiczna.

– Jaka?! – Siwecki nie mógł uwierzyć w to, co słyszy.

– Biologiczna. Przewozili w pojemnikach zarażone czymś pchły, które miały zostać zrzucone nad twierdzą.

Lekarz uspokoił się wyraźnie.

– Czytałem o podobnych eksperymentach. Skuteczność bliska zeru.

– Nie w przypadku oblężonej twierdzy, gdzie warunki higieniczne już i tak są niebezpieczne same w sobie.

– Może i tak. Ale z pchłami w razie czego sobie poradzę. – Siwecki był pewny swego.

– A ja bym raczej sugerował stworzenie jakiejś obrony przeciwlotniczej – powiedział Tomaszewski.

– Nie mamy z czego jej stworzyć. – Baranowski machnął ręką. – Trzeba będzie zdać się na metody pana doktora, niestety.

Zaczęli się śmiać na myśl, która pojawiła się we wszystkich głowach. W razie czego ich bronią zamiast dział przeciwlotniczych będzie lizol! Jedynie Meredith nie podzielał tej wesołości.

– Tam się dzieje coś bardzo niepokojącego, prawda? – zapytał cicho.

Tomaszewski poczuł podziw dla zmysłu obserwacji czarownika.

– Tak. Muszę się ogarnąć, wymienić radiostację i lecimy z meldunkiem dalej. Jak najszybciej muszę być na wybrzeżu.

– Aż tak?

Tomaszewski spojrzał czarownikowi prosto w oczy.

– Zaczął się wyścig na biegun. Po drugiej stronie oceanu uczestniczy w nim całe państwo. A może i jeszcze więcej.

Tylko Meredith zrozumiał, co zostało powiedziane. Baranowski usłyszał, ale sens chyba do niego nie dotarł. Żartował, mówiąc, że to on jest specjalistą od wyścigów i w takim razie czeka tylko na rozkaz. A Siweckiego to nie obchodziło, zagadywał Inę i żeby mieć szansę na rozmowę, przeszedł właśnie na miejscowy język, który znał już całkiem nieźle.

Czarownik westchnął ciężko, a potem odwrócił wzrok.

Polacy zwykli mówić, że to ciśnienie atmosferyczne jest wysokie, miejscowi, że nastał dzień Bogów. Randowi było wszystko jedno. Od rana czuł się dobrze, ba, wyśmienicie. Pełen energii, jak na skrzydłach pokonywał krok za krokiem pałacowe korytarze, śpiesząc na umówione spotkanie z cesarzową. Jak rzadko mu się w życiu zdarzało, dziś wszystko szło po jego myśli. Sztab speckurew ugrzązł w jałowych intrygach i wzajemnym podgryzaniu. Tak jak przewidywał, baby, kiedy zwiększono im skład kolegium, wzięły się za łby i nie miały już czasu na ustalanie spójnej strategii. Przynajmniej na razie, ale „na razie" było wszystkim, czego Rand mógł oczekiwać od życia.

A poza tym Shen nareszcie pokazała pazury. Cesarstwem zaczęły wstrząsać siły odśrodkowe. Polakom działający wewnątrz ich struktur agent mieszał szyki i oni również, czując zagrożenie dla swoich zamorskich operacji szpiegowskich, potrzebowali sojusznika, który pomoże rozwiązać zagadkę. No i najważniejsze, nad imperium zbierały się ciemne chmury od strony Nayer.

Zewsząd napływały złe wieści. U wszystkich waliło się i paliło. Czyż można więc wyobrazić sobie piękniejszy początek dnia?

Strażnicy przed prywatną komnatą władczyni wyprężyli się na baczność, co jeszcze poprawiło Randowi humor. Nawet ochroniarze z piechoty morskiej otwierali mu drzwi z szacunkiem. Otóż to właśnie. Rand powoli przestawał być człowiekiem, który kojarzył się z określeniem: „taki śmieszny, zniewieściały chłopczyk zajmujący się plotkami".

– Wielka pani! – Za drzwiami zgiął się w przepisowym ukłonie. – Jestem do twojej dyspozycji.

Cesarzowa nie odzywała się, więc nie mógł „zakończyć" ukłonu. No dobra, dobra, postoi zgięty, z wypiętym tyłkiem, jeśli chciała go ukarać za coś, co sobie wydumała.

Mylił się jednak. Nie była to kara. Władczyni kończyła właśnie czytać list, który dostarczyli jej kurierzy.

– Widzisz? – Odwróciła się od osłoniętego z zewnątrz okna. – Czy ty widzisz tę niesłychaną bezczelność?

– O której z licznych bezczelności mówisz, pani? – Rand wyprostował się z ulgą.

– O Shen przecież! Nie dość, że podobno przecięła imperialną drogę do Kong, to jeszcze publicznie mnie, mnie...

– Zdelegalizowała? – podsunął Rand. – Czego to ludzie nie wymyślą.

– Ale co za chamstwo!

– Przypomina mi to prefekta straży, który w dzień targowy idzie na rynek i krzyczy do tłumu: „Aresztuję was wszystkich!”. Wiadomo, że tam wyłącznie bandyci i złodzieje, ale wszystkich aresztować się nie da.

– Czy tą dwuznaczną aluzją chcesz zasugerować, że choć Shen niewładna mnie delegalizować, to tak po prawdzie nielegalna jestem? – Cesarzowa, wyraźnie zaciekawiona, podeszła bliżej.

Mimo że w jej głosie brzmiała groźba, Rand nawet się nie zmieszał.

– Nie przesadzajmy z twoją nielegalnością, pani – powiedział. – Tak jak i z faktem, że Shen przecięła imperialną drogę.

– A nie przecięła?

– Pani, armia jest jak słoń. Pewnie nawet nie zauważyła, że mucha zajadle usiłuje ją ukąsić. A budowa drogi przez las Banxi dalej przebiega bez zakłóceń.

– Ale społeczeństwo zauważyło.

– A co to jest społeczeństwo? – odpowiedział pytaniem. – Kto w ogóle rozumie to słowo? To Biafra tysiąc lat temu razem z całkiem zapomnianymi już filozofami wprowadził do słownika kilka pojęć, bo sądził, że się przyjmą. Nie przyjęły się.

– Dobrze więc. Zamieńmy to słowo na „moi poddani".

– O właśnie. – Uśmiechnął się triumfalnie. – I tym samym dowiodłaś, pani, swojej legalności. Twoi poddani. Twoja własność, pani.

Fuknęła cicho. Fakt, że Rand wygrał w dyskusji, nie zmieniał tego, że w Kong działo się coś dziwnego. Nie wiadomo, jakim cudem wieści stamtąd obiegały całe imperium. Siejąc zamęt i ferment, zmuszając nawet podzielonych zazwyczaj w każdej kwestii inteligentów do opowiedzenia się po którejś ze stron. Więcej: to już nie była tylko sprawa „czy Shen ma rację, oponując przeciw władzy". Dyskusje, często publiczne, na forach, przybierały zgoła inny charakter. Pytano o to, czy ludzie żyjący z pracy własnego umysłu powinni uczestniczyć w kłamstwach imperialnej władzy. Czy mają dalej tuszować fakt, że cały korpus wysłano na zagładę, na śmierć. Czy mogą kłaść swoją powagę na jednej szali z załganiem pałacu, fałszywymi oskarżeniami i skłamaną wersją historii.

Inteligencja zawsze się burzyła. Ale dotąd wystarczyło sypnąć im groszem przed nosy i zmieniali zdanie. Trochę nagród, apanaży, wspierania sztuk czy opieki finansowej i oni wszyscy od razu zaczynali mówić zupełnie co innego niż jeszcze przed chwilą. To nie byli ludzie, których należało straszyć więzieniami. Dotąd same pieniądze i ciepłe słowa załatwiały sprawę.

Nie tym razem.

Krzyczeli: czara kłamstwa się przelała!

– Czy wiesz, że partyzanci zaatakowali tutaj? – Podeszła do orientacyjnej mapy rozłożonej na stoliku używanym przez służbę, której zadaniem była dbałość o paznokcie władczyni. – O, tu. – Wskazała palcem obszar położony prawie po przeciwnej stronie imperium, niż leżało Kong.

– To przecież niemożliwe. – Rand nie mógł uwierzyć. – To jakieś plotki.

– Mam dokładny raport. Złupiono konwój.

– Pospolite bandziory, pani. Shen się nie rozdwoi i nie ma jak przetransportować tam swoich ludzi.

– Wieść o jej wyczynach zna każdy człowiek w imperium. Jakim cudem? – Władczyni westchnęła ciężko. – Na szczęście o ataku na konwój wie tylko garstka zaufanych ludzi. I tylko ja czytałam ich manifest.

Rzuciła jakiś papier, ale zanim jeszcze Rand zbliżył się, żeby go podnieść, wskazała inny obszar mapy.

– Zaatakowali też tutaj. Około trzydziestu napastników ostrzelało wartownię i budynek magazynu wojskowego. Magazynu nie udało się zdobyć, ale wartownię spalono.

– Sama widzisz, pani...

– To nie koniec, Rand – przerwała mu ostro. – Zaatakowali jeszcze tu, na wybrzeżu, dosłownie pod moim bokiem!

– Pani, Shen się nie roztroi ani nie rozczworzy, a nie ma możliwości posyłania ludzi...

Cesarzowa z całej siły uderzyła dłonią w blat stołu.

– Ktoś, tolerując Shen, a nawet jej sprzyjając, wypuścił potwora z zakopanego na cmentarzu garnka – odwołała się do bajki, którą matki straszyły dzieci w całym imperium. – Upiór jest już na wolności i krąży wśród nas.

Wolał nie komentować.

– To już nie są chłopskie kupy ciągnące za łatwym zyskiem albo gnane żądzą prostej zemsty – kontynuowała. – Jak twierdzą donosiciele prefektów straży, to oddziały tworzone przez tych porąbanych w umyśle inteligentów! Którym się nagle zdało, że dość już kłamstwa! I że oni, dotąd pomazani kłamstwem po uszy, nie będą już w tym uczestniczyć!

Rand cmoknął cicho.

– Dziewice noworoczne zaiste – mruknął.

Rozbroił ją tym, bo uśmiechnęła się lekko. Oczywiście znała ten przesąd, zakazany w oficjalnych świątyniach, lecz rozpowszechniony w zagubionych wśród lasów prymitywnych chramach. Według niego dziewczyna, która miała przed ślubem zbyt wielu kawalerów, może złożyć ofiarę w Nowy Rok i powiedzieć, że odtąd postanawia być czysta. Jeśli dokładnie w Nowy Rok przebłaga Bogów, to oni być może zwrócą jej cnotę.

– No widzisz. Niby tak, ale nikt nie jest równie zajadły jak neofita.

– Święte słowa, pani. Święte słowa.

– Ty sam nie zamieniaj się w kapłana. Powiedz, co powinnam uczynić.

Rand pochylił głowę.

– Daj mi trochę czasu, pani – powiedział. – Wymyślę, jak powstrzymać tych inteligentów nowocnotliwych.

Cesarzowa musiała uznać to za wyczerpanie tematu, bo przeszła do innych spraw. Rand jednak nadal nie podnosił głowy, nie chcąc, by przypadkiem zdradził go wyraz twarzy. Ciekawe. Sam nie sądził, że pomysł z przedstawieniami dla kurierów, poetów, pisarzy i śpiewaków da tak spektakularne rezultaty. Legenda jednak rodziła się znowu. I to w dodatku poruszająca również inteligentów. A także, co najważniejsze, a czego nie było w raportach dla cesarzowej, ludzi bogatych. Po raz pierwszy chyba w historii.

Ciekawe.

W gabinecie komendanta panowała idealna cisza. Nuk z niepokojem obserwowała zmiany na twarzy czarownicy. Nigdy dotąd nie widziała u niej takiego zaskoczenia. Dostały się tutaj i nareszcie egzemplarz Księgi Przejścia wpadł im w ręce. Księgi, dla której podejmowano szaleńcze wysiłki, wysyłając szpiegów gdzieś za ocean, na zatracenie, do nieznanych krain, które nazywano Piekłem. Księgi, która zmusiła cały naród, ba, cały kontynent do szalonej wyprawy na biegun, do miasta Bogów, żeby się tam znaleźć szybciej niż inni. Jej treść prawdopodobnie sprawiła, że potomkowie dawnych wypraw zakonnych podejmowali nieprawdopodobne wręcz wysiłki, by wrócić tu i jej użyć.

Tymczasem Kai bez słowa przewracała kartkę po kartce, a jej twarz tężała.

– Co? – Nuk podeszła bliżej.

– Co to, kurna, jest? – odpowiedziała pytaniem Kai. – O mamo, co to jest?!

– Psiamać, no, nie będziemy się przecież przerzucać tym samym pytaniem.

Czarownica długo nie mogła zebrać myśli. Musiała odchrząknąć.

– Zacytuję ci fragment: „Yedy kutedy mełe, kudełe, błełe, kudełe, yedy pun". Fajne, nie?

– O kur... – Nuk zajrzała jej przez ramię. – „Cthan, cythan, cthane, cythan" – czytała na głos. – O ja cię pierdolę! To jakiś szyfr!

Kai ogarnęła głupawka. Nagle zaczęła się śmiać, po chwili spoważniała, potem uśmiechnęła się znowu.

– Nie mogę sobie wyobrazić tak durnego szyfru. To niemożliwe.

– To nie jest szyfr – powiedział Agire. – To na pewno nie jest szyfr.

Spojrzały na niego z głupimi minami.

– No to po jakiemu to? „Mełe, bełe, kutełe, mełe, mełe, mełe". Co to za tekst! Wszystko jasne jak na dłoni, tylko ja za durna jestem czy co?

– Te wyrazy to nie może być szyfr. – Nuk patrzyła na koleżankę zdziwiona. – Powtarzają się w dziwnym... sensie? – nie potrafiła znaleźć odpowiedniego słowa. – Rytmie?

– Mówię wam, że to nie jest zaszyfrowane – upierał się Agire. – To jest...

– Sam jesteś mełe kutełe – warknęła Nuk. – Zamknij się.

– Nie no, niech mówi.

– To jest jakiś przekaz. Ale nie jest jasny na pierwszy rzut oka.

– Może to fałszywa księga? – poddała myśl Nuk.

– Nie. Prawdziwa. To przekaz.

Kai potrząsnęła głową.

– Taki przekaz? „Yeety, yedy, tedy syedy, medy"?

– To bełkot! – ucięła Nuk.

W pomieszczeniu ponownie zapadła cisza. Dziewczyny nie mogły sobie poradzić z własnymi myślami. Cały kontynent ruszył na wojnę z powodu... bełkotu? Kai zaczęła liczyć litery w dziwacznych wyrazach. Bez sensu. Przebiegła wzrokiem całą stronę i doszła do wniosku, że po prostu brakuje liter, żeby tworzyć z tego tekstu podstawy alfabetu. I w związku z tym to naprawdę nie mógł być szyfr. Mówiąc albo pisząc cokolwiek o długości gęsto zapełnionej słowami, człowiek używa praktycznie wszystkich liter alfabetu, natomiast w tym tekście znaki po pierwsze powtarzały się sekwencyjnie, a po drugie było ich za mało. To naprawdę nie mógł być szyfr. A księga nie mogła być zbiorem nieskończonej liczby szyfrów, tak że każde zdanie kodowane było innym. Litery powtarzały się za często.

Agire musiał się domyślić, co dzieje się w umyśle dziewczyny.

– Czego się spodziewałyście? – zapytał. – No przecież mówiłem, że w księdze nie ma nic tajnego. Że się jej nie ukrywa i że można przy odrobinie wysiłku przeczytać sobie całą.

– Tu nie ma co czytać.

– Toteż nikt się nią nie interesuje.

Kai aż podskoczyła.

– No jak to? Podobno cały kontynent...

Nuk chwyciła koleżankę za ramię.

– Przestań. I nie mieszaj tego, co się mówi oficjalnie, z tym, co naprawdę.

Nuk przytuliła zdenerwowaną czarownicę i zaczęła uspokajająco głaskać ją po plecach.

– Pamiętam, jak matka czytała mi do snu książkę o śmiesznych przygodach dzielnego rycerzyka Pusia. Daj mi władzę absolutną i zaraz zobaczysz, jak mój lud pójdzie walczyć w obronie rycerzyka Pusia, a nawet będzie ginął za to, co śniło się na ostatnim postoju jego kobyle.

Kai odsunęła się od koleżanki dopiero po dłuższej chwili. Głaskanie musiało podziałać, bo była spokojniejsza.

– Przyznasz jednak, że z reguły władcy porywają lud bardziej zrozumiałymi ideami.

– Jeszcze nie widziałam ludu porwanego przez władcę, ale teoretycznie masz rację. W kronikach pisze się raczej jaśniej.

Czarownica odłożyła księgę na specjalną podstawkę. Tekstu w tej formie nie dało się zapamiętać i nadać treści księgi przez radiostację. Trzeba będzie jednak opisać to jakoś. Powoli przewracała kolejne karty. Tekst został okraszony rycinami. Czarownica nie rozumiała, co widzi. Były tam jakieś rośliny. Wielkie, nieznane drzewa o dziwnie powykręcanych konarach, krzewy porastające nawet pionowe ściany. Straszne zwierzęta z paszczami, z których wystawały kły jak miecze. Monstra latające, biegające i pływające. Coś, co pełzało i... rosło? Nie mogła odróżnić, czy to zwierzę, czy roślina.

– Rozpoznajesz coś?

Kai w szkole na pustyni miała wiele wykładów z różnych dziedzin. I włożono jej do głowy bardzo solidne podstawy zielarstwa.

– Chyba rozpoznaję różne gatunki ziół. Ale bardzo zmienione.

– Zmienione? Przez co?

Kai wzruszyła ramionami.

– Nie ma skali, nie ma do czego się odnieść. Ale mam wrażenie, że te zioła tu na rysunkach są po prostu ogromne. W porównaniu z naszymi to monstra.

– Wielkości człowieka?

– A skąd mam wiedzieć? Nie ma z czym porównać. Ale... – zawahała się. – O, na przykład te liście tutaj. Zwisają, jakby były strasznie ciężkie, a w rzeczywistości to mała roślinka i nic nie zwisa.

– A te mapy?

Kai tylko machnęła ręką.

– Niczego nie rozpoznaję. – W tym temacie nie czuła się fachowcem. – Ale mam wrażenie, że rzeka nie może płynąć przez górę, jak tu zaznaczono.

Agire znowu postanowił się włączyć.

– To księga symboliczna – powiedział. – Nie należy szukać w niej dosłownego przekazu.

Długo i w ciszy oglądały Księgę Przejścia, odwracając stronę po stronie. W żaden jednak sposób nie przybliżało ich to do rozwiązania jej tajemnicy. Nuk pierwszej udało się wrócić do rzeczywistości.

– Zostawmy to teraz – powiedziała, zamykając księgę. – Jeśli nie przygotujemy tej stypy, to nie chcę zgadywać, jaki los nas czeka.

– Tak! Tak! – natychmiast poparł ją Agire. – Lepiej nie zgadywać, co z nami wtedy będzie.

– Czekajcie. – Kai zatrzymała się jeszcze. – A może przed tysiącem lat ludzie wiedzieli, jak z tej księgi korzystać? Może była na kontynencie, gdzie leży cesarstwo, w tajnych bibliotekach Zakonu?

– To dlaczego nie ma jej tam teraz?

– Może Zakon, kiedy Achaja przypaliła mu dupę, zniszczył albo ukrył wszystkie egzemplarze? Posłuchaj, istnieje przecież przekaz, że naczelny wróżbita Cesarstwa Luan, uciekając, zabrał ze sobą jedną ze świętych ksiąg. Może właśnie tę?

– Mówisz o szpiegu Zaana?

– Tak. Tym, który propagował monoteizm. A kiedy z kolei jemu zaczął palić się tyłek, to uciekł tutaj i na miejscu wprowadził monoteizm z drobną poprawką. Jedynym bogiem został on sam. Sama mówiłaś, że jak się ma dobrą metodę, to można się oprzeć nawet na śmiesznych przygodach rycerzyka Pusia.

– No fakt, ale... – Nuk przygryzła wargi. – No... niby przybył zza morza ze świętą księgą, której treści nikt nie rozumiał. Hm, wiele nie trzeba.

– Dziewczyny! – Agire dosłownie trząsł się z niepokoju. – Stypa! Co prawda nieboszczyk nam nie ucieknie, ale jego żywi towarzysze mogą zgłodnieć i mocno się zeźlić.

Nowa taktyka sił Shen uległa teraz zasadniczej zmianie. Oczywiście trwanie w miasteczku na wybrzeżu, nawet za prowizorycznymi umocnieniami, nigdy nie było jej celem. Kadir jednak miał rację. Wystarczyła sama groźba. Wystarczyło uświadomić sztabowi generalnemu, że w każdej chwili partyzanci mogą wysadzić drogę w dowolnym newralgicznym punkcie. No i reakcja była natychmiastowa. Armia, zamiast utrzymywać skonsolidowane i mocne oddziały w wybranych punktach, musiała rozproszyć swoje siły. Teraz wszystko było ochraniane, każdy krok bez mała na strategicznej drodze, ale... siłą rzeczy malutkimi oddziałkami. A to dawało Shen nową perspektywę i podstawy do zbudowania nowej taktyki.

Teraz już nic nie było porządnie bronione przez przeważającą liczebnie armię. Wystarczyło zaatakować grupą szturmową, a kiedy obrońcy jakiegoś punktu zaopatrzeniowego zaczęli strzelać, napastnicy natychmiast się wycofywali. Niewiele trzeba było imperialnemu dowódcy, który kierował się regulaminem, żeby rzucić swoich ludzi do ataku. Niestety, po kilkudziesięciu krokach cesarscy żołnierze dostawali się pod krzyżowy ogień maszynowych kartaczownic Kadira. I koniec, albo zalegali, albo wręcz rzucali się do ucieczki. A zaopatrzenie pozostawało do rozgrabienia. Oddział Shen wracał na przemytniczy szlak i w bezpiecznej już kryjówce oddawał się rozdzielaniu zdobytych dóbr.

I właśnie podczas jednego z takich postojów Kadir podszedł do dowódcy, wyraźnie poruszony.

– Nie uwierzysz!

– Co się stało? – Shen podniosła głowę zaniepokojona.

– Nie uwierzysz, kto się do nas zgłosił.

– Jak to zgłosił? – nie zrozumiała w pierwszej chwili.

– Mamy dwóch nowych rekrutów! Po raz pierwszy od masakry w Kong.

– I znowu zaczyna się napływ ochotników? Zapomnieli już, jak cesarzowa tupnęła nogą poprzednim razem? I co się stało po tym tupnięciu?

– To ideowcy.

– Skąd przyszli? Chłopi? Czeladnicy?

Kadir zafrasował się nagle i dopiero teraz przysiadł przy maleńkim ogniu roznieconym ze ściśle wyselekcjonowanych, idealnie suchych drew, tak żeby żaden dym nie zdradzał ich pozycji.

– Usiądź wygodnie – poprosił. – Jeden z nich to kronikarz.

– Człowiek wybitnie wykształcony? – Shen rozłożyła ręce. – A czemu nie? – zapytała samą siebie. – W gruncie rzeczy przydałby się nam ktoś, kto ładnie nałga na nasz temat i uwieczni to na papierze.

– Siedzisz wygodnie? – upewnił się Kadir.

– No siedzę.

– Drugim z ochotników jest potomek księżniczki. W prostej linii, choć siódma woda po kisielu.

Dobrze, że ją ostrzegł, nie przewróciła się z wrażenia. Ale nie mogła opanować rozszerzających się ze zdziwienia oczu.

– Książę u nas?! Książę zgłosił się na ochotnika do ludowej partyzantki?!

Kadir westchnął tylko.

– Nie jesteśmy już powstaniem ludowym, kochanie. Popierają nas teraz ludzie, którzy ukończyli elitarne szkoły. Kronikarz i książę z karabinem!

– I czego oni u nas szukają? – Shen nadal nie mogła uwierzyć w to, co usłyszała.

– Nie wiem. Może romantycznej przygody?

– Ja im dam romantyczną przygodę. Każę upolować kilka kozic na kolację dla oddziału. Kiedy wszyscy dostaną trzydniowej sraczki, jak ostatnio, to im zaraz romantyczność przejdzie.

– Nie sądzę.

– No to zobaczymy.

– Widzisz, to już naprawdę nie jest powstanie ludowe. Teraz inteligencja się do tego wzięła, teraz jesteśmy prawdziwą rewolucją.

– Przestań pusto gadać. Czego oni chcą?

– Nie wiem – powtórzył Kadir. – Może chcą zmian. Może chcą wziąć sprawy w swoje ręce. Inteligencji się to przydarza. Pojęcia nie mam, czego chcą. – Wzruszył ramionami. – Może po prostu pragną sami stworzyć świat, w którym będą żyli.

Shen opuściła głowę. Ludzie uwierzyli w kilka ostatnich przedstawień? W legendę „Kolesia" Varika, który sam jeden powstrzymał prefekta i rzeszę jego strażników? I w to, że na czele szczupłego oddziału przerwał strategiczną imperialną drogę w samym szczycie kampanii? Uwierzyli, że ona sama z rozwianymi przez podmuchy wiatru wolności włosami kontroluje sytuację w prowincji Kong? I jeszcze lepiej: że zdelegalizowała cesarstwo, a akt ten ma w sobie coś więcej niż wartość symboliczną?

A szlag ich wszystkich! Owszem. Jej przekaz poszedł w świat. Ku wielkiemu zdumieniu okazał się skuteczny. Ku jej niebotycznemu zdumieniu nie trafił do ludu. Owszem, do ludzi tak, ale nie do ludu. To, co dała do zrozumienia, odbiło się echem jedynie w głowach tych, którzy posiedli wykształcenie. No i w całym kraju, nawet w miastach, choć wydawało się to niemożliwe, zaczęły powstawać oddziały partyzantów. Samozwańcze. Ale w przeciwieństwie do tych pierwszych, które kiedyś formowali w lasach, skuteczne. Inteligencja najwyraźniej walczyła z głową.

– Mam też raport specjalny – powiedział Kadir. – Raport jest od Randa, uzyskany przez nasz kontakt na lotnisku. Ale to przekaz od tłumaczki w sztabie pułkownika Baranowskiego.

– Pułkownika? Awansowali go?

– Za taki rajd? – Kadir roześmiał się nagle. – Nie, nie, wojska lądowe nie uznają rajdów, bo to godne co najwyżej komandosów. Awansowali swojego jako odpowiedź na awans Tomaszewskiego z marynarki, która rajdy dopuszcza.

Shen odpowiedziała uśmiechem.

– Skomplikowane – szepnęła. – A ta tłumaczka... Chodzi o Duon, czy jak jej tam było?

– O nią. Tę, którą zwerbowała Nuk.

– No, no. I co tam słychać w lesie Banxi?

– Dziwnie słychać.

Kadir wyraźnie ją zaciekawił.

– No mów, nie trzymaj w niepewności.

– Otóż Baranowski dostaje nowych ludzi z Kong.

Wzruszyła ramionami. Co w tym dziwnego? Miał straty, to przysyłają mu nowych żołnierzy. Kadir kontynuował:

– To nie są uzupełnienia. Dostaje zupełnie nowych rekrutów, i to w wielkiej liczbie.

– Niby na co mu świeżynki? Ma w lesie za dużo zaopatrzenia?

– No właśnie. Las, a konkretnie, jego „nieprzebytość" dla zwykłych ludzi ma ogromne znaczenie. Ponieważ przysyłają mu również nową broń.

– A co w tym dziwnego?

– Broń jest polska. Z ich demobilu.

– O kurwa mać! – Shen aż się poderwała. – Przecież dotąd...

– Dotąd nigdy tego nie robili – dokończył za nią Kadir. – Ba, wystrzegali się jak ognia. A teraz taka zmiana. I chyba domyślam się, o co chodzi. Choć tylko w bliskim planie.

– O co? – dała się zaskoczyć.

– Nie rozumiesz? W ukryciu w nieprzebytym lesie stoi sobie pułk. Ostrzelany, wprawiony w boju, doborowy już w tej chwili, a przede wszystkim obeznany z nowym regulaminem. Po co go dawać na zatracenie do jakiegoś sennego garnizonu? Można wykorzystać.

– Rozcieńczając rekrutami?

– Wprost przeciwnie. Z rekrutami przybywa polska broń. Starzy i nowi żołnierze mogą sobie ćwiczyć z dala od ludzkich oczu. I... przekształcić zwykły pułk w ciężką brygadę piechoty. Piekielną, nowocześnie uzbrojoną jednostkę, z którą na tym świecie trudno będzie sobie poradzić.

– I brygada rozwiąże problem, który stanowimy dla cesarstwa? Kiedy przyjdzie tu z zagranicznymi karabinami maszynowymi?

Kadir zaprzeczył ruchem głowy.

– Na nas to za dużo zachodu. Ja tu bardziej węszę wielką politykę i wielkie pieniądze.

– To na jaką zarazę komuś taki bicz boży w zapadłej kniei?

Kadir powoli rozmasował twarz.

– Ba – mruknął. – Oto jest pytanie.

Chen lubił swoją małą, luksusową willę, którą kupił na obrzeżach dzielnicy bogaczy. Mieszkał sam i dla niego wielkość domu była w sam raz. Tu znajdował prawdziwe ukojenie po znojnych, przepełnionych pracą dniach. Tu czuł się bezpiecznie. Zawsze w nocy kazał otwierać wszystkie okna na patio i zasypiając, wsłuchiwał się w ciche głosy swoich licznych, dobrze uzbrojonych ochroniarzy.

Tej nocy coś jednak było nie tak. Chen zbudził się spocony, krzycząc: „Zamknąć okna! Zamknąć wszystkie okna!”.

Co się stało? Nie wiedział. Co mogło go obudzić? Jakiś krzyk? Szept? Z doświadczenia wiedział, że głośne dźwięki mniej ludzi budzą niż ledwie słyszalne szelesty. Coś pełzało na posadzce? Coś zakradało się w pościeli? Kazał rozpalić wszystkie lampy, a potem nawet przynieść pochodnie. Ochroniarze nie znaleźli niczego. Zawołał więc swoją ulubioną nałożnicę Neti. Przyszła, po drodze biorąc z kuchni dzban schłodzonego wina. Była najinteligentniejsza ze wszystkich jego dziewczyn, choć nie najbardziej doświadczona. Swoje jednak wiedziała. Nie powiedziała ani jednego słowa. Wygoniła ochroniarzy, usiadła obok, przytuliła się. Siedzieli długo w bezruchu.

Wystarczyło właściwie ciepło drugiego ciała. Możliwość usłyszenia czyjegoś oddechu. Potem pili wino.

Był już zupełnie spokojny, kiedy zapytała:

– Co cię obudziło?

– Właśnie nie wiem. Myślałem, że jakiś dziwny dźwięk, ale nie.

Skinęła głową.

– W takim razie obudził cię strach – powiedziała.

Przytaknął.

– Strach.

– No to przypomnij sobie, o czym myślałeś przed zaśnięciem.

Usiłował się skupić. Jak zwykle myślał o wszystkim, przewracał się z boku na bok. Piętrzące się sprawy, skumulowane coraz bardziej napięcie, ci ludzie naokoło, ich działania, zachowanie, zdobywane krok po kroku informacje. Co jednak zajmowało go najbardziej? Odruchowo wzruszył ramionami. Wszystko. A co najbardziej niepokoiło? Również wszystko.

A potem sobie przypomniał.

– Myślałem o tym, co jest najsłabszym ogniwem w naszej organizacji.

– I co nim jest? – Neti wyraźnie się zaciekawiła.

Chen znał już odpowiedź.

– Najsłabszym ogniwem naszej organizacji jestem ja – powiedział zrezygnowany.

Wydawała się rozumieć, co mówi. A na pewno domyśliła się, co w takim razie jest źródłem strachu, który go obudził.

– Jesteś pewien? – zapytała, tuląc się mocniej.

– Tak. Myślę, że kula z moim imieniem na czubku już została odlana w jakiejś hucie.

– Po tej czy po tamtej stronie gór?

Zamiast odpowiedzi Chen wyjął spod poduszki swój osobisty półautomatyczny pistolet, który dostał od Lewandowskiego.

– Myślę, że kula z moim imieniem już nawet czeka na swoją kolej w magazynku broni takiej jak ta.

– Przestań. To nie jest śmieszne.

Chen nagle przeładował pistolet i przesunął dźwignię bezpiecznika. Odwrócił go w dłoni i podał dziewczynie.

– Co? – Nie chciała go dotknąć.

– Weź. Wyceluj we mnie.

– Nie chcę! Po co?

– Weź. – Zmusił ją, żeby złapała broń do ręki. Przyciągnął jej dłoń tak, że lufa znalazła się tuż przy jego czole. – Połóż palce na spuście – powiedział cicho. Zaschło mu w ustach. Musiał przełknąć ślinę.

– Co? – Ciągle nie rozumiała. – Boję się! Czego ode mnie chcesz?

– Połóż palec na spuście – wychrypiał. Znowu z trudem przełknął ślinę. – Chcę zobaczyć, co się wtedy czuje. Kiedy już ktoś do mnie wymierzy. Kiedy zacznie ściągać spust...

Neti nie wytrzymała. Ostrożnie odłożyła broń na stolik przy łóżku.

– Obejmij mnie – zakomenderowała rzeczowo.

– Nie, nie...

– No to się chociaż przytul!

Wolała grać w grę, której zasady znała.

– Oprzyj na mnie głowę! O tak. O właśnie. I pamiętaj. Może się nic nie stanie. Może nic nie będzie.

– Będzie.

– Dlaczego ktoś od nich miałby cię zabić?

I jak to jej wytłumaczyć? Chen czuł, że jego siatka już bardzo dopiekła wymuskanym panom z marynarki wojennej. Czuł, że oni wiedzieli o szkicu mapy przerysowanym z sukienki zdobytej w burdelu, zdradzającym miejsce desantu piechoty morskiej na wybrzeżu Banxi. Znali i inne jego sprawki. Jak choćby tę, że tak naprawdę nie było zamachu na cesarzową. To on zawiadomił generała Kawalca w odpowiednim czasie. No tak... Ale Kawalca chłopcy z marynarki tknąć nie śmią. Za wielki pan, żeby taka zbrodnia była do pomyślenia. A Lewandowski z kolei to dla nich nikt. Żeby go uciszyć, wystarczy wsadzić na jakiś okręt i niech kalesony mężnie liczy w magazynie, czy liczba się zgadza. Nie trzeba nawet zabijać, bo on pod opieką ludzi generała. Więc wsadzą go do magazynu już po tym, jak przestanie być generałowi potrzebny. Najłatwiej zabić Chena. I całą siatkę szlag trafi. Przecież do jego informatorów, do każdego z osobna strzelać nie będą. Za wielu ich. Amunicji szkoda i zachodu. Najłatwiej Chena. Trzask-prask i po krzyku. A Lewandowskiemu dadzą wtedy wybór: albo do magazynu liczyć gacie, albo morda w kubeł i licz sobie swoje złoto po cichu. Sierżant szef mądry może nie jest, ale spryt swój ma. Wiadomo, co wybierze. I pewnie może nawet wypije za pamięć Chena, ale w milczeniu, z językiem schowanym za zębami.

Że też wcześniej nie wpadł na to, że prostą konsekwencją jego działalności w jego konkretnym przypadku będzie kula w jego konkretny łeb. Prędzej czy później.

Neti głaskała Chena po głowie.

– A wiesz, kto tam na ciebie dybie? – zapytała nagle.

– Chyba wiem.

Westchnęła cicho.

– No to może spróbuj załatwić sprawę nie po męsku. Nie warcząc na wroga i nie machając pistoletem.

– Jeśli nie po męsku, to jak? – spytał zaskoczony.

– Ano spróbuj załatwić sprawę po babsku. Gadając z nimi. I usiłując się dogadać.

– Nie wiesz, o kim mówimy. Z tym facetami nic załatwić się nie da.

– No bo właśnie chcesz z nimi załatwiać rzecz po męsku. Znaczy który kogut groźniejszy, który kogut głośniej pieje. A w ten sposób wszyscy tracą.

Podniósł głowę z jej ramienia.

– A jak się załatwia sprawę po kobiecemu? Niby że która kobieta mądrzejsza? Która sprytniejsza?

– Nie, nie, nie. Nic z tych rzeczy.

– No to jak się załatwia sprawy po kobiecemu?

Uśmiechnęła się słodko.

– Załatwia się tak: która kobieta drugiej bardziej przypochlebi.

Chena zatkało. Zachodził w głowę, co ona ma na myśli. A Neti naprowadzała go krok po kroku.

– Wielkiemu panu, który chce cię zabić, daj na początek jakiś słodki prezencik – podsunęła.

Już chciał ryknąć z wściekłości, lecz nagle olśnił go geniusz tej myśli. Wstał gwałtownie i zaczął chodzić po rzęsiście oświetlonym pokoju. Dać słodki prezencik Rosenblumowi? Tylko jaki? Zaraz, przecież mógłby z nim porozmawiać na przykład o agencie w polskich szeregach. Nie, nie, spotkanie nie wchodziło w grę. Ale może napisać mu list... No dobra, niech będzie tej wcale nie takiej głupiej babie, może napisać mu słodki liścik o pewnym przystojnym agenciku. Tak! A pismo może zanieść sama Neti. Jej śledzić nie będą.

Otarł pot z czoła, biorąc głęboki oddech. Nareszcie jakieś światełko w mrocznym tunelu!

– Neti!

– Tak, kochanie?

– Weź listę naszych wiejskich posiadłości, wybierz najpiękniejszą z nich albo przynoszącą najwięcej dochodów i każ przepisać na siebie. Rano podpiszę akt własności.

– Och! – Dziewczyna, zaskoczona tak wielką hojnością, zerwała się z łóżka. – Dziękuję ci, kochanie!

Chen myślał już o czymś innym. Na chwilę tylko powrócił do tu i teraz.

– I jeszcze jedno. Nie dotykaj więcej tego pistoletu. To piekielstwo strzela samo z siebie!

Barka zaryła w piachu daleko od brzegu. Nie było żadnej siły, żeby ją ruszyć za pomocą bosaków i długich drągów, zwanych portowymi odpychaczami. Dziewczyny były bez szans. Wiedziały już, że czeka je powolne brnięcie po pas w lodowato zimnej wodzie. A co zrobić z ich choćby i mizernymi zapasami? Rozwiązanie okazało się proste. Rozdzielić te resztki, które pozostały, od razu tutaj, na pokładzie. Nie było tego dużo, po garści kaszy na głowę. A jak która nie miała w co zapakować, to przecież mogła wziąć do ust. Albo nawet przełknąć, już nie kołysze tak strasznie, chorobę morską da się opanować. Gorzej z wodą. Jedyny ich zapas to beczka, a nie miały naczyń, żeby przenieść najmniejszą nawet ilość. Dziewczyny przewożono jak więźniów. Nie miały swojego wojskowego wyposażenia. Nie było więc ani manierek, ani bukłaków, ani nawet skórzanych worków na płyny spożywcze. No trudno, nie sposób dłużej deliberować tu, w podmuchach zimnego wiatru, pod zaciągniętym chmurami niebem, którego kolor sugerował zbliżający się zmierzch.

– Wodę wypić! – zadecydowała sierżant dowodząca konwojem. – Ile która może!

Genialne rozwiązanie. Tylko, psiamać, pić się akurat nikomu nie chciało. Zresztą jaki zapas można wypić? Ale kto mógł, ten pił. Jak najszybciej chciały się znaleźć na bezpiecznym w ich mniemaniu brzegu.

O dziwo, Foe nie musiała zmuszać swojej siostry do picia. Naan zachowywała się, jakby znajdowały się na środku pustyni.

– Tak cię suszy? Myślałam, że twój brzuch woli raczej wyrzucać wszystko, co w nim jest.

– Wymioty bardzo odwadniają organizm – odparła Naan. – Ty też wypij teraz, ile możesz. Na brzegu w pobliżu nie ma żadnych strumieni.

– „Odwadniają", Bogowie, siostra, skąd ty bierzesz takie słowa?

– Wiem, co mówię. Nauczyłam się ufać chłopcu, który przychodzi we śnie.

Aha, już wiadomo, o co chodzi. O majaki i koszmary, które nawiedzały Naan we śnie. Foe tylko machnęła ręką. Wcale nie chciało jej się pić. Pochyliła się nad beczką jedynie dlatego, że padł taki rozkaz. „Odwadnianie", prychnęła w myślach, „organizm"! Co to za słowa w ogóle? A poza tym skąd się wzięły w głowie żołnierza, gdzie wcześniej na pewno ich nie było? Samej Foe odwadnianie kojarzyło się jedynie z pozbywaniem się wody z pól po powodzi. I robiło się to, kopiąc przy polach zwykłe rowy. Z piciem nie miało to przecież nic wspólnego.

– No, baby! – darła się sierżant. – Dosyć. Wskakiwać do wody jedna z drugą!

– A jak tu głęboko? – wyrwało się którejś.

– Dobre pytanie – pochwaliła sierżant, a potem chwyciła tamtą za fałdę munduru i pociągnęła do burty. – Wskakuj i sprawdź! To rozkaz.

– Ale...

– Co za „ale"?! Bo każę skakać głową w dół, dupo durna!

Dziewczyna wahała się trochę za długo, jak na cierpliwość dowódcy konwoju. Sierżant popchnęła ją więc brutalnie i wraz koleżankami przechyliły się przez burtę, chcąc sprawdzić, jak jest na dole. Pechową żołnierz zakryły fale. Po chwili jednak głowa z mokrymi włosami wynurzyła się na powierzchnię.

– I jak?

– Po szyję, pani sierżant!

– Ja ci tu dam jaja robić! Barka nie ma takiego zanurzenia! – Sierżant wymierzyła do tamtej z karabinu, odwodząc kurek. – Baczność!

Dziewczyna za burtą przybrała postawę zasadniczą. Woda sięgała jej zaledwie do pasa.

– No! I to by się zgadzało... – Rosła kobieta odwróciła się do pozostałych żołnierzy. – Wskakiwać jedna z drugą! A jak która ma stracha, to ja butem pomogę!

– Ale zimno... – ktoś z tylnych szeregów usiłował oponować.

– Chodź no tu! Zaraz ci odwagi dodam!

Dziewczyny, niechętnie i z oporami, zaczęły przełazić przez burty. Foe pomogła Naan, przytrzymując ją za ramiona.

– I jak? – krzyknęła, kiedy siostra znalazła się w wodzie.

– Zajebiście zimno!

– Jeszcze zimniej niż na powietrzu?

Tamta potwierdziła nerwowym potakiwaniem. Miała zaciśnięte zęby, chyba po to, żeby nie szczękały, i wolała nie otwierać ust. A szlag! Foe zeskoczyła zgrabnie i wrzasnęła, nieprzygotowana na tak wielką zmianę temperatury.

– O kurwa mać!

Naan znowu potwierdziła. Znowu jedynie ruchem głowy. Zimno było porażające. Gorzej, że musiały czekać, aż „zwoduje" się dowództwo, co ze względu na pełne wojskowe wyposażenie, które tamte posiadały, zajęło bardzo dużo czasu.

– Wymarsz! – krzyknęła nareszcie sierżant. – Do brzegu.

Brnęły z trudem przez kołyszącą się wodę. Teraz jednak to one miały lepiej. Konwojentki musiały trzymać w rękach uniesionych wysoko nad głowami swoje karabiny i ładownice.

– Nie wiem, po co te ceregiele. – Foe nachyliła się do siostry. – Proch już dawno zawilgocony. Żaden karabin nie wystrzeli.

Szły dalej w milczeniu, usiłując się nie przewrócić, co się paru dziewczynom już przydarzyło. Koszmar! Ale jeszcze gorzej było, kiedy zaczęły wychodzić z wody. Wiatr chłostał ich przemoczone mundury, miało się uczucie, jakby ktoś wkładał tafle lodu bezpośrednio pod skórę.

Niemniej kiedy dotarły do szerokiej, piaszczystej plaży, wszystkie poczuły coś na kształt ulgi. To był przecież stały ląd! Tuż przed nimi wznosił się stromy klif, a na górze rosły drzewa! Ląd!

– Nie rozklejać mi się – krzyczała sierżant, widząc żołnierzy klękających na piachu. – Musimy maszerować, bo nas szlag trafi od tego ziąbu.

– Ale w którą stronę?

Tego dowództwo najwyraźniej nie wiedziało. Żadnej mapy wybrzeża na barce przecież być nie mogło, bo i po co? I co teraz? W lewo czy w prawo?

– W lewo – powiedziała Naan, zanim Foe zdążyła ją chwycić za rękę i syknąć, żeby się nie odzywała. Na szczęście sierżant puściła uwagę mimo uszu.

– A dokąd płynęłyśmy? – zapytała któraś odważna i, jak zwykle w takich wypadkach bywa, kryjąca się za plecami koleżanek.

Sierżant odwróciła się szybko, szukając wzrokiem winnej. Niestety, wszystkie dziewczyny stojące na strategicznym kierunku ataku patrzyły w inną stronę.

– Dokąd płynęłyśmy, chcesz wiedzieć? Tak?! – zaczęła krzyczeć. – To ja ci przypomnę tylko, gdzie jesteś! W wojsku jesteś, debilko! A tu nie ma tak, że przed wyjazdem przychodzi do mnie jaśnie pani głównodowodząca i mówi: „Pani sierżant, pragnę panią poinformować, że jutro płyniemy tu i tu, podróż będzie trwać tyle i tyle, a na pokład waszej barki kazałam dostarczyć dużo wina"!

– Daj już spokój. – Kapral usiłowała uspokoić sierżant. – Zdechniemy na tym wygwizdowie.

– To co mamy robić według ciebie?

– No iść gdzieś. Przecież ten wiatr nas zabije w mokrych mundurach!

Sierżant parsknęła cicho:

– A w lewo czy w prawo?

– W lewo! – Naan powtórzyła swoją kwestię tak głośno, że niczego już nie udało się zrobić.

Złość sierżant natychmiast skierowała się w jej stronę.

– A kto ty, kurwa, jesteś, żeby mi mówić, co ja mam robić?!

Foe podskoczyła szybko, usiłując załagodzić sytuację.
– To głupia cipa. – Wskazała swoją wojskową siostrę. – Ale czasem ma sny. Czasem jej się śni to, co będzie.

– I co? Wyśniła, że dopłyniemy do brzegu?

– Tak. Właśnie.

– No to miała taki sen jak każda z nas! – Sierżant zaczęła się śmiać. – A ty co? Sama mówić nie umiesz? Koleżanka za ciebie?

– Musimy iść w lewo.

– Bo też ci się wyśniło? A może wiesz, gdzie jesteśmy? Sen nie powiedział, co to za las? – Tamta pokazała na drzewa rosnące nad klifem.

Naan nie miała żadnych wątpliwości.

– To Wielki Las w Sait, pani sierżant – powiedziała bez wahania.

Zapadła cisza. Gdyby nie szum wiatru, pewnie byłoby słychać, jak te co mniej odważne przełykają ślinę. Powiało grozą.

– A co ci za bzdury przychodzą do głowy?! – wydarła się sierżant. Ale nikomu z obecnych nie umknęło, że zerknęła do góry, na ciemną linię drzew.

No jasny szlag! Jeśli to prawda, to były odsłonięte jak na dłoni. Wielki Las w dolinie Sait. Miejsce doszczętnej zagłady imperialnego korpusu ekspedycyjnego. Wokół potwory, a one bez broni na plaży. Widoczne zewsząd.

– Jeśli ruszymy w lewo, zaraz dojdziemy do wielkiego piargu. To droga do ocalenia.

Kapral podeszła bliżej i zmarszczyła brwi.

– To według ciebie jest droga do portu Sait?

– Nie. Port leży na drodze w przeciwną stronę. – Naan wskazała kierunek w prawo. – Ale tam nie dojdziemy, bo za daleko. Umrzemy z głodu.

– A ty co? Czarownica jakaś?

Foe postanowiła włączyć się do dyskusji:

– Ona nie jest czarownicą, pani sierżant. To moja głupia siostra. A w paru bitwach uniosłam głowę cało dzięki jej snom.

Sierżant spojrzała na kapral. Ta wzruszyła ramionami.

– Fakt jest faktem – mruknęła niechętnie. – W bitwie często powierzałam życie rzeczom jeszcze mniej pewnym niż cudze sny. I ciągle jakoś żyję.

Żołnierze kiwały głowami. Wszystkie były przesądne. Wszystkie co do sztuki. Codzienne obcowanie ze śmiercią i fakt, że z różnorakich opresji wychodziły jak dotąd bez szwanku, sprawiały, że człowiek zaczynał obserwować najdrobniejsze rzeczy w swoim otoczeniu. I był skłonny przypisywać znaczenie zdarzeniom z pozoru pozbawionym jakiejkolwiek wagi. A tu nagle sen! I to konkretny. Ze wskazaniem, jak można go potwierdzić. O nie, nie... to nie była rzecz błaha. Ileż razy każda z nich słuchała opowieści o koleżankach, którym śniła się własna śmierć. I ile razy te koleżanki naprawdę ginęły następnego dnia!

Nie, nie, nie, przesądy przesądami, ale sny należało traktować poważnie.

– No dobra – podjęła decyzję sierżant – chodźmy sprawdzić, czy tam naprawdę jest piarg.

Nie dodała, że kiedy go nie znajdą, to zawrócą i pójdą w przeciwną stronę, zauważyła Foe. Nie powiedziała też, jak straszliwe kary dotkną niefortunnego śpiocha. Zresztą... Co niby strasznego można by tu zrobić Naan? Opierdolić jeszcze głośniej co najwyżej. Przecież nie ma jak wsadzić tu do ścisłego aresztu o chlebie i wodzie. Siłą rzeczy musiałby to być areszt marszowy. No i jeszcze jedna kwestia: skąd wziąć chleb i wodę dla aresztanta?

Foe zdała sobie sprawę z jeszcze jednej rzeczy. Skoro sierżant tak łatwo zdecydowała się, żeby działać pod wpływem cudzego snu, to znaczy, że sama nie miała pojęcia, co robić. Podoficer dla każdego żołnierza był synonimem władzy, tej bliskiej, wykonawczej. Ale też jeśli nie synonimem wszechwiedzy, to przynajmniej lepszej wiedzy niż reszta ludzi. A tutaj? To, co zrobił ich obecny dowódca, wywracało dotychczasowe poglądy o hierarchii w wojsku.

Zziębnięte i przemoczone wlokły się w podmuchach lodowatego wiatru. Usiłowały nie myśleć o głodzie i rodzącym się szybko pragnieniu. Na szczęście brzeg zakręcał opodal, znikając z horyzontu, i to dawało nadzieję, że już za pobliskim zakrętem będą miały odpowiednią perspektywę na to, co dzieje się dalej.

– Co za wietrzysko. – Foe zbliżyła się do Naan. – Trzymasz się jakoś?

– Spokojnie. – Jej siostra, tak jak na barce, wydawała się mieć niespożytą nadzieję. – Ten wiatr wcale nie jest tak zimny, jak się nam wydaje.

– Jak to?

– To my jesteśmy zmarznięte i mokre. Stąd uczucie mrozu.

– Masz rację czy jej nie masz, długo tak nie pociągniemy. Dobrze byłoby rozpalić ognisko.

– Tu raczej bym nie paliła.

– Wierzysz, że to naprawdę Sait?

Przerwał im okrzyk konwojentki z karabinem, idącej na szpicy.

– Jest! Jest piarg!

Kapral pierwsza dotarła do zakrętu i teraz machała do nich w geście przyzywania.

– Jest piarg! Są znaki zrobione przez ludzi!

Usłyszawszy to, dziewczyny runęły do przodu. Po pierwsze wizja ze snu zdawała się zgadzać z tym, co jest naprawdę. Po drugie ślady ludzi! Więc to nie Sait. Nie bezludna okolica i nieprzebyte knieje przemierzane jedynie przez krwiożercze potwory!

Ten bieg był najlepszym dowodem, że nadzieja dodaje sił. Osłabione wielodniową chorobą morską, głodne i zziębnięte dziewczyny biegły jak na placu apelowym podczas pokazowych ćwiczeń w obecności generałów. Dystans do miejsca, gdzie linia brzegowa zmieniała kierunek, cała grupa pokonała w czasie lepszym niż na ćwiczeniach, kiedy trzeba było wrócić z poligonu szybciej od innych grup i załapać się na ciepły posiłek w koszarach.

Brzeg w tym miejscu skręcał pod ostrym kątem, tworząc płytką zatokę. I rzeczywiście, klif jakby rozłamywał się tu pod naporem piasku, który spływając w dół, tworzył coś na wzór gigantycznego zastygłego strumienia lawy. Wielka wydma różniła się jednak zdecydowanie od tego, co wyrzucał wulkan, choćby samym kolorem. Ale najważniejsze znajdowało się na szczycie piaszczystego wzgórza. Ktoś wbił tam dwa ociosane pnie i połączył w taki sposób, żeby tworzyły literę X.

– Ludzie! Tu są ludzie!

– To pewnie jakiś znak dla żeglarzy.

– Niby jaki? Pierwsze widzę – do rozgorzałej nagle dyskusji włączył się ktoś najwyraźniej obeznany z morzem i zwyczajami pracujących na nim ludzi.

– Pewnie ostrzega przed płycizną.

– A może wskazuje miejsce, gdzie jest osada rybacka?

– Przestańcie. To nie jest żeglarski znak.

– Jak nie?

– No popatrzcie uważnie. Ta litera X wcale nie jest ustawiona licem w stronę morza. Dlatego widzimy ją dokładnie, bo ustawiono ją tak, żeby była widoczna dla ludzi na brzegu.

– No to może ten znak ma ostrzegać przed piargiem?

– Głupia!

Dziewczyny zaczęły się śmiać. Sam piarg był przecież sto razy lepiej widoczny niż drewniany znak. Zresztą nie było co dyskutować na dole. Kiedy tylko minęła im pierwsza zadyszka, zaczęły się wspinać na piaszczystą górę. Konwojentki dopiero teraz do nich dotarły. Musiały biec z karabinami i pełnym wyposażeniem. I, siłą rzeczy, znowu zostały same na brzegu.

Wspinanie się po piargu tylko z pozoru wyglądało na łatwe. Przynajmniej takie wydawało się dla kogoś, kto stał na dole i udzielał światłych rad. Dla wspinających się niewielki, wydawałoby się, dystans do pokonania już po kilkunastu krokach zamieniał się w koszmar. Piasek usuwał się spod stóp, człowiek zjeżdżał na dół, a przyjęcie postawy czworonoga wcale nie polepszało sytuacji. Dla tych, co stali na dole, po prostu wyglądało się śmiesznie. Trochę jak pająk przyszpilony drzazgą, który porusza w miejscu wszystkimi odnóżami, nie mogąc posunąć się do przodu.

– Żeby to szlag! – Foe z trudem łapała oddech. – Naan, czy u ciebie jest bardziej twardo?

– Wszędzie tak samo. – Jedna z żołnierzy osuwała się właśnie, przejeżdżając na brzuchu obok Foe.

– Żegnaj, koleżanko! – zawołała jedna z tych bardziej dowcipnych, widząc, jak pechowy wspinacz sunie wprost na sierżant.

Tym z konwoju szło trochę lepiej. Mogły się opierać na karabinach. Niby łatwiej, ale prędkość posuwania się prawie żadna.

Foe i Naan znajdowały się mniej więcej w środku grupy. Kiedy dotarły do łagodnej krawędzi na szczycie, inne już tam stały, przyglądając się znalezisku. Uderzająca była cisza, która zapanowała. Żadnych uwag, komentarzy, żartów ani domysłów.

– Co? – zadyszana Foe pierwsza przerwała milczenie.

– Sama zobacz.

Razem z Naan przepchnęły się bliżej wbitych w ziemię pni, które tworzyły wielką literę X. Początkowo nie dostrzegły niczego szczególnego. Dopiero po chwili Naan wskazała ręką coś, co znajdowało się pod drewnianą konstrukcją. Foe zrobiła krok do przodu. Nie można było mieć wątpliwości. Ludzkie kości. Podchodząc jeszcze bliżej, dostrzegało się nawet tonącą do połowy w nawianym piasku czaszkę.

– Niech to jasna zaraza! – Foe zaczęła kląć. – Ale wróżba! Już tu jakiś wędrowiec skonał w samotności.

– To nie wędrowiec, durnoto. Przyjrzyj się lepiej.

– Co? Ktoś tu składał ofiary z ludzi? – Do głowy skołatanej żołnierz przychodziły coraz to dziwniejsze myśli.

– Zwariowałaś? Zamęczyli ją!

– Ją? – Foe nie wiedziała, jak rozpoznać płeć człowieka po samych kościach. Ale kiedy spojrzała do góry, zrozumiała ten fragment o zadawanych mękach. Na skrzyżowanych pniach zauważyła jeszcze resztki więzów. Ktoś przywiązał skazańca za ręce i nogi, w szerokim rozkroku, z rozpostartymi ramionami.

– I co? Myślicie, że otwarto brzuch? Albo rozpalili ognisko pod spodem?

– Pnie nie są osmalone, więc nie było ogniska.

Jedna z szeregowych grzebała w piasku butem.

– Nie ma też spalonych węgli – rzuciła.

– A co jest?

Naan uśmiechnęła się smutno.

– Dziewczyna, którą tu przywiązali, umierała długo i w bólu. Pewnie krzyczała wniebogłosy, póki tchu starczyło.

– Co jej zrobili?

– Chyba ponacinali skórę nożem i zostawili, żeby zwierzęta zrobiły resztę. Tu, pod nawianym piaskiem, są całe pokłady ptasiego gówna.

Foe otrząsnęła się, nagle czując dreszcze. Co za okropność. Umierać powoli, zadziobywanym przez mewy. Nie mogąc osłonić nawet oczu. A ptaki, wiadomo, zaczynały od części miękkich. Ciekawe, czy nacięto jej brzuch na tyle głęboko, że bestie mogły się dobrać do wnętrzności. Naan oparła się na ramieniu Foe. O mało znowu nie zwymiotowała. Miała wyraz twarzy jak wtedy na barce.

– Mówisz o tej biedaczce jak o kobiecie. Skąd znasz płeć?

Szeregowa schyliła się szybko i podniosła coś z ziemi.

– Co to jest? – zapytała, podsuwając Foe pod oczy. – Poznajesz?

– Klamra od paska.

– No właśnie. Dokładnie taka sama jak twoja, nie?

Foe nie mogła uwierzyć. No, taka sama! Ale to by znaczyło, że ofiara mąk była żołnierzem imperialnej armii. I nagle przyszło olśnienie.

– Ona jest z korpusu ekspedycyjnego?

– Dokładnie z czternastego pułku stacjonującego normalnie w Lai To, w prowincji Negger Bank. – Inna dziewczyna znalazła na ziemi resztki podartego chlebaka. Na fragmencie skórzanego paska został wypalony numer jednostki.

– Dostała się pewnie do niewoli... Potwory ją zamęczyły!

Żołnierze rozglądały się niepewnie. Szczególnie bojaźliwe spojrzenia były kierowane w stronę pobliskiego lasu, który ciemniał w zapadającym zmroku.

– Mordy w kubeł mnie tu! – wrzasnęła sierżant, która właśnie dotarła na szczyt piargu i walczyła z zadyszką. Musiała jednak powstrzymać rodzącą się panikę.

– Słyszałam, że potwory z Wielkiego Lasu wystawiają żywe totemy w stronę swoich wrogów. Ten totem jest ustawiony w tamtym kierunku. Więc wrogowie potworów są tam!

– Dokładnie tam ma być ratunek, jak mówiła Naan – szepnął ktoś z boku.

– Ano – zgodziła się nadspodziewanie gładko sierżant. – No i widzicie, czasem i raportu ze snu trzeba wysłuchać.

Stojąca z tyłu kapral zaczęła się śmiać z dowcipu dowódcy, ale nikogo nie pociągnęła za sobą. Zrobiło się zbyt strasznie.

– No! – ciągnęła sierżant. – A skoro tam są wrogowie potworów, to albo tam są nasi, albo nasi sojusznicy! Jesteśmy uratowane!

Żadna jednak nie podzielała jej optymizmu.

Zapadał zmrok, one stały odsłonięte i widoczne z każdej strony jak na patelni. Do lasu bały się wejść. Trzeba będzie zanocować pod gołym niebem, w podmuchach zimnego wiatru. Nie miały niczego do jedzenia ani wody. Oprócz szczupłego konwoju nikt nie miał karabinu. A potwory czaiły się dokoła.

Optymizm był ostatnim słowem, jakie przychodziło im do głowy.

Ina przeżywała swój najciekawszy w życiu okres, który śmiało można byłoby nazwać drugimi narodzinami. Po odpoczynku i nareszcie całej przespanej nocy przy lotnisku w leśnej świątyni na płaskowyżu Banxi ruszyli w dalszą podróż. Dziewczyna wystartowała już tak pewnie, jakby niczego innego w życiu nie robiła. Nawigowała sprawnie, trochę według mapy, trochę według „przeczuć i przesądów", jak mówił Tomaszewski, wyniesionych z nauk, które pobierała w swoim kraju. Na złość jemu usiłowała się także posługiwać nowoczesnymi przyrządami i, psiakrew, nawet to, choć jeszcze ze zgrzytami, jej szło.

W Kong nie było co prawda jakiegoś szczególnego ruchu lotniczego, ale w przeciwieństwie do Banxi tu trzeba już było przestrzegać normalnych procedur. Mała zaraza jednak radziła sobie, z drobną pomocą Tomaszewskiego, który tłumaczył jej i interpretował komunikaty przychodzące przez radio. Wylądowała idealnie, kołując od razu, gdzie jej kazali.

I wtedy, kiedy już wysiedli, dla Iny nastąpił cud. Okazało się bowiem, że w wielkim hangarze, do którego musieli wejść, stoją zaparkowane skrzydło w skrzydło... samoloty. To był koniec obecności dziewczyny w realnym świecie. Znając raptem jakieś dwadzieścia potocznych słów po polsku, Ina podeszła do mechaników i zaczęła pytać, czy pokażą jej wszystko.

Tomaszewski nie zajmował się nią więcej. Musiał zdać sprzęt, zameldować się, gdzie trzeba, napisać konspekt raportu, i to w formie, która mogła być przesłana iskrówką dalej. Lot wiatrakowcem na ciepłe wybrzeże nie miał już sensu. Tomaszewski zajął im więc dwa miejsca w wieczornym samolocie do Negger Bank. Zjadł obiad w samotności, potem poszedł na rozmowę do oficera wywiadu, żeby uzyskać obraz tego, co dzieje się w Kong i w górach, kontrolowanych ciągle przez partyzantów Shen. Wysłuchał najnowszych ploteczek, odświeżył się w łazience i odnalazł Inę w hangarze. Dała się wyprowadzić, żegnana wesołymi okrzykami i całą gamą najróżniejszych gestów.

Okazało się, że po kilku godzinach sam na sam z mechanikami obca pilotka zna już prawie sto słów po polsku, generalnie wyrażeń fachowych, ale też takie perełki jak: dupa, cycki, cizia, laska, towarek, wypiąć pupę, dać buzi i tym podobne. Tomaszewski tylko kręcił głową. Poligloci z hangaru spisali się, psiakrew, na medal.

Kiedy weszli do samolotu, Ina wyjęła ze swojej torby dwa najnowsze numery „Techniki Lotniczej", które od kogoś dostała. Tomaszewski miał z dziewczyną spokój tylko podczas startu i wznoszenia się na pułap. Potem musiał mozolnie tłumaczyć podpisy pod wszystkimi zdjęciami i rysunkami.

Jedna fotografia, przedstawiająca uśmiechniętych członków jakiejś załogi, podsunęła mu myśl. Bezczelnie wykorzystując stopień komandora, wdarł się do kokpitu i uwiódł pilotów opowieścią o dziewczynie z zagubionej krainy lotników, którzy codziennie narażają życie, wzbijając się w powietrze na prymitywnych, kruchych latawcach. Oczywiście, że chcieli dzikusce pokazać prawdziwą maszynę, oczywiście, że zaopiekowali się „pilotem latawca". A Tomaszewski zdobył kilka godzin cennego spokoju. Zdołał się nawet przespać, zwinięty w kłębek na dwóch miejscach.

Rano Ina znała już co najmniej tysiąc słów po polsku oraz podstawy gramatyki. Poza terminami fachowymi znała też „proszę" i „dziękuję", a z innych określeń tylko „żeby to szlag trafił!" oraz „cholera jasna!". Lingwiści z kokpitu górowali jednak poziomem nad poliglotami z hangaru.

– Myślisz, że mogłabym poprowadzić taki wielki samolot? – zapytała przyklejona do szyby podczas lądowania w bazie w Negger Bank.

– Zważywszy na twoje nieprzeciętne zdolności do nauki, to z pewnością zdołasz opanować pilotaż.

– Ja nie o tym. Pytałam, czy mi pozwolą?

Wzruszył ramionami.

– Myślę, że tak. Pilotów brakuje potwornie.

– Ale ty tylko tak mówisz, żeby mnie uspokoić.

– Nieprawda. Faktem jest, że bez szkolenia nie pozwolą ci latać, bo taki jest regulamin. Ale tu warunki są bez mała frontowe. Myślę, że krótki kurs na miejscu załatwi sprawę.

– I naprawdę mogłabym polecieć takim olbrzymem?

Uśmiechnął się na widok jej zaangażowania i pasji.

– Wiesz, to po pierwsze nie olbrzym, a po drugie transportowce to nie to, co sokoły lubią najbardziej.

– A co lubią? – zainteresowała się natychmiast.

– Studiowałem w szkole marynarki, obok była akademia lotnicza. No i często spotykaliśmy się z tamtymi studentami na... – Tomaszewski zawiesił głos. – Na spotkaniach przy herbacie. Tak to nazwijmy.

– I co?

– Oni, kiedy już się nasączyli odpowiednio herbatą, niezmiennie powracali do rozważań, jaki rodzaj maszyny jest najlepszy. Jedni twierdzili, że silniki oddalają nas od przyjemności latania, i preferowali szybowce, inni przeciwnie, woleli te superszybkie, eksperymentalne odrzutowce. Odrzutowiec jest zaprzeczeniem szybowca, bo w nim jest już praktycznie tylko sam silnik i prędkość taka, że właściwie nie pozwala na żadne manewry.

– I jaki samolot jest najlepszy?! – Ina nie mogła powstrzymać ciekawości. Z boku wyglądało to tak, jakby chciała usiąść Tomaszewskiemu na kolanach, tak bardzo nie mogła opanować emocji.

– Najlepszy... Hm, jak już się odpowiednio „uherbacili", to stwierdzali, że jednak jest maszyna ideał.

– Jaka?!

– To ciężki myśliwiec bombardujący.

Ina przełknęła ślinę, otworzyła usta i tak już została. A Tomaszewski wyjaśniał cierpliwie, że takie coś łączy w sobie ogromną moc, ale i manewrowość myśliwca, łączy walkę powietrzną z atakowaniem celów na ziemi. Może działać, w zależności od wersji, albo w stratosferze bez mała, wysoko nad jakimikolwiek chmurami, albo tuż przy ziemi, kryjąc się w wąwozach prawie. Uzbrojony w działka, karabiny, bomby i rakiety, może wszystko. Od lotów dalekiego zasięgu, by strącić pojedynczy ważny cel, po masakrowanie oddziałów atakujących lotnisko, na którym stacjonuje. Dzięki mocy i manewrowości jest uosobieniem wszystkiego, co jest domeną lotnictwa wojskowego. To prawdziwy piorun w rękach boga.

Ina doskonale zrozumiała, kogo Tomaszewski ma na myśli, mówiąc o ręce i bogu. Bynajmniej nie istotę wyższą gdzieś tam na niebie. Istoty boskości już wcześniej dotykała, lecąc samotnie gdzieś wysoko. A teraz przekonała się, że bóg może mieć do dyspozycji jeszcze swój piorun.

– Wiesz – powiedziała, kiedy już zaczęli kołować po pasie lotniska – mam wrażenie, że urodziłam się po raz drugi.

Doskonale ją rozumiał.

Kiedy już wysiedli, Ina nie mogła się nadziwić, jak wielki obszar wyłożono kamieniem, i to idealnie równo, żeby samoloty nie napotykały na najmniejsze przeszkody. Dziwiło ją też, że na płycie lotniska nie można iść tam, gdzie się chce, trzeba stąpać po namalowanych na ziemi białych ścieżkach. Nie mogła zrozumieć, dlaczego do baraku, który od samolotu dzieliło raptem pięćdziesiąt kroków, musieli iść zakosami, robiąc ponad dwieście. Rytuał jakiś, domyślała się.

Kontrola w mrocznym, dość przestronnym wnętrzu miała charakter symboliczny. Przewidziano ją bardziej dla ludzi przylatujących z bazy w Sait, bo przemycali roślinne narkotyki w dużych ilościach. Urzędnik, który zapisywał ich dane w dzienniku przylotów, powiedział tylko:

– Pani inżynier Wyszyńska prosiła o telefon, kiedy pan się tutaj pojawi. Czy wyraża pan zgodę, panie komandorze, żebym powiadomił ją teraz?

– Tak, oczywiście.

Sierżant niespiesznie łączył się z centralą, potem długo czekał na odnalezienie odpowiedniej osoby. Ożywił się, dopiero kiedy w słuchawce rozległ się kobiecy głos.

– Mogę sam porozmawiać? – Tomaszewski wyciągnął dłoń po słuchawkę. Urzędnik nie miał nic przeciwko.

– Cześć, Cholernico! Melduje się nadadmirał Tomaszewski!

– Oho, humor ci dopisuje, a to znaczy, że nie jesteś wycieńczony podróżą.

– Spałem przez cały lot. Co u ciebie?

– Właśnie. Milion bardzo ważnych rzeczy. Spotkajmy się.

– Kiedy?

– Teraz. Jesteś przecież na lotnisku.

– A ty też jesteś?

– Tak, jestem w bazie. Spotkajmy się w barze. Najlepiej w jaskini lwa czy blisko siedziby służb logistycznych. Jak to mówią? W barze u Lewandowskiego.

Zawahał się.

– Przecież sama mówiłaś, że tu... – urwał zdanie i złapał się za ucho.

Nie mogła widzieć tego gestu, lecz oczywiście domyśliła się, o co mu chodzi.

– Że wszędzie podsłuchy? Nie przejmuj się. Nie będziemy rozmawiać o niczym tajnym.

W słuchawce rozległ się jej niesamowity śmiech.

– To co? Będziesz zaraz?

– Będę, a właściwie będziemy. Nie jestem sam.

– No nie! Znowu przywiozłeś sobie ze zwiadu jakąś laskę?!

– Jak to znowu? – dał się zaskoczyć. – A kogo niby przywiozłem sobie z Banxi? – Poczuł, że zabrnął mimowolnie. Przecież teraz żadnej „laski" również nie przywiózł.

– No przecież mnie! – Zaczęła się śmiać i coś tam poburkiwać w udawanej złości.

Słuchawka była starego typu. To, o czym mówiono po drugiej stronie, niosło się tutaj na pół baraku. Stojący w pobliżu mężczyźni zaczęli zerkać na Tomaszewskiego, by po chwili przenieść wzrok na Inę, która pociła się w lotniczym kombinezonie.

– Idź się przebierz. – Wskazał Inie kierunek, gdzie były toalety. – Jesteś bliska rozgotowania.

Kiedy odeszła, podniósł znowu słuchawkę i przeszedł na poziom dowcipu Wyszyńskiej.

– Przestań mi wypominać! Jeśli jest się z kimś na jachcie przez parę tygodni, to trudno udawać, że ona nie jest kobietą.

– Melithe też przerżnąłeś?

– Właśnie usiłuję ci powiedzieć, że do niczego nie doszło! Tak samo jak z tą na krążowniku...

– Z jaką babą spałeś na krążowniku?

– Aha, o tej nic nie wiesz. No właśnie. No to fajnie. Co było, a nie jest, nie pisze się w rejestr.

– Jak to było? Pomyliłeś przysłowia i się wsypałeś! „Co nie na oku...” – Nie potrafiła już utrzymać poważnego tonu i oboje zaczęli się śmiać. Do mężczyzn podsłuchujących z boku chyba jednak nie dotarło, że to tylko dowcipy. Kiedy Tomaszewski skończył rozmowę, w pomieszczeniu pojawiła się znowu Ina, już w swojej spódnicy i obcisłej bluzce, pracownicy baraku obserwowali ich z wyraźną fascynacją.

Tomaszewski szybko wyprowadził dziewczynę na zewnątrz. Ruszyli w stronę zabudowań bazy.

– Jeszcze tylko jedno spotkanie i będziesz mogła się przespać. Wytrzymasz?

– Pewnie. – Ina rozglądała się, łowiąc z ciekawością każdy szczegół. – Ale wytłumacz mi jedną rzecz.

– Tak?

– Kiedy weszłam do łazienki i zaczęłam ściągać kombinezon, jakiś mężczyzna strasznie się zdenerwował. I chyba chciał na mnie nakrzyczeć. Ale gdy się zorientował, że jestem obca i nic nie rozumiem, zaprowadził mnie do łazienki obok. Dokładnie takiej samej jak ta, do której weszłam za pierwszym razem.

Tomaszewski uśmiechnął się lekko.

– Za pierwszym razem weszłaś do męskiej.

– Nie rozumiem.

– Są toalety męskie i damskie. To znaczy osobno dla kobiet i osobno dla mężczyzn.

– Aha. – Wygięła wargi w podkówkę. – To znaczy nie rozumiem. Czy wy nawet sikacie osobno?

Tomaszewski przypomniał sobie korytarze twierdzy wykutej w skale. Wszystkie pomieszczenia przechodnie. Tam się nawet uprawiało miłość na oczach ludzi. A co dopiero jakieś tam głupie korzystanie z ubikacji. No tak, ciężko będzie wytłumaczyć jej obyczaje panujące w Polsce.

– To zwyczaje zza gór. W samym Negger Bank jest bardziej swobodnie.

– Barbarzyńcy!

– My o was moglibyśmy powiedzieć to samo. Kwestia punktu widzenia.

Na szczęście nie zdążyli rozpocząć dyskusji i od razu się pokłócić, co w Tor Avahen zdarzało im się nagminnie. Magazyny Lewandowskiego (bo taka nazwa zdążyła się już przyjąć) były położone tuż obok płyty lotniska. A bar (w którym Chen i Lewandowski swego czasu dobili targu, o czym jednak już nikt nie wiedział) znajdował się tuż przy wejściu.

Wyszyńska uniosła się na ich widok zza małego stolika w dość odległym od lady kącie. Najpierw uśmiechnęła się do Iny.

– Cześć, mała. – Przeniosła wzrok na Tomaszewskiego. – No coś ty? Z dziećmi...?

Dziewczyna na szczęście nie zrozumiała.

– Ona tylko tak wygląda. – Tomaszewski nie zamierzał tym razem wdawać się w dowcipne dialogi. – Co wam przynieść do picia?

– Podwójną wódkę dla mnie. A dla niej chyba soczek z marchwi.

– W tropikach pije się wódkę dopiero po zachodzie słońca.

– Nie jestem żołnierzem i mnie wasze zasady nie obowiązują.

Wyszyńska położyła na kolanach swoją ogromną, przeraźliwie ciężką torebkę. Z boku wyglądała jak wór cementu bez mała, no ale jak się chowało do niej minipistolet maszynowy z amunicją, to raczej trudno doszukiwać się walorów estetycznych. Z torby wyjęła notes i dwa ołówki.

– Widziałeś już résumé z materiałów wywiadowczych, które na ciebie czeka? – zapytała.

Tomaszewski zaprzeczył. Kiedy miał zobaczyć i w jaki sposób? Zalakowaną kopertę z aktualnościami wywiadu wręczało się oficerowi, który z jakichś przyczyn nie mógł być na bieżąco w bardziej sprzyjających warunkach niż barak na lotnisku.

– No i bardzo dobrze. – Wyrwała z notesu dwie kartki i jedną z nich wraz z ołówkiem podała Tomaszewskiemu. – Skoro jesteś na świeżo ze swoimi przemyśleniami, bez wiedzy, którą na przykład mam ja, znając choćby poufne materiały firmy „Kocyan i wspólnicy", to napisz, jakie są według ciebie trzy największe zagrożenia dla naszej misji po tej stronie gór.

– Na podstawie tego, czego się dowiedziałem podczas zwiadu?

– Tak, ale korzystaj z całej wiedzy, którą masz. Nawet jeśli nie jest aktualna.

– A ty?

– A ja napiszę swoje trzy punkty, mając najnowsze doniesienia. I porównamy kartki.

Tomaszewski wiedział, że to, co robi, jest nielegalne. Ale przecież łączyła go prywatna umowa z Wyszyńską. Pewien mały, prywatny układ. A to, co zaproponowała, było naprawdę ciekawe. Szybko wyliczył najważniejsze zagrożenia w trzech punktach.

– No to co? Pokazujemy?

Skinęła głową. A potem położyła swoją kartkę przed Tomaszewskim. On pchnął swoją pstryknięciem po blacie stolika. Nie było niebezpieczeństwa, że ktoś z baru zdoła zobaczyć, co tam jest napisane. A Ina nie umiała czytać po polsku.

– O kur... – Wyszyńska przeczytała jego kartkę pierwsza. Najwyraźniej z trudem tylko powstrzymała się, żeby nie zakląć na cały głos.

Tomaszewski zerknął na jej trzy punkty. I też miał ochotę powiedzieć coś, co nie przystawało do godności oficera.

– Te kartki są... bardzo podobne – szepnął.

– Są identyczne! – powiedziała. – Tylko inaczej sformułowaliśmy zdania.

Długo patrzyli na siebie w milczeniu. Opierając się na różnych doświadczeniach, różnych informacjach pochodzących z odrębnych źródeł, napisali dokładnie to samo. A z tego można było wyciągnąć tylko jeden wniosek. To już nie są przypuszczenia. To pewność wynikająca z faktów.

– No szlag!

Tomaszewski przysunął sobie popielniczkę, zmiął obydwie kartki i podpalił, zapalając sobie przy okazji papierosa. Po chwili, kiedy kartki już spłonęły, rozgniótł zapalniczką popiół na miazgę.

– No szlag! – powtórzył. – A co na to twoje szefostwo?

– Wiesz... – Uśmiechnęła się sympatycznie. – Ważny pan dyrektor od Kocyana zachowuje się w stosunku do mnie dokładnie tak jak admirał Ossendowski wobec ciebie. Przychodzi co rano, robi mi śniadanie do łóżka i przy kawie opowiada o wszystkim, co wie, oraz szeroko o swoich planach na najbliższe dni.

Była rozbrajająca. Tomaszewski wyobraził sobie admirała Ossendowskiego, który robi mu śniadanie, omawiając jednocześnie najbardziej palące problemy. Uśmiechnął się mimowolnie.

– Tak – powiedział. – Nie nam, maluczkim pracownikom wywiadu, wnikać w sprawy wielkich.

– A ja w dodatku nie jestem pracownikiem wywiadu – dodała. – Ale udobruchaliśmy się już z panem dyrektorem. I trochę udało mi się podziałać.

– Co mianowicie?

– Widzisz, zdałam sobie sprawę, że rejon za Wielkim Lasem w Banxi jest teraz absolutnie priorytetowy. Musimy rozpoznać sytuację za wszelką cenę. W związku z tym takie loty jak twój ostatni powinny stać się rutyną.

Skinął głową. Tak, to był absolutny priorytet. Jak wykazał pierwszy zwiad, nie mieli zielonego pojęcia, co tam się dzieje, a niebezpieczeństwo narastało z każdą chwilą.

– No niestety. – Wyszyńska wzruszyła ramionami. – Lotniskowiec, tak jak poprzednio, jest nie do ruszenia. Te pieprzone okręty są w wyłącznej dyspozycji pana prezydenta Rzeczypospolitej Polskiej. Nawet cholernego statku bazy wodnosamolotów nie da się ruszyć bez zgody najwyższych bonzów.

– Trzeba napisać raport, co tam się naprawdę dzieje...

– Najlepiej o czarach – przerwała mu szybko. – Już cię, zdaje się, pan admirał Ossendowski opierdalał w związku z czarami. I wyraźnie powiedział: chcesz wierzyć w czary, zapomnij o karierze.

– Można by to było inaczej ująć.

– Oni, cokolwiek zamierzają, chcą to przeprowadzić klasycznymi metodami – powiedziała sucho. – Nie zobaczysz Ossendowskiego ze szklaną kulą na biurku i czarnym kotem na kolanach.

– Dobrze. – Tym razem wymianę zdań uciął Tomaszewski, widząc, że do niczego nie dojdą w ten sposób. Otrząsnął się lekko. Ciągle nie mógł przywyknąć, że dama z towarzystwa, kobieta z tytułem inżyniera używa publicznie takich słów jak „opierdalać". – Co udało ci się zrobić?

– Ersatz lotniskowca – zaczęła się śmiać. – A poważnie, udało mi się przekonać kogo trzeba co do samego dalekiego zwiadu. I tanim kosztem udało się wyremontować jeden z niszczycieli.

– Niech zgadnę. A210?

– Oczywiście. Jego załoga ma największe doświadczenie w pływaniu po tutejszych wodach, ma miejscowego nawigatora. A remont i tak był konieczny.

– Co tam zrobiłaś?

– Nad rufą kazałam wybudować pokład lotniskowy. No oczywiście wielkości takiej, na jaką pozwala wielkość samego okrętu.

Tomaszewski aż podskoczył na krześle.

– Jesteś genialna!

Wyobraził sobie możliwości, jakie daje taki okręt. Kilka wystrzeliwanych z katapulty małych wodnopłatowców, takich jak te z krążownika, które wspierały ich w rajdzie na Banxi. Kilka wiatrakowców, zdolnych wylądować prawie w każdym terenie. Do tego jeden mały zbiornikowiec, ze dwa statki z zaopatrzeniem i zwiadowczy zespół operacyjny, o jakim można marzyć. Cholernica naprawdę miała wszystko w głowie poukładane jak trzeba. No i odpowiednie koneksje.

– Nadal nie mamy zielonego pojęcia o tym, co tam się dzieje – kontynuowała. – Twój raport być może coś zmieni, ale...

– Możemy mieć archiwum państwowe. – Zerknął na Inę, która na szczęście nie rozumiała niczego, a teraz w dodatku, po nocy spędzonej w kokpicie, dostała „choroby klejących się oczu". Zaczynała podsypiać na siedząco.

– O czym mówisz?

– Nasz wróg z innego kontynentu oblega twierdzę, gdzie urodziła się moja pilotka. – Tomaszewski celowo nie używał imienia dziewczyny, żeby nie zorientowała się, że mówią o jej kraju. – Twierdza zaraz padnie. Jeśli już to nie nastąpiło.

– I co zamierzasz?

– Muszą się ewakuować, a nie mają gdzie. Chcą też, z tego, co słyszałem, ewakuować swoje archiwum. Czemu więc nie w nasze, „bezpieczne" ręce? Czemu nie do naszych najwspanialszych na świecie sejfów? I wtedy będziemy wiedzieć o regionie wszystko!

Wyszyńska cmoknęła cicho. Ukradkiem się rozejrzała. Pewnie wyglądali teraz z boku jak dwoje mafiosów, którzy planują nielegalne przejęcie cudzego interesu.

– Pomoc w ewakuacji? – szepnęła. – Chcesz sobie brać na kark jakichś zafajdanych uchodźców?

– Czyż nie czeka nas wojna w tym regionie? – odpowiedział pytaniem, wskazując jednocześnie palcem resztki popiołu ze spalonych kartek, na których pisali przed chwilą.

– Czeka. – Przygryzła wargi.

– A kto w takim razie poprowadzi nasze czołówki, jeśli nie miejscowi?

– Masz rację – westchnęła. – Ale wywoływanie wojny z kimkolwiek nie leży w naszych kompetencjach, przypominam.

– My tylko pomożemy przy ewakuacji. Humanitarnie!

– A jeśli tamci zaczną strzelać?

Tomaszewski nagle wyobraził sobie, jak odpowiedziałby na to pytanie tatarski pułkownik Selim Michałowicz.

– To odpowiemy hultajom ogniem! – Uderzył pięścią w stół.

Wyszyńska parsknęła śmiechem. Ina się obudziła i popatrzyła na nich nieprzytomnie. Nawet barman się ocknął.

– Dobrze. – Wyszyńska szybko wróciła do rzeczowego tonu. – No to każde z nas do swoich zadań. Ja zacznę przyzwyczajać dyrektora od Kocyana do tego, co może się stać, a ty napisz odpowiedni raport do Wentzla i okraś odpowiednio mocno w rozmowie to, co tam napiszesz.

Skinął głową.

– Gdzie jest A210 teraz?

– W drodze do Kong. – Rozłożyła ramiona, jakby chcąc podkreślić swoje zasługi. – Tam ma rozpocząć ćwiczenia. Ale, jak wiesz, stamtąd w każdej chwili może przejść do działań w swoim obszarze operacyjnym.

– Który my nakreślimy?

Znowu rozłożyła ręce, tym razem w geście „to naprawdę nie moja wina". Skinął głową.

– No to do roboty.

Wyszyńska jednak, zanim się podniosła, wyjęła ze swojej torby kolorowe czasopismo i położyła przed Tomaszewskim na stoliku.

– A to lektura dla ciebie na dobranoc. Żeby strzał z adrenaliny przyspieszył ci obroty.

Zaskoczony zerknął na kolorowe zdjęcie „National Geographic". Tytuł na okładce brzmiał:

HAVE POLES FOUND THE PASSAGE THROUGH THE RING MOUNTAINS?

Zabrakło mu powietrza. Coś w klatce piersiowej rozlewało się piekącym ogniem. Czy tak się objawia zawał serca?

Rozdział drugi

Wezwanie w trybie pilnym oznaczało, że należy rzucić wszystko i biec, często w sensie dosłownym, do pałacu, by wysłuchać, co władczyni ma do powiedzenia. W razie tego trybu należało oczekiwać zmycia głowy oraz kary stosownej do przewinień. Gorzej mogło być tylko w jednym przypadku. Jeśli cesarzowa nie wzywała, ale fatygowała się osobiście. Wtedy zazwyczaj czyjaś głowa rozstawała się z ciałem. Ale nie dziś i nie w przypadku Randa.

– Pani! – Dla zachowania pozorów pałacowy ukłon wykonał, idąc w jej kierunku. Z jednej strony było to niedopuszczalne złamanie etykiety, z drugiej jednak pokazywało stopień jego zaangażowania i fakt, że rozkazy traktował poważnie.

Rozbawił ją. Sukces.

– No już, już, bo mi się potkniesz i zęby wybijesz. Albo, nie daj Bogowie, zakończysz bieg w moich ramionach.

Zatrzymał się po ściśle określonej liczbie kroków, żeby udawać rozpęd trudny do wyhamowania. Zmusił się też do sztucznego przyspieszenia oddechu.

– Pani?

Myśl o zakończeniu biegu w jej ramionach okazała się kusząca. W każdym razie uruchomiła dziwne procesy w jego umyśle. Cesarzowa nie była ładna. No ale nie była też brzydulą, miała swój urok. No i miała na sobie cienką, podkreślającą kształty suknię. Znaleźć się w jej ramionach? Psiamać, niezła myśl, choć będąca w istocie myślą o zamachu stanu.

– Poprosiłam cię, ponieważ są jakieś dziwne dziury w informacjach, które mi dostarczasz – przeszła do rzeczy bez wstępu. – Czy to prawda, że niektóre jednostki wojskowe w cesarstwie dostają polską broń?

No ładnie. Specsłużby nie były więc tak do końca obezwładnione, jak mogło mu się wydawać.

– Tak, pani – odparł natychmiast i bez wahania. – Na przykład marynarka wojenna. – Wskazał dyskretnie brodą wyposażonych w broń maszynową marynarzy, którzy ochraniali cesarzową.

– Nie odwracaj kota ogonem – ucięła.

– Nie wiem, o co konkretnie pytasz, pani. Polską broń mają oddziały armii cesarskiej strzegące bazy w Negger Bank. Te, które wywodzą się z ocalałych resztek korpusu ekspedycyjnego. Dostały uzupełnienia i to już jest stan ciężkiej dywizji, pani. Ale przecież o tym wielokrotnie wspominałem. To odwód na wypadek zagrożenia pól naftowych na Złych Ziemiach. Jednostka znajdująca się w strukturach organizacyjnych cesarskiej armii i pod waszym dowództwem, pani, jako element umowy międzypaństwowej.

– Ale możliwa do użycia przeze mnie tylko teoretycznie, prawda?

– No, siłą rzeczy nie sposób tej dywizji użyć na przykład do pacyfikacji rebeliantów w Kong, bo nie ma jak dowieźć tam tak ciężkiej jednostki. Nie ma odpowiednich dróg. A może inaczej. Jest jedna, wąska, więc logistycznie przepychanie tam większych oddziałów byłoby kwatermistrzowskim cudem.

– To wszystko? – zapytała cesarzowa, kończąc jego przydługi wywód.

– No nie. Są przecież wojska ochrony kolei i samych Złych Ziem. Wszystko weteranki z oddziałów strzelców pustyni, wyposażone w nową broń. Jednostki są rozproszone, ale też w sile dywizji, mniej więcej.

– A jak wytłumaczysz fakt, że liczba rekrutów, którymi są uzupełnione te jednostki, przekracza wszelkie rozsądne granice?

– Szkolenie wymaga czasu. Weterankom niedługo kończą się kontrakty, a nie można zostawić linii kolejowej bez ochrony.

– Więc będą tam dwie dywizje? Czy też chodzi o to, że jeśli ktoś tej pierwszej każe gdzieś maszerować, to kolej pozostanie chroniona przez następną?

– Pani, kolej to niesamowity rozwój. Czy wiesz, co się dzieje z terenami wzdłuż drogi żelaznej? Takiego rozkwitu jeszcze nie było! To cud!

– Przestań mi tu mydlić oczy. A pułk z Kong? Po co mu rekruci i polska broń?

Rand z najwyższym trudem opanował mięśnie twarzy. O tym też wiedziała.

– Pułk tkwi w Wielkim Lesie w Banxi. Potwory atakują bez przerwy...

– To złamanie umowy międzynarodowej! A poza tym oni z pułku chcą zrobić brygadę!

Szpieg specsłużb nie był więc zwykłym szeregowcem.

– To jest jednostka, która podlega tobie, pani. To cesarskie wojsko.

– Cesarskie wojsko, które jest mi niepotrzebne i które buduje w pośpiechu niepotrzebną mi drogę!

Nie wiedział, jak ją uspokoić.

– Szpiedzy cesarscy wysłani na inny kontynent donoszą o szykującej się wielkiej wojnie. Musimy być przygotowani.

– Co ty nie powiesz?! – Rozsierdziła się naprawdę. – Szpiedzy donoszą, mówisz! A co się dzieje w Sait?

– Co się dzieje w Sait? – powtórzył jak echo, udając zaskoczonego.

– W dziwny sposób znikają mi tam weterani. Ot, dziewczyny, które zdobyły już doświadczenie na wojnie, wycofuje się z linii, odwozi na wyspę Tarpy, gdzie formowane są nowe jednostki. A potem gdzieś znikają.

Rand przełknął ślinę, nie wiedząc, czy ma dalej grać głupka, czy też zaryzykować jakieś bardziej zdecydowane kłamstwo. Durnowaty sztab generalny nawet tak prostej operacji nie potrafił utrzymać w tajemnicy. Ale co się dziwić...? Był pewnie naszpikowany ludźmi speckurew.

– Co powiesz? – naciskała cesarzowa.

– W Sait potwory...

– Nie brnij! – osadziła go momentalnie. – Nie chcesz powiedzieć, że nagle wojsko polskie przestało radzić sobie z potworami i potrzebuje naszej pomocy, prawda?

– Nie, pani. Lecz szpiedzy na obcym kontynencie donoszą o wielkim zagrożeniu. Trzeba być przygotowanym. Trzeba szkolić nowe jednostki...

– Szpiedzy donoszą? – powtórzyła kpiąco. – A kiedyż to donieśli o rzekomej wojnie szykowanej przez mieszkańców drugiego kontynentu?

I co miał powiedzieć? Że parę dni temu? Cesarzowa wybawiła go z kłopotu.

– Nowe jednostki były szkolone w Sait, zanim jeszcze wysłano szpiegów. Zgadza się?

– To domena sztabu generalnego.

– Sztab nie ma pozwolenia na łamanie umowy międzypaństwowej. Zresztą oni by tego nie wymyślili.

– Więc kto, pani, Polacy? – Postanowił udawać głupka. Tak było bezpieczniej. – Z tego, co wiem, to nasze wojsko, nasi dowódcy, a na rękawach mają nasze insygnia. Na sztandarach jest twoje godło, pani.

– Nasi ludzie, polscy oficerowie i podoficerowie, ich służby, ich zaopatrzenie – cedziła przez zaciśnięte zęby cesarzowa. – A co sobie namalowali na rękawach czy sztandarach, to już ich sprawa.

– Przecież nasi nie ruszą na majestat!

– Może i nie. – Skinęła głową. – Ale powiedz mi jedną rzecz, Rand.

– Tak, pani?

– W jaką wojnę zamierzasz wciągnąć cesarstwo?

Zapadła cisza. No bo co tu powiedzieć? Że to nie do końca jego polityka? Że sam wije się między tym, co chce osiągnąć, a tym, co chce Rosenblum, wykonujący rozkazy Wentzla? Że w polskim sztabie wrze od dawna walka o wpływy? Że marynarka i wojska lądowe wcale nie muszą chcieć tego samego? I w związku z tym nazwanie polskiej polityki spójną mijałoby się z rzeczywistością?

– Milczysz – stwierdziła. – Może i dobrze, bo nie zagubisz się w kłamstwach.

– Nie kłamię, pani.

– Tak. Skoro nic nie mówisz, to i nie kłamiesz. Niepodważalne.

Cisza przedłużała się nieznośnie. Rand nie mógł odgadnąć, jaki był cel tej rozmowy. Chciała go nastraszyć? Zdenerwować? Osiągnęła już oba cele. Ale przecież nie mogło chodzić tylko o przerzucanie się słowami. Co naprawdę chciała osiągnąć? Nie zmianę polskiej polityki, bo to nie z nim, nie tutaj, nie na tym szczeblu. Wniosek mógł być więc tylko jeden. Ktoś na Randa donosi i podsuwa swoje interpretacje jego działań. Ta myśl nie przybliżyła go jednak ani o krok do rozwiązania.

I nagle zdał sobie sprawę, że cesarzowa sama jest zagubiona jak nigdy. I sama też nie bardzo wie, co chce osiągnąć. Za tą myślą przyszła od razu następna: do czego w takim razie potrzebna mu jest władczyni? Początkowo przestraszył się takiego sformułowania. A potem przypomniał sobie dzień, w którym uderzyła go w twarz. Powiedziała wtedy coś takiego: „Każdy zna imię Biafry, a nikt nie pamięta imienia jego matki, królowej Arkach, którą doprowadził do abdykacji. Władczynie powinny się wystrzegać miłych chłopców przynoszących im informacje".

Uspokojony podniósł głowę.

– Milczę, ponieważ nie wiem, jakiej odpowiedzi ci udzielić, pani. W najszybszym możliwie czasie zbiorę wszelkie informacje na interesujące cię tematy i dostarczę je od razu. Zadaj mi, pani, tylko pytanie, na które mam szukać odpowiedzi.

Zamyślona przytaknęła.

– Czy...

Ich oczy spotkały się na moment. On zrozumiał, jakie pytanie chciała zadać, a ona poznała na nie odpowiedź.

Noc była koszmarem. Dziewczyny tuliły się do siebie, leżąc na plaży, a niesiony zimnymi powiewami wiatru piasek wciskał się wszędzie, powiększając ich cierpienie. Nad ranem zimno stało się nie do zniesienia. Nikt nie spał, ale też nikt nie zamierzał ryzykować dalszego marszu brzegiem morza po nocy. Wszystkie wiedziały, że potwory widzą po ciemku.

Długo oczekiwany świt nie przyniósł ulgi. Ukryte za chmurami słońce nie dawało ciepła. Za to głód i pragnienie odezwały się ze zdwojoną mocą. Lękliwie spoglądając w stronę ciemniejących na szczycie klifu drzew, zaczęły się zbierać.

Głód był częstym zjawiskiem w cesarskiej armii. Dziewczyny od dawna nauczyły się uzupełniać swoją dietę, czym się dało. Jeśli nie można było niczego zrabować ani ukraść, wystarczyło zerwać się do najbliższego lasu. Każda żołnierz znała dobrze gatunki jadalnej kory, wiedziała, z jakiej wysokości na drzewie najlepiej ją zrywać, jak się wspinać, które kawałki można wkładać do ust, a których unikać. Każda wiedziała też, korzenie jakich roślin i w jakim wieku można jeść bez obawy. Które jagody i dzikie owoce są przyswajalne przez organizm człowieka, a które trujące. A teraz nic. Bały się wspinać na klif i zanurzyć między drzewa.

Kiedy ruszyły plażą, okazało się, że kolejną zmorą jest pragnienie. Iluzoryczne, mizerne ciepło biorące się z marszu widocznie obudziło w ich ciałach jakieś mechanizmy i odtąd brak wody stawał się torturą coraz trudniejszą do zniesienia. Oblizując spierzchnięte wargi, znowu zaczęły spoglądać na linię drzew. Sierżant tłumaczyła, że nawet jeśli jest tam jakiś strumień, to przecież i tak musi w końcu wpaść do morza. Więc jeśli jest, to na pewno go zauważą. Głupia! Nie chodziło o żaden strumień. Teraz, o poranku, na wszystkich liściach na pewno pojawiła się rosa. Można było ją zlizać, można było choć na chwilę odsunąć dręczące pragnienie.

Wycieńczone niefortunną podróżą przez morze i nocą spędzoną na piasku, dziewczyny wlokły się niemiłosiernie. Okrzyki sierżant nie przynosiły efektu. Szły dalej napędzane już tylko strachem. Pierwszy postój zrobiły mniej więcej w południe. Żadna nie poczuła nawet cienia ulgi. Za to przed oczami każdej z leżących majaczyły drzewa na górze. Przecież tam musiała być gdzieś jadalna kora. Musiała. To był dziewiczy las, nie taki jak ten wokół garnizonu, gdzie wszystkie odpowiednie pnie zostały już dawno ogołocone.

Konwojowi z najwyższym trudem udało się zmusić żołnierzy do dalszego marszu. Znowu stanowiły łatwy ruchomy cel. A najbardziej frustrujący był fakt, że nie miały się nawet czym bronić. Szły pod konwojem jak więźniarki. Z gołymi rękami, tuż przy granicy lasu, gdzie czaiły się potwory. Niedaleko tych miejsc przecież, gdzie poległ cały cesarski korpus.

– Co mamy robić, jak nas zaatakują? – Foe zagadnęła kapral.

Ta spojrzała na nią jak na wariatkę.

– A co masz robić? Pewnie zabiją nas od razu – powiedziała, dając dowód, że sama jest w strachu. – Ja się złożę i strzelę, jeśli będą atakować. Ale co to da?

– Strzelisz? – odezwała się któraś z tyłu. – A do kogo? Tak z ciekawości pytam.

– Pewnie do siebie – zawtórowała inna. – Szczęściara. Jakbym ja miała karabin, to zdążyłabym się zabić, zanim nas dopadną.

– Te karabiny nie wystrzelą – powiedziała Naan. – Za dużo wilgoci.

Miała rację. Wiadomo, że szansa na strzał z nabitej jeszcze na wyspie Tarpy broni jest praktycznie żadna. Podróż barką, deszcz, nocleg na wilgotnej plaży. Nie ma szans. Trzeba by broń przeczyścić, wyjąć grajcarem kulę z lufy, naoliwić i wysuszyć lufę, dać nowy nabój prochowy i nową kulę. Wtedy owszem. A teraz, jeśli potwory ruszą do ataku, to jedynie można by użyć karabinu jak maczugi.

– Aleście wszystkie durne! Wystrzelają nas z łuków. Po co mają ryzykować atak?

– A po to choćby, żeby nas porozkraczać na tych balach zbitych w literę X. Tam zdychać ku ich uciesze będziemy po kilka dni każda!

– No! – zgodziła się z przedmówczynią Foe. – Widowisko se z nas zrobią. A i ptaki z okolicy będą nas błogosławić za taką ucztę.

– Nie przesadzaj. – Naan spojrzała na siostrę z wyrzutem. – Jak zaatakują, to biegnijmy do wody.

– Do morza? A po co?

– No, żeby odpłynąć, jak najdalej się da.

Foe zaczęła się śmiać.

– Wpław chcesz dotrzeć z powrotem na Tarpy czy od razu do Negger Bank?

Kilka dziewczyn jej zawtórowało.

– Głupie jesteście, baby! – zdenerwowała się Naan. – Odpłynąć od brzegu trzeba ile sił, żeby już wrócić nie dało rady.

– I co?

– I utonąć trzeba. Wiem, że straszna śmierć. Ale to tylko kilka chwil, a nie całe dnie tortur.

Zamilkły wszystkie. Żelazna logika Naan przemówiła im do wyobraźni. Kilka nawet trwożliwie spojrzało w kierunku zimnych, czarnych fal, które niezmiennie zmierzały ku brzegowi. W każdym razie nikt już nie odezwał się do wieczora.

Następny nocleg wypadł im znowu na plaży. Linia brzegu była tym razem prosta jak strzała. Linia drzew nad nimi ciągnęła się od horyzontu z jednej strony po horyzont z drugiej. Żadna różnica. I tak nie miały się gdzie ukryć.

Obudziły ich okrzyki sierżant:

– Nie pić morskiej wody! Bo będę strzelać! Nie pić morskiej wody!

Kilka desperatek o świcie właśnie przegrało walkę z pragnieniem.

Dziewczyny zaczęły się zbierać. Foe czuła, że kręci jej się w głowie. Naan wyglądała jak trup. A podnosiła się z gracją drewnianej lalki.

– Co, dziewczyny? – odezwała się któraś z tych, co trzymały się trochę lepiej. – A może gulasz z plackami?

Tylko dlatego, że pozostałe ledwie mogły się ruszyć, dowcipna baba uniknęła egzekucji na miejscu.

– Wstawać, wstawać! – Sierżant nie było już stać nawet na krzyk. Ledwie jakieś chrypienie. – Zdechniecie tu!

– A co za różnica? – Kilka zrezygnowanych dziewczyn leżało nadal na piasku. – Po chuj się podnosić? Tam jeszcze zimniej.

– Jazda!

– Ja bym się podniosła – mruknęła Naan. – Dzisiaj napotkamy strumień.

Te słowa poraziły obecnych.

– Jesteś pewna? Śniło ci się?

– To z głodu. Ma omamy i tyle.

– No nie. Poprzednio śniła to, co później było!

Wszystkie rozgadały się i pokłóciły od razu. Tylko sierżant popatrzyła na Naan z cieniem wdzięczności. Będzie pitna woda czy nie będzie, nie jej rozstrzygać. Ale dzięki szeregowej udało się zebrać konwojowany oddział i ruszyć dalej.

Potoku jednak nie napotkały aż do południa, kiedy zarządzono pierwszy odpoczynek. Dziewczyny chciały powiesić Naan, ale z powodu braku liny i jakiejkolwiek gałęzi na plaży zrezygnowały z tego pomysłu. Zresztą nawet chęć mordu na koleżance była jakaś taka mało intensywna. Sił brakowało już na wszystko. Sierżant dowiodła jednak, że jest właściwym człowiekiem do wykonywania prostych zadań. Zaatakowała kilka ociągających się przed ruszeniem w dalszą drogę dziewczyn lufą karabinu, jakby miała tam nasadzony bagnet. Kilka bolesnych ciosów w okolice wątroby pozwoliło im się zebrać na tyle, żeby dołączyły do reszty.

Foe traciła powoli czucie w palcach. Już prawie się nie zginały. Musiała podtrzymywać słaniającą się na nogach siostrę całym ramieniem. A i tak potykały się co chwila. Kilka dziewczyn majaczyło. Kilka ewidentnie zasypiało w marszu i budził je dopiero upadek na piach.

– Tam! Tam! Patrzcie!

Jedna z konwojentek pokazywała coś, co znajdowało się przed nimi. Rzadko która z dziewczyn mogła dostrzec cokolwiek. Te z bystrzejszym wzrokiem mówiły coś o rzędzie słupów w poprzek plaży.

– Narzędzia tortur! – skojarzenie mogło być tylko jedno.

– Nie idźmy tam! Dziewczyny, zawracamy!

– Spokój!

– Zawracamy...

– Chcesz umierać powoli z głodu?

– A ty rozpięta na palach, z ponacinaną skórą?

– Spokój, mówię! – Sierżant uniosła swoją broń. Najwyraźniej i ona jednak miała wątpliwości, czy karabin wystrzeli w tych warunkach, bo sądząc po chwycie, chciała go użyć jak kija. – Zapierdolę jedną z drugą!

– Nie dyskutować! Nie drzeć się, głupie małpy, na cały głos! – kaprale również miały sporo do powiedzenia.

Jedna z nich podeszła do dowódcy.

– Wysyłamy zwiad? – zapytała.

– A po co? – usłyszała w odpowiedzi. – Cokolwiek by zwiad odkrył, wracać i tak nie ma gdzie.

– No fakt. – Kapral również zdała sobie sprawę, że wracając, prawdopodobnie nie zdołałyby nawet dotrzeć do miejsca rozbicia barki. Nie mówiąc już o tym, co dalej. A kryć się w lesie? Hm, to już cały korpus próbował swego czasu. I skończyło się, jak się skończyło.

– Idziemy!

Dziewczyny ociągały się strasznie. Dopiero kilka kopniaków przekonało je do ruszenia. W miarę skracania dystansu dostrzegały więcej szczegółów. Pale były zdecydowanie inne niż te na piargu, skrzyżowane w literę X. Te tutaj po pierwsze ktoś okorował, i to w miarę dokładnie. Po drugie łączyły je kolorowe, srebrnawe sznurki. A po trzecie ustawiono je za sporą rozpadliną o łagodnych brzegach, dzielącą w tym miejscu klif.

Kiedy podeszły jeszcze bliżej, okazało się, co zawiera rozpadlina.

– Woda! Woda!

Żołnierze jak jeden mąż runęły przed siebie. Tam był strumień!

Z rozpędu wpadły do wąskiej strugi i mimo przenikliwego zimna, nie bacząc na przemoczenie wszystkiego, co miały na sobie, rzucały się do wody, pijąc łapczywie, aż zaczynało brakować im tchu. Te dziewczyny, które w marszu szły z tyłu, kładły się na brzegu i czerpały wodę dłońmi.

– No, nie mącić tam! Samo błoto tu przez was przypływa.

– To idź w górę biegu. Tam woda czysta.

Sądząc po kaszlu, który towarzyszył zachłyśnięciom, co najmniej kilka dziewczyn prawie utopiło się z pragnienia. Mimo że struga była płyciutka. Może na dłoń z wyprostowanymi palcami dałoby się zanurzyć w najgłębszym miejscu. A może i to nie.

Pierwsza ocknęła się sierżant.

– No, nie chłeptać tyle naraz, bo wam kiszki skręci!

– Już! Już! Wyłazić z wody! – Konwój zbierał się pierwszy. – Koniec, bo was potopimy!

Kapral podeszła do leżącej w wodzie dziewczyny, która nie chciała podporządkować się rozkazowi. Przyłożyła podeszwę buta do jej potylicy i wcisnęła twarz w piasek na dnie.

– Wyłazić ze strumienia, suki!

– Jazda!

Kilka dziewczyn, chcąc uniknąć kopniaków, odbiegło w drugą stronę. Tak, żeby woda oddzieliła je od oprawców. Jedna uciekła za daleko. Wróciła zaraz zdziwiona, pokazując wszystkim zakrwawioną dłoń.

– Słuchajcie! To coś rozpięte między słupami to nie są sznurki!

– A co?

– To druty!

No nie... Zaćmiło głupią. Kogo stać na rozpinanie drutów w tej ilości na słupach na zapomnianym przez wszystkich kawałku plaży? I kto by zostawił te druty ot tak, bez opieki? Niemożliwe.

– Skąd krew na ręce?

– Te druty mają kolce.

Sierżant pchnęła kapral za strumień.

– Sprawdź.

Podoficer wróciła po dłuższej chwili.

– Druty – potwierdziła krótko, ssąc krwawiący palec. Najwyraźniej nie uwierzyła szeregowej i sama sprawdziła, czy druty mają kolce.

Ot, zagadka. Kto był na tyle władny i bogaty, żeby zostawić na plaży tyle drutu? To nie był problem do rozstrzygnięcia tutaj. I nie teraz. Tym bardziej że podniecone wodą żołądki dawały wyraźnie znać, że mają także inne potrzeby. Ale co mają robić? Iść dalej? No to muszą zniszczyć te druty na słupach, a to może zdenerwować bogatego władcę, który je tu zostawił.

– Co o tym myślisz? – Sierżant zerknęła na kapral.

Ta wyjęła palec z ust.

– Ja bym ruszyła na górę. Klif dzięki rozpadlinie łagodny.

– Sądzisz, że tam będą ludzie?

Kapral wzruszyła ramionami.

– No przecież takiego bogactwa – wskazała za siebie, na przedziwny płot – nikt nie zostawi bez straży.

Poza manierkami konwoju dziewczyny nie miały żadnych naczyń, żeby zabrać ze sobą trochę wody. Na szczęście nie musiały oddalać się od koryta. Wspinaczka okazała się łatwa. Strumień, a konkretnie, niesione jego korytem wody wiosennych opadów wyżłobiły w klifie łagodne, szerokie koryto. Suche teraz i ubite do tego stopnia, że nawet wyczerpane dziewczyny radziły sobie z tym zboczem bez problemu.

Kolejna zagadka czekała ich na górze.

– Most!

– Nie żartuj.

– No, kurna, sama zobacz.

Kapral stanęła na szczycie wzniesienia pierwsza i po chwili znalazła się na kamiennych płytach imperialnej drogi. Tuż obok nad strumieniem przerzucony był most. I to wcale nie zaniedbany, ktoś uzupełnił kamienie, które odpadły z licówki. I to całkiem niedawno.

– Imperialna droga tutaj? W lesie Sait?

– Ja tam słyszałam, że korpus walczył w oparciu o drogę. Więc stare drogi były tu przed wiekami.

– Ale tę ktoś odnowił.

– Może właściciel tych drutów? Lepiej chodźmy, żeby nie pomyśleli, że chcemy coś zabrać.

– Oni obserwują nas od dłuższego czasu – powiedziała Naan.

Obie, sierżant i kapral, spojrzały na nią zaciekawione, czy znowu powie im, co widziała we śnie. Ale nie. Naan wskazywała po prostu jakiś kształt, ledwie widoczny wśród wierzchołków drzew. Wieża strażnicza! No pewnie. Jak ktoś się aż tak natrudził nad zamknięciem przejścia, to musiał mieć i wieże. A one, głupie, rozglądały się, patrząc na wysokości człowieka.

– Jest tam ktoś?

– Jest. Chyba dwie sylwetki.

– Pomachajmy im.

– A po co? Przecież wartownik nie może zejść na dół. – Sierżant gestami pokazywała konwojentkom, jak mają ustawić oddział na drodze w szyku marszowym. – A skoro nas widzą i nie strzelają, znaczy trzeba tam podejść.

Kapral nie dyskutowała. Widać było jednak, że dręczą ją jakieś obawy. Przynajmniej jedno było jasne. To nie potwory. Dzikusy z lasu nie mogły mieć takich zapasów drutu i nie potrzebowały budowy strażniczych wież.

W końcu udało się uporządkować kolumnę i dziewczyny ruszyły imperialną drogą. Nie musiały iść daleko. Już za najbliższym zakrętem, znowu w otoczeniu pali z rozciągniętymi drutami, ukazała się strażnica z okorowanych bali, owiniętych jakąś zieloną siatką. Wybudowano ją na niewielkim pagórku przy drodze, w miejscu łatwym do obrony.

Kiedy podeszły bliżej, rozległ się stamtąd jakiś ostry, ale niezrozumiały okrzyk. Kiedy nie zareagowały, rozkaz padł powtórnie i choć nieporadnie, już w ich języku.

– Stać!

Sierżant momentalnie wstrzymała pochód.

– Kto idzie?!

– Imperialna armia, kompania zbiorcza z wyspy Tarpy. Nie mamy numeru, to tylko konwój transportowy.

– Dokąd idziecie?

– Nie wiem. Nasza barka osiadła na mieliźnie przy brzegu.

Z wnętrza strażnicy dobiegały jakieś głosy. Żołnierze nie mogły jednak zrozumieć ani słowa. Potem ktoś, kto ledwie radził sobie z ich językiem, krzyknął znowu:

– Jesteście rozbitkami?

– Tak, panie! Zmiłowania prosimy. Nie mamy broni poza konwojem.

Po jakimś czasie drzwi strażnicy otworzyły się, przepuszczając pięciu wielkoludów ubranych w mundury, które barwą zlewały się z kolorami lasu. Każdy z nich miał w rękach dziwny, maleńki karabin. Wszyscy patrzyli na oddział jak na istoty z innego świata.

– O kurwa! Imperialna armia, znaczy sojusznicy.

– Ale w takim stanie? Wypuścili je z obozu jenieckiego czy co?

– Przecież słyszałeś, że rozbitkowie.

– Ty popatrz lepiej. Przecież te dziewczyny były głodzone od długiego czasu.

– No... Nędza. Podobno oni tak mają.

– Ja sam nie widziałem. Ale te transporty, co przywoziły je na ćwiczenia, to też same szkielety.

– Myślisz, że one do nas płynęły?

– Do nas, ale do portu. Dalej ich nie wpuszczali przed odwszeniem i odpchleniem.

Oddział stał karnie, przysłuchując się dziwnej, niezrozumiałej i szeleszczącej mowie mężczyzn. Dwóch obcych żołnierzy otworzyło bramę z drewna, owiniętą kolczastym drutem, a trzeci, chyba najważniejszy na tym posterunku, podszedł bliżej.

– Chodźcie – powiedział w języku imperium. – Nie stójcie na drodze, bo was może jakiś dzikus postrzelić z łuku. Oni lubią takie wypady.

Sierżant z trudem rozumiała jego wymowę. Patrzyła nieufnie.

– Jesteśmy sojusznikami – wyjaśniał cierpliwie wielkolud. – Nie bójcie się. Tutaj dostaniecie wszystko, czego potrzebujecie. Chodźcie tu i stańcie przy strażnicy. Rozumiesz?

Ostrożnie skinęła głową.

– Nie możecie na razie iść dalej przed... – Nie wiedział, jak przetłumaczyć „zabiegi higieniczne". Nie wiedział też, jak powiedzieć „odwszenie" i „odpchlenie". – No, na razie czekajcie tam, za strażnicą. A ja powiem dowódcy. Tu nie stójcie. Jakiś szczeniak od dzikusów może strzelić z krzaków.

To zrozumiały. Sierżant dała znak i pochód obszarpańców ruszył w stronę przejścia do ogrodzonego drutem świata. Któryś z wielkoludów chciał pomóc co bardziej słaniającym się na nogach, ale powstrzymał go okrzyk, żeby nie dotykać dziewczyn, bo dostanie jakiegoś syfu. Tego na szczęście nie zrozumiały.

Ten, który z nimi rozmawiał, zaprowadził je za strażnicę, do osłoniętej ścianami zabudowań niszy, gdzie nikt z lasu nie mógł do nich strzelić.

– Tu zaczekajcie – powiedział rosły żołnierz. – Zawiadomię dowódcę i ktoś po was przyjedzie. Otrzymacie wszelką pomoc. Nie bójcie się. Jesteśmy sojusznikami.

Sierżant przytaknęła. Nie mogła pozbyć się podejrzliwości. Wszystko tutaj, a zwłaszcza zachowanie tych żołnierzy było dla niej niezrozumiałe. Kiedy odszedł, dała znać swoim żołnierzom, że mogą siadać na ziemi, jeśli są zmęczone. Zaaferowane dziewczyny nie chciały jednak skorzystać z pozwolenia. Strażnica wydała im się jakaś dziwna. Kilku żołnierzy, a wokół mnóstwo sprzętu. Ta nadmiarowość zaopatrzenia bardzo rzucała się w oczy. No i ten metal wszędzie. Druty, blachy, niespotykane przedmioty.

– Tam! – Jedna z dziewczyn znalazła wzrokiem coś, co było najbardziej nieprawdopodobne. – Popatrzcie.

Żołnierze spojrzały we wskazanym kierunku. Przy ścianie wartowni na ziemi stał... talerz wypełniony mięsem. Mięsem i kaszą chyba albo czymś. Ale to na pewno było mięso. W ustach patrzących momentalnie pojawiła się ślina. I co to miało być? Jakaś wyrafinowana tortura dla wygłodniałych przybyszów? Nie no, niemożliwe. Ci tutaj nie zdążyliby przygotować. Zresztą po co marnować tyle mięsa, stawiając je na ziemi? Mrówki przyjdą. Co to ma być? Nie mogły zrozumieć.

Jeden z wielkoludów zawołał coś do drugiego, a ten otworzył drzwi, jak można się było domyślać, podręcznego magazynu. Po chwili ukazał się w nich wielki pies o lśniącej, doskonale utrzymanej sierści. Zwierzę popatrzyło obojętnie na zgromadzone kilkanaście kroków dalej dziewczyny. Potem, ciągle z niewzruszoną obojętnością, podeszło do swojej miski, powąchało zawartość i zaczęło jeść.

Żołnierzom imperialnej armii oczy wychodziły z orbit. Pies je mięso! Bogowie! Pies... pies jadł mięso z kaszą. Tu psy miały lepiej niż ludzie!

Stypa udała się znakomicie. Komendant, poczerwieniały z zadowolenia, długo nie mógł się uspokoić, krążąc po swoim gabinecie od ściany do ściany.

– Jesteście moim najlepszym pomysłem! – wykrzykiwał. – A mówili, że z gminu pochodzę, że ani be, ani me i do niczego nie dojdę. A kto was znalazł? Ja. Kto wiedział, jak was wykorzystać? Ja!

Zatarł dłonie z radości i jeszcze przyspieszył kroku w swoim marszu między oknami a wiszącym naprzeciwko portretem króla.

– Sam szef okręgu przyjął zaproszenie na kolację z okazji rocznicy wydania edyktów wojennych! – rozpływał się w zachwytach. – Sam szef okręgu!

Pokój był dawno sprzątnięty, ale Kai i Nuk udawały, że poprawiają ostatnie niedociągnięcia, przywracając pomieszczeniu służbowy charakter. Jakoś tak głupio się czuły, stojąc i słuchając jego przemowy. Bały się zdradzić z czymkolwiek, a po wyrazie twarzy poznać złe myśli najłatwiej. Kiedy widzisz tylko tyłek, nie zorientujesz się w niczym. Obie szorowały więc podłogę z zacięciem godnym lepszej sprawy, bacznie jednak słuchając, co ich szef mówił.

– To jest początek prawdziwej kariery! Sam pełnomocnik wicekanclerza całego Nayer powiedział, że czeka na następne zaproszenie i na następną okazję. A następną okazją będzie... – Komendant zasępił się, nie mogąc sobie przypomnieć.

– Śmierć kolejnego generała? – wypaliła ni z tego, ni z owego Nuk.

Komendant prawie że dostał ataku apopleksji.

– Żebyś się nigdy nie ważyła tak mówić! – wrzasnął, kiedy już odzyskał oddech. – Żeby cię ręka Króla-Boga broniła przed tobą samą!

– Zmęczona jest. – Kai ze szmatą w dłoniach usiłowała łagodzić. – Tyle czasu na nogach bez wytchnienia... to i głupoty gada.

– Twoje miejsce jest tam! – Komendant nachylił się nad Nuk, która szorowała podłogę. – Tam! – Wskazał kierunek, gdzie stał połączony z komendanturą budynek więzienia. – A i tam długo miejsca nie zagrzejesz!

– Wybaczcie, panie. – Kai zrozumiała, że sytuacja jest potencjalnie groźna. Czuła jednak, że on musi się tylko wykrzyczeć. Dać samemu sobie dowód gorliwości. Nikt przecież nie mógł ich tu słyszeć. – Ona z nóg leci po prostu. Zaćmienie ją bierze.

– Idiotka! Dobrze, żeś prosta dziewucha z gminu. Inaczej oni by cię już dawno...

Ciekawe, kogo miał na myśli, mówiąc „oni". Dla prostego ludu to chyba właśnie komendant był jednym z „nich". Kai uważnie obserwowała całą scenę.

– Przez ciebie, durna, mogą nici wyjść z moich planów! Jak ci się gdzieś wypsnie taka durnota, to cię w try miga zabiorą razem z tą drugą! Wy nie wiecie, co się wyrabia teraz! Reżim wojenny panuje! Debilki.

– My naprawdę... – zaczęła Kai, ale komendant nie dał jej dokończyć.

– Milcz! Cały czas docierają do mnie okólniki o dwóch agentach przysłanych przez krwiożercze imperium zła! To kapitan armii tych tchórzliwych wojennych podżegaczy, Polaków, i pomagający mu sierżant z armii cesarskiej. Ze służb specjalnych.

Nuk przełknęła ślinę. Kai opuściła głowę, by ukryć swoje oczy.

– Wiemy już, gdzie wylądowali.

– Jak to wylądowali?

– Łódką przypłynęli? – dodała Nuk.

– A może i wielkim okrętem. Ale najpewniej maszyną latającą – powiedział komendant. – No, coście takie zdziwione? Oni też mają maszyny latające.

– No i co z tymi facetami? – Kai sądziła, że mówiąc w ten sposób, postępuje sprytnie.

– A cholera ich wie czy to faceci. – Komendant wzruszył ramionami. – W armii imperium baby służą.

– A w polskim wojsku?

– Nie no, nie dajmy się zwariować. Kapitan przecież nie może być kobietą. Ale może szukamy pary? Bo wiadomo, że dwie osoby.

– I naprawdę znane jest miejsce, gdzie wylądowali?

– A znane, znane. – Pokiwał głową, nie podejrzewając, że jego słowa powodują panikę w umysłach „kucharek". – I teraz wystarczy popytać we wszystkich osadach w okolicy, czy kto obcy się nie pałętał. Czy kto nie mówił z obcym akcentem. Nie dopytywał. I są już tacy, co pytają, co węszą, i są tam w dużej liczbie. Spokojna głowa. Będziemy ich mieli.

Żelazna obręcz strachu zaciskająca się wokół umysłu Kai zelżała trochę, kiedy usłyszała o akcencie. One nie miały obcego akcentu, a poszukiwacze nie wiedzieli, że jedna z agentek jest czarownicą. Z drugiej strony, skoro węszą wokół miejsca lądowania, to niedługo dojdą do opowieści o dwóch dziwnych dziewczynach – łysy szewc po jakimś czasie je rozgryzł. Ale do łysego poszukiwacze nie powinni trafić, bo ten zmieniał wciąż miejsce pobytu. A może dadzą się zwieść tym, że dwóch obcych szpiegów raczej nie zaczęłoby działalności w swoim teatrze operacyjnym od oszustw w handlu obuwiem?

W każdym razie, jakkolwiek by wróżyła przysłowiowa babka, kleszcze wokół nich zaciskały się coraz bardziej. Agent umieszczony w polskim dowództwie miał dobre informacje. I to coraz bardziej precyzyjne. Zaczynał się więc wyścig pomiędzy nim a Kai i Nuk. Kto kogo wyłowi pierwszy.

Musiała to zgłosić do centrali. Niech szybko wymyślą coś, co pomoże jej uratować dupę!

– A ty co tak stoisz jak z kamienia rzeźbiona i milczysz? – Komendant podszedł do Kai. – Wytłumacz swojej głupszej koleżance, że wam zaufałem. I dzięki wam mogę tu zapraszać coraz ważniejszych notabli. Jak będę ich po królewsku podejmował i jak będę z nimi pił, to moja kariera poszybuje ku niebiosom. A wy ze mną. Zrozumiałaś?

– Tak, panie.

– Wasza przyszłość związana jest z moją przyszłością. Nie ma innej drogi. Nie zawalcie tego, to nie pożałujecie. Zrozumiałaś?

– Tak, panie.

– A inna droga to droga do kazamatów. Ale tylko na chwilę, bo potem na zatracenie wojenne! Widziałaś, ilu więźniów stąd się wyprowadza codziennie?

– Widziałam, panie.

Położył jej rękę na ramieniu.

– No. To dołóż starań, żeby do nich nie dołączyć. – Westchnął, patrząc czarownicy w oczy. – I powiedz tej głupiej cipie, żeby ozorem nie mieliła! Niech głuchoniemą udaje najlepiej. Bo każdy niech se myśli, co myśli, ale nie pierdoli na głos!

– Będzie, jak każesz, panie.

– I ty też nie udawaj głupszej, niż jesteś – warknął złowieszczo. – I przestańcie już tymi szmatami machać. Chcecie mnie tylko udobruchać, udając, że pracujecie. Moim oczom nic nie umknie.

Zanim Kai zdążyła coś odpowiedzieć, komendant odwrócił się i podszedł do biurka.

– Dostaniecie papier, że jesteście moimi osobistymi kucharkami. I że pracujecie bezpośrednio dla mnie. Pojedziecie z tym pod miasto, do siedziby kwatermistrzostwa. I nie gadać tam z nikim. Idziecie od razu do dowódcy kuchni.

– Tak.

– Pobierzecie tam zapasy wszystkiego, czego potrzeba wam w kuchni. I nie gotować mi byle gówna z tych odpadów, co w mieście można zdobyć, tylko weźmiecie stamtąd. Zrozumiałaś?

– Tak, panie. – Czarownica usiłowała przybrać stanowczy i rzeczowy wyraz twarzy. Komendant najwyraźniej obraził się na Nuk, ignorował ją zupełnie.

– Wybierajcie se tam powoli, co chcecie. I na nic nie zwracać uwagi. – Zawiesił głos, myśląc nad czymś intensywnie. Potem westchnął raz jeszcze. – Plotki krążą o tych dwóch agentach, bo każdy okólnik dostaje. Więc dobierzcie sobie jeszcze kogoś na drogę, żeby was jako pary nie kojarzono. Tylko żeby troje razem widziano.

– Bardzo słusznie – odważyła się odezwać Kai. – I będę pilnować tej głupiej z niewyparzonym ozorem. – Mówiąc „głupia", z satysfakcją zerknęła na Nuk.

– Pilnuj! Ale dla pewności dam wam jeszcze papier, że to mój prowokator. Jak jej się coś wypsnie, to wiesz, co mówić?

– Tak, wiem.

– To wszystko na dzisiaj. Wynocha.

Ruszyły w stronę drzwi, ale komendant zatrzymał je jeszcze.

– Stypa dobrze wyszła – mruknął na pożegnanie. – Weźcie se tam wina z kuchni. Z moich prywatnych zapasów.

Przemytniczy szlak zamieniał się tutaj w wąską ścieżkę prowadzącą dalej w wysokie góry. Oddział Shen nie mógł na nią wkroczyć, był zbyt ciężko wyekwipowany. Ale też i nie było takiej potrzeby. Na początku górskiej ścieżki znajdowała się niewielka świątynia i resztki zabudowań zakonnej szkoły wysokogórskiej, która istniała tu przed wiekami. Kilka kamiennych budynków nadawało się jeszcze do zamieszkania. Oprócz wody z niewielkiego strumienia nie znaleźli tutaj co prawda niczego przydatnego, ale ludzie Shen byli dobrze zaopatrzeni, nawet drewno na ogniska podróżowało na grzbietach mułów.

– Rozkładać się. Nie mieszać oddziałów – Nanti wydawała rozkazy swoim podoficerom.

– Wzmocnione warty? – Sharri jak zwykle chciała mieć pewność, że nikt ich nie zaskoczy w nocy.

– Wzmocnione tutaj? – Sierżant popukała się w czoło.

– Zaraza jedna wie, co za licho przemierza ten szlak nocą.

– To chyba demonów się boisz. Przemytnik na wojsko się nie rzuci.

– My nie wojsko.

– Tym bardziej. Ludzi Shen przemytnicy nie tkną.

– Ale mogą coś ukraść.

– Oj! – Nanti miała dość tchórza. – No to bierz karabin w garść i sama pilnuj!

Przysłuchująca się niezbyt wyrafinowanej wymianie zdań Shen podniosła rękę.

– Spokój. Spokój, dziewczyny.

W kwestii liczby wart nie miała niczego do powiedzenia. Imperialna armia na pewno ich tu nie dopadnie, a bandyci różnego kalibru będą się trzymać z daleka. Nie byli dla rabusiów obiektem zainteresowania, bo do zrabowania mieli mało, a siłę ognia posiadali dużą. Podeszła do Kadira, który ściągał właśnie swoje rzeczy z grzbietu muła. Od rana nie miała nic w ustach.

– Wiesz może, co na kolację?

Zaprzeczył ruchem głowy.

– Mam wrażenie, że zjadłabym jakieś duże zwierzę w całości.

Rusznikarz spojrzał na nią z udawanym przestrachem.

– Nie człowieka – niby go uspokajała. – Zwierzę.

– A od jakiej części ciała chciałabyś zacząć? – dopytywał. – Bo może zgłoszę się na ochotnika w charakterze dania.

– Nie chciałbyś wiedzieć – droczyła się, biorąc go w ramiona.

Chciała jeszcze pożartować, ale przerwał im okrzyk.

– Tam są jacyś ludzie!

– Gdzie?

– Tam, czuję dym.

Kadir pociągnął nosem.

– Ty to masz węch – powiedział do piegowatej dziewczyny z karabinem. – Ja nic nie czuję.

– Bo to nie dym właściwie, ale zapach wygaszonego ogniska. – Dziewczyna wskazała ręką kierunek.

– Weź dwóch ludzi ze sobą i sprawdź. – Shen rozglądała się nerwowo. Nic nie sprawiało wrażenia, żeby stara zakonna baza była zamieszkana.

A jednak piegowata miała rację. Już po kilku chwilach zaimprowizowany patrol przyprowadził dwóch mężczyzn. Starszy, siwy, o pooranej zmarszczkami twarzy patrzył na Shen z wyraźną ciekawością. Młodszy chłopak, a właściwie dziecko nawet, ewidentnie był przerażony.

– Niespecjalnie się ukrywali – wyjaśniła dziewczyna obdarzona wyjątkowym węchem. – Nie stawiali oporu. Ale ognisko wygasili na nasz widok.

Starzec ukłonił się elegancko.

– Wielka pani dowódco sił wyzwolenia ludu – zaczął, a Shen parsknęła śmiechem.

Poznała już najróżniejsze określenia kierowane pod jej adresem, to jednak było wyjątkowo oryginalne.

– Jestem Patte – wyjaśnił starszy człowiek, niewzruszony jej śmiechem. – Nie ukrywaliśmy się, a ogień wygasił chłopak, który mi towarzyszy, kiedy nie wiedzieliśmy jeszcze, kto ku nam zmierza.

– Ale teraz już wiecie, kim jesteśmy?

Patte ukłonił się ponownie.

– To dla mnie zaszczyt, pani, być tak blisko Jutrzenki Nadziei.

– No przestań! – zdenerwował się Kadir. – Kim jesteście?

– Jestem matematykiem, panie. Zawód bardzo bliski twojego. Choć trochę też mniej praktyczny.

– A co matematyk robi w tych górach?

– Pustkowie sprzyja rozważaniom. Ale to dłuższa historia. Z chęcią wyjaśnię przy kolacji.

– Trochę potrwa, zanim zrobimy coś ciepłego – wtrąciła się Shen.

– Ależ to ja zapraszam na ciepłą kolację. Nasza już gotowa. – Matematyk nagle zdał sobie sprawę, co powiedział, i trochę spłoszony rozejrzał się po otaczających ich ludziach. – To znaczy nie wszystkich, oczywiście. Może skupmy się na dowództwie.

Shen przełknęła ślinę. Mieli przewidzianą kolację na dwóch, więc przyjmą dwóch dodatkowych, roztrząsała gorączkowo w myślach. Jeśli dosiądzie się zbyt wiele osób, nie zostanie nic do jedzenia. W takim razie tylko ona z Kadirem. A co do reszty, która chciałaby się załapać...

Shen zaczęła szybko wydawać rozkazy dotyczące organizacji obozowiska, tak żeby ani Nanti, ani Sharri nie myślały, że zjedzą razem z nimi. Obie natychmiast runęły wykonywać swoje zadania.

– A my – triumfalnie spojrzała na Kadira – z wielką wdzięcznością przyjmujemy zaproszenie.

Rusznikarz w podziwie nad jej refleksem lekko pochylił głowę. Fajną miał dziewczynę. Bez oporu i bez wyrzutów sumienia wobec reszty poszedł za sędziwym matematykiem. Patte z chłopcem nie rozłożyli się daleko. Okazało się, że tuż za na pół zrujnowanymi zabudowaniami zakonnej bazy znajduje się dość dobrze utrzymany budynek, który kiedyś prawdopodobnie był stodołą. Ktoś jednak ewidentnie dbał o niego. Naprawiał dach, łatał ściany. Co prawda materiały pochodziły z różnych źródeł, ale ostatnich napraw na pewno nie dokonano przed wiekami. To była współczesna robota.

– Przemytnicy tak dbają o schronienie przed wkroczeniem w naprawdę wysokie góry?

– Nie – zaprzeczył matematyk. – Przemytnicy, owszem, korzystają z uroków tego miejsca i na pewno nie niszczą niczego. O dach nad głową dbamy jednak my.

– My? – Kadir pociągnął nosem. Z kociołka zawieszonego nad wygaszonym ogniem dochodził zapach gulaszu. – Czyli kto?

– Zapraszam. Siądźmy. Przy kolacji przyjemniej będzie rozmawiać.

Chłopak przełamał paraliżujący go strach, dość sprawnie rozpalił na powrót ogień pod kociołkiem. Rozdał też naczynia, niewielkie gliniane miski, które znajdowały się tutaj w większej ilości, co nie umknęło uwagi Shen.

– Ilu was tu jest? – zapytała.

– Nas? Matematyków? – Starszy mężczyzna rozejrzał się teatralnie, niby to czegoś szukając. Potem rozcapierzył palce, tak jakby zamierzał coś liczyć, i ciągle patrząc to w lewo, to w prawo, wyciągnął do góry tylko jeden palec i wskazał na siebie. – Raz! – powiedział.

Shen roześmiała się, bo był niezłym aktorem. Zaraz potem zajęła się gulaszem. Z napchanymi do granic możliwości ustami rozmawia się kiepsko, więc siłą rzeczy zapadła cisza.

– Ale pewnie pytasz, pani, ilu tu było naszych dawniej? – Matematyk albo już jadł, albo nie był głodny i skwapliwie wykorzystał okazję, żeby się nagadać. Najwyraźniej konwersacja z chłopcem, jako jedynym słuchaczem dotąd, mu nie wystarczała. – Tylko to pomieszczenie zapewniało nocleg trzydziestu z górą ludziom. A nie jest jedyne. Jak się ma płachty namiotowe ze sobą, to w ruinach może się wygodnie przespać jeszcze pół setki. Oczywiście w lecie.

Shen chciała o coś spytać, ale nie nadążyła z przełykaniem. Gulasz był znakomity. Matematyk jednak zdawał się odgadywać jej pytania.

– Ach! Chcesz wiedzieć, pani, czy przywiozłem ze sobą plotki o najnowszych wzorach sukien? Otóż tak, znam krawców, znam najlepszych...

Chciała palnąć go drewnianą łyżką, lecz odsunął się, dowodząc, że ma dobry refleks. Shen śmiała się z pełnymi ustami. Patowa sytuacja. Starzec miał przynajmniej poczucie humoru. Co dobrze wróżyło. W ogóle miała wrażenie, że ostatnio w przeciwieństwie do całego jej życia lepiej rozmawia jej się z ludźmi wykształconymi.

– W głowie ci się nie mieści, pani, po co komu zbierać na pustkowiu trzy ćwierci setki ludzi biegłych w obliczeniach? – matematyk przeszedł nareszcie do rzeczy.

Potwierdziła skinieniem głowy.

– To długa historia – droczył się i tym razem Kadir o mało nie parsknął śmiechem i nie wypluł gulaszu. Starszy mężczyzna miał wielki talent komiczny.

Po bardzo długim czasie, kiedy matematyk bawił się ich kosztem, powtarzając „od czego by tu zacząć?" albo „dawno, dawno temu" czy „rozsiądźcie się wygodnie, to będzie długa opowieść", przestał się znęcać. A może zauważył po prostu, że zaspokoili pierwszy głód i będą mogli powiedzieć mu, co myślą.

– Wiecie pewnie, że ludzie od dawna zamierzali przejść przez którykolwiek z Wielkich Lasów.

– Mhm – potwierdziła energicznie Shen.

– Udało się to cesarzowej Achai tysiąc lat temu. Ale jakim kosztem? Musiała spalić cały las i wybić jego mieszkańców.

– Zakon chciał więcej? – Kadir odstawił swoją miskę i wytarł usta.

– Czemu przyszedł ci do głowy akurat Zakon, panie?

– Jesteśmy przecież w starej zakonnej bazie, a Wielki Las w Banxi niedaleko.

Matematyk opuścił głowę.

– Tak – westchnął. – Wielkie i pradawne siły postawiły dwóch strażników, by strzegli przetrwalników boskiej wiedzy. Potwory z lasów i Zakon. Siły te były jednak tak skonstruowane, że nie mogły się pogodzić, nie mogły wejść we wzajemny układ. Boski plan! One wierzyły w co innego.

– Genialne. – Kadir skinął głową. – Fakt.

– Zakon jednak, jako siła, która posiadała coś jeszcze poza wierzeniami i rytuałem, która posiadała także wiedzę, chciał czegoś więcej.

– Czegoś więcej niż dotarcie do samego matecznika? Do świątyń w poszczególnych lasach?

– Tak. Wiedzieli, że lasy, jakkolwiek byłoby to uciążliwe, da się przecież obejść. I teoretycznie można byłoby się dostać do czegoś, co nazywali miastem Bogów. Niestety, wiedzieli też, że miejsce to chronione jest przez posępną krainę zwaną Piekłem. Podobno nie da się przez nią przejść.

– I Zakon wiedział o tym wszystkim? – zapytał coraz bardziej zaciekawiony Kadir.

Razem z Shen przecież transportowali chorego członka załogi statku „Gradient", który bez przerwy majaczył o „piekle". Dzięki tłumaczce Duon wiedzieli także o innych odkryciach Polaków w Wielkim Lesie.

– Zakon wiedział wiele. A jeszcze więcej potrafili dostrzec jego czarownicy w swoich błyskach.

– Słyszałem, że błysk jest z reguły tak niejasny, że niewiele wynika z informacji, którą za jego pomocą można posiąść.

– To prawda. Zakres interpretacji jest bardzo szeroki. Wszystkie badania wskazywały jednak, że Wielkie Lasy podlegają pewnym zmianom.

– Jakim? – zapytała Shen.

– Żeby to wyjaśnić, musiałbym użyć zwrotów z zakresu matematyki wyższej. Byłyby, wybacz, całkiem dla ciebie niezrozumiałe, pani.

– No a co brano pod uwagę?

– Praktycznie wszystko, co dało się zaobserwować, łącznie z pogodą i układem gwiazd. Czy nie dziwią was na przykład rzeczy, których nie powinno być?

– Jeśli chodzi o pogodę, to rzeczywiście, nowi sojusznicy cesarstwa nie mogą wyjść ze zdumienia, że na przykład w dolinie Sait, która przecież leży w tropikach, jest potwornie zimno.

– No właśnie. A takich rzeczy są tysiące. Setki tysięcy czynników. A wszystkie ich parametry zmieniają się z biegiem lat. I dzięki błyskom czarowników Zakon wiedział, że nie zmieniają się przypadkowo, tylko według jakiegoś wzorca.

– Po co były mu te obserwacje?

– Do odkrycia matematycznej formuły, która tym rządzi. Do odkrycia formuły, która prawdopodobnie pozwoli na przejście przez Piekło.

– Mityczne piekło – mruknęła Shen.

– Nie wierzysz w to, pani?

– Ależ wierzę. Mieliśmy styczność z człowiekiem, który ponoć tam nawet był. Ale legend słyszałam już sporo. Z naszych źródeł można się dowiedzieć o tajemniczej Księdze Przejścia, która służy do podobnego celu co zakonna formuła. Słyszeliśmy też o drodze przez las i świątyni, która jest zbudowana jak więzienie do przepędzania tysięcy ludzi.

– A nie przyszło ci do głowy, pani, że siły wyższe pozostawiły po sobie wiele śladów? Że wiele dróg prowadzi do celu?

Shen przytaknęła.

– No to połącz teraz kilkusetletnią drogę przez Wielki Las, więzienie i Księgę Przejścia razem – powiedziała.

Matematyk uśmiechnął się nieznacznie.

– Ależ droga ma znacznie więcej niż kilkaset lat. Pewnie dzięki zmianom, które zachodzą w lesie, została zasypana ziemią i wyrosły na niej drzewa. Kilkaset lat temu, stąd pomyłka w datowaniu. Ale zapewniam cię, pani, że droga jest starsza. Starsza niż obecność Zakonu tutaj.

To ich zdziwiło. W mniemaniu przeciętnego człowieka Zakon był tu od zawsze. Od czasów Cesarstwa Luan. Ale przecież to oczywiste, że Luan nie istniało zawsze.

– Na co komu była ta droga? – zaciekawił się Kadir.

Matematyk rozłożył ręce.

– Pojęcia nie mam. Wiele wskazuje jednak, że ktoś przepędzał tamtędy tysiące ludzi, wysyłając ich karnie do Piekła. Sądząc być może... – zawiesił głos, cmokając cicho. – Sądząc, że może w takiej masie będzie choć jeden, który drogę znajdzie? Nie wiem. Zakon też chyba pojęcia nie miał.

– A wy? – zapytała Shen. – Co robiła tu współcześnie taka mnogość matematyków?

Patte znowu westchnął.

– Mógłbym nas nazwać spadkobiercami w prostej linii matematyków zakonnych. Ale w przypadku tysiąca lat trudno cokolwiek nazwać prostą linią, nieprawdaż?

– Ano racja – zgodził się Kadir.

– Właśnie. Więc od początku. Tutaj, w tej bazie, znajduje się część zapisów dotyczących wszystkich parametrów, które zmieniają się w lesie. Odnotowanych skrzętnie prawie od początku istnienia Zakonu na tych terenach.

– Gdzie? – Shen rozejrzała się po ruinach.

– W jamach wykopanych w ziemi. Zapiski były wykuwane w skałach specjalnym systemem znaczków. Jeśli ktoś zna klucz, to jest to istna kopalnia wiedzy. – Matematyk uśmiechnął się jakby przepraszająco. – Wiedzy na temat powolnych zmian i fluktuacji różnorakich czynników. W zapisach nie zawarto żadnej praktycznej.

– Kto wie? – Shen zrobiła tajemniczą minę. – Powiedz, proszę, co tutaj robiliście?

– Po pierwsze pod nieobecność Zakonu uzupełnialiśmy zapisy na podstawie własnych obserwacji. Dlatego dane mają ciągłość.

– Przez tyle lat?! – nie mógł uwierzyć Kadir.

– Przez tyle lat – powtórzył jak echo matematyk. – Po drugie pracowano tu nad stworzeniem formuły. Udało się kiedyś w tym miejscu zebrać prawie pół tysiąca matematyków. A ponieważ nauka się rozwijała, co chwila próbował kto inny. Za mojego życia na przykład udało się zebrać prawie stu dwudziestu matematyków naraz. Ale to był rekord. Z reguły pracowało mniej niż stu.

– Po co aż tylu? I to naraz?

– Praca nad formułą wymaga mnóstwa, niewyobrażalnej wprost ilości obliczeń. Stu, a nawet pięciuset matematyków to wciąż za mało. I niestety. Mój mistrz lata temu popełnił samobójstwo z bezsiły. A ja tu żyję wyłącznie dla uzupełniania zapisów.

Shen zrobiło się żal matematyka. Tylu ludzi przez tyle lat i ciągle formuła wymykała się z rąk. To łatwo powiedzieć, kiedy patrzy się na tę historię z boku. Ale poświęciwszy temu celowi swoje życie? Zdecydowanie była to inna perspektywa. Widok totalnej klęski, obraz niemożliwości.

– Tylko współczuć – mruknął Kadir. Chyba myślał podobnie.

– A wiesz... – Do głowy Shen przyszła pewna myśl. – Mogłabym ci chyba pomóc. Mam taką koleżankę, która pochodzi z bardzo dalekiego kraju.

– Matematykę i kobiety najlepiej trzymać osobno – powiedział ponuro stary człowiek.

– Ona jest inżynierem i ma dobrze w głowie poukładane. Ale poza tym ma... liczące maszyny.

Matematyk poderwał głowę. Tym razem z cieniem zainteresowania.

– Maszyny, które myślą? – mruknął. – Niemożliwe.

– Nie – wtrącił się Kadir. – One nie myślą. Nie są inteligentne. Ale mój but – przysunął do ognia swój wojskowy kamasz – też inteligentny nie jest. A jednak lepiej ode mnie, mądrego wszakże, potrafi ochronić kostkę przed złamaniem. Maszyny tej kobiety też inteligentne nie są. Ale liczyć potrafią lepiej i szybciej niż ty. Zastąpią już nie tysiąc matematyków, ale i milion naraz!

– Milion matematyków naraz?! – Patte nie mógł uwierzyć, że na świecie mogło istnieć coś takiego.

– Czy dobrze pojąłeś, co powiedziałem? – zapytał Kadir. – Mój but jest nieskończenie głupszy ode mnie. Ale chronić moją kostkę potrafi lepiej niż ja sam. Tę jedną czynność wykonuje sto razy lepiej. A maszyny także są głupsze niż my, tu siedzący. Ale liczyć potrafią lepiej niż my. Lepiej niż milion matematyków naraz, lepiej niż wszyscy ludzie na świecie. Trzeba im tylko powiedzieć, co mają liczyć. A to potrafi ta inżynier.

– O Bogowie! – Patte najwyraźniej zrozumiał wywód rusznikarza. – O Bogowie moi! – Ukląkł przed ogniskiem, wznosząc oczy ku sklepieniu namiotu. – Trzeba im tylko powiedzieć... Milion! Milion matematyków naraz!

Nad Negger Bank znowu przetaczała się fala upałów. W domach nie dawało się wytrzymać, nagrzane kamienie oddawały ciepło i ludzie przenosili się na dachy. Tam można było spać w nadziei na lekki przynajmniej chłód ledwo wyczuwalnej nocnej bryzy. Ludzie, którym pozwalały na to interesy, wyjeżdżali gremialnie z miasta, przenosząc się do miejsc położonych tuż nad wodą albo odwrotnie, leżących wysoko ponad falami rozgrzanego powietrza. Z tym że najbliższe góry znajdowały się bardzo daleko. Nielicznych tylko stać było na takie ekstrawagancje. Ci, którzy nie mieli się gdzie przenieść, wegetowali w swoich mieszkaniach, rozwieszając w otwartych oknach mokre prześcieradła, rozstawiając wszędzie naczynia z wodą albo polewając tarasy i balkony, jeśli takie mieli. Nic to nie dawało. Upał wysysał z ludzi energię, nie pozwalał spać, męczył, sprawiając, że wykonanie najprostszej czynności urastało do rangi zadania ponad wszelką możliwość.

Tomaszewski w przeciwieństwie do ludzi z bazy znajdował się w dużo lepszej sytuacji. Nie musiał opiekać się w pomieszczeniach, gdzie wiatraki i wentylatory tylko mieszały stojące powietrze. Miał przecież willę podarowaną jemu i Kai przez księżniczkę. Tu można było przenieść się na wyższą kondygnację i ustawić wszystko tak, żeby w razie choć lekkiego wiaterku zrobił się przeciąg. Niestety, wiatr nie nadchodził, a nagrzane mury teraz, w nocy, oddawały całe gorąco, które zgromadziły za dnia.

– No żeż szlag! – Ina nauczyła się już kląć po polsku. Przewracała się w pościeli to na jedną, to na drugą stronę, nie mogąc sobie znaleźć miejsca. – Czymkolwiek dotknę prześcieradła, od razu jest mokre! – Wytarła dłonią kropelki potu gromadzące się na czole. – Czy tu jest tak zawsze?

– Nie. Aż tak to nie.

– Nie mogę zasnąć w tym nieruchomym powietrzu.

– Weź zimną kąpiel.

– To pomaga tylko na moment. No i boję się, że zasnę w zimnej wodzie i rano będę przeziębiona.

Wzruszył ramionami. Sam ubrany jedynie w szorty siedział na tarasie w wyplatanym fotelu. Z powodu gorąca nie mógł się skupić na czytanej w świetle oliwnej lampki gazecie. Nie mieli tu lodówek, przyniesiona z kuchni w wielkim dzbanku chłodna woda zdążyła już przyjąć temperaturę otoczenia.

– Jeśli cię to pocieszy, ja też cierpię – mruknął.

– Nie pociesza mnie! Ja w górach rodzona i na turniach wychowana. Tam gdzie zawsze wieje!

– Spróbuj zamknąć oczy. Może zaśniesz.

– Nie w tej zupie pieprzonej!

Usiłował skupić się na tekście, ledwo czytelnym w drgającym świetle lampki. „National Geographic" nie był co prawda periodykiem naukowym, nie był siłą rzeczy traktowanym poważnie biuletynem wywiadu. Ale nie był też brukowcem, gdzie tanie sensacje pojawiały się w wyniku ssania własnego palca. Magazyn docierał do bardzo licznego grona odbiorców, a wielu czytelników należało do kręgów opiniotwórczych.

A tu na okładce taki strzał w dziesiątkę. CZY POLACY ZNALEŹLI PRZEJŚCIE PRZEZ GÓRY PIERŚCIENIA? Jezu...

Litery skakały mu przed oczami. Artykuł zaczynał się krótkim podsumowaniem historii usiłowań zdobycia Gór Pierścienia. Wymieniono najważniejsze próby wspinaczek, przelotów nad szczytami (lot Osiatyńskiego aerostatem wraz z kobietą medium i białym koniem zaliczono do kategorii „zabawne ciekawostki"). Potem autor przeszedł do kryzysu światowego i spadku zainteresowania pokonaniem gór. Nikogo nie było już stać na kosztowne, ekstrawaganckie doświadczenia. Wszelkie amatorskie próby forsowania szczytów, pozbawione finansowego zaplecza poważnych inwestorów, były z góry skazane na niepowodzenie.

Tomaszewski zapalił papierosa i przewrócił stronę. Ta cholerna oliwna lampka miała co prawda prymitywną regulację stopnia oświetlenia, ale rozkręcona na maksimum dawała tyle mniej więcej światła, co przeciętna świeczka. A w dodatku pot spływał mu z czoła i skapywał na papierosa trzymanego w ustach, mocząc bibułkę. Klnąc w duchu, powrócił do lektury.

Autor artykułu nie szukał taniej sensacji. Rzeczowo analizował fakty. Następny śródtytuł brzmiał: „Okręty, które zaginęły". Co się stało z ORP „Poznań"? O dziwo, większe zainteresowanie wzbudził stary szkolny krążownik niż lotniskowiec. Wiadomo, nowoczesne jednostki można wysłać na różne misje do punktów rozsianych na całym świecie. A gdzie można posłać jednostkę szkolną? To też wiadomo – z oficjalną, kurtuazyjną wizytą do jakiegoś zaprzyjaźnionego portu. Ale wtedy byłaby wiedza, gdzie jest i co robią członkowie załogi. Okręt nie mógł przecież zatonąć, bo tragedia musiałaby się odbić szerokim echem w prasie. Cóż więc się stało? Gdzie jest olbrzymi krążownik?

Autor musiał mieć dostęp do biuletynów amerykańskiego „białego wywiadu", czyli sztabu zajmującego się analizą oficjalnych, publikowanych jawnie źródeł polskich. Jego informacje były zbyt ścisłe, jak na dziennikarza śledczego amatora. Dotarł na przykład do informacji, że przed ostatnim rejsem na ORP „Poznań" dokonano częściowej wymiany załogi. Zamiast kadetów, którzy mieli się szkolić, zamustrowano weteranów, i to wybierając przede wszystkim samotnych.

Lista zaginionych okrętów zajmowała pół strony. Oprócz krążownika znajdowały się tam prawie wszystkie. ORP „Sęp" i baza łodzi latających, niszczyciele, transportowce i mniejsze jednostki. Brakowało „Dragona". No tak, ale to nie dowód na brak kompetencji piszącego. Eksperymentalny okręt podwodny był sam z siebie jednostką supertajną i żadna analiza prasy oraz publikowanych źródeł nie mogła dać w jego przypadku informacji.

Autor nie ograniczył się do wyliczanki samych jednostek pływających. Pod następnym śródtytułem: „Gdzie podziały się załogi?" analizował, co mogło się stać z ludźmi. Dość dokładnie obliczył datę, kiedy okręty zniknęły z pola widzenia opinii publicznej, i sprawdził to, co dzieje się z rodzinami „zaginionych". No przecież nie dało się zebrać tak wielkich sił złożonych wyłącznie z samotnych i bezżennych. Wiadomo też, że żadnej wielkiej katastrofy morskiej nie było. Tragedii na taką skalę nie sposób ukryć w żadnym cywilizowanym państwie. Zatem co? Rodziny marynarzy były przekonane, że ich mężowie, ojcowie i synowie służą gdzieś daleko, na odległych akwenach, wypełniając bliżej nieokreślone zadania specjalne. Czy przychodziły do nich pocztówki z egzotycznych portów? Pocztówki nie docierały, ale poczta owszem. Tyle że to poczta polowa, podlegająca wojskowej cenzurze. Piszący listy zapewniali o swoim zdrowiu i doskonałych warunkach służby, ale żadnych szczegółów podać nie mogli. Co więc zamykało rodzinom usta? Odpowiedź wydawała się prosta: wysokość dodatku rozłąkowego. Nigdy w historii Polska Marynarka Wojenna tyle nie płaciła.

Następny śródtytuł brzmiał: „Eldorado w Jaśle?". Autor wykonał błyskawiczną woltę i od tajemnicy zaginionych wraz z załogami okrętów przeszedł do analizy polskich źródeł ropy naftowej. Największe źródła, co nie było przecież żadną tajemnicą, znajdowały się w okolicach Jasła i Krosna i mogły zasilić co najwyżej produkowane w kraju lampy naftowe. Polska, jak praktycznie każdy kraj w Europie, ropę musiała importować. Można to było zrobić na dwa sposoby. Na przykład kupować na wolnym rynku. Tam jednak ceny skaczą, dostępność jest różna, a więc i ryzyko ograniczeń surowca strategicznego większe. Polska, jak każdy kraj, podpisała zatem kontrakty na dostawy długoletnie z konkretnymi producentami.

Ale coś się musiało stać. Od pewnego czasu Polska nie podpisała żadnej nowej umowy. Więcej, anulowała kilka starych. Co więc nastąpiło? Odkryto w okolicach Jasła największe źródła w Europie? Nie. Nie dałoby się tego ukryć przed prasą. Odkryto źródła ropy gdzie indziej? W zagubionym zakątku świata? Pod powierzchnią morza? I tego rejonu właśnie strzegą zaginione okręty wojenne, a inżynierowie montują platformy wiertnicze? Nie. Polska nie produkuje ani nie kupuje platform wiertniczych. Jedyną dziwną rzeczą w polskim przemyśle stalowym, którą można wykryć, posługując się publikowanymi przez Główny Urząd Statystyczny danymi, jest produkcja szyn kolejowych. Wytworzono ich tyle a tyle, a położono w kraju tyle a tyle. Ogromnej różnicy w ilości nie sprzedano za granicę.

Ot, potęga „białego wywiadu". Wystarczy czytać uważnie i ze zrozumieniem. Gdzie zatem są te szyny? No właśnie! Być może tam, gdzie polscy inżynierowie znaleźli źródła ropy naftowej. Ale gdzie to jest? W znanym świecie nie ma przecież takiego miejsca. Nie istnieje pusty, niekontrolowany przez nikogo teren, gdzie można prowadzić odwierty na wielką skalę. A potrzeby paliwowe dużego kraju to naprawdę wielka skala. Kilka wież ukrytych gdzieś na prywatnym podwórku nie wystarczy.

Tomaszewski syknął ze złością. Facet odkrywał fakt po fakcie i genialnie łączył je ze sobą. Komandor wytarł mokrą od potu twarz. Dopiero teraz zauważył, że przemoknięty papieros zgasł mu w ustach. Aż tak wciągnęła go lektura? Odrzucił niedopałek i zapalił następnego.

„Czy Polacy znaleźli przejście przez Góry Pierścienia?" W podsumowaniu autor stwierdził, że albo odkryto nieprawdopodobne wręcz złoża ropy w okolicach Jasła i Polacy zamierzają je w tajemnicy eksploatować, ukryci za barykadami z szyn kolejowych, albo...

Albo można połączyć datę zniknięcia okrętów wojennych z datą serii wybuchów podmorskich wulkanów. Serię wstrząsów sejsmicznych zarejestrowało wiele stacji geofizycznych. Wybuch nawet i kilku naraz wulkanów nie jest niczym dziwnym, także w tej skali. Jednak nie odkryto żadnych zjawisk towarzyszących, jak choćby wstrząsów wtórnych, które powinny wystąpić w przypadku zdarzenia naturalnego. Może nie było żadnego podwodnego Krakatau? Co więc się stało?

W nawiązaniu do słynnej eksplozji legendarnego wulkanu, której skutki odczuł cały świat, autor przywodził pamięć książki czeskiego autora „Krakatit" o wynalezieniu materiału wybuchowego tysiące razy silniejszego od trotylu. Teoretycznie coś takiego mogłoby umożliwić wysadzenie w powietrze jakiejś partii gór i utworzenie tunelu, a nawet przesmyku. Artykuł kończył się całostronicowym zdjęciem zbocza Gór Pierścienia i pytaniem: „Czy Polacy mają krakatit?".

Tomaszewski zaciągnął się głęboko. O mało się nie rozkaszlał, wypuszczając dym. Siedział zamyślony. W głowie miał mętlik. No nic. Liczyli się przecież z tym, że tajemnicy nie da się zachować przez dłuższy czas. Jeden artykuł to jeszcze nie powód do paniki. Straszniejszy był jego ton – żadnej sensacji, po prostu fakty i pytania. To nie materiał jarmarczny, nie szukanie tanich rewelacji. Tylko rzeczowa analiza, która mogła nawet umknąć wielu czytelnikom „National Geographic". Bo była zbyt nudna.

Kto więc i dlaczego zamieścił ten materiał w tym akurat periodyku? Nie udzieli sobie teraz odpowiedzi. Na pewno nie wywiad, raczej ktoś z kręgów. Po co? Żeby zwrócić uwagę. Zacząć przyzwyczajać odbiorców do tematu.

No szlag! Koronkowa robota. Jeden artykuł, drugi i ludzie będą zadawać pytania. A kiedy zrobi się wrzawa i pytania zaczną zadawać czynniki oficjalne, trzeba będzie na nie odpowiedzieć. No przecież nikt nie liczył się z konfliktem Polska kontra reszta świata. Broń jądrowa nie daje tu wielkiej przewagi. Tomaszewski czytał briefy z fachowych opracowań. Kiedy krakatit stanie się jawny, co najmniej trzy państwa stworzą go u siebie w ciągu najwyżej sześciu lat. USA, Niemcom i Rosji może się to udać nawet wcześniej. Szybciej więc trzeba zacząć kontredans z „sojusznikami i wrogami", dzieląc międzynarodową społeczność. To akurat nie wydawało się trudnym zadaniem. Gorzej z sytuacją tutaj, po tej stronie gór. Czy byli gotowi wpuścić za Góry Pierścienia resztę świata? Czy wszystkie interesy są zabezpieczone?

Wątpił. Mieli umowę z państwem autorytarnym, targanym konfliktami, w kryzysie i w dodatku z perspektywą Bóg wie jakiej wojny. Ale uczciwie trzeba przyznać, że było też kilka plusów obecnej sytuacji. Czuł, że teraz wszystko przyspieszy. Że dowództwo będzie zmuszone decydować się nawet na ryzykowne akcje, żeby uspokoić sytuację i doprowadzić do permanentnej stabilizacji.

Ponure rozmyślania przerwał Tomaszewskiemu okrzyk Iny:

– Tutaj chodzi coś bardzo zimnego!

– Co? – w pierwszej chwili nie zrozumiał. – O co chodzi?

– Nie o co, tylko tutaj. – Jej głos nie zdradzał strachu. Ale na pewno wysoki stopień wzburzenia. – Tu, po tych pokojach, coś chodzi. Coś bardzo zimnego.

Powiedziała „dziwnego"? Czy „zimnego"? Podniósł się, usiłując przestawić mózg na inne tory. Poszedł do sypialni, ale jego oczy, przyzwyczajone do światła lampki, nie były w stanie dostrzec niczego konkretnego. Może tylko tyle, że Ina siedziała na łóżku, wpatrując się w ciemność przed sobą.

– Co się stało? – zapytał.

– Ty byłeś taki zaczytany, a ja chciałam się napić. – Wskazała dzbanek z wodą na stoliku. – Nie chciałam przeszkadzać.

– Poszłaś na dół? Do kuchni?

Przytaknęła.

– Po omacku.

– Trzeba było wziąć lampkę.

– Nie wiem, gdzie jest, a twojej przecież bym nie wzięła. Widziałam po twojej minie, że to, co czytasz, jest bardzo ważne.

Tomaszewski zaciągnął się ostatni raz, zrobił krok do tyłu i zdusił niedopałek w popielniczce. Potem wrócił do sypialni.

– Nie poobijałaś się o meble? – Podziwiał jej delikatność. Chyba każda inna kobieta poprosiłaby o pomoc. A przynajmniej o jakieś źródło światła.

– Nie. Dotarłam do kuchni i poczułam, że tam jest dość chłodno.

– Wiadomo. Kuchnia.

– Tak samo myślałam w pierwszej chwili. Ale... jak piłam wodę... to zimno zdawało się przesuwać za moimi plecami.

Eeee... Tomaszewski powstrzymał się, żeby nie wzruszyć ramionami. Dziewczyna sama w obcym, ciemnym domu, w nieznanym kraju. Wiadomo, że w umyśle mogą się rodzić różne wyimaginowane strachy. Szczególnie u człowieka wymęczonego upałem i zaspanego.

– No nic. Przecież nie będę krzyczeć ze strachu jak uczennica podczas pierwszego lotu na łące. Może to u was normalne, może to jakiś rodzaj wentylacji. No i wróciłam tutaj.

– No i? – powtórzył za nią.

– Nic. Siedzę sobie na łóżku, bo jakoś nie mogę się położyć, i czuję... że to coś przyszło za mną.

Tomaszewski przeciągnął dłonią po swoim spoconym ramieniu.

– Nic nie czuję.

– Wydaje ci się, że wiatr nie wieje, ale ja czuję wyraźnie. Jest lekkie tchnienie z zewnątrz.

– No to co?

– Ledwie wyczuwalna bryza wwiewa gorące powietrze do środka domu. A ty stoisz w jej strudze. Niczego nie poczujesz, stojąc w drzwiach.

Zrobił krok do przodu, a potem jeszcze jeden. Drgające światło lampki zostało gdzieś z tyłu. Oczy ciągle nie mogły się przyzwyczaić do ciemności.

– Dalej nic – powiedział.

– O Bogowie, jak wy niczego nie wiecie o ruchach powietrza. W tym miejscu, gdzie jesteś, nadal nie możesz niczego poczuć.

– A co? To zimno... to coś jest tutaj?

– Tak.

Zdecydowana odpowiedź dziewczyny zaskoczyła Tomaszewskiego. Zaczął się rozglądać, ale gdzie tam. Wciąż niczego nie dostrzegał.

Ina wyciągnęła przed siebie dłoń, wskazując przedsionek sypialni.

– Jest dokładnie tam.

Tomaszewski poczuł dreszcze.

– No dobra, zobaczmy. – Odwrócił się i z całego rozpędu uderzył golenią w niewidoczne w ciemnościach krzesło. – Szlag!

Ale narobił łoskotu. Sycząc z bólu, usiłował masować nogę. Czuł, jak mimowolne łzy napływają mu do oczu.

– Nie stratuj wszystkiego. – W głosie Iny dało się słyszeć nutki wesołości.

– A ty widzisz po ciemku? – warknął.

– I tak cię lubię – urwała zgrabnie.

Tomaszewski podszedł do stolika, przy którym niedawno czytał. Musiał przyznać, że podoba mu się umysł Iny. Nie tylko umysł. Kiedy tak siedziała na łóżku w samej koszuli, wyglądała bardzo apetycznie. I nagle zdał sobie sprawę, że to nietakt wobec Kai, że trzyma w ich willi półnagą dziewczynę nie wiadomo skąd. Dziwne. Czuł coś na kształt niestosowności sytuacji, prawie zdrady wobec Kai z powodu Iny, z którą przecież do niczego nie doszło. I nie dojdzie, bo absolutnie nie była w jego typie. To, że podobał mu się jej łobuzerski umysł i wysportowane, utrzymane we właściwej formie ciało, nie oznaczało, że go pociągała. A zresztą co to za głupie myślenie. Nie miał wątpliwości, idąc do łóżka z Wyszyńską, a tu nagle Ina w willi, gdzie powinna znajdować się Kai, budziła wyrzuty sumienia? Nie mógł tego zrozumieć. Ech, same kłopoty z tymi babami. Wyszyńska, będąca równorzędnym przeciwnikiem, pewna siebie, silna baba to tylko seks, a niewinna Ina, której nie dotknął i nie dotknie, to już zdrada? Co za bzdura. A jednak czuł, że jest coś na rzeczy. Sam fakt, że siedziała tutaj półgoła, budził wyrzuty sumienia. I nie pomagały tłumaczenia przed samym sobą, że dla Iny to stan naturalny i niemający łączących się z jakimikolwiek podtekstami konsekwencji. W jej twierdzy nie takie rzeczy miały miejsce, sam widział przecież zupełnie nagie kobiety, które nie krępowały się obcych.

I nagle poczuł na plecach tchnienie zimna. Lampka na stoliku zgasła.

Oddech przyspieszył Tomaszewskiemu, kiedy ogarnął go mrok pogłębiony mamiącymi oczy powidokami. Spokojnie, nakazał sobie. Namacał na stoliku zapalniczkę i skrzesał ogień. W maleńkim, drgającym płomyku zlokalizował lampkę i przyłożył zapalniczkę do knota. Nic. Wolną ręką odkręcił knot na maksimum i znowu przyłożył ogień. Maleńki płomyczek pojawił się na chwilę, ale zgasł szybko, w pomieszczeniu zapachniało spaloną oliwą. Tomaszewski potrząsnął lampką. No tak, mógł się tego spodziewać. Zbiornik był pusty. Czytał długo, a lampka nie dorównywała sprawnością nawet staromodnej lampie naftowej. Oliwa wypaliła się do cna.

Gdzie najbliższy kontakt? Palnął się w czoło. Odruch mieszczucha w obcym domu, kiedy zgaśnie światło. Gdzie znajduje się najbliższy kontakt włączający elektryczne światło? Niestety, w Negger Bank odpowiedź brzmiała: najbliższy jest w bazie przy porcie, drugi w konsulacie, a trzeci, być może, w pałacu na pokaz. Więcej nie ma.

Klnąc w duchu, rozglądał się, żeby coś dojrzeć. Nic z tego. Ciemności może i nie były kompletne, ale nie rozpoznawał nawet konturów sąsiednich budynków. Odwrócił się i przyświecając sobie zapalniczką, ruszył do sypialni.

– Teraz czujesz? – Ina już nie siedziała na łóżku. Przykucnęła obok, przytulona do boku jak marynarz do burty statku przed abordażem. W ręku ściskała sztylet.

Tomaszewski podszedł do stolika, gdzie trzymał dokumenty. Na blacie leżał jego służbowy półautomatyczny pistolet. Wziął broń do ręki i przeładował. W tym celu musiał jednak zgasić zapalniczkę. Znowu poczuł falę chłodu, może mrozu nawet.

– Co to jest? – wyrwało mu się.

– Nie wiem – szepnęła Ina. – Ale to coś się porusza. Bardzo powoli.

– Widzisz to?

– Czasem wydaje mi się, że czuję, gdzie jest.

– A teraz?

Wyciągnęła rękę w kierunku drzwi. Ledwie to widział w świetle gwiazd, bardziej mamiącym wzrok niż pozwalającym dostrzec cokolwiek konkretnego.

Tomaszewski znowu zapalił zapalniczkę. Jej światło jeszcze mocniej odgradzało od otoczenia, tworząc maleńki, złudny krąg rzeczy widzialnych. Przełknął ślinę i z pistoletem w wyciągniętej ręce ruszył w stronę drzwi. Co miał zrobić? Zadzwonić po policję! – przyszło mu do głowy, napełniając umysł wisielczym humorem. W domu nie było telefonu, w mieście nie było policji. Oczywiście mógłby wyjść na balkon od strony ulicy i przyzywać straż miejską. Może akurat jakiś patrol przechodziłby w pobliżu. Miał jednak wrażenie, że strażnik nie musiałby łagodnie potraktować wariata twierdzącego, że w mieszkaniu są duchy. Kto wie czy nie palnie takiego zwariowanego obcokrajowca swoją żeliwną latarnią, zamiast udzielić mu pomocy.

Tomaszewski nagle zdał sobie sprawę z dwóch rzeczy. Po pierwsze – że był absolutnie zdany na siebie. Nie miał jak powiadomić kogokolwiek i ułani nie przygalopują z odsieczą. Po drugie – że wyglądał śmiesznie w samych szortach, z pistoletem w jednej dłoni, a zapalniczką w drugiej.

W całym domu nie było żadnej latarki, żadnej racy magnezjowej ani pochodni. Nie pamiętał też, gdzie znajdowały się lampy oliwne i gdzie paliwo do nich. W magazynku swojej służbowej broni miał osiem nabojów. Drugie osiem znajdowało się w zapasowym magazynku, w kaburze przy pasie, który został gdzieś na dole, porzucony razem z mundurem w saloniku przy kuchni, gdzie jedli kolację. Nie mógł przecież przypuszczać, że coś wtargnie do domu. Dobrze, że w ogóle przyszło mu do głowy wziąć pistolet na górę, bo czuł się nieswojo sam z Iną w wielkiej willi.

– Tam – dobiegł go z tyłu szept dziewczyny. – Widzisz?

Niczego nie widział. Zrobił kilka kroków, aż doszedł do drzwi. Przełknął ślinę, czując, jak przyspiesza mu oddech. Miał wrażenie tchnienia jakiegoś przedziwnego ziąbu na swojej gołej, spoconej skórze. Wyjrzał do przedsionka. Nic. Chybotliwe światło zapalniczki tylko przeszkadzało. Zgasił je więc, siłą woli tłumiąc rodzącą się panikę. Długą chwilę przyzwyczajał oczy do mroku.

Nic. Nic się nie poruszało. Znikąd nie dobiegał żaden dźwięk. Ale Tomaszewski zaczął przynajmniej dostrzegać niewyraźne kształty co większych przedmiotów. Ta ciemność była lepsza niż parząca go w dłoń zapalniczka.

– Niczego tu nie ma. – Odwrócił się do Iny.

Dziewczyna lekko uniosła się zza krawędzi łóżka.

– To coś stoi tuż za tobą – powiedziała, siląc się na spokój.

Tomaszewski o mało nie udławił się własną śliną. Na szczęście takie sytuacje – wroga za plecami – omawiał z nimi trener na zajęciach z samoobrony. Zgodnie z wyćwiczonym odruchem komandor, wykonując obrót, kucnął. Jednocześnie usunął własną głowę spod ewentualnego ciosu na tej wysokości. Spróbował wycelować w przeciwnika przed sobą, przewrócił się jednak na plecy i wtedy ściągnął spust.

Wystrzał ogłuszył ich oboje. Dopiero po długiej chwili przez dzwonienie w uszach dobiegł do niego krzyk Iny:

– Dostał?

– Kto? Nic nie widzę!

Dziewczyna błyskawicznie doskoczyła do niego.

– Pójdę przodem i ci go wystawię. Jak mnie chwyci, strzelaj!

– Kobieto! Opanuj się! Jeśli strzelę, to cię zabiję! Tu nic nie widać.

– Ja widziałam. Cień. Stał za tobą!

– Może to był mój cień?

– A od jakiego światła by się twój cień zrobił? Nie – dyszała mu wprost do ucha. – Widziałam. Cień. To było bardzo zimne.

– Jesteś pewna, że widziałaś?

– Tak. – Ina energicznie kiwała głową. – Wychodzimy stąd.

– Ale nie ty przodem.

– Dobrze. Idź przede mną, a ja będę trzymała ci dłoń na plecach. Dzięki temu będę wiedziała, gdzie się kierujemy. Jak to coś cię złapie, to dziabnę sztyletem.

Podziwiał zdecydowanie Iny. Sam, prawdę mówiąc, nie wiedział, co robić. Co to mogło być? Jakieś nieprawdopodobne uczucie zimna bijące z jednego miejsca. Uczucie, jakby najpierw rozgrzać się dziesięciokilometrowym biegiem, a potem stanąć na golasa tuż przy otwartym zamrażalniku. Nie miał tak dobrych oczu jak ta mała pilotka i żadnego cienia nie widział. Być może to właśnie bardziej paraliżowało jego wolę – fakt, że nie widział przeciwnika. Najgorzej obawiać się niewiadomego. Uczucie znane wszystkim miłośnikom filmów grozy. Boisz się dokładnie do chwili, kiedy ujrzysz potwora.

– Schodzimy?

Ina miała rację. Tkwić tu, w sypialni na piętrze, sensu żadnego nie miało. Jeśli to coś, co krążyło po domu, zamierzało ich zaatakować, to tkwiąc w jednym miejscu, oddawali mu inicjatywę. Z parteru mogli choćby wydostać się na ulicę. A tam możliwość wykonania dalszych ruchów wzrastała w postępie geometrycznym. Zresztą... Tomaszewski przypomniał sobie starą wojskową maksymę: „Zamykanie się w twierdzy nie ma żadnego sensu. To tylko przejściowa forma działań wymuszona przez przeciwnika. Prawdziwe działanie to wyjście zza murów i zmierzenie się z wrogiem, patrząc mu w twarz".

– Idziemy.

Zapalił zapalniczkę, ale Ina syknęła tylko:

– Zgaś.

– Mam iść po omacku?

– Ogień to tylko złudny krąg kłamliwego bezpieczeństwa. Nic nie daje.

Trzasnął metalowym wieczkiem, dusząc płomyk. Potem, kiedy uznał, że oczy dostosowały się do panujących warunków, ostrożnie ruszył przed siebie. Ina położyła mu rękę na plecach, w drugiej trzymała sztylet. Słyszał jej oddech, który przyspieszył lekko, kiedy doszli do schodów.

– Widzisz coś? – szepnął, wiedząc, że to ona w ich zespole ma sokoli wzrok.

– Tak – znowu go zaskoczyła.

– Gdzie on?

– Nie wiem. Ale coś mży na stole.

Wytężył wzrok. Nic z tego. Wiedział, gdzie jest stół, na którym poprzedniego dnia zostawił rozłożone papiery wywiadu i mapę. A dostrzec niczego nie mógł.

– Ruszamy?

– Jestem gotowa.

Tomaszewski namacał poręcz i zrobił pierwszy krok. Potem drugi, trzeci. Pot gromadził mu się na czole, drażniąc nieprzyjemnie skórę. Usiłował nasłuchiwać jakichś szelestów, ale w uszach coś szumiało uporczywie. Jedynym wyraźnym dźwiękiem był odgłos plaskania ich bosych stóp na kamiennych schodach.

– Tam – tchnęła mu w ucho Ina. – Widzisz?

Akurat. Tomaszewski nie widział nawet kierunku, jaki mu wskazywała. Zatrzymał się, usiłując patrzeć kątem oka, na granicy pola widzenia. Miała rację. Nad mapami rozłożonymi na stole unosił się w powietrzu blady płomyczek. Tak mały, że praktycznie w ogóle nie rzucał światła. Tomaszewski nie mógł jednak dostrzec niczego, co mogłoby go wywoływać.

Ostrożnie ruszył dalej. Wokół nic się nie zmieniało. Nie czuli dziwnego chłodu ani w ogóle jakiegokolwiek ruchu powietrza. Tu, na dole, atmosfera przypominała saunę. Pot ściekał już po skórze całymi strugami.

Tomaszewski postawił nogę na podłodze i zamarł, kiedy Ina przysunęła mu rękę do twarzy. Pstryknęła cicho palcami, zwracając jego uwagę na to, co pokazuje. Palec dziewczyny wskazywał stół z mapami. Tomaszewski popatrzył w tamtym kierunku. Ognika nad blatem już nie było. Co ona? Chciała, żeby tam poszli? Właściwie czemu nie. Dziwnego zimna nie czuli nigdzie w pobliżu.

Dotarcie do stołu zajęło dobre dwie minuty. Tomaszewski nie chciał potrącić żadnego z licznych sprzętów, które znajdowały się na drodze do celu. Irracjonalnie jakoś wydawało mu się, że jeśli zachowają ciszę, to będą niewidzialni dla dziwnego czegoś, co nawiedziło ten dom. Ina była jednak innego zdania. Kiedy doszli do stołu, powiedziała:

– Zapal światło.

Zaklął. Po co się skradali tak długo, żeby teraz ujawnić, gdzie są? No dobra, kobiety są irracjonalne, ale chyba nie aż tak. Mogło to znaczyć, że dziewczyna nie wyczuwała już obcej obecności. Miała zdecydowanie bardziej wyostrzone zmysły niż on.

Trzasnął zapalniczką. Oboje pochylili się nad blatem.

– Patrz! To coś rysowało po mapie!

Aha! To ani babski irracjonalizm, ani wyostrzone zmysły. Iną kierowała po prostu nieopanowana kobieca ciekawość!

– Patrz, to coś...

Nie dokończyła. Z tyłu wprost na ich plecy powiał lodowaty ziąb. W tym samym momencie ktoś zaczął walić do drzwi.

Tomaszewski odwrócił się na pięcie i dwukrotnie nacisnął spust.

– Nie strzelać! Nie strzelać! – zza drzwi wejściowych rozległ się okrzyk. – Tu kurier ze sztabu!

Ina potrząsała głową, żeby pozbyć się okropnego dzwonienia w uszach. Tomaszewski szarpnął ją za rękę i pociągnął w stronę wyjścia.

– Nie strzelać! – krzyczał ktoś ciągle. – Tu kurier!

Zasuwa w drzwiach miała skomplikowane zabezpieczenie. Tomaszewski musiał użyć drugiej ręki, wziął pistolet bokiem do ust i przytrzymał zębami za pokrywę zamka. Po chwili rozległ się trzask i drzwi ustąpiły, ukazując stojącego na zewnątrz młodego mężczyznę w mundurze z naszywkami chorążego.

Tomaszewski wyciągnął pistolet z ust. Poczuł się w obowiązku wyjaśnić:

– Nie mam paska, żeby schować za nim broń.

Oczy chorążego wychodziły z orbit. Tuż przed nim stał oficer w samych gaciach, z pistoletem w jednej i zapalniczką w drugiej dłoni. A obok kuliła się roznegliżowana dziewczyna trzymająca sztylet.

Ina nie mogła mieć pojęcia, że w Polsce widok prawie nagiej kobiety nie należy do zwykłych, domyśliła się mylnie, że baranie spojrzenie żołnierza spowodował jej sztylet. Schowała go zatem za plecy.

– My się tylko tak bawimy – skłamała nieudolnie.

O różnych zboczeniach słyszał już chorąży. Ale żeby uprawiać seks, trzymając w rękach odbezpieczony pistolet i sztylet, to nie mógł sobie wyobrazić. I o co tu chodziło? O adrenalinę?

Tomaszewski zerknął na dwie przestrzeliny w drzwiach. Oba pociski przeleciały na wylot. Dobra amunicja. A chłopak w mundurze miał szczęście.

– Masz jakąś przesyłkę? – zapytał. – Po nocy?

– Najnowsze dane z nasłuchu. Adiutant pana admirała Wentzla zrobił notatkę na depeszy, żeby dostarczyć do wiadomości panu komandorowi Tomaszewskiemu.

– To ja.

Chorąży wyjął z raportówki zalakowaną kopertę i formularz odbioru na deseczce z przypiętym piórem.

– Proszę tu pokwitować.

– Potrzymaj. – Tomaszewski podał mu pistolet i złożył na formularzu zamaszysty podpis. – Masz latarkę?

– Tak, oczywiście.

– A zapasowy magazynek?

– Tak.

– To daj mi obie rzeczy. Jutro zostawię do odbioru na wartowni.

– Tak jest!

Chorąży podał magazynek i latarkę. Potem trzasnął obcasami i zasalutował, prosząc o pozwolenie oddalenia się.

Tomaszewski skinął głową. Nie miał możliwości oddania salutu w samych tylko szortach. Kiedy kurier się oddalił, komandor złamał lakową pieczęć i wyjął depeszę. Szybko przebiegł wzrokiem kilka linijek.

– I co? – dopytywała się Ina, tracąc zainteresowanie dziwnymi rzeczami, które działy się w domu. – Co jest takie ważne po nocy?

– Wiadomość od... przyjaciółki. Krąg podejrzeń wokół naszych ludzi na innym kontynencie powoli się zacieśnia. Przez szpiega w naszym sztabie.

Spojrzała na Krzyśka ze zdziwieniem.

– I ty masz temu zaradzić? Tutaj?

– Tak. Muszę coś wymyślić. I to szybko.

– Na kiedy?

– Najlepiej na jutro rano.

Podróżowanie po tym debilnym kraju nastręczało wielu trudności. Za to w przeciwieństwie do cesarstwa istniała tu sieć transportu publicznego. Przynajmniej między ważniejszymi ośrodkami. Nawet nie było to takie do końca głupie. Wieloosobowe wozy kursowały pomiędzy różnymi stacjami i nie trzeba było wynajmować sobie całego. Wystarczyło kupić jedno miejsce na konkretny przejazd. Trochę przypominało to system umożliwiający szybkie podróżowanie łodziami kurierskimi w imperium. No tak, ale łodzie kurierskie wykonywały swoje zadania, a możliwość dołączenia do załogi za opłatą była w pewnym sensie usługą dodatkową. Tu nie. Wozy osobowe kursowały pomiędzy przystankami, jeżdżąc w kółko, i służyły wyłącznie do transportu podróżnych, którzy zapłacili za bilet.

Kai, Nuk i Agire jechali właśnie takim wozem, nie mogąc się nadziwić głupocie, która ich otaczała. Teoretycznie pomysł z przewożeniem ludzi był znakomity. To interes, który powinien się opłacać. A przynosił straty. W jaki sposób? Otóż ani Kai, ani Nuk, ani oczywiście Agire za przejazd nie zapłacili. Mieli papier z komendantury, który stwierdzał, że podróżują w ważnej misji państwowej. A przecież jeden urząd państwowy nie będzie płacił drugiemu urzędowi państwowemu (bo system państwowy podlegał bezpośrednio władzy królewskiej). Byłoby to jak przekładanie pieniędzy z jednej kieszeni do drugiej. Okazało się w trakcie kursu, że nikt z podróżnych nie płacił za przejazd. Każdy bowiem miał papier stwierdzający, że jedzie, jak to się tu mówiło, „w delegacji". Oficjalnie. W jakimś konkretnym celu. Woźnica więc nie zainkasował od nikogo nawet najmarniejszego cyniaka. Kto zatem płacił za przejazd? Hm, ponieważ był to system królewski, płacili z podatków wszyscy, oczywiście oprócz osób, które tym wozem jechały. Szczyt idiotyzmu.

Na szczęście nie musiały się nad tym zastanawiać. Podróż trwała krótko. Baza magazynowa położona była tuż pod miastem. A z wozu wysiąść musiały daleko wcześniej, przed pierwszą linią wart.

– Mysz się nie prześliźnie. – Kai była pod wrażeniem skrupulatności, z jaką strażnicy sprawdzali ich papiery.

– Ten, co mnie obmacywał, czy czegoś nie niosę, to ma w ryj dwa razy, kiedy go w mieście spotkam! – warczała Nuk.

Agire tylko się śmiał, widząc ich brak rozumienia podstawowych spraw.

– Teraz to oni cię przecież w ogóle nie sprawdzali. – Nie mógł ukryć rozbawienia. – Co można wnieść do magazynu, czego oni by nie chcieli tam widzieć? No – potarł brodę – ewentualnie środki, którymi można by którąś z tych bud podpalić. Ale nie. Prawdziwa kontrola będzie w drodze powrotnej. Tam bowiem kontroluje się tych, co wracają z magazynu.

– To w ryj dam obmacywaczom!

– Nie radzę. Nie radzę.

– Przestańcie – łagodziła Kai.

Czarownicę strażnicy potraktowali łagodniej. Nie wiadomo, czy odepchnął ich wyraz jej twarzy, malująca się na niej godność, czy też... zaraza jasna! Czy też Nuk była po prostu lepiej zbudowana i miała bardziej ponętne kształty, które przyciągały łapska kontrolerów? Kai nie miała pojęcia, czy tego akurat nie zazdrości koleżance.

– Co znajduje się w tych barakach? W życiu nie widziałam aż tylu magazynów naraz.

– To miejsce, jedno z licznych, gdzie zaopatruje się armia – tłumaczył Agire niczym nierozgarniętym dzieciom, dziwiąc się, że na prowincjach Nayer, skąd miały pochodzić dziewczyny, ludzie żyją w takiej błogosławionej niewiedzy. – Co z tego, że żołnierzy się prawie nie karmi. Jednakowoż muszą być żywi, więc coś im trzeba, niestety, dać.

– Aż tyle?

– Mamy bardzo liczną armię.

Nuk wzruszyła ramionami.

– Nie wiem, ile jest takich baz – powiedziała. – Ale na kampanię daleko od własnych granic to i tak nie wystarczy. Przynajmniej na moje oko.

– To prawda – zgodził się Agire. – Tym bardziej że w kampanii mają uczestniczyć i inne państwa. Transport takich ilości zaopatrzenia jest...

Zawahał się, Nuk dokończyła za niego:

– Niemożliwy. – Rozłożyła ręce. – Ten problem zabił już wiele wielkich armii.

– Dlatego też coś tym razem wymyślili.

– Co?

– Nie wiem. – Kucharz cmoknął cicho. – Pamiętam tylko, jak się na ucztach chwalili, że teraz zaopatrzenie będzie na nich czekało.

– Że niby zrabują je po drodze? – Nuk spojrzała na niego kpiąco. – Po pierwsze rabunek to czynność jednorazowa. Jakbyś żył na wsi, tobyś wiedział. Nie na dłuższą kampanię. Po drugie, jeśli chcą wydać cesarstwu bitwę na Złych Ziemiach, to nie będą szli przez tereny o gęstym zaludnieniu, które są w stanie utrzymać armię. A po trzecie na Złych Ziemiach nawet w przypadku zwycięstwa dalej nie ma co jeść.

– Ale oni nie mówili „rabować", oni mówili, że zaopatrzenie „będzie na nich czekać".

– Już, już, koniec dyskusji – uciszyła ich Kai. – Zbliżamy się do wewnętrznej wartowni.

Nie podobała jej się ta rozmowa. Miała wrażenie, że Nuk daje Agire za dużo do zrozumienia. Niby był po ich stronie. Pewnie myślał, że planują jakiś napad rabunkowy albo coś zyskownego, a praca w komendanturze to tylko przykrywka. Niemniej nie powinna mu nawet błysnąć myśl, że są szpiegami. A Nuk nie powinna w związku z tym wykazywać znajomości spraw światowych. A ta idiotka była blisko, żeby powiedzieć, że armia Nayer na Złych Ziemiach napotka gorszy problem niż brak zaopatrzenia. Spotka tam Rzeczpospolitą, absolutnie nieskłonną do oddania złóż ropy. Ani nawet do najskromniejszej myśli o tym.

Wewnętrzna wartownia nie przypominała już punktu kontroli ani w ogóle pomieszczenia strażników. Tu ważne były tylko dokumenty oraz oczywiście sami urzędnicy. Petentom szybko dawano do zrozumienia, gdzie ich miejsce i jak bardzo nie obchodzą oni Bogów, którzy chwilowo tylko przybrawszy ludzką postać, przysiedli w kantorkach, by łaskawie rozpatrzyć (lub nie) ich sprawy. Kai zrozumiała też, że ich komendantura jest z tych raczej podrzędnych, komendant to nikt z tych, co się liczą, a cała ta misja zdobycia specjalnych produktów to rzecz, która tylko ewentualnie i w drodze wyjątkowej łaski może być załatwiona pozytywnie. Czekanie ciągnęło się w nieskończoność. Petenci jednak zdawali się mieć też nieskończoną cierpliwość. Nikt nie gardłował, nikt się nie kłócił i nie usiłował przyspieszać spraw.

Przyszły wczesnym rankiem. Kiedy wymęczone do granic możliwości opuszczały wewnętrzną wartownię, było późne popołudnie.

– Agire, idź sam szukać odpowiednich produktów – zakomenderowała Kai. – Dasz radę?

– Przecież ja wiem, czego nam potrzeba.

– Listę masz?

– Wszystko pamiętam. Sam listę układałem.

– No to leć. Ja muszę odetchnąć świeżym powietrzem.

Kiedy kucharz odszedł, Kai i Nuk ruszyły w stronę krzątających się przy załadunku cywilów. Może tam uda się zdobyć chociaż coś do picia?

– Myślałam, że nie wytrzymam. Każda czynność wymaga tu połowy dnia.

Nuk potwierdziła skinieniem.

– Na zmęczenie biorą złodziei – powiedziała. – Jak ktoś przyszedł z zamiarem, żeby coś ukraść, to po takim maglu sam się przyzna.

– No kurde! Sam się przyzna i sam sobie karę wymierzy!

– No.

Podeszły do grupy mężczyzn przenoszących worki. Równie niemrawo i bez tempa jak urzędnicy na wartowni. Próby zagadania i pozyskania wiedzy, gdzie tu może być wino, spełzły jednak na niczym. Kai wydawało się, że mężczyźni zbyt są zajęci jakimiś swoimi małymi przekrętami w kwestii liczenia worków, żeby zwracać na nie uwagę. I to ją, prawdę powiedziawszy, najbardziej dziwiło. W każdym kraju byli oszuści i złodzieje. Ale tylko tu uprawiali swój proceder półjawnie. A przecież każdy, kto miał oczy, widział, że ci tutaj majstrowali jakieś oszustwo. Wokół kręciło się mnóstwo strażników, we wszystkie strony latali wojskowi i nikomu nie chciało się zareagować. A ci w świetle dnia co któryś tam worek ładowali nie na ten wóz, co trzeba. Nawet ktoś obcy, jeśli przystanął tu na dłuższą chwilę, mógł wszystko zobaczyć. Czemu nikt z miejscowych nie chciał? Wszyscy byli skorumpowani? Nie no, w to się nie dało wierzyć. Więc o co tu chodzi? Nie sposób rozstrzygnąć.

– Może tam? – Nuk wskazała grupę kobiet, które segregowały jakąś odzież.

– Spróbujmy.

Niestety, kobiety okazały się równie mało rozmowne co mężczyźni.

– Spragnione jesteście? – odezwała się chamskim tonem jedna z nich. – Tam jest studnia. – Pokazała kierunek ręką. – Idź i pij, ile chcesz!

– Wina im się chce! – dodała druga. – Widzicie je! Wina!

Chciały odejść, ale z boku błyskawicznie doskoczył strażnik.

– A wy to kto jesteście?! – wrzasnął. – Co tu wypytujecie ludzi jedna z drugą?

Kai już chciała tłumaczyć, że są kucharkami i przyjechały po specjalne produkty dla komendanta, lecz strażnik nie dał jej dojść do głosu.

– Obie za mną! – Zrobił gest, jakby chciał złapać Kai za włosy. – Za mną na strażnicę!

Nuk bezczelnie weszła między mężczyznę a czarownicę.

– Gdzie z łapami, chamie?! – wrzasnęła jeszcze głośniej. – Nastąp się, kurwa twoja mać!

Chyba dobrze pojęła prawidła rządzące w tym świecie, bo strażnik jakby zaniemówił.

– Co mi tu, kurwa, pyskujesz i robotę psujesz, fiucie?!

– A ty kto, kurwa? – usiłował odkrzyknąć.

– Jaka kurwa, kurwa?! – Nuk była jednak bardziej bezczelna i zdecydowana. Nie takim przeciwnikom patrzyła już w oczy. – Jestem prowokatorem, durniu! – Wyszarpnęła z sakwy stwierdzający to dokument i rozpostarła mu przed twarzą. – A ty mi pierdolisz robotę, bucu!

– A ja mam w dupie twoją komendanturę, pindo! Tu cywile gówno mają do gadania!

– Do wojskowych się nie czepiam, palancie! A cywile to moja sprawa!

Kai zrozumiała, że mają szansę uniknięcia dogłębnego przesłuchania, i weszła w rolę, którą zaczęła Nuk.

– Wołaj mi tu zaraz zastępcę komendanta! – krzyknęła. – Ale już!

Mężczyzna cofnął się o krok, więc napierała.

– Niech ktoś zawoła zastępcę komendanta! Trzeba zabrać stąd tego matoła.

Skądś z boku podszedł sierżant.

– O co chodzi?

Kai zrozumiała, że musi wystąpić jako dowódca i dodać im odpowiedniej powagi.

– Bogom niech będą dzięki, że tu jesteś – powiedziała, przechodząc na suchy, urzędowy ton. – Ten urodzony idiota psuje nam akcję prowokacyjną.

– One nie mają prawa!... – zaperzył się strażnik.

Nuk złapała go za szyję i pchnęła tak mocno, że tylko obecność kobiet sortujących ubrania uchroniła go przed upadkiem.

– Spokój! – wycedziła Kai. – Spokój, mówię, jedna z drugim! – wrzasnęła, dając tym samym do zrozumienia sierżantowi, że ma władzę, by strofować nie tylko swojego człowieka, ale i jego człowieka także. Przeniosła wzrok na sierżanta. – Tłumaczę temu idiocie, że nie tykamy wojskowych. Nie nasza jurysdykcja. My tylko prowokujemy cywilów. A ten dureń na nas z mordą. Całą akcję nam spalił.

– No tak. – Sierżant stwierdził, że musi powiedzieć cokolwiek i zająć jakieś stanowisko, żeby udowodnić, że w jego głowie też zachodzą jakieś procesy myślowe. – No tak. Wojskowych wam nie wolno, ale cywilów możecie.

– Słyszałeś, kretynie?! – Nuk znowu skoczyła na strażnika. – A co ja ci przedtem mówiłam?! Co?

– Nie no, musimy zainterweniować, bo się zaraz pozabijają. – Kai zręcznie wykorzystała sytuację. – Proponuję rozdzielić naszych ludzi.

Sierżant uznał, że czas pokazać swoją władzę i posłuch. Jednym zdecydowanym gestem odesłał strażnika w kierunku wartowni. Ten bez słowa spełnił rozkaz.

– A tak właściwie to czego tu szukacie?

Kai zamarła, nieprzygotowana na zmianę tematu.

– My niczego nie szukamy – zaczęła grać na czas. – Wyłuskujemy tych, co mają za długie języki. Ale teraz, w związku z sytuacją na froncie, która, no... wiesz, jaka jest, mamy wzmóc czujność.

– Tutaj? Kogo tu chcecie sprowokować?

– Tia, że wszyscy tu kradną, wie każde dziecko w mieście. I złodzieje nas nie interesują. Mamy nakaz sprawdzić czujność tych... – Przełknęła ślinę, nie mogąc wymyślić na poczekaniu niczego sensownego. – Tych szczególnie narażonych na knowania wroga.

Sierżant patrzył na nią beznamiętnie.

– To znaczy kogo?

– No wiesz... – Rozejrzała się, niby to chcąc sprawdzić, czy nikt nie podsłuchuje. I nagle przyszło olśnienie. Nachyliła się do jego ucha. – Wiesz, jaka sytuacja na froncie? W komendanturze stypa za stypą po stratach, jakie ponieśliśmy. Wróg jest wśród nas. Knuje w naszych szeregach. A teraz, przed nową kampanią, musimy być szczególnie czujni. Żeby się obcy niczego nie dowiedzieli o... – jeszcze raz się rozejrzała i zniżyła głos do szeptu: – o zaopatrzeniu, które „będzie czekać na naszą armię"!

– Aaaa! O to wam chodzi. – Sierżant pacnął się dłonią w czoło. Kai musiała trafić idealnie, bo na jego twarzy odbił się cień zrozumienia. – To rzeczywiście trzeba zachować szczególną czujność. Codziennie nam o tym mówią.

– Właśnie.

– Nie dziwota, że i was nasłali. Ale to nie tu.

– Jak nie tu? Baza zaopatrzenia...

Podniósł rękę, jakby chciał ją uspokoić.

– Ci od vendu są gdzie indziej. Nie tu. – Pokręcił głową i wskazał ręką kierunek. – Ktoś coś nieźle pokręcił, skoro was tu wysłali. Oni tam, za murem. No i tam to wiadomo. Za pozwoleniem samego komendanta bazy dopiero mogłybyście wejść.

– Ale my nie szpiegujemy w środku, bośmy przecież nieciekawe. – Kai roześmiała się, usiłując zachowywać się naturalnie. – My na zasadzie „koleżanek" zagadujemy te baby, co wchodzą i wychodzą. A nuż któraś coś sypnie i my ją wtedy... – Wykonała gest, jakby komuś krępowała ręce.

Sierżant zerknął na Nuk. Ona rzeczywiście sprawiała wrażenie, że jest w stanie skrępować sama jedna nawet pluton kobiet. Pokiwał głową ze zrozumieniem.

– No tak, tylko nie tam was wysłali, co trzeba. Tu se, kurna, złodziejaszków co najwyżej nałapiecie.

– Co? Już tu dotarły dowcipy na nasz temat? – niby to zaperzyła się Kai.

– Jakie dowcipy?

– Że my się drobnicą zajmujemy?

– A nie, nie! – Wykonał odżegnujący się gest. – Ci od vendu najważniejsi. Ale to nie tu szukacie.

– Cały dzień się poszedł jebać – powiedziała Nuk. – Co za burdel pierdolony!

– Nuk! Przestań natychmiast! – Kai przeniosła wzrok na sierżanta. – Widzisz, z kim ja muszę pracować?

Sierżant chyba nie miałby nic przeciwko pracy dziewczyny gdzieś w bazie, na przykład w swoim oddziale, ale powiedział tylko:

– No niestety. Tamtych musicie szukać tam, za murem. A wychodzących to najlepiej łapać tam, gdzie postój wozów. Cywile tymi wozami wracają do miasta. – Wzruszył ramionami, niespecjalnie przekonany co do skuteczności misji prowokatorów. – Z tym że wiecie. Wśród tych cywilów od vendu to co drugi jest agentem.

– Wiemy. – Kai lekceważąco machnęła ręką. – Spokojnie, agent przecież nie da się sprowokować.

– Ale burdel będzie na cały dzień – znowu wtrąciła się Nuk, dokładnie wyczuwając swoją rolę. – A potem papiery będą fruwały z kancelarii do kancelarii z wyjaśnieniami, bo sprowokowany agent będzie musiał na nas donieść.

– Możesz choć raz nie być takim malkontentem? – Kai westchnęła ciężko, patrząc na koleżankę. – A czy rozumiesz przynajmniej, co znaczy słowo „malkontent"?

Sierżant zaczął się śmiać, ale coś w jego twarzy mówiło, że znaczenie tego słowa dla niego też nie jest do końca jasne.

Wóz był przeznaczony do transportu wyrobów piekarniczych. Zwykły, zaprzężony w dwa konie, niczym się niewyróżniający. Nikt patrzący nań z zewnątrz nie mógł się domyślić specjalnego przeznaczenia. Wewnątrz wozu bowiem zamiast półek ustawiono kilka wygodnych foteli, a skomplikowany system wentylacyjny dostarczał do środka odpowiednią ilość świeżego powietrza. Dzięki temu i dzięki specjalnemu płóciennemu dachowi, który konstrukcja z drągów utrzymywała nad dachem właściwym, pasażerom nie było gorąco nawet w upalne dni. Problemem mogła być tylko nuda w przypadku dłuższych podróży. Z wnętrza nie dało się podziwiać mijanych krajobrazów, ponieważ producent zrobił w ścianach jedynie wąskie szpary obserwacyjne, wyłącznie do określania stopnia niebezpieczeństwa, które mogło grozić.

Randowi i Aie, którzy podróżowali specwozem, nie zależało jednak na widokach. Priorytetem było jedynie to, żeby nikt nie wiedział, że to oni właśnie jadą do jednej z najwspanialszych rezydencji w okolicy na spotkanie w bardzo wąskim gronie.

– Mam nadzieję, że nie mieszasz się w żaden spisek – wychrypiała Aie.

Rand aż się poderwał z wyplatanego fotela.

– Ty w ogóle nie wymieniaj tego słowa! – uniósł głos. – Najlepiej zapomnij! Zapomnij, że takie słowo istnieje.

– No dobrze, już dobrze. – Aie tylko wzruszyła ramionami, zdziwiona jego reakcją. – Turkot kół jest tak dojmujący, że z góry współczuję każdemu, kto chciałby podsłuchiwać.

– Czego mu współczujesz? – dał się zaskoczyć.

– Utraty słuchu.

– Wiesz? Mało śmieszne.

– Ten turkot zresztą wyraźnie się zmienił od pewnego czasu. – Nie zważała na jego humory. – Chyba zjechaliśmy z cesarskiej drogi.

– Podobno gospodarz wybudował sobie własną drogę prowadzącą do jego posiadłości. Ze szlifowanego kamienia!

Aie parsknęła śmiechem.

– Jak posadzka w pałacu cesarzowej?

– Tak. Jak lśniąca posadzka.

– He, to mu tę drogę zrypiemy naszymi kołami. One mają metalowe obręcze.

Tym razem Rand wzruszył ramionami.

– To sobie wymieni nawierzchnię najwyżej.

– Nie mów. Jest aż tak bogaty? – nie mogła uwierzyć Aie. – Woźnica pewnie klnie w żywy kamień. Przecież musimy się ślizgać jak na zamarzniętej kałuży.

– Dopóki jedziemy, to strachu nie ma. Gorzej może być na zakręcie.

Ochroniarka zbliżyła oczy do najbliższej szczeliny obserwacyjnej. Niewiele było przez nią widać. Z tego, co czytała, nie powinno być żadnych zakrętów. Droga prowadząca do cudownego pałacu podobno była idealnie prosta, z jednym jedynym wyjątkiem. Według legendy właściciel posiadłości sam narysował na mapie, jak droga ma przebiegać. Po prostu przyłożył linijkę i pociągnął według niej kreskę, a nikt z architektów nie śmiał dyskutować. Przekopano więc wzgórza, zbudowano mosty nad rozpadlinami, rozwalono parę wsi, kilka innych przeniesiono, ale droga była prosta, tak jak chciał inwestor. Z wyjątkiem półkolistej zatoki na samym środku. Złośliwi twierdzili, że to złamanie konsekwencji spowodowane było tym, że zleceniodawca nieumiejętnie trzymał przyłożoną do mapy linijkę i niechcący obrysował sobie własny kciuk. Tak też poprowadzono drogę, bo przecież pytać o zasadność jakiejkolwiek linii nikt nie śmiał.

Rand domyślił się, czego Aie szukała wzrokiem.

– To nie ta droga, zatoki nie będzie.

– A szkoda. Sprawdziłabym, czy legenda mówi prawdę.

– My jedziemy z drugiej strony. Wypakują nas w magazynie, poza zasięgiem wzroku kogokolwiek.

No i znowu szkoda. Pewnie zaprowadzą ich od razu do jakichś odizolowanych pomieszczeń i nie zobaczą cudownego domu. O nim też krążyły legendy. Podobno przez wnętrze pałacu przepływała prawdziwa rzeka. Rosły tam egzotyczne drzewa i rośliny, a po pokojach latały kolibry i rajskie ptaki.

A może i dobrze. Obecny właściciel odcinał się od stylu bycia swojego przodka, któremu budowano drogi według obrysowanego przypadkiem kciuka. Ten był bezpośredni, przyjazny i niebudujący dystansu. Nowy styl do nowych czasów.

– Dojeżdżamy.

Turkot kół na kamieniu znowu zmienił natężenie. Zwolnili wyraźnie, rozległo się dudnienie, jakby przejeżdżali przez jakiś most, a po chwili ogarnęła ich ciemność.

Nie zatrzymali się od razu. Sądząc z odgłosów, jechali dalej we wnętrzu jakiejś gigantycznej budowli. Woźnica powściągnął konie, a szczeliny obserwacyjne zajaśniały blaskiem latarni.

Ktoś zastukał od zewnątrz w umówiony sposób. Rand odbezpieczył wielką zasuwę. Drzwi otworzyły się błyskawicznie.

– Witajcie, panie! Pani!

Rosły służący pomógł im wysiąść. Wnętrze nie było tak wielkie, jak mogli się spodziewać. To rzeczywiście był rozświetlony licznymi latarniami magazyn. Tyle tylko, że zupełnie pusty. Służył wyłącznie temu, by goście, którzy składali poufne wizyty, mogli wysiąść z pozasłanianych szczelnie powozów z dala od czyichkolwiek oczu.

– Czy zechcą się państwo odświeżyć po podróży?

– Myślę, że nie ma takiej potrzeby – odparł Rand.

– W takim razie zapraszam na pokoje. Zebranie zacznie się niebawem.

Służący poprowadził ich na górę małą, idealnie szczelną klatką schodową, również oświetloną latarniami. Dopiero na piętrze poczuli pierwszy powiew świeżego powietrza. Służący przekazał ich podręcznej, a ta zaprowadziła gości do pokoju wypoczynkowego. Na szczęście jego wnętrze nie oszałamiało ostentacyjnym bogactwem. Można je było określić słowami: dyskretna elegancja. Nie było jak w pałacu cesarskim stołów uginających się pod przekąskami, nie było całej rzeszy służących. Cicho, wygodnie, przyjaźnie. Wielką atrakcję stanowił półbalkon, z którego można było podziwiać ogromne sztuczne jezioro, z wyspami porośniętymi każda innym rodzajem roślinności. Poręcz ocieniała naturalna żaluzja z bluszczu. Sprytne rozwiązanie. Stąd można było obserwować wszystko, z zewnątrz nie było widać, kto patrzy.

Pokój miał jeszcze jedną zaletę. Był potwornie wysoki, właściwie to przypominał wnętrze wieży. I w związku z tym całe ciepło gromadziło się pod sufitem, pozostawiając na wysokości stojącego człowieka miły chłód. Podręczna podała wyjęte z chłodni chusty, którymi mogli przetrzeć twarze i szyje. Potem zaserwowała zimne wino i wyszła. Tu rzeczywiście dawało się odpocząć. Siatkowe hamaki i szemrząca, spływająca po ścianie woda. Leciuteńkie tchnienie zimna z głębokich piwnic i szum poruszanych sztucznym nawiewem wiązek aromatycznych ziół. Upał nie dokuczał.

Podręczna nie kazała im długo czekać. Pojawiła się tak bezszelestnie, że oboje, Rand i Aie, zastanawiali się, z czego zrobiono jej sandały.

– Panie – dziewczyna zgięła się w ukłonie przed Randem – gospodarz zaprasza na spotkanie.

Rand odpowiedział zdawkowym ukłonem. Podręczna podeszła do Aie.

– Czy zechcesz, pani, w tym czasie obejrzeć naszą posiadłość? Zapewniam, że jest tu wiele ciekawych rzeczy do zobaczenia.

– Z ogromną chęcią! – Aie energicznie zerwała się z hamaka. – Nie wyobrażasz sobie, że właśnie o tym marzyłam!

Podręczna uśmiechnęła się i pochyliła głowę.

– Proszę za mną. – Ręką wskazała kierunek.

Nie musieli iść daleko. Prywatny, absolutnie odizolowany od otoczenia gabinet właściciela przypominał raczej pokój zebrań kupców, z okrągłym stołem pośrodku, żeby nikt nie poczuł, że siedzi na gorszym miejscu. Kiedy podręczna wprowadziła Randa do środka, Baruch podniósł się ze swojego miejsca.

– Jakże miło cię widzieć, drogi przyjacielu. Tuszę, że podróż w tym upale nie była męcząca.

– Nie, skądże. Dotarłem w doskonałej kondycji.

– To świetnie! Znasz moich gości, prawda?

Baruch poprowadził Randa wokół stołu po to głównie, żeby ten mógł się przywitać. Wyszyńska, Rosenblum, młody mężczyzna w mundurze kapitana marynarki, przedstawiony jako Samuel Goldwyn, ewidentnie cywil powołany do marynarki w jakimś konkretnym celu. Stopień kapitana nadany na wyrost miał mu zapewne oszczędzić stania na nudnych wartach i czyszczenia latryn w okresie wstępnego szkolenia. Zagadką była jedynie obecność siostry Barucha.

Rand, posadzony już na miejscu w wygodnym fotelu z jakiejś mięciutkiej plecionki, zauważył leżący na stole numer „National Geographic". Ten sam, który i on zdążył już przeczytać przy pomocy tłumacza. Ten sam, którego egzemplarze krążyły po różnych sztabach i komórkach wywiadu. Ciekawe, czy Polska Marynarka Wojenna po tamtej stronie gór wykupiła cały nakład. Ciekawe też, dlaczego uprzejmy gospodarz zdecydował się położyć swój egzemplarz na stole. Chciał w ten sposób unaocznić wszystkim, po co się zebrali? A może położyć akcent na fakt, że teraz wszystko musi ulec bezwzględnemu przyspieszeniu i nie ma ani chwili do stracenia na durne wahania? Zaraza jedna go wie.

Baruch odprawił służbę i zajął miejsce obok swojej siostry. Zdążył złowić zaciekawione spojrzenia rzucane w jej stronę.

– Już wyjaśniam. – Uśmiechnął się, podnosząc dłonie. – Nasz wielki przodek, Baruch, założyciel pierwszego banku w Królestwie Arkach, a potem w nowym cesarstwie, przed śmiercią wpadł na pomysł napisania swojej ostatniej woli. I wedle niej każdy z jego potomków po wsze czasy, aż do końca rodu, miał otrzymywać na imię Baruch. Niestety, nasz wielki przodek nie przewidział chyba, że w kolejnych pokoleniach jego potomkami mogą być przecież także kobiety. Ale nic to. Tradycja i jego wola rzecz święta. Dlatego też dziewczęta z naszego rodu otrzymywały to samo imię co chłopcy. Zatem i ja, i moja siostra nosimy imię Baruch, a odróżniają nas tylko kolejne, nadawane od tysiąca lat numery.

Siostra bankiera była od niego dużo młodsza. Robiła bardzo sympatyczne wrażenie. Nie była może zbyt ładna, ale coś sprawiało, że jej twarz wydawała się atrakcyjna. Wyraz łobuzerstwa? „Równiactwa"? To może złe określenie. Widać było jednak, że mimo legendarnego, oszałamiającego wręcz bogactwa nie wynosi się ponad innych.

Wydawała się szczera i naturalna. Ale kto wie? Przy takich pieniądzach mogli ją wyszkolić najlepsi fachowcy od sztuki udawania, jakich tylko znają sceny amfiteatrów.

– Postanowiłem – ciągnął Baruch – wysłać siostrzyczkę do Polski na kurs wyższej bankowości. Nowe czasy, nowe wyzwania. – Uśmiechnął się szeroko. – Niestety, nie było czasu, żeby mogła ukończyć całe studia, w pełnym wymiarze, ale... I tak nawiązała tam wiele arcyciekawych kontaktów.

W to nie wątpimy, pomyślał Rand. Na pewno też ulokowała gdzie trzeba odpowiednio duże kwoty.

– Misja mojej siostry ze zrozumiałych względów miała charakter poufny. Żeby jednak mogła być legalna, trzeba było wyrobić odpowiednie dokumenty. I tak oto jako pierwsza kobieta w tysiącletniej historii naszego rodu przybrała sobie drugie imię. I teraz nazywa się Anna Baruch.

– Tak. – Sympatyczna dziewczyna potwierdziła ruchem głowy. – W Polsce z mojego prawdziwego imienia zrobiono po prostu nazwisko. – Zerknęła na Wyszyńską i Rosenbluma. – Takie macie u siebie dziwne zwyczaje, że każdy musi mieć dwie nazwy.

– No cóż, skoro już nawiązałem do mojego przodka, założyciela naszego rodu i banku, to pragnę powiedzieć coś jeszcze. – Baruch położył dłonie na stole, a jego twarz przybrała wyraz powagi. – Otóż jest on w naszej rodzinie symbolem odwagi i energii. Był on w stanie podjąć nieprawdopodobną na tamte czasy decyzję i przybył do kraju, gdzie nie było żadnej kultury bankowej. On, bez grosza przy duszy, był pierwszy. Doskonale wyczuł kluczowy, kulminacyjny moment w dziejach, kiedy to chwiały się imperia, a ustalony porządek rzeczy powoli upadał. Los docenił ryzyko podjęte przez mojego przodka. Już pierwszego dnia w Arkach spotkał on bowiem major Achaję i jej sierżant. Pierwszego dnia otrzymał od niej na lokatę pierwszą złotą monetę. Do dziś w rodzinie uważamy to za palec boży! Za wskazanie, że Bogowie sprzyjają ludziom, którzy potrafią podjąć straszliwe ryzyko i umieją wyczuć kulminacyjny moment w dziejach świata.

Przy stole rozległy się brawa. Rand przygryzł wargi. Różnymi już słowami w historii nazywano spisek. Mówiono o nim jako o „sprawiedliwości dziejowej", „odpłacie należnej ciemiężcy", „zaraniu nowego porządku", czy choćby „sprzysiężeniu ludzi honoru". Baruch wolał nazwać spisek „palcem bożym". Hm. Aie pewnie powiedziałaby tylko swoim ochrypłym głosem: „może być, może być". Uśmiechnął się do siebie.

Rand przyglądał się ludziom siedzącym przy stole i oceniał konsekwencje, jakie im grożą. Nie wypadało to najlepiej dla niego. Bo tak: gdyby spotkanie wyszło na jaw zbyt wcześnie, to Baruchowi i tak nic nie zrobią. Jest zbyt bogaty. Ucieknie za granicę i stamtąd będzie pociągał za sznurki. Jego siostra wyglądała na sprytną. Na pewno ma już polski paszport, pewnie nawet dyplomatyczny. W razie czego ukryje się w konsulacie lub ambasadzie i będzie nietykalna.

Wyszyńska w razie jakiejś wpadki zostanie oskarżona o wszystko. Jakiś „oburzony" człowiek „w napadzie szału" zapewne zastrzeli ją na miejscu, co w jej przypadku będzie jednak oznaczać po prostu wcześniejszą emeryturę na planecie Ziemia.

Gorzej miał Rosenblum. Oficer łącznikowy przy cesarskim dworze. Też pewnie oskarżą go o wszystko, a on na procesie będzie musiał potwierdzić, że działał sam i na własną rękę. Może zrobią z niego wariata, może agenta obcego wywiadu. No i na pewno zostanie skazany. Jednak według standardów prawnych zza gór, więc czapa mu nie grozi. Pewnie wypuszczą go potem po cichu z więzienia pod jakimś pozorem i umieszczą na uboczu w ciepłym gniazdku. Przykre i nieciekawe, ale przynajmniej będzie żył. Swoich przecież Polacy za bardzo nie pokopią.

A sam Rand? W razie czego groziła mu najczarniejsza przyszłość, a raczej jej brak. Jakby co... Do niego sprowadzą przecież mistrza umierania nawet zza granicy. Będą go torturowali w nieskończoność. Wstrząsnął się na samą myśl. Mógł mieć tylko nadzieję, że jego kumpel Tomaszewski zaprzepaści swoją karierę i zastrzeli go w drodze łaski.

– No dobrze. – Baruch najwyraźniej zakończył rodzinne opowieści. – Czas chyba przystąpić do rzeczy.

Ponieważ nikt nie oponował, zaczął więc od tego, co sam załatwił.

– Bez żadnego problemu potoczyły się rozmowy z gildią kupców. Wyjątkowo zgodnych w jednej kwestii. Im później nastąpi normalizacja sytuacji – wskazał palcem leżące obok kolorowe pismo – tym lepiej dla kupców. Dlatego też są skłonni wyłożyć odpowiednio duże środki, żeby wspomóc... – zawiesił głos, nie chcąc nazwać spisku spiskiem. – Żeby wspomóc konieczne działania.

– Dużo dadzą? – zapytała obcesowo, jak to zwykle ona, inżynier Wyszyńska.

– Wystarczająco, żebyśmy wraz z moimi inwestorami nie musieli się martwić o finanse. Powiedzieli wręcz, że jeśli chce się mieć złote tony, trzeba smarować.

Rosenblum uśmiechnął się radośnie.

– Pozwól, że skoryguję trochę twój język polski, drogi przyjacielu – powiedział. – Określenie „złote tony" należy raczej do słownika muzyków. Kupcom pewnie chodziło o „tony złota", bo to już określenie z dziedziny miar i wag.

– Bardzo konkretne zresztą – zgodziła się Wyszyńska. – Z tego wniosek, że finansowanie mamy zapewnione?

– Tak. Odnoga kolei żelaznych do rzeki za lasem Banxi już gotowa. Przystań również. Barki gotowe do przewiezienia, a rafineria według pomysłu naszych inżynierów ruszy lada dzień. Wszystkie dodatkowe środki, które zostały przygotowane pod przykrywką tych działań, mogą być przeznaczone na finansowanie koniecznych posunięć. Rand? – Baruch przeniósł spojrzenie. – A ty co powiesz?

– Pacyfikacja speckurew się powiodła. Nie wiem, ile to potrwa, ale zwiększenie liczby ludzi w ich sztabie paraliżuje konkretne przeciwdziałania.

– A rozszerzenie strefy działania partyzantów?

Rand wzruszył ramionami.

– Potrzebuję broni i amunicji. Potrzebuję sposobu na szerzenie idei wśród ludności.

Baruch odwrócił głowę.

– Broń i amunicja?

Wyszyńska potwierdziła ruchem głowy. Baruch już rozmawiał przecież z dyrektorem firmy „Kocyan i wspólnicy". Wszystko było załatwione.

– Mam zapewnienie, że rozszerzenie nielegalnych dostaw jest w każdej chwili możliwe. W bazie Sait już są robione zapasy, pod przykrywką wyposażania kolejnych cesarskich dywizji.

– Dobrze. – Baruch przeniósł wzrok na następną postać. – Rozszerzenie idei?

Rosenblum wskazał towarzyszącego mu oficera.

– Samuel omówi tę kwestię. Ukończył szkołę filmową w Ameryce i jest fachowcem w tej dziedzinie.

Goldwyn nabrał powietrza do płuc.

– Na wstępie chciałbym się usprawiedliwić. Ten mundur włożono na mnie kilka dni temu. I ja ciągle nie wiem, komu mam salutować, a komu nie. I w ogóle nie znam się na wojskowych rytuałach. Powiedzieli mi tylko, żebym się nikomu nie kłaniał.

– Nie kłaniasz się, jak masz na głowie czapkę z godłem – podpowiedział mu Rosenblum. – Nie wykonuje się żadnych ukłonów Orłem Białym. To jemu mają się kłaniać.

– Dobrze – zgodził się niechętnie Goldwyn. – Powiedzmy, że to rozumiem. Ale cała reszta jest za trudna dla artysty i człowieka sztuki.

– W takim razie mów o tym, na czym się znasz.

Filmowiec wyraźnie odetchnął i przystąpił do rzeczy.

– Organizując pokazy ruchomych obrazów w tych prowincjach, w których zdążymy to zrobić, należy się skupić na obrazie. Oficjalna wersja zawierać będzie ścieżkę dźwiękową. Ale myślę, że lud, który zobaczy coś takiego po raz pierwszy, nie zrozumie słów. Bardziej przemówi do niego obraz.

– Jeśli dobrze chwytam – przerwał mu Rosenblum – przekaz słowny będzie tym, co chciałby przekazać swojemu ludowi pałac. A obraz będzie zaprzeczeniem tych słów?

– Mniej więcej. Musimy się przecież liczyć z cenzurą. Ktoś z pałacu będzie musiał to dopuścić do przekazu publicznego. Dlatego też przekaz słowny to jedno, a obraz to coś zupełnie innego.

– Da się tak przejść cenzurę? I czy ludzie to zrozumieją?

– Oczywiście. Pamiętajmy, że na każdym rynku czy forum, gdzie pokażemy film, będzie panował zgiełk i hałas. Słowa z ekranu staną się rzeczą drugorzędną. Słowa opowiedzą o tym, jak to cesarzowa dba o swój lud i troszczy się o niego. Słowa powiedzą, że partyzanci są źli. A obraz... Coś, co przemawia do wyobraźni bezpośrednio, pokaże, w jak nieprawdopodobnym bogactwie pławi się władczyni, podczas kiedy jej lud głoduje. I pokaże, że są partyzanci, którzy o ten lud walczą. – Podczas swojej przemowy Goldwyn podniecał się coraz bardziej. – My tu nie robimy arcydzieła dla Akademii Filmowej. My robimy prosty przekaz dla prostego człowieka. Mówią ci, jak to cesarzowa się o ciebie troszczy, a ty patrz, jak ona żyje! Mówią ci, że partyzanci to zło, a ty patrz: są i walczą. Lud jest przyzwyczajony, że mu się kłamie. Ale to, co zobaczy na własne oczy, będzie prawdą, w którą uwierzy.

– Kupuję to – powiedział Baruch.

– I cenzura pałacowa przepuści coś takiego? – upewniał się Rosenblum.

– Ależ oczywiście. Bo cenzorzy to ludzie wykształceni i kulturalni. Oni będą słuchać słów, bo do tego są przyzwyczajeni. A prosty człowiek będzie patrzył na obrazy.

– To się może udać – powiedziała Wyszyńska. – Co innego mówią, co innego pokazują. Wśród ludu to może chwycić.

– Moi ludzie, specjaliści od plotek – włączył się Rand – wytłumaczą prostemu ludowi, co widzi na filmie. Spokojnie.

– No to doskonale – podsumował Baruch. – Czego, przyjacielu, potrzebujesz do realizacji planu?

– Przepych w pałacu sfilmuje byle kto, bo to łatwizna. Ja muszę mieć autentyczne zdjęcia partyzantów.

– A nie można przebrać aktorów?

– Nie, nie, nie. Ten film może zmienić losy świata. Musi być autentykiem. A poza tym wszyscy znają Shen z listów gończych. Niech więc zobaczą, jak wygląda naprawdę. My nie łżemy jak pałac. Obraz pokaże prawdę!

– Popieram – powiedziała Wyszyńska.

– Popieram – powtórzył za nią Rand.

– No to jesteśmy jednomyślni. – Baruch wydął wargi. – Jak zamierzasz ukryć fakt, że celem twojej podróży będzie sfilmowanie partyzantów?

– To może ja powiem. – Rosenblum podniósł rękę. – Admirał Wentzel na pewno wyśle w ten rejon komandora Tomaszewskiego z misją zwiadowczą. A może i z jakąś bardziej konkretną, bo z tego, co udało się dotąd dowiedzieć, sytuacja jest tam wyjątkowo zapalna.

– Ale artysta na zwiad?

– Nie, nie – zaprzeczył gorliwie Goldwyn. – Ja oficjalnie pojadę realizować taką niezwykle nowoczesną, amerykańską ideę.

– Jaką konkretnie?

– Otóż Amerykanie wymyślili, że przed spodziewanym konfliktem na danym terenie warto nakręcić parę propagandowych filmów i przy pomocy objazdowych ekip wyświetlać tubylcom. Te filmy generalnie mówią, że nasza armia jest cacy, a wroga be, nic więcej. Ponoć daje to rewelacyjne efekty.

Rand nie mógł dojść, jakie jest połączenie między ruchomymi obrazami wyświetlanymi dla ludności tubylczej a dwiema armiami, które być może zetrą się na tym terenie. Co ma jedno do drugiego? I jakie znaczenie ma nastawienie tubylców do tych, którzy tak czy siak spustoszą ich kraj?

Znał już jednak Polaków na tyle, by wiedzieć, że nie należy argumentować, jeśli się na coś uprą. Wytłumaczenie czegokolwiek w takim przypadku było już niemożliwe. Wzruszył ramionami. I dobrze. Niech sobie robią te swoje ruchome obrazy, dla kogo chcą. Ich idiotyczne tłumaczenie dotyczące celu tych działań wzbudzi podejrzenia wszystkich. I bardzo dobrze. Przynajmniej szpicle najróżniejszego autoramentu będą miały się czym zająć, zamiast węszyć w sprawach naprawdę istotnych.

Baruch też nie wnikał w to, o co im chodziło.

– Dobrze – powiedział. – Przejdźmy do dalszych spraw. Rand, drogi przyjacielu. Jak sprawa działań, które będziemy musieli podjąć w dalszej perspektywie?

– Komitety obywatelskie już są praktycznie zebrane. Oczywiście nie mogą się na razie ukonstytuować. Moi ludzie zrobili po prostu listy obywateli, którzy cieszą się szacunkiem i poważaniem w swoim otoczeniu. Którzy są powszechnie znani i z których zdaniem ludzie się liczą. Wszyscy zostali zapytani, czy zobowiążą się do wzięcia udziału w rozwiązywaniu spraw publicznych, kiedy ojczyzna znajdzie się w takiej potrzebie. Przytłaczająca większość odpowiedziała „tak".

– I myślę, że to nam powinno chwilowo wystarczyć. – Baruch rozejrzał się po siedzących wokół stołu. – Nie ma sensu podejmować dalszych ruchów i wyjaśniać kandydatom, o co chodzi.

Rosenblum skinął głową, a Wyszyńska lekko rozłożyła ręce, dając do zrozumienia, że to nie jej sprawa. Goldwyn miał tu tylko podpowiadać w sprawach dotyczących jego fachu, więc uznał, że pytanie nie jest skierowane do niego. Siostra bankiera natomiast siłą rzeczy nie powinna przeciwstawiać się bratu.

Rand uznał więc, że może kontynuować.

– Jesteśmy gotowi do wszelkich działań propagandowych. Włączając w to stworzenie nawet sieci szkół, jak to chcecie je nazywać, „powszechnych". Oczywiście w wielkich miastach.

– Niby jak to chcecie zrobić tak z dnia na dzień? – zainteresowała się Wyszyńska. – Skąd weźmiecie na przykład tylu nauczycieli?

Rand spojrzał na nią beznamiętnie.

– Z prowincji. Tam się zlikwiduje szkoły, a nauczycieli i infrastrukturę przeniesie do wielkich miast.

Wyszyńska chciała zaprotestować, ale Rosenblum powstrzymał ją kategorycznym gestem.

– Przepraszam cię, Jadwiga – powiedział, usiłując nie widzieć, jak zesztywniała. – Ale tu zaczyna się rodzić pewna potencjalnie niebezpieczna sytuacja.

– Niby jaka?

– Zaraz przystąpimy do omawiania konkretnych działań, które zostaną podjęte. Przedtem jednak musimy ustalić jedną niesłychanie ważną rzecz.

Baruch chyba się domyślał, o co chodzi. Ręką jednak wykonał gest zachęcający komandora do kontynuowania wątku.

– To, co robisz – Rosenblum usiłował nie patrzeć pani inżynier w oczy – może być uznane za niedopuszczalną ingerencję w wewnętrzne sprawy cesarstwa.

– Ty hipokryto! – Teraz i Wyszyńska zrozumiała, co chce powiedzieć.

Całe to spotkanie przecież było „niedopuszczalną ingerencją w wewnętrzne sprawy cesarstwa".

– Musimy powiedzieć jasno – ciągnął niezrażony Rosenblum. – Wszystko, o czym będziemy tu zaraz mówić, jest i nadal będzie wyłączną inicjatywą poddanych cesarstwa. Wszystkie czyny, które zostaną dokonane, będą tylko i wyłącznie zasługą obywateli imperium. Wyłącznie ich czynem i staraniem dopełnią się wszelkie sprawy.

– Ty hipokryto – syknęła znowu Wyszyńska. – Pokłady brudu, morze krwi, a RP ciągle w czystych, białych rękawiczkach... – Posmutniała nagle. – A posprzątają tacy jak my.

Rosenblum uśmiechnął się z przekonaniem.

– Wielkie dzieło, którego zręby ukazują się naszym oczom w tym gabinecie, zostanie dokonane wyłącznie rękami najlepszych synów i córek tej ziemi!

– Tylko i wyłącznie naszymi rękami – zgodził się pragmatycznie Baruch, nie wiedząc, po co w ogóle poruszać tę kwestię, dla niego była bowiem oczywista.

Rozdział trzeci

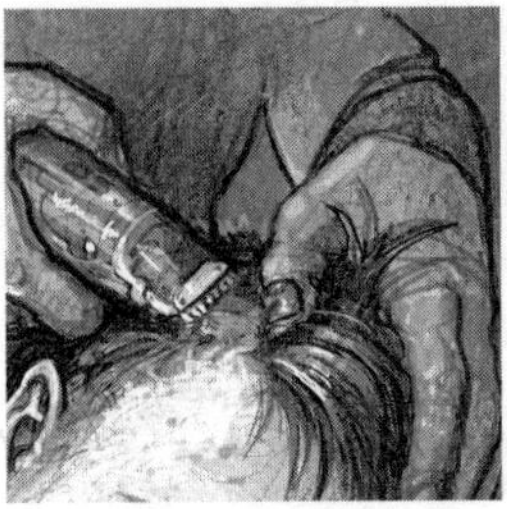

Żołnierze w dziwnych mundurach przywieźli wielki pojemnik, który trochę przypominał kocioł do gotowania, trochę żeliwne naczynie do fermentacji. Mieli do tego celu specjalny wózek na małych kółkach, skonstruowany w tak przemyślny sposób, że bez wysiłku mógł go ciągnąć jeden człowiek. Ktoś rozdał im cieniutkie i miękkie naczynia. Dziewczyny nie mogły się nadziwić, że w ogóle można zrobić coś takiego. Jeden z obcych żołnierzy założył jakiś biały płaszcz i zaczął nakładać im porcje. Pozostali pilnowali, żeby żadna nie wyłamywała się z kolejki i żeby nie robił się zator przy kotle.

– Tylko małe porcje! – krzyczał ten, który najlepiej radził sobie z miejscowym językiem. Ale i tak ledwie go rozumiały. – Nie można od razu za dużo, bo się pochorujecie.

– Wal się! – Dla Foe czekanie w upiornie powolnej kolejce było najgorszą torturą.

– Nie wolno za dużo jeść, kiedy się długo głodowało!

– Żeby cię zaraza jasna pokarała! – wtórowała siostrze Naan. Nie radziła sobie z nadmiarem śliny w ustach, która pojawiła się, gdy dotarł do nich zapach z kotła. – Szybciej! Szybciej!

– Nie skąpimy wam. – Obcy żołnierz z uporem maniaka usiłował wyjaśnić sytuację. – Ale nie możemy dać dużych porcji, bo będziecie bardzo chore!

Nareszcie dostały! Podłużne jakby paluszki z mięsa i jakąś breję. Tyci, tyci. Ale lepsze to niż marzenia o korze z drzew, które towarzyszyły im ostatnio. Obcy odpychali je od kotła, żeby nie jadły na miejscu i nie tworzyły kłębowiska. Ledwie dopadły najbliższego drzewa i usiadły ostrożnie, żeby nic nie wypadło im z naczyń.

– Spokojnie, to tylko parówki z ziemniakami. – Jakiś żołnierz dziwił się, widząc ich przesadne starania. Zachowywały się, jakby od zawartości naczyń zależało czyjeś życie. A właśnie że zależało, obleśny potworze!

Pierwszy kęs!...

– Nie połykaj! Nie połykaj, proszę. – Naan chyba miała więcej samozaparcia i ostrzegała siostrę. – Gryź. Musimy gryźć.

Akurat. Foe po prostu napchała do ust tyle, że teraz ani przełknąć, ani wypluć. Siedziała z wypchanymi policzkami, patrząc przed siebie błagalnym wzrokiem.

– Powoli. – Naan okazała się bardziej odporna na bezwzględny przymus organizmu. – Dasz radę się odetkać. Powoli.

Sama zmuszała się do odgryzania małych kawałków miękkiego mięsa i chyba nawet do żucia. No... z tym żuciem to nie przesadzajmy. Niemniej radziła sobie, podczas gdy Foe siedziała z wypchanymi ustami, czując, jak łzy spływają jej po twarzy. I co ma teraz zrobić?

– Gryź powoli – upominała siostrę Naan. Sama przy tym łykała kawałeczki tak łapczywie, że mało nie odgryzła własnych palców. – No, ruszaj szczęką!

Foe, na poły już zrezygnowana i umęczona stanem, do którego się doprowadziła, zaczęła żuć. Od najmniejszych ruchów szczęki, bolesnych i trudnych, do coraz większych i większych. Nareszcie zdołała przełknąć malutką porcję, a potem jeszcze jedną. I jakoś już poszło.

Starała się nie wyprzedzać siostry. Ale nie dawała rady. Obie miały niezłe tempo. Uporały się z tym, co miały w naczyniach, wraz z wylizaniem tychże w tempie szybkobiegaczek.

– Ufff... – Foe wytarła spoconą twarz. – Mam wrażenie, że jestem teraz bardziej głodna niż przedtem.

– No – przytaknęła Naan. – To takie uczucie tylko. Trzeba przeczekać i zaraz głód zniknie.

– Chciałabyś. Mogliby dać więcej.

– Coś mi się wydaje, że oni mają to przemyślane. Popatrz.

Żołnierze w dziwnych mundurach rozdawali dziewczynom małe, kolorowe grudki.

– Nie połykajcie tego! – ostrzegali. – Trzeba ssać. Na dłużej wam wystarczy.

– Tym razem ich posłuchajmy.

Grudki okazały się niesamowicie słodkie. W ustach momentalnie pojawił się nadmiar śliny. Ale obie ssały zgodnie z instrukcją, choć korciło, żeby przełknąć natychmiast.

Tamci znowu mieli rację. Słodki smak powoli gasił uczucie głodu. Skądś, nieśmiało jeszcze, napływała do umysłów senność. Ale nie dane im było odpocząć.

Żołnierze stawiali obok ogromny namiot. Foe domyśliła się, że to dla nowo przybyłych. Jednak namiot, choć ogromny, nie mógłby pomieścić ich wszystkich. Podeszła do żołnierza, który według niej miał najsympatyczniejszy wyraz twarzy.

– To dla nas? – zapytała, uśmiechając się przymilnie. Akurat musiała trafić na takiego, co bardzo słabo znał miejscowy język. Coś tam mówił po swojemu, ale oczywiście niczego nie zrozumiała.

– To będzie dla nas dobre czy nie? – podjęła kolejną próbę, usiłując mówić jak najwyraźniej i bardzo powoli.

Nie wiedziała, czy zrozumiał, bo odparł:

– I tak, i nie.

No i jak tu się dogadać? Jeszcze raz wskazała na mocowaną właśnie do ziemi płachtę, a potem wycelowała palec w siebie.

– To, namiot, dla mnie, fajne?

Chyba pojął.

– Niefajne! Niefajne! – powiedział natychmiast, energicznie potrząsając głową. – Niefajne. Ty. Czekaj.

Odszedł sprężystym krokiem, by po chwili wrócić z kolegą, który daleko lepiej radził sobie z miejscowym językiem.

– Co chcesz wiedzieć?

– Co z nami będzie? – zapytała Foe ostrożnie.

– Odpchlenie i odwszenie – zawyrokował dryblas w mundurze. Rzeczywiście mówił prawie dobrze, w każdym razie zrozumiale, a nawet z niezłym akcentem. – Bolesne i nieprzyjemne, wiem. – Rozłożył ramiona w geście bezradności. – Ale nie bój się. Nie będziecie musiały się rozbierać przy nas. Dziewczyny z waszej armii już jadą.

Wskazał kierunek, a potem swoje ucho, jakby to miało być jakieś wyjaśnienie. Rzeczywiście zza drzew dobiegał jakiś narastający warkot, ale Foe nie domyślała się, jaki to może mieć związek.

– Powiedziałeś „rozbierać się”? Po co?

– No przecież wasze mundury trzeba spalić.

– Jak to spalić? – przestraszyła się nie na żarty.

– Posłuchaj uważnie – tłumaczył jej powoli. – U was pchły i wszy to normalna część wojskowego życia. Zawsze tak było, od zarania armii, i uważacie, że wybierając służbę w wojsku, trzeba się z tym liczyć. Kolejna niedogodność, nie najgorsza zresztą, jeśli chodzi o waszą armię. A u nas insekty zakazane! Nie wolno tolerować wszy. Od tego choroby i zarazy. Zresztą już zaraz zobaczysz.

Wyciągnął rękę w stronę najbliższego zakrętu imperialnej drogi. Warkot był już bardzo głośny i po chwili wyłonił się ogromny pojazd. Foe się nie bała. Bardziej obserwowała reakcję otaczających ją ludzi. A ci nie zwracali uwagi na to, że pojazdu nikt nie ciągnie. Że porusza się sam. Obawa rozwiała się, kiedy warczące monstrum zatrzymało się obok i ucichło, a z paki wozu zaczęły wyskakiwać dziewczyny. Ubrane były w obce mundury, ale dało się dostrzec na ramionach przyszyte godła cesarskiej armii.

– Cześć, koleżanki! – pokrzykiwały z wyraźną nutą wesołości.

Wyglądały na ubawione sytuacją. Żartowały z obcymi żołnierzami, ciągle się śmiały i przekrzykiwały, na każdym kroku pokazywały swoją swobodę, czym bardzo się odróżniały od wszystkich innych żołnierzy imperium.

– Cześć, dziewczyny! – Jedna z przybyłych podeszła do weteranek ocalonych z rozbitej barki. – No niestety, musimy zacząć od podstawowych czynności higienicznych. Dobierzcie się w pary i na ochotnika kolejno...

– Chodź. – Naan zerwała się spod drzewa i pociągnęła siostrę. – Miejmy to z głowy. A poza tym deszcz idzie i pozostałe będą marznąć.

Foe posłusznie poszła za nią.

– Jaki deszcz? O czym ty mówisz?

– Z tamtej strony – Naan wskazała kierunek palcem – zbliżają się straszne chmury. Zaraz zacznie padać i zrobi się lodowato.

– Skąd możesz wiedzieć takie rzeczy?!

– No proszę! – krzyknęła dziewczyna przed namiotem. – Dwie pierwsze odważne już są! A reszta co? Imienne zaproszenia mam wysyłać?

Foe i Naan weszły przestraszone do ciemnawego wnętrza namiotu. Tam czekały już na nie płócienne krzesła i oprawczynie w białych płaszczach narzuconych na mundury. Wszystkie miały na dłoniach dziwne, cieniuteńkie rękawiczki.

– To panie zamawiały usługi fryzjerskie? – odezwała się najwyższa z nich. – Siadajcie więc, proszę.

– Najnowsze modele fryzur tu robimy – odezwała się druga. – Dziś strzyżenie na łyso!

– Tylko nie na łyso, siostro – usiłowała oponować Foe.

– Nie jestem twoją siostrą, koleżanko. – Tamta zaczęła się śmiać. – Ale dobra. Zostawię ci włosy na paznokieć. Nie na łyso, tylko na chłopaka.

– Żartujesz? Nie chcę na chłopaka!

– Robali z twoich kudłów trzeba się pozbyć. No jazda! Siadać jedna z drugą!

Nie było sensu się przeciwstawiać. Kiedy posłusznie zajęły miejsca, dwie „koleżanki" z warczącymi tulejami w rękach błyskawicznie pozbawiły je włosów na głowach. Mogły tylko bezradnie patrzeć, jak kolejne pukle spadają na ziemię. Te wredne baby wcale nie zrobiły im fryzur na chłopaka. Bezczelnie ogoliły im głowy, pozostawiając jedynie drobną szczecinkę.

– No już, wstawać! Rozbierajcie się!

Wiedziały, że ich stare mundury pójdą do spalenia, więc nawet specjalnie nie protestowały. Zdziwił je dopiero kolejny rozkaz.

– Ręce za głowę!

– Po co?

– Wszystko muszę ci ogolić. Żadnych złych stworzeń nie chcemy, prawda?

Czysty sadyzm. Nie wiedziały, co zrobić z rękami, kiedy tamte skończyły już wszystkie zabiegi. Zasłaniać się czy nie? Jakoś głupio było, policzki paliły coraz bardziej, ale „koleżanki" na szczęście nie wnikały w ich odczucia.

– Przechodźcie tam!

Pokazały ciężką zasłonę odgradzającą przejście do następnej części namiotu. Jedna z nich popchnęła Naan i Foe we wskazanym kierunku.

Druga część namiotu była zdecydowanie lepiej oświetlona. Trzy syczące lampy sprawiały, że każdy, kto tam wszedł, musiał zmrużyć oczy. Kilka dziewczyn czekających w środku też miało na sobie białe płaszcze. Jednak w przeciwieństwie do „fryzjerek" te nie były z płótna, tylko z czegoś grubego, szeleszczącego nieprzyjemnie przy każdym ruchu.

– No, baby, zamknąć oczy! Osłaniać usta i nosy! – zakomenderowała dziewczyna przy pompie, która napełniała przezroczysty zbiornik oleistą cieczą. – Nie wdychać tego bez potrzeby!

Sama nałożyła na twarz dziwną maskę z dwoma kulami przy nosie i uruchomiła terkoczącą maszynę. Z węży trzymanych przez pozostałe oprawczynie trysnęły strugi białego dymu czy oparu. Dwie nagie dziewczyny zaczęły od razu kaszleć. Nie to jednak było najgorsze. To coś, co tryskało z czarnych końcówek węży, osiadało na skórze

białawym nalotem, powodując trudne do wytrzymania swędzenie. Foe i Naan nie wiedziały, czy dalej osłaniać twarze, czy drapać się, czy najlepiej uciekać. Oślepione, nie bardzo wiedziały, gdzie biec.

– Obracać się! Obracać! – krzyczały niewyraźnie dziewczyny w maskach.

– Dobra – rozległo się po chwili. – Zabiłyśmy na nich wszystko, co żyje.

Strugi białego świństwa przestały lecieć.

– Dalej, dalej, myć się! – Zapędzono je pod rząd rur zawieszonych na stojakach. Przez dziurki trysnęła woda przesycona jakimś niezwykle intensywnym, nieznanym im i przykrym zapachem.

– No, myć się. Na co czekacie? Na oklaski?

Płukały się w śmierdzącej wodzie. Czuły, że kręci im się w głowach.

– Gdyby którejś zechciało się wymiotować, to kubły stoją pod ścianą. Tu mi nie nabrudzić – usłyszały instrukcję.

Na szczęście po chwili cuchnący płyn przestał lecieć i dostały duże płócienne płachty, żeby się wytrzeć. Co za ulga. Powiało też świeżym powietrzem, a wraz z nim nasilającym się chłodem.

– Spokojnie. Zaraz dostaniecie nowe mundury. – Jedna z dziewczyn przepuściła je za następną zasłonę dzielącą namiot. Tu musiały zostawić zaimprowizowane ręczniki. Potem przeszły do kolejnej strefy.

– No coście takie przerażone? – powitała je kobieta siedząca za rozkładanym stołem. – Tu już wam głowy nikt nie urwie. To magazyn.

Westchnienie ulgi, które wydobyło się z ust Foe i Naan, było tak autentyczne, że rozbawiło tłustawą kobietę. Tak, ona naprawdę wyglądała na magazyniera. Pewnie pełniła tę funkcję w klasycznej armii imperium, pełni teraz i będzie na tym stanowisku w przyszłości, cokolwiek się wydarzy.

– No chodźcie, chodźcie. – Skinęła na nie. – Tutaj dokładnych rozmiarów wam nie dobiorę, jakby coś nie pasowało, to sobie potem wymienicie w prawdziwym magazynie.

Naan i Foe nieśmiało zbliżyły się do stołu.

– Na szczęście macie typowe rozmiary przeciętnego poddanego cesarstwa. Średniego wzrostu, wychudzone, przestraszone – dworowała sobie w najlepsze. – Typowe przedstawicielki naszego narodu. A na diecie w tej bazie zaraz mi się obie roztyjecie i będę wam musiała szukać większych rozmiarów.

Wolały się nie odzywać. Od kogoś, kto piastował tak ważną funkcję, wiele zależało i lepiej nie podpaść. Magazynierka uniosła się zza stołu, taksując je wzrokiem. A potem z wojskowych skrzyń zaczęła wyjmować odpowiednie rzeczy.

Najpierw musiały włożyć krótkie spodenki i koszule wciągane przez głowę, za to pozbawione rękawów. Potem, największa niespodzianka, takie coś na stopy, zwane skarpetami, zamiast onuc. Zaraza jedna! Wygodniejsze. Potem szły szerokie spodnie na bardzo szerokich szelkach, z mnóstwem kieszeni, nawet na udach. I bluza na guziki. Wszystko w barwne, zielone, brązowe i czarne ciapki. Również w bluzie każdą wolną przestrzeń zajmowały kieszenie. Najlepsze okazały się buty. Wysokie nad kostkę, sznurowane i zapinane, ze specjalnymi taśmami, które po wpuszczeniu do środka nogawek spodni nie wypuszczały ich już na zewnątrz. Błoto nie miało już jak wlać się do środka. A buty trzymały mocno kostki, nie pozwalając na skręcenie. Były strasznie wygodne, i to mimo całej swojej toporności.

Dostały jeszcze kurtki sięgające za pośladki. Z zewnątrz były szorstkie, a wewnątrz ciepłe i mięciutkie. Do tego doszły rękawiczki bez palców, pasy z różnymi futerałami, czapki i peleryny z ogromnymi kapturami. Magazynierka pokazała, jak się je zakłada. Krawędź kaptura musiała się oprzeć o daszek czapki. Wtedy woda nie ściekała na twarz i nic nie zasłaniało oczu.

Dostały też godła cesarskiej armii. Mocowało się je na ramionach, ale nie na stałe. Magazynierka nazywała to rzepami. Wystarczyło kolorowe godło przyłożyć, docisnąć i tak już zostawało. A jak się chciało zdjąć, wystarczało pociągnąć. Zabawne.

– I po co to tak? – dziwiła się Foe.

Kobieta za stołem rozłożyła ręce.

– A bo ja wiem? – Uśmiechnęła się. – Ale tak sobie czasem myślę, że taki emblemat wystarczy szarpnąć, wziąć nowy, docisnąć i już, w mgnieniu oka jesteście w jakiejś innej armii, nie?

Nie wiedziały, co na to odpowiedzieć. Magazynierka wygoniła je na zewnątrz, bo już czekały następne. Za to, że pierwsze się odważyły na nieprzyjemne zabiegi, dostały tabliczkę czekolady do podziału na pół.

Na zewnątrz zgodnie z przewidywaniami Naan lał już przenikliwie zimny deszcz.

– Skąd wiedziałaś? – Foe błyskawicznie narzuciła swoją nowiutką pelerynę. Szybko się okazało, że te rzeczy są nieprzemakalne. Ani jedna kropla deszczu nie przenikała przez dziwny cieniutki materiał. Jakim cudem?

– Jak to skąd? – Naan zgodnie z otrzymaną przed chwilą instrukcją umieściła kaptur na daszku czapki. – Od chłopaka ze snu.

– I on ci tak o wszystkim mówi?

– Nie o wszystkim. Ale o tym powiedział. Popatrz.

Wskazała ich koleżanki w cienkich tunikach, przemoczone i drżące w porywach lodowatego wiatru.

– No i dobra. – Foe nie bardzo wierzyła w tego chłopaka. Ale też nie dyskutowała z wizjami siostry. – Przynajmniej na coś się przydał.

Usiadły pod najbliższym drzewem, osłaniając nogi pelerynami. Były suche, rozgrzane i spokojne. Przyjemnie się patrzyło na krople deszczu skapujące z krawędzi kaptura, kiedy leniwie ssało się kawałki słodkiej czekolady. A tuż obok półgołe koleżanki prawie zamarzały, czekając w sążnistej kolejce.

Cesarstwo awansowało chyba do rangi sojusznika o wysokim stopniu przewidywalności. Sztab marynarki RP przenosił się bowiem z baraków i kontenerowych pomieszczeń eksterytorialnej bazy do wykładanych marmurem budynków na wzgórzu, które górowało nad portem. W Negger Bank nie było nazw ulic we współczesnym tego słowa rozumieniu ani numerów domów. O drogę należało więc pytać przechodniów.

Niestety, każde pytanie Tomaszewskiego o sztab marynarki kończyło się pokazywaniem kierunku odwrotnego. Wskazywano mu miejsce, gdzie mieścił się sztab, ale cesarski. O sztabie ludzi z żelaznych okrętów nikt tu na razie nie miał pojęcia. Dopiero jakiś młody człowiek, sądząc z wyglądu, nauczyciel lub bibliotekarz, domyślił się, o co może chodzić obcemu.

– Ach, chcielibyście znaleźć sztab marynarki Cesarstwa Luan? Ten sprzed tysiąca lat?

– Nie do końca o to mi chodzi.

– Ja wiem, wiem. Podobno teraz wprowadzają się tam wasi, ludzie zza gór. – Uprzejmy przechodzień wskazał kierunek. – To największy kompleks na wzgórzu przy porcie.

Potem dodał jeszcze kilka zdań, z których wynikało, że sztab imperialny nigdy nie zajął tego kompleksu odziedziczonego po poprzednim cesarstwie. Wszystko tam było za duże. No ale... wiadomo. Sojusznicy mieli nieporównywalnie większe okręty, więc dla sztabu potrzebowali nieporównywalnie więcej miejsca.

Tomaszewski udawał, że nie usłyszał zawoalowanej kpiny. Natomiast dzięki wskazówkom młodego człowieka trafił już bez trudu na miejsce. Monstrualny kompleks otoczonych kolumnadami budynków rzeczywiście zdawał się zaspokajać wybujałe ambicje admirała Ossendowskiego. Nareszcie urzędował w czymś, co przypominało salę tronową, a nie w jakimś tam gabineciku na jakimś tam lotniskowcu czy wręcz, tfu, krążowniku.

Niebywałe. Tomaszewski pływał we własnym pocie już po pokonaniu gigantycznych, zalanych słońcem reprezentacyjnych schodów prowadzących do głównego budynku. Sam westybul wywierał porażające wrażenie. Jego wielkość i pompatyczny wystrój sprawiały, że każdy, kto wkroczył do mrocznego wnętrza, czuł się mały i przytłoczony. Być może o to właśnie starożytnym architektom chodziło? Maszerując wzdłuż ustawionych w szpalerach pomników admirałów sprzed tysiąca lat, miało się wrażenie kontynuacji. A patrząc na ogromną mozaikę przedstawiającą urzędujących tu luańskich oficerów marynarki w purpurowych togach, wręcz czuło się, że dzisiejsi oficerowie, którzy zaczynali tu pracować, różnili się od poprzedników tylko krojem i kolorem mundurów. Purpurę zastąpiła smolista czerń.

W perystylu dalej również ustawiono posągi admirałów. Tych najbardziej wybitnych. Zwycięzców dawnych bitew, twórców wielkich teorii strategicznych albo zręcznych polityków. Tomaszewski zastanowił się złośliwie, czy jakiś rzeźbiarz pracował już nad posągiem Ossendowskiego, żeby uzupełnić dawną kolekcję.

A jednak w miejscach, gdzie docierało światło, dało się zauważyć, że budynek jest, delikatnie mówiąc, mocno spatynowany. Pośpieszne remonty i zastawianie co bardziej zniszczonych ścian miejscowymi meblami nie były w stanie ukryć faktu, że to częściowa ruina. Potrzeba będzie wielu lat i naprawdę wielkich pieniędzy, żeby przywrócić staremu sztabowi dawny blask. Ale miało to i swój urok.

Podoficer, który prowadził Tomaszewskiego do admirała, zatrzymał się nie przed drzwiami, ale wręcz wrotami. Skrzydło, które pchnął oburącz, miało jakieś trzy, cztery metry wysokości.

– To tutaj, panie komandorze. – Zasalutował dziarsko i poprosił o możliwość odmeldowania się.

Tomaszewski odpowiedział salutem. A potem wkroczył do sekretariatu wielkości szkolnej sali.

– O, dzień dobry, panie Krzysztofie. – Znajoma sekretarka powitała go uśmiechem. – Co? Oszołomiony przepychem?

– Delikatnie mówiąc, pani Elżbieto. Delikatnie mówiąc.

– Cieszę się, że dotarł pan do nas cały i zdrowy. Bo tu już różne pogłoski krążyły.

– Jestem niezniszczalny, pani Elżbieto. – Tomaszewski podszedł do drzwi gabinetu. – A jak humor dzisiaj?

– Myślę, że niezły. I gdyby pan nie strzelał do kuriera, to nie byłoby opeeru.

– Rozumiem. No nic... do boju!

Tomaszewski, używając dużej siły, otworzył drzwi równie wielkie jak te poprzednie i wszedł do gabinetu. Potem zamarł.

Regulamin nakazywał podwładnemu, który wchodzi do pomieszczenia przełożonego, przyjęcie postawy zasadniczej i złożenie meldunku. Ale... Od szefa w tym gabinecie dzieliło Tomaszewskiego jeszcze jakieś pięćdziesiąt metrów! I co zrobić? Przecież meldunku admirał z tej odległości nie usłyszy. Postanowił nieregulaminowo ruszyć dalej.

Admirał Wentzel nie podnosił wzroku. Pisał coś w jednostajnym rytmie. Tomaszewski zawsze się zastanawiał, czy wszyscy przełożeni w takich sytuacjach, chcąc dać coś podwładnym do zrozumienia, pisali prawdziwe słowa, czegoś dotyczące, czy po prostu mazali piórem byle jakie zygzaki, żeby pokazać jedynie swoją postawę. Niestety, i tym razem nie było mu dane się dowiedzieć. Kiedy dotarł nareszcie do biurka, strzelił obcasami i zasalutował, zdając meldunek, Wentzel zamknął swój notes.

– Krzysiu, cieszę się, że cię widzę w dobrym zdrowiu.

– Ja również się cieszę, panie admirale!

– Dobre zdrowie ci się przyda, kiedy każę cię wtrącić do najciemniejszego lochu w tym mieście. Kto ci pozwolił wywoływać wojnę z innym państwem?!

– Nikt się nie dowie, że zestrzeliliśmy motoszybowiec. Nie sądzę, żeby ktokolwiek odnalazł szczątki na pełnym oceanie.

– Ja nie o walkach powietrznych mówię. Kto cię upoważnił, żebyś strzelał do najwyższych rangą oficerów oblegających twierdzę jak do kaczek?!

Tomaszewski przełknął ślinę.

– Widzę, że przeczytał pan mój raport, panie admirale.

– Krzysiek... – Palec Wentzla celował teraz dokładnie w czoło Tomaszewskiego. Jak u oficera dowodzącego plutonem egzekucyjnym. – Ja nie wnikam, że sobie zwozisz z całego świata różne dziewczęta, i nie wnikam, co z nimi robisz.

– Wcale z Iną nie spałem!

– Krzysiek, nie wnikam. Ale powiedz mi, co piłeś albo czym się naćpałeś do tego stopnia, żeby strzelać przez drzwi do mojego kuriera?!

No i co tu powiedzieć? Że był świadkiem jakichś zjawisk paranormalnych? Jedno słowo na ten temat i będzie miał rację Ossendowski, który wieszczył mu, że zajmowanie się czarami definitywnie zakończy jego karierę.

Admirał chyba nie oczekiwał odpowiedzi. Westchnął ciężko.

– Słuchaj, Krzysiu, ja wiem, że w wojsku polskim się pije. Ja wiem, że się pije od zarania. Niektórzy nawet wywodzą to z tradycji mającej swój początek u dawnych rycerzy. Ale powiedz mi szczerze. Czy masz z tym problem? Powiedz uczciwie, czy masz problem z alkoholem?

– Nie, panie admirale.

– A z innymi używkami?

– Nie mam żadnego problemu z uzależnieniem od czegokolwiek.

– Chciałbym ci wierzyć, chłopcze, ale ostatnio dociera do mnie coraz więcej wieści o twoich ekscesach po alkoholu. A ta droga prowadzi donikąd. Wiesz o tym, prawda?

– Tak jest, panie admirale.

Wentzel podniósł się zza biurka. Okrążył je, podszedł do siostrzeńca i oparł mu rękę na ramieniu. A potem zaprowadził do olbrzymiego okna z widokiem na morze.

– Popatrz – powiedział cicho. – Kto wie, może ten widok podziwiał tysiąc lat temu jakiś admirał Cesarstwa Luan? Może stał w tym miejscu, podczas kiedy pod murami Negger Bank rozgrywała się bitwa toczona pomiędzy armią Biafry i mającymi ogromną przewagę liczebną dwoma generałami cesarza. Pewnie posłańcy przynosili tutaj wieści o tym, co się dzieje przy cesarskiej drodze pod miastem. I pewnie admirał w którejś chwili zrozumiał, że cesarstwo, któremu służył, ulega rozpadowi. Nie miał na to wpływu. Podczas tamtej wojny nie rozegrała się żadna bitwa morska. Nie było nawet najmniejszej potyczki. Człowiek, który stał tutaj tysiąc lat temu, nie mógł nic zrobić. Frustrujące, prawda?

Tomaszewski nie miał pojęcia, co odpowiedzieć. Na szczęście nie musiał, bo Wentzel podjął znowu:

– Bo gdyby na przykład przyczyną klęski był alkoholizm jego ludzi, to admirał sprzed tysiąca lat mógłby z tym coś zrobić. Nie stałby tutaj i nie gapiłby się melancholijnie na morze, tylko wypalił pijaństwo gorącym żelazem! I ja też mogę sobie poradzić z tym problemem, prawda?!

– Tak jest.

Tomaszewski przygryzł wargi. Wentzel chyba nie przeczytał starych kronik tak dokładnie jak on sam. Wiedziałby bowiem wtedy, że podał akurat zły przykład. Biafra, o czym kronikarze piszą otwarcie, był właśnie alkoholikiem. I narkomanem. Podczas bitwy, która przeszła do historii pod mianem masakry pod Negger Bank, był tak nachlany i naćpany, że wojskami w linii dowodziła wyłącznie Achaja. Też zresztą nie do końca trzeźwa, ale zdecydowanie lepiej trzymająca się na nogach. Przykład więc naprawdę niefortunnie dobrany, bo w tej historii właśnie dwoje alkoholików zwyciężyło dwóch całkiem trzeźwych.

Wentzel jednak niespodziewanie zmienił ton.

– Krzysiek, a teraz tak zupełnie szczerze i między nami. – Admirał patrzył mu z bliska prosto w oczy. – Dlaczego strzelałeś do mojego kuriera?

– W tej chwili ciężko będzie uwierzyć, ale w domu był chyba włamywacz. Pierwsza obudziła się Ina. Oczywiście w tym cholernym kraju bez elektryczności poza zapalniczką nie miałem żadnego światła. Nie zabrałem nawet latarki. No i zeszliśmy z Iną na parter, ktoś chyba kręcił się w przedsionku, nic nie było widać, przeładowałem, no i ktoś zaczął walić do drzwi.

Wentzel nagle stracił zainteresowanie tematem. Widać było, że nie uwierzył w ani jedno słowo, które teraz padło. Szlag! No ale co powiedzieć? O duchu? To już lepiej zostać alkoholikiem w oczach zwierzchników.

– Czytałeś mój raport nasłuchu, który kazałem ci dostarczyć? – Admirał ze specjalnej szkatułki na biurku wyjął papierosa ze złotym ustnikiem i zapalił, zaciągając się łapczywie dymem.

– Tak, przeczytałem.

– Kai jest w coraz większych tarapatach. Lada chwila zostanie namierzona dzięki informacjom szpiega w naszym sztabie.

– Zgadzam się.

– To dobrze, że się ze mną zgadzasz. A czy wymyśliłeś sposób, jak można jej pomóc?

– Tak jest. Wymyśliłem.

Wentzel nie wykazał nawet cienia zaskoczenia. Delektował się aromatycznym dymem, który wypuszczał z ust wąską strużką.

– Słucham – powiedział w końcu.

– Myślę, że trzeba wykorzystać majora Pełczyńskiego.

– A kto to jest?

– Instruktor skoków spadochronowych i specjalista od akcji na wrogim terytorium. Mam do niego pełne zaufanie.

– Ach, piliście razem? Rozumiem więc twoją sympatię do niego.

Tomaszewski na moment zacisnął szczęki.

– Przestudiowałem dokładnie jego akta. To nie jest facet, który nawet nieświadomie ujawni cokolwiek szpiegowi.

Wentzel spojrzał mu prosto w oczy.

– No dobrze. Mów.

– Zlecę Pełczyńskiemu jeszcze trzy loty. Każdy z nich ma się zakończyć zrzuceniem pary agentów. Wszystko ma wyglądać, jakby odbywało się naprawdę. Nawet kwity magazynowe mają się zgadzać. I samoloty naprawdę zrzucą specjalne spadochrony i pobrane wcześniej z magazynów zaopatrzenie nad oceanem.

– Sprytne – podsumował admirał. – Jeśli agent ma dostęp na przykład do rejestrów magazynowych, to może chwycić.

– A Pełczyński nad oceanem wyrzuci po prostu cały sprzęt do wody. Niech utonie.

– Hm. – Wentzel zaciągnął się raz jeszcze i zdusił papierosa w ozdobnej popielniczce. Jednym z dwóch elementów, których nie było na wyposażeniu tego gabinetu tysiąc lat temu. Drugim był telefon na biurku. – Coś jest w tym, co mówisz – mruknął admirał. – Gdyby ten szpieg w naszym sztabie wiedział, że naszymi agentami są Kai i Nuk, to obie od dawna siedziałyby w obcym lochu. I faktem jest, że skoro szpieg nie dowiedział się o misji bezpośrednio od żadnego z naszych ludzi, to znaczy, że układa swoją mozaikę z bardzo drobnych kamyczków. Magazyny mogą być jednym z ważnych elementów.

– Wpadłem na to inaczej. Lewandowski jest przecież „magazynierem". Oczywiście wojska lądowe nijak nie mają się do marynarki, nasze magazyny są niekompatybilne. Ale sztab jest przecież wyżej. Skoro więc ma wgląd do tamtych, to pewnie ma i do naszych.

– Bardzo dobrze, chłopcze. Zwiększysz więc w oczach tego szpiega liczbę wysłanych przez nas agentów do ośmiu, podczas kiedy w rzeczywistości było i będzie tylko dwóch.

– Dwoje – poprawił Tomaszewski.

– No... chyba „dwie" w takim razie.

– Ot, i cała komplikacja języka polskiego. Określenie „dwóch agentów" może się odnosić zarówno do dwóch mężczyzn, jak i dwóch kobiet. Jeśli zaczniemy używać formy „dwoje agentów", jasno damy do zrozumienia, że chodzi o kobietę i mężczyznę. Jeśli więc szpieg dotrze do tego określenia i przekaże je swoim mocodawcom, Kai i Nuk zyskają trochę bezpieczeństwa.

– Bo tamci będą się spodziewać, że to para: mężczyzna i kobieta? Dobre. Podoba mi się to.

– Problem tylko w tym, jak puścić plotkę zawierającą to określenie. To nie może być przecież poziom baru i barmana.

Słysząc to, Wentzel podniósł głowę i spojrzał na swojego siostrzeńca badawczo.

– Oczywiście, że nie. Ale nie kłopocz się tym, Krzysiu. To ja „puszczę farbę". A płynąca z moich ust informacja na pewno będzie analizowana bardzo dogłębnie.

Wszystkie moje przejęzyczenia wrogowie słyszą i na pewno długo się nad nimi zastanawiają.

Tomaszewski przytaknął. Admirał rzeczywiście byłby najlepszym źródłem „niedyskrecji".

– W takim razie mam jeszcze jedną prośbę.

– Tak?

– Dobrze byłoby zmylić tamtych plotką, że zadaniem pierwszej pary agentów było tylko i wyłącznie przygotowanie lądowania trzech następnych par. I w związku z tym „ich dwoje" ciągle przebywa gdzieś w pobliżu strefy lądowania.

– Bardzo sprytne! – zgodził się admirał. I natychmiast zmienił temat: – A jak tam samo szukanie szpiega w naszym sztabie? – Nie mógł sobie darować tego pytania. Najwyraźniej nie chciał, żeby ta rozmowa zakończyła się pochwałami.

Tomaszewski rozpiął kieszeń munduru i wyjął z niej złożoną na czworo kartkę.

– To jest spis tajemnic, które powinniśmy ujawnić – powiedział. – W sztabie oficerów dużo. Trzeba ich podzielić na grupy po dziesięciu i każdej grupie przekazać do wiadomości jakiś sekret. No i zobaczymy, który wypłynie po drugiej stronie oceanu. To pozwoli zawęzić nasze poszukiwania do maksimum dziesięciu podejrzanych.

– Ba! Gdyby to było takie proste. – Admirał wiedział, że proponowane rozwiązanie to klasyka działań kontrwywiadowczych. Metoda była mozolna i długotrwała. Często nie przynosiła efektów.

– Normalnie listę przekazałbym Rosenblumowi, ale nie mogę go nigdzie znaleźć.

– Rosenbluma nie ma. Pojechał na ważne spotkanie, możesz jednak zostawić ją tutaj. Przekażę.

Admirał długo milczał, roztrząsając w głowie jakieś kwestie. Nie dało się nic wyczytać z jego nieruchomej twarzy. Potem rozejrzał się nagle, jakby pierwszy raz był w swoim gigantycznym gabinecie, i zajął miejsce w fotelu. Tomaszewskiemu wskazał krzesło po drugiej stronie biurka.

– Desperacko potrzebujemy informacji o tym, co się dzieje za Wielkim Lasem.

– Z miejsc, które odwiedziłem podczas ostatniej misji?

– Tak. Wyszyńska. – Admirał skrzywił się i machnął ręką, jakby odganiał się od niewidzialnego natręta. – Ten dyrektor bardzo ważny, z firmy „Kocyan i wspólnicy", nie ustaje w naciskach, żeby wziąć udział w wyścigu na biegun.

– Rozumiem ich doskonale.

– A ja rozumiem sztab, który chce osiąść na polach naftowych jak kwoka na swoich pisklętach.

– Nie ruszą się dalej niż na Złe Ziemie?

Wentzel parsknął śmiechem.

– Już dawno trzeba było zmienić nazwę geograficzną na Dobre Ziemie! Przecież tam jest ta ukochana, pożądana, najcudowniejsza na świecie ropa naftowa w jakichś niewyobrażalnych ilościach. I sztab jest zakochany w tym miejscu. Ale Kocyan nie ustępuje.

– A kto jest silniejszy?

Admirał wydął wargi.

– A jak myślisz? – odpowiedział pytaniem. – Ale my nie pozostajemy bezczynni. Pozwoliłem Wyszyńskiej przerobić jeden z niszczycieli na coś w rodzaju lotniskowca dla wiatrakowców. To prowizorka, chociaż działa.

Tomaszewski skinął głową. Wiedział już o tym doskonale.

– Twoim priorytetem będzie teraz tamten rejon. Razem z grupą kapitana Goldwyna polecisz do Kong. On będzie realizował tam jakieś filmowe zadanie, a ty polecisz dalej na niszczyciel. Dostaniesz najlepszego pilota, który wyląduje na okręcie.

– Już mam pilota.

Wentzel spojrzał na siostrzeńca badawczo spod opuszczonych brwi. Nie wnikał jednak.

– Chcę wiedzieć o wszystkim, co dzieje się w tamtym rejonie. Jeśli jeszcze nie jest za późno, dobrze byłoby przejąć to archiwum, które opisałeś w raporcie.

– To z Tor Avahen?

– Tak. Nie masz oczywiście prawa do zawierania jakichkolwiek sojuszy, ale możesz im mówić, co ci tylko ślina na język przyniesie. Możesz gadać do woli o przyjaźni, wzajemnym zrozumieniu, a nawet polskiej interwencji.

– A będzie taka?

– A co ja, bogiem jestem? Kto wie, co będzie, a czego nie będzie? W tamte rejony sztab sam z siebie nie ruszy. – Wentzel rozłożył ręce i zakpił: – Za mało tam ropy naftowej.

– Jakaś wojna się jednak szykuje. Jej woń czuć w każdym raporcie.

– Tak.

Admirał przytaknął, jednak nie zamierzał powiedzieć niczego więcej. Tomaszewski zaczął więc drążyć.

– My tam się nie ruszymy. To fakt. Ale kto inny może przecież uznać, że ten rejon jest ważny dla jego strategicznych interesów.

Uważnie obserwował oberwujka. Lekkie drgnięcie prawej dłoni. Ledwie dostrzegalne skrzywienie ust. Cień uśmiechu? Aha. Rosenblum nie „gdzieś wyjechał", tylko ryzykuje całym sobą, realizując jakąś misję. Być może uzyskania wpływu na „tego kogoś", kto mógłby uznać tamten rejon za ciekawy. Tomaszewski odwrócił wzrok.

– A co, jeśli wrogowie zaczną do mnie strzelać?

– To odpowiedz ogniem.

– Niszczyciela?

– No pewnie. Nie możesz dać dmuchać w kaszę RP.

– A jeśli zajdzie potrzeba, żeby zacząć strzelać jako pierwszy?

– To strzelaj, tylko nie zostawiaj żadnego swojego rozkazu w tej kwestii na piśmie. – Admirał wzruszył ramionami. – Jeśli dojdzie do jatki, to każdy będzie wpierał, że to nie on zaczął. A my i tak jesteśmy przez nich nazywani podżegaczami wojennymi. Nic więc się nie zmieni.

Tomaszewski nie mógł ukryć uśmiechu. Sytuacja naprawdę musiała być wyjątkowa. Żaden bowiem oficer w historii nie dostał od dowódcy aż takich prerogatyw. No fakt. Teatr działań nie interesował nikogo w tej chwili i był na razie trzeciorzędny. Na razie.

Wstał sprężyście, żeby poprosić o możliwość odmeldowania się. Admirał jednak powstrzymał go jeszcze.

– Krzysiek. Ja nie mam ci za złe, że sobie postrzelałeś z murów twierdzy do jakichś tam wrogów. Ani o to, że sobie zestrzeliłeś jakiś ich samolocik... – Wentzel podniósł głos: – Ale nie mogę ścierpieć plotek na mieście, że mój oficer z jakąś dziwką, oboje na golasa, strzelają do mojego kuriera! Rozumiesz? Do mojego kuriera!

– Nie byliśmy goli...

– Mnie nie obchodzi, jak było! – wrzasnął Wentzel. – Nie mogą jednak ludzie gadać, że goły oficer z gołą dziwką strzelają do mojego kuriera!

– Ale...

– Dość! – Admirał wskazał Tomaszewskiemu odległe o pięćdziesiąt metrów drzwi. – Idź już!

Tomaszewski zasalutował regulaminowo, odwrócił się, stukając przepisowo obcasami, i ruszył ku wyjściu. Dogonił go okrzyk:

– A następnym razem strzelaj do cesarskich kurierów! Nie do moich, na Boga!

Burzowe chmury gromadziły się od rana, stopniowo przysłaniając niebo, aż do chwili kiedy wokół zapanował półmrok w samym środku dnia. Deszcz jednak nie chciał lunąć. Ludzie chodzili ospali, rozdrażnieni, ledwie otwierali oczy. A Kai i Nuk ten właśnie dzień wybrały na zwiad.

W komendzie nie zamierzały pytać kogokolwiek o tajne sprawy. Agire nie miał zielonego pojęcia, czym jest tajemniczy vend i co robią ludzie, którzy przy nim pracują. „Zaopatrzenie będzie samo czekać" na armię, która ruszy wyznaczonym szlakiem realizować przyszłą kampanię. Hm. Co to miało znaczyć? Nie sposób rozstrzygnąć, kiedy się siedzi na miejscu.

Ale podejść do bazy zaopatrzeniowej też nie było łatwo. Ustaliły na samym początku, że nie pójdą na bezczelnego, nie wmieszają się w tłum czekający na transportowe wozy i nie będą rozpytywać ludzi, w razie wpadki udając prowokatorów. Mimo że teoretycznie miały na to papier, to ten plan wydawał się zbyt naiwny. Coś, co mogło zadziałać w przypadku głupiego strażnika, na dodatek pełniącego wartę w miejscu już i tak silnie chronionym przez innych, mogło się nie sprawdzić wobec kogoś, kto sam uprawiał prowokację. A sprawdzanie po komendach było im nie na rękę.

No i trudno. Musiały skorzystać ze szkolenia wywiadowczego, które, co prawda w wielkim skrócie, zrobili im pracownicy wywiadu marynarki oraz osobno major Pełczyński. Nuk nie była jednak najlepszej myśli.

– Powiem ci tak całkiem szczerze – wyznała, kiedy wspinały się na odległe od bazy wzgórze, żeby zobaczyć, jak kształtuje się w okolicy sieć dróg. – Niewiele pamiętam z tego całego szkolenia.

– Bo przysypiałaś, kiedy nam mówili.

– A ty nie? Byłaś bardziej zmęczona ćwiczeniami niż ja.

– No widzisz... Nie.

– Co nie?

– Byłam zmęczona, ale nie przysypiałam. Mam trening ze szkoły w Danoine.

– Jaki, kurna, trening?

– Po wielu dniach postu, ćwiczeniach na wytrzymałość pośrodku pustyni kazano nam czytać i zapamiętywać opasłe i nudne księgi. Kto nie zdał później egzaminu ze znajomości wiedzy zawartej w księgach, wylatywał.

– Ożeż...

– Ja naprawdę jestem wdrożona do szybkiego przyjmowania i idealnego zapamiętywania mnóstwa wiadomości. Czarownica to szpieg idealny.

– Wręcz świetny. Wysyłasz czarownicę, wiedząc jednak o tym, że ani razu nie może użyć czarów, bo zaraz ją inni wykryją.

– Mam szereg innych zalet.

– No to powiedz, jak odkryć, co robią w zamkniętym miejscu, do którego nie można się dostać?

Kai spojrzała na Nuk z wyraźnym wyrzutem.

– No przecież to są podstawy! Jak możesz tego nie pamiętać?

– Podstawy czego?

– Podstawy metod pracy wywiadowcy w terenie. Wtłaczał nam to do głowy i ten wysoki, chudy z marynarki, i sam Pełczyński osobiście.

Nuk chciała odpowiedzieć kpiąco, ale nagle zdała sobie sprawę, że rzeczywiście przedrzemała większość wykładów. Miała swój opracowany w wielu garnizonach sposób na drzemkę, kiedy to śpiąc, ciało udawało wpatrzonego przed siebie z uwagą wartownika. No ładnie. Teraz musiała się zdać na przemądrzałą czarownicę.

– No to co trzeba zrobić, jeśli nie można się dostać do środka strzeżonego obiektu? – zapytała.

– Trzeba obserwować, co z obiektu wywożą, a co przywożą. To proste.

– A niby jak to stwierdzić? Przecież nie mają na burtach wozów wielkich napisów: „My wieziemy tajne wihajstry do rozpruwania wrogom brzuchów". A wszystkie paki są zasłonięte.

– Oczywiście. Ale przecież łatwo rozpoznać, czy wóz wiezie żelazne sztaby, czy siano, prawda?

– Niby jak?

– Po głębokości kolein wyżłobionych w drodze.

Nuk olśniło. W cesarstwie byłoby to niemożliwe. Jej kraj szczycił się doskonałymi drogami z kamienia. Ale tu? Bite, gruntowe trakty sprawiały, że wystarczyłoby tylko trochę błota, żeby dowiedzieć się wszystkiego o ciężarze dowolnego wozu.

– No dobrze. Wiesz, jaki jest ciężar tego, co wiozą, i co ci z tej informacji?

– Wiesz już, czego szukać. Przecież wozy nie biorą się znikąd. Skądś ruszają w drogę, a tu jest tylko stacja końcowa.

– No dobrze. Ale pewnie nie ruszają bezpośrednio od tego, co robi rzeczy na wysyłkę, ale z jakiegoś magazynu.

– No właśnie. Znając wagę wozu i, w uproszczeniu, wiedząc, czy on wiezie żelazo, czy siano, tego należy szukać wokół magazynu, skąd wozy są wysyłane w podróż tutaj. Szukasz albo huty, przykładowo, albo składów rolniczych. Prawda?

– No dobra. Znajdujesz. Udaje ci się odnaleźć producenta tego czegoś, co tu przyjeżdża. I co dalej?

– Przecież ani huta, ani tym bardziej składy rolnicze nie są już tak ściśle chronionymi obiektami jak baza zaopatrzeniowa tutaj. Tam łatwiej popytać. Łatwiej się dowiedzieć, czemu to wszystko ma służyć.

Nuk palnęła się dłonią w czoło. Sama sobie winna tego, że nie wie. Mogła nie spać na wykładach.

Wspinały się dalej po coraz łagodniejszym stoku. Kai jednak szła coraz wolniej. Po chwili zaczęła robić przystanki co kilka kroków. W końcu zatrzymała się i ukryła twarz w dłoniach.

– Co ci jest? – zainteresowała się Nuk.

– Coś mi źle jakby.

– Precyzyjne określenie. A gdybyś jeszcze bardziej ukonkretniła?

– Nie wiem.

– No rzygać chcesz? Brzuch boli? Płuca? W głowie się kręci? Poty biją, a serce kołacze?

– Nie. Czuję, jakbym umierała.

– O kur...

Nuk nie zdążyła dokończyć.

– Stać!

Gromki okrzyk wywołał z odległej o kilkanaście kroków kępy krzewów sześciu żołnierzy z karabinami.

– Stać! Nie ruszać się! – krzyczał prowadzący ich oficer.

No ładnie. Nuk usiłowała nie wykonywać gwałtownych ruchów. Oficer to nie głupi strażnik wewnątrz chronionej strefy. Tu każdy drobiazg miał kolosalne znaczenie. I to, w jaki sposób rozegra sprawy.

– Kim jesteście?!

Oficer był młody i nawet w jakimś tam sensie przystojny. Nie wyglądał na człowieka, który miałby jakieś problemy z dziewczynami. Odpadał więc przynajmniej jeden kłopot.

– Komendantura miejska. – Nuk wyjęła z torby ich przepustki i oficjalny spis produktów, na które wystawiono zapotrzebowanie, podpisany przez samego komendanta. Podała je oficerowi.

– A co tutaj robicie? – ten indagował dalej.

– A z pisma nie wynika?

– Produkty chcecie pobrać? Tu, w krzakach na wzgórzu?

– Zgubiłyśmy się.

– Ach, zgubiłyście. I szukając drogi, weszłyście na wzgórze, gdzie drogi żadnej nie ma? Logiczne.

– To nie jest dowcipne – odcięła się, choć niezbyt hardo, Nuk. – Stąd przecież widać wszystkie drogi. Zorientować się można, co i jak.

Oficer bez słowa studiował papiery. Bardzo dokładnie. Potem podniósł wzrok.

– Niesamowite. Dokumenty w porządku, a wy macie przekonującą wersję tego, co tu robicie. Coraz inteligentniejszych szpiegów nam tu przysyłają.

Nuk usiłowała zachować neutralny wyraz twarzy. A Kai ze strachu prawie osunęła się na ziemię. Trzeba ją było chwycić za ramię.

– Co jej jest? – dopytywał oficer.

– W ciąży jest od niedawna. Pierwsze objawy. Rano mi mało butów nie obrzygała.

– W ciąży z kim?

– No przecież nie ze mną! – obruszyła się Nuk. – Co ja jestem? Jej matka albo przyzwoitka, żeby dbać o to, komu dupy daje?

– Ty! Wygadana! – Mężczyzna spojrzał na nią ostro. – Zaraz cię, szpiegu, zaprowadzę, wiesz gdzie!

– Wiem. Do pierdla – stwierdziła spokojnie Nuk. – A ponieważ papiery mam w porządku, to nie dostanę na wstępie pałą w mordę, żeby zęby powylatywały, tylko grzecznie i z atencją zamkną mnie w lochu.

Mężczyzna uśmiechnął się, widząc jej dogłębną znajomość tematu. Nie mógł mieć pojęcia, że wiedza dziewczyny nie bierze się ze znajomości tutejszych zwyczajów, tylko z doświadczenia zbieranego po wielu garnizonach cesarstwa. Wszystkie areszty działały podobnie na całym świecie.

– I powiem ci, co dalej będzie – ciągnęła niezrażona. – Przez pierwszy dzień będę sobie siedzieć i czekać, aż na posterunek przyjdzie ktoś bieglejszy w piśmie niż dyżurny. – Przysunęła oficerowi do twarzy prawą dłoń i wyprostowała pierwszy palec. – Drugiego dnia – wyprostowała następny palec – ktoś napisze list do mojej komendantury i wyśle razem z resztą poczty. Trzeciego dnia, jak będę miała szczęście, list trafi do mojego komendanta, ale nie do niego osobiście, tylko do kancelarii. Czwartego dnia, ponieważ sprawa jest oczywista, list zostanie opatrzony notatką „Zwolnić!" i ozdobiony odpowiednią pieczęcią. Piątego dnia... – Nuk trzymała przed oczami oficera dłoń z rozcapierzonymi wszystkimi palcami – list zostanie wysłany. – Potrząsnęła głową. – Przez cały czas zakładam, że będę miała szczęście i nic się nie opóźni. Zakładam też, że z tego powodu, że nie jestem zastępcą komendanta, w mojej sprawie nikt kuriera nie wyśle i list będzie wracał normalną, urzędową drogą. Czyli... szóstego dnia mogę liczyć, że mnie zwolnią. – Opuściła uniesioną rękę i przygryzła wargi. – Powiedz mi, mój panie bardzo przebiegły w łapaniu szpiegów, co ja będę jadła przez pięć dni?

Oficer skrzywił się lekko. Miała rację. Nie było dla niej przewidzianej porcji, bo przecież nie miała wyroku. Coś tam pewnie skapnie ze wspólnego kotła, ale tyle co nic. Jedynie wody dostanie, ile będzie chciała. No tak. Jeśli jest niewinna i wykonuje czyjeś rozkazy, to przesiedzi piątaka o głodzie i chłodzie za bezdurno. A i to, jak sama mówi, tylko w przypadku, jeśli będzie miała szczęście. Każdy wiedział, że takie głupie sprawy mogą trwać i dziesięć dni, i nawet całe nieba dłużej, w razie pecha i splotu przypadków.

– A wiesz, co zrobię, jak wyjdę na wkurwie?

– Co? – dał się złapać.

– Zemszczę się okrutnie.

Chciał się roześmiać albo zrobić minę w rodzaju „a co ty mi możesz", lecz dostrzegł jej spojrzenie i zamarł.

– Poproszę wszystkie moje koleżanki – dopiero teraz wyjęła i pokazała mu pismo stwierdzające, że jest prowokatorką – a one zaczną na ciebie polować.

– Myślisz, że dam się podpuścić?

– Jak nie ty, to twoi ludzie. Jak widzisz, mam bardzo poświętliwe koleżanki, nawet dupy potrafią dać, żeby kogoś dopaść. – Wskazała Kai, która ledwie trzymała się na nogach i stała przygięta, wspierając dłonie o własne kolana. – Któryś pęknie i da się sprowokować. – Jeszcze raz zerknęła na Kai. – A ty wtedy za niego odpowiesz.

Cmoknął cicho.

– Wiesz, tak naprawdę to mógłbym to nazwać szantażem – powiedział.

Nuk z zadowoleniem stwierdziła, że oficer nie myśli już o szpiegach, a dyskusja zeszła na zupełnie inny tor.

– Wiesz – sparodiowała go – mógłbyś to nazwać i tańcem z podskokami, ale ja to, co ty robisz, nazywam utrudnianiem pracy.

– Oho! A ty ludzi do prowokowania to po krzakach szukasz? Na wygwizdowie?

– A ty szpiegów po krzakach szukasz? – odpowiedziała mu tym samym. – I co bym tu mogła wyszpiegować? Ile ptaków siedzi na gałęzi?

Oficer uznał już chyba, że to Nuk wygrała. Usiłował tylko zachować powagę przed swoimi ludźmi.

– Jazda mi stąd! – krzyknął. – I nie kręcić się więcej w moim rejonie kontroli, bo inaczej pogadamy!

Wbrew własnym słowom oficer sam dał znak swoim ludziom, żeby zrobili „w tył zwrot". Cała grupa zaczęła się oddalać.

Nuk chciała pociągnąć Kai w przeciwną stronę, ale czarownica miała właśnie jakiś kryzys. Samo odwrócenie jej, by mogła iść, wymagało sporego wysiłku.

– Co ci jest?

– Nie wiem – wyszeptała z wyraźnym wysiłkiem Kai.

– Zatrułaś się?

– Nie. – Czarownica z trudem uniosła głowę. – Powiedz mi... pamiętasz moment, kiedy poczułam się źle? Szłyśmy pod górę.

– Tak, pamiętam.

– Co wtedy ukazało się naszym oczom?

Odpowiedź okazała się bardzo prosta. Nuk podczas marszu zawsze się rozglądała. Była przecież zwiadowcą.

– O, tamten kompleks baraków na uboczu. – Wskazała palcem kierunek. – Wyszłyśmy zza drzew i właśnie go zobaczyłam, kiedy powiedziałaś, że z tobą coś nie tak.

– Aha. No to już coś rozumiem.

– Wiesz, co ci jest?

– Sprowadzisz mnie na dół tego wzgórza? – odpowiedziała pytaniem czarownica.

– Jasne.

Nuk zarzuciła sobie jej rękę na szyję i pół prowadząc, pół niosąc, pociągnęła koleżankę w dół zbocza. Już po kilkunastu krokach Kai poczuła się lepiej.

– Wiesz, co czułam? – wysapała.

– Co?

– Miałam wrażenie, że w tych barakach zamknięto tysiące czarowników, którzy jednocześnie rzucają jakieś zaklęcie.

– To możliwe? – Nuk zmarszczyła brwi. – Byłaby to chyba najgroźniejsza broń na świecie.

– To niemożliwe! – zawyrokowała Kai. – Ale dzieje się tu coś, co nie mieści się w kanonach wiedzy normalnej czarownicy. Coś poza wszelkim pojęciem.

– I to cię tak przytłoczyło? Ich obecność?

Kai zatrzymała się zdyszana.

– Posłuchaj. Na całym świecie nie ma tylu czarowników, żeby móc wybrać takich, co dadzą się zgromadzić w tych obskurnych barakach.

– Więc co się dzieje?

– Nie wiem. – Kai powoli zaczynała już łapać oddech. – Coś niesłychanego.

Koszary okazały się przyzwoite. Drewniane, skromne, ale funkcjonalne i ciepłe dzięki piecykom wstawionym do większości pomieszczeń, które polscy żołnierze nie wiedzieć czemu nazywali „kozami". To były blaszane beczki z grubymi, wygiętymi kominami i miały tę zaletę, że dało się w nich palić wszystkim, co wpadło pod rękę. Kóz jednak w żaden sposób nie przypominały. Dziewczyny szybko polubiły swoje kwatery, ponieważ pomieszczenia były w miarę nowe, w przeciwieństwie do tych wspaniałych niegdyś, ale już mocno nadgryzionych zębem czasu, które niekiedy widziały w miejskich garnizonach. I w ogóle roboty tu było mniej. Wiadomo, rejony należało czyścić. Ale co innego przelecieć szmatą po heblowanych deskach, niż szczotką wgryzać się w pokłady brudu kryjące się w zmurszałym marmurze czy piaskowcu szlifowanym bez mała tysiąc lat temu. Ale i tak miejskie garnizony raczej nigdy nie były dla nich. Wojsko liniowe generalnie spało pod chmurką albo w rekwirowanych chałupach, gdzie nic nie chroniło przed zjedzeniem na żywca przez wszy i pchły. Tu insekty były zakazane. Truto je regularnie śmierdzącymi okrutnie substancjami. Podoficer, w którego rejonie znaleziono karalucha lub szczura, momentalnie stawał do raportu. Dlatego też choć dusiły się od okropnych woni, szorowały zawzięcie, żeby nie podpaść miłośnikom nowej mody na czystość.

Czuły się naprawdę dobrze. Karmiono je regularnie i dawano duże porcje. Często nie rozpoznawały, co jedzą. Ale komuś, kto zaznał prawdziwego głodu, nie doznania smakowe w głowie. Dawali dużo. A jak się ktoś uparł, dostawał dokładkę.

Szybko okazało się, dlaczego ich mundury miały taką liczbę kieszeni. W magazynie każda musiała pobrać sporo rzeczy. Razem z plecakami i bronią wyglądały jak juczne muły u kresu sił. Za to miały ze sobą wszystko. A broń, którą dostały, wymagała jakichś niewyobrażalnych ilości amunicji. Tam żołnierz podczas bitwy to chyba nie robił nic innego, tylko strzelał, strzelał i strzelał... Zaraza jedna wie. W wojsku cesarskim tego nie było.

Polacy, którzy się tu szarogęsili i jasno dawali do zrozumienia, kogo tu należy słuchać, mieli fioła na punkcie czyszczenia. Program pierwszych dni polegał więc na czyszczeniu koszar i czyszczeniu broni. Czasem, znienacka, stosowano to zamiennie. Najpierw czyściły broń, a potem czyściły koszary. To chyba strategiczna zmyłka. Gdyby ich przeciwnik zaatakował nagle, to nie będzie wiedział, co akurat czyszczą.

Niemniej pierwsza wizyta na strzelnicy pozbawiła dziewczyny złudzeń. Nie potrafiły wyobrazić sobie wroga, który przeszedłby przez ścianę ognia, jaką mogły stworzyć w każdej chwili. A w dodatku nie przeszkadzały im ani deszcz, ani wilgoć. Karabin był mały i krótki w porównaniu z tym, co musiały nosić poprzednio. Łatwo się nim manewrowało, łatwo celowało, jeszcze łatwiej ładowało, no i miał słaby odrzut. Ale najważniejsze było to, że po wystrzale z lufy nie wydobywała się chmura białego dymu, która nie dość, że uniemożliwiała dalsze celowanie, to od razu zdradzała przeciwnikowi, skąd strzelają, gdyby na przykład zdecydowały się na zasadzkę w lesie.

A potem się zaczęło. Do ich kompanii dołączyli podoficerowie, weteranki cesarskiej armii, jak one same. Wyróżniały się bezczelnością i pewnością siebie, a przede wszystkim włosami. Kłuły w oczy ostrzyżone prawie na zero dziewczyny swoimi końskimi ogonami, wypuszczonymi z tyłu czapek z daszkiem przez specjalnie do tego celu wykonane otwory. I bez przerwy krzyczały. Właściwie całe szkolenie odbywało się krzykiem. No ale dzięki nim mogły wyjść na prawdziwy poligon. I zobaczyć, jak to jest.

– No, czemu wstajesz, idiotko?!

– Żeby załadować karabin.

– Leżeć masz, krowo! Ten karabin można ładować na leżąco!

Pechowa nowicjuszka wolała już nie odpowiadać. A zewsząd dopadały ją kaprale.

– Pamiętaj, ofiaro: to ziemia jest najbliższym przyjacielem człowieka. Ziemia!

– Przecież każda z was ma własną łopatkę. Dlaczego się nie okopałaś?

– Ty masz leżeć. Łatwiej wtedy strzelać z podpórki, spokojnie mierzyć, bez strachu, że cię trafią, bo stanowisz mały cel.

– Leżeć masz, kretynko! To wróg ładuje na stojąco!

– I wtedy łatwo go trafisz, dupo!

Wszystkie wolały milczeć i nie zadawać pytań. Ale taka postawa jeszcze bardziej rozjuszała podoficerów. Te otrzaskane w nowych regulaminach baby okazały się sto razy gorsze od Polaków. Im w dodatku trudno było wcisnąć, że się czegoś nie rozumie.

– Gdzie leziesz, głupia dupo?!

– No przecież był rozkaz „do ataku".

– No i co robisz? Wstałaś i co? Na co czekasz?

– Na koleżanki. Żeby się ustawić.

– W co ty się chcesz ustawiać?! Do przodu skokami. Skok i leżeć! Do ziemi się przytul, żeby jak najmniejszy cel był. Ziemia to najlepszy przyjaciel żołnierza.

– Ale ja tylko...

– Tyralierą to oni mają iść! A jak już popełnicie największy błąd swojego życia i znajdziecie się w zasięgu ich ognia, to pamiętaj: oni ustawią się w szereg i będą czekać na komendę. Wy w tym czasie macie leżeć. Z tego karabinu i na leżąco trafisz w każdego, kogo widzisz. A oni co będą widzieć? W co mają strzelać? Zresztą zanim wykonają komendy „cel" i „pal", ty już wystrzelisz pięć razy i przeładujesz nową łódkę. Trafia do twojej makówki?

Z tym okopywaniem się podoficerowie też miały fioła. W każdej dosłownie sytuacji każda miała sobie ryć jamę w ziemi. A tamte krzyczały:

– Widziałaś, jak kule armatnie urywają ręce i nogi? Widziałaś, jak eksplodują wnętrzności, miażdżą głowy? A ty wystarczy, że swoją głowę schylisz. Jeśli jesteś okopana! Ziemia to najlepszy przyjaciel...

Niech ich szlag z tym okopywaniem! Łopatka to najgorsze narzędzie tortur. Na dłoniach robiły im się już odciski. Niestety, później zobaczyły coś jeszcze gorszego.

– To są transzeje! – Najstarsza z sierżantów, zwana tutaj szefem, pokazywała im rowy wykopane na głębokość stojącego człowieka. – Żołnierz może przybrać idealną dla siebie pozycję strzelecką, będąc niewidoczny dla przeciwnika. Ogień z armat w tych okopach niestraszny, bo żeby zabić choć jednego człowieka, trzeba go trafić z armaty bezpośrednio. A to niemożliwe. A jeśli tamci będą chcieli zniszczyć te okopy granatami z moździerzy, to pamiętajcie, że tam z tyłu są nasze armaty. Czekające tylko, aż wróg się zdradzi, gdzie stoi, i umożliwi naszym zniszczenie ich artylerii.

A potem sierżant poprowadziła je na przedpole i pokazała jeszcze coś. Mały, niepozorny płotek. I to wykonany przez jakiegoś biedaka, bo kozły nie miały nawet drewnianych zastrzałów, ktoś po prostu powiązał je w wielkim nieładzie sznurkami. Z bliska okazało się, że to nie sznurki. To był drut kolczasty.

– Polacy – ciągnęła sierżant swój wykład – uważają tak umocnioną pozycję za nieprzełamywalną. To nie znaczy, że nie da się przejść przez zasieki. Można. Wymaga to jednak czasu, który trzeba spędzić pod tymi kozłami, pozostając zupełnie na widoku. W tym czasie wy będziecie z bezpiecznych okopów strzelać do nich jak do kaczek.

– A w nocy? – zapytała któraś z odważniejszych.

Sierżant jej nie opierdoliła. Nawet wydawała się zadowolona, że żołnierze słuchają jej z zainteresowaniem. No tak, ale to weteranki. Wiedziały, co trzeba wiedzieć koniecznie, a co, jak na przykład czyszczenie korytarzy, można olać.

– W nocy będziecie miały teren oświetlony przez flary wystrzeliwane zza waszych pleców.

– Będą nimi strzelać od zmierzchu do świtu? – Nie mieściło się w głowie, że można marnować aż takie bogactwo.

– Tak. Od zmierzchu do świtu.

– Możecie też wezwać na pomoc artylerię – włączyła się inna sierżant. – W okopach są telefony. Można rozmawiać bezpośrednio z dowództwem i poprosić o wsparcie.

– Ale wasze karabiny maszynowe powinny w zupełności wystarczyć. Pamiętacie bitwę zwaną „masakra pod Negger Bank"?

Skąd miały pamiętać? Nikt im wykładów z historii nie robił. Sierżant szef w prostych wojskowych słowach usiłowała opisać sytuację sprzed tysiąca lat. Poplątała się jednak na wstępie w wyjaśnieniach, którzy to byli „nasi", którzy „tamci" i czyje tak naprawdę było miasto Negger Bank. Nie umiała odpowiedzieć na pytania swoich żołnierzy ani wyjaśnić, co się wtedy działo. „Nieważne!" – skwitowała dalsze pytania zaciekawionych żołnierzy.

– Było w skrócie tak. Oni mieli przewagę liczebną, my miałyśmy karabiny. I oni poszli do frontalnego ataku przez łąkę. No i znieśliby naszych samym impetem. Ale na środku pola stał płot. Nie żadne tam zasieki. Zwykły nędzny płot jakiegoś chłopa, co łąkę, na której pasł bydło, chciał odgrodzić od pola. To wystarczyło, bo oni musieli się zatrzymać, żeby przejść przez płot, i dali czas naszym, żeby ponownie nabić broń. No i strzał w skłębione razem ciała sprawia, że każda kula trafia!

– Nie bójcie się – dodała druga z sierżantów. – Z zasiekami wrogowi pójdzie sto razy wolniej niż z głupim płotem. Pamiętajcie. Polacy mówią, że jeśli zaopatrzenie dociera na czas, a ludzie w okopach nie stracą nerwów, to nie ma żadnej możliwości sforsowania tej pozycji. Żadnej!

Dziewczyny zerkały jedna na drugą. One znały prawdziwe pola bitew. Wiedziały, co się tam dzieje. I usiłowały się postawić w roli kogoś, kto atakowałby te okopy. O Bogowie mili! O ja cię pierdolę!... Różne myśli pojawiały się w różnych głowach. Iść na ścianę ognia, nie mogąc strzelać, bo nikogo z tamtych nie widać, i nagle jeszcze zatrzymać się na odsłoniętym polu, wystawiając się na precyzyjne, mierzone strzały tamtych? Zapominamy więc o atakach na bagnety, w których mężczyźni z wrogich armii od razu zyskiwali przewagę nad kobietami. Tu siła nic nie da. Tu wystarczy precyzyjnie celować i nienerwowo naciskać na spust.

– No dobrze – odezwała się któraś z dziewczyn, zafascynowana nową koncepcją. – A jak my będziemy musiały pójść do kontrataku, żeby zająć ich pozycje? To nawet posuwając się pod osłoną, skokami i bez strat, my również zatrzymamy się na środku przed własnymi zasiekami.

Sierżant, zamiast opieprzyć dyskutującego żołnierza, uśmiechnęła się triumfalnie. Najwyraźniej czekała na takie pytanie i miała w zanadrzu jakąś niespodziankę.

– A my, żołnierzu, będziemy atakować inaczej! – odpowiedziała. – Zaraz zobaczycie, jak to wygląda. Taaak, najlepiej zobaczyć samemu i poczuć na własnej skórze, jak to jest. Prawda?

Nie mogła ich bardziej zaciekawić. Inaczej? No siłą rzeczy. Przy takich okopach i tego rodzaju broni bez sensu byłoby, gdyby jeden szereg stanął naprzeciw drugiego i na daną komendę wystrzelił salwę. Co więc będzie teraz? Posuwanie się skokami do przodu pod osłoną ognia koleżanek jest świetne, kiedy pozwala na to teren. A tu? Na bezleśnym polu?

Kazano im ukryć się w pokazowym okopie. Dziewczyny podziwiały jego wyposażenie. Co kilka kroków drabinka umożliwiająca wyjście na przedpole, co kilkanaście kroków nakryta trzema warstwami drewnianych bali ziemianka, na tyle przestronna, że mogły się tu przespać co najmniej dwie zmiany żołnierzy. Niesamowite. Tyle tylko, że nie wyobrażały sobie, żeby same mogły wykopać coś takiego swoimi przytroczonymi do plecaków małymi łopatkami w jakimś realnym czasie.

Gdzieś z tyłu, od strony drogi, rozległ się stłumiony warkot.

– Co to jest? – Foe zrobiła ruch, jakby chciała wyjrzeć ponad okop, ale powstrzymała się w ostatniej chwili. Po co podpadać sierżantom na samym początku. Rozkazu nie było.

– Nagonka z ogromnymi grzechotkami – odezwała się któraś z tyłu.

– To nie grzechotki – powiedziała Naan. – Widziałyście te ich pojazdy bez koni. One tak warczą.

– No właśnie, że nie tak.

Dźwięk rzeczywiście był dziwny. Trochę przypominał hałas towarzyszący dziwnym pojazdom ludzi zza gór. Ale nie do końca. Wyraźnie słyszały jeszcze jakieś skrzypienie, chrzęst, trzaski, zgrzyty i coś jakby chrobotanie.

– Ziemia się trzęsie!

Dziewczyny przykładały dłonie do ścian okopu. Były pokryte faszyną, ale dało się łatwo znaleźć dziury odpowiedniej wielkości.

– No! Drży!

Przechadzający się na górze podoficerowie nie wykazywali żadnych objawów niepokoju, toteż strach nie rodził się także wśród żołnierzy skupionych na dole. Zresztą hałas, który wzmagał się od pewnego czasu, ustał nagle, zamieniając się w basowe buczenie. Ustały także drgania podłoża.

– Ale to coś musi być ciężkie.

– Jeździ?

– Pewnie. Przecież nie przyciągnęli za pomocą lin.

– No... jak ktoś robi okręty z żelaza, to pewnie i góry z żelaza potrafi.

Nagle rozległy się gwizdki podoficerów.

– Możecie wyjrzeć! Możecie wystawić głowy!

Tego nie trzeba było dwa razy powtarzać. Ponad sto par oczu wystrzeliło do góry, zwracając się od razu we właściwym kierunku. Pięć metalowych monstrów najeżonych lufami różnego kalibru stało w odległości kilkudziesięciu kroków. Zachowano ten dystans pewnie tylko po to, żeby co mniej odważne dziewczyny nie zaczęły uciekać.

– Poprosiłyśmy naszych kolegów o mały pokaz – krzyczała sierżant. – To są czołgi. A zasada współdziałania z nimi jest prosta. One torują wam drogę i ochraniają podczas ataku, a wy ochraniacie je przed dostępem obcej piechoty. Proste, jasne, nieskomplikowane jak kij od grabi.

Odpowiedział jej pomruk dziewczyn w okopie.

– Wiem, wiem, na początku to wygląda strasznie. Ale wyobraźcie sobie, jak strasznie wygląda to w oczach wrogów. Przecież nasze czołgi do was strzelać nie będą. Jeśli więc któraś poczuje paraliżujący strach, to pamiętajcie: przeciwnik odczuwa sto razy większy.

Znowu pomruk w szeregach. Nie znaczyło to jednak, że dziewczyny cokolwiek już rozumiały.

– No dobrze. Za dużo gadam, czas na pokaz. Pamiętajcie tylko, czołg ma armatę i kilka karabinów maszynowych. Nie bójcie się huku! On nie będzie strzelał do was!

Znowu kazano im się schować na dnie okopu. Dziewczyny spoglądały jedna na drugą może nie ze strachem, ani nawet niepokojem, ale z dużym napięciem. Huk i łoskot wzmógł się nagle. Wielkie maszyny ruszyły. Ziemia trzęsła się wyraźnie. Teraz łatwo to było wyczuć.

– Mam nadzieję, że nie przejadą po nas. – Foe przytuliła się do Naan.

– Chyba właśnie po to są – odparła jej siostra. – I chyba po to stworzono właśnie takie okopy.

– Nie gadaj! Ściany się zawalą!

– Uspokój się. Nie przyprowadzili nas tu na śmierć.

Nie trzeba było dotykać ścian, żeby czuć, jak ziemia dygocze. Jej grudki spadały na głowy żołnierzy.

– O mamo! – wyrwało się którejś.

Huk wzmógł się do granic wytrzymałości i nagle pięć potworów przetoczyło się przez okop, zasypując siedzących na dnie zwałami ziemi. Dziewczyny zaczęły piszczeć. Tuliły się do siebie. To było straszne!

– Wychodzić! Wychodzić! – Okrzyki podoficerów mobilizowały tylko nielicznych. – No, jazda na górę! Już przejechały.

Żołnierze z trudem i ciągle w szoku zaczęły gramolić się po drabinach.

– Szybciej! Szybciej!

Stare wojsko na górze dyscyplinowało dziewczyny, które oszołomione wypełzały z okopu.

– Biegniecie po śladach gąsienic! Jazda! Wszystkie po śladach gąsienic!

Podoficerom stopniowo udawało się wprowadzać ład. Foe i Naan z karabinami w dłoniach ruszyły biegiem za potworami. Wedle rozkazu: po śladach gąsienic. Miały co prawda broń, ale kazano ją wcześniej rozładować. Miały też potwornie ciężkie plecaki, z którymi trudno było się ruszać. Rozumiały więc, że to nie są żadne ćwiczenia, ani nawet objaśnianie nowych metod walki. To tylko pokaz. Żeby zobaczyły, co je czeka na wojnie.

Tylko pokaz. Za to jaki!

Czołgi zaczęły strzelać z karabinów i armat. Nie zatrzymywały się, więc bez celowania. Ale jakie to miało znaczenie? Huk i gejzery ziemi na przedpolu pokazywały ich straszliwą moc. Nic, co ludzkie, nie mogło się jej oprzeć.

A one biegły po śladach tych bestii! Bogowie, co za moc. Nie bały się huku, choć strzały z armat były trudne do zniesienia. To wróg powinien się bać. A one, ukryte za żelaznymi paskudami nie z tego świata, były praktycznie bezpieczne. Chyba każda przypomniała sobie to, co zapamiętała z różnych pól bitew. Najpierw mordercza salwa wroga, trupy wokół, wrzask rannych, krew. A potem okrzyk „do ataku”, bagnet mocowany na lufie drżącą z przerażenia ręką i marsz wprost na idących w ich stronę mężczyzn.

Oddech, który z trudem wydobywał się ze ściśniętej krtani, szczękające ze zgrozy zęby i ta natrętna myśl: żeby tylko nie piszczeć w panice, może zabiją szybko i bez bólu.

Teraz biegły z karabinami w garści i nie mogły pojąć jednego. To teraz tak będzie wyglądać wojna? Czołgi zmasakrowały zasieki, tworząc pięć przejść w zaporze. Idealnych właśnie dla biegnących po śladach gąsienic dziewczyn.

– Stać! Stać!

Czołgi zatrzymywały się jeden po drugim. Podoficerowie zaczęły zbijać niezbyt zziajane dziewczyny w gromadę przy jednym z nich.

– Tutaj! Chodźcie tu wszystkie!

Sierżant szef nie mogła powstrzymać śmiechu.

– No i jak się podobało?

Odpowiedział jej zbiorowy pomruk. Ewidentnie akceptacji. Każda chyba dostrzegła coś absolutnie nowego, choć niektóre jeszcze nie rozumiały, na czym ta różnica polegała. Bo nie chodziło o same czołgi bynajmniej.

– Cisza!

Dwie kobiety w polowych mundurach wskoczyły na pancerz najbliższego czołgu. Dopiero po naszywkach można było się zorientować, że są oficerami.

– Witajcie w wojsku nowego typu! – Wyższa z nich, starsza kobieta w stopniu pułkownika, podniosła rękę. – Jestem Hernike – przedstawiła się. – A to czarownica dywizji, major Dairin.

Dziewczynom ustawionym wokół nic te imiona nie mówiły.

– Jesteśmy jedynymi oficerami, które przeżyły zagładę cesarskiego korpusu w Wielkim Lesie doliny Sait – powiedziała pułkownik.

Wśród żołnierzy podniósł się szmer zrozumienia.

– Tak, tak. – Hernike wyciągnęła rękę, pokazując coś położonego w gęstych lasach za nią. – To mniej więcej w tamtym miejscu dokonał się los korpusu. Jego ostatnia bitwa.

Powiało grozą. Niektóre z dziewczyn zerkały we wskazanym kierunku, inne przeciwnie, opuszczały głowy.

– To ja i Dairin jesteśmy oficerami, które wyprowadziły resztki naszych żołnierzy z ostatniej śmiertelnej bitwy z potworami. Resztki. Cały imperialny korpus bowiem zginął w tym lesie.

Widać było wyraźnie, że pani pułkownik ciężko mówić o pewnych sprawach.

– Wtedy też – podjęła dopiero po dłuższym milczeniu – spotkałyśmy naszych obecnych sojuszników, jak mówiłyśmy wówczas: „ludzi z żelaznych okrętów". Polacy pozbierali ciała naszych żołnierzy z pola bitwy. Zwłok nie pożarły dzikie zwierzęta, żołnierze mają tu swój cmentarz. Maszyna idealnie równo wykopała rowy, w których poukładano ciała, maszyna je zasypała, postawiono wojskowe symbole i... – Hernike najwyraźniej coś dławiło w gardle. – Skromne, takie same dla wszystkich nagrobki, równo z gruntem, żeby jeszcze inna maszyna mogła po nich przejechać i ściąć trawę. Dlatego cmentarz wygląda czysto, widać dbałość. – Znowu przerwała, żeby przełknąć ślinę. – Jak się stanie pośrodku, to groby ciągną się po horyzont.

Słuchające jej dziewczyny zamarły. Powiało zgrozą.

– A to nie jest przecież cmentarz całego korpusu! To jego malutka część. Reszta ciał padła łupem ścierwojadów gdzieś daleko w lesie.

Hernike powiodła wzrokiem po twarzach żołnierzy.

– Przed wyjazdem z tej bazy odwiedzicie cmentarz. I niech będzie on dla was nauką. Taką samą nauką, jaką jest dla mnie. Bo ja dowodziłam tymi ludźmi! I ja prowadziłam ich na śmierć!

Dairin położyła rękę na ramieniu pani pułkownik.

– Ilekroć stoję na środku tego cmentarza – ciągnęła Hernike – przysięgam sobie po raz kolejny: nigdy więcej! Nigdy więcej nie poprowadzę ludzi na śmierć! Nie wezmę za nich odpowiedzialności. To koniec!

Czarownica szepnęła coś do pani pułkownik. Stojącym najbliżej wydawało się, że usłyszały: „To nie twoja wina, Hern".

– Wyprowadziłyśmy resztkę żołnierzy wysłanych na rzeź. A ja powiedziałam sobie: koniec. Patrzyłam na groby moich ludzi i nie potrafiłam znaleźć w sobie usprawiedliwienia. Nie umiałam znaleźć żadnych podstaw, żeby się usprawiedliwić. Brałam w tym udział!

Dziewczyny słuchały w idealnej ciszy, głęboko przejęte treścią przemówienia.

– A potem zaproponowano mi dowództwo tej dywizji. Dywizji nowego wojska, do którego wy zostałyście przydzielone. I wtedy zajrzałam głęboko, na samo dno mojej duszy. I zrozumiałam pewną rzecz. Zrozumiałam, że powinnam przyjąć to dowództwo. A czyż to nie sprzeczność? Czyż nie ja właśnie powiedziałam sobie „koniec"? No właśnie nie... Jeśli ja będę waszym dowódcą, to nikt nie poprowadzi tej dywizji na zagładę. Bo ja już nigdy nie poprowadzę ludzi na pewną śmierć, ponieważ ja jedna wiem, co to znaczy!

Podoficerowie zebrane przy dowództwie zaczęły wiwatować. Dziewczyny przyłączyły się natychmiast, unosząc swoje karabiny.

– Czy uważacie, że podjęłam dobrą decyzję? – krzyczała Hernike. – Czy chcecie służyć w nowej armii?!

Aprobujące wycie i wiwaty brzmiały głośniej niż silniki pancernych maszyn. Żołnierze były najedzone, ciepło i wygodnie ubrane, miały suche stopy i nowoczesne karabiny, uwalniające od strachu przed walką na bagnety. A w dodatku humor poprawiały im zaparkowane tuż obok sojusznicze, niezniszczalne czołgi.

Dziewczyny nie były przesadnie wykształcone. Żadnej nie przyszło do głowy, że propagandowe przemówienie dowódcy było wyraźnie przeciwko komuś wymierzone. Jeszcze się nie domyślały przeciwko komu. Jeszcze.

– Pobudka! Pobudka! Obcy w obozie! – darła się wartowniczka.

Shen wypadła z namiotu z rewolwerem w ręce. Kadir z karabinem w garści o mało jej nie stratował, kiedy zatrzymała się na widok obcych. Zawsze miał problemy z odzyskaniem sprawności tuż po obudzeniu.

– Idiotka! – Shen sklęła niefortunną wartowniczkę. – Wszystkieście głupie! Kto pozwolił wprowadzać...

– No przecież sojusznicy – przerwała jej przestraszona dziewczyna.

– Ja widzę co innego.

– Ja też bym ogłupiał – wyznał Kadir.

Rzeczywiście, spora grupa ludzi i obładowanych pakunkami mułów stanowiła widok tak niecodzienny, że trudno było się dziwić zaskoczeniu tych, którzy pilnowali obozu. Wiadomo, że nikogo nie wolno wpuszczać, nigdy i pod żadnym pozorem. Ale ci tutaj nie wyglądali na szczególnie zajadłych wrogów. Najwyraźniej też wzięli warty z zaskoczenia.

Dowódcą był chyba wysoki mężczyzna na czele grupy. Nosił mundur kapitana marynarki wojennej, i to z naszywkami wywiadu. Ale... To był naprawdę pierwszy taki widok w życiu Shen, która przywykła do sztywnego raczej wyglądu Polaków. Ten bowiem człowiek zamiast oficerskiej czapki miał na głowie słomkowy kapelusz, a na szyi zawiązaną niedbale chustę w jaskrawe, żółte, czerwone i zielone barwy. Obrazu dopełniało coś ogromnego, długiego, brązowego i okropnie dymiącego, co obcy trzymał w ustach, oraz zupełnie niepasujące do munduru olbrzymie okulary w czerwonej oprawie.

Jeszcze większe wrażenie robiła starsza kobieta o surowym wyrazie twarzy. Miała na sobie mundur podpułkownika sił specjalnych cesarstwa. Ale... najwyraźniej była tu na posyłki. Trudno wyobrazić sobie coś takiego, jednak podpułkownik roznosiła wśród pozostałych wino.

Ci pozostali również wyglądali ciekawie. Większość z nich miała na nogach skórzane buty aż do kolan i śmieszne, rozszerzane na udach spodnie. Na głowach generalnie dominowały niespotykane dotąd kapelusze z szerokimi rondami i zagiętymi do góry bokami.

– Pani pozwoli, że się przedstawię. – Dowódca zdjął z głowy swój słomkowy kapelusz i ukłonił się dwornie. – Jestem Samuel Goldwyn. Reprezentuję tu dziesiątą muzę.

– Kogo? – Shen wybałuszyła na niego oczy.

– Najwyższą ze sztuk! Filmową!

Shen i Kadir wymienili się spojrzeniami.

– Zaraz. – Rusznikarz zmarszczył brwi. – Dlaczego zwraca się do nas dopiero dziesiąta muza?

– I co z poprzedniczkami? – włączyła się Shen. – Zabili je?

Goldwyn uśmiechnął się przepraszająco, wkładając swój słomkowy kapelusz z powrotem na głowę. Wyjął z ust to brązowe, dymiące coś, dzięki czemu zaczął mówić wyraźniej.

– Źle mnie państwo zrozumieli. Jestem producentem filmowym. Wiem, jak robić ruchome obrazy, które potem pokazuje się gawiedzi.

Patrzyli na niego bez zrozumienia.

– A pułkownik od speckurew jest u was na posyłki?

– Ach, znowu nieporozumienie. To aktorka.

– Po co się przebrała?

– Ja mam za sobą praktykę w Stanach Zjednoczonych. Ja dbam o szczegóły. Kazałem jej nosić mundur od pierwszego dnia, żeby na planie wyglądał na używany, a nie wzięty prosto z rekwizytorni.

– Aktorka? – nie mógł uwierzyć Kadir. Kobieta sprawiała wrażenie prawdziwego oficera. Całą sobą, surowością twarzy, gestami, stanowczością. No, gdyby tylko nie podawała wina kolegom na postoju.

– Autentyczna, prawda? – Goldwyn złowił spojrzenie rusznikarza. – Wasi aktorzy grają tylko w amfiteatrach. Musiałem zrobić próbne zdjęcia. A ona potrafi grać twarzą, gestem... Film pozwala na zbliżenia i dlatego ją wybrałem. Będzie pięknie umierać.

– Dlaczego umierać? – zapytała Shen. – Jest chora?

– Nie. To pani ją zabije – oświadczył filmowiec z uśmiechem. – Powiedzmy nawet więcej: pani ją zamorduje w okrutny sposób!

Shen nie zdołała opanować zdumienia, kiedy producent zawołał:

– Mene, chodź tutaj. Pani, która cię zabije, pragnie cię poznać.

Wrażenie było naprawdę piorunujące. Opanowana, władcza, wręcz kurewska podpułkownik służb specjalnych podeszła bliżej. Wartowniczki, które wciąż stały tuż obok, cofnęły się przestraszone. A zawodowa aktorka nagle rozpromieniła się, zmieniając się całkowicie.

– To dla mnie zaszczyt móc panią spotkać – powiedziała radośnie. – Wszyscy chcemy, żeby się pani udało. – Nie sprecyzowała, kogo konkretnie ma na myśli. Wszystkich aktorów? Wszystkich ludzi kultury? – Już czas pokazać tym skurwysynom, że nie mają racji!

– Dziękuję. – Shen zmieszała się nagle.

– Będę pięknie umierała z pani ręki – zapewniła aktorka. – Dla sprawy dam z siebie wszystko!

– Nie chcę pani zabijać.

– Ze scenariuszem się nie dyskutuje! – uciął wymianę zdań Goldwyn. – Czy możemy gdzieś usiąść? Wyjaśnię wszystko po kolei.

Kadir gestem wskazał miejsce, gdzie spożywali posiłki. Było tam kilka żerdzi ułożonych na pniach, które mogły służyć za siedziska. Filmowcy jednak błyskawicznie rozstawili przywiezione ze sobą płócienne krzesełka na składanych metalowych ramach. Byli najwyraźniej przygotowani na wszystko. Ilość bagaży na grzbietach mułów przekraczała wszelkie rozsądne granice.

Na szczęście nie cała ekipa rozsiadła się wokół prowizorycznej kuchni i nie zaczęła się czcza gadanina. Przy ogniu, naprzeciw gospodarzy, usiadło poza Goldwynem tylko dwóch mężczyzn, których kapitan przedstawił jako scenarzystę i reżysera.

– Wybaczą państwo moją obcesowość – zaczął Goldwyn, kiedy już usiedli. – Ani o zdrowie nie zapytałem, ani wrażeń i relacji z podróży nie złożyłem. Ani, prawdę mówiąc, ciekawostek ze świata nie przywiozłem, tylko tak jakoś od razu do rzeczy przeszedłem.

Najwyraźniej nie czekał na odpowiedź, bo pyknął dymem z brązowego śmierdziela i kontynuował:

– Wybaczcie. Za długo siedziałem w Ameryce i przesiąkłem tamtymi zwyczajami, które sprowadzają się do tego, że jak wspólny biznes jest do zrobienia, to trzeba go zrobić, a nie głowy głupstwami zawracać.

– A jaki mamy wspólny interes?

– Wspólny cel. Przepraszam, źle się wyraziłem.

– Dalej nie rozumiem.

Shen nie bardzo wiedziała, co myśleć o tym człowieku. Na pewno wysłał go Rand, albo przynajmniej zaaprobował jego przyjazd. Inaczej przecież przybysz nie zdołałby ich odnaleźć w żaden sposób. Ale jednocześnie sam Rand nie uprzedził jej o tej wizycie. To dałoby się jeszcze zrozumieć. Mógł nie mieć czasu, sprawa była niezwykle pilna. Parę innych przyczyn dałoby się jeszcze wymyślić. Dlaczego jednak nie przysłał listu wraz z Goldwynem? Pozostawił decyzję wyłącznie jej i nie chciał na nią wpływać? To bardzo nie w stylu Randa. Mogła być w takim razie inna przyczyna. Rand poznał Goldwyna i uznał, że on sam zostanie najlepszym swoim ambasadorem. I że sam załatwi wszystkie sprawy bez niczyjej pomocy.

– Sprawa jest bardzo prosta – powiedział Goldwyn. – Chcę nakręcić film o pani i pani partyzantach. Chcę pokazać ludziom prawdę o tym, co się dzieje.

– I gdzie go pan będzie pokazywał?

– Na forach, pod bramami, na targach i na rynkach wszystkich miast. Zorganizujemy ekipy objazdowe, które będą urządzać pokazy ruchomych obrazów.

– Ruchome obrazy o działaniach partyzantów? – upewnił się Kadir.

– Tak. – Producent z radosnym uśmiechem schylił głowę. – Nie inaczej.

– I nasza najukochańsza pani cesarz na to wszystko pozwoli? – W głosie rusznikarza pobrzmiewała kpina. – Zupełnie legalnie udzieli pozwolenia na pokazywanie partyzantów, którzy jeszcze nie znajdują się na szubienicach?

– Ależ to pomysł samej cesarzowej!

Goldwyn odchylił się na płóciennym krzesełku, którego metalowe podpory zatrzeszczały złowieszczo. Z satysfakcją obserwował bezbrzeżne zdumienie malujące się na twarzach jego słuchaczy. Pierwszy zorientował się Kadir.

– Czy mógłby pan wyjaśnić szczegóły tej mistyfikacji?

Producent filmowy obruszył się lekko.

– Ach, nie lubię tego słowa. Zaraz mistyfikacja? Wszystko dosłownie możemy tak nazwać, jeśli się uprzemy. Na przykład: jestem oficerem marynarki wojennej czy nie? No jestem. Wszystkie papiery mam w porządku, wszystko zgodnie z procedurami. A ponieważ opieprzano mnie, że nie umiem salutować do czapki, to zamieniłem czapkę z orzełkiem na słomkowy kapelusz. Wolno mi. Oficer na przykład nosi przy pasku pistolet. Ja też noszę. Ale strzelać nie umiem i w ogóle jestem pokojową naturą, więc mój pistolet jest z gumy. Nie wypali. – Goldwyn wyjął swoją broń z kabury i dał im pomacać. Pistolet rzeczywiście był miękki w dotyku i tylko z grubsza przypominał prawdziwą broń. – Wziąłem z rekwizytorni – wyjaśnił filmowiec. – Czasami scenariusz przewiduje, że aktora trzeba uderzyć kolbą w głowę, a przecież nawet kaskadera nie wolno bić metalem po łbie. Tak więc wziąłem sobie broń z gumy i czuję się bezpiecznie.

Pyknął kilka razy gęstym dymem i wrócił do tematu.

– Jestem więc mistyfikacją czy nie? No nie. Jestem prawdziwym oficerem powołanym według prawdziwych procedur. Ale... jeśli się uprzeć, to wszystko jest we mnie fałszywe. Nawet pistolet. Czy można mnie zatem nazwać mistyfikacją? – Wzruszył ramionami. – Można. To tylko kwestia wyboru.

Kadir zaczął się śmiać.

– I rzeczywiście można u was każdego powołać pod broń? – zapytał. – Choćby i gumową?

– Owszem. I robiono to w razie potrzeby wiele razy. Werbowano przymusowo kolejarzy, pilotów transportowych, kierowców, traktorzystów, ba, Francuzi powołali raz nawet taksówkarzy. A teraz Wojsko Polskie potrzebowało filmowca, to zamiast zapłacić mu godziwe honorarium, posłali z przymusu w kamasze! No... w oficerskie lakierki przynajmniej. Tyle podstawowej przyzwoitości zachowali. Z Ameryki mnie ściągnęli kartą mobilizacyjną!

– Widać z tego, że na miejscu nie było tak wielkiego fachowca. – Rusznikarz zdecydował się na komplement, bo Goldwyn wydał mu się ogromnie zabawny. No i był miłą odmianą po całym ciągu ponurych dni, gdzie tylko chwile dzieliły ich od ogarnięcia przez wojska imperium.

– Wybaczcie, że wam przerwę. – Shen koniecznie chciała zrozumieć, o co w tym wszystkim chodzi. – Jakim cudem cesarzowa zgodziła się na pokazywanie w miastach ruchomych obrazów, na których widać będzie partyzantów?

– A to bardzo proste. Pan komandor Rosenblum, jako oficer łącznikowy przy pałacu, pokazywał cesarzowej kroniki filmowe. Pokazał między innymi orędzie królowej brytyjskiej, przemówienie prezydenta USA, czy choćby mowę wigilijną premiera RP. Cesarzowa zapytała, czy sama też mogłaby przemówić do ludu. Bardzo ją taka możliwość zafascynowała. Rosenblum nie czuł się kompetentny.

– I zaproszono pana admirała Wentzla na konsultacje?

– Doskonale się pani orientuje w układach w Negger Bank. – Goldwyn skłonił się z uznaniem przed Shen.

– Nie. – Dziewczyna zaprzeczyła ruchem głowy. – Znam po prostu szachrajskie metody wywiadu marynarki.

– Czyżby jakieś osobiste doświadczenia?

– Wie pan, to robi duże wrażenie, kiedy marynarka wojenna bawi się na raucie u cesarzowej z okazji podpisania sojuszy, a w tym samym czasie bardzo niedaleko dostarcza nam kutrami broń. Takie pragmatyczne podejście do wszelkich spraw wywiera naprawdę duże wrażenie.

Goldwyn rozłożył ręce w geście „to nie ja".

– Pan admirał Wentzel – podjął – podszedł entuzjastycznie do sprawy. Poddał nawet pomysł, że poza orędziem do narodu cesarzowa powinna wyjaśnić obywatelom przyczyny obecnego kryzysu i dramatycznej sytuacji ekonomicznej cesarstwa. Na filmie powinni się znaleźć wichrzyciele i partyzanci, trzeba pokazać ich zbrodnie i okrucieństwa i wyjaśnić, że to przez nich jest źle.

Shen przygryzła wargi.

– A gdzie tkwi haczyk? – spytała. – Dlaczego ściągnięto z daleka właśnie pana?

Producent uśmiechnął się lekko.

– Oni wiedzą, że Samuel Goldwyn jest najlepszy w branży. Nie w Polsce. Nie w USA. Jest najlepszy na świecie. I ja im zrobię film propagandowy... najlepszy na świecie.

– I na nim będą okrucieństwa partyzantów? Scena, jak morduję aktorkę Mene?

– Tak. – Z twarzy Goldwyna nie schodził uśmiech. – Widzi pani, lud tutaj nieskory do słuchania słów. Wie, że władza kłamie. Ruchome obrazy zobaczy jednak po raz pierwszy. I co? Ano lud usłyszy, jacy to partyzanci źli i że przez nich bieda. Ale... czyż przedtem biedy nie było? Była. I nikt się ludowi nie tłumaczył.

– Sprytne. – Shen potrząsnęła głową. – A co lud zobaczy?

– Zobaczy wiele. Obłędne bogactwo cesarzowej. Zobaczy pałac, wnętrze, góry jedzenia, stroje wysoko urodzonych, z bliska po raz pierwszy w życiu. Zobaczy niezmierzone dobra i luksus, w jakim żyją nieliczni. A także zobaczy prawdziwych partyzantów. Pani twarz jest znana przecież z listów gończych. A teraz ludzie zobaczą, jak pani wygląda naprawdę. I zobaczą, że jest pani skuteczna.

– To rozumiem. Co innego mówią, a co innego widać.

– Tak jest! W rzeczy samej. Ponieważ musimy się liczyć z cenzurą, będziemy działać według zasady „Panu Bogu świeczkę i diabłu ogarek". Ale proszę mi zaufać. Lud to, co usłyszy, puści mimo uszu. A to, co zobaczy, będzie zawierało nasz przekaz, mimo okrucieństwa i drastycznych scen, których chcą cenzorzy. Doświadczenie mi mówi, że właśnie to zadecyduje o sukcesie, ale oni o tym nie wiedzą.

Goldwyn wyjął z kieszeni munduru metalową piersiówkę i pociągnął z niej wielki łyk. Potem znowu zajął się dymiącym świństwem w ustach. Zaczął wyjaśniać, że cała ekipa nie będzie obciążać oddziału partyzanckiego. Potrzebna jest tylko tutaj i tylko na jeden dzień zdjęciowy, podczas którego nakręcą kilka ujęć w dobrych warunkach i w dobrym oświetleniu. Nagrają też dźwięk, Mene w końcu jest profesjonalistką i będzie ładnie krzyczeć. Shen, choć ma miły tembr głosu, zostanie w studiu zastąpiona przez inną aktorkę, bardziej biegłą w akcentowaniu i grze głosem.

On sam też nie zabawi dłużej, musi wykonać swoją oficjalną robotę, czyli kręcić filmy na terenach, gdzie mogą w przyszłości toczyć się walki. Opowiedział im przy okazji o tej amerykańskiej metodzie. Nie przekonał nikogo. Za dużo nowych rzeczy naraz.

Powrócił więc do tematu głównego, mówiąc, że razem z partyzantami będą teraz podróżować jego trzej operatorzy wraz z trzema kamerami. I oni nakręcą oryginalny materiał z walk. Film musi być prawdziwy i oprócz jednego inscenizowanego tu fragmentu będzie się składał z autentycznego przekazu i obrazów prawdziwych walk.

– A jeśli w najbliższym czasie nie będzie żadnej walki? – zapytał Kadir.

– No jak nie? – obruszył się producent. – Przecież kiedy przekroczycie pas nadmorskich gór i znajdziecie się na ziemiach wewnątrz cesarstwa, to na pewno dojdzie do walk. A moi ludzie to sfilmują.

– Iść w głąb cesarstwa? – nie zrozumiała Shen. – Przecież tam się roi od imperialnych wojsk!

– Jest pani w błędzie. To tutaj się roi od imperialnych wojsk w tej chwili.

Zapadła cisza. I Kadir zrozumiał, że Goldwyn ma rację. Tak, wszystko, co się w granicach cesarstwa nadawało do boju, ściągnięto właśnie do Kong. To prawda. Olśniła go ta myśl.

– A poza tym walki w Kong nikogo nie obchodzą – ciągnął Goldwyn. – To za daleko. Nikt o tej prowincji tak naprawdę dotąd nie słyszał. Trzeba nieść płomień rewolucji do mainland! – użył sformułowania, którego ani Shen, ani Kadir nie pojęli wcale. – Uderzyć w sam środek, żeby ludzie wiedzieli, że to tuż obok nich.

– Gdzie uderzyć? – spytał Kadir.

– Przecież to samobójstwo – powiedziała Shen.

– Samobójstwem jest pozostawanie tutaj. Na ograniczonym terenie, gdzie roi się od imperialnych żołnierzy. A po tamtej stronie gór garnizony jeśli nawet są, to leniwe, rozlazłe, nieprzygotowane do jakichkolwiek działań od samego zarania cesarstwa.

– Fakt – potwierdził rusznikarz. – Tam nikt nie walczył już od tysiąca lat.

– Zwariowałeś. – Shen, zła nagle, odwróciła głowę.

Ale Goldwyn wiedział, jak ją udobruchać. Wyjął z podręcznej torby duże zdjęcie Shen i jakiś dziwny przyrząd do pisania.

– Czy mógłbym prosić o autograf? – Podsunął jej zdjęcie. Ładne.

– O co prosić? – nie zrozumiała. – I skąd pan to ma?

– Pewnie pamięta pani pilota z grupy transportowej, który fotografował się z panią w zimie. Kiedy usłyszał o filmie, sprzedał nam kilka odbitek. A ja chciałbym, żeby się pani na tym zdjęciu podpisała i oznaczyła je numerem jeden. Poniżej proszę napisać, że to pani pierwszy autograf w życiu.

Zdziwiona spełniła jego prośbę, choć z trudem. Kadir nie szczędził wysiłków, żeby nauczyć ją pisać, ale i tak nie mogła się powstrzymać przed przygryzaniem języka. Goldwyn podał zdjęcie Kadirowi.

– Czy mógłby pan potwierdzić autentyczność jako świadek?

Rusznikarz był równie zdziwiony jak Shen. Ale tak jak ona spełnił prośbę.

– I po co te podpisy? – zapytał.

– Och, marynarka usiłuje zaoszczędzić, płacąc mi nędzną oficerską pensję zamiast honorarium, więc sam muszę zadbać o swój zysk.

– Dzięki temu zdjęciu?

– Z autografem, i to pierwszym. Za kilkanaście lat sprzedam na aukcji za grube pieniądze!

– Moje zdjęcie za grube pieniądze?! – nie mieściło się Shen w głowie.

Goldwyn spojrzał na nią bacznie.

– No przecież właśnie robię z pani gwiazdę filmową – wyjaśnił, zaskoczony tym, że można nie pojmować tak prostych rzeczy.

Wiatrakowiec wyrównał po wykonaniu skrętu i dzięki łagodnemu ślizgowi znalazł się na osi zespołu operacyjnego złożonego z niszczyciela i towarzyszących mu statków. Ina pewną ręką operowała drążkiem. Chybotliwy, prowizoryczny pokład z tej wysokości przypominał bardziej roztańczoną na falach kartkę papieru, w którą trzeba trafić za pierwszym razem, i to podchodząc z dużą prędkością. Dziewczyna nigdy nie ćwiczyła tego manewru. A jednak ciężka maszyna schodziła, jakby prowadzona stalową liną łączącą ją z namalowanym na deskach lądowiska celownikiem.

– Może wykonamy próbny krąg przed lądowaniem? – Tomaszewski, czując lekki niepokój, odważył się zadać to pytanie. W końcu dziewczyna drugi raz w życiu prowadziła wiatrakowiec, a manewr był wyjątkowo skomplikowany.

– A po co? – rozległo się w słuchawkach.

– No... Takie lądowanie sprawia wiele problemów nawet fachowcom od lotniskowców.

– Sądzisz, że nie jestem fachowcem?

Błąd. Podrażnił jej ambicję.

– Nie no, myślałem, że trzeba sprawdzić, skąd wieją wiatry.

– Marynarzu – spojrzała na niego ostro – w przeciwieństwie do piechociarzy ty może i wiesz coś tam o wiatrach. Ale tych tam, na dole! Do wiatrów na górze nie mieszaj się, proszę.

– A ja się od razu przyznam – w słuchawkach odezwał się Siwecki. – Ja po prostu się boję.

– Trzeba było z nami nie lecieć.

– Daj spokój. Siedzenie w tym lesie było jak zesłanie.

– A my potrzebowaliśmy lekarza – uciął Tomaszewski. – Teraz nie narzekaj. Albo skaczesz ze spadochronem i czekasz, aż cię wyłowią, albo nie rozpraszaj mi pilota.

– On mnie nie rozprasza – powiedziała Ina spokojnie.

Ledwie muskała lewą dłonią manetkę gazu. Jej druga ręka, oparta na drążku, również zdawała się nie wykonywać praktycznie żadnych ruchów. A mimo to maszyna łagodnie schodziła do lądowania. Jednym ciągiem, bez żadnej korekty położenia, nagle znaleźli się nad deskami pokładu i praktycznie w tej samej chwili dotknęły ich koła wiatrakowca. W samym środku namalowanego białą farbą celownika. Maszyna potoczyła się jeszcze kilkanaście kroków, a kiedy zatrzymała się nareszcie, z boku podskoczyli marynarze, żeby za pomocą podnośnika przesunąć ją na miejsce postoju.

– Wysiadamy. – Tomaszewski z ulgą rozpiął pasy.

– Ziemia! Ziemia! – Siwecki również z ulgą dotknął stopami pokładu.

– Chciałbyś. Nieźle kołysze.

– Panie komandorze! – Czekający na nich chorąży wykonał przepisowy salut. – Proszę za mną.

– Do kapitana?

– Zespołem dowodzi komandor. Pan kapitan nie będzie chwilowo obecny.

Cała trójka ruszyła za chłopakiem w nienagannym mundurze. Nawet nie musieli schodzić na pokład właściwy. Lądowisko zostało połączone specjalnym podestem z nadbudówką. Jedyną przeszkodą był komin, który należało obejść.

– Tędy. – Chorąży otworzył metalowe drzwi. – Uwaga na głowy!

I komu on to mówił? Obaj przybysze byli przecież marynarzami. A Ina z kolei była tak niska, że nawet podskakując przy każdym kroku, nie zdołałaby zawadzić o cokolwiek głową. Ale faktem jest, że pod sufitem pociągnięto sporo dodatkowych kabli na specjalnych stelażach. Nic dziwnego. To była misja specjalna i Tomaszewskiemu nie umknął fakt, że na przybudówkach niszczyciela zamontowano kilka specjalistycznych masztów antenowych, których macierzysta stocznia nie przewidziała.

Tu zresztą Ina musiała zostać i poczekać. Wstęp dalej przewidziany był tylko dla oficerów.

Na mostku spotkała ich niespodzianka. Obok komandora dowodzącego zespołem czekała Melithe. Nawigator, z którym Tomaszewski i Siwecki przepłynęli całą trasę do Negger Bank na pokładzie jachtu. Uśmiechała się tak radośnie, że zachodziła obawa, że rzuci im się w ramiona. Jednak wojskowy rytuał nie pozwalał na takie rzeczy. Zasalutowali obaj komandorowi Radziszewskiemu, starszemu mężczyźnie, który dotąd pełnił w sztabie rolę koordynatora planów operacyjnych. To wysoka pozycja. I zdaje się, że w związku z tym obecna wyprawa zespołu nie była zwykłym zwiadem. Z tym poradziłby sobie ktoś daleko niższy i rangą, i doświadczeniem.

– Panowie oficerowie.

Opuścili dłonie. Zaczęła się bardziej nieformalna część powitania, choć Radziszewski i tak skrócił ją do minimum, od razu przechodząc do sedna sprawy.

– Znają panowie założenia operacyjne mojego zespołu? – zapytał.

– W sztabie wspominano coś o zwiadzie – odezwał się Tomaszewski.

– Zwiad? – roześmiał się Radziszewski. – To chyba polityczny.

Siwecki zerknął na komandora zdziwiony.

– Czy my wyglądamy na polityków?

– A nie? – Dowódca zespołu popatrzył na nich z lekkim odcieniem kpiny. – To, że przysyłają nam oficera wywiadu, to nic dziwnego. Ale akurat pana?

– No tak. – Tomaszewski domyślił się błyskawicznie, o co Radziszewskiemu chodzi. – Mam za wysoką rangę, jak na zwykłego zwiadowcę. Teoretycznie mógłbym nawet prowadzić rokowania w imieniu floty. Ale tu z kolei moja ranga jest za niska, żeby moje słowa były dla sztabu wiążące.

– Prawda? – zgodził się z uśmiechem Radziszewski. Wyraźnie spodobała mu się domyślność rozmówcy. – Wygodna sytuacja. Pewnie admirał nakarmił pana nawet zapewnieniami, że może pan się zaangażować w konflikt zbrojny, gdy uzna pan, że zaszła taka potrzeba.

Teraz Tomaszewskiemu spodobała się domyślność i przenikliwość dowódcy. Tak przecież w istocie było. Choć on sam podczas ostatniej rozmowy z oberwujkiem potraktował to raczej jako żart. Ale w żartach czy na poważnie, taka uwaga padła. Istne curiosum, jeśli ktoś nie był przyzwyczajony do przesadnego stylu wyrażania się Wentzla.

– Rzekłbym, majstersztyk sztabowej polityki. Rzucono tu pana jak, proszę wybaczyć porównanie, groźnego psa z długimi zębiskami. Jeśli się pan z kimś pogryzie i będzie z tego korzyść, to dobrze. A jeśli strata... To przecież tylko pies. To nie my.

– Coś w tym jest. Ale idąc tokiem pańskiego rozumowania, to pan, jako mój obecny dowódca, też proszę o wybaczenie, to hycel, co w razie czego ma mocno trzymać moją smycz.

Siwecki skurczył się w sobie. Melithe gwałtownie opuściła oczy. Nazwanie dowódcy zespołu operacyjnego hyclem było przekroczeniem wszelkich możliwych granic.

A jednak Tomaszewski dobrze wyczuł Radziszewskiego. Komandor zaczął się głośno śmiać. A potem wycelował w swojego rozmówcę palcem.

– Czuję, że będzie nam się dobrze współpracowało. Nie jest pan drewnianym kołkiem ani, będę szczery, protegowanym krewnym, jak sądziłem. Cieszę się naprawdę.

– Ja również.

– No i w jednym ma pan rację. Cokolwiek pan nawywija, odpowiedzialność spadnie na mnie.

– Spróbujmy więc nie nawywijać za bardzo.

Siwecki, słysząc te słowa, odetchnął głębiej. Melithe również podniosła wzrok i uśmiechnęła się ponownie.

– Pozwolą więc panowie, że zapoznam was z zadaniami naszego zespołu.

Radziszewski podszedł do stołu z mapami. Zasadniczo leżały tam dwie płachty. Polska mapa morska, a właściwie to jedna wielka biała plama, na której dopiero nanoszono oznaczenia. Oraz coś, co było chyba szkicem dokonanym na podstawie odręcznych rysunków, które Tomaszewski zrobił z Iną w jej twierdzy.

– Teoretycznie jesteśmy zespołem realizującym głęboki zwiad na zupełnie nieznanych akwenach. Ale ilość prac nawigacyjnych, które nam zlecono, znacznie przekracza normalny zakres. No i sam skład zespołu...

– Niszczyciel przerobiony na „półlotniskowiec" to ciekawy pomysł.

– A tak. Choć cudem jest, że żaden z pilotów wiatrakowców jeszcze nie zginął.

Tomaszewski zdawał sobie sprawę, że na pokładzie niszczyciela jest po prostu za mało miejsca. Latające maszyny i tak trzeba było zdejmować z lądowiska specjalnym dźwigiem i ustawiać... właśnie, gdzie? Gdzie się dało. Przecież hangarów żadnych być nie mogło. Na krążownikach, gdzie pokłady startowe mocowano nawet na wieżach artylerii głównej, dźwigów, jak i miejsca na pokładach nie brakowało. A i tak leciutkie samoloty były wodnopłatami i lądowały na powierzchni morza. Wiatrakowce nie mogły.

– A poza tym cyrkiem – ciągnął dowódca zespołu – mamy jeszcze ze sobą statek bazę imperialnych ścigaczy, kilka pełnomorskich łodzi patrolowych, tankowiec i parę statków z zaopatrzeniem. Pandemonium zaprawdę. To przecież nie jest zespół bojowy.

– Sztab szył, z czego miał – wyrwało się Siweckiemu.

– A ja widzę w tym pewną logikę – podjął Tomaszewski. – I teraz dopiero przekonałem się do racji pana komandora.

– W kwestii?

– Że to zwiad polityczny.

Siwecki rozłożył ręce.

– Powiedział pan, że mamy imperialne ścigacze?

– A tak. Bo w ogóle to przecież operacja marynarki wojennej cesarstwa. My tu z niszczycielem i zaopatrzeniem stanowimy jedynie ciało doradcze.

Z trudem panowali nad mięśniami twarzy, żeby nie zacząć chichotać.

– No... – Siwecki powoli rozmasowywał sobie wargi. – A jak dziewczyny ze ścigaczy radzą sobie na morzu? – zapytał, by trochę zmienić temat.

– A to nie są żadne dziewczyny – włączyła się Melithe, równie ubawiona „doradczą rolą" jak oni. – Otóż tysiąc lat temu zwycięskie Arkach narzuciło na terenach, które włączyło do tworzonego przez siebie imperium, swoją tradycyjną organizację sił zbrojnych z kobietami w roli głównej. Przypomnę jednak, że górskie Arkach nie miało w ogóle marynarki wojennej. I w związku z tym cała struktura została odziedziczona po Cesarstwie Luan.

– I na ścigaczach służą mężczyźni?

– Tak. – Melithe groźnie ściągnęła brwi. – Ale jeśli powiesz w związku z tym: „przynajmniej za to dziękujmy Bogom", to nie ręczę za siebie.

– Kto ją zaraził feminizmem? – dziwił się Siwecki. – Miałaś jakiś kontakt z inżynier Wyszyńską?

Radziszewski wzruszył ramionami.

– Dotąd nie stwierdziłem u pani porucznik feministycznych odchyleń. Dała się poznać raczej jako wzorowy oficer nawigacyjny.

– Bo jeszcze pan komandor nie widział jej wkurzonej. My z Krzyśkiem musieliśmy przecierpieć w jej towarzystwie podróż na „Biegnącej z Bogami".

Melithe miała minę, jakby chciała pokazać lekarzowi język. Powstrzymała się jednak. Wzajemna prezentacja języków nie była przewidziana przez żaden z regulaminów marynarki wojennej.

Tomaszewski zmienił temat.

– Czy w razie dotarcia do Tor Avahen sztab przewidział otwarcie jakichś zalakowanych kopert? – zapytał ostrożnie.

– W sensie: czy mam konkretne rozkazy na tę okoliczność? Nie. – Radziszewski był zupełnie szczery. – Natomiast mam pewne sugestie. Sztab jest bardzo zainteresowany archiwum tego ludu.

– Rozumiem.

Na stanowisku dowodzenia rozległ się cichy brzęczyk. Komandor zerknął na migającą czerwoną lampkę.

– O wilku mowa. – Uśmiechnął się. – Mam właśnie łączność ze sztabem. W takim razie to porucznik Melithe pokaże panom ich kwaterę. Ja muszę udać się do kabiny radia.

Obaj, Tomaszewski i Siwecki, przyłożyli palce do czapek. Po wyjściu dowódcy nie zdążyli jednak zrobić „spocznij". Melithe, uwolniona od oficjalnego rytuału, rzuciła im się na szyje.

– O kurde! Ale się cieszę, że was widzę!

– Pani porucznik – Tomaszewski niemrawo usiłował się odsunąć – oficerowie Wojska Polskiego się nie całują!

– A przynajmniej nie publicznie! – dodał Siwecki.

– A tam! – Melithe machnęła ręką, nie zwracając uwagi na marynarzy wachtowych, którzy stali na mostku. –

Trzeba odświeżyć skostniałe formy towarzyskie w waszej staroświeckiej i zmurszałej marynarce.

– To znaczy zapraszasz na winko? – domyślił się lekarz.

Roześmiała się.

– No chodźcie, chodźcie. Pokażę wam kajuty przy okazji.

– A powiedz tak szczerze. – Tomaszewski pochylił się jeszcze nad mapą. – Pan komandor wszystko nam powiedział?

– Zasadniczo tak. Może poza paroma szczegółami.

– Oświecisz mnie?

Nawigator wzruszyła ramionami.

– Wiesz, po mojemu to robimy mapy tak szczegółowe i tak zwracamy uwagę na badanie głębokości, że...

– Że co?

– Chyba badamy, czy będzie tu wystarczająco bezpiecznie dla lotniskowca.

Siwecki gwizdnął cicho.

– Sztab przewiduje już przyszłe operacje na tym terenie?

Odpowiedziała mu uśmiechem.

– To nie wszystko. Daleko przed nami operują łodzie patrolowe. Uwijają się po jakimś archipelagu. Ale nie zgadniecie, co mają na pokładzie.

– Co?

– Ekipy filmowe. Robią tam jakieś zdjęcia, rozdają tubylcom paciorki, pokazują im filmy...

– Żartujesz?

– Właśnie nie.

Tomaszewski westchnął ciężko.

– Naprawdę zachowujemy się tak, jakbyśmy już planowali tam jakieś operacje.

– A może to tylko dmuchanie na zimne?

Potrząsnął głową.

– Dobra. Tu i tak nic nie wymyślimy.

Siwecki, choć mapy niewiele go interesowały, skinął potwierdzająco. Obaj odczuwali już trudy podróży wiatrakowcem. Ciężko nawet było policzyć godziny, które musieli spędzić bez snu w bardzo niekomfortowych warunkach. Tomaszewski zatrzymał się jeszcze przed wyjściem.

– Słuchaj, Melithe, mam do ciebie prośbę.

– Tak?

– Tam, za drzwiami, czeka na nas Ina, dziewczyna z kraju, do którego właśnie płyniemy.

– No tak. – Nawigator, siląc się na powagę, przechyliła zawadiacko głowę. – Przywiozłeś języka z obcego kraju i oczywiście jest nim kobieta.

– Z kobiet najłatwiej wyciąga się informacje – wtrącił Siwecki.

– Najłatwiej czy najprzyjemniej? – odparowała Melithe.

Najwyraźniej od czasu wstąpienia w szeregi Polskiej Marynarki Wojennej wyostrzył jej się dowcip. A może po prostu coś się w niej odblokowało? Nie była już podlotkiem, w swoim smolistoczarnym mundurze wyglądała dostojnie i pięknie, najgłębszym pięknem w pełni dojrzałej kobiety. Była teraz pewna siebie, spokojna. Chyba chwyciła właśnie życie za rogi i trzymała mocno, pewnym chwytem, nie zamierzając puścić.

– Tę dziewczynę los rzucił w całkowicie dla niej obce otoczenie. Jest zagubiona, skołowana, nie do końca wie, co o nas sądzić. Wydaje mi się, że przeżywa szok kulturowy. Ale jest z twojego świata, może tobie łatwiej byłoby z nią porozmawiać?

– Rozumiem. Sądzisz, że my, barbarzyńcy, zawsze się jakoś dogadamy.

– No wiesz co? – Tomaszewski kiwał głową z politowaniem. – Po prostu spróbuj ją przekonać, że nie grozi jej żadne niebezpieczeństwo.

– Zmuszasz mnie do poświadczenia nieprawdy?

– Co?

– No jak? – odpowiedziała pytaniem. – Dwóch młodych, zdrowych mężczyzn, ona z wami sama i mam jej wmówić, że nic nie grozi jej cnocie? O to chodzi?

Siwecki pokazał Melithe wyciągnięty do góry kciuk. Tomaszewski tylko machnął ręką.

– Dobra, pogadam z nią i przytulę do serca. – Nawigator otworzyła drzwi. – Najpierw jednak zaprowadzę was do kajuty.

Na korytarzu Tomaszewski podszedł do czekającej na nich Iny. Nie wyglądała na przesadnie zagubioną, lecz znał ją już dość dobrze. Potrafiła nieźle ukrywać swoje uczucia.

– Słuchaj, Inna, to okręt wojenny. Zakwaterują cię osobno, z dala od nas.

– Rozumiem.

– Postaram się jutro cię odnaleźć i sobie pogadamy. Ale gdyby coś się działo, gdybyś po prostu czuła się samotna, porozmawiaj z Melithe. To porucznik nawigator. – Wskazał palcem. – Ona ci powie, jak się z nią skontaktować.

– Rozumiem – powtórzyła Ina.

– Jakby co, to oczywiście wal do mnie, ale to nie mój okręt, nie ja tu rządzę. Może minąć sporo czasu, zanim ktoś mnie odnajdzie.

– Rozumiem – powiedziała po raz trzeci.

– No to do jutra. – Położył jej rękę na ramieniu. – Chyba że masz jeszcze jakieś pytanie.

Przytaknęła.

– Rozmawiałeś z dowódcą floty?

– No, to nie do końca ta ranga, ale można uznać, że tak. Rozmawiałem.

– A powiedziałeś mu o duchu, który nas prześladuje?

Tomaszewski aż się żachnął i odruchowo ściszył głos.

– Inna, zapamiętaj jedno – prawie szeptał. – W Wojsku Polskim nie ma duchów. Nie ma czarów. Nie ma zjawisk nadprzyrodzonych.

– No jak nie ma, jak są? – Dziewczyna najwyraźniej nie mogła zrozumieć.

– Już ci to tłumaczyłem. W Wojsku Polskim nie ma duchów. Chyba że chodzi ci o niezłomnego ducha naszego dowództwa, które ma zawsze rację.

– I nie powiemy o tym nikomu?

– Dla naszego własnego dobra, nie powiemy.

– No i masz, do czego doszłyśmy, kierując się klasycznymi wywiadowczymi procedurami. – Nuk, wściekła niczym osa, pokazywała palcem magazyny zagubione wśród łagodnych wzgórz. – No i masz!

Kai nie miała pojęcia, co powiedzieć. Przecież zrobiły wszystko tak, jak nauczono je na szkoleniu. Przy bazie głównych magazynów strategicznych szybko wyróżniły partię wozów o stosunkowo lekkim nacisku na koła, a więc takich, które powinny wozić rzeczy najważniejsze – żywność. Prześledziły trasę tych wozów i... No właśnie. I trafiły tutaj. Do pustawych, sądząc z niewielkiej liczby kręcących się wokół ludzi, magazynów, zagubionych gdzieś wśród porośniętych chwastami pagórków. Wokół nie było nic. Żadnego miasteczka, żadnej ważniejszej drogi, nawet rzeki. Pustka. Tylko chwasty o dziwnej rudawej barwie.

Co dziwniejsze, nie było też straży. Żadnych wież obserwacyjnych, pilnowanych ogrodzeń, ani nawet płotów. Nikt się tymi barakami nie interesował. Gdzieś we wnętrzu największego hangaru niespiesznie pakowano coś na wozy, które wyjeżdżały ospale na drogę prowadzącą do pilnie strzeżonych magazynów strategicznych w wojskowej bazie. I jak to wytłumaczyć? Co pakowano w tak sennej atmosferze na wozy? Dlaczego nikt nie pilnował okolicy?

Schodziły powoli ku środkowi doliny, gdzie przy jednym z baraków umieszczono palenisko, stanowiące jedyne źródło dymu w zasięgu wzroku.

– Albo mnie wzrok myli, albo aż z miasta przyszłyście! – Zwalisty, tłusty mężczyzna gramolił się z hamaka rozwieszonego między dwiema ścianami baraków mieszkalnych. – Co was tutaj przywiało?

Nie wyglądał groźnie. Prawdę powiedziawszy, był jak do tej pory jedyną osobą w tym kraju, która uśmiechała się na widok obcego. Kai natychmiast odpowiedziała uśmiechem.

– Jesteśmy kucharkami z komendantury. – Wyjęła z sakwy odpowiedni papier, ale mężczyzna tylko machnął ręką. Niebywałe.

– Kucharki? Tutaj? – zdziwił się niepomiernie. – Toż tu tylko vend rośnie. Niczego więcej nie ma.

Kai i Nuk zatkało. Vend tutaj? I to są te chwasty? Nie mogły uwierzyć. Coś, co w strategicznej bazie jest najpilniej strzeżonym sekretem, tutaj... rośnie sobie na wzgórzach. I pies z kulawą nogą nie zwraca na to uwagi.

– I co wy tak? – odezwała się Nuk. – Nie pilnujecie? Toż wróg może wam wszystko pokraść.

Mężczyzna roześmiał się chrapliwie.

– A niech kradnie, jeśli taka jego wola. Toż to chwasty przebrzydłe, zabójcze. Wyłazi już ta zaraza ludziom na pola, uprawy niszczy. A mówili, że daleko do pól uprawnych. Że aż tak zaraza się nie rozpleni. I co? I gówno! Jak zwykle.

– I rozprzestrzeniło się?

Tłuścioch podrapał się w głowę.

– Wiesz co? Dopóki tu tysiące ludzi nasiona zbierało, to jeszcze jakoś szło to opanować. Ale teraz już wszystko niepotrzebne. Resztki nasion z magazynów już tylko z rozpędu pakujemy na wozy i wysyłamy. – Wzruszył ramionami. – Nie wiem, po co zresztą, bo przecież za późno już, żeby rozsiewać jako zaopatrzenie.

Kai czuła, że dowiadują się właśnie o czymś epokowym. O jednej z najważniejszych rzeczy dla całej ich misji. Wiedziała, że nie może się zdradzić ani wzbudzić jakichkolwiek podejrzeń. I mimo że wszystko w niej wołało, żeby dopytać o najważniejsze, wbrew sobie zmieniła temat.

– Wybaczcie, panie – zaszczebiotała. – A mogłabym o coś spytać? Ale w sprawach bardzo przyziemnych?

– A pytaj, mała. – Uśmiechnął się znowu.

– Czy coś do jedzenia dla nas by się znalazło. Od świtu idziemy...

Tłusty mężczyzna zaczął się śmiać.

– A! Głodneście tak po prostu? No to jakeście z komendantury i kwity na to macie, to dostaniecie, czego wam trzeba. – Ruszył niespiesznie w stronę drewnianych ław rozstawionych przy dymiącym palenisku. – Ale na rarytasy to tu nie liczcie – gadał bez przerwy. Najwyraźniej nudziło mu się po prostu. – Kiedyś, jak tu tysiące ludzi pracowały, nasiona zbierając, to kuchnia była czynna na okrągło. Dzień i noc. Ludzie na zmiany jedli i nie można było nastarczyć. A teraz...

– Nikt nasion nie zbiera, no i się zaraza roznosi – dokończyła Kai.

– Taaak. Nasiona z wiatrem lecą i coraz większy obszar przez chwasty zajęty. Taaaak.

– A nie lepiej spalić? – wtrąciła Nuk. – Kiedy zima przyjdzie, a to już niepotrzebne?

– No i widzisz, jak ty nie wiesz, o czym mówisz. Ale nie dziwota. Tu jeszcze niedawno wszystko tajne było i w ukryciu. – Mężczyzna poklepał dziewczynę po ramieniu. – Tego zielska, nawet jak wyschnie, nie spalisz. Ukorzenione toto pod ziemią... Nie spalisz. Na wiosnę wyjdzie znowu.

– To cała ziemia już zmarnowana?

– No, tutaj ugory tylko. Ale jak zaraza na pola wyjdzie, to ziemia zmarnowana.

– Świetnie! Wrogom to na uprawach rozsypać i...

Nie mogła bardziej ubawić ich towarzysza. Podszedł do wielkiego gara stojącego przy ogniu i zatrzymał się w poszukiwaniu naczyń.

– Musi być gorące? Na ogień znowu stawiać czy wystarczy ciepłe? – zapytał.

– Może być letnie. Zjemy wszystko, czym poczęstujesz.

Wziął dwa talerze ze stosu obok i sprawnie, wielką chochlą nałożył im spore porcje jakiejś kaszy. Gestem zaprosił do stołu, stawiając przed nimi naczynia.

– Łyżki własne macie czy szukać?

– Mamy. Mamy. – Usiadły i usiłując nie okazywać obrzydzenia, zaczęły jeść. Na szczęście kasza poza przykrym zapachem praktycznie nie miała smaku. Łatwiej było udawać, że obie są głodne.

Mężczyzna przysiadł na ławie naprzeciwko nich i mówił dalej. Brak zapracowanych tłumów wyraźnie mu doskwierał. Pewnie dawniej był na tych ugorach kimś, a teraz nuda robiła swoje. Zrozumiały też jeszcze jedno. Szkolenie mówiło prawdę. Z ludzi nie trzeba niczego wyciągać. Wystarczy słuchać. Bo ludzie zawsze sami wszystko powiedzą.

– To mówisz, że wrogom trzeba podrzucić? – Mężczyzna spojrzał na Nuk. – Nie, moja panno. Wróg sobie z tym, póki mało zielska na początku, poradzi. Gołymi rękami z ziemi wyrwie, korzenie wykopie.

– A tu po prostu jest już tego za dużo?

– Właśnie tak. Jak wiatr zawieje, to z niesionych podmuchami nasion, zda się, chmury powstają. Aż ciemno w oczach.

– Straszne.

Na szczęście nie musiały udzielać mu długich odpowiedzi. Udawanie głodu pozwalało milczeć z wypchanymi ustami.

– No i widzicie. Pola już zaatakowane. Ludzi do plewienia nie ma. Wojna. A przecież to tylko początek.

– Jaki początek?

– No co? Myślicie, że te bijatyki na pograniczu to wojna? Nie słyszałyście hasła, że „tym razem zaopatrzenie będzie na nas czekać"?

Kai o mało nie udławiła się ohydną kaszą. Panowała jednak nad sobą. Nie okazywać zaciekawienia. Nie dopytywać. Sam powie.

– Teraz cały kontynent zjednoczony, psiamać, pójdzie do boju w jedno miejsce.

Kai przez głowę przemknęło, że to właśnie vend ma być tym czekającym zaopatrzeniem. I zaraz sklęła się w myślach. Wielka armia ma jeść chwasty? Teoretycznie możliwe. Przez jakieś trzy, cztery dni. Potem będą niezdatni do boju. Jak więc to połączyć?

– Wojna, dziewczyny, wojna. – Mężczyzna smętnie kiwał głową. – Tu już żadnych nasion się nie zbiera. A to znak, że na dniach usłyszymy o wymarszu wielkiej armii ze wszystkich państw. Zapamiętajcie moje słowa: na dniach!

– Mmm...

– Mnie, starego, pewnie ta wyprawa ominie. Ale wy pójdziecie. Zaraz wam rozkaz dadzą. Szczęściem, że z komendantury jesteście. Jako żandarmi na tyłach zostaniecie. Ale widoków... – zmełł jakieś przekleństwo – widoków wam nie zazdroszczę!

– No. – Nuk skinęła głową w geście gdzieś pomiędzy „tak" i „nie". Miała wyraźne trudności z połknięciem paskudnej brei.

– Taaa... – ciągnął niezrażony tłuścioch. – Ale co tu ludzie będą jedli? Zaraza wszystkie pola w okolicy wybije. Co będą jedli?

– Może ten vend – ni to stwierdziła, ni zapytała Kai. Niby żartem, niby serio.

– Dobry pomysł, dobry. – Mężczyzna uśmiechnął się szeroko. Najwyraźniej wziął jej uwagę za dowcip. – Niech żrą vend! Szkoda tylko... – Zafrasował się nagle. – Szkoda, że to silna trucizna.

Kai zakrztusiła się ostatnią porcją kaszy, którą włożyła do ust. Tłuścioch zrozumiał to opacznie.

– Uważaj, bo się udusisz. Oj – zatroskał się znowu – ale wy naprawdę byłyście głodne! Nie bójcie się. Już wam daję porządną dokładkę!

Matematyk Patte zabrał ze sobą kilkunastu uczniów. Ale nawet oni nie byli w stanie wyładować z ciężarówki zapisków gromadzonych przez setki lat. Skrzynia za skrzynią lądowały na rampie, tworząc coraz większy stos, a końca nie było widać. Uczniowie pocili się coraz bardziej w palącym słońcu. Żująca nieodłączną gumę tłumaczka Duon, która to wszystko zorganizowała, dopiero teraz uświadomiła sobie bezmiar zgromadzonych liczb. Setki skrzynek z dziesiątkami tysięcy kartek każda. Plon pracy wielu pokoleń matematyków w starej zakonnej świątyni przy lesie w Banxi. Ta ilość odbierała nadzieję na jakiekolwiek przeliczenie wszystkich zawartych w zbiorze danych.

– Świetnie. – Patte podszedł z boku. On również patrzył na rosnący stos, ale w przeciwieństwie do tłumaczki z wyraźną satysfakcją.

– Co świetnie?

– Pierwsza część danych już prawie rozładowana.

– Jak to pierwsza część?! – Duon o mało nie udławiła się gumą. – Ta ciężarówka to nie wszystko?

Matematyk spojrzał zdziwiony.

– To nawet nie jest wierzchołek góry.

– Bogowie... – Tłumaczka odruchowo użyła miejscowej formy, sklęła się w myślach i natychmiast poprawiła na polską modłę: – O Boże! Zaczynam żałować, że się w to zaangażowałam. Nasza koleżanka mnie zabije!

Patte spojrzał ponad jej ramieniem.

– Jeśli to ta kobieta, która się do nas zbliża, to tak stać się może – szepnął przerażony. – Ma w ręku łom!

Duon odwróciła się gwałtownie. Wyszyńska, która wyszła właśnie z szerokich drzwi magazynu, rzeczywiście niosła ciężki kawałek metalu.

– O kur... zapiał.

– Cześć. – Pani inżynier nie zamierzała nikogo pozbawiać życia. Podała rękę tłumaczce. – To ten matematyk, o którym mówiłaś?

Patte skłonił się dwornie. Coś jednak dręczyło go wyraźnie. Wysoka kobieta o nieprawdopodobnie białej skórze mąciła jego wyobrażenie o zamorskich mędrcach. Nie tak sobie ich wyobrażał. Wolałby rozmawiać z jakimś przepełnionym godnością starcem z siwą brodą. A ta tutaj była młoda, ładna i wyzywająco ubrana w króciutką miejscową tunikę. W dodatku miała bose stopy z paznokciami, o zgrozo, pomalowanymi na jaskrawą czerwień. Jak tancerka w burdelu, za przeproszeniem. Nowomodnym zwyczajem podali sobie ręce. Paznokcie na dłoniach, w których kobieta dzierżyła zabójcze narzędzie, również były pomalowane.

– No to zobaczmy, co zawierają te twoje skarby.

Wyszyńska pewnym ruchem wbiła łom pomiędzy deski najbliższej skrzyni. Kilka szarpnięć sprawiło, że przybite gwoździami wieko odskoczyło.

– Ciekawe, jak to zapisywaliście. – Wyjęła ze skrzyni jedną z pokrytych małymi znaczkami kartek.

– Już spieszę wyjaśnić – zaczął Patte przez ściśnięte wargi, ale nie dała mu dokończyć.

– Sama się zorientuję – ucięła. – A ty powiedz, co ci się we mnie nie podoba.

– Ależ skądże! – zaprzeczył gwałtownie matematyk. – Nic podobnego.

– No przecież widzę. – Nie odrywała oczu od kartki. – Co jest we mnie nie tak?

– No nie... no...

– Powiedz nareszcie.

Wyszyńska podniosła wzrok i zerknęła na jego speszoną twarz.

– Aha. Już rozumiem. – Powróciła do studiowania ciągów znaków. – Prawdziwy inżynier nie może być kobietą. Tak?

– No... – Patte skrzywił się, obawiając się jej reakcji na to, co zamierzał powiedzieć. – Przyznasz, pani, że inżynieria należy do kategorii zawodów „twardych". Nie na kobiecą głowę coś takiego.

– Mizogin!

– Wiadome jest, że kobiety nie są stworzone do uprawiania nauk ścisłych, takich jak matematyka, która wszakże jest podstawą inżynierii.

– Rozumiem, że baby do garów odsyłasz. Co na to twoja żona?

– Nie mam żony, pani.

– Tak właśnie myślałam. – Wyszyńska zaczęła się śmiać i opuściła kartkę. – Niestety, zrozumiałam, o co chodzi w ciągach tych znaczków.

– Jakim cudem? – Matematyk wytrzeszczył oczy.

– Nie, nie mam pojęcia, jakie parametry opisują. Jest to zapis jakichś fluktuacji. A ja wiem, jak zaprogramować maszynę, żeby uzyskać krzywe periodyczne, o które zapewne ci chodzi. – Spojrzała na niego z kpiną. – Wiem, jak rozwiązać twój problem.

Matematyk nie mógł uwierzyć, że Wyszyńska zrozumiała notatki. Patrzył na wyzywająco ubraną kobietę z ogromną dozą niedowierzania.

– Chodźcie, pokażę wam, jak to działa. A tu każę przysłać kogoś z wózkiem widłowym, żeby przewiózł te skrzynie. Szkoda twoich uczniów do fizycznej roboty, będą potrzebni gdzie indziej.

Wyszyńska schowała kartkę z powrotem do skrzyni i poprowadziła ich do magazynu. Po przekroczeniu drzwi pierwszą rzeczą, która ich uderzyła, była panująca wewnątrz zdecydowanie niższa temperatura. Od razu poczuli ulgę.

– Wszystko jest chłodzone. Maszyny lampowe wytwarzają dużo ciepła, a same nie mogą się przegrzewać.

Weszli do niewielkiej sali, która okazała się szatnią. Tu musieli włożyć białe kitle, płócienne czapki i luźne buty, które ich przewodniczka nazywała kaloszami. Wyjaśniła, że ten sprzęt jest bardzo delikatny i należy unikać wnoszenia do pomieszczenia komputerów pyłu czy kurzu. Do następnej sali, jeszcze chłodniejszej i naprawdę wielkiej, wkroczyli więc już w przebraniu. Całą przeciwległą ścianę zajmowały ogromne szafy połączone ze sobą plątaniną grubych sznurów. Pod innymi ścianami natomiast ustawiono stoły zabałaganione mniejszymi i większymi skrzynkami.

– Nasz system komputerowy w całej okazałości.

Matematyk potrząsał głową.

– I to wszystko? – wyrwało mu się nagle.

– A czego się spodziewałeś? Kolorowych maskownic z migającymi lampkami jak w filmach science fiction? – żachnęła się Wyszyńska, po czym uderzyła dłonią we własne czoło. – Ach, wy nie wiecie, co to filmy.

– Ja wiem – odcięła się Duon. – Widziałam w kinie na okręcie film „Różowy liścik".

– Sądząc z tytułu, nie traktował o matematyce wyższej.

– Był za to wzruszający.

Kobieta zaczęła się śmiać. Tłumaczka widziała już krokomierze i nawet poznała język programowania. Miała zdolności do wszelkich języków, nawet maszynowych.

Wyszyńska znowu zwróciła się do Pattego:

– Ponieważ przychodzi mi gościć tu wielu naszych oficjeli z jednej strony i waszych inżynierów z drugiej, którzy chcieliby wiedzieć, jak działa maszyna „myśląca", kazałam sprowadzić z Polski dwie pomoce naukowe.

Poprowadziła ich do stolika, gdzie stały dwie niewielkie maszyny, z których zdjęto obudowy. Dzięki temu widać było cały wewnętrzny mechanizm z zębatkami, wałkami i metalowymi prowadnicami. Charakterystycznym elementem obu urządzeń były wystające z boków korby.

– Ta pierwsza to zwykła kasa sklepowa. Zdejmuje ze sprzedawcy obowiązek przeliczania należności. Potrafi dodawać, a także z powodu możliwości ustalenia kwot ujemnych odejmować, w przypadku jeśli klient się pomyli i zwróci część towaru.

Wyszyńska dotknęła jakiegoś przycisku i z dołu z brzękiem wysunęła się metalowa szuflada.

– Urządzenie ma nawet, jak widać, pojemnik do przechowywania pieniędzy, umożliwiający wydawanie klientowi reszty. Niestety, tę resztę ekspedient musi już obliczyć sam w pamięci albo na papierku, co sprzyja drobnym oszustwom i jest czynnikiem kryminogennym.

Wyszyńska zaczęła palcem wybierać odpowiednie przyciski.

– Jeden, zero, plus, jeden, pięć, równa się. – Pokręciła korbką, a z maszyny dobiegł głośny zgrzyt. – Proszę, dwadzieścia pięć. Zgadza się. Maszyna liczy w systemie dziesiętnym i jak widać, nie są to żadne czary.

Matematyk patrzył zafascynowany na urządzenie. Faktem jest, że pani inżynier miała rację. Widząc wnętrze maszyny, zyskiwało się absolutną pewność, że to nie żadna magia.

– Ta druga maszyna to już stopień wyżej, choć ciągle liczy w systemie dziesiętnym.

– To źle? – zapytał Patte. Prawdę powiedziawszy, nie znał żadnego innego systemu liczbowego, ale wielu rzeczy już się domyślał.

– Nie wiem, czy źle. Po prostu wolniej.

– Ona też dodaje?

– Ona wykonuje wszystkie proste działania matematyczne. To wyższa szkoła jazdy, maszyna dla księgowych. Masz ochotę ją sprawdzić?

– Tysiąc dziewięćset sześćdziesiąt dzielone przez siedemnaście, razy dwa.

Wyszyńska przyciskała kolejne klawisze. Tym razem korbą trzeba było przekręcić kilka razy. Wynik jednak pojawił się błyskawicznie.

– Dwieście trzydzieści, przecinek pięćdziesiąt osiem.

– Zgadza się! – Podniecenie matematyka sięgało zenitu. – Choć nie wiem, co oznacza przecinek.

– To setne, musiałabym długo tłumaczyć. – Wyszyńska zmarszczyła brwi. – A ty obliczyłeś wynik w głowie czy po prostu pamiętałeś całe to działanie?

– Obliczyłem teraz.

Pani inżynier potrząsnęła głową w podziwie.

– Ja bym nie potrafiła. Cóż, jestem dzieckiem kieszonkowych kalkulatorów. – Uśmiechnęła się. – Dobrze. Skoro już wiemy, że to nie czary, chodźmy do właściwych krokomierzy. – Poprowadziła ich pod przeciwległą ścianę wielkiej sali. – Ten zestaw – wskazała ogromne, okablowane szafy z metalu – liczy już w systemie dwójkowym.

– To znaczy jakim?

– Takim, gdzie zamiast dziesięciu cyfr istnieją tylko dwie. Jedynka i zero. Mówiąc prościej, bo to już nie maszyny mechaniczne, tylko elektryczne: na danym wyjściu i wejściu jest prąd albo go nie ma. Jeden tak, zero nie.

– Niewiele rozumiem – przyznał matematyk.

– I nie o to chodzi, żeby tłumaczyć teraz zasadę działania mózgów elektronowych. Moim zadaniem jest przekonanie cię, że tu nie ma czarów, a jedynie procedury. Choć z Martwicą można nawet porozmawiać.

– Z jaką Martwicą?

– Tak nazwałam ten zestaw. No przecież maszyna nie żyje, a gada. Lepiej niż zombie. – Wyszyńska przyjęła radosny wyraz twarzy.

– Można z nią rozmawiać? – Patte odruchowo użył formy żeńskiej.

– Pewnie. Zadaj jej jakieś proste pytanie. Może nawet dotyczyć przyszłości.

Matematyk odchrząknął lekko.

– Jaka przyszłość czeka cesarstwo? – zapytał namaszczonym tonem.

Wyszyńska załamała ręce.

– No nie, człowieku. Tłumaczysz i tłumaczysz, a on dalej myśli, że to czary.

– Nie myślę – żachnął się Patte.

– A co miało oznaczać to pytanie?

Matematyk jakby zawstydził się lekko. W każdym razie opuścił oczy. Wyszyńska podeszła do podręcznej klawiatury.

„Martwica, jaka będzie jutro pogoda w Negger Bank?" – napisała.

Jedno z urządzeń z boku zaczęło ni to trzeszczeć, ni brzęczeć, wypluwając powoli kartkę papieru. Wyszyńska odczytała odpowiedź.

– Negger Bank, meteo, next. Temperatura trzydzieści cztery stopnie, ciśnienie tysiąc trzynaście, wiatr wsw (zachodni, południowo-zachodni), maksymalnie pięć kilometrów na godzinę, bezchmurne niebo. Nad ranem możliwość przestrzennej mgły.

– I to nie są czary? – wolał się upewnić matematyk.

– Nie. To wynik zastosowania wzorca pogodowego w oparciu o obserwacje zebrane z wielu punktów meteorologicznych.

– Aha – Patte wykazał się wielkim darem pojmowania rzeczy dla jego cywilizacji niepojętych. – Czyli maszyna nie odpowie na pytanie, czy boli mnie w tej chwili noga. Ale zbierając wszystkie dane o moim zdrowiu, powie, czy może mnie boleć noga w najbliższym czasie?

– Jesteś genialny – przyznała Wyszyńska, patrząc na niego z podziwem. – Mniej więcej tak. I powiem coś jeszcze: mimo twojej mizoginii będzie nam się dobrze współpracować, bo chwytasz w lot, co się do ciebie mówi.

Bardzo niski w stosunku do stojącej naprzeciw niego kobiety mężczyzna ukłonił się z szacunkiem.

– Powiedz mi, pani, co mam robić.

– Nadzoruj na razie swoich uczniów. Wydzielę dla nich osobny magazyn, tam będą przenosić dane z twoich kartek na karty perforowane. To bezmyślna czynność, da się to szybko zrobić jedną ręką.

– Ale przepisanie takiej ilości...

– Oni nie będą przepisywać. Będą dziurkować. Moi technicy w ciągu kilku dni skonstruują automat, który dokończy za nich całą pracę. Twoi uczniowie będą później już tylko podawać kartki do automatu. Myślę, że uwiniemy się w tydzień. Może krócej, przy zmianach i pracy całodobowej.

– A potem? – spytał wyraźnie podniecony.

– My tymczasem napiszemy wspólnie algorytm, który ja przerobię na zestaw komend dla Martwicy.

– I? Ona dokona obliczeń?

– Tak.

Matematyk przełknął ślinę. Najwyraźniej nie wiedział, jak zadać nurtujące go pytanie.

– A... czy to prawda, że ta maszyna jest w stanie zastąpić pracę miliona matematyków w ciągu kilku lat?

Wyszyńska zaskoczona wytrzeszczyła oczy. Najpierw milczała, a potem zaczęła się śmiać.

– Miliona matematyków w ciągu kilku lat? A kto ci naopowiadał takich bzdur?! O Boże! I ty wierzysz w takie kretynizmy? – Nie mogła opanować śmiechu. Uspokoiła się dopiero po dłuższej chwili. – Miliona matematyków w ciągu kilku lat – powtórzyła. – Posłuchaj mnie uważnie.

Mimo że w pomieszczeniu było dość chłodno, Patte otarł pot z czoła. A Wyszyńska dokończyła:

– Martwica potrafi zastąpić miliard matematyków w ciągu minuty.

Rozdział czwarty

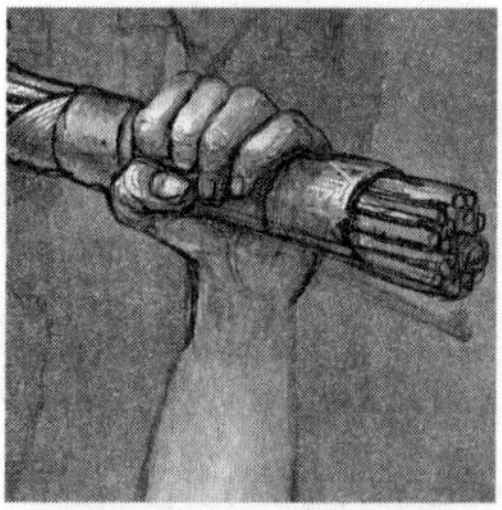

To nie był dobry dzień dla Nazgaja i Szymkiewicza. Wysokość, którą mieli osiągnąć, nie była nawet taka duża, ale wiatr nie odpuszczał od rana. W swoich supernowoczesnych kombinezonach i kurtkach wykonanych w najbardziej wyrafinowanych technologiach, jakie znała cywilizacja, czuli się, jakby mieli na sobie zwykłe wiatrówki, w których mamy wypuszczają swoje dzieci na szkolną wycieczkę do lasu. A w dodatku trawers zdawał się nie mieć końca. Dobrze tylko, że z tlenem nie było kłopotu. Obciążeni sprzętem szpiegowskim i tak nie daliby rady wspiąć się wyżej. Ledwie szli, ciągnąc nogę za nogą. Pieprzona armia! Kazali im dźwigać nawet pistolety z kompletem amunicji.

– Debile! – syczał Nazgaj na każdym postoju pod adresem sztabu Wojska Polskiego. – Co oni sobie wyobrażają? Że jeden alpinista będzie strzelał w górach do drugiego alpinisty?

– Nie jesteśmy teraz sportowcami, tylko żołnierzami. Raczyłeś rzucić okiem na swoją kartę mobilizacyjną?

– Ale ja nie umiem strzelać!

– W razie czego strzelisz sobie w głowę, żeby im tajemnic żadnych nie zdradzić. To każdy potrafi.

– Nie znam żadnych tajemnic.

– Ty normalnie mnożysz trudności.

Szymkiewicz wyjął z plecaka mocną lornetkę, kolejny zupełnie niepotrzebny zazwyczaj element wyposażenia, które tak bardzo im dziś ciążyło. Guma otaczająca okulary zamarzła i nie można było przytknąć ich do oczu, co bardzo utrudniało obserwację.

– I co? – spytał Nazgaj niewyraźnie, bo wepchnął do ust cały baton energetyczny.

– Wygląda na to, że wywiad miał rację.

– No nie mów!

– A jednak.

Szymkiewicz podał lornetkę koledze. Nazgaj zgodnie z instrukcją nie wyrzucił opakowania po batonie, tylko schował pieczołowicie do kieszeni plecaka. Powiedziano im wyraźnie: żadnych śladów! Nawet w przypadku potrzeb fizjologicznych wszystko do specjalnego pojemnika i ze sobą na dół – niczego po sobie nie zostawiać. Współczesny wihajster, który znaleźli podczas jednej z poprzednich wypraw, musiał dać sztabowcom dużo do myślenia. Nikt nie chciał popełniać błędów przeciwnika.

Nazgaj wspiął się na najbliższy nawis skalny, który stanowił świetny naturalny punkt obserwacyjny. Ułożył się wygodnie i przyłożył okulary do oczu. Najpierw syknął z bólu od przymrożonej gumy, potem zaczął kląć.

– Widzisz?

– Widzę, widzę, ale blisko!

– Specjalnie tak ukryli w żlebie.

– Niby kogo się można bać na takiej wysokości?

Szymkiewicz wzruszył ramionami.

– Na przykład nas – mruknął. – Albo takich jak my.

Wysunął głowę nad nawis. Teraz, kiedy wiedziało się, gdzie patrzeć, można było gołym okiem dostrzec ledwie widoczne stalowe szyny ciągnące się od strony szczytu gdzieś w dół. Konstrukcja zupełnie nieprawdopodobna. Wydawałoby się: niemożliwa do zbudowania. Jak użytkować stalowe szyny w tych temperaturach? Jak wnieść te wszystkie elementy na tak dużą wysokość? Jak prowadzić konserwacje przy niedoborze tlenowym? Konstrukcja wydawała się niemożliwa do zbudowania, a jednak tam była. Wyraźnie widoczna.

– Dostrzegłeś jakichś ludzi?

– Nie.

– A jakiekolwiek schronienie?

– Też nie.

Szymkiewicz kiwnął głową.

– No to co? Chodźmy i sprawdźmy.

Nazgaj zaczął powoli schodzić ze skalnego nawisu.

– Czy mam wyjąć pistolet? – usiłował zakpić z armijnych pomysłów.

– Skoro nie ma żadnych ludzi, to po co? – Szymkiewiczowi nie było do żartów.

Od żlebu z dziwną konstrukcją dzieliło ich kilkaset metrów. Nie usiłowali nawet iść w jakiś szczególny, ostrożny sposób. Nie mogło tutaj być żadnych wartowników. Nikt nie wytrzymałby w takich warunkach wystarczająco długo, żeby przypilnować czegokolwiek.

A jednak kiedy zbliżyli się wystarczająco, udało im się dostrzec coś w rodzaju małej budki albo wielkiej skrzyni. W zależności, jak to interpretować.

– Idziemy dalej? – spytał Nazgaj.

– To coś jest za małe, żeby mógł tam siedzieć człowiek.

– No nie wydaje mi się.

– Podejdźmy. Jeśli ktoś tam jest, to i tak już nas widzi.

Ruszyli w dalszą drogę. Wiatr utrudniał poruszanie się nawet stosunkowo wygodnym trawersem. Przebycie pozostałych kilkudziesięciu metrów zajęło im ponad kwadrans. Szymkiewicz pierwszy dotarł do tajemniczej konstrukcji.

– To stacja techniczna. Są jakieś zawory i mechanizmy.

– W życiu takich szyn nie widziałem. – Nazgaj sprawdzał rękawicą metalowe elementy. – Są trójkątne!

– A widzisz. Teraz wyjaśniło się, dlaczego to wszystko działa w tak niskich temperaturach.

– Dlaczego?

– Popatrz. Poszczególne elementy szyn nie stykają się ze sobą i dzięki temu nic nie pęka. – Szymkiewicz postawił nogę na szynie. – Dopiero ciężar wagonika dociska łącza. A nie mogli w tych warunkach zainstalować gumowych uszczelek, no to ich nie zamontowali.

– Skąd ty możesz wiedzieć takie rzeczy?

– W cywilu jestem inżynierem. Co prawda konstrukcji mostowych, ale zasady są przecież takie same.

– I co? Wózek nie spada, bo szyny się uszczelniają pod jego ciężarem?

– No. Mniej więcej.

– To pieprzony majstersztyk.

– Zaprojektowany przez jakiegoś amerykańskiego geniusza.

Nazgaj gwałtownie poderwał głowę.

– Skąd wiesz, że to Amerykanin?

– Zgaduję. Ale z całą cholerną pewnością to coś wyprodukowano w Ameryce.

– Skąd wiesz? – powtórzył Nazgaj.

– Patrz tu. Tędy biegnie rura, którą prawdopodobnie tłoczono tlen albo powietrze dla ludzi, którzy to montowali. Tu w budce masz zawory, do których można podpiąć przewody do oddychania.

– I my też możemy podpiąć nasze maski?

– Nie. My mamy przekroje centymetrowe, a tutaj są calowe. Koniec pieśni. Nie pasują, bo to coś pochodzi z USA.

– No tak. Jeden z nielicznych krajów, które stać na coś takiego.

– Nie sądzę, żeby to było przedsięwzięcie rządowe. Wtedy obowiązywałaby podstawowa zasada oszczędności wszystkiego. A tu jest wszystkiego nadmiar.

Szymkiewicz wskazał na zdwojone zegary do pomiaru ciśnienia w rurze, zapasowe układy hydrauliczne i całą masę innych urządzeń, których konstruktor, sądząc choćby po złotych wtyczkach elektrycznych, nie liczył się z opinią księgowej. Zrobił najlepiej, jak umiał.

– No szlag! A jak to jeździ?

– Nie mam zielonego pojęcia. Zróbmy dokładne zdjęcia, a już nasi inżynierowie w bazie się domyślą. Jaki jest napęd, jakie maksymalne gabaryty możliwych do przewiezienia ładunków, jaki jest ich ciężar.

– Na podstawie samych zdjęć?

Nazgaj wyjął potwornie ciężki, zważywszy na warunki przenoszenia, aparat fotograficzny. Musiał zdjąć zewnętrzne rękawice, żeby móc przygotować go do pracy.

– Każdy inżynier myśli tak samo.

– No fakt. Skoro już nasi zgadali się z miejscowymi po tej stronie gór, to rzeczywiście. Zasady w każdym ze światów te same.

Szymkiewicz wyjął z plecaka metrówkę i zrobił podstawowe pomiary. Trójkątne szyny! Pierwszy raz w życiu widział coś takiego. Ale nawet on, przyzwyczajony do projektowania czegoś zupełnie innego, domyślał się, skąd ten kształt. Żeby kruszyć lód pod ciężarem wagonika. Miał pewność, że chłopaki w bazie domyślą się całej reszty, choć żaden z nich ani razu nie postawił nawet stopy w tych górach. Sam był pod wrażeniem kolejki przez szczyty Gór Pierścienia. No ale jak się nie miało do dyspozycji ładunków nuklearnych, pozostawał aż tak dramatyczny wyczyn klasycznej inżynierii stosowanej.

– Pospieszmy się – powiedział Nazgaj. – Czas wracać, a przecież nie możemy zejść w pobliżu tych torów.

– Ano nie możemy.

Szymkiewicz, wyrwany z rozmyślań nad cudem konstrukcji, którą miał przed oczami, przez chwilę nie mógł się pozbierać.

– Nie martwi cię, że tym razem nie będzie doli do podziału?

– A szlag z tym. Szok, który wywołamy w sztabie, wart wszystkiego. Dałbym dużo, żeby zobaczyć ich miny.

– Żołnierze! – krzyczała do swojej kompanii nowa, przydzielona im właśnie porucznik. Miała rude włosy, co nie wróżyło dobrze, małe czarne oczy, co wróżyło jeszcze gorzej. Nie sprawiała wrażenia weteranki, co było w istocie najgorsze. No ale na pewno została świetnie wyszkolona w nowoczesnych metodach walki i sposobach postępowania ludzi zza Gór Bogów. Nawet z całą pewnością, bo co chwila używała słów, których nikt nie rozumiał.

Jednak czy ta znajomość obcych pomoże jej w dowodzeniu ludźmi na polu walki? Weteranki z różnych pól bitew szczerze w to wątpiły.

Cała kompania stała właśnie obok trzech czołgów i trzech ciężarówek zaparkowanych przy drodze na skraju lasu. Kapitana im jeszcze nie przydzielono. Pozostałych dwóch poruczników również. A to znaczyło, że ruda sama jedna będzie musiała ogarnąć całą kompanię, prawie sto dwadzieścia dziewczyn bardziej od niej doświadczonych w boju. A miała do pomocy jedynie sierżantów.

– Żołnierze! – darła się ruda, żeby słyszały ją nawet te w tylnych szeregach. – Dzisiaj wkraczamy na teren wroga. Tak, dobrze słyszałyście. Jedziemy na poligon, który znajduje się w Wielkim Lesie. A to jest teren potworów. Niebezpieczeństwo będzie prawdziwe, życie można stracić w jednej chwili.

Porucznik rozglądała się, chcąc sprawdzić, jakie wrażenie wywarły jej słowa. Foe i Naan również zerkały w bok, ale nie na koleżanki, tylko na polskich czołgistów palących papierosy przy swoich maszynach. Byli tak ewidentnie znudzeni, że powiedziało to dziewczynom wszystko. Niebezpieczeństwo istniało tylko w głowie pani porucznik. A ta wykrzykiwała swoje rewelacje dalej:

– Wielu z was wydaje się, że potwory zostały spacyfikowane przez wojsko naszego sojusznika. Nic bardziej mylnego. Potwory podkradają się, żeby razić strzałami z ukrycia, organizują zasadzki i mordują, jeśli tylko nadarzy się jakakolwiek okazja. Pamiętajcie! W tym lesie zabito cały Korpus Ekspedycyjny Cesarstwa! Cały korpus zginął tutaj. Nie bądźcie głupie i nie dajcie się zabić!

Polacy dalej nie zwracali uwagi na gadanie rudej. Żartowali sobie niespiesznie z dziewczynami z własnych załóg. Ta dywizja w ogóle była szczególna. Całość „siły żywej" stanowiły weteranki z cesarskiej armii. A sprzęt techniczny obsługiwany był „pół na pół". I tak każdy z czołgów miał mieszaną załogę. Dwa stanowiska dowódcze to Polacy, trzy inne to szkolące się dziewczyny. I jak było widać na załączonym obrazku, mieszane załogi zżywały się błyskawicznie.

– Tam, między drzewami, kryje się prawdziwy wróg. Dlatego wydano wam ostrą amunicję. Dlatego macie kamizelki kuloodporne. Takiej kamizelki strzała z łuku nie przebije. Waszych hełmów również nie. Ale to nie znaczy, że jesteście nieśmiertelne! Pamiętajcie o tym.

Foe schowała się za Naan i oparła czoło o kark siostry.

– Muszę się trochę zdrzemnąć na stojaka. Pomóż mi.

– Znowu całą noc grałaś w kości?

– Mam dzięki temu manierkę pełną wina. Przecież się podzielę.

– No to śpij.

Stary garnizonowy sposób sprawdzał się i tutaj. Od zarania wojskowości każdy oficer pod każdą szerokością geograficzną miał dar wymowy i lubił przemawiać do swoich ludzi, naiwnie sądząc, że go słuchają.

– Żołnierze! Jedziemy teraz na poligon, gdzie przećwiczycie wszystkie procedury nowoczesnego pola walki.

O czym ona mówi?

– Nauczycie się wszystkiego o koordynacji różnych rodzajów pododdziałów, środków ogniowych, a przede wszystkim wykorzystywania środków łączności taktycznej. Nauczycie się współdziałania z bronią pancerną, a także wykorzystywania bezpośredniego wsparcia ogniowego.

Polacy przestali palić i zaczęli wyraźnie się niecierpliwić. Pani porucznik zrozumiała, że nadszedł kres jej krasomówczych popisów. Kazała plutonami zajmować miejsca w ciężarówkach. Z każdego wydzielono po dwie dziewczyny do obsługi czołgów. Naan coś tknęło, przypomniała sobie jeden ze swoich snów i oniryczną rozmowę z chłopakiem, który nigdy nie przychodził na jawie. Zgłosiła siebie i Foe na ochotnika.

Sierżant odprowadziła je do najbliższej maszyny, a tam na powitanie usłyszały od dziewczyny w czarnym drelichu wojsk pancernych:

– Cześć, cwaniary. Skąd wiedziałyście, że robota przy czołgu to ekstrafucha?

Naan wyznała szczerze:

– Coś mnie tknęło.

– Cwaniaczki, kurde. – Dziewczyna wbrew słowom uśmiechała się jednak.

– A dlaczego to fucha? – zapytała niezorientowana Foe.

– Widzisz, mała, teraz, na drodze, to tamte z piechoty jadą ciężarówkami. Ale na poligonie i w boju to one wszędzie będą łazić na własnych nogach, w całym oporządzeniu. A wy... podróżujecie na pancerzu. Nie namachacie się zbytnio. I nic dźwigać nie będziecie musiały.

– To podpowiedz lepiej, co robić, żeby tej fuchy nie stracić.

– Nie bój się. Każda głupia potrafi.

Dziewczyna wydawała się sympatyczna. Dziwnie wyglądała w tym bezkształtnym jednoczęściowym kombinezonie. Strój ewidentnie był przeznaczony dla mężczyzny, bo jak kobieta miałaby się w czymś takim wysikać? Trzeba zdjąć wszystko i rozebrać się prawie do goła, żeby wykonać tę prozaiczną i dość częstą przecież czynność.

– Słuchajcie mnie uważnie. Wasza kompania przybyła tu jako ostatnia z całej dywizji i stąd ten bałagan i makabryczny pośpiech. Dotrzemy się więc w praktyce, teraz powiem wam wszystko w skrócie.

Naan i Foe kiwały głowami, że rozumieją, choć nie do końca było to prawdą.

– No to uważajcie, bo będę mówić szybko. Wasze karabiny zdacie w magazynie na poligonie. Tu już nie ma na to czasu.

– Mamy zostać bez broni? – zapytała Foe.

– Dostaniecie pistolety maszynowe. Wy musicie się łatwo i szybko ruszać, a nie strzelać do kogokolwiek, długo mierząc. – Sympatyczna czołgistka spieszyła się coraz bardziej. – Cekaemy na wieżyczce obsługujemy my. Ale w razie potrzeby wy też musicie umieć. Ale to później. Teraz pojedziecie w czołgu, żeby zobaczyć, że załoga w środku praktycznie nie widzi niczego, co dzieje się na zewnątrz. Więc waszym zadaniem jest prowadzenie czołgu, pokazywanie kierowcy, jak ma jechać, którędy. Dowódcę będziecie informować o bliskich celach. Przekazując głosem informacje.

– Krzycząc w huku bitwy? – zaciekawiła się Naan.

– Nie. Tu z tyłu jest telefon.

Czołgistka podprowadziła je do tylnej części pancerza. Zręcznie otworzyła małą skrytkę, z której wyjęła słuchawkę na długim kablu.

– Teraz na stanowisku dowódcy zapaliła się czerwona lampka. Znak, że ktoś chce rozmawiać. A wy musicie się kryć za pancerzem i powiedzieć, gdzie jest najbliższy cel.

– Jak powiedzieć? Tak normalnie?

– Własnymi słowami. Na przykład: pod sosną po lewej, tuż za wzniesieniem jest stanowisko karabinu maszynowego. Odległość pięćdziesiąt metr... kroków – poprawiła się. – Huk armaty pozbawi was słuchu, ale uwierzcie mi, stanowisko za czołgiem jest sto razy lepsze od biegu do ataku bez żadnej osłony.

– Nie musisz nam tego mówić. – Foe uśmiechnęła się radośnie. – I co jeszcze mamy robić? Myć i czyścić czołg? Rozbawiła dziewczynę w kombinezonie.

– To nasze zadanie. Ale chętnie przyjmiemy wszelką pomoc. Dobra, resztę opowiem wam po drodze. Wasza kompania już na ciężarówkach.

Pokazała im, jak wywindować się na pancerz. Wszędzie były pomocne metalowe uchwyty. Ale dla żołnierza w sztywnych, podkutych butach i obciążonego sprzętem okazało się to trudnym zadaniem.

– No dalej! Dalej. – Czołgistka pomagała im wdrapać się na wieżę. – Spróbujcie się tu zmieścić. – Wskazała dwa otwarte włazy. – Nie naraz! Kolejno. Przytrzymam wam te karabiny i plecaki.

Najpierw Foe, potem Naan z trudem gramoliły się do ciasnego wnętrza wypełnionego straszliwym smrodem spalin, smarów i gazów, który wżarł się we wszystko. W środku panował też nieprawdopodobny hałas powodowany przez pracujący silnik. Dziwne, na zewnątrz odgłos pracującej maszyny wydawał się do zniesienia, a tutaj trzeba było porozumiewać się krzykiem.

– No, witamy naszych zwiadowców! – Olbrzymi mężczyzna siedzący pod większym z włazów uśmiechnął się radośnie. – Przestraszone?

– Nie. Tak – Foe i Naan naraz udzieliły precyzyjnych odpowiedzi.

Mężczyzna siedzący na dole na samym przedzie powiedział coś, czego nie dosłyszały, dowódca spojrzał na niego i odpowiedział:

– Skoro ruszą, to jedź i ty.

Ryk silnika wzmógł się i makabryczna maszyna szarpnęła. Wszystko w ciasnym wnętrzu zaczęło się trząść. Ludzie obijali się o siebie stłoczeni na małej powierzchni. Dwóch czołgistów, dwie dziewczyny z oddziałów pancernych i dwie z piechoty. Ta, która wprowadziła Foe i Naan, została na zewnątrz.

– Kapralu – dowódca nogą szturchnął jedną z dziewczyn, które siedziały poniżej – zapoznaj piechociarki z podstawami. Ja podczas jazdy muszę być na nasłuchu.

Mężczyzna zaciągnął pod brodą pasek swojego dziwnego hełmu z wielkimi dziurami na powierzchni. Oprócz dziur hełm odróżniał się od zwykłych także tym, że jego pasek wyglądał inaczej. Był skórzany, szerokie pasy zasłaniały policzki, a dwie muszle – uszy.

Dziewczyna w stopniu kaprala powoli gramoliła się z dołu.

– Zostawcie te swoje karabiny! Ludziom oczy powybijacie!

– Ale gdzie je zostawić?

– Ja wezmę. Rozładowane przynajmniej? Bo jak tu strzelisz, to rykoszet skosi pół załogi.

– Nie ładowałyśmy.

– To dawajcie! – Dziewczyna zdjęła hełm, musiała krzyczeć, żeby ją dobrze słyszały. – Waszym zadaniem jest zapoznanie się z tym, co widać z wnętrza czołgu. Najpierw szczeliny obserwacyjne. Tu, tu i tu. Kurwa! Dajcie te pierdolone plecaki!

Kapral nie była już tak sympatyczna jak dziewczyna, która pomagała im wsiadać. Z trudem i mocno obijając czoła, przytykały głowy do miejsc, z których można było cokolwiek zobaczyć. „Cokolwiek" to dobre określenie. Rzeczywiście, pole obserwacji okazało się znikome.

– A teraz peryskopy. Ten jest celowniczego. Oprzyj dłonie na tym uchwycie. Widzisz?

– Nic nie widzę – zaraportowała Naan.

– Przyłóż oczy do okularu! Spokojnie, nie wybije ci ich tak od razu.

Akurat. Gruba guma uderzała w oczodoły na każdym wyboju. Trzęsący się, bardzo ograniczony obraz dawał niewielkie pojęcie o tym, co dzieje się dookoła.

– Szefie, możemy skorzystać z pańskiego?

– To chyba jak mi usiądzie na kolanach.

– E tam, szefie, ta wysoka i koścista. Ta druga będzie lepsza.

Naan z trudem przepchnęła się do peryskopu, z którego widok był jak dotąd najlepszy. Nie śmiała odetchnąć. Po raz pierwszy w życiu siedziała oficerowi na kolanach. Następna po niej Foe miała chyba podobne obawy, aż się potknęła z wrażenia i uderzyła głową o jakieś stalowe wybrzuszenie.

– Dobra. Widziałyście, to złazić. Tu, na dół.

Przepychały się w niemożebnym ścisku. Usiłowały nie stanąć na nikim ani nie postawić podkutego buciora komukolwiek na głowie. Na tych pieprzonych, tak cudownych w leśnym terenie podeszwach ślizgały się tu jak na zamarzniętej rzece. Dokonywały cudów ekwilibrystyki. Chwytały się wystających części wyposażenia, usiłując poruszać się jak małpy, co chwila opieprzane przez przewodniczkę.

– Tego nie dotykaj! Chcesz wystrzelić z granatnika dymnego?

Tym razem Foe znalazła się pierwsza przy stanowisku kierowcy.

– Ja ich na kolana nie wezmę – powiedział od razu.

– Patrz. Kierujący czołgiem nie ma peryskopu. Tylko szczeliny obserwacyjne. Nachyl się nad nim i zerknij. Widzisz?

– Nic nie widzę.

– No właśnie. Następna.

– Nie dopchnę się tam – odkrzyknęła Naan.

– To ja cię dopchnę – zażartował wulgarnie kierowca. Dowcipniś. – No chodź, chodź, nie gryzę.

Naan, dokonując cudów zręczności i usiłując nie dotykać chama na siedzeniu kierowcy, zerknęła przez trzy szczeliny. Nie dość, że malutkie, to jeszcze miały osłony pokryte mniejszymi szczelinkami. W trzęsącym się wnętrzu nie widziała praktycznie niczego, co było na zewnątrz. Może widok z fotela jest lepszy? Starała się zapamiętać kąt widzenia i wychodziło jej na to, że biegnący na zewnątrz żołnierz, który prowadził czołg, musi być bardzo oddalony od burt, żeby go ktokolwiek zauważył.

– Dobra, pchajcie się na górę! Reszta punktów obserwacyjnych nie jest już dla was istotna.

Z trudem wspinały się jedna za drugą. Ta bardziej sympatyczna z czołgistek, która została na pancerzu, pomogła im wydostać się na zewnątrz.

– Tylko nie pospadajcie – ostrzegła. – Jak się dostaniecie pod gąsienice, to nie będzie co zbierać.

Obie błyskawicznie chwyciły się specjalnych klamr wystających z każdej strony.

– Wiecie już, co widzi załoga czołgu?

– Prawie nic.

– No właśnie. W polu, na bezleśnej równinie czołg sobie sam dobrze radzi w boju. Pomiędzy zabudowaniami jednak, w lesie nie może iść bez osłony. Osłonę daje piechota, ale oczami załogi musicie być wy. Polega to na tym, że jedna biegnie z boku, przed czołgiem i pokazuje kierowcy: w lewo, w prawo, prosto albo stój. Pokazuje też cele do zniszczenia. Robi to albo przez telefon z tyłu, jeśli jest ostrzał przeciwnika, albo gestami, których nauczycie się na poligonie.

– A druga?

– A druga z was obczaja teren i osłania koleżankę. Przy czym funkcje są zamiennie. Raz jedna biegnie przed czołgiem, raz druga. I pamiętajcie: osłonę i czarną robotę z przodu ma odwalić piechota. Nie wy. Bo wy, przywiązane do czołgu, jesteście zbyt ważne.

Dalszy wykład przerwały ostre gwizdki dobiegające od strony pojazdu dowódcy.

– Alarm! Alarm! Dzikusy atakują.

Naan szarpnęła się, usiłując doskoczyć do włazu.

– Nasze karabiny!

– Uspokój się, to takie ćwiczenia znienacka. Ja już tędy jeździłam wiele razy.

Czołgi i ciężarówki zatrzymały się w niezbyt korzystnym do obrony terenie. Z obu stron las był blisko drogi. Żołnierze wyskakiwały z samochodów, przyjmując od razu pozycje obronne.

– Widać, że weteranki – cmoknęła z podziwem czołgistka. – Nowych procedur jeszcze nie znają, ale paniki ani bałaganu u nich nie ma.

– Wiedzą, że ich życie zależy od ścisłego wykonywania rozkazów.

– Widać, widać.

Dla wszystkich stało się jasne, że nie ma żadnego ataku, a to jedynie alarm ćwiczebny, w chwili, kiedy pani porucznik zaczęła się przechadzać za obronnymi liniami.

– Głowy nisko! Leżeć! Leżeć! Która tam mi jeszcze klęczy, składając się do strzału?!

Towarzyszyło jej trzech sierżantów. Szybko wybrały jakąś ofiarę.

– Ty! Dostałaś strzałą w nogę. Udawaj ranną!

Wskazana dziewczyna położyła się na plecach, obejmując własne udo rękami.

– Ojej, jak boli! Mamo! Boli!

– Nie tak teatralnie – krzyknęła pani porucznik. – Sanitariusz!

Z boku podbiegła dziewczyna z wielką torbą oznaczoną czerwonym krzyżem.

– Melduję się na rozkaz.

– Daj jej zastrzyk z morfiny i zrób opatrunek!

– Tak jest!

Sanitariuszka, niewiele myśląc, wyszarpnęła ze szlufki swojej bluzy jednorazową strzykawkę i włoiła w udo leżącej na drodze koleżanki zastrzyk z morfiny.

– No co ty robisz?! – wrzasnęła porucznik.

– Miałam jej dać zastrzyk!

– Rana na niby, to i zastrzyk na niby, durna!

Speszona sanitariuszka nie miała pojęcia, jak się dalej zachować. Jej „ranna" koleżanka za to po pierwszej chwili przestrachu wyraźnie się rozluźniła.

– O kurwa! Ale mi dobrze, dziewczyny. Ale mi błogo... Ja cię pierdolę! Ale jazda.

– Popatrz, co narobiłaś! Teraz potrzebne dwie do pomocy, żeby ją wsadzić na ciężarówkę.

Porucznik, wściekła jak osa, poszła dalej, krzycząc:

– Spodziewany atak potworów z kierunku, który wskazuję! Otworzyć ogień zaporowy! Wykonać!

Sierżanci za nią powtarzały komendę. W okamgnieniu ożyły lufy wszystkich karabinów. Zaraz potem dołączyły do nich erkaemy i ciężkie karabiny maszynowe piechoty. Okolica wypełniła się hukiem. I czołgistka musiała znowu krzyczeć:

– Chcecie sobie postrzelać, dziewczyny? No to jazda. Jedna się chowa do połowy we włazie. – Pomogła Naan znowu wejść do środka i przesunęła do niej cekaem z wieży. Potem ustawiła Foe przy przeciwlotniczym wukaemie ogromnego kalibru. – Dajcie czadu! – wrzasnęła. – Dopierdolcie duchom.

Rekrutki zaczęły strzelać dokładnie w tej samej chwili. Huk rozdzierał uszy, broń nie kopała na specjalnych stojakach. Czuć było jednak jej moc. Wukaem Foe odłamywał gałęzie z drzew, nawet potężne konary leciały na ziemię w fontannach liści. Z lufy Naan wylatywały jakieś smugi, znacząc tor lotu nieprawdopodobnej wręcz liczby pocisków. Obie, schowane za grubym pancerzem, w kuloodpornych kamizelkach i stalowych hełmach, poczuły się nagle jak wszechwładne czarownice dysponujące niewyobrażalną potęgą. Niezniszczalne.

– Wstrzymać ogień! Wstrzymać ogień – z dołu dobiegły rozkazy poparte ostrym dźwiękiem gwizdków.

W zapadłej nagle, dzwoniącej w uszach ciszy Naan przypomniała sobie o wszystkich żołnierzach, i tych dawnych, z legend, i tych całkiem współczesnych, którzy polegli w lasach takich jak ten. Przed oczami stanęły jej widma pozabijanych antycznych żołnierzy Achai, wszystkich innych tragicznych wypraw. A także tych, którzy polegli razem z wielkim Korpusem Ekspedycyjnym Cesarstwa. Zerknęła na Foe.

Ta musiała myśleć o tym samym.

– Jesteśmy w sercu Wielkiego Lasu – powiedziała. – Tu, gdzie zabijano żołnierzy korpusu. Gdzie żołnierze uciekali w panice przed potworami.

– No! – Naan, trzymając jedną dłoń na kolbie cekaemu, drugą poklepała pancerz czołgu. – I nie mogę zrozumieć, czego oni wszyscy tak strasznie się bali.

Po przekroczeniu gór przemytniczym szlakiem oddział Shen był „goły i bosy". Wszystko, co ciężkie i trudne do przeniesienia na własnych plecach, oprócz broni, zostało porzucone. Przejście okazało się bardzo ciężkie. Kadir, który na początku w przypływie optymizmu nazwał je Wielkim Marszem, który odmieni losy świata, później zmienił zdanie i mówił już raczej o poniżającym pełzaniu resztką sił, które co najwyżej zmieni psychikę partyzantów w mętną owsiankę po trzykrotnym zjedzeniu i wyrzyganiu. Sharri po przejściu Alei Trupów, czyli wąwozu, gdzie trwały zamarznięte zwłoki wspinaczy sprzed wieków i wodziły za ludźmi zamarzniętymi przed tysiącem lat otwartymi oczami, miała koszmary. Budziła się z krzykiem i zdjęta trwogą biegła do Nanti, domagając się uspokajających pieszczot. Z boku nawet wyglądało to śmiesznie, bo w strachu usiłowała wymóc trochę czułości, wydając koleżance odpowiednie rozkazy dotyczące tego, jak dokładnie ma ją przytulać i głaskać. Cóż. Nanti była sierżantem, choć w oddziale pełniła dużo wyższe funkcje, a Sharri szeregową, mianowała się za to sama oficerem politycznym, chyba nieświadoma, że za plecami nazywano ją politrukiem – nowym słowem powstałym od „polityki" i „trucia".

Panopticum – jak określił to Kadir w momencie, kiedy skończyło mu się niesione na własnych plecach wino. W dobrej formie pozostali, o dziwo, zagraniczni filmowcy, którzy ciągnęli z partyzantami, targając sami swój ciężki sprzęt. Przeżywali nawet chwile euforii, twierdząc, że Wielki Marsz, a szczególnie ujęcia z Alei Trupów będą arcydziełem filmu dokumentalnego, a kiedyś z pewnością staną się kanonem Hall of Fame, cokolwiek by to znaczyło. W każdym razie spodziewali się zarobić na tym filmie jakieś nieprawdopodobnie wielkie pieniądze.

Wreszcie stanęli po drugiej stronie gór. Głodni, wyczerpani, bez zapasów poza bronią i resztkami amunicji. Przed nimi ciągnął się szeroki pas żyznych ziem, przedsionek prowincji, które stanowiły serce cesarstwa. I nagle, dopiero tutaj tak naprawdę, przytłoczył ich ogrom państwa, które rozciągało się przed nimi.

– I co dalej? – Nanti zbliżyła się do dowództwa, które na czele pochodu studiowało szkicową mapę.

– A o co pytasz? – Kadir znienacka sposępniał. Najwyraźniej myśli, które mu towarzyszyły od paru ostatnich dni, nie należały do wesołych.

Nanti wzruszyła ramionami. W jej przypadku też nie można było powiedzieć, że jest w dobrej formie. A jednak psychika sierżant piechoty zdecydowanie miała w sobie coś, co wpływało kojąco na jej duszę.

– No i sam widzisz. – Shen podniosła wzrok znad mapy. – Stało się dokładnie tak, jak przewidywałam. Teraz, żeby przeżyć, będziemy musieli rabować własne wsie. A jak to się skończy, łatwo zgadnąć.

– Hm... – Kadir się rozejrzał. W zasięgu wzroku nie dostrzegł żadnej ludzkiej osady. Jedynym śladem życia był mały szałas przy drodze u podnóża łagodnego zbocza, na którego szczycie właśnie się zatrzymali. Z wnętrza wydobywała się wąska strużka dymu. – Zejdźmy tam i zorientujmy się w sytuacji.

– A co nam jakiś pastuch może powiedzieć o sytuacji? Co on wie, czego my nie wiemy?

– Wiesz co? Może zamiast rabowania wsi znajdźmy jedną, dobrze, jakby była oddalona od reszty, wymordujmy chłopów i przebierzmy się za nich.

– A co to da?

– Będziemy uprawiać rolę. Przeżyjemy jakoś. Przez pewien czas.

Jego kwaśniejący humor nie działał dobrze na Shen. Na szczęście problem, co powinni zrobić, rozwiązał się sam. Z widniejącego opodal szałasu ktoś wyszedł. Widzieli wyraźnie sylwetkę kobiety, która osłaniając oczy, patrzyła w ich stronę. Lepiej, że osoba trudniąca się pasterstwem nie uciekła na widok licznych zbrojnych i nie zaalarmowała całej okolicy. Shen już miała wydać rozkaz ujęcia kobiety, kiedy ta nagle zaczęła do nich machać ręką i ruszyła w górę stoku.

– Co, co to jest? – Nanti nie mogła wyjść ze zdziwienia. – O co tutaj chodzi?

Żaden samotny pastuch chyba nigdy, w całej historii ludzkości nie zachował się w ten sposób. Kadir przełknął ślinę. Żadnej ucieczki, ganiania po chaszczach? Tak samemu z siebie w ręce obcych zbrojnych? Przecież sława partyzantów nie mogła ich aż tak wyprzedzać. Nikt też nie mógł mieć pojęcia, że przejdą przez góry. A poza tym chłopi z okolic Banxi byliby raczej skłonni wydać partyzantów w ręce imperialnej armii.

Wszystko się wyjaśniło, kiedy kobieta podeszła bliżej i mogli jej się bardziej przyjrzeć. To nie był ktoś trudniący się wypasaniem kóz, tym bardziej że żadnych takich zwierząt w pobliżu nie było. Twarz kobiety mówiła, że jest osobą wybitnie wykształconą, inteligentną, nawykłą raczej do czytania ksiąg niż chodzenia z kijem po łąkach.

Niezatrzymywana przez nikogo, podeszła do Shen.

– Jestem z Organizacji Randa. Moje imię nic wam nie powie i lepiej, żebym go nie wymieniała.

– Konspiracja?

– O właśnie. Mam dla was dokładne mapy, zaopatrzenie i polską amunicję. Mam też dla was plan marszruty i konkretne zadania do wykonania.

– Masz polską amunicję?! – nie mógł uwierzyć Kadir. – Przechowywaną tutaj? Czy oni już oficjalnie opowiedzieli się po naszej stronie?

– Nie. – Kobieta uśmiechnęła się oszczędnie. – Ale proszę, nie pytaj więcej. Mam niski stopień wtajemniczenia.

– Rozumiem.

– Czy masz tu żywność? – zapytała Shen.

– Oczywiście. Tylko trzeba ją wykopać ze skrytki pod ziemią. Ale w szałasie mam odpowiednią liczbę łopat.

– Trzymasz żywność pod ziemią? – Shen wybałuszyła oczy. – To co z niej zostało?

– To konserwy. Wynalazek bardzo odporny na wszelkie zewnętrzne warunki.

– Organizacja Randa składuje tu polskie konserwy? Przecież to jak bezpośrednia pomoc Rzeczypospolitej! – zaperzył się Kadir. – Złamanie międzypaństwowego traktatu i mieszanie się w wewnętrzne...

– A widzicie tu jakichś Polaków, którzy wręczają wam je osobiście? – Kobieta z Organizacji Randa znowu się uśmiechnęła. – A kto i co im „ukradł" z magazynów, to już „śledztwo wykaże".

– Zostaną ślady po konserwach.

– Blachę rozkradnie miejscowa ludność i żadnego śladu nie będzie. – Kobieta machnęła lekceważąco ręką. – A chłopi nic nikomu nie powiedzą.

– Co fakt, to fakt.

Shen nie chciała rozpatrywać nieistotnych z jej punktu widzenia spraw. Nadszedł czas na rozkazy.

– Nanti, znajdź dogodne miejsce i niech wojsko rozbije biwak. Wyznacz grupę ludzi do kopania i odsuń filmowców. To nie będą widoki do uwieczniania. W ogóle zakaż im robienia jakichkolwiek zdjęć ze wszystkiego, co się będzie teraz działo.

– Tak jest!

Sierżant nie mnożyła trudności. Jej żadna polityka nie interesowała. W przeciwieństwie do Sharri, która podeszła z boku.

– Zastanawiająca jest ta dostawa, prawda? – zagadnęła Kadira.

– W istocie samej. Szczególnie amunicja – odparł rusznikarz.

– Mhm. W końcu ktoś zauważy, że się nam karabiny nie zacinają.

– I że naboje mają niezawodne spłonki, niemożliwe do wyprodukowania tutaj łuski.

– Ano. W dodatku ktoś się w końcu zastanowi, skąd niby mamy ciągle w bród amunicji, a wokół jak okiem sięgnąć żadnego zakładu, gdzie można by ją wyprodukować.

– Oj, tak. Oficerowie cesarscy durniami przecież nie są. A nasze niekończące się zapasy...

– Dość! – przerwała rozmowę Shen. – Dla mnie ważne jest w tej chwili, że oddział odzyskuje zdolność bojową, a ja mam czym nakarmić ludzi.

Sharri przygryzła wagi. Potem westchnęła głęboko.
– Coś wisi w powietrzu – szepnęła. – Coś się szykuje.
– Zaiste – przytaknął Kadir. – Ktoś nad naszymi głowami podjął już decyzję.

Lot rozpoczął się źle. Tuż po starcie wpadli w deszcz, którego tu nie powinno być. Elektronika na niszczycielu, która powinna pomóc meteorologom zobaczyć burzowe chmury, zawiodła w całej rozciągłości. Chmur, które napotkali, nie dało się ominąć ani bokiem, ani górą. Lecieli więc mokrzy w mlecznej zawiesinie, zdając się całkowicie na przyrządy i instynkt Iny. Ten drugi, w przeciwieństwie do aparatów wypełnionych lampami próżniowymi, okazał się niezawodny. Deszcz skończył się równie szybko, jak się zaczął. Kilka chwil potem wylecieli na słońce, mając wokół zaskakująco bezchmurne niebo. Za to zimny wiatr nieprzyjemnie wychładzał ich mokre kombinezony.
– Zaraz się przeziębimy – powiedział siedzący z tyłu Siwecki. – Zapalenie gardła murowane.
– To może jakieś lekarstwo? – mruknął Tomaszewski.
Rzeczywiście, chłód był paraliżujący.
– Ty zawsze tylko o jednym. – Siwecki otworzył swoją wielką lekarską torbę przytroczoną pasem do wolnego fotela. Wyjął z niej pękatą butelkę, odkorkował i pociągnął kilka wielkich łyków.
– Od kiedy to lekarz pierwszy podaje sobie medykamenty?
– Ja tylko testuję. Czy nie jest trujące, czy się nie przeterminowało.
– Jakim cudem koniak może się przeterminować?

– Uczciwość medyczna każe mi być królikiem doświadczalnym. Jeśli coś z kuracją będzie nie tak, umrę pierwszy.

– Dawaj, cwaniaku!

Siwecki podał butelkę do przodu.

Tomaszewski przyłożył szyjkę do ust i zastosował dawkę zalecaną przez lekarza. Rozkaszlał się, kiedy próbował pozbyć się z gardła piekących oparów.

– A od kiedy to dowódca pije pierwszy, nie dbając o swoich ludzi? – zapytała Ina. Interkom zadziwiająco dobrze oddawał jej kpiący ton.

– Oj tam. – Tomaszewski podał jej naczynie. – Masz, masz, żebyś nie gadała.

– Tylko żartowałam. Nie chcę.

– Pij. Bo naprawdę złapiesz jakieś choróbsko.

– Krzysiek, ja od dziecka trenowana do takich warunków. Zostałam urodzona do latania i z całą pewnością nic mi nie będzie.

– No to napij się chociaż na dobry humor.

– Dzięki, ale mam wystarczająco dobry humor – westchnęła. – Tyle razy ci mówiłam, a ty ciągle nie rozumiesz.

– Czego nie rozumiem?

– Zostałam stworzona, wychowana, wręcz wyhodowana do latania. Ono było jedyną treścią mojego życia. A potem mi je odebrano. Odebrano wolność, niezależność, wszystko. Byłam jak śmiertelnie chora, przykuta do łóżka, nie mogąc ani chodzić, ani w ogóle się ruszać. I to bez żadnej nadziei. Na samym dnie rozpaczy. Wiedząc, że taki stan już nie będzie miał końca. Byłam pozbawiona choćby najmniejszej iskierki wiary. Żyłam wśród kpin, inne dziewczyny drwiły ze mnie bez ustanku, nie darując żadnego upokorzenia. A potem... potem przyszedłeś ty i powiedziałeś nagle: „Wstań i idź, córko, wstań i leć odzyskać swoją wolność!”. Krzysiek... Tu, w powietrzu, jestem w swoim naturalnym żywiole. Tu mi się nic nie stanie.

– No proszę, nawet ja zrozumiałem – powiedział Siwecki. – Ja jednak, w przeciwieństwie do Innej, na pewno się przeziębię. Daj butelkę.

– Dolecimy pijani w sztok.

– To nie pij. Powiesz wtedy, że tylko medyk ci się urżnął, bo wszyscy lekarze mają trochę nierówno pod sufitem.

Tomaszewski podał przyjacielowi koniak, a sam długo roztrząsał w myślach jakąś kwestię. Którą najwyraźniej rozstrzygnął.

– No nie, nie. Jednak daj jeszcze kilka łyków.

W trakcie dalszego lotu, który przebiegał już bez zakłóceń, wyłoili we dwóch całą butelkę. W proporcjach mniej więcej dwie trzecie do jednej trzeciej na niekorzyść dowódcy, który postanowił się trochę oszczędzać.

– Patrzcie tam! – Ina kiwnęła ręką.

Tomaszewski spojrzał we wskazanym kierunku, ale nie mógł dostrzec niczego szczególnego.

– No co? Góry.

– Dym. – Ich pilotka miała doskonały wzrok. – Twierdza się pali.

– Jak może się palić wydrążona góra?

– No przecież, że nie. Ale palą wszystko wokół.

– Tor Avahen upadło?

Wzruszyła ramionami.

– Albo upadło, albo ludzie bronią się jeszcze ukryci wewnątrz góry. I koniec nastąpi już niedługo.

– Jak to? – Siwecki nachylił się na tylnym fotelu. – Przecież bronionej skały nie da się sforsować.

– A wodę skąd wziąć? – odpowiedział mu pytaniem Tomaszewski.

– No co ty? – Lekarz miał niewielkie problemy z artykulacją. – Żyli tam tyle lat i nie wykuli sobie studni?

– To kuj twardą skałę. Efekt mizerny.

– Studnia głębinowa jest – włączyła się do rozmowy Ina. – Jedna i pewnie już wysycha. Nie wystarczy dla załogi.

– Noż kurna, ja bym zrobił sobie zawczasu potężne zapasy wody w jakichś cysternach.

– Opanuj się. Oni nie mają naszych technologii, rurociągów, filtrów i uzdatniaczy – powiedział Tomaszewski.

– Woda była zawsze problemem w twierdzy – dodała Ina. – Ale oczywiście, że zgromadzili. Nie przyszło ci jednak do głowy, że woda się szybko psuje?

– A tobie nie przyszło do głowy, że to z powodu mikroorganizmów? Na pewno macie ujęcia bogate we florę bakteryjną. Ale przecież takiej wodzie nic nie jest. Żeby nie umrzeć, wystarczy ją przegotować. Jak jest bardzo źle, to nawet piętnaście minut wrzenia.

Zapadła cisza. Ina nie mogła czegoś pojąć.

– Zagotować i pić wrzątek? Toż się poparzymy śmiertelnie.

– Nie. Zagotować i pić, jak ostygnie – skontrował lekarz. – I chorób ciężkich nie będzie. Ani nawet sraczki.

Pilotka milczała zaskoczona.

– Bogowie – powiedziała wreszcie. – To nie może być takie proste.

– Ale jest.

Siwecki wyrzucił pustą butelkę, co było skrajną głupotą, bo przy tej prędkości nie dało się jej odrzucić szerokim łukiem i mogła zniszczyć usterzenie. Na szczęście Tomaszewski nie zauważył.

– Jak myślisz? Bronią się jeszcze? – zapytał.

– Zaraz zobaczymy.

Nadlatywali od strony morza, zabudowania i instalacje wojskowe u podnóża góry nie były jeszcze widoczne. Najważniejszy okazał się port, a nad nim właśnie unosiły się kłęby czarnego dymu. Ina manewrowała maszyną tak, żeby nie dostać się w zasięg potencjalnego ognia wrogiej piechoty. Ale z tej wysokości niewiele mogli zobaczyć. Pierwszy przelot zakończył się fiaskiem.

– Spróbuj dostać się pod tę chmurę dymu. – Tomaszewski pokazał ręką kierunek.

– Będą strzelać jak do kaczek.

– Po pierwsze postaw na szybkość. Po drugie będziemy słabo widoczni na tle tych kłębów.

Ina zmieniła ustawienia kilku przełączników, potem wzbogaciła mieszankę paliwa, a kiedy silnik ryknął zdecydowanie głośniej, szarpnęła sterami i dosłownie położyła wiatrakowiec na boku. Runęli w dół. Tomaszewski skurczył się w sobie, ale nie z powodu strachu, bo ufał dziewczynie. Bał się raczej wymiotów Siweckiego na własnych plecach.

Maszyna wyrównała gwałtownie tuż nad powierzchnią morza. Mknęła teraz w kierunku brzegu, pozostawiając za sobą świetlisty ogon powstały z wyrzuconych w górę kropelek wody. Na pełnej prędkości wdarli się pod smolistą chmurę. Ina doskonale znała ukształtowanie terenu i wysokość wszelkich nabrzeżnych budowli. Przez chwilę lecieli w ciemnościach, by wyrwać się nagle w przestrzeń rozświetloną wyłącznie łunami pożarów.

– Walczą!

– Ale to już walka wręcz. – Tomaszewski przyglądał się migającym pod nimi scenom. – Zaraz stracą port.

– Boże, wszystko się pali. – Siwecki niebezpiecznie wychylił się z fotela. Na szczęście pasy trzymały mocno. – No to już nie wylądujemy.

– Tutaj nie. – Ina prowadziła pewnie tuż ponad dachami budynków. Lecieli zbyt szybko, żeby dostrzec reakcję walczących na dole ludzi. Po chwili wydostali się na jaśniejszą przestrzeń. Tu dym nie był tak gęsty. Niekiedy prześwitywało nawet słońce. Twierdza u podnóża góry była już zdobyta. Widzieli trupy, widzieli kaźń, widzieli ludzi przybijanych do płonących wrót i bram. Na szczęście ryk silnika zagłuszał wszelkie dźwięki. Ofiary bestialstw mimo otwartych, wykrzywionych z bólu ust pozostawały dla nich nieme.

– Jasna cholera! – Siwecki na tylnym fotelu nie mógł się uspokoić. – Za późno!

– Tu już nigdzie nie wylądujemy – potwierdził Tomaszewski. – A za murami miasta to prosto w ręce wroga. Nic z tego. – Klął w duchu.

– Wyląduję od razu we wnętrzu góry. – Ina jednym ruchem sprawiła, że wiatrakowiec wzbił się i momentalnie wydostał nad chmurę dymu, oszczędzając im dalszych makabrycznych widoków. Znowu zobaczyli czyste, niezasłonięte niczym letnie słońce.

– Zwariowałaś? We wnętrzu góry?!

– Przecież startowaliśmy już z tarasu – odparła.

– Ale start, kiedy nagle urywa się pas i masz wolną drogę w dół, to nie lądowanie! Wiatrakowiec potrzebuje czegoś takiego jak dobieg.

– Jestem tego świadoma. Kilkanaście kroków wolnego miejsca wystarczy.

Sterowała, zręcznie zbliżając się do zbocza góry. Dostrzegali już wyloty kilku jaskiń – hangarów, a przed nimi malutkie tarasy. Zbyt małe, jak na lądowisko.

– Co ty zamierzasz zrobić? – dopytywał z tyłu Siwecki.

– Ina chce dotknąć kołami tego tarasu, a wyhamować już w środku – powiedział Tomaszewski.

– O Matko Boska!

– I wszyscy święci.

Ina co prawda nie rozumiała po polsku, ale wyczuła ton głosu.

– To proste jak wypicie kubka wody – nie miała żadnych wątpliwości.

– Czy ktoś już kiedykolwiek tak lądował?

– No jasne. Wszystkie nasze dziewczyny tam lądują.

– Na tych cholernych latawcach! Co innego wylądować na własnych nogach, a co innego posadzić wielotonową maszynę.

– E tam. Wylądowałam na waszym niszczycielu i co? Nic.

– Na tamtym lotnisku nie ma dachu nad głową. – Do Tomaszewskiego zaczęło docierać, że dziewczyna naprawdę zamierza to zrobić. I najpewniej zabić ich wszystkich. – Powiedz mi, czy na tym tarasie lądował choćby wasz ślizgacz?

– Nie. Nigdy.

– No to sama widzisz.

– Co widzę? Ślizgacz nie mógłby tam lądować, bo żeby dotrzeć na taki taras, musiałby wystartować z miejsca położonego wyżej. A tu nie ma takiego.

Tomaszewski nie ustępował.

– A jeśli hangar zastawiony jest waszym sprzętem latającym? Co wtedy? Umrzemy w wybuchu benzyny albo w najlepszym razie spłoniemy żywcem.

– No przecież ci tam – wskazała drobne sylwetki biegające po tarasie – nie są idiotami. Widzą, że krążę i chcę wylądować. Usuwają właśnie wszystko, co tam stoi, pod ściany.

– Oni może i idiotami nie są. Ale mogli też nie przewidzieć, że ten wiatrakowiec jest prowadzony przez idiotkę.

Coś jednak musiało dotrzeć do świadomości ludzi zebranych na tarasie. Z hangaru wyłoniła się drobna dziewczyna, niosąc na sobie leciuteńką konstrukcję latawca. Krótki rozbieg i skoczyła w dół. Cieniuteńkie skrzydła błyskawicznie uzyskały siłę nośną i latawiec wzbił się nagle w niemożliwej do uzyskania dla ciężkich maszyn trajektorii. Coś niesamowitego. Tamta pilotka musiała być mistrzynią. A jej „zwiewny", zdawałoby się, aparat latający zaczął ją unosić wyżej i wyżej.

– No widzisz? – mruknęła Ina. – Domyślili się.

– Ale ma wznoszenie.

– Przy zboczu góry zawsze jest komin. Nic niezwykłego. – Można by odnieść wrażenie, że Ina była zazdrosna o te słowa. – Prawdziwie mistrzowskiej sztuki dokonam ja.

Wiatrakowiec nie mógł oczywiście zrównać się szybkością z latawcem. Potrzebował swojego pędu, swojej mocy i energii, żeby utrzymać się w powietrzu. Ale jego pilotka również pokazała klasę. I to klasę samą w sobie. Najpierw zrobiła zwrot, potem obniżyła pułap, a kiedy znalazła się pod latawcem, powoli zaczęła się wznosić. Zachowywała dystans, żeby nie zniszczyć kruchego latawca samym podmuchem produkowanym przez wirnik. Już po chwili mogli dostrzec pilotkę ubraną w przedziwny, lekki kombinezon, wykonany chyba z ptasich piór. Dziewczyna wykonała jakiś gest. Ina odpowiedziała, wskazując na siebie. A potem wyciągnęła ramię w kierunku zbocza góry i zrobiła dłonią ruch, jakby chciała posadzić z powrotem na ławie kogoś, kto wstał zbyt wcześnie.

I tyle. Oba aparaty minęły się w bezpiecznej odległości. Oni lecieli ciągle w górę, obca pilotka zawróciła w stronę lądowiska.

– Widzisz? – powiedziała Ina. – Przekaże im, że chcę lądować.

– Ciekawe, w jakiej formie? – odparował Tomaszewski. – Pewnie zacznie krzyczeć: „Uciekajcie, tu zaraz wszyscy zginą!".

Napięcie rozładował Siwecki, nachylając się z tyłu.

– Powiedz jej, żeby przeleciała jeszcze raz nad walczącymi. Nasikam na wrogów!

– Mało ci adrenaliny? No to zaraz wylądujemy tam. – Tomaszewski wskazał mikroskopijny z tej odległości wylot hangaru utworzonego z górskiej jaskini.

Lekarz jakby skapcaniał.

– A ona wie, co robi? – szepnął zrezygnowany, ale interkom przekazał jego słowa.

– Mam wrażenie, że to nie jest kwestia racjonalnych rozstrzygnięć. Tu chyba chodzi o honor i pokazanie pewnym... byłym koleżankom, kto tu naprawdę rządzi.

Siwecki zrozumiał ukrytą myśl.

– No to zginiemy. – Wyglądał na pogodzonego z losem. Dwie trzecie butelki koniaku najwyraźniej nastrajało go filozoficznie.

Tomaszewski gorączkowo przemyśliwał kwestie ryzyka i bezpieczeństwa. Lądowanie tam to wariactwo. Ale z drugiej strony, jeśli tego nie zrobią, cała jego misja traciła sens. Nie miał zielonego pojęcia, jak wiele czasu zajmie zespołowi komandora Radziszewskiego dopłynięcie do tego miejsca. Owszem, był marynarzem i bez problemu mógł to obliczyć. Niestety, nie znał rzeczywistej prędkości, z jaką płynęły statki i okręty. To dla polskiej marynarki wojennej przecież dziewicze wody. Nie mieli porządnych map, nikt nie znał głębokości akwenów. O żadnej prędkości marszowej nie sposób więc było w tej sytuacji mówić. Nawigatorzy na bieżąco tworzyli mapy na podstawie zdjęć lotniczych, a marynarze na posuwających się przodem kutrach i ścigaczach również na bieżąco sondowali głębokość. Jaka więc była prawdziwa prędkość zespołu? Raz szybciej, a raz wolniej. Czysta zgadywanka, zależna od warunków w danym miejscu.

Boże, każdy z ludzi morza czytał o wyprawach sprzed wieków, kiedy to żaglowce odkrywców wchodziły w takich warunkach na mielizny albo uderzały w rafy. Pół biedy, jak się ma statek z drewna. Wystarczy wyrzucić za burtę armaty, ogołocić pokład ze wszystkiego, co ciężkie, i wsadzić wszystkich marynarzy na szalupy. Niech starają się wyciągnąć jednostkę z tarapatów. Wszelkie dziury i uszkodzenia kadłuba można było naprawić, po prostu przybijając nowe deski i uszczelniając tym, co pod ręką. A co zrobić, jak na mieliźnie osiądzie stalowy niszczyciel? Wyrzucić armaty? Przecież to niemożliwe. Odciążyć? Najcięższą rzeczą jest właśnie żelazny kadłub. Naprawić poszycie? Do metalu desek przybić się nie da. Cóż, każdy z ludzi morza czytał także opisy współczesnych katastrof morskich. A tu już nic nie było łatwe. Niczego nie dało się zrobić samemu ani dokonać prowizorycznych napraw, jeśli uszkodzenie było istotne. Żelazne okręty w przypadku katastrofy albo tonęły, albo porzucano je na mieliznach.

A kto weźmie za to odpowiedzialność? Radziszewski na samobójcę ewidentnie nie wyglądał.

No nic. Skoro nie da się określić daty przybycia marynarki w te okolice, to jeśli nie wylądują, cała misja Tomaszewskiego idzie się paść na wielkim, pustym pastwisku. Nie umiał powiedzieć, czy okręty zdążą. Nie potrafił też określić, jakie są szanse, że nie zginą podczas wariackiego lądowania.

Tomaszewski, pogrążony w ponurych rozmyślaniach, nie zauważył momentu, kiedy Ina weszła na kurs zderzeniowy i pomknęła w stronę skalnego zbocza.

– To próbny nalot, prawda? – chciał się upewnić.

– Nie.

– Rany boskie! Inna! Nie żartuj.

– Jedno podejście – powiedziała spokojnie.

Siwecki z tyłu jęknął tylko. Tomaszewski zamknął oczy. Słyszał jedynie szczęk przestawianych pokręteł, kiedy regulowała mieszankę, i skok śmigieł. Ryk silnika stał się świstem, a gwizd rotora zamienił się w odgłos powolnie pracującej młockarni.

Napięcie było zbyt wielkie. Tomaszewski nie wytrzymał i otworzył oczy dokładnie w chwili, kiedy dziewczyna zamieniła prędkość zbliżeniową w prawie że zwis i łagodnie, jakby ćwiczyła to wiele razy przedtem, dotknęła kołami kamiennego podłoża tarasu.

Prędkość wniosła ich oczywiście do środka, powodując tam wicher o mocy trąby powietrznej. Uniosły się kłęby śmieci, kurzu i jakichś drobiazgów, szarpnęło ubraniami i włosami skupionych pod ścianami ludzi. Po kilkunastu metrach jednak wiatrakowiec zatrzymał się, wzorowo wytracając prędkość na minimalnej przestrzeni. Śmigła o nic nie zahaczyły, strat chyba nie było.

– Jak parkowanie rozpędzoną wyścigówką w ciasnym garażu. – Głos Siweckiego drżał. – O ja cię...

Ina wyłączyła silnik, delikatnie, żeby wielki, pracujący ciągle wirnik nie uniósł ich pod sufit, nacisnęła hamulec rotora. Potem odpięła pasy i kable interkomu. Lekko wyskoczyła na zewnątrz. To była chwila jej triumfu.

Powoli zdjęła swoją skórzaną, podszytą barankiem kurtkę i przewiesiła sobie przez lewe ramię. Rozplątała biały jedwabny szalik, żeby zwisał luzacko. Zdjęła też hełm i założyła furażerkę. Oczywiście zawadiacko, na bakier, tak jak ją nauczono w polskim hangarze.

Uśmiechała się lekko i, można by przysiąc, kpiąco. A kiedy Tomaszewski już wysiadł, stuknęła obcasami, salutując zgodnie z polskim regulaminem.

– Pilot Ina melduje wykonanie zadania! – wrzasnęła służbiście. – Lądowanie bez strat.

– Spocznij! – Komandor oddał jej salut do hełmu, który zdjął chwilę później. – Dziękuję. Wyróżniliście się, pilocie – również przeszedł na ton oficjalny.

Podał jej rękę. I dopiero teraz rozejrzał się dokładniej. Od razu stało się jasne, skąd ta demonstracja i meldunek złożony na polską modłę. Wśród ludzi zauważył Vauna, dowódcę górskiej twierdzy, który musiał tu zbiec ze swojego stanowiska na wieść o tak ważnej wizycie. A Ina swoją postawą od razu pokazała wszystkim, kto jest teraz jej prawdziwym dowódcą i czyje rozkazy będzie wykonywać. Uuuu... Koleżanki kiedyś musiały jej strasznie dopiec. A „strasznie" to chyba mało powiedziane. Ale teraz ona górą. To od niej i od jej nowych mocodawców zależał los twierdzy, a może i całego kraju. Dziewczyna usiłowała niczego po sobie nie pokazywać, lecz wyraz dramatycznej wręcz satysfakcji łatwo było dostrzec baczniejszemu obserwatorowi.

Tomaszewski nałożył swoją oficerską czapkę z daszkiem, podszedł do Vauna i zasalutował, a potem podał tamtemu rękę. Skoro już Ina zaczęła stosować reguły ludzi zza gór, należało być konsekwentnym. Dowódca twierdzy, choć było to dla niego zachowanie niecodzienne, oddał uścisk dłoni.

– Jestem niezmiernie rad, że was widzę, panie oficerze – powiedział.

– Ja również się cieszę. Jak widzę, podczas mojej nieobecności wydarzenia przybrały... – celowo nie dokończył.

– Tak. Sytuacja jest trudna, mówiąc bardzo łagodnie.

– Trzeba przegotowywać wodę ze zbiorników – wtrąciła Ina, co było już niezgodne z żadnym regulaminem. – Ten drugi, lekarz – wskazała gramolącego się z maszyny Siweckiego – powie dokładnie, co i jak. To pilne.

Spojrzenia obecnych skupiły się na Siweckim. O ile trzeba było mieć dobre oko, by stwierdzić, że Tomaszewski jest podpity, to w przypadku lekarza nie było żadnych wątpliwości. Urżnięty równo! Rozległy się szepty. Zbytniemu zdziwieniu jednak zapobiegła Ina.

– To marynarze – wyjaśniła.

Ludzie odetchnęli wyraźnie. No i wszystko jasne. Czy ktoś widział kiedykolwiek trzeźwego marynarza?

– Wróciłeś – powiedział Vaun.

– Wróciłem – przytaknął Tomaszewski.

Dowódca twierdzy wahał się chwilę, nie wiedząc, jak zadać pytanie.

– Czy w związku z twoją obecnością tutaj... – wyraźnie brakowało mu słów. – Czy...

– Porozmawiajmy w węższym gronie – wybawił go z kłopotu Tomaszewski.

Vaun z ulgą skinął głową.

– Zapraszam do pokoju map – powiedział. – To tu, obok.

Ruszył przodem z nieliczną oficerską świtą. Za nimi poszły też pilotki w pierzastych kombinezonach. Jak się po chwili okazało, miały zagwarantowane tradycją prawo wstępu do tej sali. A palone ciekawością dziewczyny nie zamierzały rezygnować z przywileju za żadne skarby.

Pokój map okazał się pomieszczeniem, które jak żywo przypominało salę odpraw na lotniskowcu. Dość spore, półkoliste, z kilkoma rzędami wyplatanych z wikliny foteli. Dziewczyny zajęły ledwie połowę z nich. Jakoś tak odruchowo grupując się z dala od Iny, która zajęła miejsce po przeciwnej stronie. Tomaszewski obserwował je spod oka. Naprawdę przypominało to salę odpraw na lotniskowcu. Z tym tylko, że tam fotele zajmowali z reguły rośli mężczyźni w mundurach, a tu filigranowe, małe i leciutkie dziewczęta. Niektóre miały na sobie zwykłe tuniki, niektóre wykonane przedziwną techniką kombinezony z piór. Tu Ina bardzo kontrastowała swoim wyglądem. Wyraźnie czerpała satysfakcję z faktu, że tamte bez przerwy gapią się na nią i ubranie, które miała na sobie. Skórzana kurtka podbita barankiem i biały szalik na pewno były przedmiotem zazdrości. A do tego lśniące buty z wypuszczonymi na cholewki grubymi skarpetami, szerokie wojskowe spodnie z kieszeniami na udach, mundurowa bluza, którą Ina ozdobiła mnóstwem błyszczących odznak, wycyganionych pewnie od kogoś w hangarze. Tomaszewski mógłby przysiąc, że widział tam nawet złotą odznakę sportową Ligi Obrony Kraju i chyba jakąś zawieszkę Tatrzańskiego Towarzystwa Turystycznego. W każdym razie na tutejszych robiło to wrażenie. Podobnie jak wielki półautomatyczny pistolet u boku i lotniczy rewolwer w kaburze pod pachą, z kolbą zabezpieczoną sznurem ciągnącym się do szyi, na którą Ina opuściła jeszcze swoje gogle. Do tego lśniący zegarek na nadgarstku, kompas na drugim i mapnik przymocowany do uda. Istna istota z innego świata. Pewna siebie teraz i władcza. Mistrzyni, skoro potrafiła wylądować tak ciężką maszyną od razu we wnętrzu ciasnego hangaru. Ten wyjątkowy kunszt docenili nawet obcy przybysze zza Gór Bogów, od razu powierzając jej pieczy tak cudowny aparat, jakim był wiatrakowiec.

Ciekawe, czy przez głowy dziewcząt po drugiej stronie sali przebiegały wspomnienia szyderstw, których kiedyś nie szczędziły dawnej koleżance?

Vaun podszedł do wielkiej mapy rozwieszonej na ścianie naprzeciw foteli. I znowu Tomaszewski wybawił go z kłopotu rozpoczęcia rozmowy. Przez chwilę przyglądał się mapie, a potem wskazał na niej jakiś punkt.

– Tu mniej więcej znajduje się zespół bojowy naszej marynarki wojennej zmierzający w waszym kierunku. – Uśmiechnął się lekko. – Z tą wartością bojową to może nie przesadzajmy – dodał. – Choć w tutejszych warunkach może i jest jakoś tam istotna.

– Jaki jest cel waszej wyprawy? – zapytał Vaun.

– Szeroki zwiad w tych okolicach. Ustalenie podstawowych parametrów akwenów operacyjnych, sporządzenie map. To ostrożność i przygotowania do ewentualnej konfrontacji z Królestwem Nayer, z której niebezpieczeństwem się liczymy.

– Czy wojna między wami już trwa?

– Nie. Ale nasz wywiad wskazuje na taką możliwość w każdej chwili.

– Rozumiem.

Chciał mówić dalej, Tomaszewski powstrzymał go ruchem ręki.

– Zanim przejdziemy do konkretów, muszę powiedzieć rzecz bardzo ważną.

– Tak?

– Nie jestem reprezentantem rządu Rzeczypospolitej Polskiej. Nie jestem też wysłannikiem pana prezydenta. Ani nawet głównodowodzącego sił RP na tej półkuli, pana admirała Ossendowskiego. Moje słowa nie mają wagi państwowej. A wszystko, co powiem, można traktować dokładnie tak, jakby wysłać tego tu oficera – wskazał byłego dowódcę Iny, którego poznał podczas poprzedniej wizyty – do obcego państwa, a on tam upije się i zacznie gadać. Będzie mówić i mówić, a co z jego słów zrozumie obcy władca, będzie zależeć tylko i wyłącznie od rozsądku i przenikliwości owego władcy. Posłaniec nie przedstawi bowiem żadnych papierów uwierzytelniających, żadnych dokumentów na potwierdzenie wygłaszanych kwestii. Dokładnie taka sama jest też moja rola. Czy wyrażam się odpowiednio jasno?

– Powiedziałeś to w sposób bardzo klarowny i w pełni zrozumiały, panie oficerze. – Dowódca twierdzy skłonił głowę. – Sens twojej wypowiedzi trafił do mnie w całości.

– No to świetnie, że się rozumiemy. W związku z tym pamiętajcie, że nie widzicie tu ani mnie, ani moich ludzi, ani nawet wiatrakowca. I nie przypłynie tu żaden niszczyciel. – Tomaszewski dramatycznie zawiesił głos. – Gdyby jednak... – Podniósł rękę. – Gdyby jednak w ramach operacji zwiadowczej cesarskiej marynarki przypadkiem znalazł się w okolicy jakiś nasz okręt wojenny, to nie będzie mógł wziąć udziału w żadnej akcji, bo my się do miejscowych spraw w ogóle nie mieszamy.

Usłyszawszy to, dawny dowódca Iny uśmiechnął się szeroko. Szybko jednak opuścił głowę, żeby jego radosny uśmiech nie został poczytany za prowokację.

Vaun potrafił się opanować i słuchał z kamienną twarzą.

– Gdyby jakiś wróg – ciągnął Tomaszewski – zaatakował któryś z naszych okrętów lub okrętów naszego cesarskiego sojusznika, to oczywiście możemy strzelać w samoobronie.

Były dowódca Iny zacisnął zęby, żeby nie parsknąć głośnym śmiechem. Vaun spiorunował go wzrokiem.

– Możemy też w razie pilnej potrzeby pomóc naszym sojusznikom. Także potencjalnym sojusznikom, na zasadzie zawartej w przysłowiu: „wróg naszego wroga jest naszym przyjacielem". Mam kompetencje, żeby zjednywać sobie miejscową ludność. Mogę też udzielić pomocy potrzebującym w ramach bardzo szeroko pojętej akcji humanitarnej.

– Wyrażasz się w sposób bardzo precyzyjny, panie oficerze – powiedział Vaun, znowu pochylając lekko głowę. – I doskonale rozumiem zarówno istotę twojej misji, jak i potrzebę „zjednywania sobie ludności" na terenie przyszłego konfliktu. Nie znacie tych miejsc, nie wiecie nic o uwarunkowaniach, ani nawet rzeźbie terenu. W takiej sytuacji warto mieć poparcie miejscowych. A także ich zwiad, ich bazy, ich twarde punkty oporu, jakimi są twierdze. Ludzie szybko zapomną o pradawnych niesnaskach, widząc w was wyzwolicieli.

– Już przepraszałem za tę terrorystkę Achaję – powiedział Tomaszewski.

– Na szczęście powstrzymaliśmy jej wojska na Złych Ziemiach. A poza tym to było tysiąc lat temu.

– To świetnie – zakpił Tomaszewski. – Pragnę tylko podkreślić, że RP nie brała udziału w tej awanturze, bo wtedy nie było jej jeszcze na mapie świata.

Podszedł do mapy, ale nie głównej, wiszącej na ścianie, tylko mniejszej, obrazującej okolicę na specjalnym stojaku obok.

– Wyliczę, co konkretnie moglibyśmy zrobić. Możemy ewakuować wasze archiwum, na którym tak bardzo, jak pamiętam, wam zależy. I dostarczyć je wraz z obsługą do którejkolwiek z innych twierdz. Jeśli to najpilniejsze, możemy zacząć drogą powietrzną. Ina?

Jego pilotka uniosła się lekko z fotela.

– Ślizgacze mogą lądować na pokładzie niszczyciela. A stąd przy dobrej pogodzie dotrą na odległość, którą Polacy określają jako pięć kilometrów.

– Tylko pięć?

– Może dziesięć przy idealnych warunkach. Wtedy trzeba się liczyć ze stratami.

– A ile ślizgaczy zmieści się na pokładzie?

– Nie ma szans na jakikolwiek, jeśli mają stamtąd później operować wiatrakowce. Trzeba przywyknąć do myśli, że wszystkie ślizgacze zostaną stracone.

– Co również nastąpi w przypadku utraty twierdzy – włączył się Vaun. – Więc nie ma co gdybać.

– Większą liczbę ludzi, żołnierzy i mieszkańców możemy zabrać z portu. Jeśli jeszcze będzie w waszych rękach. Ale niszczyciel tu nie wpłynie. A jeden ścigacz zabierze maksimum trzydzieści, czterdzieści osób bez bagażu, zachowując przy tym zdolności obronne.

– Tak mało?

– Mogę podwoić tę liczbę, jeśli ludzie będą leżeć jedni na drugich i coś będzie tę flotyllę osłaniać. Ale uciekinierzy muszą być wtedy sprawni. Nie podusić się i nie pospadać. W takim układzie chorych, rannych i starych zostawiamy.

Twarz Vauna poszarzała lekko. A Tomaszewski musiał go dobić.

– I wciąż mówimy o części tylko obrońców. Bo problemu z załadunkiem ścigaczy w porcie nie ma. Problem pojawi się z rozładunkiem ludzi na pełnym morzu. Trzeba się będzie wspiąć na stalową burtę po sieci desantowej. Nie wiem, czy kobiety i dzieci podołają. – Bezradnie rozłożył ramiona. – Iluś tam rannych pewnie da się wciągnąć na blokach. Ale to nawet nie kwestia ich liczby, tylko czasu. Wyobraź sobie, ile będzie trwać rozładunek dziesięciu ścigaczy na kołyszącym się morzu. I ile razy zdążą w związku z tym obrócić tam i z powrotem?

– Czyli wszystkich niesprawnych musimy zostawić?

Tomaszewski odruchowo zasłonił się dłońmi.

– Ja nie rozstrzygam kwestii moralnych. Ja tylko informuję o możliwościach.

Zapadła męcząca cisza. Dopiero po dłuższej chwili odważyła się odezwać Ina:

– Można by holować ludzi na barkach. Pytanie, ile w twierdzy jest barek.

Vaun tylko machnął ręką. Powolne barki wypełnione tłumem. Każda lecąca w ich stronę kula trafia.

– To problem, który wszyscy będziemy musieli rozstrzygnąć we własnych duszach – powiedział cicho. Potem przeniósł wzrok na Tomaszewskiego. – Kiedy wasza flota przybędzie w pobliże?

– Przestrzeń operacyjną osiągniemy prawdopodobnie...

Tomaszewski nie zdążył dokończyć. Przerwał mu głośny trzask otwieranych drzwi, w których pojawił się żołnierz z karabinem.

– Wróg właśnie zdobył bramę portową! – wykrzyknął. – Walki trwają już wewnątrz góry!

– Port wewnętrzny stracony?

– Biją się tam. Jesteśmy odcięci od morza!

Wśród zebranych zapanowało poruszenie. Ludzie mówili coś do siebie, pokrzykiwali. Jedynie Vaun stał nieporuszony. Potem podniósł rękę.

Momentalnie zapadła cisza.

– Widocznie tak miało być – szepnął. – Za późno.

Ina podeszła spokojnie do swojego dowódcy.

– Panie komandorze – znowu przeszła na ton oficjalny – czy mam przygotować wiatrakowiec do startu?

– Czy możesz mi wyjaśnić jedną rzecz? – Nuk, która z racji wielu lat treningów w maszerowaniu zazwyczaj na drodze wyprzedzała Kai, teraz ledwie mogła dogonić koleżankę.

– Mogę.

– Konkretnie. Dlaczego idziemy znowu w to samo miejsce? Do ściśle strzeżonej głównej bazy zaopatrzeniowej w tej okolicy?

– Bo teraz zamierzam dowiedzieć się czegoś naprawdę istotnego. Rozumiesz?

– Nie rozumiem. Czy ja ci muszę przypominać, że złapano nas tutaj już dwa razy? I podczas kiedy pierwszy raz wyglądał dość śmiesznie, to za drugim razem ten oficerek na wzgórzu o mało nie wsadził nas do pierdla!

Kai zerknęła na swoją sierżant.

– Oj, nie przesadzaj. Poradziłaś sobie z nim bez żadnego problemu.

– To ja ci powiem. Byłyśmy o włos od dekonspiracji. O włos!

Czarownica nie zamierzała nawet zwalniać. Nie mówiąc o jakiejkolwiek dłuższej dyskusji. Westchnęła tylko.

– Czy ja ci muszę powtarzać, że do tej pory nie dowiedziałyśmy się tutaj niczego konkretnego? A postępując w ten sposób, tkwimy w miejscu. Nigdy nie dotrzemy do prawdy.

– Siedząc w więzieniu na torturach, żadnej prawdy również nie poznamy. Za to z nas wydrą wszystko, co zechcą.

– Spokojnie. Mam plan.

– Ucieczki z lochu?

Kai nie chciała wdawać się w żadne argumentowanie, żeby nie sprowokować całej lawiny kontrargumentów. Szła skupiona nad czymś, co pochłaniało wszystkie jej myśli, i starała się nie rozpraszać.

– Nie panikuj, Nuk – powiedziała tylko. – I tak zaraz nas zabiorą na front, a wszystko, co pozostawimy za sobą tutaj, straci wszelkie znaczenie.

Tu miała rację. Przygotowania do wojennego marszu widać już było na każdym kroku. Więzienie przy komendanturze stało teraz już właściwie puste. Niepotrzebnych strażników wcielano do armii. Znikali ludzie z obsługi samego komendanta, jeden po drugim, odchodzili wysyłani w niewiadomym kierunku przez wojskowe komisje. Całe miasto, i tak poprzednio pustawe, wyludniało się zupełnie w szybkim tempie. Właściwie to wręcz przypominało jakąś gigantyczną porzuconą osadę, rządzoną niepodzielnie przez duchy zmarłych. W prawie co drugim domu pozabijano okna, nieliczne targowiska przypominały bardziej cmentarze ze snującymi się, pogrążonymi w zadumie żałobnikami. I tak niemrawe dotąd życie na ulicach zamierało zupełnie.

Wśród ludzi pracujących w komendanturze panował strach. Donosy, wzajemne podgryzanie i podkładanie nóg intensyfikowały się w zastraszającym tempie. Nikt nie chciał do armii, na front. Każdy chciałby z komendantem, z zapewnionym lepszym zaopatrzeniem i wyższym statusem od szarego żołdactwa. Właściwie nie było takiego świństwa, którego by nie zrobiono dotychczasowym kolegom i koleżankom, żeby tylko nie iść w kamasze, ale dołączyć do świty oficjela.

Nie bały się tylko one dwie i ich kompan. Komendant po każdym obiedzie przygotowanym przez dziewczyny i Agire powtarzał niezmiennie, że ich nie puści, nie pozwoli zabrać, nie da na poniewierkę. Oni mieli podróżować razem z nim i towarzyszyć tak znacznej personie jako osobista obsługa. No i trudno się dziwić. Któż bowiem zadba o komendanta, zrozumie, będzie opowiadał o przywódczym talencie, przekona o własnej wielkości i przytuli mentalnie lepiej od agentów obcego wywiadu i ich pomagiera?

Ponure rozmyślania przerwała znowu Nuk. Już prawie dochodziły do miejsca, gdzie je poprzednio złapano.

– A możesz mnie wtajemniczyć w swoje zamiary? – zapytała. – Żebyśmy później zeznawały to samo, bo inaczej torturom nie będzie końca.

– Ależ oczywiście. – Kai uśmiechnęła się. – Pamiętasz, jak strasznie źle poczułam się w tej okolicy poprzednim razem?

– Tak. I chcesz tego znowu doświadczyć?

– Niekoniecznie. Przygotowałam się.

Istotnie. Czarownica od rana mieszała w kuchni jakieś zioła, coś gotowała, coś przecierała, a później wypiła sporządzony własnoręcznie cuchnący wywar.

O mało nie zwymiotowała, to fakt. Ale też po upływie jakiegoś czasu dało się zauważyć, że wstępuje w nią energia. I to na pewno niezwykła. Oczy Kai zaczęły płonąć, nabrała rumieńców, a jej postawa ni stąd, ni zowąd stała się władcza i zdecydowana. Nuk zastanawiała się, co ćpają czarownicy o poranku. Sama tego narkotyku jeszcze nie znała i po raz pierwszy widziała skutki jego działania. Bo to, że Kai była po prostu nawalona jakimś świństwem, nie ulegało wątpliwości. Nie za bardzo ogniskowała wzrok, mówiła, lekko przeciągając zgłoski, a i koordynacji jej ruchów wiele brakowało do ideału.

No nic. Nuk w trakcie swojego życia radziła sobie już z wieloma gorszymi rzeczami niż narkomanka w ciągu, na którą trzeba uważać.

– Daleko jeszcze? – zapytała, z trudem nadążając za krokami swojej koleżanki na chemicznym wzmocnieniu.

– To już tutaj. – Kai wskazała wielkie pole baraków ogrodzone wysokim parkanem. – To mniej więcej w tym miejscu poczułam się źle. Pamiętasz?

– Tak. Z tym że wtedy wspinałyśmy się po zboczu. – Nuk zerknęła na wzgórze, gdzie o mało nie zostały aresztowane przez patrol.

– Mniejsza z tym. Siadamy i czekamy.

– Na co?

– Na jakiegoś ważniejszego oficera.

– I co? – Sierżant wzięła się pod boki. – Napadniemy go i przesłuchamy? – zapytała, usiłując ustawić głos tak, by zawierał wyłącznie czystą, żywą kpinę.

– Twoja przenikliwość jest godna podziwu. Tak właśnie zrobimy.

Nuk dosłownie zatkało.

– Tu?! Pod bokiem przechadzających się patroli? Przy płocie najtajniejszej z baz?

– No właśnie. Przecież w takim miejscu jest największe prawdopodobieństwo, że pojawi się jakiś ważny dowódca.

– A jeśli będzie miał ochronę? Świtę? Zwykłe wojsko?

– To bez znaczenia.

Kai znalazła jakieś karłowate drzewo rosnące przy drodze. Jeden z jego konarów był wygięty prawie do poziomu. Czarownica szybko oczyściła go z liści i usiadła na nim, przytulając się do pnia.

– Znajdź sobie też jakieś wygodne miejsce – poradziła koleżance. – To może, kurna, potrwać.

– Co ma potrwać?

– No, czekanie. – Kai zniecierpliwiła się brakiem domyślności koleżanki. – Bogowie... Jak mi dobrze. – Powoli odpływała gdzieś w głąb mrocznych krain narkotycznych światów.

– Ty naprawdę chcesz...?

Czarownica przerwała jej ruchem ręki. Miała półotwarte usta, a powieki opadały jej z wolna, zasłaniając oczy w połowie. Stan pobudzenia najwyraźniej przechodził w jakiś inny.

– Pamiętasz, jak tu, w tej okolicy, coś uderzyło mnie i mało nie doprowadziło do ciężkiej choroby? – zapytała, nie oczekując odpowiedzi. – Już wiem, co to jest.

– Co?

– Czary.

– No nie mów.

– Widzisz. Wyglądało to tak, jakby w tych barakach zamknięto tysiące czarowników. I wszyscy oni naraz używali magii. Ale... przyszło zwątpienie. Nie ma fizycznej możliwości zgromadzić w jednym miejscu tysięcy czarowników, prawda? Nie istnieje żadne prawdopodobieństwo, że w ogóle ich tylu jest w tym kraju. Co więc się stało?

– No właśnie?

– Olśniło mnie w chwili, kiedy wypytywałyśmy tego faceta od vendu. I przyszła mi do głowy pewna myśl. Pewne porównanie.

– No jakie? – Nuk nie mogła opanować ciekawości.

– Nie przerywaj mi, tylko słuchaj. Otóż przyszła mi do głowy pewna analogia. Pamiętasz Leszka Siweckiego?

– Jasne.

– To świetnie wykształcony lekarz. Trzeba było jednak najpierw go wyszkolić. Aż pięć lat studiów, potem praktyka. Potem doświadczenie. Teraz Siwecki jest lekarzem doskonałym. Wykształconym i utalentowanym. Urodził się do tego fachu. Ale... – Kai zawiesiła głos. – Ilu Siweckich jesteś w stanie zgromadzić w jednym baraku? Na całej naszej półkuli ilu jest medyków z jego unikatową wiedzą i umiejętnościami?

– Kilkunastu? Kilkudziesięciu?

– Powiedzmy, że nawet kilkuset. A każdy z nich jest tak cenny, że nikomu nie opłaca się wysyłać ich na pierwszą linię, do okopów. Prawda?

– Na pierwszą linię wysyła się sanitariuszy.

– Bo wystarczy. Krótkie przeszkolenie, zero talentu. Nie szkoda wysłać takiego pod ogień. Mało kosztuje, jego umiejętności nie są nadzwyczajne, łatwo go zastąpić w każdej chwili.

– Uwierz mi. Sanitariusz jest bardzo potrzebny na pierwszej linii.

– Nie neguję. A dlaczego pod ogień wroga nie wysyła się Siweckich? To już powiedziałam. Bo nie mamy ich tylu, ilu możemy mieć sanitariuszy. Tych drugich możemy zgromadzić w takich barakach jak tu całe tysiące. Tysięcy Siweckich nie zgromadzimy, bo są unikatowi i zbyt kosztowni.

Nuk przygryzła wargi. Coś zaczęło jej świtać. No fakt! Ta cholerna, durna Kai mogła mieć rację. Istniała możliwość, że dwa systemy mogły być podobne. Wręcz analogiczne.

– I posłuchaj mnie teraz – kontynuowała swoje wywody czarownica. – Nie da się porównać na przykład mnie i Mereditha. To dramatyczna różnica klas: mistrz mistrzów magii i niedorobiona, niedouczona czarownica z prowincjonalnej szkoły na pustyni.

– Cóż za skromność. – Nuk ukłoniła się drwiąco.

– Ale i tak – ciągnęła niezrażona Kai – nie da się mnie porównać z jakimś wiejskim zaklinaczem, prawda? Jeśli Meredith to odpowiednik profesora medycyny, który ma bogatą kolekcję światowych nagród i dokonał w swojej dziedzinie epokowych odkryć, to mnie można porównać do Siweckiego. A wiejskiego zaklinacza do sanitariusza.

– Chyba już rozumiem. Ci tutaj – wskazała baraki – zgromadzili...

– Tak. Zgromadzili tysiące ludzi, którzy mają dar. Dar szczątkowy, mizerny, byle jaki. Pozwalający jednak wyuczyć ich kilku, dosłownie pięciu czy dziesięciu podstawowych zaklęć. Czarowników z nich tu nie zrobią. Ale takich „podręcznych" magików i owszem. Z tym że u nas czarownik przydzielany jest w wojsku od szczebla dywizji. A ci tutaj będą mieli magika już na szczeblu plutonu. On nie będzie tworzył magii, nie będzie rzucał skomplikowanych zaklęć, nie będzie miał błysków, ale kilka prostych spraw załatwi. „Ukryj oddział", „zamaskuj", „zmyl przeciwnika", „odwróć uwagę". I tyle! Od sanitariusza też nie wymaga się, żeby przeprowadzał na łące skomplikowane operacje chirurgiczne. Jedynie: „zatamuj krew", „daj ulgę w bólu", „zrób opatrunek". I wystarczy.

– O Bogowie! – Nuk zrozumiała nagle, że jej towarzyszka może mieć całkowitą rację. – Czyli nasza armia spotka się w bitwie z armią... – nie umiała znaleźć odpowiedniego określenia. – Z armią magiczną?

– No. – Kai wzruszyła ramionami. – Choć w umiarkowanym tego słowa znaczeniu.

– No to będzie ciekawie.

– Mhm.

Czarownica, siedząca na pochyłym konarze, majtała nogami, zadowolona z osiągniętego efektu. A może był to tylko skutek działania narkotyku, który krążył w jej żyłach?

Nuk myślała intensywnie.

– Powiedz mi jeszcze. Co zamierzasz zrobić?

– Jak to co? Użyć czarów.

– Przecież mówiłaś, że jeśli to zrobisz, to od razu miejscowi czarownicy nas odkryją. Hm, konkretnie: ciebie.

Kai roześmiała się nagle.

– A wyobraź sobie dwa różne miejsca. Wielką, mroczną świątynię, w której wnętrzu modli się w milczeniu kilkanaście osób. A obok znajduje się wielki cesarski targ, na którym setki przekupniów wrzeszczą, zachwalając swój towar. Kramarze kłócą się między sobą, kupcy się targują w gorączce, a ludzie przebierają w stosach rzeczy, próbując wynegocjować najniższą cenę. I teraz wyobraź sobie, że taka chuliganka jak ja wchodzi do świątyni. Staję sobie na środku i krzyczę: „kurwa mać!". I co się stanie?

– Wszyscy będą wiedzieli, że to ty. Będą patrzeć zgorszeni, wytykać palcami oburzeni, straż świątynna cię wyprowadzi.

– Właśnie. A jak pójdę na targ i krzyknę to samo?

Nuk również zaczęła się śmiać.

– Nic się nie stanie. Nikt nie zwróci uwagi.

– Otóż to. – Kai, zadowolona z siebie jak zaraza, zeskoczyła z konara. – A ja tuż za płotem w barakach mam tysiące takich wrzeszczących przekupniów. Każdy rzuca zaklęcia i jeśli dołączę do chóru, nikt nie będzie wiedział, co się stało. Nikt nawet o mnie nie pomyśli.

Nuk tylko kręciła głową w podziwie.

– O kurwa mać! – wyrwało jej się mimowolnie, chociaż nie stała ani we wnętrzu mrocznej świątyni, ani na środku targu.

Magazyn poligonowy był składem wyłącznie podręcznym, lecz atmosfera w nim panująca, namaszczenie, z jakim traktowano każdy przedmiot, przypominały te z baz i garnizonów. Tu wszystko odbywało się z należytą powagą, godną bardziej sztabu generalnego niż zwykłego namiotu na terenie ćwiczeń. Foe i Naan zachowywały więc nabożną ciszę. Władcą i suwerenem zastawionego skrzyniami wnętrza była kobieta z naszywkami sierżanta sztabowego, a to bardzo wysoka szarża i podpadnięcie mogło oznaczać grube kłopoty.

– No i dobra. – Sierżant położyła przed nimi dwie kartki papieru. – Musicie zdać swoje karabiny i możecie nawet zapomnieć ich numerów seryjnych. Podpiszcie. O, tutaj.

Nachyliły się nad kartkami. Zrozumienie tego, co było tam napisane, przekraczało ich możliwości.

– Po trzy krzyżyki stawiać! – zakomenderowała sierżant. – Wiem, żeście nieczytate i niepisate, więc nie ma co gał wywalać. Formularz i tak po polsku napisany, nie pojmiecie ni słowa. – Popatrzyła na nie z wyższością, która miała świadczyć, że ona umie czytać i pisać, a poza tym nawet język polski nie jest jej obcy.

Dziewczyny postawiły swoje krzyżyki bez słowa, a nadmagazynierka poświadczyła, że one to one. Miała taki dziwny przyrząd do pisania. Nie trzeba go było maczać w kałamarzu.

– No! – Z przyzwyczajenia chyba dmuchnęła na papier, mimo że przedtem nie posypywała go piaskiem. – Karabiny odłóżcie tu, na stojak. Rusznikarz sprawdzi, czy dobrze wyczyszczone. A teraz zapomnijcie numery seryjne! – rozkazała.

Nie bardzo wiedziały, jak wykonać ten rozkaz. Ale na szczęście domyślały się, że nie ma możliwości sprawdzenia jego wykonania.

– Musicie się nauczyć nowych. – Sierżant położyła na stole przed nimi dwie sztuki innej broni. Zgrabnej, malutkiej, przedziwnie wykonanej, tu coś sterczy, a tam wystaje. – Lżejsze, lżejsze – dodała, widząc ich miny. – Nie nadźwigacie się tyle, co z karabinami. Ale amunicji trzeba brać więcej, bo to pistolety, które za jednym pociągnięciem cyngla wyrzucają rój pocisków. Jak z cekaemu.

Rzuciła na stół ładownice z magazynkami.

– Nie bójcie się. Nikt nie będzie od was wymagał, żebyście trafiały wroga z nie wiadomo jakiej odległości. To do obrony służy.

– Tylko do obrony?

– No... do walki w okopach, w pomieszczeniach czy w ogóle w terenie zabudowanym. Na polu to tylko z bliska. No ale to nie ja was będę uczyć z tego strzelać. Z tymi pytaniami do waszego kaprala!

– Tak jest!

– Tu podpiszcie.

Nachyliły się nad kolejnymi kartkami, które znowu ozdobiły koślawymi krzyżykami.

– Tu macie jeszcze przydziałowe konserwy. Tego nie musicie kwitować.

– Pani sierżant? – odważyła się odezwać Foe. – Czy mogę zadać jeszcze jedno pytanie?

– A pytaj, pytaj. – Władczyni dóbr magazynowych była dziś w dobrym humorze.

– Dlaczego oni pakują mięso w metal? Potem ten metal każą wyrzucać, a na targu jest przecież o wiele droższy od mięsa.

Sierżant zamyśliła się, ale nawet ona nie znała chyba odpowiedzi na postawione pytanie. Ten problem musiał zresztą nurtować wielu żołnierzy. Po co używać wyśmienitej, cieniutkiej blachy do opakowania mięsa i tłuszczu? Przecież ta blacha, wykonana tak idealnie, że nie ma na niej nawet śladu klepania, osiągnęłaby u kupców ogromne ceny, w przeciwieństwie do mięsa, które na targu jest towarem pospolitym.

– Słuchajcie, szeregowa. Tu jest wojsko, a nie cesarska biblioteka w Negger Bank. Tu nie ma dziwne! Jeszcze zobaczycie wiele ciekawszych rzeczy. Ale nic nie jest dziwne. A pytań nie zadawać, bo to ścisła tajemnica wojskowa! Szpieg słucha!

– Tak jest!

– No, to odmeldujcie się i wypad jedna z drugą.

– Tak jest!

Stanęły na baczność, a Foe wyrecytowała regulaminową formułkę. Potem wyszły, odganiane łaskawymi ruchami dłoni magazynierki.

Nie zaszły daleko. Tuż za składem przykrytego brezentem sprzętu dopadła ich czołgistka w czarnym, bezkształtnym kombinezonie.

– A, tu jesteście, lenie!

– Pobierałyśmy...

– Milcz! Ćwiczenia są. Cała kompania czołga się w błocie, a wy w magazynie dupy grzejecie?

– W jakim błocie? Przecież nie padało.

– Już Polacy specjalnie ze stawu wodę spuszczają, błoto będzie. Im takie wojsko, co się mokrej ziemi boi, niepotrzebne.

– A my?

– Was, cwaniary, błoto ominie. Was będę uczyć czołg prowadzić, ale nie martwcie się. Też się napierdolicie, choć na suchym. Nie czas w magazynie marmoladę wyżerać!

Usiłowały coś wytłumaczyć, ale czołgistka nie słuchała.

– Czołg ciężki. W grząskim gruncie się zapada. A wiecie, jak sprawdzić, czy maszyna przejdzie?

– Nie wiemy.

– No to pokazuję. – Dziewczyna w kombinezonie zatrzymała się i wzięła pod boki. – Ty! – Kiwnęła na Foe. – Właź na grzbiet tej drugiej!

Foe chciała zdjąć plecak, skoro mają ćwiczyć jak kawaleria, ale wrzask: „w oporządzeniu!" powstrzymał ją skutecznie. Dokonując cudów zręczności, z trudem wspięła się na również okulbaczoną koleżankę i zawisła w pozycji prawie na barana.

– A teraz ty! Stań na jednej nodze!

No, tego było za wiele. Naan, zagryzając wargi, usiłowała podnieść lewą nogę. Dokonywała cudów ekwilibrystyki, lecz utrzymanie tej pozycji okazało się praktycznie niemożliwe. Ludzka konstrukcja chwiała się coraz bardziej.

– No widzisz. Stopa ci się nie zapada, więc czołg tu przejedzie. Gdyby się zapadła aż po kostkę, to na taki teren czołgu nie możesz wpuszczać. Musisz znaleźć obejście.

Foe i Naan przewróciły się. Zupełnie nie zdziwiło to czołgistki.

– Zbierać się, ofermy! – krzyczała. – Zaraz się w ziemi wytarzacie. Ale z mojego rozkazu, a nie same z siebie!

Poprowadziła je dalej. Na terenie przeznaczonym na ćwiczenia broni pancernej żadnego czołgu nie było. Najwyraźniej zagranicznym załogom nie chciało się jeździć tam i nazad za bezdurno. Ale znaleźli na to sposób. Prowadząca je dziewczyna założyła sobie na tułów wielkie pudło, w którego ściankach wykonano kilka wąskich szczelin. Wyglądało to z zewnątrz dość śmiesznie, ale stłumiony głos, który dobiegał z wnętrza, wcale śmieszny nie był.

– Zadanie: doprowadzić czołg, czyli mnie, do tamtego drzewa i ukryć w liściach. Ćwiczenie przeprowadzamy pod ostrzałem.

Foe i Naan spojrzały po sobie, nie wiedząc, co mają robić.

– Pokazujcie mi, gdzie mam jechać, ofermy! – wyjaśniła im czołgistka z wnętrza pudła.

– Tam!

– Jakie „tam", kretynko?! Ja nic nie słyszę. Gestami masz pokazywać!

– Tam! – Foe posłusznie wyciągnęła dłoń w kierunku wskazanego wcześniej drzewa.

– Co ty mi palcem pokazujesz?! Całym ramieniem, całą sobą pokazuj! I nie „tam", tylko „w prawo", „w lewo", „do przodu", „stój". Tak pokazuj.

Teraz dopiero zrozumiały.

– W prawo! – krzyknęła Naan, wyciągając ramię.

– Ja cię, kurwa, w ogóle nie widzę, dupo! Odejdź dalej od maszyny. I całą sobą, tak jakbyś ślepemu coś ręką pokazywała.

– Przecież ślepy nic nie widzi. Ręką z daleka nie naprowadzisz...

– Ty! Filozof, psiamać! To wojsko jest i jak każę pokazywać ślepemu, to pokazuj ślepemu, a nie mordą mi tu kłapiesz!

– Tak jest! – Naan odeszła parę kroków, żeby znaleźć się w polu widocznym ze szczelin, i zaczęła machać całym ramieniem.

– W prawo, w prawo.

Czołgistka zsunęła z siebie pudło. Teraz dla odmiany mówiła cicho.

– Czy wy mnie w ogóle słuchacie, czy ja mówię tylko tak sama do siebie, co?

– Słuchamy przecież.

– No to jakie to są ćwiczenia, co? Powiedziałam, że pod ostrzałem, czy nie powiedziałam? A tu jedna idiotka biega i macha rękami, jakby mówiła wrogom „tu strzelajcie", a druga idiotka sobie stoi i nic nie robi. Może jej nudno po prostu?

– A co powinnyśmy...

– Dziecko przygłupie moje... Jak do ciebie strzelają, to się połóż na ziemi. A posuwasz się, albo czołgając, albo skacząc od jednej dziury w ziemi do drugiej nierówności. Pojęła twoja ptasia główka czy pogłaskać trzeba dla zrozumienia?

Naan i Foe przypadły do ziemi, nie chcąc dalej podpadać wymagającemu instruktorowi. Dla tej drugiej skończyło się to fatalnie.

– A ty co robisz, skrajna debilko? – zainteresowała się czołgistka. – Głodnaś? Myszy szukasz?

– No przecież strzelają.

– A w pobliżu stoi zaparkowany wielki pancerny pojazd, za którym możesz się ukryć. To ty se wolisz poleżeć? A wiesz, że w tym miejscu – dziewczyna zbliżyła się do leżącej i weszła na nią obiema nogami – zostaniesz zmiażdżona gąsienicami? I pół biedy, jeśli czołg wzdłuż po tobie przejedzie. Chwila bólu i cię nie ma. Ale jak przejedzie w poprzek? Albo się zatrzyma? Wyjąc z bólu, będziesz zdychać do wieczora i żadne cudowne lekarstwa ci nie pomogą. Rozumiesz?

– Rozumiem.

– Słuchaj, co z tobą jest nie tak? Najpierw stoisz jak głupia, a potem leżysz jak głupia.

– To co mam robić?

– Ukryj się za mną, w pobliżu telefonu łączącego z dowódcą. – Wskazała swój własny tyłek, a bezpieczna chwilowo Naan usiłowała się nie uśmiechnąć, bo tamta niechcący powiedziała rzecz bardzo dwuznaczną. – Jeśli tamta idiotka biegnie przodem i pokazuje, to ty masz się kryć z tyłu. Wylecisz naprzód, dopiero kiedy tamta zginie. Do tej pory patrzysz na telefon, czy lampka nie mruga, żeby w razie czego odebrać rozkaz. Czy ja mówię w sposób jasny?

– Tak jest.

– A ty ciągle nie rozumiesz?

– Rozumiem.

– To dlaczego nadal leżysz?

No i co tu zrobić, skoro tamta wciąż stała na niej ciężkimi buciorami? Wolała nie odpowiadać. Dziewczyna w drelichu poczuła się wreszcie zaspokojona ruganiem nowych i łaskawie zeszła z nieszczęśnicy. Foe, klnąc w duchu, podniosła się błyskawicznie i „ukryła" za czołgistką.

Naan miała chwilę, żeby zerknąć, co dzieje się z resztą kompanii. Dziewczyny właśnie kopały w błocie okopy. Potem miały je zamaskować. A na czym miało polegać maskowanie? Łatwo się domyślić: na zakopaniu tego, co wcześniej wykopały. I wszystko w błocie.

Naan szybko zrozumiała, że jest wybranką losu i że należy dziękować Bogom za swój obecny przydział, jakkolwiek wredna byłaby baba, która wydawała im rozkazy. Dlatego też, kiedy tamta nałożyła znowu pudło na siebie i krzyknęła „naprzód!", Naan runęła w kierunku celu z wielkim poświęceniem i gorliwością. To tamte przy okopie miały naprawdę przesrane. Nie ona.

W sumie nie było źle. Ich broń wiele nie ważyła, amunicji też nie dostały za dużo. Niby musiały biegać, posuwać się skokami i czołgać, ale to było nic w porównaniu z atakiem na błoto przy użyciu łopat. Zresztą chwilę później nastąpiła regulaminowa przerwa. Siedziały pod drzewem, w cieniu, popijając wodę z manierek i gadając niespiesznie o byle czym. Były same. „Ich" czołgistka poszła coś zjeść.

– Słyszałaś, co powiedziała? – Foe zerknęła na koleżankę.

– W związku z czym?

– Jak mówiła o tym, że tamci już wodę spuszczają ze stawu. Powiedziała: „Polakom takie wojsko, co się mokrej ziemi boi, niepotrzebne". Zapamiętałam dokładnie.

– No to co?

– To przecież znaczy, że my w polskim wojsku jesteśmy.

Naan leniwie zerknęła na swoje rękawy. Miała na nich niezmiennie godła cesarstwa, a nie RP. Stuknęła w jedno palcem.

– A to to co?

– E tam. Jak nas nazwą, nieważne. A zresztą te godła na rzepach tylko się trzymają. Jednym ruchem zerwiesz i przyklepiesz nowe.

Naan wzruszyła ramionami.

– Z dwojga złego to ja wolę być w tym wojsku. Tu regulamin traktuje mnie jak człowieka na kontrakcie, a nasz, imperialny, traktuje mnie jak gówno musem wcielone.

– Nie no, ja temu nie zaprzeczam. Tylko... żebyśmy się nie zdziwiły, przeciwko komu nas wyślą.

– No, kurwa, nie przesadzaj!

Foe wydęła wargi, a potem prychnęła jak kotka.

– Już ty się nic nie bój. Słyszałam, jak ta oficer z łączności powiedziała do koleżanki, że przecież umowa między RP a cesarstwem nie przewiduje uzbrajania miejscowych jednostek w polską broń.

– No przecież mówili nam w koszarach, że są wyjątki. Że należymy teraz do elity. Podobnie jak dywizja pustynna, jak brygada w Banxi czy dywizja centralna.

– Pod polskimi rozkazami?

– Naszym dowódcą jest Hernike.

– A nad nią?

– Nie mam zielonego pojęcia, kto jest nad nią. Ale wolę być w wojsku, które pokona każdego tutaj.

– Każdego łącznie z imperialną armią, prawda? – Foe zaczęła się śmiać.

Naan machnęła ręką.

– To wtedy musieliby nas rzucić przeciwko własnemu narodowi – stwierdziła sceptycznie.

– Nie pierwszy raz, prawda? A poza tym ile z dziewczyn opowie się wtedy za powrotem do cesarskiej armii z brukwią na obiad i wodą z kałuży do popicia? Ile zdecyduje się na powrót do pól bitew, gdzie dwa razy silniejszy od ciebie mężczyzna idzie z naprzeciwka, chcąc wbić ci bagnet w brzuch, co? I to mając do wyboru służbę z mięsnymi konserwami, czekoladą i opieką medyczną, która traktuje cię jak człowieka.

Naan opróżniła swoją manierkę. Nie chciała ciągnąć tej dyskusji. To nie na żołnierski rozum.

– Od tego gadania rzeczywiście zgłodniałam.

Foe pogrzebała w swoim plecaku. Po chwili z kpiąco-triumfalnym wyrazem twarzy wyjęła coś owiniętego w srebrną folię.

– Czy zjadłabyś może batoniki truskawkowe? – zapytała z ironią. – No pytam: czy zjesz może batonik... truskawkowy?

Znowu zaczęła się śmiać, a Naan klęła w myślach. No żeż ty! Foe miała rację. Za batoniki w kieszeni można walczyć nawet z upiorami. Co tam własny naród.

– Koniec przerwy! – rozległy się wrzaski od strony stanowisk umorusanej piechoty.

Sierżanci przechadzały się wzdłuż linii i krzyczały.

– Koniec przerwy i koniec na dzisiaj! Do łaźni, ofermy, a potem na obiad! Wszystkie do łaźni!

Ponieważ ich czołgistki nie było w pobliżu, sierżanci zgarnęły także Foe i Naan.

– Nie siedzieć tu, łajzy! Do łaźni, ze wszystkimi!

Posłusznie powlokły się za resztą.

Łaźnia, jak na polowe warunki, okazała się wręcz luksusowa. Z powodu obecności dzikusów w okolicznych lasach otoczono ją podwójnym płotem z drutu kolczastego pod prądem, widziały wyraźnie białe izolatory i słyszały rozkaz, żeby nie dotykać, bo to kopie i może zabić. Widziały wieże strażnicze ze stanowiskami cekaemów.

Polacy dbali o chwilowo bezbronne wojsko. Gołym okiem dało się zauważyć, że nikt nie podejdzie, żeby znienacka wypuścić zabójczą strzałę.

Broń należało zostawić w specjalnych szafkach. Ubrania również. Żeby nieczytate dziewczyny niczego nie pomyliły, szafki poszczególnych drużyn pomalowano na różne kolory. Trzeba było ten kolor zapamiętać, a także symbol z obrazka przy każdej szafce: koń, krowa, ptak, pies, kot czy inne. Łatwy system. Foe dostała czerwonego psa, a Naan czerwone drzewo. Nie sposób nie trafić do swojej szafki.

Potem w tłumie ubłoconych nagich dziewczyn z ogolonymi głowami musiały przejść do łaźni umieszczonej w oświetlonej jasno piwnicy z końcówkami pryszniców sterczącymi z sufitu.

I tu Naan dostała jednego ze swoich ataków.

– Nie wejdę tam! – krzyknęła rozpaczliwie. – Tam śmierć!

– No co ty? – Foe była w pobliżu. – Przestań się wygłupiać.

– Tam wszystkie zginiemy! – panikowała Naan. – To pułapka!

– Jazda tam! Jedna z drugą! – Sierżant, choć też goła, miała jednak swój autorytet. – Nie mazgaić się!

– Nie wejdę! Nie wejdę! – Naan zaczęła się cofać. – Tam wszystkie umrzemy!

– Przestań! – Foe chwyciła siostrę za rękę. – Opanuj się!

– Jazda! – wrzeszczała sierżant.

Na szczęście w pobliżu znalazł się oficer. Wymuskana porucznik w wyjściowym mundurze piechoty podeszła do nich z boku.

– Co się stało? – zapytała.

– Melduję, że ona nie chce wejść.

– Dobrze, nie twórzcie zatoru – błyskawicznie wydała rozkaz porucznik. – Wszystkie do łaźni, a ja z nią pogadam.

– Tak jest!

Dziewczyny wchodziły do hali bez oporów. Zerkały jednak ciekawie na niecodzienne zjawisko. Jedynie Foe została dłużej. Powiedziała jeszcze na odchodnym:

– Ona tak ma, pani porucznik. Czasami jej się zdarzają jakieś zwidy, ale potem wszystko jest normalnie.

– Rozumiem.

Kiedy zostały same, porucznik podeszła bliżej.

– Co ci się stało, żołnierzu? – zapytała spokojnie. – Naprawdę masz omamy?

– Ja tam nie wejdę, proszę pani. – Naan cała się trzęsła. – Ja tam nie wejdę. Tam śmierć.

To była zupełnie inna armia od tej, którą znała. Nie wpędzono jej pod prysznice kopniakami ani kłując w tyłek nożem. Na skinienie oficera skądś zjawiła się kapral i okryła Naan kocem.

– No, co z tobą? Czy to miejsce z czymś ci się kojarzy?

– Nie, pani porucznik. Z niczym.

– To skąd ten strach? Nie lubisz się myć?

– Lubię.

– Zapewniam cię, dziecko, że woda w rurach jest ciepła. – Porucznik skrzywiła się, zdając sobie sprawę, że kłamstwo jest zbyt oczywiste. – No dobra. Może i wody nie można nazwać gorącą, ale zapewniam, nie jest też lodowato zimna. Możesz iść się umyć.

– Tam wszystkie dziewczyny zginą!

– Ależ one się już myją. Możemy zerknąć, jeśli chcesz.

– Boję się. Tam śmierć!

Zrezygnowana porucznik nie wiedziała, co robić. Była świeżo po szkole i nie zaznała frontu. Być może dlatego do niej nowe regulaminy trafiały szybciej. Nie rozdarła się bowiem ani nie kazała bić. Powiedziała do kapral:

– Musimy znaleźć jakiś pojazd. Trzeba ją zawieźć do lekarza.

– Czy ona zwariowała, pani porucznik?

– Nie wiem. Biegnij już.

Kapral wywiało momentalnie. Wróciła dość szybko, bezradnie rozkładając ręce.

– Melduję, że w pobliżu nie ma niczego oprócz łazika tych zagranicznych inżynierów, którzy demontują tu jakieś urządzenia. Kiedy im powiedziałam, co się stało, to powiedzieli, że przyjdą i zobaczą.

– Wariatki ciekawi? – Porucznik specjalnie się nie zdziwiła. – Taa, ludzie głupieją z nudów w tych lasach.

Wprowadziły Naan do szatni. Dziewczyna ciągle drżała. Nie mogła też opanować nerwowych tików. Ewidentny przypadek medyczny, a nie symulant. A zresztą... Może jej zaraz przejdzie?

Grupa zagranicznych inżynierów, która pojawiła się w szatni nieco później, rzeczywiście wydawała się zainteresowana niecodziennym przypadkiem. Wypytywali o szczegóły zajścia, rozglądali się dookoła. Szczególnie jeden, wyróżniający się dziwnym akcentem.

– Co ci się stało? – dopytywał. – Kiedy poczułaś strach? W którym miejscu?

– Tam. – Naan wskazała drzwi szatni.

Mężczyzna podszedł w tamtą stronę.

– Tutaj?

– Nie. Gdy wyszłam na zewnątrz.

Inżynier energicznym ruchem otworzył drzwi i zrobił dwa kroki.

A potem zamarł.

– O Boże! – Ogarniał wzrokiem kolczaste druty pod prądem, wieżyczki strażnicze i łaźnię ze sterczącymi z sufitu prysznicami. – To Auschwitz! – wykrzyknął.

– Co? Co takiego? – dopytywali jego koledzy.

Inżynier wbiegł do środka.

– Widziałaś już kiedyś to miejsce? – Dopadł Naan i chwycił za rękę.

– Nie. Nigdy.

– To czemu ci się wydaje, że tam wszyscy zginą? – indagował gorączkowo.

– Szłam w tłumie nagich dziewczyn z ogolonymi głowami...

– Wystarczy.

Koledzy, wyraźnie zaintrygowani, dopytywali bez przerwy.

– Wymienił pan jakąś nazwę geograficzną. Gdzie to jest? Ten widok też coś panu przypomina?

Pierwsza domyśliła się porucznik.

– Tego miejsca nie ma w pobliżu, prawda? – zapytała.

– W ogóle nigdzie go nie ma.

– Jest za Górami Bogów?

– Tam też go nie ma – odpowiedział inżynier zirytowany. – Tego miejsca nie ma na świecie. Na tym świecie.

Nagle zdał sobie sprawę, że powiedział za dużo. Jego twarz zmieniła wyraz.

– Spokojnie, dziecko – powiedział. – Zapewniam, że nic ci się tutaj nie stanie. Na pewno nie zginiesz.

Naan podniosła oczy. Ufała mu. Najwyraźniej wiedział, co mówi. I wiedział też, że ona nie kłamie, nie symuluje.

– Nic jej nie będzie – zawyrokował polski inżynier.

– Zaprowadzić ją do lekarza? – zapytała porucznik. – Sądzi pan, że to coś da?

– Na to lekarz na pewno nie pomoże – odpowiedział z uśmiechem, już znowu spokojny. – A z nią nie powinno być kłopotów. Jakby nie chciała do łaźni, to najłatwiej wystawić jej miednicę przed barak. Niech tam się myje.

Wyjął z kieszeni notes i zapisał imię Naan. Porucznik podała mu numer jednostki i przydział.

Koledzy, zaciekawieni do granic możliwości, nie ustawali w pytaniach. A on stał w milczeniu i tylko patrzył, usiłując coś wyczytać z twarzy Naan. Chyba się nie dopatrzył niczego. Po długim czasie szepnął ledwie słyszalnie:

– Auschwitz...

Większość meldunków, które spływały na biurko Rosenbluma, była syntezami wykonanymi przez oficerów wywiadu marynarki niższego szczebla. Z rzadka tylko docierały do niego meldunki bezpośrednie. Jak na przykład ten od alpinistów, którzy odkryli kolejkę przez Góry Pierścienia. Ale tu decyzja była prosta. Wystarczyło na tym samym blankiecie napisać odręcznie: „Przeszkolić w zakresie prac saperskich pięć grup alpinistów, wyposażyć w materiały wybuchowe i czekać w pogotowiu". Sprawa z głowy.

Następny dokument był wyjątkowy. Z pozoru zwykły list, dostarczony bezpośrednio do rąk jego ordynansa przez przepiękną kobietę, która nie zdradziła nawet swojego imienia. Zawierał tylko jedno zdanie: „Bardzo proszę o pilne osobiste spotkanie w stosownym miejscu". I podpis. Chen.

Piękna kobieta miała stawić się nazajutrz po odpowiedź. I Rosenblum przekazał odpowiedź. Nie na piśmie, osobiście.

Teraz czekał na rozmówcę w przepięknej zatoczce z piaszczystą plażą okoloną palmami. Niektóre z nich wyginały się dziwnie w poszukiwaniu światła i ich rozłożyste liście prawie dotykały powierzchni spokojnej wody. Widać było na nich słone osady, choć dzisiaj żadne fale nie marszczyły zielonkawoniebieskiej powierzchni, morze przypominało bardziej ogromne jezioro. Drewniany pomost, na którym Rosenblum ustawił sobie krzesełko, służył do połowu wielkich krabów. Niedaleko, na wzgórzu, stała maluteńka karczma, gdzie goście o wyrafinowanych gustach mogli zjeść przyrządzonego przez gospodarza kraba, którego wcześniej sami złowili. Bogaci klienci mają czasem takie kaprysy. Rosenblum nie gustował co prawda w owocach morza, ale wybrał to miejsce z bardzo prostego powodu. Otóż tutejsze kraby miały tak wielkie szczypce, że podobno niedoświadczonemu rybakowi mogły uciąć nawet palec. Dlatego też wymogiem było noszenie specjalnych rękawic z grubego drutu. I w związku z tym było to jedyne miejsce, gdzie w panującym upale rękawice na dłoniach nie budziły niczyjego zdziwienia. I w ten nieprowokujący podejrzeń sposób można było nie zostawić na broni odcisków palców. Bowiem zgodnie z instrukcją wydziału do spraw tajnych operacji należało broń pozostawić dla śledczych na miejscu egzekucji. Druciane rękawice miały jeden minus – ślizgały się po metalowych częściach pistoletu. Dlatego też pistolet Rosenbluma czekał w przykrytym szmatką wiaderku z lodem, już przeładowany i odbezpieczony. Nie miał numerów, nikt nigdy nie użył go w akcji, więc jego śladem dalej ruszyć się nie da.

Nikt też nie mógł być świadkiem tego, co mogło się tu wydarzyć. Dziś osobliwie wszystkich wymiotło. Nic dziwnego. Zarówno podmiejska karczma, jak i cały teren wokół były własnością jednej z licznych firm Barucha.

Głowę komandora przepełniały ciemne myśli. W swoim śledztwie dotyczącym zdrajcy w sztabie wywiadu sił lądowych nie mógł posunąć się ani o krok. Rozpuszczane w poszczególnych grupach pracowników spreparowane „tajemnice" nie dawały efektu. Żadna nie wypływała. Agenci wysłani za granicę albo ulokowali się zbyt nisko w hierarchii tamtejszych służb, albo agent okazał się zbyt sprytny, by przekazywać tego rodzaju rewelacje. Możliwe, że skupiał się tylko na swojej misji i realizował wyłącznie zadania zlecone przez centralę wroga, pomijając wszystkie ekstrasy, które wpadły mu w ręce po drodze. Bardzo bezpieczny sposób postępowania. Tak czyniąc, mógł pozostać w ukryciu latami.

Na piargu w pobliżu karczmy pojawiła się sylwetka mężczyzny. Rosenblum zerkał tylko kątem oka. Tamten był młody, poruszał się energicznym krokiem, fałdy jego krótkiego chitonu powiewały przy każdym ruchu. Po chwili bez wahania wkroczył na pomost.

– Panie.

Rosenblum skinął głową.

– Witaj, Chen. Kopę lat – zażartował. Nie znał handlarza kawą osobiście i nigdy go nie widział. Jego twarz była mu znana jedynie z fotografii robionych ze sporej odległości.

Młody mężczyzna uśmiechnął się lekko, nieśmiało. Komandor wybawił go z kłopotu.

– Czy chcesz zostać podwójnym agentem? – zapytał bez wstępów.

– Nie. To znaczy tak. W pewnym sensie.

– Jaka jest więc twoja propozycja?

Tu odpowiedź padła już bez wahania:

– Wystawię wam obcego agenta w sztabie wojsk lądowych.

– W zamian za?

Chen znowu się zmieszał. Oblizał spierzchnięte wargi i zebrał się w sobie.

– Ja tu przyszedłem o łaskę prosić, panie – powiedział sucho. – O darowanie życia.

– A skąd pomysł, że chcę cię usunąć?

– Długo by mówić, a ja sporo o tym myślałem. Prawdopodobnie jeśli nie odmienię teraz twojego dnia, panie, nie sprawię, że będzie to dobry dzień, zabijesz mnie już tutaj. Na miejscu.

Rosenblum gwizdnął cicho. Nie zamierzał niczego Chenowi ułatwiać. A jednak, choć nie chciał tego przed sobą przyznać, handlarz kawą trochę mu zaimponował.

– Znasz nazwisko agenta w naszym sztabie? – zapytał.

– Nie, panie.

Takiej odpowiedzi należało się spodziewać. Gdyby Chen przyszedł z nazwiskiem podanym na tacy, byłaby to prawdopodobnie prowokacja. Plus więc dla niego. W realnym świecie ktoś o jego randze nie miał prawa znać najwyższego mocodawcy.

– To co możesz mi o nim powiedzieć?

– Wszystko, co wiem, wyrozumowałem sam na podstawie rozmów z sierżantem Lewandowskim.

– No nie powiesz mi, że Lewandowski ma dostęp bezpośrednio do agenta.

– Oczywiście, że nie. Pan Lewandowski ma jednak nadzwyczajną skłonność do alkoholu. A wtedy mówi szczerze i bardzo dużo. On sam kontaktuje się z jakimś niższym rangą oficerem wywiadu. Raporty trafiają do generała Kawalca. A co się z nimi po drodze dzieje, pojęcia nie mam i znać drogi nie mam prawa.

– Słusznie.

– Lewandowski orłem, jak wiesz, panie, nie jest. Ale swoją życiową mądrość małego człowieczka ma bez wątpienia. I tak sobie myślę, że on jeden ma szansę unieść swoją głowę cało z tej przygody. Pewnie na starość osiądzie gdzieś tutaj, otoczony niebywałym bogactwem i młodymi kobietami. Ponieważ jest bardzo przydatnym nikim.

Rosenblum skinął głową.

– Dobre określenie. Bo Lewandowski rzeczywiście nikomu nie zawadza, a potrzebny jest wielu.

– Ja prowadzę księgowość – wyznał nagle Chen.

– O?

– Własną, zaszyfrowaną, tajną. Muszę sam wiedzieć, jakie kwoty przekazałem sierżantowi szefowi. Na własną pamięć zdawać się w tej branży nie sposób.

– Mówiąc „branża", masz na myśli szpiegów czy księgowych?

– Tych drugich, panie. Ci pierwsi nie zostawiają notatek dla potomności.

– I co z tego wynika?

– Przy liczbach stawiam sobie tylko wiadome znaczki. Ponieważ Lewandowski jest bardzo dziwnym człowiekiem. Przy całej swojej jowialności i prostocie jest bardzo wybuchowy.

– Kwatermistrzowie tak mają.

– Cóż... Sierżant co jakiś czas robi mi karczemne awantury. Sam przecież by na to nie wpadł, to tylko znak, że dzień wcześniej ktoś mocno opierdolił jego. Dlaczego? Ano dlatego, że ktoś jeszcze wyżej ostro zmył mu głowę.

– Co tu dziwnego? Nie starasz się, przynosisz mało konkretów, to i łeb zmyją.

– No właśnie. Analizując moje znaczki, usiłowałem dociec, co sprawia, że danego dnia sierżant zły. Bo nie zależy to w ogóle od tego, czy przynoszę dużo danych, czy mało, czy są wśród nich wywiadowcze perełki, czy nie.

– Pieniądze?

– Otóż jego humor nie zależy w żadnym stopniu od sum, które mu przekazuję.

Teraz Rosenblum zainteresował się naprawdę.

– No to powiedz mi. Od czego zależy wkurw Lewandowskiego?

Chen uśmiechnął się szeroko po raz pierwszy od początku rozmowy.

– Od niczego, panie. – Patrzył na reakcję, którą wywołał. – Wkurw Lewandowskiego po prostu powtarza się regularnie raz na dwadzieścia cztery dni!

– Jezus Maria. – Rosenblum odchylił się na oparciu tak gwałtownie, że krzesełko zatrzeszczało ostrzegawczo. – Ja się trochę domyślam, co wy wiecie o tym agencie. Ludzie Randa śledzą moich ludzi, a moi ludzie śledzą ludzi Randa. Takie to zamknięte koło. I tak jak do niego docierają różne istotne informacje, tak i docierają do mnie. Złośliwi mówią, że tajne służby, choć nienawidzą się wzajemnie, to jednak nie mogą bez siebie żyć.

Tym razem uśmiechnął się Rosenblum. I popatrzył pytająco.

– Wiem, że domyślacie się historii agenta w waszym sztabie. Wiecie, że to potomek ludzi z dawnych wypraw zakonnych. Wiecie, że po przybyciu tutaj, kiedy zamieszkał już w świecie, gdzie działa magia, odkrył w sobie niesamowite zdolności. I wiecie też, że miejscowi czarownicy dowiedzieli się o tym, znaleźli kontakt i przekonali go do siebie.

– Jestem pod wrażeniem. – Rosenblum cmoknął cicho. – Czy wiedzę na ten temat ma również generał Kawalec?

– Ode mnie się nie dowiedział. Nie jestem samobójcą. Nie mam skłonności do pozbawiania siebie życia.

– To już ustaliliśmy na początku. Mów dalej.

– Bo widzisz, panie, wszystko przez waszą nieznajomość czarowników i sztuki magicznej. Dla was czarownik to taki ni to kapłan, ni szaman, co tańczy, zaklęcia śpiewa i naiwnym „cuda" pokazuje. Wy nawet czarów nie potraficie dostrzec. Wytłumaczył mi to kiedyś sierżant Lewandowski.

– Co takiego objawiła ci ta znana wszem wobec skarbnica mądrości? – zakpił Rosenblum.

– Lewandowski zapytał, jak bym opisał to, gdyby on nagle uniósł się w powietrze. Odparłem, że to byłyby czary. A sierżant na to, że Polak powiedziałby, że to liny z nylonu, żyłki, jakieś nitki albo że włożył kombinezon z żelaza, a nad sufitem jest wielki elektromagnes. No i zapytał jeszcze: a co by było, gdyby zmienił kolor skóry na fioletowy, z ust zamiast języka wyjrzał mu wąż, a z kieszeni powyciągałby krokodyle? Odparłem, że to już byłyby na pewno czary. A on twierdził, że Polak powiedziałby wtedy: „Niedobrze ze mną. Muszę iść do psychiatry". I tak mi to wyklarował, że Polacy nie potrafią dostrzec czarów, ponieważ najnormalniej w świecie w nie nie wierzą! One nie mieszczą się w ich rozumie. A jeśli coś się tam nie mieści, to tego nie widać. Tego nie ma.

– Całkiem słusznie objaśnił, co i jak. – Rosenblum pozostawał pod wrażeniem, że zaopatrzeniowca stać było na taką filozofię. A może po prostu gdzieś ją usłyszał i potem powtarzał. – I co z tego wynika?

– Otóż czarownicy u nas dzielą się na wiele kategorii. I nie o to chodzi, czy wiele potrafią, mam na myśli bardziej specjalizację. Oczywiście najwięcej jest czarowników „ogólnych". Ale choć bywają wśród nich mistrzowie prawdziwi, jak choćby Meredith, to są oni jednak unikatowi. Takich ludzi jak Meredith w całych dziejach świata było może kilka tysięcy. Może tylko kilkuset. Zwykły czarownik do pięt mu nie sięga. Dziś na świecie może ich żyć raptem kilku. A mówię o całym wielkim świecie, o wszystkich państwach i narodach, a także o potworach, które zamieszkują Wielkie Lasy oraz nieznane lądy. Mała szansa, że za swojego życia dwóch takich się zobaczy.

– Rozumiem.

– Taki zwykły, „ogólny" czarownik poza paroma wyjątkami moc ma niewielką. Ale są przecież specjaliści. I to zupełnie wyjątkowi. Jedni na przykład specjalizują się w błyskach i ich interpretacji. W tej konkretnej mierze to i samemu Meredithowi trudno się z nimi mierzyć. Są wizjonerzy, którzy potrafią brnąć przez niewyobrażalne otchłanie czasu, żeby dowiedzieć się jakiejś cząstki prawdy.

– Z przeszłości?

– Także i z przyszłości. Ale nie jest to wiedza doraźna przecież. Tego, jaki los wybrać na loterii z okazji urodzin cesarzowej, to oni nie powiedzą.

– Ale są w stanie przewidzieć, co ich spotka?

Chen uśmiechnął się lekko.

– Wiem, o czym myślisz, panie, i mówię od razu: nie przejmuj się. Ich umiejętności nie są doraźne. Porównując: to mniej więcej tak, jakby wasz najlepszy snajper ze swoim wyjątkowym karabinem wszedł w tłum chuliganów z pałkami. Na nic mu jego umiejętność oraz wspaniała broń. I tak zatłuką.

Tym razem uśmiechnął się Rosenblum. Podziwiał inteligencję rozmówcy.

– A wracając do czarowników...

– Właśnie. Są tacy od chorób i plag. Są od zaklęć kroczących, są od przekształceń i wielu, wielu innych specjalności. Każdy z nich inny.

– A nasz agent?

– On jest wizjonerem, panie. Niezwykłym.

– I co z tego wynika?

– Oni wszyscy działają według określonych cykli. Jego jest dwudziestoczterodniowy. Tuż przed końcem cyklu, przed momentem, kiedy osiągnie największą moc, przestaje panować nad sobą. To złe porównanie, ale wariuje dokładnie tak jak kobieta przed miesiączkowaniem.

– Ciekawe... – Rosenblumowi porównanie wydało się zabawne.

– Regularnie więc wpada we wściekłość. Może mieć więc opinię furiata, ale może i nie mieć. Może być opanowany jak szlag, a wyżywać się tylko na podwładnych. I tylko pod koniec każdego cyklu.

– Hm.

– Cykl składający się z dwudziestu czterech dni szalenie trudno odkryć, prawda? Nie pokrywa się on bowiem ani z naszymi ćwiartkami pór roku, ani z waszymi miesiącami. Jego otoczenie może tego nie kojarzyć. Żeby w ogóle zauważyć taki cykl, trzeba robić notatki. Jak ja.

– To też rozumiem. Inni mogą łączyć napady z pogodą, ze skokami ciśnienia albo z zaostrzaniem się choroby wrzodowej na przykład.

– Jest, jak mówisz, panie. Nikt, kto nie robi regularnych notatek, nie odkryje wzorca cyklu, panie – powtórzył Chen.

Rosenblum zamyślił się w milczeniu. On też w czary nie wierzył, ale widział już wystarczająco dużo, żeby do tych opowieści przywiązywać wagę, a nie odrzucać je jak zwykły ignorant. W głowie huczało mu od kłębiących się myśli.

– No dobrze – westchnął w końcu. – A jak go wykryć?

Chen rozłożył ręce.

– To mogą zrobić jedynie inni czarownicy. Ich Rada jest przez was upokorzona, a poza tym, współpracując, działaliby przecież wbrew własnym interesom.

– Więc?

– Macie chyba największego fachowca, jakiego zna historia naszej cywilizacji, który was lubi, prawda?

– Prawda – przytaknął Rosenblum, zastanawiając się, jak długo będzie trwała podróż Mereditha z Banxi do Negger Bank. – A jaka jest twoja propozycja? Jak zamierzasz zamienić mój dzień na dobry?

Chen ukłonił się lekko.

– Pragnę powiedzieć, że w zaistniałej sytuacji, w momencie kiedy zacznie się planowana przez was operacja, ja zniknę i nie pojawię się już nigdy więcej. A przez to w decydującej chwili siatka generała Kawalca stanie się ślepa. Bo przecież Lewandowski nie zna żadnego z moich ludzi.

– To prawda – zgodził się Rosenblum.

Chen powiedział już wszystko. Rosenblumowi pozostawało więc tylko wyjąć pistolet z wiaderka i zastrzelić człowieka, z którym dotąd rozmawiał. Dwa razy pociągnąć za spust, sprawdzić brak pulsu, zostawić broń na miejscu zbrodni i spokojnie odejść. Od obiecanek zniknięcia zawsze przecież lepsza jest pewność, że Kawalec oślepnie.

Rosenblum zdjął szmatkę przykrywającą wiaderko. Tamten stał o kilka kroków, nie mógł stamtąd dostrzec, co znajduje się w środku. No to... Bez żadnych melodramatycznych słów typu „wybacz, ale pragmatyzm to nakazuje" ani „muszę cię zabić, bo muszę mieć pewność". Nawet bez „nażryj się ołowiu!", bo to nie film ani powieść gangsterska. Po prostu wyjąć i strzelić. Proste.

Udając, że czegoś szuka we wnętrzu wiadra, Rosenblum położył dłoń na kolbie pistoletu.

– Wiesz, właściwie to nie mam do ciebie żalu – powiedział. – Poza jedną rzeczą.

– Jaką, panie?

– Jakoś tak ciąży mi to, że wykradłeś nam szkic planu desantu pod Banxi. Tylko to.

Chen rozłożył ręce.

– Taki zawód, panie. Taki sam i ty wykonujesz.

– Fakt. Ale powiedz mi. Ciężko było wykraść ten plan?

Tamten westchnął tylko.

– Ciężko. – Westchnął jeszcze raz. – Choć sam papier przecież ciężki nie jest.

Rosenblum gwałtownie zerwał się z krzesła.

– O kurwa mać! – Nie mógł się opanować. Ze złością kopnął w metalowe wiaderko. Poleciało płaskim torem, uderzyło w powierzchnię wody i zaczęło tonąć razem z umieszczoną weń, niepotrzebną już do niczego bronią.

– Czy cię uraziłem, panie?

– Nie.

– Zatem co się stało? – Tamten nie mógł się zorientować, czy rozwój wypadków czymś mu grozi, czy nie. Głupi człowieczek.

Rosenblum powoli uspokajał oddech. Potem postanowił cierpliwie wszystko mu wyjaśnić. Być może sam chciał w ten sposób odzyskać jasność myśli.

– Właśnie się dowiedziałem, że prawdziwego Chena już nie zabiję. Już go w żaden sposób nigdy nie dopadnę.

– Ale to ja...

– Milcz. Gdybyś był Chenem, to wiedziałbyś, że szkic desantu mój oficer narysował na sukience kurwy z burdelu. A nie na papierze.

Młodego mężczyznę zdjął strach.

– Czy... czy...

– Nie, nie zabiję cię, młody. Nawet już nie mam czym w tej chwili.

– Więc odejdę stąd żywy?

– Z tego pomostu tak. Ale nie dożyjesz dzisiejszej nocy, chłopcze.

Rosenblum dosłownie widział prawdziwego Chena oczami wyobraźni. Pewnie obudził się którejś nocy i zdał sobie sprawę z konsekwencji tego, co czynił. Był jedynym łącznikiem między Lewandowskim, czyli Kawalcem, a własną siatką. Jeśli sytuacja stanie się dramatyczna i coś naprawdę zacznie się dziać, naturalną konsekwencją dla jego wrogów będzie likwidacja najsłabszego ogniwa. Tym ogniwem był sam Chen. A sytuacja zmierzała właśnie ku dramatycznym rozwiązaniom. Jako szef siatki musiał przecież doskonale o tym wiedzieć. I zlany zimnym potem ze strachu wymyślił, jak temu zaradzić. Dał wywiadowi marynarki to, czego chłopaki pożądały najbardziej. Powiedział, jak namierzyć agenta w sztabie. Tylko po to, żeby ich przekonać, że on sam nie jest ideowcem. Nie poświęci się dla sprawy, bo chce żyć. Że nie muszą go ścigać, bo przecież sam się rozbroił. Zdradził Kawalca. Dał też przekonanie, że naprawdę zniknie w odpowiedniej chwili. No ale wiedział też, że pewność jest lepsza niż przypuszczenie. Przewidział, że powiedziawszy swoje, zostanie zabity na miejscu bez żadnych ceregieli. I dlatego nie przyszedł. Wynajął jakiegoś swojego sobowtóra, wyszkolił, poinstruował. Zlecił nieświadomemu samobójczą misję. A sam teraz siedzi gdzieś już poza zasięgiem prostego strzału. Trzeba się nabiedzić, żeby go teraz znaleźć. Ukartował rzecz tak, żeby wywiad marynarki jednak nie chciał się przesadnie biedzić. Żeby mu za bardzo nie zależało.

Mistrz! Rosenblum nie sądził, że taki prawdziwek, samouk jak Chen dorówna w kalkulacjach zawodowym, wyszkolonym oficerom wywiadu. A on ich przechytrzył. Ach, bez przesady, a może to tylko na zasadzie, że i ślepej kurze raz ziarno się trafia? Już nie sposób rozstrzygnąć.

– Panie, panie, jak to nie dożyję wieczora? – łkał wynajęty chłopak. – Dlaczego?

– Bo w planie Chena miałeś tutaj zginąć. Zastrzelony przeze mnie jako on. Twój trup miał mnie przekonać, że Chena już nie ma. A przecież gdybym sam to zrobił, to byłbym przekonany, prawda?

– No ale domyśliliście się, panie, jego perfidii. Ja żyję.

– Na krótko, bo ten fakt niczego nie zmienia. – Rosenblum uśmiechnął się uprzejmie.

– Dlaczego?

– Za każdą sprawą, którą załatwia wywiad, śmierć biała kroczy z naostrzoną kosą. To nie są zabawy dzieci w piaskownicy, chłopcze. Tu i zawodowy rzeźnik mógłby się czasem zrzygać.

– Ale dlaczego chcą mnie zabić? Kto chce?

Rosenblum wzruszył ramionami. Niby po co rozmawiać z już nieżywym? Po nic. Lecz z oczu chłopaka wyzierała podszyta przerażeniem ciekawość tak intensywna, że postanowił mu wyjaśnić.

– Mnie nic nie obchodzisz i ja na ciebie nie nastaję – powiedział. – Nawet jakbyś gdzieś coś zeznał, to będzie tylko twoje słowo wobec słowa polskiego oficera. Twoje nie znaczy nic w tym układzie. Będzie jak szczekanie psa. Ale... Wykonuję tu misję nielegalną, więc nie mogłem wziąć ze sobą swoich ludzi. O ochronę musiałem poprosić Randa. I teraz jego ludzie otaczają teren. Nie przepuszczą takiej gratki jak dostanie w swoje łapy samotnego Chena, więc cię złapią, będą torturować, a wieczorem zabiją, bo do niczego więcej nie będziesz potrzebny. Po drugie ten teren jest czyjąś własnością. Ktoś go musiał oczyścić z gapiów, zabezpieczyć, więc... ludzie Barucha też otaczają wszystko wokół. Ale Baruch kulturalny i niegwałtowny. Na przesłuchaniu będziesz musiał go przekonać, że mówisz prawdę. Przekonać, a nie tylko wykrzyczeć w bólu. To bankier. Więc oprócz tortur będziesz się jeszcze zwijał w mękach własnego umysłu, bo on też nie przepuści takiej gratki. No i na koniec po trzecie. Po trzecie naokoło są jeszcze ludzie prawdziwego Chena. A dla niego jesteś jak torpeda z wypalonym już paliwem, ale z ciągle groźną bojową głowicą. – Rosenblum, obrazując, wskazał swoją czaszkę. – Trzeba zlikwidować. I oni zabiją cię najszybciej. Ale mogą też uznać, że zawiodłeś, i zakatować powoli. Nie wiem, jacy są jego ludzie, czy skłonni do bicia, czy nie. Po prostu nie wiem.

– Panie, litości! Jak się ratować?

– Jedyna droga ucieczki wiedzie tam. – Komandor machnął ręką na otwarte morze. – Ale nie sądzę, żebyś wpław dotarł na inny kontynent.

– To co mam robić?

Rosenblum z trudem zdjął druciane rękawiczki i rzucił je do wody. Prawdę powiedziawszy, nie miał pojęcia, co powiedzieć, choć doskonale rozumiał, o co chłopakowi chodziło. Przecież mógłby wziąć go pod ochronę i wyprowadzić stąd bezpiecznie. Uśmiechnął się w duchu. Instrukcja mówiła wyraźnie: w starciu bezpośrednim nie wolno zostawiać za sobą rannych wrogów. Pamiętał opowieść Tomaszewskiego ze strzelaniny na jeziorku przy Tor Avahen. Z napastników przy życiu pozostał tylko ranny chłopak. Ale Krzysiek musiał dowodzić dalej, nie mógł go zostawić za plecami, bo tak został wyszkolony. Strzelił. A co mu się śni teraz po nocach, to już jego prywatna sprawa, a nie procedury.

Tak musi być i tutaj.

– Skoro pytasz mnie o radę, to ja na twoim miejscu wskoczyłbym do wody i wyłowił mój pistolet. Jest w wiaderku, gotowy do użycia. Naszej broni woda niestraszna. Włóż lufę w usta i strzel.

– Ale...

– Będzie szybko, bez bólu, bez tortur, bez upokorzeń, bez nieskutecznych błagań kogokolwiek na klęczkach.

Odwrócił się i powoli ruszył w stronę pustej karczmy na wzgórzu. Chłopak chciał biec za nim, ale powstrzymał go ruchem ręki.

– Nie zbliżaj się. Śmierć jest zaraźliwa.

I w duchu dodał: szczególnie jeśli jakiś nadgorliwy idiota strzeli z dużego dystansu.

Strażnica zasługiwała na swoją nazwę tylko na mapach dowództwa, dla statystyki. Drewniany barak, choć wypucowany i doprowadzony do lśnienia przez pokolenia rekrutów, nie mógł pełnić żadnej funkcji obronnej, a to z powodu olbrzymich okien, które zajmowały większą część głównych ścian. Tak samo palisada, wykonana z równiutkich, idealnie okorowanych bali, była bezużyteczna z tego chociażby powodu, że otaczała posterunek jedynie z trzech stron. Militarne znaczenie obiektu było zatem równe zeru. No ale w końcu czego imperium miało się bać na ziemiach stanowiących jego centrum? Natomiast na obrazku strażnica wyglądała niezwykle malowniczo i filmowcy byli zachwyceni.

– Teraz bezwzględny atak! – sugerował jeden z operatorów. – Bezwzględny bój.

– A po co? – nie mogła nadziwić się Shen. – Przecież wystarczy, że podejdę, wrzasnę: „wyłazić!" i będzie po bezwzględnym boju. Ci w środku idiotami nie są.

– Oj, to film. – Operator odżegnywał się teatralnie obiema rękami od tego, co usłyszał. – A on rządzi się swoimi prawami.

– Nie będę atakować całym oddziałem jakiejś budy. Nikt nie uwierzy, że to naprawdę.

– Zdziwisz się, w co ludzie uwierzą. – Uśmiechnął się bezczelnie. – Bo oni wierzą w to, co widzą.

– Ale to fikcja, nie rzeczywistość.

– Rzeczywistość tworzymy my! – skwitował jednym zdaniem i za żadne skarby nie dał się już przekonać.

No trudno. Chcąc nie chcąc, Shen ustawiła oddział w szyku bojowym. Nie miała innego wyjścia. Współpraca z Polakami dawała jej jakąkolwiek szansę na przeżycie. Części zamienne do broni, amunicja, smary, żywność i lekarstwa. Bez tego już by jej dawno nie było. A może inaczej. Byłaby... pięknym wspomnieniem w głowach kilku idealistów, a jej kości bielałyby na jakimś zapomnianym przez ludzi górskim stoku. Teraz przyszedł czas zapłaty. I choć czuje się śmiesznie, musi zaatakować tę budę o znaczeniu strategicznym niewiele przewyższającym sracz za przydrożną karczmą.

– Do ataku... – krzyknęła. – Gotowi...

– Stop! Wszystko stop! – ryknął jeszcze głośniej reżyser. – Ja tu mam za mało światła.

Oświetleniowcy biegali, przenosząc wielkie, lśniące bielą blendy. Reżyser zwrócił się do ogłupiałej Shen:

– Proszę cię. Czy wydając rozkaz, mogłabyś wykrzesać z siebie choć trochę nienawiści?

– Nienawiści do kogo? – zdumiała się. – Do tych paru zestrachanych żołdaków w środku?

– Do imperium zgniłego przecież. – Skrzywił się zabawnie. – Do cesarzowej.

– Ale jej tu nie ma.

– Ty ją widzisz oczami wyobraźni. Z życiem. Z życiem proszę. I... akcja!

– Do ataku! Gotowi... – Shen wyobraziła sobie, że Kadir ją zdradza. I wyobraziła sobie jeszcze, że właśnie dopadła tamtej dziewczyny. – Ruszaj! – wrzasnęła dziko i ruszyła przodem.

– Brawo! – Reżyser był zachwycony. – Będzie z ciebie aktorka. Ty jeszcze karierę filmową zrobisz!

– Stop! – krzyknął operator. – Ja za blisko stoję i w kadr mi włażą.

– No to przestawiaj sprzęt. Chwila przerwy.

Polacy mieli trzy kamery. Dwie ustawione po obu stronach na statywach i jedną, którą asystent operatora nosił na ramieniu i z którą wciskał się pomiędzy żołnierzy. Ten był najgorszy. I chociaż nie przerywał co chwila akcji, to właził ludziom pod nogi, powodując tumult.

– Możemy! Jestem gotowy.

– Skończyliśmy, jak ruszacie do biegu. I od tego zaczynamy już bez żadnych krzyków. Akcja!

Żołnierze runęli naprzód po to tylko, żeby zatrzymać się po kilkudziesięciu krokach. Usiłowali zająć pozycje strzeleckie, by otworzyć ogień. Najwyraźniej doprowadziło to reżysera do pasji.

– Nie! Nie tak! – Reżyser był bardzo nerwowym człowiekiem. – Macie strzelać w biegu!

– No toż wtedy w nic nie trafimy!

– A kogo to obchodzi? – zdziwił się. – Biec i strzelać. Jazda!

– Błagam, tylko się nie pozabijajcie same – krzyknęła Shen do swoich dziewczyn w rozpaczy.

Tyraliera ruszyła, strzelając jak popadnie i gdzie popadnie, głównie z biodra, a więc bez szans na trafienie w cokolwiek. Wyglądało to może i bardzo groźnie, ale z wojskowego punktu widzenia było doprawdy śmieszne. Na szczęście reżyser przerwał palbę, zanim dziewczyny zdążyły mu zabić operatora, który wciskał się ze swoją kamerą pod nogi.

– Wspaniale!

Drzwi baraku otworzyły się, by wypuścić czterech żołnierzy w mundurach imperium. Przerażone do granic możliwości, trzymały ręce wysoko, krzycząc chóralnie: „Litości! Poddajemy się. Litości!".

– Nie, nie... – Widok ten zniesmaczył reżysera do samej głębi. Długo stał zgnębiony. Potem podniósł do ust swoją metalową tubę. – Hej, wy tam, jeńcy! Rozbierać się. A od was potrzebuję czterech dziewczyn, niech włożą imperialne mundury.

– Które wybrać?

– Takie o szczerych żołnierskich twarzach. Ładne i postawne. O, ta tutaj będzie dobra. I jeszcze ty. Ty i ty. –

Wskazywał palcem. – Przebierajcie się i zajmijcie pozycje w baraku. Będziecie strzelać.

– Do swoich? – wyrwało się jednej.

– W powietrze – skwitował mężczyzna z tubą. – Dym. Potrzebuję dużo dymu. Zbliżenia zrobi się później.

– Mamy wziąć imperialne karabiny?

– A po co? – zdziwił się reżyser. – Wasze są bardziej szybkostrzelne i dadzą więcej dymu.

– To każdy rozpozna, że mamy inną broń niż cesarska.

– I tu się mylisz, drogie dziecko. I bez dyskusji. Przebieraj się i strzelaj jak najszybciej. – Rozejrzał się wokół siebie. – Pani pułkownik!

– Jestem. – Z boku podeszła wybitna aktorka, którą ekipa przywiozła aż z wybrzeża.

– Proszę objąć dowodzenie nad swoimi ludźmi.

– Tak jest! – Sprężystym okrzykiem dowiodła, że ani na chwilę nie wypadła z roli. Aczkolwiek o regulaminie nie miała zielonego pojęcia. Kto to widział, żeby pułkownik meldował cywilowi?

– Pułkownik, który dowodzi obroną baraku z czwórką ludzi. – Sharri śmiała się cicho. – Ale jaja. Co za brednie!

– A jakie to ma znaczenie dla propagandy? – mruknął „Koleś" Varik. – Przemawiając do prostego ludu, trzeba mówić obrazami i emocjami. Jakikolwiek sens wypowiedzi jest zbędny.

– No niby racja – zgodziła się Sharri niespodziewanie. – Ale skoroś taki mądry, to może sam wystąp w tych ruchomych obrazach, co?

– A chętnie! Stąd do nieśmiertelności! Głupi, kto nie skorzysta. – Varik podszedł do reżysera. – Przepraszam, czy ja też dostanę jakąś rolę?

– Oczywiście. – Reżyser obejrzał „Kolesia” dokładnie. – W tym berecie, który zrobiłeś z kapelusza, wyglądasz bardzo heroicznie. I romantycznie zarazem.

– Jest za bardzo szaro-czarny – ocenił stojący w pobliżu inspicjent. – A my mamy kolorową, importowaną z Ameryki taśmę, przypominam.

– To dodaj mu jakiś element. Na przykład... czerwony. O! To się będzie ładnie komponować z czernią.

– Może różę?

– A skąd tu różę weźmiemy? – Reżyser zmarszczył brwi. – Zaraz. Mamy przecież czerwoną folię. Wytnij z niej jakiś element i przyczep mu do beretu.

– Niby co? Może czerwone kółko?

– Gwiazdkę z nieba – podpowiedziała kpiąco Sharri.

Inspicjent klął, chłop, który miał zostać zamordowany, umieszczał pod swoim ramieniem łatwy do stłuczenia pojemnik z farbą i tylko Varik oponował.

– Jak to, mam mordować chłopa?

– Ten film musi przejść przez pałacową cenzurę. I w związku z tym im ma się zdawać, że to ich propaganda, a partyzanci to samo zło.

– To akurat rozumiem. Co innego będą mówić, a lud co innego będzie widzieć. Ale zwykłego chłopa?

– Zaraz zobaczysz, co to za chłop. – Reżyser rozwiązał słusznej wagi woreczek i pokazał złote krążki wewnątrz. – To musisz rozedrzeć nożem, żeby pieniądze wysypały się na ziemię.

– Nawet nie przypominają monet.

– Zbliżenie zrobi się w studiu w Negger Bank. Nie mnóż trudności, gdzie ich nie ma.

Lekko oszołomiony Varik wziął do ręki polski rewolwer. Już nawet nie protestował, że takiego modelu przecież w cesarstwie nie ma i być nie może. Posłusznie wysłuchał instrukcji, że mimo ślepych nabojów ma nie strzelać aktorowi w twarz ani w ucho, bo mogą być problemy. Ma strzelać w brzuch, a potem nożem.

To zresztą była mniej istotna scena. Reżyser osobiście zajął się heroiczną śmiercią pani pułkownik.

– Tu cię zastrzelą – powiedział, wskazując aktorce miejsce wśród swoich „martwych" żołnierzy. Z trupami był ciągły kłopot. Nie chciały leżeć spokojnie, bez przerwy zmieniały swoje pozycje na ziemi, drapały się po różnych częściach ciała, kichały i smarkały. Zdaje się, że pchły oraz przeziębienie, które przyplątało się po przejściu wysokich gór, stawały się w oddziale problemem.

– Tu dostaniesz kulę w brzuch. Pod łokciem masz przyklejony pojemnik z farbą. Jak spłonki odpalą ci na brzuchu, odczekasz chwilę i przesuniesz po tym miejscu przedramieniem, rozwalając pojemnik. Dużo krwi! Zachwiejesz się i zaczniesz pięknie cierpieć. Heroicznie. Z miłością do swojego kraju i cesarzowej wypisaną na twarzy. Z poczuciem obowiązku wyrytym przez lata doświadczeń i wiernej służby.

Shen wydawało się, że takich uczuć nie da się oddać samym wyrazem twarzy, ale aktorka spytała tylko rezolutnie:

– Kto mnie zastrzeli?

Reżyser rozglądał się długo. W końca wskazał na Sharri.

– Ona ma odpowiednio zacięty wyraz twarzy. Mmm... ale jest za czysta i za ładna. – Odwrócił głowę. – Proszę szybko statystce rozpuścić i pobrudzić włosy. Jakieś plamy na policzkach, zróbcie z niej niechluja. I krew w kąciku ust proszę.

Charakteryzator zjawił się błyskawicznie z zestawem wszystkich potrzebnych narzędzi. Musiał się szarpać z Sharri, która sądziła, że krew na ustach ma być prawdziwa. Na szczęście uspokoił ją widok profesjonalnej szminki.

– Więcej krwi! – pieklił się reżyser. – Przecież to wredna suka. Zajadła.

– Wypraszam sobie!

– Cicho! – Szef planu nie znosił sprzeciwów. – Dać jej broń. Wielką.

– Może karabin Kadira? – Inspicjent wskazał wielolufową kartaczownicę. – Można by zdjąć z łoża.

– Świetny pomysł! – Reżyser zapalił się momentalnie. To robiło wrażenie. – Udźwigniesz? – zapytał swojej nowej statystki.

– Pewnie. Ale z rąk nie da się strzelać, bo lufy nie będą się obracać.

– A kogo to obchodzi? Problem dla ludzi od efektów specjalnych w studiu.

Shen zaczęła się domyślać, jak będzie wyglądała cała scena.

– A ja mam dobić przeciwnika, tak? – zapytała.

– Mhm. Tu masz nóż. Jak uderzysz aktora ostrzem, to ono się schowa w rękojeści, a za to wytryśnie farba. Nie możesz więc odstawić noża od ciała, bo ostrze się już nie pojawi ponownie. Tam nie ma sprężyny.

– To co robić?

– Osunąć rękę z nożem po ciele aktorki w dół. Poza zasięg kamery.

– Ale naprawdę tak się nie da zrobić.

– My nie kręcimy „naprawdę" – wyjaśniał cierpliwie. – My „naprawdę" tworzymy.

Uśmiechnął się rozradowany.

– Pani pułkownik, pamiętaj, że po odpaleniu ładunków na brzuchu możesz zrobić nie więcej niż jeden krok. Może dwa małe. Inaczej pociągniesz kabel łączący spłonki z akumulatorem i będzie to widać.

– Przyjęłam do wiadomości.

Shen spokojnie znosiła nakładanie na twarz ogromnych ilości pudru i jakichś kremów. Był to jednak spokój pozorny. W pewnej chwili odkryła, że bardzo się denerwuje. Bardziej niż przed prawdziwą akcją.

– Gotowi? Plan?

– Możemy ruszać – odkrzyknął główny operator.

– No to wszyscy na pozycje. – Reżyser udzielał ostatnich instrukcji równie spietranej nagle Sharri. – Stąd ruszasz, tu się zatrzymasz. I pamiętaj: potrząsaj bronią, symulując wystrzały.

– Co za idiotyzm.

– Cisza na planie! – Reżyser nie zwracał na nią uwagi. Za to przyłożył do ust swoją metalową tubę. – Kamery! – Odczekał chwilę, aż ruszą. – Trupy niech leżą spokojnie. Nie ruszać się! Akcja!

Pułkownik wojsk specjalnych wyszarpnęła zza pasa swój pistolet. Nie zdążyła wystrzelić, bo w pole widzenia obiektywu wbiegła Sharri i zaczęła potrząsać sześciolufową maszyną. Gejzery krwi wybuchły na brzuchu aktorki, która zachwiała się, opuszczając broń.

– Pojemnik!

Pułkownik przesunęła łokciem nad ranami. Krew dosłownie chlusnęła jej z rozwalonego pociskami brzucha. Zaczęła ściekać aż na nogi.

– Broczysz! Broczysz! Broczysz! – krzyczał reżyser. – Pięknie cierpisz!

Aktorka dawała z siebie wszystko. Polacy mieli rację. Była nieprawdopodobnie profesjonalna. Przekonała wszystkich zgromadzonych, że naprawdę umiera, bo stojące dziewczyny patrzyły na całą sceną w niemym oszołomieniu.

– Obowiązek zwycięża! Teraz musisz się przemóc i jeszcze raz podnieść broń!

Pułkownik walczyła ze swoją słabością. Dokonując nadludzkich wysiłków, uniosła pistolet w drżącej dłoni.

– Shen! Dobij ją!

Skołowana Shen wskoczyła na plan, podbiegła do rannej i uderzyła ją ostrzem noża w obojczyk. Wyjaśniono jej, że trafiając w szyję, ostrze mogłoby się nie schować w rękojeści, bo za miękko. Ale i tak krew chlusnęła we właściwe miejsce.

– Shen, więcej wściekłości! Albo nie! – zmienił zdanie reżyser. – Zabijaj bezmyślnie! Tak, bezmyślnie. To tylko niepotrzebny dobry człowiek na twojej drodze do zrabowania bogactw! Bezmyślnie opuszczaj nóż! Nie odrywaj od ciała!

Shen rzeczywiście bezmyślnie wykonywała rozkazy.

– Umierasz! Umierasz pięknie! – darł się reżyser. – Jak ty cudownie, bohatersko umierasz. Do końca na służbie! Do końca myśląc o cesarstwie!

Aktorka była zawodowcem. Tak przekonującej śmierci Shen do tej pory nie widziała. O Bogowie, wyrwało jej się w duchu. To naprawdę tak strasznie wygląda? Stała obok przerażona.

– Heroicznie upadasz!

– Ostatnie pięć metrów taśmy w kasecie – zaraportował jeden z operatorów. Ten, który filmował z kamery umieszczonej najbliżej, na własnym ramieniu.

– Cięcie! – wrzasnął reżyser. – Wspaniale! Było wspaniale!

Rozległy się energiczne brawa ekipy. Po chwili dołączyły z brawami również dziewczyny z oddziału. Czegoś takiego, tak wspaniałej śmierci nie widziały nigdy w życiu, mimo że przeszły przecież cały długi i krwawy szlak bojowy.

Pani pułkownik podnosiła się z ziemi. Kiwnięciem ręki odpowiedziała na aplauz. Uśmiechała się przyjaźnie.

– Nie za mocno cię walnęłam? – zapytała ciągle oszołomiona Shen.

– Nie. Jest dobrze.

Reżyser podchodził kolejno do swoich operatorów i zadawał to samo pytanie:

– Masz? Masz? Masz?

Oni odpowiadali twierdzącymi skinięciami głów.

– No to świetnie. Teraz jeszcze zbliżenia i przebitki, a potem fajrant. Do wieczora się uwiniemy.

Podszedł do swoich głównych aktorek.

– Pani pułkownik. Byłaś świetna, zarazo! – wykrzyknął.

– Dziękuję, szefie.

– Zrobię z ciebie gwiazdę! Zabieram cię ze sobą do Polski! I nie popuszczę. Nie chcę słyszeć ani słowa protestu.

– A ja nie zamierzam protestować, szefie. Nie protestuje się przeciwko marzeniom.

– To i dobrze. – Przeniósł wzrok na Shen. – Ale i tobie dobrze poszło. Złapałaś, o co chodzi.

– Ja?

– Tak, ty i twoja bezmyślna twarz. Złapałaś w lot, że w tym całym graniu przed kamerą chodzi o jak najmniejszą ilość grania właśnie. Rewelacja.

Shen nerwowo wycierała farbę ze swoich dłoni. Zupełnie jakby to była prawdziwa krew. A przecież nigdy, jak pamiętała, nie zdarzyło jej się to w prawdziwej akcji.

– Co? – domyślił się natychmiast filmowiec. – Nigdy tego nie przeżyłaś w rzeczywistości?

– Nigdy.

– No właśnie. A nie wierzyłaś, kiedy mówiłem, że to my tworzymy rzeczywistość. I powiem ci jedno. Często zdjęcia dokumentalne są wykorzystywane w filmach propagandowych. Ale równie często odzyskuje się je potem, żeby znowu zrobić dokument. I ja dzięki temu materiałowi zdobędę wszystkie możliwe nagrody.

– Ktoś uwierzy w tę lipę?

– Ty już uwierzyłaś – zaczął się śmiać. – A krytyką się nie przejmuj. I tak mi zarzucą, że wszystkie te ujęcia nakręciłem w lesie pod Łodzią. No trudno. Krytyka musi robić swoje, a karawana musi iść dalej. Krytyka nie ma wpływu na oglądalność.

Spojrzała na niego uważnie.

– Jedziesz jutro na wybrzeże? – zmieniła temat.

– Tak. Taśmy muszą dotrzeć tam błyskawicznie, a droga daleka, więc wyślę je Imperialnym Ekspresem.

– Są niezawodni. Najlepsza służba cywilna. – Zawahała się i dokończyła dopiero po chwili: – A teraz ich wszystkie zalety posłużą do rozchwiania imperium.

Wzruszył ramionami.

– Nie pierwszy raz. Czytałem opracowania. Wiem, że Imperialny Ekspres stworzyli Biafra i Zaan tylko po to, żeby rozwalić Cesarstwo Luan.

Odrzuciła brudną chustę i rozłożyła ręce.

– Historia najwyraźniej lubi się powtarzać.

Rozdział piąty

Tomaszewski, Siwecki i Ina zostali sami w pokoju map. Nie bardzo wiedzieli, co robić. Twierdza została zaatakowana w swoim najbardziej newralgicznym punkcie. Walki toczyły się wewnątrz góry, a wróg zdobył jedyny kanał łączący mieszkańców z portem zewnętrznym, a przez to z morzem. Dalsza obrona twierdzy traciła jakikolwiek sens. Odsiecz, pomoc, jakkolwiek by była cudowna, nawet zza morza, już nie przybędzie. Więc co dalej?

Co kto lubi. Albo lec bez sensu, ale z honorem, albo się poddać i w najlepszym razie wegetować jeszcze trochę jako niewolnik. Uciec nie było jak. Poza garstką pilotów tych niesamowitych leciutkich latawców nikt inny nie miał szans. Jednak i ich los nie był godny pozazdroszczenia, bo jak żyć później z niewidzialnym, lecz dobrze wyczuwalnym piętnem na czole: „zwiałam tchórzliwie z mojej twierdzy"?

– Co robimy? – zapytał Siwecki. Wypadki wokół sprawiały, że trzeźwiał powoli, a wraz z postępem tego procesu stawał się coraz bardziej posępny.

Tomaszewski myślał nad czymś intensywnie. Długo się nie odzywał. Później w jego głowie musiało dojść do jakichś istotnych rozstrzygnięć, bo podniósł wzrok.

– Przecież my wiemy wszystko! – oznajmił nagle.

Siwecki zaskoczony zerknął na Inę, chcąc wymienić z nią kpiące spojrzenia, ale dziewczyna nie zrozumiała po polsku. Nie znalazłszy więc sojusznika w wykpieniu dziwnego stwierdzenia, lekarz postanowił zapytać wprost:

– Wiemy wszystko w jakiej kwestii?

– Obrony twierdz! – Tomaszewski ewidentnie wierzył w to, co mówi. – Popatrz. Dla nich tutaj walka w twierdzy to być albo nie być. A dla nas to historia. Przedmiot, który był tematem wykładów na Akademii Morskiej! Ale jako historia, rozumiesz? Wiemy w tej kwestii naprawdę wszystko.

– Krzysiu, Krzysiu, opamiętaj się, bracie. Nas uczono, jak zdobywać twierdze. Nie jak bronić. My marynarka wojenna, a nie garnizon.

– Dobra, dobra. Ale uczono nas też, jakie sztuczki i manewry wymyślali obrońcy. Które z nich skuteczne, a które lepiej zapomnieć. Dla nas to historia, o której wiemy wszystko! Uczono nas o skuteczności każdego rodzaju walk obronnych.

– Powtarzasz ciągle jedno i to samo.

– Bo mnie olśniło. Wiesz, jak oni walczą w pieczarach i korytarzach?

– Domyślam się. O każdy metr. Na ograniczonej przestrzeni zmieści się tyle samo atakujących, co obrońców. Siły na każdym odcinku więc równe.

– I kto w związku z tym wygra?

– Ten, który ma więcej żołnierzy i więcej zaopatrzenia. Czyli nacierający.

– No właśnie. A manewr?

Siwecki popukał się w czoło.

– Jak chcesz manewrować we wnętrzu kutych w skale pomieszczeń?

– A na zewnątrz?

Lekarza też olśniło.

– Wycieczka... – szepnął. – To robili nasi dziadowie w kresowych stanicach. Praktycznie zawsze.

– Właśnie. Wychodzimy znienacka, z zaskoczenia miażdżymy ich tyły i uciekamy. A poza tym obrona zamkniętej jaskini, jaką stanowi port wewnętrzny twierdzy, jest dziecinnie prosta.

– Niby jak?

– Zagazujmy ich.

Siwecki załamał ręce.

– Wiesz, lekarzy oczywiście uczy się chemii. Ale moja wiedza na temat gazów bojowych ogranicza się raczej do udzielania pomocy ich ofiarom.

– Ale tlenek węgla potrafisz otrzymać w większych ilościach?

– A! Chcesz ich zaczadzić? – Siwecki podrapał się w brodę. – Zaraz, węgiel tu muszą mieć, przecież to górale. A na tych skałach nie ma wystarczającej liczby drzew, żeby w zimie ogrzać twierdzę. A parę wodną uzyskam z byle czego. Choćby z wody morskiej.

– No właśnie. Inna, pokaż nam mapę okolic twierdzy. Dokładną.

Dziewczyna zaczęła się krzątać wśród rozstawionych stojaków. Po chwili wyciągnęła ogromną płachtę i położyła na największym stole.

– No i w cholerę. – Tomaszewski tylko zerknął na doskonale wykreślone kontury budynków. – Nie masz czegoś w rzutach cechowanych?

– W czym?

– No, jak się dowiedzieć czegoś o wysokości tych budynków?

– A, o to wam chodzi.

Ina zaprowadziła ich pod ścianę sali i zdjęła wzorzystą kapę z jakiegoś bezkształtnego obiektu na podłodze. Okazało się, że pod spodem znajduje się dokładna makieta samej góry, jak i najbliższych jej okolic. Rzecz niezbędna do szkolenia pilotów. A teraz po prostu niezastąpiona.

Tomaszewski opadł na kolana i opierając się na rękach, przyglądał się plastycznemu obrazowi.

– Powiedz mi, Inna, czy da się wylądować wiatrakowcem na dachu tego budynku?

– Raczej nie. Nie sądzę, żeby strop wytrzymał taki ciężar.

– A gdzie?

– Ja bym wylądowała nawet tutaj. – Dotknęła palcem małej budowli o dość stromym, jak na lądowisko, dachu.

– Chodzi mi o polskich pilotów – wyjaśnił. – Nie o mistrzów, którzy tu się wychowali i znają każdy szczegół na wylot.

– Ten? – Wskazała inny, większy budynek z płaskim dachem i mniejszym nachyleniem.

– Za daleko od portu.

– No to ten. – Dziewczyna przeniosła swój palec na inny cel.

– Przecież on ma na dachu wieżyczki.

– Drewniane. Siekierami rozwalisz w drzazgi.

– Dobra. W takim razie ten może być. – Tomaszewski podniósł się z kolan. – Czy macie mapy okolicy w mniejszej skali?

– W czym?

– Mniejsze.

– Jasne. Map ci u nas dostatek. W dowolnej ilości.

To pamiętał ze swojej poprzedniej wizyty. Podczas jednej z pierwszych ich rozmów dziewczyna wyjęła dokładną mapę po prostu ze skrytki w najbliżej stojącym ślizgaczu. Naród, który znał awiację, kartografię musiał opanować do granic perfekcji.

– To daj Leszkowi dwie mapy. A ty weź linijkę, podziel każdą z nich na takie same kwadraty i oznacz cyframi.

– Wiesz, nawigator ze mnie jak z koziej... – zaczął lekarz, ale Tomaszewski przerwał mu w pół zdania.

– To proste jak gra w okręty w szkole podstawowej. – Palcem pokazywał w powietrzu określenia linii podziału kwadratów. – A, B, C, jeden, dwa, trzy... I tak dalej. To konieczne, żeby posługiwać się radiem, podając swoją pozycję.

– Liczysz na łączność?

Siwecki nie wiedział, że jego kolega, nauczony awarią radiostacji podczas pierwszej wizyty, zaopatrzył się w zapasową krótkofalówkę. Jedną mieli więc w wiatrakowcu, a drugą można było wziąć na ramię. Dobrze było teraz pomyśleć, że ich dziadowie, którzy bronili kresowych zamków, nie mieli takich cudów do dyspozycji. Ich plan albo więc wypalił, albo nie. Nie mieli możliwości jego zmiany już w trakcie. Tomaszewski miał.

– Dobra. – Skinął teraz na Inę, która rozgarniała stosy papierów. – A my idziemy do Vauna i poprosimy o duży oddział żołnierzy.

Zaczęła się śmiać.

– W głowie ci się poprzestawiało. Nikt tutaj nie da ci pod rozkazy naszych żołnierzy, obcy oficerze.

– A założymy się? – Pokazał jej język.

Nie pozostała mu dłużna. Od razu wystawiła swój, bardzo pokaźny, zważywszy na pozostałe jej gabaryty.

– No nie... – Siwecki z lekkim niepokojem oglądał podane mu mapy. – Jeśli cała nadzieja obrońców pokładana jest w ludziach, którzy pokazują sobie języki, a zaraz zaczną się szczypać po tyłkach, to ja to pieprzę! Pieprzę równo!

– Równo to narysuj siatkę na razie.

Ina ruszyła przodem, wyprowadzając Tomaszewskiego z pokoju map. Potem poszli wąskimi korytarzami, jak zawsze tutaj rozszerzającymi się niespodziewanie, by tworzyć większe pomieszczenia. Także i prywatne, jednak z racji oblężenia nigdzie nie było ludzi i nie musieli przechodzić środkiem, naruszając rytm ich codziennych czynności. Porządku, który tak go poruszył wcześniej, już nie było. Wszędzie walały się drewniane skrzynki, wiklinowe kosze służące do przenoszenia ciężarów i parciane torby. Tam, gdzie przeszkadzały, zniszczono także sprzęty mieszkalne i wyposażenie. Na ziemi widzieli skorupy potłuczonych naczyń, nierzadko rozdeptane ubrania. Czuło się w powietrzu, że to ostatnie chwile twierdzy.

Na wąskich schodach prowadzących ostro w górę Tomaszewski dostał zadyszki. Za dużo papierosów! – klął w myślach. A naprzemienne ciągi pięły się w górę i pięły; ocierając pot z czoła, nie był w stanie dostrzec ich końca. Tak naprawdę jednak przed oczami miał tylko kształtną pupę Iny, podrygującą w takt już nie kroków nawet, ale skoków jak u górskiej kozicy, którymi dziewczyna parła do góry. Miała niespożyte siły i cholerny trening od dziecka.

Na najwyższym podeście, na który w końcu dotarli, Tomaszewski nie mógł złapać tchu. Irracjonalnie, zamiast myśleć o uspokojeniu oddechu, marzył o kolejnym papierosie albo o seksie z Iną. Zamiennie. Albo jednocześnie. Wszystko jedno.

– Potrzebujesz chwili? – zapytała dziewczyna.

Skwapliwie przytaknął.

– Tam jest sala obserwacyjna. – Wskazała olbrzymie wrota za sobą. – Rozmawiając z Vaunem, streszczaj się. Pamiętaj! Nieproszonych gości wywalają stamtąd o tak. – Pstryknęła palcami.

– Czekam na drugi pstryk – wydyszał po chwili.

– Nie zrozumiałeś. Wywalają w czasie krótszym niż jeden.

– Aż tak się nie streszczę.

Ina wzruszyła ramionami, potem pchnęła skrzydło niewielkich drzwi, przemyślnie ukrytych w skrzydle olbrzymich wrót. Weszli do sali z wielkimi oknami umieszczonymi na każdej ze ścian. Prawdopodobnie znajdowali się w jednym z wierzchołków góry mieszczącej twierdzę, roztaczał się stąd bowiem widok prawie na wszystkie strony świata. Gdyby nie rozmiary, pomieszczenie przypominałoby wnętrze wieży kontrolnej na lotniskowcu.

Vaun z grupą oficerów stał przy stole sztabowym umieszczonym pod oknami wychodzącymi na port i morze. Naczelny dowódca milczał. A cała grupa kłóciła się o coś zawzięcie. Ina zdecydowanym krokiem podeszła do nich. I znowu bezczelnie zameldowała się na polską modłę, strzelając obcasami i salutując do swojej furażerki.

– Panie! Komandor Tomaszewski wie, jak zaradzić trudnemu położeniu.

Oficerowie zamilkli, zszokowani taką impertynencją. Vaun popatrzył na nią w milczeniu, potem przeniósł wzrok na Tomaszewskiego.

– Mów szybko.

– Obrona takich twierdz jak ta to dla nas historia, którą poznawaliśmy na wykładach. Wiemy wszystko na temat skuteczności każdej z metod, które zastosuje załoga. I dlatego wiem, jakie błędy właśnie popełniacie.

Oficerowie patrzyli wrogo. Wzrok Vauna był nieprzenikniony.

– Jakie? – zapytał jednak sucho.

– Dopuściliście do tego, że na parterze macie zwykłe mordobicie. Bez ładu i składu, naparzanka, w której nikt nie dowodzi. A jeśli stracicie parter, to twierdzy już nie będzie.

– I wiesz, jak temu zaradzić?

– Musimy mieć cel strategiczny i taktyczny. Strategicznym jest dotrwanie do chwili przybycia naszego zespołu okrętów. I w związku z tym taktycznym celem musi być utrzymanie portu i korytarza do twierdzy przez kilka dni.

– I jak zamierzasz to zrobić? Jesteśmy już odcięci od wyjścia w kierunku portu.

– Właśnie. Bo realizujecie taktykę: „jedna kupa ludzi na drugą kupę". Bezładnie, aż ktoś kogoś zgniecie. No to ja ci z góry, od razu powiem, jaki będzie wynik. Nas zgniotą!

Oficerowie zaczęli zaprzeczać, Vaun uciszył ich ruchem ręki.

– A my zamiast mordobicia musimy zrealizować prosty cel taktyczny. Zająć ważne punkty na drodze do portu. – Tomaszewski podszedł do ogromnego okna i zaczął pokazywać palcem. – O, tę wieżę i tamtą. Ten budynek z kamienia i ten w pobliżu, z płaskim dachem i drewnianymi wieżyczkami. Na pewien czas staniemy się panami sytuacji.

– To jeszcze dalekie od utrzymania korytarza.

– Za to już dziś, najpóźniej jutro wiatrakowce zaczną dostarczać zaopatrzenie. Powiedz, czego ci najbardziej brakuje w twierdzy poza wodą?

– Nie ma prochu.

– No to pierwszy wiatrakowiec przywiezie proch strzelniczy. Nasza amunicja nie pasuje, ale mamy też granaty, nowoczesne materiały wybuchowe, mamy napalm. Mamy termit. Wy macie przecież plan kanałów pod domami. Trudno zgryźć taki orzech.

– Każdy wasz okręt ma na pokładzie czarny proch, którego sami nie używacie? – zapytał dowódca obrony twierdzy.

Tomaszewski potwierdził gestem, choć nie było to prawdą. Czarny proch miały w magazynach tylko te okręty, które mogły wyrzucić w powietrze samolot lub wiatrakowiec. A zapasy prochu ściśle tajnym rozkazem trzymano, gdyby zaszła nagła potrzeba zrzutów dla oddziału Shen, z którą sztab łączył jakieś swoje plany. Ale tego oczywiście nie mógł powiedzieć głośno.

Vaun spojrzał za okno, usiłując ocenić sytuację. Marszczył brwi.

– I co? Zamierzasz przebijać się krok po kroku przez wrogie zapory? Sądzisz, że to możliwe? Najpierw i tak trzeba odbić jaskinię kryjącą port we wnętrzu góry.

– Absolutnie nie. Tych w jaskini pod nami Siwecki wydusi zatrutym powietrzem. A ja nie zamierzam powtarzać waszych błędów. Nie będzie mordobicia na korytarzach w walce o każdy metr. Zamierzam wyprowadzić wojsko z twierdzy i uderzyć od tyłu.

– Zwariowałeś! – Vaun po raz pierwszy okazał jakieś emocje. – Już raz...

– Wtedy – Tomaszewski wpadł mu w słowo – usiłowaliście wyprowadzić cały garnizon i przegraliście bitwę. A ja chcę zrobić jeden błyskawiczny rajd małym oddziałem piechoty. Idziemy na wycieczkę.

– I cóż zamierzacie zwiedzać? – zakpił Vaun. – Jakież to piękne widoki podziwiać?

– To tylko nazwa manewru bojowego stosowanego z powodzeniem przez naszych przodków. Nie uderzymy wroga tam, gdzie ma przewagę, jest silny i gotowy. Istota tego manewru polega na kopnięciu przeciwnika w jaja! Nie w jego zbroję, nie miecz skrzyżowany z mieczem. W miękkie trzeba go walnąć.

– Niby jak? – Wbrew słowom twarz dowódcy twierdzy wyrażała już cień zainteresowania.

– Siły wroga skupione są na wybrzeżu. Zamierza odciąć was od morza, zresztą już mu się to udało. Ale całość sił skupił po obu stronach tej części twierdzy, która łączy się z portem. A my wyprowadzimy ludzi z tyłu, od strony gór. Tam tylko oddziały tyłowe, zaopatrzenie, wojsko niegotowe do boju. Obchodzimy twierdzę za ich tyłami. Na wybrzeże i uderzamy od tyłu. Stworzymy sobie przewagę liczebną, ale tylko na jednym, maciupeńkim odcinku frontu. No i nie walczymy. Bez mordobicia zajmujemy tylko i wyłącznie te kilka strategicznych punktów.

– To szaleństwo.

– Uderzymy znienacka w plecy. Cały sens wycieczki polega na tym, żeby unikać jakiejkolwiek walki. Ma być tylko rzeź. Jeśli się nie uda, to robimy odwrót i macamy miękkie gdzie indziej.

Vaun jeszcze nie podjął decyzji. Spytał tylko:

– Czego potrzebujesz?

– Daj mi pięciuset ludzi z karabinami.

Zgromadzeni oficerowie zaczęli się śmiać. Co najwyraźniej wkurzyło Inę.

– Panie, zaufaj mu! – krzyknęła. – Ja widziałam ich potęgę na własne oczy! Oni...

– Milcz, gówniaro.

– Patrzcie, smark ośmielił się gębę otworzyć – zewsząd padały docinki. – Niech ją ktoś wychłoszcze. Pusta głowa, a drze się jak niekarmiona owca.

I nagle pomoc przyszła z najmniej oczekiwanej strony. Jeden z oficerów wystąpił przed resztę – były dowódca Iny.

– Maerk? – Dowódca obrony twierdzy uniósł w zdumieniu brwi.

– Panie, powierz mi dowództwo nad pięcioma setkami żołnierzy – powiedział zdecydowanym tonem. – Obcy oficer będzie nam jedynie towarzyszył.

Zapadła cisza. To był ważki argument. Tomaszewski postanowił go wykorzystać.

– Z chęcią przyjmę rolę doradcy wojskowego. Nasi oficerowie są już doradcami w wielu oddziałach armii cesarstwa.

– A jakież to wielkie zwycięstwo odniosło cesarstwo ostatnio dzięki temu? – odważył się zapytać ktoś z tylnego rzędu. – Jaka jest różnica w sile bojowej między cesarstwem i nami?

Ina, wkurzona „gówniarą" i „smarkiem", nie wytrzymała.

– A taka, że to cesarscy teraz płyną nam na pomoc, a nie my im! – odpaliła wściekła.

Za taką bezczelność któryś z bliżej stojących oficerów chciał nawet palnąć ją w twarz, ale Maerk chwycił go za rękę.

– Panie? – Popatrzył na Vauna.

Ten odwrócił wzrok. Być może jego uwagę przykuły dymy unoszące się nad podgórską częścią twierdzy, może ledwie tu docierające wrzaski walczących. A może patrzył na przyczepioną do stromego zbocza kopułę świątyni, która kryła archiwum jego narodu, wszystko, co istotne w jego dziejach, wszystko, co stanowiło o ich tożsamości.

– Weź pięciuset ludzi – szepnął. – Udzielcie też wszelkiej pomocy temu drugiemu oficerowi.

Tomaszewski chciał coś powiedzieć, lecz Ina szarpnęła go za rękę. Nie należało się teraz odzywać. Decyzja została podjęta, a olbrzymia odpowiedzialność spoczęła na cudzych barkach.

Najwyraźniej dalsze formalności nie były przewidziane. Bez słowa opuścili salę. Dopiero na schodach Ina nie wytrzymała.

– Wygrałam zakład. Nie dostałeś ludzi pod dowództwo.

– Jak nie, jak tak? Ja wygrałem.

– Jesteś tylko doradcą.

– W Wojsku Polskim „doradca" przy zagranicznym sztabie ma bardzo konkretne zadania.

Maerk przerwał ich dyskusję.

– O co się założyliście? – spytał.

– Ach, takie tam. Czasem mamy ze sobą na pieńku.

Droga w dół nie była tak męcząca jak ta pod górę. Tu w grę mógł wchodzić jedynie zawrót głowy, a nie utrata oddechu. I w związku z tym Tomaszewski mógł rozstrzygnąć pewną nurtującą go kwestię.

– Marek? Czy w waszym wojsku naprawdę jest kara chłosty?

– Tak. Oficer ma prawo kazać niesubordynowanemu stanąć pod ścianą, odsłonić tyłek i strzelić kilka batów. W każdej chwili.

– Tak na gołą pupę?

– Po nerkach bić nie wolno. – Maerk dopiero teraz się czegoś domyślił i dodał: – Ina jest teraz twoją podwładną. Więc jakby coś było nie tak, to wysyłasz pod ścianę, pasek masz i lecisz.

– Mogłeś tego nie mówić – wysyczała Ina.

– Marek, bardzo mi rozjaśniłeś sytuację. – Tomaszewski zastanawiał się, czy tamten żartuje, czy mówi poważnie. – Dzięki.

– Nie mów do mnie Marek. Jestem Maerk.

– O Jezu... Ależ z ciebie skrupulant. Albo w poprzednim wcieleniu byłeś aptekarzem, albo pochodzisz z aptekarskiej rodziny.

– Co to jest poprzednie wcielenie?

– To tam, gdzie ci w imieniu przestawili dwie literki.

Strome schody w dół nie pozwalały na dłuższą wymianę zdań. Niezbyt zmęczeni jednak dotarli znowu do pokoju map.

Siwecki nie znalazł tu ani linijki, ani ołówka. Poradził więc sobie starym studenckim sposobem. Po prostu pozaginał obie mapy wzdłuż obu osi w identyczny sposób. Cyfry i litery nakreślił brzegiem monety, były więc przesadnie duże. Dodatkowo cyfry były rzymskie, bo przy takim narzędziu łatwiej je pisać. Ale całość wyglądała jednak jak najbardziej na użytkową i poręczną.

– Brawo.

– Wiesz. Wymyśliłem już nawet, jak im najlepiej puścić do pieczary sporo tlenku węgla. Martwi mnie tylko wylot na kanał spławny. Jest duży i nie do zatkania z tej strony.

– Też myślałem o tej wentylacji. Postaram się go zatkać, kiedy już będę na zewnątrz.

– Myślałem, że mamy atakować port – wtrącił się Maerk.

– Postaram się zatkać ten otwór już po umocnieniu naszych pozycji w twierdzy. A ty przydziel, jeśli możesz, ludzi Leszkowi i zadbaj o potrzebne materiały. Czeka go mnóstwo roboty.

– Daj mi czas krótszy niż modlitwa.

– Dzięki, Marek – powiedział Siwecki.

– No nie, ten też. Czy wy nie znacie mojego imienia?

– Oj, stary, Maerk jest dla nas trudne do wymówienia. A Marek naturalne. I pewnie znaczy to samo.

Dowódca lotniczy tylko machnął ręką zrezygnowany. Ludzie zza Gór Bogów wszystko robili po swojemu i na nic nie zważali. A powiedzenie „uświęcona tradycja" dosłownie gotowało im krew w żyłach.

– Ina nie jest trudne do wymówienia – odezwała się nagle ich pilotka. – A też przerabiacie na Inna...

– Och, bo tak nam łatwiej. – Tomaszewski zrobił swoją „minę numer siedem", która tak dobrze sprawdzała się podczas podrywu w Polsce. Tu jednak, w przypadku zadziornej dziewczyny, nie zadziałała.

– Nasz Bóg dał nam prawo do nadawania imion rzeczom i zwierzętom – dodał Siwecki. Chciał dobrze, ale chyba wybrał nie tę kwestię z Pisma Świętego, bo tylko jeszcze bardziej rozdrażnił dziewczynę.

– A tobie dam satysfakcję za tę „gówniarę" i „smarka" – usiłował łagodzić Tomaszewski. – Siądziesz w wiatrakowcu...

– Nie ma mowy! Idę z tobą.

– W żadnym wypadku. Żadna z twoich byłych koleżanek nie obsłuży radiostacji.

To zrozumiała. Zagryzła wargi.

– Żadna też nie zna obsługi mapy z podziałką. Przykro mi, ale nikt cię tu nie może zastąpić.

Odwróciła wzrok. Nie dla niej więc bohaterskie czyny. A na pewno nie dzisiaj. Lecz przynajmniej będzie miała tę satysfakcję, że to ona będzie przekazywać rozkazy najwyższemu dowództwu twierdzy. No... może nie rozkazy, ale sugestie z oddziału szturmowego. Niemniej Vaun, jeśli chce przetrwać, będzie musiał je wykonywać. Zawsze coś. Postanowiła być nawet trochę bezczelna.

Maerk skompletował plany infrastruktury twierdzy.

– Chyba powinniśmy już iść.

Nikomu z obecnych nie umknął fakt, że dowódca, zamiast podjąć decyzję, odezwał się jedynie w formie warunkowej do swojego doradcy.

– Tak – zgodził się Tomaszewski. – Inna, leć na górę i przynieś mi krótkofalówkę, peem i kilka magazynków. Pędem.

– Biegnę.

– No to... – Wziął głębszy oddech. – Ruszajmy.

Żeby dostać się w pobliże bramy górskiej, musieli zejść kilka pięter. Zgromadzone tu wojsko nie zmieściło się w jaskini przed wyjściem. Ludzi z karabinami poupychano we wszystkich pomieszczeniach oraz na korytarzach. Klaustrofobiczna atmosfera. Nie dochodziły tu odgłosy walk w wewnętrznym porcie. W takich niszach trzeba się liczyć ze wszystkim, nawet z wybuchem paniki. Pod żadnym więc pozorem nie można było przedłużać oczekiwania. Na szczęście w Inie drzemały zupełnie nieprawdopodobne siły. Przyniosła z wiatrakowca wszystko tak szybko, że właściwie dogoniła ich w momencie, kiedy dopiero zobaczyli dowódców kompanii.

Tomaszewski podziwiał organizację wojsk, które broniły twierdzy. Wszystko działało bez zarzutu. Przy okazji dowiedział się też, skąd taka szybkość przekazywania rozkazów. Okazało się, że w ścianach są ukryte tuby głosowe. Dokładnie tak jak na okrętach.

– Jaki szyk proponujesz? – zapytał Maerk, zachowując pozory „doradztwa" przy swoich oficerach.

– Myślę, że najlepiej iść bardzo szybkim krokiem, ale unikając biegu. I pod żadnym pozorem nie strzelać.

– Co?!

– Cała istota wycieczki to unikanie walki, a nie jej prowokowanie. Można oczywiście wyrzynać wrogów, ale tylko wtedy, kiedy nadarzy się doskonała sposobność.

– A jeśli oni zaczną strzelać?

– Naszym celem jest port. Nie seria potyczek – powtórzył Tomaszewski.

– No to nasza wycieczka skończy się, gdy tylko otworzymy bramę.

– Myślę, że niewiele się zmieniło od czasów moich dalekich przodków. I nie sądzę, żeby w swoich wspomnieniach wszystko zmyślali. – Komandor na chwilę zawiesił głos. – Możesz się bardzo zdziwić tym, co się stanie, jak opuścimy mury.

Maerk wzruszył ramionami, nie chcąc dyskutować w obecności swoich ludzi. Rozejrzał się, a potem podniósł rękę.

– Otwierać bramę! – krzyknął. – Wychodzimy na zewnątrz.

Odźwierni odciągnęli specjalne zasuwy. Do ruszenia każdej trzeba było sześciu ludzi.

– Rozstrzelają nas od razu w przejściu – mruknął dowódca. – Tam jest cała masa wojska.

– To wojsko namnożyłeś we własnej głowie. Pamiętaj, że nie wychodzimy od strony, skąd atakują. – Tomaszewski odpowiadał również szeptem. – Moi pradziadowie może i byli głupi. Ale nie sądzę, żeby aż tak.

Olbrzymie, wielokrotnie wzmocnione różnorakimi odpornymi materiałami wrota drgnęły najpierw, a potem z przeraźliwym zgrzytem zaczęły się otwierać.

– Naprzód! – krzyknął Maerk.

Razem ze swoim doradcą ruszyli przodem prosto na odległe o jakieś sto metrów pozycje wroga.

– I powoli skręcamy – powiedział Tomaszewski. – Skosem do nich.

– Zaraz zacznie się kanonada! – Idący obok nich dowódca kompanii nie mógł opanować nerwów.

Na razie jednak nikt nie strzelał.

– Nie wolno otwierać ognia! – zadysponował Tomaszewski. Sam zastanawiał się, na ile szczerzy w swoich wspomnieniach byli jego przodkowie. Teraz dopiero przyszła mu do głowy myśl, że każdy żołnierz, a szczególnie weteran, okrutnie koloryzował swoje opowieści.

Na stanowiskach zajętych przez wojska Nayer nie było widać żadnego ruchu. I nikt się tego nie spodziewał. Nieliczni żołnierze wroga, którzy prawdopodobnie nie oglądali dotąd prawdziwych działań na pierwszej linii, trwali na swoich miejscach, zaskoczeni rozwojem wypadków. Trwali na miejscach to nie znaczy jednak, że czekali na cokolwiek z karabinami gotowymi do strzału. Nie. Oni gramolili się z legowisk za koszami z wikliny wypełnionymi ziemią i kamieniami, przerywali posiłek, jeśli właśnie jedli, zaniechali czynności, które akurat robili. Bynajmniej nie po to, żeby od razu chwycić za broń. To nie byli ludzie z pierwszej linii. To nie byli zaprawieni w bojach żołnierze, których zebrać można w ciągu kilku sekund. To była banda obiboków drugiej kategorii, przeznaczona do ochrony tyłów. Przecież na tym odcinku nie planowano żadnych walk.

Tomaszewski zastanawiał się, jakie myśli świtają im teraz w głowach. I miał wrażenie, że odgadł dobrze. Bo co się stało w ich mniemaniu? Twierdzę opuścił duży oddział. Który jednak nie strzela i nie atakuje. Oddala się bardzo szybkim krokiem. Co więc robi? Odpowiedź jest prosta: ucieka!

Tchórze postanowili opuścić mury i zwiewać. I prawdopodobnie taki meldunek zostanie złożony. Ale to przecież nie takie proste. Żaden żołnierz, który to widział, nie pobiegnie wprost do generała. Najpierw zamelduje sierżantowi. Sierżant pójdzie do porucznika. Ten pewnie do kapitana lub majora. Pułkownik o tym, co zaszło pod bramą skalną, dowie się już z trzeciej ręki. Bez szczegółów. Może więc otrzymać tylko prosty przekaz: „oni uciekają". I z tym dopiero pójdzie do kogoś, kto może podjąć decyzję. Ale podstawowy przekaz będzie już bardzo zniekształcony. Jak w zabawie, którą dzieci nazywały „głuchy telefon".

No i cokolwiek miałoby się wydarzyć, będzie wymagać czasu. I tu przodkowie mieli rację. Unikanie walki sprawiło, że nawet jeśli wrogowie nie uwierzą w ucieczkę, to zrobią coś z siłami swojej pierwszej linii. Jakiś manewr albo zabezpieczenie. A Tomaszewski nie zamierzał walczyć z ich elitą, bo cały sens wycieczki to nie walka z zawodowcami, to kopanie w jaja.

Zbliżali się właśnie do kępy rachitycznych drzew, które wyrosły w niewielkim skalnym zagłębieniu. Spomiędzy nich wyszedł jakiś żołnierz Nayer i stanął zaskoczony widokiem obcych zbrojnych. Podciągał spodnie, pewnie poszedł za potrzebą, nie miał broni. I nie miał zielonego pojęcia, co zrobić. Przechodząc tuż obok, Tomaszewski uniósł ręce i krzyknął na niego:

– Uuu!

Żołnierz ocknął się nagle i zaczął uciekać w panice. Kiedy dobiegł do wypełnionych kamieniami wiklinowych koszy, pociągnął za sobą jeszcze kilku. Idący najbliżej członkowie oddziału Maerka zaczęli się śmiać.

– W lewo! – Tomaszewski ramieniem wskazał kierunek.

Znajdowali się teraz na zewnątrz miejskich murów i musieli dostać się do środka przez jedną z wielkich wyrw, które zrobili szturmowcy podczas licznych ataków. Tomaszewski wybrał największą, choć ta właśnie była też najbardziej od nich oddalona.

Z tyłu rozległ się odgłos pojedynczego strzału. Potem jeszcze kilka, a po chwili zaczęła się regularna kanonada.

– Co tam się dzieje? – Maerk zerknął za plecy.

– Udają, że walczą. Właśnie przypomnieli sobie, że istnieje coś takiego jak własny pluton egzekucyjny.

– No rzeczywiście. Nie wykazali się czymkolwiek.

– Ano. Ale teraz nie będzie już tak łatwo.

– Wychodzimy za plecy oddziałów pierwszoliniowych.

– Raczej pomiędzy nie. Nie wiem zresztą, zaraz wszystko się wyjaśni.

Ich czujka wkroczyła właśnie pomiędzy pierwszych ludzi Nayer. Ci patrzyli na obcy oddział w osłupieniu. Niektórzy zaczęli uciekać. Wciąż nikt nie strzelał, ale też to ciągle nie był front. Żołnierze przechodzili między punktami opatrunkowymi, składami podręcznej amunicji, mijali wózki transportowe, stosy wojennych materiałów podciąganych tu przez cały czas. Minęli nawet jakiś opuszczony dosłownie przed chwilą sztab, z pustymi miejscami dla oficerów wokół stołów, na których nadal leżały rozłożone mapy.

– Moglibyśmy to wszystko spalić.

– Spalić, ludzi wyrżnąć i chodu. – Tomaszewski skinął głową. – I na tym pewnie zakończyłaby się wycieczka.

– My jednak mamy inny cel.

– Nie inaczej.

Dotarli do największej wyrwy w murze. Wypływał przez nią dym. Iście surrealistyczny obraz, bo nie czuć było jeszcze spalenizny. Nawet trupy zdążono już wynieść albo zakopać w okolicy. Za murem wyglądało jednak inaczej. Żołnierze szybko przeskakiwali przez wielki otwór. Pożar wewnątrz uderzał ich w twarze falą gorącego powietrza. Nie wszystko stało w płomieniach, a to, co się paliło, okazało się zbawienne, bo trochę przynajmniej odgradzało wyłom od wojsk walczących przy zdobywaniu góry Tor Avahen.

– Teraz w prawo. Niech ludzie trzymają karabiny w pogotowiu. – Tomaszewski zerknął na pozaginaną przemyślnie mapę.

– Gotuj broń! – krzyknął Maerk.

Tu już im nie darowano. Kilku żołnierzy Nayer zauważyło ich i od razu zaczęło strzelać. Ktoś zwoływał wojsko.

– Ulica jest za wąska. Niech dwie kompanie posuwają się przejściem tuż przy murze. Reszta idzie z nami tędy. – Tomaszewski wyciągnął rękę.

Ogień wroga nie był jeszcze intensywny. Ich ludzi wciąż obowiązywał zakaz strzelania. Maerk wykrzykiwał rozkazy.

– Jazda! Jazda! – wtórował mu okrzykami Tomaszewski. – Tu zamieniamy się w tarcze!

Żołnierzom nie trzeba było tego powtarzać. Runęli do przodu biegiem. Ich oddziały poruszały się po dwóch równoległych ulicach. Szybko okazało się, że nie są sami. Trzecią równoległą ulicą posuwał się oddział Nayer. I tamci strzelali do żołnierzy z twierdzy, wykorzystując każdą z prostopadłych uliczek.

– Uderzmy na nich! – gorączkował się Maerk. – Zgniećmy masą, póki mamy tu przewagę!

– Nie! – Tomaszewski był stanowczy. – Uliczki wąskie. Będzie jeden na jednego i przepychanka. Tu nie mamy się gdzie rozwinąć!

– Krzysiek, mamy już rannych!

– Zaraz będą i zabici.

– Ale oni do nas strzelają! Musimy odpowiedzieć ogniem!

– Nie! – Tomaszewski zerknął na mapę. – Za kilka przecznic będzie plac.

– Mamy coraz więcej rannych!

– Niech żołnierze przeskakują wyloty przecznic. Nie strzelać. Pędem do przodu!

Szlag! Trafił mu się dowódca z lotnictwa! Jakiekolwiek, płócienno-drewniane, by ono było. Lotnik, psiakrew! Jego samego, marynarza, szkolono w prowadzeniu desantu. Jeśli nawet nie bezpośrednio, to przecież zawsze musiał uczestniczyć w zajęciach dla piechoty morskiej, która zajmowała nadbrzeżne tereny.

– Marek, opanuj się i posłuchaj – krzyczał w biegu. – W każdym regulaminie napisali, że dowódca musi się godzić z własnymi stratami. Jeśli tego nie umie, to nie może być dowódcą!

Musieli się zatrzymać, bo drogę tarasował transportowy wóz. Żołnierze rzucili się do przodu, żeby go przepchnąć.

W tym momencie sytuację rozładował młody żołnierz, który złamał rozkaz i wystrzelił do wroga. Chłopak, a właściwie chłopczyk, bo z powodu strat brano już coraz młodszych do uzupełnień, podbiegł do nich z dymiącą bronią.

– Zabiłem jednego! – darł się wniebogłosy, bardzo podniecony. – Zabiłem jednego! A może i dwóch, jeśli kula przeszła na wylot.

– Zaraz powiesz, że całą armię – zakpił któryś z weteranów.

– Armię nie. Ale jednego na pewno, albo i dwóch! – Chłopak rezolutnie nie dawał się zbić z tropu. – Nie widzicie, jak im morale spadło?!

Weterani wybuchnęli śmiechem. Sytuacja została rozładowana. Nie wiadomo co prawda, jak z morale przeciwnika, ale to lokalne, najbliżej, wzrosło ewidentnie.

– Naprzód! – Tomaszewski ruszył ludzi, kiedy usunięto przeszkodę.

Zaczęli biec, usiłując przeskakiwać wyloty przecznic, przez które strzelano z równoległej ulicy. A po chwili, zgodnie z tym, co mówiła mapa, oba oddziały wyprysnęły na plac, bez ładu i składu stając naprzeciw siebie. I dopiero teraz Maerk zrozumiał, o co chodziło polskiemu oficerowi.

Ze strony sił Nayer na wolną przestrzeń wypadło trzydziestu, może czterdziestu żołnierzy. Ze strony sił Tor Avahen było ich kilkuset. Kolejni wybiegali z wylotu ulicy. Żołnierze Nayer szybko zrozumieli, że gonitwa za oddziałem szturmowym nie była dobrym pomysłem.

– Gotuj broń! Cel! – krzyczał Tomaszewski. – Pal!

Jedna salwa zabiła wszystko, co żyło po drugiej stronie placu.

– Ładuj broń!

– Ożeż... O Bogowie!... – Maerk potrząsał głową.

– Przecież mówiłem, co stoi w regulaminie. Jeśli nie mamy przewagi generalnej, to należy ją stworzyć lokalnie, na małym odcinku.

– Pieprzyć wasze regulaminy! Skąd miałem wiedzieć, że to takie skuteczne?

– Bo stworzono je po setkach lat doświadczeń w walkach takich jak tu. Nie ma mordobicia. Jest cel strategiczny. Osiągamy go albo uciekamy.

Maerk przełknął ślinę.

– Uciekamy?

Tomaszewski zaczął się śmiać. Dowódca lotnictwa szybko się uczył. I miał jaja.

– Naprzód.

Znowu zaczęli biec. Nad ich głowami pojawiły się dwa cienie. Dwa niesamowite latawce z podpiętymi pod nimi pilotkami leciały skrzydło w skrzydło, jeden obok drugiego. Dziewczyny pokazywały wielką klasę i pogardę dla śmierci. Nie manewrowały w unikach mimo silnego ognia z ziemi. Idealnie równo nadleciały nad cel, którym był broniący się jeszcze port, i dokładnie w tej samej chwili zrzuciły dwa małe pakunki. Dopiero potem odskoczyły od siebie i zapikowały, chcąc zyskać na szybkości, by uciec nad morze.

– Zrzuciły obrońcom meldunek o nas – powiedział Maerk.

– Że nadchodzi odsiecz? Żeby do nas nie strzelali?

– Tak sądzę.

Stało się więc jasne, dlaczego wysłano dwa aparaty. Gdyby jedną z dziewczyn zestrzelili wrogowie, ważny meldunek ciągle miał szansę dotrzeć do celu. Tomaszewski rozejrzał się wśród żołnierzy, na których brawura pilotek zrobiła duże wrażenie. A potem zerknął w tył, na samą górę. Twierdza była wciąż dobrze dowodzona. A to znaczyło, że walki o port wewnętrzny w jaskini nadal trwały. Napastnicy nie wdarli się głębiej.

– No to teraz najtrudniejszy etap – Tomaszewski zwrócił się do Maerka. – Przebicie do swoich linii.

– Uderzymy całą masą – tamten nie mnożył wątpliwości.

– Jak? Na tych wąskich ulicach?

– Normalnie. Niech jedna fala atakuje za drugą.

– Nawet się nie rozwiniemy. A zwały trupów już po chwili utrudnią przejście, bo każda ich kula będzie przecież trafiać.

Dowódca lotnictwa zdawał się nie rozumieć najprostszych sytuacji taktycznych, jeśli chodzi o walki uliczne.

– To co proponujesz?

– Mamy masę wojska. Pięciuset ludzi to pięć kompanii. Niech cztery z nich atakują, każda jedną z równoległych ulic, a jedną trzymajmy w odwodzie. Tę kompanię, która natrafi na najmniejszy opór, wzmacniamy odwodem, a pozostałe momentalnie wycofują się do osłony naszych boków.

Maerk nie wyglądał na przekonanego.

– To po co nam było tylu ludzi? – zapytał.

– Zaatakujemy całym frontem – wyjaśniał spokojnie Tomaszewski. – Tamci ogłupieją.

– A jeśli nie?

– Na jednym odcinku będziemy mieć przewagę. I ciągle mamy czas. Jeszcze przez krótką chwilę, ale mamy.

Twierdza musiała przeżywać naprawdę trudne chwile. Braki kadrowe były zastraszające, skoro takie zadanie pozwolono wykonywać właśnie Maerkowi. Zanim zaczął wydawać rozkazy, minęły, zdawało się, całe wieki, bo musiał to sobie wszystko poukładać w głowie. Może jeśli chodzi o operacje lotnicze, był wirtuozem, ale na ziemi przedstawiał umysłowość kaprala.

Tomaszewski nie naciskał jednak i nie starał się niczego przyspieszać. Wiedział, że gdzieś już zbiera się oddział, przy pomocy którego najeźdźcy z Nayer zamierzali sobie poradzić z grupą szturmową. Ale i ich obowiązywała zasada bezwładności. Oni też potrzebowali czasu. Na wojnie nic nie dzieje się szybko.

A Maerk marudził wyjątkowo. W końcu jednak udało się podzielić ludzi na pięć kompanii. Fizycznie, bo organizacyjnie podzieleni byli przecież od dawna, ale niespecjalnie ułatwiało to sprawę. Problemem stał się brak miejsca, żeby można się było przegrupować. Chyba wymagano tu placu defiladowego, żeby dowództwo mogło jednym spojrzeniem ogarnąć całość swoich sił.

Na szczęście i tę trudność udało się jednak pokonać. Cztery oddziały w sile stu ludzi każdy ruszyły do boju. Usłyszawszy pierwsze strzały, Maerk chciał ruszyć za nimi.

– Gdzie idziesz? – Tomaszewski wyjął papierosa.

– Na pierwszą linię. Przecież trzeba dowodzić.

– Rozkazy już wydane. To zadanie dla dowódców kompanii.

– Ale... trzeba mieć przecież pieczę nad całością.

Tomaszewski zaciągnął się głęboko aromatycznym dymem. Uwielbiał papierosy sprowadzane z Bliskiego Wschodu.

– Ja mam mundur, który różni się od waszych, a ty jesteś obwieszony insygniami jak choinka. Ustrzelą nas od razu.

– Nie można zostawić ludzi samym sobie.

– U nas w każdym sztabie polowym są na wyposażeniu talie kart do gry. Kiedy rozkazy są już wydane, a wojsko poszło do boju, to nie ma sensu, żeby oficerowie zadręczali się myślami. Już nie mogą niczego zmienić. Więc nakazuje się im grać w brydża. Będą mniej szkodliwi dla własnych oddziałów.

Maerk nie mógł uwierzyć, że tak dowodzi się w Polsce.

– Ale to tchórzostwo. – Rozejrzał się nerwowo.

– A wy dzięki waszemu bohaterstwu macie takie braki kadrowe wśród oficerów, że pozwolili wysłać ciebie. Teraz dopiero to zrozumiałem.

– Nie można wysyłać żołnierzy na śmierć i samemu nie pójść z nimi.

Tomaszewski postanowił zakpić:

– Wprowadzasz rewolucyjne zmiany do doktryny wojennej.

Maerk chyba nie zrozumiał. Pojął za to, że nie da się przegadać oficera zza Gór Bogów. Wyglądał, jakby uszło z niego powietrze. Widocznie jednak kazano mu słuchać wszelkich sugestii, jakiekolwiek by były, bo nie protestował dalej.

– Nie męczą cię twarze ludzi, którzy zginęli? – zapytał tylko.

– Męczą. W złe noce potrafią zatruć spokojny sen. – Tomaszewski wzruszył ramionami. – Mój przyjaciel, komandor Rosenblum, ma takie ulubione powiedzenie: w tym fachu i zawodowy rzeźnik może się czasem zrzygać.

Nie chciał kontynuować tematu. Owszem, przed oczami majaczyły mu różne widma. Widział swoich ludzi z wiatrakowca, rannego chłopca zastrzelonego w sadzawce wśród drzew. Widział żołnierzy piechoty morskiej wciąganych pod lód na zamarzniętym jeziorze, gdzie ich wysłał.

Widział nawet marynarzy ze statku Kai, których w ciągu kilkunastu sekund wymordowała załoga „Dragona", strzelając ze wszystkiego, co było na pokładzie. A sam przecież nie brał w tym udziału. Widział. Ale perfidnie nie to męczyło go najbardziej. Taki zawód, jak mawiał Rosenblum. I w dobre dni to powiedzenie wystarczało.

Tomaszewski nie mógł jednak zapomnieć jednego drobiazgu. Najmniej groźnego, mogłoby się zdawać. Nie mógł zapomnieć „starszego" ze wsi na zamarzniętym wybrzeżu, którego kazał obić jak psa radiotelegrafiście zapasową anteną. Na oczach jego dzieci, rodziny, wszystkich mieszkańców wsi. Fakt, tamci mieli przewagę liczebną, a on tylko mały, choć doskonale uzbrojony oddziałek. Musiał zareagować błyskawicznie i bezwzględnie. Ale właśnie to, upokarzająca tamtego chłosta, nie dawało mu spokoju. Jak dziura w zębie, która nie boli tak, by wrzeszczeć, ale męczy ciągle, każąc bezustannie napinać wszystkie nerwy.

– Panie!

Ponure rozmyślania przerwał dowódca kompanii atakującej drugą ulicą od kanału, mówiąc, że na jego odcinku przejść się nie da.

– Oni mają działko! – gorączkował się. – Masakrują moich ludzi ściśniętych na małej przestrzeni. To rzeź.

– Mają działko? – zainteresował się Tomaszewski.

– Mogą mieć i dwa, albo nawet trzy.

– To znaczy, że tam jest duży plac. A z mapy przecież to nie wynika.

– Zburzyli kilka domów i nawet wyrównali teren. Jeden ich strzał i wśród moich ludzi powstaje krwawy wąwóz. Kazałem się wycofać.

Maerk skurczył się w sobie, Tomaszewski przeciwnie. Dostrzegł szansę.

– No to świetnie. – Wyuczonym gestem klepnął dowódcę kompanii po ramieniu. – Idziemy właśnie tamtędy.

– Każesz piechocie szturmować armaty ustawione na wprost? – nie mógł uwierzyć Maerk.

– Spróbujmy ich najpierw pozabijać. A to jedyne miejsce, gdzie można wykorzystać naszą chwilową przewagę liczebną.

Tomaszewski, nie zwracając już uwagi na swoją rolę „doradcy", zaczął wydawać rozkazy. Nie mogli tu czekać w nieskończoność. Kazał powoli osłabiać napór na wroga pozostałym oddziałom na równoległych ulicach. Potem mieli się wycofać i flankować odwód, który właśnie ruszył do przodu. Żołnierze zostali wysłani na dachy domów, a część do wnętrz budynków. Wszyscy mieli dojść do placu.

– Ale jak wnętrzami? – odważył się zaoponować ktoś z boku. – Przecież przez ścianę się nie przejdzie.

– To je rozwalcie! Róbcie przejścia, niszcząc wszystko, co stanie na przeszkodzie. Mieszkać tu już i tak nie będziecie!

Na szczęście mur to nie żelbeton. Stara cegła powinna poddać się łatwo. Ludzie na dachach również nie napotykali przeszkód. Słynne ściany ogniowe, tak bardzo szpecące domy w Polsce, nie były tu znane.

Piąta kompania poruszała się szybko. W przeciwieństwie do dowódców prości żołnierze nie mnożyli trudności. Oni walczyli o swoje rodziny i bliskich, dla których stanowili teraz jedyną szansę. No i nie wiedzieli jeszcze, co to jest szturm na armaty strzelające koncentrycznie w wylot wąskiej ulicy.

– Przekażcie rozkazy tym na dachach, że na mój znak mają strzelać ogniem kryjącym. – Tomaszewski tłumaczył podoficerom zasady tego, co Amerykanie nazywają „ogniem opresyjnym". Czyli strzelać trzeba bardzo gęsto, nie tak, by zabić jak najwięcej, jedynie po to, żeby nikt z tamtych nie śmiał nawet pomyśleć, żeby wystawić głowy. – Zróbcie stanowiska na krawędzi dachów i w oknach od strony tego nowego placu. Jeśli nie będzie okien, to wybijcie otwory strzelnicze w murach.

– No to oni zaczną strzelać z dział.

– I dobrze. Pomogą wam je wybijać.

Dotarli nareszcie do żołnierzy, którzy brali udział w pierwszym szturmie.

– No, ludzie – krzyczał Tomaszewski – nie przyszliśmy was zmienić, tylko wesprzeć. Musicie uderzyć na nich jeszcze raz.

– Ale tam są działa!

– Musicie biec bardzo szybko. Im szybciej biegniesz, tym krócej wystawiasz się na strzał. Proste. Dlatego nie strzelacie, tylko biegiem, na pełnej prędkości lecicie do baterii. Po to, żeby zabić tam wszystkich. Bagnetami, strzelając z przyłożenia, wszystko jedno. Musicie biec naprawdę szybko. Kto się zatrzyma, będzie nieruchomym celem i zostanie od razu zabity. Cały sens tego szturmu leży w szybkości. A my damy tamtym popalić, żeby nikt nosa nie wystawił. Kto nie zrozumiał, niech podniesie rękę.

Jakiś żołnierz rzeczywiście czegoś nie pojął, bo wyciągnął dłoń, chcąc zadać pytanie.

– Mamy ochotnika! – Tomaszewski uciął w zalążku jakąkolwiek dyskusję. – Skoro się sam zgłosiłeś, to idź na pierwszą linię. Pobiegniesz pierwszy!

Maerk ze zdziwieniem zauważył, że żołnierze, widząc konfuzję nieszczęśnika, zaczęli się śmiać. Niebywałe. Przecież to ich kolega, a Tomaszewski zachował się nie w porządku. Nie znaczyło to nic. Duch w oddziale pojawił się znowu. Żołnierze najwyraźniej woleli skurwysyna z jajami niż ofermę, która popadnie w zadumę nad ich losem.

– Pamiętajcie! – krzyczał Tomaszewski. – Im szybciej biegniesz, tym krócej będą do ciebie strzelać! Im szybciej biegniesz, tym trudniej w ciebie trafić! Wy nie strzelacie! Tylko biegniecie! A na miejscu rzeźnia! Zrozumieliście?

Odpowiadały mu wyłącznie potakiwania. Nikt nie chciał się wyrwać i znaleźć na czele szturmu.

– No to do roboty! Żołnierze na dachach i w domach. Do ognia kryjącego gotuj się!

Krzykom odpowiadały nawoływania podoficerów.

– Zajebać ich! – wrzasnął Tomaszewski. – Ognia!

Kiedy na górze rozpoczęła się kanonada, popchnął pierwszego żołnierza.

– Do ataku! Do ataku! Biegiem!

Kopał i szarpał ludzi, którzy mieli dołączyć do pierwszej linii.

– Szybciej! Szybciej! Druga fala! Do mnie!

Ogień z góry praktycznie nie malał. Żołnierze wymieniali się taśmowo na stanowiskach strzeleckich. Kiedy jeden strzelał, pięciu innych ładowało.

– Do ataku! Druga fala, biegiem!

Tomaszewski posłał następną linię do boju. Kazał odwodom następować z tyłu, żeby wypchnąć opornych. Ktoś od wylotu ulicy podskoczył z meldunkiem.

– Pierwszą falę praktycznie rozstrzelali. – Oficer dyszał, choć sam nie brał udziału w biegu. – Druga doszła. Właśnie mordują tamtych.

– Dobra. W takim razie poprowadź odwody na oczyszczanie.

– Tak jest!

Masa wojska zaczęła przepychać się obok. Tomaszewski kazał ruszyć oddziały z innych ulic, ściągnięte do osłony szturmu. Wszyscy mieli teraz ruszyć naprzód.

– No i widzisz – powiedział do Maerka. – Dopiero teraz przyszedł czas na oficerów z dowództwa.

Demonstracyjnie przeładował swój pistolet maszynowy, doskonale wiedząc, że na placu nie ma już do kogo strzelać. Puścił więc krótką serię w powietrze, czym wzbudził zachwyt u tych, co stali najbliżej.

– Za mną!

Wyszli na wolną przestrzeń zasłaną ciałami zabitych i rannych. Psiakrew! Najeźdźcy z Nayer zdążyli wystrzelić. I mieli amunicję przeciwpiechotną. Ale też ten właśnie fakt był przyczyną ich szybkiej klęski. Kartacze czy siekańce były mało skuteczne na większą odległość. Artylerzyści wystrzelili więc tak, jak ich nauczono, z bardzo bliska, a nie wtedy, kiedy tłum atakujących zbity kłębił się u wylotu wąskiej uliczki. Narobili dużo rannych, ale co z tego? Rozpędzeni atakujący wpadli pomiędzy nich samą siłą bezwładu. I koniec, z grubsza. Druga fala wymordowała wszystkich, specjalnie się nie pocąc.

– Uporządkuj oddziały. – Tomaszewski zerknął na Maerka. – Zaraz powinien nastąpić kontratak.

– Mamy się tu bronić?

– Nie. Szyk marszowy, ale pomyśl, ile zajmie nam przeprowadzenie tędy prawie pięciuset ludzi.

– Zabezpieczę teren.

Tomaszewski ruszył w kierunku barykad, za których podnosili się pierwsi obrońcy portu. Jeszcze ostrożnie i z niedowierzaniem. Najwyraźniej nie spodziewali się odsieczy.

– Nie strzelać! Tu swoi!

– Koledzy! Nie strzelajcie! – krzyczeli żołnierze, machając zawzięcie. Głupio byłoby umrzeć od własnych kul. – Idziemy do was! Nie strzelajcie, na miłość Bogów!

– Pam param pam, pam pa rampam... – nucił sobie Tomaszewski. Stojący blisko nie zwracali uwagi. A ci, którzy patrzyli na „doradcę" z pewnej odległości, sądzili, że oficer nadal wydaje jakieś ważne rozkazy. Wszystko więc pod kontrolą! Ten widok napawał otuchą. Dowódca, przekraczając leżące na bruku ciała, nie traci głowy, tylko spokojnie ciągle nami kieruje.

Czołówka z trudem dotarła do pierwszej barykady. Obrońcy portu wiwatowali tak zawzięcie, jakby już wygrali całą wojnę.

– Prowadźcie do dowódcy – usiłował ich przekrzyczeć Tomaszewski. – Zabezpieczajcie teren, zaraz tędy przejdzie pięć kompanii.

Gdzie tam. Wiadomość, że rzucono im na pomoc aż pięć kompanii, podnieciła żołnierzy tylko do dalszych wiwatów. Jeszcze głośniejszych i bardziej wylewnych.

– Marek, zapanuj nad tym. Ja idę szukać sztabu.

Wyrwał się z tłumu z kilkoma żołnierzami czołówki. W tym z młodziutkim chłopcem, co to położył jednego przeciwnika, a może nawet dwóch, osłabiając morale wroga. Teraz przylgnął do zagranicznego dowódcy, zazdroszcząc mu tak wspaniałej broni jak pistolet maszynowy. Gdyby tylko on miał coś takiego... Sam król Nayer nie zasnąłby już spokojnie.

– Gdzie dowódca? – Tomaszewski wypytywał napotykanych żołnierzy.

Kilku niepewnie i z wahaniem wskazywało kierunek, gdzie według nich mógł się znajdować sztab.

– Gdzie dowódca?

– Tam idzie.

No nareszcie. Od strony nabrzeża biegło w ich kierunku dwóch oficerów. Zatrzymali się, widząc człowieka w niespotykanym tu mundurze. Nie było czasu na tłumaczenia.

– Port jest jeszcze w waszych rękach?

– Jeszcze jest – odezwał się ten bardziej obwieszony insygniami.

– Zaraz dostaniecie prawie pięciuset ludzi wsparcia. Ale też konkretne zadania do wykonania.

– Kim ty jesteś?

No tak. Można się było tego spodziewać przy braku łączności. Ale przecież Vaun wysłał im meldunek pocztą lotniczą.

– Jestem polskim doradcą.

W oczach dowódcy odbił się co prawda cień zrozumienia, ale wcale nie musiało to oznaczać zgody na współpracę.

– I chcesz wydawać rozkazy?

Tomaszewski uśmiechnął się rozbrajająco.

– Piechotą dowodzi Maerk. Wolicie słuchać jego rozkazów?

Trafił. Idealnie w sam środek tarczy. Oficerowie żachnęli się na samo wyobrażenie lotnika dowodzącego na lądzie.

– Ty jesteś tylko doradcą. – Starszy rangą mimo wszystko miał wątpliwości. – Możemy wysłuchać twoich rad, lecz nie musimy słuchać ciebie.

– Ja też mam wybór. – Tomaszewski postanowił być bezlitosny. – Albo mogę tu wymagać bezwzględnego wykonywania moich rozkazów, albo mogę wsiąść do swojej wspaniałej latającej maszyny i polecieć sobie, gdzie mnie oczy zaniosą. I wtedy za dwa dni was już nie będzie na tym świecie. Zrozumieliście?

Przytaknęli zgodnie. Choć nie oznaczało to bynajmniej poddania.

– Słowo „doradca" oznacza...

– Jakoś to musieli nazwać. I obudźcie się nareszcie w nowej rzeczywistości eufemizmów. Rzeczpospolita nie może wziąć udziału w waszym konflikcie. Może jedynie udzielić pomocy humanitarnej... cokolwiek by się pod tym słowem kryło.

– Ale...

– Kurwa jebana mać! Jeszcze jedno słowo poza „tak jest!" i odlatuję!

Wściekli mierzyli się wzrokiem. U wylotu ulicy pojawił się Maerk.

– Spokojnie, panowie. – Od razu zauważył ich wrogie postawy. – Spokojnie.

– Nie wtrącaj się – rzucił dowódca obrony tonem zwiastującym raczej długą kłótnię. – Nie ty tu dowodzisz.

– Owszem. Odtąd ja.

– To dlaczego on wydaje rozkazy?

Maerk stanął na wysokości zadania.

– Tak chce Vaun. I ja wam to przekazuję.

Pieniaczom skończyły się argumenty. Ich dezorientację wykorzystał Tomaszewski, rozkładając mapę.

– Trzeba natychmiast zająć te dwie wieże. – Pokazał im cele na mapie. – I ten budynek. To absolutny priorytet.

– Te wieże chyba nawet nie są obsadzone – podjął rzeczowym tonem dowódca obrony portu.

– Jak to? Nayer nie usiłuje z nich do was strzelać?

– Niespecjalnie. Za duża odległość.

No fakt. Wieże zyskiwały na znaczeniu taktycznym dopiero po zajęciu wskazanego budynku, kiedy front przeniesie się w tamtą stronę. To tylko ułatwiało sprawę.

– Dobrze. Zajmijcie je wraz ze wskazaną budowlą. Chcę mieć dobre zabezpieczenie ze wszystkich stron. Musicie też oczyścić dach tak, żeby mogły na nim lądować nasze maszyny.

– Nie mamy już amunicji.

– Nasi ludzi przynieśli trochę ze sobą. W nocy przybędzie pierwsza poważna dostawa. Ale w tym celu ten dach musi być w naszych rękach. A teren wokół bezpieczny.

To zrozumieli. A przynajmniej nie zadawali dalszych pytań. Perspektywa dostaw amunicji wyraźnie ich podniecała. To było coś, co dawało nadzieję, której resztki jeszcze nie tak dawno wyraźnie kruszały.

– Czy w porcie są jakieś statki? – kontynuował indagację Tomaszewski.

– Ile kto chce. Najwięcej barek, bo przecież na początku przewidywaliśmy ewakuację.

– A coś z żaglami?

– Jest kilka statków i z żaglami. Ale wypłynąć będzie ciężko. Wieje mocno od morza.

– I bardzo dobrze, że wieje od morza – skwitował Tomaszewski. – Nie zatrzymuję panów. Marek, my do portu.

Oficerowie patrzyli zdziwieni panoszeniem się „doradcy". Z trudem powstrzymali się od kąśliwej uwagi, że może w takim razie całe dowództwo twierdzy przekazać w obce ręce. A powstrzymali się nie dlatego, że musieli wypełnić wolę Vauna. Po prostu chyba zaświtało im w głowach, że to wcale nie byłby taki głupi pomysł.

– Po co ci statki z żaglami? – dopytywał Maerk, usiłując dotrzymać Tomaszewskiemu kroku. Z boku musiało to wyglądać dość zabawnie. Różnica wzrostu, a co za tym idzie długość kroku była między nimi dramatyczna.

– Muszę Siweckiemu uszczelnić port wewnętrzny. Ten w jaskini w waszej górze.

– Jak to uszczelnić? Statkami?

– Nie. Branderami.

– Może jaśniej?

– To proste. Jeśli mamy tam wpuścić czad, to powinniśmy mieć choć w miarę zamknięte pomieszczenie. A wewnętrzny port nie ma ani wrót, ani żadnej zasłony. Przecież wpływa się tam przez wielką wyrwę w skale.

– No i jak chcesz to zamknąć?

– Podpalimy parę statków, postawimy żagle i niech płyną. Przy odrobinie szczęścia kilka powinno dotrzeć do dziury.

– I myślisz, że spiętrzą się tak, żeby ją zatkać?

– Nie. Ale dopływ świeżego powietrza zatrzymamy przez silny ciąg gorącego z podpalonych statków. Wystarczy, że się zbliżą, i żaden podmuch do wnętrza jaskini już nie dotrze.

To musiało przemówić do wyobraźni lotnika, który o prądach wznoszących i masach ciepłego powietrza wiedział wszystko. No tak. Powietrznego komina żaden zwykły wiatr nie przebije.

– A gorący ciąg nie wyssie tego waszego czadu?

Tomaszewski zaczął się śmiać.

– Spokojnie. Pożar na tlenek węgla nie wpływa. To właśnie czad powstaje przy każdym pożarze. Obliczono kiedyś, że z każdych dziesięciu ofiar płonących domów aż dziewięć umiera nie od ognia, ale z zatrucia toksycznym gazem.

– Niemożliwe. Przecież w takiej katastrofie wszystkie ciała są spalone.

– Ciała tak. Ale nasi specjaliści potrafią sprawdzić, jaka była przyczyna śmierci. I w dziewięćdziesięciu przypadkach na sto jest nią czad. Ci ludzie więc mogliby się uratować, gdyby tylko wiedzieli, co robić.

– Niebywałe. – Maerk był pod wrażeniem informacji, że ktoś bada trupy, żeby się dowiedzieć, co było przyczyną śmierci. Zabawni są ci przybysze zza gór. Zupełnie jacyś nieżyciowi. A z drugiej strony zdążył już poznać skuteczność ich działań na wojnie. I nie mógł rozstrzygnąć, jak to jest. Tomaszewski był pragmatycznym dowódcą, nie wyobrażającym sobie, jak sytuacja powinna wyglądać, tylko działającym według tego, co jest, wdrażającym zasady regulaminu do sytuacji takiej, jaka jest naprawdę. A jednocześnie Maerk pamiętał dobrze, jak Tomaszewski zareagował na słowa, że jeśli zechce, to może pobić swojego żołnierza. Że jeśli się uprze, to nawet na goły tyłek, a tamten musi poddać się karze bez słowa. Cały się nastroszył. I chyba nie chodziło o to, że w Wojsku Polskim nie stosowano kar cielesnych, ale że chodziło o Inę. Kobietę. Oni jakoś tak dziwnie traktowali kobiety. Zupełnie jakby były innymi istotami niż mężczyźni.

Porzucił te rozmyślania, kiedy Tomaszewski zaczął zwoływać nielicznych ludzi, którzy kręcili się w okolicach nabrzeża. Niewielkich żaglowych statków było tu sporo. Materiałów łatwopalnych również nie brakowało. Tuż obok znajdowały się przecież magazyny oliwy, którą importowano, oraz żywicy i sezonowanego drewna, które eksportowano w czasach pokoju. Teraz, z powodu wojny, składy były pełne. Kazali to wszystko przerzucać na pokłady pięciu wybranych jednostek.

– Rozbijać amfory! – rozkazywał Tomaszewski. – Niszczyć opakowania! To wszystko ma zapłonąć od jednej pochodni. Nikt tym nie będzie płynął.

– Żagle się spalą – odważył się zaoponować jeden z marynarzy.

– A słyszałeś ty coś o wietrze? Zwróciłeś uwagę, że ładujemy od dziobów?

– I tak się spalą, panie.

– Wystarczy, żeby statki przepłynęły ten krótki dystans.

Marynarze uwinęli się błyskawicznie. Było coś w tym niszczeniu luksusowych dóbr, co bliskie pierwotnej naturze człowieka. Atmosfera oblężonej, upadającej twierdzy. Koniec ich świata, koniec cywilizacji i porządku, jaki znali. I jakaś perfidna przyjemność w niszczeniu ogromnych ilości rzeczy tak kosztownych, że w normalnym życiu nie byłoby ich na nie stać.

Z dala od brzegu rozpalono niewielkie ognisko. Kiedy marynarze, cali utytłani w oliwie i żywicy, podnieśli żagle i wyskoczyli na brzeg, zwolniono cumy. Pięć statków powoli zaczęło sunąć przed siebie, oddalając się majestatycznie od pirsu. Wiatr znosił je na środek kanału, ale kiedy nabrały szybkości, zadziałały zablokowane linami stery.

– Podpalać!

Ci, którzy nie byli upaprani łatwopalnymi materiałami, zaczęli rzucać rozpalone od ogniska pochodnie. Rzucali celnie. Pięć pożarów wybuchło błyskawicznie. Oddalały się powoli w stronę góry kryjącej wewnętrzny port.

Tomaszewski dopiero teraz zdjął z pleców ciężki prostopadłościan radiostacji. Z ulgą rozprostował ramiona. Potem nałożył słuchawki i włączył prąd.

– Inna, słyszysz mnie?

– Głośno i wyraźnie.

– Jest tam gdzieś Leszek obok ciebie?

– Jest.

– To powiedz mu, że zaraz będzie miał wejście do jaskini zatkane pięcioma branderami. Niech zaczyna.

– Zrozumiałam. – Nastąpiła krótka przerwa wypełniona szumem, kiedy dziewczyna puściła przycisk nadawania. – On mówi, że idzie dać czadu.

– Doskonale. Inna, możesz startować. Przekażę na niszczyciel, co mają ci zapakować, i wracaj z ładunkiem.

– Nie ma sprawy. Rozgrzewam silnik.

– Inna, czy ktoś cię uczył meldować regulaminowo?

– Tak jest, panie komandorze!

Ryk w słuchawkach przybrał na sile, aż Tomaszewski odruchowo podniósł głowę. Tak jak podejrzewał: z dobrze widocznego stąd wylotu hangaru wykutego w zboczu góry wyprysnął nagle rozpędzony wiatrakowiec. Opadł w dół, wyrównał tuż nad dachami budynków, a potem śmignął w górę na ostrym wznoszeniu.

– Psiakrew, Inna! Ty rozmawiasz ze mną i startujesz jednocześnie?!

– Tak jest, panie komandorze! Pesteczka! Choć wiem, że to nieregulaminowe określenie.

Durna baba! Popisy urządza! Start przy użyciu tylko jednej ręki. Przecież drugą musiała obsługiwać mikrofon. Genialny pilot. Tomaszewski nawet nie usiłował sobie wyobrazić ustawienia tej masy przełączników, które trzeba zmienić podczas startu, jednocześnie kontrolując drążek.

– Żeby cię... kur... żeby cię powykręcało, ty sieroto sakramencka! Ty ryzykantko głupsza, niż przewiduje konstytucja.

– A regulaminowo? – tym razem Ina go wypunktowała.

Zmełł przekleństwo.

– Słuchaj, będziesz tu lądować w nocy. Położę ci zielone chemiczne światło na skraju dachu od strony morza, a drugie, czerwone, od strony góry. Będą leżały na osi dachu. Ale najpierw kontakt radiowy. Rozumiesz?

– Dam radę, szefie.

– I nie popisuj się! Bez wyczynów dla publiczności, bo będziesz wracać obciążona jak szlag.

– Chociaż jeden mały wyczyn? – droczyła się głosem małej dziewczynki. – Taki tyci, tyci.

– Już wystarczająco pognębiłaś swoje koleżanki. Jeśli mi wywiniesz jakiś numer, to ci przyleję pasem na goły tyłek, i to przy ludziach. Zrozumiano?

– Tak jest, panie komandorze.

– No i powodzenia.

Zapadła cisza. Wiatrakowiec, zamiast kierować się nad pełne morze, krążył nad twierdzą, choć przynajmniej na bezpiecznej wysokości.

– Krzysiek... – rozległo się po chwili w słuchawkach.

– Tak?

– Mam dla ciebie złą wiadomość. Bardzo złą.

Domyślał się, co zobaczyła. Zapytał jednak:

– Co tam?

– Najeźdźcy zbierają wielki oddział szturmowy. Krzysiek... Idzie na ciebie połowa armii Nayer.

Rand, zadowolony z siebie jak jasna zaraza, stał tuż przy cesarzowej, która oglądała zmontowaną pośpiesznie pierwszą wersję filmu. Widział jej reakcję. I już wiedział, że ruchome obrazy idealnie trafiły do wyobraźni.

– Bogowie! – Cesarzowa zacisnęła dłonie na poręczach swojego złotego krzesła. – Czy to jest Shen?

– Tak, pani.

– To naprawdę ona?

– Ona, ona.

– Ma twarz złodziejki! – Było to chyba najbardziej pogardliwe określenie w słowniku władczyni. – Tak. To złodziejka. Cóż za ohyda.

Rand odważył się na niewielkie ryzyko.

– Ładna nawet. Nie boisz się, pani, że może spodobać się ludowi?

– Przecież od razu widać, że pochodzi z gminu. Jest niskiego urodzenia. I na pewno kradnie.

Ach, w tę stronę szły jej przemyślenia. No to można życzyć imperium „wszystkiego najlepszego w nowym roku" – jak mawiali Polacy o przegranej sprawie.

– O! Nasz posterunek!

Na ekranie pojawił się barak, którego obrońcy strzelali zawzięcie, robiąc dużo dymu. Partyzanci mieli dramatyczną przewagę liczebną. Poręcze krzesła zatrzeszczały ostrzegawczo. Emocje cesarzowej sięgały zenitu, bo wbiła palce w złotogłów tak mocno, że zbielały jej kostki.

– Nasza pułkownik! – krzyknęła w stanie najwyższej ekscytacji. – Ranna!

Aktorka została stworzona do tej roli. Czy to Goldwyn osobiście, czy też jego reżyser, wybrali kobietę z zupełnie nieprawdopodobnym talentem. Nie do występowania na scenach amfiteatrów, gdzie żadnego sukcesu nie odniosła i pozostawała nieznana. Ona czuła film! Wiedziała, co to zbliżenia, i potrafiła grać twarzą. Na ekranie widzieli jej straszne cierpienie, ból, a potem walkę ze sobą. Widzieli miłość do ojczyzny i poczucie obowiązku.

Widzieli, jak poświęcenie dla sprawy zwyciężało słabość ciała. Pułkownik zebrała się w sobie i ruszyła do ostatniego, samobójczego starcia.

– Bogowie! – Cesarzowa szarpnęła się, prawie zerwała z krzesła, co absolutnie nie licowało z jej powagą. – To bohaterka! Trzeba postawić jej pomnik!

Hm. Ciekawe, co zobaczy na tym samym obrazie prosty lud? Aktorka miała na sobie znienawidzony powszechnie mundur sił specjalnych. Grała wysoką rangą oficer, która od dziecka opływała we wszystko. Nie znała głodu, ciężkiej pracy, nigdy nie miała poczucia beznadziei. Cóż więc ujrzy lud, widząc to, co cesarzowa? Odpłatę za własne upokorzenia i codzienny strach? Wyrównanie krzywd? Sprawiedliwość dziejową? Ha, ha, ha... A przecież film ten sam. Każdy będzie widział identyczne sceny, bo o to już zadba pałacowa cenzura.

– O Bogowie! Shen! Ona morduje!... To... to... Cóż za ohydna zbrodnia! Łapać ją! Dać na męki!

Goldwyn wiedział, czego chce. I potrafił to zrealizować. Rand musiał przyznać, że mimo iż miał świadomość inscenizowania tych ujęć, serce zaczęło bić szybciej. Ufff! To było naprawdę mocne.

– I bardzo dobrze, że powstał ten film! – krzyknęła cesarzowa. – Niech wszyscy dobrze zapamiętają, jak wygląda Shen! I niech wiedzą, jakich potwornych czynów się dopuszcza!

– Pani...

– Podwoić nagrodę! Teraz już każdy ją wyda katu!

Rand przełknął ślinę. Po raz pierwszy zobaczył, jak ruchome obrazy działają na ludzi. I to światłych przecież. Wybitnie wykształconych. A co zobaczy na nich prosty lud? Trochę zaczynał się bać.

– Pani? Czy to ma oznaczać, że dajesz zgodę na projekcję tego filmu na rynkach twoich miast?

– Tak! Tak! I chcę mieć Shen żywą! Rozumiesz? Chcę ją tu mieć i patrzeć na jej wielodniowe męki!

– Tak jest, wielka pani.

– Już dzisiaj każ sprowadzić najlepszego na świecie mistrza tortur. Chcę, żeby ten suczy pomiot wył mi tu z bólu przez dziesięć dni! To ma być największe przedstawienie w historii. – Cesarzowa z trudem łapała oddech. Była oburzona do głębi. Prawdę powiedziawszy, Rand nigdy nie widział jej w stanie aż takiego rozjuszenia. Długo musiała się uspokajać. – A Goldwyn niech to sfilmuje – dodała. – I również puści na rynkach naszych miast.

– To świetny pomysł – sucho skwitował jej słowa. – Ale muszę przypomnieć, że film jeszcze nie jest skończony. Musimy, pani, nakręcić twoje przemówienie do ludu. Czyż to nie wspaniałe? – trajkotał jak najęty, bo to była ważna część planu. – Będziesz pierwszym w historii władcą, który osobiście przemówi do swojego ludu na rynku każdego z miast. Nikt dotąd dokonać tego nie mógł. Po raz pierwszy w naszym świecie władca osobiście zwróci się do każdego zwykłego człowieka. Dzięki polskiej technice uczynimy rzecz niemożliwą...

– Dość – przerwała mu. – Wierzę Goldwynowi. I każę Radzie napisać stosowne przemówienie.

– Nie, nie, nie, pani! – zaprotestował gwałtownie Rand. – Rada Cesarska pisze dla pałacowych oficjeli, dla wielmoży, a ty musisz przemówić do ludzi. To nie może być nadęta etykieta i ceremonialne zwroty. Do zwykłego człowieka trzeba przemówić zwyczajnie!

– Czyli jak?

– Prostymi słowy.

Patrzyła na niego długo, chyba nie rozumiejąc, co powiedział. Była jednak inteligentna. Choć z prostymi ludźmi nigdy nie miała do czynienia. W pałacu nawet słudzy byli wszak wykształceni i wyrażali się dworsko.

– Chcesz, żebym sama napisała przemówienie? – zapytała.

– Pozwoliłem sobie stworzyć konspekt. – Podsunął jej gęsto zapisaną kartkę. – A właściwie coś więcej niż konspekt.

Cesarzowa podniosła papier do oczu i zaczęła czytać. Dzięki Bogom, że nie odłożyła tego na później. Film mógłby wtedy w ogóle nie zostać dokończony. Rand nie był, niestety, pewny jej reakcji.

Cesarzowa czytała z coraz większym zaciekawieniem. Przemówienie wydało jej się genialne. Po raz pierwszy w dziejach ludzkości władca przedstawiał sytuację taką, jaka jest, a nie w wersji przeznaczonej do kronik. Mówił o biedzie, o zagrożeniu ze strony Nayer i całego obcego kontynentu, mówił o losie człowieka i losie żołnierza, o władzy, która często nie zajmowała się losem swoich poddanych. A także o patriotyzmie, konieczności ostatniego już zaciśnięcia pasa, ale też o wynagrodzeniu wszystkich, którzy przyczynią się do zwycięstwa. Tekst był naprawdę dobry. Był prawdziwy.

Rand nie mógł stworzyć niczego, czego potem nie zaakceptuje cenzura. Żadnych więc sztuczek, żadnych pułapek, żadnych ukrytych przekazów. Pisał prawdę.

Tyle że cesarzowa, jak i jej cenzorzy byli ludźmi naprawdę wykształconymi, kulturalnymi, na poziomie. Dlatego też mówiąc o wynagrodzeniu szkód, wypłaceniu odszkodowań i wszelkich dobrach, których lud miał być beneficjentem, Rand użył słów: „dywersyfikacja dochodów cesarstwa”,

„redystrybucja dóbr", „konwersja długów" i tym podobnych. Mówiąc o śmiertelnym zagrożeniu, biedzie i zaciskaniu pasa, używał określeń prostych: „śmiertelne zagrożenie", „bieda" i „zaciskanie pasa". Słów zrozumiałych dla obu stron – cesarzowej z cenzorami, ale i zwykłego ludu.

Hm. A co z tego lud zrozumie? Kiedy będzie mowa o rzeczach dobrych, jak naprawienie krzywd, lud zrozumie „ble, ble, ble, dywersyfikacja redystrybucji konwersji, ble, ble". Kiedy będzie mowa o rzeczach złych, ale koniecznych, lud usłyszy o biedzie, zaciskaniu pasa i zagrożeniu. Cóż więc lud zapamięta z całości?

Mieszkańcy miast pamiętają przecież kłamstwa pałacu po zagładzie korpusu ekspedycyjnego. Dla nich nowa wojna gdzieś daleko oznacza niepotrzebną śmierć ich córek, brak żywności, brak pracy. I znowu mają walczyć z jakimś mitycznym przeciwnikiem? Po co? Zresztą samo określenie „zamorski wróg" mówi jasno, że zgodnie z nazwą wróg znajduje się daleko, za morzem, gdzieś nie wiadomo gdzie. A bieda jest tuż za progiem. I będzie jeszcze większa. Nikt nie lubi słuchać o potrzebie dalszego zaciskania pasa.

Przemówienie było prawdziwe i przekonujące. Choć dla każdego w inny sposób. Miało tylko jedną zmyśloną propagandowo treść: „Partyzanci mordują i grabią wszędzie". Najważniejsze dla Randa w tym zdaniu było słowo „wszędzie". Ale nie bał się o los tego zdania. Cenzura przepuści właśnie dla propagandy. A lud usłyszy: „Nasi są coraz bliżej! Szykujcie się!". Dostali właśnie alternatywę.

– Jest doskonałe. – Cesarzowa oddała Randowi gęsto zapisaną kartkę. – I zgadzam się. Wygłoszę te słowa na potrzeby tych ruchomych obrazów.

Rand dopiero teraz pozwolił sobie na blady uśmiech.

– Pozwól więc, pani, zmienić temat.

Skinęła przyzwalająco głową.

– Służby specjalne przeszły reorganizację i zaczynają podnosić głowę. Rozkaż, pani, wysłać na wojnę całe siły specjalne. I tak potrzebujemy żandarmerii, więc poślijmy ich w zarazę daleko.

Obruszyła się na to prostackie określenie.

– Gdzie?

– Aż za Złe Ziemie. Nayer może zagrażać tym terenom.

– To niech je sobie Polacy sami bronią. To ich interes.

– Przypominam, że dochody z wydobycia ropy naftowej stają się coraz ważniejszym źródłem dochodów cesarstwa. A w przyszłym roku to one zapełnią skarbiec w trzech z czterech części.

– No to wyślij sobie siły specjalne, gdzie chcesz. I idź już. – Cesarzowa nie zastanawiała się nad tym, co mówi. Najwyraźniej frapowało ją już coś zupełnie innego. – I zawołaj tu pałacowego kata – rozkazała.

– Kata? – Zatrzymał się gwałtownie na swojej drodze ku drzwiom.

– Owszem. Przecież muszę się z nim naradzić, którego z największych mistrzów tortur ściągniemy tutaj dla Shen. To sprawa pierwszej wagi.

– Dobrze. Zawołam kata.

– A jak sam myślisz? – Zatrzymała Randa jeszcze raz. – Najlepiej chyba będzie zacząć od upokorzenia Shen publicznie. Każemy jej nagiej przejść przed mieszkańcami miasta. Poniesie tacę, na której będzie leżał jej własny odcięty język, którym mnie obrażała. Czy fachowcy zdołają skutecznie powstrzymać krwawienie?

– Tak. Nawet ja znam ludzi, którzy to potrafią.

– To dobrze. Ale nie zawiadamiaj ich. Zaproszę mistrza mistrzów.

– Tak jest, wielka pani.

Rand ukłonił się ponownie i wyszedł na korytarz.

Co za dzień. Od rana się układało! Właśnie dziś o świcie zakończyły się wielodniowe negocjacje z gildią kupców. Jej bezzębny, siwy przywódca powiedział, że gildia poprze republikę. „A także wszelkie działania mające na celu jej stworzenie". Niebywały sukces, za który jednak Rand musiał zapłacić niebotyczną cenę. Tamci dostali nową ordynację podatkową i udziały w handlu ropą naftową. Jako gwarancję musiał im dać listy wszystkich swoich agentów oraz strukturę własnej organizacji. Oczywiście zapieczętowane i pod neutralną strażą. Ale w razie czego oni też mieli na niego bicz boży. Nic to! Odtąd jednak każdy kupiec w tym kraju był jego prywatną własnością do wyłącznego rozporządzania. Po raz pierwszy w życiu miał więc w ręku prawdziwą, realną, miażdżącą siłę. A teraz jeszcze to! Cesarzowa idąca w jego sidła. To jest dobry dzień.

I nagle Randowi mimo gorącego powiewu przenikającego muślinowe zasłony zrobiło się zimno. Wyobraził sobie, jak idzie nago przed tłumem gapiów, niosąc tacę, na której leżał jego własny język.

Zmierzchało już i Nuk zaczęła się niepokoić, że ich przedłużająca się nieobecność w komendzie zostanie zauważona. Nie miała pojęcia, czy Agire poradzi sobie sam z przygotowaniem kolacji. Nie w sensie kucharskim, tu nie miała wątpliwości, ale w obsłudze komendanta. Nie był co prawda głupi, pewnie wymyśli coś wiarygodnego, żeby usprawiedliwić ich nieobecność, ale problem leżał gdzie indziej. Przecież przekonywały dowództwo, że one dwie są absolutnie konieczne, by przyrządzić coś smacznego. A teraz? Szlag. Nie miały wyjścia. Warowały przy drodze, przy której umieszczono tę cholerną szkołę „półczarowników", od rana i ciągle obok nie przejeżdżał nikt, przy kim można było zaryzykować i przesłuchać w interesujących kwestiach. Owszem. Przemknęło kilku oficerów wraz ze swoimi świtami, ale żaden nie wydawał się odpowiedni. A to miał za wiele orderów, co znaczyło, że to buc jakiś, utrzymywany w hierarchii służbowej chyba już tylko dla reprezentacji, a to z kolei miał za niską rangę, by wiedzieć cokolwiek, co jest istotne. Nic, nic i nic. Nuk zaczęła tracić nadzieję. Tym bardziej że nie mogły poświęcić następnego dnia na ponowne siedzenie w krzakach. Jeden dzień nieobecności w komendzie da się jeszcze jakoś usprawiedliwić. Dwa dni już nie przejdą w żaden realny sposób.

– Wracamy? – spytała, patrząc zasępiona ku chylącemu się ku zachodowi słońcu.

– Nie. – W głosie Kai zabrzmiała niespodziewana pewność. – On już jedzie.

– On?

– Tak jak ci mówiłam. – Czarownica odwróciła głowę. Uśmiechała się. – Tu, pod osłoną tej szkoły głupców, rzucających proste czary bez ładu i składu, nie muszę się krępować. I też rzucam sobie rozmaite czary. Nikt nic nie wykryje.

– Nawet mistrz?

– Nawet Meredith by tego nie dokonał.

– Jesteś tego taka pewna?

– Sam mnie nauczył kilku fajnych sztuczek. – Uśmiech na twarzy Kai był naprawdę promienny. Szkoda, że nie chciało jej się przekazać choć trochę pewności koleżance. – Orszak jest już za najbliższym zakrętem. Zaraz go zobaczysz.

– Orszak? Bogowie, ilu tam będzie ludzi?

– Tego nie wiem. Dużo.

– No ładnie! – Nuk wkurzyła się nagle. – No ładnie! Jeśli cokolwiek pójdzie nie tak, to nas tu rozsmarują. A i to wtedy, jak będziemy miały szczęście.

– Wyluzuj – Kai powtórzyła jedno z powiedzonek Krzyśka. – Nie bądź taka spięta.

No szlag! Zza zakrętu właśnie wyłaniał się orszak. Nuk liczyła błyskawicznie. Tylko przed wielkim wozem kryjącym we wnętrzu kogoś ważnego naliczyła trzydziestu żołnierzy. Cały, psiamać, pluton! W razie czego nie ma nawet sensu uciekać.

Orszak zmierzał w ich stronę powolnym tempem. Kai poprawiła na sobie ubranie i skinęła na koleżankę. Wyszły na drogę. A konkretnie, na sam jej środek.

– Jak ich zatrzymasz? – zaciekawiła się Nuk. – Tym wozem jedzie ktoś naprawdę ważny.

– Jak to jak? – zdziwiła się czarownica. Potem nabrała powietrza do płuc i wrzasnęła na cały głos: – Hej, wy tam, stać! Kontrola!

Obie, choć Nuk na miękkich nogach, ruszyły w stronę orszaku. Jego dowódca w randze setnika nie wyglądał na człowieka, który kiedykolwiek zwróciłby uwagę na ubrane po cywilnemu dziewczyny. Gdyby ktokolwiek wcześniej ośmielił się zatrzymywać jego ludzi w ten sposób, pewnie szturchnąłby najbliższego dziesiętnika, ten warknąłby „wypierdalać!" i tyle. Albo wręcz w pysk obie i do rowu.

Teraz jednak żołnierze zatrzymali się karnie.

– Przygotuj dokumenty do kontroli. – Kai wypowiedziała bezgłośnie jakieś słowo, zręcznie uchwyciła je palcami uniesionej do ust dłoni i wyprostowała rękę.

Setnik posłusznie sięgnął do swojej sakwy.

– Nie spiesz się – ostudziła jego służbistość czarownica. – Kto na wozie?

– Wielki strateg Nime, pani. Wieziemy go...

– Dość! – Kai nie zamierzała zawracać sobie nim głowy. Ruszyła dalej, a za nią Nuk, tak po prawdzie bardzo już oszołomiona. Wiedziała o bliskiej przyjaźni swojej koleżanki z Meredithem, jednym z największych czarowników w dziejach, ale nie sądziła, że starzec mógł dziewczynę nauczyć czegoś konkretnego tak szybko. Dotąd uważała Kai za czarownicę, delikatnie mówiąc, nieco niedorobioną.

– Co jest, do jasnej zarazy! – Zasłona kryjąca wnętrze luksusowego wozu do dalekich podróży odsunęła się gwałtownie, ukazując rozwścieczone oblicze niemłodego już oficera. – Dlaczego stoimy jak woły na polu?!

Kai podniosła dłonie do ust. Wypowiadane przez nią słowa były niesłyszalne, a dziewczyna błyskawicznie wysyłała je w kierunku dowódcy. Raz jedną ręką, raz drugą. Z boku wyglądało to tak, jakby strzelała do mężczyzny z dwóch niewidzialnych rewolwerów. Bum, bum, bum, bum.

– O! Jakie śliczne kobiety. – Strateg natychmiast zmienił ton. – O Bogowie. Jak tu wszędzie jest ślicznie.

– Jak po zielu na przyjęciu u księżniczki w Negger Bank – szepnęła Kai. – I o to chodzi. Sam relaks.

Bezczelnie wspięła się po stopniach przymocowanych do burty wielkiego pojazdu.

– No, rusz tyłek – popędziła Nuk. – Szybciej.

Znalazły się w mrocznym wnętrzu, rozświetlonym jedynie płomykiem małej oliwnej lampki.

– Siadajcie. – Nime wskazał im przymocowane do podłogi fotele z jakiejś plecionki. Sam odsunął walające się na blacie podręcznego stolika papiery. – Napijecie się wina?

– Patrz, jak wyluzował... – szepnęła Kai do koleżanki i dodała głośniej: – Ty się napij.

Kiedy wysokiej rangi oficer napełnił swój puchar, czarownica dolała mu z przyniesionej ze sobą fiolki coś silnie pachnącego ziołami. Bezczelnie, własnym palcem zamieszała.

– Pij, pij, będzie dobrze – powiedziała, nawet nie siląc się na przekonujący ton.

Nime posłusznie wychylił zawartość. Usiadł ciężko na fotelu naprzeciw. Jego oczy powoli zaczynały nabierać blasku. Ale nie szkliły się bynajmniej. Nie wyglądał na pijanego. Raczej na urzeczonego całą sytuacją, a osobą Kai w szczególności. Patrzył na nią, dosłownie pożerając wzrokiem. Nuk owładnęło podejrzenie, czy w tym stanie nie zdecyduje się nawet na próbę gwałtu. Dyskretnie namacała kolbę rewolweru ukrytego w kaburze na brzuchu. Niepotrzebnie. Czarownica panowała nad sytuacją. I od razu też przeszła do rzeczy.

– Powiedz mi, kiedy wielka armia ruszy na front?

Spojrzał na nią zdziwiony.

– Armia już wyruszyła – mruknął i wyglądało to na szczerą odpowiedź. – A posiłki są dosyłane cały czas. W trybie ciągłym.

– Jak to możliwe?

– Wiem, że wydaje się nieprawdopodobne. Ale nasz kraj i miejsce, które nazywasz frontem, łączy już droga lądowa. To cieśnina Olphe. Praktycznie nieżeglowna z powodu panujących tam warunków. Ale dzięki ludziom zza gór udało się przerzucić nad nią kilka ogromnych drewnianych mostów, którymi maszerują całe armie i ich zaopatrzenie. To istny cud techniki. I najbardziej tajna sprawa w całej tej kampanii.

Kai i Nuk wymieniły się spojrzeniami. Właśnie dotknęły najważniejszego, najbardziej strzeżonego sekretu tej wojny.

– Gdzie leży cieśnina Olphe?

– Nie mam pojęcia – odparł bez wahania oficer. – Chyba nie sądzicie, że pokazują nam mapy. Nie, nie, ta informacja musi pozostać zagadką dla wszystkich. Myślę, że wojska inżynieryjne, które budowały mosty, są już na froncie albo je zlikwidowano. Nikt nie może się dowiedzieć, gdzie są mosty.

I znowu widać było, że jest szczery. Cóż więc z tego, że dowiedziały się o Olphe? Gdzie leży owa cieśnina, pozostawało pytaniem bez odpowiedzi.

– To naprawdę wysiłek wszystkich państw na tym kontynencie? – indagowała Kai.

– Wszystkich to raczej przesada. Tylko największych i najważniejszych.

– Jakim cudem wszyscy dali się opętać?

Rozłożył ręce w geście bezradności.

– To polityka i religia. A ja jestem żołnierzem.

– To odpowiedz na następne pytanie jako żołnierz. Jakim cudem potraficie wysłać tak nieprawdopodobne ilości wojska daleko za granicę? W jaki sposób dostarczycie zaopatrzenie dla tak wielkich mas wojska?

Nime westchnął, jakby czegoś się bał w odpowiedzi, której miał udzielić. Długo milczał, a jego twarz zmieniała wyraz, zupełnie jakby roztrząsał coś w myślach. I nie były to wesołe myśli.

– Oni w większości zginą – powiedział w końcu.

– Że niby wrogowie ich zabiją?

– Nie. My ich zabijemy.

Kai i Nuk spojrzały po sobie w niebotycznym zdziwieniu.

– Co powiedziałeś?!

– Że zabijemy przytłaczającą większość własnych żołnierzy. Zresztą ten proces już się rozpoczął.

Nie mogły uwierzyć. Jak to? Przecież na całym świecie nie mógł istnieć sztab, który na samym początku wojny zakładał śmierć większości swoich sił. Aż takich desperatów to raczej nigdzie nie było. Zresztą jak to technicznie wykonać? Jedni żołnierze strzelają do drugich? Takie działanie ma krótkie nogi i z reguły kończy się pewnym przykrym rozwiązaniem zwanym rewolucją. Przecież wszyscy oni, zarówno kaci, jak i ich ofiary, mają broń.

– Zaraz – pierwsza ocknęła się Nuk. – Czy chodzi ci o śmierć z głodu? Nie dostarczycie armii zaopatrzenia?

– Zaopatrzenie już jest dostarczone. Czeka spokojnie na trasie przemarszu naszych wojsk.

– I nie boicie się, że wróg zniszczy magazyny serią nagłych wypadów?

– Nie ma żadnych magazynów. Zaopatrzenie rośnie sobie spokojnie przy wszystkich drogach.

– Zwariowałeś?

– Nie. Od dłuższego czasu specjalne grupy były wysyłane na tereny przyszłych działań. I rozsiały tam niesamowite ilości chwastów. Wróg ich nie ruszy, są praktycznie niezniszczalne. Szybko zajmują nawet powierzchnie istniejących upraw, korzyść więc podwójna. Nasze zaopatrzenie sobie rośnie, a oni nie mają już swoich pól.

– Moment – odezwała się Kai. – Czy ty chcesz powiedzieć, że żołnierze będą jeść vend?

Skinął głową.

– Podobno to trucizna.

– Właśnie. Jedzenie tego zioła sprawia, że żołnierz nabiera dużo siły. Ponadprzeciętnej nawet. Łatwiej wydawać mu rozkazy, staje się mniej świadomy, bardziej skłonny do ryzyka.

Nuk coś wstrząsnęło. Wyobraziła sobie niekończące się szeregi naćpanych, agresywnych żołnierzy z naprzeciwka. Straty własne mogły nie robić na nich wrażenia.

– Im dłużej je się vend, tym bardziej jego działanie się nasila. Aż do momentu kulminacji.

– Co następuje potem? – indagowała Kai.

– Apatia, czasem napady szału. Przecież tak odżywiany żołnierz nie otrzymuje pełnowartościowych posiłków. Podczas walki zużywa więc wszystkie zasoby własnego ciała. Aż je wyczerpie. Potem umiera.

Nuk, choć wiele w życiu widziała, ukryła twarz w dłoniach. Odetchnęła głęboko, żeby się uspokoić. W przeciwieństwie do Kai ona służyła w oddziałach liniowych. I wyobraziła sobie, co będzie się działo z takimi żołnierzami. Wyobraziła sobie całe pola zasłane umierającymi powoli ludźmi, stanowiącymi już tylko zbiory kości obciągniętych skórą.

– To taka armia jednorazowego użytku? – usiłowała zażartować Kai.

– Mniej więcej. Inna nie jest potrzebna.

– A plany ataku na cesarstwo?

– Nie ma takich planów – powiedział Nime spokojnie.

Bogowie, to były informacje o strategicznym znaczeniu.

– Jak to? Cesarstwo nie zostanie zaatakowane?

– Nie. Ale jego siły tak. Napad przeprowadzą wojska klasycznie zaopatrywane i dobrze uzbrojone. Tylko po to, żeby związać cesarskich w okolicach Złych Ziem i nie pozwolić polskim podżegaczom wojennym...

– Zostawmy podżegaczy wojennych, a Polaków w szczególności – uśmiechnęła się mimowolnie Nuk. – Jeśli sięgnięcie po Złe Ziemie, to tak jakbyście wyciągnęli dłoń w kierunku ich jaj. Zostanie krwawo odrąbana. Miazgę z was zrobią, bo to oczko w ich głowie.

– I o to chodzi. Cesarscy mają zostać związani przy swoich terenach o strategicznym znaczeniu. Żeby nie mogli wziąć udziału w wyścigu na biegun.

– A jest taki wyścig? – zapytała Kai.

– A nie ma? – odpowiedział pytaniem.

Zapadła cisza. Kai usiłowała uporządkować w głowie fundamentalne informacje, które im właśnie przekazał. Na razie miała mętlik. Wiedziała jednak, że jeśli dożyją najbliższej nocy, to całą spędzą skupione przy radiostacji. Nareszcie dotarły do sedna.

– Jaki cel będzie realizować wasza armia? – zapytała.

– Ma dotrzeć do Piekła – odparł natychmiast i bez wahania.

Wieczór pełen zdziwień.

– I co? Ma przez nie przejść?

– Przecież to niemożliwe. Niewyobrażalna masa żołnierzy ma tam dotrzeć i polec.

– Strasznie łatwo szermujecie śmiercią wojsk.

Nime wzruszył ramionami, choć widać było, że sam nie może się pogodzić z obraną przez władze metodą. Tu musiały w grę wchodzić racje wyższe. I to o takiej wadze, że nie śmiał, nie mógł się przeciwstawić. I chyba zwyciężał u niego tchórzliwy oportunizm nad wiarą w jakieś świętości, bo ewidentnie miał ze sobą problem.

– Wy też to robiliście – powiedział po chwili namysłu. Mimo że naćpany przez Kai, szybko się zorientował, kim dziewczyny są.

– My?

– Nie udawaj zdziwionej. Całe epoki temu mieliście podobny plan.

– Szkoda, że o nim nie słyszałam.

– Ale teraz już powinnaś wiedzieć. Przecież odkryliście starą drogę prowadzącą przez Wielki Las w Banxi. – Nime dowiódł, że ich agent w polskim dowództwie działa naprawdę dobrze. – Wiecie, że świątynia potworów w tym lesie to w rzeczywistości gigantyczne więzienie. Kiedyś, przed wiekami, przepędzano tamtędy całe rzesze ludzi tylko po to, żeby doszli do Piekła. Czyż nie tak?

Kai wolała nie komentować. Zbyt wiele istotnych faktów w jej własnej historii pozostawało wciąż ukrytych za mgłą oficjalnych kronik.

– I co? – spytała niejednoznacznie.

– Ci ludzie mieli sforsować Piekło. Oczywiście się nie udało. Potomkowie resztek tych nieszczęśników stali się jego mieszkańcami.

– Zaraz. Wyjaśnij mi to. Powiedz coś więcej.

– Żeby dotrzeć do bieguna, trzeba przejść przez krainę zwaną Piekłem. Ale żeby to zrobić, potrzeba trzech elementów: Księgi Przejścia, Pośrednika i odpowiedniej koniunkcji w mechanizmach Wielkich Lasów. Księgę Przejścia mamy my, ci, którzy planowali wyprawę na biegun po waszej stronie, nie mieli. Obliczenia koniunkcji mechanizmów Wielkich Lasów robiliśmy i wy, i my. Szalenie niepewne, ponieważ za czasów Achai jeden z tych lasów, konieczny element całej układanki, został doszczętnie spalony. Pozostaje jeszcze Pośrednik.

– To rodzaj czarownika?

– Właśnie nie. To jeden z ludzi, którzy rodzą się całkiem normalni. Nie są magami, więc żaden czarownik nie potrafi ich odkryć. Choć nie są tego świadomi, umieją znaleźć przejście przez Piekło w odpowiednich warunkach. Mając Księgę Przejścia i wyniki obliczeń.

– A jaki to ma związek z tymi masami ludzi, które tam posyłano?

– To proste. Rachunek prawdopodobieństwa. Skoro nie mogli w żaden sposób odnaleźć wcześniej Pośrednika, to wysyłali tam setki tysięcy, wierząc, że on przypadkowo znajdzie się pomiędzy nimi. I jego ukryty instynkt zadziała.

– O Bogowie...

– Bogów na świadków tobym tu raczej nie wzywał. Ich plan chyba był inny.

– Jaki?

Wzruszył ramionami.

– Droga na biegun być może miała otworzyć się sama. Pozostałe elementy to chyba tylko zabezpieczenia. Ale do dopełnienia się woli Bogów potrzebny jest czas, który oznaczyli. A człowiek chce, jak zwykle, mieć wszystko od razu. Stąd i usiłowania czarowników po stronie cesarstwa, i po naszej.

– Aha. Podsumowując: macie Księgę Przejścia, macie kulawe obliczenia i wysyłacie tam nieprzeliczone masy w nadziei, że między nimi będzie Pośrednik?

– Tak jest w rzeczy samej.

– Makabryczny plan – mruknęła Nuk.

Nime tylko rozłożył ręce.

– Nie mój, na szczęście – westchnął. – Komuś się jednak udało. Podobno na biegunie ukryto grobowiec cesarzowej Achai.

– Dlaczego ona jest taka ważna?

– Jestem tylko oficerem – powiedział cicho. – Informuje się mnie jedynie w kwestiach dotyczących wojskowości lub mających na nie wpływ.

Kai wciąż nie mogła zebrać myśli. Wszystko, co usłyszała, wydawało się tak ważne, że huczało jej w głowie.

– Zaraz, zaraz. Wnioskując z tego, co mówisz, w przyszłym roku waszej armii już nie będzie. Albo zginie z rąk Polaków broniących Złe Ziemie, albo umrze od skutków narkotyków, albo sczeźnie w Piekle?

Przytaknął.

– Nie będzie. Będzie za to coś, co wodzowie pragną zdobyć na biegunie.

– Co?

Znowu wzruszył ramionami.

– Może magia Bogów? Nie wiem. Nie mówi się takich rzeczy na odprawach. Jedynie to, że wypełniamy świętą misję.

– W imię tych świętości strasznie dużo ludzi ginie – wtrąciła Nuk, bardziej sceptyczna od koleżanki w ocenie tego, co usłyszała.

– A czyż nie taki jest w ogóle los człowieka? – zapytał Nime filozoficznie. – Urodzić się, zacząć coś i zaraz umrzeć?

– Ty nie bądź taki kapłan samozwańczy, kurwa. – Sierżant wyraźnie się zdenerwowała. – Mnie w szkole uczyli, że każdy człowiek sam kowalem swojego szczęścia.

– To kuj! – odpowiedział kpiąco. – Ale co tu robisz, narażając swoje bezcenne życie, zamiast w kuźni doskonalić fach?

– Usiłuję powstrzymać takich jak ty.

– Wyglądasz na zbyt inteligentną, żeby wierzyć w to, co mówisz. – Westchnął. – Jak nie my, to wy. I tyle.

– My nie wysyłamy mas na zatracenie.

– A więzienie w lesie Banxi? A korpus w Sait? Co? Ucywilizowaliście się nagle czy to podżegacze wojenni uznali, że wasze działania są zbyt kosztowne? Po prostu. I pchają cesarstwo na wojnę, gdzie zamiast „swoich" zabije „naszych". W równej co poprzednio liczbie. Tyle że teraz za polskie pieniądze, a oni skąpi, więc rzeczywiście, po stronie imperium strat powinno być mniej.

– Dobra, dobra. – Kai uznała, że musi wkroczyć. – Skończcie tę bezsensowną dyskusję.

Nime jednak nie zamierzał przestać.

– Dziewczyno, przejrzyj na oczy! Naprawdę nie widzisz, że Polacy pchają was do wojny wyłącznie we własnym interesie? Na jaką zarazę wam Złe Ziemie? Im są potrzebne, prawda? Powiedz, po co wam się pchać na biegun? Jaką korzyść z tego odniesiecie? Żadnej? Nawet nie masz pojęcia, co tam jest. Ale walczyć pójdziesz. Bo oni sądzą, że tam jest coś, co da im władzę. Oni skumali się nawet ze zwierzętami, z „pomiotem", jak to mówicie, Boga Sepha, tylko dlatego, że dostali za to bombę atomową! Są sprytniejsi od was. Bo oni jednak mimo wszystko chcą coś za coś. Za służbę dla zwierząt bomba atomowa! Za wierność władza nad światem!

– Pięknie was szkolą na pogadankach politycznych – odparowała Nuk. – Wszystko ładnie zapamiętałeś. Ale ja byłam z korpusem w lesie Sait. Widziałam jego zagładę. Tam jednak nikt z góry nie zakładał, że wszyscy zostaną zabici. To była akcja ratunkowa.

– Ratunkowa? Jedyne, coście uratowali, to kawałek tkaniny ze świątyni potworów.

– Dużo wiesz. Ale skoro tak, to po kawałek tkaniny wysłał nas nie sztab, tylko knowania czarowników, którym teraz ty służysz. My nie zabijamy sami wszystkich swoich żołnierzy już na początku kampanii.

– Nie? A więzienie w lesie Banxi?

– To też nie my. To czarownicy. Twoi obecni mocodawcy.

– To jednak ludzie. A ty jesteś na służbie u zwierząt!

– Dzięki tym zwierzętom dostaliśmy kartofle. Od przyszłego roku nie będzie już głodu w cesarstwie!

– Ach, coś wam jednak dali? No to pójdziecie teraz umierać za kartofle!

– A ty po co pójdziesz na biegun, zabijając swoich? Jaki ty masz tam interes? Bo ja pójdę za pełną michę dla wszystkich!

– Ja bronię świata przed pomiotem Sepha!

– Spokój!!! – Kai uderzyła dłonią w blat podręcznego stolika. A kiedy umilkli, zapytała: – Nuk, co ty chcesz osiągnąć? Pokazać mu, że masz dłuższego penisa, czy co?

– Wkurwił mnie. Zbrodniarz jebany!

– Nie jesteśmy tu od ocen moralnych. Jeśli masz jakieś konkretne pytania, to szybko. Ja muszę zebrać myśli.

Nuk opanowała się błyskawicznie. W przeciwieństwie do czarownicy, którą wiedza o niesłychanym bestialstwie, o jakim właśnie usłyszały, rozstroiła zupełnie. A pytań do zadania miała dużo.

– Co wiecie o obcych szpiegach na waszym terytorium? – przeszła do rzeczy.

– Wiemy, że to dwie kobiety, oficerowie.

– Co jeszcze?

– Wiemy, że za nimi wysłano jeszcze prawdopodobnie trzy grupy po dwie osoby. Wszystko jednak wskazuje, że te grupy mają odwrócić jedynie uwagę od pierwszej pary. Albo prowadzić działania dywersyjne. Jeżeli... – Nime zmarszczył brwi, by przypomnieć sobie, co o tym usłyszał na odprawie. Najwyraźniej nie była to działka, którą się zajmował. – Jeżeli następne grupy w ogóle wysłano. Może to być tylko dym w nasze oczy.

– Dlaczego?

– Bo na brzegu morza odkryto porzucone spadochrony. W przypadku pierwszej grupy nie było żadnych śladów.

Szlag! Nuk usiłowała nie dać po sobie poznać, jakie wrażenie wywarła na niej ta informacja. Niepotrzebnie, bo oficer przecież po spotkaniu miał stracić pamięć.

– Czy wiecie, gdzie ci agenci operują?

– Najprawdopodobniej gdzieś w tej okolicy. Analiza raportów tutejszej straży przyniosła ze sobą odkrycie paru dziwnych drobiazgów.

– Jakich?

– Nie wiem dokładnie. To sprawa kontrwywiadu.

– A jakie działania przedsięwzięto?

– Wiemy, że szpiedzy posługują się sprzętem do porozumiewania się na odległość ze swoimi mocodawcami. A taki sprzęt można wykryć. Nasi sprzymierzeńcy zza gór zamierzają sprowadzić urządzenia do wykrywania i namierzania radiostacji.

– Kiedy o tym usłyszałeś?

– Kilka dni temu. Na sprowadzenie odpowiedniej aparatury trzeba będzie poczekać. Muszą ją dostarczyć zza Gór Bogów.

No ładnie. Grunt zaczął się dziewczynom palić pod nogami. Oczywiście wiedziały o górskiej kolejce przez szczyty. Wywiad dostarczał im przez radio garść strategicznych informacji.

Nuk chciała wypytywać o szczegóły, lecz Kai zdołała wreszcie poukładać sobie wszystko w głowie i to ona przeszła do serii dalszych pytań. Czarownica była teraz wzorem poukładania i systematyczności. Zadziwiająco szybko poradziła sobie z własnym wnętrzem i teraz metodycznie zbierała dane. Tak jak ją nauczono w bibliotece pustynnej szkoły magii. Danoine wypuszczało dobrze przygotowanych absolwentów.

Kiedy dziewczyny opuściły wnętrze podróżnego wozu, na zewnątrz panowała już ciemność. Uśmiechały się przy tym, chichotały, machały na pożegnanie rękami, posyłały w powietrzu całusy. Tak miały ustalone. A żołnierze odnieśli właściwe wrażenie. Ot, dowódca zauważył przy drodze dwie... no... wiadomo, ladacznice, przeleciał je i stąd ten długi postój. Niezły jebaka. Dzięki czarom sam Nime również zapamiętał jedynie, że zerżnął dwie dziewczyny. Nie pamiętał niczego innego.

Konwój ruszył dalej. A one zostały w krzakach.

– I co teraz? – zapytała Nuk.

– Musimy wracać do komendantury. I tej nocy nadać meldunek. Teraz mamy dane strategiczne.

– Jeśli wrócimy do komendanta, to możemy już niczego nie nadać. Mogą tam na nas czekać.

– Więc co proponujesz?

– Nie musimy tam wracać. Połączmy się z Rosenblumem z innego miejsca. – Zgodnie z procedurami radiostację ukryły poza miejscem zamieszkania.

– Po nocy?

– No to weźmy ją i wróćmy tutaj. Rzucisz czar, żeby nikt nas nie odkrył, i nadamy meldunek.

– Ta szkoła – Kai wskazała kciukiem za siebie, na ciemniejące za ogrodzeniem baraki – właśnie kończy zajęcia. W nocy nie użyję żadnej magii, bo od razu zobaczą mnie inni czarownicy.

– No to jutro rano. Ale tutaj. Pod osłoną.

– Jeśli nie wrócimy na noc, to dopiero będzie afera.

– A jeśli na nas czekają? Stąd nadajmy komunikat o potrzebie ewakuacji. Przecież wiemy już wszystko.

– Nawet nie bardzo wiemy, jak podać swoją pozycję. A potem czeka nas długa droga na brzeg morza. Pamiętasz, co mówił Pełczyński, ile czasu potrzebują, żeby wszystko przygotować?

Nuk przygryzła wargi.

– No fakt – przyznała czarownicy rację. – A jak znikniemy, to będzie obława.

– No. Wracajmy na komendę. Czekają czy nie, i tak nie mamy innego wyjścia.

Sierżant nie wahała się długo, rozpatrując różne możliwości. No nic. Ryzyko zawsze było wpisane w zawód szpiega.

– W pierwszym meldunku każmy Rosenblumowi wysadzić tę pierdoloną kolejkę.

– Tak. Pelengatory mogły jeszcze nie zostać wysłane.

Całą kompanię wraz z dwiema innymi, które dotarły do bazy w Sait przed nimi, załadowano na statek i kazano zostać pod pokładem. Foe, Naan i reszta dziewczyn były w szoku. Przede wszystkim burty wykonano z żelaza, co każda sprawdziła osobiście, stukając z całej siły w ścianę czymś metalowym. Aż porucznik przyszedł sprawdzić, co się dzieje. Dziwne. Cały z żelaza i nie tonął. Bo to, że wypłynęły, poczuły szybko po kołysaniu charakterystycznym dla fali na pełnym morzu. Ale tutaj to były zupełnie inne odczucia. Statek kołysał się w porównaniu z barkami transportowymi powoli i bardzo majestatycznie.

W ogóle cała podróż wyglądała inaczej. Na pokład co prawda nie pozwolono im wychodzić, ale podróżowały wszystkie z bronią, a nie pod strażą, jak więźniowie. No i dawano trzy pełne posiłki dziennie, a jak kto chciał, mógł dojeść jeszcze coś w kambuzie albo dostać kubek słodkawego czarnego płynu zwanego tu kawą. Bo w to, że to prawdziwa kawa, oczywiście nie uwierzyły. I słusznie. Oficerowie nie tykali tego świństwa, a dziewczyny nie wybrzydzały. Nawet im smakowało, a na pewno odpędzało zmęczenie i złe myśli. Większość posiłków z powodu przechyłów lądowała w specjalnych pojemnikach na wymioty. Dopiero drugiego dnia rano chorążowie przynieśli potwornie gorzkie pastylki i kazali wszystkim łykać. Po tym lekarstwie język kołowaciał, człowiek stawał się jakiś taki nieswój, ale torsje u przytłaczającej liczby żołnierzy rzeczywiście ustały. Można było jeść i byczyć się do woli.

Najfajniejsze okazały się wieczory. Kaprale rozwieszały na drzwiach prześcieradła, a na nich intendentura pokazywała ruchome obrazy, które wydobywały się z terkoczącego projektora. Dziewczyny z otwartymi ustami oglądały sceny z innego świata za Górami Bogów, z cywilizacji bogatej, zasobnej i, zdawałoby się, beztroskiej. Po pewnym czasie wszystkie zrozumiały, że intencją tych pokazów nie było oszołomienie ich, tylko rozbawienie. Filmy po prostu je śmieszyły. Na przykład taka scena, kiedy gruby majster budowlany musiał się wspiąć na wysoką drewnianą konstrukcję. Chciał mieć wolne ręce, więc młotek wsadził sobie za pasek, a gwoździe wziął do ust. Ktoś jednak podłożył mu nogę. Majster przewrócił się i łyknął te gwoździe! Ale miał minę! Albo taki numer: głupi pomocnik kucharza miał za karę wyczyścić stajnię. A potem, kiedy już wrócił do kuchni, to pomylił wiadra i do kryształowych kielichów wlał końskie szczyny! A później na sali obok wielcy państwo, dystyngowani panowie i wysoko urodzone panie, którzy pili mocz z kielichów, a z powodu obecności króla nie mogli powiedzieć, że im nie smakuje. To zostało tak zagrane, że dziewczyny dosłownie tarzały się ze śmiechu. Nastroje rosły, morale wraz z nimi. Ich nowi sojusznicy zaczęli się jawić żołnierzom jako zwykli ludzie, tacy jak one, weseli, zabawni, których czasem dopadał zły los. I z którym też musieli sami sobie radzić. Akcja zarządzona przez Samuela Goldwyna okazała się strzałem w dziesiątkę. A slapstickowe komedie zdobyły serca dziewczyn i ustawiły wszystko w ich głowach we właściwych proporcjach.

Wyświetlano też filmy szkoleniowe. Obraz przemawiał jak nic dotąd. Wielu żołnierzy dopiero teraz zrozumiało istotę użycia broni maszynowej połączonej z zasiekami. Pojęło sposób użycia czołgów i wagę ich osłony. Zrozumiało znaczenie nowoczesnej artylerii, zwiadu zwykłego i lotniczego oraz co tak naprawdę daje łączność. Dowiedziały się też, dlaczego mała łopatka, którą każda miała przytroczoną do plecaka, jest najlepszym przyjacielem żołnierza.

A potem puszczono im kilka filmów propagandowych. Także, a może przede wszystkim TEN film. Cesarzowa przemawiająca do narodu. W pomieszczeniach dla żołnierzy pojawili się polscy oficerowie, żeby badać reakcje widzów. Można było zadawać pytania. Jedyne, jakie padło po projekcji, brzmiało:

– Czy będziemy walczyć z partyzantami?

– Nie, żołnierzu. Regulamin nie przewiduje występowania sił zbrojnych przeciwko własnemu narodowi.

Więcej wątpliwości dziewczyny nie miały. Oficerowie przysłuchiwali się komentarzom żołnierzy, robili notatki i wyglądali na bardzo zadowolonych.

A potem statek zawinął do portu w Negger Bank. Niestety, nie do jednego z głównych. Celem była przecież wojskowa baza na obrzeżach. Dziewczyny, idąc trapem, rozkoszowały się upałem. Nie było buntów, żadna bowiem nie łudziła się, że wypuszczą je do miasta. Wiadomo. Po powrocie z wojny czy choćby poligonu wycieczka do centrum czegoś tak wspaniałego mogłaby się skończyć tym, że jednej nocy wsiąkłoby pół dywizji. Potem obławy i rozstrzeliwania dezerterów. A po co komu rozstrzelany żołnierz? Dowództwo, nauczone doświadczeniem, wiedziało, co robi. Po jednej nocy spędzonej w barakach przejściowych wpakowano je do pociągu.

I tu dopiero zaczęły się cuda. Foe i Naan, jako obsługa czołgu, dostały najlepsze miejsca, na platformie, na której jechało ich pancerne monstrum. Ledwie się ulokowały, a rozległ się upiorny gwizd. Kiedy cały skład w końcu szarpnął, krzyczały ze strachu, a kiedy ruszył, dziewczyny zaczęły piszczeć. Pociąg rozpędzał się powoli, a potem nabrał prędkości i wszystkim zaczęło się to strasznie podobać. Co za upiorny pęd! Zabudowania, drzewa, drogi, ludzie – wszystko przesuwało się błyskawicznie, a pasażerów owiewał przyjemny wiatr, mimo stojącego przecież powietrza. Ale jazda! A cudo niesamowite! Dopiero później przyszły pierwsze przemyślenia. Jaką potęgą dysponował ktoś, kto potrafił przemieszczać swoje wojska wraz z całym zaopatrzeniem z tak nieprawdopodobną szybkością? I druga refleksja, zaraz po pierwszej: przecież to teraz ich potęga!

Co z tego, że jadą na wojnę, skoro ich armia dysponuje tak genialnymi możliwościami? Popijały rozdawaną na każdym postoju chłodną wodę i podziwiały widoki. Były weterankami, a teraz miały nową broń i stały się częścią systemu o nieograniczonych możliwościach. Dbano o nie i chuchano. Spełniano potrzeby. Co złego więc mogło się wydarzyć? W tym pociągu właśnie stało się coś, co sprawiło, że to nie ciury, nie pechowcy i nieudacznice jechały na bezsensowną rzeź. Teraz to świadomi żołnierze jechali na wojnę.

Na jednej ze stacji, w okolicy, gdzie ziemia już pustyniała, a pola ustępowały miejsca ugorom, przysiadł się do nich jeden człowiek. Rosły chłop z workiem na plecach oraz flintą o długiej lufie w dłoniach wskoczył na platformę i przysiadł przy skrzynkach z amunicją. Nie był stary, ale z powodu lekkiej siwizny przyprószającej już czarne włosy czołgistki i dziewczyny z obsługi pancernych potworów przezwały go natychmiast „dziadkiem".

– Ty, dziadek. A co ty robisz w transporcie wojskowym? – pytały.

– Jadę. Sierżant przekupiłem, to mi pozwoliła – odparł z naiwną szczerością. To zrozumiały.

– A po co ci ta strzelba? Na wojnę jedziesz?

– Nie. Ale Złe Ziemie przecież skądś biorą swoją nazwę. A ja ze strzelby to w królika ze stu kroków trafiam.

Dziewczyny ryknęły śmiechem.

– Ze stu kroków? Akurat.

– Dobra, sierżant to jedno. Ale Polacy cię tu wpuścili? Przecież to służbiści.

– Polacy też ludzie.

– I też przekupiłeś?

– Oni przekupni jak i my. Tyle że strasznie bogaci, więc mnie nie stać na łapówkę dla nich – wyjaśniał cierpliwie. – Polaka trzeba wzruszyć. Opowieść mu ciekawą przedstawić. A szczery będziesz, twoje słowa mu się spodobają, to i za darmo Polak do pociągu wejść pozwoli.

– No nie może być. – Dziewczyny były coraz bardziej zaciekawione. – A jaką opowieść masz?

– O swojej rodzinie – odpowiedział chętnie. – O historii mojego rodu.

– To chłopi mają rody? Jak wielcy państwo?

– A mają. Żebyś się nie zdziwiła, babo jedna. Historia mojej rodziny liczy sobie już tysiąc lat!

Znowu się śmiały.

– No to opowiadaj, opowiadaj, dziadek – zachęcały. – My też ciekawe.

Chłop skinął głową.

– No więc przed tysiącem lat moi pradziadowie byli niewolnikami. Ot, zwykły chłopak, co mu język ucięli, i dziewczyna, której kazali chodzić z kneblem w ustach, żeby nie gadała i nie mogła ucieczki planować. To było daleko stąd. W Syrinx.

– Nie ma takiego miasta.

– Kiedyś było. To stolica Cesarstwa Luan.

– Dawaj dalej.

– No więc wojna się zrobiła, a wielcy państwo uciekli za obronne mury. Moi pradziadkowie ukryli się w opuszczonym pałacu, ale żołnierze Arkach, którzy zaraz przyszli, ich znaleźli. Myśleli, że szpiedzy, więc przed oblicze samej Achai postawili.

– Akurat była tam sama Achaja?! – pokpiwały dziewczyny. – I od razu przed jej oblicze?

– A tak! Achaja kąpała się z koleżankami w wielkim basenie. Co widząc, moi pradziadowie upadli przed nią na twarz.

– Pod wodę znaczy? – żartowały czołgistki.

– Nie. Na brzegu – ciągnął chłop niezrażony. – Achaja to była wielka pani! Największa z największych. Podjechała bliżej na swoim białym rumaku...

– No chwila. Przecież mówiłeś, że była w basenie.

– Kąpała się razem ze swoim koniem – chłop nie dał się zagadać. – Wolno jej było. Przecież to cesarzowa świata całego!

– Kręcisz, dziadek.

– Nie kręcę. No więc Achaja podjechała na białym koniu i mówi do mojej praprababki: „To koniec niewolnictwa, dziewczyno! Nigdy już i przed nikim nie upadniesz na twarz!".

– I co jeszcze mówiła, dziadek?

– Powiedziała do swoich koleżanek: „No tośmy uwolniły dwoje pokazowych niewolników". Pamiętam dobrze słowa mojego ojca. Ta opowieść jest u nas w rodzinie przekazywana z ust do ust od tysiąca lat! Z pokolenia na pokolenie.

Był tak przekonujący, że dziewczyny umilkły.

– No i co zrobiła Achaja?

– Powiedziała do mojej praprababki: „Jeśliś mądra, to teraz weź swój los we własne ręce. Pod Negger Bank byłym niewolnikom pola za darmo rozdają. Niewielkie, ale jak kto robotny, to da się żyć. Weźcie po dwa brązowe na drogę i idźcie do Negger Bank. Tam przyszłość dla tych, którzy chcą pracować na swoim".

– Po dwa brązowe na twarz? – nie wytrzymała jedna z dziewczyn. – To się twoi pradziadowie obkupili na najbliższym straganie. – Przesunęła sobie dłonią ponad czołem. – O, tak se wszystkiego nakupili!

Żołnierze zaczęły się śmiać, lecz dziadka to nie zraziło.

– To było kiedyś dużo pieniędzy – powiedział poważnie. – I byli niewolnicy przyszli tu za słowami Achai. Bo jej słowa to nie był wiatr! Tak się stało, jak mówiła!

– Dostali ziemię?

– Dostali. Dwa spłachetki, które połączyli. I to był początek mojej rodziny. Przed całymi wiekami.

– I co? Powiodło im się?

– Ano. Pamiętali słowa wielkiej pani Achai: „Weźcie swój los we własne ręce". No i wzięli! „Tak będzie, jak wy sami zrobicie!" No i było. A dookoła tylko niedawni niewolnicy. Marudy, narzekacze. Dasz im palec, to oni chcieli całej ręki od razu. Nie szła im gospodarka. Chcieli, żeby już wszystko za darmo było do końca świata. A moi pradziadowie harowali od świtu do nocy. Nie narzekali, że słońce za gorące, a woda zbyt mokra. I powoli odkupowali te działki, co podupadały. Tamci szli na żebry do miast, a oni mieli coraz większe gospodarstwo.

– I teraz ty je masz?

– W rzeczy samej. Największe we wsi.

– To po co jedziesz na Złe Ziemie?

– Tam nafciarzy i robotników co niemiara. A wokół tylko pustynia. Ale Polacy znaleźli wodę głęboko pod ziemią. I grunty nawadniają. Żeby nie wozić wszystkiego z wybrzeża. Nawodnią i ziemię dadzą. Tak jak przed tysiącem lat. Za darmo dla osadników. Żeby swoich żywili na miejscu.

– I ty znowu za darmo chcesz wziąć? Nie dość ci?

Dziadek po raz pierwszy się obruszył.

– Darmowe mięso to psy jedzą. A ja pieniądz mam. Jadę sprawdzić, jaka tam ziemia, czy urodzi. A jeśli tak, to kupię duże gospodarstwo w najlepszym miejscu i część dzieci tam osadzę. Niech zaczynają jak moi pradziadowie.

Niech mają swoją szansę. Bo kto stoi w miejscu, to jakby się cofał, prawda?

– Niby tak.

– Nowe idzie. Tysiąc lat temu nowe przyniosła Achaja na białym koniu. A teraz ci ludzie, co przypłynęli na żelaznych okrętach. Nowe idzie – powtórzył. – A kto się nie załapie, ten zostanie marudą zapiekłą w swoim żalu do końca życia. I do końca życia nie zrobi nic, tylko będzie złorzeczył.

Naan przysiadła się do niego.

– I ta opowieść wzruszyła tego Polaka, że aż cię wpuścił do transportu? – zapytała zaciekawiona.

– Nie inaczej. Ta.

– I co powiedział?

– Ano klepnął mnie po ramieniu i powiedział tak: „Człowieku, ty jesteś solą tego kraju. Jedź na Złe Ziemie, bo tylko tacy jak ty mogą sprawić, że kiedyś zmienimy ich nazwę na Dobre Ziemie".

Tomaszewski kazał wezwać dowódcę obrony portu. Maerk nie protestował. Słyszał meldunek Iny i choć był złożony po polsku, zrozumiał, że coś się dzieje, z samego brzmienia głosu. Na szczęście dowódca przyszedł od razu. I miał przy sobie mapę z zaznaczonymi pozycjami swoich wojsk.

– No to świetnie. – Tomaszewski jednym spojrzeniem ogarnął powyginane, nieregularne linie. – Mamy z czego skracać front.

– Jak to skracać?

– O, na przykład tutaj. Zaznaczyłeś ogromne wybrzuszenie, które zaraz przecież zostanie odcięte. Każ wycofać ludzi z tych budynków.

– Ależ oni bronili się tam od samego początku. Od chwili, kiedy nieprzyjaciel sforsował mury twierdzy.

– No to co?

– I mam im teraz powiedzieć, że walczyli w miejscu, które nie ma znaczenia? Że ich walka była pozbawiona sensu? Że mają to uświęcone krwią kolegów miejsce oddać bez walki?

– Zawsze tak się przejmujesz tym, co myślą żołnierze? Natychmiast wycofać! Zabierz ludzi z całego kwartału i umocnij się tutaj. W oparciu o ten mur.

– Ale... to oznacza, że już nigdy nie odbijemy tych budynków. Nigdy, rozumiesz?

Tomaszewski spojrzał dowódcy prosto w oczy. Trochę nawet rozbawiony skinął głową.

– Twierdza w całości jest już zdobyta – powiedział sucho. – Rozumiesz?

– Idzie na nas wielki oddział szturmowy – wtrącił się Maerk, widząc, jaki obrót przyjmują sprawy. – Wycofaj stamtąd ludzi i stwórz tu rezerwy.

Tomaszewski tylko machnął ręką.

– Idziemy dalej. Wycofaj ludzi stąd, stąd i stąd – wskazał na mapie.

– Ależ to jest dostrzegalnia. Bez niej port nie będzie już portem!

– A cóż takiego chcesz z niej dostrzegać teraz? Gdzie są nasze okręty? To akurat mogę ci powiedzieć bez dostrzegalni.

– Ale bez...

– Ale bez dyskusji! – wpadł mu w słowo Tomaszewski. – Wykonać!

– Wyślij wszystkich zwolnionych ludzi tutaj – dodał Maerk. – Trzeba ich umieścić w nowych miejscach.

– Niekoniecznie. – Tomaszewski wyjął z torby nową mapę. – Tu i tak się nie obronimy przed połową ich sił.

– A co zamierzasz?

– Trzeba rozsypać ich atak. Zdezorientować ich.

– I do tego potrzebny ci inżynierski plan miejskich kanałów?

– Tak. Przeprowadzimy nimi duże grupy żołnierzy na tyły Nayer. Niech uderzą znienacka w ich plecy. A wtedy wrogie dowództwo otrzyma meldunki, że są atakowani z wielu miejsc, które już uważali za zdobyte.

– Przecież to niemożliwe – odezwał się dowódca obrony portu.

– Niemożliwe, bo?

– Bo w kanałach jest... jest...

– Co jest?

– Gówno! – wypalił tamten nareszcie.

Tomaszewski wzruszył ramionami.

– Zdziwiłbym się, gdyby tam było co innego. Chyba po to właśnie je zbudowano, żeby odprowadzać nieczystości z całej wielkiej góry.

– To jak żołnierze mają tam przejść?

– Na piechotę.

Maerk parsknął śmiechem. On już się przyzwyczaił do niekonwencjonalnego sposobu myślenia oficerów zza gór. I przede wszystkim do tego, że nigdy nie mnożyli trudności. Rozkaz to rozkaz. O czym tu dyskutować?

Tomaszewski, czekając na wykonanie poleceń, tymczasem wyjaśniał swój plan. Dwie duże grupy mają przedostać się kanałami do wielkich budowli publicznych. Jak się okazało, wskazał na planie miejską łaźnię i bibliotekę. Mają nie „ciurkać" z podziemi pojedynczo, tylko zebrać się w piwnicach i uderzyć wroga w plecy już jako zorganizowane oddziały. Nie potrzeba długiej walki. Mają wprowadzić zamęt. Potem mogą próbować wycofywać się kanałami albo podzielić na cztero-, pięcioosobowe grupki i przenikać z domu do domu. Mają podpalać budynki i składy, burzyć ściany. I strzelać do wroga z każdego miejsca, z którego będzie to możliwe. Mają być w ciągłym ruchu. Nie podejmować walki, tylko niszczyć wszystko, co się da. Taktyka spalonej ziemi. Twierdza jest już stracona, tłumaczył cierpliwie. Nie ma więc sensu zostawiać ją najeźdźcom. A im więcej bigosu, tym lepiej. Tym większy dym w oczy wroga. (Tu Tomaszewski musiał wyjaśnić, co to jest bigos).

Miejscowi dowódcy słuchali uważnie, porządkując jednocześnie napływających ludzi ze skracanych odcinków. Nic już ich nie dziwiło. Poza może jednym. Do kilkuosobowych grup, które miały pozostać za frontem i zająć się destrukcją, zgłaszało się zaskakująco wielu ochotników. A najdziwniejsze było to, że nie przerażała ich droga przez kanały wypełnione fekaliami. Dostrzegli nagle możliwość konkretnej i skutecznej walki. I przemawiało to do nich bardziej niż tradycyjna bohaterska śmierć pod rozwiniętymi sztandarami na bezsensownej, ale honorowej pozycji.

W otworze hangaru, wykutego w zboczu góry będącej sercem twierdzy, ktoś dostrzegł dziwne błyski światła. Tomaszewski przyłożył do oczu swoją lornetkę. To Siwecki. Pan doktor, jak każdy marynarz, przeszedł oczywiście szkolenie w zakresie podstaw i na pewno ukończył kurs posługiwania się alfabetem kreskowym. Problemem było to, że jako lekarz nigdy nie posługiwał się nim w praktyce. Tomaszewski ledwie odczytał jego komunikat.

– Z tego, co zrozumiałem, to akcja z puszczaniem czadu powiodła się. Twoi odzyskali pieczarę stanowiącą port wewnętrzny.

– Z tego, co zrozumiałeś? – zdziwił się Maerk. – Nie możesz połączyć się z kolegą po prostu przez powietrze? Jak z Iną?

– Ona zabrała jedyne radio razem z wiatrakowcem. A drugiego przenośnego nie mamy. – Tomaszewski dotknął czubkiem buta metalowego prostopadłościanu z długą anteną, stojącego tuż obok.

Maerk domyślił się, że bez tego urządzenia nocne lądowanie na dachu będzie praktycznie niemożliwe. Spod zmarszczonych brwi obserwował kolejnych żołnierzy, którzy wyjątkowo sprawnie znikali w czeluściach kanałów. Nie do końca mógł się pogodzić z pragmatyzmem przybyszów zza gór. „Twierdza jest już stracona". Ot, stwierdzenie i już. Teraz tylko muszą zrealizować plan. Jaki?

– Czemu nie wyślemy na tyły wroga pięciu kompanii, które tu przyprowadziliśmy? – zapytał.

– Są świeże. I będą nam cholernie potrzebne, żeby wyrąbać korytarz, który znowu połączy nas z górą.

– Ci żołnierze są pełni zapału.

– Który przyda nam się później – skwitował tę uwagę Tomaszewski. – Nie ma wafla. Dowódca tego burdelu musi się bronić tym, co ma. Przynajmniej do nocy.

Maerk musiał się pogodzić z tak niekonwencjonalnym postępowaniem. Ale dotrwać do nocy było potwornie trudno. Co chwila napływały meldunki, że wróg przerwał linię obrony. „Skracać front! Skracać front" – powtarzał Tomaszewski niezmiennie. Przyprowadzone z wnętrza góry odwody były święte. Na szczęście przejście wojsk na tyły wroga okazało się bardzo skutecznym pomysłem. Z wież widzieli nowe ogniska walk. Można było dostrzec coraz liczniejsze pożary i rozgardiasz, który obejmował zaplecze napastników. Przed zmierzchem napór wroga zaczął nawet słabnąć. Całe oddziały uganiały się po mieście, usiłując walczyć z grupami dywersyjnymi, ale te w ogóle nie podejmowały walki. Maciupeńkie grupki posuwały się skok za skokiem i uderzały błyskawicznie w najmniej spodziewanych miejscach. Ci ludzie znali miasto od podszewki, tu się urodzili, tu wychowali. Przenikali przez ściany, pełzali w piwnicach, skakali z dachu na dach. A każdy ich krok to dwa, trzy trupy, podpalenie, zniszczenie i odwrót. Szybko doszło do tego, że napastnicy musieli pilnować dosłownie wszystkiego, wystawić warty wszędzie. A do tego potrzebowali licznych żołnierzy, bo pojedynczych wartowników błyskawicznie zarzynano jak wieprzki. Wieczorem, kiedy zmrok i gęstniejące dymy pożarów zaciemniły niebo, napór na port zmniejszył się, a potem ustał. Zamieszanie, a nawet panika na tyłach wroga rosły. To tam przeniosła się teraz strzelanina.

Krótko przed północą odezwało się radio Iny. Chciała mieć wolne ręce przy trudnym lądowaniu i dlatego kosztem jakości przełączyła na system duplex.

– Jestem, jestem. – Jej wesoły głos dobiegający z małego prostopadłościanu sprawił, że wśród żołnierzy, którzy znajdowali się w pobliżu, zapanowało poruszenie. – Żyjecie jeszcze czy już was zabili?

– Zabili. – Tomaszewski podniósł mikrofon do ust. – Ale ciągle walczymy jako upiory.

– To dobrze, bo maszyna wypakowana zaopatrzeniem po brzegi.

– Dziecko, warunki lądowania bardzo się pogorszyły. Nad całą twierdzą unoszą się kłęby dymu.

– Czuję. – Roześmiała się. – Zasmrodziliście okolicę i powietrze nad morzem w dodatku. Na chwilę zostawić was samych i nabroicie ile wlezie.

– Nie bądź taka porządnicka. Nie mam pojęcia, z jakiej odległości uda ci się dostrzec światełka lądowania.

– Dam radę.

– Może podpalić ci coś w okolicy?

– Daj już spokój z tą piromanią. Pożar nic nie da, ale zmierz mi ciśnienie na poziomie dachu.

– Chwila. Idziemy w tamtym kierunku.

– Błagam. Tylko nie za dużo ludzi na lądowisku, bo skoszę im łby jak kat upierdliwiec.

Tomaszewski, Maerk i kilku żołnierzy biegiem dostali się na dach oczyszczony z drewnianych wieżyczek. Żołnierze błyskawicznie rozłożyli w umówionych miejscach tulejki z chemicznym światłem. Precyzyjny pomiar ciśnienia zajął dużo więcej czasu. Tomaszewski przekazał dane przez radio.

– Widzisz coś? – zapytał.

– Tak. Nakieruję się według punktów orientacyjnych i potem już prościutko. A zejdę według przyrządów.

– Zabijesz się.

– No i dołączę do armii upiorów. – Dziewczyna za sterami ani na moment nie traciła humoru. – A pamiętasz, jak nas duch nawiedził w Negger Bank? No to po śmierci dowiem się, o co mu szło.

– Babo jedna! To się nie uda!

– Jeśli dobrze zmierzyłeś ciśnienie, uda się.

Usłyszeli daleki i stłumiony jeszcze warkot spalinowego silnika.

– Czy takie lądowanie jest w ogóle możliwe na waszym przeraźliwie ciężkim sprzęcie? – zapytał Maerk. Pewnie chciał dać do zrozumienia, że na leciutkim latawcu takie coś to pestka.

– Moim zdaniem nie.

– Jeśli jest choć cień szansy, to akurat ona ją wykorzysta.

Ryk silnika docierał do nich z coraz większą siłą. Ina najwyraźniej nie zamierzała zrobić ani jednego kręgu nad celem. Zresztą może i miała rację. Co by dał krąg w ciemnościach i kłębach dymu nad prowizorycznym lądowiskiem?

Zapaliła reflektory dopiero kilkaset metrów przed dachem. Ledwie je widzieli. Czarne tumany co chwila przesłaniały widok. Wiatrakowiec leciał po prostej, jakby go podwieszono do stalowej liny. Tuż przed krawędzią dachu silnik ścichł nagle, pilotka zmieniła skok śmigieł i wylądowała z gracją w okropnym świście rozpędzonych łopat. Dobieg to tylko kilkanaście kroków. Żołnierze, którym Tomaszewski kazał leżeć, podnosili się właśnie i zaczynali biec, żeby zabezpieczyć bezcenną w tych warunkach maszynę.

Tomaszewski i Maerk pobiegli również. Ina wysiadała z kabiny, usiłując rozchełstać cały ekwipunek, który miała na sobie. Na ich widok strzeliła obcasami i złożyła regulaminowy meldunek. Tylko Tomaszewskiemu oczywiście. Za to tak demonstracyjnie, żeby wszyscy nabrali pewności, kto w jej mniemaniu tutaj rządzi. Potem zmieniła lotniczy hełm na swoją furażerkę, zdjęła kamizelkę ratunkową i odpięła spadochron.

– Nieźle, nieźle. Czy polscy piloci też będą w stanie zrobić coś takiego, Inna?

– Będą lądować o świcie, więc będzie łatwiej. A poza tym ja ich będę naprowadzać przez radio: prawo, lewo, góra, dół. Damy radę.

– Boję się, bo kobiety z reguły mylą kierunki.

– Ha, ha.

– Rozmawiałem przez radio z mostkiem na niszczycielu. Powiedz, czy podane przez nich daty są realne? Będą tu o czasie, który sami określili?

– Będą szybciej.

– Kiedy?

Ina wyjęła z kieszeni długopis i napisała kilka cyfr na wewnętrznej stronie dłoni. Potem podsunęła rękę Tomaszewskiemu do oczu tak, żeby przeczytać mógł tylko on. Maerk musiał łyknąć tę pigułkę bez słowa. Lata upokorzeń, których doświadczała od niego dziewczyna, właśnie się mściły.

– Jakim cudem?

– Rozmawiałam z Melithe. No wiesz, dogadałam się jak baba z babą. Gdy tylko się dowiedziała, że obiekt jej westchnień, czyli ty, jest w opałach, powiedziała, że da całą naprzód, żeby podejść na zasięg artylerii.

– Nie żartuj. Ona nie jest dowódcą.

– Ale obecny dowódca jest zbyt ostrożny. Melithe podpędzi zespół nocami, na akwenach, co do których przypuszcza, że są bezpieczne.

To miało krótkie nogi. Komandor dowodzący całą grupą zorientuje się błyskawicznie. A z drugiej strony... Tomaszewski znał wdzięk Melithe i wiedział, że generalnie radzi sobie z mężczyznami. Kto wie co może jej się udać?

– Czy ona sądzi, że Radziszewski dostanie zgodę na ewentualne otwarcie ognia?

– Nie będzie musiał pytać. Przecież nie wywołuje wojny, a jedynie da osłonę Polakom, którzy będą się tu znajdowali i będą potrzebowali ewakuacji.

– No niby tak... – Wentzel uprzedzał, że istnieje taka możliwość. Jednak czy komandor zdecyduje się strzelać do żołnierzy nieznanego państwa? To pytanie musiało pozostać bez odpowiedzi. – A kiedy będą tu ścigacze i mniejsze jednostki? – zapytał.

Ina znowu napisała coś na swojej dłoni i podetknęła Tomaszewskiemu pod oczy.

– Rozumiem. – Skinął głową. Potem przeniósł wzrok na Maerka. – Do świtu przygotuj wszystko do przebicia korytarza.

– Dokąd?

– Do góry będącej sercem twierdzy. Cały kanał musi znaleźć się w naszych rękach.

– Będzie ewakuacja?

– Tak, ścigacze i mniejsze jednostki będą holować wasze barki. Ale na razie musicie wyładować to, co przywiozła Inna. Wasz proch i nasze materiały wybuchowe – zarządził Tomaszewski.

Wyjaśnił, dlaczego nowoczesne materiały są takie ważne. Trotyl jest w miarę bezpieczny, nieporównywalny z czarnym prochem pod żadnym względem. Ani mocą wybuchu, ani odpornością na wszelkie niesprzyjające czynniki. Małe grupki muszą wziąć ładunki i poprzez kanały podłożyć je we wskazanych miejscach. Obrońcy dysponowali dokładną mapą kanalizacji, napastnicy nie. Zaskoczenie powinno więc być totalne. Miny trzeba umieścić pod drogami, którymi tamci dosyłają posiłki. Od nielicznych powracających pod ziemią „partyzantów" wiedzieli, których ulic używa wróg i gdzie gromadzi odwody. Wszystko to ma powędrować w powietrze. Trzeba wysadzić też przedpole wokół portu i budynki, skąd wróg prowadzi ogień. Oczywiście nie wszędzie da się dotrzeć kanałami, ale często wystarczy kilka wielkich ładunków odpalonych jednocześnie wokół ważnego obiektu, żeby zamienić go w ruinę i pogrzebać wszystkich, co są w środku.

Od tej chwili trzeba znieść też wszelkie limity zużycia amunicji. Żołnierze mają strzelać bez rozkazu, jeśli tylko zauważą jakikolwiek cel. Rano będą nowe dostawy.

– A lekarstwa? – odważył się wtrącić Maerk. – Siwecki mówił coś o cudownych środkach.

– Tak, oczywiście. – Tomaszewski włożył sporo wysiłku, żeby utrzymać twarz pozbawioną wyrazu. – Na pewno przylecą w dalszej kolejności. Rozumiesz, teraz każdy kilogram jest na wagę złota. Każ wezwać dowódcę obrony portu i przekaż mu wszystko. Ja rozrysuję na planie miejsca dla saperów. No i musimy im zrobić szkolenie.

– Rozumiem.

Ina pociągnęła Tomaszewskiego za rękaw.

– Na niszczycielu poruszenie – powiedziała ściszonym głosem.

– Co się dzieje?

– Przyszedł dziwny meldunek z dowództwa. Że rano odbędzie się walna konferencja naczelnego dowództwa. I że całe siły zbrojne mają oczekiwać na rozkazy.

– Ożeż! – Tomaszewski wyjął z kieszeni munduru papierośnicę i włożył sobie papierosa do ust.

– Czy u was zawsze dowództwo informuje o swoich naradach i ostrzega, że będą rozkazy?

– Nie.

– Więc co to może oznaczać?

Wzruszył ramionami.

– Prawdopodobnie wywiad podesłał jakieś rewelacyjne materiały, które zmieniają obraz całej sytuacji.

– I co? I tak kochacie swoich żołnierzy, że informujecie każdego dowódcę o zebraniu i przygotowujecie na to, że będą rozkazy?

Uśmiechnął się. Ale Inna była naiwna. Przecież sztab, postępując w ten sposób, przekazał wszystkim bardzo konkretną wiadomość. Przypalił papierosa od płomienia benzynowej zapalniczki. Tomaszewski zaciągnął się głęboko, a potem wypuścił dym wąską strużką.

Wojna.

Rozdział szósty

Izaak Rosenblum wspinał się szerokimi marmurowymi schodami do sztabu marynarki wojennej w Negger Bank. Odziedziczone po dowództwie marynarki Cesarstwa Luan gmaszysko przytłaczało swoim ogromem i majestatycznymi proporcjami. Te gigantyczne kolumnady, baseny w wielkich atriach, ściany pokryte imperialnymi płaskorzeźbami robiły odpowiednie wrażenie na każdym, kto przyszedł tu albo z własnej woli, albo, co gorsza, został wezwany.

Narada sztabu to nie byle co. Wszyscy uczestnicy otrzymali pisemny rozkaz, by stawić się w galowym mundurze. I Rosenblum miał wrażenie, że właśnie się roztapia. Szedł z nadzieją, że ktoś pomyślał o odpowiedniej wentylacji.

W środku okazało się, że pomyślał. Byli to architekci sprzed millenium – wewnątrz bowiem panował przyjemny chłód. Idąc wzdłuż galerii posągów dawnych admirałów, Rosenblum z ciekawością czekał jej końca.

Zastanawiał się, czy rzeźba przedstawiająca admirała Ossendowskiego już tam jest, czy jeszcze chwilę trzeba będzie na nią poczekać.

Sekretarka przy biurku przed gabinetem szefa szefów podniosła się na jego widok i uśmiechnęła. W przeciwieństwie do porucznika w galowym mundurze i z wyrazem twarzy bardziej oficjalnym niż generał na publicznym pogrzebie bohaterów wojennych.

– Obaj już są. – Sekretarka była cywilem, miała na sobie miejscowy strój i wydawała się jedną z tych wyzwolonych kobiet, które od razu nawiązują bezpośredni kontakt. – Pan admirał właśnie przyleciał. – Wskazała kręcone schody prowadzące gdzieś w górę, być może aż na dach.

– Z lotniskowca? – Rosenblum wiedział, że starego niedźwiedzia trudno było wyciągnąć z gawry. Najlepiej czuł się na swoim stanowisku dowodzenia o ścianach ze stali. – Zaraz! – zorientował się po chwili. – Architekci sprzed tylu setek lat przewidzieli na dachu lądowisko dla wiatrakowców?

– Pan admirał przyleciał tą nową maszyną. Eksperymentalnym helikopterem – wyjaśniła dziewczyna. – Kazał sobie sprowadzić kilka sztuk.

– Aha, tym, co ląduje w miejscu, z zawisu.

– A jak strasznie hałasuje. O Boże!

Uśmiechnął się do niej w odpowiedzi. Nadęty porucznik otworzył mu drzwi oszczędnym ruchem ramienia. Brakowało tylko, żeby wszedł za nim i oficjalnie zaanonsował gościa.

Ale i tak, nawet bez ceremoniału, gabinet olśniewał swoją wielkością. Można by go porównać do sali gimnastycznej. I to raczej jednej z tych większych, mieszczących nawet piętrowe galerie dla kibiców. Trudno. Trzeba będzie przemaszerować cały ten dystans, niemiłosiernie stukając obcasami w wyszlifowany do lustra marmur.

Admirał Ossendowski siedział pod przeciwległą ścianą na współczesnym, obrotowym fotelu, który ustawiono za biurkiem wielkości lotniska. Obok stał Wentzel, nachylony nad głównodowodzącym i referujący coś ściszonym głosem. Z daleka obaj wyglądali jak włoscy mafiosi planujący wymuszenia na szeroką skalę wśród miejscowych sklepikarzy. Z bliska, z powodu smolistoczarnych mundurów upstrzonych licznymi i bajecznie kolorowymi baretkami, jak dwóch dyktatorów zmawiających się właśnie, jak napaść na trzeciego.

Rosenblum, kiedy już dotarł w pobliże biurka, przyjął postawę zasadniczą i zasalutował. Ossendowski, jak na prawdziwego ojca chrzestnego mafii przystało, powstrzymał jego meldunek łaskawym i leniwym ruchem ręki. Najwyraźniej kłócił się o coś z Wentzlem.

– Rozpuściłeś ludzi, mój drogi Joachimie – mówił cicho, acz dobitnie. – Ja rozumiem, że sekretarka jest cywilem i nie będzie nosić munduru, ale nie może też siedzieć tam naga!

– Ależ ona nie jest naga. To miejscowy strój. Bardzo wygodny w tym klimacie.

– Kusą nocną koszulkę nazywasz strojem? Nie mogła włożyć spódnicy albo garsonki, jak przystoi polskiej kobiecie? Co to, już pantofli nie ma, żeby wkładała sandały, w których widać pomalowane paznokcie u nóg?!

– Kobiety szybciej przejmują miejscowe zwyczaje, jeśli chodzi o modę – odważył się wtrącić Rosenblum.

– O? A czy ty też, drogi Izaaku, chodzisz po ulicy w nocnej koszuli i wszystko ci dynda jak miejscowym? – zainteresował się admirał.

– Nie, panie admirale. Staram się nosić tropikalny mundur. Ale rozumiem sekretarkę.

– I to, że się publicznie rozbiera do golasa bez mała? Polkom nie wypada!

– Przez to jednak miejscowi nas bardziej lubią. Następuje przenikanie się kultur.

– Za długo siedzisz na lotniskowcu, przyjacielu – włączył się Wentzel. – Gdybyś zobaczył, co dzieje się w bazie...

Ossendowski spiorunował go wzrokiem. Potem zerknął na zegarek.

– No! – Uderzył dłonią w blat biurka. – Mam nadzieję, że panowie oficerowie zaproszeni na naradę sztabu przyjdą w mundurach, a nie w kieckach! I jak wiatr zawieje, to mimo wszystko nie zobaczymy gołej dupy szefa sztabu!

– Mam najnowsze materiały wywiadowcze. – Rosenblum desperacko usiłował zmienić temat, kładąc na biurku przyniesioną teczkę.

– Skąd?

– Z Chuchlandii – w zdenerwowaniu użył nazwy, którą słyszało się jedynie w kręgach wywiadu. – Uzupełnienie wczorajszego raportu, który tak panem wstrząsnął, panie admirale.

– Skąd?!

Rosenblum zmieszał się wyraźnie.

– Przepraszam. W dokumentach sztabowych nazywamy ten rejon „Górskim Krajem", ponieważ nie da się wymówić ani, co gorsza, zapisać jego prawdziwej nazwy. Tubylcy układają wargi w takie kółko i robią krótki wydech, jakby naprawdę chuchali.

– Nie brnij! – przerwał Ossendowski. – I między sobą nazywacie ich Chuchlandczykami?

– Oczywiście użycie tego określenia wobec nich samych jest obraźliwe...

– Niech zgadnę. Tę nazwę na pewno wymyślił komandor Tomaszewski, czyż nie? On poetą powinien zostać! A to interesuje się czarami, a to rozkochuje w sobie tabuny kobiet. I żadną nie pogardzi. Poderwie i nawigatora, i inżyniera, a żyje w jednym domu z nieletnią! – Admirał dowiódł, że wie wszystko o swoich ludziach.

– Ona według tutejszych zwyczajów jest pełnoletnia – usiłował bronić kolegi Rosenblum.

– Wy tu burdel normalnie robicie! A plany przyszłych operacji rysujecie nie na planszetach, ale na sukienkach kurew!

Wentzel przełknął ślinę na wspomnienie grubej wpadki Tomaszewskiego, ale postanowił jednak bronić siostrzeńca.

– Taki zawód, przyjacielu. Trzeba się wkradać w łaski kobiet. Żebyś ty wiedział, kogo rozkochuje w sobie sam Izaak...

– Kogo? – zapytał odruchowo Ossendowski, a po chwili zdał sobie sprawę, przy czyim dworze Rosenblum jest oficerem łącznikowym. – Co? Co?! – Zakrztusił się nagle. – No czyż nie mówiłem, że burdel, a w perspektywie skandaliczna kompromitacja? I to na najwyższych szczeblach.

– Nasze materiały... – Rosenblum podjął kolejną próbę zmiany tematu, lecz admirał przerwał mu znowu.

– Wasze buduarowe wspomnienia, chciałeś chyba powiedzieć, chłopcze.

– Hm. Mam tu raport, który zatytułowałem...

– „Szansonistki z Negger Bank”? „Moje wesołe podboje”?

Wentzel zaczął się śmiać. Domyślił się, dlaczego Ossendowski nie dopuszczał do poważnej dyskusji. Najwyraźniej czekali na kogoś jeszcze.

– Kto przyjdzie?

– Zapowiedział się jakiś pan z firmy aptekarskiej.

Zrobiło się groźnie. Cywil na posłuchaniu u admirała tuż przed naradą sztabu? Tylko najwyższe czynniki w państwie mogły sobie pozwolić na wkręcenie takiego gościa. A to nie oznaczało niczego dobrego. Czyżby ktoś chciał wpływać na decyzje sztabu? To było niesłychane.

– No dobrze. – Ossendowski postanowił jednak skierować rozmowę na poważniejsze tory. Poważniejsze to nie znaczy, że przed naradą powie coś więcej swoim zaufanym oficerom. – Co wiecie o szpiegu u Kawalca?

– Mamy go już prawie namierzonego – powiedział Rosenblum.

– Domyślam się, że w twoim zdaniu najważniejsze jest słowo „prawie", chłopcze? – zakpił admirał. – Kiedy przyjedzie nareszcie ten wasz najlepszy specjalista od duszy ludzkiej, co?

– Meredith właśnie ląduje w którymś z portów Negger Bank, panie admirale. – Rosenblum pilnował się, żeby pod żadnym pozorem nie wymówić słowa „czarownik".

– Przypłynął tutaj aż z Banxi? Czemuście go samolotem nie przywieźli?

– Ponieważ uparł się i powiedział, że bez swojego konia nie wróci. Perszeron, jak twierdzi, jest jedynym wierzchowcem w dziejach, któremu można zawierzyć swoje życie.

– A skąd on wytrzasnął tutaj perszerona? No chyba nie ukradł własności rządu Rzeczypospolitej Polskiej, do jasnej cholery?

Wentzel skrzywił się lekko. Wiadomo, że Ossendowski, jak każdy oficer frontowy, który brał udział w prawdziwej wojnie, klął i tylko przy oficjalnych wystąpieniach zachowywał się poprawnie. Ale dzisiaj przechodził sam siebie. Spodziewany cywil psuł mu chyba humor od rana.

Rosenblum natomiast odniósł wrażenie, że pierwsze skojarzenie go nie myliło. Znowu miał odczucie, że uczestniczy w zebraniu mafijnych ojców chrzestnych.

– Ten koń został mu przekazany za zasługi wojenne. Meredith brał udział w rajdzie na Banxi.

– A czołgi też już komuś porozdawaliście? Krążownik jest jeszcze pod naszą banderą?

Wentzel uznał, że czas się włączyć.

– To moja decyzja. A ten człowiek twierdzi, że wskaże nam agenta najpóźniej w ciągu dwudziestu kilku dni.

– Ilu?

– Chodzi o pewną okresowość, na którą nie mamy wpływu. Jednak dwadzieścia kilka dni to gdybyśmy mieli pecha. Najprawdopodobniej uda się wskazać szpiega już za kilka dni. A może nawet jutro.

– Obyście się nie mylili, chłopaki. – Ossendowski smętnie skinął głową. Zły humor musiał pogłębiać się wraz z upływem kolejnych minut, bo admirał popadł w stan melancholii. – Co ja mam z wami wszystkimi zrobić? – westchnął. – Niemiec rozdaje sprzęt wojenny komu popadnie. Żyd w celu ujawnienia obcej agentury sprowadza jakiegoś szamana. Tatar Selim przyznał, że się tu potajemnie ożenił, mimo że w Polsce ma już żonę. I jeszcze się zajadły bigamista zasłania Koranem, że niby muzułmaninowi wolno. A jedyny Polak w tym towarzystwie to erotoman i pedofil, który mieszka z nieletnią na kocią łapę. I jak ja mam z wami żyć? – Westchnął znowu. – No jak żyć? Powiedzcie.

Wentzel i Rosenblum wymienili się spojrzeniami. Trzeba przeczekać. I zmienić temat.

– Mamy raport, co się dzieje z komandorem Tomaszewskim...

– A wiem, wiem. Teraz przygruchał sobie jakąś małą pilotkę, która mogłaby być jego córką, i razem z nią na golasa strzelali z pistoletu do twojego kuriera. Ja wszystko słyszałem.

Tym razem westchnął Wentzel. Na szczęście dyskretny sygnał, który rozległ się na biurku, przerwał ponure rozmyślania admirała. Ossendowski błyskawicznie opanował wszelkie emocje. Dotknął przycisku interkomu.

– Prosić!

Kiedy otworzyły się boczne drzwi, przepuszczając adiutanta, wyglądał już na człowieka obojętnego i wyluzowanego. Był najwyraźniej zdolny do momentalnych przemian wewnętrznych. Albo ujawnił właśnie swój talent doskonałego aktora.

– Pan dyrektor Jacek Budzyński – zapowiedział oficjalnie adiutant. – Firma „Kocyan i wspólnicy".

Rosenblum był wściekły, że gdy sam wchodził, kazano mu przemaszerować przez cały gabinet. Ściana kryła drzwi, i to w odległości mniejszej niż trzy metry od biurka szefa.

Budzyński, człowiek, którego obawiała się nawet Wyszyńska, okazał się starszym panem o martwej, jakby unieruchomionej po jakimś wypadku twarzy. Wyglądał na jakieś siedemdziesiąt, siedemdziesiąt pięć lat. Rosenblum z akt wiedział jednak, że jest znacznie starszy. Dobiegał właśnie dziewięćdziesiątki. Najbardziej jednak uderzały jego oczy. Praktycznie nimi nie ruszał; kiedy chciał spojrzeć w bok, odwracał całą głowę.

– Witam panów.

– Panie dyrektorze! – Ossendowski podniósł się z fotela i wyciągnął dłoń w kierunku gościa. Nie salutował, co od razu nadało całemu spotkaniu prywatny charakter. Cała czwórka przeszła pod wielkie okno, gdzie ustawiono klubowe fotele i sofę. Na środku stał niewielki stolik z kilkoma butelkami wody mineralnej. Kiedy zajęli miejsca, Budzyński spojrzał na oficerów wywiadu marynarki.

– Panie admirale – zaczął – czy jest pan pewien, że chce rozmawiać w przemiłej obecności tych panów? Będziemy mówić i o sprawach prywatnych, i ściśle poufnych.

– Nie mam przed nimi tajemnic. A poza tym oni są z wywiadu, więc i tak w trzy sekundy będą wiedzieć, o czym rozmawialiśmy. – Ossendowski uśmiechnął się rozbrajająco, pociągając się dłonią, niby to dowcipnie, za ucho.

Dał jasno do zrozumienia, że nie odstąpi od obecności dwóch świadków. Nie chciał mieć na koncie żadnych podejrzeń o konszachty z prywatnym biznesem. Dowódca wyprawy na drugą półkulę spotyka się z przedstawicielem największego koncernu tuż przed naradą sztabową, na której zapadną strategiczne decyzje. To niebywałe. I Ossendowski mądrze robił, chcąc mieć w razie spotkania kiedyś przed sądem wojskowym czy przed sejmową komisją śledczą w zanadrzu dwóch ludzi, którzy zapamiętają dobrze każde słowo, jakie tu padnie. I będą mogli zeznawać pod przysięgą, co naprawdę zaszło.

– Pozwolą więc panowie, że zacznę od formalności. – Budzyński położył na stole elegancką aktówkę, tak cienką, że mogła zawierać jedynie kilka kartek papieru. – Proszę, to jest mój certyfikat bezpieczeństwa wystawiony przez centralę kontrwywiadu. – Podawał admirałowi dokument po dokumencie. – To zaświadczenie o dopuszczeniu do tajemnic państwowych ze względu na pełnione przeze mnie funkcje w polskim przemyśle wojennym, to klauzula najwyższego uprzywilejowania w dostępie do wszelkich informacji niejawnych z powodu zajmowania przeze mnie kierowniczych stanowisk w jednostkach zajmujących się najnowszymi technologiami, nazwijmy je eufemistycznie, „obronnymi". – Tu Budzyński pozwolił sobie po raz pierwszy na cień uśmiechu. – Bo taka bomba atomowa to właściwie tylko do obrony granic może służyć, prawda?

– Jeśli się przyjmie, że najlepszą obroną jest atak wyprzedzający, to tak – zgodził się Ossendowski.

– A to jest jeszcze zezwolenie na udział we wszelkich grupach i forach decyzyjnych mających związek z obronnością kraju, wystawione ze względu na to, że jestem jedną z bardzo nielicznych osób, które mają pełną orientację w tych kwestiach.

Admirał przyjmował dokumenty z rąk przedstawiciela firmy „Kocyan i wspólnicy", zerkał na nie i przekazywał Wentzlowi. Ten udawał, że czyta, i po chwili oddawał Rosenblumowi. Komandor czytał dokładnie. Na spotkaniu nie przestawało wiać grozą, ale wizja celi więziennej trochę się oddaliła. Podkładki na papierze były. Adwokaci będą mieli czym wachlować na ewentualnych rozprawach. Rosenblumowi jednak ciągle nie mieściło się w głowie, jakim cudem cywil śmiał przyjść do głównodowodzącego tuż przed naradą mającą określić cele i sposób działania w zbliżającym się konflikcie. To niebywałe.

– Mam jeszcze odręczny list od pana prezydenta Rzeczypospolitej, w którym zwierzchnik sił zbrojnych poleca mnie łaskawej uwadze pana admirała, a także w intencji pańskiej przyjaźni.

To pismo Ossendowski przeczytał, chyląc głowę. Budzyński mógł jeszcze wyjąć rewolwer i wypalić w zamkniętym pomieszczeniu. Chyba jednak nie osiągnąłby większego efektu.

– Czy chce pan wziąć udział w posiedzeniu sztabu? – zapytał admirał.

– Nie, nie, skądże. Byłoby to źle odebrane.

– Czym zatem mogę służyć?

Budzyński obracał głowę, żeby wysondować nastrój po twarzach oficerów wywiadu. Obaj siedzieli jak przy pokerowym stole.

– Porozmawiajmy najpierw o sprawach przyjemnych. Zapewne nie uszedł uwadze panów szalony postęp technologiczny, który ma właśnie miejsce w naszym kraju?

Mógł sobie darować tę figurę retoryczną w obecności oficerów wywiadu. Wiedzieli więcej o nim i jego organizacji, a więc i przyczynach rewolucji technicznej niż pewnie on sam.

– Na razie kryzys, niezadowolenie społeczne i szereg niesprzyjających okoliczności na arenie międzynarodowej sprawiają, że nie widać dobrodziejstw gołym okiem. Ale za dwa, trzy lata przemysł, który tworzymy, zacznie produkować na masową skalę, a nowe technologie zostaną wdrożone i przyniosą konkretne korzyści. A kiedy dzięki produkcji na Złych Ziemiach nasz przemysł naftowy zaleje nas i innych odbiorców bajecznie tanią ropą, staniemy się krajem dobrobytu. I to dobrobytu na niespotykaną dotąd w dziejach skalę. Za dwa, trzy lata, jak mówię.

– Do czego pan zmierza, panie dyrektorze?

– Otóż ostatnia kadencja obecnego prezydenta zakończy się dokładnie za dwa i pół roku. Będziemy potrzebowali nowego przywódcy. I to takiego na nowe czasy.

– Czy chce pan powiedzieć, że te dwie orientacyjne daty zgrywają się ze sobą?

– Tak, bo przyniosą nie tylko zadowolenie społeczne, ale stanowić będą nie lada wyzwanie dla głowy państwa. Nikt jeszcze nie rządził w czasach tak dramatycznego przełomu. Przyszły przywódca musi być odporny, elastyczny i przygotowany dosłownie na wszystko.

Rosenblum zesztywniał lekko. Co to miało być? Ordynarna łapówka? Chociaż nie. Łapówki daje się drobnym urzędnikom za załatwienie drobnych spraw. Jeśli ktoś komuś oferuje całe wielkie państwo, to już nie chodzi o łapówkę. Chodzi o rację stanu.

– Myślę, że pan byłby najlepszym kandydatem na nowego prezydenta RP, panie admirale. – Budzyński nie zmieniał wyrazu twarzy, mówiąc te słowa. – Wróci pan opromieniony sławą bohatera. Ale... nie ma pan partii, która by pana poparła. Nie ma pan aparatu organizacyjnego.

– Czy to urzędujący prezydent prosił pana, żeby powiedzieć to wszystko? – zapytał Ossendowski. Jemu też nie mieściło się w głowie, że ktoś oficjalnie proponuje łapówkę. I to nie sto złotych, nie tysiąc, nie milion. Nawet nie miliard. On oferuje całe państwo. Ciekawe za co?

– Pan prezydent wie, o czym rozmawiamy. – Budzyński udzielił jasnej i zdecydowanej, choć ostrożnej odpowiedzi. – Siłą rzeczy jednak, nie będąc na miejscu, nie może wydać konkretnych rozkazów. Poprosił mnie więc o misję mediacyjną. I o parę sugestii, które mam panu przekazać.

– Tę o przyszłych wyborach też?

– Tę też. A także o poparciu BBWR, które pan otrzyma. Liga Morska i Kolonialna również stanie za panem murem.

Ossendowski wziął głęboki oddech.

– W zamian za co? – zapytał wprost.

– Uwielbiam wojskowych i ich łatwość w przechodzeniu do rzeczy. Ale pańskie pytanie jest źle postawione.

– A jak powinienem je zadać?

– Mógłby pan spytać: „Po co mamy iść aż na biegun?".

Z Ossendowskiego uszło powietrze.

– Przecież to bezsensowne z wojskowego punktu widzenia.

– Ale z państwowego już nie. Podejrzewamy, że na biegunie znajdują się centra, w których przechowała się technologia istot nazywanych przez miejscowych Bogami. A nie muszę już chyba mówić, jakie znaczenie ma technologia. Dzięki niej nasz kraj może powiedzieć: „Masz milion karabinów? I co z tego? My mamy bombę atomową".

– I na biegunie też jest...?

– Nie wiemy, co tam jest. Ale nasi wrogowie nie mogą być tam pierwsi.

Ossendowski spojrzał na Wentzla, lecz ten zachował kamienną twarz. Wtrącanie się do takiej dyskusji byłoby jak oddanie własnych akt prosto w ręce prokuratora. Mimo górnolotnych słów i bardzo ważnych papierów wszyscy tu dosłownie ocierali się o więzienne pasiaki. Jakiś cywil zaproponował właśnie przeprowadzenie akcji militarnej bez żadnych strategicznych przesłanek.

– Nie mam podstaw, żeby wysyłać wojska na biegun. – Ossendowski uśmiechnął się nagle. Chyba uzmysłowił sobie, że nikt go do niczego przecież nie zmusi.

– Ależ nie mówię o całym wojsku. Armia niech tylko zapewni dostęp, a do celu można wysłać mały oddział rajdowy. Jak w Banxi. I obojętnie, czy poprowadzi go Baranowski, czy Tomaszewski, obaj się sprawdzili. Jeden mały rajd i po krzyku.

– Zadaniem armii jest ochrona pól naftowych na Złych Ziemiach. I tam zostaną wysłane nasze wojska.

– Złe Ziemie nie będą atakowane. Przecież takie są ostatnie raporty wywiadu.

– Nie można się opierać wyłącznie na danych wywiadu. A poza tym nie mam żadnych podstaw, żeby wysłać wojsko dalej.

– Może pan jednak działać w stanie konieczności wyższej. W wypadku kiedy przebywający tam nasi żołnierze albo nasi sojusznicy zostaną zaatakowani.

– Tam nie ma ani naszych wojsk, ani naszych sojuszników!

– A ja pana zapewniam, że zaraz tam będą i nasze wojska, i nasi sojusznicy, a w dodatku jedni i drudzy zostaną brutalnie zaatakowani!

Wentzel uznał, że jednak musi się włączyć do rozmowy.

– Ja bardzo przepraszam pana dyrektora. Taka operacja jest niemożliwa do przeprowadzenia z powodu braku lotnisk. Jest jedno na Złych Ziemiach, ale...

– To proszę z drugiej strony, na akwenach za Banxi, umieścić lotniskowiec. I po kłopocie.

Ossendowski cmoknął cicho.

– Poruszyć lotniskowiec na mapie może tylko jeden człowiek w kraju. I jest nim prezydent. Urzędujący.

– Zapewniam pana admirała, że jest dwóch ludzi w państwie, którzy mogą to zrobić. A ponieważ to ja jestem tym drugim, proszę mi wskazać miejsce na mapie, gdzie powinien się znaleźć. A pojutrze przyjdą odpowiednie rozkazy.

Ossendowski oparł głowę o skórzaną poduszkę przyszytą do oparcia fotela.

– Czasami mam wrażenie, że śnię. Choć nigdy dotąd to odczucie nie było tak dojmujące – stwierdził.

– Sam pan powiedział, że najlepszą obroną jest wyprzedzający atak. Wiemy, że olbrzymia armia Nayer będzie maszerować w kierunku podbiegunowego pasa zwanego Piekłem. A my możemy uderzyć w ich odsłonięty bok i klocki im się rozsypią.

Logika dyrektora była niepodważalna. Istniała przecież bocznica kolejowa ze Złych Ziem i przystań przeładunkowa na rzece płynącej wzdłuż lasu w Banxi. Sytuacja aż się prosiła o jedno błyskawiczne, śmiertelne uderzenie. *Coup de grâce*. Zero wysiłku, minimum strat. A nawet moralnie można by uzasadniać, że to dla dobra pokonanych, bo ustrzeże ich przed kolosalnymi ofiarami w innym przypadku. Ale wojna jak to wojna. Zawsze będzie tylko mgłą i wielką niewiadomą. Wszystko się może zdarzyć.

– Nie przyszedłem tu panu czegokolwiek sugerować, panie admirale. – Budzyński nagle uśmiechnął się szeroko, i to całą twarzą. Wcale więc nie była nieruchoma po jakimś wypadku. Wywołał tym równie wielkie wrażenie, co wyjmując osobisty list głowy państwa. – Pragnę tylko unaocznić panu potencjalne wypadki, które mogą nastąpić. I chciałbym jedynie, żeby miał je pan na uwadze, naradzając się ze sztabem na temat przyszłych operacji.

Potem wstał z uśmiechem, sprawiając, że pozostali trzej mężczyźni również się podnieśli.

– Było mi szalenie miło poznać panów.

Kolejno ściskali jego dłoń. Wentzel i Rosenblum dodatkowo oddawali salut. Potem Ossendowski odprowadził gościa do drzwi i przekazał pod opiekę adiutanta. Wrócił do swoich ludzi z nieodgadnionym wyrazem twarzy.

– Dajcie mi papierosa.

Kiedy go poczęstowali, zaciągnął się mocno.

– Co to, kurwa, było?!

Wentzel wzruszył ramionami.

– Naturalna konsekwencja wszystkich działań. Przecież szczyl wie – zakpił sobie z wieku Budzyńskiego – że przygotowuje się przewrót, że wojsko jest wysyłane za granicę, sam w tym uczestniczył. To było ukartowane. My sobie tu zawracamy głowę polityką, a on to miał zaplanowane od dawna. Tyle że jemu chodzi o cel dużo bardziej dalekosiężny. A oficjalnie nic ci przecież nie powiedział. Przedstawił możliwości.

– Czego on chce na tym pierdolonym biegunie?

– Zrozumieć istotę czarów? – Zdanie Wentzla zabrzmiało jak pytanie. – Ale gdybym ci to powiedział, tobyś chyba eksplodował.

– Zarozumialec – wtrącił się Rosenblum. – Budzyński nawet dał do zrozumienia, jakich dowódców oddziału rajdowego jest w stanie zaakceptować. Mamy dwóch do wyboru.

– Wybierzmy Baranowskiego – powiedział Wentzel. – Jeśli się skompromituje, to zwali się winę na wojska lądowe.

– O nie, nie, nie! – Ossendowski pogroził Wentzlowi palcem. – Tomaszewski pojedzie, bo on jest z naszej mafii. Nam wierny!

Rosenblum pokręcił głową. Po raz drugi jego dzisiejsze skojarzenie z dwoma mafiosami załatwiającymi mętne interesy okazało się trafne.

– Zatem sprawa postanowiona? – zapytał. – Idziemy na wojnę i pozabijamy tam wszystkich?

– To było jasne od samego początku. – Ossendowski rzucił niedopałek na marmurową podłogę i zgasił podeszwą. – Kwestia tylko, jaka to będzie wojna.

Wentzel przytaknął.

– Rozegrajmy to tak, żeby to sztab wystąpił z odpowiednimi propozycjami. A nie my.

– Słusznie. – Ossendowski zerknął na zegarek. – Oficerowie pewnie już czekają. – Podniósł wzrok. – Rosenblum, masz jeszcze parę chwil, żeby przemyśleć, jakie raporty wywiadu nam przedstawić. Musisz sztabowców rozgrzać.

– Rozkaz.

Noc wypełniały wybuchy. Najgorszy był świt i godziny tuż po nim. Ziemia drżała, domy waliły się jeden po drugim. Trotyl spełniał swoje zadanie. A środków niszczących o takiej sile wybuchu nigdy tu nie widziano. Dodatkowo w wiatrakowcu Iny znalazło się miejsce nawet na puszki z termitem. Niedające się niczym ugasić pożary objęły duży obszar. Miasto przy twierdzy Tor Avahen przestawało istnieć. Ale też nie nastąpił żaden atak ze strony najeźdźców.

Rano wylądowały dwa wiatrakowce, przywożąc z niszczyciela kolejne partie zaopatrzenia. Ogień z dwóch wież flankujących lądowisko na dachu osiągnął takie natężenie, że od biedy można byłoby uznać ten teren za „bezpieczny". Wraz ze zmniejszaniem się odległości pomiędzy zespołem morskim a twierdzą dostawy stawały się coraz regularniejsze. Tomaszewski otrzymał nawet kilka radiostacji, które mógł przydzielić dowódcom poszczególnych odcinków i uelastycznić dowodzenie. Jedną z nich udało się nawet przekazać kanałami do Siweckiego i obrońcy portu odzyskali łączność z macierzystą jednostką pozostającą wewnątrz góry.

Kolejnej nocy do portu dotarły dwa imperialne ścigacze i pełnomorski kuter. Cesarscy marynarze z zaciekawieniem przyglądali się egzotycznej wojnie i nieznanej dotąd krainie. Miejscowi z kolei zerkali na cesarskich z pewną podejrzliwością, nie do końca mając jasność co do ich roli. Tomaszewski musiał uświadamiać oficerów, że konflikt sprzed tysiąca lat pomiędzy nimi a wojskami Achai mogliby już jednak odłożyć do pożółkłych annałów i umieścić gdzieś na zapomnianych przez historię półkach. Zabawna sytuacja. Cesarscy zupełnie nie mieli pojęcia, że jakiś pradawny konflikt w ogóle miał miejsce. A u miejscowych mimo upływu wieków ciągle tkwił w głowach, gdzieś na skraju podświadomości. Imperium nadal jawiło im się w kategoriach wroga. Cóż, taki jest los prowincji, rozpamiętującej zmurszałe drobiazgi, i taki jest los centrów, gdzie kultura się tworzy, nakazując jedynie iść do przodu, zapominając o nieistotnych detalach. Nie babrać się w przeszłości, nie smarować fekaliami wspomnień. Tu i teraz, plus spojrzenie naprzód. Czasy zmieniły się dramatycznie. Ale jak widać, nie dla wszystkich.

Przybycie jednostek nawodnych usytuowało kwestię zaopatrzenia w kategoriach nadmiaru. Dopiero teraz można było zająć się planowaniem manewrów taktycznych. Przeciwnik nie był jednak ani pokonany, ani zdezorientowany. W nocy przeprowadził dwa ataki na obrońców portu i tuż przy kanale miał nawet szansę dokonać przełamania. W ostatniej chwili powstrzymał go ogień wukaemów z pokładów jednostek pływających. Ale niewiele brakowało wrogowi do szczęścia. Należało natychmiast przedsięwziąć coś konkretnego.

– Kiedy niszczyciel zajmie pozycję, żeby mogły dolecieć do niego wasze ślizgacze? – Tomaszewski zaczepił Inę ślęczącą nad mapą. – Na maksymalnym ich zasięgu.

– Może już w południe – odparła błyskawicznie. Widocznie też zastanawiała się nad tą właśnie kwestią. – Ale najpewniej wieczorem.

– W nocy wasi nie latają?

– Nie na ślizgaczach.

– Czyli tak naprawdę ewakuację archiwum możemy zacząć dopiero jutro?

Skinęła głową niepocieszona. Potem rozłożyła ręce.

– Dobra, nie ma co zawracać sobie tym głowy. Albo doczekamy tego czasu, albo nie. Wracaj na okręt i czekaj na rozkazy.

– Ale... – Dziewczyna podskoczyła jak ukłuta rozpalonym prętem. – Mogłabym coś dostarczyć bezpośrednio do twierdzy. Mogłabym...

– Wybacz, Inna, ale jesteś teraz dla mnie zbyt cenna. Zawieziesz mój meldunek. Niech go zaszyfrują i wyślą do Wentzla. A ty czekaj na odpowiedź. Prawdopodobnie będziesz musiała mi ją dostarczyć na piśmie. Ja tutaj, w polowych warunkach, niczego nie rozszyfruję.

– Ale...

– Wykonać!

– Rozkaz!

Tomaszewski podszedł do Maerka.

– Zaczynamy przebijać korytarz. Możesz kazać ludziom rozdać granaty.

– Czy nareszcie ruszymy pięć nietkniętych kompanii?

– Właśnie po to je tu przyprowadziliśmy. – Tomaszewski uśmiechnął się szeroko. – I właśnie dlatego dotąd nie wysłaliśmy ich do boju nawet w najgorętszych momentach. I dlatego mieliśmy czas, żeby przeszkolić ludzi w walce przy użyciu nowoczesnych granatów. Teraz dopiero nadeszła ich kolej.

– Ewakuujemy twierdzę?

– Jeśli wróg na to pozwoli. Jeśli nie, ratujmy, kogo się da. A przede wszystkim wasze narodowe dobra. – Uśmiech Tomaszewskiego zmienił się trochę na bardziej cyniczny. – Wasza tożsamość jest unikatowa, a ludzi zrobi się nowych.

Maerk ciągle nie mógł przywyknąć do poczucia humoru ludzi zza gór.

– Myślisz, że damy radę się przebić?

– Wiesz, w gruncie rzeczy tamci są słabo wyszkoleni i słabo uzbrojeni.

– I co z tego, skoro mogą wysyłać żołnierzy na śmierć w jakiejś nieprawdopodobnej liczbie. Fala za falą.

– No właśnie. Dlatego też wywalczymy sobie przewagę tylko na jednym odcinku i tylko na chwilę.

– A jeśli się nie połączymy z załogą twierdzy?

Do cholery, kto do walk na ziemi pozwolił przydzielić pilota, przyzwyczajonego do prostych poruczeń, dla którego obca była odpowiedzialność decyzyjna?

Tomaszewski nie powiedział jednak tego głośno.

– Wtedy dowództwo i oficerowie wsiadają na ścigacze i tyle nas widzieli.

– Jak to? A reszta?

– A reszta sama podejmie decyzję, czy uciekać wpław, czy trzymając się jakiejś deski lub raczej beczki. Póki co połącz się z Vaunem przez Siweckiego i zapytaj, kiedy on będzie gotowy do kontrataku. Nasze siły muszą się spotkać w drodze, żeby to miało jakikolwiek sens.

– Ale...

– Czy wy wszyscy, zamiast coś zrobić, musicie mówić „ale"? No normalnie trzeba wam zmienić nazwę z Chuchlandii na Alelandię!

– Ja tam nie wsiądę! – krzyczała Kai, zapierając się rękami i nogami. – Ja tam nie wsiądę!

– Ten statek jest cały z żelaza! – wtórowała jej Nuk z całym poświęceniem. – On zaraz utonie!

Grały dobrze swoje role. W porcie załadunkowym Nayer zdołały już zgromadzić wokół siebie spory tłumek rozbawiony ich zachowaniem. Jedynie komendant nie podzielał ogólnej wesołości. Po raz kolejny z uporem maniaka powtarzał „tchórzliwym babom", że muszą wejść na pokład żelaznego parowca i nie opóźniać załadunku. Zaraz odpływają przecież. I to nie byle gdzie, ale na wojnę. One jednak dobrze wiedziały, co robią. Całe starannie przygotowane przedstawienie odgrywały z oddaniem, pamiętając instrukcję. Jak zachowuje się agent obcego wywiadu? Stara się zniknąć w tłumie, nie wyróżniać się, wtopić się w ścianę. A tu, w porcie, aż się roiło od różnych służb Nayer. Strażnicy, oficerowie kontrwywiadu, mnóstwo ludzi zza Gór Bogów. Sprawdzano każdego, wszystkim zadawano jakieś pytania, kontrolowano każdy bagaż. Cóż więc powinni zrobić agenci w takiej sytuacji? Usiłować wtapiać się w tłum? Nie. Zwracać powszechną uwagę.

– Jak te sznurki, co trzymają okręt przy brzegu, zostaną rozwiązane – Nuk pokazywała palcem grube cumy – to on się przewróci i utonie.

– Nie utonie – powtarzał komendant.

– On jest z żelaza! Wrzućcie, panie, swój miecz do wody i zobaczymy, czy utonie, czy będzie pływał.

– Okręt nie utonie. Przecież nie tonie teraz!

– Bo go sznurki trzymają!

– Babo tchórzliwa...

– Ja nie umiem pływać!

– Zaraz – włączyła się Kai. – Pogadajmy rozsądnie. Ten statek nie ma ani wioseł, ani żagli. Prawda? – Uśmiechnęła się niczym słodka idiotka. – To jak będzie płynął? Co?

– Bogowie... – Komendant nie wiedział, jakich argumentów użyć, by przekonać głupie dziewczyny. – Przecież takiego kolosa nie zbudowano tylko po to, żeby utopić was dwie już w porcie. Tak czy nie?

– Oczywiście, że nie – zgodziła się natychmiast Kai. – My dwie nieważne. To ciebie chcą utopić, panie! To ty jesteś komendantem!

– Właśnie! – krzyknęła Nuk. – Nie wsiadajmy tam! Uciekajmy!

Były tak przekonujące, że zgromadzeni ludzie śmiali się coraz bardziej rozbawieni. Pomiędzy gapiami przepychał się jakiś olbrzym. Wiadomo. Ludzie zza gór zawsze są większi niż reszta świata. Ten jednak był szczególnie okazały.

– One nie są wcale głupie – powiedział. – Po prostu nie wiedzą, co myśleć. – Podszedł bliżej i zatrzymał się przed czarownicą. Musiała unieść głowę, żeby popatrzeć mu w twarz. – Jestem Amerykaninem – wyjaśnił. – I wiem, że tylko osobisty przykład może przekonać człowieka.

– No nie wiem – powtarzała Nuk cicho. – No nie wiem.

– Czy jeśli wejdę przed wami na trap i statek nie utonie, to pójdziecie za mną? Jestem przecież od was o wiele większy i cięższy.

– Ale my mamy bagaże – odparła inteligentnie Kai. – Też jesteśmy ciężkie.

– Wezmę wasze sakwy. – Amerykanin bez wysiłku podniósł ich przeraźliwie ciężkie tłumoki. – Teraz dobrze?

– No ja nie wiem. Ja nie wiem...

– A dobrze! – zgodziła się nagle Kai. – Ja za wami pójdę, panie. Jeśli odważycie się wejść tam jako pierwszy.

Komendant odetchnął z ulgą. A Kai zerknęła na Nuk z miną: „No i widzisz? Pan wniesie nam na pokład radiostację".

Istotnie. Nuk poprzedniego wieczoru, kiedy przyszedł rozkaz wyjazdu, była w związku z tym bardzo niespokojna. Nie miała żadnych wątpliwości co do faktu, że przed taką podróżą wszystkie bagaże zostaną dokładnie skontrolowane. Cała trójka ruszyła w stronę trapu, za nimi komendant, który zdawał się odzyskiwać humor, a jeszcze bardziej z tyłu struchlały Agire, który nie śmiał się odezwać ani razu w ciągu całego zajścia.

– Słyszałem, że jesteście doskonałymi kucharkami. – Amerykanin odwrócił głowę, wspinając się po zbitych równo deskach.

– Ano tak jest, panie. Z karabinów to my raczej nie umiemy strzelać.

– Może i dobrze, bo gdybyście umiały, wzięliby was gdzie indziej.

– Ja tam bym mogła iść na wojnę – powiedziała buńczucznie Kai. – Jestem bardzo odważna!

Komendant parsknął śmiechem. Nawet Amerykanin pokazał radosne oblicze.

– No co? U wroga cesarskiego to podobno kobiety w wojsku. Wiem, bo słyszałam.

– Ciebie wzięto na pokład statku, którym będą podróżować same szychy, w zasadzie dlatego, że obiady u waszego komendanta zdążyły już obrosnąć legendą. – Wielkolud, widząc jej konfuzję, dodał szybko: – Pamiętaj, że przygotowując posiłki dla dowództwa, również spełniasz swój patriotyczny obowiązek. Jesteś nawet ważniejsza od całego pułku w linii. Bo jakby dowodzili ludzie wygłodzeni albo, co gorsza, zatruci kiepskim żarciem, to kto wie co by było.

Powiedz to tym wszystkim, których skazaliście na żarcie vendu, gnoju, pomyślała sobie w duchu Kai, choć oczywiście nie powiedziała tego głośno. Już na pokładzie wraz z Nuk odegrały kolejną komedię. Kai zaczęła tupać w greting, sprawdzając, czy na pewno z metalu i czy się nie ugnie. A Nuk naciskała na burtę, chcąc zobaczyć, o ile pod ich ciężarem stalowe monstrum się zanurzyło i czy już nie toną.

– No i jak się czujesz? – Amerykanin postawił przed nimi sakwy. – Jesteście pierwszy raz na pokładzie okrętu z żelaza.

Kai, która zaliczyła wcześniej rejs na nowoczesnym okręcie podwodnym, krążowniku i lotniskowcu, by nie liczyć pomniejszych jednostek, zrobiła wyjątkowo niepewną minę.

– Póki co dobrze. Ale co będzie, jak odwiążą te sznurki, którymi nas przywiązali do brzegu, panie?

– Nie mów do mnie „panie". Na imię mam Chris.

– O! To zupełnie jak mój... – W ostatniej chwili ugryzła się w język i nie dokończyła: ...zupełnie jak mój chłopak, Krzysiek. Za jednym chlapnięciem pokazałaby, że zna angielski, a jej chłopak jest Polakiem. Nie wiedziała, jak wybrnąć z gafy. – Oj! Coś drgnęło!

– Nic nie drgnęło. Wydaje ci się.

– A ja bym przysięgła...

– Nie dokończyłaś. Zupełnie jak?

– Zupełnie jak jej chłopak, którego armia wzięła zeszłej zimy – pomogła jej Nuk. – Też mu było jakoś tak: Kri? Kris? Krin? Przypomnij, Kai.

– Miał na imię Kri. Ale jak mnie brał w ramiona, to zawsze syczałam i wychodziło: Kri...ssssss!

Amerykanin roześmiał się głośno.

– Taki ostry? Pisał z frontu?

– Niby jak, panie? My niepisaci, nieczytaci.

– Nie mów mi „panie".

– Dobrze, Chrissss – zgodziła się natychmiast.

Zaczepkę złapał w lot. Spojrzał na Kai spod oka, robiąc minę „o ty zarazo jedna!". Cały jednak promieniał. Najwyraźniej lubił słowne gierki pomiędzy kobietami i mężczyznami.

Z boku podbiegł posłaniec w mundurze straży.

– Panie! Wzywają cię do sztabu – zameldował.

– Nie widzisz, że prowadzę rozmowę? Poradzą sobie beze mnie.

– Co mam przekazać, panie?

– Powiedz im, że rozmawiam z dwoma oficerami polskiego wywiadu. I że tak, dokładnie odpowiadają rysopisom z listu gończego, ale na razie nic nie wyciągnąłem z podżegaczek wojennych, bo za inteligentne przysłali.

Kai poczuła uderzenie gorąca, a zaraz potem zimny pot na czole. Zaskoczona Nuk ze strachu dostała czkawki. Stupor przełamał chichot komendanta.

Sukinsyn zza gór! Naprawdę żartował? Czy jednak coś wie i prowokuje, zdając sobie sprawę, że stąd już mu nie uciekną?

– A ty coś się tak przestraszyła? – Amerykanin zerknął na Nuk.

– A jak statek wypłynie i zacznie się kołysać, to przecież się przewróci! Bo co zatrzyma przechył, skoro po bokach drewna nie ma?

Na całe szczęście archetyp kobiety kretynki tkwił głęboko w każdym męskim umyśle i jeśli umiało się z niego korzystać, to zawsze można było wyjść na swoje.

– No. Dobre pytanie. – Chris schylił się, podnosząc ich sakwy. Także tę, w której tkwiła zawinięta w koc radiostacja. – Chodźcie, dziewczyny, pokażę wam waszą kajutę.

Meredith opuścił statek transportowy po trapie prowadzącym wprost na nabrzeże jednego z małych portów Negger Bank, który polska marynarka wynajęła od sił morskich imperium. Wszystko tutaj było czyste, lśniące, towary przed magazynami ustawione w idealnym porządku, a nawet miejscowi obsługanci jakby mniej ruchliwi i mniej krzykliwi niż gdzie indziej. Jeden z nich podszedł do czarownika w chwili, kiedy jego stopa właśnie dotknęła stałego lądu.

– Proszę pana, wierzchowiec już czeka.

Nawet on, choć mówił w miejscowym języku, używał już nowej formy. „Panie" zostało zastąpione obcym „proszę pana". Znak zmieniających się czasów.

– Jak zniósł podróż?

– Bez szwanku. Ma się zdecydowanie lepiej niż ja w ten upalny poranek.

Czarownik uśmiechnął się lekko. Powiew nowego czuło się na każdym kroku. Czyż kiedykolwiek wcześniej robotnik portowy ośmieliłby się mówić o sobie do kogoś znacznie ważniejszego? Zastanawiał się, jak wiele razy w swoim życiu odwiedził Negger Bank. Trudno policzyć. Aczkolwiek w jego epoce, choć zawsze bogate, nie było to miasto o pierwszorzędnym znaczeniu. No tak, ale wtedy istniała jeszcze Syrinx, prawdziwa metropolia, było Sonne, skupiające w sobie cały handel z położonymi dalej królestwami i wiele innych atrakcji.

– Tędy, proszę pana. – Robotnik wskazał Meredithowi drogę do ocienionego niewielkim daszkiem stanowiska dla zwierząt. – Tu właśnie czeka ten bydlak.

Perszeron, wyczyszczony do lśnienia, był już okulbaczony i zaopatrzony we wszystko na drogę. Meredith zawsze wolał wojskowe siodło, ponieważ był bardzo kiepskim jeźdźcem, a wysokie łęki, pozwalające kawalerzyście na walkę przy użyciu szabli, idealnie stabilizowały go na górze. Niemniej żeby wspiąć się na grzbiet konia, potrzebował schodków, które zostały już przygotowane.

Koń zarżał na widok czarownika, a potem, kiedy mężczyzna podszedł bliżej, położył mu ciężką głowę na ramieniu i dał się głaskać po szyi.

– Pomóc? – zapytał robotnik portowy. Po raz kolejny przypomniał o nowych czasach. Dawniej byłoby: „Czy mogę wam pomóc, wielki panie?”. Robotnik długo jednak pracował dla przybyszów zza gór. I przywykł do innego traktowania oraz zupełnie innych relacji z szefami.

– Dziękuję. Są schodki, sam dam radę.

Meredith wdrapał się na siodło i ujął podane mu wodze. Nie miał pojęcia, czy powinien dać robotnikowi parę brązowych za opiekę nad koniem. Właściwie to nie on przecież opiekował się zwierzęciem podczas podróży. No ale osiodłał i na pewno szczotkował. Z drugiej strony mógłby w ten sposób obrazić pracownika kontraktowego. Zaraza wie ile płacili mu Polacy. W końcu, po chwili namysłu, nie dał. Port, choć nie był wojskowy, podlegał marynarce wojennej. A w wojsku napiwków dawać nie wolno.

Pożegnał się więc kiwnięciem ręki i ruszył w stronę miasta. Od razu po opuszczeniu wojskowego terenu, za wysokim płotem z metalowej siatki, ogarnął go dziki tłum prowadzących codzienne interesy mieszkańców. Tu wszystko żyło po staremu, drżało, wibrowało, uwijało się, biegało we wszystkie strony zupełnie jak za dawnych lat. Ludzie jednak rozstępowali się szybko. Widok starca w czarnym płaszczu marynarki wojennej, choć bez dystynkcji, w wojskowej czapce bez godła i noszącego ciemne okulary o szkłach okrągłych jak monety wykonane z najczystszego węgla, mówił wszystkim, że to postać niecodzienna. I nawet jeśli nie rozpoznawali w nim czarownika, to sam widok przepotężnego wierzchowca z innego świata budził wielki szacunek. Kiedy przejeżdżał, gwar cichł, a ludzie odwracali głowy w jego stronę.

Nie wszyscy jednak. Ktoś odważył się podbiec i nawet zaczepić niezwykłego jeźdźca.

– Panie! Wybaczcie, panie, śmiałość – krzyczał natręt. – Gotowym zaoferować ci połowę mojego majątku za to, że dopuścisz tego potwora do mojej klaczy.

Tak zaskoczył Mereditha, że ten zatrzymał perszerona i popatrzył uważnie. Mężczyzna nie był już młody, nie nosił też wielkomiejskich ubrań. Jego strój wskazywał raczej na pochodzenie z terenów położonych gdzieś w pobliżu górskich granic imperium. Wskazywał też na handlarza końmi. Prawdopodobnie przypędził tu swoje stado, bo wiadomo, na wybrzeżu ceny najlepsze. I w ogóle ludzie po prostu mają tu pieniądze, szczególnie teraz, kiedy roboty w bród z powodu obcych.

Czarownik zerknął na swojego wierzchowca, akurat kiedy ten odwracał głowę i łypnął do tyłu jednym okiem.

– On mówi, że zgoda – powiedział Meredith poważnie. – Mówi, że po długiej podróży chce właśnie odpoczynku i dobrej zabawy. Możesz przyprowadzić klacz.

– Dzięki, panie! Dzięki! Cóż to za potwór nie z tej ziemi! A jakie ma kłęby, jakie nogi, płuca... Bogowie! Przyprowadzę dwie albo i trzy gotowe klacze. Niech bestia ma do wyboru.

– On mówi, że się zgadza na trzy. I że trzem naraz da radę.

– Oj, to, to, to właśnie! Bogowie! Przyprowadzę trzy zdatne.

– Ale nie chcę połowy twojego majątku. Masz mnie tylko zaprowadzić do polskiej placówki.

– Na rozkaz, panie! – Handlarz skinął na swoich ludzi. – Konie dla mnie i miejscowego!

Wskoczył na podstawionego błyskiem wierzchowca, nie tracąc ani chwili. Trzymając pod pachy, przyniesiono także miejscowego chłopaka, dziecko, które z innymi bawiło się na ulicy. Dzieciak darł się wniebogłosy, błyskawicznie uciszyła go zaliczka w wysokości pięciu brązowych.

– Do polskiej placówki prowadź, mały.

– A do której? – Chłopaczek sprawnie ukrył pieniądze w fałdach swojej szaty. – Jest i konsulat, dla wielkiego pana w czarnym płaszczu najbardziej chyba zdatny. Jest baza wielka z wojskiem, magazynami i portem przeładunkowym. Są mniejsze porty, koszary oficerskie, jest dom badaczy przy bibliotece, gdzie stoją skrzynie, w których pozamykano martwe upiory i ponoć kazano im mądre księgi czytać...

– Chyba właśnie o to mi chodzi – przerwał wyliczankę Meredith. – Prowadź.

– Ale to straszne miejsce, panie – ostrzegł chłopiec. – Tam jest upiór nazywany Martwicą. Kto na jego skrzynię choć raz spojrzy, ten bez życia pada na miejscu!

– Upewniłeś mnie więc co do właściwego wyboru mojego celu. Ruszajmy.

Koński handlarz prowadził pewnie, bezwzględnie torując drogę przez zatłoczone ulice. Starał się, jak mógł, lecz i tak jazda ciągnęła się w nieskończoność. Za to z powodu jego gadulstwa Meredith dowiedział się o koniach rzeczy, o których nie miał dotąd pojęcia. Nie chcąc pozostać dłużnym, powiedział handlarzowi, że perszeronów Polacy używają nawet do zrywki.

– Oj, wierzę szczerze, panie! Taki koń i na zrębie pracować wydoli. Nawet w górach.

Odtąd wynurzenia na temat zwyczajów zwierząt ustąpiły miejsca potokowi komplementów pod adresem jego wierzchowca. I to nie rzucanych przez wiatr, tylko wypowiadanych przez prawdziwego znawcę. W dodatku takiego, który na potomstwie perszerona zamierzał zbić majątek swojego życia.

Na szczęście każda podróż ma swój kres. Pod biblioteką Meredith kazał handlarzowi wynająć stajnię i zająć się wszystkim, a potem, nie słuchając już gorących podziękowań, mógł wkroczyć między chłodne mury. Od razu odczuł, że to już nie ulica. Tu również powiał wiatr przemian. Odźwierny na widok czarownika podniósł się zza biurka.

– Czym mogę panu służyć?

– Szukam takiej bardzo wysokiej Polki, inżyniera... – Trudne do wypowiedzenia nazwisko wypadło Meredithowi z głowy.

– Pani inżynier Wyszyńskiej? – Sługa podniósł ze skrzyneczki na biurku dziwny przedmiot, z którego zwisał dość gruby sznurek. – Zechce pan spocząć?

Meredith usiadł na skromnej, choć miękko wysłanej sofie.

– Halo? – Odźwierny szybko pokręcił małą korbką. – Halo? – powtórzył, przepełniony wielką godnością i poczuciem misji. – Tu ja mówię.

Czarownik o mało nie parsknął śmiechem. Coraz bardziej podobało mu się życie w nowym Negger Bank. A nawet nie samo życie, tylko sposób, w jaki przyjmowali je mieszkańcy.

Wyszyńska pojawiła się na schodach dosłownie kilka chwil później. Kiedy wstał, uściskała go mocno.

– Meredith. Przyjacielu! – Polskim zwyczajem wycałowała go w oba policzki. – Nie masz pojęcia, jak się cieszę.

– Ależ, droga przyjaciółko! Zapewniam cię, że cała przyjemność jest po mojej stronie.

Lubili się. Od czasu rajdu na Banxi poza zgodnością dusz łączyła ich prawie braterska, tfu! siostrzano-braterska miłość. Bardzo do siebie pasowali swoimi pragmatycznymi umysłami. Zwąchali się momentalnie i Meredith zastanawiał się czasem, czy to właśnie ona nie była tą jedyną kobietą, która wywarła na nim kolosalne wrażenie w jego długim przecież, ponadtysiącletnim życiu. Co za ironia losu. Światła pani inżynier i zacofany według ich miary czarownik!

– Chodź, chodź, chodź. – Ciągnęła go za rękę jak starsza uczennica pierwszoroczniaka. – Zapraszam po podróży na najlepszy koniak i kawę.

– Kawa w taki upał? – Posłusznie dał się prowadzić, nie zważając na spojrzenia ludzi na korytarzach, jaką to młódkę poderwał facet starszy od niej o grubo ponad dziewięćset lat.

– Spokojnie, pomieszczenia komputerów są klimatyzowane.

– Właściwie to ściągnął mnie tutaj Rosenblum...

– W swoich ponurych sprawach – weszła mu w słowo. – Dzięki Bogu, że wpadłeś najpierw do mnie.

– Nie mogłem sobie odmówić przyjemności spotkania...

– I za to cię kocham. Chodź, pokażę ci coś bardzo ciekawego.

Tomaszewski zarządził szturm. „Próbny", jak to nazywał, czyli tak zwane rozpoznanie bojem. Żołnierze z przyczółku portowego poszli do ataku, za nimi oficerowie, żeby zapoznać się z sytuacją. Szturm po wniknięciu w ulicę, która miała być później główną osią przyszłego ataku, załamał się zgodnie z oczekiwaniami. Żołnierze wycofywali się spiesznie, zabierając ze sobą rannych kolegów, a pozostawiając w zamian mnóstwo swojego wyposażenia. Robiło to na napastnikach z Nayer duże wrażenie. Pokonany, zdawałoby się, wróg miał ciągle jakieś zupełnie nieprawdopodobne zapasy sprzętu. Szczególne zdziwienie budziły porzucone pod ścianami jaskrawożółte skrzynki z namalowanymi czaszkami szczerzącymi zęby. Nikt ich nie otwierał z prostego powodu – każda skrzynka była bowiem opatrzona czerwonym napisem „trucizna". Ciekawe, w jaki sposób obrońcy portu zamierzali się nią posłużyć. Nikt nie chciał jednak sprawdzać na własne ryzyko, co znajduje się w środku. Zresztą nie było po temu sprzyjających warunków. Ostrzał od strony portu trwał nieprzerwanie. Amunicja musiała płynąć do szeregów obrońców szerokim strumieniem.

Właściwy szturm nastąpił niedługo potem. Po wymianie świetlnych znaków z załogą góry będącej matecznikiem twierdzy, mających na celu skoordynowanie ataków. Tym razem żołnierze posuwali się skokami wyłącznie w małych grupach. Zawsze osłaniani przez kolegów kryjących ich ogniem, który sprawiał, że najeźdźcy bali się wystawić głowy zza swoich osłon. W trudnych momentach dowódcy grup podnosili swoich ludzi do salw, których celami były żółte skrzynki z namalowanymi czaszkami. Nie, nie zawierały trucizny, tylko dynamit. Od ich eksplozji waliły się ściany, niszcząc przygotowane wcześniej stanowiska obronne. Nowoczesne granaty w walkach wykazywały makabryczną skuteczność, czyszcząc przedpole lepiej niż jakiekolwiek salwy. No i można je było wrzucać do wnętrz wszelkich pomieszczeń, wysyłać za barykady lub wręcz zostawiać na ziemi, jeśli w danej chwili należało wykonać taktyczny odwrót. Żołnierze Nayer błyskawicznie przekonali się, że nie warto gonić wycofujących się z danego odcinka. Nie warto przeprowadzać kontrataków. Rozkazy ich oficerów powoli zaczynały trafiać w próżnię.

Mniej więcej w południe oddziały z portu i matecznika połączyły się na dwóch trzecich dzielącej je odległości. Korytarz pomiędzy portem i górą został utworzony i błyskawicznie popłynęło nim zaopatrzenie. A po dwóch godzinach druga fala oczyściła gruzowiska na tyle skutecznie, że dało się wyznaczyć zieloną strefę. Ulicę nad samym kanałem, wolną od możliwości ostrzelania przez wroga.

Zaczęła się wielka ewakuacja.

Tłum ludzi runął w stronę portu i w żaden sposób mimo wcześniejszych instrukcji nie dało się go kontrolować. Przed wszystkimi węższymi przejściami momentalnie powstały zatory, a ludzie stłoczyli się, tworząc coraz większe skupiska. Apele o porzucenie bagaży, które dźwigali ze sobą, nie przynosiły najmniejszego skutku. Do tłumu nie przemawiało nic, ani to, że przed wejściem na barki i tak będą zmuszeni do porzucenia dobytku, ani argumenty, że po prostu fizycznie nie da się wspiąć na pokład żelaznego okrętu po siatce desantowej, dźwigając cokolwiek.

Luzowani na wypoczynek żołnierze z pierwszej linii, która znajdowała się dosłownie o kilkadziesiąt kroków od zielonej strefy, patrzyli na wszystko w szoku. Usiłowali pomagać, udrażniać zatory, ale w przypadku tłumu wszelkie racjonalne działania były skazane na porażkę.

– Katastrofa! – Maerk przepychał się za Tomaszewskim. Droga w przeciwnym kierunku, w stronę góry, wydawała się nie do przebycia. Torująca im przejście Ina strzelała w powietrze ze swojego pistoletu maszynowego, ale tłum nawet na taki argument rozstępował się niechętnie. Po prostu nie było miejsca. A tam, gdzie brakowało murków flankujących kanał, wielu już do niego wpadało.

– W porcie się potopią. – Tomaszewski usiłował przekrzyczeć ludzi.

– Trzeba im przemówić do rozsądku.

– Zapomnij. Uciekają.

– Ile potrwa załadunek?

– Lepiej pomyśl, ile potrwa wyładunek. Te barki szybko z pełnego morza nie wrócą. Dla wszystkich miejsc nie wystarczy.

– Zatem co robić?

– Nic. Pogodzić się ze stratami.

– Ty zawsze, żeby się tylko godzić.

– A ty czego chcesz? Strzelać do własnych ludzi?

– Trzeba im wytłumaczyć...

– No to mów. Spróbuj.

Ina zagłuszyła dalszą wymianę zdań kolejną serią posłaną w niebo. Posuwali się bardzo powoli. Dopiero na placu przed samą górą tłum nie był tak gęsty i mogli trochę przyspieszyć. Prawdziwy spokój i porządek zapanował dopiero w skalnych korytarzach wnętrza twierdzy.

– Nie wypuszczajcie tyle ludzi! – krzyczał Maerk do mijanych oficerów. – Nie wypuszczajcie tyle ludzi! Tam jest jeden wielki zator!

– No to spróbuj to wytłumaczyć uciekinierom – osadził go jeden z nich. – Oni mają przed oczami bestialskie mordy i gwałty. A żołnierze przy bramach nie otworzą ognia do swoich żon i dzieci.

Dowódca sił lotniczych zamilkł. W ciszy dotarli do pokoju map, gdzie czekał Vaun i wszystkie pilotki, jakie twierdza miała jeszcze do dyspozycji. Na wielkiej tablicy pod główną ścianą ktoś napisał szacowaną liczbę ludzi, którzy żyli jeszcze we wnętrzu góry. Na ten widok Maerk posmutniał. Wielu, wielu ludziom nie uda się opuścić Tor Avahen.

– Jak długo możemy utrzymać korytarz do portu? – zapytał Vaun bez wstępu.

– W przeciwieństwie do tego, co myśli o mnie Marek, tu okażę się optymistą – odparł Tomaszewski. – Myślę, że co najmniej dwa dni. W zależności od tego, oczywiście, co wymyśli nieprzyjaciel. Ale jeszcze dzisiaj niszczyciel zbliży się na odległość umożliwiającą wsparcie nas ogniem na zagrożonych odcinkach.

– Mamy dwa dni na ewakuację?

– Tu już nie jestem optymistą, bo nie wiem, jak długo zielona strefa będzie bezpieczna. No i nie mam najmniejszego pojęcia, co z wyładunkiem ludzi na pełnym morzu. Dwa dni mogą nie wystarczyć.

– Myślisz, że będą duże straty przy przechodzeniu z pokładu na pokład?

– O tym w ogóle nie ma mowy, trzeba się wspiąć na żelazne burty okrętów po siatce desantowej. Rozwiązanie do przyjęcia dla mężczyzn i sprawnych kobiet. Ale już o matkach z dziećmi, starcach i rannych zapomnij. Trzeba ich będzie wciągać w koszach pojedynczo. A nikt nigdy nie policzył, ile to może potrwać. Być może całe wieki.

Vaun sposępniał.

– A inne drogi ewakuacji?

– Wpław? – Tomaszewski kpiąco uniósł brwi. – I z tym się liczymy w ostatniej fazie. Łodzie będą przygotowane na odłów tych nielicznych desperatów, którym się uda.

– No nie...

– Wiatrakowce będą podejmować ludzi z dachu budynku, na którym teraz wyładowują zaopatrzenie. Ale to rozwiązanie tylko dla garstki.

– I kogo tam posłać?

– Najlepiej oficerów twojego wywiadu wraz z rodzinami.

– Tak się nie godzi – zaprotestował Maerk.

– Oficerowie są po prostu przydatni. Od razu będą mogli kontynuować pracę przy naszych biurkach. A obecność rodzin zapewni im spokój ducha i wydajność.

– Mają przejść pod wasze rozkazy?

– Raczej podjąć współpracę.

Vaun ruchem ręki uciszył Maerka, który znowu chciał się wtrącić.

– To niska cena za waszą pomoc – powiedział. – Bierz ich razem z rodzinami i tajnymi papierami. A przez nich będziesz miał dostęp do naszych agentów w Nayer.

Tomaszewski lekko pochylił głowę. O to mu właśnie chodziło.

Uciszył prywatną myśl, że tylko w ten sposób będzie mógł pomóc osamotnionej Kai. Potem wyjął z raportówki zalakowaną kopertę.

– Mam jeszcze list od ambasadora RP uwierzytelnionego przy głowie cesarstwa. List przesłano drogą radiową, więc tu jest jedynie kopia przepisana przez szyfranta i poświadczona przez komandora Radziszewskiego, dowódcę zespołu operacyjnego. Ale jakbyś chciał konsula na spadochronie, to ci go wyślą.

Vaun rozerwał kopertę i szybko przebiegł wzrokiem kilkanaście linijek tekstu.

– Przewidujecie wojnę światową bez mała – powiedział cicho.

– Ano, jak to mówią: idziesz na bijatykę do remizy, zgromadź wokół siebie jak najwięcej kolegów.

– To niemal propozycja sojuszu.

Tomaszewski rozłożył ręce.

– Macie jeszcze wiele twierdz. To wasz kraj, wasze góry, wasi przewodnicy i wasze zasoby. Sami naporu nie wytrzymacie. A my nie chcemy przedzierać się przez wrogie terytorium.

– Czy to oznacza, że mamy wyrazić zgodę na obecność waszych wojsk w naszym kraju?

– A widzisz inne wyjście?

– Pozostaje więc... przyłączyć się do silniejszego?

– Który jednak nie chce cię zabić ani zgwałcić twojej żony. Rozważ to i określ swoje zdanie w listach do dowódców innych federacyjnych twierdz. Nawet razem z wątpliwościami. Niczego więcej nie oczekujemy.

Vaun skinął głową. Zerknął na liczbę, którą ktoś napisał na tablicy, szacowaną liczbę ludzi, którzy ciągle przebywali w obrębie twierdzy.

– Jak myślisz, ilu zdołamy ewakuować? – prawie szepnął.

Tomaszewski poszedł za jego wzrokiem. Cyferki na tablicy tworzyły łącznie wartość zbyt wielką w stosunku do realnych możliwości.

– Połowę? – zabrzmiało to jak pytanie. – Może trochę więcej.

Nikt nie skomentował. Nikt też nie zapytał, co stanie się z pozostałymi.

– Dobrze. – Vaun usiłował włożyć we własne słowa jak najwięcej pewności. – Zajmij się tym. Muszę ci zabrać Maerka, skoro mamy użyć ślizgaczy.

Tę wiadomość Tomaszewski przyjął raczej z ulgą. Skinął na Inę, dając znak, żeby rozpoczęła szkolenie, a sam podszedł do dowódcy wywiadu twierdzy, żeby mu wydać instrukcje. Był pełen najgorszych obaw, przewidując, że facet zaraz zacznie coś pieprzyć o honorze i szczurach opuszczających okręt.

Ina natomiast przeżywała dzień swojej chwały. Przeszła za wielki stół służący do rozkładania map i położyła na środku zestaw flar i rakiet. Nie zamierzała zaczynać od obsługi sprzętu. Popatrzyła na zgromadzone koleżanki, czy raczej byłe już koleżanki, i milczała długo, chcąc sprawić, żeby ustały wszelkie szepty. Kiedy osiągnęła zamierzony efekt, spokojnie rozpoczęła.

– Nie zacznę od opisu zadania ani procedury. – Powoli przesunęła wzrokiem po twarzach otaczających ją dziewczyn. – Słuchajcie, laski, opowiem wam teraz o kulturze ludzi zza gór oraz o ich filozofii.

Ktoś się roześmiał, rozległy się szmery. Ina jednak dobrze sobie to w głowie poukładała.

– Oni różnią się od nas dramatycznie. To zupełnie inna cywilizacja, różne od naszego postrzeganie świata dookoła. Zapomnijcie więc o wszystkich zasadach, które wam dotąd wpajano. Przede wszystkim zapomnijcie o tym, żeby być najlepszymi. Oni nie chcą najlepszych. Oni nie chcą wybitnych. Oni za nic mają bohaterskie wyczyny na granicy życia i śmierci! – po raz pierwszy podniosła głos. – Uwierzcie mi, na pokładzie niszczyciela nie ma ani jednego bohatera. Tam jest zgrany zespół ludzi realizujących jedno i to samo zadanie, choć każdy inną jego część. Naczelną ideą ludzi zza gór jest praca zespołowa. A w niej nie ma miejsca na wykazywanie się szczególnymi talentami ani na wybijanie się ponad przeciętność. Zapamiętajcie to dobrze.

Pilotki patrzyły na nią, niewiele jeszcze rozumiejąc. To, co mówiła Ina, było rzeczywiście zaprzeczeniem wszystkiego, co słyszały dotąd.

– Naczelną zasadą ich kultury jest: niech każdy robi swoje. W ściśle określonych granicach. Dokładnie i sumiennie, ale bez wybryków i indywidualnych popisów. Tam nie chodzi o to, żeby zostać zapamiętanym. Tam każdy musi wykonać swoje zadanie dokładnie tak, jak mu rozkazano. Nic więcej.

Kilka dziewczyn chciało o coś zapytać, ale Ina nie dopuszczała nikogo do głosu.

– Będziemy musiały współpracować z ludźmi, którzy myślą zupełnie inaczej niż my. Będziemy musiały latać w formacjach. Będziemy musiały zapomnieć o wszystkich naszych zasadach dotyczących latania. Wszystkie będziemy musiały jedynie i AŻ zrobić wyłącznie swoje. A nigdy w życiu nie ćwiczyłyśmy tego zadania.

– Zapomnienie o zasadach chyba nie wymaga ćwiczeń – odezwała się jedna z odważniejszych pilotek.

– A gówno prawda. Ale sprawdźmy, a ty odpowiedz mi na jedno pytanie. Co jest najcenniejszym elementem ślizgacza?

– Jego ładunek, oczywiście. Trzeba go dostarczyć choćby za cenę życia. To sprawa honoru.

– A gówno prawda! – rozdarła się Ina. – Najcenniejszym elementem ślizgacza jest jego pilot!

Dziewczyny patrzyły na nią rozszerzonymi ze zdumienia oczami.

– Pomyślcie chwilę o tym, że na wyszkolenie pilota potrzeba wielu lat. A my mamy do dyspozycji dwa dni! Ślizgaczy u nas dużo, archiwum do transportu ogromne. A pilotów garstka! Skąd wezmę następnych w ciągu dwóch dni?! Będę musiała was wozić wiatrakowcami z powrotem. Bo to pilot jest najcenniejszym ładunkiem maszyny. Nawet tak głupi jak ty!

– Ale...

– Jeśli was nie stracę, to będziecie latać w trybie ciągłym. Jeśli stracę część archiwum, pal piorun, będzie dziurawe, ale fachowcy te części odtworzą. Jak stracę ślizgacz, to mam wiele innych albo będę wozić maszynami zza gór. Ale jak stracę pilotów, to zadanie stanie się niewykonalne. I koniec pieśni. Dlatego jeśli któraś zamierza się poświęcić i zginąć, to daję słowo honoru: pójdę do Krainy Zmarłych i nogi z dupy powyrywam! A jeśli któraś poświętliwa złamie rękę lub nogę z powodu niemożliwego do wykonania lądowania, to osobiście ją dobiję z tego pistoletu! – Ina poklepała się po kaburze. – Czy nie tak, panie komandorze?

Tomaszewski przerwał cichą rozmowę z szefem wywiadu i spojrzał w jej stronę.

– Tak, oczywiście – powiedział z całą powagą. – Zezwalam ci na użycie broni służbowej w celu przeprowadzenia doraźnej egzekucji.

– Słyszałyście, głupie pindy?!

Gdzie to zapalczywe dziewczę zdołało poznać regulamin? – kołatało w głowie Tomaszewskiego. Przecież tam wyraźnie napisano, że dowódca musi poprzeć swojego podkomendnego, jeśli ten stoi przed frontem żołnierzy. Opieprzać go trzeba na osobności, a w takiej sytuacji robić wszystko, by budować jego autorytet i nie podkopywać morale. I ta mała cholera dobrze skądś o tym wiedziała. O żadnym rozstrzeliwaniu rannych nie mogło być przecież w wojsku RP mowy.

– Zatem co mamy robić w trudnej sytuacji, kiedy ślizgacz zacznie się walić?

Poparcie komandora zrobiło odpowiednie wrażenie. Żadna nie ośmieliła się dyskutować.

– Macie odpiąć się od maszyny i skakać do wody. – Ina dotknęła swojej jaskrawożółtej kamizelki ratunkowej. – To samo napełni się powietrzem i będzie was utrzymywać na powierzchni morza do czasu przybycia pomocy. Powtórzę raz jeszcze – kontynuowała niezrażona. – Oni mają zupełnie inne zasady. Tam masz tylko i wyłącznie robić swoje! I dlatego przede wszystkim macie chronić siebie, bo nawet tak durne tyłki jak wasze są zbyt cenne i niemożliwe do zastąpienia. Ale pamiętajcie, że dziewczyna ze złamaną z powodu bohaterstwa ręką czy nogą nie będzie mi już do niczego potrzebna. Więc...?

Najwyraźniej oczekiwała, że odpowiedzą jej chórem, ale pilotki nie były jeszcze na to gotowe. Zakończyła zatem sama:

– Róbcie swoje.

Tomaszewski był pod wrażeniem zarówno przemyśleń Iny, jak i faktu, że rozpoczęła przemowę, zaczynając od styku dwóch całkowicie różnych cywilizacji. Dwóch różnych sposobów myślenia. Jeśli ktokolwiek miał szansę przeprowadzenia tej nieprawdopodobnej wręcz operacji lotniczej, której nie było nawet jak przećwiczyć, to była właśnie Ina. Zastanawiał się, skąd w jej małym ciele bierze się tyle energii i samozaparcia. I ważniejsze, skąd u niej tak dojrzałe przemyślenia? Czy to lata przeciwności tak ją wytrenowały? Człowiek, który bierze od życia w dupę, zawsze uczy się szybciej. Jeśli oczywiście ma otwarty umysł i wyciąga wnioski, zamiast płakać albo się płaszczyć.

Ina przeszła do szkolenia praktycznego, wyjaśniając zasady użycia kolorowych sygnałów dymnych, reguł krążenia nad celem, jeśli będzie taka możliwość, układu formacji i problemów współpracy z niszczycielem. Tomaszewski mógł więc poświęcić się rozmowie z szefem wywiadu, który okazał się bardzo pragmatycznym człowiekiem. W przeciwieństwie do Maerka.

– Będziemy musieli przedzierać się blisko linii frontu – powiedział do oficera. – Zielona strefa jest zapchana i tamtędy...

– Rozumiem. Wszystkie istotne teraz materiały wywiadu są już spakowane w skrzyniach.

– Przełóżcie do parcianych worków. Skrzynia kojarzy się ze skarbem, z cenną zawartością i tak dalej. No i jest trudna w transporcie.

– Rzeczywiście. Tym bardziej że te papiery będą dźwigać nie tylko moi ludzie.

– Ich żony i dzieci również – dokończył za niego Tomaszewski. – Proszę namówić ich do rezygnacji z prywatnego dobytku. Na okręcie dostaną wszystko, co potrzebne.

– Kiedy zaczynamy?

– Najlepiej już.

– No to chodźmy.

Oficerowie wywiadu w przeciwieństwie do lotników najwyraźniej mieli bardziej otwarte rozumy. A ten facet w szczególności. Zdążył nawet przekazać wiadomość i kiedy znużeni schodzeniem do najgłębszych jaskiń góry, gdzie mieścił się sztab wywiadu, dotarli na miejsce, jego ludzie przepakowywali dokumenty do wytrząśniętych skądś worków. Kobiety i dzieci również czekały w gotowości z małymi torbami spakowanymi tak, że można je było założyć na plecy.

– Rzeczy osobiste zostają – powiedział dowódca wywiadu. – Wszystkie.

– Pozwólcie wziąć chociaż po jednej zapasowej spódnicy! – odezwała się kobieta stojąca najbliżej.

– Każda będzie dźwigać mnóstwo papierów. Nie.

– Między obcych idziemy. Jak się pokazać w byle czym? – zmiękczała.

– Dobrze. Po jednej dodatkowej kiecce możecie włożyć na siebie. Więcej nic.

Tomaszewski przyglądał się rozbawiony gorączkowemu przeszukiwaniu bagaży. Po chwili dosłownie kobiety zaczęły przypominać delegację na bal w pałacu, a dzieci zostały wystrojone jak od święta. Niemniej rozkazów nie kwestionował nikt. To byli inteligentni ludzie i dobrze wiedzieli, co czeka tych, którzy pozostaną w twierdzy. Oraz doceniali fakt, że zostaną ewakuowani jako pierwsi.

– Jesteśmy gotowi – zameldowano.

Szef wywiadu ruszył przodem, wskazując drogę Tomaszewskiemu. Okazało się, że służby mają inne wyjście niż wielkie bramy. Malutka furtka pozwoliła im wydostać się na rozgrzaną słońcem i wypełnioną hukiem wystrzałów przestrzeń.

– Tędy.

Z boku musieli wyglądać zabawnie. Kolumna ludzi w eleganckich strojach, dźwigających na plecach wypchane worki, jak banda żebraków, nie przymierzając. Nie było jednak nikogo, kto mógłby się śmiać. A potencjalnym wesołkom humor nie dopisywał.

Przeprawa przez budynki zajmowane przez obrońców zielonej strefy trwała długo, ale nie tak długo, jak Tomaszewski sądził. Ludzie nie sprawiali kłopotu. Nie utyskiwali, nikt się nie skarżył. Słyszał nawet, jak któraś kobieta mówi do swojego męża: „Bogowie! A tak ci suszyłam głowę, żebyś wziął lepszą, godniejszą pracę. Ale byłam głupia. Teraz dzięki tobie odwiozą nas migiem w bezpieczne miejsce. A tych biedaków nie wiadomo, co czeka". Nic, tylko wypadało się zgodzić z tą opinią. Kwatery za pancernymi burtami niszczyciela były bezsprzecznie bezpieczniejsze niż pandemonium, które tu mogło wybuchnąć w każdej chwili.

Po dotarciu na plac w głównym porcie czekały na nich wyłącznie złe wieści. Zginął dowódca obrony, zagęszczenie ludzi przy barkach uniemożliwiało ich sprawny załadunek, a strefa ostrzału wojsk Nayer była coraz bliżej. Brakowało czasu na jakiekolwiek rozważania. Tomaszewski natychmiast mianował nowym dowódcą obrony oficera, który stał najbliżej. Kazał strzelać nad głowami tłoczących się ludzi, by rozrzedzić tłum. Połączył się przez radio z niszczycielem i poprosił o ogień z maksymalnej odległości. Siłą rzeczy koordynaty podał na podstawie własnych obliczeń, dokonanych naprędce według niekompatybilnej mapy sporządzonej przez kartografów twierdzy. No i trudno. Ogień nie mógł być precyzyjny na tym dystansie, ale miał wielkie znaczenie psychologiczne. A jeśli artylerzyści trafią w pozycje obrońców Tor Avahen, to szlag z tym. Przynajmniej wszystko skończy się szybciej. Teraz już nic nie miało znaczenia. Liczył się wyłącznie czas.

– Nie kłamała – szeptał stojący obok szef wywiadu. – Mówiła prawdę.

– Co?

– Ina nie kłamała. U was każdy jest do natychmiastowego zastąpienia.

– O czym mówisz?

– Właśnie mianowałeś dowódcą obrony portu człowieka, którego nawet nie spytałeś o imię.

– Ciebie też nie spytałem. A jakie to ma znaczenie?

Szef wywiadu wzruszył ramionami.

– To naprawdę zupełnie inna rzeczywistość.

Tomaszewski tylko machnął ręką.

– Wszyscy twoi na dach. Zaczynamy natychmiast.

Oficerowie wywiadu wraz z rodzinami usiłowali zachować porządek na drewnianych schodach przy ścianie, które żołnierze zbili z dłużyc i desek, by ułatwić komunikację z prowizorycznym lądowiskiem. Udało im się zachować przynajmniej jaki taki porządek. Sama świadomość bycia w lepszej sytuacji niż reszta działała dość kojąco na nerwy. A kiedy w porcie ich żołnierze zaczęli strzelać nad głowami cywilów, porządek na schodach stał się wręcz wzorowy. Żony oficerów patrzyły ze grozą na to, co się dzieje na dole, i to, co zobaczyły, podziałało na nie niezwykle dyscyplinująco. Bez słowa protestu dawały się dzielić na małe grupy do transportu. Doskonale wiedziały, że papiery, które dźwigają, są bezcenne i stanowią ich przepustkę do bezpiecznego świata. Przywiązywały więc worki do siebie zwykłymi sznurkami, usiłując zacisnąć jak najmocniejsze węzły.

Na dachu czekały tylko trzy wiatrakowce. Wystartowały kolejno, zabrawszy pierwszą partię uciekinierów. Pozostałym kazano się kłaść na dachu i czekać. I to nie dlatego, że groził im wrogi ostrzał. Dwie okoliczne wieże w rękach obrońców zapewniały dobrą osłonę przed strzelcami wroga, którzy chcieliby się próbować tu strzelać. Po prostu nie ma nic gorszego niż cywile pałętający się na polu bitwy i siejący panikę z byle powodu.

Działania na dole, przy barkach, również odniosły pewien skutek. Tłum może nie zmniejszył znacząco naporu, ale udało się wprowadzić trochę ładu. Na tyle, by nareszcie zacząć powolny załadunek i przede wszystkim by prawidłowo rozmieszczać ludzi na pokładach.

Po kilku minutach nadleciały pierwsze pociski z niszczyciela. Potężne wybuchy wstrząsały domami, waliły ściany i wzniecały pożary. Eksplozje, choć dalekie od linii frontu, wywierały odpowiednie wrażenie na przeciwniku. Nie były to działa tej mocy, co na krążowniku, ale niszczyciel okazał się bardzo szybkostrzelną motorówką. Mógł pokryć ogniem duży obszar, rwąc linie zaopatrzenia i komunikacji przeciwnika. Napór atakujących wyraźnie osłabł.

Nareszcie operacja ewakuacji załogi twierdzy zaczęła choć trochę przypominać to, co opisują w podręcznikach. Jedna rzecz tylko pozostawała niezmienna. Czas, czas, czas. Złośliwa, wredna, wkurwiająca swą obojętnością istota jak zwykle pozostawała nieubłagana.

Na ewakuację wszystkich nie było żadnych szans. Tomaszewski nie potrafił wymyślić takiej procedury, która w boju pozwoliłaby powoli zwijać obronę twierdzy, odcinek po odcinku, ograniczając się do coraz mniejszej przestrzeni wokół portu w miarę wywożenia ostatnich oddziałów. To nawet w wykonaniu wyposażonych w nowoczesne środki łączności oddziałów, które ćwiczyły przedtem wszystkie elementy akcji, było krańcowo trudne do wykonania. A tutaj? Nie usiłował o tym intensywnie myśleć. Bardziej skupiał się na tym, żeby operacja nie zamieniła się w katastrofę.

Kiedy pierwsze barki zaczęły wypływać z portu na holach imperialnych ścigaczy, a Ina połączyła się z nim przez radio, odniósł nawet wrażenie, że wszystko przebiega bardzo dobrze.

– No co tam? – Podniósł mikrofon do ust.

– Właściwie jesteśmy gotowe. Lepiej już nie będzie.

– Regulamin nie zna takich wyrażeń jak „właściwie".

Ina nie wahała się ani chwili z udzieleniem odpowiedzi.

– Nie jestem w stanie im tu na sucho wszystkiego wytłumaczyć. Więc, jak to mówicie, na dwoje babka wróżyła. Albo się uda, albo nie.

– Dziękuję ci za wyczerpujący raport. Każę wprowadzić do instrukcji polowych zwrot „na dwoje babka wróżyła".

– Słuchaj, Krzysiek, dziewczyny będą lądować na ruchomym, kołyszącym się lądowisku, które zobaczą pierwszy raz w życiu. Będą miały przeciążone do granic ślizgacze i zero możliwości manewru. Co chcesz w związku z tym usłyszeć?

– Coś optymistycznego.

– Melduję, że damy radę!

Roześmiał się. Ina była cudowna. I robiła, co kazał.

– Masz kontakt z zespołem? – zapytał.

– Tak, połączyłam się z Melithe. Pani nawigator twierdzi, że zaraz będą w zasięgu i odpowiednim ustawieniu. Pierwszy rzut może się odbyć już dzisiaj.

– No to startuj, kiedy uznasz, że możesz. I pamiętaj, że bez ciebie cała operacja lotnicza traci sens. Więc oszczędzaj się i pozostań żywa.

– Wiem, wiem, sama mówiłam, że w maszynie latającej najbardziej drogocenną rzeczą jest pilot.

– No. I przyślij mi tu Siweckiego. Brakuje mi oficerów.

– Ale on bez przerwy ratuje rannych! Nie można go odrywać.

– Brakuje mi oficerów – powtórzył spokojnie. – Wykonać. Bez odbioru.

Tomaszewski wyłączył radiostację, nie dając dziewczynie możliwości kontrargumentowania. Ranni w twierdzy, o której wiadomo, że cokolwiek by się stało, i tak padnie w ciągu dwóch dni. I co z tym zrobić? Splunął na bruk. Pogodzić się z koszmarami w przyszłych snach. Nie było żadnej możliwości ewakuacji nawet jednego rannego.

Ina miała na głowie inne problemy, dużo gorsze niż obecność lub brak Siweckiego. Usiłowała narysować niszczyciel, żeby otaczające ją dziewczyny choć w przybliżeniu mogły rozpoznać cel, którego nigdy dotąd przecież nie widziały. Oznaczała dokładnie trasy podejścia, pokazywała różne warianty tego, co może się wydarzyć. Niestety. Nie była dobrym rysownikiem. Pilotki patrzyły na nią generalnie z cielęcym wyrazem twarzy. Na szczęście nie czuło się ani strachu, ani nawet niepokoju. Dziewczyny, wychowywane od dziecka w przekonaniu, że są najlepsze, jedyne, niedoścignione i absolutnie wyjątkowe, traktowały obecną misję jako kolejne zwykłe zadanie. Nie nauczono ich posługiwać się wyobraźnią, jeśli zagadnienie nie dotyczyło tego, skąd i jaki wieje właśnie wiatr.

Kiedy Melithe przesłała wiadomość przez radio, że niszczyciel jest już w maksymalnym zasięgu ślizgaczy, Ina była pełna najgorszych obaw. Kazała pilotkom nałożyć żółte kamizelki ratunkowe i upewniła się, że mają ze sobą race i świece dymne. Mogła mieć tylko nadzieję, że zapamiętały chociaż, jak ich użyć.

Powoli i metodycznie sprawdzała swoje wyposażenie. Potem dała się podpiąć do konstrukcji pierwszego ślizgacza. W hangarze położonym najwyżej, najbliższym wierzchołka góry, były tylko trzy katapulty ze skręcanych kołowrotem lin. To wymuszało lot w formacji kluczy. Problematyczne pozostawało szybkie ponowne nakręcenie lin. Nawet zakładając, że żadna się nie zerwie, oznaczało to bowiem, że pierwszy klucz będzie już niknął w oddali, w chwili kiedy drugi dopiero będzie startował. Zaznaczyła oczywiście wszystkim przewidywaną pozycję niszczyciela. Powtarzała też, że nad celem zobaczą wiele różnych jednostek pływających. I żeby nikt nie ośmielił się lądować na niczym, co nie ma płyty startowej, ponieważ każdy inny statek ma mnóstwo masztów, lin, anten, dźwigów i stanowisk artylerii przeciwlotniczej, o które rozbić się łatwiej, niż to się z góry wydaje. To pierwsza tura lotów i niech sobie żadna nie myśli, że może się poświęcić, ratując ładunek. Po raz setny chyba Ina powtarzała, że w tej fazie operacji najważniejszy jest pilot, a nie święte papiery.

No nic. Niczego więcej zrobić już nie mogła. Uspokoiła się więc, wyrzucając z głowy wszystkie myśli.

– Gotowa! – zameldowała.

– Usłyszałem i przyjąłem! – odpowiedział natychmiast operator lin i zwalniających je zaczepów.

Czekał jeszcze na meldunki dwóch skrzydłowych, a potem krzyknął na obsługę hangaru.

– Start za trzy! Wszyscy mają zejść z płyty! Start za dwa!

– Droga wolna! – meldowali obsługanci. – Wolna! Wolna.

– Start za jeden!

Ina upewniła się, że ma zaciśnięte zęby, a język schowany bezpiecznie za nimi. Słyszała o wielu odgryzionych językach podczas wyzwalania lin. Powstrzymała się od przełknięcia śliny. Raz widziała dziewczynę, która zachłysnęła się własną śliną. Nie tyle dziewczynę nawet, co jej uduszonego trupa.

– Start!

Najpierw zgrzyt, potem skrzypienie lin i raniący uszy trzask jak chlaśnięcie gigantycznym biczem. Potworna siła wyrzuciła Inę z hangaru prosto w pustą przestrzeń z przodu. Momentalnie zniknęły wszelkie hałasy, ustępując miejsca narastającemu świstowi wiatru.

Ina poczuła, jak w brzuchu rozlewa jej się coś ciepłego. Dopiero teraz wzięła głęboki wdech. Była w swoim naturalnym środowisku. Cała zanurzona w omiatającym ją powietrzu. O Bogowie!...

Aparat zaczął szybko opadać. Pilotka po lewej musiała poczuć albo wyniuchać jakiś prąd, bo położyła swój ślizgacz w łagodny zakręt. Najpierw Ina, a potem prawoskrzydłowa kolejno powtórzyły ten manewr. Rzeczywiście. Opadanie zmalało natychmiast.

Przez głowę przebiegały dziewczynie gorączkowe myśli. Ile stracili? Rozważała, czy nie zatoczyć kręgu nad skupiskiem pożarów, ale to był manewr skrajnie niebezpieczny. No i z tyłu, za nimi, obsługa hangaru skręcała już liny dla następnej trójki. Pierwsza musiała prowadzić. Szalenie trudno ocenić z góry wysokość, na jakiej się leci. Długoletni trening pozwalał co prawda ustalić wysokość na podstawie dostrzeganych szczegółów, ale nie była to dokładna metoda. A tam, to przecież nie apteka, powtórzyła w myślach usłyszane od Polaków powiedzonko, którego używali, kiedy nie mogli czegoś zmierzyć z idealną precyzją. Ciekawe, kim był ten słynny właściciel apteki, na którego wszyscy się powoływali? Czym się wsławił? Tego jej nie wyjaśniono.

Pierwszy klucz błyskawicznie przeleciał nad kanałem prowadzącym do portu. A kiedy znalazły się nad pełnym morzem, powiało silniej. Ina miała wrażenie, że ich pułap jest dość stabilny. Niestety, pod nią nie było już żadnych szczegółów, które pozwoliłyby jej na określenie dystansu do powierzchni morza. Ślizgacz nie był aparatem tak lekkim jak latawiec. Nie podskakiwał na byle podmuchu. Po raz pierwszy więc w życiu tak boleśnie odczuła brak standardowego w obcych maszynach przyrządu nazywanego wysokościomierzem. A pod nią znajdowało się tylko bezmierne lustro wody. Ślizgacz został co prawda zaprojektowany do lotów ewakuacyjnych. Ale nikt nigdy nie przewidział, że ewakuacja twierdzy odbędzie się na pokład okrętu płynącego daleko w morzu. Jego twórcy przewidywali jedynie loty z twierdzy nad liniami przeciwnika do własnych oddziałów, na przykład armii idącej z odsieczą. Nic więcej. To nie był, jak choćby latawiec, aparat, którego zadaniem jest wykonywanie lotów długodystansowych. A teraz jeszcze w pełni obciążono go dokumentami wagi państwowej. Nikt, kto trzymał w ręku pojedynczą kartkę papieru, nie miał zielonego pojęcia, jak ciężki jest papier w swojej masie. Nikt poza architektami projektującymi stropy w bibliotekach, ale ta grupa zawodowa niewiele mogła tu teraz pomóc. No i dochodziła jeszcze jedna trudność obecnej sytuacji. Przeprowadzając ewakuację w ramiona armii idącej z odsieczą, ślizgacze nigdy nie musiały lądować w punkcie jak teraz. Nigdy nie musiały lecieć w szyku.

Ina usiłowała pozbyć się wszystkich tych myśli z głowy. Nie potrafiła powiedzieć, jak długo trwał lot. Z ulgą stwierdziła tylko, że kiedy na horyzoncie pojawiły się polskie jednostki, wysokość była wystarczająca do podjęcia próby lądowania na pokładzie. Odetchnęła z ulgą. Jedna próba, jedno lądowanie. Nie miały zapasu, żeby wykonać krąg nad celem. Ale dobre i to.

Obserwatorzy na niszczycielu nie zaniedbywali obowiązków. Kiedy przez silne szkła lornetek dostrzeżono aparaty latające, okręt wojenny zaczął robić zwrot, by ustawić się dziobem do wiatru. Pierwszy klucz nadlatywał prawie dokładnie na osi pokładu. Los nam sprzyja, uśmiechnęła się w duchu Ina.

– Widzicie lądowisko?! – wrzasnęła pod adresem swoich skrzydłowych.

Obie zaczęły potakiwać, choć nie było gwarancji, czy w ogóle zrozumiały okrzyk.

– No to jazda! Kolejno: pierwszy, lewy, prawy!

Znowu potwierdziły. Ina pochyliła nos maszyny, tracąc wysokość, ale nabierając szybkości i przez to wysforowując się naprzód. Była zupełnie spokojna. Wyrównała lekko i uznała, że ma wystarczający zapas, by stracić jeszcze kilkanaście metrów, za to trochę przyspieszyć. Manewrowała leciutko, usiłując jak najmniej poruszać skrzydłami. Była na osi. Teraz w dół i w górę. Nad pokład do lądowania weszła z przewyższeniem jakichś dwóch metrów. Ślizgacz nie miał hamulców. Należało w odpowiedniej chwili zadrzeć nos, wytracając prędkość, i w idealnie wyważonym momencie łagodnie opaść. Majstersztyk. A dla niej szczególna trudność, bo musiała to zrobić jak najbardziej z przodu.

Ina zbyt dobrze jednak czuła powietrze, by popełnić jakikolwiek błąd. Lekko dotknęła pokładu, a poinstruowani przedtem marynarze bez trudu chwycili jej maszynę i szybko wyhamowali bieg. Zanim zdążyła wyplątać się z uprzęży, jej lewoskrzydłowa właśnie unosiła nos do lądowania. Drugi ślizgacz został zatrzymany o kilkadziesiąt centymetrów od pierwszego. Ostatnia, prawoskrzydłowa, wzięła zbyt ostro zakręt, który miał korygować zgodność z osią. Weszła nad pokład zbyt wysoko, ale zadarła nos odrobinę wcześniej i trzasnęła o deski nieco silniej niż koleżanki. A marynarze musieli włożyć więcej siły, żeby ją zatrzymać.

Polacy bili brawo. Nigdy w życiu nikt z nich nie widział, żeby na pokładzie okrętu wojennego wylądowały maszyny pozbawione silników. I to tak precyzyjnie.

– Brawo! Brawo! – krzyczała Melithe, schodząc z prowizorycznego stanowiska dowodzenia pokładem startowym. – To niebywałe!

– Zabrakło precyzji – stwierdziła Ina. – No ale niszczyciel to przecież nie apteka.

Zadziałało. Melithe zaczęła się śmiać. Bardzo już przesiąkła cywilizacją ludzi zza gór. I Ina, choć bała się przyznać, cholernie jej tego zazdrościła.

– No dobra. – Skinęła na marynarzy. – Wypakowywać te papiery.

– Następny klucz jest blisko – rozległo się ze stanowiska obserwacyjnego.

– Psiakrew! Nie zdążymy.

– Jeszcze chwilę będą leciały. – Ina oceniła odległość na oko.

– Hej, ludzie! – Służba w marynarce wojennej nauczyła Melithe podejmowania błyskawicznych decyzji oraz ich natychmiastowej realizacji. – Brać siekiery przeciwpożarowe i natychmiast porąbać te aparaty. Ty, ty i ty! Zedrzecie brezentową plandekę z najbliższej łodzi i na pokładzie poniżej zrobicie z niej olbrzymi kosz. Weźcie liny i bosaki, umocnijcie brzegi kosza. A reszta będzie tam wrzucać to całe archiwum. Żeby nic nam nie utonęło!

– Ale, Melithe... – usiłowała protestować Ina. – Przecież podczas rzucania skrzynie pójdą w drzazgi!

– No to co? Później wasi ludzie posortują sobie papiery na powrót.

Marynarze, używając pomalowanych na jaskrawą czerwień siekier, zaczęli właśnie rąbać pierwszy ślizgacz.

– Niektóre z tych skrzyń mają po kilka tysięcy lat!

– No właśnie – ucięła nawigator. – Najwyższy czas sprawić sobie nowe.

– Ale...

Inie nie było dane dojść do głosu.

– Ruszać się! Ruszać się, ludzie! Drugi klucz zaraz będzie lądować i musi mieć gdzie!

Ludzie pod rozkazami Melithe działali bardzo sprawnie. Ina zazdrościła jej i posłuchu, i tak płynnej polszczyzny. Dwie pilotki obok patrzyły też z zazdrością, ale na coś zupełnie innego. Ich uwagę przyciągał przepiękny mundur oficera nawigacyjnego. Smolistoczarna obcisła spódnica do kolan, kurtka ze srebrzystymi oznaczeniami stopnia, floty i funkcji. Do tego czapka z długim daszkiem pokrytym złoceniami i ciemne okulary. Żadnego paska, żadnej broni bocznej, ani nawet trzcinki. Na okręcie wojennym posłuch zdobywało się powagą stopnia i funkcji, a przede wszystkim własnym autorytetem. No ale kiedy się miało tak śliczny mundur, sądziły zazdrosne dziewczyny, to autorytet chyba przychodził sam z siebie. Ach, żeby i one choć raz mogły taki włożyć...

Trzy ślizgacze zbliżały się od strony lądu. Miały duże przewyższenie, co dawało im możliwość spokojnego manewrowania. Ale oczywiście dziewczyny musiały się popisać i pokazać, że nawet najtrudniejsze rzeczy dla nich to pestka. Lecąc w idealnym szyku, jednocześnie wykonały zwrot i ustawiły się na osi, daleko za idącym pod wiatr niszczycielem. Prowadząca klucz zanurkowała nagle ostro, nabierając prędkości, na moment znikła gdzieś pod poziomem pokładu, by zaraz wyprysnąć tuż za nim, wytracić pęd i wylądować jak na pokazie dla natchnionych pilotów. Marynarze nie mieli żadnych trudności w wyhamowaniu jej ślizgacza daleko przed bałaganem na przedzie lądowiska. Nieco później ten sam manewr powtórzyła lewoskrzydłowa, a potem ostatnia z dziewczyn. Polacy znowu bili brawo. A dziewczyny, które dopiero co wyplątały się z uprzęży, oszołomione patrzyły, jak członkowie załogi okrętu czerwonymi siekierami rozwalają ich aparaty w drzazgi. Szło to coraz szybciej i coraz sprawniej. Trzeci klucz miał już oczyszczony cały pokład. Czwarty i piąty również wylądowały bez problemu.

Kłopoty zaczęły się przy szóstym kluczu. Za jego lewoskrzydłową ciągnął się długi warkocz czerwonego dymu.

– Myślisz, że to tylko nieumiejętność obsługi racy? – Melithe podeszła do Iny. – Przypadkiem to odpaliła?

– Nie. Jest wyraźnie niżej niż reszta.

– Co powinniśmy zrobić?

– Nic. – Ina wzruszyła ramionami. – Mam tylko nadzieję, że wedle instrukcji odetnie się i wpadnie do wody gdzieś niedaleko.

– A co może innego zrobić?

– Może chcieć wodować. A wtedy jej kamizelka napełni się powietrzem i wstrzeli ją pod mokre płótno własnego ślizgacza. Udusi się najnormalniej.

– O szlag jasny. Może dociągnie?

– Nie ma mowy. Patrz, jak ostrożnie leci.

– Ostrożnie? – Melithe przyłożyła do oczu lornetkę. – I ty to widzisz?

Ina skinęła głową.

– Nic dziwnego. Ślizgacze są używane bardzo rzadko. Stoją sobie w częściach, upchnięte po wilgotnych magazynach i... – Znowu wzruszyła ramionami. – Mogła zetleć jakaś lina, sparcieć poszycie albo wypaczyć się dźwigar z listewki. Widać, że ona leci, jakby się bała, że aparat rozleci się w powietrzu.

Melithe przywołała najbliższego marynarza.

– Krótkofalówka.

Kiedy przyniósł ciężkie pudło, podniosła mikrofon do ust.

– Motorówki. Wszystkie na czerwony dym. Ratujecie pilota, potem ładunek.

– Tak jest. Przyjąłem – rozległo się w głośniku.

Ślizgacz z dymnym warkoczem wyraźnie tracił wysokość.

– Już! Już, głupia pindo! – Ina odruchowo podniosła nogę, by dotknąć własnego spadochroniarskiego noża, który miała przymocowany do cholewy buta. – Tnij!

Dziewczyna nie mogła oczywiście usłyszeć rozkazu. Po chwili jednak wszyscy zauważyli, jak coś odrywa się od ślizgacza na wysokości paru metrów od powierzchni morza.

– No, mądre dziecko. – Ina westchnęła z ulgą. – Wszystko zapamiętała.

Kiedy kamizelka ratunkowa napełniła się i wyrzuciła pilotkę na powierzchnię, dziewczyna uruchomiła nawet swój pakiet sygnalizacyjny. I za moment rozbitek pływał już w widocznej z daleka fluorescencyjnej plamie.

– Grzeczne dziecko – skwitowała Ina. – Będzie żyło całe i zdrowe.

– Ale braw nie doświadczy – mruknęła Melithe, która już zdążyła poznać meandry psychiki obcych pilotek. Była dobrym obserwatorem, bo trudno o celniejszą uwagę.

– Ja się wiele od Polaków nauczyłam. Wolę żywego pilota z zapiekłym żalem niż martwego z honorami.

– I słusznie.

– Zaraz zobaczysz, co z nią zrobią jej koleżanki. Takiego jadu, jaki na nią wyleją, jeszcze w życiu nie widziałaś.

– Bo to, co zrobiła, jest zaprzeczeniem waszych dotychczasowych zasad?

– Taa.

Następny klucz również znalazł się w kłopotach. Choć nie ze swojego powodu. Nikt nie przewidział, że holowniki z barkami, którymi płynęli uchodźcy, znajdą się przy zespole tak szybko. Towarzyszyło im wiele małych łódek wypełnionych ludźmi i jedna z nich znalazła się na kursie. Rozpędzony niszczyciel po alarmie na mostku zrobił gwałtowny zwrot na bakburtę i „dał wsteczny". Okręt miał potężne maszyny, reagował jak motorówka. Cała wstecz dosłownie zatrzymała go w miejscu, a klucz złożony z trzech aparatów przestrzelił przestrzeń nad pokładem i znalazł się nad wodą na niebezpiecznie małej wysokości.

Tylko prowadząca zdołała wejść w ciasny zakręt, zatoczyć krąg i znaleźć się z powrotem na osi lądowiska. Uderzyła za to w pokład z taką siłą, że marynarze zaczęli wzywać sanitariuszy. Na szczęście nic się nie stało. Obolałą dziewczynę wyciągnięto z wnętrza rozbitego ślizgacza. Ktoś dał jej wódki. Najwyraźniej nie miała żadnych złamań. Poruszała się lekko.

Dwie koleżanki z klucza nie miały jednak szansy na powrót do niszczyciela. Jedna zachowała się zgodnie z instrukcją. Zanim jeszcze oddaliła się za bardzo, przecięła uprząż i poleciała do morza. Kamizelka wyrzuciła ją na powierzchnię zaraz po wielkim plusku. Po chwili pilotka unosiła się już w jaskrawej plamie skondensowanej zieleni. Zanim podpłynęła najbliższa motorówka, miała na tyle czasu, że zdążyła nawet wystrzelić sygnalizacyjną racę. Nie było potrzeby, bo wszyscy ją doskonale widzieli, ale instrukcja to instrukcja. Dziewczyna dała świadectwo, że przynajmniej zrozumiała, co do niej wcześniej mówiono.

Druga nie. Ta pilotka postanowiła dokonać cudu. I nawet udało jej się dolecieć do najbliższej jednostki, którą okazał się niewielki tankowiec zaopatrujący jednostki zespołu w paliwo. Tam jednak jej ślizgacz na zbyt niskiej prędkości, pozbawiony już możliwości wykonania jakiegokolwiek manewru, zawadził o maszt i rozbił się o pokład. Przebywający na tankowcu marynarze, którzy z oddali oglądali lądowania obcych maszyn, uciekali w panice. Nikt z załogi nie był przeszkolony w przyjmowaniu szybowców. Nikt nie wiedział, co robić. Akcję ratowniczą zorganizowano dopiero po kilku dłuższych chwilach.

Melithe nie odrywała oczu od okularów swojej lornetki. Wreszcie dostali wiadomość, że pilotka jest posiniaczona, ale cała. Zaraz też w stronę tankowca wysłano motorówkę ewakuacyjną.

Tymczasem nadlatywał kolejny klucz i niszczyciel musiał obrać odpowiedni kurs i nabrać prędkości. Na morzu imperialne ścigacze usiłowały zapanować nad manewrami holowników i mniejszych miejscowych jednostek, kierując je ku burtom transportowców, z których zwieszono już desantowe sieci. Rozwiązanie trudne dla młodych i zdrowych. Melithe wolała sobie nie wyobrażać, ile potrwa wciąganie na pokłady całej reszty.

– Mam do ciebie sprawę. – Ina podeszła do niej, kiedy kolejny klucz wylądował bezawaryjnie. – Czy mogłabyś aresztować jedną z pilotek?

– Nie ma sprawy. – Nawigator rozciągnęła wargi w uśmiechu. – Chcesz dać przykład pozostałym?

– Tak, właśnie. Gdy te dwie z pechowego klucza przywiozą ci motorówką na niszczyciel, to tę, która zgodnie z instrukcją skoczyła do wody, pochwal, a tę drugą aresztuj za niewykonanie rozkazu.

– A jak rozpoznam, która jest która?

– To proste. Ta, co pływała, będzie mieć mokry mundur, a ta druga siniaki.

Melithe roześmiała się głośno.

– O chlebie i wodzie?

– Nawet chleba bym nie dawała. Ale wiem. Te wasze opiekuńcze regulaminy...

– Dobra. A ty się zwijasz?

– Tak. To już ostatni klucz. Pakuję dziewczyny na wiatrakowce i niech nas panowie podwiozą do Tor Avahen. Potem z portu nocą przez zieloną strefę i rano spodziewaj się następnego rzutu.

– Będę gotowa.

Tomaszewski uznał, że właściwie wszystko działa jak w szwajcarskim zegarku. Tłum na nabrzeżu spokojnie oczekiwał na powrót opróżnionych barek, oficerowie wywiadu wraz z rodzinami i tajnymi dokumentami byli małymi grupami ewakuowani z dachu budynku przeznaczonego na lądowisko dla wiatrakowców. Napór napastników z Nayer nie przybierał na intensywności, kiedy okazało się, że obrońcy dysponują nieograniczonymi wręcz zapasami amunicji. Coś szykowali, to pewne. Ale nie sądził, żeby to coś nastąpiło dzisiaj. Przed zmierzchem wstrzymał załadunek niewielkich miejscowych jednostek i łodzi. Ewakuacja po ciemku i przeładunek na pełnym morzu jedynie w świetle okrętowych reflektorów nie mogły się powieść w przypadku niewyćwiczonych cywilów. Miał za to ochotę zrobić siłom oblężniczym w nocy jedną, a może nawet dwie pobudki. Na przykład o drugiej i o czwartej nad ranem. Tak tylko, dla stargania im nerwów. W ostatniej chwili jednak zrezygnował z prośby do Radziszewskiego o nocny ostrzał z dział niszczyciela. Okręt miał już i tak bardzo nadszarpnięte zapasy amunicji. A następnego dnia każdy zaoszczędzony pocisk mógł się bardzo przydać.

Pierwsza część nocy była jeszcze nerwowa. Ludzie czekający w porcie zrywali się przy każdym strzale czy wybuchu. Żołnierze musieli brutalnie tłumić objawy rodzącej się paniki. Potem jednak, po północy, zrobiło się spokojnie. Razem z Siweckim raczyli się miejscowym winem w jednej z portowych tawern, a raport Iny o powodzeniu pierwszej fali lotów ślizgaczy wprawił ich w dobry humor. Mniej więcej o drugiej postanowili się trochę przespać. Nadal nie działo się nic szczególnego.

Tomaszewskiego obudził nowy dowódca obrony portu. Bardzo łagodnie i bez nerwów powiedział, że Nayer zaczęło kolejny szturm na górę będącą sercem twierdzy, ale zielona strefa ciągle jest w miarę bezpieczna. Ich własnych linii jeszcze nie szturmowano. Najwyraźniej wczorajszy ostrzał z dział okrętowych zrobił swoje. W porcie o pierwszym brzasku rozpoczął się załadunek ludzi na barki, które przybyły przed świtem. Wznowiono też ruch mniejszych jednostek i dużych łodzi należących do miejscowej floty. Coraz więcej ludzi mogło ruszyć w swój rejs ku zbawieniu. Tylko kanonada od strony góry z każdą chwilą przybierała na sile.

Nad głowami obrońców portu pojawiły się pierwsze klucze drugiej fali wywożącej państwowe archiwum. Wiatrakowce również wznowiły regularne kursy i w szybkim tempie dokończyły ewakuację pracowników wywiadu. Teraz można było zabrać ważniejszych urzędników albo wręcz tych mieszkańców twierdzy, którzy stali najbliżej. Vaun nie dostarczył żadnych list dotyczących jego priorytetów i pierwszeństwa. Jedynie Ina w nocy zostawiła spis fachowców lotniczych, niepotrzebnych doraźnie, a których umiejętności były unikatowe. Ciężko ich było jednak odszukać w tłumie. Wiatrakowce zabierały więc ludzi jak leci. Połowę fachowców z listy Iny, połowę tych, którzy akurat znajdowali się pod ręką. W drodze powrotnej brały ze sobą amunicję, lekarstwa i środki opatrunkowe oraz nowoczesne granaty. Jak w podręczniku.

Około południa rozpoczął się atak na zieloną strefę. Czego Tomaszewski nie przewidział, niszczyciel mógł zapewnić obrońcom tylko częściowe, czysto iluzoryczne wsparcie. Okręt był zaangażowany w operacje lotnicze. I napastnicy musieli się tego domyślić. Zaatakowali dokładnie w połowie korytarza, w nieostrzelanym jeszcze kwartale miasta, gdzie teren i wciąż dość dobry stan budynków sprzyjały podprowadzaniu na linię coraz większych sił.

Kiedy pilotki Iny powróciły kolejnym kursem wiatrakowca na dach budynku służącego im za lotnisko, sytuacja w porcie zaczęła wymykać się spod kontroli. Ludzie panikowali, słysząc bliskie odgłosy walki o korytarz łączący ich z matecznikiem twierdzy. Ci natomiast, którzy jeszcze na tym korytarzu się znajdowali, zaczęli bezwzględnie napierać, tworząc momentalnie jeden gigantyczny zator. Zaczęli się tratować. Przedzierali się po ciałach tych, którzy upadli, a potem po tych, którzy utknęli bardziej z przodu. Byle jak, byle do przodu, po głowach, ramionach, za wszelką cenę.

– Musimy odciąć korytarz – powiedział Tomaszewski do Iny. – Jeśli w porcie nastąpi to, co tam, nikogo już nie wsadzimy na barki.

– Bardzo rozsądnie. Jeszcze tylko ja muszę tamtędy przejść z moimi dziewczynami.

– Tamtędy już nikt nie przejdzie. A sam korytarz zaraz zostanie przerwany.

– To ostatnia misja, Krzysiek. Przedrzemy się tuż za linią frontu. Przechodząc przez otwory w ścianach budynków.

– Nie!

– To nasza ostatnia misja – powiedziała niespodziewanie spokojnie i bez nacisku. – Mój kraj, mój dom, moje miasto.

Patrzyła mu w oczy. A Tomaszewski zrozumiał, że przecież nie on tu moralnie dowodzi. Zresztą nie było czasu na rozstrzyganie tak skomplikowanych kwestii.

– Dobrze, idź. Ale pamiętaj, że zaraz zamykam port. Drogi powrotnej na lądzie już nie będzie.

– No i w porządku, bo zamierzam stamtąd odlecieć.

– Powodzenia zatem.

– Nawzajem. A i ty spadaj stąd szybko. To ostatnie chwile.

Kiedy odeszła, Tomaszewski kazał dowódcy obrony zamknąć wejście do portu od strony miasta ogromną barykadą. Dowódca rozkaz przyjął, ale żołnierze nie za bardzo chcieli go wykonać. Musieliby albo zrobić wyrwę w tłumie, strzelając, albo zawalić na ludzi jakąś budowlę. Ich opieszałość doprowadziła do tego, że obrońcy portu nie mogli się już na jego terenie poruszać. W ostatniej chwili Tomaszewski kazał połączyć budynek z lądowiskiem na dachu z punktem dowodzenia na linii frontu liną z marynarskim kołowrotem.

Tłum zgęstniał tak, że poniżej, na placu, dawało się dostrzec wyłącznie morze głów, jedna przy drugiej, w takim ścisku, że przypominało to żywy bruk. Bruk, który falował, wydawał z siebie koszmarny szum, a właściwie to trudny do zniesienia hałas. Żołnierze, którzy zabarykadowali się w budynku, nawet gdyby chcieli, nie mogli wpuścić już nikogo. Jedyną drogą na dach pozostały wąskie drewniane schody biegnące po zewnętrznej ścianie, wzniesione przez saperów dwa dni temu. Ich biegu odcięci od reszty portu żołnierze bronili już z całą bezwzględnością.

Jedyną możliwością przekazania na front przywożonych wciąż drogą lotniczą zapasów amunicji i rozkazów pozostawała przeciągnięta w ostatniej chwili lina. Nie wiadomo było, czy nabrzeże jest jeszcze w rękach zorganizowanych sił wojskowych. Ostatnie przepełnione barki wypływały właśnie holowane przez ścigacze. Ich załogi meldowały przez radio, że kolejny raz do portu już nie wpłyną. Nie przewidywali więcej takiej możliwości. Tłum za to wdzierał się do doków, usiłując zdobyć cokolwiek, co nadawałoby się do pływania. Duża część najmniejszych już rybackich łódek, jakichś pontonów służących jedynie do cumowania, kryp przeładunkowych tonęła w portowym kanale przeciążona od nadmiaru ludzi. Nieliczne jednostki, którym w ogóle jeszcze udało się odbić, usiłowały trzymać się z drugiej strony, by uniknąć ludzkich lawin, które mogłyby zalać ich pokłady.

Ktoś wciąż próbował tam dowodzić. W głębi hal nad brzegiem montowano z beczek i desek tratwy, które wypełnione już wyłącznie wojskiem, odbijały w miarę sprawnie i posługując się długimi drągami, a potem wiosłami, odpływały na morze jedna po drugiej. Liczne strzały dobiegające z tamtej strony mówiły jasno, w jaki sposób utrzymywano tam jeszcze resztki dyscypliny.

Chwilę później korytarz został przerwany i zielona strefa przestała istnieć. Żołnierze broniący jej od strony centralnie położonej góry mieli gdzie się wycofać. Po prostu wrócili do wykutych w skale sztolni. Ci od strony portu nie mieli drogi ucieczki. Ginęli na swoich stanowiskach jeden po drugim, kiedy kończyła im się amunicja.

Tomaszewski musiał zdać raport Radziszewskiemu przez radio. Ogólnie opisał sytuację i zasugerował przerwanie dalszych dostaw amunicji i lekarstw. Poprosił o napalm.

Tymczasem jedna z wypełnionych ludźmi barek urwała się z holu. Stało się to blisko brzegu. Nie było czym do niej podpłynąć i rzucić nowy hol. Barka poddała się prądowi, który zaczął ją spychać w kierunku linii zajętych przez Nayer. Atakujący twierdzę wrogowie natychmiast wyczuli okazję, by wyładować swoją złość i frustrację z powodu przeciągających się walk i strat, które zadał im przeciwnik. Kryjąc się w rumowiskach, mierząc spokojnie i dokładnie, zaczęli strzelać do stłoczonych na pokładzie cywilów. Panika wybuchła momentalnie, lecz uciec nie było gdzie. Prąd okazał się nieubłagany. A im bliżej brzegu podpływała barka, tym celniejsze stawały się strzały. Ludzie krzyczeli, wołając o pomoc, ale nie było żadnej realnej szansy, żeby zrobić cokolwiek. Port został sparaliżowany. Niczego, co mogło pływać, a przede wszystkim sterować, już nie było. Żołnierze z wyżej położonych stanowisk patrzyli na rzeź swoich braci. Na desperackie próby wydostania się z matni wpław. Wprost na otwarte morze. A walka z przeciwnym prądem nie udawała się praktycznie nikomu.

W tym momencie nadleciały trzy wiatrakowce z ładunkiem bojowym. Piloci przyglądali się z góry tragedii, jaka rozgrywała się przy brzegu. Rozkazy mieli jasne. Maszyny jedna po drugiej precyzyjnie zrzuciły napalm na linie wojsk atakujących port. Gorący podmuch dotarł aż na plac, wzbudzając panikę wśród zgromadzonych tam ludzi. Ktokolwiek tylko mógł, usiłował wspiąć się gdziekolwiek wyżej, na gzymsy ocalałych budynków, na dachy czy wierzchołki ruin. Ci, którym się to udało, z wyższych miejsc, dogodnych dla obserwacji, dostrzegli rzeź na pechowej barce. Ich okrzyki przerażenia tylko wzmogły tumult na dole.

Wiatrakowce lądowały na dachu budynku przerobionego na lądowisko, stanowiącego ostatnią wyspę względnego spokoju w ogarniętym chaosem porcie. Żołnierze wpuszczali na pokłady ludzi stojących na drewnianych schodach. Ściśle przepisową liczbę. Maszyny startowały kolejno przy wtórze wołań rozpaczy tych, którym nie udało się do nich dostać.

– Latające machiny jeszcze wrócą! – krzyczeli żołnierze broniący budynku. – Uspokójcie się! Maszyny zaraz wrócą!

Istotnie. Na prośbę Tomaszewskiego niszczyciel podpłynął do brzegu tak blisko, jak tylko mógł. Z wyżej położonych punktów dało się go widzieć gołym okiem. Ratunek tuż-tuż, na wyciągnięcie ręki, był jednak złudny. Wielu ludzi brało drewniane skrzynki, meble czy nawet deski i skakało do portowego kanału, żeby osiągnąć wybawienie wpław. Zapominali o prądzie zatokowym. Nic, co nie miało żagli albo choćby wioseł, nie miało też szans na wydostanie się ze śmiertelnej pułapki. A jednak, choć to zakrawało na cud, wielu się udawało. Szczególnie w grupach, gdzie panowała organizacja i ktoś dowodził zespołem. Ponieważ atak przy użyciu napalmu uciszył front wokół portu, niektórzy zdołali sklecić z materiałów wyniesionych z magazynów dość mocne tratwy. A jeśli znalazł się na niej choć jeden doświadczony żeglarz, to potrafił tak pokierować załogą odpychającą się od dna drągami, że tratwa w miejscu, gdzie robiło się już zbyt głęboko, potrafiła wykorzystać prąd morski. Odpowiednio sterując, zamiast dać się zepchnąć na wrogi brzeg, niektórym udało się zostać wypchniętym na środek zatoki. A tam dostawali hol od oczekujących ścigaczy.

Wizja bezpiecznego okrętu z żelaza, który znajdował się pozornie o krok, sprawiła, że wielu ludzi przeliczyło się z siłami, usiłując wypłynąć na morze po prostu wpław, bez żadnego zabezpieczenia.

Wiatrakowce kursowały wahadłowo. Z powodu minimalnej odległości mogły latać szybko i bez przerwy. Ludzie przy budynku zamienionym w lotnisko szaleli. Żołnierzom z ochrony proponowano potężne łapówki w czystym złocie za miejsce w maszynie. Matki wyciągały w ich kierunku swoje małe dzieci, prosząc o miejsce dla nich. Jakiś szaleniec ciął stłoczonych ludzi wokół siebie ostrym nożem, byleby tylko dopchać się bliżej. Ciekawe, na co liczył. Że go zabiorą za wykazanie się zaradnością? A jednak dopchał się do schodów. Strzegący ich żołnierze zastrzelili go u samego podnóża.

Ludzie na dole wyli potępieńczo. Siweckiemu, stojącemu na krawędzi dachu, tak drżały ręce, że nie mógł zapalić papierosa. Łamał zapałkę za zapałką. Tomaszewski odciągnął go za kołnierz. Dał lekarzowi pistolet maszynowy i powiedział wkurzony do niemożliwości:

– Jak się wedrą na dach, to strzelaj!

– Do kogo?

– Do wszystkich!

Z boku doskoczył jeden z żołnierzy.

– Ludzie rozwalają schody! – krzyknął.

Tomaszewski podbiegł w kierunku krawędzi. Tłum wyłamał poręcz, żeby dostać się na ich bieg z boku. Tych, co stali już na stopniach, bezwzględnie ściągano na dół, łapiąc za nogi. Ludzie wspinali się, przedzierając jeden po drugim. Tratowani wrzeszczeli dziko, ci z tyłu napierali jeszcze mocniej. Po chwili cała konstrukcja runęła, grzebiąc tych, którzy znajdowali się pod nią.

– To już koniec – powiedział Siwecki zadziwiająco spokojnie.

Tomaszewski rozejrzał się po twarzach żołnierzy. Zobaczył tam już tylko zagubienie. Jeden z nich trzymał w dłoni małą płócienną torbę, którą podała mu kobieta, jeszcze przed momentem stojąca jako pierwsza w kolejce. Teraz trup kobiety leżał wprost na innych ciałach, a bezużyteczna torba została w ręku żołnierza na lądowisku, który zszokowany najwyraźniej nie wiedział, co z nią zrobić. Po chwili wahania pieczołowicie zwinął naramienny pasek i położył bagaż w „bezpiecznym" miejscu. Ta jedna scena przekonała Tomaszewskiego, że nic już nie można zrobić. Przeliczył żołnierzy na dachu i spojrzał w stronę lądujących właśnie wiatrakowców.

– Hej, ludzie! – wydarł się, usiłując przekrzyczeć warkot spalinowych silników. – Teraz wy ładujecie się na pokłady maszyn. Tuż przed zajęciem miejsc wyrzucacie swoje karabiny i wyposażenie. Powinniśmy się zmieścić.

– A ci żołnierze, którzy są jeszcze na dole budynku? – zapytał ktoś.

– Postaramy się jeszcze po nich wrócić – skłamał Tomaszewski gładko. Trzy maszyny w ostatnim kursie nie mogły zabrać wszystkich. – Pamiętajcie! Tuż przed zajęciem miejsca wyrzucacie swoją broń i wyposażenie! Nie wcześniej!

Niczyjej uwadze nie umknął fakt, że nie wydał rozkazu żołnierzom pozostającym ciągle na dole, we wnętrzu zabarykadowanego budynku. Wszyscy na górze orientowali się szybko, że nie zamierzał już tu wracać. Ale też nikt nie zgłosił choćby najmniejszego protestu. Nawet nie mruknął. Ani się nie skrzywił. Każdy skwapliwie udawał, że nie wie, co się dzieje.

Tomaszewski patrzył, jak ludzie zajmują miejsca w maszynach. Razem z Siweckim, który zgodnie z rozkazem odrzucił swój pistolet maszynowy, usiedli obok pilota w pierwszym wiatrakowcu.

– To już ostatni kurs.

– Dzięki Bogu! Tamci nauczyli się strzelać do lecącego celu, biorąc poprawkę na szybkość.

– Muszą mieć niezłych instruktorów. Trafili w maszyny?

– Parę razy. Dobrze, że pan już wsiadł.

– Bo?

– Otrzymałem rozkaz od komandora, żeby pana ewakuować. A nawet zgodę na grożenie panu bronią w razie czego.

– No i się obeszło. – Tomaszewski odpowiedział uśmiechem. – Widać myślimy z Radziszewskim dokładnie tak samo i w tej samej chwili.

– Uwaga, startujemy. – Pilot skinął głową z dostrzegalną ulgą. Najwyraźniej konieczność użycia służbowego pistoletu była mu bardzo nie na rękę.

Kiedy wzbogacona mieszanka dotarła do silnika, wiatrakowiec zaczął wibrować. Po chwili ryk wzmógł się jeszcze i ruszyli nadspodziewanie lekko. Po kilkunastu metrach wzbili się w powietrze, mijając krawędź dachu. Żołnierze z Tor Avahen wbrew rozkazowi dopiero teraz pozbywali się swojego wyposażenia. Karabiny, ładownice i cały ich sprzęt lądowały wprost na głowach ludzi kilka kroków poniżej. Niektórzy odwracali głowy, a niektórzy przeciwnie, nie mogli oderwać wzroku od lasu rąk wyciągniętych w ich stronę w odruchu irracjonalnej nadziei, że może jakimś cudem jeszcze kogoś wezmą ze sobą.

Trzy maszyny w szyku wykonały idealny zwrot, ostro wznosząc się nad placem. Minęli dwie wieże, z których obrońcy miasta osłaniali ogniem lądowisko. Przelecieli tak blisko, że widzieli twarze żołnierzy pozostających do końca na swoich stanowiskach. Potem wiatrakowce wleciały w kłęby gęstego dymu, żeby nie stać się łatwym celem dla wojsk Nayer. Z gryzącego całunu wydostali się dopiero nad morzem. Niszczyciel był tuż-tuż. Przelatywali nad wodą na niskim pułapie, widząc setki głów ludzi usiłujących utrzymać się na powierzchni. Mijali dziesiątki najróżniejszych, mniej lub bardziej amatorskich konstrukcji, którymi uciekinierzy próbowali dotrzeć do zapewniających zbawienie jednostek z żelaza. Między nimi krążyły motorówki wyławiające ludzi i miejscowe żaglówki usiłujące robić to samo, mimo że każda z nich była już przeciążona ponad wszelkie granice. Marynarze na pontonach z silnikami natomiast radzili sobie z przeludnieniem na pokładach za pomocą bosaków, spychając natrętów bezwzględnie z powrotem do wody. Zanosiło się na to, że akcja będzie trwała jeszcze wiele godzin. Na pewno nie krócej niż do następnego ranka.

Tymczasem wiatrakowce kolejno ustawiały się na osi pokładu niszczyciela i jeden po drugim zaczęły podchodzić do lądowania. O Boże, jak blisko! Jak bardzo blisko znajdowało się nieosiągalne wybawienie! Tomaszewski wciąż widział twarze ludzi, którzy zostali na placu.

Ina obserwowała, jak odlatują ostatnie wiatrakowce ewakuujące obsługę lądowiska w porcie. Stała na tarasie najwyżej położonego hangaru wykutego we wnętrzu góry. Stąd mogła widzieć po chwili nawet lądowanie maszyn na pokładzie startowym niszczyciela. Zasępiona przygryzała wargi.

– Przylecą jeszcze po kogoś? – zapytał jeden z ludzi obsługujących hangar.

Zaprzeczyła gestem. Potem odwróciła się i omiotła wzrokiem zatłoczone zaparkowanymi skrzydło w skrzydło ślizgaczami wnętrze. Ostatnia fala była gotowa do lotu. Ale Ina jeszcze nie była.

– Podejdźcie bliżej – poprosiła.

Pilotki, mężczyźni z obsługi technicznej, a nawet Maerk, zaciekawiony, co miała do powiedzenia, zbliżyli się, tworząc poszarpany z powodu braku miejsca krąg. Na dolnych kondygnacjach trwały już walki, wróg wdarł się do wnętrza góry. Dlatego strzały dochodziły już nie tylko z zewnątrz, przez wielki otwór hangaru, ale także ze środka. Słyszeli je stłumione zza wewnętrznych wrót zbitych z grubych desek. Tu jednak, blisko szczytu, na razie nic im jeszcze nie groziło. Mieli prawdopodobnie dość dużo czasu.

– Wróg jest w naszym domu – zaczęła Ina. – Prawdopodobnie wielu z was liczy na to, że Polacy przyślą tu jakieś cudowne maszyny, odwrócą losy wojny i uratują nam tyłki. Być może niektórzy z was sądzą, że oni przyślą tu wielkie siły... – Przełknęła ślinę. – Nie przyślą. – Przesuwała wzrok po napiętych twarzach ludzi wokół. – Polacy nie chcą umierać za Tor Avahen – powiedziała dobitnie i zrobiła dłuższą przerwę, żeby ta informacja dotarła do świadomości każdego z obecnych tutaj. – Przytłaczająca większość Polaków przybyłych na naszą półkulę nie ma zielonego pojęcia, że tu toczy się jakaś wojna. Nikt z nich nawet nie wie, gdzie leży nasz kraj. Zapomnijcie więc o mrzonkach. Rzeczpospolita z całą swoją mocą nie ruszy nam na odsiecz. – Opuściła głowę, by zaraz ją podnieść. – Polacy nie będą umierać za Tor Avahen – powtórzyła. –

To nasz dom i nasza sprawa. Owszem, możemy liczyć na ich pomoc, ale nie na to, że zrobią wszystko za nas! – Wzięła głębszy oddech. – Ta twierdza upadnie lada chwila i nic już tego nie zmieni. Lecz nasz kraj dopiero szykuje się do walki. A wy... będziecie dalej potrzebni.

Zgromadzeni w upadającej twierdzy mieli pełną świadomość, że stanowią elitę techniczną. Personel, który umożliwiał loty leciutkich maszyn, fachowców o unikatowych umiejętnościach, niemożliwych do zastąpienia, trudnych do wyszkolenia w dającym się przewidzieć czasie. Owszem, inne twierdze miały swoje zespoły, ale na wojnie każdy z nich był czymś więcej niż „człowiekiem na wagę złota".

– Przecież dół jest już zajęty przez wroga. Wolnej drogi do portu nie ma – odezwał się jeden z techników.

– Ale w magazynach mamy mnóstwo latawców – odparła natychmiast Ina. – Nie ma już dla nich pilotów, więc stoją porzucone. A wy jednak... możecie zrobić z nich użytek.

– My mamy lecieć?! – Technika zatkało.

– Tak.

– Ja nigdy nie latałem. Nikt z nas nie latał.

– Od wczesnej młodości jednak każdy z was był tutaj i codziennie widział, jak to się robi. Teoretyczne podstawy też znacie. Więc... wystarczy się podpiąć i polecieć. Latawców w bród. Każdy może spróbować.

To już nie mieściło się w głowie mężczyzny.

– Przecież dotąd nikt z nas ani razu nie poleciał.

– Najwyższy czas zacząć. A tu chodzi o jeden prosty ślizg do celu, który widać!

Wzięła technika za ramię i podprowadziła na brzeg tarasu.

– Cel widać. – Wyciągnęła rękę i pokazała mu niszczyciel. – Nie będzie skomplikowanych manewrów. Nie będzie w ogóle żadnych manewrów. Jeden prosty ślizg do celu, który widać jak na dłoni!

Puściła ramię mężczyzny i odwróciła się do pozostałych.

– Pomyślcie sobie, co was czeka. Macie dwa wyjścia. Możecie zostać i zginąć w walce. Ponieważ jednak nie macie broni, to ci, którzy zdecydują się na takie rozwiązanie, niech zaczną się modlić, żeby śmierć przyszła szybko. I żebyście nie wpadli żywi w ręce wroga. Bo wtedy waszym męczarniom nie będzie końca. Uczcie się pragmatyzmu od Polaków! Kogo bowiem Tomaszewski ewakuował w pierwszej kolejności? Tych, którzy mu będą od razu potrzebni, czyli pracowników wywiadu wraz z ich dokumentami! Z wami jest to samo! Jako żołnierze jesteście dupy wołowe! Ale jako fachowcy jesteście niezastąpieni! Nikomu nie mogę odmówić prawa do śmierci w walce. Ale nie radzę dostać się do niewoli i skazać na potworne męki ku uciesze gawiedzi. Więc pomyślcie o drugim wyjściu, jakie macie.

– Jakim?

– Możecie popełnić samobójstwo. Pewne, szybkie i bez bólu. Ot, wystarczy skoczyć z tego tarasu. – Ina zadyszała się przydługą przemową i musiała uspokoić oddech. – I do tego właśnie was namawiam – podjęła po chwili. – Namawiam was do skoku z krawędzi tego tarasu. Tylko... chcę, żebyście wcześniej przypięli sobie skrzydła!

Ktoś roześmiał się nerwowo. Ludzie spoglądali jeden na drugiego. Jedynie Maerk okazał zdecydowanie, zrobił kilka kroków i stanął obok Iny.

– Dziewczyna ma rację – powiedział dobitnie. – Nie ma sensu ginąć bez celu. Lepiej spróbować szczęścia.

– A nasze rodziny?

– Wasze rodziny są gdzieś tam. – Maerk skinął w kierunku, który przed chwilą pokazywała pilotka. – Albo w porcie, albo na barkach, albo już może w ramionach polskich marynarzy. Jeśli żyją, warto przecież do nich dołączyć. Jeśli im się nie powiodło, to zostając tutaj, i tak niczego nie zmienicie.

– No ale jeśli ja się uratuję, a oni nie, to już lepiej chyba popełnić samobójstwo.

– To możesz zawsze zrobić! – krzyknęła Ina. – Na miłość Bogów, daj sobie szansę, człowieku!

Maerk przytaknął, potwierdzając jej słowa. Chciał coś powiedzieć, przerwał mu trzask otwieranych drzwi, w których pojawił się osmolony żołnierz.

– Podchodzą coraz bliżej! – krzyknął. – Zamknijcie zasuwy od środka i zniszczcie zamki! I lepiej startujcie, bo nie ma już czasu.

– No, to jakby rozwiązuje część dylematów.

Technicy rzucili się zabezpieczać drzwi. Ina jeszcze zawołała do żołnierza:

– A ty?

– Zabiję wrota z tamtej strony deskami. Może to ich na chwilę zatrzyma. Żegnajcie!

Zniknął na korytarzu. Technicy zaczęli zamykać ogromne zasuwy. Ktoś potem wielkim młotem wbił ołowiane czopy do zamków.

– Startujemy! – Ina podeszła do swojego ślizgacza. – Maerk, dwa ślizgacze są bez pilotów. Weź jeden, proszę.

– Jestem za ciężki.

– To usuń dwie, trzy skrzynie.

– Ale to... święte archiwum – odparł irracjonalnie.

Ina uśmiechnęła się słodko.

– Jeśli polecisz, to uratujesz resztę. A jak zostaniesz, to szlag trafi wszystkie. – Odwróciła głowę do pozostałych pilotek. – Dziewczyny, odwołuję poprzednie rozkazy o skakaniu do wody. Wokół okrętów pływa w tej chwili mnóstwo ludzi. Motorówki nie wyrabiają się z ratowaniem. Więc w ostatnim locie chcę, żeby ładunek każdej z was znalazł się na pokładzie. Za wszelką cenę.

Potakiwały skwapliwie. Ten rozkaz rozumiały, bo był zgodny z ich etosem i z tym, do czego wychowywano je od dziecka.

– Na pokładzie zrobi się straszny zator. Ale trudno. Szczęścia każdej życzę!

Technik, który pomagał jej zakładać uprząż, okazał się młodym chłopcem. I na pewno nie był to pierwszy start, przy którym obsługiwał pilota. Miał bardzo sprawne ręce. Ina przypomniała sobie jeszcze jedno polskie powiedzenie.

– Nie bądź głupi, nie daj się zabić – powiedziała. – Leć za nami.

Uśmiechnął się do niej.

– Ja na pewno polecę. Głupi nie będę.

– Zatem do zobaczenia na pokładzie. – Odetchnęła głęboko. – Gotowa i skoncentrowana!

– Katapulta ma naciąg!

– Do startu: trzy! – zaczął swoją litanię rozprowadzający.

Maszyny w ostatniej fali były koszmarnie przeciążone. Ale też i lot krótki. Ina miała tylko nadzieję, że lekka konstrukcja wytrzyma taki ciężar. Kiedy wystrzelono ją na zewnątrz, wyrównała i zaczęła wyczuwać prąd wznoszący. Opanowała odruch po dłuższej chwili. Po co jej prąd? Manewrami mogła tylko uszkodzić któryś z wrażliwych elementów latającego aparatu. Prosty ślizg – przypomniała sobie własne słowa. Mogła się za to rozejrzeć.

Z otworów w skale walił czarny dym. No tak, mogła się spodziewać. Obrońców najlepiej wziąć dymem. Najmniejsze straty. Na tarasach niższych hangarów nie zauważyła nikogo. Poniżej, na placu przed zboczem góry, już ustawiano zbite z desek konstrukcje służące do tortur. Chyba lepiej, żeby nikt z obrońców nie przeżył. Tamci, wściekli z powodu przedłużającego się oporu, gotowali się na okropne widowiska mające ukoić stargane nerwy własnych żołnierzy.

Przelatując nad drogą, która niedawno była jeszcze zieloną strefą, widziała leżące na ziemi ciała zabitych. Nieliczne jeszcze hieny przeszukiwały ich bagaże. Mężczyźni mieli więcej szczęścia, bo zabito ich szybko. Z kobietami właśnie zabawiali się maruderzy i służby tyłowe. Inie przyszła do głowy dziwna myśl. Co czuły te kobiety, gwałcone brutalnie na bruku, widząc tuż nad głowami przelatujące w równym szyku ich własne nietknięte maszyny? Otrząsnęła się, czując ciarki na plecach.

Dalej obrona portu trzymała się jeszcze nieźle. Żołnierze dzięki wcześniejszym dostawom mieli dużo amunicji. Wymiana ognia trwała w najlepsze. Natomiast tłum na placu rzedł wyraźnie, ustępując miejsca tym, którym się nie udało. Stratowane ciała leżały wszędzie. Żywi gromadzili się na samym nabrzeżu w poszukiwaniu czegokolwiek, co mogło unieść ich na powierzchni wody. Ujście kanału było dosłownie zatkane mrowiem głów ludzi usiłujących dostać się wpław na pokłady zbawczych okrętów.

Ina odwróciła wzrok od ciał ludzi, którzy powiesili się w oknach portowych budynków. Jej prawoskrzydłowa w kluczu odpaliła dymną świecę i ciągnęła teraz za sobą czerwony warkocz, który zwiastował kłopoty. Pewnie szarpnięcie katapulty w przypadku tak przeciążonej maszyny uszkodziło którąś z linek utrzymujących konstrukcję w całości. Może nawet niejedną. Tu jednak czerwony dym nie mógł jej w niczym pomóc. Polacy byli ciągle za daleko.

Nagle kula gwizdnęła Inie koło głowy. Skuliła się odruchowo. Spokojnie! – łajała się w myślach. Ta, którą słychać, nie zabija! – próbowała się uspokoić. Jeśli kula świszczy, to znak, że jest daleko poza tobą!

Znowu zerknęła w prawo. To nie linka. Żołnierze Nayer strzelali do przelatujących ociężale i po prostej ślizgaczy. Widziała, jak aparat jej prawoskrzydłowej dosłownie rozpada się w powietrzu. Ładunek właśnie się wysypywał. Pilotka nawet nie sięgnęła do uprzęży, nie miało to znaczenia. Spadła jak kamień prosto na falochron.

Na szczęście formacja wydostała się z zasięgu strzałów. Dalej było spokojnie, jeśli nie liczyć mnóstwa skleconych w ostatniej chwili lepiej lub gorzej jednostek ratunkowych, którymi obrońcy twierdzy starali się uciec z portu. Trudno było ocenić, ilu z nich uda się dotrzeć do zbawczego zespołu okrętów. Jeszcze trudniej zgadnąć, ilu dotrze tam ludzi, którzy wybrali drogę wpław. Z góry sprawiało to wrażenie, że to już nie woda faluje, ale morze rozbitków.

Ina mimo przeciążenia miała dużą rezerwę wysokości, kiedy ustawiała się na osi niszczyciela. Manewr lądowania razem z pozostałą przy życiu skrzydłową wykonały idealnie. A marynarze na pokładzie byli już wprawieni w przechwytywaniu i wyhamowywaniu ślizgaczy. Można by uczyć młodych pilotów na przykładzie tego, co miało miejsce na lądowisku.

Aparaty następnego klucza również wylądowały bez cienia problemu. Jeden po drugim, zachowując prawidłowe odstępy. Niestety, obsługa katapult w ostatnim hangarze górskiej twierdzy chyba traciła opanowanie i działała zbyt szybko. W powietrzu robiło się zbyt gęsto. Trzeci klucz jeszcze lądował zgodnie z instrukcją, ale już prowadząca czwarty musiała odejść na dodatkowy krąg nad lądowiskiem. Niby nic strasznego. Miała wystarczający zapas wysokości. Lecz jej manewr, który sprawił, że sama wylądowała na wolnej przestrzeni, zagrodził drogę następnym. A nie wszystkie ślizgacze dysponowały odpowiednim pułapem, by krążyć w powietrzu w oczekiwaniu na uprzątnięcie lądowiska.

– Chaos! – krzyknęła Ina, próbując ostrzec marynarzy. – W powietrzu zaraz zrobi się strasznie gorąco!

Nikt jej nie rozumiał. Ludzie na pokładzie robili swoje. Paru z nich może i władało dobrze tak zwanym arkapolskim, ale to była gwara zrozumiała tylko w Negger Bank i może kilku innych portach cesarstwa. Gdyby Ina używała pojedynczych słów i unikała kolokwializmów, może i osiągnęłaby jakiś efekt. Niestety. Ludzie pracowali dalej w wyćwiczonym już tempie. Nikt nie zwracał uwagi na to, co dzieje się nad nimi.

Do pierwszej kolizji doszło tuż przed końcem, czy w tym przypadku początkiem pokładu do lądowania. Jeden ze ślizgaczy podchodził według planu, z góry, dostojnie i równo. Drugiego pilotka nie mogła już opanować. Miała zbyt małą wysokość i żeby osiągnąć w ogóle płytę startową, podeszła z boku, trawersem, z minimalnym marginesem błędu. Obie maszyny zderzyły się już nad pokładem i sczepione runęły na niego, zasypując wszystko odłamkami. Następna pilotka, idąca zgodnie z wyznaczonym kursem, nie miała wyboru. Wylądowała wprost na nich, rozbijając swoją maszynę.

– Zator! Zrzucajcie ślizgacze do wody! – wrzeszczała Ina, dławiąc się własną bezsilnością. Nikt jej nie słuchał.

Marynarze usiłowali ratować dziewczyny, mieli w dupie i archiwum, i dalszy scenariusz zdarzeń.

Na szczęście od strony mostka podbiegła Melithe. Usiłowała wprowadzić porządek, dmuchając w wydający przeraźliwe dźwięki gwizdek.

– Zrzucać maszyny! – krzyczała. – Zrzucać maszyny!

Marynarze cięli nożami uprzęże pechowych pilotek. Następny ślizgacz wylądował wprost na rumowisku potrzaskanych konstrukcji. Sekcja sanitarna ruszyła do akcji, rozkładając na pokładzie nosze.

Nie. Nie tak!

– Zrzucać maszyny! – wrzeszczała Ina.

Podskoczyła do najbliższego ślizgacza i szybko zrozumiała, że sama nie da rady. Podbiegła więc na wolną przestrzeń przy krawędzi i wystrzeliła żółtą racę. To był umówiony znak: „kto może, niech odchodzi na drugi krąg". I kto mógł, ten posłuchał. Niestety, co najmniej pięć aparatów znajdowało się w sytuacji krytycznej. Bez odpowiedniego przewyższenia, bez zapasu prędkości. Jedno jedyne rozpaczliwe podejście. Kilka aparatów naraz. Patrzyła bezsilna, jak rozbijają się kolejno, powiększając górę potrzaskanych maszyn. Marynarze walczyli wyłącznie o wydostanie rannych dziewczyn. Mieli po prostu inne priorytety.

– Krzysiek przywiózł sporo żołnierzy z dachu tego budynku – krzyknęła Melithe. – Zaraz ci ich podeślę.

– Nie odchodź! Potrzebuję tłumacza!

– Nigdzie się nie wybieram! Walcz, mała!

Nawigator podniosła do ust mikrofon wielkiej krótkofalówki. Krąg ślizgaczy nad ich głowami opadał nieubłaganie niżej i niżej. Te maszyny nie miały silników, a manewry w poszukiwaniu odpowiednich wiatrów przy ich ciężarze były niemożliwe.

Na szczęście kilkunastu żołnierzy z Tor Avahen, którzy przybiegli chwilę później, przynajmniej rozumiało, co się do nich mówi. Ina kazała im podjąć porzucone na pokładzie jaskrawoczerwone siekiery.

– Rozwalajcie lądujące ślizgacze w momencie lądowania! – wydawała im szybkie instrukcje. – Odciąć pilota i niech sama ucieka albo się czołga. Jak będzie w szoku, to pomóc jej kopniakami! Skrzyń nigdzie nie nosić, ustawiajcie po bokach, a maszyny do morza! Natychmiast!

Ci ludzie po wszystkim, czego doświadczyli na placu w porcie, nie mieli już żadnych skrupułów. Teraz okazało się, jak dobrym pomysłem była ich ewakuacja za pomocą bezpiecznych wiatrakowców. Byli na tyle zahartowani, by wypełnić każdy rozkaz bez cienia zastanowienia.

Pierwszy ślizgacz, który pojawił się nad pokładem, został rozbity, zanim w ogóle go dotknął. Skrzydła, osłona, ciach po uprzęży, dwóch rosłych żołnierzy wyrzuciło pilotkę do przodu jak z katapulty. Niech sobie radzi. Kilkanaście ciosów siekierami naraz ze wszystkich stron, skrzynie bosakami na bok i cały aparat za burtę.

Następny. Rozbity siekierami na dobiegu. Pilotka rzucona wprost na poprzednie rumowisko. Polacy pomogą. Skrzynie na bok, całość za burtę.

Następne dwa ślizgacze znowu się zderzyły i zrobił się kłopot.

– Zrzucać! Zrzucać całość! – wrzeszczała Ina.

Wystrzeliła drugą racę. Kto jeszcze może, na kolejny krąg!

Dwie maszyny nie mogły, ale żołnierze już po chwili rozwalali je błyskawicznie, nie bacząc na nic. Pilot z kopa do przodu, skrzynie na bok i won!

Oficerowie, którzy zebrali się na podeście przy mostku, przyglądali się temu widowisku z dużą dozą podziwu. Radziszewski patrzył na coraz dłuższy ogon ze szczątków lekkich maszyn na wodnym śladzie niszczyciela. Potem westchnął cicho.

– Panowie, ta kobieta ma szansę opanować sytuację – powiedział z właściwą sobie flegmą. – Wracajmy na mostek.

Tomaszewski wszedł tuż za nim. Potem reszta. On i Siwecki wyróżniali się swoimi brudnymi, śmierdzącymi dymem mundurami. W dbającej o wykwintną elegancję marynarce wojennej był to duży nietakt. Tłumaczyło ich jedynie to, że Radziszewski wezwał komandora i lekarza od razu po lądowaniu, by wysłuchać wstępnego raportu z samego źródła. Wzorowy oficer powinien mieć zapasowy, odprasowany i pachnący mundur w bagażu podręcznym ze sobą. I przebrać się jeszcze na pokładzie, zanim wejdzie na mostek. Jedynie kilkudniowy zarost nie budził zastrzeżeń. Brody i wąsy w marynarce akurat uchodziły.

Na mostku czekał na nich przygotowany przez kuka wykwintny poczęstunek. Na żelaznym stole do nawigacji pomocnicy przygotowali schłodzone wina w srebrnych kubełkach z lodem, kawior, kalmary, anchois i całe mnóstwo najwyraźniej świeżych tropikalnych owoców. Tomaszewskiego zaciekawiło, czy dostarczano je drogą lotniczą.

– Panowie? Cygaro? – zapytał Radziszewski i skinął na ordynansa. – A może kawy?

Tomaszewski podziękował. Natomiast kieliszek wina przyjął z dużą ochotą. Dowódca zespołu ściął końcówkę cygara srebrnym obcinaczem i zwrócił się w stronę zapalniczki podsuniętej przez adiutanta. Kiedy już wydmuchnął smużkę aromatycznego dymu, położył dłoń na blacie metalowego stolika, na którym rozścielono oślepiająco biały obrus i rozstawiono porcelanową zastawę.

– Hm... – Badawczym wzrokiem sprawdzał, czy na obrusie nie ma przypadkiem najmniejszej choćby fałdki. – Wiedzą panowie, co najbardziej podoba mi się w marynarce wojennej? To są te spartańskie warunki! Tu pachnie prawdziwą przygodą.

Siwecki parsknął śmiechem. Zagryzł wargi, opanowując się z najwyższym trudem.

– O czym to mówiliśmy? – zapytał niezrażony komandor.

– O ewakuacji – podpowiedział Tomaszewski.

– No właśnie. Jak pan ocenia naszą akcję?

– Z pierwszych szacunków wynika, że pomogliśmy jakimś dwudziestu procentom obrońców twierdzy. Kiedy wyłowimy rozbitków, może osiągniemy dwadzieścia pięć procent. Ciągle widzę twarze ludzi, których musieliśmy zostawić.

– I, niestety, wiemy, co się z nimi stanie – dodał ponuro Siwecki.

– Ach, o to chodzi... – Radziszewski zrozumiał ich po swojemu. – Na smutek najlepsze są proste bosmańskie metody. Zadbam, żeby na dzisiejszą noc dostarczono do waszej kabiny dobrze schłodzoną butelkę wybornej wódki. Otóż wódka, panowie, najszybciej rozwiewa opary melancholii, o czym wie każdy bosman. A tym bardziej powinien wiedzieć oficer.

– Ale to porażka.

– A moim zdaniem wielki sukces – uciął komandor. – Mamy pracowników ich wywiadu wraz z dokumentami. Możemy przejąć ich siatkę wywiadowczą w Nayer. Mamy większość archiwum państwowego. Mamy listy do dowódców innych twierdz w tym kraju. Czegoż więc chcieć jeszcze?

– No tak. Osiągnęliśmy wszystkie nasze priorytety – mruknął Tomaszewski. – Nasze.

– A czyje mamy realizować? Oczywiście, że nasze.

– A poza tym pomogliśmy im za bezdurno – dodał jeden z oficerów. – Bez nas zginęliby wszyscy.

– Właśnie – podjął Radziszewski. – Palimy przecież w naszym ognisku, a nie ich. Ale przy naszym ogniu i oni się ogrzeją.

– Raczej ich smętne resztki – mruknął Siwecki.

– Och, wielkie słowa. – Dowódca zespołu był w doskonałym humorze, uśmiechnął się radośnie. – Lekarstwo na melancholię i sentymenty do waszej kajuty dostarczy mój ordynans. – Skłonił lekko głowę. – A wy, panowie, szykujcie piersi pod ordery!

Pewnie mówiłby dalej, gdyby nie wrzask, który rozległ się na zewnątrz. Oficerowie spojrzeli przez okna dokładnie w chwili, kiedy w jedną z szyb uderzył jakiś człowiek. Przez moment widzieli jego jakby zdziwioną twarz i krew, która chlusnęła na okno. A potem wszystko znikło.

– Co to było? – Radziszewski nie mógł się otrząsnąć. – Co to było?!

– Mężczyzna – powiedział ktoś stojący z tyłu. – Zakrwawiony.

– Nie. Rozkwasił się właśnie o szybę – powiedział Siwecki, zszokowany jak inni, patrzył na gęste krople krwi spływające po szkle.

– Bosman! Sprawdzić!

Wachtowy rzucił się do drzwi. I prawie je otworzył. W tym samym momencie coś w nie uderzyło z niewiarygodną siłą. Impet odrzucił stalowe skrzydło i na bosmana wpadł kolejny zakrwawiony mężczyzna. Obaj upadli z łoskotem, przykryci szczątkami płóciennej konstrukcji.

– Co to jest?

Tomaszewski zreflektował się pierwszy.

– To ich latawce! Chyba wyjęli wszystko, co mieli w magazynach.

– Boże...

Oficerowie przeskakiwali nad rannym, żeby wydostać się na podest przy mostku. Widok na zewnątrz był zupełnie nieprawdopodobny. Oprócz lądujących właśnie ostatnich ślizgaczy wokół unosiły się dziesiątki, jak nie setki leciutkich latawców z podczepionymi do nich ludźmi. Tu już w ogóle nie było mowy o zbornych manewrach. Lekkie konstrukcje z rzadka tylko trafiały w pokład lądowiska. Generalnie uderzały w niszczyciela z różnych stron, bez ładu i składu.

– Ależ oni w ogóle nie potrafią latać! – Radziszewski patrzył zdziwiony.

– Ma pan rację, panie komandorze – krzyknęła z dołu Melithe. – To obsługa techniczna ich lotniska!

– O mój Boże!

Następny latawiec rąbnął w olinowanie masztu telegraficznego tuż nad nimi. Lekka konstrukcja rozpadła się natychmiast, a pilot amator desperacko trzymał się stalowej liny, szukając stopami jakiegokolwiek oparcia.

– Niech ktoś pomoże temu biedakowi. – Radziszewski zadzierał głowę, usiłując jednocześnie osłonić oczy dłonią.

Porucznik i dwóch wachtowych próbowali wspiąć się na maszt. Pechowego pilota trudno było jednak sięgnąć. Ratownicy zaczęli wołać o bosak.

Dwa inne latawce rozbiły się o wieżę artylerii na dziobie. Jeden uderzył w komin, a cała chmara usiłowała osiąść na nadbudówkach. Części nawet się udawało. Najgorzej mieli ci, którzy uderzali w pozbawione teraz ładunku dźwigi szalupowe. Odpadali od nich do wody, i to tuż przy burcie. Najlepiej szło tym, których wiatr zniósł na podesty artylerii przeciwlotniczej. Tam groziło co najwyżej wybicie zębów o metalowe części.

– Pandemonium – mruknął Radziszewski. – Kto im wydał licencje pilotów?

– Padnij! – ryknął ktoś z boku.

Wszyscy na podeście schylili się błyskawicznie. Nie było miejsca, żeby się położyć. Wprost na nich leciał właśnie latawiec, przerażony pilot zupełnie nie miał nad nim kontroli.

– Boże!

Lekka konstrukcja uderzyła w barierkę. Oficerowie usiłowali ją złapać, ale cienkie płótno i drewniane listewki dosłownie rwały im się w dłoniach. Siwecki zdołał wreszcie chwycić niefortunnego pilota za rękę. Pomógł mu porucznik łączności i jeden z wachtowych. Razem z wielkim trudem wciągnęli nieszczęśnika na podest. Wydawał się nie mieć poważniejszych obrażeń, choć ewidentnie krzywił się z bólu.

– Ewakuujecie techników? – zapytał Tomaszewski. – Serce twierdzy upadło?

Mężczyzna potwierdził z zaciśniętymi zębami.

– Wrota naszego hangaru zabito deskami i zawalono, czym się da. Kiedy odlatywałem, już słychać było, jak najeźdźcy usiłują je rozbić.

– A gdzie Vaun?

– Nie wiem. – Skołatany mężczyzna nie mógł zebrać myśli. – Ale przelatując nad portem, widziałem rozłożone na ziemi znaki do lądowania.

– Jak to?

– Ja tam nie umiem lądować, co widać. A już na pewno nie wystartuję z tak niskiego punktu.

– Rozumiem.

Tomaszewski domyślał się, co się wydarzyło. Obrońcy portu, zauważywszy w górze latawce, mogli sądzić, że niosą one doświadczonych pilotów. Rozłożyli znaki, bo być może mają coś ważnego do przekazania. Może kurier przeszedł kanałami? A może sam Vaun przebił się z małym oddziałem? Na pewno nie chodziło o ewakuację, bo najlepszy nawet pilot, choć mógł wystartować z portu, to na pewno nie dałby rady zabrać kogokolwiek.

– Panie komandorze – Tomaszewski zwrócił się do dowódcy zespołu – muszę tam polecieć.

– Nie ma mowy!

– To może być coś naprawdę ważnego.

– Nie ma nawet takiej technicznej możliwości. – Radziszewski wskazał pokład i piekło, które tam panowało. Cały niszczyciel przypominał teraz szary pień obalonego drzewa, który gęsto obsiadły roje białych motyli, a wiele jeszcze obsiąść zamierzało. – Poza tym wiatrakowce były w ogniu, są postrzelane i każdy z nich wymaga technicznego przeglądu.

– Możemy wziąć któryś z imperialnych ścigaczy – podpowiedział Siwecki.

– Przecież tędy nie przepłyniecie. – Radziszewski wskazał na morze, w którym roiło się od ludzi.

– Możemy popłynąć w drugą stronę i dostać się do portu kursem wokół wysp – podjął myśl Tomaszewski.

– Dostałem wiadomość, w której sztab marynarki sugeruje, żeby czekał pan na dalsze rozkazy.

– To tylko jeden krótki rejs. Błyskawiczna misja.

Radziszewski rozważał coś w myślach. Cholera wie co oni mieli w porcie tak ważnego do przekazania. Nie wahał się długo.

– Dobrze – powiedział. – Ale odbiorę od pana słowo honoru, że nie zejdzie pan na ląd, cokolwiek by się w porcie działo.

– Tak jest!

– Nie, nie, nie. Proszę o oficerskie słowo honoru przy świadkach. – Radziszewski uśmiechnął się kpiąco. Znał wszystkie sztuczki kodeksu, które można było zastosować. A chciał mieć pewność.

Tomaszewski skinął głową.

– Daję panu oficerskie słowo honoru, że nie zejdę na ląd w porcie pod żadnym pozorem, panie komandorze.

Żelazny okręt sprawiał wrażenie, jakby wybudowano go z klocków. Nic dziwnego, skoro jego moduły musiały być przetransportowane wysokogórską kolejką na tę stronę świata. Wnętrze w związku z tym sprawiało odpychające wrażenie. Wszystko, ludzie i rzeczy, poupychane zostało w jednakowych metalowych skrzyniach, jak je nazywały. Żadne pomieszczenie nie było aż tak małe, by nazwać je skrzynią, jednak cierpiący na klaustrofobię przeżywali właśnie najgorsze dni swojego życia. Brakowało otworów, przez które można by zobaczyć choćby skrawek nieba. Zastępowały je małe, zakratowane dziury w suficie, przez które do środka dostawał się chłodny, nieprzyjemny podmuch, przez cały czas, z upiorną jednostajnością taki sam. Atmosfera była przytłaczająca, klitki mniejsze niż na okręcie podwodnym, a ruch wewnątrz ściśle reglamentowany. Na szczęście nie dotyczyło to kucharek, które musiały mieć dostęp do pomieszczeń służbowych.

– No i szlag nas tu trafi – szeptała Nuk, przystawiając usta wprost do ucha Kai. Zaraza jedna wie, kto tu podsłuchiwał i w jaki sposób. – W tym metalowym pudle nie nadamy żadnego meldunku.

– No. A mam tyle pilnych wiadomości.

– Zapomnij. Tu nas wygłuszy i nie ma żadnej szansy, żeby wystawić antenę na zewnątrz.

– Kiszka. Może dałabym radę zmienić nam miejsce zakwaterowania.

– Niby jak?

– Jakbym tylko spotkała tego Chrisa. Tylko gdzie on może być?

– A to akurat najmniejszy problem. Zawsze po obiedzie ćwiczy na dziobie swoje umiejętności strzeleckie. I dla zabawy wali do różnych butelek i puszek.

– Skąd wiesz?

– Kiedy wynosiłam pomyje z kuchni, to go widziałam. Śmiał się, że durna baba nie wie, że to się wylewa od zawietrznej. A ja specjalnie im uświniam ten okropny statek. Niech se potem czyszczą.

Kai uśmiechnęła się promiennie.

– No to świetnie. Przeniosę nas gdzieś wyżej. Gdzie są bulaje chociaż.

– Dasz mu dupy?

– Na razie spróbuję tradycyjnie. Na bliskość dusz i obiecanki cacanki.

Teraz uśmiechnęła się Nuk. I wzorem Pełczyńskiego pokazała czarownicy uniesiony w górę kciuk.

Niestety, żadna z nich nie miała prawa wychodzić na pokład. Wyjątkiem było wykonywanie czynności służbowych. Ale przy wiadrze z pomyjami raczej trudno się rozmawia o uczuciach. Kai wymyśliła więc inny sposób. Tradycyjny. Na idiotkę.

Po obiedzie przeciągały swoją pracę w mesie, jak długo się dało. A kiedy od dziobu dobiegł ich odgłos wystrzału, Kai chwyciła najdłuższy z noży, który znalazła, i wrzasnęła:

– Piraci atakują! – Runęła w stronę wyjścia na pokład, budząc śmiech pomagierów, którzy jeszcze kręcili się w mesie. – Piraci! Wszyscy do broni!

Zanim ktokolwiek zdążył zareagować, wybiegła na zewnątrz i ruszyła w stronę dziobu.

– Piraci! Piraci! – krzyczała bez przerwy. – Skąd atakują?!

Rosły Amerykanin stał rzeczywiście przy relingu, trzymając w ręku karabin z długą lufą. Obejrzał się zdziwiony, ale zaraz uśmiechnął się, rozpoznając Kai.

– Kto atakuje?

– No przecież piraci! A do kogo strzelasz?

– Do celu... Dziewczyno, odłóż ten nóż, zanim zrobisz sobie krzywdę.

– Ale piraci...

– Nie ma żadnych piratów. Daj.

Czarownica posłusznie dała się rozbroić. Cały czas robiła przerażoną minę, udając wystraszonego, acz zarazem dzielnego obrońcę okrętu. A Chris o mało jej nie objął i nie przytulił, żeby uspokoić. Cudowna cecha mężczyzn, która każe im w każdej kobiecie widzieć idiotkę. Z taką łatwością dawało się to wykorzystać.

Zauważył, że dziewczyna pilnie przygląda się jego broni.

– Chcesz wystrzelić?

– Nie. – Cofnęła się gwałtownie. – Nie lubię huku.

Wskazał jej miejsce za osłoną najbliższego pokładowego działa. Usiedli obok siebie.

– Huk nie taki straszny. To broń ładowana odtylcowo.

Kai wiedziała, co to znaczy. I wiedziała, że ten fakt ma kardynalne znaczenie, a wysłanie meldunku zyskało właśnie absolutny priorytet. Zapytała jednak:

– To znaczy jak?

– No widzisz. U was wszystkie karabiny ładuje się przez lufę i w związku z tym żołnierz musi stać, wykonując tę czynność, i wystawiać się na ogień wroga. Do wojen tutaj, w tym świecie, wystarczy. Ale doniesiono nam, że Polacy uzbrajają cesarskich we własną broń z demobilu. No i szybko trzeba było znaleźć odpowiedź. Zaczęliśmy tu produkować karabiny, które można ładować na leżąco. Europejskim nie dorównują, ale... zrobią imperialnym wielką niespodziankę. Szczególnie przy naszej miażdżącej przewadze liczebnej.

Niezły był ich szpieg w polskim sztabie. Na szczęście marynarka wojenna szpiegów miała równie dobrych.

– I teraz wszyscy będą mieli taką broń?

– Wszyscy to nie. Ale drugi rzut już tak.

Pokazał jej nabój. I jak się ładuje. No i w porządku. Nabój, choć już zespolony, zawierał ciągle czarny proch jako ładunek miotający. A karabin okazał się jednostrzałowy. W sumie broń nie była nawet tej klasy co karabiny Kadira. No i trudno się dziwić. Przemysł metalurgiczny i mechaniczny cesarstwa przewyższał to, czym dysponowało Nayer.

Chris nie miał pojęcia, że to, co pokazywał, ocenia od razu fachowiec. Nie domyślał się, jakie szkolenia zaliczyła czarownica przed wyruszeniem na misję. Chciał zmienić temat i porozmawiać o czymś, co mogłoby zainteresować kobietę. Typowy mężczyzna. Dobrze wychowany, trzeba dodać.

– Tęsknisz? – zapytał nagle.

– Za czym?

– Nie za czym, ale za kim. – Uśmiechnął się. – Za swoim chłopakiem.

– Trudno w przypadku człowieka, który już nie żyje, mówić o tęsknocie, prawda? W stosunku do zmarłych raczej czujemy tylko żal.

– Skąd wiesz, że nie żyje?

– Armia go wzięła ponad rok temu. Jak więc myślisz? Co się z nim stało?

Gwałtownie opuścił głowę, rozumiejąc, że zrobił z siebie głupka. Pytanie, które zadał, może miałoby sens po jego stronie gór. Nie w Nayer.

Punkt dla czarownicy. Postanowiła go dobić.

– Powiedz mi, czy po waszej stronie gór też są królestwa i imperia?

– Jeszcze gdzieś tam są. Ale w odwrocie. Ja na przykład pochodzę z kraju, gdzie panuje demokracja.

– A co to jest demokracja?

– To taki ustrój, gdzie... – Gorączkowo zastanawiał się, jak to wytłumaczyć dziewczynie bez wdawania się w szczegóły. – Gdzie każdy człowiek jest ważny. Każdy może mieć własne zdanie, które musi być brane pod uwagę. Każdy może głosować na takiego władcę, jaki mu się podoba.

– Jak to? I głos kucharki jest tak samo ważny jak głos wielkiego mędrca?

– Tak. Mędrzec i kucharka mają tę samą siłę głosu.

Kai podniosła do góry dwa palce, jak uczeń w świątynnej szkole, który zgłasza się do odpowiedzi.

– To kucharka bardzo by chciała, żeby nie było wojny. – Bezczelnie patrzyła mu w oczy. – Czy zrównoważyłam twój głos, mędrca, który mnie na wojnę wysyła? Wracamy? Wracamy do portu?

Trafiła go bardzo boleśnie. Długo nie wiedział, co odpowiedzieć.

– Czasami trzeba się poświęcić dla wyższego dobra.

– Czyjego? Kucharek?

– I kucharka jest częścią narodu! A naród to coś większego niż my sami.

– Aha. – Kiwnęła głową na znak, że rozumie. – Powiedz mi... Jakie dobro wyniknie dla mojego narodu z tej wojny?

Aż się żachnął.

– To wojna! To wyższa konieczność! A co niby mają z tego cesarscy, że pójdą na wojnę?! My idziemy, bo wróg atakuje!

– Podobno podżegacze wojenni przywieźli ze sobą kartofle i głodu już nie będzie w imperium. Podobno płacą za olej skalny. Podobno cesarscy lekarze uczą się od polskich cuda wyczyniać. To usłyszałam na szkoleniu politycznym. W formie kpin, rzecz jasna. Ale tak sobie myślę, ile w tych kpinach prawdy i w jakim sensie.

Znowu punkt dla niej. Chris zamyślił się, tym razem nie na długo.

– Inteligentna jesteś – skwitował.

– Ano, obijałam się po najlepszych dworach, zanim się wojna zaczęła. Nawet u księcia byłam, wielbiona z powodu talentu na salonach. Z możnymi rozmawiałam. Nawet, nie uwierzysz, miałam w pałacu swoje malutkie mieszkanko, gdzie sobie żyłam ze swoim chłopakiem i roiłam coś o przyszłości.

– I książę cię od zaciągu nie uchronił?

– On pewnie sam gdzieś teraz po chaszczach z wojskiem się ugania. Choć z racji urodzenia nie jest mu źle i nikt nie każe mu jeść trującego zielska.

Aż podskoczył.

– Skąd o tym wiesz?!

– Chłopaka na wojnę wzięli, a mnie z racji tego, że każdy dobrze zjeść lubi, zabrali do komendy. Do samego szefa. A tam się dużo słyszy.

Położył jej rękę na kolanie.

– Spokojnie, przy mnie możesz mówić o wszystkim. Ja nikomu nie przekażę.

– Ano, każdy prowokator i donosiciel najpierw musi przekonać ofiarę, że szczerze i otwarcie może mu powierzyć swoje myśli. Tak ich wszystkich uczą.

Zabrał dłoń z kolana. Najwyraźniej nie wiedział, co o niej sądzić.

– Chyba nie myślisz...

– Nie. Ja tylko mówię, że znam i prowokatorów, i donosicieli, wielu ich na komendzie. A ja miałam szczęście i poznawałam ich nie jako ofiara, ale jako koleżanka z tej samej instytucji. Więc naprawdę wiem dużo.

– Z tego wniosek, że miałaś szczęście.

– Tak, miałam. I zobaczyłam to wszystko, czego wcześniej widzieć nie mogłam. Ty bywasz u komendanta na słynnych obiadach, z okien nie widać więzienia tuż obok, bo wychodzą na inną stronę. A moja kuchnia tuż przy więziennej. Jakbyś tam choć raz zajrzał, tobyś chyba do końca życia niczego do ust nie wziął. A i norę mamy z Nuk własną. Nikt tam nie ma prawa wchodzić. My dwie to szczególnie wyróżnione szczury.

Popatrzył na nią badawczo.

– Ty nie pierwszy raz rozmawiasz z ludźmi zza gór, prawda?

– Nie pierwszy – przyznała. – Młoda jeszcze jestem, Bogowie urody nie poskąpili, to każdy z was od razu chce gdzieś rękę położyć – zakpiła. – A jak się obronię, to przynajmniej ze mną gadają, żartują. I opowieści stąd znam różne. Światowe.

– Dziwnie mówisz. Masz jakąś niespotykaną składnię. Jakbyś była dobrze wykształcona i tylko stylizujesz się na kobietę z gminu.

– Z gminu nie jestem – ucięła. – Ale powiedz wprost, że rozmawiasz z kapitanem polskiego wywiadu. Bo to, że nie jestem idiotką, to już zauważyłeś.

Zaczął się śmiać, położył rękę na ramieniu Kai i przyciągnął do siebie. Silny był. Pocałował tylko w czoło i puścił rozbawiony.

– No przyznam. Zrobiłaś mnie, jak chciałaś.

Odpowiedziała mu śmiechem. Patrzyli na siebie radośni przez chwilę.

– A dlaczego akurat kapitanem? – nie mógł się uspokoić. – Co? Jakimś statkiem chcesz dowodzić?

– Tak nam mówili na pogadankach politycznych. Że kapitana podżegacze nam tu wysłali z marynarki wojennej.

– Aha. – Kręcił głową. – Nie. Przepraszam. Wyobraziłem sobie ciebie, jak stoisz na mostku i dowodzisz jakimś... pancernikiem! Z tym długim nożem w ręce.

Kai ciągle uśmiechała się słodko.

– A tak nawiasem mówiąc – odezwała się wreszcie. – Raz nazywacie to, czym płyniemy, statkiem, a raz okrętem.

– Bo to jednostka uniwersalna. I okręt, i statek, w zależności od zadania.

– Chris, bo ja cię chciałam jeszcze zapytać... Czy na tym statku albo okręcie jest możliwość, żebyśmy z Nuk dostały pomieszczenie z oknem?

– Na co ci kajuta z bulajem?

– Nuk robi się marudna, kiedy nieba nie widzi. Trudno nam się żyje wciąż w zamknięciu.

– Nie tym się tu powinienem zajmować, ale postaram się. Czy coś jeszcze mam ci wyjaśnić?

– Mówiłeś o wyższej konieczności. Że niby na wojnie trzeba się poświęcić.

– Bo trzeba.

– Po to, żeby wprowadzić demokrację?

– O... – zawahał się. – To długi proces i skomplikowany.

– No ale jak się uda, to policzmy. Mój głos, mojego chłopaka, gdyby żył, głos Nuk, to już trzy głosy przeciwko wojnie. Przegłosujemy cię, jednego, który jest za wojną i głodem.

Amerykanin pokręcił głową.

– To jest bardziej skomplikowane – powtórzył. – W demokracji ludzie sami chcą iść na wojnę, bo mają święty cel.

– Aha – skwitowała. – Czyli będzie po staremu.

– Nie! Świadomy obywatel...

– Sam z siebie będzie jadł trujące zielsko i zginie w imię cudzych interesów, nic z tego nie mając – wpadła mu w słowo.

– A cesarscy to walczą we własnym interesie? Będą ochraniać cudze pola naftowe, będą ginąć za coś, czego sami nie potrzebują.

Wzruszyła ramionami.

– Podżegacze wojenni jednak za olej skalny płacą. A ze sobą zamiast trującego zielska przywieźli kartofle.

– Więc tak naprawdę walczą w swoim interesie – dokończył za nią Amerykanin, czym zaskoczył ją tak bardzo, że zapomniała języka w gębie. Patrzyła na niego osłupiała. A on ukrył twarz w rękach. – Nie myśl, że mnie to nie męczy – szepnął.

Nie mogła znać jego myśli, lecz była wystarczająco inteligentna, żeby sobie to wyobrazić. Był potomkiem zakonników, którzy tysiąc lat temu przekroczyli Góry Bogów. Z pokolenia na pokolenie jego przodkowie żyli wśród obcych, pielęgnując w sobie poczucie misji. W tym duchu ich wychowywano, wpajano im, że to jedyny cel. Ale on sam wychował się już w nowoczesnym państwie. Widział dobrobyt. Widział, do czego prowadzi ład społeczny, w którym trzeba się liczyć z ludźmi. Znał efekty powszechnej edukacji. Polacy przywieźli ze sobą kartofle. Czy to naprawdę zlikwiduje głód? Kurwa mać! Tak! Oni mieli swój plan długofalowy. A dlaczego tu zamiast ziemniaków jest tylko trujące zielsko? Bo tu rządziła mentalność sprzed tysiąca lat. Realizacja dawno powziętego, jednorazowego planu, czyli wycisnąć jak cytrynę do zera i odrzucić, niech gnije. A kogo to obchodzi, co się potem stanie z Nayer? A kto w ogóle obchodzi Zakon poza nim samym? Wykorzystać i zapomnieć. A on najwyraźniej nie mógł sobie poradzić z tą myślą. Łudził się pewnie, że ciemnota i tak nie pojmie, co się z nią dzieje. A Kai przypomniała mu, że nie tak do końca. Z pozoru tak łatwo było przywieźć tu również parę przydatnych rzeczy. Zamiast kontenerów do składania statków mieć odporną kukurydzę na przykład. Wysokowydajną pszenicę. Ale to wymagało czasu. A tu ważny był wyścig do bieguna. Mentalność ukształtowana przed millenium kazała temu celowi podporządkować dosłownie wszystko.

– Czy...

Nie zdążyła zadać pytania. Przerwał jej okrzyk dobiegający od strony mesy. Chwilę później zobaczyli jednego z obcych, który biegł w ich kierunku.

– Psiakrew, ciągle tu sterczysz? – krzyczał. – A w sztabie wrze!

– Co się dzieje? – Amerykanin podniósł się szybko.

– Klapa. – Posłaniec ledwie łapał oddech. Widać, że biegał po korytarzach, szukając Amerykanina we wszystkich pomieszczeniach.

– Co się stało?

– Zdobyliśmy Tor Avahen i...

– Przecież to już było jasne i wcześniej. Czemu klapa?

Przybysz odetchnął głębiej, żeby uspokoić oddech.

– Zdążyli ewakuować całe archiwum!

– Co? Gdzie ewakuować?

– Zdziwisz się, ale nie do Piotrusia Pana! – tamten usiłował być zjadliwy. – Na, kurwa, polskie okręty!

– Szlag!!!

Chris był tak wzburzony, że rzucił trzymanym w ręku karabinem o metalową ścianę nadbudówki. Kai drgnęła przestraszona. Z najwyższym trudem się opanowała. Mężczyźni rozmawiali po angielsku, sądząc, że dziewczyna nie rozumie ani słowa. Obaj się mylili, lecz teraz sprawą priorytetową było utrwalenie ich w tym przekonaniu. Postanowiła nie opuszczać spojrzenia. Przenosiła więc wzrok z jednego na drugiego z cielęcym wyrazem twarzy.

– Czekaj. Może archiwum uda się jakoś odbić? Przecież oni mają tam tylko niszczyciel.

– A widziałeś jego zdjęcie? To A210.

– I co z tego? Mamy więcej armat na pokładzie i większego kalibru. Jakby go zaskoczyć, to można by zatopić. Skoro nie możemy mieć archiwum, niech oni też nie mają.

– Ty naprawdę nie widziałeś tego, co on ma na pokładzie.

– To tylko niszczyciel.

– Tak. Podpłynie z szybkością motorówki i przypieprzy cztery torpedy z jednej burty, zwrot i przypieprzy z drugiej. A na osiem torped idących dwoma wachlarzami nie ma, kurwa, mocnych!

Chris wziął oddech, jakby chciał coś powiedzieć, ale zaraz oklapł.

– Wystarczy jedna celna, żeby się rozpadł ten okręt z klocków – szepnął zrezygnowany.

– Przy naszej prędkości nawet nie będą strzelać z armat.

– Czekaj. Może nie wiedzą, co tak ciekawego jest w tym archiwum?

Tamten tylko machnął ręką.

– Nie łudź się. Ta suka montuje coraz lepsze komputery. A Martwica Siedem jest już zainstalowana na pokładzie lotniskowca. Wiedzą albo zaraz będą wiedzieć, czego szukać. Mają Mereditha.

– To cywilny czarownik. – Chris wzruszył ramionami. – Pojęcia nie ma, o co chodzi.

– Cywil bez wiedzy, ale lepszy niż zakonni mistrzowie. A Wyszyńska coś zwąchała. Całymi dniami siedzi z wiadomym matematykiem i łatwo się domyślić, co liczą te jej śliczne maszynki.

Amerykanin, osłaniając dłońmi płomień, zapalił sobie papierosa. Potrafił się szybko opanować.

– Pieprzyć to – powiedział już bardzo spokojnie, wydmuchując dym. – Pieprzyć. Mamy przewagę.

– Póki co.

– A nasz sztab jakoś reaguje?

Posłaniec wzruszył ramionami.

– Owszem. Chce szybko zdjąć parę ważnych osób w ich systemie zdobywania informacji.

– Chcą wysłać morderców na Wentzla?

– Pan admirał Wentzel to dla nas trochę za wysoka poprzeczka. Zabijemy Wyszyńską i Tomaszewskiego.

Kai przełknęła ślinę. Tego nie mogła opanować. Z trudem spowalniała własny oddech.

– Bardzo honorowo – mruknął Chris. – Bardzo.

– Ty słuchaj... My tu nie na honorowy pojedynek się wybraliśmy. Ani my, ani oni. Ale my musimy zrealizować misję, która zaczęła się ponad tysiąc lat temu.

– No dobra. W takim razie chodźmy zaplanować wzajemne kopanie się po jajach. – Chris podniósł swój karabin. Wyglądał na bardzo zmęczonego. I dopiero teraz przypomniał sobie o Kai. – Wracaj do siebie – przeszedł znowu na miejscowy język. – Przyślę kogoś, kto was zaprowadzi do kabiny z bulajem.

– Dziękuję! – Zerwała się, usiłując udawać szczery entuzjazm. – Nie wiesz, jak bardzo...

Chris uśmiechnął się dziwnie.

– Tylko uważajcie z tym bulajem i nie wychylajcie się. Łatwo wypaść.

Kai zamurowało. Bez słowa patrzyła, jak tamci odchodzą pogrążeni w dyskusji. Długo trwało, zanim ochłonęła na tyle, by wrócić do mesy.

– Co się stało? – Nuk wyraźnie zaniepokoił stan koleżanki. – Wyglądasz jak świeżo uwolniona kupa.

– Przeniosą nas na górę.

– Świetnie. – Nuk była dobrym obserwatorem. – A co poszło nie tak?

Kai usiadła na jednym z krzeseł przy stoliku, którego blat Nuk właśnie czyściła.

– Na odchodnym powiedział takie dziwne zdanie. Żeby uważać i nie wypaść przez bulaj.

– Przez tę dziurę nie da się wypaść. – Sierżant zamierzała się roześmiać, ale spoważniała natychmiast, zdając sobie sprawę z ukrytego znaczenia. – Domyślił się, że chcemy wystawić antenę?

Kai rozłożyła ręce w geście bezradności.

– Po coś to powiedział.

Nuk przysiadła na krześle obok.

– O jasna szczurza dupa!

– Nie mam pojęcia, co myśleć.

– No... nie słychać tupotu ludzi, którzy lecą nas aresztować. Ale... – Nuk zawiesiła głos. – Ale przyszło mi do głowy, że wysłanie meldunku z tego okrętu sprawi, że nas wykryją w ciągu modlitwy.

– Nawet szybciej.

– Właśnie. Co nas zaćmiło?

Kai nie umiała znaleźć odpowiedzi.

– A on chciał ostrzec czy co? – dopytywała sierżant.

– Nie mam zielonego pojęcia! – powtórzyła czarownica. – Nawet mi nie dzwoni.

Nuk bacznie przyglądała się koleżance. Nic jej nie umykało.

– A jaki jest ciąg dalszy złych wieści? – spytała.

– Chcą wysłać morderców na Krzyśka, a ja nie mam cienia szansy, żeby go ostrzec. – Przez chwilę coś jakby do siebie szeptała, potem dodała głośniej: – Zabiją Krzyśka i Wyszyńską. – Westchnęła.

Gorączkowo rozpatrywała najbardziej rozpaczliwe nawet możliwości wysłania ostrzeżenia i nagle zamarła. No właśnie. Czy na pewno chciała ostrzec Wyszyńską?

Rozdział siódmy

Rand podróżował koleją w wagonie pierwszej klasy. Wykupił sobie cały przedział, tylko on i Aie, nie chciał towarzystwa bogatych i gadatliwych ponad wszelką miarę kupców. Ekskluzywny wagon był co prawda ozdobiony ostrzegawczymi napisami, że klasa pierwsza przeznaczona jest wyłącznie dla podróżujących polskich inżynierów oraz oficerów. Rand, jak i zresztą cały lud imperium, znał już jednak Polaków na tyle dobrze, że odkrył ich tajemnicę: cały rozbudowany i restrykcyjny kodeks polskiego prawa istniał wyłącznie na papierze. Jego styczność z rzeczywistością była niewielka, ograniczała się zaledwie do drobnej, pragmatycznej części. Dlatego też w luksusowych przedziałach Polacy stanowili mniejszość. Przytłaczającą część wygodnych foteli zajmowali bogaci kupcy, których stać było na drogi bilet i dużą łapówkę wręczoną komu trzeba. Napisy w stylu: „wyłącznie dla Polaków" traktowano jako swoisty folklor, no bo „a gdzie ty tu Polaka znajdziesz, panie, ani widu, ani słychu – sami nasi".

Aie przyklejona do szyby chłonęła zmieniający się krajobraz za oknem. Nie zdradzała chęci do rozmowy, co pozwoliło Randowi zagłębić się we własnych rozważaniach. Mniej więcej stąd pochodził. To znaczy stąd właśnie udał się jako młody chłopak do stolicy, by zacząć swoją karierę na dworze. Pamiętał dobrze okolicę. Brudne, zapyziałe wsie, odrapane, ziejące beznadzieją biedy miasteczka i gospodarka chyląca się coraz bardziej ku nieuchronnemu upadkowi. Nie mógł zrozumieć, skąd wzięły się obsiane od granicy do granicy pola, zaorane wcześniejsze ugory, pracujące młyny, które pamiętał jako półruiny bez mała. Co sprawiło, że nagle ludzie zaczęli naprawiać swoje chałupy, czyścić domy, porządkować obejścia przed nimi, udrażniać wiejskie mosty i kładki? Co sprawiło, że skądś pojawiła się tu tajemnicza energia? Nie. Bogactwa jeszcze nie było widać. Ale już dostrzegał starania.

Pociąg zaczął zwalniać, by wtoczyć się na małą stacyjkę wśród pól, przy dawnych, opuszczonych teraz magazynach głębokiego zaplecza dywizji strzelców pustyni. Magazyny okazały się opuszczone wyłącznie przez armię. Teraz, w „cywilnych barwach", prezentowały się zdecydowanie lepiej niż dawniej. Wyremontowane, przebudowane, odmalowane pękały w szwach, jeśli sądzić po liczbie kręcących się przy nich ludzi oraz kolejce zaprzęgów pod rampami.

Stacja, a konkretnie, szeroki peron tętnił życiem, upodabniając się do targowiska w wielkim mieście. Tłumy sprzedawców oferowały wszystko: od miejscowych serów, z których kiedyś słynęła ta prowincja, po polski złom ze zlikwidowanej bazy strzelców pustyni. Wszystko znajdowało nabywców: nowe, ozdabiane miejscowym haftem tuniki i zardzewiały drut kolczasty. Żywe kurczaki i rzeźby wywleczone z ruin starożytnej świątyni. Najwięcej jednak było płodów rolnych, trwał przecież sezon na owoce. Drewniane skrzynie i wiklinowe kosze ustawiono wszędzie. Z braku miejsca zbudowano za peronem prowizoryczne rusztowania, które dosłownie uginały się pod różnymi towarami.

I tu Rand mógł zobaczyć na własne oczy, jak wygląda handel w nowym wydaniu. Kupcy, ci mniej znaczni, którzy podróżowali drugą i trzecią klasą, błyskawicznie pootwierali wszystkie okna w swoich wagonach. Wychylali się niebezpiecznie, przywołując dzieciaki. Mali chłopcy przeciskali się pod nogami zbitego tłumu na peronie, by po chwili wrócić z próbką towaru. Kupiec najpierw sprawdzał jego jakość, a potem wdawał się w negocjacje cenowe. Z powodu rozgardiaszu i hałasu nie sposób było porozumieć się nawet krzykiem. Wszystko odbywało się za pomocą gestów. Kupcy pokazywali liczby na palcach, wykonywali jakieś dziwne ruchy, kiwali lub energicznie zaprzeczali głowami. Jakim cudem w tym tłoku handlarze orientowali się, kto z kim „rozmawia", z odległości kilkudziesięciu kroków, pozostawało zagadką. A jednak transakcje dochodziły do skutku. „Zgodzony" kupiec z pociągu zapisywał na kartce miejsce i termin dostawy, chłopcy na czworakach dostarczali dokumenty sprzedawcom, by po chwili, już opatrzone podpisem, nieść do zastępcy zawiadowcy po pieczęć potwierdzającą umowę i z powrotem do pociągu. Żadnej gotówki, towar będzie zapłacony w miejscu dostawy. Żadnego tradycyjnego uściskania poplutych dłoni. Nic.

– Cholera! – zaklął po polsku Rand. – Nowa epoka.

– Ano – przytaknęła Aie.

– A skąd ta długa kolejka do stacji?

– Do telegrafu. – Aie była najwyraźniej zorientowana.

– A ta druga, mniejsza?

– Też do telegrafu. Tyle że im zależy na czasie, więc chcą wręczać łapówki za ekspres.

Rand roześmiał się nagle.

– Znając tradycje korupcji w cesarstwie, to ta druga powinna być dłuższa.

– Nie, nie, nie. Chłopcy, którzy obsługują te druty, mają przecież swojego polskiego szefa. A on bogaty, jak wszyscy zza gór, jego nie zadowolisz byle jaką kwotą. Więc połączenie ekspresowe jest tylko dla zamożniejszych kupców.

Ciekawe. Rand obserwował rozwrzeszczany tłum na peronie. Wyraźnie wyróżniali się w nim kolejarze, przechadzający się między ludźmi z jakąś niesamowitą godnością. Mieli na sobie czarne, zupełnie nieprzystosowane do upału mundury i jaskrawoczerwone czapki. Oni też dzielili się na klasy. Nad zwykłymi kolejarzami znajdowali się ci, którzy mieli na sznurku u szyi gwizdki, a w rękach okrągłe małe łopatki oznaczone dwoma kolorami. Najwyżej stali ci, którzy nie musieli nosić marynarek, pokazując nieskazitelną biel swoich koszul. Wyróżniali się jeszcze lśniącymi łańcuszkami przymocowanymi do guzika kamizelki, zabezpieczającymi ukryty w kieszonce mechaniczny zegarek. Ci zachowywali się wręcz jak udzielni książęta.

– Zastanawia mnie jedna rzecz – Rand zwrócił się do Aie. – Jakoś nie mogę uwierzyć, że wystarczyło poprowadzić jedną jedyną nitkę kolei, a tereny, których dotknęła, zmieniają się bardziej, niż gdyby czarownik musnął je swoim kijem.

Uśmiechnęła się w odpowiedzi.

– Kolej wyrwała ich ze stagnacji. A pierwszy pociąg przywiózł na platformach transportowych duży ładunek nadziei.

– No niestety. Wyglądają na zadowolonych. – Rand przyglądał się zaaferowanym twarzom handlarzy na peronie. – Chyba ostatnia chwila, żeby robić rewolucję. Zanim lud rozleniwi się w dobrobycie.

Aie uśmiechnęła się jeszcze szerzej. Tym razem kpiąco.

– Lud poczuł, że mu się polepsza. I lud pragnie, żeby polepszało mu się jeszcze bardziej, jeszcze szybciej i możliwie bez wkładu własnego. I dlatego czas na rewolucję jest zawsze dobry.

– Ty... filozof.

– Czyżbyś zapomniał, że służyłam u filozofa? A poza tym od czasu, kiedy jesteśmy pod ochroną Cichego Brata zza gór, jakoś mniej zamachów na twoje życie odnotowuję. Mam czas, więc czytam.

Prychnął jak kot.

– Czasami mam ochotę skopać tyłek temu doktorowi, co wyleczył ci głos.

– Jako niemowa byłam strawniejsza?

– Jakoś wtedy bardziej mi potakiwałaś.

– Taaaak. Kobieta i krowa głosu mieć nie powinny, bo przecież poziom intelektualny u nas taki sam.

– Ty... ty nawet tym ich feminizmem przesiąkłaś! Co ty czytasz? Pisma przywożone zza gór? Jakbym wyszczekanej Wyszyńskiej słuchał!

Aie rozłożyła ręce w geście „i cóż ja na to poradzę?".

– Po prostu kobiety za górami wcześniej doszły do słusznych wniosków. I my powinnyśmy brać z nich przykład.

Rozwojowi dalszej dyskusji zapobiegły gwizdki dobiegające z peronu. Mężczyźni w czarnych mundurach zaczęli energicznie wymachiwać swoimi śmiesznymi łopatkami, a ci ważniejsi z godnością oglądali swoje zegarki na łańcuszkach. Nie otwierali kopert, więc w ich wydaniu nadawało to zwykłemu odjazdowi charakter rytualny.

Tłum cofnął się od torów i pociąg ruszył, przerywając operacje handlowe prowadzone do końca przez wychylonych z okien kupców. Rand opadł na oparcie swojego wygodnego fotela.

– Martwiło mnie, że kolej jest, niestety, idealnym środkiem transportu, dzięki któremu oddziały sił specjalnych mogłyby błyskawicznie wrócić z frontu, kiedy zacznie się coś dziać.

– Ach, więc to dlatego jechałeś taki struty?

– Ale już nie do końca się martwię. Widok tego peronu coś mi powiedział.

Rand przyciskiem elektrycznego dzwonka wezwał konduktora z przedziału służbowego. Młody mężczyzna, choć spocony jak mysz pod swoim wspaniałym mundurem, nie był nawet zdyszany. Energicznie otworzył drzwi.

– Czym mogę służyć, proszę pana?

Dobrze władał językiem polskim. Miał nawet dość prawidłowy akcent.

– Najbliższe miasto na trasie to Klare? Prawda?

– W rzeczy samej, proszę pana. Klare zwane „świętym" od czasu tego, co przeszli podczas powodzi ostatniej wiosny. Ale proszę się nie obawiać. Most na rzece nienaruszony, nasi inżynierowie budują solidnie. – Uśmiechnął się. – Opóźnienia nie będzie.

– Hm. A właśnie ja chciałbym spowodować opóźnienie. Muszę wyjść z pociągu i coś szybko załatwić.

– Obawiam się, że to niemożliwe, proszę pana.

– Mam krótką sprawę. Gdyby pociąg mógł na mnie zaczekać dosłownie kwadrans...

Rand specjalnie użył słowa „kwadrans". Znaczyło to przecież to samo, co piętnaście minut, ale było pięknym, nowoczesnym słowem. I od razu podkreślało, w jakich kręgach obraca się rozmówca.

Konduktor z szacunkiem pochylił głowę. A potem wyjął z kieszonki swój mechaniczny zegarek. Nawet otworzył kopertę i spojrzał na cyferblat. Położenie wskazówek niewiele mu, zdaje się, mówiło, ale sam zegarek cykał tak głośno i miarowo. Chyba zresztą o to właśnie chodziło. On też podkreślił swoją nowoczesność i przynależność do danej grupy.

Samego Randa przywiezione zza gór miary czasu jedynie śmieszyły. Dlaczego doba ma dwadzieścia cztery godziny zamiast dwudziestu albo, jeszcze lepiej, dziesięciu? Dlaczego godzina ma sześćdziesiąt minut, a minuta sześćdziesiąt sekund zamiast stu, dajmy na to? Te durnoty strasznie komplikowały wszelkie obliczenia. I tyle.

– Jak więc będzie?

– Musiałbym zapytać samego maszynisty – konduktor powiedział to tonem, jakby mówił: „samego wielkiego kapłana imperium". – Obawiam się jednak, że nic nie da się zrobić.

– To polski pociąg – uciął Rand. – A to znaczy, że jak się da, to się zrobi.

Sięgnął do swojej torby po sakiewkę wypełnioną złotem.

Ta armia okazała się zupełnie niesamowita. Czegoś takiego dziewczyny nie doświadczyły nigdy w życiu. Najpierw podróż statkami z bazy w Sait. Przesiadka w Negger Bank na pociąg. Błyskawiczna podróż na Złe Ziemie. Tam, w koszmarnym upale, przesiadka do innego pociągu, który zwiózł ich nad jakąś rzekę, której nazwy nawet nie znały. Przy wielkiej przystani przeładunkowej cumowały barki i nimi właśnie cała dywizja została przetransportowana gdzieś na koniec świata. Nie orientowały się, gdzie były, ale to nie miało żadnego znaczenia. W zupełnie nieprawdopodobnym czasie odbyły podróż tak długą, że nikt z żyjących na tym świecie nie przebył podobnej odległości przez całe swoje życie. A one liczyły czas w dniach zaledwie. W dodatku nigdy nie były głodne ani spragnione. Usiłowano nawet zapewnić im rozrywki. Jeśli warunki pozwalały, puszczano im ruchome obrazy, albo bardzo śmieszne, albo przeciwnie, łzawe romanse, które choć dziewczyny nie rozumiały słów ani napisów, niezmiennie powodowały u nich tkliwe wzruszenie. Czasem organizowano koncerty, podczas których można było nawet napić się rozcieńczonego wodą wina.

Najlepszy numer wycięła Foe. W miejscu, do którego trafiły, panował klimat zdecydowanie umiarkowany. W dzień nie było ani za gorąco, ani za chłodno. W rzadkim liściastym lesie noce jednak bywały zimne. I właśnie zziębnięta po nocnej warcie Foe nie wytrzymała i zaczęła pomstować na cały głos:

– No żeby to jasny szlag trafił! Dupa mi chyba zamarzła! Zaraz się rozchoruję i umrę! A pęcherz już mam przeziębiony, bo jak sikam, to mnie boli!

Jej krzykami zainteresował się zagraniczny oficer. Dopytywał sierżant, o co dziewczynie chodzi. Po dłuższym czasie, częściowo w łamanej polszczyźnie, częściowo w gwarze, udało mu się wyklarować, co wkurzyło krzykliwą babę. Sierżant obiecała oczywiście, że da jej wycisk, ale oficer machnął tylko ręką i odszedł w milczeniu.

Foe spodziewała się, że coś się wydarzy następnego ranka. Jakaś okropna kara przed frontem kompanii. Obie z Naan miały nadzieję, że nie będzie to rozstrzelanie za defetyzm. Niemniej właściwie nie spały tej nocy.

I rzeczywiście rano coś się stało. Do obozu ich kompanii nie przyjechał, o dziwo, pluton egzekucyjny. Zamiast niego pojawiła się ciężarówka, z której żołnierze tyłowi łopatami, żeby było szybciej, zaczęli zrzucać na ziemię nowe, ciepłe kurtki. Kompania oniemiała. Z szoferki wysiadł felczer.

– Która to narzekała, że jej dupa odmarzła?!

Foe nieśmiało podniosła rękę. W zamian dostała maciupeńki flakonik z jakimiś białymi drobinkami.

– Masz to łykać po jednej trzy razy dziennie, aż przestanie boleć przy sikaniu. – Do flakonika była dołączona również słowna instrukcja.

– Ożeż... O ja cię pierdolę! Wystarczy powiedzieć i... – Foe nie umiała znaleźć odpowiednich słów. – Co to za armia, która tak traktuje żołnierzy?

– No już! – Naan runęła do przodu taranem jak czołg, który osłaniała. – Bo zabiorą nasze rozmiary!

Dziewczyny na środku walczyły między sobą o podział łupów, przymierzając w locie, co której pasowało. Kurtki były zajebiste. Co prawda dochodził im jeszcze jeden element do już i tak wielorakiego wyposażenia, które musiały dźwigać, ale co tam. W nowych ciuchach wyglądały elegancko!

Rozdano im jeszcze ciepłe skarpety i farbki do malowania twarzy. Maskujące, więc tylko w trzech kolorach. Ale i tak dziewczyny błyskawicznie domalowywały sobie wąsy albo podbite oko. Te nieliczne, które potrafiły napisać kilka słów, ozdabiały czoła sentencjami w rodzaju: „Mamo, tęsknię!" albo „Nie podchodź, gnoju!". Przytłaczająca większość jednak robiła sobie farbkami makijaż, wzorem dam z wielkiego świata malując wargi i cienie wokół oczu. Niestety, tylko w kolorze zielonym, czarnym i brązowym, przez co cały oddział przypominał uwiecznione w legendach i ludowych bajaniach wstające z grobu istoty, które wypijały ludzką krew.

Po krótkim okresie w obozie adaptacyjnym zaczęła się wojna. Niby prawdziwa.

Na razie przybrała postać niespiesznego marszu przez las, w którym drzewa rosły z rzadka, daleko jedno od drugiego, oraz przez ogromne, porośnięte chwastami polany. Wokół nie było chyba nikogo. Nie było też żadnych śladów dzikich zwierząt. Całkowita pustka. Istny koniec świata.

Marsz był męczący głównie z powodu licznych klamotów, w które wyposażyła ich armia, a które teraz należało dźwigać na własnych barkach. Foe i Naan należały do uprzywilejowanych. Mogły jechać na pancerzu czołgu, do którego je przydzielono. Nikt nie przewidywał tu manewrowych bitew pancernych, więc stalowe kolosy rozdzielono w małych grupach jako bezpośrednie wsparcie poszczególnych oddziałów. Właściwie wszystko przypominało bardziej radosną pielgrzymkę do jakiejś świątyni niż działania bojowe.

Zwiad myszkował gdzieś z przodu, przynosząc od czasu do czasu ważne informacje o strategicznym znaczeniu, które dawało się streścić w słowach: „nic się nie dzieje". Z tym zwiadem zresztą zaszło jakieś nieporozumienie. Szefem została kapral Mi, zwana Grubą. Nie dlatego, że była jakoś tam szczególnie otyła. Nie, po prostu była wielką kobietą, bardzo wysoką. Z tego też względu Gruba Mi nie miała powodzenia u mężczyzn. Żaden nie chciał się całować, stając na palcach i usiłując dosięgnąć jej ust. Jakoś to deprymowało tubylców, których biedna dziewczyna dotąd napotykała. Teraz sytuacja zmieniła się diametralnie. Okazało się, że kapral prawie dorównuje wzrostem Polakom, którzy służyli w czołgach. I swoimi kształtami bardzo przypomina im Polkę. Dlatego też polscy żołnierze otaczali ją życzliwością. Sypały się żarciki, nawiązywały flirty, a może i coś więcej. Mi, po raz pierwszy w życiu otoczona atencją, czuła się szczęśliwa. „Fajna dupa" – mówili o niej żołnierze zza gór. „Ma czym oddychać, ma na czym usiąść..." A Mi biegała radosna i pochłonięta sprawami bardzo odległymi od militarnych. Nie patrzyła pod nogi. I kiedy wywaliła się na jakimś wykrocie, Foe nie mogła sobie darować.

– Patrzcie, dziewczyny – powiedziała do otaczających ją na postoju żołnierzy – jeszcze się wojna nie zaczęła, a droga już usłana grubami!

Baby zaczęły się śmiać. Mi fuczała jak wściekła kotka i otrzepywała się na boku. Niemniej sprawa zainteresowania innego niż rozpoznanie zaczynała budzić wśród piechociarek lekki niepokój. Na szczęście następnego dnia spotkali patrol dywizji pustynnej, która posuwała się gdzieś obok. Pani porucznik, ewidentnie tutejsza, ale w polskim mundurze, przekazała im informację, że dokładnie z kierunku na wprost wali na nich cały batalion wrogiej piechoty. I muszą sobie radzić same. Frontu jeszcze nie ma, poszczególne oddziały są rozrzucone tak szeroko, że w grę wchodzi jedynie łączność radiowa. Na wsparcie artylerii nie mogą liczyć, bo wojsko w marszu i baz ogniowych jeszcze nie ma. Lotnictwa również. To znaczy jest, ale pewnie nie przyleci.

– To co mamy robić? – wyrwało się którejś z chorążych.

– Zatrzymać ich.

– Jak?

– No zabijcie ich. I już.

– Jedna kompania na cały batalion?

Porucznik straciła cierpliwość.

– No to polećcie dusze Bogu.

– Chyba Bogom – nie dawała za wygraną chorąży.

– Ty! – Kobieta w obcym mundurze wycelowała w nią palec. – Ja mam męża Polaka, zmieniłam obywatelstwo i jestem teraz katoliczką! Zapamiętaj więc sobie: Bóg jest jeden, choć w trzech osobach!

– O mamo! Czemu to takie skomplikowane?

Zirytowana porucznik tylko machnęła ręką.

– Zresztą, żeby napluć na was, pojedynczy Bóg wystarczy.

– To on jeszcze pluje? – zdziwiła się Naan.

Porucznik nie chciało się wyjaśniać nieporozumień na styku potocznego języka i teologii.

– Wybierzcie teren do bitwy. Spotkacie ich jeszcze dzisiaj.

Przekazana informacja nie spowodowała szczególnego zaniepokojenia w dowództwie ich wzmocnionej kompanii. Może oficerowie liczyli, że dotrze do nich jednak druga kompania? A może i trzecia? Meldunki przez radio szybko rozwiały te nadzieje. To coś, te luźne związki, które miały utworzyć front, zostały rozrzucone za szeroko. A współdziałania między różnymi rodzajami broni jeszcze nie było.

No trudno. Dowództwo dość szybko wybrało rozległą polanę. Na niewielkim wzgórzu, w rzadkim jak wszystko tutaj zagajniku zamaskowano czołgi. A reszta... musiała sobie kopać dołki strzeleckie dokładnie na środku polany. Na szczęście w ziemi pokrytej tylko trawą i chwastami kopie się łatwo. To nie to, co w lesie, szczególnie sosnowym, gdzie poprzerastana korzeniami gleba osiąga twardość zbrojonego betonu. Kompania zgłosiła gotowość do obrony na długo przedtem, zanim rozległy się świdrujące gwizdki zwiadu sygnalizujące zbliżanie się przeciwnika.

Problem w tym, że gwizdki nie rozległy się z kierunku, skąd spodziewano się jego nadejścia.

– Szlag! – Stojąca obok czołgów sierżant szef klęła coraz głośniej. – No przecież nie da się batalionem manewrować tak, żebyśmy tego nie zauważyły!

Kilku zaciekawionych rozwojem sytuacji Polaków podniosło do oczu swoje lornetki.

– Ale jaja. Wyszli z tyłu.

Naan ciągle nic nie widziała. Żadnego ruchu, żadnych ludzkich sylwetek w obcych mundurach. Wojsko u stóp ich wzgórza błyskawicznie zmieniało pozycje. Cała robota przygotowania stanowisk obronnych była na nic.

– Patrzcie tam! – Jeden z czołgistów wskazał coś palcem.

– Ale numer! Teraz wyszli z boku!

Sierżant szef też dysponowała lornetką. Wskoczyła na najbliższy pancerz, żeby mieć lepszy widok.

– To niemożliwe – szeptała. – Nie w ludzkiej mocy tak manewrować całym batalionem!

– A wywiad ostrzegał – mruknął jeden z Polaków.

– O czym?

– Że u nich w najmniejszym oddziale teraz czarownik będzie.

– Ty w czary wierzysz?

– No nie, ale może ci ich szamani to jacyś mistrzowie kamuflażu?

– E tam! – Dowódca ich czołgu podszedł bliżej. – Naan, Foe, co się gapicie? Jazda na wieżę, do cekaemów! Chcę widzieć prysznic i pięćdziesiątkę w pełnej gotowości!

Obie błyskawicznie wspięły się na szczyt maszyny, wyjmując z podajników końcówki taśm amunicyjnych. Szybko umieściły pierwsze naboje w komorach. Szczęk wielkich zamków i cisza. Ktoś wzmacniał warty za ich plecami. Oddział u podnóża po raz kolejny zmieniał front, ale one nadal nie mogły dostrzec żadnego ruchu wroga.

– Patrz tam! – krzyknął ktoś nagle. – Idą!

– Z poprzedniego kierunku?

– Nie. Tam!

– Chryste Panie! Przecież nie mogą przenosić cudownie całego batalionu.

– Chyba mogą. Albo nam się śni.

Naan przełknęła ślinę. Piechota na wielkiej polanie po raz kolejny zmieniała szyk. Nikt jednak nie panikował. To były weteranki, niejedno już przeżyły. A musztra w oddziałach cesarskiej armii zawsze stała na wysokim poziomie. Tyle tylko, że piechociarki nie miały już żadnej osłony.

– Tam. – Foe machnęła ręką.

I dopiero teraz Naan dostrzegła wroga. Równe linie piechoty wyłaniały się spośród drzew. Któryś z Polaków roześmiał się, a potem chrząknął głośno i splunął pod nogi.

– No to teraz ich widać. Koniec czarów i magików.

– Tia – przytaknął drugi. – Teraz będzie jak zwykle.

– Czyli co? – Sierżant szef zeskoczyła ze swojego stanowiska na pancerzu.

– Czyli atak piechoty na cekaemy. – Czołgista zerknął na sierżant i widząc, że tamta nie zrozumiała, dodał: – Rzeźnia.

Dziewczyny na polanie po raz kolejny zmieniały linię obronną. Nie było czasu na przygotowanie jakichkolwiek umocnionych stanowisk. Kładły się więc po prostu tam, gdzie stały. Ich mundury w maskujące barwy, opinki na hełmach i chusty z kamuflażem sprawiały, że nawet stąd, ze wzgórza, ciężko było dostrzec stanowiska poszczególnych strzelców.

– Otwierać ogień według uznania! Otwierać ogień według uznania! – Stłumione echo rozkazów wykrzykiwanych przez sierżantów docierało do stanowisk czołgów.

Kilka nadaktywnych dziewczyn od razu zaczęło strzelać. Teoretyczny zasięg współczesnego karabinu był ogromny. Ale w praktyce uznano, że skuteczny ogień w warunkach bojowych można prowadzić na odległość mniej więcej trzystu metrów. A strzelając z podpórki, wykorzystując własny plecak, albo z ręki, kiedy łokieć jest wygodnie wciśnięty w ziemię? W tych warunkach trzysta metrów to zwykła strzelnica. Mimo że stanowili ruchomy cel, atakujący żołnierze zaczęli padać jeden po drugim. W miarę zmniejszania się dystansu coraz więcej dziewczyn postanawiało wypróbować swoje oko. Były weterankami, nie traciły nerwów na widok nadciągających fal wrogiej piechoty. Czuły się bezpiecznie, bo wiedziały, że nadchodzący mężczyźni nie byli w stanie zobaczyć dokładnie, gdzie one są. Żaden dym wylatujący z lufy nie zdradzał ich pozycji.

Od strony atakujących dobiegł dźwięk piszczałek. Pierwsza linia zatrzymała się i zaczęła równać. Ci z przodu zrobili przyklęk, ci z tyłu stali wyprostowani. Nie zdążyli nawet unieść swoich karabinów.

Trzy cekaemy i dziewięć ręcznych karabinów maszynowych zaterkotało, kosząc niefortunnych żołnierzy precyzyjnymi seriami. Widząc, co się dzieje, druga linia nie zatrzymywała się już do oddania salwy. Żołnierze ruszyli biegiem do szturmu na bagnety.

Podoficerowie obrońców najprawdopodobniej dostały nowe rozkazy. Dziewczyny rozbiegły się wśród stanowisk strzelców, rzucając im dodatkowe łódki z nabojami. Bezpośrednio na ziemię. Tak tylko, żeby były pod ręką. Te z zaopatrzenia, które stacjonowały pod wzgórzem, metalowymi prętami rozbijały drewniane skrzynki z amunicją. Zaopatrzenie nie szwankowało, strzelanina mogła się rozkręcać w najlepsze.

– Możemy już walić? – Foe przy pięćdziesiątce nie potrafiła wytrzymać napięcia.

– Ani mi się waż! – wrzasnął na nią najbliżej stojący czołgista. – Nie było rozkazu!

– Z tej odległości wystarczy, że drgnie ci ręka, i poślesz kule naszym – dodał drugi.

Foe była innego zdania, lecz nie śmiała oponować. Najwyraźniej zalewała ją krew, że nie może wypróbować na wrogu swojej cudownej broni. Nie było jednak żadnego uzasadnienia dla użycia pancernego odwodu. Tam, na dole, na rozległej polanie, druga linia atakujących, a właściwie jej resztki, ledwie przekroczyła miejsce, do którego dotarła pierwsza. Została zatrzymana, a właściwie zabita kilkanaście kroków dalej. Nieliczni ocaleni zaczęli uciekać. Ktoś nawet, jakiś obdarzony niezwykłą odwagą oficer, usiłował zebrać pozostałych w jednym miejscu. Dwa lekkie granatniki ustawione przy stanowisku kwatermistrza błyskawicznie przekonały ich jednak, że skuteczne dotąd zwieranie szeregów i koncentracja oddziału na polu bitwy nie jest już dobrym pomysłem. Granaty miały zbyt mały rozrzut, by opłacało się ich używać wobec rozproszonych żołnierzy. Ale jeśli tamci uprzejmie sami zbierali się do kupy, to niezbyt widowiskowe gejzery i świszczące wokół nich odłamki szybko przekonały wroga, że stara taktyka nie ma dzisiaj żadnego zastosowania.

Strzelanina wygasała powoli. Od strony linii obronnych zaczęły dobiegać pojedyncze wiwaty, żarty i wesołe okrzyki. Morale wojsk cesarstwa nigdy chyba nie było tak wysokie. Weteranki pękały z dumy. No i nareszcie dostały oręż i taktykę, które niwelowały przewagę w sile fizycznej przeciwnika.

Zupełnie inaczej odebrali to Polacy. Jeden z nich wyjął z kieszeni papierośnicę. Tak drżały mu ręce, że nie mógł trafić płomieniem zapalniczki w końcówkę papierosa.

– Co to było, do kurwy nędzy? – mamrotał pod nosem. – Zbiorowe samobójstwo?

– Pojebało ich wszystkich – dodał drugi. – Normalnie pojebało!

– No samobójstwo! To nie lepiej było się pod pociąg od razu grupowo podłożyć? Aż tu musieli iść?

Dowódca czołgu podszedł do Foe i Naan. Wypluł trzymaną dotąd w ustach jakąś łodygę i wziął się pod boki.

– No i tak się właśnie kończy wiara w magię i moc czarnoksięską – zakpił. – Złaźcie z wieży. Macie peemy, to idźcie jeńców zbierać i osłaniać sanitariuszki. Wojsko na noc będzie zasieki rozciągać, musi zająć się swoją robotą.

Obie posłusznie zeskoczyły na dół.

– I co robić z tymi jeńcami? – zapytała Foe.

– Na budowę dróg pójdą. Ale teraz zgromadźcie ich tam, pod wzgórzem. Noc blisko.

Rzeczywiście zmrok zapadał szybko. Razem z resztą dziewczyn z ochrony czołgów ruszyły w stronę pobojowiska. Naan wysunęła metalową kolbę ze swojego peemu i oparła o biodro. Rozpięła też uwierający pod brodą pasek hełmu. Teraz jego końcówki dyndały przy żuchwie. Irracjonalnie poczuła wilczy głód. Wyjęła z kieszeni na udzie czekoladowy baton, zębami zerwała papier i zaczęła gryźć.

– A pawia nie puścisz? – zainteresowała się idąca obok Foe.

– Niby czemu? – wybełkotała z pełnymi ustami Naan.

Jej siostra brodą wskazała pierwsze trupy, do których właśnie dochodziły. Widok rzeczywiście był nieciekawy, oględnie mówiąc. Ale one przecież nie takie rzeczy już widziały. To pobojowisko od poprzednich odróżniał tylko jeden podstawowy fakt. Dotąd na polach bitew widziały splątane zwłoki obu walczących stron. Tu leżał tylko przeciwnik. Raczej napawało to optymizmem, niż budziło jakiekolwiek inne odczucia.

– Ale skoszeni.

– No.

Któraś z dziewczyn z drugiego czołgu znalazła pierwszego żywego.

– Ty! Wstawaj, nie symuluj, bo dostrzelę.

Zarośnięty mężczyzna powoli się podnosił. Był przerażony.

– Zdejmuj wyposażenie! Broni nie masz?

Zaprzeczył ruchem głowy. Cały drżał. Wyglądał na zabiedzonego, strzępy munduru zwisały smętnie z chudego ciała. Zaopatrzenie tamtej armii miało się nijak do dowożonego pociągiem i barkami żarcia dla sił imperium. Naan rzuciła mu resztę swojego batona.

– Masz, bo nie dojdziesz do obozu o własnych siłach.

Złapał w locie, wsadził sobie do ust i zaczął intensywnie żuć. Nawet nie powąchał, co to takiego. Na pewno nie trucizna, bo przecież obca też to gryzła. Wyglądał jak zagubiona mysz na uczcie u stada kotów.

Foe tymczasem strzeliła serią nad głową jakiegoś lekko rannego, bo miał w ręku nóż. Pewnie chciał go po prostu odrzucić. Ale łatwo było zrozumieć jej motywację. Chciała pokazać tamtym, żeby nie lekceważyli ich nieporównywalnie małej w stosunku do normalnego karabinu broni. Ta maciupka zabaweczka strzela seriami! Miejcie się na baczności, panowie.

Naan znalazła jakiegoś chłopaka. Podniosła go z ziemi kopniakiem. Miał takie straszne, wytrzeszczone i rozbiegane oczy.

– Zrzucaj wyposażenie! Pas też!

Zgodnie z wyuczoną instrukcją zaszła go od strony pleców i wolną dłonią sprawdziła, czy niczego nie ukrywa.

– Ręce na kark! Odwróć się przodem!

Ale się bał! Naan pierwszy raz w życiu widziała kogoś tak przerażonego. I to właśnie z jej powodu w dodatku. Aż spojrzała po sobie, żeby sprawdzić, co tak bardzo przykuwa jego wzrok. No tak. Kanciasta od wręcz „kapiącego" z niej bogatego wyposażenia, wyglądała przy chudzince w samej tunice niczym istota ze świata cudownych wojowników. Najedzona, ciepło ubrana, wyposażona w broń koszącą całe szeregi i, co gorsza, pewna siebie.

– Pani... Wielka pani – wyszeptał przerażony – co z nami będzie?

Uch, „wielkiej pani" doczekała się nawet. Z trudem powstrzymała śmiech.

– Pojedziecie do Negger Bank, do najbardziej luksusowego burdelu w mieście.

– Jako kurwy? – Chłopak wystraszył się jeszcze bardziej.

– Nie. Jako klienci. A tam już będą na was czekać najpiękniejsze kobiety, słodkie winogrona i cesarska orkiestra.

Foe obok zaczęła się śmiać. Koncept wyraźnie jej się spodobał.

– Słyszałeś? – Lufą podnosiła z ziemi jakiegoś oszołomionego oficera. – Żwawo! Dla was już teraz tylko najlepszy burdel w mieście. Kobiety, wino i śpiew!

Sanitariuszki opatrywały rannych. To znaczy tych tylko, którzy rokowali na przeżycie i samodzielne doczłapanie do linii tyłów. Tym, którzy nie rokowali, ale cierpieli ból, szybko wstrzykiwały morfinę. Ci, którzy jeszcze żyli, patrzyli z niedowierzaniem. I chyba nie chodziło tylko o to, że po raz pierwszy w dziejach bitew w historii tej półkuli ktoś okazywał łaskę pokonanym żołnierzom wroga. Bardziej frapował ich cudowny środek uśmierzający ból w jedną modlitwę. Niektórzy z pominiętych usiłowali doczołgać się do porzuconych jednorazowych strzykawek, by samym wbić je sobie w miejsce szarpiące bólem.

– Nie róbcie tego! Strzykawki są puste – nawoływały sanitariuszki. – Niech każdy czeka na swoją kolej.

Na próżno.

Wieczorny chłód przybierał na mocy. Naan dociągnęła suwak nowej kurtki aż pod szyję. O mało nie wystrzeliła ze swojej broni, kiedy jakiś ranny złapał ją za nogę.

– Pani! Am, am, am... – Pokazywał na swoje otwarte usta. – Błagam...

– Jeść chcesz? – domyśliła się. – A nie możesz powiedzieć po ludzku?

Z przepastnej kieszeni na udzie wyciągnęła opakowanie herbatników, specjalnych, dla wojska, i w związku z tym niezbyt smacznych, za to pokrytych grubą warstwą polewy z cukru. Wolną dłonią rozerwała sztywny papier i rzuciła nieszczęśnikowi. Złapał oburącz i zaczął gryźć razem z opakowaniem, nie trudząc się wyjmowaniem pojedynczych sztuk. Tuż obok leżał inny ranny, któremu pociski rozerwały brzuch. Wyraźnie widać było parujące w chłodzie wnętrzności. A mimo to zdesperowany człowiek wyciągał drżącą dłoń w stronę kolegi żującego gorączkowo herbatniki. Nie zwracając uwagi na paraliżujący ból, usiłował się podczołgać. Co on? Nie wiedział, że nawet jeden kęs mógł go zabić w tym stanie? Czy też wiedział, ale chciał umrzeć syty?

– Pani, wielka pani! Błagam! – Rannych nie było aż tak wielu, ale zdawało się, że wszyscy wyciągali dłonie w kierunku Naan. – Proszę...

Odskoczyła trochę przestraszona, zdejmując z biodra metalową kolbę swojego peemu i chwytając go rękami.

– Bo będę strzelać!

– Zostaw, zostaw. – Foe dotknęła jej ramienia. – Nie rzucą się. Tylko głód ich zaślepia.

– Mam w chlebaku jeszcze jakąś konserwę.

– Zostaw. Dostaną coś na tyłach. A reszta i tak świtu nie doczeka.

Robiło się coraz ciemniej. A one powoli formowały kolumnę z nielicznych niedobitków batalionu armii Nayer. Nie było sensu prowadzić ich pod lufami. Morale wroga nie istniało, nikt nie zdradzał najmniejszej chęci do przeciwstawienia się w jakikolwiek sposób. Kiedy słaniający się jeńcy doszli nareszcie do sztabu, Polacy z czołgów już tam czekali. Każdy chciał zobaczyć wroga na własne oczy. Z bliska.

– Ożeż w mordę! To oni nas atakowali?

– No mówiłem.

– Tym tutaj to łatwiej było iść pod pociąg. Mniej by się namęczyli.

Oficer Nayer, widząc przed sobą olbrzymich mężczyzn w obcych mundurach, sądził pewnie, że przywiedli go przed oblicza generałów. Zasalutował elegancko i nawet się przedstawił. Z powodu akcentu nikt z Polaków go nie zrozumiał. Salut jednak oddali.

– Co z nami zrobicie? – zapytał oficer.

Naan jakby coś trafiło obuchem.

– Nie wrócicie więcej tu. Dla was już tylko hotel Ritz... – zanuciła.

Dowódca ich czołgu zmarszczył brwi.

– Skąd to znasz? – zapytał wyraźnie zdziwiony. – Nie mogłaś słyszeć tej piosenki. Zresztą... ona jest po angielsku.

Foe usiłowała wytłumaczyć siostrę.

– Proszę nie zwracać uwagi. Koleżanka ma czasem jakieś dziwne zaćmienia i różne rzeczy jej się przywidują. Z reguły jednak zachowuje się normalnie.

– Ale Ritz?

– A ciała poległych posrebrzy światłem wschodzący księżyc – dopowiedziała Naan.

Tym zadziwiła nawet Foe.

– Co to jest księżyc?

Polak był jeszcze bardziej zaintrygowany.

– Księżyc to inna nazwa satelity okrążającego jakieś ciało niebieskie – wyjaśnił. – Ale żaden satelita nie może przecież wschodzić jak słońce. No i skąd srebrne światło?

– A ja już to gdzieś słyszałem. – Inny Polak w zamyśleniu tarł brodę. – Pamiętam... Jeden z tych inżynierków prosto z Warszawy, wiecie, z tych, co mają taki dziwny, wielkopański akcent...

– No?

– Kiedyś w nocy poszedł do lasu się odlać. Latarka mu się zepsuła i skręcił kostkę. A jak wrócił, powiedział właśnie coś takiego.

– Co?

– Powiedział: „Ciemno jak w dupie. Nie sądziłem, że będę tęsknił za srebrnym światłem księżyca".

– I co to niby ma znaczyć?

Tamten tylko wzruszył ramionami.

– A ty, dziewczyno, wiesz? – dopytywał ich dowódca.

Naan podniosła głowę, jakby szukając na niebie czegoś, czego nie mogło tam być. Ale po chwili ocknęła się i zaprzeczyła energicznie.

Imperialny ścigacz nie mógł płynąć na wprost, najkrótszą drogą do portu Tor Avahen. Ominięcie nieszczęsnych ofiar, które dryfowały uczepione najmniejszych nawet strzępków drewna, okazało się dużo bardziej skomplikowane, niż przypuszczali. Tuż przy „łowisku", jak nazwały topiel załogi motorówek trudniących się „odzyskiwaniem" ludzi z wody, manewrowały bowiem statki stanowiące zespół Radziszewskiego. Wody wokół obcej twierdzy nie były rozpoznane, ścisk panował więc wielki, a zamieszanie jeszcze większe, ponieważ przejście z szyku marszowego w kotwicowy zostało zakłócone potrzebą wydzielenia jednostek, które mogły wziąć na pokład uchodźców.

Tomaszewski musiał wydać rozkaz wypłynięcia daleko na otwarte morze, tam dokonania zwrotu i opłynięcia całego archipelagu niewielkich wysp, zamieszkanych podobno przez niechętnych wizytom obcych, dzikich tubylców. Wiedza Iny na ich temat była raczej niewielka, co wskazywało, że kontakty tubylców i mieszkańców pobliskiej bądź co bądź twierdzy należały do rzadkości. W sumie trudno się dziwić. Załoga Tor Avahen to górale posiadający wyrafinowaną kulturę, a ci tutaj raczej prymitywni rybacy i nomadowie przepływający na swoich prymitywnych łodziach z archipelagu na archipelag, tam, gdzie akurat więcej żarcia. Podobno nigdzie nie zatrzymywali się na dłużej.

Na szczęście ścigacz był lekki. Tomaszewski nie zabierał ani zapasu paliwa, ani załogi, ograniczając ją tylko do dowódcy i sternika. Jeśli nie liczyć więc Maerka, Iny i Siweckiego, pokład, choć niewielki, był pusty. Mogli jeszcze zabrać z ruin kilku uchodźców w razie potrzeby. Odciążona maszyna ślizgała się po falach na pełnej prędkości, a wzbudzony tym powiew przynosił ulgę od skwaru i gorących ciągle wspomnień tragicznych wydarzeń, które wryły się w pamięć wszystkich biorących udział w walkach na nabrzeżu.

– Zbliżamy się. – Sternik wyrwał Tomaszewskiego z ponurych rozmyślań. – Mam podchodzić, panie komandorze?

Siwecki oderwał oczy od lornetki, przez której szkła studiował szczegóły nabrzeża.

– Pirs wydaje się pusty – mruknął.

– Pytanie, co kryje się w tych budach na pirsie.

– W lornetce nie mam promieni X. Ścian nie prześwietlę.

Tomaszewski podniósł do oczu własne szkła. Oba pirsy rzeczywiście wyglądały na puste. Poza śmieciami, a konkretnie: resztkami szmat powiewających na wietrze rzeczywiście nie widać było na nich żadnego ruchu. Na każdym jednak stały przecież magazyny, składy i kantory. Budowle zbite co prawda tylko z cienkich desek lub wzniesione przy użyciu lekkiej glinianej cegły, ale rodzaj budulca w żaden sposób nie przybliżał do rozstrzygnięcia kwestii, czy w ich wnętrzach ktoś się krył, czy nie.

Flaga Tor Avahen ciągle łopotała na maszcie w porcie, a strzelanina, choć mało intensywna, nadal trwała.

– Myślisz, że ci z Nayer wyłożyli znaki wzywające do lądowania dla zmyłki?

Zanim Siwecki zdołał otworzyć usta, odpowiedział Maerk:

– Tacy dobrzy to oni nie są. Rodzaj znaków wykładanych przez piechotę dla lotników zależy od zbyt wielu czynników, żeby obcy mogli to pojąć – powiedział.

– Mogli złapać kogoś z waszych i zmusić do współpracy.

Teraz nawet Ina zaprzeczyła ruchem głowy.

– Musieliby trafić na świadomego zdrajcę. – Z pogardą machnęła ręką. – Zbyt łatwo w wyłożonym znaku umieścić informację, że to ściema, żeby normalny obywatel się nie pokusił.

– No to co? – Tomaszewski zerknął na Siweckiego. – Dajemy?

– Jak mus, to mus – uśmiechnął się lekarz. – Dla pewności zajmę miejsce przy wukaemie.

– Dobra. – Tomaszewski wspiął się na stanowisko dowodzenia. – Inna, Marek do cekaemów. A my powoli do pół naprzód na wewnętrznym torze.

– Jest wolno naprzód do pół na torze! – potwierdził komendę sternik.

Siwecki zajął miejsce przy karabinie. Broń na pokładzie nie wymagała podających. Zasobniki z taśmami amunicyjnymi przymocowano tuż przy zamkach i cekaemy mogły być obsługiwane przez jedną osobę. W zasięgu wzroku nie było jednak żadnego celu. Cały pirs wydawał się wymarły. Brakowało nawet szczurów, które przecież powinny się uwijać wokół setek porzuconych tu płóciennych toreb i worków, jeszcze nie tak dawno stanowiących czyjś bagaż. W środku mogło być sporo żywności, a ta powinna zwabiać gryzonie. Widocznie jednak coś je odstraszało.

Ścigacz posuwał się niespiesznie wzdłuż wyludnionego nabrzeża. Im bliżej portu, tym więcej ciał leżało na ziemi. Stężenie pośmiertne nadało porozrzucanym zwłokom nieprawdopodobne pozy, upodobniając je do rzeźb aktorów uwiecznionych w najbardziej dramatycznych momentach swoich ról. Tu strzały słychać było o wiele lepiej. Jednak wciąż odgłosy te nie przypominały hałasu regularnej bitwy. Twierdza została zdobyta. Co do tego nikt nie miał wątpliwości. Nad zasnutą dymami górą nie widzieli już symboli Tor Avahen. A port najeźdźcy mogli uznać za zbyt mało ważny, by tracić wojsko na szturm. Niech obrońcy ostatniego skrawka sami się wykończą, kiedy zabraknie im żywności i amunicji. Ale... Oczywiście istniała druga możliwość. To wszystko mogło być przecież pułapką, a żołnierze Nayer strzelali w powietrze, chcąc sprawić tylko pozór jakiejś bitwy.

– Są znaki! – Ina pierwsza zauważyła charakterystyczne konstrukcje z desek i płótna.

– Są znaki. I widzę naszych żołnierzy! – potwierdził Maerk.

Tomaszewski podniósł do oczu lornetkę.

– Jesteście pewni, że to nie zmyłka? – zapytał.

– Szczerze wątpię. Trudno byłoby obcym udawać taką beznadzieję, jaka maluje się na ich twarzach.

Siwecki odkleił się od rękojeści cekaemu i podniósł lornetkę. Jasny szlag! Miejscowi mieli jakiś cudowny wzrok po prostu. On sam mimo powiększających szkieł nie był w stanie odczytać wyrazu twarzy nielicznych żołnierzy, których dało się dostrzec na portowym placu, gdzie nie tak dawno jeszcze prowadzono ewakuację. Teraz pozostały na nim tylko bagaże i trupy. Odgłosy niemrawej strzelaniny dochodziły z dalszych rejonów.

Budynek, z którego ewakuowano ludzi wiatrakowcami, był zupełnie wypalony. Ruina dymiła wciąż intensywnie. Ciekawe, czy to tłum podpalił ostatnie lądowisko, żeby wywrzeć zemstę na żołnierzach w środku, którzy nie dopuszczali wszystkich chętnych, czy może zapalające pociski wrogiej artylerii, która dotarła do bliższych stanowisk. Nie sposób rozstrzygnąć.

– Dobijać, panie komandorze? – zapytał dowódca ścigacza.

– Zatrzymaj się kilka metrów od brzegu.

Ina wyskoczyła na wzmocnioną burtę.

– Hej, wy tam! – zaczęła krzyczeć. – Przypłynęliśmy!

Jej wrzaski nie wywołały żadnej reakcji.

– Wyłożyliście znaki wzywające do lądowania! Ale tu już nic nie wyląduje. No podejdźże któryś!

Kilku ludzi odwróciło się niemrawo w ich stronę. Zdaje się, że głowy obrońców portu wypełniały już tylko apatia i rezygnacja. Ktoś machnął im ręką. Kto inny wstał i równie nieśpiesznie ruszył przed siebie. Bynajmniej nie w ich kierunku. Przeciwnie. Ale może przynajmniej zamierzał kogoś zawiadomić?

– Hej, wy tam. – Inę trudno było zrazić. – Mamy na pokładzie trochę miejsca. Kilkanaście osób moglibyśmy stąd zabrać!

Niesamowite, ale nawet ta informacja nie spowodowała ożywienia.

– Mamy wódkę! – Pilotka spróbowała innego rodzaju zachęty. I to nareszcie zadziałało.

– Dużo macie? – odkrzyknął jej ktoś spod budynku, z którego dachu startowały niedawno wiatrakowce. – Warto się trudzić i podejść?

– Dla ciebie wystarczy! No, rusz dupę jeden z drugim!

Ina odwróciła głowę do bosmana, który sterował ścigaczem, i szepnęła jak mogła najciszej:

– A mamy na pokładzie jakiś alkohol?

Bosman odpowiedział równie ściszonym głosem:

– Teoretycznie jest bimber. Choć trochę zalatuje olejem silnikowym.

– Dlaczego teoretycznie?

Bosman nie odpowiedział. Zerknął znacząco na Tomaszewskiego. Ten domyślił się natychmiast.

– Spokojnie – mruknął równie cicho jak oni. – Nie jestem tu, żeby śledzić przestrzeganie regulaminu.

Żołnierz, który nadszedł po chwili, nie narzekał, że poczęstowano go bimbrem. Nie przeszkadzał mu nawet intensywny zapach oleju napędowego, który bił od butelki. Ta wcześniej musiała służyć do przechowywania innych płynów. Ciągnął zdrowo prosto z szyjki. Wcale nie wyglądał na marudera. Stan jego munduru można byłoby określić jako wzorowy, a karabin lśnił od świeżej oliwy.

– Co tu się dzieje? – zapytał Tomaszewski.

– A co się ma dziać?

– Jak wygląda sytuacja? Bronicie się? – To było idiotyczne pytanie, ale żołnierz najwyraźniej nie oczekiwał filozoficznej dysputy na naukowym poziomie.

– Jeśli się bronimy, to przed własną wyobraźnią jedynie – odparł. – Tamci nie atakują.

Mhm. To by oznaczało, że wojskom Nayer nie opłaca się już ponosić strat. Twierdza zdobyta, niedobitki mogą sobie zdychać z głodu.

– Wyłożyliście znaki. Dlaczego?

Żołnierz wzruszył ramionami.

– Dowódca obrony kazał.

– A gdzie on jest?

– Pewnie nie żyje. Dawno już go nie widziałem.

– No ale chyba wiesz, po co wam były znaki wzywające do lądowania?

– No niby wiem. Ale nie wiem, czy na pewno.

Tomaszewski wiedział, że w tym stanie lepiej nie denerwować swojego rozmówcy. Był teraz wzorem cierpliwości.

– Rozumiem. – Usiłował nadać swojemu głosowi kojące brzmienie. – Jak więc sądzisz, po co dowódca kazał rozłożyć znaki?

– Plotki były, że do twierdzy dotarł w ostatniej chwili lotnik z Rady.

– Z czego?

– Rada Wolnych Miast Twierdz – podpowiedział Maerk. – Zbiera się niezwykle rzadko z powodu trudności technicznych. Ale widać przeciągające się oblężenie Tor Avahen przyspieszyło zebranie.

– Lotnik przywiózł Vaunowi wieści? – dopytywał Tomaszewski.

– Tak. Rada poparła wszystkie postanowienia naszego wodza w sprawie współpracy z imperium. No i z wami...

– Rychło w czas. Po upadku Tor Avahen to już bez znaczenia, prawda?

– Nieprawda. – Żołnierz pokręcił energicznie głową. – Rada pozwoliła dać wam klucz do archiwum.

– Jaki klucz? – nie zrozumiał Tomaszewski. – Przecież archiwum jest na pokładzie naszego okrętu.

Maerk powstrzymał go ruchem ręki.

– Ja ci wyjaśnię. U nas kluczem jest zawsze człowiek. Vaun prawdopodobnie dał ci kogoś, kto zna szyfr i sposób ułożenia dokumentów. Kto zna całe archiwum w jego istotnych częściach.

– To znaczy wie, gdzie szukać?

– Tak. To człowiek, który odpowie na każde twoje pytanie, jeśli będziesz chciał spytać o coś, na co archiwum zna odpowiedź.

– I ten człowiek zdołał się przedostać z wnętrza góry tutaj, do portu?

Tomaszewski błyskawicznie zrozumiał, że w jego rękach znalazł się skarb. Archiwum nie było już nieuporządkowanym zbiorem historycznych dokumentów, które należało fotografować, katalogować i tłumaczyć, po to by w ogóle móc zacząć szukać czegoś po omacku. Teraz ten zbiór papierów zamienił się w coś, z czym można było rozmawiać, prawie jak z maszynami Wyszyńskiej.

– Zaraz przyjdzie. – Żołnierz musiał odkaszlnąć i chwilę walczyć o odzyskanie oddechu po kolejnym łyku bimbru. – Już go zawiadomili.

– Dobrze, że przypłynęliśmy. – Tomaszewski zerknął na Siweckiego. – Czułem, że to coś ważnego.

– Przypłynęliście, owszem. – Żołnierzowi zaczynał się lekko plątać język. – Ciekawe jednak, jak odpłyniecie.

– Czemu?

– Bo cały pirs jest w rękach Nayer. A nie da się odpłynąć, nie mijając go w odległości kilku kroków na całej jego długości.

Twarze wszystkich odwróciły się we wskazanym kierunku.

– Przecież tam nikogo nie ma!

– Są, są... Tylko się pochowali w tych budach na wasz widok.

– Niby po co?

Siwecki pierwszy domyślił się odpowiedzi.

– Pewnie chcą wiedzieć, po co przysłaliśmy jeszcze ścigacz. No i jeśli nas zastrzelą w drodze powrotnej, a potem wejdą na pokład, to się dowiedzą. Nie?

Maerk westchnął ciężko. Trudno było odmówić logiki temu rozumowaniu.

– Może wezwiemy wiatrakowiec? Niech nas ewakuują drogą powietrzną.

– Nie ma gdzie wylądować. – Tomaszewski popatrzył na ruinę wypalonego budynku, z której dachu prowadzono ewakuację. – Wracamy ścigaczem.

– Albo wpław, jak nas zamienią w rzeszoto.

– Optymista. Liczysz, że łódź podziurawią, a ciebie nie trafią?

Siwecki chciał coś powiedzieć, Ina przerwała mu, pokazując coś przed sobą.

– Tam! To jest ten specjalista od archiwum?

Maerk osłonił czoło od słońca.

– Tak. Znam go, to Shaef.

Zbliżający się do nich Shaef patrzył na załogę obcego okrętu. Nowych sojuszników widział po raz pierwszy. Ale i obcy marynarze byli zdziwieni. Specjalista od archiwum upadłej twierdzy nie przypominał, jak się spodziewali, siwego, trzęsącego się starca. Mógł mieć najwyżej czterdzieści, czterdzieści pięć lat i poruszał się sprężystym krokiem człowieka, który zażywa dużo ćwiczeń fizycznych.

– Czy wy...? – nie wiedział, jak zadać pytanie.

– Tak, to my – wybawił go z kłopotu Tomaszewski. – Cześć, Szefie.

Maerk rzucił mu linę, która pozwoliła przyciągnąć ścigacz trochę bliżej brzegu. Potem pomógł Shaefowi dostać się na pokład.

– Nie przejmuj się. Oni przekręcają wszystkie nasze imiona – powiedział.

Archiwista wzruszył ramionami. Zasalutował Tomaszewskiemu, rozpoznając w nim dowódcę, potem podszedł do nadbudówki i usiadł na gretingu, opierając plecy o ścianę.

– Widzisz, Inna? – Tomaszewski klepnął pilotkę w pupę. – Bierz z niego przykład.

– A co niby jest w nim takiego fajnego? – zapytała, zerkając na Shaefa.

– Jest na pokładzie od dobrej pół minuty i jeszcze ani razu mi nie napyskował.

Maerk roześmiał się głośno. Potem powiedział do żołnierza, który ciągle stał na brzegu:

– Naprawdę na pokładzie zmieści się jeszcze kilkunastu ludzi. Zapytasz swoich? Może ktoś chce jeszcze odpłynąć?

– Nie sądzę. Zostajemy tutaj.

– A ty sam? Nie chcesz się ratować?

– Nie. – Żołnierz, mimo że już mocno pijany, mówił z sensem. – Ja też zostaję. Razem z moimi trzema siostrami i rodzicami. – Wskazał palcem płonącą część twierdzy, dawno zajętą przez wojska Nayer.

– Razem z naszym kochanym miastem – dokończył za niego Maerk. Potem zasalutował sprężyście i zwolnił linę łączącą ich z brzegiem.

– Stan jednostki? – Tomaszewski zerknął na dowódcę ścigacza. Sam nie salutował człowiekowi pozostającemu na brzegu, usiłował nawet nie patrzeć na plac przed nimi. Coś dławiło go coraz mocniej. Chciał zagłuszyć wszelkie myśli.

– Paliwo jedna trzecia, amunicja sto procent stanu, silniki sprawne, ster sprawny, układy elektryczne sprawne.

– Odbijamy.

– Tak jest! Ster! Lewo na burt! Mała naprzód.

Bosman sprawnie wykonywał rozkazy. Ścigacz zawracał na minimalnej przestrzeni.

– Siwecki i dowódca ścigacza do cekaemów, ja wezmę wielkokalibrowy. Maerk z Inną do bakburty z pistoletami maszynowymi. Weźcie więcej magazynków. I strzelamy tak: my z lekkim wyprzedzeniem przez ściany tych baraków, skosem do przodu. Ogień z pistoletów prostopadle do burty, z najmniejszego dystansu, ale tylko wtedy, kiedy będziecie widzieć cel. Przez ściany nie strzelajcie, bo pistoletowe kule ich nie przebiją. Czy każdy zrozumiał swoje zadanie?

Ludzie powoli zajmowali stanowiska. Tomaszewski podszedł do archiwisty, spokojnie czekającego przy nadbudówce na rozwój wydarzeń.

– Nie mamy kamizelki kuloodpornej, więc włóż przeciwodłamkową. – Rzucił siedzącemu sprzęt i pokazał, jak zakładać. – Pamiętaj tylko o jednym. Jeśli zaczniemy tonąć, musisz to zrzucić, zanim wpadniesz do wody. Inaczej pociągnie na dno jak kamień młyński.

– Rozumiem.

– I w wodzie nie łap się za żadne koła ratunkowe ani w ogóle za nic, co pływa.

Shaef skinął głową.

– Bo będą strzelać do wszystkiego, co unosi się na powierzchni?

– Właśnie. Bądź ruchomym celem. – Tomaszewski wrócił do swojego wukaemu. Sprawdził działanie bezpiecznika w rękojeści. Potem szybko doprowadził broń do gotowości.

– Ścigacz gotów! – zameldował mu sternik.

– Ci, którzy mają kamizelki ratunkowe, ściągać!

– Tak jest!

– No to... – Komandor rozejrzał się jeszcze. – Zaczynamy. Sternik: cała naprzód! Karabiny: ognia!

Silniki zagrały pełną mocą. Łódź bojowa runęła do przodu, ostro unosząc dziób i wzbudzając fale, które prawie natychmiast uderzyły o brzeg, pokrywając go pianą. W tej samej chwili zaczęły strzelać karabiny. Pociski cekaemów z łatwością przebijały deski baraków i lichą cegłę z gliny, rażąc wszystko, co w środku. Te z wukaemu przebijały przednią ścianę, przelatywały wewnątrz baraku i wypadały na zewnątrz przez tylną. Nie można było się przed nimi ani ukryć, ani uciec. W pierwszej chwili żołnierzy Nayer udało się oszołomić i pozbawić inicjatywy. Jeśli nawet ktoś wystawiał głowę, żeby celować, Maerk i Ina studzili jego zapał seriami z pistoletów maszynowych. W ten sposób udało się dopłynąć prawie do połowy pirsu. Potem wróg się pozbierał. Ci z tyłu, którzy nie zginęli od serii wukaemu, wybiegli na wolną przestrzeń nabrzeża i zaczęli strzelać. Cel niby się poruszał, ale odległość była mała. Ci z przodu, którzy domyślili się, że tuż przed ścigaczem czeka ich szybka śmierć, również wybiegali z niedających schronienia kryjówek i kładli się na pirsie. Kombinowali dość rozsądnie. Woleli leżeć i oddać tylko jeden strzał, niż strzelić celnie i przeładować na stojąco.

Ścigacz nie był jednostką szturmową. Nie miał opancerzenia. Poza stanowiskami karabinów nie osłaniała go nawet blacha. Kule wyrywały więc całe fragmenty poszycia, łamały maszty anten, rozwalały osprzęt.

Krytyczna chwila nastąpiła, kiedy w cekaemach skończyła się amunicja i należało przełożyć pojemniki z taśmami. Tomaszewski jednak nie dopuścił do tego.

– Kryć się! – krzyczał. – Nie wystawiać łbów!

Też dobrze myślał. Pirs kończył się właśnie. A żołnierze Nayer, którzy leżeli z przodu, prawdopodobnie już wystrzelili. Tomaszewski miał jeszcze trochę amunicji w zasobniku. Odległość pomiędzy portem a ścigaczem rosła szybko i wróg, który przeżył dotychczasowy ostrzał, gromadził się na końcu podejścia. Być może żołnierze złorzeczyli uciekającej im załodze, a może chcieli tylko popatrzeć? Na pewno jednak sądzili, że dystans ponad kilometra stanowi dla wukaemu jakąś istotną przeszkodę. Mylili się. Nie stanowił.

Tomaszewski zgrał powoli przyrządy celownicze i wypróżnił zasobnik, mierząc dokładnie w sam środek grupy na brzegu.

– Meldować straty! – krzyknął. – Kto dostał, ręka w górę.

Ina podniosła dłoń pierwsza.

– W co cię ranili?

– Nie mnie. – Potrząsnęła głową. – Maerka.

Dowódca lotnictwa górskiej twierdzy, skulony przy burcie, trzymał rękami zakrwawioną nogę. Jak wystawiając tylko górną część ciała, mógł oberwać w nogę?

Z rykoszetu? Ach, niezbadane są balistyczne tory pocisków.

– Leszek?

– Ja w porządku. Cały – zameldował lekarz. – Już do niego idę.

– Sternik dostał – zameldował dowódca ścigacza, schodząc do steru.

Siwecki podskoczył szybciej.

– Sternik nie żyje – zameldował.

– Ja chyba dostałem dwa razy. – Shaef z wahaniem podniósł rękę. Niezgrabnie usiłował zdjąć kamizelkę przeciwodłamkową.

– Zostaw. – Tomaszewski usiłował go uspokoić. – Widzę dwie kule na wierzchu.

– Jjjak to?

– Miękki ołów. Rozpłaszczyło je i nie przeszły. Masz poobijane żebra, zaczną boleć później.

Archiwista nareszcie uporał się z ciężarem, który uratował mu życie. Z niedowierzaniem patrzył na własną klatkę piersiową. Siniaki jeszcze nie zdążyły się zrobić. A koszmarny ból potłuczonych żeber, który najprawdopodobniej zepsuje mu najbliższe tygodnie, rozwijał się dopiero, i to bardzo powoli. Prawdziwa jazda i niemożność odkaszlnięcia dopiero na niego czekały.

– Leszek – Ina dotknęła lekarza, który opatrywał Maerka – usiadłeś we krwi? Całe spodnie masz uświnione z tyłu.

– O szlag! – Siwecki gwałtownie zaczął macać własne pośladki. – Dostałem! Dostałem w dupę!

– W tętnicę?

– Ty debilu! Gdybym dostał w tętnicę, to już bym nie żył, Krzysiu durny!

Tomaszewski zeskoczył ze swojego stanowiska. Nie chciał brać udziału w kłótni między Siweckim i Iną. Leszek kazał jej trzymać lusterko, ona powiedziała, że nie ma czegoś takiego, on złorzeczył, że nie ma na świecie kobiety, która nie ma lusterka. Sądząc po ich zacietrzewionych głosach, rana nie mogła być zbyt groźna. Wolał pomóc dowódcy ścigacza przy sterze. Trzeba było odciągnąć trupa.

Dowódca opróżnił wielki worek na sprzęt.

– Pogrzeb w morzu? Natychmiast?

Tamten wzruszył ramionami.

– Taka tradycja – odparł. – My nie wozimy ze sobą zwłok jak wy.

Wspólnym wysiłkiem zapakowali zwłoki sternika, obciążając worek tym, co było wystarczająco ciężkie. Potem wypchnęli nieboszczyka za burtę.

– Jakaś modlitwa?

– Od modlitw są kapłani, panie komandorze. – Dowódca stanął za sterem, obierając kurs powrotny wokół wysp, gdzie mieszkały dzikie plemiona. – Da się na ofiarę w świątyni i zrobią, co trzeba. Ale dopiero jak wrócimy do domu.

– Bardzo pragmatyczne podejście.

Tomaszewski zajął się postrzelanym oprzyrządowaniem. Radio wyglądało na całe. Prąd był. Za to tablica nawigacyjna praktycznie nie istniała. Przed zejściem do silników zerknął na pokład. Siwecki histeryzował trochę, instruując Inę co do obsługi własnego tyłka. Maerk leżał już opatrzony, w lekkim morfinowym odlocie. A spec od archiwum ciągle sprawdzał, jakim cudem jeszcze żyje, skoro otrzymał z dość bliska dwa strzały prosto w pierś.

Natomiast na dole zbierała się woda. Tomaszewski nie mógł znaleźć nieszczelności. Drewniane burty były postrzelane dość mocno, ale na pewno nie one stanowiły główną przyczynę przecieku. Na powierzchni podnoszącej się coraz wyżej wody zobaczył tęczowy film oleju napędowego. No nieźle. Miał tylko nadzieję, że to olej wypływa z postrzelanych zbiorników, a nie odwrotnie, że woda dostaje się do środka. Nie miał jak rozstrzygnąć na pełnym morzu. Jeszcze niżej dojścia nie było. Na zanurzonej w cieczy dłoni pojawił się jeszcze gorszy ślad. Tłusty, gęsty, czarny. To już nie zwykły olej. To smar.

Nie mieli czasu do stracenia. Tomaszewski wybiegł na pokład i skoczył do radia.

– Co się stało? – Siwecki zauważył pośpiech przyjaciela.

– Toniemy. I zaraz pewnie pieprznie prąd.

Na szczęście udało mu się połączyć z radiostacją niszczyciela. Tomaszewski kazał zapisać meldunek o sytuacji i ostrzeżenie, że najprawdopodobniej trzeba będzie ich podjąć gdzieś z kursu. Szansa, że sami dopłyną do bazy, była raczej iluzoryczna.

– No fajnie. – Siwecki aż syknął. – Woda morska i rany... Super połączenie.

– Nie panikuj. – Tomaszewski zerknął na dowódcę ścigacza. – Masz tu jakiś ponton?

Tamten zaprzeczył ruchem głowy.

– Jest tratwa tylko.

– Ups. No to trzymajmy się blisko brzegu.

– Tak jest!

– Załoga! Kamizelki ratunkowe włóż!

– Ty! Służbista! – Siwecki wyraźnie się zdenerwował. – A gumowe majtki na moją dupę masz?

– Na tratwie nie zamokniesz. Zresztą mogę cię mianować balastem i wyrzucić za burtę.

– Jesteś dowcipny jak... – Lekarz gorączkowo szukał w umyśle jakiegoś szczególnie upokarzającego określenia, ale kolega znowu go ubiegł:

– Nie bądź taki elokwentny. Zaraz coś pierdyknie i stracisz mowę!

Ina rozejrzała się niespokojnie.

– Co pierdyknie? – Patrzyła to na jednego, to na drugiego. – Jesteście marynarzami. Zróbcie coś!

– Ja z wywiadu. – Tomaszewski uniósł ręce w obronnym geście. – Nie znam się.

– A ja lekarz – Siwecki również się odżegnał. – Panie kapitanie? – Zerknął na dowódcę łodzi. – A pan co radzi?

– Podpłyniemy blisko plaży. W razie czego powinniśmy zdążyć przed rekinami. No... niektórzy z nas przynajmniej.

– Zawsze was tak bawi trudna sytuacja? – Ina prawdopodobnie nie czuła się dobrze w wodzie. Zdecydowanie nie było jej do śmiechu.

Dokładnie w tym momencie ścigaczem wstrząsnęła głucha eksplozja. Łódź w nagłej ciszy zaczęła szybko zwalniać, przechylając się jednocześnie na lewą burtę.

– Co to było?!

– Wał przebił dno? Silnik się zatarł i strzelił, niszcząc drugi? Opary eksplodowały? – Tomaszewski nie miał zielonego pojęcia.

– Opary diesla tak łatwo nie eksplodują. – Siwecki wymyślał inne koncepcje. – Pewnie woda zalała jakieś rozgrzane do czerwoności części.

– Fachowcy... – Dowódca ścigacza tylko kręcił głową. Szarpnął za bezpiecznik liny mocującej tratwy i wyrzucił obie za burtę. Czekał, aż rozłożą się automatycznie, a potem obserwował je dłuższą chwilę. – Powinno nas znieść w stronę wyspy. – Podniósł wzrok na resztę. – Zresztą nie wiem.

– Fachowiec... – zrewanżował mu się Siwecki. – Inna, nie martw się. Jesteś w dobrych rękach.

– Jak dzieci... – Maerk ocknął się z morfinowego półsnu. – Nadokazywali, postrzelali, nabroili i zepsuli sobie zabawkę. A teraz siedzą zdziwieni.

– No dobra. – Tomaszewski wziął to do siebie. – Opuścić pokład! Niech ktoś pomoże temu gadule.

Przejście na tratwę okazało się łatwe. Ścigacz przechylał się i burta opadała coraz niżej. Zdecydowanie trudniej było odpłynąć od tonącego wraku. W zestawie ratunkowym brakowało wioseł, znaleźli tylko coś, co przypominało paletki do ping-ponga.

– I co się tak wkurzasz? – skomentował minę Siweckiego Tomaszewski. – Prawie jak na regatach.

– Żeby cię powykręcało.

– Co to są regaty? – zapytała Ina, trochę uspokojona, że tratwa zdawała się jednak nie tonąć.

– Zawody łodzi wiosłowych na Wiśle. Wszystkie uczelnie przeciwko sobie. Wiadomo... nasza szkoła morska najlepsza.

– Dopóki chłopaki z polibudy czegoś nie wymyślą – wtrącił Siwecki.

– No... – Tomaszewski westchnął ciężko. – Coś w tym jest. Reszta uczelni się nie liczy. Jakieś tam uniwersytety, medyczne, ekonomiczne czy plastyczne, to same cherlaki. Ale dla chłopaków z politechniki to punkt honoru wygrać z marynarzami.

– Inżynierkowie pokręceni – zgodził się lekarz. – Wymyślają jakieś kompozyty, sklejki lżejsze niż powietrze bez mała, a to trzeba do wiosła i dawaj!

– I wy tak dla zabawy z własnej woli wiosłujecie?

– No nie. Tam przecież kibicować najpiękniejsze dziewczyny przychodzą.

– Więc dla dziewczyn? A, rozumiem, zwycięzcy i panny za nimi...

– Nie no, nie tylko. Do podrywania dziewczyn inne sporty wymyślono – rozwodził się Siwecki. – Na przykład tenis. A tam naprzeciw ciebie wychodzi piękna kobieta w spódniczce tak krótkiej...

– Ale stoi po przeciwnej stronie kortu – przerwał mu Tomaszewski. – Za siatką. Ja wolę squasha. Partnerka jest tuż obok.

– To za szybka gra. Nawet sobie nie popatrzysz.

– Wieczorem po grze do kina, na dancing. W przepięknym mundurze.

– A tak. To jest nasza przewaga nad chłopakami z polibudy w zwykłych garniturach.

Ina tylko westchnęła, kręcąc głową.

– Zazdroszczę wam życia w tej Polsce. Tam nic nie robicie, tylko myślicie, jak kobietę poderwać. Szczęśliwcy!

Tomaszewski i Siwecki spojrzeli na siebie spłoszeni.

– No nie – zaprzeczyli obaj. – Tam przecież kryzys, strajki, niezadowolenie społeczne i...

– I wszystko po to, żeby wybrać rodzaj sportu – dokończyła Ina. – Czy wiosła, czy tenis, czy squash? I czy mundur w kant wyprasowany, żeby na panienkach wrażenie zrobił odpowiednie. – Roześmiała się gorzko. – Ależ wam zazdroszczę tych problemów, strajków i niezadowolenia – powiedziała, patrząc na majaczące w oddali słupy dymu, które unosiły się nad ruinami twierdzy będącej jej domem.

Nie bardzo wiedzieli, jak na to zareagować. Dowódca ścigacza wybawił ich z kłopotu.

– Widzę kogoś na plaży. – Wyciągnął rękę w stronę wyspy, do której znosił ich prąd. – Tam się gromadzi... coraz więcej ludzi.

Wszyscy spojrzeli w tamtą stronę. Rzeczywiście. Drobne jeszcze z powodu odległości sylwetki roiły się na piasku. Trudno powiedzieć, czy ich liczba rosła. Ale już w tej chwili mogło tam być jakieś pięćdziesiąt, sześćdziesiąt osób. Może więcej. Trudno było liczyć, ludzie na plaży nie czekali spokojnie. Wyraźnie czymś podnieceni, biegali to w jedną, to w drugą stronę i coś sobie pokazywali. Najwyraźniej chodziło im o rozbitków na tratwie.

– To są te dzikusy z wysp? – zapytał Tomaszewski. – Morscy nomadowie?

– Zdecydowanie tak. – Maerk osłaniał oczy, żeby lepiej widzieć. Oszołomienie morfiną już mu przechodziło.

– Jak są do nas nastawieni?

– Pojęcia nie mam. Nie utrzymujemy z nimi kontaktów.

– Przecież mieszkają tak blisko twierdzy. Jak to możliwe?

– Po pierwsze nie mieszkają. To nomadowie. Raz są tu, a raz tam.

– A po drugie?

– Zrozum nareszcie, że my nie jesteśmy narodem morskim, tylko góralami. Tor Avahen jest... był jedyną twierdzą z dostępem do morza. To oznaczało trochę handlu. A nie nasze zainteresowanie oceanami, podróżami morskimi, rybołówstwem czy jakąkolwiek ekspansją na wodzie.

– Rozumiem. To rzeczywiście podobne do górali, żeby nie zainteresować się nawet tym, co tuż za miedzą.

Tomaszewski gorączkowo roztrząsał w głowie jedną kwestię. Jak mają się zachować? Regulaminy marynarki nie rozwiązywały takich kwestii. Na półkuli, gdzie marynarka operowała, podobne sytuacje nie mogły mieć przecież miejsca i nikt o nich nie pomyślał. Generalnie jednak w kontaktach z obcymi sugerowano wstrzemięźliwy spokój i unikanie agresji. Zaklął w myślach. Unikanie agresji - dobre sobie. Miał przy sobie służbowy pistolet, Siwecki drugi. Dowódca ścigacza nie miał - przecież w marynarce wojennej, na pokładzie, nie jest do niczego potrzebna. Archiwista również pozostawał nieuzbrojony. Maerk po zranieniu porzucił pistolet maszynowy. Ina swój zatrzymała. I co z tego, skoro tylko z jednym magazynkiem i Bóg raczy wiedzieć iloma nabojami w środku. Nie byli więc uzbrojeni na wojnę z tubylcami. Ale też strzelanina wobec tak miażdżącej przewagi liczebnej tamtych okazałaby się szczytem głupoty.

– No nic – powiedział głośno. – Zachowujemy spokój. Pod żadnym pozorem nie wolno ich sprowokować.

– Kiedy przypłynie pomoc? – zapytała Ina.

– Nie podali przecież co do minuty. Miejmy nadzieję, że szybko.

– A czy dzisiaj jeszcze?

– Pojęcia nie mam!

Dowódca ścigacza znowu wyciągnął rękę. Tym razem celował gdzieś w bok.

– Patrzcie tam! Zaraz nas otoczą!

Rozbitkowie gwałtownie odwrócili głowy. Zza cypla wysuniętego w morze wypływały właśnie wąskie i długie czółna. Wioślarze stanowiący załogi pracowali jak wściekli. Łodzie osiągały naprawdę dużą szybkość. Z daleka wydawało się nawet, że szybują nad falami, ledwie muskając powierzchnię wody.

– O szlag.

– Pamiętajcie. Zachowujemy stoicki spokój, cokolwiek by się działo.

– O mamusiu – jęknęła Ina. – Właśnie przypomniałam sobie te okropne legendy o dzikusach z wysp, które słyszałam.

– Spokój! Nie siej paniki.

Patrzyli w milczeniu na zbliżające się czółna. Atmosfera robiła się z każdą chwilą coraz bardziej ponura. Nikt nic nie mówił. Półnadzy wioślarze przeciwnie – wrzeszczeli głośniej i głośniej.

Nie zaatakowano ich ani dzidami, ani strzałami z łuków. Nomadzi, krzycząc przeraźliwie cały czas i kłócąc się o coś między sobą, przywiązali do tratwy kilka lin i wspólnymi siłami zaczęli ją holować w stronę brzegu. Siwecki dotknął swojej kabury, Tomaszewski powstrzymał go, chwytając za rękę.

– Ani się waż.

– Kurde. Stanęły mi przed oczami wszystkie głupie dowcipy rysunkowe o ludożercach!

– To spróbuj je teraz zapomnieć.

– W gazetach wyglądało to tak plastycznie. Zawsze na środku wioski stał kocioł na ogniu, a w nim...

– Przestań.

Ci z tubylców, którzy czekali dotąd na plaży, wbiegli do wody. A kiedy holowana tratwa znalazła się tuż przy brzegu, dziesiątki rąk chwytały pasażerów, ciągnąc w swoją stronę. Wrzeszczący ludzie wyciągali rozbitków jednego po drugim, by zanieść ich na piasek. Miało to swoje plusy. Rozbitkowie dotarli na plażę, nie mocząc choćby palca. Ale strach rósł z każdą chwilą. Można było zapomnieć o dylematach związanych z użyciem broni palnej. Co prawda nie zabrano jej, ale za każdą rękę trzymało co najmniej dwóch dzikusów, prowadząc rozbitków gdzieś między drzewa. Jedynie w Maerku rozpoznano ciężej rannego i po prostu niesiono go nad głowami tragarzy.

– Jak im powiedzieć, że damy okup? – Siwecki usiłował przekrzyczeć wrzask nomadów.

– Nic nie mów!

– Ale...

Okrzyki zaczęły cichnąć. Miejsce, do którego ich zaprowadzono, może i przypominało wieś. Nie jakąś wielką ani zadbaną, kilkadziesiąt szałasów naokoło ledwie wydeptanego placu sprawiało wrażenie konstrukcji wyjątkowo tymczasowych. I choć na środku istotnie palił się ogień, to nie było przygotowanego żadnego kotła mogącego służyć do gotowania ludzi. No i nie prowadzono ich na środek. Tubylcy zawlekli rozbitków na bok, po to tylko, by zamknąć ich w czymś, co chyba było zagrodą dla kóz. W każdym razie lichy płot otaczał miejsce, gdzie trzymano niewielkie kozy. A teraz także ludzi.

– Mięso na obiad. – Siwecki rozcierał nareszcie uwolnione dłonie. – Patrzcie, gdzie nas zamknęli. Dziś menu specjalne. Zamiast koziny ludzina.

– Zamknij się. – Tomaszewski rozglądał się po twarzach zgromadzonych ludzi. Nie krzyczeli już. Uporczywie i w ciszy wpatrywali się w swoją zdobycz.

– Ludożercy – Siwecki nie mógł się powstrzymać od scenicznego szeptu.

– Przestań.

– On ma rację – poparła lekarza Ina. – Pamiętam wszystkie opowieści o nich. Zabiją nas i zjedzą. Zjedzą. A mnie jeszcze zgwałcą!

– Ty też się zamknij! Druga mądra się znalazła. – Tomaszewski nie chciał, żeby jego ludzie prowokowali dzikich, okazując strach.

– Zgwałcą mnie! – Ina nie mogła się uspokoić. – Zgwałcą.

– W trakcie jedzenia?

Shaef parsknął śmiechem. Choć widać było, że w jego głowie też goszczą raczej niewesołe rozważania. Zerknął nawet na kaburę Tomaszewskiego. Dobre sobie. Myśl o użyciu pistoletu wobec takiej ciżby otaczających ich ludzi była, delikatnie mówiąc, śmieszna. Rozerwaliby ich na strzępy.

– Marek.

– Co?

– A ty coś wiesz konkretnego o tych tutaj?

Dowódca lotnictwa twierdzy wzruszył ramionami.

– Niewiele. Raczej historie potwierdzające to, co myśli Ina.

– A ty? – Tomaszewski spytał archiwistę.

– My się naprawdę z nimi nie zadajemy. Ale tak. Czytałem parę wzmianek.

– Ludożercy?

– Tak. Jeśli wierzyć opowieściom i przekazom.

– Poważnie?

– No... Nas to chyba tylko zabiją i zjedzą. Ale dowódcy wrogich oddziałów mają prawdziwego pecha. Najpierw podobno poddaje się ich wielodniowym torturom. Obcina się takiemu kolejne części ciała, ale tamuje krew, żeby utrzymać przy życiu. I na jego oczach spożywa się go rytualnie...

– Jezu... – Tomaszewskiemu zrobiło się niedobrze. – Powariowali?

Ina patrzyła na niego przerażona.

– Ty masz najbardziej przesrane – szepnęła. – Jesteś naszym dowódcą.

– Ja? – Tomaszewski podskoczył jak ucięty przez gza. – Znajdujemy się na waszym terytorium. A Vaun, tracąc swobodę ruchów w twierdzy, mianował Maerka dowódcą wszystkich ludzi, których ewakuowano. To Maerk jest dowódcą!

– Ja?!! – Ranny szarpnął się, nie bacząc na ból zranionej nogi. – Ja tu nie widzę żadnych ewakuowanych. To jest polska wyprawa i to ty dowodzisz!

– Nie polska wyprawa, tylko zorganizowana przez marynarkę cesarstwa!

Maerk wskazał na dowódcę ścigacza.

– No to on dowodzi! Jest kapitanem okrętu wojennego, na którym płynęliśmy.

– Ja?!!! – Oficer aż się zatrząsł. – Ścigacz zatonął! A poza tym ja wykonywałem tylko rozkazy komandora! To on dowodzi!

– Ja nie dowodzę! To teren Marka!

– Krzysiek – włączył się nagle Siwecki – przyjmij to jak mężczyzna! Jesteś oficerem i dowódcą!

– Aha! No to jako dowódca korzystam ze swoich uprawnień według regulaminu i uznaję siebie za niezdolnego do dalszego sprawowania obowiązków. I na mocy przysługującego mi prawa mianuję dowódcą ciebie!

– Mnie?! Ty świnio!

– Jesteś oficerem drugim w kolejności pod względem rangi. Przyjmij to jak mężczyzna.

– Ty... ty... to... Dobra! To ja przyjmuję dowodzenie i jako dowódca od razu rezygnuję, mianując dowódcą z powrotem ciebie!

Przerwano im kłótnię. Starszy mężczyzna wystąpił sprzed szeregu wojowników i uniósł ręce.

– O, jakże się cieszę! – krzyknął. – Dzięki wam, Bogowie, za tak hojne dary. Dzięki za czterech dowódców naraz!

– Aleście wpadli – jęknęła Ina. – On wszystko rozumie.

– Dostojni goście... – Wódz koczowniczego plemienia radośnie spojrzał na rozbitków. – Witajcie!

Siwecki przełknął ślinę.

– Co wy? Każdego gościa z kozami trzymacie?

– Wybaczcie, że do kóz trafiliście, lecz to jedyne miejsce, które jest ogrodzone. W wiosce nie ma jak oddzielić was od moich ludzi. A oni z radości gotowi nawet szaty na was podrzeć w ścisku.

– Więc... nie zabijecie nas? – zapytał ostrożnie Tomaszewski.

– Was? Czterech dowódców i dwoje sług? Takie bogactwo mielibyśmy marnować?!

Rozbitkowie patrzyli na siebie, nic nie rozumiejąc.

– Bogactwo?

– Wszystko wam powiem. – Wódz przybrał pozę światowca i założył ręce. – Niedawno przybyli do nas uczniowie wielkiego czarownika Samumumu Goldwyna. I oni pokazali nam cudowne ruchome obrazy.

– Znaczy filmy wam puszczali?

Wódz dostojnie czknął i pogładził brodę.

– Pierwszy ruchomy obraz pokazywał, co źli żołnierze Nayer robią z naszymi wioskami. Zabijają, palą, rabują i gwałcą! Drugi obraz pokazywał, co my możemy zrobić z bezbronnym rozbitkiem Nayer, który znajdzie się na naszej plaży. Możemy go zadźgać, udusić, utopić, uciąć głowę i zdjąć skalp. Za dziesięć skalpów z Nayer marynarka wojenna zapłaci metalową maczetą.

– Aha. – W głowie Tomaszewskiego pojawił się cień zrozumienia. Nieźle sobie to Samuel Goldwyn wykombinował.

– Uczniowie czarownika Samumumu Goldwyna pokazali nam i inne ruchome obrazy. Cudowne. Jak żywe. Pokazali, co zrobić, jeśli na wyspie pojawi się rozbitek polski lub cesarski. Jego trzeba ratować, nakarmić, opatulić i zawiadomić marynarkę wojenną. Za rozbitka polskiego lub cesarskiego marynarka wojenna zapłaci garść kolorowych paciorków. Za oficera zapłaci skrzynkę paciorków i metalową maczetę. Za dowódcę zapłaci sześć skrzynek paciorków i dwie metalowe maczety! O! – Wódz nie posiadał się z radości. – A ja mam czterech dowódców, jak sami żeście mówili. I dwoje mniej wartych rozbitków. O! – Własnych dłoni mu brakowało, więc kazał swoim ludziom wystawić ręce do przodu i zaczął liczyć na ich rozcapierzonych palcach. – O! To mi się należy razem osiem maczet i dwadzieścia cztery skrzynki paciorków, jeszcze dwie garście! O! – Szczęśliwy podniósł głowę znad palcowej księgowości. – I tyle mi marynarka wojenna zapłaci. Posłańcy do waszych już popłynęli z wiadomością.

Urzędujący w gmachu przed tysiącem lat głównodowodzący marynarką wojenną Cesarstwa Luan miał problem z nadpobudliwością, tak jak niektórzy współcześni, ale w przeciwieństwie do nich wiedział, jak go rozwiązać, i miał na to środki. Antyczny gabinet wielkością przypominał salę balową, pozwalając na wszelkie rodzaje aktywności fizycznej podczas prowadzenia nerwowych dyskusji. Ossendowski co prawda nie tańczył na środku w takt orkiestry, lecz zgromadził sobie imponującą kolekcję przeróżnych gadżetów. Miał tu pole do minigolfa, stół bilardowy, całą kolekcję akwariów, ściankę treningową do tenisa, strzelnicę dla broni pneumatycznej oraz palnej, z tym że w przypadku tej drugiej należało wyjść na taras. Automat nie był w stanie bezpiecznie wstrzelić rzutków pod sufit – zbyt szybko rozbijały się o jego powierzchnię, by strzelec zdążył się złożyć.

Zazwyczaj rozmowa z admirałem wyglądała tak, że on szedł albo zajmował się czymś, co wymagało dużo ruchu, a świta dyskutantów podążała za nim. Teraz jednak nie wypadało. Głównym gościem był Budzyński. I nawet nie to, że ciąganie za sobą dyrektora firmy „Kocyan i wspólnicy" zdecydowanie wykraczało poza granice przyzwoitości. Starszy pan mógł po prostu dostać zawału. Admirał krążył wokół foteli przystawionych do ogromnego biurka z czarnego drewna i w związku z tym raz jego głos słyszeli z przodu, raz z boków, a raz zza pleców. Siłą rzeczy musieli więc patrzeć na blat albo na siebie nawzajem, ponieważ nie wypadało, by trzech poważnych ludzi kręciło głowami w kółko.

– Przepraszam, że tak spaceruję, panowie. – Ossendowskiego chyba jednak ruszyły wyrzuty sumienia. – Ale...

– Proszę nie przepraszać – wpadł mu w słowo Budzyński. – To ADHD po prostu.

– Co? – dał się zaskoczyć admirał.

– Jednostka chorobowa, której tu się jeszcze nie diagnozuje. Nie ma wpływu na wyższe funkcje umysłu, zapewniam.

Rosenblum zerknął na Wentzla, ale ten albo nie zwrócił uwagi, albo puścił to zdanie mimo uszu. Za to Ossendowski zastanawiał się dość długo. Jak się zaraz okazało, nie roztrząsał bynajmniej niediagnozowanych jeszcze chorób. Bardziej męczył go problem, dla którego się tu spotkali.

– Jeżeli dobrze zrozumiałem, chcą panowie, żebym wysłuchał opinii... czarownika?

Rosenblum skinął głową, Budzyński również potaknął. Wzrok Ossendowskiego przeniósł się na Wentzla. Admirał patrzył na przyjaciela jak na zdrajcę.

– Joachim? Ty też?!

Wentzel z trudem przełknął ślinę. Na szczęście stary dyrektor wybawił go z obowiązku odpowiedzi.

– Wysłuchamy opinii inżynier Wyszyńskiej, panowie oficerowie – powiedział sucho. – Zapewniam, że jest trzeźwa i nie chodzi mi o alkohol, ale o stan umysłu. To mój człowiek i ręczę za nią.

Rosenblum znowu zerknął na swojego szefa. Dyrektor koncernu farmaceutycznego właśnie powiedział oficjalnie, że główny specjalista stoczni w dziedzinie krokomierzy jest jego człowiekiem. Inżynier wykonuje rozkazy farmaceuty! Albo Budzyński tracił czujność, albo oni już się z niczym nie kryli.

Wentzel jednak znowu puścił uwagę mimo uszu. Podobnie Ossendowski, choć ten z innych przyczyn.

– A nie mogłaby tu przyjść sama pani Wyszyńska? – zapytał. – Którą również cenię za trzeźwość. Umysłu.

– Byłoby to skrajnie nieuprzejme. Część odkryć trzeba jednak przyznać Meredithowi.

– A jeśli on zacznie wypowiadać jakieś szamańskie zaklęcia?

– To odwołamy się szybko do Boga katolickiego, który zakazuje nam wierzyć w czary, i na nas nie podziałają.

Rosenblum powstrzymał się, żeby nie parsknąć śmiechem. Akurat on z Bogiem katolickim nie miał nic wspólnego, choć w czary też nie wierzył. Niemniej był pod wrażeniem, jak Budzyński dał się złapać w słowną pułapkę Ossendowskiego.

– Dobrze, dobrze. – Admirał potrząsnął uniesionymi nagle dłońmi. – Jeśli to się wydostanie gdzieś do prasy, że marynarka wojenna ma własne kółko spirytystyczne i czarowników zaprasza na zebrania...

– Dziennikarze i tak pomylą nazwę. – Budzyński pochylił głowę. – A do kółka spirytusowego w marynarce to czytelnicy przywykli.

– Ja tylko ostrzegałem. – Ossendowski przy kolejnym przejściu w pobliżu swojego fotela dotknął ukrytego pod biurkiem przycisku dzwonka.

Budzyński to zbyt wielka szyszka, żeby się z nim droczyć. I w ten sposób można byłoby podsumować zależności biznesu i struktur państwa, pomyślał Rosenblum.

Adiutant otworzył drzwi gabinetu. Te sekretne, oddalone od biurka jedyne kilkanaście kroków.

– Pani inżynier Jadwiga Wyszyńska – zapowiedział oficjalnie. – Pan... etnograf? Znawca wierzeń? – zabrzmiało to jak pytanie – Meredith.

Wentzel uśmiechnął się radośnie. Słowo „czarownik" w marynarce nadal znajdowało się na liście słów zakazanych.

Meredith nie zwrócił uwagi na zająknięcie adiutanta. Zajął miejsce tuż przy admirale. Wyszyńska usiadła obok Rosenbluma. Momentalnie dała dowód, że może i ma trzeźwy umysł, ale wszelkie konwenanse właściwe sferom wyższym są jej raczej obce. Z całej siły palnęła się bowiem w gołe przedramię, sycząc:

– No szlag! Komarzyca!

– A skąd wiesz, że to akurat owad rodzaju żeńskiego? – zapytał Rosenblum.

– Bo u komarów krew piją tylko samice.

– Ach...! – zdziwił się trochę teatralnie. – Zatem rodzaj komarów nie różni się niczym od rodzaju ludzkiego.

Spojrzała na niego z przyjaznym uśmiechem. Albo wzięła to za komplement, albo uwaga bardzo jej się spodobała.

Ossendowski po oficjalnym powitaniu przystanął na moment za plecami Wentzla i położył mu rękę na ramieniu. Pewnie miało to oznaczać: „Ty mów!". Żeby w razie czego nikt nie śmiał napisać, że głównodowodzący zwracał się o poradę do szamana.

– Drodzy państwo – Wentzel nie ociągał się z wykonaniem niemego rozkazu – jest nam niezmiernie miło widzieć was w dobrym zdrowiu.

Wyszyńska chyba nie cierpiała konwenansów, bo pochyliła głowę z cichym westchnieniem.

– Nam również jest bardzo miło – wysyczała. – Mamy trzy sprawy do panów dowódców, z czego jedna jest bardzo pilna.

Budzyński odchrząknął. Też nie był zwolennikiem salonowych manier, ale pani inżynier najwyraźniej przesadziła.

– Macie aż tak złe wiadomości? – usiłował choć trochę ją usprawiedliwić.

– Złą, bardzo złą i jedną dobrą.

Rosenblum zapalił papierosa. Ponieważ żaden z admirałów nie kwapił się do zadawania pytań, odezwał się pierwszy.

– Czy tradycyjnie zaczniemy od złej?

– Wolałabym odwrotnie. Ostatnia wiadomość zburzy spokój tego spotkania.

Rosenblum wzruszył ramionami. Spojrzał na Wentzla, lecz ten siedział nieporuszony, pozwalając podwładnemu przejąć inicjatywę.

– W takim razie słuchamy.

Wyszyńska spojrzała na czarownika, by po chwili przenieść wzrok na Ossendowskiego.

– Wiemy, jak przejść przez Piekło – powiedziała.

– Co? – Budzyński aż podskoczył. – Jesteś pewna?

Przytaknęła.

– Wiemy, jak dotrzeć na biegun.

Rosenblum zaciągnął się głęboko. Biegun. Biegun ze swoimi tajemniczymi budowlami wzniesionymi przez samych „bogów" leżał w zasięgu ręki. I... rzekomo ukryta tam technologia. Rosenblum zdecydowanie nie należał do ludzi tępych. Wiedział, że niezależnie od fochów admirała, który dowodził zespołem ekspedycyjnym, rząd RP nie cofnie się już przed niczym. Zablokuje każde śledztwo przeciwko dziwnym inżynierom, poprze każdy przewrót, każdą wojnę tutaj, by osiągnąć to, czego chce najbardziej. Już posmakowali, co daje im bomba atomowa. Już wpompowali krocie w bombowce czy okręty, jak choćby ORP „Dragon", wyprzedzające swoją epokę, które dawały złudne wrażenie potęgi. Już się nie cofną przed niczym. Kto wejdzie na tę ścieżkę, ma już tylko jedną drogę: do przodu i coraz szybciej. A zasady? A niezależność wobec paktu z diabłem, który właśnie zawierali? Rosenblum zaczynał tęsknić za epoką, kiedy to ułani z szablami w rękach na polu bitwy ustalali, kto ma rację, a kto nie. A najśmieszniejsze, że bardzo niedaleko od miejsca, gdzie się znajdowali, stał pałac cesarzowej. I ona przecież niedawno również rozważała, czy warto sprzymierzyć się z kimś, kto dysponuje przewagą w technologii. Ciekawe, jak dla niej skończy się wybór, którego dokonała.

– Poproszę może kogoś bardziej kompetentnego, żeby wszystko wytłumaczył. – Wyszyńska zerknęła na siedzącego obok czarownika. Rosenbluma zastanowiło, czy był to wybieg, czy lekka kpina z Ossendowskiego.

– Pani Jadwiga chyba przesadza, mówiąc o mojej kompetencji – uśmiechnął się Meredith, a Rosenbluma jakby prąd kopnął. Zerknął szybko na inżynier. Ta nie dość, że nie odcięła się żadną ostrzejszą uwagą, to jeszcze nie zareagowała nawet na tę cholerną „Jadwigę". Ożeż... I tak jakby złagodniały jej rysy. Ożeż ty! Gwałtownie odwrócił wzrok, żeby nie zdradzić się wyrazem twarzy. Ożeż ty w mordę jeża! Ale numer. – Główna zasługa leży tutaj po stronie matematyka imieniem Patte, który kontynuował pracę swoich poprzedników. Dzięki maszynom myślącym...

– Liczącym – „pani Jadwiga" poprawiła Mereditha, choć wyjątkowo łagodnie.

Czarownik skłonił głowę w jej stronę.

– Dla mnie liczenie i myślenie to prawie to samo, ale... – Poszukał kompromisu: – Dzięki tym maszynom, które są w stanie zastąpić milion matematyków, udało się określić zasady, którymi rządzi się kraina zwana Piekłem. To rodzaj labiryntu, który działa według ściśle oznaczonych zasad.

– Czy istnieje koniunkcja, dzięki której można pewnego dnia przejść przez labirynt? – zapytał Rosenblum.

– Nie. Przekroczyć go można w dowolnej chwili, o dowolnej porze. Ustawienie planet nie ma tu znaczenia.

– A co ma?

– Dzięki tym myśl... eee... maszynom otrzymaliśmy wzór, według którego działa labirynt. Zastosowanie tego wzoru, bardzo upraszczam, pozwala się dowiedzieć, które z przejść jest właśnie otwarte i z którego można skorzystać w danej chwili.

– I to doprowadzi nas do celu?

– Nie. Wzór pokazuje kilka przejść, a do celu prowadzi tylko jedno.

Rosenblum skinął głową.

– Potrzebne jest coś jeszcze?

– Tak. Potrzeba jeszcze „Przewodnika" czy też „Pośrednika", jak mówią pewne źródła.

– I on będzie znał drogę?

– Nie. Ale dokona wyboru z kilku, a nie wieluset tysięcy możliwości. To nie jest człowiek świadomy swoich umiejętności.

– Jak więc go znaleźć?

– Zaraz do tego dojdziemy. Najpierw jednak chciałbym powiedzieć, do czego dąży Nayer. Otóż dawno temu wymyślono, jak obejść znajomość wzoru matematycznego. I to nie w Nayer bynajmniej, ale gdzieś tutaj. Ktoś wpadł na pomysł, że brak wiedzy można zastąpić liczbą prób. I nawet zorganizował to wszystko. W świątyni potworów w Banxi zrozumiałem, do czego tak naprawdę służyła. Gromadzono tam rzesze ludzi, których zapędzano do Piekła, licząc się z tym, że większość zginie, ale może kilku uda się odnaleźć właściwą drogę, a wśród nich będzie akurat Przewodnik. Przy odpowiednio dużej liczbie prób teoretycznie jest to możliwe.

– Naprawdę? – Rosenblum zmarszczył brwi.

– No przecież powiedział: „teoretycznie możliwe" – rzuciła Wyszyńska. – W praktyce nie ma mowy. Na całym świecie nie ma tylu ludzi, żeby zapewnić odpowiednio dużą liczbę prób.

Meredith skłonił się lekko.

– W rzeczy samej. Zrozumiano to także w Nayer. Nieprzypadkowo wysyłali szpiegów i w okolice Piekła, i do świątyni w Banxi, gdzie jednego nawet przejęliśmy.

– To fakt, że bardzo się tym interesowali – potwierdził Wentzel. – Tak wynika z raportów wywiadu.

– Właśnie. Do Nayer jednak dotarli potomkowie zakonnych wypraw przez Góry Bogów. Ich czarownicy po tej stronie gór odzyskali swoją moc. Jak mówi pani Jadwiga, to coś jest w genach i to coś po tej stronie globu odżywa.

– Jak u agenta w naszych szeregach – mruknął Rosenblum.

– Tak. Jednak ci czarownicy, wychowani w waszym świecie, mimo że pchani tradycją, myślą już inaczej. W zupełnie inny sposób niż miejscowi. I to właśnie ich uwagę zwróciła powszechna w Nayer Księga Przejścia. Sama nazwa dała już do myślenia. Bo zapis dla postronnych stanowi zbiór bzdur.

– Skąd pan wie, co jest w Księdze Przejścia? – spytał Rosenblum. – Kai wspominała o tym w raporcie, ale przecież nie mogła przesłać egzemplarza.

– Pani Jadwiga połączyła mnie przez radio z panią Melithe. W materiałach wywiadu Tor Avahen było wiele egzemplarzy tej księgi. Wystarczyło, że ktoś przeczytał mi kilka fragmentów, bo wielu rzeczy dowiedziałem się w świątyni w Banxi.

Rosenblum nerwowym ruchem zgasił papierosa w wielkiej popielniczce stojącej na rogu biurka. Potem nachylił się w stronę czarownika.

– Czy to ma znaczyć, że nas wyrolowali? – Patrzył na twarz rozmówcy z rozwagą. – Czy to znaczy, że Złe Ziemie i nasze instalacje naftowe nigdy nie były zagrożone?

Czarownik przytaknął.

– Nie są idiotami każącymi armii uzbrojonej w karabiny skałkowe pójść na wasze czołgi. Ale wyjątkowo udanie wywarli na was wrażenie, że to zrobią. I zmusili was do złamania traktatu z cesarstwem, do uzbrojenia imperialnej armii w nowoczesną broń, a co za tym idzie w perspektywie zmusili was do zrobienia przewrotu w samym sercu imperium. Nie zdziwię się, kiedy usłyszę, że planujecie już taki przewrót.

– I co przez to uzyskają?

Ossendowski podszedł do biurka i z przepastnej szuflady wyjął wielką białą chustkę. Powoli i dokładnie osuszył nią spotniałe nagle czoło.

– Uzyskają to, że po przewrocie cesarstwo długo będzie niesterowalne. Nieprzewidywalne. I choć będzie coraz mocniej wchodzić w wasze ręce, to nie będzie w stanie zagrozić Nayer.

– A oni w tym czasie...

– Tak! Dojdą do bieguna i pokonają was tym, co spodziewają się tam znaleźć. Magią Bogów!

Wentzel otworzył usta, żeby przerwać czarownikowi, ale zrezygnował. Uzmysłowił sobie, że nowoczesna armia imperium, choć wygrywała każdą bitwę (czy raczej rzeź) na swojej drodze, to w istocie grzęzła przy wydłużających się liniach zaopatrzenia. A Nayer zalewało ich potopem jeńców, których trzeba było żywić w tej dziczy i minimalnie choć zaopatrzyć. Armia napotykała więc nie tyle opór wroga, co materii. I tylko najwięksi optymiści wciąż wierzyli, że od tej strony można jeszcze dojść do krainy zwanej Piekłem. W to, że prące ciągle do przodu wojska staną się jakąkolwiek odskocznią do akcji na biegun, nie wierzył już nikt. Meredith miał zatem rację. Dali się wypuścić na tak wysiłkożerną akcję, bo... Wentzel wzruszył ramionami. Po prostu pomylili ludowe przysłowia. Żeby zabezpieczyć swoje pola naftowe, usiłowali stworzyć przy okazji warunki do startu na biegun. Czyli upiec dwie pieczenie przy jednym ogniu. A tu wyszło jak w przysłowiu o łapaniu dwóch srok za ogon.

– Z drugiej strony w rejon operacyjny zmierza lotniskowiec wraz z zespołem – powiedział na głos. – Nic nie jest jeszcze rozstrzygnięte.

– To prawda – zgodził się czarownik.

Ciekawe, czy mówił tak z uprzejmości. Lotniskowiec rzecz fajna, ale rzeką w głąb lądu nie popłynie. A na pokładzie miał jedynie mikroskopijne siły piechoty morskiej, wspierane przez piechotę morską, równie nieliczną, za to... imperialną. Siła elitarna, ale uzbrojona jeszcze po staremu. Z kolei Baranowskiemu nie udało się zbudować drogi przez Wielki Las w Banxi na przestrzał. Musiałby więc wrócić ze swoją brygadą do Kong, zaczekać na zespół Radziszewskiego, który tam mógłby wysadzić na ląd uchodźców, i zaokrętować się, co wymagało Bóg wie ile czasu, bo port w Kong nie był przecież nowoczesny i żadnym standardom nie podlegał. Teoretycznie mieli zatem całkiem sporą siłę na morzu łączącym z Tor Avahen, a praktycznie jej nie mieli. Była to siła wyłącznie nierzeczywista, dopiero możliwa do stworzenia. A i to tylko w sprzyjających okolicznościach.

– Nayer zamierza zrobić to po staremu? – zapytał Wentzel, zmieniając temat. – Mówię o przejściu przez Piekło.

– Z grubsza tak. Wyślą tam masy ludzi, licząc, że część odnajdzie przejście. Nie mają wzoru matematycznego, nie mają Przewodnika.

– Więc małe szanse?

– Przeciwnie. Księga Przejścia da się wykorzystać jako odpowiednik Przewodnika. Czarownicy zakonu mogą go po prostu stworzyć, bo tekst księgi to pewnego rodzaju zaśpiew, dzięki któremu mistrz magii może wpaść w trans i... – Widząc minę Ossendowskiego, Meredith przerwał gwałtownie. Potem odwrócił wzrok. – Nie będę was zanudzał szczegółami, panowie. To rzeczy zrozumiałe tylko dla wprowadzonych w sztukę magii.

– Czyli istnieje ryzyko, że jednak przejdą? – zapytał szybko Rosenblum, nie chcąc dać głównodowodzącemu nawet sekundy, żeby ten powiedział, co o tym wszystkim myśli.

– Tym razem tak. Jest.

– I poświęcą rzesze ludzi w Piekle tylko po to, żeby garstka wskazała im drogę? To jakiś koszmar.

– Dylemat, który musi rozstrzygnąć każdy władca, posyłając swój lud na wojnę. Obojętnie, czy w imię honoru, własnego widzimisię, ochrony pól naftowych, a może w imię wiary albo w pogoni za mirażem zwanym równością wszystkich. Powód jest bez znaczenia, a rzeź zawsze podobna.

– A my? – włączył się nagle Budzyński. – Jaką mamy szansę?

– Żeby dojść do bieguna? – Czarownik zerknął na dyrektora. – My znamy wzór wszystkich zmiennych. My mamy dostęp do archiwów Tor Avahen, a ja wiem, o co zapytać ich specjalistę. I nareszcie to my wiemy, jak znaleźć Przewodnika.

– Jak?

– Wiemy, że to osoba, która ma wizje. Która widzi nieistniejące obrazy. Coś, czego nie ma.

Ossendowski zaczął się śmiać.

– Ja przepraszam, ale na świecie szaleńców jest cała masa. I wszyscy mają wizje. A to końca świata, a to kary boskiej, a to od czasu do czasu gadają sobie z Matką Boską na różne tematy, a to...

– Myślę, że na tej półkuli niewielu jest kolegów akurat Matki Boskiej – wtrącił Wentzel.

– Nie musimy szukać wariata z wizjami – powiedział Meredith. – Wiem, że musimy szukać kogoś, kto czuje łączność między światami. Kogoś, kto widzi obrazy ze świata okrutnych Ziemców. Czyli rzeczy, które są tylko tam, a tu zobaczyć ich nie sposób.

– Wiele nam to mówi... – Ossendowski wzruszył ramionami.

– Wprost przeciwnie. – Budzyński wydawał się podniecony. – To bardzo konkretna informacja. I moi ludzie potrafią odnaleźć takie osoby.

– Też mi się tak wydaje – powiedziała Wyszyńska. – Nawet zaczęłam już pytać kolegów.

– Ja roześlę do wszystkich okólnik. Czy nie spotkali kogoś z wizjami Ziemi. Jeśli nie widzieli, to otrzymają zadanie odwiedzenia wszystkich wariatów na tym świecie. Znajdziemy go.

Wentzel zerknął na niego z uśmiechem. Budzyński wyraźnie mu zaimponował. Po chwili przeniósł wzrok na Wyszyńską.

– Dobra wiadomość okazała się jednak nie taka dobra – mruknął. – Co z tymi dwiema złymi wiadomościami w takim razie?

Wyszyńska zerknęła na Meredítha. Ten oddał jej spojrzenie i ledwie dostrzegalnie wzruszył ramionami. No ładnie. Rosenblum miał już pewność. Tych dwoje łączyło jakieś porozumienie. A może trzeba było to określić innymi słowami?

– Macie podejrzenia co do tożsamości szpiega w sztabie Kawalca? – zapytał.

– No właśnie. – Wyszyńska zmarszczyła czoło. – Niestety, fiasko. Klapa na całej linii.

– O! – Ossendowski nareszcie usłyszał coś, czego się spodziewał. Opuścił swoje stanowisko przy najbliższym akwarium i wrócił do biurka. Bynajmniej nie po to, żeby zająć miejsce w fotelu. – Wiedziałem, że to wszystko pic na wodę.

– Po prostu agenta nie ma teraz w sztabie.

– A tam. – Admirał lekceważąco machnął ręką. – Dorośli ludzie, oficerowie, a dali się nabrać na bajeczkę, że przyjedzie szaman i odkryje obcego agenta. No ładnie. No i co?

– Panie admirale... – Wyszyńska usiłowała mu przerwać, ale z Ossendowskim taki numer nie przechodził.

– Z całym szacunkiem. – Skinął głową czarownikowi. – Ja nic do pana osobiście nie mam. Ale moi oficerowie, którym czary się zwidują, to już przekracza wszelkie pojęcie...

– Panie admirale! – Wyszyńska też potrafiła być uparta. – Wprowadziłam Mereditha do bazy. Dzięki władzy pana dyrektora nawet do sztabu wywiadu wojsk lądowych. Ale agenta tam po prostu nie ma. Cały sztab, łącznie z Kawalcem, pojechał na wojnę.

– No właśnie o tym mówię. Są na froncie, może wrogi agent parzy teraz herbatę samemu Kawalcowi, może nawet dosypał do herbaty trutkę, a jedyna rzecz, którą mogą mu przeciwstawić moi oficerowie, to czary!

– Widziałem go – powiedział Meredith cicho.

Było to tak niespodziewane, że w gabinecie zapadła cisza. Pierwszy ocknął się Wentzel.

– Kogo? Agenta?

– Jego ślady. Każdy czarownik je zostawia w miejscu swojego działania.

– Czy na tej podstawie możemy poznać jego tożsamość?

– Jeszcze nie. Wiem jednak, co zrobił. Coś bardzo złego. Związanego z waszymi agentami.

– Z Kai i Nuk?

– Tak. Czy gdzieś tu są ich papiery? Akta? Cokolwiek?

– Oczywiście – odpowiedział Rosenblum. – Są w jednym egzemplarzu, w sejfie wywiadu marynarki.

– Kto wiedział o misji dziewcząt?

– Tylko garstka osób, przede wszystkim tu obecni oraz Tomaszewski i Siwecki.

– A Pełczyński? – zapytała Wyszyńska.

– No tak. Jeszcze major Pełczyński. On przecież prowadził akcję na początku. Po co miałby zaglądać do dokumentów, skoro sam je stworzył?

– Jednak miał dostęp do sejfu?

– Tak. Ale Pełczyński uległ wypadkowi podczas skoku. Ma złamaną nogę i to na tyle skomplikowany przypadek, że został odesłany do Polski na operację mimo generalnego zakazu powrotu do kraju. W tej chwili jest w podróży statkiem i ani my nie mamy z nim kontaktu, ani on z nami. Możemy nawiązać łączność, dopiero jak dotrze do Polski, przez szyfrowaną linię.

– A możesz sprawdzić, co się działo z papierami dziewczyn tuż przed tym, jak sztab wywiadu armii lądowej pojechał na front? – Wyszyńska wzrokiem wskazała stojący na blacie telefon.

Rosenblum zerknął na Wentzla, a kiedy ten przyzwolił skinieniem, podniósł słuchawkę.

– Z ochroną akt, po wewnętrznej, kodowanej – powiedział.

Cisza w gabinecie przedłużała się nieznośnie. Ktoś w końcu włączył wszystkie urządzenia, by rozmowa była bezpieczna, i podniósł słuchawkę po tamtej stronie.

– Cześć, tu Izaak, dzwonię od szefa szefów, po bezpiecznej. Skontroluj.

Kontrola musiała wypaść pomyślnie, bo Rosenblum kontynuował:

– No to dobra. Przeczytaj mi, kto przed wyjazdem sztabu wywiadu zajęcy chciał dostępu do akt. – Czekał chwilę na listę. – Teleszyński – powtarzał na głos to, co usłyszał od oficera dyżurnego – Jóźwiak, Koronowicz, znów Teleszyński, znów Koronowicz, Pękala, Pomorski i kto? – Albo nie zrozumiał, albo nie uwierzył w to, co usłyszał: – Kto? Dobra, dzięki. – Odłożył powoli słuchawkę. Długo nie podnosił wzroku, posępnie wpatrując się w blat biurka.

– Pełczyński? – nie wytrzymała Wyszyńska.

– Tak. Ale przecież on wtedy był już na pokładzie statku.

– Czarownik potrafi zrobić takie rzeczy. – Meredith podniósł dłonie, żeby uprzedzić ich pytania. – Obcy agent nie musi nawet upodabniać się fizycznie, żeby kogoś udawać. Wystarczy, że tamci są przekonani co do jego tożsamości... – urwał nagle. – To wielkie ryzyko. Lecz skoro wiedział, że nazajutrz wyrusza na front, to podjął próbę.

Wentzel przełknął ślinę.

– Agent wcielił się w postać Pełczyńskiego? – Popatrzył na Ossendowskiego, jakby szukając u admirała pomocy, potem na Rosenbluma, wreszcie na Wyszyńską. – Matko Święta – wyszeptał. – Wywiad Nayer ma więc dane Kai i Nuk. Mają nawet ich zdjęcia.

Ludzie Shen robili się coraz bardziej nerwowi. Oddział dawno zostawił za sobą niedostępne góry, ale to, co robili teraz, zakrawało wręcz na czyste szaleństwo. Opuszczali właśnie słabo zaludnione, za to gęsto zalesione obszary podgórza. Miejsce dzikich ostępów zajmowały uprawne pola, coraz bardziej ludne wioski i wzorowo utrzymane drogi. A teraz jeszcze stanęli przed pierwszym na swojej drodze miastem.

Koniec możliwości dokonania jakiegokolwiek manewru. W przypadku napotkania jakiegoś oddziału wojska nie mogli już nigdzie uciec. Goniec na koniu, który zawiadomi inne garnizony i sprowadzi posiłki, zawsze będzie szybszy od wycofującego się oddziału. Jedyne, co ich czekało, to otoczenie i beznadziejna walka z przeważającymi siłami wroga. Byli chyba jedynym w historii niewielkim oddziałem partyzantów, który dobrowolnie opuszczał trudno dostępny teren i sam pakował się wprost na ucztę w sztabie najbliższego garnizonu. Przy czym na ucztę przybywali w charakterze głównego dania.

– No nie... Nie wjedziemy chyba do miasta... – Zdenerwowanie Sharri sięgało zenitu. Miała już ogryzione paznokcie na wszystkich palcach. Nanti odgrażała się, że przewiąże jej dłonie szmatami, a kiedy i to nie podziałało, dodała, że będą to szmaty zamoczone w kupie. Od tej pory niedoszła kapłanka zaczęła gryźć patyczki.

– Przecież wysłannik Randa wyraźnie powiedział. – Shen nie miała wątpliwości. – Wkraczamy z marszu.

– Jako kto? Wyzwoliciel czy napastnik?

– Powiedział, że się możemy zdziwić.

Sharri wypluła z ust zmielone prawie na celulozową miazgę drewienko i wzięła między zęby następne.

– Żeby to tylko nie było zdziwienie w stylu: „ty, patrz, kat ma zielony kaptur, a zwykle mają czarne!".

– Przestań.

Shen przyspieszyła lekko, żeby zrównać się z prowadzącą oddział Nanti. Jej wierzchowiec był wytresowany idealnie, z odpowiednią poprawką na brak umiejętności jeździeckich i doświadczenia osoby, która go dosiadła. Organizacja Randa, dostarczająca im zaopatrzenie i wyposażenie od czasu opuszczenia gór, sprawowała się idealnie.

– Ludzie. – Sierżant odwróciła się, słysząc nadciągającego dowódcę. – Tam.

Shen spojrzała w kierunku, który wskazywała dłoń Nanti.

– No nic. Jedziemy dalej.

– Patrzą na nas. Nie wydają się specjalnie poruszeni.

– Jesteśmy tuż pod miastem. Dziwne raczej, że ludzi tak mało.

– Wcześnie jeszcze. Po co się wygrzebywać spod pierzyny, skoro ledwie świta?

Grupa, sądząc po strojach, robotników rolnych przyglądała im się z uwagą rosnącą w miarę zmniejszania dystansu. To, że przyjezdni nie byli regularnym wojskiem, zobaczyć dało się łatwo. Robotnicy jednak nie okazywali niepokoju z powodu obcych zbrojnych. Ewidentnie przeważała ciekawość. Ale... ciekawość i coś jeszcze. Jakby oczekiwanie?

– To Shen! – wrzasnął nagle chłopak obdarzony najlepszym wzrokiem. – Shen!

– Partyzanci! Partyzanci! – zaczęli wołać pozostali. Dwóch wyrostków oderwało się od grupy i z krzykiem pobiegło w stronę miejskich zabudowań.

– Zatrzymać? – Sharri błyskawicznie znalazła się przy dowódcy. – Zaalarmują wojsko.

– Nie sądzę. – Shen podjechała bliżej do grupy robotników na poboczu. Zaskoczona patrzyła na ich wiwaty. Ale radość miejscowych najwyraźniej była autentyczna. I to skierowana do niej. – Słuchajcie! – usiłowała przekrzyczeć hałas. – Jest tu gdzieś wojsko?

– Niiii... Ni ma, pani, żadnego wojska.

– Znaczy jest, garnizon. Ale bydzie dzień drogi stąd.

– Ale tam ni ma wojska. Pani, wojaki na wojnie wszystkie.

– A te tam, co jeszcze som, to się nosa bojom wystawić. Garstka jeno.

Shen nie mogła ich opanować mimo uspokajających gestów.

– A w mieście dużo straży?

– Niiii. Pani, ni ma zupełnie.

– Nie. Są, są. Ale zaraz pouciekajo.

– A jak nie pouciekajo, to dostano.

– Ni ma. – Rosły mężczyzna spojrzał na pobliskie budynki. – Już ni ma.

Shen się roześmiała. Zerknęła na niedoszłą kapłankę.

– Czy dane z rozpoznania są wyczerpujące?

Sharri wodziła nieprzytomnym wzrokiem po twarzach rozentuzjazmowanych ludzi. Potem zerknęła na równie ogłupiałą Nanti i wreszcie przeniosła wzrok na Kadira, który właśnie do nich dojeżdżał.

– Co... co to jest? – Wskazała grupkę robotników.

– Głos ludu – zakpił rusznikarz.

– A poważnie? Mamy wjeżdżać do miasta?

– A mamy inne wyjście? – odpowiedział pytaniem.

Sharri prychnęła nagle i wyciągnęła ręce o dłoniach skierowanych do góry w stronę Shen.

– Ty tu dowodzisz.

Ta zerknęła jeszcze raz na budynki, w których otwierały się właśnie drzwi i okna. Coraz więcej ludzi wybiegało na ulice, krzycząc coś i dyskutując gorączkowo.

– Naprzód – rzuciła cicho.

Nanti powtórzyła jej rozkaz gestem dla całego oddziału. Partyzanci, choć zaciekawieni, nie wyglądali na zaniepokojonych. Jedynie Sharri wolała się upewnić, wołała więc do mijanych ludzi:

– Wojska w okolicy na pewno nie ma?

– Nie ma, pani. Wojsko na wojnie jest.

– A jaka to wojna? – Dziewczyna wreszcie uwierzyła zapewnieniom miejscowych i wyraźnie odprężona chciała wiedzieć, jak imperium tłumaczy kolejny wysiłek swojemu ludowi. – Z kim teraz walczymy?

– Z Nayer, pani. To źli ludzie, co chcą Złe Ziemie najechać.

– No ale przecież na Złych Ziemiach nic nie ma. Na jaką zarazę nam one?

– O honor chodzi, pani. Przed tysiącem lat cesarzowa Achaja zwyciężyła tam wielokroć liczniejsze wojska Nayer. I oni teraz mścić się wrócili za tamtą klęskę. Jeszcze bardziej liczni. No i my ich drugi raz musimy pokonać. Ale teraz to my mamy silnych sojuszników, pani.

– No żeż mać taka! – Sharri studiowała naprawdę sumiennie i przeczytała chyba wszystkie księgi o historii. I zagiąć ją było nie sposób. – Toż nie z Nayer walczyła Achaja na Złych Ziemiach tysiąc lat temu. Tylko z góralami gdzieś z końca świata. I w dupę jeża, nie wiadomo dziś już, kto wtedy wygrał!

– No już, już. – Shen poklepała koleżankę po ramieniu. – Nie podniecaj się tak, bo pryszczy dostaniesz albo dławiącej czkawki.

– No ale oni łykają propagandę tak głupią, że każdy, kto myśli choć trochę, powinien pawia puścić, słysząc te brednie, w które oni wierzą.

– Jakoś nie puściłaś.

Kadir, który słyszał coraz głośniejszą wymianę zdań, zbliżył się trochę i parsknął śmiechem.

– Nasza Sharri chciałaby zastąpić imperialną propagandę swoją własną. Sądzi, że jej jest mądrzejsza, i wkurzyła się, że ludowi wystarczy głupia, imperialna.

– Ja chcę powiedzieć im prawdę! – zaperzyła się niedoszła kapłanka.

– A jaka jest prawda? – zapytała Shen z kpiącym uśmiechem.

– No, kurwa, nie taka przecież, że idziemy na koniec świata mścić Achaję i jej pierdolony honor! – Sharri nakręcała się własną złością. – Nasi żołnierze tam poginą, broniąc polskich pól naftowych!

– Z których to pól zyski napędzają i naszą gospodarkę – wtrącił się Kadir, przyjmując filozoficzny wyraz twarzy. – Dziecko moje – nachylił się w siodle i dotknął ramienia Sharri – lud zawsze, od zarania świata, słuchał najdurniejszej propagandy i będzie jej słuchał aż do jego końca. A czy mówimy o pomście za Achaję, czy o polskim przemyśle naftowym, to dla ludu takie same czary-mary jak opowieść o złym smoku i pożeranych dziewicach. Lud by chciał, żeby mu dać wszystko za darmo i jeszcze chwalić jego wielkość. I kto to obieca, mówiąc przekonująco, ten rządził będzie ich maleńkimi umysłami. A czy powoła się na Achaję, Polaków, czy smoka z dziewicami, to zupełnie bez znaczenia.

– Jesteś ohydny w tym pseudopragmatyzmie. Lud swój rozum ma!

– Zobaczymy...

Dalszą dyskusję uniemożliwiły głośne okrzyki. Wjeżdżali właśnie na ulicę, między zabudowania. Tłum, który zgromadził się po obu stronach, wiwatował z jakimś zupełnie nieprawdopodobnym entuzjazmem.

– Shen! Shen! Varik! Shen! Sharri! – Ciężko było wychwycić konkretne imiona z ogólnego hałasu. Jedno tylko było pewne. Tłum przynajmniej w połowie skandował: – Nasi! Nasi! Nasi!

Bardzo zastanowiło to Kadira.

– Czemu wiwatujecie? – usiłował przekrzyczeć harmider, nachylając się nad kulbaką. – Jacy „nasi"?

– Widzieliśmy ruchome obrazy! – Jakiś chłopak uczepił się strzemiona i biegł przy koniu rusznikarza. – Widzieliśmy, jak gromicie cesarskich w górskiej strażnicy. Wy jesteście po stronie zwykłych ludzi! Wy rozgromiliście imperialną armię! Wy nasi! Dość biedy! Nasi!

Kadir potrząsnął głową. Nie mógł pojąć pewnych spraw. Przed chwilą na drodze ci ludzie zdawali się nawet zadowoleni, że ich żołnierze gromili najeźdźców z Nayer. A teraz witali wylewnie i radośnie „pogromców" tychże samych żołnierzy.

Nie mógł sobie darować włożenia szpilki w tyłek niedoszłej kapłanki. Starając się nikogo nie stratować, podjechał bliżej.

– I co z „rozumem ludu"? – wrzasnął. – Wystarczyło, że Samuel Goldwyn pokazał im kolorowe obrazki, i już staliśmy się dla nich pogromcami cesarskiej armii? W sile kompanii daliśmy radę wojskom samej cesarzowej? No, gdzie ten „rozum ludowy"? Schował się gdzieś czy co?

Sharri pokazała mu język i wyniośle odwróciła głowę. Wolała nie kontrargumentować. Jej własny rozum najwyraźniej nigdzie się nie schował. Nawet na chwilę.

Partyzanci za to dali się uwieść. Dziewczyny po trudach tylu kampanii nagle odkryły, że dla kogoś są bohaterami. Że kogoś ewidentnie reprezentują. Zdecydowanie polepszało to ich samopoczucie. Choć te bardziej rozsądne pamiętały już podobny entuzjazm w okolicach Kong. Pamiętały też, że kiedy karta się odwróciła, ci sami ludzie, którzy wcześniej wiwatowali, potem sprzedawali partyzantów cesarskim za nędzne grosze albo wręcz z gorliwości.

Szpaler wiódł ich wprost na forum. Tłum był tak zbity, że nawet gdyby chciały, nie mogły nigdzie skręcić. A w centrum miasta bogaci kupcy przygotowali dla wszystkich poczęstunek. Niebywałe. Lud z bogatym kupiectwem nagle ręka w rękę? To już o strasznej lichwie i o wyrzucaniu z przejętych chałup zapomniano?

Shen nie miała czasu się nad tym zastanowić. Ktoś gwizdnął cicho. Kiedy spojrzała w tamtym kierunku, zobaczyła Aie przepychającą się przez tłum. Zeskoczyła z konia.

– Cześć! – Uśmiechnęła się. – Osobiście się fatygujecie?

Aie objęła Shen i przytuliła mocno. Potem wychrypiała:

– Wydarzenia wchodzą w decydującą fazę. Czasu jest coraz mniej i wszystko nagle przyspiesza.

– Gdzie on czeka?

– Tu zaraz, w budynku gildii kupieckiej. Tam mamy gwarancję, że nikt nie słucha.

To był dzień ciągłych zdziwień. Gildia kupiecka po stronie Randa?! To się w głowie nie mieściło. Ale jak ktoś uwierzył w to, co usłyszał, to zdał sobie sprawę, że przełom, który wstrząśnie światem, jest tuż-tuż. I wszystko będzie toczyć się coraz szybciej i szybciej, niczym kula rzucona na stromy stok wzgórza.

– Przekaż dowództwo Varikowi i chodźcie – powiedziała Aie. – Tu zaraz wszyscy się pochleją.

Shen bardziej za pomocą gestów niż słowami wydała odpowiednie rozkazy. Skoro był tu Rand osobiście, to znak, że teren jest dostatecznie zabezpieczony. Mogła pozwolić ludziom pić i bawić się z miejscowymi. Zresztą „Koleś" Varik był rozsądnym człowiekiem.

Już po chwili sama z Kadirem i Sharri mogła ruszyć za Aie przepychającą się sprawnie przez tłum. Tu listy gończe nie były rozwieszane, nikt więc nie poznawał Shen z twarzy. A przecież widzieli ją na ruchomych obrazach Goldwyna. Okazało się jednak, że osoba widziana za pomocą tej nowej techniki a obok siebie na ulicy to dwie różne sprawy. I ona sama uświadomiła sobie, że właściwie od dawna istnieją „dwie Shen". Ta, którą widzą ludzie, i ta prawdziwa, ona sama, którą znał dobrze tak naprawdę tylko Kadir. Wydało jej się to ciekawe. Bo zauważyła, że odruchowo, jakby wbrew sobie, usiłuje coraz częściej być jak ta druga, publiczna. Jej mężczyzna też to zauważył. I nawet nazwał. Według niego była to „pogoń za własnym cieniem".

Dom gildii kupieckiej w tym mieście wcale nie był okazały. Wyglądał raczej skromnie, do czasu przynajmniej, kiedy przekroczyło się zaporę z podwójnych drzwi. W środku też nie przepych był najbardziej uderzający. Wrażenie robiła wygoda. Doskonale rozwiązana wentylacja, która wtłaczała do pomieszczeń ciepłe powietrze o żywicznym zapachu sosnowego lasu, ogrzewana podłoga i woda spływająca z pochyłych ścian, co sprawiało, że wewnątrz panowała wzorowa wręcz wilgotność.

Rand czekał na nich w niewielkim gabinecie. Żadnych okien, żadnych otworów w ścianach, jedne wzmocnione, podwójne drzwi. Świeżego powietrza dostarczała wentylacja o przewodach zbyt wąskich, by mógł się tam ukryć człowiek, a w dodatku przy samych otworach szemrały małe sztuczne wodospady, uniemożliwiające podsłuchanie czegokolwiek.

Ze spotkania najbardziej ucieszył się Kadir. Obaj mężczyźni rzucili się sobie w ramiona, zanim jeszcze padły jakiekolwiek słowa powitania.

– No i co? – Rand opanował autentyczną radość ze spotkania ze starym przyjacielem. – Sądziłeś kiedyś, że nasze niewinne rozmowy o stanie państwa doprowadzą nas aż tutaj?

– Wtedy nie – przyznał Kadir. – Lecz mam dziwne uczucie, że ty o tym myślałeś.

– No to jesteś lepszym obserwatorem mojej osoby niż ja sam.

– A o czym mówicie? – włączyła się Shen.

– O teoretycznych dywagacjach dotyczących potrzeby radykalnych zmian. – Rand witał się z pozostałymi, potem posadził ich przy stole ze sprowadzanymi znad morza południowymi owocami. – Częstujcie się.

– Nie sądziłem, że od teorii przejdziemy kiedykolwiek do praktyki. – Kadir zajął się winem, podejrzewając, że podobnie jak wystrój kupieckiego domu jest wyśmienite. Nie mylił się.

– Rozwój wydarzeń zaskoczył mnie również, ale... – Rand zawahał się i nagle zmienił temat: – Czy zwróciliście uwagę, że w dniach, które zmieniały historię świata, właściwie nic takiego się nie wydarzyło?

– Jak to?

– Ja kroniki znam. Przeczytałem wszelkie możliwe relacje. I... wnioski mnie zaskoczyły. Jak sądzicie? Jaki był najważniejszy dzień w historii Królestwa Troy?

– Dzień, kiedy wielki książę Orion podjął decyzję o uderzeniu w głąb Cesarstwa Luan. Jego armia domowa wkroczyła do stolicy, pozwalając mu objąć władzę i wprowadzić swoje zamiary w życie.

– Ale co się stało tego dnia?

– Masakra na schodach... – zaczęła Sharri.

Rand nie dał jej dokończyć:

– Czyli zabito kilkudziesięciu raptem przypadkowych ludzi? Dzień wcześniej i dzień później zginęła podobna liczba, jak nie więcej.

– Lud uderzył na zimową siedzibę władcy – przypomniał Kadir.

– Ale zimowego pałacu nie zdobył. Zresztą nie było w nim władcy, po prawdzie on tam ani razu nie mieszkał. Miejsce całkiem pozbawione znaczenia.

– Chodzi o symbol.

– E tam. A dzień, kiedy Biafra zmienił historię całego świata? Moment, kiedy podjął decyzję o całkowitym zniszczeniu Cesarstwa Luan?

– No. – Kadir nalał sobie nowy puchar wina. – Biafra zdał sobie sprawę, że Zaan ma go w ręku. I że jeśli chce żyć, musi zniszczyć cesarza, co absolutnie nie było mu na rękę.

– Tak. – Sharri skinęła głową. – Dzień opisany w niezliczonych poematach i kronikach. „Dzień drogi od Syrinx". Chwila, kiedy świat zmienił swoje oblicze.

– A cóż tak naprawdę wydarzyło się tamtego dnia? Otóż nic. Biafra i Achaja zjedli śniadanie w knajpie na pomoście wysuniętym nad powierzchnię morza. Nic więcej o wydarzeniach tego dnia nie wiadomo. Nic się nie stało.

– Notabene poeta albo nakłamał, albo nie miał wiedzy – wtrącił się Kadir. – Jak wiadomo, brzeg morza nie leży o dzień drogi od Syrinx. Jest znacznie dalej.

– No sami widzicie. – Rand rozłożył ręce.

– Chwila. – Shen zmarszczyła brwi. – Czy w ten zawiły sposób chcesz nam powiedzieć, że właśnie dziś zmienia się znowu historia świata?

Gospodarz ukłonił się nisko, co było ryzykowne, zważywszy, że siedział za stołem. O mało nie włożył twarzy do sałatki bananowej z kremem. A na pewno musnął ją włosami.

Sharri i Kadir wymienili się spojrzeniami. Jedynie Shen zapytała rzeczowo:

– Kogo mamy zabić?

– Nikogo nie macie zabijać. Macie zmienić historię świata.

Shen przytaknęła.

– Znaczy ciuknąć samą cesarzową.

Kadir nie wytrzymał i parsknął śmiechem. Po chwili spoważniał i spojrzał przepraszająco na przyjaciela. Dało się jednak zauważyć, że czasem proste postawienie sprawy jest mu bliższe niż konwenanse.

– Postaramy się jej nie zabijać – wycedził Rand, wyraźnie zły.

– A co planujesz?

– Rewolucję.

– A konkretnie?

– Atak na siedzibę władcy.

Shen dosłownie wmurowało w krzesło z profilowanego drewna, na którym siedziała.

– Mam atakować stolicę ze stu kilkudziesięcioma ludźmi? Pojebało cię?

– Jaką stolicę? – obruszył się nagle. – A co mnie obchodzi jakaś tam zakichana Pipidówa wśród gór? Że jest historyczną stolicą Arkach? Nikt w cesarstwie nawet nie zna jej nazwy.

– Więc co?

– Negger Bank.

Shen opadła, wypuszczając powietrze. Patrzyła tępo w sufit. Sharri nie wytrzymała.

– Chyba już próbowaliście dokonać przewrotu w Negger Bank, prawda? Przypomnij mi, jak się skończyło?

– To była tylko próba przeprowadzona w niesprzyjających okolicznościach.

– A teraz są sprzyjające?

Rand, który akurat nakładał sobie na tacę jakieś słodycze, zatrzymał się nagle w pół ruchu. Zastygł na moment, patrząc gdzieś w dal, a potem odłożył tacę.

– Taka koincydencja zdarza się raz na tysiąc lat – powiedział, patrząc Shen prosto w oczy.

Kadir aż cmoknął, słysząc te słowa.

– Dodaj: „I jam ci tego dokonał!" – zakpił.

Rand roześmiał się tylko.

– Nie, nie, nie. Nie „jam ci", bo „jam ci" tylko skorzystał. A wszystko dlatego, że jestem dobrym obserwatorem.

– I co takiego wypatrzyłeś?

– Po pierwsze: trwa wojna, a na niej całe specwojsko. Speckurwy spacyfikowane i z ich strony jeszcze przez jakiś czas ciosu nie należy oczekiwać. Ale to długo nie potrwa. Wojna zaraz się skończy, a speckurwy nie darują.

I trzepną nas po łapach po reorganizacji. To tylko kwestia czasu.

– I tu się z tobą zgadzam.

– Po drugie: mamy teraz potężnych sojuszników.

– Sądzisz, że Polacy poprą zamach stanu?

– Nie zamach, tylko rewolucję. Bierzemy władzę, robimy wybory i lud sam naznaczy, kto ma nim rządzić.

– Czyli ty?

Rand aż podskoczył.

– Miałem na myśli Shen – odparł. – Przecież jest bohaterem ludowym.

Sama Shen o mało się nie zakrztusiła słodką figą. Kaszląc, podniosła kubek i napełniła winem z mieszalnika. Z zablokowanym gardłem nie mogła się wtrącić i ze zdziwieniem obserwowała, jak obaj mężczyźni dyskutują o szczegółach, nie mając absolutnie żadnych wątpliwości, że lud wybierze dokładnie tego, kogo oni wskażą. Zresztą wielostopniowa ordynacja wyłaniania stanów generalnych nie mogła się skończyć niczym innym – jakkolwiek by kombinować, zawsze będzie zbyt wiele możliwości wpływu na kolejne etapy.

– Po co Polakom ta demokracja? – zapytał Kadir.

– Republika – poprawił go Rand i machnął ręką. – Nie rozeznaję się w niuansach. Niemniej RP nie chce postawić się na drugiej półkuli w sytuacji „ona kontra reszta świata". Od samego początku dba o wizerunek tej, która nie uzbraja żadnego reżimu, nie dostarcza nowych technologii krwiożerczym satrapom. Niemniej kiedy ropa naftowa zaświeciła Polakom w oczy, natychmiast zmienili zdanie, ale teraz przyszedł już czas również na zmianę wizerunku. Poprą rewolucję, jeśli dojdzie potem do wyborów. Bo wtedy nie będą sojusznikami opresyjnego reżimu. Wtedy działalność tutaj będzie już tylko pomocą bratniej demokracji.

– I tam, za górami, państwa zwracają uwagę na takie drobiazgi?

Rand wzruszył ramionami.

– Pozory wszędzie ważne. U nas też, że przypomnę ci własną historię, kiedy to Luan prawie pozbawiło Arkach zdolności honorowej. I o włos nie doprowadziło do zagłady całej elitarnej dywizji z tak błahego z pozoru powodu.

Sharri pokiwała głową.

– A ja ich doskonale rozumiem – powiedziała. – Przecież nawet przed własnym ludem nie mogą się przyznać, że popierają krwawych watażków, którzy potrafią wysłać na zagładę tysiące niewinnych żołnierzy korpusu w Sait choćby. Nie mogą powiedzieć swoim, że akceptują rzeźnię i jatki. Ale popierać demokrację? Toż lud, cokolwiek by zrobił, i tak zawsze będzie miał rację.

– Zamknie to wiele ust – zgodził się Rand. – I wytrąci z rąk przeciwników większość argumentów. A o realną pozycję i tak będą musieli walczyć, wywijając Dużym Jasiem.

– Czym?

– Tak mówią o tej rzeczy, która przepaliła Góry Bogów na wylot.

Shen dopiero teraz odzyskała zdolność mówienia.

– A może ktoś by mnie spytał o zdanie?!

Rand, Kadir, a nawet, jak się okazało, pozbawiona kobiecej solidarności Sharri spojrzeli na nią w niebotycznym zdziwieniu.

– Ależ ty jesteś przecież cały czas przejęta budzącym zgrozę losem ludu w imperium – zaczęła niedoszła kapłanka.

– Nie możesz spać, widząc niegodziwości w imperium – dołączył Rand. – Nie możesz jeść, pić, tylko dyszysz żądzą naprawienia szkód i wyzwolenia ludu.

Jedynie Kadir niczego nie powiedział. Wyciągnął ramię i przytulił Shen, przyciągając ją do siebie.

– Nie mamy innego wyjścia – powiedział cicho. – Utrzymanie takiego oddziału wysoko w górach jest niemożliwe na dłuższą metę. W końcu nas dopadną. A życie na nizinach to czyste szaleństwo. Może nam się na krótko udać, z możnymi protektorami pod bokiem. Ale kiedy sytuacja się unormuje... nie będzie trzeba jednego dnia.

– Nie możemy uciec do innych krajów?

– Nie jesteśmy zwykłymi ludźmi. I każdy władca będzie chciał to wykorzystać. Na swój sposób. W swoich interesach. I Bogowie jedni wiedzą, w jak czarną dupę się wtedy wpakujemy. Albo... może nas po prostu odsprzedać mściwej cesarzowej. I to z dużym zyskiem.

Shen położyła głowę na ramieniu Kadira. Z boku mogło to wyglądać na pogrążenie się w smutku albo w zadumie. Ci jednak, którzy dobrze znali Shen, wiedzieli, co dzieje się teraz w jej głowie. Smutek? Zaduma? Nigdy w chwili podejmowania decyzji. Shen po prostu, myśląc intensywnie, nie wyrażała żadnych emocji. Jej mózg nie miał żadnego przełożenia na wyraz twarzy.

Rand o tym nie wiedział i zaczynał się niepokoić. Przed nerwowym wybuchem powstrzymywał go jedynie spokój Kadira. Można to było określić jednym słowem: trwanie.

Drgnął gwałtownie, kiedy Shen uniosła głowę.

– Kiedy mamy jechać do Negger Bank?

– Już! Już, już! Pociągiem, natychmiast. – Rand nie wiedział, od czego zacząć. – Ukrywaliście się po chaszczach, zatem nie wiecie, co się dzieje na świecie.

– A co się dzieje? – zaciekawił się Kadir.

– Trwa wyścig między Nayer a cesarstwem, kto pierwszy dojdzie do bieguna.

– A co tam potomkowie zakonnych i Polacy chcą znaleźć? – Dla rusznikarza było jasne, że ani naród Nayer, ani poddani cesarscy sami z siebie nie mieli tam czego szukać. – Jak zwykle chodzi o władzę?

Rand nawet nie rozkładał rąk. Uznał pytanie za retoryczne.

– Wszystko uległo niesamowitemu przyspieszeniu – tłumaczył Shen. – Jak zwykle podczas wyścigu rzeczy dzieją się błyskawicznie. I będą się toczyły coraz szybciej. Ale... każdy wyścig rodzi bałagan i chaos. I przez krótką, króciutką chwilę mamy ogromną szansę.

– Kto nas popiera? – zapytała.

– Gildia kupiecka, jak widzisz. Finansjera, bez nazwisk, ale sam szczyt. Ludzie oświeceni, o dziwo, wszyscy razem. No a lud widział ruchome obrazy i ma cię za swojego bohatera. Zresztą zapracowałaś na to całym swoim życiorysem.

– A wojsko?

– A wojsko jest na wojnie.

Sharri zaczęła się śmiać.

– O kapłanów nie zapytam.

– I dobrze robisz. Tak samo jak nie pytaj o czarowników.

– No to siły są...

– Naszą siłą jest teraz szybkość – przerwał jej Rand. – Zaskoczenie, błyskawiczny ruch i... – Zderzył ze sobą dłonie. – Wszystko teraz dzieje się coraz prędzej i trzeba złapać ten moment.

Kadir podniósł do ust fragment limonki oblepionej miodem.

– Czy ktoś mógłby podyktować kronikarzom, że w dniu, kiedy zapadła decyzja o odmianie losów cesarstwa, jadłem limonki? – zapytał.

– Ja podyktuję – podjął się Rand. – A decyzja zapadła? – Przeniósł wzrok na Shen.

I co miała zrobić? Doskonale rozumiała, że nie było innego wyjścia. Podjęła decyzję czy nie? Bez znaczenia. Decyzja sama się podjęła. Okoliczności ją stworzyły. Skumulowały się dotychczasowe, nie do końca przecież świadome działania. Ot, sytuacja nabrzmiała i coś musi pęknąć. Tylko tyle. Każdy, kto uważał się za woźnicę kierującego losami państw jak zaprzęgiem, musiał rozśmieszać Bogów do łez.

– Zapadła – powiedziała cicho i sięgnęła po owoce, którymi delektował się Kadir.

Rand uśmiechnął się lekko. Potem zerknął na milczącą cały czas Aie.

– Nie zapomnij powiedzieć kronikarzom, że w dniu, kiedy zmieniła się historia świata, jedli limonki.

Jego ochroniarka tylko machnęła ręką.

– Przecież sam mówiłeś, że w dniach, które stały się punktami zwrotnymi historii, nigdy nic ciekawego się nie wydarzyło.

Kiedy stanęli na redzie, ich komendant, zmęczony morską podróżą, chciał koniecznie zejść na ląd w pierwszej kolejności. Miał, jak wszyscy zresztą, dość ciasnych i dusznych klitek służących im za mieszkania, dość ciągłego kołysania, dość braku możliwości poruszania się czy choćby zaczerpnięcia powietrza pełną piersią. Nakazał swoim dziewczynom pospieszne pakowanie, a inni współpracownicy i sługi mieli się zorientować, jak przyspieszyć przesiadkę z pokładu okrętu z klocków na pokład którejś z motorówek krążących między redą a portem w Tor Avahen.

Niestety, nie było to zadanie proste. Ich komendant nie stał wysoko w hierarchii służb i kiedy tylko pojawił się na pokładzie, momentalnie zepchnięto go tam, gdzie jego miejsce. Na szary koniec, co znaczyło z powrotem do dusznego wnętrza okrętu.

– No to utknęliśmy. – Komendant rozglądał się, jakby szukał jakiejś innej możliwości opuszczenia statku. – Spędzimy tu jeszcze parę dni.

Nuk wzruszyła ramionami, Agire też wolał się nie odzywać. Jedynie pyskata Kai nie mogła sobie darować.

– Jak to parę dni? Ja tu paru dni na pewno nie wytrzymam.

– Ja też, drogie dziecko – komendant wyjątkowo zgodził się natychmiast ze swoją służącą. – A wygląda na to, że musimy wracać do tych klitek.

– Jeśli się nie da drogą służbową, to sprawę trzeba załatwić drogą nieformalną.

– Czyli jak?

– Czyli po znajomościach.

– Obawiam się, że moje możliwości...

Nuk, widząc desperację szefa, odważyła się mu przerwać.

– Ona mówi o swoich znajomościach – powiedziała, a kiedy komendant zamarł w niebotycznym zdziwieniu, dodała: – Zdążyła już przygruchać sobie jednego takiego. I to nie byle jakiego, tylko zza gór.

– Niemożliwe!

Nuk rozłożyła ręce w geście „ja tam nie brałam w niczym udziału, ale swoje wiem".

– Widziałam go dzisiaj na pokładzie. Ale nie na tym, skąd wszystkich wywożą na ląd, tylko po przeciwnej stronie.

– No to idź tam do niego, Kai, i rozpytaj.

– Jak to idź!? – zaperzyła się czarownica. – Nie mam prawa sama pałętać się po pokładzie.

– Ach tak... – Komendant przypomniał sobie przepisy. – Chodźmy wszyscy. Jesteście pod moją opieką.

Wyprowadził całą trójkę na zewnątrz. I rzeczywiście, na pokładzie od strony morza nie było żadnego ścisku. Kręciło się tam zaledwie kilkunastu marynarzy i kilku ludzi zza gór. Nuk od razu wypatrzyła Chrisa.

– Jest! – Machnęła ręką. – Tam, na dziobie.

– No to chodźmy. – Komendant ruszył przodem, przybierając minę człowieka, który wcale się nie pałęta, ale zdecydowanie zmierza w konkretnym celu, żeby załatwić ważną sprawę. I trzeba przyznać, że wychodziło mu całkiem przekonująco. W każdym razie nikt nie zaczepił ich przez całą drogę wzdłuż pokładu.

– No cześć! – Kai, udając radość, wyrwała się do przodu tuż przed osiągnięciem celu.

Chris odwrócił się od marynarza, z którym właśnie rozmawiał.

– A, jesteś – ucieszył się na jej widok. – Najbardziej wygadana baba na całym kontynencie. – Dopiero teraz zauważył komendanta. Musieli się znać przynajmniej z widzenia, bo wyciągnął rękę do powitania. – Czy wiesz, że twoja kucharka pewnego dnia wyskoczyła na mnie z największym nożem, jaki znalazła w kuchni, krzycząc, że jest kapitanem? Tylko nie pamiętam, czego obwołała się kapitanem: piratów, tego okrętu czy polskiego wywiadu.

Komendant ucieszył się wyraźnie.

– Nie wiem, jak z piratami, ale jeśli chodzi o walkę wręcz, to talent z niej raczej umiarkowanej klasy. W komendanturze musiałem ją przydzielić do kuchni, żeby do wojska nie wzięli.

– Ach, to stąd to wyszczekanie. Łatwiej mleć jęzorem, niż machać bagnetem.

– Jednak talent do gotowania równoważy jej pyskatość.

– Oj, tak, tak. – Chris zerknął na obiekt dyskusji, który udawał, że nie o niej mowa. – Co? Nie możecie się dostać na ląd i szukacie podwózki?

Komendant, szczęśliwy, że Amerykanin sam się domyślił, zrobił minę, która wyrażała zrezygnowanie, zmęczenie i prośbę jednocześnie. No jasny szlag, okazał się naprawdę niezłym aktorem.

– Mogę was zawieźć nawet zaraz, najbliższym kursem. Ale są dwa ograniczenia.

– Żadne ograniczenie nas nie powstrzyma.

– Mogę was podrzucić tylko do portu Tor Avahen, a nie na rampę wyładowczą przy obozie. Będziecie musieli pójść dalej pieszo. No i zabieram jedynie waszą czwórkę. Reszta twoich ludzie czeka tu grzecznie na swoją kolej.

– Ależ oczywiście. Czym ja się odwdzięczę...

– A ja konkretnej rekompensaty oczekuję – uśmiechnął się Chris. – Za to będziesz mnie zapraszał na każde śniadanie, obiad i kolację w wykonaniu twoich kucharek. Codziennie.

– Ależ to oczywiste i jasne jak słońce! – Komendant zgiął się w dziękczynnym ukłonie. – Żebyśmy tylko blisko siebie obozowali.

– A o to, czy będziecie blisko, ja już zadbam. – Mężczyzna zza gór odwrócił się do marynarza, z którym przed chwilą rozmawiał. – Zaprowadź ich na moją łódź. Wezmę swoje papiery i ruszamy.

Komendant już miał się znowu rozpłynąć w podziękowaniach, kiedy Kai przerwała mu brutalnie.

– No i jak zwykle mnie o zdanie to nikt nie zapyta!

Obaj mężczyźni otworzyli usta ze zdziwienia. No tak. Że też umknął im fakt niezbędnych konsultacji każdej decyzji z kucharką.

– A co chcesz wiedzieć, pyskata? – zapytał Chris.

– Czy to bezpiecznie płynąć tą łupinką. Patrzcie, w morzu pełno śmieci i zaraz się o coś rozbijemy.

– No tak. Te wszystkie dechy, bale, skrzynki i wpół zatopione łodzie zostawili tutaj po sobie podżegacze wojenni. Oni, mając w głębokiej pogardzie zwykłych ludzi, tak przez ciebie ulubionych, ewakuowali tędy arcyważne archiwum państwowe oraz służby wywiadu Tor Avahen. Reszta ich nie obchodziła, moja ty obrończyni ludu prostego.

– Aha. – Kai pacnęła się w czoło. – Znaczy ten bardach to archiwiści i agenci wywiadu po sobie zostawili?

– Zaraz – wtrąciła Nuk. – To w pobliżu są podżegacze?

– Prawie otarliśmy się o burty polskich okrętów. Ale nie bój się, mała. Oni mają pokłady przepełnione ewakuowanymi ludźmi i muszą ich szybko wysadzić w Kong albo gdzieś, byle nie za daleko. Nie wrócą tu zaraz, żeby do nas strzelać.

– Mają przepełnione okręty? – Kai udała niebotyczne zdziwienie. – To aż tylu archiwistów i wywiadowców stąd zabrali?!

Nawet komendant zakrył usta, żeby nie parsknąć śmiechem. Szybko odwrócił wzrok, nie chciał nie widzieć konfuzji pokonanego na słowa człowieka zza gór. Chris w końcu machnął ręką.

– Wsiadajcie do łodzi. W porcie pokażę ci, do jakich niegodziwości są zdolni polscy podżegacze wojenni. Zobaczysz na własne oczy.

Kiedy odszedł, marynarz poprowadził ich do trapu, którym mogli zejść do łodzi motorowej. Wykorzystując chwilę, kiedy zostali trochę z tyłu, komendant nachylił się do ucha Kai.

– Sprytnie robisz, dziewczyno – szepnął. – On potakiewiczów i gnących się w pas ma wokół siebie wielu. A zadziornej kobiety lubi słuchać, bo może pokazać, jaki to on „wolnościowy" w poglądach i jak z prostym ludem się brata, nie zważając na trudności.

Kai zaskoczona przygryzła wargi. Nie sądziła, że komendanta stać na tak trzeźwe i pragmatyczne uwagi. Że w ogóle stać go na jakiekolwiek uwagi w stosunku do Chrisa. Zmylił więc ją samą, bo sądziła, że jest dużo mniej inteligentny. A jednak. Czyżby i on stosował jedynie mimikrę, grając surowego, ale swojego chłopa, bardziej do pięści niż do przemyśleń? O zaraza. Mogła go nie doceniać.

Marynarz sprowadził ich do motorówki. Nie była to duża łódź i nie miała kabiny. Musieli usiąść tuż przy burtach. A stąd, z poziomu wody, widok na unoszące się na powierzchni śmieci był wielokroć lepszy niż z wysokości pokładu żelaznego okrętu. Makabryczne wrażenie robiły szczególnie części bagażu. Jakieś płócienne torby, które uciekające z domów kobiety wypełniły ubraniami na zmianę, dziecięce zabawki, drewniane pamiątki, jakieś bibeloty, zawiniątka i wszystkie niepotrzebne rzeczy, które spanikowany człowiek zabiera, uciekając. Dawało się też dostrzec kilku topielców zaplątanych w liny prowizorycznych konstrukcji, które miały ich uratować. Biedni ludzie. Kai odwróciła głowę. Nie chciała pokazać innym mocno zaciśniętych szczęk, więc przeniosła wzrok na wyspy majaczące w oddali. Chris wsiadł do motorówki dosłownie chwilę później.

– Odbijamy! – zakomenderował i zajął miejsce tuż przy Kai. – Czemu się tak przyglądasz? – powiedział raczej rozbawiony. – Tam w gęstych lasach mieszkają ludożercy.

Aż podskoczyła w udawanym strachu.

– Naprawdę?!

Motorówka odbiła od burty i najpierw powoli, a kiedy wydostali się z największego skupiska dryfujących resztek, coraz szybciej ruszyła w stronę portu.

– Jak tylko jakiś nasz marynarz postawi nogę na plaży, obojętnie, czy rozbitek, czy zwiadowca, czy ktoś, kogo kuk pośle na brzeg po świeżą wodę, to dzikusy zabijają go podstępnie i zdzierają z głowy skalp.

– O Bogowie!

– Co? Zaskoczona? – Uśmiechnął się nieprzyjemnie. – No popatrz. Rzeczpospolita twierdzi, że przywiozła kartofle dla zwykłych ludzi, że płaci za olej skalny... No tak. Płaci też za skalpy. Oprócz kartofli dają coś jeszcze, zapłatę za ludzką skórę. Niektórzy, jak widać, docenili hojną ofertę. – Kiwnął w kierunku majaczących w oddali brzegów wysp.

– Podżegacze wojenni zrobią wszystko, co najgorsze – stwierdził komendant sentencjonalnie, bardziej po to, żeby podkreślić swoją prawomyślność, niż zająć stanowisko. Temat rozmowy zupełnie go nie obchodził. Cieszyła jedynie przejażdżka na stały ląd.

Zbliżali się właśnie do pirsu z widocznymi na nim zabudowaniami. Chris ponownie wyciągnął rękę.

– Ich ostatni ścigacz, który opuścił port, płynął właśnie tędy. Na końcu pomostu zgromadzili się nasi żołnierze. Było za daleko, żeby choć próbować strzelać. Stali i patrzyli. Na ścigaczu był jednak karabin maszynowy. Polski oficer, który dowodził łodzią, przeładował ją i zabił bezbronnych ludzi, którzy tylko patrzyli...

– Zgroza – zaperzył się komendant, ale chyba znowu udawał. – Jakież to niegodne i niehonorowe.

– Z czystej złości strzelał do bezbronnych ludzi. Takich mają tam oficerów.

To Krzysiek! Kai nagle zdała sobie sprawę, co czuje, słuchając tej opowieści. Rzeczywiście strzelał dobrze. To Krzysiek. To było właśnie to subtelne uczucie, które towarzyszyło jej od samego początku tego dnia, a którego nie potrafiła nazwać. Krzysiek tu był, i to bardzo niedawno. O Bogowie, jak blisko w czasie i przestrzeni. Teraz już czuła zupełnie wyraźnie. Mimo że nie używała swojego daru w obawie przed wrogimi czarownikami, widziała wszystko idealnie. Gdyby mogła bardziej się skupić, pewnie usłyszałaby nawet odgłos wystrzałów. Zabawne i straszne. Krzysiek był tak blisko, a ona nie mogła zrobić nic, żeby go ostrzec.

– Patrzcie tam. – Teraz to komendant wskazał kierunek.

Motorówka zwolniła nieco. Wpływali do portu, mijając zabudowania pirsu. Na każdej ścianie dało się zauważyć ślady pocisków. Niektóre budynki wręcz obróciły się w ruinę.

– Ale tu strzelali...

– To właśnie z ostatniego ścigacza. Ale spokojnie. Nasi zabili połowę załogi i uszkodzili sam ścigacz, który zatonął w drodze do własnej floty. Ci, którzy przeżyli strzelaninę, dopłynęli do którejś z tych wysp i dostali się w ręce dzikusów.

– I co? – zainteresował się komendant.

– I zostali zjedzeni – roześmiał się Chris. – A co się miało stać?

– O tak. Kto mieczem wojuje, od miecza ginie.

– Ciekawe, czy dzikusy sprzedały Polakom ich skalpy – zakpiła Kai, udając naiwną. Doprowadziła tym Nuk do bezdechu, kiedy ta druga walczyła o utrzymanie odpowiednio bezmyślnego wyrazu twarzy. Sama Kai była zupełnie spokojna. Gdyby w okolicy coś złego przytrafiło się Krzyśkowi, na pewno by to poczuła. A on... najwyraźniej odpłynął stąd cały i zdrowy. Znowu dostała dreszczy. Jak go ostrzec? No szlag. Nie miała żadnego pomysłu.

Dobili tuż przy placu z prostopadłościennym budynkiem na środku. Broń i ciała zabitych już uprzątnięto. Wszędzie za to walały się stosy wojennego wyposażenia. Swąd spalenizny przenikał wszystko. A gdzieś na jego dnie czarownica poczuła śladowe nutki znajomego zapachu. Napalm? No to zdobycie twierdzy kosztowało Nayer dużo.

– Chodź. – Chris pomógł Kai wdrapać się na brzeg. Nuk wyskoczyła sama, a Agire pomagał komendantowi. – Pokażę ci coś.

Pociągnął dziewczynę do budynku na środku placu.

– Stąd, z dachu, Polacy do końca prowadzili ewakuację. Ale nie biednych ludzi, nie mieszkańców twierdzy. Wywozili „swoich", tych, którzy będą im potrzebni. Z dachu tego budynku wiatrakowce jeden po drugim zabierały pracowników wywiadu Tor Avahen i wszystkie zgromadzone przez nich akta. Natomiast tłum czekał tu, gdzie stoimy, bez żadnej nadziei. Ludzie tratowali się wzajemnie, nie było czym oddychać, a z dachu bezpiecznie startowały polskie wiatrakowce. Ale nie wywoziły ludzi z placu.

Kai usiłowała utrzymywać ogłupiałą minę, co zresztą przychodziło jej nad wyraz łatwo. Do czego on chciał ją przekonać? Czy też było to po prostu pokłosie ich ostatniej dyskusji o wykorzystywaniu ludzi z Nayer przez przybyszów? Nie potrafiła zgadnąć.

– Patrz tutaj. – Chris pociągnął ją dalej. – W ostatniej chwili z hangarów na samym wierzchołku góry, która jest sercem twierdzy, też rozpoczęto ewakuację. Patrz. – Pokazał jej leżące pod ścianą szczątki latającej maszyny, a właściwie olbrzymiego latawca. – A wiesz, co wywozili? Myślisz, że ludzi? – Kopnął resztki jakiejś wiklinowej skrzyni. – Nie. W tych skrzyniach było miejsce tylko na papier. Z góry ewakuowano archiwum Tor Avahen. Latawce nikogo nie uratowały, choć mogły. Były przeciążone dokumentami. Przeciążone do granic możliwości i dlatego ta biedaczka, pilotka – znowu kiwnął na wrak aparatu – zginęła. Bo jej się to wszystko rozleciało po prostu w powietrzu.

– Desperatka.

– Kazano jej. Kazano, nie patrząc, czy ma szanse, czy nie. Sponsorzy tego wszystkiego chcieli mieć ważne dokumenty u siebie.

– Kto to są sponsorzy? – zapytała, słusznie mniemając, że kucharka tego słowa nie powinna znać.

– No przecież ktoś płacił za tę wojnę. – Chris ruszył dalej, do najbliższego stanowiska obronnego u wylotu ulicy. – Proszę, tu są resztki skrzynek z polską amunicją. – Podniósł z rumowiska jakieś deseczki z czarnymi literami. – A tu są skrzynki po konserwach. Wszystko ładnie opisane, żeby żołnierze, którzy tu polegli, w niczym się nie pomylili.

– A to z czerwonym krzyżem? – zapytała Kai, wskazując owinięty wokół jakiejś deski, teraz już pusty chlebak.

– Lekarstwa też przysyłali. – Chris wzruszył ramionami. – Żeby nawet ranny żołnierz mógł jeszcze kogoś zabić – westchnął. – No i teraz wiesz już, dlaczego nazywamy ich wojennymi podżegaczami.

Udawała, że jest przejęta. A w myślach powtarzała zapamiętaną instrukcję. „Nie zadawaj pytań, ludzie ci wszystko sami powiedzą. A jeśli już chcesz pytać, to zadawaj pytania otwarte".

– Uzbrajają naszych przeciwników – szepnęła w zadumie – którzy giną... – Zagrała zawahanie. – Ale po co?

– Widzisz! – dał się złapać. – Ich nie obchodzi czyjś los ani co się stanie. Trwa wyścig na biegun i nie popuszczą. Oni już wiedzą, że dali się podejść z atakiem na Złe Ziemie. Stamtąd nie dojdą do Piekła. Ale płynie już tutaj ich lotniskowiec z zespołem. Jest tuż-tuż. I w każdej chwili mogą na niego przesłać najlepszych specjalistów od tego, żeby nas zatrzymać, a samym dojść do celu.

Zerknęła szybko na Chrisa, chcąc sprawdzić, czy jego zaangażowanie jest autentyczne. Zauważył jej spojrzenie. Nagle uśmiechnął się i spuścił z tonu.

– Tak, tak. – Smętnie pokiwał głową. – Jestem pod wrażeniem ich elastycznego podejścia. – Westchnął ciężko. – Nasz plan był opracowywany przez wiele lat, a wdrażany jeszcze dłużej. A nie jesteśmy zdolni do takiej ekwilibrystyki w natychmiastowym reagowaniu na dużą ilość zmiennych jak oni.

– To chyba dobrze, że doceniasz przeciwnika – powiedziała ostrożnie.

Tylko machnął ręką.

– Podziwiam ich, że są zdolni do natychmiastowego uderzenia jeszcze raz. Nawet kiedy ponieśli klęskę, jak tutaj. – Chris kiwnął podbródkiem w kierunku dymiącej twierdzy. – Ugrzęźli w krainie za Złymi Ziemiami, uciekli spod Tor Avahen, a mimo to są w stanie wyprowadzić trzeci cios. I to natychmiast. – Znowu spojrzał na górę będącą trzonem zdobytej twierdzy. – Kiedy tu się skończyła akcja? – zapytał sam siebie. – Dosłownie przed chwilą. A już w naszą stronę płynie lotniskowiec. A na pokładzie ma ściągnięte z Polski eksperymentalne helikoptery, ma unikatowe maszyny liczące, jest przygotowany na każdy rodzaj zadań.

Kai wciąż patrzyła z uwagą na twarz Amerykanina. Niczego nie trzeba robić, pamiętała dobrze. Ludzie wszystko powiedzą sami.

– Jednak tym razem im się nie uda. – Jej rozmówca kontynuował zgodnie z oczekiwaniami. – Nie wpadną na to, że nasze wojska, wysyłane bez zaopatrzenia w kierunku Złych Ziem, mają na celu wyłącznie obciążyć ich jeńcami do wyżywienia. A tu, na tym terenie, jeszcze nie wiedzą, z jak niewyobrażalną liczbą naszych żołnierzy przyjdzie im się zmierzyć.

Kai usiłowała nie zmieniać wyrazu twarzy. A Chris nie podejrzewał, że w paru kwestiach mógł się mylić. Dla niej samej ważna była informacja, że flota RP zaraz znowu znajdzie się w tej okolicy. Nie miała na razie pojęcia, jak przekazać informacje niezwykłej wagi, w których posiadanie weszła. No i... jak ostrzec Krzyśka.

Podniosła fragment potrzaskanej skrzynki amunicyjnej z polskimi napisami. Przeciągnęła palcami po krawędzi deski. Wręcz czuła jego obecność tutaj. Prawie słyszała jego słowa. W czasie dzieliło ich tak strasznie mało. To samo miejsce. I skrzynka, na którą być może on też patrzył niedawno.

Krzysiek był tuż obok. A jednak nieosiągalny.

Meredith nie kochał się z żadną kobietą od ponad tysiąca lat. Prawdę powiedziawszy, już w poprzednim życiu miał wrażenie, że doznania z tej sfery należą do przeszłości. Do czasu spotkania z Annameą, pierwszą nałożnicą cesarza Luan, jedną z najwyżej postawionych niewolnic w ówczesnym świecie. Ona zawładnęła wyobraźnią czarownika. Ale, żeby być ścisłym, tylko wyobraźnią. A teraz?

– Co?

Wyszyńska uniosła głowę, opartą dotąd na jego ramieniu. Miała bardzo czujny sen. Miała też piękne, młode ciało i jeszcze piękniejszy umysł. Jeżeli w ogóle w jej przypadku można by mówić o umyśle. Była przecież Ziemianką, pochodziła z rasy zwierząt obdarzonych jedynie inteligencją, która wykluła się w drodze ewolucji. Jako narzędzie przeżycia, a nie stworzone z magii instrumentarium łączności z wszechświatem. Była wybitnie inteligentna. I Meredith miał kłopot, żeby dopuścić do siebie myśl, że naga istota, która leżała obok, nie jest człowiekiem. To tylko sprytne zwierzę. Tak twierdzono. W poprzednim życiu nigdy nie miał animalistycznych ciągot. Nawet mu w głowie nie postało, żeby uprawiać miłość z sarną na przykład. Albo z owcą. Nic z tych rzeczy. Zresztą ani przykład sarny, ani tym bardziej owcy nie miał w tym przypadku żadnego zastosowania. Bliższym prawdy określeniem byłby seks z gepardzicą. Wyszyńską bowiem ewidentnie należało zaliczyć do drapieżników.

– Nic, nic, śpij – szepnął.

Zabawne, że znalazł się z nią w łóżku. Oczywiście czuł dla niej podziw i sympatię, łączyła ich zawodowa solidarność (pocieszne: czarownik i inżynier mogli czuć to samo). Ale było coś jeszcze. To niesamowite wyzwanie, które rzucała mężczyznom i które tylko nieliczni potrafili podjąć. Cóż. Na pewno tego, co się stało, nie zawdzięczał czarom. Na jej zwierzęcy umysł czary nie działały. Ale od czego spryt? Nie mógł rzucić czarów na nią, to rzucił na siebie, czyniąc się ekstatycznym kochankiem. Na pewno przeżyła coś, czego do tej pory nie doświadczyła. Bogowie... Ile już nie lat nawet, ale pokoleń ich dzieliło? Starszy mężczyzna, który wiązał się z dużo młodszą kobietą, z reguły mówił: mogłabyś być moją córką. A tu? Mogłabyś być moją wnuczką, tfu! moją prapraprapraprawnuczką? Dnia nie wystarczy na wypowiedzenie wszystkich „pra".

– Chyba już nie zasnę – szepnęła. – Coś mnie wybiło.

Już chciał zapytać, czy to nerwy przed podróżą, lecz powstrzymał się w ostatniej chwili. Zwierzęta zawsze śpią czujnie – skądś przyszło skojarzenie. Bęcwał! – błyskawicznie zganił się w myślach. A jednak poczucie, że leży w łóżku pod jedną kołdrą ze zwykłym zwierzakiem, nie chciało go opuścić. Wielka tajemnica Boga Sepha. Przypomniał sobie, co kiedyś słyszał od Wirusa: taka właśnie okazała się recepta Bogów na istoty doskonałe. Nie ludzie. Zwierzęta obdarzone inteligencją. Wiecznie smutni wojownicy.

– Jutro ruszamy? – zapytał.

– Tak. Szczęściem z Polski dotarły dostawy najnowszego sprzętu. Miałam szczerze dość tych okropnych wiatrakowców.

– Będziemy musieli lecieć? – Meredith skrzywił się na samo wspomnienie swoich kłopotów z postrzeganiem zbyt wielkiej głębi. Polacy nazywali to lękiem wysokości, chorobą potoczną, i zasadniczo rozkładali ręce. Nawet ich cudowna medycyna nie znała lekarstwa na tę przypadłość.

– Nie martw się. W helikopterze, gdy zamkniemy drzwi, nie będzie nawet pędu powietrza. Wystarczy, że zamkniesz oczy.

Czarownik nie miał pojęcia, jak daleko jest lotniskowiec i czy długo będą musieli go ścigać.

– Statkiem nie dogonimy? – zapytał z nadzieją, że może jednak usłyszy łagodniejszy wyrok.

– W żadnym razie. A poza tym na lotniskowiec mają przeładować z niszczyciela całe archiwum Tor Avahen, ich specjalistów, pracowników wywiadu...

– Hm. Dzięki twojej uprzejmości rozmawiałem przez radio z Shaefem, specjalistą od archiwum. Bardzo ciekawy człowiek.

– I co? Dowiedziałeś się czegoś ciekawego?

– Owszem. Pamiętasz, czego najbardziej boicie się w wyprawie do Piekła?

– Radioaktywności i tej jakiejś aury, która już dała się we znaki na krążowniku.

– I doprowadziła do tragedii „Gradienta" – dokończył za nią.

– „Gradient" został przez kogoś zaatakowany.

– Wątpię. Długotrwały brak snu, otępienie i nasilająca się depresja doprowadziły do aberracji umysłowych wśród załogi. Zaczęli do siebie strzelać i wyimaginowali sobie potwory atakujące łódź od spodu.

– W opowieściach ocalałego rozbitka...

– Nie słuchałbym człowieka, który nie spał od kilkudziesięciu dni i coś sobie uroił.

Wyszyńska wzruszyła ramionami.

– Myślałam, że można byłoby rozdać żołnierzom supernowoczesne valium.

– To chyba niezwyczajne rozdawać na froncie środek uspokajający, nieprawdaż?

– Mmmm, on jest bardziej zaawansowany, niż myślisz. To nie brom, który ogłupia. – Przesunęła policzkiem po jego ramieniu. – Ale myślałam też o benzedrynie.

– Przecież mówiłaś, że ona pozbawia snu właśnie.

– No tak, ale sztucznie. Kontrolujemy ten stan.

Objął Wyszyńską mocniej ramieniem.

– Wydaje mi się, że odpowiedź znajdziemy w archiwum twierdzy. Zadałem już temat Shaefowi. Niech szuka.

– Myślisz, że tam jest odpowiedź?

– Ktoś przecież tam już dotarł. – Meredith nie umiał ubrać myśli w odpowiednie słowa. – I w ogóle podczas rozmowy z Shaefem odniosłem wrażenie, że... że...

– Że co?

– Odniosłem wrażenie czyjejś intencji.

– Co?! – Gwałtownie uniosła głowę.

– Miałem wrażenie, że duża część tego, co się dzieje, następuje w zgodzie z czyjąś intencją.

Wyszyńska westchnęła głęboko. Spojrzała na Mereditha uważnie, chciała sprawdzić, czy nie gorączkuje, czy nie ma błędnego wzroku, szaleństwa wypisanego na twarzy, i znowu położyła mu głowę na ramieniu.

– Myślę, że spróbujmy się jeszcze trochę przespać – szepnęła.

Mógł to przewidzieć. Nie tolerowała niczego, co nie było konkretem. Żadnych wycieczek umysłowych w rejony, które nie mają oparcia w faktach.

– A wspomnienie o Wirusie natchnęło mnie co do możliwości kontaktu z Kai – powiedział nagle niespodziewanie dla samego siebie.

Znowu poderwała głowę.

– Potrafiłbyś to zrobić? – zapytała gwałtownie.

– Nie wiem. Ale na pewno jest możliwość.

– Jaka? – Wyszyńska odsunęła się trochę i oparła na łokciu.

– Skoro Wirus odwiedzał ludzi we śnie, to znaczy, że istnieje gdzieś w głowie każdego mechanizm, który to umożliwia. A to by znaczyło, że gdyby zaryzykować, to... być może mógłbym przyjść do Kai we śnie.

Patrzyła na niego nieufnie. Jeszcze nie wiedziała, czy traktować to, co mówi, poważnie, czy raczej jako poetycko-mistyczną papkę.

– Znaczy co? – zapytała. – Przyśnić się jej czy jak?

– To nie jest ani proste, ani bezpieczne. Ona tam nie może użyć magii z obawy przed wykryciem. A ja tutaj mogę. Byłby to więc kontakt jednostronny, ograniczony i, jak mówię, bardzo niebezpieczny. Jednak skoro Wirus z tego korzysta, to znaczy, że taka możliwość istnieje. Trzeba tylko znaleźć sposób i wykorzystać.

– Jak?

Meredith skrzywił się lekko.

– Żeby to wytłumaczyć, musiałbym opowiadać ci o czarach i pułapkach z nimi związanych. A chyba ani ty, ani ja tego nie chcemy. Za bardzo nie chcemy. Prawda?

– Zaraz. Jak rozumiem, nie mógłbyś z nią porozmawiać, ale mógłbyś... Nie wiem, jak to powiedzieć, nadać prosty komunikat...? Instrukcję obsługi?

– Nie aż tak. To jest...

Meredith urwał nagle, czując nadchodzący błysk. Gwałtowne uczucie bezwładu, niemocy, a potem mocne uderzenie, które nim wstrząsnęło.

Widział siebie. Tu i teraz. Stał w pokoju obok i przez otwarte drzwi patrzył na siebie leżącego w łóżku z młodą panią inżynier. A za ścianą czaili się ludzie z bronią. Posuwali się powoli naprzód. Byli tuż przy drzwiach.

Czarownik potwornym wysiłkiem wybudził się z błysku.

– Mordercy! – ledwie złapał oddech, by krzyknąć. – Za ścianą!

Wyszyńska targnęła się w tył. Wypadła z łóżka, podciągając nogi. Kiedy dotknęła stopami posadzki, odzyskała równowagę i skoczyła w stronę szafki. Jej pistolet maszynowy stał na kolbie, oparty lufą o przepierzenie. Kobieta chwyciła go, przeładowując w locie.

Tamci strzelali przez drzwi. Meredith zdążył oślepić ich blaskiem. Huk wstrząsnął niewielką sypialnią. Dwóch napastników wtargnęło do środka.

Wyszyńska nacisnęła spust. Łomot wystrzałów jej pierwszej serii zagłuszył inne dźwięki. W uszach momentalnie zaczęło dzwonić, a po chwili wszystko zastąpił jednostajny pisk. Dźwięki dochodziły teraz jakby zza gigantycznej pierzyny. Całe pomieszczenie wypełnił ostry zapach spalonej nitrocelulozy.

Wyszyńska podniosła się z kolan. Chwyciła drugi magazynek i przytrzymała go zębami. Podbiegła do ściany i zaczęła strzelać, nie widząc przeciwników. Dla wysokoenergetycznych pocisków z pistoletu maszynowego sklejona z mat ściana działowa nie stanowiła żadnej przeszkody. Wyszyńska przestrzeliwała ją na wylot, zabijając ludzi, którzy nawet jej nie widzieli, ale mieli pecha i znaleźli się po drugiej stronie.

Kiedy skończyła się amunicja, pani inżynier zmieniła magazynek, szarpnęła suwadło zamka i wzięła głębszy oddech. Po chwili wyskoczyła z sypialni, oddając dwie dłuższe serie. Chyba na oślep. Następne, kiedy widziała już cel, były o wiele krótsze. Dwa, trzy strzały w jednej. Wystarczyło, żeby dobić rannych. Wystarczyło, żeby wyeliminować wszystko, co mogło jej jeszcze zagrażać.

Meredith dopiero teraz wygrzebał się z łóżka. Zanim zdążył owinąć się prześcieradłem, Wyszyńska znowu pojawiła się w drzwiach. Dyszała ciężko. Z każdej szczeliny jej broni waliły kłęby dymu. Oparła sobie kolbę o biodro. Drugą ręką sięgnęła po amforę z winem ze stojaka przy małym stoliku. Chwyciła dłonią za szyjkę i oparła smukłe naczynie na zgięciu łokcia, by móc podnieść je do ust. Wino ściekało jej po brodzie i niżej, na kształtne piersi, na brzuch i uda.

Nie miała wolnej dłoni, żeby wytrzeć pot zalewający jej oczy. Meredith, drżąc z oszołomienia, zrobił kilka kroków. Leżące wszędzie łuski kłuły boleśnie jego bose stopy. Dotknął gorącego, mokrego od potu czoła Wyszyńskiej i wytarł je własną ręką. Potem odstąpił i patrzył zafascynowany. Stąpając wśród trupów, pobrudziła stopy i łydki ich krwią. Naga kobieta z narzędziem śmierci w jednej ręce i amforą w drugiej. Pomazana winem i krwią. Starożytna bogini wojny.

– Kto to był? – wydyszała z trudem. Nadal nie mogła uspokoić oddechu. Pot lał się z niej strumieniami.

– Wysłali ich jacyś czarownicy. Inaczej nie miałbym błysku tuż przed zdarzeniem.

Uśmiechnęła się ledwie zauważalnie spierzchniętymi wargami.

– Nie przewidzieli ciebie w tym wszystkim?

– Ano nie.

Wyszyńska znowu napiła się wina. I znowu dużą część rozlała na siebie.

– Zabijmy skurwysynów! – wysyczała.

Teraz wyraźnie widział w niej zwierzę. Drapieżnika ostatecznego.

– Mimo niebezpieczeństwa spróbuję. – Meredith przełknął ślinę. Ciągle dzwoniło mu w uszach, więc dodał trochę głośniej: – Dla ciebie.

Rozdział ósmy

Trzy czołgi stały na wzgórzu. Ich dowódcy, siedzący na stalowych wieżach, obserwowali przez lornetki zbliżające się powoli wojska Nayer. Dwie kompanie, może więcej, może mieli jakieś wzmocnienie, wsparcie albo odwody, które kryły się w rzadkim lesie gdzieś z tyłu. Wojsko imperium przyzwyczaiło się już do sztuczek wroga i do faktu, że tamci są mistrzami kamuflażu. Dwie kompanie mogły równie dobrze okazać się batalionem, jak i brygadą. A widoczne dobrze z przodu, mogły tak naprawdę pojawić się z boku w najmniej spodziewanej chwili. Ale cesarskie wojsko zdążyło już dostosować taktykę do nowych warunków.

– Kryć się! – wrzeszczały czołgistki do swoich koleżanek z osłony zatrudnionych chwilowo w roli fachowców od pozoracji. – Za pięć minut to wzgórze ma przypominać nasz porzucony w panice biwak!

Naan i Foe robiły, co mogły. Z dziewczynami z innych czołgów błyskawicznie rozpaliły dwa ogniska i jeszcze szybciej je zgasiły, rozsypując w tych miejscach popiół i zwęglone kawałki drewna, specjalnie w tym celu przywiezione w foliowych workach. Wokół „ognisk" rozrzucały stare skrzynki, ładownice, pasy, podarte plecaki, trochę amunicji, przyrządy do czyszczenia broni, jakieś koce, peleryny, trochę ubrań i osobistych drobiazgów. Słowem, to, co wojsko z reguły zostawia na biwakach, kiedy musi je opuścić w panice.

I zostawiały najważniejsze: zaczęły rozrzucać żywność. Powinno to wyglądać naturalnie, więc rozrywały opakowania. Foe otworzyła pudełko herbatników, część rozsypała przy jednym z ognisk, resztę w pudełku wrzuciła pod najbliższy krzak. W tym czasie Naan otwierała nożem konserwy. Wywalała ich zawartość na ziemię, powtarzając monotonnie:

– A żryjcie se z ziemi, sukinsyny. I tak wam będzie smakować.

Foe śmiała się, rozbijając szkło słoika z dżemem. Upuściła zawartość na trawę i dodatkowo roztarła butem.

– No to dżem też niech se zliżą z ziemi.

– Fuj. Przeginasz.

– Ja przeginam? – Foe patrzyła, jak jej siostra wylewa przy śladach ogniska zawartość puszki z brzoskwiniami. – A ty to co?

– Nie. Ja w sensie, że dżem będzie pomieszany ze szkłem.

– Ich problem. Ale miło pomyśleć, że jeszcze wieprze z nich zrobimy.

– Nie gadajcie, tylko kończcie – zdenerwowała się jedna z czołgistek siedzących na pancerzu. – Tamci coraz bliżej.

No to jeszcze suchary, kiełbasa, bekon.

– Nie wyrzucaj jajek z pojemnika, bo je rozdepczą.

– Jak zostawię w pojemniku, to nie będą wiedzieć w ogóle, co to jest.

– Rozdepczą.

– Wątpię. Raczej będą się do nich modlić.

– Kończyć tam! – rzucił ponaglająco jeden z Polaków. – Włazić na czołgi!

– Jeszcze tylko nasikam na to wszystko, panie oficerze – zaproponowała Foe.

– Żart dobry – Polak docenił inicjatywę szeregowca imperium. – Ale nie ma tyle czasu. Wsiadaj!

Błyskawicznie wdrapały się na pancerz. Czołgistki pomagały im się dostać do ciasnego wnętrza pojazdu. Załoga musiała słyszeć ostatnią wymianę zdań, bo w środku mimo ścisku panowała wesoła atmosfera. Zakładano się też, ilu żołnierzy wroga zadławi się, pożerając to, co znajdą na pozorowanym biwaku, a ilu zostanie stratowanych na sam widok. Tego typu pułapki stosowano już na wielu odcinkach frontu i żołnierze Nayer powoli do nich przywykali. Wiedzieli też, że pozostawiona przez „uciekających" żywność na pewno nie jest zatruta. Nie o zabicie kilku przypadkowych szeregowych chodziło w tej zabawie.

Czołgi wycofywały się powoli, nie zachowując nawet ubezpieczonego szyku. Żadne rusznice przeciwpancerne ani działa z pociskami podkalibrowymi im tu nie groziły. Po doświadczeniach z innych odcinków pilnowano tylko, żeby wszystkie włazy były zamknięte i zabierano prowadzących do środka, pod pancerz.

Wszystkie trzy maszyny zjechały ze wzgórza i zatrzymały się dopiero kilkaset metrów dalej, za stanowiskami ich własnej kompanii. Tym razem wzorowo okopanej i zabezpieczonej zasiekami.

– Pozycja bojowa – zakomenderował dowódca czołgu.

Oznaczało to, że Foe i Naan mają się pierwsze wygramolić z czołgu i zająć pozycje przy cekaemach na wieży. Stały niepocieszone, bo miały stamtąd kiepski widok na pole bitwy, która miała się tu zaraz rozegrać. Jedna z czołgistek wyszła za nimi i zaczęła naciągać na pancerz siatkę maskującą.

– Coście takie strute? – zapytała, widząc ich miny.

– Stąd niewiele widać – odparła Naan.

Tamta była zbyt doświadczona, by przyjąć tę odpowiedź.

– A tak naprawdę?

Foe wzruszyła ramionami.

– Same byśmy ich rozwaliły tymi czołgami. Po co się cofać i czekać?

– Ani razu nie wystrzeliłyśmy z tych karabinów – Naan postawiła kropkę nad i.

– Ach, tu was boli. – Czołgistka systematycznie zaciągała zaczepy siatki. Potem wdrapała się do nich i zapaliła papierosa. – Chciałybyście wyskoczyć do przodu i sobie wreszcie postrzelać.

– A co, mamy tu stać? I jeńców zbierać jak zwykle?

Czołgistka po pierwsze była sierżantem, po drugie kandydatem na chorążego. Miała za sobą szereg szkoleń i długi, prawdziwy oraz porządny kurs przygotowawczy. Była już żołnierzem nowego rodzaju. Profesjonalnie wyszkolonym i w związku z tym niezmiernie kosztownym. A skoro w nią zainwestowano, to nikt nie skąpił też na rozwój ogólny.

– Jak by wam to powiedzieć...? – Zaciągnęła się lekko dymem. – Wam się wydaje, że czołg to wspaniała ruchoma twierdza. Wyskoczyć naprzód i siać zniszczenie. A tymczasem daleko z przodu, kiedy skończy się benzyna, czołg z pancernego potwora staje się pancerną pułapką. Długo w nocy nie będziesz się bronić, jeśli ci zabraknie amunicji.

– Ale my nie mówimy, żeby zaraz daleko. Ot, za nasze linie i wysiec ich w zarazę.

Sierżant tylko westchnęła.

– Wiem, że byście najchętniej wszystkich wystrzelały. Wiem, co czujecie po tej całej zasranej służbie od klęski do klęski. Ale potrzebujemy jeńców. Ktoś musi drogi budować, a bazy zaopatrzeniowe coraz bardziej z tyłu.

– I żywić ich za bezdurno? Kiedy nasi chłopi głodują?

– Bez dróg dalej się nie ruszymy. A żarcia mamy w bród. – Sierżant zaciągnęła się raz jeszcze i odrzuciła papierosa. – Jeden taki na szkoleniu nam tłumaczył, że w nowoczesnym państwie żywność to nie jest rzecz najbardziej pożądana, to raczej odpad, z którym nie wiadomo, co zrobić.

Naan i Foe spojrzały po sobie. Sierżant mówiła rzeczy tak niesłychane, że pewnie zwariowała od tych wszystkich kursów i szkoleń.

– Mówili mi, że w normalnym państwie są góry jedzenia, z którym nie wiadomo, co zrobić. I płaci się chłopom za to, żeby więcej nie produkowali. Nie siali, nie orali, nie zbierali. I krów nie doili, a przynajmniej nie za często. Za to dostają pieniądze. – Dziewczyna zorientowała się, że daleko przekroczyła intelektualne możliwości poznawcze obu szeregowych. Zmieniła więc temat: – Nowoczesna armia musi mieć drogi. Przynajmniej za plecami. A do ich budowy jeńcy najlepsi, bo pracują za miskę jedynie.

Najwyraźniej ich nie przekonała. Ale też i nie zamierzała dalej argumentować. Na wzgórzu właśnie pojawili się pierwsi żołnierze wroga.

– Patrzcie. – Foe miała najlepszy wzrok. – Już znaleźli nasz niby biwak.

– Zaraz zaczną się zabijać – mruknęła Naan.

– Tam już nie ma dyscypliny.

Patrzyły z wielką ciekawością. Kilkaset metrów to dużo dla nieuzbrojonych oczu, ale pomieszanie szeregów widać było wyraźnie. Dowódcy wroga robili wszystko, żeby utrzymać ład, co jednak z góry było skazane na porażkę. Po chwili dobiegły ich pierwsze strzały.

– No nieźle. Zbuntują się?

– Kiedy zobaczą nasze resztki? Wątpię. Ale długa droga przed nimi.

Wszystkie trzy zaczęły się śmiać. Z pewną dozą fascynacji obserwowały desperackie wysiłki oficerów, mające na celu zapanowanie nad sytuacją. Wysiłki w końcu uwieńczone sukcesem. Ale chyba nie o taki sukces chodziło.

Wrogie linie zaczęły formować szyk bojowy i schodzić z łagodnego zbocza wzgórza. Nawet nieźle się zbierali, choć kilku konnych musiało krążyć za liniami, nawołując i grożąc bronią. Obce wojsko podjęło marsz naprzód, mając, niestety, przed sobą dobrze okopaną i osłoniętą zasiekami kompanię. Widok, którego chyba nikt z nich nie chciał dzisiaj zobaczyć. Z tyłu stały czołgi ochraniające stanowiska moździerzy. A wojsko Nayer już wiedziało, że nad ich głowami w każdej chwili może pojawić się lotnictwo.

Nagle rozległ się przerażający pisk, a chwilę później do zbliżających się linii zaczęły docierać wzmocnione wielkimi polowymi głośnikami słowa:

– Dzielni żołnierze Nayer! Nazywam się Hine i jestem żołnierzem jak wy! Kilka dni temu moi dowódcy wysłali mnie do samobójczego ataku na pozycje cesarskich wojsk. Wszyscy moi koledzy zostali zabici! Strzelano do nas jak do psów z dalekich, bezpiecznych okopów! Nikt nie przeżył poza mną. Oni mają karabiny, które wyrzucają z luf tysiące kul. Oni mają armaty. Oni mają samoloty! Oni zastrzelili nas wszystkich! Ale na śmierć posłali nas moi dowódcy!

Upiorny głos niósł się nad pagórkowatą równiną. Pierwszemu zaraz zawtórował drugi:

– Koledzy! Nazywam się Mirt i jestem jednym z was. Mnie też wysłano na śmierć, lecz ja nie chciałem umierać. Poddałem się. W głodzie i cierpieniu podniosłem ręce. Jestem zbyt młody, żeby umierać. W kraju zostawiłem starych rodziców. Co z nimi będzie? W kraju zostawiłem dziewczynę. I chcę ją jeszcze zobaczyć. Poddałem się. A cesarscy opatrzyli moją ranę. Dali mi jeść! Koledzy! Wy sobie nawet nie zdajecie sprawy, ile oni mają jedzenia! Jeśli się poddacie, już nigdy nie będziecie głodni. Nigdy!

I znowu odezwał się pierwszy głos:

– Koledzy! Bracia! Ostrzegam was! Idziecie prosto na karabiny maszynowe, które zaraz zaczną strzelać! Koledzy, ratujcie się! Nie musicie ginąć. Jeśli podniesiecie ręce, to oni dadzą wam jeść!

– Najecie się do syta! Koledzy! Zatrzymajcie się, bo oni zaraz zaczną strzelać, a wtedy żywy nie zostanie nikt!

Foe i Naan patrzyły z ciekawością. Mimo że szeregi wroga były coraz bliżej, nie mogły dostrzec, czy nawoływania jeńców przynosiły konkretny skutek. Obie jednak z doświadczenia wiedziały już, że samymi słowami trudno odnieść sukces. „Najpierw trzeba ich trochę przypalić" – mawiała porucznik z zaopatrzenia, odpowiedzialna za megafony i całą akcję.

– Koledzy! Zatrzymajcie się! Nie idźcie na samobójstwo!

– Oni zaraz zaczną strzelać! Zaraz śmierć skosi wszystkich! Nie! Nie!!!

Dokładnie w tym momencie karabiny maszynowe otworzyły ogień. Wzorcowy dystans według regulaminu, wzorcowe skupienie. Amunicji na stanowiskach przygotowano w bród.

– Koledzy! Nie umierajcie! – grzmiały głośniki pospołu. – Bracia! Ratujcie się!

Naan i Foe wytrzeszczały oczy. Śmierć zbierała obfite żniwo, ale tam, gdzie stały, widok był nieciekawy. Kilka bitew w nowym wydaniu już widziały, i to z lepszych pozycji obserwacyjnych.

– Nie wydaje ci się, że za szybko padają? – zapytała Foe.

Naan wzruszyła ramionami. Jak to ocenić? Druga fala atakujących rozwiała wątpliwości.

– Masz rację. Rzucają się na ziemię, zanim ich skosi.

Zaczęły się śmiać. Czołgistka tylko machnęła ręką.

– Co za poruta – mruknęła. – Do kitu takie wojsko.

– A co ty byś zrobiła? – Naan nie podzielała jej pogardy. Sama przeżyła wiele sytuacji, w których niekoniecznie myśli się o szczytnym oddaniu życia za cesarzową. – Tam, na wzgórzu, nie podskoczą, bo oficer ich dostrzeli. Ale na polu... Co im mogą zrobić, jeśli leżą pod ogniem i ani drgną. A przynajmniej tak im się wydaje.

Ktoś na dole, w sztabie okopanej kompanii, musiał mieć podobne spostrzeżenia, bo ogień zelżał nagle, by po chwili ucichnąć zupełnie. Głośniki za to odezwały się z podwójną mocą i zupełnie innym tonem niż poprzednio.

– Żołnierze Nayer! Odrzućcie broń i podchodźcie z podniesionymi rękami! Gwarantujemy wam życie i jedzenie! Kto odda się do niewoli, najpierw dostanie prawdziwy obiad!

– Nie, nie – roześmiała się Foe. – To tak łatwo nie pójdzie. Do tych, co wstaną z rękami do góry, zaczną strzelać ich koledzy ze wzgórza.

– Pytanie, co wolą – odparła Naan. – Niepewne, pojedyncze strzały z dystansu w plecy czy skoncentrowane serie z cekaemów w pierś. Ciekawość, co wybiorą.

Problem ten wyraźnie absorbował również czołgistkę. Dziewczyna zapaliła kolejnego papierosa, osłaniając drugą ręką oczy od bladego słońca.

– No rzeczywiście, interesujące, która z was ma rację.

Żołnierze leżący na polu właśnie rozstrzygali ten dylemat. Widok biwaku z walającą się na ziemi żywnością zrobił oczywiście swoje. Przekonał ich, że przeciwnik ma żarcia w bród. Nikt o zdrowych zmysłach, nawet w panice, rzekomo uciekając, nie zostawia przecież tyle jedzenia wprost na ziemi! Polacy, którzy wymyślili ten fortel, słusznie się śmiali, że generał Kiełbasa niejedną wojnę już wygrał w historii. A dla wycieńczonych głodem ludzi dowody w postaci rozdeptanej buciorami żywności były absolutnie przekonujące. Wróg żadnych kłopotów z jedzeniem nie miał.

Na polu bitwy nawoływania podoficerów na razie nie przynosiły żadnego skutku. Atakujący zalegli na ziemi i nie było siły, która mogłaby ich ruszyć. Po chwili ktoś najbardziej zdesperowany poderwał się nagle. Biegł pochylony, bez broni, z rękoma może nie do góry, ale w pozycji daleko od ciała. I nawet udało mu się zrobić kilkanaście kroków w kierunku zasieków bez żadnej reakcji ze strony własnego sztabu. Potem jednak koledzy ze szczytu wzgórza zaczęli strzelać. Udało mu się przebiec jeszcze kilkanaście kroków, zanim dostał. Oberwał gdzieś nisko, chyba w krzyże. Nie był to śmiertelny postrzał i teraz wił się na ziemi, krzycząc i jęcząc. Paskudne widowisko.

Imperialne cekaemy odezwały się na krótko, rażąc ludzi na wzgórzu, by nie podnosili głów, a potem umilkły. To ośmieliło kolejnych kilku desperatów do biegu. Po drodze dołączyli do nich inni. Znów rozległ się huk wystrzałów od strony sztabu, ale też odezwały się cesarskie moździerze. Wybuchy ich pocisków uniemożliwiały wojsku na wzgórzu celowanie do swoich. Ludzie, którzy zalegli na zboczu, ze swoich pozycji nie mogli się zorientować w sytuacji. Leżeli dalej przerażeni, nie potrafiąc podjąć żadnej decyzji. Ci najodważniejsi, którzy zdecydowali się na bieg, docierali właśnie do cesarskich linii. Pojedynczo przeprowadzano ich przez zasieki.

Sztab na wzgórzu przegrupował ludzi pod ogniem, a ci, którzy leżeli, usiłowali mocniej wcisnąć się w ziemię. I wtedy z megafonów rozległ się nowy głos.

– Koledzy! Jestem Mene. Przed chwilą biegłem z wami na śmierć do ataku! – Mówca dyszał, nie mogąc złapać oddechu. – Znacie mnie przecież! Poddałem się i spotkałem kolegów, którzy poddali się wcześniej. Koledzy! Oni nie kłamią! Widzę przed sobą przygotowane dla nas jedzenie! Jest tego dużo!!!

– Miałaś rację. – Czołgistka klepnęła Naan po ramieniu. – To już koniec.

– Ale jaja.

Żołnierze Nayer teraz już podnosili się gremialnie. Biegli co sił, schyleni, bez broni.

– Ofiar mało, jeńców dużo – pokpiwała czołgistka.

– Zobaczymy, czy ofiar mało – mruknęła Foe. – Sraczka może dziś jeszcze zabić połowę z nich.

Podskoczyły, kiedy z tyłu rozległ się wrzask:

– Naan! Zbieraj się razem z siostrą!

To Gruba Mi zaszła ich znienacka i teraz krzyczała, gestykulując, wyraźnie czymś podniecona.

– Naan! Słyszałaś?

– Co się stało?

– Przyjechali po was ze sztabu. Jazda, zbierać mi się błyskiem!

– Z jakiego sztabu? – Naan była autentycznie zdziwiona. – Z batalionu?

– Nie, kochana. Troszkę wyżej.

– Z dywizji?!

– Nie, kurwa. Ze sztabu armii! No jazda ze mną. Po drodze se pomyślicie, coście nawywijały, że sama cesarzowa po was przysłała!

Zdjęte przerażeniem, zeskoczyły z pancerza. Przytomnie zachowała się jedynie czołgistka.

– Klamoty weźcie ze sobą – powiedziała. – Tu już możecie nie wrócić.

Pospiesznie wyjmowały swoje plecaki z blaszanego pojemnika na burcie czołgu. Wewnątrz pojazdu był zakaz przechowywania łatwopalnych materiałów.

– Czego od nas chcą? – Foe usiłowała nie szczękać zębami.

– Trzeba było myśleć, czego od was zechcą, zanim żeście nagrandziły! – Mi od razu narzuciła szybkie tempo. – Mnie nie pytajcie.

– Ale ze sztabu armii?! Czego mogą chcieć?

– Wiesz, jakoś cesarzowa się opuszcza w rządzeniu ostatnio. I nie mówi mi osobiście, co, dlaczego ani jak. Przestała mnie informować o najważniejszych dla cesarstwa rzeczach, tylko rozkazy każe wykonywać.

– Żartuje sobie. – Naan szturchnęła Foe. – Jakby było do dupy, toby nie żartowała.

– Ja żartuję?! – zaperzyła się Gruba Mi. – Ja? – Zatrzymała się i pokazała ręką przed siebie. – To patrzcie.

Pobiegły wzrokiem we wskazanym kierunku. Obok dowództwa ich kompanii stały trzy lekkie czołgi, dwie półgąsienicówki i kilka pojazdów pancernych. O Bogowie! Pluton pancerny! Przysłali po nie pancerny pluton! Żegnaj, życie... A było już tak pięknie.

Zmartwiałe powlokły się za sierżant. W zmrożonych nagłym strachem głowach nie mogły dociec, gdzie narozrabiały aż tak, żeby podpaść tak wysoko.

Przed namiotem operacyjnym nie czekał na nie jednak pluton egzekucyjny. Mi zameldowała pani kapitan wykonanie rozkazu doprowadzenia i zwolniona ulotniła się natychmiast, żeby nie być świadkiem spodziewanego śledztwa w sprawie licznych przestępstw wewnątrz jednostki. Wiadomo, gdzie drwa rąbią... One nie miały już takiej możliwości.

Szczęściem kapitan nawet na dziewczyny nie zerknęła. Palcem wskazała wnętrze namiotu i powróciła do oficera łącznikowego, z którym do tej pory rozmawiała. Zaciskając zęby, usiłowały pokonać niepewność i wejść do środka zgodnie z regulaminem. Foe odsunęła płachtę, Naan zrobiła dwa kroki i otworzyła usta, by wywrzeszczeć meldunek.

– Ciiii. – Siedzący za składanym stolikiem cywil uciszył dziewczynę, podnosząc rękę. – Nie jestem żołnierzem i nie wykrzykujcie tu nic, żeby mi bębenki nie popękały.

I jak tu się zachować? Facet był dość młody. Na pierwszy rzut oka widać, że należy do kasty zagranicznych inżynierów, którzy trzęśli wszystkim dokoła. Rozsiewał jakiś egzotyczny zapach. Miał tak idealnie wygolone policzki, jakby urodził się dziewczyną i broda nigdy mu się nie pojawiała. Za pieniądze z materiału, z którego uszyto jego ubranie, pewnie pół wioski mogłoby żyć i ćwierć roku nawet. Mówił w sposób świadczący, że uczył się języka na dworach wielmożów. Tyle dało się zaobserwować w pierwszej chwili.

– No i znalazłem was nareszcie – westchnął. – Przepraszam, nie przedstawiłem się. Zygmunt Mieroszewski. – Wyciągnął rękę w ich stronę.

I to dopiero była konfuzja. Co mają teraz obie zrobić? Meldować się jednak, mimo że zakazał? Stać jak słupy? Co mają zrobić z tą ręką? Patrzeć na nią?

Mieroszewski uśmiechnął się, widząc ich zmieszanie.

– Spokojnie. Przepraszam. Naprawdę nie znam form wojskowych.

Milczały wystraszone.

– Siadajcie. Proszę.

I tu dopiero wpuścił je na rafę. Nikt nigdy tak do nich nie mówił. Bogowie! Co mają teraz zrobić? Położyć mu przed nosem na stoliku dwa pistolety maszynowe – bo przecież nie mogą ich rzucić pod nogi i... I co? Spojrzały po sobie, obie naraz wciągając powietrze. No ale rozkaz to rozkaz.

Wyciągnęły magazynki ze swoich pistoletów i zawiesiły broń na szyjach. Potem zsunęły z ramion plecaki, ustawiły na ziemi, idealnie zgrane, zrobiły po kroku w bok, a potem do przodu. Obie dokładnie w tym samym momencie usiadły na własnych plecakach, chwytając lufy pistoletów, żeby sobie twarzy nie poharatać. Nawet nieźle im wyszło. Nie powinien się za to przypierdolić. Były zgrane, choć tego nigdy nie ćwiczyły.

Mieroszewski patrzył na dziewczyny z uwagą. A potem przeniósł wzrok na dwa puste, przygotowane dla nich krzesła.

– Wiedziałem... Łatwo nie będzie.

Siedziały z nieruchomymi twarzami.

– No dobra, źle zacząłem. – Mężczyzna zaczął się sumitować. – W innych dziedzinach znam lepiej wasze zwyczaje, tylko armia pozostaje dla mnie tajemnicą.

Z eleganckiej skórzanej torby wyjął plik spiętych ciasno kartek. Przez chwilę przewracał je, wyraźnie czegoś szukając. Potem podniósł wzrok.

– Mam rozkaz przeniesienia do innej jednostki. – Spojrzał na Naan. – Właściwie rozkaz dotyczy tylko ciebie. Ale zgodnie z waszymi zwyczajami muszę zapytać: czy to twoja wojskowa siostra? – Brodą wskazał Foe.

– Tak jest!

– Czy chcesz, żeby została przeniesiona razem z tobą?

– Tak jest!

Mieroszewski zwrócił się do drugiej dziewczyny:

– Czy chcesz być przeniesiona razem z nią?

– Tak jest!

– I nie pytacie, gdzie was przeniosą?

Naan przełknęła ślinę. To można było pytać?! No szlag by trafił zasrańca! Mógł im powiedzieć, że mogą zadawać pytania. A zresztą... W sumie to nic się nie stało. Przecież nawet jakby im powiedział, to i tak by się nie odważyły. On rzeczywiście nie miał zielonego pojęcia o stosunkach, jakie panowały w armii.

– Cieszę się, że mi ufacie. Ale rozkaz nie jest mój.

Dobre. Przegiął najwyraźniej, bo było oczywiste, że w sensie wojskowym mężczyzna nie wydał ani jednego rozkazu w swoim życiu. Jednak nie ta kwestia najbardziej męczyła dziewczyny. O całe niebo ważniejsze (i groźniejsze w perspektywie) było to, w jakim celu, by przenieść prostego szeregowca, przysyła się pluton pancerny do jego kompanii? Nie mogły sobie wyobrazić żadnego powodu dla tak przesadnej akcji.

Tymczasem Mieroszewski wyjął z teczki nowy plik kartek. To były rysunki wykonane przez kogoś piórkiem, z wielkim talentem i starannością. Inżynier rozłożył je na stole tak, by mogły je dobrze widzieć. Nie powiedział im jednego. Mniej więcej połowa rysunków przedstawiała rzeczy, które istniały naprawdę. Choć tu nie mógł ich nikt widzieć. Te miejsca istniały na innej planecie. Część szkiców przedstawiała natomiast miejsca, których nie było nigdzie. Powstały wyłącznie w wyobraźni artysty i miały posłużyć do testu, czy dziewczyna nie zmyśla po prostu.

– Dobrze. – Mieroszewski zerknął najpierw na Foe. – Czy któreś z tych miejsc wydaje ci się znajome?

Dziewczyna zaprzeczyła energicznie.

– A ty? – teraz zwrócił się do Naan. – Poznajesz coś?

Takie samo energiczne zaprzeczenie.

– OK, rozumiem. Ale czy widziałaś któreś z tych miejsc w swoich snach? Wizjach? Odmiennych stanach świadomości?

Nie bardzo wiedziała, o co pyta, ale tym razem potwierdziła.

– No to wybierz rysunki, które przedstawiają to, co już kiedyś widziałaś.

Naan nie miała żadnych wątpliwości. Szkice były świetne i bardzo wierne. Podawała inżynierowi jeden po drugim.

– Wieża Eiffla – szeptał do siebie. – Tama Hoovera, pomnik w Rio, księżyc nad Giewontem, wodospad Niagara, brama wjazdowa do Auschwitz... A to już wiemy. Właśnie dzięki temu oraz inżynierowi, który zapisał twoje imię i numer jednostki, mogliśmy cię znaleźć.

Naan pamiętała tamtą rozmowę w wojskowej bazie. I nareszcie coś zaczęło jej świtać. Rzeczywiście tamten inżynier był bardzo podniecony jej wizją. Rzeczywiście wszystko zapisał. Ale co się stało takiego, że nagle sztab armii zaczął jej szukać? Jakie znaczenie ma jej przypadłość i dręczące ją w gorączce wizje?

– Wystarczy. – Mieroszewski odłożył rysunki, które mu podawała. – Nie wybrałaś ani jednej z testowych fantazji grafika. Czyli... to naprawdę ty.

Miała ogromną ochotę zapytać, co to znaczy, ale oczywiście musiała się powstrzymać. On jednak zorientował się, że jest za bardzo tajemniczy.

– Niestety, nie mogę wam powiedzieć, gdzie jedziecie. Choć mam wrażenie, że to będzie zmiana na lepsze. A na początek mała zachęta. – Ze swojej eleganckiej torby wyjął sklejony papier. Rozerwał go, wysypując na stół różnego rodzaju naszywki. – Zacznijmy od awansu. – Uśmiechnął się blado. – Jakie stopnie byście chciały? Kapral, sierżant, starszy sierżant, chorąży...? Wybierzcie sobie, kim chciałybyście być, a ja od razu podpiszę papiery.

Dziewczyny znowu spojrzały po sobie, pokusa była zbyt silna. Nachyliły się błyskawicznie nad blatem i z pasją zaczęły grzebać w kolorowych odznakach. Ale jazda!

Mieroszewski odchylił się w oparciu składanego krzesła.

– Oficer radia!

Kobieta z naszywkami łączności odchyliła wejściową płachtę.

– Chcę nadać depeszę do sztabu.

– Ale, panie inżynierze. Trwa akcja i linie są przeciążone.

– Proszę więc nadać tylko dwa wyrazy. Treść depeszy to: „Mam ją!”.

Góra będąca trzonem twierdzy Tor Avahen była ogromna, o wiele większa, niż wydawała się dla patrzącego z dołu. Ale tę okropną prawdę ciekawski podróżny, który wspinał się od rana w jej wnętrzu, poznawał dopiero na samym końcu, kiedy stanął już na najwyższym tarasie. Naderwawszy sobie przedtem ścięgna nóg, wypluwszy płuca i pozbawiwszy się jakiejkolwiek wilgoci, która opuściła jego ciało w postaci potu. To było wyzwanie dla urodzonych wspinaczy, a nie amatorów jak Kai i Nuk.

Dziewczyny siedziały teraz, dysząc ciężko, pogrążone w marzeniach o jednym choćby kubku wody. Oczywiście nie wzięły ze sobą zapasów. Nie wzięły głupiej, nawet najmniejszej manierki. No przecież co jak co, ale woda powinna być wszędzie. No zasadniczo tak. Lecz akurat nie na czubku potężnej góry. A mogły to przewidzieć. Gdyby przed wyprawą pomyślały choć chwilę.

– To twoja wina. – Nuk popatrzyła na czarownicę z wyrzutem. – Po cośmy tu darły? Dla widoków?

– Widziałam, jak Chris szedł w tę stronę. Poszłam za nim w nadziei, że się czegoś jeszcze dowiemy.

– Ale go tu nie ma.

– Bośmy go zgubiły! Tak wlokłaś się pod górę, że nawet żółw by nas wyprzedził.

– Nie jestem górską kozicą, żeby skakać po kamieniach! Ja na równinach chowana!

– No. – Kai zgodliwie skinęła głową. – I tak się wlekłyśmy, że wyprzedził nas paniczyk z cywilizacji, gdzie się wyłącznie jeździ, a nie chodzi na piechotę.

– Wyprzedził i się zgubił – przytaknęła Nuk. – Ale nie przeze mnie, tylko przez ciebie, boś zaglądała wszędzie, żeby znaleźć coś do picia.

– Bo tu przecież musi być jakieś źródło wody. Nie wyobrażam sobie, żeby obrońcy każdą kroplę nosili w wiadrach ze studni w piwnicach.

Przypomniała sobie, co widziała w porcie w Yach. Specjalne żurawie z przeciwwagami, pompy obrotowe, system zbiorników retencyjnych. Z zaopatrzeniem w wodę mimo różnicy wysokości nie było żadnego problemu.

– Na pewno istniał jakiś system – powiedziała Nuk. – Ale działał, kiedy twierdza była czynna. A teraz wszystko zrabowane i zniszczone. Musimy schodzić, bo zaraz dostaniemy porażenia.

– Oj, zaraz porażenia. – Czarownica dużo lepiej radziła sobie z własnym ciałem. – Zaczekajmy.

– Na co?

– Popatrz. Czyż nie piękny widok?

Nuk zaklęła najpierw po wojskowemu, a potem dodała wiązankę typowo męskich określeń wulgarnie oceniających inteligencję kobiet.

– Nie gadaj tyle – osadziła ją Kai. – Ślinę oszczędzaj, bo ci usta spierzchną.

Sama wstała, choć z trudem, i podeszła do krawędzi tarasu.

– Patrz, jak tu pięknie.

Nuk nie podzielała tego zachwytu. Owszem, widok morza robił wrażenie. Gdyby nie spalone domy w mieście poniżej. Jako zawodowy żołnierz potrafiła sobie wyobrazić, co tam się działo. I co wciąż się dzieje, bo przecież nie wszystkich obrońców zabito od razu. Z drugiej strony szczyty gór były naprawdę wspaniałe. Ale też trudno zapomnieć o tych masach wojska poniżej. Czarny tłum kłębił się, zbity w jednolitą masę od murów twierdzy aż po zasięg wzroku. A to nadal było jeszcze jako tako zaopatrzone wojsko. Tu docierały zasoby przewożone przez wielkie drewniane mosty przeciągnięte nad cieśniną Olphe. Nie sposób było ich już zobaczyć, ale wiedziała, że dalej rozlokowano niesłychaną liczbę ludzi, których jedynym pożywieniem był vend i którzy przeżyją w półnarkotycznym transie tylko do niedalekiego już dnia, kiedy każą im ruszyć do Piekła. Otrząsnęła się na samą myśl.

– Hej, widzę go!

Nuk zerknęła na Kai, która stanęła na krawędzi tarasu.

– Kogo?

– Chris. Tam stoi. Poniżej.

Sierżant wstała niechętnie. I o mało nie upadła z powodu zdrętwiałych mięśni.

– Gdzie?

– O tam. – Czarownica kiwnęła na inny taras, położony jakieś czterdzieści kroków poniżej.

Rzeczywiście, ich znajomy stał tam w otoczeniu kilku ludzi. Oglądali chyba jakieś zwęglone szczątki.

– Tutaj! Tutaj! – Kai zaczęła podskakiwać, machając ramionami. – Jesteśmy wyżej!

Nuk w pierwszej chwili chciała ją uspokoić, ale potem uznała, że może to i dobry plan. Kiedy grały idiotki, mężczyźni łykali to jak pelikany. Chris szybko je zauważył.

– Dzięki za wspaniałe śniadanie! – krzyknął.

– Kolacja będzie jeszcze lepsza!

– Jak to kolacja? A kto robi obiad?

– Agire coś tam pichci. Spokojnie. Zakazałam mu dodawać końskiego gówna! Gotuje więc z całej reszty.

Chris załamał teatralnie ręce.

– Zaraz. A co wy tam właściwie robicie?

– Jesteśmy wyżej niż ty! – krzyknęła, śmiejąc się triumfalnie, Kai i pokazała mu język.

No przecież nie mogło to wystarczyć za tłumaczenie. Ale... wystarczyło. Wszystkie kobiety to kretynki. A przynajmniej dobrze, że mężczyźni tak myślą.

– Jest tam u was coś do picia? – krzyknęła Nuk.

– Aha. – Od razu domyślił się, o co chodzi. – Jest, jest. Ale musicie zejść tu do mnie.

– Ale jak? Od naszego wyjścia z tarasu w prawo i w dół?

– Łatwo trafić. Taras, gdzie jestem, to część świątyni. Kierujcie się więc znakami z odniesieniem do wszystkich Bogów!

– Aha! Znaczy w prawo i w dół?

Załamał ręce. A Kai szepnęła, zasłaniając usta:

– Tak, tak. Idiotkę grasz równie dobrze jak ja.

Usiłując nie chichotać, cofnęły się do mrocznych korytarzy wewnątrz góry. Znaki na ścianach z odwołaniem do wszystkich Bogów były zupełnie niewidoczne. Pochodni, które je oświetlały, dawno już nikt nie rozpalał. Ale trafić do świątyni było łatwo. Przecież w czasach pokoju świątynie odwiedzali i starcy, i małe dzieci, wystarczyło więc z labiryntu odnóg wybrać te, które były najłatwiejsze do przejścia, nawet dla tych, którzy z poruszaniem się mieli problemy. A poza tym po kilkudziesięciu krokach ważnym drogowskazem stał się intensywny zapach spalonej benzyny. Zaintrygowane spojrzały po sobie, ale tu, na korytarzu, żadnej odpowiedzi przecież znaleźć nie mogły.

Okazało się, że w świątyni musiało coś eksplodować. Wyrwane z futryny wrota leżały osmalone kilkanaście kroków dalej. A strzępy zwęglonych szmat pokrywały sporą część korytarza.

– Chodźcie, chodźcie. – Chris musiał je usłyszeć, bo wyłonił się spomiędzy potrzaskanych desek. – Tu już wszystko się wypaliło.

– A co tu się stało? – Kai pierwsza wkroczyła między osmalone ściany świątyni. Mimo otwartego wyjścia na taras smród spalenizny i benzyny przyprawiał o zawroty głowy. – Ale śmierdzi!

– To pochodne oleju skalnego – powiedział Chris. – Tym Polacy napędzają swoje maszyny latające.

– I trzeba najpierw spalić świątynię, żeby to uzyskać?

– Nie. – Zaczął się śmiać. – Chodźcie na świeże powietrze, bo tu się nawet gadać nie da.

Wyprowadził je na taras pokryty osmalonymi szczątkami o nierozpoznawalnych kształtach. Zorientowały się, że to już nie drewno ani szmaty. Podłoże było zasłane poskręcanymi kawałkami metalu.

– Co to było? – Kai kopnęła nogą jedną z walających się na podłoży metalowych tulejek.

– Katastrofa lotnicza. Rozbił się tu polski samolot transportowy.

– Aha, to ci, którzy wozili amunicję do twierdzy podczas oblężenia?

– Nie. Amunicję wozili wiatrakowcami, a to był lekki samolot dalekiego zasięgu. Dlatego lekki, bo przystosowano go do lądowania na lotniskowcu.

– I to wszystko można wywnioskować z tej kupy szczątków?

Skinął głową. Potem podniósł jedną tulejkę i podał Kai.

– Masz. Zobacz sama.

Ot, wielkie coś. Kawałek normalnej, niezwykle lekkiej rurki zaślepionej z obu stron. Na jednej ze stron dwa wypusty, pewnie po to, żeby coś przyczepić albo to coś przyczepić do czegoś. I tyle.

– Co to jest?

– Dozymetr.

– Co?

– Dozymetr. Urządzenie, które służy do pomiaru napromieniowania osoby, która tę rzecz nosi.

Kai uśmiechnęła się słodko i rozłożyła ręce.

– Tak to możesz mówić całymi dniami, a ja i tak niczego nie pojmę.

– No dobra. Zacznę od początku. Wiecie, czego się Polacy najbardziej boją w kraju zwanym Piekłem?

– Nie.

– Promieniotwórczości. Od jednego ze swoich ludzi, rozbitka, który znalazł się tam przypadkiem, dowiedzieli się, że w niektórych miejscach „samo powietrze może kogoś oparzyć". A stąd prosty już wniosek, że muszą tam krążyć chmury radioaktywnego pyłu. Powietrze zjonizowane niczym nie różni się od normalnego. Jest tak samo przezroczyste, pozbawione zapachu i smaku. Żeby stwierdzić, czy przenosi niewidzialną śmierć, potrzebne są specjalne urządzenia z licznikami, które to pokazują. No ale nie sposób wyposażyć każdego żołnierza w dodatkowe urządzenie do dźwigania. A przede wszystkim nie można mu dać do ręki metody sprawdzenia, czy niewidzialna śmierć czai się tuż obok. Bo to spowoduje, że nie będzie chciał iść dalej. A nawet może wykazać się skłonnością do ucieczki.

Podczas jego wykładu dziewczyny przybrały wyjątkowo tępe miny, bo przecież nie mogły rozumieć tego, co do nich mówił: promieniotwórczość, zjonizowane, radioaktywne... Dopiero na koniec Nuk się ożywiła:

– To prawda – zgodziła się. – To tak samo, jakby powiedzieć żołnierzowi w linii, ilu wrogów na niego idzie. Niby po co? On ma rozkaz wykonać, a nie z góry się bać.

– Byłabyś w zgodzie z polską moralnością – powiedział Chris. – Niech żołnierz ginie w milczeniu, a dowódcy muszą wiedzieć przecież, jak długo jeszcze będzie żył. I czy można go posłać do ataku.

Kai zastanawiała się, jak bardzo Chris jest zakłamany, żeby mówić coś takiego. Zdawałoby się, że jego słowa brzmią szczerze. Ale... Nie musiała się przecież rozglądać. Wokół pracowało kilku ludzi, którzy przybyli do Nayer zza Gór Bogów. Czyżby mówił to, co mówił, tylko pod nich? Aż taki zamordyzm panował w ich organizacji? Nie sposób tego rozstrzygnąć tu i teraz. I wielką nieostrożnością byłoby pytanie, jak się to wszystko ma do moralności tych, co posyłają na pewną śmierć setki tysięcy ludzi pod wpływem narkotyków.

– No ale zaraz... – powiedziała na głos. – I niby po co oni przysyłali te rurki do oblężonej twierdzy? Że niby tu też przyjdzie morowe powietrze?

– Nie. To był błąd pilotażu. Prawdopodobnie pilot pogubił się w nocy albo coś się stało, jakaś awaria urządzeń nawigacyjnych, niedyspozycja, cokolwiek, w każdym razie zmylił drogę. Pewnie dopiero rano, kiedy zrobiło się jasno, zorientował się, że jest w złym miejscu. I że już nie uda mu się dolecieć do lotniskowca.

– I rozbił się, żeby nic nie wpadło w wasze ręce?

Chris parsknął śmiechem.

– Aż tak poświęcić się nie chciał. Wyskoczył ze spadochronem nad największą z okolicznych wysp. A samolot doleciał tu już sam i przypadkiem rozbił się właśnie w tym miejscu.

– To teraz będziecie pilota łapać?

– No coś ty? Przecież na wyspie są ludożercy. Pewnie już go oskalpowali i zjedli.

I znowu Kai wykryła dziwną nieścisłość. Skoro marynarka wojenna skupuje skalpy wrogów, to pewnie umowa handlowa z dzikimi przewiduje także skup własnych oficerów, jeśli ci zagubią się gdzieś w okolicy. Ciekawe, dlaczego tak powiedział? Chciał zwrócić na coś jej uwagę.

– Zresztą nie musimy go łapać. Wszystko wiemy, widząc sam ładunek.

– Niby co wiecie?

– A po co wiózł dozymetry na lotniskowiec? Dla żołnierzy, którzy stamtąd będą się chcieli przedostać do Piekła. No ale przecież na lotniskowcu nie zmieści się za dużo wojska. Więc co planują?

– Co?

– Wystarczy złożyć fakty. Oni już zrozumieli, że co prawda na terenach za Złymi Ziemiami wygrywają każdą bitwę, to jednak tam ugrzęźli. Nie dostaną się stamtąd do Piekła. Więc chcieli wesprzeć Tor Avahen. Nie zdążyli. Twierdza padła. No to uderzą jeszcze raz. I za tę zdolność naprawdę ich podziwiam.

– Uderzą jeszcze raz? Gdzie?

– Tutaj. Odzyskają z marszu Tor Avahen i wydaje im się, że odzyskają też wolną drogę do Piekła. Ale się mylą. I to bardzo.

– Dlaczego?

Chris wykazywał się niebotyczną cierpliwością, odpowiadając na skąpe pytania Kai. Albo tak mu zawróciła w głowie, albo musiał się wygadać i był zachwycony wdzięczną słuchaczką, mimo że pewnie wiele nie rozumiała.

– Oni, widzicie, liczą na swoją przewagę techniczną. I owszem. Ale po pierwsze tu już napotkają karabiny ładowane odtylcowo. Po drugie tu czeka na nich niewidziana w historii ilość wojsk, a oni uderzą garstką. I po trzecie nasze oddziały wkroczą do Piekła dziś albo jutro. A oni kiedy?

Wzruszył ramionami i przygryzł wargi, obliczając coś w myślach, a potem powiedział:

– Ludzie ewakuowani z Tor Avahen zostaną wysadzeni w Kong, wprost na plażę, nie bacząc na straty przy takim rozwiązaniu, bo port jest zajęty. Tam czeka brygada jednego ich pułkownika, niejakiego Baranowskiego. Będą więc gotowi na atak dopiero za kilkanaście dni. No, może za kilka, jeśli zrobią to w kolejnych etapach. Za późno. – I widząc rozszerzone ciekawością oczy dziewczyn, dodał: – Tu już nie ma gier wywiadu. Tajne informacje nie są już tajne, bo dla wszystkich wszystko jasne. – Rozłożył ręce. – Za późno.

Czas dolotu został zaplanowany idealnie. Wiatrakowiec pojawił się nad lotniskowcem dokładnie w chwili, kiedy nad horyzontem zaczęło wschodzić słońce. Świt. Najpiękniejsza obok wieczoru pora dnia. Moment, kiedy pogoda się uspokaja, wiatr cichnie, a każdy szczegół otoczenia zaczyna być wyraźnie widoczny. Doskonały czas na lądowanie.

Gigantyczny okręt nie musiał ani zmieniać kursu, ani rozpędzać się pod wiatr. Tak mała maszyna nie wymagała żadnych specjalnych manewrów. Pilot posadził ją bez problemów, a krótki dobieg nie potrzebował jakiejkolwiek ingerencji ze strony załogi, poza prowadzącym, który chorągiewkami pokazywał im drogę kołowania.

Meredith, Wyszyńska i Mielczarek mogli opuścić wiatrakowiec dopiero po zabezpieczeniu go pasami. Przesadna ostrożność. Pokład nie chwiał się ani trochę, a wiatr jeszcze nie zdążył się zerwać.

– Witam państwa. – Porucznik odpowiedzialny za przyjmowanie gości salutował energicznie. – Mam dla pani materiały z kabiny radia, do rąk własnych. – Podał Wyszyńskiej zalakowaną kopertę i kazał pokwitować. Kiedy ozdobiła już formularz swoim autografem, zapytał: – Zechcą państwo najpierw się zakwaterować czy od razu zameldować dowódcy? Moi ludzie oczywiście zajmą się bagażami.

Meredith, chory ze strachu z powodu lotu, nie był w stanie niczego odpowiedzieć. Mielczarek uznał, że nie ma nic do gadania. Nie jemu, bosmanowi, meldować się osobiście u dowódcy. Jedynie Wyszyńska jak zwykle nie miała problemu z podjęciem decyzji.

– A po co do dowódcy? – Wzruszyła ramionami. – Jeśli wymaga oficjałek, to później. Najpierw chcę się zobaczyć z komandorem Tomaszewskim.

Witający ich oficer zachował się jakoś dziwnie. Skinął głową i opuścił wzrok.

– Komandor jest na pokładzie tego okrętu, tak?

– Tak, oczywiście.

– No to proszę nas zaprowadzić. Wytrzymam jakoś stek marynarskich przekleństw z powodu zbyt wczesnej pobudki.

– Nie o to chodzi... – Porucznik najwyraźniej nie wiedział, jak się zachować. Żeby zyskać na czasie, skinął na marynarzy, żeby zabrali bagaże. Jedynie Mielczarkowi pozostawiono jego marynarski worek. Natchnienie jednak nie przychodziło. – Proponuję najpierw zobaczyć państwa kwatery. Będzie sposobność...

– Czy Tomaszewski jest na pokładzie? – powtórzyła Wyszyńska już z nutą groźby w głosie.

– Tak.

– Proszę nas do niego zaprowadzić.

Porucznikowi pozostało tylko zasalutować i przyjąć na siebie rolę przewodnika. Ruszyli za nim. Po wejściu do głównej przybudówki obok pokładu startowego nie skierowali się wcale do oficerskich kwater. Schodząc coraz głębiej, minęli mesę, magazyny z zapasami i kambuzy, by trafić do oficerskiego klubu.

– Proszę. – Porucznik otworzył im drzwi. Sam nie zamierzał wchodzić. – Tam, pod ścianą.

Wyszyńska, zaciekawiona, weszła pierwsza. I od razu dostrzegła powód, dla którego witający ich oficer zachowywał się tak dziwnie. Przy stoliku pod ścianą siedział Tomaszewski w towarzystwie Iny. Na środku blatu stała do połowy opróżniona butelka wódki i tylko jedna szklaneczka. To by wyjaśniało powód, dla którego Krzysiek jest pijany w sztok, a dziewczyna trzeźwa. Najwyraźniej pilnowała, żeby sobie czegoś nie zrobił.

– Cześć – przywitała się Wyszyńska.

Ina podniosła się, a Krzysiek podjął próbę zogniskowania wzroku.

– O? – powiedział dopiero po dłuższej chwili. – O!

Pilotka zerknęła porozumiewawczo, przeniosła wzrok na pijanego i ledwie zauważalnie rozłożyła ręce.

– On od dawna tak?

– Od razu, kiedy tu przelecieliśmy z niszczyciela.

– A Leszek? Nie interweniował?

– Siwecki jest ranny i leży w szpitalu.

Nie dane im było kontynuować konwersacji.

– O! – powtórzył Tomaszewski. – Jadzia! – Podniósł się nawet dość energicznie, choć o mało nie potrącił przy okazji stolika. Tylko obecność Iny sprawiła, że nic się nie stłukło. Ona też nie pozwalała komandorowi przewrócić się w drodze do stojących nadal przy wejściu gości. – Jadzia! – Tomaszewski objął i mocno pocałował Wyszyńską w oba policzki.

– Jezu, jak ty śmierdzisz! Kiedy się ostatnio myłeś?

– Podrapałem cię? – Komandor przesunął dłonią po kilkudniowym zaroście. Zrobił krok i objął Mereditha. Pocałunki w policzki były równie mocne, co poprzednio.

Wciąż oszołomiony lotem czarownik nie reagował. Bezwiednie oddał jeden z pocałunków.

– Mielczarek! Przyjacielu! – Tomaszewski miał już na celowniku następny obiekt swoich czułości. – Aż tu przyjechałeś za mną?

– Przywieźliśmy go, bo był zamach na mnie – powiedziała Wyszyńska. – Zorganizowany przez czarowników. I dlatego Meredith czuł całą aurę. Dzięki niemu ja żyję i dzięki niemu wiemy, że mordercy zostali wysłani także na ciebie.

– Mordercy?! Zamach?! – Tomaszewski szarpnął swoją kaburę, usiłując wyjąć służbowy pistolet. – Ja ich zaraz wszystkich zapier...

Na szczęście obcałowywał właśnie Mielczarka. Bosman przytomnie chwycił swojego dowódcę za rękę, uniemożliwiając niebezpieczne w tym stanie manewry. Kiedy tylko czułości się skończyły, sam wyjął pistolet szefa i schował do marynarskiego worka. Do pustej kabury włożył wygrzebaną z własnych bagaży łyżkę do butów, żeby nie wyglądała na pustą.

– Widziałeś już to w jego wykonaniu?

Mielczarek przyjął postawę zasadniczą.

– Nie mam rozkazu komentowania zachowania mojego dowódcy! – zameldował służbiście.

– Dobrze, dobrze. Rozumiem i nie chcę, żebyś głośno odpowiadał. Ale możesz mi dać do zrozumienia.

Spojrzał na nią pytająco.

– Ustalmy: oczy w dół oznacza „tak", a oczy w bok to „nie". I niczego nie musisz mówić.

Przytaknął, że rozumie.

– W takim razie: czy widziałeś go już w takim stanie?

Oczy energicznie w dół.

– Aha, coś wiemy. A czy istnieje szybka metoda, żeby go otrzeźwić?

Bosman pokiwał głową na boki. Czyli ani „tak", ani „nie". Mogło to być też źle zadane pytanie. Bo co to znaczy „szybka" albo co oznacza „otrzeźwić"?

– Czy wiesz, co należy zrobić, żeby mu pomóc?

Oczy zdecydowanie w dół.

– No to świetnie. Mam więc prośbę: spróbuj zrobić tak, żeby było dobrze. A przy okazji, jeśli tylko się uda, spraw, żeby Krzysiek wziął prysznic.

– Tak jest! A od prysznica zacznę, pani inżynier.

Mielczarek błyskawicznie przejął kontrolę nad Tomaszewskim. Przerzucił sobie jego ramię przez szyję, nogą otworzył drzwi i niezwykle sprawnie wyprowadził komandora na korytarz. Ewidentnie miał w tym wprawę i duże doświadczenie.

– No cóż – skwitowała Wyszyńska. – Na szczęście to nie pierwszy raz, organizm przyzwyczajony, nie powinien umrzeć.

– Nie umrze – zawyrokował Meredith i ruszył w stronę opuszczonego stolika.

– Zamówię dla nas kawę i jakieś śniadanie – powiedziała Wyszyńska. – Burczy mi w brzuchu po tym locie.

– Nie zamawiaj mi żadnego śniadania. – Meredith zajął miejsce Tomaszewskiego. – Dostałem rozstroju całego ciała po tym locie.

Czarownik, jakby na poparcie tych słów, napełnił pozostawione na stole naczynie i wychylił zawartość szklaneczki jednym haustem.

– Uważaj! – podskoczyła Wyszyńska. – To nie jest wino. To wódka!

– Czuję. – Meredith pokazał, że jest twardym człowiekiem. Nawet nim nie wstrząsnęło. – Nas się od młodości ćwiczy, żeby znosić wszystko mężnie.

– Ale znam Krzyśka. On nie pije byle gówna do ciamkania w ustach i gulgotania w przełyku. On woli ostre rzeczy. – Pani inżynier przekręciła butelkę i przyjrzała się etykiecie. – Osiemdziesiąt procent – ostrzegła. – To śliwowica i niech cię nie zwiedzie jej łagodny smak.

– Tam się aż roi od alkoholu. – Meredith zabawnie się przejęzyczył. Niemniej bardzo sprawnie nalał następną szklaneczkę, by znowu wychylić ją jednym haustem. – Zdecydowanie mi lepiej. – Chuchnął. – Dobre lekarstwo. Skuteczne.

– Żebyś ty się tylko tak nie wyleczył jak Krzysiek. – Wyszyńska przeniosła wzrok na Inę. – Co mu się właściwie stało?

Dziewczyna wzruszyła ramionami.

– Co się miało stać? – odpowiedziała pytaniem. – Od tylu dni ciągle w akcji. Po nocy śnią mu się koszmary. Jakichś ludzi zabił z bliska na jeziorze, jakiegoś rannego chłopca, zdaje się, dobił wedle instrukcji. No i organizował ewakuację Tor Avahen. A tam też koszmar. Wywoził cywilów, stworzył zieloną strefę, ale szybko padła, Krzysiek widział tłum, który czekał na jakąś nadzieję. Słyszałam o kobiecie, która już, już podawała torebkę, ale schody runęły. No i trzeba było lecieć, a ludzie na dole zostali i patrzyli... Nie było za wesoło. – Ina skrzywiła się do swoich wspomnień. – Ale ja tam niewiele widziałam. Przeprowadzałam eskadry górą. A też mi się chce czasem rzygać, choć patrzyłam tylko z daleka.

– O czym tam sobie smucicie nawzajem? – Meredith nalał sobie kolejną szklaneczkę i wychylił. Stres spowodowany lotem wyraźnie go opuszczał. – Napijmy się jeszcze. – Czknął głośno. – I idźmy spać! Spać! Spać! – Osiemdziesiąt procent mocy rozbierało wyjątkowo szybko. Producent alkoholu nie oszukiwał na jakości.

Wyszyńska z sykiem wypuściła powietrze.

– Ci faceci to same mięczaki – powiedziała do Iny. – Napierdzielić się tylko i albo głupoty gadać, albo spać od razu. I co? I tylko my, dwie baby, zostajemy w okopach na polu bitwy?

– No – zgodziła się Ina, smętnie kiwając głową.

Meredith jednak wbrew pierwszym efektom działania alkoholu nie upijał się dalej. Owszem, nalewał sobie i pił. Lecz stopień upojenia nie zwiększał się już zauważalnie. Tak jakby czarownik w cudowny sposób mógł powstrzymać wpływ następnych dawek na organizm i utrzymywać stały stan „bycia pod wpływem". Ten pierwszy, najlepszy. Gdyby tylko potrafił tę metodę przekazać innym ludziom, zostałby niewątpliwie milionerem w czasie krótszym, niż można by to sobie wyobrazić.

– Zdobędę coś do jedzenia. – Wyszyńska podniosła się i ruszyła w stronę baru.

Czarownik gestem pokazał jej, że on sam dziękuje. Powtarzał tylko, że nareszcie znalazł cudowne lekarstwo. I że jak mógł być taki głupi do tej pory. Przecież jeśli ma się problem ze znoszeniem jakiegokolwiek lotu, to można się po prostu upić. Ina najwyraźniej nie podzielała tego zdania. Odsuwała się na krześle, żeby nie czuć za bardzo zapachu wódki.

Niestety, barman nie miał do zaoferowania niczego do jedzenia. Obiecał, że zrobi kanapki. A może uda mu się z kambuza przynieść coś ciepłego. Jakąś jajecznicę na boczku albo chociaż omlety. Na frykasy o tej porze nie było co liczyć, kukowie dopiero rozpalali pod swoimi płytami.

– Dobra. Czekamy.

Wyszyńska wróciła do stolika. Dopiero teraz złamała pieczęcie na kopercie wręczonej przy powitaniu przez porucznika. W środku były tylko dwie kartki. Jednym spojrzeniem objęła krótką notkę wystukaną przez szyfranta na maszynie. Potem odchyliła się na oparciu i spojrzała triumfalnie na Mereditha.

– Najpiękniejsza depesza, jaką czytałam w życiu – powiedziała. – Choć zawiera tylko dwa wyrazy.

Czarownik usiłował skupić na niej swój lekko mętnawy wzrok.

– Jakie? – spytał.

– „Mam ją". – Wyszyńska uśmiechnęła się wrednie. – To od inżyniera, który miał za zadanie odszukanie dziewczyny, której zwidywały się w malignie różne rzeczy z planety Ziemia.

– Ha! – Meredith krzyknął odrobinę za głośno i z całych sił klasnął w ręce. – Mamy Przewodnika?!

– Mhm. To szeregowa Naan. Była w dywizji uderzeniowej, ale już jest pod naszą czułą opieką.

– I to mi się w was, zwierzętach, podoba! – W stanie, w którym był, nie zwracał uwagi, że może kogoś urazić. A może tylko znał panią inżynier i wiedział, że ją urazić niełatwo? – Lubię wasz sposób załatwiania spraw!

– Prawda, że skuteczny?

– I gdzie ona teraz jest? – Był wyraźnie zaciekawiony.

– Pojęcia nie mam i nie wiem, jak się dowiedzieć. Sztab działa w trybie „wroga infiltracja".

– I co to niby ma znaczyć?

– Po wpadce z raportem Pełczyńskiego przyjęto, że sztab uległ infiltracji przez agentów nieprzyjaciela. I nikt nic nie wie. W życiu nie zdarzyło mi się kwitować pisemnie odbioru depesz. A to znaczy, że działamy tak, jakby przez cały czas ktoś patrzył nam na ręce.

Meredith wzruszył ramionami.

– Wolałbym z nią porozmawiać. Poznać się przynajmniej.

– Teraz niemożliwe. Zresztą mamy inne zadania. Pamiętasz o Kai?

Meredith nalał sobie kolejną szklaneczkę i wychylił jednym haustem.

– Nie sposób o niej nie pamiętać – mówił nadal tylko średnio trzeźwym głosem. – Mówiłem ci, że to nie sposób, który znam, a jedynie możliwość do sprawdzenia. Nie potrafię jak Wirus wejść do czyjegoś umysłu i racjonalnie rozmawiać. Może uda mi się jej przyśnić? Może...

– A to, że jesteś w tej chwili bliżej Kai, nie pomaga?

Wzruszył ramionami.

– A skąd mam wiedzieć, gdzie ona jest?

– Nie czujesz tego?

– Jeśli czarownica nie użyje czarów, niczym nie różni się od zwykłej kobiety. Nie, nie czuję. A sama wiesz, że pierwsza próba w Negger Bank się nie udała. Nie mogłem w ogóle zobaczyć jej strefy snu.

– Bo jesteśmy głupie ciołki. – Wyszyńska uśmiechnęła się radośnie. – A konkretnie, ja jestem durna baba.

– Co? – nie zrozumiał.

– Zapomniałam o strefach czasowych. W czasie kiedy w Negger Bank jest noc, u Kai może świtać i dziewczyna po prostu nie śpi.

Meredith nadal nie pojmował, ale miał już do Wyszyńskiej wystarczające zaufanie, żeby domyślić się, że być może to tylko jakiś głupi błąd z ich strony. Trzeba spróbować jeszcze raz. Teraz i tutaj.

– Ta kwestia, gdzie jest Kai, bardzo nurtowała Krzyśka – wtrąciła Ina. – Wywiad ma tutaj do dyspozycji całą siatkę agentów Tor Avahen i zanim się spił, pracował nad systemem łączności.

Wyszyńska kiwnęła głową.

– Zobaczymy, co powie, gdy wytrzeźwieje.

– Powie, że go głowa boli – skwitował Meredith.

– Dobra, dobra, zaczekamy, aż ciebie zacznie.

Dyskusję przerwał im barman, który przyniósł śniadanie. I to wcale nie byle jakie. Okazało się, że kambuzy były od dawna gotowe. Podobno wszyscy pozostawali w gotowości, bo miał przylecieć jakiś ważniak. Widząc przysmaki na stole, Meredith zaczął żałować, że nie zamówił niczego dla siebie.

– Podzielimy się z tobą – powiedziała Wyszyńska. – Ja i tak nie mogę się obżerać, bo mam dziś mnóstwo roboty.

– Tu? Od razu mnóstwo?

– Dostaliśmy mapy z Tor Avahen. Trzeba je przerobić na naszą skalę i przystosować do używania według naszych standardów. I... – zawiesiła głos. – Będziemy wiedzieć, jak wygląda cała okolica. Bliższa i ta nawet bardzo daleka! – dokończyła triumfalnie.

– To potrwa wiele lat – powiedziała Ina. – Myśmy już z Krzyśkiem to robili, gdy chciał wracać z twierdzy do swojej bazy.

– A ja właśnie opierałam się na waszej pracy. I stworzyłam program, który przeliczy wszystko sam. W ciągu... – zawahała się. – Jednego dnia? Jednej doby? A mając przeliczone wszystkie współrzędne, bierzesz waszą mapę w dowolnym wycinku i masz już gotowy podkład.

– Niemożliwe. Macie tu tylu kartografów?

– Mamy cały zestaw krokomierzy. Martwica Siedem do dyspozycji.

Meredith gestami dał znać pilotce, żeby nie zaprzątała sobie tym umysłu. Bo to wszystko nie na ludzki rozum. Pojąć się nie da. Maszyny, które liczą szybko jak milion matematyków.

– Dobra. Parę rzeczy mamy ustalonych. – Wyszyńska nie zawracała sobie głowy zdziwieniem pilotki. – Meredith, jak wytrzeźwiejesz, spróbujesz porozumieć się z Shaefem, specem od archiwum, i...

– Jestem trzeźwy – zaoponował. Bezskutecznie, Wyszyńska nie usłyszała.

– I dowiesz się wszystkiego, co cię interesuje z archiwum. Ja w tym czasie...

A jednak znalazła się rzecz, która przerwała potok jej wymowy. Silniki okrętu, ledwie słyszalne w tym pomieszczeniu, nagle zagrzmiały całą swoją potęgą. Wszystko zawibrowało, a naczynia na stole zaczęły brzęczeć.

– Co jest?! Dlaczego gwałtownie zmieniamy kurs? Spojrzała na barmana.

– Czy to nalot?

Mężczyzna za szynkwasem z ciemnego, politurowanego drewna uśmiechnął się szeroko.

– Stajemy pod wiatr i gazu aż do całej naprzód. – Narysował sobie palcem nad głową niewidzialną koronę. Następnie rozłożył ręce jak ptak skrzydła i lekko przykucnął. Wszyscy zrozumieli ten gest, ale każdy inaczej.

– Cesarzowa będzie lądować na pokładzie?

– Wyżej. – Barman, wciąż się śmiejąc, podszedł, żeby zebrać kilka niepotrzebnych naczyń. – W kambuzie się dowiedziałem, dlaczego ich tak wcześnie zerwali. Tu, na lotniskowcu, tajemnicy aż tak się nie przestrzega, bo nawet jakby szpieg był, to meldunku i tak nie przekaże.

– No to kto będzie lądował?

– Pan admirał Joachim Wentzel.

– O Boże.

– Co? – Meredith nie mógł się zorientować. – Co to oznacza?

– Lądowanie Wentzla oznacza wojnę – wyjaśniła Wyszyńska.

Barman sprawnie poukładał sobie brudne naczynia na lewym ramieniu. Prawą poprawiał te, które zostały na blacie, żeby nic się nie stłukło z powodu wibracji.

– Sądzi pani, że wypowiemy komuś wojnę? Lotniskowiec to przecież nie jakaś tam marynarka cesarstwa na niby, tylko oficjalny okręt RP.

– Taaa, na mur rozrzucimy im nad głowami ulotki: „Wypowiadamy wam wojnę nuklearną! I wytyki do Ameryki albo piszcie se skargę do Genewy".

Meredith się zasępił. Uderzenie od morza na górzystą twierdzę. Polacy mieli mało wojsk, a jedynie miażdżącą przewagę ognia. Więc rzeźnia i płomienie.

– To nie jest śmieszne – wyszeptał. – Ja już kilka wojen widziałem.

– Proszę cię, żadnych filozoficznych miazmatów – osadziła go Wyszyńska. – Niech każdy robi swoje!

– Toteż robię. – Czarownik ze smutkiem obracał w ręku pustą butelkę. – Sam się sobie dziwię, ale robię.

– No to jak myślisz? Czy zdążymy ostrzec Kai?

Wzruszył ramionami.

– Przekazanie ukradzionych z sejfu zdjęć musi zająć im trochę czasu. Niestety, myślę, że to właśnie następuje. Jeśli już nie nastąpiło.

– To cudowne, że zioniesz optymizmem! Dosłownie zarażasz nim wszystkich.

Czarownik nie zdążył się zdziwić, kiedy otworzyły się drzwi wychodzące na korytarz. Prowadzony przez Mielczarka Tomaszewski miał jeszcze mokre włosy, ale już czystą koszulę. Niestety, z zarostem wciąż nic nie dało się zrobić.

– Nieźle. – Wyszyńska podniosła się, szybko usiłując ustalić stan upojenia. – Cześć, Krzysiu.

– No cześć. – Tomaszewski przez chwilę ogniskował na niej spojrzenie. – Jak tu się znalazłaś? – Najwyraźniej nie pamiętał ich dzisiejszego spotkania.

– Bosman chyba wyciągał cię z samego dna alkoholizmu.

– Dopiero zacząłem – wyrwało się Mielczarkowi szczerze. – On idzie w zaparte, że w ogóle nie pił.

– Mhm. – Ocena zdolności Tomaszewskiego do jakiejkolwiek dyskusji nie wypadła dobrze, bo Wyszyńska tylko machnęła ręką. – Pogadamy w takim razie wieczorem. – Nagle coś sobie przypomniała. – I jeszcze jedno.

– Tak?

– Ty byłeś w twierdzy, znasz okolicę. Czy twoim zdaniem, jeśli uderzymy, odbijając Tor Avahen, to istnieje szansa, że w realnym czasie dotrzemy do Piekła?

Tomaszewski podniósł maślany wzrok i długo marszczył brwi, analizując to, co usłyszał. Po chwili odpowiedział jasno:

– Nie.

Cały oddział podróżował pociągiem w wagonach towarowych. Opieczętowanych, zaplombowanych, niedostępnych dla nikogo z zewnątrz. Jedynie dowództwu przydzielono dwa przedziały w wagonie służbowym. Jeden do spania, gotowania i wszelkich czynności socjalnych, a drugi po prostu, by móc podróżować wygodnie. Shen jednak nie doceniała kanap pokrytych doskonale wyprawioną, lakierowaną skórą. Towarzystwo od dłuższego czasu dyskutowało o czekającym ich zadaniu, a ona siedziała nieruchomo, pogrążona w myślach.

– Dobra, wysiadam w Klare – gorączkował się Varik. – I co? Mam puścić moich ludzi na rzeź? Do ataku na całą dywizję?

– Nie wiadomo, czy to będzie dywizja. – Sharri zaczynała się złościć, co nie wróżyło dobrze rzeczowości dalszej rozmowy. – Ty od razu wybierasz najgorsze wyjście.

– A co ma wezwać cesarzowa? Armię?!

– Od razu armię. Teraz jest najlepszy moment...

– Na zbiorowe samobójstwo.

– Uspokójcie się, proszę. – Kadir krzywił się zniesmaczony. – Sytuacja nie wygląda najciekawiej, ale to jedyny taki moment w historii. W Negger Bank w ogóle nie ma sił specjalnych. Speckurwy na chwilę, a w sensie historii na momencik dosłownie spacyfikowane. Albo uderzymy teraz, albo sami się oddajmy katom.

– Kiedy tylko rozniesie się wieść, że wysiedliśmy w Negger Bank, cesarzowa wycofa siły specjalne z frontu. Całą dywizję, bo to dla niej jak splunąć. I cała dywizja przyjedzie za nami pociągiem, żeby zabić nas śmiechem.

– To nie będzie dywizja, bo nie załadują jej w realnym czasie.

– Na nas wystarczy batalion, koleś.

– Przestań, Varik. Wysiadasz w Klare i ukrywasz się u kupców z gildii. A oni już skierują pociąg speckurew na bocznicę. Ty masz tylko rozwalić tory na tej bocznicy.

– I Polacy je naprawią w kilka modlitw.

– Po pierwsze nam w Negger Bank te kilka modlitw może pomóc w dokonaniu zamachu. Po drugie Polacy mają teraz inne kłopoty na głowie.

– A co? – zainteresowała się milcząca dotąd Nanti. – Słyszeliście coś nowego?

– Na stacji, gdzie nas ładowali do pociągu, widziałam kilka rannych dziewczyn z cesarskiej armii. Oczywiście podeszłam, żeby zagadać. No i wiele mi naopowiadały.

– Nie bałaś się? – Kadir był zdecydowanie zadowolony ze zmiany jałowego dotąd tematu dyskusji.

– Że mnie rozpoznają? Mnie nie ma na listach gończych.

– No i co ci powiedziały ranne?

– Że armia cesarska ugrzęzła w krainie za Złymi Ziemiami. Linia kolejowa w tamtą stronę zatyka się, bo trzeba wieźć coraz więcej zaopatrzenia na front. No i trzeba dać żreć nieprzebranym masom jeńców.

– No i widzisz? – Nanti zerknęła na Varika. – Cesarzowa w żaden sposób nie wycofa z frontu większych sił. Nie ma jak.

– Linia kolejowa przytkana tylko w tamtą stronę – odparował „Koleś".

– Przestańcie. – Kadir nie chciał, by powrócili do poprzedniego tematu. – Co jeszcze mówiły?

– Że imperialna armia wygrywa każdą bitwę, że straty są minimalne, a mimo to tempo marszu praktycznie żadne. Drogi zakorkowane jeńcami, każdą rzecz trzeba dowieźć z końca świata, maszyny ledwie przedzierają się przez bezdroża...

Czujny rusznikarz wychwycił natychmiast.

– Zdecyduj się. Zatkane drogi czy bezdroża?

Sharri wzruszyła ramionami.

– Ja tylko powtarzam.

Kadir nie dał jej dokończyć.

– Posłuchaj, koncepcja, żeby zagłodzić wroga, posyłając mu nieprzebraną liczbę jeńców do wyżywienia, jest kusząca w swojej prostocie. Ale przy największych nawet zasobach ludzkich do roztrwonienia czysto teoretyczna. Z wielu przyczyn zresztą, w które nie chce mi się wnikać. A dla cesarstwa w jego obecnej, całkiem niezłej kondycji zastrzyk tak naprawdę niezliczonych rzesz niewolników pracujących cały dzień za miskę byle czego jest wręcz zbawienny. Szczególnie jeśli się prowadzi wojnę. Pamiętaj, na czym zbudowało swoją potęgę Cesarstwo Luan.

– Pamiętam. Na pracy niewolniczej.

– No i niech ci się nie wydaje, że czasy się zmieniły. Niewolnicy podniosą każdą gospodarkę i obojętnie, czy nazwiemy ich jeńcami, robotnikami przymusowymi, czy głodowymi imigrantami. Darmowa lub półdarmowa praca postawi na nogi każde cesarstwo.

– I to właśnie się dzieje?

Kadir skinął głową, uśmiechając się cynicznie. A potem uchylił zasłonę w oknie.

– A widzisz, co tam się dzieje?

– Ożywienie. – Sharri wzruszyła ramionami. – Rzeczywiście, stagnacja jakby gdzieś znikała powoli.

– Pojawiły się zamówienia publiczne, kolej, drogi, mosty, pojawił się na rynku zastrzyk gotówki za wydobycie oleju skalnego, pojawiły się nowe technologie, nowe koncepcje, a także ziemniaki i masz! Handel ruszył z kopyta i ciągnie w zapamiętaniu całą resztę za sobą. Ludzie dostali do ręki pieniądze i zaczęli kupować towary. Wszystko zaczęło się znowu kręcić. A do tego cudowna wojna gdzieś daleko kraju nam nie zniszczy, a towar na sprzedaż wyssie, płacąc za niego w terminie. Bo wojna przecież.

– Istny cud – teraz Sharri postanowiła zakpić. – To powiedz mi w takim razie, dlaczego naszą rewolucję, która ma wszystko wywrócić do góry nogami, popierają właśnie kupcy? Co?

– Ależ to proste. Ich wprawia w ruch chciwość. Tylko i wyłącznie chciwość.

– No ale wszystko idzie dobrze. Po co im zmiana?

– Oni nie chcą bogatej cesarzowej i książąt. Oni chcą milionów bogatych klientów. Tylko wtedy zaczną zarabiać jakieś gigantyczne, nieograniczone niczym kwoty. – Kadir rozłożył ręce. – Kupcy chcą republiki i kupcy dostaną republikę na złotej tacy. Dlatego stoją za nami murem.

– A Polakom to na jaką zarazę?

– Polacy chcą tu mieć silnego, przewidywalnego sojusznika. I to przywiązanego do nich jak pies do budy. Zwróć uwagę, że nie da się długo utrzymać w tajemnicy przejścia przez Góry Bogów. Z każdym mijającym dniem ta tajemnica wisi na coraz to cieńszym włosku. A oni nie chcą doprowadzić potem do sytuacji Polska kontra reszta świata. Jak się wyda, będą musieli tu wpuścić wszystkich chętnych. Ale sami będą tu mieli już wtedy wielkie państwo, na którego losy będą mogli wpływać jeszcze przez dwadzieścia, pięćdziesiąt, a może i sto lat. Polacy chcą republiki? To Polacy sobie ją tu zrobią. A chętnych do pomocy mają wielu.

– Także i nas?

– Tylko nie przeceniaj naszego znaczenia. Uda się, pochwalą. Nie uda się, zapomną. A ty sobie gnij w lochu sama.

Shen nadal się nie odzywała. Ale po ostatniej uwadze Kadira na jej twarzy pojawił się blady uśmiech.

– Tak – rzucił Varik. – Jesteśmy nic nieznaczącym pyłkiem na żarnach historii.

– Ale nie stoimy przynajmniej z opuszczoną głową i rękami, czekając, żeby łaskawy pan raczył nam coś rozkazać! – krzyknęła Sharri.

– I za to cię lubię, popierdolona, głupia niedoszła kapłanko. – Varik mrugnął do niej i zabawnie skrzywił usta. – Bierzesz życie we własne ręce. A ja też nie lubię słuchać rozkazów byle durnia.

– Mówicie, że oni wiedzą, co robią. – Nanti postanowiła też się wypowiedzieć. – Ale cesarska armia, wyposażona przez sojuszników, utknęła w kraju za Złymi Ziemiami. Mówią też, że wyparto naszych z górskiej twierdzy, gdzieś daleko za Kong. Porażka za porażką.

– Nie wiemy, co się dzieje – odparł Kadir. – I proponuję nie rozstrzygać tej kwestii tutaj, bazując na pogłoskach.

– A ja rozumiem Nanti – odezwał się Varik. – Co będzie, jeśli i my okażemy się kolejną nieudaną operacją?

Shen uniosła oczy. Odstawiła manierkę, z której od dłuższego czasu popijała czystą wodę. Wina mieli teraz pod dostatkiem. Fakt więc, że dowódca stronił od alkoholu, napełniał wiele głów najgorszymi obawami.

– Pociąg zwalnia – mruknął Kadir. – Zaraz Klare. Nie powinieneś przygotować swoich ludzi?

– Ludzie gotowi. – Varik zerknął na swoją torbę. Nie miał zbyt wielu rzeczy ze sobą.

– Bez pośpiechu. – Nanti zbliżyła się do okna. Niewiele było widać, bo nie wjeżdżali do samego miasta. – Postawią nas na bocznicę.

– Na tę, którą...

– Tak – Kadir wpadł w słowo „Kolesiowi". – Tam też ustawią wojsko, które wezwie cesarzowa na pomoc. Wszystko jest ustalone. Kiedy siły specjalne tutaj dotrą, skład zostanie przetoczony na bocznicę. Na krótko tylko, zanim Polacy się zorientują. I w tym czasie musisz uderzyć na pociąg i zniszczyć tory. Jeśli tego nie zrobisz, następnego dnia speckurwy dotrą do Negger Bank i po nas.

– Wiem, wiem. Dzień postoju wystarczy.

– Zatrzymaj ich, jak długo zdołasz. I unikaj strzelania do polskich pracowników kolei! Tego unikaj jak ognia!

Kiedy Varik wstał, Nanti podniosła się również. Położyła mu rękę na ramieniu.

– Ja też cię rozumiem – szepnęła.

– E tam. Rzucić się na przygniatającą przewagę wroga? Co to dla mnie?

– Oni zawsze mają więcej żołnierzy, więcej siły, więcej wszystkiego.

Skinął głową, przygryzając wargi. Pożegnał się z Kadirem mocnym uściskiem dłoni. Przytulił Sharri, a ta o mało się nie rozbeczała.

Ostatnia wstała Shen.

– Oni zawsze mają więcej żołnierzy, więcej siły, więcej wszystkiego – powtórzył za Nanti, patrząc w oczy dowódcy.

Shen powiedziała:

– No i trudno.

Komenda miejska, w której służyły, błyskawicznie przekształcała się w komendę polową. No, błyskawicznie to raczej w zamyśle organizatorów bardziej niż w rzeczywistości. Niemniej podjęto konkretne czynności, by stać się znowu organizacją zdatną do działania. Przy czym ich kompetencje nie uległy zmianie. Od łapania szpiegów, dywersantów, spiskowców i sabotażystów były te lepsze służby. A oni po staremu mieli zająć się złodziejaszkami, malwersantami, defetystami i inną dezerterowską drobnicą. A i to było raczej rzadkością, bo ich organizacja, tak samo jak w kraju, zajmowała się głównie wyłapywaniem tych, co źle mówili, a nie źle czynili.

Komendant wyraźnie cierpiał z tego powodu. A może tylko grał cierpienie? Ani Kai, ani Nuk nie udawało się go tak do końca rozgryźć. Ciekawe, czy naprawdę pożądał medali, najwyższych nagród i labiedził, że jedyne wyróżnienie, jakie go czeka, to udział w statystyce wykrywalności drobnych przestępstw? Czy raczej obnosił się tylko ze swoim żalem, chcąc pokazać swoją gotowość i oddanie sprawie. Bo dobrze wiedział, że przy sprawach ważnych to nagrody co prawda wielkie, ale i kary olbrzymie. Tam głowę łatwo stracić, a na jego obecnym szczeblu za nieudolność generalnie tylko opierdol czekał. Na coś poważniejszego trzeba było zasłużyć wyjątkowym niezgulstwem.

Kai i Nuk uwijały się z robotą często zupełnie niezgodną z tym, co powinny robić, czyli gotowaniem. Najczęściej kazano im biegać z meldunkami i raportami, które niezwłocznie musiały być dostarczone do odpowiednich instancji sztabu polowego. A odnalezienie czegokolwiek w tym chaosie zakrawało na cud i prawdziwe czary. Wszystko robiono w biegu. Wszystko na wczoraj. Organizacja opierała się wyłącznie na prowizorce. Rozkazy padały sprzeczne. Ale też nie było innej możliwości.

Ktoś po raz pierwszy w historii zgromadził w jednym miejscu niewyobrażalną liczbę ludzi. I dzisiaj ci ludzie ruszyli do Piekła. Kierowani przez czarowników, dowodzeni przez najbardziej tępych i skrupulatnych wykonawców rozkazów, głodni i otumanieni narkotykami niby-żołnierze ruszyli ginąć całymi masami, by wypełnić misję wyznaczoną przed tysiącem lat.

Kai i Nuk na szczęście nie musiały na to patrzeć. Okolice Tor Avahen były głębokim zapleczem wyprawy szaleńców. Ale też tutaj znajdowały się sztaby i na nich właśnie spoczywał cały ciężar organizacji. Wszyscy zwijali się jak w ukropie. A one dwie za wszelką cenę osłaniały jedynie Agire, który naprawdę gotował i musiał zdążyć na wieczór z gorącą kolacją. Na obiad czasu nie było.

Prawdę powiedziawszy, czasu nie było nawet na to, by zamienić na osobności choćby dwa zdania. Kai i Nuk spały teraz we wspólnym namiocie, razem z kobietami i mężczyznami, których jedynym zawodem była prowokacja i donosicielstwo. Zamienienie dwóch zdań tak, żeby nikt nie słyszał i żeby nie wzbudzić niczyich podejrzeń, zakrawało na niemożliwość. Nawet kuchnia nie była odseparowana od reszty. Znajdowała się w magazynie, zawsze pełnym pracujących w nim ludzi i różnego autoramentu interesantów.

– Polowe warunki – powiedział komendant, kiedy Kai stwierdziła, że nie może w takiej sytuacji odpowiadać za to, czy ktoś nie domiesza czegoś do zupy. – Nic nie poradzimy. Trzeba przecierpieć i zdwoić czujność.

– Srał to wszystko! – pomstowała głośno, nie bacząc na podsłuchujących. Zresztą nie była w swoim narzekaniu odosobniona. – Srał to wszystko pies!

Dopiero wieczorem, tuż przed kolacją, Agire znalazł choć trochę odludne miejsce. Ogromną skrzynię, w której dotąd przechowywano worki z mąką, teraz opróżnioną przez posłańców przysyłanych z różnych kuchni polowych, które dostąpiły zaszczytu używania prawdziwej mąki. Skrzynia miała zostać porąbana na opał, ale na razie można było do niej wejść i pod pozorem odzyskiwania rozsypanej z worków zawartości zamienić parę zdań tak, by nikt nie słyszał.

– Miałam przedziwny sen! – Kai szeptała Nuk wprost do ucha. – Nigdy nie śniłam jeszcze niczego tak realnie.

– Kurwa mać! – Przekleństwo, choć stanowcze, również było ledwie tchnieniem przytkniętych do małżowiny ust. – I tylko po to przez cały dzień dajesz znaki, żeby się urwać, żeby mi opowiedzieć swój sen?

– On może być proroczy.

– Nie no...

Nuk odsunęła się trochę i zaczęła kreślić sobie kółka palcem na czole.

– No dobra, źle się wyraziłam. Ale nigdy w życiu nie śniłam tak realnie. To jakby... – Kai zawiesiła głos. – Jakby jakaś wiadomość, jakieś ostrzeżenie.

– Ostrzeżenie? – To jedno zwróciło uwagę sierżant. – Przed czym?

– Grozi nam straszne niebezpieczeństwo.

– No co ty nie powiesz? To rzeczywiście prorocze.

– Nie kpij.

– A co ci się śniło?

– Meredith.

– Rozmawiałaś z nim?

– Rozmawiałam. Ale to przecież tylko sen. To taka nie do końca realna rozmowa.

Nuk westchnęła cicho i bez słowa powróciła do wygarniania ze szczelin rozsypanej mąki. Nie mogły przecież wyjść ze skrzyni z pustymi rękami.

– Posłuchaj, on miał bardzo konkretne rzeczy do przekazania.

– Jakie niebezpieczeństwo nam grozi? Jakie konkretnie teraz?

– Oj, no to przecież sen. Mówił mi, ale... – Kai brakowało słów, żeby precyzyjnie oddać, o co jej chodzi.

– Aha. Coś jeszcze ciekawego powiedział? – pokpiwała Nuk.

– Nie bądź taka. Mamy natychmiast uciekać.

– Wpław do Negger Bank czy raczył wskazać jakąś bliższą lokalizację?

– Potraktuj mnie poważnie! Nie wiem, przed czym ostrzegał. Nie mogłam się skupić, jak to bywa we śnie. Ale zobaczyłam miejsca. Tutaj, gdzieś niedaleko. Musimy pójść do nadzorcy niewolników. Do człowieka z poparzoną twarzą. Widziałam go wyraźnie.

– Skąd tu nadzorca niewolników? – obruszyła się Nuk. – Skąd takiego wytrzasnąć?

– A widzisz?

– Co widzę?

– Już uwierzyłaś. Bo gdybym ci przekazała tylko niejasne odczucia, jakieś ostrzeżenia, przestrogi, to mógłby być zwykły sen. A ja zobaczyłam konkretnego człowieka, do którego mamy pójść.

– Albo spędzić resztę życia na szukaniu faceta, który ci się tylko przyśnił. No... wiele młodych panien tak ma. Najpierw przyśni im się mężczyzna życia, a później szukają go bez skutku do grobowej deski, bo żaden nie taki jak ten wyśniony.

Mimo że była to czysta kpina, Kai nie mogła powstrzymać się od śmiechu, bo dotarła do niej absurdalność sytuacji.

– Zwariowałaś? – szepnęła po chwili. – Nie chcę wyjść za człowieka ze spaloną twarzą.

– Ale nikt nie mówi, żebyś od razu wychodziła – zaperzyła się Nuk i nagle zdała sobie sprawę, że jednak nie czas na typową kobiecą dyskusję. Nie da się zbierać resztek mąki w nieskończoność. – Co z tym twoim snem?

– Nie wiem. Tak natrętnego majaku nie miałam chyba nigdy. A przekaz Mereditha był jasny. Musimy uciekać.

– Jak? Nie wyjaśnił?

– Mamy pójść do człowieka ze spaloną twarzą.

– No zaraza jasna w dupę. Czekaj... – Nuk nagle uderzyła się w czoło, zapominając, że ma w dłoni mąkę, którą wygrzebała ze szpar. Próba wytarcia jej z czoła zgięciem ramienia spełzła na niczym. – Poczekaj chwilę.

– Nie uciekam.

– Tu są przecież resztki obrońców twierdzy.

– Miejscowej ludności?

– Tak. Ci z Nayer wykorzystują ich do grzebania zwłok, do naprawy głównego kanału ściekowego, który zniszczono w trakcie walk o twierdzę. I takie tam. Jaśnie panowie oficerowie nie chcą przecież korzystać z latryn. A tylko miejscowi wiedzą, jak działały wszelkie wygody, które tu były wcześniej.

– I to ich można nazwać niewolnikami, myślisz?

Nuk skinęła głową.

– A skoro tak, to muszą być i nadzorcy. W tym facet z twojego snu.

– Hm, widziałam w twierdzy kilka kobiet wykorzystywanych przez żołnierzy do...

– One ci raczej nie pomogą. A na pewno nie w stanie, w którym są obecnie. – Sierżant była bardziej pragmatyczna. – Jeśli to Meredith użył jakiegoś czarodziejskiego przekazu, to chciał powiedzieć ci coś konkretnego. Szukajmy człowieka z poparzoną twarzą.

– No kurna, tak se wyjdziemy i poszukamy... Bez rozkazu, bez celu, tak się po prostu pokręcimy po okolicy.

– Wymyśl coś, głupia.

Ktoś z całej siły kopnął w skrzynię.

– Tuście się ukryły?!

Przestraszone wygramoliły się na zewnątrz. No szlag! Komendant. I to wcale nie pozujący na dobrodusznego ojczulka. Na jego twarzy strach walczył o lepsze z gniewem. Zdawało się jednak, że strach chwilowo wygrywał, a gniew chyba nie był skierowany przeciwko nim. Jeśli więc za coś oberwą, to raczej rykoszetem.

– Co wy tam wyrabiacie?!

– Ratowałyśmy resztki mąki.

– Żeby rozsmarować sobie na twarzy? – Zdziwiony patrzył na Nuk.

– No nie. – Sierżant zrobiła gest, jakby się odżegnywała od czegoś. – Ale jak pan komendant kopnął w skrzynię, to się na mnie posypało!

– Ja się zabiję! Ja się zabiję! Wszystko wokół się pali, a te dwie idiotki chowają się w skrzyni. Coście tam robiły?!

– No i co mam powiedzieć. – Kai pokazała swoje obie dłonie. Pokryte białym proszkiem, ale puste. – Trzeba było w nas nie kopać. Tobyśmy coś uratowały!

– Czy ty naprawdę jesteś taka głupia? Nie widzisz, co się dzieje?

Kai rozejrzała się odruchowo. A komendant kontynuował:

– Słuchajcie mnie, kretynki. Właśnie nieprzebrane tysiące ludzi posłano do Piekła. Tam śmierć zbiera żniwo w każdej chwili. Teraz, jak tu stoimy, tam umierają całe rzesze! Jak myślicie? W jaki humor to wprawia dowództwo?

Usiłowały wyglądać na bardzo speszone. Łatwo im to wychodziło. Opuściły głowy niczym besztane uczennice świątynnej szkoły. Ach, więc o to chodziło? Komendant czuje, że dowódcy tracą nerwy, że zaczynają szukać winnych, bo pewnie żaden sukces jeszcze nie nastąpił. A w takiej chwili rzeczywiście ktoś może wpaść na pomysł, że ich komenda polowa tak naprawdę nie przedstawia żadnej wartości i może najlepszym rozwiązaniem jest wysłanie jej członków do Piekła. Niech choć trochę uzupełnią straty w worze bez dna. To naprawdę była groźna myśl i doskonale zrozumiały komendanta.

– Słuchajcie, głupie dupy! Żarty się skończyły!

I jak tu się zachować? Jaką linię przyjąć? Stały nieporuszone, ze wzrokiem wbitym w ziemię. Na szczęście on sam podał im rozwiązanie na tacy.

– Dziś na kolacji są bardzo ważni goście. Jazda mi do kuchni! I żeby dziś zamiast kolacji była uczta Bogów! Inaczej naprawdę mnie popamiętacie!

– Tak jest! Będzie!

Przerażone umknęły komendantowi sprzed oczu. Niestety, w kuchni nie zaznały nawet cienia ulgi. Agire był szary na twarzy z przerażenia. Trzęsły mu się ręce. Najwyraźniej komendant pojawił się i tutaj.

– Co jest? Gotowe?

Nie potrafił normalnie odpowiedzieć. Oczami wskazał potrawy, od których można było zacząć. A potem drżącym palcem przesunął sobie po gardle.

– Opanuj się! Sam głównodowodzący do nas zawitał?

Zaprzeczył ruchem głowy.

– Ale jatka – wyszeptał ledwie zrozumiale. – Same złe wieści.

Nuk pokazała klasę.

– Przejdzie im. – Szybko umyła ręce i zajęła się twarzą. – Przecież takich wieści się spodziewali na początku. Idą zgodnie z planem.

– No ja cię pierdolę! No ja cię pierdolę! – powtarzał tylko, nie mogąc się uspokoić. – Czy można umrzeć z nerwów?

– Na początku bitwy zawsze tak jest. – Nuk wzięła przygotowane dla niej naczynia do wyniesienia. – Rób swoje.

– Ja cię pierdolę...

– Nie pierdolisz mnie, zapewniam. Stoisz przy kuchni.

Kai usiłowała zapanować nad sobą. Niby czarownikom łatwiej. Poza tym, że nie mogła użyć czarów, to zawodziły ją nawet wytrenowane umiejętności. Strach udzielał się błyskawicznie.

– Weź same nakrycia – poradziła Nuk, widząc jej stan, i ruszyła przodem.

Przy wielkim stole siedziało kilku ludzi zza gór. Więcej niż zazwyczaj i chyba naprawdę byli dość wysoko postawieni.

– O. – Chris pokazał je ręką. – To są właśnie te dwie, o których ci mówiłem. – Zwrócił się do siedzącego obok niego starszego, siwego mężczyzny. – I jak mówiłem, każdy posiłek tutaj to poezja.

Komendant ledwie panował nad własnym strachem.

– Ot, czym chata bogata... – Usiłował przyjąć usłużny wyraz twarzy. – Staramy się, staramy.

– Co tam dzisiaj przygotowałyście?

Kai, wiedziona resztkami instynktu, zareagowała natychmiast.

– Zostawiłyśmy coś na statku. – Nawet nie wiedziała, co ugotował Agire. – Brakuje nam kilku przypraw. Chyba że tu gdzieś zginęły.

Ich komendant o mało nie dostał apopleksji. Chris przeciwnie, zaczął się śmiać.

– Oj, babskie roztrzepanie. Ale nie dziwota w tym burdelu na kółkach.

– W którym wybuchł pożar – dodała zgrabnie Nuk. – To już pewnie niemożliwe, żeby pójść i sprawdzić? – zapytała, domyślając się, o co chodzi Kai.

– Niestety. Jednostka wypływa co prawda dopiero jutro, ale teraz trwają prace, żeby przygotować ją do nowej roli.

– Wywiesicie piracką flagę i będziecie strzelać do ludożerców?! – Kai włożyła w swój okrzyk maksimum entuzjazmu, na jaki ją było stać.

Ludzie zza gór ryknęli śmiechem, widząc jej zaangażowanie.

– Widzieliście, panowie? – zwrócił się do swoich Chris. – Mówiłem, że tu oprócz jedzenia, które jest poezją, jeszcze ukojenie nerwów i rozrywka. Nie opowiadałem wam, ale ta dziewczyna pewnego dnia o mało mi głowy nie ucięła największym kuchennym nożem, chcąc bronić statku przed piratami.

– A atakowali nas jacyś?

– No nie. Ale mogli przecież!

Widząc poprawiający się humor gości, komendant ośmielił się lekko odetchnąć. Najwyraźniej bezpośrednie niebezpieczeństwo, którego się spodziewał, zostało trochę odsunięte.

– Widzisz, mała, niepotrzebnie ci mówiłem o tych ludożercach. Masz bujną wyobraźnię i pewnie spać nie możesz z trwogi.

– Ja tam się nie boję – odparła buńczucznie Kai.

– Tak – zgodził się natychmiast. – Tylko bez przerwy o nich myślisz.

– Nie myślę.

Znowu się uśmiechnął.

Nuk postawiła talerz nieco głośniej, niż powinna. To sprawiło, że Kai otrząsnęła się i pomyślała, że dość robienia z siebie kretynki. Nie kontynuowała słownych przepychanek z Chrisem, z gorliwością zaczęła rozkładać sztućce.

Chris wrócił do rozmowy ze swoimi gośćmi. Przeszedł na angielski, nie mając pojęcia, że Kai rozumie każde słowo, a Nuk co piąte.

– Brygada pułkownika Baranowskiego opuszcza port w Kong na pokładach transportowców. Polacy szykują się do ataku na Tor Avahen i chcą uderzyć w nasze plecy, sądząc głupio, że nas to powstrzyma. A mamy dla nich niespodziankę. Okręt, którym tu przypłynęliśmy, jutro w nocy zacznie stawiać miny. A polska marynarka wojenna nie ma trałowców na tym akwenie. Nie przepłyną. Potopimy ich jak psy.

Chciał chyba dalej rozwodzić się nad geniuszem przewidywania, którym wykazało się ich dowództwo, ale przerwał mu posłaniec z tegoż dowództwa. Szepnął Chrisowi kilka słów do ucha, poczekał na skinięcie głową i pobiegł z powrotem.

– No, panowie, mam dobre wieści. Zaraz się dowiemy, kim są przysłani przez Polaków agenci. To dwie kobiety.

– Kto taki? – zapytał siwy mężczyzna obok.

– Właśnie dostarczono oryginalne koperty wykradzione z sejfu wywiadu polskiej marynarki wojennej. A w nich są raporty majora Pełczyńskiego dotyczące agentów. Mamy ich charakterystyki, opis, wszelkie dane, a nawet zdjęcia. Bingo!

Kilku mężczyzn zaczęło bić brawo.

– Jeszcze chwila cierpliwości. Za kilka minut przyprowadzą łącznika, który przywiózł oryginalne dokumenty!

– No niemożliwe! – Wyszyńska oderwała się od barierki zagradzającej wykrój drzwi w kadłubie lotniskowca i osłoniła oczy, żeby lepiej widzieć. – Nasz nieustraszony komandor znowu wśród żywych.

– Cześć. – Tomaszewski skrzywiony, jakby zjadł coś wyjątkowo kwaśnego, ruszył niemrawo w jej stronę.

– Trzeźwy już jesteś?

Westchnął tylko.

– Może coś jest na rzeczy w tym, co mówisz.

W odświeżonym mundurze, ogolony i pachnący wodą kolońską sprawiał już przyzwoite wrażenie. A właściwie sprawiałby, gdyby nie twarz, której centralnym punktem stały się podkrążone oczy o spuchniętych powiekach.

Kiedy podszedł, sprawdziła palcem kaburę przy jego pasie. Tkwił w niej pistolet zamiast łyżki do butów. A to znak, że Mielczarek uznał, że jego szef jest już trzeźwy i odpowiada za swoje czyny. Według marynarskich standardów oczywiście. Nie cywilnych.

– Co to było? – Wyszyńska, wyraźnie zaciekawiona, indagowała dalej. – Załamanie nerwowe, depresja, zwykły alkoholizm czy miłość wzmocniona tęsknotą?

– Jaka miłość? – obruszył się.

– Zmysł obserwacji mam. A wszystkie twoje poczynania na to wskazują. Konkretnie, na to, że chyba nagle zdałeś sobie z czegoś sprawę.

– Niby z czego?

– No to dodam szczyptę kobiecych spostrzeżeń. Jeśli facet, który śpi ze mną w łóżku, przytula się i szepcze: „Kai", to chyba jest coś na rzeczy.

Tomaszewski podniósł na Wyszyńską wzrok, z którego trudno było cokolwiek wyczytać. Najwyraźniej jednak postanowił się zemścić uwagą:

– Spałaś z Meredithem? Jakoś tak dziwnie się do ciebie odnosi.

– Spałam – powiedziała szczerze. – Tylko nie każ mi, błagam, porównywać was w łóżku. Jestem troszkę na to za dorosła.

– Zołza – roześmiał się nagle.

Wyszyńska uśmiechnęła się słodko i przytuliła, głaszcząc Tomaszewskiego po szyi.

– Nie żadna zołza, zarazo, tylko kobieta wyzwolona. Zapamiętaj, męska szowinistyczna świnio.

– Ja świnia?

– A jak różnicujesz mężczyzn i kobiety? Tobie wolno przelecieć każdą panienkę w zasięgu wzroku i jesteś wtedy bardzo macho, a ja, jak tylko dotknę innego, to od razu zdzira?

– Tego przecież nie powiedziałem.

– I przy tym zostańmy. Nie chcę zgadywać twoich myśli, zboku.

Usiłował zapalić papierosa, lecz z powodu wiatru na morzu niezbyt mu wychodziło. Wyszyńska pomogła – odwracając się plecami do podmuchów, zapaliła, a potem włożyła Tomaszewskiemu do ust.

– Czy nasza umowa dalej obowiązuje? – zapytała.

Skinął głową.

– A co chcesz wiedzieć, zdzirko?

– Do czego się Wentzel tutaj szykuje?

Wzruszył ramionami.

– Ja nie wiem, to jest jakaś paranoja – odparł po dłuższej chwili, wydmuchując dym. Papieros na wietrze nie smakował. – Widziałem na pokładzie te cudowne helikoptery. Problem tylko, że nigdy czymś takim nie latałem. To może Inną zachwycać, ale ja niczego o tym sprzęcie nie wiem. A tu słyszę, że mam współpracować z pieprzonymi komandosami. Słuchaj, ja nigdy w życiu z nimi nie ćwiczyłem. Spadochroniarze to prywatna własność lotnictwa. Nie mamy wspólnych procedur, nie jesteśmy zgranym zespołem, to wszystko sypie się na samym wstępie. Naprawdę nie wiem, co to ma być. Jakaś desperacja? Jakaś kur... prowizorka? Zaatakujemy, bo tamci weszli już do Piekła? Tak naprędce, byle jak, byle tylko pokazać, że istniejemy jako siła bojowa?

Patrzyła na niego w skupieniu i z poważną twarzą. Żarty właśnie się skończyły.

– Chcą, żebyś na akcję leciał z komandosami? – powiedziała. – Z jednostką, której nie znasz?

– Nikt mi oficjalnie nic nie powiedział. Dostałem jednak całą dokumentację techniczną helikopterów, żebym zapoznał się z taktyką ich użycia. A kto jeszcze tym latał oprócz spadochroniarzy?

Cmoknęła cicho w zamyśleniu.

– A poza tym dochodzą tu dziwne słuchy – kontynuował. – Podobno uchodźców z Tor Avahen ewakuowano w Kong wprost z morza na plażę. Bo w porcie czekała już brygada Baranowskiego do załadunku. Podobno straty były ogromne.

– To akurat nieprawda. Leciałam przez Kong.

– I co?

– Ludność cywilną wysadzono w porcie, bez żadnych strat. A brygadę załadowano dopiero później, bardzo sprawnie. Ale w związku z tym kiedy ona do nas dotrze, to... pffffff... – Wyszyńska rozłożyła szeroko ręce w teatralnym geście.

– Sama widzisz. Prowizorka na całego. Akcja panika.

– Albo „kryjcie dupę szefa" – potwierdziła. – Nie podoba mi się to bardzo.

Tomaszewski odrzucił niedopałek do morza.

– A wam jak poszło? Ten twój czarownik przekazał coś Kai?

– Twierdzi, że tak. Że udało mu się coś przekazać we śnie. W co jednak Kai uwierzy, a co wyda jej się zwykłym koszmarem, trudno powiedzieć. Tylko...

– Tylko co?

– On ma wrażenie, że i tak jest za późno.

Tomaszewski nie skomentował. Bo i co tu mówić? Kwestia była nierozstrzygalna z tego miejsca. A on sam nauczył się nie wierzyć za bardzo przeczuciom.

– Czy coś konkretnego mu się udało przekazać, czy tylko ostrzeżenie?

– Wiesz co, no, korzystałam z materiałów, które zdobyłeś. Siatka wywiadu Tor Avahen jest w tej chwili bardzo porwana, nie ma łączności radiowej. Ale ciągle jakoś tam działa. Kontakt, choć ograniczony, jest.

– To akurat wiem.

– Zatem czegoś się przynajmniej dowiemy. Meredith twierdzi, że Kai jest chyba bardzo blisko.

Tomaszewski podniósł na Wyszyńską wzrok. Zbyt gwałtownie. A ona oczywiście to zauważyła. Powstrzymała się jednak od jakichkolwiek komentarzy.

– Ja ze swojej strony kończę obliczać koordynaty. Mamy więc namiary na każdy punkt istniejący na mapach z Tor Avahen. A to olbrzymi obszar. Wręcz niewiarygodny.

– Tyle dobrego, że nie musimy odtąd błąkać się po omacku.

– Tyle dobrego – powtórzyła. – I tylko tyle. Siły Nayer wkroczyły do Piekła i posuwają się naprzód.

I cóż można zrobić? Tu nawet użycie Dużego Jasia, nawet gdyby jakimś cudem był do dyspozycji, nic by nie dało. Tomaszewski nie mógł sobie wyobrazić, kto mógłby zdecydować się na taką hekatombę. Z góry, z zimną krwią, bez żadnych uczuć. Nie był naiwny. Wiedział trochę, co dzieje się na wojnie. Czytał o wojnach w dziejach. Masakry były ich immanentną częścią. Jednak z rzadka ktoś wysyłał ludzi, wiedząc, że dziewięćdziesiąt kilka procent na pewno zginie, a reszta i tak nie będzie miała szans powrotu. Bilet w jedną stronę dla wszystkich, bez szans nawet w teorii.

Wyszyńska musiała myśleć o tym samym.

– Przecież ci ludzie, potomkowie zakonnych wypraw, ci czarownicy, żyli przez tysiąc lat pod drugiej stronie gór w normalnych społeczeństwach. W zwykłych krajach. I niczym normalnym nie przesiąkli?

– A my jesteśmy normalni?

– No zaraz. Przecież nie wysyłamy na zatratę całego cesarstwa.

– Nie to miałem na myśli.

Nie było możliwości rozładowania składu na terenie polskiej bazy. Za dużo osób mogłoby widzieć, zbyt wielu ludziom trzeba by się tłumaczyć i za wiele mechanizmów należałoby uruchomić, żeby wyprowadzić partyzantów poza druty. Polacy woleli aż tak się nie angażować. Zasadą ich działania pozostawała niezmiennie maksyma: „to nie my!" i trzymali jej się z żelazną konsekwencją. Dlatego też pociąg zatrzymał się jeszcze przed Negger Bank. Niestety, nawet pod miastem zabudowa była dość gęsta, a obecność postronnych obserwatorów bardzo prawdopodobna. Kupiecka gildia jednak stanęła na wysokości zadania. A środków do realizacji dowolnego celu w żaden sposób nie brakowało. Wzdłuż kolejowego nasypu podstawiono wozy z osłoniętymi pakami. Pomiędzy wozami a wagonami rozpięto ogromne, całkowicie szczelne namioty. Kiedy pociąg zatrzymał się w umówionym miejscu, rozładunek rozpoczął się błyskawicznie. Nikt poza grupką wtajemniczonych nie był w stanie niczego dostrzec. Nikt nie miał nawet pojęcia, czy z pociągu jest coś wyjmowane, czy przeciwnie – skład zyskuje nowy ładunek. Ot, kupcy się kręcą przy wozach. Normalne. Pewnie chodzi o złoto. A konkretnie, z całą, całkowitą pewnością skrzynie ze złotem, bo przecież czym innym kupcy mogliby się zajmować pod miastem o świcie.

Wozy ruszyły w swoją drogę jeszcze przed brzaskiem. Było bardzo ciepło. Shen, trochę zmęczona podróżą, a przede wszystkim niespotykanie szybką zmianą klimatu, ze zdziwieniem stwierdziła, że zaczyna się pocić. Co będzie za dnia? Dotąd podróż na tak wielkim dystansie trwała wiele dni, organizm powoli się aklimatyzował. A teraz nie mogła się najwyraźniej przyzwyczaić.

– Nerwy? – zapytał Kadir, mając widocznie inne wyjaśnienie dla ciągłego przecierania czoła.

– A skąd. – Niby to obruszyła się, patrząc na niego kpiąco. – Przecież przewroty w Negger Bank mam już opanowane. Nie pamiętasz ostatniego razu?

Tylko pokiwał głową.

– O mało się wtedy źle nie skończyło.

– Nie porównuj sytuacji. Wtedy to była awantura Randa. A teraz zbyt wielkie siły są zaangażowane.

– Ta – mruknął. – Jednak jeśli ścierają się wielkie siły, mogą zetrzeć na proch to, co między nimi.

– Pesymista.

– Kiedy zamierzasz uderzyć? I ile dni przewidziałaś na przystosowanie się?

Zaskoczyła go.

– Uderzamy dzisiaj. Nie chcę, żeby strach paraliżował mi ludzi pozamykanych w jakichś dusznych kryjówkach. Walimy z marszu. Zanim się zorientują w sytuacji.

– Hm.

– Nie hmyhaj. Widziałeś, że się nie odzywałam prawie w trakcie jazdy. Miałam czas, żeby wszystko przemyśleć.

Shen pociągnęła łyk wody ze swojej nieodłącznej od kilku dni manierki i oparła głowę o plecak. Teraz, kiedy wpółleżała na drewnianej podłodze wozu, nie dość, że nie wyglądała na zdenerwowaną, to... No właśnie, Kadir nie wiedział, jak to określić najlepiej. Wyglądała na zadowoloną? Nie. To byłaby przesada. No i... Od czasu ostatniego spotkania z Randem w ogóle nie piła. To znaczy nie brała do ust alkoholu. W górach bywało z tym różnie. Generalnie wina brakowało. Ale teraz? Dzięki kupcom mieli wszystko. Mogli zażyczyć sobie kąpieli w dowolnym napitku. A ona nic.

– I do czego doszłaś w swoich przemyśleniach? – zapytał.

– Jakoś tak tkwiła we mnie ostatnia rozmowa z Randem. A szczególnie to, jak padło, że w chwilach przełomowych dla historii, w dniach, kiedy odmieniały się losy świata, właściwie nic się takiego nie wydarzało.

Kadir pokiwał głową.

– To prawda.

– Dzisiaj więc również nic się nie stanie. Tak postanowiłam.

– Jakiś kamyk jednak poruszał późniejszą lawinę.

– To raczej była zmiana sposobu myślenia. A potem wszystko już toczyło się samo.

– Jak rozumiem, nie zamierzasz uderzyć na sztab speckurew?

Zaprzeczyła energicznie. Rusznikarz podniósł do ust swój bukłak. W przeciwieństwie do Shen miał tam jednak wino. W dodatku przepędzone. Pociągnął mały łyk i chuchnął, by pozbyć się duszących oparów.

– To byłoby samobójstwo.

– Rand twierdzi, że wspomogłyby nas „oddziały rozjuszonego tłumu".

– Te oddziały bardzo przydadzą się gdzie indziej. Wiesz? Kiedy tak siedziałam w fotelu w pociągu, usiłowałam sobie wyobrazić, co myślał Biafra, zbliżając się do Syrinx. Co zaprzątało jego głowę tuż przed rozstrzygnięciem.

– Biafra co prawda skumplował się z silnym Troy, ale nie miał tak potężnych sojuszników jak my, zauważ.

– Tak. Ale Troy nie mogło go wystawić do wiatru, bo samo było zanurzone w gównie po uszy. A nasi sojusznicy w każdej chwili mogą powiedzieć: „Ups! To nie my. To wypadek przy pracy! Niech ktoś posprząta ten syf".

Kadir zaczął się śmiać. Tak naprawdę nie było mu wesoło, ale kumulujące się napięcie coraz bardziej dawało się we znaki. Pociągnął kolejny łyk z bukłaka, ale potem odłożył go na bok. Może lepiej nie zmieniać świata, kiedy się jest urżniętym w trupa?

– Co zamierzasz więc zrobić?

– To samo, co Biafra tysiąc lat temu. On przecież nawet nie brał pod uwagę zdobycia Negger Bank wtedy. Nie miał do tego sił. Jak i my nie mamy dzisiaj.

– Bo nie prowadzimy wojny, tylko wszczynamy rewolucję.

– A rewolucja to lud! – podsumowała. – I to do niego musimy się odwołać.

Tak go zaskoczyła, że siedział osłupiały, nie mogąc wydobyć z siebie ani słowa. Mimo że sobie obiecywał, sięgnął jeszcze raz po bukłak. Powstrzymał się jednak.

– Nie dość ci doświadczeń z ostatniego razu? – wyjąkał wreszcie. – Nie pamiętasz, co się działo z ludem w prowincji Kong, kiedy armia powiedziała „dość"?

– Tu na szczęście nie ma armii – odparowała natychmiast.

– A garnizon? Co z tego, że składa się z samych niedojd i łachów ściągniętych tu, żeby ktoś w ogóle mógł pełnić służbę. Wiesz, co będzie, jak wyjdą na ulicę pod dowództwem speckurew, jeśli ich nie spacyfikujemy?

Nie mógł dobrze dostrzec jej twarzy w półmroku, ale Shen najwyraźniej się uśmiechała.

– Dobrze pamiętam zamieszki w stolicy – powiedziała spokojnie. – A tam do akcji wysłano elitarne jednostki. I pamiętam też zamieszki w Negger Bank. Różnica jest taka. Tu chodziło o interesy kupców korzennych, którzy wywołali burdy, a w stolicy chodziło o rodziny skrzywdzonych. I tam rozstrzygnięcie wisiało na włosku. Choć szerzej patrząc, oczywiście lud szans nie miał. Tu jednak jest inaczej.

Kadir uniósł dłonie w uspokajającym geście.

– Dobrze, dobrze. Co zamierzasz?

– Uwolnić więźniów. Uderzyć na największe więzienie i wszystkich wypuścić na ulicę. Niech Rand „przyprowadzi" ich rodziny pod mury. Niech jego plotkarskie służby zrobią z tego akt epokowy.

– Zaraz, zaraz. Więźniowie stanu są trzymani daleko, w bezpiecznej stolicy. W więzieniu cesarskim zwanym Magazynem. Nie tu.

– Owszem, miałam wątpliwy zaszczyt nawet poznać Magazyniera osobiście. Do dziś mi się to spotkanie potrafi jeszcze przyśnić.

– Chcesz więc uwolnić kryminalistów?

– Jeśli ktoś kradł z głodu czy niedostatku, to i tak rodzina stanie za nim murem. A to wystarczy. To będą prawdziwe rozruchy. I tak właśnie zrobił Biafra tysiąc lat temu!

– Chyba bezwiednie.

– A do tego zamierzam zdobyć jakieś rządowe magazyny. Otworzyć je i... zostawić dla wszystkich dostępne.

Rusznikarz wypuścił powietrze z płuc. No, to akurat było niezłym pomysłem. Zamieszki rzeczywiście mogą wybuchnąć po czymś takim z wielką siłą. Chciwość zawsze wprawia wszystko w ruch. No może.

– I chcesz uderzyć jeszcze dzisiaj?

Nie odpowiedziała. Głupie pytanie. Niby na co mają czekać? Każdy człowiek ukryty głęboko w jakiejś norze prędzej czy później nabawi się mentalności zaszczutej zwierzyny. Większość odczuć zastąpi strach przed odkryciem. A poza tym co za różnica, dziś czy jutro? Jeden dzień nie różnił się od drugiego. Były dokładnie takie same.

Kadir odchylił plandekę, robiąc niewielką szparę. Szarzało. Mijali właśnie niewielkie domki na głębokich przedmieściach. Wszystko było ciche i ciemne. Ludzie pogrążeni we śnie. Popatrzył na niewielki skwer, na którym wyrosło kilka palm. Pewnie za dnia bawiły się na nim dzieci. Może odpoczywali starsi ludzie. Pewnie opiekunki plotkowały zawzięcie. Usiłował utrwalić w sobie ten widok idealnego spokoju. Jutro już nic nie będzie takie samo. Cokolwiek się wydarzy, świat nie będzie już taki sam. Za wielkie siły zaczęły mieszać w garncu, gdzie gotował się los.

– Dzisiaj!

Shen odpowiedziała jednak. Być może potrzebowała po prostu kilku chwil, żeby zebrać się w sobie.

– Widzisz – szepnęła, nachylając się i kładąc Kadirowi rękę na szyi. – Armia imperialna ugrzęzła w kraju za Złymi Ziemiami. Siły Nayer wkroczyły do Piekła. Porażka za porażką. I myślę, że Polacy w takim układzie będą bardzo chcieli odnieść sukces tutaj.

– Hm, po raz pierwszy w historii inteligenci staną za prostym ludem. No i wszyscy widzieli już to, co chciał pokazać im Goldwyn.

Shen nachyliła się jeszcze bardziej i pocałowała Kadira w czoło.

– Uwierz mi. Los całego znanego nam świata rozstrzygnie się w ciągu najbliższych kilku dni. I tu, i wszędzie indziej.

Kai stała zmartwiała, nie mogąc się poruszyć. Przed tym chciał ją ostrzec Meredith. Dokonał cudu i zdołał jej się przyśnić. Ostrzegał ją, robił, co mógł. Ale sen to tylko sen. Nie zdołał przekazać jej wiadomości, że agent w sztabie Kawalca ukradł z sejfu wywiadu marynarki koperty zawierające raport Pełczyńskiego. I teraz oni mieli wszystko. Ich imiona, ich charakterystyki, pełny opis szkolenia, a nawet ich zdjęcia. Pierdolone procedury! Ale przecież nikt nie mógł mieć dostępu do tego sejfu. Rosenblum wyraźnie mówił, że dostęp do tych papierów ma tylko kilka osób. Nawet Tomaszewski, gdyby z jakichś wydumanych przyczyn chciał na nie zerknąć, to pod żadnym pozorem nie dostałby pozwolenia. Krzysiek... Żegnaj, Krzysiu. Podpowiedz, jak zabić się szybko, żeby uniknąć wielodniowych tortur.

Nuk uderzyła ją mocno, niby to przypadkiem przechodząc obok. Skamieniała kucharka na przyjęciu dla ważnych gości stanowiła widok raczej niecodzienny. Zresztą sama Nuk też nie wyglądała dobrze. Z racji swojego wojennego doświadczenia może i potrafiła się szybciej opanować, ale grube krople potu ściekały po jej rozpalonej twarzy. Usiłowała je ukradkiem ocierać, nic z tego. Pot był zawsze szybszy.

Kai rozglądała się dyskretnie, nosząc kolejne porcje. Nikt chyba nic nie zauważył. Ludzie zza gór, podnieceni rychłym rozwiązaniem zagadki polskich agentów, dyskutowali zawzięcie nad tym, gdzie wrogowie zdołali ich umieścić. Jedynie ich komendant siedział z nieporuszoną twarzą. Kolejne ukłucie panicznego strachu. Gdzie patrzył? Na nie? Czy przez nie, gdzieś w dal? Byle kto nie zostaje przecież komendantem, a on znał je najdłużej. Właśnie przejrzał całą grę. Domyślił się wcześniej niż inni!

Co robić?! Kai nie mogła poradzić sobie z galopadą myśli. Zacząć biec w stronę brzegu morza? A co potem? Wpław na polski niszczyciel? Bogowie! Uciekać i ukryć się w jakiejś dziurze? Niby gdzie? A setki wart i patroli? Tysiące żołnierzy naokoło? Nie. Najlepsze wyjście to zabić się tu i teraz. Natychmiast. Nie będzie tortur. Nie będzie przesłuchań. Nie doprowadzą ją do skraju rozpaczy, nie upokorzą i nie każą umierać w mękach przez wiele dni.

Krzysiek! Ratuj!

– Goniec!

Głośny okrzyk wyrwał ją ze stuporu. Młody oficer, który wyłonił się z mroku, podszedł do Chrisa. Podał mu sztywną płócienną teczkę.

Kai w panice zerknęła na Nuk. Jej twarz miała wyraz, jakby już klęczała przed katem. Nie, nie, nie będzie tak łatwo. Kat byłby w tej sytuacji łaską.

Chris wysypał dokumenty na stół. Podniósł dwie koperty z szarego papieru.

– No proszę. Te papiery stworzył osobiście major Pełczyński. Kurde, co za nazwisko. Jak to w ogóle wymówić?

Siwy dowódca obok roześmiał się gardłowo.

– Nie trzymaj nas w niepewności, czytaj – rozkazał. – Znasz polski?

– Domyślę się najważniejszego. A szczegóły trzeba dać do tłumacza.

Chris złamał lakowe pieczęcie na kopertach i wyjął dwa raporty dotyczące szkolenia agentów. Przez chwilę przyglądał się zawartości.

– To dwie kobiety. Kapitan marynarki i sierżant.

Kai poczuła, że jeszcze chwila i zsika się ze strachu. Nuk straciła oddech.

Chris rzucił na stół dwa portretowe zdjęcia.

– Kapitan Jadwiga Smosarska. Sierżant Hanka Ordonówna – powiedział.

Wszyscy przy stole nachylili się, patrząc na podobizny dwóch prześlicznych Polek.

– A dlaczego nie w mundurach? – zdziwił się siwy mężczyzna.

– To przecież agentki. Muszą być po cywilnemu.

– Ale piękne! Jak jakieś aktorki bez mała.

– A co? Agent ma być brzydki jak noc? Informatorów odstraszać? One miały kusić i zdobywać tajne dane.

Starszy dowódca wykazał się poczuciem humoru.

– Że też żadna ode mnie niczego nie chciała. Ale pech.

Kai straciła władzę w nogach. Musiała chwycić rękami oparcie najbliższego wolnego krzesła. Bogowie! Pełczyński to nie służbista, tylko najostrożniejszy mężczyzna na świecie. Złamał regulamin! Dobrze wiedział, że do tych kopert nikt ze swoich nie będzie zaglądał, bo i po co. Więc wystawił dziewczynom dodatkową polisę ubezpieczeniową. Kto bowiem mógł chcieć zobaczyć te materiały? Tylko wróg. Warto więc pieprzyć procedurę.

Panie majorze, powiedziała sobie w myślach. Gdziekolwiek jesteś, wiedz, że powinni cię za to mianować bogiem!

– No! – Chris uderzył dłonią w fotografie. – Mamy je!

– Tak. Niech motoszybowiec zabierze zdjęcia do Nayer, do naszej poligrafii. Powielić i rozwiesić na każdym płocie w królestwie.

Żaden z gości Chrisa nie był świadomy, że dwie polskie aktorki otrzymały właśnie w prezencie darmową kampanię reklamową, i to w kraju, o którego istnieniu żadna z nich nie miała pojęcia.

– Z drugiej strony wywiad ich marynarki nie pracuje zbyt dobrze. Wysłać do Nayer rosłą blondynę?

– Nie no, włosy sobie pewnie ufarbowała.

– Ale gabarytów nie mogła zmienić.

– Przecież nie ludzi z Nayer miała werbować. Tylko kogoś z nas, prawda?

Nuk umknęła dyskretnie do kuchni. Umyła twarz zimną wodą i wytarła do sucha. Po chwili pojawiła się znowu, już w lepszej formie. Kai stała ciągle nieruchomo, trzymając się krzesła. Nie umknęło to uwagi Chrisa.

– A ty co? Wyglądasz, jakbyś upiora zobaczyła.

No i co na to odpowiedzieć? Ale teraz to już spokojnie, spokojnie... Kai wzięła głęboki oddech, dając sobie czas na przemyślenie odpowiedzi.

– Bo zobaczyłam!

– Co?

– Rano z Nuk widziałyśmy coś strasznego! Drogą szedł mężczyzna ze spaloną twarzą. Okropną! Straszną! Teraz będzie mi się śnić. I myślałam, że to jakiś agent. I chciałam zgłosić, ale Nuk mówi, że nas wyśmieją.

– Jak to ze spaloną twarzą? O czym ty mówisz?

– Ja wiem o czym. – Siwy dowódca poniósł rękę. – Dziewczyna ma rację.

Chris popatrzył na niego z niedowierzaniem.

– Tak, tak. Jest tu facet z tak potwornie poparzoną twarzą, że strach patrzeć. I jest agentem. Naszym.

– No ładnie.

– Tak, z powodu ostracyzmu, którym był otoczony w Tor Avahen, łatwo dał się zwerbować. I pracował dla nas bardzo długo. Teraz jest nadzorcą jeńców z twierdzy, tu w dokach. I może sobie wywierać do woli zemstę na swoich byłych prześladowcach. Tych, którzy kiedyś nazywali go potworem.

– Sam prosił o to stanowisko?

– Tak, prosił. A dziwisz się mu?

Kai przygryzła wargi. Nieźle udało jej się trafić. I właściwie cały ten dzień teraz już można byłoby zaliczyć do udanych. Gdyby tylko nie to, że komendant w dalszym ciągu patrzył na nią świdrującym wzrokiem. I wciąż z nieruchomą twarzą.

Nuk też to zauważyła. I czujnie postanowiła skupić uwagę na sobie.

– E... takie dwie. – Lekceważąco popatrzyła na zdjęcia. – Ja to byłabym agentką. Przecież jako kucharka mogłabym wszystkich potruć.

Chris tylko pokiwał głową.

– Istotnie. Z tym tylko, że rolą agenta nie jest trucie przypadkowych wrogów. Ma konkretne zadania.

– Właśnie – uśmiechnął się siwy mężczyzna obok. – I dlatego ryzykując obecność trutki, proszę, żebyś mi przyniosła deser.

Kiedy wróciły do kuchni, Nuk podprowadziła Kai do balii służącej do zmywania naczyń.

– Ja ich obsłużę – szepnęła. – Ty już tam więcej nie wychodź.

– Dzięki.

– Co się stało? – Nieświadomy niczego Agire podszedł z tacą pełną ciasteczek. – Wyglądacie, jakby was wypuszczono z więzienia.

– Było nawet gorzej. – Nuk panowała nad sobą na tyle, że mogła przejąć tacę i niczego nie upuścić.

– Co się stało? – powtórzył przejęty. – Kai jest chora?

– Nie pytaj. Spadamy stąd.

Agire przełknął ślinę. Nie zamierzał jednak dyskutować.

– Skończę tu i pójdę nas spakować.

– Nigdzie nie idź. Nie oddalaj się pod żadnym pozorem. Z nikim nie rozmawiaj i niczego nie pakuj.

Teraz naprawdę się przestraszył. Jego los był na stałe połączony z dziewczynami, i to więzami niemożliwymi tutaj do przecięcia.

– Myślisz, że komendant wie? – zapytała Kai drżącym głosem.

– Nie wiem, co komendant. Ale przez cały czas nawet nie mruknął. A gapił się na nas... szczególnie na ciebie, jakby smoka zobaczył w biały dzień.

– O Bogowie... Ślepy przecież nie jest. – Czarownicy tak trzęsły się ręce, że nie mogła nawet zmywać. – No i zna nas najlepiej.

– Nie wychodźcie stąd pod żadnym pozorem. Czekamy tylko na dogodny moment i chodu.

Nuk, obciążona tacą, odwróciła się i przesuwając plecami wejściową płachtę, tyłem wyszła z namiotu.

– Co tam się stało?

Agire wciąż był przestraszony.

– Nie pytaj. W ogóle nie rozmawiajmy nawet szeptem.

Upuściła jakiś półmisek, który z pluskiem wylądował w balii. Kucharz podszedł bliżej i przesunął dziewczynę do blatu, gdzie przygotowywano mięsa. Nalał jej trochę wina, ale widząc, że nie jest w stanie podnieść naczynia, przejął inicjatywę. Jedną ręką przytrzymywał głowę Kai, a drugą przytykał kubek do ust. Takiego drżenia jeszcze nie widział.

Po chwili wziął ręcznik kuchenny, żeby obetrzeć jej twarz, lecz szybko zrozumiał, że dziewczyna nie tego potrzebowała. Instynkt sprawił, że objął ją i mocno przytulił.

Uczta dogorywała powoli. Zresztą nie było możliwości ciągnąć jej w nieskończoność i zamieniać w powolną popijawę. Każdy z uczestników miał jeszcze swoje obowiązki. Kiedy krzesła wokół stołu opustoszały, cała trójka wzięła się do sprzątania. Szybko, hałaśliwie i z głośnym pomstowaniem wobec rzekomych niechlujów. Nikt jednak nie interesował się ich demonstracją. Komendant znikł gdzieś z ostatnim gościem.

– Dobra, teraz – zarządziła Nuk.

Agire znowu chciał ruszyć w stronę ich namiotu, sierżant złapała go za rękę.

– Nie wracamy. Podręczny plecak mam w kuchni.

Wyśliznęli się po cichu. Na zewnątrz nie było nikogo, kto chciałby na nich patrzeć. Ciągle byli przecież na swoim terenie. Dopiero potem, kiedy wyszli na drogę, Nuk wyciągnęła ich na sam środek. Postanowiła przeprowadzić krótki instruktaż.

– Pamiętajcie. Żadnego przemykania chyłkiem pod ścianami, żadnego mówienia szeptem ani rzucania ukradkowych spojrzeń na boki. Mamy przepustki z komendy, jesteśmy tu, kurwa, oficjalnie, idziemy środkiem, jawnie i głośno.

– Ale nasze przepustki są z miasta – zaprotestowała Kai. – Nie polowe, obowiązujące tutaj.

– A który z wartowników czytać umie?! – zdenerwowała się Nuk. – Sama pieczęć im wystarczy!

– A jeśli trafimy na oficera?

– To zachowuj się tak, żeby nie miał cienia wątpliwości, że wykonujesz czyjś rozkaz! Koniec konspiracji. Jazda!

Cała trójka ruszyła środkiem drogi. Szli pewnym krokiem, choć niespiesznie. Kai, szturchnięta mocno przez koleżankę, zaczęła nawet coś głośno opowiadać.

– No i wtedy ten rudy mówi do mnie: „Najmocniej przepraszam”...

– Kucharką jesteś! – syknęła Nuk. – Nie damą!

Kai poprawiła się natychmiast:

– No i wtedy ten rudy mówi do mnie: „Co, kurwa, ocipiałaś? Widziałem, jak podpierdoliłaś ze skrzyni szklane puchary!”. A ja na to: „Wal się, piździelcu! Nie będziesz mi...”.

– Stać!

Wartownik z karabinem zatrzymał ich tuż przy skrzyżowaniu prowizorycznych dróg wytyczonych na gigantycznym polu namiotów.

– Won mi z drogi! – wrzasnęła Nuk, nawet nie trudząc się, żeby wyjąć papiery.

– Komenda polowa – dodał Agire, trochę się jąkając.

– A ty kto?

– Ja im tylko plecak niosę.

– Z drogi mi tu. – Nuk nie zamierzała się wdawać w dyskusję. – A nie wymachiwać żelazem!

Plandeka najbliższego namiotu uniosła się i ukazała się sylwetka oficera. Przypuszczenie Kai właśnie się spełniało. Mężczyzna jednak nie zamierzał podejmować żadnej akcji.

– Przepuść – rozkazał. – To kucharki samego komendanta. – Przyjrzał się dziewczynom uważnie. Widocznie lustracja spełniła jakieś jego wewnętrzne wyobrażenia, bo dodał: – Kucharki... He, he, he, kucharki. – Roześmiał się. – Niektórzy dogadzają se nawet tutaj, a człowiek może tylko pomarzyć.

Nuk nie miała pojęcia, czy ma coś powiedzieć, więc tylko splunęła pod nogi wartownika. Spokojnie ruszyli dalej.

Następna warta zatrzymała ich, dopiero kiedy już weszli w obręb miejskich murów. Tu już należało pokazać papiery, ale Nuk miała rację. Niepiśmiennym żołnierzom wystarczał obrazek. Dowódca warty też nie był upierdliwy.

– Co wy tak z tej komendy polowej łazicie tędy jedni po drugich? Soli wam ktoś na ogony dzisiaj nasypał?

– Łazimy, bo mamy takie rozkazy. I koniec wyjaśnień.

– A może coś ci się nie podoba? – zapytała Kai, siląc się na ciepły, prawie kojący głos. – Może oficerowie są źli albo jedzenie do dupy? A może chcesz na coś ponarzekać? Podzielić się wątpliwościami...?

– Już ty nie próbuj na mnie waszych prowokatorskich metod – warknął.

– Powiedz, gdzie są doki? – łagodziła Nuk.

– A co to są doki?

– No, takie miejsce, gdzie się buduje łodzie i statki.

– Aha. Tam. – Wyciągnął rękę, wskazując kierunek.

Ruszyli znowu. Przestali rozmawiać. Wnętrze twierdzy było prawie puste. Wypalone domy, ruiny i gdzieniegdzie ocalałe budowle sprawiały przygnębiające wrażenie. Wszędzie śmieci, smród zwłok, swąd spalenizny. Okropność. Kai miała wrażenie, że w kilku miejscach wyniuchała nikły już zapach napalmu. Myślami powróciła do dni walk o twierdzę. Obecności Krzyśka w tym miejscu nie wyczuwała. I w ogóle coś zakłócało jej doznania. Po chwili poczuła wyraźniej. Negatywne emocje, gwałty, tortury, kaźń, cierpienie ofiar. Aż nią wstrząsnęło. Usiłowała się skupić na czymś realnym. Czy dobrze robią, idąc do człowieka ze spaloną twarzą? – zadawała sobie w myślach pytanie. Ten siwy wspomniał przecież, że to ich agent. Nie, nie. Meredith nie mógł się mylić. Jeśli to agent Nayer, to znaczy, że podwójny. Wielki czarownik ze snu nie posłałby jej przecież, swojej ulubionej Muszki, na zatracenie. Meredith zdecydowanie był troszkę lepszym fachowcem niż ci tutaj. A słowo „troszkę" w tym przypadku to eufemizm.

Dalszą drogę do doków przegrodził im wysoki płot, zbity z ułożonych na ukos w dwóch kierunkach desek. Z tej strony, z zewnątrz, nikt go nie pilnował. Natomiast wewnątrz przez szpary między deskami mogły dostrzec przechadzające się warty. Więc dotarły do obozu dla jeńców. Resztek obrońców Tor Avahen, którzy przeżyli rzeźnię pierwszych dni po upadku. Przez małe otwory i po ciemku nie udało się dostrzec żadnych szczegółów. Najprawdopodobniej poza tym płotem, który widzieli, istniał jeszcze jeden, wewnętrzny.

Ruszyli wzdłuż ogrodzenia.

– Tam lepiej nie idźmy. – Agire zatrzymał się po kilkunastu krokach, stając na granicy dobrze oświetlonego miejsca. To musiał być plac przed głównym wejściem. Widzieli wyraźnie warty, coś jakby zadaszenie nad bramą, kosze, w których buzował ogień. Resztę zasłaniały budynki.

Stary dylemat. Z jednej strony ich kucharz miał rację. Najgłupiej wepchnąć się samemu w ręce wart. Ale z drugiej strony co? Szukać mozolnie jakiejś bocznej furty, gdzie niby to mają być mniej czujne warty, czy co? No nie. Przy głównej bramie może być oficer, który umie czytać i pisać, a przy furcie wątpliwe. Znowu czy w obozie dla jeńców było w ogóle coś takiego jak furta? Wszystko tutaj wydawało się dobrze przemyślane. Obóz zlokalizowano przy dokach, gdzie na pewno nie było kanałów, którymi można by uciec. Przecież nikt nie będzie budował statków w miejscu, skąd wypływają miejskie ścieki. A najeźdźcy dobrze zapamiętali lekcję z oblężenia, kiedy to kanałami przedostawały się nawet duże grupy obrońców. No i co zrobić?

Nuk nie miała wątpliwości.

– Tylko ktoś, kto ma coś do ukrycia, szuka mroku i robi wszystko chyłkiem. My podchodzimy jawnie.

Ruszyli znowu. Kai przełknęła ślinę, Agire cały drżał. Krok za krokiem, coraz bliżej...

– Stój! Kto idzie?!

– My – odparła Nuk inteligentnie.

– Jacy „my", do kurwy nędzy?! – dał się zaskoczyć wartownik. Drugi przyglądał im się rozszerzonymi oczami.

– Komendantura polowa.

– Cała?! – Facet wykazał się poczuciem humoru.

Nuk podała mu przepustkę, żeby sobie pooglądał.

– Nie no, kurna, jesteśmy bandytami i przyszliśmy tu kraść, gwałcić i rabować.

Z głośnym trzaskiem otworzyło się okno wartowni umieszczonej na palach przy płocie. Ukazała się w nim wyraźnie ubawiona twarz jakiegoś podoficera.

– Kradzież i rabunek zakazane. Ale co do gwałtów, to negocjujmy.

– O! Już pierwszy chętny. – Nuk odwróciła się do Kai. – A nie mówiłam?

Podoficer pogroził im palcem.

– Papiery mają w porządku?

Wartownik oderwał oczy od studiowania kształtu pieczęci ozdobionej wieloma zawijasami.

– Tak.

– No dobra. Czego tu chcecie?

– My do... – Nuk zawahała się, jakiego określenia użyć, bo przecież nie powie, że do mężczyzny ze spaloną twarzą. – My do Potwora.

– Aaa. – Tamtemu takie przezwisko najwyraźniej wystarczyło. Odwrócił się do kogoś wewnątrz wartowni. – Zawołaj Buźkę. – I znowu zerknął na dziewczyny. – Do środka was nie wpuścimy. Zakazane.

– A my się i nie palimy. – Kai postanowiła włączyć się do dyskusji. – Gościa jednego szukamy.

– Miejscowego? Uuuu... Miejscowych to już na wolności nie ma.

– Naszego szukamy. – Czarownica uśmiechnęła się porozumiewawczo. – My nie z tych, co szpionów łapią. My naszych łapiemy, co to im się coś nie podoba.

– A... – Podoficer przygryzł wargi. – Psia służba. – Najwyraźniej po ostatniej uwadze stracił zainteresowanie dalszą dyskusją. – To czekajcie przed płotem. Buźka już idzie.

Cofnął się i szybko zatrzasnął okiennicę. Taki do końca głupi więc nie był. Najprawdopodobniej wiedział, że każda z donosicielskich służb ma przecież do wypełnienia „normy dostawcze". Więc jeśli nie złapią tego, kogo szukają, to siłą rzeczy będą się musieli zadowolić kimś innym. Niekoniecznie tak do końca winnym. Takie życie. Liczba dostarczanych codziennie podejrzanych nie może przecież spaść poniżej średniej.

Agire, który nie przeżył emocjonalnej łaźni z powodu otwierania kopert ze zdjęciami agentów, stał cały zlany potem. Dziewczyny tylko wymieniły się spojrzeniami. One wiedziały, że wisi nad nimi niebezpieczeństwo znacznie gorsze niż jakiś tam dowódca warty w pozbawionym jakiegokolwiek znaczenia obozie.

Na szczęście nie musiały czekać przesadnie długo. W obozowych wrotach, zbitych równie krzywo i niechlujnie jak cała reszta ogrodzenia, otworzyły się wąskie drzwi, przepuszczając zakapturzonego mężczyznę.

– Czego? – warknął na przywitanie.

– Jesteśmy z komendantury polowej... – zaczęła Nuk, lecz nie dane jej było dokończyć.

– A, to wiem. Do mnie znaczy?

– Tak.

Odwrócił się, patrząc na zamkniętą głucho wartownię, potem znowu spojrzał na dziewczyny.

– Do środka nie mogę was wprowadzić. – Kiwnął brodą w stronę wartowników. – Chodźcie więc dalej. Wasza sprawa nie dla każdych uszu.

– Tak. My zgodnie z rozkazem.

– Z wiadomym rozkazem – dodała Kai.

– No wiem, wiem – głos Buźki złagodniał nieco.

Poprowadził ich kilkadziesiąt kroków dalej, na róg najbliższej ulicy. Wokół były same ruiny. Nie sposób, żeby ktoś mógł ich tu w mroku wypatrzyć. Choć z drugiej strony idealne miejsce dla podsłuchujących. Buźka jednak najwyraźniej nie miał czasu ani możliwości, by znaleźć coś lepszego.

– Czekałem na was nie wiadomo jak długo! – wybuchnął szeptem, kiedy tylko uznał, że warty ich nie usłyszą. – Już miałem odejść! Cud, żeście mnie złapały!

– Nie dało rady wcześniej.

– No, kurwa mać, ale tu w każdej chwili wpadka może być! Nie mogłem zostać nawet dla was!

– Też się ewakuujesz? – zapytała Kai niewinnie.

Musiała rozbroić tym mężczyznę, bo długo tylko sapał, oddychając przez nos. Zatoki też chyba miał uszkodzone, bo odgłos, który wydawał, nie należał do codziennych. Dobrze, że zasłonił twarz kapturem i w mroku nie dało się dostrzec żadnych szczegółów.

– Ty od niedawna w tym fachu, co? – odezwał się w końcu już znacznie łagodniej. – Twoja pierwsza misja?

– Tak. Pierwsza.

– No to zapamiętaj, mała. Nie pytaj o nic nikogo. Nigdy nie pytaj. Bo biedy dopytasz.

Czarownica wzruszyła ramionami. Przecież jechali na tym samym wózku. Była jednak pod wielkim wrażeniem sprawności działania wywiadu Tor Avahen współpracującego teraz z Polakami. Zdążyli nawet uprzedzić własnego agenta.

– To ostatni moment na ucieczkę – szepnął. – I już nie normalną drogą. Teraz musicie iść w tamtą stronę. Do budynków na skraju morza. Niektóre z nich pomalowano inną farbą. W razie mgły, niskich chmur czy złej pogody piloci wracający do twierdzy musieli schodzić bardzo nisko. Bez możliwości wykonania porządnego manewru. Więc żeby od razu wiedzieli, w jakim kierunku lecieć, domy pomalowano na różne kolory. Wy musicie znaleźć taki, który jest pomalowany na czerwono. Pamiętajcie, nie z czerwonej cegły, tylko pomalowany na czerwono.

– Rozumiem.

– Gówno rozumiesz. Jest ciemno, a wy se, kurwa, latarni nie zapalicie. Wiecie, jak rozpoznać czerwony kolor po ciemku?

Kai i Nuk spojrzały po sobie. Mężczyzna tylko pokiwał głową. Podał im coś, co trzymał w zaciśniętej pięści.

– To kawałek czerwonej szmatki. Przyłóżcie do ściany i niech wam Bogowie pomogą. Rano już będzie za późno.

– I co mamy robić, jak znajdziemy ten dom?

– Z boku jest sterta śmieci. Odwalcie po cichu, pod spodem jest łódź. Wypchnijcie na wodę i płyńcie do najbliższej z wysp. Zresztą płyńcie do którejkolwiek. Wszystko jedno.

– Płynąć na wyspy? – żachnęła się Kai. – Przecież tam ludożercy!

Mężczyzna zaczął wydawać z siebie bardzo dziwne ciche dźwięki. Być może się śmiał.

– No – zgodził się po chwili. – Zjedzą was i będzie spokój, a nie będzie śladów. – Klepnął czarownicę w ramię i szczelniej zaciągnął kaptur. – Spadajcie. To bardzo blisko stąd. Nie możecie hałasować!

– A ty?

Nie słuchał. Bez jednego słowa pożegnania odwrócił się i odszedł. Bynajmniej nie w kierunku obozu. Kai wciąż nie mogła czegoś zrozumieć. Nie miała jednak czasu zaprzątać sobie tym głowy. Nuk poganiała ich szeptem. A w czarownicy walczyły dwa sprzeczne uczucia. Z jednej strony cieszyła się, że Buźka nie pokazał im swojej zmasakrowanej twarzy. A z drugiej czuła, że ciekawość będzie ją męczyć jeszcze długo. Nigdy nie widziała człowieka z wielkimi bliznami od poparzeń.

Przemykali między ruinami mniej lub bardziej wypalonych domów. Wszędzie dawało się zauważyć ślady ognia, wszystko było osmalone i przesiąknięte okropnym swędem.

– Żartowniś. – Agire po drodze usiłował odskrobać kijem sadzę z mijanych ścian. – W życiu nie znajdziemy czerwonego.

– Nie szukajmy tutaj. – Kai opanowała się i zaczęła myśleć racjonalnie. – Skoro przy domu jest łódź, to musi być przy samej wodzie.

– Fakt – poparła ją Nuk.

Skręcili w stronę morza. Nad samym brzegiem nie dało się iść. Lica ścian sięgały nadbrzeżnego muru oporowego i nie było możliwości choćby zerknąć na domy od strony wody.

– Szukajmy drogi albo ścieżki w dół – wpadła na kolejny pomysł Kai. – Skoro jest łódka, to musi być do niej jakieś dojście.

– Niekoniecznie. – Nuk miała wątpliwości. – Może być na podwórku. Z dojściem tylko przez dom.

Sprawdzali więc budynek za budynkiem. Przez większość nie dało się w ogóle przejść. Szybko się zorientowały, że wszystko to spalono już po upadku twierdzy. Podpalenia wyglądały na celowe. Zresztą trudno się dziwić. Wściekłość i frustracja zdobywców mogła wyrażać się właśnie w taki sposób. Ślepą nienawiścią do wszystkiego, co wrogie.

Światło gwiazd niewiele im pomagało. W końcu Nuk poddała się i zapaliła ogarek wojskowego łuczywa.

– Niewiele nam to daje – mruknęła, unosząc chybotliwe źródło światła.

– Jak komu. – Agire zadziwił je obie. – Ja tam czerwony dom już widzę.

– Niby jak po ciemku rozpoznałeś?

Uśmiechnął się, wziął Nuk za rękę i podeszli do najbliższej ściany. Widniał na niej namazany sadzą, ale dość równy napis: „A co to, kurwa? Burdel?".

Przez chwilę trwały w szoku, a potem zaczęły się śmiać. Histerycznie, niepohamowanie, w nagłej, wszechogarniającej głupawce. Jakiemuś oficerowi z Nayer najwyraźniej nie mieściło się w głowie, że można pomalować dom na czerwono.

– No to już. – Nuk otarła twarz otrzymaną od Buźki szmatką. Nawet nie przykładała jej do ściany. – Jazda. Idziemy.

Z pewnym trudem zaczęli przedzierać się przez osmolone, zawalone popalonymi gratami wnętrze. Okazało się, że Nuk miała rację. Dom zbudowano na planie podkowy. Z trzech stron otulał on dość spore patio, podwórko było otwarte na morze, z prowadzącą doń szeroką, łagodną pochylnią.

Cała trójka gorączkowo zaczęła odrzucać śmieci z wielkiej sterty w najciemniejszym miejscu. Wszystkie deski, szmaty, potrzaskane graty lądowały pod przeciwległą ścianą, przenoszone w pośpiechu, ale z zachowaniem ciszy. Na szczęście nie było niczego, co mogłoby się tłuc i hałasować. Ktoś zgromadził tu tylko te resztki, które nikomu już na nic nie mogły się przydać.

– Jest! – Kai pierwsza dotknęła gładkiej burty. – Jest łódź.

– Teraz powoli. W środku jest jakiś kłąb szmat czy coś... – Nuk wsunęła rękę głębiej.

– To płótno żaglowe. – Wyciągali kawałek po kawałku. – Popalone.

– Jakby było bez dziur, byłoby cenne.

– Szczęściem nikt tu się nie zapuszcza.

– To się jeszcze okaże.

– Nie kracz!

Powoli oczyszczali łódź. Była wielka, pełnomorska, z wiosłami równo ułożonymi na dnie. Gdyby istniał jeszcze maszt i żagiel, dałoby się nią wypuścić i na dalsze wyprawy. Jej stan, o ile prawidłowo ocenili w mroku, był znakomity.

– No to już. – Nuk stwierdziła, że więcej w tym miejscu nie zdziałają. – Wyciągamy.

– No przecież nie uniesiemy tego kolosa. Musimy pchać po podłożu.

– Zaraza wie jaki hałas przy tym zrobimy.

– Jesteśmy zewsząd osłonięci ścianami – powiedział Agire. – Hałasu tak strasznie bym się nie obawiał.

Nuk zastanawiała się przez chwilę, analizując sytuację. W końcu potrząsnęła głową.

– No dobra. Pchajmy i wypływajmy. A resztę ogarniemy już na wodzie.

Cała trójka ustawiła się przy burtach.

– No! Już!

Naparli ze wszystkich sił. Raz, a potem drugi. Wielka łódź ani drgnęła. I nagle z całkowitą i przerażającą pewnością zrozumieli, że w trzy osoby w żaden sposób nie zdołają zepchnąć jej do wody. Ani teraz, ani w dzień, ani nigdy.

– Sharri, idź przemów do tłumu. – Shen sprawdzała swoją broń. – Ludzie Randa już zrobili swoje.

Nie, nie zamierzała do nikogo strzelać. Ale ponieważ w ogóle do nikogo nie strzelała już od bardzo dawna, broń bezwzględnie wymagała sprawdzenia. Samo smarowanie i czyszczenie nie wystarczy.

– I co mam im powiedzieć?

– No jak to? O tym, że ich rodziny cierpią w przepastnych lochach, o niesprawiedliwości społecznej, o tyranii, pod której butem jęczy najlepszy, najwspanialszy, najuczciwszy lud pod słońcem.

– Jęczy i wyje Kon szeroki – dodał Kadir.

– Co?

– Cytat z piosenki. Kon to rzeka, która wedle poety jęczy i wyje, tak jak nasz lud. – Rusznikarz uśmiechnął się szeroko. Nie denerwował się. W mieście nie było alarmu, nic wielkiego dziś więc jeszcze się nie stanie. – Nie zapomnij dodać też, że nowa władza ozłoci ludzi, będzie rozdawać pieniądze i kosztowności, no i każdy otrzyma tytuł szlachecki.

– Przecież nie uwierzą!

– Przeciwnie, uwierzą. I koniecznie powiedz, że pieniądze im się przecież należą.

Shen skinęła głową. W Kong miała okazję przekonać się, w co lud potrafi uwierzyć. Reasumując: we wszystko.

Ludzie od dłuższego czasu zbierali się pod murami największego miejskiego więzienia. Służba Randa spisywała się znakomicie. Podburzeni obywatele chętnie gromadzili się, by zobaczyć, co takiego dzisiaj się wydarzy.

Słowa Sharri od razu trafiły na podatny grunt. A dziewczyna miała dar wymowy. Zagotowała ludzi dosłownie w kilka modlitw. Jej zadaniem nie było jednak doprowadzenie do otwartych zamieszek. Jeszcze nie teraz. Ona tylko przygotowywała grunt.

W tym czasie ludzie Kadira szykowali łopaty i kilofy. Mina, która miała tworzyć im drogę, była gotowa od dawna.

– I jak? – Shen wystawiła głowę spod plandeki zaparkowanego w bocznej uliczce wozu. – Myślisz, że już?

Kadir wyciągnął szyję. Niewiele widział, ale brał wszystko na słuch.

– Niedoszła kapłanka to profesjonalistka. – Uśmiechnął się promiennie. – Idź. Są twoi.

Oboje wyskoczyli na bruk. Jeden pluton ich oddziału czekał tuż obok w pogotowiu. Reszta ludzi pod dowództwem Nanti rozlokowała się wokół placu przed więzieniem, w okolicznych domach. Kadir uniósł ręce i zamachał ramionami, żeby dać znak Sharri, że czas już na zmianę tematu. O ciemiężeniu i niesprawiedliwości dość powiedziała.

– Ale jest nadzieja! – krzyknęła najgłośniej, jak umiała. – Jest ktoś, kto się za nami ujmie! Jest promyczek światła w tej czarnej i wrogiej pustce! Patrzcie tam!!!

Teatralnym gestem wskazała wylot ulicy. A kiedy oczy zgromadzonych obróciły się w tę stronę, zaczęła krzyczeć natchnionym głosem.

– Oto prosta kobieta z ludu! Z ludu, jak i my wszyscy! – Jakoś wszystkim umknął fakt, że znana z dbania o siebie Sharri ma na sobie czyściuteńkie ubranie, na jakie nikogo z tłumu nie byłoby stać. Nikt nie kojarzył też faktu, że przemawia do nich osoba wybitnie wykształcona, wysławiająca się z perfekcyjnym akcentem, która zasadniczo rzecz biorąc, poza epizodem w wojsku nigdy nie żyła wśród prostych ludzi i nic o nich nie wiedziała. – Ona zna trud codzienny. Poznała beznadzieję i pracę ponad siły, która nic nie daje. Nie przynosi należnych owoców. Spójrzcie tylko na jej dłonie pokryte odciskami! Patrzcie tam! – Sharri w dramatycznym geście wyciągnęła swoje dłonie. Białe, zadbane i wypielęgnowane, o skórze, na której żaden odcisk nigdy się nie pojawił. Ale... znowu nikt przecież nie patrzył w tym kierunku. – To nadzieja wasza! To słoneczko wasze! To promyczek waszej nadziei! – Głos mówczyni narastał stopniowo. – Oto ta, która przyniesie wam wolność! Oto ta, która przyniesie wam godne życie! – Godne czego, oczywiście już nie dodała. – Oto... – Zaplanowana przerwa dla wzmożenia napięcia: – Shen!

Znana z listów gończych, znana z filmu Goldwyna kobieta pojawiła się na placu w towarzystwie Kadira i trzydziestu uzbrojonych partyzantów.

– Shen! Shen! Shen! – zaczął skandować tłum.

Ludzie przepychali się do przodu, ale dziewczyny z oddziału umiejętnie powstrzymywały najbliższych.

Shen udało się wejść na podwyższenie zajmowane dotąd przez niedoszłą kapłankę. Wiwaty przerodziły się w jedno monstrualne wycie. Ludzie pchali się, zdzierali struny głosowe, ogarniał ich amok. Przecież znali jej twarz! Tak, to sama legendarna przywódczyni, za której głowę cesarstwo wyznaczyło nagrodę i niczego w ten sposób nie osiągnęło. Goldwyn miał rację. To było tak, jakby na placu pojawił się jeden z Bogów. Przecież wszyscy ją znali, widzieli na filmie. Co na tym filmie robiła? A jakie to ma znaczenie? Była tam! Widzieli ją! Zstąpiła!...

Shen wystudiowanym gestem uniosła ręce. Nie odzywała się. Wystarczyło, że trwała na ich oczach. Jak mistrz muzyki najpierw musiała uzyskać pełne panowanie nad orkiestrą. Czekała długo i cierpliwie, aż krzyki zaczęły tracić na sile. Ale jej jeszcze nie było dość. Czekała dalej nieruchomo, aż na placu zapanuje idealna cisza. Dopiero wtedy w kumulującym się napięciu zaczęła mówić.

– Ludzie. – Wcale nie podnosiła głosu.

Z tyłu rozległy się szepty:

– Co? Co? Co powiedziała?

– Ludzie, długo czekaliście na dzień, kiedy to upiorne cesarstwo nareszcie runie.

Jej cichy ton spowodował, że nikt nie odważył się krzyknąć. Wszyscy słuchali w rosnącym napięciu. Jakby któryś z Bogów mówił. To nie są sprawy byle jakie. To są sprawy ważne.

– W znoju i beznadziei czekaliście wiele długich lat na dzień, kiedy staniecie się ludźmi wolnymi. Czekaliście na chwilę, kiedy kajdany zostaną zerwane. Nikt z was nie wiedział, kiedy to nastąpi.

Przez tłum przebiegła fala drżenia. Zupełnie jakby to był jeden żywy organizm.

– Ale powiem wam... Ten dzień nie jest jakimś cudem, który nigdy nie nastąpi. Powiem wam, że ten dzień ma swoją nazwę. Tak, tak, wątpiliście, ale uwierzcie mi. Dzień, w którym opadną kajdany, ma swoją nazwę.

W nierealnej ciszy słychać było nawet krążące nad głowami muchy. A wtedy głos Shen po raz pierwszy wzniósł się do krzyku:

– A nazwa jego brzmi: DZISIAJ!!!

Eksplozja ryku powinna rozsadzić wszystkie domy dokoła. Kamień na kamieniu nie powinien tu pozostać. Entuzjazm uderzył z taką siłą, że przerażone partyzantki z pierwszego szeregu cofnęły się o krok. Nikt nigdy nie widział tutaj niczego podobnego.

W panującym huku nie dało się już nic więcej powiedzieć. Ale i Shen nie zamierzała mówić. Jednym doskonale wystudiowanym gestem posłała ludzi pod mury. Dość sprytnie zresztą, bo w kierunku małego półbarbakanu. Niby kierunek właściwy. Tam przecież ludzie wchodzili i wychodzili z więzienia, tamtędy transportowano więźniów. Ale prawdziwe wejście, dla oficerów, obsługi i oficjeli, było gdzie indziej. Z boku, z dala od tego całego zamieszania, przez wartownię, gdzie stacjonowali strażnicy.

I tam właśnie ruszyła Shen w towarzystwie Kadira i swoich żołnierzy.

Wielu ludzi widziało, gdzie poszła. Ale kierunku ruchu tłumu, któremu ktoś wskazał cel, już nie było sposobu zmienić. Dlatego przy wartowni partyzanci zjawili się z bardzo nieliczną grupką „ludu".

– Hej tam! – krzyknął Kadir. – Jest tu jakiś oficer?

Wartownia okazała się częścią muru. Jej okute żelazem drzwi na pewno wzmocniono od środka wieloma sztabami. Wydawały się nie do sforsowania. Dlatego też ludzie Kadira zaczęli podkopywać i kuć mur trochę z boku.

– Co tam się dzieje? – Strażnik w oficerskim mundurze wychylił się znad korony. Otwierać ani nawet uchylać drzwi oczywiście nie zamierzał.

– Przyprowadź dowódcę więzienia i jego zastępcę. Chcemy negocjować.

– Nie ma żadnych negocjacji z tłuszczą! Co tam się dzieje?!

– Tu jest sama Shen. Jeśli chcecie zachować życie, przyprowadźcie dowódcę z zastępcą.

– Natychmiast przestańcie kuć! Będziemy strzelać!

– My też – odkrzyknął Kadir, zaplatając ręce na piersiach.

Sytuacja nie sprzyjała strzelaninie. Przynajmniej jeśli chodzi o załogę ponurego gmachu. Zbudowano go bowiem jeszcze w czasach Cesarstwa Luan i mimo wielokrotnych remontów oraz przeróbek całość należała zdecydowanie do poprzedniej epoki. W murach nie było wąskich strzelnic. Żeby otworzyć ogień, strażnicy musieli się pokazać na murach, najpierw znaleźć cel, złożyć się, zgrać przyrządy celownicze... Ci na dole mogli czekać z już wycelowaną bronią i tylko wprowadzić lekką korektę w razie czego. No niestety. W wymianie ognia mieli więc przewagę.

Ktoś na górze zaklął, a oficer zniknął z pola widzenia. Kadir przypominał teraz pomnik niewzruszonego spokoju. Ci na górze nie byli przecież idiotami. A właściwie... byli. Ale nie mieli w tej sytuacji żadnego wyjścia. A poza tym to nie żołnierze przecież. Nikt nigdy nie szkolił ich do walk ulicznych. Ani nawet do walk w obronie więzienia przy ataku z zewnątrz. Nigdzie na świecie nie szkoli się strażników do takich zadań. Ot, wypalić do zbitego tłumu w razie czego. Tyle ich wiedzy. A ci na dole byli profesjonalistami, ostrzelanymi wielokrotnie weteranami. Nadzieja, że stracą nerwy, była bezprzedmiotowa. Oni już nie mieli nerwów.

Kiedy na murach pojawiło się dwóch oficerów, Kadir zawołał:

– Ty jesteś dowódcą więzienia?

– To ja. Razem z zastępcą. Ale nie wyobrażaj sobie, że będę...

Nie dowiedzieli się, co będzie. Shen podniosła rękę.

– Ognia!

Trzydziestu strzelców wypaliło ze swoich karabinów. Średnio wypadało po piętnaście pocisków na każdego. Nie sposób spudłować. Więzienie zostało pozbawione dowództwa w jednej chwili.

– Wszyscy w tył! Strzelajcie, kiedy zobaczycie cel.

Wojsko małymi grupkami wykonywało odskoki. Zawsze koś mierzył w koronę murów. Na niej jednak nikt chwilowo się nie pojawiał. Spokojnie więc czekali na zakończenie pracy przez „górników". Od strony placu przed więzieniem od czasu do czasu dobiegały pojedyncze strzały. Pewnie straż miejska postanowiła wysłać patrol, żeby sprawdzić, co się dzieje. Dwa plutony ulokowane w oknach okolicznych domów musiały sobie z nimi radzić bez większych problemów. Nie słychać było bowiem sygnalizacyjnych gwizdków.

Kadirowi musiała przyjść do głowy pewna myśl, objął Shen ramieniem.

– I jak się czujesz w odwróconej roli? – zapytał. – Teraz to oni są zaskoczeni. Teraz to ty masz plan działania i możnych protektorów. Teraz inicjatywa w twoich rękach.

Spojrzała na niego z dziwnym skrzywieniem warg.

– Ja... wiele sobie przemyślałam – szepnęła.

– Właśnie widzę. I przyznam, trochę mnie to niepokoi.

Nie miała możliwości dać mu odpowiedzi. Kucie ucichło nagle i rozległ się okrzyk:

– Gotowe! Mina już w środku!

– No to zapalcie.

Znowu odskoczyli kilkanaście kroków, by znaleźć się jeszcze dalej, poza zasięgiem odłamków. Lont był krótki, a eksplozja wcale nie taka silna, jak się spodziewali. Nic nie świszczało w powietrzu, nikt nie dostał kawałkiem cegły. Natomiast mur zwalił się i osypał na długości co najmniej kilku kroków, tworząc łagodne gruzowisko.

– Pierwsza drużyna do środka! Wstępnie oczyścić teren i od razu do tyłu, bo zaraz tu będzie mnóstwo ludzi. Sharri, biegnij do tych przy barbakanie i sprowadź ich tutaj.

Niedoszła kapłanka ruszyła biegiem, potknęła się i zatrzymała jeszcze na moment, odzyskując równowagę.

– Co ze strażnikami?

– Niech ludzie powieszą ich na murze. Z zewnątrz, żeby byli widoczni.

– Tak jest!

Kadir roztarł twarz, która musiała go nagle zaswędzieć.

– Nie damy im żadnej szansy?

Shen zaprzeczyła ruchem głowy.

– Tym razem nie może być już nadziei na pojednanie – powiedziała. – Wyciągamy z amfory najgorsze demony.

Nie skomentował. Ona tymczasem kazała wycofać ludzi z domów wokół placu. Widząc nadbiegający tłum, który wrzeszczał w podnieceniu, zaczęli wycofywać też pluton spod murów.

– Ludzie Randa mają narzędzia do otwierania cel?

– Mają z całą pewnością.

– Dobrze. To my w takim razie pod największy magazyn. Damy ludziom i jedzenie, i wiele fajnych rzeczy za darmo.

– I tu mam najwięcej wątpliwości. W Negger Bank praca jest dla każdego. Głodu tu nie uświadczysz.

Uśmiechnęła się.

– Nie doceniasz ludzi, którzy mogą dostać coś za darmo. No przecież im się należy – zakpiła.

Wzruszył ramionami.

– W każdym razie pod magazynem tłum już czeka. Ludzie Randa również. Podgrzewają nastrój.

Usiłowali przecisnąć się pomiędzy nadbiegającymi ludźmi. Nie było to łatwe. Nikt już nie kierował się jakimikolwiek racjonalnymi przesłankami. Ludzie zwęszyli krew. Instynkt zwyciężał rozum. Nie było miejsca na przemyślenia. Skoro wszyscy biegną przed siebie, to ja też biegnę. Podniecenie, oszołomienie, prawo stada. Odwieczny zew tłumu. To już nie był zbiór jednostek, tylko jednolita magma, którą kierowały zupełnie inne prawidła.

Demony z amfory.

Agire przerażony patrzył to na Nuk, to znowu na Kai, usiłując dopatrzyć się na ich twarzach wyrazu, który świadczyłby, że wiedzą, co teraz zrobić. Łódź wskazana im przez agenta z poparzoną twarzą była za ciężka. Ani drgnęła pod naporem ramion ich trójki. Dla każdego, kto umiał myśleć, sytuacja stawała się klarownie prosta. Drogi powrotnej już nie ma. Nawet gdyby nikt nie zauważył ich dziwnej nocnej nieobecności, to dni w kuchni komendanta były policzone. Kiedy Chris wyjmował koperty z raportem Pełczyńskiego, obie zdradziły się ewidentnie. A na kolacji było mnóstwo ludzi. Nie tylko szef zauważył ich zmieszanie. Inni na pewno również. Każdy chciał się zasłużyć, a prowokatorskich metod było wiele. Prawda o nich nie była już ukryta.

No ale płynąć też nie mogły. W trójkę nie ruszą tej pieprzonej łodzi za żadne skarby. Poproszenie kogokolwiek o pomoc w grę nie wchodziło, nawet gdyby były wystarczająco szalone, by decydować się na taki krok. Wokół sami żołnierze. No i przecież musiałyby wytłumaczyć, po co kucharkom wypływać w nocy na morze. Ciekawe, jaki powód mogłyby wymyślić?

Spanikowany Agire wymyślał coraz to nowe koncepty. Coraz durniejsze.

– A może posmarować podwórko czymś tłustym? Może da się przepchnąć z poślizgiem?

– Ta – mruknęła Nuk. – Na pewno wielkie zapasy drogocennej oliwy zostały przeoczone przez rabujących i oczywiście czekają tu gdzieś pod ręką.

– To może przywiązać linę do dziobu, owinąć dokoła jakiegoś słupa na brzegu i razem ciągnąć koniec liny w przeciwnym kierunku? Słyszałem, że tak łatwiej.

– Dobrze. To znajdź linę i słup.

– Może rozebrać część łodzi i zdjąć większość burt? Będziemy płynąć ostrożnie. Woda się nie przeleje.

– Też dobry pomysł – zasępiona Nuk była wyjątkowo zgodliwa. – No to już, zacznij demontować deski gołymi rękami.

– To może je nadpalić?

– A może polizać?! – Kai nie wytrzymała schodzącej na manowce dyskusji. – Zaraza jasna. Słuchaj – zwróciła się do Nuk. – A może wrócimy do Buźki...

– Przecież nie odszedł w kierunku obozu, tylko w inną stronę. I gdzie go niby szukać?

– No to bierzmy deski i spróbujmy wpław.

Nuk nie wytrzymała.

– Nie no, kurwa! Z deską na otwarte morze. I od razu, radzę, kierujmy się do Negger Bank!

Ratunek był tak blisko. Łódź, którą skonstruowano tak, by nie bała się morza, leżała tuż obok. Mogli jej dotknąć, mogli wsiąść do środka, a nawet zamontować wiosła, tak sobie, na sucho. Nie mogli tylko ruszyć jej z miejsca.

– Utknęliśmy – jęknął Agire.

Podniósł leżący obok kawałek żeglarskiego płótna, chyba po to, by sprawdzić, czy nie da się skręcić powrozu, żeby się powiesić. Był doskonale świadomy, co ich czeka w niedługiej przyszłości.

Coś poruszyło się w mroku. Cała trójka dopadła do burty, kryjąc się za nią. Nuk wyszarpnęła swój rewolwer i gwałtownie odciągnęła kurek.

– Spokojnie – usłyszały cichy głos. Cichy i jakby znajomy. – Pomogę wam.

Kai wystawiła głowę. Nie mogła niczego dostrzec. Buźka wrócił? Domyślił się problemu i wrócił? Nie. Tamten mówił zupełnie inaczej.

Ciemna postać wychynęła z mroku. Wielki, rosły mężczyzna. Kiedy odrzucił kaptur, poznała go i oniemiała.

– Pomogę. Może w czwórkę uda się to zepchnąć do wody – powiedział komendant i zrobił jeszcze krok do przodu.

Nuk zakrztusiła się własną śliną. Agire przestał oddychać.

– No co się tak gapicie? – zapytał komendant. – Tu trzeba myśleć, a nie tylko wlepiać gały.

– Eee... – Kai nie mogła zebrać myśli. – Bo... Wiesz, kim jesteśmy?

– Tylko głupi by się nie domyślił po tej kolacji! A ja głupi nie jestem.

– Ale...

– Co ale? Pomyśl chwilę. Wiedząc, kim jesteście, miałem dwa wyjścia. Złapać was i odstawić, komu trzeba. Jednak... – zawiesił głos. – Zastanówcie się, co sobie o mnie władcy pomyślą. Czy nie zadadzą pytania: a jakim cudem te dwie utrzymały się w komendzie tak długo? I to w bezpośredniej mojej bliskości. Czego się dowiedziały? Co ja sam wam zdradziłem? No i tak mi wychodzi, że w najlepszym przypadku nakarmiliby mnie vendem i posłali do Piekła na zatratę. Ale tego przypadku nie rozpatrywałem. Bo sądzę, że najpierw chcieliby się dowiedzieć, jaką naprawdę rolę w tym odegrałem. A przesłuchiwać to oni potrafią. Całymi dniami, w nieskończoność. Sam nie wiem, co bym wymyślił, żeby powiedzieć to, co oni chcą usłyszeć.

Jego wywód przekonał Nuk. Wstała zdecydowanie i opuściła kurek swojej broni. Potem schowała rewolwer do ukrytej kabury.

– Ale to nie jest jedyny powód, dla którego wolę uciekać z wami – kontynuował komendant. – Przed tym całym zamieszaniem byłem prostym strażnikiem od łapania drobnych złodziejaszków. Od tłamszenia burd na rynku, od wyniuchiwania, kto z zemsty podpalił dom bogatemu kupcowi. Prosty strażnik od prostych spraw. I wtedy miałem do siebie szacunek. A potem, kiedy Nayer zawładnęli ludzie zza gór, zmuszono mnie do łapania tych, co psioczyli na władzę, tych, którym się nie podobało niszczenie kraju, musiałem tępić wszelką nieprawomyślność. A potem zaczął się obłęd. Głód, niszczenie kraju w imię jakiejś idei sprzed tysiąca lat, masowa wysyłka ludzi na śmierć w okrutnych mękach. Wprost do Piekła. A ja nie chcę brać udziału w tym obłędzie. Nie chcę przykładać ręki do zagłady własnego kraju! Ale stamtąd nie można było donikąd uciec.

– Teraz ci się uda. – Kai podniosła się szybko. Ją też przekonał. Zresztą i tak nie było innego wyjścia. – Spróbujmy we czwórkę.

Komendant stanął z tyłu i przyłożył ręce do rufy, tuż obok przerażonego Agire. Był bardzo silnym człowiekiem. Kiedy pchnęli, łódź po raz pierwszy zaskrzypiała.

– No, jest szansa, że do rana dopchniemy.

– Szybciej – z ciemności dobiegł ich jeszcze jeden obcy głos. Tym razem kobiecy. – Hej tam, nie strzelajcie.

Nuk znowu sięgnęła do kabury, ale nie wyjęła broni.

– Pokaż się! – rozkazała.

– Nas jest więcej.

– No to chodźcie.

Z zagraconego, ciemnego wnętrza domu wyłoniło się kilka owiniętych w płaszcze postaci. Sześciu mężczyzn i dwie kobiety. Pracownicy komendy.

– No co? – Jedna z kobiet rozłożyła ręce. – Co się tak gapicie? Jak się wyda, to przecież posadzą i zamęczą nas wszystkich. Kto ma głowę na karku, ten teraz zwiewa.

– A ja nie! – powiedziała druga. – Ja po prostu mam dość! Dość! Dość tego obłędu! Nie wytrzymam dłużej tych masowych mordów!

– Czułam, że ty od samego początku tylko się rozglądasz, jak dać nogę.

– I nie doniosłaś?

– Sama chciałam, tylko mi odwagi nie wystarczało.

Komendant patrzył na nich zbaraniały.

– A reszta naszych ludzi? – zapytał w końcu. – Co?

– Widać rozumu nie mają. I jutro się dowiedzą, przed czym my uciekamy!

Grupka parsknęła śmiechem. Nuk nie dała im jednak śmiać się za długo.

– No to już! Brać się do burt i ciągnąć! Bo nas tu, kurwa, zaraz odkryją i zabiją.

W dwanaście osób zwodowali ciężką łódź bez żadnych problemów. Tylko komendant dogadywał:

– No i moi ludzie uciekają przy pierwszej okazji! Nie dziwota, że nie mogliśmy zdobyć Tor Avahen tak długo. Morale u nas zastraszająco niskie...

Ktoś mruknął, że uciekają pod wodzą swojego szefa, ale w mroku trudno było dostrzec kto. W łodzi znajdowały się cztery wiosła, więc szybko oddalali się od brzegu. Nie było strachu, że w coś uderzą. Po zatoce prawie nikt nie pływał.

A już na pewno nie po zapadnięciu zmroku. Patroli morskich nie wystawiano, bo i po co. Najeźdźcy z Nayer wiedzieli dzięki swoim źródłom, jakie są strategiczne cele cesarskiej marynarki, wiedzieli, że Polacy chcą uderzyć i odbić Tor Avahen, a znając pozycje ich okrętów oraz datę zaokrętowania brygady Baranowskiego, mogli mniej więcej nawet obliczyć, kiedy to się stanie. Żadna z wrogich jednostek jeszcze nie mogła krążyć w pobliżu. Problem pojawił się tylko, gdzie płynąć. Komendant, który oczywiście zajął miejsce przy sterze, był zwolennikiem wypłynięcia jak najdalej w morze. Mocna łódź pozwalała na taki wariant – radziła sobie doskonale. A rano się zobaczy, gdzie najbliższa wyspa, i dopłynie czym prędzej. Nuk miała wątpliwości. Jeśli za dnia zerwie się wiatr, to z wyposażonymi w żagle łodziami patrolowymi nie mieli wielkich szans w wyścigu. No ale z drugiej strony po co ci z Nayer mieliby od świtu patrolować dalekie podejścia? Nie było takiej potrzeby. Teoretycznie mogliby wystawić jakieś jednostki, których zadaniem byłaby obserwacja, czy wróg nie nadpływa. Ale po pierwsze takie statki musiałyby być umieszczone dużo dalej, a po drugie i tak wiadomo było, w jaki sposób Polacy uderzą. Rozpoczną na pewno od ciężkiego nalotu na Tor Avahen i okolice. Po coś przecież wzięli ze sobą na te wody lotniskowiec.

Wioślarze zmieniali się regularnie. Uciekinierzy nie mieli mapy okolicznych wód, na szczęście jednak kurs według gwiazd wytyczyć łatwo. Przecież nie manewrowali, wystarczyło utrzymać kierunek „jak najdalej od brzegu" i nie zataczać kół. Trudno powiedzieć, jak długo tak płynęli. Strach dodawał sił ludziom przy wiosłach. Nikt nie skarżył się na zmęczenie.

– Słyszycie? – Nuk poderwała się nagle. – Cisza na łodzi!

– Co? – ocknął się komendant. Musiał przysnąć przy sterze.

– Kipiel.

– No. Słychać wyraźnie, to fale.

– Wyspa? – zapytał ktoś o optymistycznym nastawieniu.

– Albo skały. Szlag, czy tu są rafy?

– A mnie skąd wiedzieć? Co robimy?

Nuk również nie miała pojęcia. Nigdy dotąd nie miała do czynienia z morską żeglugą jako dowódca łodzi.

– Nie płyńmy dalej. Jeśli to skały...

– Świt zaraz. – Jedna z kobiet na pokładzie wyciągnęła rękę w kierunku horyzontu.

Rzeczywiście, wytężając wzrok, można już było dostrzec delikatną smugę szarości. Wciąż jednak zbyt małą, żeby rozpraszała mrok.

– Zatrzymajmy się. Jak się rozbijemy o skały, to koniec.

– A skąd mamy wiedzieć, czy nas jakiś prąd nie znosi?

Na to pytanie nikt nie umiał odpowiedzieć. Coś musiało ich jednak pchać, bo szum fal stawał się coraz wyraźniejszy.

– Zawracamy? Albo przynajmniej kontrujemy na wiosłach?

Niespodziewanie Kai rozwiała narastające wątpliwości.

– To piaszczysta plaża – powiedziała z pewnością w głosie. – Doskonale znam ten dźwięk. Kiedy woda rozbija się o skały, brzmienie jest zupełnie inne.

– Obyś miała rację.

– Spokojnie. Ja nad morzem urodzona.

– Ona ma rację – poparł czarownicę jeden z ludzi komendanta. – Nie brzmi groźnie. A świt tuż-tuż.

Rzeczywiście, gwiazdy bladły szybko. Wszyscy rozglądali się, wypatrując szczegółów, ale szarość długo jeszcze bardziej mamiła oczy, niż pozwalała na zorientowanie się w sytuacji. Nuk znowu wykazała się najlepszym wzrokiem.

– Tam! Wyspa!

– No to napierać na wiosła – wydał rozkaz komendant. – Dopłyńmy tam, zanim słońce wzejdzie.

Dopilnował, żeby jego rozkazy zostały wykonane, potem oddał ster Nuk, a sam przysiadł się do Kai. Czarownica doskonale wiedziała, o co zamierza zapytać.

– Słuchaj, czy twoi będą nas przesłuchiwać?

Zaprzeczyła ruchem głowy.

– Po pierwsze pomyśl, czego takiego mogliby się od ciebie dowiedzieć. – Usiłowała nadać swojemu głosowi jak najbardziej kojący ton. – A po drugie pomogliście nam w ucieczce. Wystarczy, że wystąpicie o azyl, i spokój.

– Jesteś pewna?

– Jestem. To zupełnie inna cywilizacja od tej, którą znasz. Zapomnij o wszystkim, co słyszałeś na politycznych pogadankach.

Nie miała pojęcia, czy go przekonała. Ale też nie zawracała sobie tym głowy. Wystarczy przecież jej raport i wywiad zaopiekuje się nimi, jak każdym, kto zmienia stronę w interesie RP. Takie były procedury i o nic tu zabiegać nie było potrzeby. Tym bardziej że nie mieli czasu na długie dyskusje. Łodzią kołysało coraz bardziej. Zbliżali się do brzegu.

– Możemy nabrać wody – ostrzegła Nuk. – Niech każdy się czegoś trzyma.

Panikowała. Łódź była mocna i odpowiednio dzielna. Przecinała przybrzeżne fale, nie tracąc kursu ani o włos. Nie było mowy, żeby ich obróciło burtą.

– Ci na dziobie! Przygotować się!

Wiatr nie przybierał na sile. Rozbryzgi piany ledwie moczyły ludzi. Chwilę potem zaryli ciężko o dno.

– Wyskakiwać!

Dwóch mężczyzn i kobieta z przodu zeskoczyli z dziobu do wody. Chwycili cumę, usiłując ciągnąć. Po chwili dołączyli do nich pozostali. Dopiero teraz, sapiąc z wysiłku i potykając się w grząskim piasku, zdołali wyciągnąć łódź na brzeg. Przynajmniej do połowy.

– I co z nią? – zapytał komendant. – Powinniśmy ukryć w krzakach albo zatopić.

– Problem z głowy – powiedziała Nuk, podnosząc ręce. – Wszyscy powoli dłonie nad głowę!

Kai odwróciła się w stronę linii drzew tuż za plażą. Ożeż... Okazało się, że byli obserwowani. Tyle że nie przez patrolowce Nayer. Tubylcy musieli widzieć ich od dawna i zgromadzili się w zaroślach w oczekiwaniu na łatwy łup, który sam wpłynął im w ręce. Ludożercy! To była pierwsza myśl. Dzicy, półgoli ludzie zbliżali się, mierząc z łuków lub groźnie potrząsając dzidami. O mamusiu kochana! Zaraz mnie zjedzą!

– Nie jestem smaczna! – krzyknęła, w panice podnosząc ręce. – Błagam! Nie jestem smaczna!

Ktoś parsknął śmiechem. Okazało się, że między dzikimi tubylcami znalazł się ktoś, komu cywilizacja i kultura nie były obce. Wysoki mężczyzna o potarganych włosach miał na sobie resztki munduru wojsk Tor Avahen.

– No, gadać mi tu bez kłamstwa. Ubrania macie z Nayer, a mordy zakazane. Kto wy?

– Marynarka cesarska! – Nuk chyba też lekko panikowała. Widok był naprawdę groźny. – Albo polska. Jak wolicie.

– Każdy tak może powiedzieć. Musicie przekonać wodza, ile z was będzie miał.

Stojący obok dzikus z przerzuconym przez ramię polskim karabinem i długą dzidą w ręce wypiął dumnie pierś.

– Ja wós! – oznajmił pełen godności. – Ja!

Brakowało mu czterech przednich zębów i potwornie seplenił.

Nuk ostrożnie sięgnęła pod swoje ubranie.

– Chcę wam pokazać swoją broń – powiedziała spokojnie. – Powoli, powoli... Niech nic się nie stanie.

Podała mężczyźnie w resztkach munduru swój rewolwer. Rękojeścią do przodu. Ten zerknął tylko i oddał broń wodzowi.

– Prawda – zawyrokował. – To polska broń.

– Kto wasz wós? – spytał dzikus.

Rozbitkowie spojrzeli po sobie. Nuk uznała, że nie ma sensu niczego ukrywać. Bezczelnie wskazała Kai.

– To kapitan polskiej marynarki.

– Kapitan? – Nie mogła sprawić wodzowi większej przyjemności. – To ja chse za nią sześć skrzynech pasiorków. I maszete. I karabin chse!

– Dostaniesz...

– Maszynowy!

– No nie! – obruszył się obrońca twierdzy. – Maszynowego ci nie dadzą.

– Chse za nią maszynowy! A za tę drugą chse pasiorki i pistolet, so sam ssszela!

– Dostaniesz półautomatyczny pistolet, ale o karabinie maszynowym zapomnij!

– A jak nie, to ją zjem! – wódz zakończył negocjacje konkretną groźbą. Nie wiadomo, czy żartował. W każdym razie zaczął głośno mlaskać. Kai pisnęła przerażona.

– Chodźmy już. – Żołnierz usiłował łagodzić sytuację. – Będziemy negocjować karabin maszynowy. Ja się też muszę układać z Polakami z kutra.

– Chsse karabin maszynowy! – Na znak wodza tubylcy otoczyli rozbitków. Zaczęli ich prowadzić w głąb lasu.

– Jeśli dostaniesz cekaem, to wybijesz od razu całe wrogie plemię i nie będziesz miał z kim walczyć. – Negocjator, choć znalazł się w trudnej sytuacji, usiłował znaleźć argumenty, które mogły trafić do wodza.

– To se znajdę innych wrogów!

– Nie dadzą ci!

– Powiesz im, że albo dasą, albo ją zjem! To na nich ziała!

– Nie działa! Nie będą ci wozić amunicji.

– A ten to kto? – Wódz zainteresował się komendantem. Znacząco różniącym się bogactwem stroju od reszty swoich ludzi.

– Komendant...

– O! To ja za niego chse pasiorki, dwa pistolety i sksynie z amunisją. I wódkę!

– Co do wódki to się dogadamy, ale...

Kai zerknęła na Nuk. Obie ochłonęły już trochę po pierwszym wrażeniu. Nie miały pojęcia, na ile poważny charakter ma kłótnia, której były świadkami. Sądząc jednak po szczegółach wyposażenia, które wojownicy wodza mieli przy sobie, to marynarka wojenna słono płaciła za każdego uratowanego rozbitka.

Składająca się z bardzo prowizorycznych szałasów wioska nie leżała zbyt daleko. Wojownicy otoczyli przybyszów ścisłym kordonem. Chyba jednak bardziej po to, by ich chronić przed mieszkańcami, którzy zbiegli się natychmiast.

Żołnierz z Tor Avahen poprowadził ich w stronę zagrody dla kóz.

– Tu będziecie czekać na pomoc. To wbrew pozorom żaden despekt – wyjaśnił. – Ogrodzenie będzie was chronić. Żeby wam kobiety i dzieci nie rozkradły wszystkiego i po nocy nie rozebrały do goła.

– Kiedy przybędą nasi?

– Kuter może przypłynąć i za dziesięć dni. Za piętnaście nawet.

– O szlag. – Nuk skrzywiła się na tę wiadomość. – A jest tu coś do jedzenia poza ludziną?

– No przestańcie... – Żołnierz uśmiechnął się promiennie. – Przyjdę potem was odwiedzić, to pogadamy. Na razie muszę ostudzić wodza, bo chce za dużo.

– Kurde – jęknęła Kai. – Ja mu kupię ten karabin maszynowy, tylko niech nas tu długo nie trzyma.

– Nie o to chodzi. Marynarka nie chce zakłócać miejscowej równowagi sił. Jak mu dać cekaem, to wodzu zastrzeli wszystkich ludzi na tej wyspie. Zapalczywy jest i bojowy ma nastrój.

Przeprowadził ich przez wąskie przejście w wysokim ogrodzeniu wykonanym z jakichś kolczastych pnączy. W środku oprócz kóz czekało już ze trzydziestu ludzi. W większości mężczyzn. Mieli na sobie ubrania z Tor Avahen. Na widok nowo przybyłych podniosło się także dwóch polskich pilotów. Brudnych, wymiętolonych, z policzkami pokrytymi kilkudniowym zarostem.

– No, nareszcie jakieś sensowne kobiety! Dziwnie jesteście ubrane. Wy stąd?

– Kapitan Kai i sierżant Nuk. Wywiad marynarki wojennej.

– O! Witamy w Avahen Hilton! Nareszcie ktoś z naszych!

Nuk pierwsza dała się uściskać.
– Długo kiblujecie?
– Parę dni. Ale tu śpisz na ziemi, żresz jakiś syf, a na stronę idziesz w asyście dwóch wartowników i wszystko robisz przy nich, żeby cię miejscowi do goła nie ograbili. Pełen wypas.
– A wy co? – odezwał się drugi. – Z misji?
– Z misji. I to za długiej. – Teraz Kai wpadła w ich ramiona. – Co za ulga – wyrwało jej się szczerze.
– No to teraz już tylko doczekać się trzeba na kuter i będziemy wśród swoich.
Piloci gadali jeden przez drugiego. Najwyraźniej niepewność, prymitywne otoczenie i brak ludzi, z którymi można było się porozumieć po polsku, zdrowo im dopiekły.
– A fajki macie? Po naszych już tylko wspomnienie pozostało.
– Może jakiś alkohol? Albo przynajmniej gazety?
– No co ty? One z misji przecież.
– Chodźcie tu do nas. Musimy trzymać się razem.
– Tak, w tym kącie lepiej. Tu jeńcy z Nayer przynajmniej nie śmierdzą.
– Co? – Ostatnia uwaga wyraźnie zaciekawiła Nuk, która wbiła się w potok ich wymowy. – Są tu jeńcy z Nayer?
– No pewnie. Spójrz tam. – Wskazał im drewniane stojaki po drugiej stronie zagrody.
Obie wytężyły wzrok. Na dwóch drewnianych kozłach oparto żerdź, na której suszyły się skalpy zdarte z głów co najmniej kilkudziesięciu ludzi.
– O kur...de balans! – Kai odsunęła się odruchowo. – Zdecydowanie przyjmujemy zaproszenie do waszego kąta zagrody.

– No to uważajcie tylko na kozy. Są wszystkożerne.

– Nawet nie wiecie, co potrafią zeżreć. Jeśli się rano obudzisz bez butów, to winni tłoczą się i beczą tam. – Pokazał palcem stadko zwierząt, które już teraz z ciekawością taksowały nowe potencjalne ofiary.

– No, Avahen Hilton normalnie! Pełen serwis z obsługą pokojową, która nigdy nie zostawi cię samego.

Ci mężczyźni byli tak sympatyczni, że obie poczuły naprawdę wielką ulgę. Tamci tworzyli przynajmniej namiastkę jeśli nie domu, to przynajmniej bezpiecznego miejsca.

– No, nareszcie mamy do kogo gębę otworzyć. Siadajcie i pogadajmy sobie.

– Wy nawet nie wiecie, jak dobrze was posłuchać – powiedziała Kai, zajmując miejsce pod ogrodzeniem, z dala od długich kolców. – Powiedzcie, skąd wy tutaj? Zestrzelili was czy samolot się zepsuł?

– Ani jedno, ani drugie. Misja specjalnej wagi.

– Tu już tajemnica chyba was nie obowiązuje?

– Tu już nie – zgodził się pilot. – Otrzymaliśmy dziwne zadanie. Wypakowali nam samolot kartonowymi pudłami, nie mówiąc, co w środku. Dość lekkie były nawet.

– No i – podjął drugi – kazali lecieć do Tor Avahen z zadziwiającym zadaniem. Mieliśmy dotrzeć tu, ustawić samolot na autopilocie w ten sposób, żeby rozbił się na terenie twierdzy, a sami mieliśmy wyskoczyć na spadochronach nad którąś z wysp.

– Obiecali szybką ewakuację, ale same widzicie, jak to wygląda. Tu uchodźców do wywózki od groma, więc musimy czekać na kuter, który weźmie wszystkich. I kiśniemy normalnie.

– A kuter gdzie ludzi wywozi? – zapytała Nuk.

– Do zbiorczej bazy na najdalszej z wysp. A potem na okręt podwodny.

– „Dragon" jest tutaj?

– No jest, jest. I co z tego? Nie wie przecież, gdzie jesteśmy dokładnie, więc to potrwa w normalnym trybie ewakuacji ważniaków.

Kai uśmiechnęła się nagle.

– Możemy wam wyjaśnić, na czym polegała wasza misja – powiedziała. – Widziałyśmy szczątki waszego samolotu. I widziałyśmy, co przewoziliście.

– Co? – Obaj wykazali żywe zainteresowanie.

– W tych kartonach były dozymetry.

Nie mogła ich bardziej zaskoczyć. Obaj patrzyli na siebie bez zrozumienia.

– No co tacy zdziwieni? Marynarka wojenna nadpływa, nasze wojska mają uderzyć na Piekło, gdzie dzieją się jakieś cuda z promieniotwórczością, to i transport dozymetrów... – Kai urwała, kiedy zrozumiała, że pieprzy głupoty.

– Ale oni nie kazali nam tych dozymetrów nigdzie dostarczyć! – Pilot też wiedział, że coś tu jest nie tak. – Kazali samolot rozbić na terenie twierdzy. Ściśle tajna akcja, o której wiedziało tylko kilka osób.

– Ożeż zaraza jasna. – Nuk tylko kręciła głową. Co tu mogło być grane? Podniosła swój plecak w nadziei, że może znajdzie tam bukłak choćby z resztką wina. Zaczęła grzebać w środku.

Jeden z pilotów nagle zastygł, a potem nachylił się gwałtownie.

– Czy ja dobrze widzę? Czy to jest dynamo?

– Tak.

– O rany! – Z wyrazem triumfu spojrzał na kolegę. – Dziewczyny mają radiostację!

– Boże! – Drugi pilot poderwał się natychmiast. – Słuchajcie. Obliczymy naszą dokładną pozycję. Zaszyfrujcie meldunek i nadajemy!

– I co? Okręt podwodny po nas przypłynie?

– Kolejnej nocy wyślą ponton z silnikiem. Już rano możemy być na pokładzie! Na terytorium RP!

– Z papierosami, wódką, prysznicem, wucetem i miękkim łóżkiem. Bez towarzystwa kóz.

Rozdział dziewiąty

Lekki wiatr przyjemnie chłodził rozpaloną skórę Wyszyńskiej. Nie chciało jej się spać, mimo że całą noc bez mała spędziła z Martwicą Siedem. Zbyt wiele nerwów, zbyt wiele natrętnych myśli sprawiało, że marzenie o śnie stało się równie odległe jak sen o rycerzu na białym koniu, który miał ją, jeszcze jako małą dziewczynkę, zabrać z dzielnicy zwanej Trójkątem Bermudzkim gdzieś do królestwa, gdzie mianowano by ją wielką damą. Nic z tego. Rycerz na białym koniu nie przybył, a i sen dzisiaj już raczej nie przyjdzie. Czekały ją, jak zwykle ostatnio, jedynie hektolitry kawy i benzedryna łykana w coraz większych dawkach.

Zdziwiło Wyszyńską, że pokład lotniskowca nie sprawiał wrażenia oazy spokoju, jakiej spodziewała się o tak wczesnej porze. Przeciwnie, obsługa pokładowa zwijała się jak w ukropie. Drugą dziwną rzeczą był włączony sygnalizator na wieży kontrolnej, będącej częścią jedynej ogromnej nadbudówki, sterczącej z boku okrętu. Jasne światło oznaczało gotowość przyjęcia zbliżającego się samolotu. Tymczasem lotniskowiec wcale nie ustawiał się pod wiatr i nie zwiększał prędkości. Dziwne.

Wyszyńska omiotła wzrokiem niebo. No szlag! Zauważyła mały, ale dobrze widoczny punkcik. Przynajmniej jedna zagadka się wyjaśniła. Załoga wieży kontrolnej nie miała po prostu do dyspozycji znaku informującego obsługę pokładową, że do pokładu zbliża się... latawiec. Włączyli więc po prostu to, co mieli.

Wyszyńska z zaciekawieniem obserwowała manewry pilotki z dalekich górskich twierdz. Były pełne gracji. Ale też dziewczyna miała łatwe zadanie. Na wielkim pokładzie lądowały przecież nawet dwusilnikowe bombowce. Malutki latawiec nikł wręcz na wielkich przestrzeniach.

Ludzie z obsługi technicznej otoczyli go natychmiast po wylądowaniu. Potem stali tylko, patrząc z głupimi minami. Bo co mieli zrobić? Zatankować? Chyba winem pilotkę.

Na szczęście Ina czuwała w pobliżu i pomogła tamtej zdjąć skomplikowaną uprząż. Wyszyńska obserwowała je obie. Tę, która przyleciała, w leciutkim kombinezonie z klejonych piór, i tę, która już była „tutejsza", w skórzanej kurtce, wojskowych buciorach i szerokich spodniach z licznymi kieszeniami. Obie były podobne do siebie już tylko w kategorii wzrostu, a raczej jego braku. Ta pewna siebie poprowadziła tę zalęknioną i rozglądającą się bojaźliwie na boki w kierunku mostka, pewnie po to, żeby przekazać jakiś meldunek.

I wtedy stało się coś nieoczekiwanego. Huk silników wzmógł się ewidentnie, a lotniskowiec zaczął zmieniać kurs. Ki diabeł? Sygnalizator na wieży zgasł już dawno. Znak, że nie spodziewali się nikogo więcej.

Niewiele myśląc, Wyszyńska popędziła na mostek. Co się dzieje? Rozpędzano wielki okręt, wchodząc na kurs pod wiatr? Niestety. Wartownik przed drzwiami prowadzącymi na mostek nie chciał jej wpuścić.

– Lotniskowiec jest w trakcie wykonywania operacji bojowej – wyjaśnił. – Nikt postronny nie może teraz przeszkadzać.

– Ja tylko jedno słowo z admirałem...

– Przykro mi, proszę pani. Nie wolno mi nikogo wpuszczać.

Chamstwo normalnie. No ale przecież nie będzie się szarpać z prostym marynarzem ani udowadniać cieciowi, że jest tylko cieciem. Szukając pomocy, poszła do kabiny Mereditha. Oczywiście dla ultrakonserwatywnej marynarki wojennej jakiekolwiek kabiny koedukacyjne były nie do pomyślenia i czarownik spał osobno. Nie zastała go w kajucie. A jednak musiał wcześniej przewidzieć fakt, że tu przyjdzie, bo zostawił kartkę.

Droga Jadwigo...

Ile razy trzeba mu powtarzać, że Wyszyńska nie znosi tego imienia?!

Dziś nastąpi wielki przełom. Być może karty rzucone na stół historii odwracają się właśnie. Nie rób niczego. Czekaj.

– No żeby cię powykręcało! – powiedziała na głos. Pomyślała, że wolałaby informację: „jestem w mesie" albo „w kaplicy", albo nawet „poszedłem do hangaru psuć samoloty". Cokolwiek konkretnego. Nie lubiła rebusów.

Trudno. Będzie musiała poradzić sobie sama. Wróciła do własnej kajuty, układając w głowie plan. Na szczęście z mężczyznami generalnie łatwo sobie poradzić. Najpierw zrzuciła przepocony kombinezon techniczny, w którym najłatwiej jej się pracowało przy lampowej Martwicy. Wzięła gorący prysznic. A przynajmniej na tyle gorący, na ile podgrzewała wodę instalacja na lotniskowcu. Nie wiedzieć czemu marynarze uważali, że trochę hartu ciała zawsze się przyda, i generalnie nie dogrzewali mocno niczego poza kawą w kantynie. Wytarła się starannie, ale bez suszenia włosów. Same wyschną, bo teraz czekała ją najbardziej czasochłonna czynność. Staranny makijaż przy niedoświetlonym lustrze. No tak, pogodziła się już z losem – mężczyznom słabe światło do golenia wystarczy. Kobiecie w żadnym razie. Po głowie chodził jej nawet desperacki pomysł, żeby oświetlić sobie twarz wojskową latarką. Porzuciła go szybko, bo druga ręka była jej jednak bardzo potrzebna. Kiedy skończyła, długo grzebała w swoich bagażach. Nałożyła lśniące pończochy, wąską spódnicę pozwalającą robić wyłącznie drobne kroczki (ciekawe, czy na lotniskowcu widzieli kiedyś coś takiego?). Jeszcze tylko elegancka bluzka i buty na bardzo wysokich obcasach. No to teraz zobaczymy, czy mnie nie wpuścicie? Wychodząc, przypięła do planszety wydruki z jakimiś obliczeniami.

Mijani marynarze może nie przewracali się gremialnie z wrażenia, ale każdy odwrócił głowę. Nie wiedzieli, jak się zachować. Salutować? Przystanąć i demonstracyjnie ją przepuszczać? Niecodzienne zjawisko. Nie wiedzieli, że taki strój u kobiety to rodzaj munduru. Ściśle i wysoko hierarchizujący tego, kto go nosi. I tak też było z wartownikiem przed wejściem na mostek.

– Zawołaj jakiegoś oficera.

– Tak jest!

Zero dyskusji tym razem. Porucznik w drzwiach pojawił się prawie natychmiast.

– Jadwiga Wyszyńska, firma „Kocyan i wspólnicy", do admirała Wentzla. – Groźnie potrząsnęła przypiętymi do planszety kartkami wypełnionymi gęsto cyferkami.

– Proszę za mną.

Żadnych tłumaczeń. Wygląd i ton w Polsce zawsze wystarczały. Przeciwstawić się można komuś, kto prosi lub pyta. Nigdy temu, kto wymaga.

– Tędy. – Młody porucznik wprowadził Wyszyńską na mostek.

Obecni tam oficerowie, skupieni nad swoimi urządzeniami, nie zwracali na nią uwagi. Złowiła tylko kilka zdziwionych spojrzeń. Za to sama przez wielkie okna zobaczyła startujące z pokładu bombowce. Jeden po drugim. Tak szybko, jak pozwalała na to obsługa parowej katapulty. Zaczęło się! Lotnictwo pokładowe ruszało do ataku!

– A gdzie admirał? – zapytała.

Porucznik wskazał wyjście na szeroką platformę, będącą zewnętrzną częścią mostka. Tam, oparty bokiem o metalową barierkę, stał Wentzel. Sam. Mając za towarzystwo jedynie patefon, cygaro i kieliszek wina trzymany w dłoni.

– O? – wyrwało się Wyszyńskiej. – To tu wolno pić?

Młody oficer rozłożył ręce w geście: „komu wolno, temu wolno". A głośno powiedział:

– Wie pani, samoloty startują, wszelkie rozkazy zostały dawno wydane. Nie będzie potrzeby podejmowania żadnej decyzji, póki nie wrócą. A to zajmie wiele godzin.

– No tak.

Podziękowała mu skinieniem głowy i ruszyła w stronę wyjścia na stalowy balkon. Porucznik otworzył jej drzwi. Kiedy przekroczyła próg, zamarła. Widok nie należał do codziennych. Admirałowie naprawdę traktowali marynarkę jak prywatne ranczo.

Wentzel z kieliszkiem wina i cygarem wcale nie słuchał muzyki z patefonu. On śpiewał do wtóru i często zagłuszał oryginalną góralską przyśpiewkę.

– Ty nie przychodź z kolegami... – Łyk wina, ale po krótkiej przerwie znowu trafiał w rytm. – ...i nakryjesz się nogami! Hej! Nie zapomnij o kiełbasie... – Łyk wina. – ...ty kutasie... – Kolejny łyk. – ...a korale urwał, bo to była...

– Nie chcę słyszeć rymu – przerwała mu Wyszyńska, usiłując nie stawiać tak wysokiego oficera w niezręcznej sytuacji.

Wentzel przestał śpiewać i odwrócił się. Był pogodny i rozluźniony. Niezbyt dziwne, zważywszy na to, że w butelce na stojaku brakowało już dwóch trzecich wina.

– Witam panią inżynier! – Uprzejmie skinął Wyszyńskiej, a potem zajął się bezczelnie lustrowaniem jej sylwetki. Konkretnie patrzył na te fragmenty, które opinała wąska i cieniutka spódnica.

Nie bardzo wiedziała, co zrobić, więc dygnęła jak uczennica, wywołując na twarzy admirała radosny uśmiech.

– Czym mogę służyć, piękna pani? – zapytał, wpatrzony teraz w jej biust.

– Jednak zdecydował się pan uderzyć na Tor Avahen?

– Wysyłam ułanów, żeby czynili swoją powinność...

Dalsze jego słowa zagłuszył ryk silników startującego bombowca. Rzeczywiście, na burcie miał namalowany symbol swojej jednostki: ułańskie czako przekreślone szablą i strzemionami.

Wyszyńska nie mogła uwierzyć w to, co widzi.

– W jakim celu pan ich wysyła?

– No jak zwykle. – Admirał obruszył się na myśl, że ktoś może nie wiedzieć, po co wysyła się bombowce. – Żeby pozostawili po sobie tylko niebo i gołą ziemię – wyjaśnił uprzejmie.

Wiatr wzmógł się trochę, rozwiewając poły jego płaszcza. Zwiał też popiół z cygara. Ni stąd, ni zowąd Wyszyńskiej przypomniała się wiadomość od Mereditha: „Dziś jest dzień przełomu".

– Nie jest moją intencją wnikanie w decyzje wojskowych, ale czegoś nie rozumiem. Nasze wojska ugrzęzły za Złymi Ziemiami, Krzysiek ma się podjąć dalekiego rajdu z oddziałem komandosów, których nie zna i nigdy z nimi nie ćwiczył, a pan atakuje Tor Avahen, nie czekając nawet, aż dotrze tu brygada Baranowskiego. Co chce pan osiągnąć?

Wyraźnie rozbawiła Wentzla.

– Spokojnie, spokojnie. – Uniósł ręce. – Spokojnie. Za wiele spraw porusza pani naraz. Może po kolei będę odpowiadał?

– Słucham. – Lekko skłoniła głowę.

– Widzi pani...

Musiał przerwać z powodu startu kolejnego bombowca. Po chwili poczuli nawet swąd jego spalin. Wyraźnie rozproszyło to podpitego admirała.

– Oglądała pani te wszystkie romantyczne filmy o walkach na kresach Rzeczypospolitej?

– Proszę?

– No, wie pani. Nasz oddział wybity w zasadzce. Wróg okrąża dwójkę pozostałych przy życiu. Piękna kobieta mówi do ukochanego: „Dwie ostatnie kule zostaw dla nas". Całują się ostatni raz. A tu nagle... Tętent i przybywają ułani z odsieczą. Szable, szarża, masakra i para cudem ocalonych bohaterów łka sobie w objęciach.

– Nieczęsto bywam w kinie, ale tak. Widziałam podobne produkcje.

– A wie pani co? Mnie zawsze interesowało, jak reaguje na ułanów druga strona. W kinie tego nigdy nie pokazują. A mnie ciekawiło, co czuje wtedy wróg. Otóż otoczył i wybił polski oddział, zwycięstwo tuż-tuż, a tu nagle pojawiają się gnoje z szablami i wyrzynają, niwecząc sukces. Zawsze mnie interesowało, co wtedy czują. Jak wielki jest ich zawód? Nigdy tego na żadnym filmie nie zobaczyłem.

Przełknęła ślinę.

– Do czego pan zmierza?

– Otóż tym razem się dowiem. – Wentzel pociągnął ze swojego kielicha łyk wina. – Dowiem się, co czuje wróg po ataku ułanów. – Uśmiechnął się rozbrajająco. – Wywiad Tor Avahen zdołał umieścić u celu swoich ludzi. I oni mi wszystko w raportach opiszą. – Zaczął się śmiać na cały głos. – Opiszą mi, co się tam działo po szarży!

– Rozumiem – powiedziała Wyszyńska ostrożnie. – A co do pozostałych spraw?

Wzruszył ramionami.

– Proszę pani – cmoknął cicho – mając pod bokiem wysoko postawionego agenta w sztabie Kawalca, uznałem, że dowództwo Ossendowskiego jest zinfiltrowane. No i cóż można w tej sytuacji zrobić? Możliwa jest jedynie dezinformacja.

– Czyli?

– Naprawdę pani uwierzyła, że nasza armia ugrzęzła za Złymi Ziemiami? Naprawdę?

– Hmm... – Nie miała pojęcia, co powiedzieć. – Chyba nie posuwamy się za szybko naprzód. – Znowu uderzyła w ostrożny ton, byleby go tylko nie zdenerwować.

– Otóż to właśnie. Czołgi rozdzielono na małe grupki, przypisując je czasem do szczebla kompanii nawet. Armia imperialna, jeśli napotyka wroga, to się okopuje, stawia zasieki i masakruje. A przecież to typowa taktyka obronna. Nie zaczepna w żadnym razie.

– No właśnie.

– Już dziś czołgi zostaną zeŚrodkowane i skupione w jednym korpusie. Piechota zmechanizowana da osłonę, a klasyczna zajmie strategiczne punkty. Jutro jesteśmy na granicy Piekła. – Zaśmiał się. – No chyba pani nie uwierzyła, że nowoczesna armia z lotnictwem, bronią pancerną i karabinami maszynowymi nie jest w stanie przejść przez pozycje armii z czasów Napoleona bez mała – westchnął. – Z tym że Francuzi byli lepiej dowodzeni. Naprawdę pani uwierzyła w te bajki? – Nie mógł się nadziwić. – Sądziła pani, że napalmu nam zabrakło?

– A reszta? Krzysiek i komandosi.

– Oj tam. Pijany komandor Tomaszewski narzekający w mesie na pewno przekonał tych, którzy informują agenta od Kawalca, że jesteśmy w desperacji. A rajd do bieguna to przecież operacja zwiadowcza. Z tym że od dalekiego zwiadu są Tatarzy przecież. A ich oddział dobrze już Tomaszewski zna. I jest z nimi zgrany, a wszelkie elementy współdziałania miał przećwiczone podczas rajdu na Banxi.

– No to jestem pod wrażeniem, panie admirale.

Udając skromnego, Wentzel rozłożył ręce.

– Nasze wojska utworzą bazę za Złymi Ziemiami. Przy granicy z Piekłem. I stamtąd wyruszycie.

– A jak się tam dostaniemy? Lot do Kong, przesiadka, do Negger Bank, przesiadka, na Złe Ziemie, przesiadka i dalej? To zajmie kilka dni.

– No, pani przesadza, naprawdę. Polecicie stąd po prostej, bezpośrednio do nowej bazy.

– Nie za daleko aby?

– Nie. Przecież mamy nowych sojuszników. Stąd helikoptery zawiozą was do twierdzy Tor Dart, tam zatankujecie, potem do Tor Maar, gdzie zatankujecie, i... jutro... spotykacie się z czołówkami imperialnej armii. Przy granicy Piekła.

Wyszyńska westchnęła ciężko, a właściwie wypuściła z płuc powietrze.

– Codziennie dostaję meldunki o sytuacji na trasie i czy wszystko gotowe.

– Wiem. Widziałam dzisiaj lądującą pilotkę latawca.

– Biedna dziewczyna. Wszystkie one biedne. Kiedy już zobaczą, że mamy nawet pływające lotnisko. A ich dowódcy dostają przecież od nich meldunki. I utwierdzają się w przekonaniu, że jak już z kimś trzymać w tej wojnie, to tylko z nami. I że dokonali właściwego wyboru.

– No to już ostatnia kwestia. – Wyszyńska przez moment nie wiedziała, jak zadać pytanie. – Po co panu nalot na Tor Avahen?

Popatrzył na nią z ukosa.

– No właśnie. Po co? – zamyślił się. – Po nic – odpowiedział sobie. – Jest zupełnie i do niczego niepotrzebny.

Aż podskoczyła. Przecież dla wszystkich było jasne, że to górska twierdza będzie celem.

– A te bombowce?

– Zaczynam w panią wątpić – mruknął.

– To nie nalot na twierdzę?

– Wszystko, co robiliśmy do tej pory, to dezinformacja. Przysłanie tu pani, Mereditha, Tomaszewskiego czy oddziału komandosów to tylko zmyłka. Swoje obliczenia mogła pani przecież wykonać w Negger Bank. Zmyłką było to pośpieszne niby ładowanie brygady Baranowskiego na statki. Jak i plotka, że z pośpiechu zrzucaliśmy z pokładów wszystkich uchodźców wprost do morza tuż przy plaży. To kłamstwo. Przecież dzieci mogłyby się potopić wtedy.

Mimowolnie się uśmiechnęła.

– Jeśli ktoś uwierzył wcześniej, że Baranowski drogę sprzed paruset lat odnawia w puszczy Banxi, to się z robakiem na rozum zamienił. Czym miałaby to robić brygada? Żołnierzami? Od pewnego czasu kłamstwo goniło kłamstwo.

– I agent od Kawalca uwierzył?

– Nie wiem, jak agent – powiedział Wentzel. – Pani uwierzyła.

Wyszyńska rozkaszlała się, próbując ukryć konfuzję. Przyjęła chusteczkę od admirała. A on mówił dalej.

– Kluczowa była dla nas informacja przesłana przez Kai. O istnieniu wielkich drewnianych mostów przez cieśninę Olphe. Tamtędy przechodzą armie Nayer i ich zaopatrzenie. Wywiad Tor Avahen wie, gdzie jest cieśnina, a dzięki temu, że pani przeliczyła wartości z ich map na naszą skalę, ja również wiem. – Pyknął dymem z cygara. – Znam z idealną dokładnością położenie celu, nad który posyłam bombowce. I od dzisiaj nie przedostanie się tamtędy ani jeden żołnierz, ani jeden kilogram zaopatrzenia. No... chyba że nasze bomby nie poradzą sobie z drewnianymi mostami.

– Wtedy poradzi sobie z nimi Baranowski?

– Tak, wysadzimy go pod osłoną armat krążownika i on spali tam wszystko.

Kolejny bombowiec swoim rykiem przerwał im rozmowę. Wyszyńska patrzyła na ułańskie emblematy, którymi ozdobiono jego burtę.

– Zostawią za sobą niebo i gołą ziemię... tfu! Niebo i puste morze, chyba.

– Nie inaczej.

– No ale zostaje przecież na brzegu cała armia Nayer, która już tu dotarła. Mają miażdżącą przewagę liczebną.

– Mają – potwierdził Wentzel. – No trudno.

– Mam nadzieję, że nie lekceważy pan tej masy.

– Niewiele mogą zrobić. Załogi twierdz nie pozwolą im na żaden manewr strategiczny. A ci, co weszli do Piekła, są nawaleni narkotykami. Sami umrą za kilkanaście dni.

– A załogi twierdz tego górzystego kraju?

– Wszyscy będą się musieli zamknąć w twierdzach. Ale też i zablokują przeciwnika.

– A co będą jedli?

– A co będzie jadła konwencjonalna armia Nayer? Ta bez narkotyków?

– Pan nie docenia ich zdolności. Ograbią cały kraj.

Skinął głową.

– Owszem. Ale co potem? Zima idzie. Kora z drzew nie wystarczy.

– To samo dotyczy załóg za murami.

Wentzel uśmiechnął się, i znowu radośnie.

– Nie wiem, co będą jadły wojska Nayer w ogołoconym kraju zimą. Ale załogi twierdz będą żarły polskie konserwy.

Teraz również Wyszyńska się uśmiechnęła. Zaplotła ramiona, chroniąc się od chłodu. W tym eleganckim stroju było jej coraz zimniej. Trudno było admirałowi odmówić logiki. W tym kraju bez obrony powietrznej i wrogich myśliwców stworzenie powietrznych mostów było tanie i nie wymagało większego wysiłku. Bez wrogiego ognia zrzuty powinny trafiać w cel bez pudła.

– Wszystko rozstrzygnie się na biegunie – powiedział Wentzel. – Jeśli dyrektor Budzyński się nie myli i jest tam to, co ma być.

Dopiero teraz zauważył, że kobieta w jego towarzystwie marznie.

– Zaproponowałbym pani wino. Ale niestety, mam tylko jeden kieliszek.

– Nie szkodzi. Ja w Trójkącie Bermudzkim chowana. – Wyjęła butelkę ze stojaka i zbliżyła do ust. – Pociągnę z gwinta.

Ludzie z Organizacji Randa byli wszędzie. Informowali o ruchach przeciwnika, przekazywali informacje, wzniecali fale plotek w miejscach, w których trzeba je było wzniecić. A przede wszystkim informowali „lud", co dzieje się w mieście. Oczywiście sprzedawali jedynie swoją wersję wydarzeń. Jak na przykład to, że należy wyłapywać wszystkich cesarskich kurierów, bo to oni przekazują rozkazy opresyjnej władczyni. Pałac oślepł więc momentalnie, a wiadomości docierały tam jedynie w drobnych fragmentach, zaciemniając obraz sytuacji. Nie przeszkodziło to co prawda w zrozumieniu prostego faktu, że w mieście wybuchły rozruchy. Nie przeszkodziło to również w przekazaniu na front decyzji o błyskawicznym wycofaniu dywizji wojsk specjalnych i pchnięciu jej na wybrzeże, do Negger Bank. Jednak sama operacja dyslokacji tak dużej jednostki wymagała czasu do realizacji. A po zdobyciu i rozgrabieniu głównych magazynów trudno było nawet powiedzieć, że w mieście wrzało. Nie. To złe określenie. Doszło już do regularnych walk ulicznych.

Shen przyjęła prostą taktykę. Jeśli strażnicy zdołali skoncentrować gdzieś większy oddział, uderzała na niego, rozpraszała i wycofywała się błyskawicznie. Resztę albo załatwiali już obywatele, albo nie, lecz nie miało to większego znaczenia. Dowództwo jakichkolwiek zorganizowanych sił nie miało pojęcia, co się dzieje. Przypominali raczej strażaków, którzy nagle zobaczyli przed sobą dziesiątki albo i setki pożarów i w amatorski sposób, zamiast skoncentrować siły na największych, rozpraszali się gasić wszystkie. A oni najzwyczajniej nie wiedzieli, gdzie są naprawdę ważne pożary. Być może dlatego, że takich po prostu nie było. A być może dlatego, że każdy był ważny. Mgła wojny. Nie do przeniknięcia dla wrogich oczu. Zbawienna dla kogoś, kto dysponował bardzo szczupłym oddziałem o dużej mobilności. A weteranki Shen musztrę i manewry miały opanowane do perfekcji.

– Koncentrują się na placu sześć przecznic dalej. – Kurier Organizacji Randa miał nawet fragment mapy, na której zaznaczył pozycje strażników. – Nie wyglądają na takich, którzy wiedzą, co robić.

– Idziemy. – Shen porównała wydarty skądś fragment ze swoją mapą. – Mam wrażenie, że nawet znam tę okolicę.

Kadir spojrzał jej przez ramię.

– Wąskie uliczki, zabudowa na planie prostokątów, zaułki. – Skrzywił się. – Niebezpieczne miejsce.

– Jak dla kogo. – Odpowiedziała mu uśmiechem, dając znak Nanti, by ruszyła oddział. – My mamy zwiad i łączność.

Rusznikarz wzruszył ramionami.

– Na szczęście potem jest wielki plac. Liczyłbym raczej na to właśnie.

Maszerowali szybko, rozdzielając oddział na trzy równoległe ulice. Tam, gdzie szli, było stosunkowo pusto. Z traktów obok dobiegały jednak wiwaty i głośne okrzyki. Ludzie prawdopodobnie zbierali się w oknach, bo na dole brakowało odpowiednio dużo miejsca. Stan biednych kamienic był opłakany. Istniała więc obawa, że się zawalą od nadmiaru zgromadzonych przy jednej ścianie ludzi. Shen wolałaby uniknąć pogrzebania którejkolwiek z części swojego oddziału.

– Szybciej! – zakomenderowała.

Na szczęście rozległy plac znajdował się blisko. Trzy pododdziały wyszły na niego, od razu formując szyk. Shen skądś znała to miejsce. Chyba już tu była.

Ludzi przybyło bardzo dużo, zgromadzili się pod ścianami. Powodem był formujący właśnie linię oddział strażników na środku. Mieli sprawnych dowódców, którzy błyskawicznie dostrzegli zagrożenie swojej flanki. Zanim odwrócili swoich ludzi przodem, minęło jednak wystarczająco dużo czasu, żeby oddział Shen podszedł na odległość skutecznego strzału.

– Padnij!

Jej ludzie błyskawicznie zajęli leżące pozycje strzeleckie.

– Do strzału...

Coś dotknęło nogi Shen. Spojrzała w tamtą stronę.

Tuż obok stał mały chłopczyk. Mógł mieć jakieś sześć, siedem lat. Trzymał coś w dłoni, którą wyciągał w jej stronę.

Bogowie! On miał w ręku pęk kwiatów mocno związanych tasiemką! Tak, żeby wiązanka przypominała marszałkowską buławę!

Teraz nie miała już wątpliwości. To na tym placu właśnie starła się z wojskiem, dowodząc najemnikami i całą bandą różnorakich szubrawców podczas pierwszej próby przewrotu w Negger Bank. To tutaj od trupa zabitej niewinnej dziewczyny wzięła swoją pierwszą wiązankę kwiatów i użyła jej jak buławy, jak oficerskiej trzcinki, by pokazywać swoim ludziom cel.

Poczuła łzy w oczach. Nadal to pamiętają! Wciąż pamiętają, co wtedy zrobiła! Bogowie... Coś dusiło ją w gardle. Coś nie pozwalało mówić. Z najwyższym trudem przełknęła ślinę. A potem wzięła od chłopczyka kwiaty i podniosła w wyciągniętej ręce.

Ludzie pod ścianami domów zaczęli krzyczeć, zdzierając sobie gardła. Strażnicy gotowali się do salwy.

Shen odzyskała głos.

– Kto namierzył cel, niech strzela według własnej woli! – wydała rozkaz. – Ognia!

Jej ludzie zaczęli prowadzić spokojny, celowany ogień. Strzał, odciągnięcie kurka, zgranie przyrządów celowniczych, strzał. Leżeli i mierzyli z podpórką. Ogień był makabrycznie skuteczny. Większość strażników w ogóle nie wystrzeliła. Ci, którzy pociągnęli za spust, nie potrafili celować w strachu.

A Shen nagle zrozumiała, że potrzebuje czegoś więcej. Teraz musi nastąpić coś, co stanie się symbolem. Co wskaże duszom ludzkim kierunek.

– Wstrzymać ogień! – wydała następną komendę. – Zmienić bębny w karabinach!

Niecodzienny rozkaz, bo ludzie mieli jeszcze niewykorzystane naboje w komorach. Ale żołnierze nie dyskutowali. Żołnierze wykonywali rozkazy.

Chwila ciszy. Strażnicy stali zdezorientowani. Ludzie czekali zaskoczeni.

Co zrobić? Książę Orion przed tysiącem lat zasłynął masakrą na schodach w stolicy Troy. Biafra masakrą pod Negger Bank właśnie. Dwie bitwy, potyczki pozbawione jakiegokolwiek znaczenia, stały się symbolami. A Achaja? Sama jedna rzuciła się na potwory w Wielkim Lesie, odsyłając swoich ludzi w bezpieczne miejsce. Sama jedna pokonała Viriona.

– Całość powstań!

Jej ludzie podnosili się z bruku, niczego nie rozumiejąc. Ale żołnierz przecież nie musi rozumieć.

– Oprzeć kolby na biodrach! Kiedy opuszczę rękę, ruszycie do przodu. Jak będzie trzeba, zaczniecie strzelać bez podnoszenia broni.

Niebywałe. Nikt nigdy nie wydał tak głupiego rozkazu. Przecież w tej pozycji nie można celować! Nikt nigdy w całej historii... Na szczęście żołnierze nie musieli znać historii.

Shen pogłaskała chłopca po głowie.

– Dzięki – szepnęła. – A teraz uciekaj. I patrz, co się stanie.

Uśmiechnął się do niej. Pobiegł. Ale nie za daleko.

Shen podniosła wiązankę. A potem ruszyła w stronę strażników. Sama.

Ludzie pod ścianami zamarli w bezbrzeżnym zdziwieniu. Ustały wszelkie okrzyki zagrzewające partyzantów do boju. Umilkły śmiechy z powodu konfuzji strażników. Takiego rozwoju dramaturgii widowiska nikt się nie spodziewał.

W idealnej ciszy słychać było jedynie odgłos sandałów Shen na bruku. Dziewczyna szła spokojnie, krok za krokiem, bez jakiegoś szczególnego wyrazu twarzy nawet. Ot, po prostu. Szła sobie.

Strażnicy patrzyli w oszołomieniu. Nie bardzo wiedzieli, co mają zrobić. To jakiś negocjator? Posłaniec? Parlamentariusz? Nikt nie miał pojęcia, czego chciała. Nie trzymała broni w rękach, nie powiewała białą szmatą. Tylko te kwiaty.

Shen zatrzymała się mniej więcej w połowie dystansu, jaki dzielił jej oddział od wrogów. Delikatny wiatr chłodził jej twarz, ramiona i nogi. Słońce przygrzewało

jeszcze lekko, bez całej swojej mocy. Z oddali dzięki ciszy dało się słyszeć nawet szum morza. Tak, znała ten plac. Pamiętała. Co za piękne miejsce.

Lekko, ale zdecydowanie opuściła rękę z wiązanką. Jej ludzie ruszyli tyralierą. Nikt jeszcze nie strzelał. Posuwali się krok za krokiem śladami swojego dowódcy. Ludziom pod ścianami oczy wychodziły z orbit. Dopiero teraz zaczynali rozumieć, że są świadkami jakiegoś zupełnie wyjątkowego momentu w historii. Strażnicy rozglądali się, patrząc na siebie nawzajem. Choć to zakrawało na niemożliwość, kilku zwątpiło już teraz. Na widok zbliżającej się tyraliery rzucili broń i odbiegli. Siła kumulującego się napięcia była niesamowita. I ten rząd atakujących w milczeniu ludzi. Werbel zbliżających się kroków.

Któryś ze strażników nie wytrzymał. Podniósł karabin, odwodząc kurek.

Partyzanci Shen zaczęli momentalnie strzelać. Celność zerowa, ale siła ognia powalająca. Żaden strażnik nie mógł w tych warunkach wymierzyć. Trzęsły się ręce, uginały nogi. Bo kto potrafi stać nieruchomo, kiedy z naprzeciwka nadlatują setki kul? Weteranki maszerowały spokojnie, odciągając kurki i ściągając spusty. Równo, twardo, jednostajnie jak młyn wodny.

Ktoś krzyknął przerażony. Ktoś zwymiotował ze strachu.

Strażnicy zaczęli uciekać. Nie wycofywać się, nie wykonywać manewru oderwania od przeciwnika. Uciekali, porzucając broń i nie patrząc za siebie. Tłum dopiero teraz gruchnął wiwatami.

– Brawo! Brawo! – Kadir też dał się ponieść. Wyjął swoje dwa rewolwery i strzelał z obu rąk. – Tego właśnie potrzebujemy!

Podbiegł do Shen i zaczął ją ściskać.

Sharri uklękła na bruku i biła w niego pięściami.

– Właśnie przechodzimy do legendy! – wrzeszczała. – Idziemy stąd prosto do historii!

– Ja cię pierdolę! – Nanti nie mogła oprzytomnieć. I ją pochłonął toczący się na powierzchni placu walec ognia. Czegoś takiego nie widziała nigdy w życiu. – Ja cię pierdolę równo!

Ludzie odklejali się od ścian, ale nie tworzyli jakiejś zorganizowanej grupy. Krążyli po placu podnieceni i podekscytowani, nie bardzo wiedząc, co ze sobą zrobić. Natomiast rodziło się właśnie coś, czego wcześniej nie było. Jakieś podniosłe uczucie. Duch, który ogarniał wszystkich, ale nie na zasadzie prostego podziału „my – oni". My i niemożliwa do określenia słowami, niewypowiadalna idea. Każdy, nie wiadomo skąd, czuł, że właśnie nastąpił jakiś przełom. Nie w równowadze sił. Nie w tej drobnej potyczce pozbawionej strategicznego znaczenia. Ludzie czuli jednak, być może, że powstał fundament. Symbol będący kamieniem granicznym, czymś, do czego można się było odnosić.

Żadnych wątpliwości co do znaczenia tego, co się stało, nie miała natomiast Sharri. Uniosła twarz ku niebu.

– Bogowie, którym nie chciałam służyć. Właśnie stąd, z tego bruku pokrytego kurzem i krwią, przenosimy się do historii.

Rozejrzała się.

– Potrzebuję natychmiast poety – zawołała. – Hej, czy jest tu jakiś poeta?

Niepotrzebnie krzyczała. Poeci byli. Widzieli i zapamiętali. Potrzebowali jednak czasu. Widząc brak odzewu, Sharri dopadła łącznika z Organizacji Randa.

– Powiem ci wszystko, a ty przekaż dalej. Tę wiadomość ma dzisiaj usłyszeć całe miasto. Jutro cały kraj!

– Zrobi się. – Chłopak nie mnożył trudności. – Nie przewiduję żadnych problemów.

– No to przekażcie tak: dzisiaj na placu... Szlag jasny! Jak się nazywa ten plac?

Kadir sprawdził na mapie.

– To plac Pachciarski – powiedział po chwili.

– No kurwa mać! Takiego imienia nie może nosić nasze zwycięstwo.

– Achaja po zdobyciu Syrinx zmieniła nazwy większości ważniejszych miejsc – podpowiedział jej rusznikarz.

– Fakt! I tego się trzymajmy. Więc to będzie plac... hm... Wyzwolenia?

– Banalne.

– Zgody? To już było. Czekaj. Może plac Wolności?

– Srolności. Albo nawet Wysrolności. Wznieś się poza przyziemne skojarzenia cesarskich heroldów.

Sharri zaklęła brzydko, marszcząc brwi. Nie oponowała jednak, wiedząc, że Kadir ma rację. A tu trzeba było czegoś do kronik. Do poezji. Po chwili plasnęła się w czoło.

– Słuchajcie. Uczcijmy jakoś pamięć naszych kolegów i koleżanek, których powieszono na drzewach wzdłuż królewskiej drogi w Kong. Co? Niech to będzie plac Bohaterów Kong.

Kadir kiwnął aprobująco głową.

– Ujdzie – mruknął.

– No to teraz dyktuję. – Sharri odwróciła się do posłańca. – Dzisiaj na placu Bohaterów Kong w mieście Negger Bank rozegrała się najważniejsza bitwa w historii cesarstwa. Ten plac będzie znany kiedyś jako miejsce narodzin Republiki!

– Ty, psiamać, mit założycielski tworzysz?

– Nie przerywaj. Na placu zasłanym tysiącami splecionych w bitewnym uścisku trupów rodzi się właśnie...

– No kurza twarz! Nie za dużo? Jest raptem kilkanaście trupów i kilkudziesięciu rannych. No ja rozumiem... setkę z tego zrobić. Ale nie więcej.

– A na schodach w stolicy Troy to ile było? Dziesięć by naliczył? A hekatomba była! Achaja w obronie swojej dywizji ilu mistrzów Viriona zabiła? Bo mówi się, że tysiąc.

– Znam źródła. Naciągane mówią o tysiącu szermierzy, a rozsądne szacują na czterystu, a nawet czterdziestu.

– A ja znam źródła świątynne. Nie dla cywilów. Achaja zabiła trzech, czterech ludzi Viriona. Czterech raptem, ale lud chce liczby tysiąca! I nie dyskutuj.

Kadir wzruszył ramionami.

Shen nie przysłuchiwała się ich kłótni. Odeszła kilka kroków, szukając mężczyzny, najlepiej wyważonego, o inteligentnym wyglądzie. Po chwili znalazła odpowiedniego, o skroniach przyprószonych pierwszą siwizną.

– Przepraszam. – Podeszła bliżej. – Czy pamięta pan masakrę na tym placu? To nie było tak dawno. Wojsko dokonało rzezi na bezbronnych ludziach. Potem były walki między żołnierzami a najemnikami.

– A pamiętam, panienko. Ja tu mieszkam. – Wskazał za siebie. – Wszystko pamiętam. Widziałem.

– Proszę mi powiedzieć, gdzie pochowano ciała tych ludzi? Oddano rodzinom? Zawieźli ich na cmentarz czy za miasto?

– Ano, panienko, za daleko to ich nie nosili.

– Co?

– Wszystkich pochowano tutaj. Pod tym brukiem. Żebyśmy buntowników po wsze czasy deptali własnymi butami. Tak właśnie było.

Shen potrząsnęła głową.

– Tutaj?

– Tak. Zerwali całą nawierzchnię i ułożyli raz jeszcze. Już na ciałach. Ja tu mieszkam, to widziałem. Pogardę im okazali. I chcieli, żebyśmy ich deptali. Żebyśmy po nich chodzili.

Shen nie mogła uwierzyć.

– Ale w jakimś konkretnym miejscu? Gdzie?

– Wszędzie na placu. Równo. O, tutaj. – Pokazał miejsce, w którym stał on sam. – I tutaj. – Wycelował palec w miejsce, gdzie stała ona. – Każdy na kimś stoi.

Skinęła głową. Ruszyła przed siebie, szukając bardziej ustronnego miejsca, a potem uklękła. Znała ten plac. To tu zabrała martwej dziewczynie wiązankę kwiatów, którą prawdopodobnie ta dostała od swojego chłopca. Zabrała. Nie. Nie zabrała. Pożyczyła. I teraz oddaje. Położyła swoje kwiaty na bruku i podniosła się szybko.

Początek i koniec historii.

Lot wcale nie był trudny. Dla Tomaszewskiego, który pierwszy raz siedział w kabinie helikoptera, lot tą maszyną był nawet bardziej komfortowy niż w przypadku wiatrakowca. Poza tym mogli osiągnąć zdecydowanie większą szybkość. No i zamknięta kabina. Tu już nic nie wiało, nie świszczało, nie zamrażało odsłoniętych części ciała. Wygłuszające słuchawki radiowe na uszach, mała wrażliwość na podmuchy wiatru i silniki umieszczone w osobnym, zamkniętym przedziale sprawiały, że nie byli nawet za bardzo zmęczeni.

Trasę wyznaczono po najkrótszej linii. Piloci trochę obawiali się lądowania w górskich twierdzach, ale już pierwsza próba w Tor Dart pokazała kolejną wyższość helikoptera nad wiatrakowcem. Śmigłowiec bez problemu lądował na wysuniętych tarasach przed hangarami, bez potrzeby dokonywania kaskaderskich wyczynów na granicy życia i śmierci. Ina, lecąca wraz z prowadzącym, pokazywała najlepsze trasy podejścia. Znała dobrze wszystkie twierdze i ich okolice. A ponieważ znała już także najnowsze technologie, bo oczywiście wszędzie zdążyła wetknąć swój ciekawski nos, była pomocą nie do przecenienia.

Kolejne międzylądowanie mieli w Tor Maar. Oprócz tankowania helikopterów tu czekał na nich także ciepły posiłek. Do Tor Maar wojna jeszcze nie dotarła. Nie było reglamentacji i ograniczeń, więc poczęstowano ich miejscowymi specjałami. I trzeba przyznać, że górale potrafili gotować. A może inaczej: potrafili smażyć i opiekać. Tomaszewski nie mógł się nadziwić szybkości, z jaką w tym państwie rozchodziły się wieści. Wszędzie witano ich jak najlepszych sojuszników. Wybawicieli bez mała od Czarnej Zarazy Nayer, jak nazywano tu wrogów.

– Szkoda. – Wyszyńska posmutniała nagle. – Kiedy zamkną się w murach i zima zmusi ich do jedzenia polskich konserw, to bardzo będzie im brakowało tych szaszłyków.

– Bez przesady. – Tomaszewski wzruszył ramionami. – Konserwy są ohydne, ale da się przeżyć.

– My się głodu nie boimy – powiedział usługujący im góral. – Wszystko można zjeść przecież. Chcecie zobaczyć?

Zaprowadził ich do kuchni obok, gdzie właśnie oprawiano kozicę. Góral ostrym nożem rozciął żołądek, z którego wylała się zgniłozielonkawa treść.

– Ona się żywi roślinami. A tu, w brzuchu, ma już częściowo przetrawione. Zdatne do jedzenia przez człowieka. Spróbujcie. Można jeść.

Wyszyńska skrzywiła się z powodu zapachu, który ją owionął.

– No niby tak. To przecież wspaniałe źródło witamin. Szkorbutu nie będzie.

– Spróbujcie, pani – nalegał góral. – Poznajcie miejscowe zwyczaje.

Wyszyńska, żeby nie wywołać skandalu dyplomatycznego, bez okazywania wstrętu wzięła łyżkę ohydnej treści i usiłując zapanować nad odruchem wymiotnym, podniosła do ust. Najpierw próbowała żuć, a potem, dławiąc się, przełknęła. Dokonała nadludzkiego wysiłku woli i uśmiechnęła się nawet.

– No... – nie wiedziała, jak skomentować. – I wy to jecie?

– Ale nigdy w życiu, pani – roześmiał się góral. – Przecież to wstrętne i zrzygać się można. A ja tylko pokazałem, że to jest możliwe.

Tomaszewski z Meredithem śmiali się, wymieniając szturchańce, a Ina wyjaśniła szybko:

– Mówiąc o miejscowych zwyczajach, on miał na myśli zwyczaj robienia głupich dowcipów dostojnym gościom.

– Mogłaś uprzedzić, mała suczko!

– Oj, nie frasujcie się, pani. Tu macie gorzałeczki do zabicia smaku. – Podał Wyszyńskiej spory kubek.

Ostatni odcinek lotu był najdłuższy. Na szczęście w kabinie, gdzie podróżował Tomaszewski z niezbyt trzeźwym z powodu lekarstwa na lęk wysokości Meredithem i Wyszyńską, było więcej miejsca niż w innych helikopterach. Zamiast ściśniętych jeden obok drugiego ludzi wieźli bowiem Martwicę S, mały krokomierz pani inżynier. Mały to on był w porównaniu z zestawem, który zainstalowano na lotniskowcu. W dodatku skrzynię metr na metr na półtora obciążono dziewięcioma akumulatorami i specjalnym wózkiem do transportu. Prymitywny kalkulator, jak nazywała go pogardliwie Wyszyńska, miał jednak tę zaletę, że można było na nim położyć nogi i w ciasnym wnętrzu robiło się naprawdę luksusowo. Jak na standardy Wojska Polskiego, oczywiście.

Mimo długiej podróży niezbyt zmęczeni, wysiedli w nocy tuż przy czołówkach pancernej grupy uderzeniowej, tak jak było umówione. Polowe lądowisko zostało nieźle urządzone, zważywszy na warunki i pośpiech, z jakim armia cesarska osiągała ten teren. Znajdowali się tuż przy samej granicy Piekła.

– Cześć, Krzysiu! – Pierwszym człowiekiem, który wyszedł im na spotkanie, był dowódca tatarskiego zwiadu.

– Cześć, Selim! – Tomaszewski rozpromienił się natychmiast. – Jak dobrze cię widzieć w mundurze, a nie w więziennym pasiaku.

– No co ty mówisz? – niby to obruszył się Michałowicz, choć uśmiech wskazywał, że wie, o czym jego przyjaciel mówi.

– Doszły mnie słuchy, że jesteś bigamistą. I myślałem, że zgodnie z prawem posadzili cię już w kryminale.

– Aj tam. Chyba nie masz do mnie pretensji, że jestem przestępcą matrymonialnym?

– Nie. Ja mam do ciebie pretensje, żeś mnie na ślub nie zaprosił, świnio jedna!

– Allach świadkiem, że nie mogłem. Ślub siłą rzeczy musiał być tajny. Ale na wesele cię zaproszę.

Długo rozwodził się nad tym, że i tam ma szczęście, bo są na terenie obcego państwa i polskie prawo, nawet na terenie jednostki wojskowej, jest jeszcze w stanie spojrzeć na niektóre sprawy przez palce. A kiedy wszystko się już unormuje, to przecież od czego są koledzy. Na pewno ostrzegą w porę, że chmury się zbierają, a on wtedy pojedzie z nową żoną do kraju, gdzie się urodziła. A tam już ręce polskiej Temidy nie sięgną, bo w najlepszym razie patronka sprawiedliwości po palcach zostanie obita.

– No dobra. – Tomaszewski ciągle był ciekawy. – A co na to Anisa?

– Moja pierwsza żona jest tatarską kobietą, muzułmanką. A u nas takie sprawy są dozwolone.

– Nie zapominaj, że Anisa jest też Polką. W skarpetkach cię puści, gołego.

Michałowicz tylko cmoknął.

– Mam nadzieję, że one się zaprzyjaźnią i razem pojedziemy do kraju mojej drugiej żony.

– A jaki to kraj?

– Dahmeria. Zapewniam cię, że tam polskie prawo w żadnym wypadku nie sięgnie.

– Oż ty, równinny Tatarze, co ty w górach będziesz robił?

– Już ty się nie bój. A teraz chodź na kielicha, mnóstwo spraw jest do omówienia.

– Tylko nie przesadzajmy z tymi kielichami. Jutro rajd na biegun.

– Co? Strach przed delirium tremens? – tym razem Michałowicz dopiekł Tomaszewskiemu. – Plotki o tym, jak tankowałeś na lotniskowcu, już tu dotarły.

Prowizoryczna baza była dopiero w trakcie tworzenia. Namioty właśnie stawiano, ciągnięto kable łączności telefonicznej, rozstawiano zasieki i prowizoryczne punkty obronne. Na okopywanie się, tworzenie punktów ogniowych osłoniętych workami z piaskiem przyjdzie czas jutro. Według zwiadu lotniczego żadne niebezpieczeństwo im tu nie groziło. Armia Nayer zamarła w szoku, widząc prędkość, z jaką grupa uderzeniowa przestrzeliła zajmowany przez nią teren. No i miała inny problem. Cesarskie wojsko zmieniło taktykę. Teraz postępowało zgodnie z zasadą: mniej ostrożności, więcej napalmu.

Michałowicz i Tomaszewski, żeby porozmawiać, musieli zająć mały namiocik za stanowiskami kwatermistrza. Za poczęstunek musiała służyć jedynie konserwa, którą ktoś otworzył bagnetem. Z powodu bliskości Złych Ziem jedynym artykułem, którego nigdy nie brakowało, były benzyna, ropa i nafta. Tego było w nadmiarze, resztę już reglamentowano.

Obaj usiedli na składanych metalowych krzesłach z płóciennymi oparciami.

– Jesteś pewien, że tutaj nic nam nie grozi? – spytał Tomaszewski, kiedy zobaczył stawianą na stoliku kanciastą butelkę.

– Tutaj? Nic. A poza tym lotnicy dostali nową zabawkę, bombę paliwowo-powietrzną. Napalm przy tym jest jak cienkie piwo przy spirytusie.

Tomaszewski czekał, aż Selim napełni metalowe kieliszki. Żadna popitka nie została przygotowana. A, co tam.

– No to zdrowie!

– Zdrowie.

Płyn nie palił w gardle. Wódka więc pewnie tradycyjna, z Kresów.

– Jak stoimy? Widziałeś rozkazy?

– Stoimy kiepsko, Krzysiu – wyznał Tatar szczerze. – Bardzo kiepsko.

Tomaszewski westchnął i wyjął papierosa.

– Bo?

– Rozkazy przewidują, że wdzieramy się w granice Piekła tak daleko, jak się da. Tworzymy bezpieczną bazę z paliwem do helikopterów. Maszyny lądują stąd, w bazie następuje międzylądowanie z tankowaniem i lecą dalej na biegun. Z powrotem kolejność jest odwrotna. Ale... – Tatar opuścił oczy, a potem spojrzał Tomaszewskiemu w twarz. – Bazy ni chuja nie da się stworzyć.

– O matko.

– No. Byłem tam.

– W Piekle?

– Tak. Było jeszcze jasno, jak tu przybyliśmy. Pomyślałem sobie, że zrobię zwiad z marszu. Płytkie wejście na kilkanaście kilometrów. Wiesz, pojazdy sprawne, ludzie rozgrzani gonitwą, a spróbuję. No i wkroczyłem tam, siłami zmotoryzowanej kompanii. Paliwa przecież w bród, zapasów nie uszczuplę.

Tomaszewski, zaciekawiony opowieścią zwiadowcy, zaciągnął się głęboko. Trochę płynął po podróży, zdawało mu się momentami, że śni. Znowu był na końcu świata i słuchał opowieści spoza niego. Miał przed oczami lekką mgiełkę. Słowa docierały z opóźnieniem.

– Nie trzymaj mnie w niepewności – powiedział. – Co się stało?

Stary Tatar zmrużył swoje skośne oczy. Na jego szerokiej twarzy malował się zagadkowy wyraz.

– Teren określiłbym jako średnio przejezdny. Las, jeśli chodzi o gęstość, taki sobie. Najwięcej zabawy w objeżdżaniu zwalonych drzew, no i kurzawek pod ściółką. Ale dawaliśmy radę. Były momenty, kiedy kierowca w pojeździe pancernym nawet wrzucał trójkę. Przedzieraliśmy się trochę lepiej niż przez Wielki Las w Sait. Czas leciał, ale myślę sobie: kilkanaście kilometrów to nie wyrok. W razie czego zrobimy rozpoznanie bojem, bo wiesz, problem taki sam jak w przypadku tych dzikusów z lasów. Niby jakie siły mogą utrzymywać wzdłuż wszystkich swoich granic?

– Błagam, Selim. Co się stało?

– Zaczął się palić jeden z pojazdów.

– Silnik?

– Nie silnik. Pancerz. Oblano go czymś.

– Ropą?

– Raczej jakimś roztworem żywicy. – Michałowicz podniósł ręce, chcąc powstrzymać wątpliwości rozmówcy. – Wiem, że nie da się zrobić roztworu żywicy – zastrzegł. – A jednak. Z tym że domniemywam tylko po zapachu. Kojarzył się z czymś bardzo przyjemnym. To nie było benzynopochodne, zagęszczone coś jak u nas. Przyjemna woń sosen i alkoholu. – Machnął ręką. – Ale ja nie chemik.

– No dobra. I co?

– No nic. Załoga wyskoczyła z pojazdu, część do osłony, część gasić, a tamci zaczęli strzelać.

– Broń palna?

– Huku nie słyszałem. A za pociski mają takie małe strzałki. Trafią cię i po dwóch, trzech sekundach padasz jak martwy.

– Martwy?

– Powiedziałem „jak martwy". Zupełnie sparaliżowany. Do tego drgawki, piana z ust. Ale to coś nie zabija. Przynajmniej nie od razu, bo nie wiemy, co dalej.

– Ci ludzie przeżyli?

– Tak, przywiozłem ich ze sobą. Lekarz mówi, że im przeszło, że są osłabieni. Żeby użyć porównania, jak po ciężkim ataku grypy i nic więcej. Twierdzi, że dobrzeją powoli. Z tym że nie wie, jakie mogą być skutki później. Toksykologii w warunkach polowych nie zrobisz.

– Rozumiem.

– No i wiesz. Zrobiłem osłonę z innych pojazdów. Walimy ze wszystkiego, co jest na pokładzie, i spokój. Sytuacja opanowana. Jedziemy dalej. Zapłonął drugi pojazd.

– No szlag!

– Tak i ja pomyślałem. Kazałem szpicy jeździć dokoła i strzelać do wszystkiego, resztę pojazdów skierowałem do osłony. Jeśli strzelasz po krzakach z wukaemu na wieży, to przecież tam nie ma prawa nic przeżyć. Te pociski przebiją wszystko! Nawet drzewa!

– A na ile wam płynu w gaśnicach wystarczy?

– No właśnie. Kazałem sypać ziemię do worków i na dach, jako osłonę i środek gaśniczy. Wypuszczałem ataki w różnych niespodziewanych kierunkach, i to zmasowane, żeby nic przy życiu nie zostawić. A jakie efekty? Nie mam pojęcia.

Tomaszewskiemu spierzchły wargi. Choć to było niezbyt uprzejme, sam nalał następną kolejkę.

– No i tak jeździmy i strzelamy, aż w pewnej chwili mówię: stop! W ten sposób zaraz wystrzelamy całą amunicję i zużyjemy paliwo, bo przecież każdy manewr na najwyższych obrotach, bez zmiłowania dla maszyn. Stop. Mówię: żołnierze muszą przestać kryć się pod pancerzami pojazdów. Zatrzymujemy się i wychodzimy zmierzyć się z przeciwnikiem oko w oko.

– Ożeż ty, kurza twarz.

– Jakbyś zgadł.

– Co?

– Nic. Wychodzimy, a tu nagle zaatakowały nas jakieś ptaki. Kury, wrony, nie mam pojęcia. Zdawałoby się, zewsząd. Z każdej strony. Patrzę po ludziach, a tu wszyscy we krwi. Dosłownie wszyscy! To, powiem ci, robi wrażenie.

– Jak to wszyscy we krwi? Ranni?

– Właśnie nie. Dzikusy odcięli ptakom głowy i puścili przed siebie. A ptak, już nieżywy, jeszcze lata, skrzydłami trzepocze, krwią oblewa. No niby nic, ale ręce zaczynają ci chodzić. Tamci rażą nas strzałkami, moi ludzie strzelają po wszystkim, każdy we krwi, a ty masz w głowie, że zaraz się skończy amunicja! Przecież wystrzeliwujemy ją całymi setkami, całymi tysiącami bez mała. No kurde, jaki masz zapas w wozie? Ile wynosi rezerwa? Jeszcze chwila i będziemy się naparzać na pięści i bagnety. Z tym że ich ciągle nie widać, a my na środku. Jak na patelni.

– Zabiliście kogoś z tamtych?

– A skąd mnie wiedzieć? – Tatar potrząsał głową. – Statystyka mówi, że chyba tak, ale to tylko statystyka. Krzysiek... Ja żadnego z nich na oczy nie widziałem. I co byś zrobił na moim miejscu?

Tomaszewski wzruszył ramionami. Namyślał się jakiś czas.

– Przeprowadziłbym atak na kierunku największej aktywności przeciwnika z silnym oddziałem osłonowym z tyłu. Po przebyciu rozsądnego dystansu, w zależności od warunków, przerwałbym atak i rozpoczął pozorowany odwrót. Oddział osłonowy w tym momencie idzie w bok i zakleszcza wrogą grupę pościgową, a ja zawracam, żeby dobić.

– No! – Michałowicz z wyraźną aprobatą przytaknął. – Tak i ja zrobiłem.

– I co?

– I kiedy ruszyliśmy, przybiegł dozymetrysta z krzykiem, że liczniki promieniowania tykają jak szalone.

– No to teraz już trzeba tylko uciekać.

– Tak i ja zrobiłem – Tatar powtórzył swoje poprzednie zdanie. Tym razem smętnie. – Wsiadamy do wozów i chodu. Pod pancerzem, jak mówią ci od saperów, promieniowanie mniej straszne.

Zapadła cisza. Michałowicz wyjął z kieszeni swój dozymetr i obracał w dłoni. Tomaszewski dojrzał nienaruszoną plombę. Widać Selim nie chciał widzieć wskazań.

– Na ile wdarłeś się w głąb lasu?

– Na jakieś pięć, sześć kilometrów. Zostawiłem tam jeden wóz, ponad dwudziestu ludzi mam w szpitalu. I te dane skłaniają mnie, żeby powiedzieć: bazy helikopterowej w Piekle nie da się stworzyć. Nie będzie międzylądowania z tankowaniem po drodze.

Tomaszewski rozumiał, co to oznacza.

– A samoloty? – spytał jednak.

– Przecież wiesz, że tam są jetstreamy. Prądy strumieniowe na takiej wysokości, że rozrywa wszystko, co wejdzie w ich zasięg. I to znienacka, bo nie wieją cały czas. – Tatar westchnął ciężko. – Zresztą na lotniskowcu fachowcy rozmawiali z tą twoją Inną. Potwierdziła, że w okolicy Piekła się nie lata. Mogiła.

– A w stratosferze?

– Krzysiu, bombowców stratosferycznych my tutaj nie mamy.

Napełnił kieliszki i podniósł jeden. Tomaszewski nie ociągał się ze swoim.

– No. – Michałowicz chuchnął. – Możliwy jest tylko lot helikopterem na minimalnej wysokości. Tuż nad drzewami. Tankowania po drodze nie będzie. Więc wszystko zależy od tego, co okaże się na biegunie. No i jaki jeszcze sprzęt zdołają nasi tutaj zgromadzić w krótkim czasie. Możliwości raczej niewielkie. Mam nadzieję, że wiesz, co to oznacza.

Tomaszewski nie miał żadnych wątpliwości. Powiedział cicho:

– Bilet w jedną stronę.

Rand stawił się w pałacu wezwany przez umyślnego. Nie było czasu montować oficjalnej delegacji, nie było jak zorganizować porządnego zabezpieczenia. Jego jedyną polisą pozostała Aie. Tym razem ubrana w wyjściową kreację, mogła mu towarzyszyć aż do samej audiencji. Uznał po prostu, że lepiej mieć ją przy sobie z gołymi rękami niż z bronią, za to czekającą w korytarzu pod okiem straży. A może po prostu bał się iść sam. Z drugą, wspierającą osobą zawsze raźniej, choćby jej pomoc miała ograniczyć się jedynie do zasłonięcia go własnym ciałem, gdyby coś poszło nie tak. Choć nie spodziewał się aresztowania, ani tym bardziej natychmiastowego wyroku. Pozbawiona wsparcia specsłużb cesarzowa nie wydawała się osobą na tyle energiczną, by wydać wyrok i dopilnować wykonania na miejscu. Miał nadzieję, że ona szuka teraz po prostu sojuszników. A przynajmniej kogoś, kto pomoże jej przeniknąć mgłę wojny.

Wygląd małej sali audiencyjnej, tej do prywatnych spotkań, zaskoczył Randa. Przede wszystkim tym, że nie kręciło się jak zazwyczaj mnóstwo ludzi. Właściwie pałac ział pustkami. Na wielkim stole pośrodku leżały w nieładzie plakaty drukowane albo przez partyzantów, albo przez wspierający ich komitet ludowy. W pomieszczeniu znaleźli się jeszcze sędziwy minister wojny, kilku zaufanych służących i dwie damy dworu wraz z podręcznymi.

Najbardziej zaskoczyła go sama cesarzowa. W stanie najwyższej ekscytacji chodziła od ściany do ściany, jak nie przymierzając, admirał Ossendowski, którego Rand miał zaszczyt widzieć podczas jednej z oficjalnych narad. Jednak admirał, krążąc jak dzikie zwierzę w potrzasku, miał na sobie mundur, a nie wykwintną pałacową suknię z długim trenem. W przeciwieństwie do cesarzowej nie wyglądał więc śmiesznie.

– Co to jest?! – krzyknęła władczyni, wskazując na stół zawalony papierami.

Na samym wierzchu leżało kilka prac o zdumiewającej wartości artystycznej i propagandowej. Oto matka obejmująca jedną ręką dwójkę swoich dzieci na granicy śmierci głodowej, drugą błogosławi partyzanta. Mistrzostwo, jeśli chodzi o precyzję przekazu. Na drugim z kolei widać było oddział partyzantów maszerujących po placu, spod którego powierzchni ręce pomordowanych tam wcześniej ludzi wskazują kierunek marszu. Co by tu powiedzieć? Artysta miał talent. Wielki.

– Co to jest?

– To symbol placu Bohaterów Kong...

– Jakiego?!

– Dawniej plac Pachciarski.

– Jakim prawem ta głupia Shen uzurpuje sobie przywilej nadawania nazw w moim mieście?

– Wielka pani, Achaja też nadawała nowe nazwy strategicznym punktom w Syrinx.

– No to przypomnę ci, że Achaja jednak Syrinx najpierw zdobyła.

Rand nie odpowiedział. W tym stanie wzburzenia cesarzowa mogła być nieobliczalna. Lepiej nie ryzykować jej gniewu. Władczyni zauważyła jego wahanie. Przystanęła na moment, nie chcąc, by strach zamknął Randowi usta. To mogła, o dziwo, zrozumieć.

– Mów – rozkazała.

– Na placu Pachciarskim nasze wojska dokonały rzezi tłumu nieuzbrojonych ludzi. A żeby mieszkańcy Negger Bank zapamiętali na zawsze, jaki los czeka buntowników, zerwano z placu nawierzchnię i pod nią pochowano ciała. Po to, żeby ludzie musieli deptać swoich pomordowanych krewnych, znajomych, którzy podnieśli rękę...

– Bzdura! Nigdy nie wydałam takiego rozkazu!

– A jednak ta rzecz się dokonała. – Rand lekko pochylił głowę i zaryzykował szczerość: – Zabijają cię miernoty, wielka pani.

Cesarzowa znowu go zaskoczyła. Nie wybuchnęła gniewem. Miała jednak w głowie coś więcej niż oficjalne formułki. Podeszła bliżej i zapytała:

– Co powiedziałeś?

W jej głosie nie brzmiały ani złość, ani gniew, a jedynie ciekawość. Ciągnął więc szczerze:

– Zabijają cię miernoty, wielka pani. Ludzie, którzy nigdy nie dojdą do twojego znaczenia, do twojej władzy, do twojej pozycji. Ale chcieliby się bardzo przed tobą wykazać. Tyle że rozumu ani talentu u nich za grosz. Za to nadgorliwość wielka. Chcą więc być bardziej cesarscy niż sama cesarzowa. I popełnią każdą zbrodnię, każdą głupotę, każde skurwysyństwo, byleby tylko wykazać się przed tobą, wielka pani. Ich małe rozumki jednak nie przypuszczały w ogóle, że ty o tym czynie dowiedziałaś się dopiero dzisiaj. Ode mnie, prawda?

– Tak. I nie mogę uwierzyć, że ktoś się dopuścił takiej niegodziwości.

– Wierzę. I właśnie zabijają cię podłe czyny miernot. Małych ludzików, pozbawionych jakiegokolwiek talentu, lecz o wielkiej żądzy i koszmarnej nadgorliwości. To oni oblewają wszystko gównem, a ty za to odpowiesz.

Słowa, których użył Rand wobec władczyni, były niebywałe. Ziemia powinna się rozstąpić, ściany stopić, a legiony katów tratować w korytarzach, biegnąc tutaj, by ukarać za taką śmiałość. Tymczasem cesarzowa opuściła głowę. Podeszła bliżej i położyła Randowi rękę na ramieniu. Stojąca obok Aie wytrzeszczyła oczy ze zdumienia. Chyba po raz pierwszy zobaczyła w cesarzowej człowieka.

– A co z dywizją sił specjalnych wycofaną z frontu?

– Pierwszy rzut jest w Klare, z tego, co wiem.

Rand wolał nie wdawać się w szczegóły. Owszem, sytuację znał bardzo dokładnie. Nie dalej jak dzisiaj czytał list od przyjaciela z tamtego regionu, przysłany koleją. Wolał nie opierać się na swoich ludziach, więc o ocenę poprosił kolegę. Ten list Rand mógłby cytować z pamięci.

Drogi Randzie, zgodnie z Twoim życzeniem dowiedziałem się o wszystkim, co zaszło na bocznicy kolejowej w Klare. Z powodu natłoku transportów zaopatrzenia w drugą stronę Polacy skierowali pociąg z pierwszymi oddziałami dywizji na bocznicę mijankową. Dowódca oddziału partyzantów, „Koleś" Varik, miał za mało ludzi, żeby na nich uderzyć. Jego uwagę zwrócił jednak zaparkowany opodal buldożer (to taka maszyna do przesuwania gór piachu, jakbyś nie wiedział). Otóż Varik „sterroryzował" jakiegoś Polaka z obsługi, by ten mu wyjaśnił sposób działania. Polak, obficie terroryzowany złotem od kupców, którzy wspierają partyzantów, okazał się skłonny do współpracy. Piekielną maszynę włączył i pokazał, jak jechać, potem umknął jednak. W związku z powyższym „Koleś" osobiście wdrapał się na żelazne krzesełko kierowcy i wydając jakieś okrzyki, ruszył osłaniany ogniem swoich ludzi. Zaciekły był, a maszyna iście straszna. „Koleś" rozwalił tory kolejowe na długości jakichś stu kroków. Potem partyzanci zaczęli uciekać. Niemniej jednak pociągu z wojskiem nie sposób już ruszyć. Polacy zawołani do naprawy odpowiedzieli na piśmie. Nawet widziałem kopię tego dokumentu, który zajmuje aż sześć kart pisanych maczkiem. Przeczytałem i... Słowa rozumiem, sensu nie. Używają tam zwrotów w rodzaju „z powodu przewlekłych niedoinwestowań magazynowych w zakresie zatowarowania" albo „nieprawidłowa struktura obiektywnych trudności, komplikująca technologiczny aspekt wykonania korekt inżynierskich w perspektywie napraw infrastruktury"... Bogowie mili! Myślałem, żem wykształcony! A tu taka bieda, żeby pojąć cokolwiek. Myślę, że ludzie zza gór mają we krwi zawiłe tłumaczenia, bo wszyscy, którzy dokument zobaczą, głupieją natychmiast. Jedno jest jasne. Pociąg z bocznicy szybko nie ruszy. Bądź spokojny. Myślę więc, że Klare będzie nazywane „Świętym" nie tylko z powodu ubiegłorocznej powodzi. Epicki wyczyn „Kolesia" może przejść do historii.

– Kiedy tu dotrą? – zapytała cesarzowa.

– Nie wiem.

To było zgodne z prawdą.

Cesarzowa opuściła rękę i podeszła do stołu zawalonego papierami.

– A to? Mógłbyś to wyjaśnić?

– Oczywiście. Tłum zajął polską drukarnię.

– Wdarli się na teren eksterytorialnej bazy?

– Nie, wielka pani. Drukarnia jest w mieście. Polacy naprawdę borykają się z potwornymi brakami kadrowymi. Wszystko, co można zrobić naszymi rękami, jest robione przez siły lokalne. Tam polski to był może kierownik. A cała reszta, inżynier, technicy i pomoc to nasi. Polak na widok tłumu z pałami, który się zbliżał, pewnie uciekł przerażony, a rodacy zostali.

– I co? I tak od razu rozpoczęli drukować w wielkich nakładach?

– Drukarnia była w zamyśle przeznaczona do produkcji podręczników dla szkół, które miały powstać. No ale widać, że miejscowi racjonalizatorzy poradzili sobie ze zmianą formatu.

– Przecież lud generalnie nie potrafi czytać. – Cesarzowa wskazała napis na jednym z plakatów.

– Oni to wywieszają wszędzie. Pod każdym z papierów stoi ktoś, kto tłumaczy, co obraz oznacza. Pod biblioteką miejską stoi nawet mistrz nauczania retoryki. I wymowny jest. Ale sam obraz przemawia mocniej.

Cesarzowa nie dawała za wygraną.

– Przecież ktoś to musiał namalować, ktoś wymyślić. Ktoś z wielkim talentem. Tego nie zrobili prości ludzie.

– Owszem. To dzieło wielkich artystów.

– No nie powiesz mi, że inteligencja poszła z prostym ludem na barykady! – wybuchła nagle.

– Niestety, wielka pani. Poszła.

Władczyni spojrzała na ministra wojny. Ten stał nieporuszony. Pewnie przedtem przekonywał władczynię, że zgodnie z tradycją taki obrót sprawy jest niemożliwy.

– Poszła – powtórzył Rand. – I są w swoim gadaniu bardzo skuteczni. Nawet, można by zakpić, okazało się, że potrafią mówić z sensem, krótko i zrozumiale. To oni podburzają ludzi. Właśnie ci, wybitnie wykształceni.

– A czego chcą?

– Sami chyba nie do końca wiedzą jeszcze. Chcą jakiegoś wpływu na władzę. Mówią o wyborach. O reprezentacji wszystkich stanów, o głosie decydującym. O tym, że ludzie będą wybierać swoich przedstawicieli.

– Lud doradza cesarzowej?

– Prezydentowi, konsulowi, dwóm konsulom. To ustalą później.

– I tego chcą? Cesarstwa rządzonego przez plebs?

– Nie chcą cesarstwa. Chcą republiki.

Po tych słowach zapadła cisza. Nikt nieośmielił się powiedzieć ani słowa. A Rand zastanawiał się, co tak naprawdę dzieje się na ulicach. Znał wszystkie kulisy zajść. Znał organizację i cele. Ale... prawdę powiedziawszy, i jego zastanawiała łatwość, z jaką śnieżna kula zaczynała się toczyć, przybierając na masie przy każdym obrocie. On wiedział, że cesarstwo tak naprawdę nie musiało się obawiać ani zagranicznych, mniej lub bardziej wydumanych wrogów, ani już na pewno partyzantów Shen. Cesarstwo teraz musiało się zmierzyć ze stanem umysłów własnych obywateli. Bowiem Polacy zza gór oprócz technologii i wiedzy przywieźli coś jeszcze. Coś niewidzialnego. Nienamacalnego. Takiego właśnie jak stan duszy ludzkiej.

– Idź już – powiedziała cicho cesarzowa. – Bądź jednak gotowy na każde wezwanie.

– Tak, wielka pani.

Oboje z Aie złożyli przepisowe ukłony.

Kiedy wyszli, Aie nie mogła otrząsnąć się z szoku.

– Nie wiedziałam, że ona taka jest – wychrypiała.

– Jaka? – Rand ni stąd, ni zowąd objął dziewczynę ramieniem. Dalej szli już spleceni w uścisku.

– Taka... ludzka.

– Myślałaś, że to dziki zwierz z wystającymi kłami? Nie. Jest dość rozsądna, dość inteligentna, a nawet, nie waham się powiedzieć, mądra. Ale to właśnie, przesadny intelektualizm, ją krępuje. Nie jest człowiekiem czynu.

– A da się jeszcze dokonać jakiegoś czynu?

– Ja bym na jej miejscu wycofał się do stolicy. Powoli i spokojnieześrodkował siły specjalne i zrównał Negger Bank z powierzchnią ziemi. Jest jeszcze czas, są środki. – Zamyślił się na moment. – Ale ona tego nie zrobi.

– Dlaczego?

– Bo jest za bardzo wrażliwa. Nawet nie przyjdzie jej to do głowy.

– Tobie przyszło. – Aie uśmiechnęła się łobuzersko.

– Bo widzisz – uśmiechnął się w odpowiedzi – Biafra, żeby położyć na łopatki Cesarstwo Luan, potrzebował armii. Szczupłej, małej, ale jednak armii. A ja... – zawiesił głos. – Ja, żeby rozłożyć cesarstwo, żadnej armii nie potrzebuję.

Negocjacje handlowe na plaży trwały pół nocy. Wódz pieklił się, lecz na pontonie przysłanym przez okręt podwodny karabinu maszynowego po prostu nie było. Nie przekonywała go ani podwójna liczba skrzyń z paciorkami, ani bele pięknego materiału, ani siekiery, maczety, skrzynki wódki, a nawet półautomatyczne pistolety. Marynarze tracili cierpliwość. Nie mieli najmniejszej ochoty płynąć po tych wodach za dnia. W końcu Kai musiała użyć odrobiny swej mocy. Bynajmniej nie czarodziejskiej. Zaczęła rysować rybki na piasku, monotonnym głosem wmawiając wodzowi różne różności. Miała wrażenie, jakby mówiła do pnia co prawda, ale w końcu osiągnęła jakiś tam średnio zadowalający efekt. Zamiennikiem karabinu zostały dwa maszynowe pistolety, z wielką niechęcią oddane przez załogę. Przy okazji okazało się, że wódz wcale nie potrzebuje tej broni do wyrżnięcia współplemieńców. Jego zamiarem było rozpoczęcie kariery pirackiej, napadanie i łupienie statków Nayer. Kiedy poprzysiągł, że mówi prawdę, dostał na osłodę jeszcze kilka granatów.

Spokój, który zapadł po sfinalizowaniu transakcji, zburzył niespodziewany posłaniec. Okazało się, że do zagrody dla kóz dotarł nowy uciekinier z Tor Avahen. Przyniósł najświeższe wieści. Podobno w oddziałach wokół twierdzy trwa mobilizacja i wprowadzono pełną gotowość bojową. Terror, o ile to wykonalne, wzmaga się z każdą chwilą. Trwają rozśrodkowania, wymarsze, reorganizacja. Dowództwo sił Nayer szaleje.

– A co jest przyczyną? – zapytała Kai, przerywając potok jego wymowy.

Tubylec, choć wyjątkowo rozgarnięty, jak na miejscowe warunki, nie umiał powiedzieć. Wreszcie po długich indagacjach wydusił z siebie słowo zasłyszane od uciekiniera:

– Był nalot. Nalot!

Obaj piloci spojrzeli po sobie.

– Niemożliwe, żebyśmy zbombardowali twierdzę. Słyszelibyśmy tutaj huk bomb.

– No to może rozpoczęła się nasza ofensywa? I zbombardowano na razie jakieś posterunki?

Kai rozstrzygnęła ich wątpliwości.

– Moim zdaniem Rzeczpospolita poleciała nad Olphe – powiedziała.

– A co to jest?

– Cieśnina łącząca Nayer z tym krajem. Wybudowano tam gigantyczne drewniane mosty, mogące przepuścić całe armie.

– Aha. I tych mostów już nie ma. To ich tak wkurzyło?

Nuk wzruszyła ramionami.

– Amia okupacyjna jest teraz armią pozbawioną dostaw zaopatrzenia.

– No to zbierajmy się stąd jak najszybciej.

Marynarze z okrętu podwodnego o niczym nie wiedzieli. Najwyraźniej operacja lotnicza miała najwyższy status tajności. Nie mieli jednak żadnych wątpliwości, że czas odpływać. Kai i Nuk pożegnały się z pośrednikiem z Tor Avahen, który uczestniczył w negocjacjach za ich głowy. A potem pożegnały się z wodzem. Mimo swojej porywczości i prymitywizmu to był jednak fajny facet. Komendant i jego ludzie pozostali w zagrodzie dla kóz. Razem z innymi musieli czekać na normalną ewakuację kutrem za kilka dni. Nie powinna stać im się krzywda. Mieli papier od Kai i Nuk, jasno opisujący ich rolę podczas ucieczki. Dodatkowo Kai napisała im podania o azyl. Powinno wystarczyć.

Sam ponton pamiętała jeszcze z czasów, kiedy wypłynęła z wyprawą wotywną na samym początku jej podróży z pustynnej szkoły. To na nim właśnie podjęto ją nieprzytomną z morza na pokład okrętu podwodnego. Ten sam ponton, ten sam „Dragon"... Historia uwielbia posyłać swoje pionki na te pola planszy, gdzie sama się zaczynała. Teraz jednak Kai nie zaprzątała sobie tym głowy. Kiedy pokonali fale przy brzegu, morze okazało się gładkie i spokojne. Cichy pomruk silnika usypiał, a nagłe poczucie bezpieczeństwa po tylu dniach niebezpieczeństw sprawiało, że była coraz mniej przytomna. Nuk zasnęła twardo, piloci rozmawiali o czymś, nie podnosząc głosów, a Kai nie wiedziała, czy również zapanował nad nią sen, czy po prostu straciła przytomność.

Obudził ją dźwięk syreny. Na szczęście nie tej głównej, sygnałowej. Nad wodą unosił się biały opar i sternik musiał użyć przeciwmgłowej. Zdecydowanie cichszej, o niskim, prawie basowym tonie. W odpowiedzi gdzieś niedaleko rozbłysły światła. Ponton wykonał łagodny zwrot i już po chwili znaleźli się w snopie reflektora.

– Budzić się! Budzić! – Bosman potrząsał to Nuk, to każdym z pilotów z osobna. – ORP „Dragon" już.

– Już? – Właściciel zaspanego głosu ewidentnie nie dowierzał zapowiedzi.

– Budzić się. Zaspani pozlatujecie z trapu, a w nocy łatwo się potopić.

Trap, który przerzucono na ponton, wznosił się pod ostrym końcem i nie miał poręczy. Za to na pokładzie czekała ich niespodzianka. Przed wejściem do wielkiego kiosku stał sam kapitan Kozłowski w asyście oficerów. W sumie trudno się dziwić. Wizyta była zapowiedziana przez radio. I w dodatku niecodzienna. Zawsze jakaś rozrywka w monotonii nudnych patroli.

Kai zasalutowała zgodnie z regulaminem i zameldowała ich przybycie. Kozłowski nie pozostawał dłużny. Z kurtuazją zapewnił, że bardzo się cieszy, że to zaszczyt móc przywitać agentów marynarki bezpośrednio po powrocie z misji. Bogowie, co za służbista.

– Panie kapitanie – Kai przerwała potok jego wymowy – mam dla pana bardzo pilny meldunek.

– Dla mnie? – zdziwił się. – W takim razie zapraszam na mostek.

Kai znała drogę na mostek bardzo dobrze. Na „Dragonie" czuła się już prawie jak w domu. Znała wszystkie procedury, nic jej nie zaskakiwało. Prawidłowo oddała salut wachcie i oficerowi wachtowemu.

Kozłowski wskazał im miejsca przy podręcznym stole nawigacyjnym.

– Zamieniam się w słuch.

– Wiem z pewnego źródła, że na pokładzie uniwersalnego statku Nayer znajdują się urządzenia do stawiania min. Oni są świadomi, że marynarka RP nie ma trałowców na tym akwenie. I zamierzają postawić pole minowe na przewidywanym kursie naszych okrętów.

Kozłowski pochylił się nad stołem.

– To wiadomość najwyższej wagi. – Twarz mu stężała momentalnie. – Czy wie pani, gdzie zamierzają to zrobić?

– Nie mam bladego pojęcia. Nie znam obszarów operacyjnych naszej floty. Ale wiem, że na pewno jeszcze nie zaczęli.

– A gdzie jest w tej chwili ich stawiacz min?

– Nie wiem. Dwa dni temu stał jeszcze na redzie Tor Avahen.

Pierwszy oficer rozłożył przed nimi odpowiednią mapę.

– Tak mniej więcej gdzie?

Kai pokazała palcem. Też „tak mniej więcej", bo szkolenie z zakresu kartografii niby przeszła, ale był to jedynie przyspieszony kurs przed rozpoczęciem misji.

– Co to za okręt? Mogłaby go pani opisać?

– Mogę nawet narysować ze szczegółami. Bardzo ładnie rysuję i maluję.

Tu, na pokładzie okrętu RP, Kai nie obawiała się już użycia czarów. Mogła się lekko wspomóc i stworzyć nawet szkic techniczny.

– Słyszałam też, jak ich oficerowie zastanawiali się nad pojedynkiem armatnim między nimi a naszym niszczycielem. I nie tyle obawiali się dział A210, co jego torped. Mówili, że na dwa wachlarze nie ma zmiłowania. Czy jakoś tak.

Wyraźnie podnieciła oficerów. Przecież torpedy na „Dragonie" były. Kozłowski kazał przynieść mapę z naniesionymi przez komandora Radziszewskiego głębokościami wód niedaleko redy. Wszyscy długo zastanawiali się nad zasięgiem i manewrowością wrogiej jednostki.

– Skoro tak panicznie boi się dwóch wachlarzy, to znaczy, że manewruje jak krowa – uciął dyskusję Kozłowski. A potem odchylił się na oparciu krzesła i założył ręce za głowę. – To co, panowie? Na polowanie?

– Tak jest, panie kapitanie. – Pierwszy oficer zasalutował służbiście. – Procedura przewiduje zmianę wytycznych na wypadek nagłej konieczności. Z tym że to działanie na granicy ryzyka.

Kapitan zignorował tę uwagę. Chyba naprawdę mu się nudziło, skoro nawet jego służbista postawa gdzieś zanikała.

– No to zanurzcie okręt i niech nawigator da z siebie wszystko. Nie znamy prądów ani głębokości poza szlakiem Radziszewskiego. Ani stopy na bok!

Kozłowski uśmiechnął się do Kai.

– Przekazały nam panie informacje najwyższej wagi, musimy reagować – wyjaśnił. – No i... – urwał, nie wiedząc, jak się wyrazić. – No i... skoro oni tak się boją dwóch wachlarzy, to im je poślijmy. Będą chłopcy przynajmniej wiedzieć, czy było się czego bać, czy to tylko strach ma wielkie oczy.

Foe i Naan zostały dowiezione na szpicę, kiedy tylko ta znalazła się tuż przy granicy Piekła. Opiekujący się nimi inżynier zza Gór Bogów udzielił im wtedy wyjaśnień.

– Zostałyście przydzielone do oddziału Tatarów – powiedział, jakby czymś lekko skwaszony. – To szczególne wojsko.

Dziewczyny spojrzały po sobie. Lepiej nie zadawać za dużo pytań. Niby ten akurat mężczyzna wydawał się bardzo przyjazny i chętny do objaśniania wszystkiego, ale tak po prawdzie to ledwie rozumiały, co do nich mówił. I nie chodziło o język, ten opanował dość dobrze. One po prostu nie rozumiały ani jego sposobu mówienia, ani dużej części słów, których używał.

– Bo widzicie, kiedy już samoloty są uziemione z powodu pogody, czołgi ugrzęzną w błocie, a piechota się okopuje sparaliżowana brakiem dostaw amunicji, to do boju idą Tatarzy. Oni potrafią walczyć wszystkim. I nożem, i rzemieniem, a u kilku zobaczycie nawet łuki i strzały w kołczanach. Tak, tak, do dziś nie ma lepszej broni do bezszelestnego zabicia wartownika z dużej odległości niż strzała przebijająca mu gardło. Przed wieloma setkami lat już tak zrobili w mieście Kraków, przerywając w połowie sygnał alarmowy grany przez trębacza. I krakusi do dziś mają z tym problem, przypominając sobie ten fakt codziennie.

Foe i Naan znowu wymieniły się spojrzeniami. O czym on mówił? Kogo przez setki lat może obchodzić los jakiegoś tam wartownika z trąbką? A poza tym, zważywszy na to, co opowiadał, Tatarzy są wrogami czy sprzymierzeńcami w końcu?

– W tych oddziałach panują swoiste zwyczaje. Uważajcie, bo oni nie tolerują kobiet w wojsku. No, oprócz tatarskich kobiet, ma się rozumieć, ale ich też za dużo nie zobaczycie. Może raptem pięć procent.

I znowu słowa, których nie zrozumiały.

– Ale jedno muszę wam powiedzieć. – Inżynier kluczył, nie wiedząc chyba za bardzo, jak zabrać się do tematu. – Z całą pewnością muszę oświadczyć, że nie ma żadnego powodu, żeby obawiać się ich wyglądu. Zupełnie nie ma – dokończył z triumfem, a one dopiero teraz poczuły strach.

Co? Jak to obawiać się wyglądu? To oni różnią się od zwykłych ludzi? O Bogowie.

– Zresztą o wilku mowa. – Inżynier pokazał palcem za ich plecami. – Jeden już tu po was idzie. A właściwie jedna.

Foe i Naan obróciły się na komendę, nie słuchając inżyniera, który kontynuował:

– Wysłali dziewczynę, pewnie po to, żebyście się lepiej poczuły – dodał i ściszył głos: – Albo żeby okazać pogardę pomysłom dowództwa. To chyba prędzej.

Kobieta w mundurze była bardzo niska. Przypominała wzrostem bardziej Foe i Naan niż którąkolwiek z Polek. Miała przedziwnej barwy skórę. Ni to żółtą, ni miedzianą. Ale najgorsze były oczy, a raczej ich brak. Szeroką twarz przecinały jedynie dwie wąziuteńkie szparki, które nie pozwalały dostrzec białek. Trudno się było zorientować nawet, w którym kierunku patrzy w danej chwili.

– To te dwie? – zapytała Tatarka.

– Tak.

– Jestem Muhdża. Obie za mną!

Tak skonfundowała inżyniera, że ten ledwie zdążył się pożegnać z dziewczynami szybkim uściskiem dłoni. Foe i Naan pobiegły za Muhdżą, słysząc jeszcze z tyłu jąkanie:

– Po... po... powodzenia...

Kiedy zrównały się z Tatarką, usłyszały ciche pytanie:

– Proch obie wąchały?

Co? O co jej chodzi?

– Pytanie zadałam!

– No to mów tak, żebyśmy zrozumiały! – wybuchła Foe. – W tej chwili niczego nie mogę wąchać, bo od ciebie tak łojem wali, że mnie, kurwa, zamroczyło!

O dziwo, nie nastąpiła żadna ostra reakcja. Widać język ogólnowojskowy nie był Tatarce obcy. Ale też nadal nie obdarzała ich nawet spojrzeniem.

– Na wojnie już były? – zadała kolejne pytanie.

– Od pięciu lat na wojnie. Połowa wyroku za nami.

– Ja nie pytam o służbę w garnizonie, tylko o front.

– Toteż ja ci o froncie mówię.

No! Pierwsze spojrzenie na Foe. Krótkie, za to zdziwione.

– I jeszcze żyjesz?

Nie miały czasu wyjaśniać. Dotarły właśnie do tatarskiego pododdziału, gdzie między namiotami otoczyło je kilku żołnierzy. Nie było jasne, czy się uśmiechają, czy chcą je obie pogryźć. Jedno dziewczyny wiedziały na pewno. Przepisy mundurowe Tatarzy mieli głęboko w dupie.

– Co jest? – spytał sierżant uprzejmie. Oznakę swojego stopnia miał przytwierdzoną do łańcuszka przewieszonego przez szyję. Pozostałym elementem munduru, jedynym, który miał na sobie, były brudne spodnie. – Do burdelu polowego je przysłali czy jako danie na obiad?

– Ty patrz, jak się poubierały – dodał inny żołnierz, w półkożuszku narzuconym na gołe ciało. – Jak z regulaminowego żurnala.

– Kurwa, jebana cesarska armia – dorzucił trzeci. – Czy one są w stanie choć raz wystrzelić, zanim uciekną z płaczem?

Ktoś przesunął palcem po zamku pistoletu maszynowego Naan. Potem długo oglądał opuszkę.

– Ty. Spluwy mają dobrze utrzymane – tak zabrzmiała pierwsza nienapastliwa uwaga.

– I małpę nauczysz.

– Pięć lat ponoć na froncie – wtrąciła Muhdża.

– Eee... co to za wojna, na bagnety. – Ten w kożuszku chwycił się za genitalia i naparł nimi na Foe. – Broń się, mała!

Dziewczyna kopnęła go kolanem w jądra i strzeliła głową w czoło. Na szczęście pasował jej wzrostem.

Żołnierze zaczęli wyć z radości.

– Ostra klacz!

– A to była szowinistyczna uwaga, psie! – Muhdża osadziła napastnika, uderzając pięścią w ramię. Dzięki temu konflikt z gatunku „swoi – obcy" powoli zmieniał formę na „kobiety kontra mężczyźni". A to zdecydowanie lepiej rokowało.

– No dobra. – Sierżant uciszył wszystkich. – Dostąpiłyście obie wielkiego zaszczytu. Zrobimy z was nasze raby.

– Żaby? – nie dosłyszała Naan, prowokując tym Tatarów do nowych ryków.

– Nie słuchaj psa. – Muhdża skrzywiła się pogardliwie.

– Ty mnie od niewiernych nie wyzywaj, pani Kowalska!

– Ja nie wybierałam, jakie chrześcijańskie nazwisko moim przodkom do papierów wpisali! Jestem prawdziwą muzułmanką, a nie pijakiem, który skwapliwie ten zwyczaj przyjął od Polaków!

– Hej! Hej! Spokój! – Z namiotu opodal wyszedł młody mężczyzna. Chyba oficer, bo udało mu się uciszyć żołnierzy. Nie wiadomo jednak, jakiego stopnia, bo miał na sobie jedynie wzorzysty szlafrok. – Zameldowałaś sierżantowi przybycie? To nie dyskutuj, tylko prowadź je na kwaterę. A reszta do zadań albo do kopania latryny. Wybierajcie!

Oficer, nie czekając na odzew ani nie zaszczycając nowych nawet spojrzeniem, zawrócił i zniknął za płachtą swojego namiotu. Foe i Naan poczuły się jak w domu. Eee... taka sama armia jak każda inna. Poza niecodziennym wyglądem żołnierzy nie było się czym ekscytować.

Ruszyły za Muhdżą, poprawiając oporządzenie. Mówiła w trakcie marszu:

– Waszym zadaniem będzie lot helikopterem razem z Wielkim Muftim.

– Gdzie lecimy? – zapytała Naan, trochę ogłupiała.

– W pizdu, a potem na lewo – uprzejmie i wyczerpująco odpowiedziała jej tatarska kobieta. – Wielki Mufti jest taki stary, że ma podobno tysiąc lat. Więc pewnie ma i demencję. I wy musicie go pilnować.

– Tak jest! – Foe postanowiła niezrozumiałą chwilowo sprawę potraktować służbowo.

– Naszym dowódcą jest Selim ibn Wahid, którego żon już ponoć nie zliczysz. Z polska wołają go pułkownik Michałowicz. Zapamiętajcie. Ale całością dowodzi

Marynarz. My go znamy. Już się pod nim biliśmy. Ale to, kurwa, Polak. Nie wiadomo, co mu odpierdoli. Ja sama widziałam, jak dosiadł jucznego konia i z całym ciężarem wyjechał na sam środek zamarzniętego jeziora. Jest równo pierdolnięty, jak oni wszyscy zresztą.

– Pierdolnięty?

– No... wariat znaczy. Podobno kiedy zdobył jakiś ołtarz, o który cała kampania była, to go obwiązał dynamitem i chciał się wysadzić. Tak przynajmniej mówią.

– Czy jest tu ktoś normalny? – zaryzykowała pytanie Foe.

– Tylko wy dwie – zażartowała Muhdża. – Ale jedynie do jutra. Potem przesiąkniecie tym absurdem.

Przewodniczka zatrzymała się przed niewielkim namiotem.

– Tu śpicie – wyjaśniła. – Z czterema innymi, ale spokojnie, same baby. Jeszcze ich nie ma, bo pewnie poszły na ksiuty. Macie jakieś pytania?

– Ja mam pytanie – zdecydowała się Naan. – Czy mogłabyś powtórzyć wszystko od początku, ale tak, żebyśmy pojęły cokolwiek?

Muhdża najpierw chciała się rozzłościć, potem roześmiać, w końcu chyba coś zrozumiała. Może i mówiła dobrze w miejscowym języku, ale używała słów, których nie było w słowniku prostego żołnierza.

– No dobra. – Skinęła głową. – Dziś wieczorem jest cicha impreza. Tam wam wyjaśnię. Tylko pamiętajcie. Marynarz sam lubi zatankować, ale jak jutro chuch poczuje od żołnierza, to pasami będzie zdzierał skórę. Więc na zabawie po kielichu i nazad do wyra. Zrozumiałyście?

– Tak jest!

– No. Przyjdę po was.

Odwróciła się i odeszła bez dalszych tłumaczeń, zostawiając je same i z lekka pogubione. Naan tylko westchnęła.

– Nie chce mi się ani spać, ani odpoczywać. Czuję za to coś dziwnego.

– Co? Znowu jakieś zwidy?

– Nie. Mam wrażenie, że ktoś na mnie patrzy.

– Ten chłopak z tobołkiem ze snu?

Foe odgarnęła płachtę namiotu, zaglądając do wnętrza. Sienniki leżały wprost na gołej ziemi.

– No nareszcie – mruknęła. – Tu naprawdę czuję się już jak w domu.

Naan nie odpowiadała. Jej umysł był zajęty czymś zgoła innym.

– Wiesz, tego chłopca ze snu to nie widziałam od bardzo dawna. Ale... tu jest coś... Nie wiem. Jakbym czuła czyjąś obecność.

Foe walnęła swój plecak na siennik najbliżej wejścia. Z doświadczenia wiedziała, że to najlepsze miejsce. Podczas alarmu, oczywiście. Podczas zwykłego biwakowania najgorsze, bo sierżant, który wpadał na kontrolę, od razu wyłapywał pierwszego, który nie miał czasu, żeby ukryć coś nielegalnego. Dziewczyna czuła jednak, że w tym miejscu należy się spodziewać raczej akcji niż kontroli. W sumie, jeśli nie liczyć braku oczu, Tatarzy nawet jej się podobali. Widać było, że to nie garnizonowe wojsko ani żadne fiuty z regulaminem zamiast rozumu.

– No chodź – ponagliła siostrę. – Jesteśmy pierwsze.

Dopiero teraz zorientowała się, że Naan myśli o czymś zupełnie innym.

– A ta czyjaś obecność, którą czujesz? – zapytała. – To coś wrogiego?

– Niekoniecznie.

Pobudka nastąpiła o czwartej. Ale co innego pobudzić żołnierzy, a co innego cywilów. Wyszyńska dała sobie dodatkowe „pięć minut", no bo jak tu było się wyspać, skoro noc nie zapadała? I w rezultacie tak naprawdę ocknęła się, kiedy cały oddział kończył już poranne mycie. Fatalnie spóźniona zrozumiała, że już nie zdąży. Goła, owinięta tylko ręcznikiem, pobiegła pod prymitywny prysznic zmontowany w nocy przez saperów. Ignorowała gwizdy i radosne okrzyki żołnierzy, wmawiając sobie, że powinna je potraktować jako komplement. W kontenerze służącym za łaźnię na szczęście kilka stanowisk było już wolnych. Po omacku prawie, bo w środku panował mrok, odwiesiła ręcznik i szarpiąc za uchwyt, puściła zimną wodę. O jasna cholera! No trudno.

Ktoś wpuścił do wnętrza trochę światła, gwałtownie otwierając drzwi. Obejrzała się.

– No co ty wyprawiasz?

Tomaszewski, w pełni umundurowany, ogolony i świeży, był teraz wzorem polskiego oficera, takiego, jakim się go przedstawia na propagandowych plakatach.

– Co?

– Zaraz będziemy pod planem przez ciebie.

– Jeszcze tylko śniadanie.

– No nie. Postrzał w brzuch przy pełnym żołądku nie jest fajny.

– Lepsza seta z rana? – usiłowała się odciąć, spłukując mydło z ramion.

– Dla kobiet, na odwagę, czemu nie?

– Nie brakuje mi odwagi.

– Potwierdzamy! Potwierdzamy! – rozległy się liczne męskie głosy spod pozostałych pryszniców.

Wyszyńską zapowietrzyło. Pomyliła się? Weszła do męskiego kontenera? Czy też damskiego w ogóle nie było?

– Nie brakuje jej odwagi. Prawda! – Stojący obok rosły Tatar z namaszczeniem kiwał głową. – Wlazła tu nago, sama jedna do gołych żołnierzy.

– No – potwierdził drugi. – Byle jaka baba by tego nie zrobiła.

Wzrok Wyszyńskiej już przyzwyczaił się do mroku. Wokół rzeczywiście stało z dziesięciu nagich mężczyzn. I co teraz zrobić? Zasłaniać się po fakcie jakoś głupio. Zagryzła wargi i zaczęła się metodycznie wycierać.

– Przyniosłem ci ubranie. – Tomaszewski wybawił ją z opresji. – Co chcesz osiągnąć? Zapalenie płuc?

– Myślałam, że grozi mi tylko zbiorowy gwałt – próbowała zażartować, ale wypadło jej dość blado.

– Zbieraj się. Zjesz w śmigłowcu.

Kiedy odchodził, Wyszyńska ubierała się pośpiesznie. Jeszcze tylko szybki bieg do namiotu po broń i niezbędne do lotu rzeczy. Z suchego ręcznika zrobiła sobie turban, żeby ochronić mokre włosy. I znowu bieg do maszyn. Mijani żołnierze patrzyli na nią z czymś w rodzaju sympatii. Wyraźnie ich zaskoczyła swoim pragmatycznym podejściem. No ale trudno się dziwić. Dotąd znali ją tylko z rajdu do Banxi, gdzie musieli ją wieźć na koniu, chorą, zakatarzoną i ledwie przytomną.

Zajęła miejsce w helikopterze razem z Selimem. Z powodu jej wielkiego kalkulatora miejsca wystarczyło już tylko dla porucznika łączności ze sprzętem i dwóch żołnierzy. Dowództwo nie mogło lecieć w tej samej maszynie. Pierwszą, prowadzącą, zajmowali Tomaszewski z Mielczarkiem, Meredith, Foe i Naan oraz strzelec pokładowy. Natomiast, co było zaskoczeniem, w trzeciej leciał dyrektor Budzyński, który dotarł do nich w nocy. Jeden z najwyższych szefów firmy „Kocyan i wspólnicy" dobiegał osiemdziesiątki i chyba nie powinien brać udziału w komandoskim rajdzie. Nikt jednak nie miał w sobie tyle odwagi, żeby mu to powiedzieć.

Tomaszewski podchodził kolejno do każdego śmigłowca, przyjmował meldunek dowódcy, czasem zamienił zdanie lub dwa z żołnierzami, czasem nie. Nie fraternizował się. Był oschły, rzeczowy i powściągliwy. Budził szacunek. Głównie zresztą dlatego, że mimo pracujących już ze sporą prędkością rotorów ani razu nie pochylił głowy. Prosta sztuczka, którą zdradził mu znajomy pilot. Każdy, kto przechodził pod zwisającą bez ruchu ogromną łopatą, miał wrażenie, że znajduje się ona dosłownie o kilka centymetrów nad jego głową. Wystarczyłby przecież byle podmuch wiatru, jakieś niekontrolowane drgnięcie maszyny, żeby podczas pracy ścięła głowę niefortunnemu spacerowiczowi. I niby wszyscy wiedzieli, że przy włączonym silniku i przekładni łopaty się unoszą. W najniższym punkcie dzieli je wtedy od ziemi ponad trzy metry. Niemniej większość, przechodząc pod nimi, pochylała się, kuliła, a przynajmniej zniżała głowy. A wystarczyło tylko pamiętać o tych trzech metrach i mieć wystarczająco silne nerwy. Wyprostowany, jakby połknął stempel od armaty, dowódca odróżniał się więc od tej większości. Budził respekt.

Tomaszewski zajął miejsce w helikopterze, przypiął się pasami. Potem podniósł prawą rękę i wykonał w powietrzu kolisty ruch. Natychmiast podchwycił go rozprowadzający na zewnątrz i skrzyżował trzymane w rękach chorągiewki, przekazując rozkaz dalej. Silniki odezwały się z większą mocą. Tomaszewski opuścił gwałtownie rękę, a rozprowadzający chorągiewki. Helikoptery tatarskiego szwadronu uniosły się w powietrze.

– O mamo – wyrwało się Naan bezwiednie.

Obie z Foe nie zdawały sobie dotąd sprawy, że istnieje na świecie coś poza huraganem, co może wytworzyć aż taki hałas. Skuliły się, choć i tak były na uprzywilejowanej pozycji, bo kazano im zdjąć hełmy i założyć na uszy ogromne słuchawki, które choć trochę łagodziły okropny ryk.

– Spokojnie – usłyszały czyjś głos we wnętrzach swoich głów.

– Czary! – wykrzyknęła Foe.

– Nie, to nie czary. Słyszycie mnie dzięki tym skorupom, które macie na uszach. – Siedzący naprzeciw dziewczyn starzec w czarnym płaszczu podniósł rękę, dając znać, że to on mówi.

– Wielki Mufti?

Uśmiechnął się przyjaźnie.

– Różne przezwiska mi już nadawano, ale przyznam, że takiego jeszcze nie słyszałem.

– Jesteś kapłanem, panie?

– Jestem czarownikiem. I proszę, nie mówcie do mnie „panie". Ja tylko tak staro wyglądam.

Spojrzały po sobie, nie bardzo wiedząc, jak się zachować.

– Nie musicie się niepokoić. Ty, Naan, pokażesz nam tylko drogę przez Piekło.

Dziewczyna aż podskoczyła na swoim metalowym krzesełku.

– Ale ja nie znam drogi!

– Nie denerwuj się. Ja sprawię, że ją zobaczysz.

Dalej niczego nie rozumiała. Głos starca zawierał w sobie coś kojącego. On sam emanował spokojem, pewnością siebie i bezwzględnym opanowaniem. Czuło się w tym człowieku przyjaciela.

– Ale ja naprawdę nie wiem.

– Spokojnie – powtórzył mężczyzna w czarnym płaszczu, ciągle się uśmiechając. – Chodzi o twoje wizje. Wyłącznie o to, co już czułaś. A teraz po prostu będzie trochę inaczej.

Potrząsnęła głową.

– Pamiętasz swoje wczorajsze odczucia? Byłaś pewna, że oprócz ciebie w bazie jest ktoś jeszcze. Ktoś, kto nad tobą czuwa.

Tym razem potwierdziła. Owszem, czuła.

– To byłeś ty, panie?

– Tak. A potem odwiedziłem cię we śnie. – Rozłożył ręce. – Ot, nauczyłem się nowej sztuczki.

– Chyba nic mi się nie śniło – powiedziała. – Kiedyś, dawno temu, przychodził do mnie we śnie taki zabawny chłopak z tobołkiem na kiju przerzuconym przez ramię. Ale od dłuższego czasu go już nie było.

– Znam tego chłopca. To Wirus.

– Chyba tak kazał na siebie mówić.

– Ja to robię inaczej niż on. Widać nie jestem aż tak zdolny. – Czarownik położył jej rękę na kolanie. Poczuła spokój i ciepło. – Wirus nie jest człowiekiem. To przedmiot. Rzecz.

Wzruszyła ramionami.

– Mówił jak człowiek. Nie jak demon.

– To coś nie jest demonem. – Meredith westchnął ciężko. – Widzisz, lepiej niż ja wytłumaczyłaby ci to inżynier Wyszyńska. To ta bardzo wysoka kobieta z turbanem na głowie.

O tak, tę znały. Nie sposób jej było nie zauważyć.

– Ona wkładała mi to do głowy, ale nie wszystko pojąłem. Spróbuję ci jednak powiedzieć, czym jest Wirus. – Cofnął rękę i zaczął gładzić swoją przystrzyżoną brodę. – Otóż Wyszyńska zajmuje się konstruowaniem krokomierzy. Czasem, jak się zapomni, nazywa je komputerami. To takie liczące maszyny, które sprawiają wrażenie, jakby myślały. Ale nie myślą naprawdę. One wykonują zadania zawarte w swoich programach. W przyszłości będą pewnie i myśleć. Ale nie w taki sposób jak ludzie.

– Przepraszam, ale nic nie rozumiem.

– Postaram się prościej. W miejscu, gdzie naprawdę urodziła się Wyszyńska, w innym świecie, ukuto taką teorię. Odpowiednio skomplikowana maszyna, żeby działać, nie potrzebuje programu. Będzie jak ludzki mózg, będzie uczyć się sama. Ale też... Odpowiednio skomplikowany program nie będzie potrzebował żadnej maszyny. Będzie istniał sam z siebie. Jako wcielenie odwiecznego „i słowo stało się ciałem". – Twarz Mereditha wyrażała teraz podziw. – Piękne, prawda? I ten chłopak z tobołkiem jest właśnie takim programem komputerowym, tak skomplikowanym jednak, że aby istnieć, nie potrzebuje komputera. A słowo „wirus" nie jest jego imieniem. Takim mianem określa się programy bojowe. Takie, które mają przeniknąć do obcego systemu, zainfekować go i zniszczyć! To zadanie wirus wykonał już niewyobrażalne lata temu. Pokonał największego wojownika ówczesnego świata, największego firewalla, jak nazywa go Wyszyńska, o numerze 28–30. I system przestał działać.

Naan znowu zerknęła na Foe jakby w poszukiwaniu pomocy. Nie miała pojęcia, jak powiedzieć czarownikowi, że w dalszym ciągu niczego nie rozumie. On pochwycił to spojrzenie.

– Już kończę – powiedział. – Po zwycięstwie wirus zaczął realizować plan, jaki w spisie swoich rozkazów zawarł w nim jego twórca. I realizuje to zadanie od tysięcy lat, konsekwentnie, z całą swoją maszynową precyzją. Z tym że on nie istnieje materialnie. Jest tylko słowem. Może więc jedynie gadać, pojawiać się w snach, inspirować, skłaniać, kłamać... O! W tym jest najlepszy, choć nie zawsze mija się z prawdą. Wspaniale udaje człowieka, prawda?

Tak dla porządku Naan skinęła głową.

– On może reagować na różne sytuacje, może obmyślać taktykę, ale nie może niczego zrobić sam. Może tylko mówić...

Przerwał im głośny trzask w słuchawkach.

– Dowódca szwadronu do bazy – usłyszeli głos Tomaszewskiego. – Rubikon. Powtarzam: Rubikon.

Dziewczyny spojrzały pytająco na czarownika.

– To oznacza, że wlecieliśmy w obszar powietrzny nad Piekłem – wyjaśnił. – Pora wziąć się do roboty.

Pokazał teren pod nimi. Rzeczywiście lecieli już nad dość gęstym lasem. Na razie jednak nie działo się nic niepokojącego. Jeśli oczywiście nie brać pod uwagę faktu, że helikoptery utrzymywały wysokość charakterystyczną dla lotu koszącego. Tuż nad koronami drzew. Niby nic. Pilot zawsze zauważy wyższe drzewo. Ale jeśli z gałęzi któregoś wzbije się nagle chmara ptaków, to mogło zrobić się nieciekawie.

Mielczarek sprawdził jeszcze raz swoją broń. Wyjął magazynek z pistoletu maszynowego i ostatni nabój docisnął palcem, by sprawdzić, czy odpowiednio sprężynuje. Potem pokazał go Foe, chcąc pewnie, żeby nie czuła się samotna, skoro nikt się nią nie zajmował.

– Widzisz? – powiedział. – Każdy pocisk na krzyż rżnięty.

– A po co to?

– Bo w Boga wierzę i o boską pomoc zabiegam. A krzyż to znak Jego.

– Tia – mruknął Tomaszewski. – A dodatkowo taka kula, kiedy we wroga trafi, to się rozpada i robi mu z flaków istną sieczkę.

O zaraza jasna! Foe patrzyła zaciekawiona. Teraz żałowała, że sama tak nie zrobiła. Pokazała jednak klasę i postanowiła lekko zakpić.

– To w Boga wierzysz i będziesz szatkował? A jak tam będą jacyś dobrzy, prawi ludzie?

– Zasada jest prosta – wyjaśnił bosman bez cienia wątpliwości. – Zabijmy wszystkich, a Bóg rozpozna swoich.

– I sowicie im wynagrodzi naszą pomyłkę? – Foe zaczęła się śmiać.

Bosman okazał się fajny. Weteran, jak i ona. No i rozpuścił wszelkie lody w okamgnieniu.

Meredith tymczasem rozłożył na kolanach gruby plik pospinanych ze sobą papierów.

– To Księga Przejścia – wyjaśnił. – Dostarczył ją wywiad Tor Avahen. Niestety, tysiące lat kopiowania zrobiły swoje – westchnął. – Jest niekompletna i przeinaczona w wielu miejscach. To dlatego ślepy agent Nayer, którego znaleźliśmy w świątyni Banxi, szukał bardziej kompletnego egzemplarza. Oni sądzili, że może ostał się taki po naszej stronie.

– I co będziemy robić z tą księgą? – zapytała Naan.

– Ty nic, dziecko. Ja podejmę pewien zaśpiew, a ty nam tylko powiesz, co widzisz.

Naan wzruszyła ramionami, rozglądając się. Poniżej nich same korony drzew. Nie udało jej się dostrzec nawet najmniejszej polanki.

Meredith pochylił się nad swoimi papierami i zaczął coś szeptać. To nawet nie był zaśpiew. W słuchawkach słyszała jedynie cichy pomruk, jakby melodyjny szept, ale nie umiała rozróżnić pojedynczych słów. Wyłapywała jedynie przerwy na złapanie oddechu.

– I co? – Tomaszewski nachylił się do nich.

Czarownik gestem pokazał, żeby go nie rozpraszać. Nie wyglądał jednak na specjalnie przejętego. Dziewczyna natomiast przeciwnie. Nie miała pojęcia, czego od niej oczekują. Nie miała również żadnych wizji. Usiłowała sobie nie wyobrażać, co będzie, jeśli niczego groźnego nie zauważy. Tamci chyba się przeliczyli. To na pewno nie ona. Była przecież zwykłym szeregowcem imperialnej armii z jeszcze pięcioma latami do odsłużenia. Szansa na przeżycie równała się więc zeru. No... chyba że zostawią ją w tej nowej armii i nie każą wracać do cesarskich oddziałów liniowych, jakie znała. Wtedy szansa na dożycie końca służby była. Ale jak skrewi teraz, to na pewno ją cofną. Rozglądała się niespokojnie.

Tymczasem krajobraz pod nimi zaczął się powoli zmieniać. Las ustępował miejsca terenom zagospodarowanym. Przelatywali nad pierwszymi zabudowaniami jakiegoś miasta. A właściwie przedmieścia. Drogi porośnięte trawą i parki z dziwnymi roślinami były jednak puste. Na dole nie dawało się dostrzec ani jednego człowieka. Wszystko wyglądało na zagospodarowane. Mieszkańcy musieli opuścić to miejsce bardzo niedawno. Nigdzie nie wkradła się jeszcze dzika roślinność, szerokie trotuary zdawały się niedawno odmiecione, uporządkowane z precyzją bliską ideałowi. A może ludzie jeszcze spali? Nie. Sam huk wielu motorów powinien obudzić największego śpiocha i sprawić, że ten wyskoczyłby z łoża szybciej niż błyskawica. A tu nic.

W miarę upływu czasu budynki stawały się coraz wyższe. Pilot ich helikoptera musiał być nie lada ryzykantem. Przelatywali tuż nad kalenicami dachów. A teraz pruli wprost na wysoką czarną wieżę. Wiedziała, że nie powinna się odzywać, ale nie wytrzymała:

– Hej! Zaraz się rozwalimy! Skręcaj!

Pilot błyskawicznie położył maszynę w głęboki wiraż. Pozostałe śmigłowce powtórzyły manewr.

– No, o włos normalnie! – Naan drżącą ręką otarła pot z czoła. – Co on? Nie widzi?

Tomaszewski, Mielczarek i Foe nachylili się błyskawicznie do okien. Patrzyli na mijane domy jak durnie, wytrzeszczając oczy.

– A co ty widzisz? – Dowódca potrząsnął głową. – Przecież pod nami są same drzewa.

Oniemiała. Meredith uspokajająco pogłaskał Naan po kolanie.

– A co ty widzisz, kruszynko? – zapytał, przerywając swój zaśpiew.

– No przecież lecimy nad miastem. I to tuż nad dachami! – krzyknęła, bo znowu zauważyła wieżę przed nimi. – W lewo! – wrzasnęła przerażona. – Bogowie...

Pilot wykonał skręt w ostatniej chwili.

Tomaszewski i drugi pilot dosłownie przykleili się do szyb, usiłując dostrzec cokolwiek.

– Widzisz coś?

– Tak, panie komandorze. Niech pan zerknie, jak się gałęzie kładą w tamtym miejscu.

– I co to jest?

– Silny prąd zstępujący, myślę. Jebnęłoby nami o ziemię... Ups, przepraszam.

– Spokojnie. – Głos Mereditha tchnął opanowaniem. – A ty mów nam, co ty widzisz, kruszynko. Z wyprzedzeniem. Nie czekaj do ostatniej chwili.

Podjął swój cichy zaśpiew, a Naan zdecydowała się zwrócić pilotowi uwagę.

– Lećmy trochę wyżej – poprosiła. – Teraz przy jakimkolwiek wahnięciu skosimy czyjś dach.

– Zrozumiałem. – Śmigłowiec wzniósł się lekko. Pozostałe powtarzały manewr lidera. – Wystarczy?

– Tak. A przed nami jest jakaś dziwna chmura. Cała czerwona i wygląda strasznie. Wychodzą z niej jakby ogniste jęzory.

– Wskaż kierunek, to ominę.

– Tam! – Naan wyciągnęła przed siebie rękę, wskazując cel palcem. – Tam! I jeszcze bardziej skręćmy, bo w nią wlecimy!

– Ożeż.

Liczniki promieniowania na lewej burcie zaczęły trzaskać z coraz większą mocą. Ich werbel wzrósł, nagle przechodząc w ostry pisk, by po chwili ścichnąć i przerodzić się w pojedyncze trzaski.

– Co to było?

– Chmura radioaktywna.

– No przecież nic nie widać! Zresztą promieniowania nie da się zauważyć gołym okiem!

– Dlatego wzięliśmy Naan – uspokajał pilota Tomaszewski. – Ona najwyraźniej widzi promieniowanie z daleka.

Naan poczuła się dużo pewniej. Poprawiła się na swoim krzesełku.

– Myślę, że najlepiej byłoby polecieć tam. – Znowu wskazała kierunek palcem. – I bardzo się zniżyć.

– Co tam jest?

– Bardzo szeroka ulica między wysokimi budynkami. Na tej ulicy jest spokojnie, ale nad nią unoszą się jakieś dymy.

Pilot wprowadził korektę.

– Dobrze lecę?

– Dobrze, ale musimy być dużo niżej.

– Pod nami są drzewa!

Naan zamyśliła się, a potem podjęła decyzję. Dobrze. Powie im wszystko o swojej wizji.

– Drzewa pod nami są tylko złudzeniem. Zejdź niżej.

– Ale...

– Zejdź – rozkazał Tomaszewski. – I przekazuj manewry przez radio.

– Jezu!

Helikopter obniżył lot. Podwozie zanurzyło się w koronach drzew pod nimi. Wszyscy oprócz Naan i Mereditha zacisnęli zęby do bólu. Niepotrzebnie. Nie było spodziewanego szarpnięcia. Nie było huku ani łoskotu, maszyna nie zwaliła się na dół w płomieniach. Drugi pilot ledwie nadążał z notowaniem ich pozycji, kursu, wysokości i wszystkich parametrów lotu.

– Jeszcze niżej.

– No rany boskie!

– Niżej! – krzyknęła Naan. – Nad nami jest źle.

Pilot zszedł jeszcze odrobinę. Według tego, co widzieli, lecieli teraz w koronach drzew, na samych przyrządach. Wciąż jednak o nic się nie rozbijali.

– Tu jest bezpiecznie – wyjaśniła Naan. – Domy wokół ulicy chronią przed złym na górze.

Tomaszewski rozpiął kołnierzyk munduru, jakby go coś dusiło. Mielczarek przeżegnał się skwapliwie. Foe ukryła twarz w dłoniach. Cały śmigłowiec leciał teraz pomiędzy konarami! Przenikał przez nie. A przynajmniej oni to tak widzieli. Jedynie Meredith beznamiętnie kontynuował swój cichy zaśpiew.

– Teraz w górę. – Naan była już pewna swoich odczuć. – W górę, jeszcze. Przed nami czerwony opar, ale tu już jest spokojnie.

Liczniki promieniowania znowu zaczęły trzaskać, lecz tym razem wcale nie nerwowo.

– Wlecieliśmy nad jezioro.

Tomaszewski przełknął ślinę. On widział jedynie las pod spodem.

– Teraz będzie bardzo spokojnie. Po horyzont nie widać niczego groźnego. Lecimy nad Parkiem Ciszy. – Sama nie wiedziała, skąd zna to określenie. – Długi lot tym samym kursem. Spokojny, ale potem znowu się zacznie. Przed nami Park Kuli.

Foe rozsunęła palce i ostrożnie wyjrzała zza osłony z własnych dłoni.

– Ale jaja – szepnęła cicho i niewyraźnie.

Spokojny lot trwał bardzo długo. Potem Naan rzeczywiście dostrzegła coś jakby park albo labirynt. Właściwie pozbawiony drzew. Na środku stał postument z kamienną kulą na samym szczycie. Tam też zauważyła pierwszego człowieka. Mały chłopczyk poruszał się na dziwnym pojeździe o dwóch kółkach. Sprawiał wrażenie zadowolonego, bardzo czymś zajętego. Nie patrzył na przelatujące nad nim śmigłowce.

– Co zauważyłaś? – zainteresował się Tomaszewski.

– Jakieś dziecko. Jeździ na czymś takim... – Nakreśliła w powietrzu dwa koła, ramę i resztę.

– Dzieciak na rowerku. Czy to coś znaczy?

Meredith nie odpowiedział. Za to drugi pilot zameldował:

– Mijamy punkt bez powrotu. Za nim nie będziemy już mieli paliwa na lot do bazy.

– Za to do bieguna już niedaleko.

– Do bieguna? A gdzie lód, śnieg i mróz?

– Mnie pytasz? Pieprzone anomalie pogodowe.

– A może na tym rowerku to chociaż pingwin jedzie?

Piloci zaczęli się śmiać. Naan przerwała im błyskawicznie.

– Uwaga, znowu się zaczyna. Przed nami czerwona chmura. O tam! – Wyciągnęła palec.

Liczniki podjęły swój jednostajny trzask. Powtarzane przez resztę maszyn szwadronu manewry ich helikoptera stały się znowu gwałtowne. Mielczarek szeptał coś pod nosem. Nie sposób rozpoznać, modlił się czy klął. Sądząc po wyrazie twarzy, chyba jedno i drugie na przemian albo nawet naraz.

Dla obserwatorów, którzy nie mieli wizji i nie podlegali zaśpiewowi Mereditha, las na dole przerzedził się, ustępując w wielu miejscach białym, pustawym powierzchniom.

– Śnieg? – zapytał Tomaszewski.

Pilot zameldował tylko:

– Temperatura na zewnątrz to osiemnaście stopni. Warunki komfortowe, ale raczej nie dla śniegu.

Za oknami zrobiło się nagle bardzo jasno. I trudno powiedzieć, co miało na to wpływ. Białe słońce stało dość nisko, nie przesłaniały go żadne chmury, tak jak i poprzednio. Coś jednak na dole musiało odbijać światło. We wnętrzu kabiny, jak i na twarzach ludzi pojawiły się odblaski od źródła lub źródeł położonych ewidentnie niżej niż pułap ich lotu. Kto miał pod ręką, natychmiast nałożył przeciwsłoneczne okulary.

– Patrzcie tam!

Nagły okrzyk Mielczarka wyrwał ich z odrętwienia spowodowanego natłokiem myśli. Wszyscy, nawet Naan, spojrzeli w tamtym kierunku. Przed nimi na ziemi, a konkretnie: na jednej z lśniących biało polan, widać było olbrzymi oddział wojsk Nayer. Widzieli wyraźnie, że żołnierze są wyczerpani, niektórzy skrajnie. Szlak ich marszu znaczyły leżące na ziemi sylwetki.

– Ktoś ich atakuje?

– Niczego takiego nie widać.

– Cholera, daleko zaszli. Może nawet niedługo dotrą na biegun.

Naan zaprzeczyła ruchem głowy.

– Ci już na biegun na pewno nie dojdą – powiedziała. – Umrą tutaj.

– Widzisz coś?

– Tak. Przed nimi jest głęboki kanał. Nie sforsują go w tym stanie.

– Jesteś pewna? – dopytywał Tomaszewski.

– Tak. – Dziewczyna nie miała żadnych wątpliwości. – Droga, którą wytyczamy, jest tylko dla tych, którzy mogą latać. Dla piechoty się nie nadaje.

Tomaszewski zapalił papierosa. Nie był przekonany. Zresztą nieważne, czy umierający poniżej dojdą, czy nie dojdą. Ich obecność pokazywała, że wysyłając niezliczone hordy znarkotyzowanych ludzi, jednak można przejść. Jeśli nie tutaj, to w innym miejscu. I kosztem tysięcy ofiar wytyczyć drogę lądową dla normalnego wojska. A mając wytrasowany szlak...

Przelatywali tuż nad głowami wycieńczonych ludzi. Załogi helikopterów patrzyły w dół w szoku. Nikt do nich nie strzelał. Żołnierze albo nie byli już w stanie unieść broni, albo nawet jej nie mieli w nadmiarze. Helikopter leci szybko. Nie za bardzo dało się dostrzec szczegóły. Nie sposób rozpoznać wyrazu twarzy. Każdy jednak miał irracjonalne odczucie, że napotkał wzrok jakiegoś człowieka na dole.

– Chyba zaciągnęłyśmy się do właściwej armii – szepnęła Foe. – Widzisz to, siostro?

– Widzę – mruknęła Naan. – Ale dałabym dużo, żeby móc to natychmiast zapomnieć.

– Skup się, kruszynko – upomniał ją Meredith.

– Panuję nad sobą. Przed nami spokojnie.

Dalszy lot przebiegał bez zakłóceń. Poza kilkoma zajętymi przez czerwony opar obszarami, które należało ominąć, już nie kluczyli. Las poniżej zniknął zupełnie, ustępując miejsca jednolitej białawej płaszczyźnie. Nie działo się nic, co mogłoby wzbudzić niepokój.

Tomaszewski podniósł wzrok znad rozłożonej na kolanach mapy.

– Przeszliśmy?

– Chyba tak – powiedziała Naan. – Widzę teraz dokładnie to samo co wy.

– Jest łączność z bazą?

– Spore trzaski, ale ich radiowcy są z nami – odparł drugi pilot. – To mogą być strefy zjonizowanego powietrza.

– A jakby unieść się wyżej?

– Na pewno byłoby lepiej.

Tomaszewski zerknął na Naan.

– Możemy?

Dziewczyna przytaknęła.

– Na górze nie ma już tych strasznych wiatrów. Panuje idealny spokój.

– No to w górę. Kiedy łączność się poprawi, to nadaj im parametry naszego lotu. Niech zaznaczą na swoich mapach i droga powietrzna będzie otwarta. – Zawahał się. – Chyba.

– Radioaktywne obłoki mogą się przemieszczać.

– Na to już nic nie poradzimy.

– Tak jest, panie komandorze.

Śmigłowiec wyrwał ostro w górę. Tomaszewski połączył się z Wyszyńską w następnej maszynie. Polecił jej przekazanie wszystkich parametrów lotu zarejestrowanych przez krokomierz. Mając dwa źródła informacji, nawigatorzy w bazie powinni sobie poradzić. Na szczęście nie musieli się obawiać, że ktoś ich podsłucha. Dane krokomierza były szyfrowane automatycznie, a dane przekazywane przez drugiego pilota otwartym tekstem stawały się dla przeciwników bezużyteczne, ponieważ nie dysponowali oryginalną mapą bazową i nie znali żadnego z punktów odniesienia. Łączność w tym sensie była więc zupełnie bezpieczna.

– Coś majaczy na osi lotu – zameldował pilot prowadzący. – Prawdopodobnie duży obiekt.

– Biegun.

– Nie wiedziałem, że wybudowali tam jakiś znacznik.

– Bo to nie znacznik. To legendarna budowla, zdolna pomieścić w głównej sali tyle ludzi, że z ich oddechów tworzą się chmury – powiedział Tomaszewski. – Jeśli wierzyć legendom, oczywiście.

– O jasny szlag! To coś jest naprawdę duże. Naprawdę.

– Ja myślę.

Tomaszewski zdjął przeciwsłoneczne okulary i przyłożył do oczu lornetkę.

– Ożeż...

– No!

– Chyba nie tylko chmury. Ale i uprawne pola bez mała, rzeki, jeziora i cholera wie co jeszcze.

Nie wiadomo było, czy kpił, czy potrafił z tej odległości ocenić prawdziwe rozmiary gigantycznego budynku. Lecieli bardzo szybko, a monumentalny twór zdawał się nie przybliżać. Pierwsze szczegóły dało się ocenić dopiero po dłuższym czasie.

Na budowlę nie składały się wcale jakieś nieprawdopodobne kształty. Była miażdżąco ogromna, żadna z ludzkich cywilizacji takiej dotąd nie stworzyła, ale z drugiej strony wydawało się, że nic tam bynajmniej nie zaprzeczało prawom fizyki. Przy wielkim mozole praktycznie dałoby się coś takiego stworzyć na cywilizowanej półkuli, a być może poradziliby sobie z zadaniem nawet cesarscy inżynierowie, gdyby dać im odpowiednie źródła finansowania i parę pokoleń robotników. Nad wszystkim dominowała gigantyczna kopuła. Były też wieże, szerokie, niskie, a nawet przysadziste. Całe założenie nie przypominało jednak ani warownego zamku, ani świątyni nawet. Może gdzieś tam chował się cel triumfalny, a może i nie. Konstrukcja przywodziła raczej na myśl jakiś gargantuiczny budynek publiczny, ze ściśle przypisanym założeniem praktycznym. Czy na obu światach, i w cesarstwie, i daleko za Górami Pierścienia, było coś, co przypominało ten kształt? I tak, i nie. Jeśli jednak tak, to raczej jako maleńka, nie do końca udana kopia, wariacja na temat, a nie cokolwiek inspirującego.

Kiedy zbliżyli się dostatecznie blisko, okazało się, że lecą mniej więcej w połowie wysokości centralnej kopuły. Helikoptery, które siedzącym w środku ludziom wydawały się ogromnymi maszynami, w porównaniu z tym czymś zaczęły kojarzyć się raczej z pyłkiem kwiatów osiadającym na ścianach kościoła.

– Ale olbrzym! – Pilot zwolnił, przelatując obok jednej z ciemnych wież. – Gdzie lądujemy?

– Tam są jakieś schody. – Tomaszewski wskazał kierunek, gdzie patrzył.

– Tam też – odpowiedział pilot. – Takie same chyba.

– I tam są. – Mielczarek również znalazł wejście.

– Dobra, spróbujmy to okrążyć.

Lecieli po łuku, omijając ogromne wieże. Liczniki promieniowania się nie odzywały. Ta strefa prawdopodobnie była bezpieczna.

– Schody są wszędzie – odezwał się pilot. – Tu chyba można wejść od każdej strony.

– Dziwisz się? Żeby napełnić taką budowlę, to chyba paru dni nie wystarczy.

– Niekoniecznie. Mój brat jest architektem i mówił, że przy dobrej organizacji można wpuszczać sześć osób na sekundę jednym wejściem.

– To raptem dwadzieścia parę tysięcy na godzinę.

– Z jednej bramy. A przy tylu? Jeśli nie ma numerowanych miejsc siedzących, tylko trzeba stać, to wpuszcza pan milion, panie komandorze, nawet tego nie odczuwając.

– No to i tak masz ogromny korek na dojeździe.

– To zależy, jak tu docierali. Wokół nic się nie zachowało.

– Tam się coś zachowało. – Drugi pilot wskazał cel przed sobą. – Widzicie to wzgórze?

– Nawet z rampą.

– Jest doskonałe do obrony. – Tomaszewski przyłożył do oczu lornetkę. – Możemy tam wylądować?

– Jak po sznurku, panie komandorze. Wszystkie helikoptery się zmieszczą.

– No to ląduj. I przełącz mnie na ogólną.

Pilot pstryknął przełącznikiem na konsoli radia.

– Jest pan na ogólnej, panie komandorze.

Tomaszewski przycisnął laryngofon mocniej do krtani.

– Dowódca zwiadu do bazy i do wszystkich. Terminus, powtarzam: Terminus.

Przedziwny spokój, jaki panował wokół jego osoby, sprawiał, że Rand miał wrażenie, że zaraz za plecami wybuchnie mu beczka z prochem. Nie mógł uwierzyć, że w coraz bardziej rozedrganym mieście nie ma nikogo, kto mógłby zapanować nad sytuacją. Imperium chyliło się ku upadkowi niczym stara stodoła o belkach przeżartych przez korniki, nienaprawiana, niezadbana, zda się, pozostawiona zupełnie samej sobie. Wichura hulała w najlepsze, myszy wyżerały, co chciały, a w dodatku sąsiedzi rozpalali sobie ogniska tuż pod spróchniałymi ścianami. I nic. Gospodarza nie było.

Rand mógłby uwierzyć w wiele rzeczy. W nieporadność i brak woli cesarzowej. Jak każda wrażliwa intelektualistka, nie była człowiekiem czynu. Nikt jej nigdy nie przygotował do podejmowania decyzji w oparciu tylko o fragmenty informacji, które zniekształcane napływały zewsząd, zacierając obraz. Ale służby specjalne? To, że rozwodnił ich sztab, dodając do składu sporo młodych, żądnych władzy oficerów, to jedno. Ale sytuacja teraz już naprawdę była kryzysowa. I nie znalazł się nikt, kto sam jeden objąłby tam władzę? Brakowało kogoś dość silnego? Lata niesnasek, wzajemnego podgryzania i rywalizacji frakcji sprawiły, że nikt nie miał tyle siły, żeby chwycić pozostałych za pysk? Nieprawdopodobne. Dezinformacja co prawda płynęła zewsząd. Polacy skrupulatnie wypełniali swoją część umowy, nie dopuszczając do miasta wycofywanych z frontu sił specjalnych. Kupcy siali ferment, to sprytnie manipulując cenami, by rozgrzać lud do czerwoności, to znowu śląc petycje, które zwracały uwagę na nieistniejące problemy tylko po to, by zagęścić mgłę wojny.

A może to tylko zamierzone usypianie czujności Randa? Może sztab speckurew czekał na dogodny moment? Ta myśl nie dawała mu spokoju. Dawno już wyniósł się ze swojej siedziby. Urzędował teraz głównie w pomieszczeniach łaźni, a to cesarskiej, a to miejskiej czy cechowej albo pospólnej. Nigdy dłużej niż pół dnia w jednym miejscu. Nigdy więcej niż jedna osoba nie wiedziała, gdzie jest w danej chwili. To on się kontaktował ze swoimi ludźmi, a nie oni z nim. Mimo to nie mógł się pozbyć uczucia, że tamci „wiedzą wszystko". Że bawią się z nim tylko po to, by uderzyć w sprzyjającej dla siebie chwili. Przeradzało się to w manię prześladowczą. Mimo że cały czas przebywał w tłumie, nigdy sam, nigdy jako łatwy cel, nie mógł usiedzieć na miejscu.

– Idziemy! – zakomenderował właśnie po raz kolejny tego dnia.

Aie nie komentowała. Zbyt dobrze go znała od zbyt wielu lat. Nie wznosiła oczu ku powale, nie wzdychała, nie oponowała. Rozkaz to rozkaz. Podniosła się błyskawicznie i ruszyła przodem, roztrącając ludzi, by zrobić mu przejście. Nie było to łatwe, bo tłum gromadził się właśnie dokoła herolda ogłaszającego codzienny oficjalny komunikat.

Rand nie miał zielonego pojęcia, kto pisze im te bzdury. Na pewno ani sama cesarzowa, ani nikt z pałacu, z jej bezpośredniego otoczenia. Sądząc po idiotycznym stylu, pewnie kolejna miernota chciała się podlizać, wywyższyć, wkraść w łaski swoją gorliwością. Aczkolwiek... W tych dniach widać było, że miernotą też targają jakieś uczucia. Pierwszy komunikat, powiadamiający o szturmie na więzienie, zaczynał się od słów: „Ludu Negger Bank. Ogłaszamy, że wyjęta spod prawa szumowina, sprzedajna dziwka, odrażająca karlica o plugawym umyśle zdrajcy ośmieliła się wyciągnąć swoje szkaradne łapsko na prawo i porządek panujący w naszym pięknym mieście...".

Komunikat po bitwie na placu Bohaterów Kong brzmiał już trochę inaczej: „Ogłaszamy, że wyjęta spod prawa Shen ośmieliła się...".

Dziś herold krzyczał: „Ogłaszamy, że Shen walczy ze strażą w mieście...".

Ciekawe, co będzie jutro? „Lud Negger Bank wita swoją wspaniałą Shen, która przegoniła plugawą..."?

Nie, nie. Jutro jeszcze cesarzowa chyba nie będzie „plugawa". To dopiero pojutrze.

Rand uśmiechnął się do własnych myśli. Cokolwiek by wykrzykiwali ci tutaj, w żaden sposób nie miało się to do siły oddziaływania plakatów i jątrzącej wszędzie inteligencji, która już teraz otwarcie opowiadała się za nowym porządkiem.

Wyjście na ulicę, kiedy trzeba się było przeciskać między ludźmi, nie było łatwe. Tym bardziej że w każdym z nich widział potencjalnego nasłanego przez sztab speckurew mordercę. Kiedy już wydostali się na główny trakt, zbliżył się do Aie i chwycił ją za ramię.

– Słuchaj, zmiana planów. Przestajemy korzystać z łaźni, bo mogą się już domyślać, jak działamy.

– Kto może się domyślać? – Jego ochroniarka wbiła mu w twarz spojrzenie, w którym usiłował nie dostrzec politowania.

– Speckurwy! Za długo już korzystamy z jednego schematu...

– Nie! – osadziła go, podnosząc głos. – Już dość.

– Co? – W pierwszej chwili uznał, że się po prostu przesłyszał.

– Już dość kluczenia – wyjaśniła.

– Aie. Posłuchaj mnie.

– Teraz ty posłuchaj. A może inaczej. Rozejrzyj się.

Zaskoczony rzucił spojrzeniem na prawo i lewo. Nie działo się nic szczególnego. Ciężkie wozy przebijały się przez zatory z przechodniów, strażnicy wykrzykiwali obelgi, tłum nie pozostawał dłużny.

– Niby co?

– Widzisz te wozy? – zapytała już spokojniej.

– Poczekaj. Muszę się gdzieś zaszyć i wszystko przemyśleć. Opracować nowy plan działania.

– Czy widzisz te wozy? – powtórzyła. – Wiele z nich ma jeszcze na burtach znaki wielkich rodów. Nie zdążyli zatrzeć w pośpiechu.

– No widzę. I co z tego?

– A wiesz, co jest na wozach? I dlaczego mają tak liczną eskortę?

– Pewnie wiozą złoto.

– Właśnie. – Uśmiechnęła się promiennie. – Gdybyś się przyjrzał, zrozumiałbyś, że wszystko to należy do rodzin najbliżej współpracujących z pałacem. To sami poplecznicy cesarzowej.

– No i co z tego?

– Myśl, Rand. Zacznij nareszcie myśleć! – Machnęła ręką. A potem wzięła go pod ramię i pociągnęła wzdłuż ulicy. – Musisz zobaczyć coś jeszcze.

Miała mocny chwyt. A ciągnęła z siłą muła od urodzenia wdrożonego do dźwigania ciężarów po górskich drogach. Była tak zdecydowana, że nie śmiał jej upomnieć, że w ten sposób wzbudzają powszechną uwagę. Na szczęście jej cel nie znajdował się daleko. Zaprowadziła go na plac, przy którym mieściła się siedziba cechu złodziei. Plac też zapchany był wozami otoczonymi przez straże.

– Co to jest?

– Zaraz. – Aie najwyraźniej czegoś szukała. Nie bacząc na okrzyki żołnierzy, przesmykiwała się między ciężkimi burtami, wciąż ciągnąc Randa za sobą.

I nareszcie znalazła. Nie wiedział, o co chodzi. Podążył za jej wzrokiem. Na jednym z wozów ktoś niedokładnie dociągnął plandekę. Powiewała na lekkim wietrze i można było dostrzec ładunek – skrzynie. Tyle że pochodziły z magazynów eksterytorialnej bazy. Zwykłe drewniane skrzynie. Tyle że polskie. Każda z nich miała swój wypalony urzędowym stemplem numer i napisy świadczące, że jest własnością Wojska Polskiego. Nic więcej nie udało się dostrzec.

– I co? – zapytała Aie triumfalnie.

– Co co?

– Ty chyba ślepy jesteś – wychrypiała. – Co tu widzisz na tym placu?

– No, wozy – dał się ogłupić.

Westchnęła ciężko, widząc jego umysłową nieporadność.

– Oni wszyscy stoją w kolejce. W kolejce do cechu złodziei. Chyba nie jest trudno odgadnąć po co?

– Pomniejsi kacykowie. Szukają ochrony w niepewnych czasach.

– I ustawili się w kolejce? Po ochronę?

– No...

– Posłuchaj mnie uważnie. Jedni, ci więksi, uciekają głównym traktem wóz w wóz. Byle szybciej, byle dalej od zemsty. A ci tutaj, mniejsi, płacą za ochronę. Byle szybciej, byle jeszcze dzisiaj. Też są związani z cesarzową i też boją się zemsty.

– I czego to dowodzi?

– Tego, że oni wszyscy jak na dłoni widzą coś, czego ty jeszcze nie widzisz!

– Niby co?

– A tego, że ty już wygrałeś!

Zaskoczyła go. Chciał coś powiedzieć, ale nie dała się wybić z rytmu.

– A na tym wozie – ciągnęła – są skrzynie ze złotem, które uciułał sobie pan sierżant szef Lewandowski. I nawet on ze swoim malutkim rozumkiem kwatermistrza pojął nagle, że włożył swoje paluszki trochę za głęboko, pomiędzy drzwi i futrynę, które są o niebo większe niż on sam. I zrozumiał, że czas uciekać. A ja nawet wiem, co mu w tej chwili mówi sam mistrz cechu złodziei.

– Niby co?

– Mówi mu, że owszem. Mogą od niego wziąć jedną trzecią złota i zapewnić mu ochronę. Ale tylko przed innymi złodziejami, przed rabusiami, skrytobójcami, a nawet strażą miejską i wymiarem sprawiedliwości. Ale nie zapewnią mu ochrony przed politykami. A już na pewno są bezsilni wobec gniewu Rzeczypospolitej! Która się przecież zaraz rozgniewa na pana sierżanta Lewandowskiego i zetrze go w pył w czasie krótszym niż splunięcie!

– I tak to sobie wymyśliłaś?

– Tak. I wiem, że oni mu w tej chwili radzą, żeby uciekał do Dahmerii. Do dalekiego kraju bogatych azylantów. Jedynie tam politycy go nie dosięgną. A podczas długich zimowych wieczorów będzie mógł sobie wspominać dawne czasy, sącząc wino z Chenem, który dawno wybrał tę drogę, bo lepiej zna miejscowe warunki.

– I co chcesz przez to powiedzieć?

– Że oni wszyscy, ci z wozów na trakcie, ci tutaj, a nawet sam Lewandowski już wiedzą, co się stanie. Już wiedzą, że wygrałeś i teraz zaczną się dla nich złe czasy. I tylko ty tego nie widzisz.

Zawahał się. Potrzebował spokojnej chwili, żeby się zastanowić. A Aie dalej sączyła jad.

– Zastanawiałeś się, dlaczego cesarzowa nie wycofa się do stolicy, dlaczego nie zbierze wojsk, nie zmontuje koalicji, nie odbuduje sił i nie rozpęta wojny domowej. W której to przecież ona ciągle ma siły, podczas kiedy my nie mamy nic.

– Po raz pierwszy w dziejach popiera nas inteligencja.

– Och! Fakt, rewolucja teraz jest modna. Ale nie wiadomo, co tym inteligentom odpierdoli jutro. Czy jutro przypadkiem nie będą modne kwiatki we włosach i czy mężczyźni nie poprzebierają się w kolorowe sukienki, głosząc jedność z naturą.

– Przestań.

– Nie. Ja wiem, co powstrzymuje cesarzową przed krwawą łaźnią i zamianą wszystkich placów Negger Bank w place Bohaterów Kong. Ona jest tchórzem. Jest wrażliwą intelektualistką. Jest taka jak ty!

Rand oniemiał i nie mógł się otrząsnąć przez dłuższy czas.

– Jesteście oboje tacy sami. Ona też otacza się wymyślonymi przez siebie przeciwnikami. Mnoży sobie trudności. Spójrz na siebie, Rand. Kluczysz, wymyślasz sobie coraz to nowe zagrożenia, opóźniasz, dopracowujesz szczegóły. A tu trzeba jebnąć z pięści!

– I rzucić się na ochronę pałacu, która ma karabiny maszynowe?

– Musisz nareszcie uwierzyć w siebie! Idziemy do Shen, a z nią na pałac.

– Muszę się gdzieś zaszyć i pomyśleć.

– I wymyślić sobie nowych wrogów, których nie ma tak naprawdę? Co jeszcze wymyślisz? Że ścigają cię speckurwy, że Shen cię zdradza, że to wszystko tylko przykrywka pałacu? Ocknij się. Uderz teraz, kiedy koniunktura sprzyja, bo za kilka dni sytuacja się zmieni.

– Atakując jedną kompanią Shen?

Aie aż się zatrzęsła.

– Rand! Poprowadź ludzi na barykady!

– Że niby zgniotę ich masą?

Tego było za dużo. Lecz Aie znała dobrze swojego szefa. I uderzyła w najczulszy punkt.

– Biafra był człowiekiem czynu. A ty?

Zapadła cisza.

– Biafra miał Achaję – mruknął.

– A ty masz mnie – ucięła.

Stali naprzeciwko siebie. Aie, dysząca, patrzyła mu prosto w twarz. Rand bezustannie zerkał na boki, niespokojny, niepewny. Czy zawsze w historii jakaś kobieta musi stać przy mężczyźnie w kluczowym momencie jego życia?

– Jeśli nie ty, to kto? – zacytowała znane powiedzenie. – Jeśli nie dziś, to kiedy?

No szlag! Ona przecież miała rację. Nie miała. Miała. Może miała. Albo nie.

– Biafra był człowiekiem czynu – powtórzyła. – A ty?

Ich spojrzenia spotkały się nareszcie. I nie mógł już odwrócić wzroku.

– A ty?

– Jesteś dziewczyną Krzyśka, prawda?

Kai i Nuk odwróciły się zaskoczone. Przed nimi stała malutka dziewczyna ubrana w przedziwny konglomerat elementów skompletowanych z mundurów różnych formacji. Pewnie wybierała najmniejsze z możliwych części, żeby się w ogóle jakoś ubrać.

– A ty to kto? – Czarownica nie mogła zrozumieć, jakim cudem na pokładzie lotniskowca jest ktoś, kto ma pojęcie o jej prywatnych sprawach.

– Jestem Ina. Pilot z Tor Avahen.

– Skąd znasz Krzyśka? Zaraz. A skąd w ogóle wiesz, że jestem jego dziewczyną?

– Jak ma niespokojny sen, to czasem powtarza twoje imię. – Ina nagle zdała sobie sprawę, co takie oświadczenie w jej ustach mogło oznaczać, i zastrzegła się od razu: – Nie kochaliśmy się! Nie byliśmy ze sobą jak kobieta z mężczyzną.

– To akurat wiem. Jestem czarownicą.

– Aha.

Nuk zaczęła się śmiać. Na jej oczach dwie kobiety w polskich mundurach właśnie wymieniały się uwagami o magii i czarach. Szkoda, że Ossendowski tego nie widzi. Wojsko Polskie chyba właśnie osiągało nowy wymiar. Głównodowodzącemu mogłoby się to jednak nie spodobać.

– Może wyjaśnij, do czego zmierzasz – powiedziała Kai.

– Ja tylko tak sobie myślę, że tkwisz tutaj, w pozłacanej z powodu waszych zasług pułapce, a twój facet poleciał na biegun. I wydumałam sobie, że pewnie chciałabyś go zobaczyć.

Nuk tylko machnęła ręką.

– Niby jak? – mruknęła. – To niemożliwe.

– A jednak. Ja jestem stąd i jako miejscowa miałam za zadanie przewieźć komandora, panią inżynier i starego czarownika do bazy za Złymi Ziemiami. To wymagało międzylądowań w Tor Dart i Tor Maar, gdzie czekały zapasy paliwa. Miałam naprowadzać maszyny na podejściach do obu twierdz. A potem... miałam przyprowadzić helikoptery z powrotem.

– To one nie poleciały na biegun?

– Tatarzy użyli śmigłowców specjalnie przystosowanych do misji. A te tutaj – Ina wskazała kciukiem za swoje plecy, gdzie na lotniskowcu znajdowały się hangary – to przecież wersja morska.

– Ożeż.

– Gotowe do użycia – ciągnęła pilotka. – A zapasy paliwa w Tor Dart i Tor Maar ciągle czekają. My z nich siłą rzeczy nie korzystamy.

– Czekaj, czekaj. – Kai odruchowo potarła brodę. Myślała nad czymś intensywnie.

– A ty co z tego będziesz miała? – zapytała dużo trzeźwiejsza Nuk.

– Nudzę się tutaj. Zobaczyłam już wszystkie samoloty, zaprzyjaźniłam się ze wszystkimi pilotami i... i siedzę bezczynnie jak i wy, gryząc palce, podczas kiedy inni odwalają robotę.

Taka gadka nie trafiała do Nuk. Sierżant uśmiechnęła się kpiąco.

– Przyznaj się, mała. To wasz wywiad chce wiedzieć, co na biegunie, z własnego źródła. I chce, żebyś tam poleciała.

Ina nie zmieszała się ani trochę.

– A czyż nie jesteśmy sojusznikami? – zapytała. – Wy i my w tej wojnie stoimy chyba po tej samej stronie.

– Ale to tak prosto nie działa.

– No chyba nie powiesz mi, że wielka Rzeczpospolita, która trzęsie cesarstwem, boi się małego kraiku, który nawet nie ma nazwy po polsku?

– Przestańcie. – Kai przerwała im dyskusję i zwróciła się do Iny: – Niby jak sobie wyobrażasz, że załatwię takie coś z Wentzlem? Tak po prostu go poproszę?

– Wymyśl coś. Przecież teraz jako asa wywiadu noszą cię tu na rękach. A po storpedowaniu stawiacza min to już chyba zaraz rozbiorą cię do golasa, pomalują na złoto i wystawią sobie w kwaterze wywiadu w charakterze pomnika.

– Wygadana jesteś.

– Z admirałem załatw tylko przelot do bazy. A na miejscu pomyślimy.

Kai zerknęła na Nuk. Ta tylko zmrużyła oczy. Najwyraźniej bezczynność na wielkim okręcie również i jej doskwierała.

– W końcu jesteś czarownicą – mruknęła. – A tu już nie ma nikogo, kto mógłby wykryć twoje czary. – Nuk wzruszyła ramionami. – Pytanie tylko, czy będziesz potrafiła to załatwić.

Kai uśmiechnęła się na wspomnienie tej rozmowy, która przecież miała miejsce tak niedawno. Ogarnęły ją wesołe myśli. Rozbawiona zerknęła w bok, przez okno helikoptera marynarki wojennej, który właśnie dolatywał do bazy sił lądowych tuż przy Piekle, daleko za Złymi Ziemiami.

Czy potrafiła to załatwić? Pewnie. Zadowolona z siebie przypomniała sobie rozmowę z Wentzlem, który okazał się człowiekiem bardzo racjonalnym, ale też zawsze skłonnym do negocjacji. Nie wnikała w pobudki, którymi on się kierował, wydając zgodę. Właśnie odkryła w sobie duszę polityka. Odkryła w sobie coś, czego istnienia poza darem magii nigdy u siebie nie podejrzewała. Najważniejsze to uwierzyć w siebie. Teraz dziwiła się w ogóle, że kiedykolwiek mogła w siebie wątpić. Przecież przeżyła całą misję w Nayer, wśliznęła się do może i mało ważnej, ale jednak komendy ich straży, zdobyła istotne informacje, a na koniec zwerbowała samego komendanta. Nie, nie powinna wszystkiego przypisywać szczęśliwym przypadkom. Przypadków nie mogło być tak dużo. Po prostu. Odkryła w sobie nową, niezwykle przydatną umiejętność. A może inaczej: nie odkryła, ale dopiero teraz nazwała. Wiara w siebie.

A proces, kiedy z mniej lub bardziej niepewnej dziewczyny stawała się prawdziwą kobietą, bardzo jej się podobał.

– Lądujemy. – Ina odwróciła się od foteli pilotów. – Dociągnijcie pasy.

Niezapowiedziany lot musiał zakończyć się zataczeniem okręgu nad bazą. Ponieważ jednak regulamin przewidywał zgoła inne warunki pracy lotniska polowego niż tutaj, pilot zastosował się do procedury jedynie pro forma. Zamiast okręgu wszedł w ciasny wiraż i wykonując jeden zwitek spirali, posadził maszynę tuż przy namiotach rozprowadzania. Pasy trzymające pasażerów bardzo się przydały.

– Powinniśmy się gdzieś zameldować? – zapytała Nuk.

– Ja zgłoszę skład załogi – odparł pilot. – W przypadku oficera i aż takiego zadupia w dobrym tonie jest jednak wizyta u dowódcy bazy.

Kai wyskoczyła z kabiny, z ulgą rozciągając zdrętwiałe mięśnie. Odpowiedziała na salut zbliżającego się porucznika lotnictwa.

– Kto tu dowodzi? – zapytała po prezentacji.

– Uch, baza ma priorytet, więc dowodzi generał. – Porucznik wykonał gest, jakby jednak chciał umniejszyć znaczenie. – Jednogwiazdkowy i w dodatku saper. – Puścił jej oko, ale nie zrozumiała zawiłości wzajemnych niechęci pomiędzy różnymi rodzajami wojsk.

– Powinnam się zameldować u dowódcy.

– Marynarz u sapera? – Młodszy oficer zdziwił się niezmiernie. – No i u dowódcy bazy czy u tego, co dowodzi? – zapytał tajemniczo.

– To nie to samo? – domyśliła się.

– Gościmy tu generała wyższego rangą. Raczył nas nawiedzić szef wywiadu wojsk lądowych. Sam Kawalec ze swoim sztabem.

– O matko!

– Ja też matkę na pomoc wzywałem, kiedy go zobaczyłem. – Porucznik był sympatyczny i w żartobliwym nastroju. – Sama pani zresztą wie lepiej, pani kapitan. Cała operacja za Górami Pierścienia jest pod auspicjami marynarki wojennej, ale przecież wszystkie operacje tutaj to wojska lądowe. A tu nagle rajd na biegun w wykonaniu Tatarów, będących znowu własnością marynarki. No i armia poczuła się wyślizgana.

– No to wyjaśnił mi pan, poruczniku, tę niespodziewaną kontrolę.

– Do usług, pani kapitan.

Zasalutowali sobie wzajemnie.

– No i co? – szepnęła Nuk, kiedy wyjmowały z helikoptera swoje bagaże. – Koniec pieśni.

– Dlaczego? – zainteresowała się stojąca tuż obok Ina.

– W sztabie Kawalca od początku działa agent Nayer. A właściwie agent czarowników, których przodkowie przed tysiącem lat przekroczyli Góry Bogów i zakonspirowali się po tamtej stronie. Teraz wrócili, żeby zakończyć swoją misję.

– I jeszcze go nie złapali?

– To też czarownik. I geniusz. Potrafił wykraść z najtajniejszego sejfu marynarki nasze akta i doprowadził nas o włos do śmierci. O włos!

– I tutaj też będzie chciał was zabić? – zaniepokoiła się Ina.

– Niby po co? My swoje zadanie już wykonałyśmy. Ułani powietrzni mosty w cieśninie zniszczyli i armia Nayer jest armią w pułapce.

– Dlaczego więc jego obecność wam przeszkadza?

– Bo on nigdy nie dopuści, żebyśmy poleciały na biegun.

Kai postanowiła się włączyć do cichej rozmowy.

– Niestety, Nuk, myślisz od dupy strony – powiedziała.

– Dlaczego?

– Bo to on sprowadził tutaj Kawalca. I pewnie cały czas myśli, jak samemu polecieć do tego tajemniczego miejsca. Tylko jak tam się znajdzie, będzie mógł nam zaszkodzić. Tu, po tej stronie Piekła, już wszystko pozamiatane.

Nuk przygryzła wargę.

– Może i masz rację.

– Właśnie. Pójdę do Kawalca i dam agentowi dodatkowy argument do tego, żeby załatwił sobie lot. A my zabieramy się przy okazji.

– I będziemy wiedzieć, kto jest agentem!

– Aż taki głupi nie jest. Poleci ich kilku. Ale wybrać z dwóch, trzech zawsze lepiej, niż wyłowić go z całego sztabu. Nie?

Nuk położyła czarownicy rękę na szyi. Potem przyciągnęła do siebie i pocałowała w policzek.

– Wiem, że dasz radę. Wiem, że załatwisz sprawę. Bardzo się zmieniłaś, dziewczyno.

– No to potrzebny nam tylko namiot i...

– Namiot?

Sierżant zaczęła się śmiać.

– Przebierz się w wyjściowy mundur. Po prostu włóż spódnicę, Kai, i idź załatw sprawę jak kobieta.

Wyjściowy mundur marynarki nie był częstym widokiem w bazie. Mężczyźni gapili się bezczelnie na kobietę w wąskiej spódnicy, lśniących czółenkach na stopach i przekrzywionej oficerskiej czapce, tak by można było pod nią zawiązać czarną opaskę mistrza cechu czarowników. Żołnierze nie ośmielali się oczywiście gwizdać na jej widok, jednak czuć było, że wielu chętnie zawarłoby z panią kapitan bliższą znajomość.

Kai nie przejmowała się niczym. Najpierw odnalazła namiot radia. Nie było nic dla niej, ale przy okazji wzięła depeszę dla Krzyśka. Tekst od Diona i Tanera został zaszyfrowany, lecz przy użyciu innych kodów niż armijne, więc szyfranci pozostawili go po prostu, jak jest. Sama również nie miała pojęcia, co z tym zrobić, pewnie tylko Tomaszewski miał klucz.

– Gdzie jest namiot generała? – zapytała jednego z techników.

– Którego generała?

– Tego, który może podjąć decyzję.

– Tu zaraz. Ale trzeba się wcześniej zapowiedzieć, bo może nie przyjąć.

– Mnie przyjmie. – Uśmiechnęła się drętwo. Jej myśli błądziły już w bardzo odległych od namiotu radia miejscach.

Kwaterę Kawalca odnalazła bez trudu. Wielki namiot był jedynym, który otoczono zasiekami i oflankowano dwoma stanowiskami kaemów ukrytych za workami z piaskiem. Wartownik na jej widok przepisowo zdjął karabin z ramienia i ujął go w dłonie.

– Z dyżurnym – powiedziała sucho. Nie było sensu ani możliwości dyskutować z wartą. Przedstawiła się dopiero na widok oficera z naszywkami wywiadu na mundurze.

– Kapitan Kai do generała Kawalca. Wiadomość z lotniskowca, muszę przekazać osobiście.

– Proszę czekać.

Porucznik zniknął za płachtą na denerwująco długą chwilę. Co oni tam? Sprawdzali jej akta? A może dopiero wysyłali depeszę po jej papiery do centrali? Nie. Chcieli po prostu, żeby poczuła dokładnie, gdzie jest jej miejsce.

Płachta rozsunęła się znowu. Szerzej, tak żeby mogła przejść.

– Proszę. – Porucznik gestem wskazał jej drogę. – Tędy prosto i do końca.

Cóż za oschły ton.

Wielki namiot przedzielono wewnątrz płachtami brezentu tak, by stworzyć coś w rodzaju pomieszczeń, gdzie mogli pracować ludzie. Największe z nich zajmował stół z mapami. Oczywiście zerknęła, przechodząc. Nie mogłaby przysiąc, bo choć miała dobry wzrok, to mapa jedynie jej mignęła. Kai miała wrażenie, że oficerowie tutaj studiowali plan lotu pierwszej wyprawy na biegun, odwzorowany na podstawie wskazań krokomierza Wyszyńskiej i raportu drugiego pilota. Sama dowiedziała się o tej wyprawie jeszcze na okręcie od oficerów Wentzla.

Zaczynało się robić groźnie.

Kawalec urzędował w ostatnim pomieszczeniu, na samym końcu. Zobaczyła go po raz pierwszy. Siwy, sześćdziesięcio-, może sześćdziesięciopięcioletni mężczyzna siedział na składanym krześle z płóciennym siedziskiem, za niewielkim stołem zawalonym papierami. Sprawiał wrażenie człowieka surowego i kostycznego. A jednak od razu rzucała się w oczy jedna cecha. To był człowiek nawykły do wydawania rozkazów i tego, że rozkazy te były natychmiast realizowane. Nikt, kto go widział, nie miał najmniejszych wątpliwości, co się stanie, jeśli jakiekolwiek polecenie nie zostanie wykonane. Cóż. Niektórzy żołnierze nawet lubili takich dowódców.

Kai stanęła na baczność i zasalutowała dwoma palcami do daszka swojej czapki.

– Melduje się kapitan Kai, panie generale.

Lustrował ją wzrokiem. Bez jakiegoś szczególnego napięcia bynajmniej. Jakby jednocześnie bacznie i lekceważąco. Skinął głową dopiero po dłuższej chwili. Nie wskazał jej krzesła. Kai opuściła więc rękę, ale dalej musiała stać przed nim w postawie zasadniczej.

– Słucham?

– Mam przekazać wiadomość od admirała Wentzla, panie generale – zameldowała.

Skrzywił się kpiąco.

– Od kiedy to w naszym wojsku oficerowie w randze kapitana służą za chłopców na posyłki? O, przepraszam. Za dziewczynki.

– Nie przywiozłam żadnego listu, panie generale. To, co mam do powiedzenia, muszę przekazać osobiście.

– Ach, cały Wentzel. Nic na piśmie. Czy to już jest mania prześladowcza, czy dopiero jej pierwsze objawy?

Kai nie mogła skomentować. Generał, który z niej kpił, był nawet przystojny. A na pewno silny. Nie siłą mięśni bynajmniej, choć wyglądał na wysportowanego. Trzymał się prosto, ale nie sztywno. I... teraz dopiero to odkryła. Miał w sobie siłę zjednywania sobie ludzi. Wbrew całej swojej kostycznej postawie potrafił przywiązywać do siebie ludzi i sprawiać, by stawali się posłuszni jego woli. Właściwie mogłaby go polubić. Irracjonalne odczucie w sytuacji, kiedy on, rozparty na krześle, wyraźnie bawił się tym, że ona musi stać przed nim wyprężona jak struna, z rękami przy szwach swojej spódnicy.

– No słucham? – rzucił w końcu.

Imponował jej! Teraz dopiero znalazła właściwe określenie. Generał Kawalec jej po prostu imponował! I zrozumiała to dopiero w takiej sytuacji, kiedy on ją właściwie poniżał. Przełknęła ślinę, usiłując się skupić na tym, co ma powiedzieć. Bo przecież to będą same kłamstwa i musi wykrzesać z siebie choć trochę aktorskiego kunsztu.

– Pan admirał zlecił mi misję sprawdzenia drogi na biegun. Czy po pierwszym wytyczeniu trasy można z niej skorzystać, żeby dostarczyć paliwo do naszych helikopterów. Czy da się to zrobić bez Przewodnika.

– I dlatego wysłał czarownicę? – Kawalec uśmiechnął się zimno. – Chyba nie zamierza pani próbować robić tego swoim śmigłowcem przystosowanym do lotów nad morzem, co?

– Oczywiście nie.

– Ach, więc Joachim chciałby jeszcze, żebym panią tam podwiózł? To bezczelność normalnie.

– Pan admirał zdaje sobie sprawę z pewnej dysproporcji, która wytworzyła się pomiędzy naszymi służbami.

– O? Zaczyna pani mówić interesująco.

– I dlatego intencją admirała jest prośba o uczestnictwo w misji jednego z pańskich ludzi.

Kawalec wybuchnął śmiechem. Opanował się jednak szybko.

– Wie pani, jak nazywaliśmy Wentzla na unitarce w szkole wywiadu? Miał ksywę „pruski sierżant". I jak widać, wiele mu zostało.

– Pan admirał...

– Moment – przerwał jej brutalnie generał. – A to sobie Joachimek wymyślił. Wie, że przekroczył uprawnienia, wysyłając tam wyłącznie ludzi marynarki, i teraz chce sobie zapewnić alibi. W drugim rzucie łaskawie pozwoli polecieć jednemu z moich ludzi. Pewnie najlepiej, gdyby to był jakiś porucznik. A wtedy komandor Tomaszewski zakrzyczy go po prostu i każe stać grzecznie w kącie. Ale już nikt nie będzie mógł mu zarzucić, że nie braliśmy w tym udziału. Taki jest plan pani szefa.

– Może pan wysłać oficera wyższego rangą.

– I doprowadzić do konfliktu w dowództwie podczas misji? Nie, proszę pani. Wyślę swoich czterech oficerów i... Osobiście stanę na czele drugiej misji. Ja sobie z siostrzeńcem pana admirała poradzę!

Kai poczuła, jak coś ściska ją w brzuchu. A Kawalec kontynuował:

– Proszę mi jednak powiedzieć, do czego pani miałaby mi posłużyć?

– Mam Księgę Przejścia...

– Ale nie mamy już Przewodnika.

– Obecność czarownicy na pokładzie jest jednak niezbędna.

– Trasa nie powinna się zmienić. Jedyną zmienną są radioaktywne chmury, które mogą się przemieszczać. Ale te można wykryć licznikami promieniowania.

– I co pan zrobi, jeśli odkryje pan jedną na swojej trasie, panie generale? Zawróci pan? Poleci na bok, w nieznane?

– A pani co zrobi?

– Ja po prostu wiem, co zrobiłby Meredith – skłamała.

– Co? – zainteresował się wyraźnie.

Kai oderwała ręce od szwów swojej spódnicy. Rozłożyła je w geście: „no przecież nie powiem". Ewidentnie zdobyła tym punkt w jego oczach.

– Poza tym mam doświadczonego sierżanta – ciągnęła – i miejscową pilotkę, Inę.

– Ach, więc jeszcze i wywiad Tor Avahen chce w to palce włożyć? E! – Machnął lekceważąco ręką. – Oni w przeciwieństwie do was są mało szkodliwi.

Kai nie dała się zbić z tropu.

– Panie generale. Mam wrażenie, że rozmawiamy jak oficerowie wrogich sobie armii – zaryzykowała.

Nie obraził się. A być może nawet zdobyła kolejny punkt.

– Ma pani tupet, pani kapitan – skwitował.

Siedział przez chwilę nieruchomo, a potem zdjął leżące na wierzchu papiery. Pod spodem leżała jej teczka personalna. Wziął do ręki i otworzył.

– Piszą tu, że jest pani wyszczekana. Ale piszą też, że ma skłonność do konfabulacji i kłamstw. – Podniósł oczy. – No to w czym mi pani nakłamała, proszę powiedzieć.

Kai zacisnęła szczęki. A potem wysyczała:

– Marynarka wojenna stoi na straży granic Rzeczypospolitej!

Kawalec cmoknął cicho.

– Zaczynam panią lubić. – Znowu zerknął do jej teczki. – Piszą tu też, że sama rozwaliła pani najgroźniejszą czarownicę dzikusów podczas ataku na bazę w Sait. Piszą, że wywaliła pani w nią cały magazynek.

Znowu podniósł oczy. Stalowe, zimne, absolutnie pozbawione wyrazu.

– Zawiadomię panią, jeśli podejmę decyzję w tej sprawie. Może pani odejść.

– Tak jest! – Zasalutowała energicznie.

Ani myślał oddawać honory. Odpędził ją ruchami dłoni w geście: „idź, idź, idź". Jak sprzątaczkę.

Selim ustawił swoich ludzi w klasyczny szyk zwiadowczy, ale rampa prowadząca ze wzgórza wybranego na lądowisko okazała się zbyt wąska. Żołnierze rozciągnęli się w długi szereg i szybkość marszu nie była zbyt duża. Nie dało też rady zmienić szyku, jeśli nie chcieli stworzyć zbitych grup wrażliwych na ewentualny ogień obrońców. Nic jednak nie wskazywało na ludzką obecność w tym miejscu.

Budowla przytłaczała swoim ogromem. Ludzie potykali się często, szli z głowami uniesionymi wysoko, chcąc dostrzec jakieś szczegóły. W końcu czołówka napotkała szerokie schody, w które rampa wbijała się z boku. I tu zaczęły się prawdziwe problemy.

– No jasny szlag! To jakieś wielkoludy budowały?

– Albo to wcale nie schody.

– Jak nie schody, jak schody?

– Pojęcia nie mam, do czego to służyło. Może tam, na górze, wcale nie ma wejścia?

Tomaszewski nie rozumiał tatarskich komentarzy. Ale kiedy zbliżył się do monstrualnego biegu, pojął, o co tamtym chodziło. Schody nie zostały skonstruowane na ludzką miarę. Człowiek normalnego wzrostu musiał najpierw oprzeć się rękami o wyższy stopień, podciągnąć, przełożyć jedną nogę i dopiero wejść na następny.

– No psiakrew. I daleko to tak?

– Niedaleko, panie komandorze. Ale się, kurna, zziajamy.

Tomaszewski zerknął na ciężki wózek z lampowym kalkulatorem Wyszyńskiej.

– Nie moglibyśmy tego tutaj zostawić? – zapytał. – I najpierw wykonać zwiad?

– To sprzęt absolutnie konieczny w środku. Jeśli napotkamy to, czego się spodziewamy.

– Nie wiem, czego ty się spodziewasz, ale...

Budzyński niespodziewanie poparł panią inżynier.

– We wnętrzu tej maszyny są nasze bazy danych, tutejsze obliczenia matematyczne i pół biblioteki z Negger Bank. Jeśli tam są jakieś ich urządzenia, bez komputera nie zrobimy ani kroku naprzód.

Tomaszewski machnął ręką. Z dyrektorem firmy „Kocyan i wspólnicy" wolał się nie sprzeczać. Przydzielił kilku żołnierzy do przenoszenia wózka ze stopnia na stopień. No i do przenoszenia samego Budzyńskiego. Cała ta operacja powoli traciła swój wojskowy sens, delikatnie mówiąc. Pokonywanie kolejnych stopni zajmowało coraz więcej czasu, a żołnierze robili się wściekli. Sami byli przecież obciążeni swoim sprzętem i zapasami amunicji ponad wszelkie regulaminowe normy.

– Jest wejście – krzyknął zwiadowca z góry. – Też ogromne.

– Co oni? – Wyszyńska ocierała pot z czoła. – Byli wielkości słoni?

– Może nie poruszali się na dwóch nogach? – Budzyński, o dziwo, znosił wszystko zaskakująco dobrze. – Niczego o nich nie wiemy.

– Albo to rzeczywiście nie schody, tylko coś innego. – Tomaszewski cieszył się, że zawiązał na szyi białą chustę. Przynajmniej pot nie ściekał mu po plecach.

Dotarcie na szczyt zajęło całemu oddziałowi prawie godzinę.

– Zwiad dwójkowy naprzód. Grupa osłony w dwóch grupach za nimi – zakomenderował Michałowicz. – Meldować.

– Czysto! Czysto!

Selim z jedną drużyną ruszył przodem, za nim Tomaszewski z Wyszyńską, Meredith i reszta. Olbrzymia brama z bliska nie wydawała się już taka duża. To bardziej rozrzeźbiony portyk nadawał jej monumentalny wygląd. A wnętrze wbrew temu, czego się spodziewali, wcale nie było ciemne. Coś jakby okna umieszczone na wielkiej wysokości albo pionowe szczeliny rozświetlały mrok bardzo dobrze. Dziwne, że żadnych okien z zewnątrz nie było widać. Otwory doświetleniowe znajdowały się zbyt wysoko, żeby sprawdzić, czy to półprzepuszczalne szkło, czy coś innego.

– Czujecie? – Wyszyńska pociągała nosem. – Ale dziwny zapach.

Tomaszewski rozglądał się oszołomiony. Czuł się jak mała mrówka, która weszła nagle pod największą z możliwych kopuł. Skądś przypomniał sobie, że granica wytrzymałości żelazobetonu to konstrukcja o wysokości czterech i pół kilometra, wyżej beton zacznie się kruszyć pod własnym ciężarem. No to... ta budowla z całą pewnością nie była wzniesiona z żelazobetonu.

– Patrzcie! Chmury! – Wyszyńska wskazywała kierunek, gdzie powinno być sklepienie. Nie mogli go dostrzec z powodu ciągnących w górze leniwych obłoków.

– One naprawdę powstały z oddechów ludzi, którzy się tu gromadzili? – zapytał Meredith.

– Kto wie. Ale przez tysiące lat powinna nastąpić kondensacja... i... i deszcz?

– Chyba przez miliony lat, nie tysiące.

– Nie przeginaj.

– Poniżej są rośliny. – Meredith nachylił się przez krawędź podestu, na którym stali. Od wejść w różnych miejscach prowadziły koncentrycznie do środka szerokie rampy. Pod nimi ziała ciemna pustka. Każdy, kto spojrzał w dół, mógł dostrzec niewyraźne w mroku kształty dziwnych roślin.

– Jak one tam rosną prawie bez światła? – zdziwiła się jak zawsze pragmatyczna Wyszyńska.

– Są takie same jak w Księdze Przejścia. – Czarownik patrzył zafascynowany. – Na ilustracjach uwieczniono rośliny, których nie ma nigdzie indziej na całym świecie. Rośliny i zwierzęta.

– Zwierzęta? – spytał Tomaszewski.

Mielczarek zaklął pod nosem. Foe nachyliła się do niego, pytając o coś szeptem.

– Pistolet maszynowy nie jest najlepszy na polowanie – wyjaśnił. – To broń na ludzi głównie.

– Dobra, nie stójmy na podeście, mając światło od tyłu. Jak na strzelnicy. – Tomaszewski skinął na tatarskiego pułkownika. – Rusz ludzi.

– Zwiad! Naprzód. – Michałowicz oderwał wzrok od lasu pod nimi. – I nie gapić się na chmury, bo tu nie ma barierek. Pospadacie Allach wie gdzie!

– Tu na pewno nic nie lata? – Naan zwróciła się do Foe, ale ta siłą rzeczy nie potrafiła udzielić odpowiedzi. Rozglądała się niepewnie.

– Co to za dziwny zapach?

– Kadzidło sprzed miliona lat – zażartowała Wyszyńska, sprawdzając, czy wszystko w porządku z jej sprzętem na wózku.

– Kurde, oni naprawdę oddychali tym powietrzem?

– Masz może jeszcze jakieś inne inteligentne pytania, dziecko?

Oddział ruszył, zachowując regulaminowe odstępy jak podczas operacji na terenie wroga. Wokół jednak nie widać było nikogo. Znikąd też nie dobiegał żaden obcy dźwięk.

– Dlaczego tu nie ma echa? – Tatarski porucznik kilka razy uderzył obcasem w podłoże.

– Za daleko do ścian i sufitu. Zresztą jak zaczniemy strzelać, to się okaże, czy nie ma.

– Nie strasz.

Żołnierze zaczęli się śmiać. Ktoś powiedział, że trzeba oswoić ten teren. Kto inny zaproponował, że napisze na ścianie: „Tu byłem! Abdul". Ktoś inny wołał: „Ali kocha Muhdżę!".

– Wal się! – odwarknęła Muhdża. Wypluła na szkliste podłoże gumę do żucia. – Ja już naśmieciłam. Melduję, że teren oznaczony.

– Lepiej będzie, jak go obsikasz.

Morale wcale nie było złe, a wybór Tatarów na pierwszy zwiad okazał się dobrym pomysłem.

– À propos śmiecenia – mruknęła Wyszyńska. – Dlaczego tu nie ma kurzu?

– Może podłoże jest elektrostatyczne – zainteresował się Budzyński. – I nic nie osiada.

– Podnosiłoby nam włosy.

– Zostawcie dociekania naukowe na później – włączył się Tomaszewski. – Najpierw musimy zabezpieczyć teren.

– Jedną kompanią tego czegoś nie zabezpieczysz.

Ponad setka ludzi, zachowując regulaminowe odstępy, powoli posuwała się do przodu. Tomaszewski usiłował szkicować plan budowli, ale szybko dał spokój. Szkic wykonany w marszu niewiele oddawał, a czynność niepotrzebnie teraz zajmowała umysł. Słyszał za to wymianę idących tuż za nim Wyszyńskiej i Budzyńskiego.

– Boże, tyle lat starań, tyle wysiłków, ofiar i ślepych tropów. – Inżynier miała dźwięczny głos i mimo starań, by mówić cicho, łatwo było zrozumieć każde słowo. – Nie mogę uwierzyć, że jesteśmy u celu.

– To prawda. Teraz spróbujmy niczego nie spieprzyć.

– Teraz? Kiedy już dotknęłam absolutu? Nie ma mowy.

– Wojska Nayer mogą tu być w każdej chwili i w wielkiej liczbie.

– Nie. Za dużo życia poświęciłam, żeby mi ktokolwiek to zabrał.

– Świat jest pełen ludzi, którzy przegrali, trzymając już rękę na podium.

Tomaszewski zamyślił się nagle. A on? Ile wysiłków kosztowało go, żeby tu dotrzeć? Ile bitew, kampanii, potyczek, szarpania się i błądzenia po omacku w oceanie niewiedzy? Ale on, niestety, podzielał raczej pogląd Budzyńskiego. Co z tego, że prawie już trzymał puchar w dłoni? Meta ciągle była o krok.

– Tam. – Selim wyciągnął rękę. – Patrzcie.

Dochodzili właśnie do rozległej płaszczyzny, ku której prowadziły wszystkie rampy. Z tym że im bliżej byli, tym płaszczyzna wydawała się mniej płaska. Raczej przypominała labirynt. Jego ściany nigdzie nie wznosiły się wyżej niż na jakieś dziesięć, dwadzieścia centymetrów. Ale ciężko było zogniskować wzrok. Dopiero kiedy doszli do miejsca, gdzie kończyła się rampa, dostrzegli, że te niziutkie ścianki poruszały się lekko. To się wznosiły, to opadały, nigdzie jednak nie przekraczając wysokości dłoni z rozcapierzonymi palcami.

– A jeśli się na to coś nastąpi, to ściana się wzniesie? – zapytał ktoś naiwny.

– Ostrożnie!

Pułkownik Michałowicz wyprzedził pierwszych zwiadowców i wbrew wszystkim zasadom stanął na podnoszącej się właśnie przegrodzie. Uniosła go lekko i zatrzymała się.

– Spokojnie. To nie pułapka.

– Aha. Dopiero jak wejdziemy, to nas te ściany porozdzielają.

Następny był Mielczarek. Przeskoczył pierwszą przegrodę, a później następną.

– Nie reagują na moje ruchy, panie komandorze.

Zwiadowcy ruszyli za nim. Na razie nie działo się nic niespodziewanego. Przegrody labiryntu to wznosiły się, to opadały, ale jak dotąd jedynym niebezpieczeństwem było to, że ktoś się potknie i w najgorszym wypadku rozwali nos. Coś jednak skłaniało do ostrożności. Może dziwny zapach, który raz się wzmagał, a raz był ledwie wyczuwalny. Może niecodzienna akustyka. W tym miejscu miało się wrażenie, że głos niknął gdzieś bez echa i pogłosu, zupełnie inaczej niż na otwartej przestrzeni.

– No i co dalej? – Tatarski dowódca podszedł do Tomaszewskiego.

– Dobre pytanie. Sam nie wiem.

Rzeczywiście. Sala przykryta monstrualną kopułą była tak wielka i tak pusta, że właściwie nie wiedzieli, w którą stronę powinni iść. Na zbadanie budowli trzeba było jakiegoś niewyobrażalnego czasu. I kto miał badać? Żołnierze? Ci mogli jedynie sprawdzić, czy teren jest bezpieczny, a i to tylko w klasyczny sposób. O zabezpieczeniu terenu siłami, które mieli do dyspozycji, nie mogli nawet marzyć.

Tomaszewski nie potrafił odpowiedzieć na proste, acz zasadnicze pytanie. Czego się spodziewał? Wielkiej świątyni z wotami jak w Wielkich Lasach? Laboratorium zamierzchłej cywilizacji z ustawionymi pod ścianami tysiącami urządzeń? A może ogromnej biblioteki z ciągnącymi się na wiele kilometrów regałami zapełnionymi wiedzą gotową do skorzystania? Cokolwiek roiło mu się w głowie wcześniej, nijak nie przystawało do rzeczywistości, którą tu zastali. Co dalej? Wspiąć się na szczyt kopuły i zatknąć sztandar? Zabawne. Ale...

– Musimy założyć obóz i zacząć to sprawdzać. – Był wojskowym, nie naukowcem, i musiał postępować według regulaminu. – Potem trzeba ustalić stałe połączenie lotnicze z bazą.

– Jak?

– Resztki paliwa z maszyn należy przelać do dwóch helikopterów. Meredith i Naan wracają. Lotnisko niech przygotuje tyle śmigłowców, ile da się zorganizować. Potem Przewodnik przylatuje tutaj z nowymi helikopterami z zapasami paliwa. I będziemy mieli coś w rodzaju połączenia drogą powietrzną.

– Plan dobry. Ale potrzebujemy tu więcej wojska.

– No to zadecyduj, co ważniejsze. Kilka kompanii więcej, i to w miarę szybko, wszystkie helikoptery uziemione tutaj i brak dostaw zaopatrzenia. Czy raczej najpierw paliwo, sprzęt, a dopiero potem w małych porcjach wojsko.

Selim cmoknął cicho.

– Jak zwykle masz rację, Krzysiu. Jednak Meredith bardzo nam się tu przyda, i to nie w charakterze przewoźnika benzyny.

Czarownik podszedł bliżej.

– Słyszałem, że o mnie mówicie. – Uśmiechnął się lekko. – Niestety, muszę was rozczarować. Potrzebuję dużo czasu, żeby móc coś powiedzieć.

– Cholernico? A ty?

Wyszyńska również musiała słyszeć ich rozmowę. Wzruszyła tylko ramionami.

– Prawdę mówiąc, spodziewałam się tu jakichś niesamowitych komputerów. Usiadłabym i krok po kroku, komenda po komendzie zaczęłabym je rozgryzać. – Wskazała kciukiem na swoją maszynę: – Z pomocą tego ustrojstwa. Ale... – Rozejrzała się bezradnie. – Nie wiem, jak zacząć. – Jakieś pomysły? Komukolwiek coś świta?

Budzyński skinął głową.

– Potrzebujemy czasu. I dlatego stosujmy się do procedury. Pański plan jest najbardziej rozsądny na teraz.

Tomaszewski zapalił papierosa. No i gdzie tu rozłożyć obóz? Pod ścianą na rampie? Na środku? Cofnąć się do helikopterów? To by znaczyło, że będą musieli pokonywać te cholerne schody co chwila. A tu ich nikt nie zaskoczy ani nie odetnie. Wejść i wyjść było za dużo.

– Chodźmy na środek. – Meredith nieświadomie poparł jego koncepcję. – Tam coś jest.

Selim podniósł do oczu lornetkę.

– Jakby dwa fotele, albo raczej trony – powiedział. – Ale widzimy je stąd od tyłu. Od strony oparć.

– Chodźmy. – Tomaszewski uciął dalsze dyskusje.

Zebranie wojska nie stanowiło problemu. Tylko z ciężkim wózkiem Wyszyńskiej był kłopot z powodu falujących przegród niby-labiryntu.

– Może go jednak zostawimy? – zaproponował Michałowicz. – Skoro bezużyteczny.

– Nigdy w życiu! – warknęła Cholernica. – I nie powiedziałam, że bezużyteczny.

W miarę zbliżania się do środka sali przegrody niby-labiryntu zdawały się wykazywać coraz mniejszą amplitudę zmian. A po kilkudziesięciu krokach podłoga zrobiła się zupełnie płaska. Teraz dopiero mogli przyspieszyć.

– Te dwa obiekty znajdują się chyba dokładnie na osi planety. – Wyszyńska wskazała „trony", do których się zbliżali.

– Tak, to sworznie trzymające oś – powiedział Tomaszewski. – Jeśli je odkręcimy, to planeta rozsypie się na kawałki.

– Nie bądź taki dowcipny. Zaraz wyjdzie jakiś tutejszy dozorca i oskarży nas o świętokradztwo.

– Dozorca dozorcą, ale co będzie, jak się pokażą sami Bogowie?

– Nie ma tu ani Bogów, ani dozorcy – rozległ się nagle obcy głos. – Świętokradztwa również nie popełniacie.

Wszyscy stanęli jak wryci. I nie dziwiło nikogo, że głos rozległ się znikąd ani że ewidentnie należał do młodego, energicznego mężczyzny. Selim rozglądał się nawet po swoich, czy któryś z żołnierzy nie zrobił głupiego dowcipu. Słowa, które usłyszeli, były bowiem wypowiedziane w idealnej polszczyźnie z prawidłowym akcentem.

Meredith wskazał palcem kierunek. Jego nie można było zmylić co do faktu, skąd dobiegał głos.

Jakaś postać wyłoniła się zza oparcia jednego z „tronów". Szczupły, dość młody mężczyzna zeskoczył z siedziska i ruszył w ich stronę. Z drugiego zeszła kobieta, niesamowicie ruda. Ruszyła za mężczyzną. Na jej twarzy widać było kpiący uśmiech.

Oboje mieli na sobie proste szaty, z wełny lub czegoś podobnego. Oboje poruszali się z pewnością siebie kogoś, kto doskonale zna teren. Prawdopodobnie więc byli tutejszymi mieszkańcami. Skąd więc język polski?

Gdyby pojawiły się tutaj czworonożne istoty ze skrzydłami, zrobiłyby znacznie mniejsze wrażenie. Gdyby pod żołnierzami rozwarła się nagle otchłań, to spadając, byliby mniej zdziwieni. Co to jest? Co to ma znaczyć?

Tomaszewski położył rękę na lufie pistoletu maszynowego Mielczarka i pchnął ją w bok. Mierzenie do tej dwójki pewnie nie zostałoby odebrane jako demonstracja przyjaznych zamiarów.

Mężczyzna i kobieta zatrzymali się przed szpicą. Dopiero teraz dało się zauważyć niesamowitą ilość piegów na twarzy okolonej rudymi włosami. Gdyby nie ciągle kpiący uśmiech, kobieta wyglądałaby na bardzo sympatyczną. Długą chwilę przyglądali się w milczeniu. Potem mężczyzna podszedł nagle do Budzyńskiego.

– My się znamy – powiedział, pogłębiając zdumienie wszystkich zebranych. – Ty mnie już widziałeś.

Chwila ciszy.

– Szefie! – Jeden z najważniejszych dyrektorów giganta farmaceutycznego, firmy, która trzęsła polityką Rzeczypospolitej, podskoczył do przodu jak mały chłopak. Chwycił tamtego w ramiona. – Szefie! Nie sądziłem, że jeszcze kiedykolwiek cię spotkam.

Tomaszewski osłupiały przyglądał się wylewnemu powitaniu.

– Może należałoby nam się jakieś wyjaśnienie?

Nie doczekał się. Tylko piegowata uśmiechnęła się do niego szerzej.

– Rozumiesz coś z tego? – Przeniósł wzrok na Wyszyńską.

– Domyślam się.

Nie zdążył powtórzyć pytania. Mężczyzna w wełnianej szacie wyrwał się z objęć Budzyńskiego.

– Przepraszam najmocniej, nie przedstawiłem się. – Wyciągnął rękę w stronę Tomaszewskiego. – Józef Osiatyński.

– Stra... stratosferyczny książę?! To pan jeszcze żyje? – Tomaszewski, oddając uścisk dłoni, zdał sobie sprawę z niestosowności swojej uwagi.

Książę uśmiechnął się, i to w sposób usprawiedliwiający sprawcę gafy.

– Państwo pozwolą, że przedstawię. – Gestem wskazał towarzyszącą mu kobietę. – Anna Langner, moja partnerka.

– To pani przeleciała balonem nad górami...

Langner rozłożyła ręce.

– Ja nie sterowałam – powiedziała, marszcząc pokryty piegami nos. – I to nie ja rozwaliłam kapsułę w ruinach Syrinx.

Osiatyński ruszył dalej, zatrzymując się przed Meredithem.

– Mistrzu – pochylił głowę – marzyłem o spotkaniu z panem. I jak widać, marzenia, które śnią się w dobrej wierze, zawsze się spełniają.

Czarownik, obyty na dworach Cesarstwa Luan, wykonał ujmujący ukłon.

– A ty jesteś Ziemianką, prawda? – Palec księcia wycelował w Wyszyńską.

– Tak jest, szefie! A skąd pan wie?

– Tylko Ziemianie są tak durni, żeby zapomnieć, co rano zawiązali sobie na głowie.

Powiedział to z takim wyczuciem taktu, że obraźliwych słów nikt nie poczytał za obrazę. Wyszyńska dotknęła turbanu z ręcznika, który tkwił na jej głowie od czasu niefortunnego prysznica.

– Mnie również jest niezmiernie miło spotkać szefa osobiście – odcięła się jednak.

– Nie powiedziałem, że mi niemiło – upomniał ją lekko.

Przywitał się ciepło z Michałowiczem, a potem, niczym generał wizytujący koszary, zaczął przechadzać się wśród żołnierzy. Tatarzy patrzyli na niego z niekłamaną ciekawością. W końcu jednak książę znudził się obchodem i powiedział do wszystkich:

– Jest mi niezmiernie miło, że każdy z was spełnił swój obowiązek!

– Ożeż kur... – Tomaszewski jak mógł najciszej szepnął do ucha Selimowi.

Osiatyński nie usłyszał. Usłyszała natomiast stojąca blisko Langner i znowu rozłożyła ręce.

– On tak ma. – Mrugnęła do Tomaszewskiego. – Urodzony przywódca.

Rzeczywiście, książę miał w sobie coś z Wentzla, coś z Ossendowskiego, ale bez ich potrzeby epatowania swoją innością. Bez akcentowania dystansu, bez teatralnych gestów mających podkreślić władzę. W człowieku legendzie, jakim był, wszystko wydawało się naturalne.

Trudno było teraz jednak analizować tę postać. Oszołomienie towarzyszące spotkaniu w tym miejscu stratosferycznego księcia nie mijało. Kurde, ślady tego człowieka przecież napotykali wszędzie. To on zainicjował całą tę awanturę. To dzięki niemu „inżynierowie" z obcej planety przybywali na teren RP, przynosząc ze sobą nowoczesne technologie, tylko dzięki niemu marynarka wojenna przebiła się przez Góry Pierścienia. Coś zupełnie nieprawdopodobnego. I teraz... spotykają go żywego. Dokładnie u celu swoich wieloletnich starań.

– Panie komandorze – Osiatyński znów podszedł do Tomaszewskiego – proponuję, żebyśmy podeszli do jednej z wież. Tam będzie najlepsze miejsce na rozłożenie obozu.

– Zdam się na pańskie rozeznanie.

– I przy okazji odpowiem na pańskie pytanie dotyczące długości mojego życia.

– Nie posiadam się z ciekawości.

Tomaszewski dał znak żołnierzom, że mają się zbierać. Michałowicz ustawił oddział i wydał odpowiednie rozkazy. Wszystko wskazywało na to, że mogą zrezygnować z szyku ubezpieczonego.

– A te dwa „trony" na środku? – Wyszyńska nie powstrzymała się przed pytaniem. – Kto na nich zasiadał?

– To nie są żadne trony, choć przyznam, że nie znam przeznaczenia tych konstrukcji – odparł książę. – Ale rzeczywiście zdarza się nam z Anią zasiadać na nich. Pośrodku przebiega przecież oś planety i czujemy się wtedy jak na karuzeli.

Ooo... On od razu wyczuł, jak okiełznać Wyszyńską! Tomaszewski poczuł szacunek dla ich przewodnika. Zdaje się, że Meredith również.

– I wracając do pańskiego pytania... Ta historia jest trochę dłuższa. – Książę zerknął na Tomaszewskiego. – Czy idąc w pewnym sensie po moich śladach, nic pana nie uderzyło?

– Owszem. Od pewnego momentu zacząłem odnosić wrażenie, że pan jeszcze przed wylotem dużo wiedział o świecie, do którego pan potem przybył.

Osiatyński przytaknął.

– Niesamowite, że nie umknął panu ten drobiazg – powiedział z wyraźnym uznaniem. – Otóż prasa, zanim jeszcze wystartowałem, zrobiła ze mnie kabotyna. A właściwie skończonego wariata. To rozpisywanie się, że wziąłem ze sobą białego rumaka, no bo jakże inaczej, skoro książę, to musi zdobywać na białym koniu, z szablą w dłoni.

– A tak nawiasem mówiąc, jaka była maść pańskiego konia?

– No biała – żachnął się książę. – Ale przecież wynikało to z praktycznych przemyśleń. Wiedziałem, że jeśli uda mi się przelecieć nad Górami Pierścienia, to nie poniesie mnie już daleko. Wyląduję więc gdzieś blisko równika, w klimacie tropikalnym. A biała maść zdecydowanie jest lepsza na ostre słońce, nieprawdaż?

Tomaszewski wolał nie komentować.

– No i jeszcze z Ani Langner zrobili jakieś medium. Że niby zupełnie mi odbiło i zamierzam utrzymywać łączność z Polską za pomocą seansów spirytystycznych. Może pan sobie to wyobrazić?

– Czytałem wiele na ten temat.

– No właśnie. A Ania przecież nie jest żadnym tam medium. To regularna czarownica.

Tomaszewskiego zatkało. Zerknął na idącą obok kobietę o rudych włosach i mnóstwie piegów. Uśmiechnęła się sympatycznie.

– Zaraz. Skąd pan mógł o tym wiedzieć? Przecież po naszej stronie gór czary nie działają.

– Pańskie pytanie dotyka problemu z niewłaściwej strony. – Osiatyński odwrócił się do Mereditha, który szedł trochę za nimi. – Mistrzu, czy pamięta pan swoją rozmowę z mistrzem szkoły magii na obrzeżach pustyni? Tę, w której rozprawialiście o „cywilnych uczelniach" i o tym, że ich adepci też coś potrafią? Że mimo braku środków w przeciwieństwie do wzorowo finansowanych szkół zakonnych często są jednak lepsi?

– Pamiętam. Nie miałem pojęcia, że tamten mistrz zrobił notatkę z naszej rozmowy.

– Zrobił. I do dziś spoczywa ona w archiwach biblioteki w Negger Bank.

– Jestem pod wrażeniem.

– Otóż ten człowiek, pański przyjaciel, wiele lat po pańskiej kolejnej śmierci został autorem strategii, jak pokrzyżować plany Zakonu. Wtedy Zakon już chylił się ku upadkowi. Mistrz wiedział o próbach przedarcia się przez Góry Bogów. A cywilne uczelnie też były ciekawe, co jest po drugiej stronie.

– Ale żaden z cywilnych czarowników nie dysponował przecież funduszami, które pozwalałyby na sfinansowanie całego systemu wypraw przez góry.

– Oczywiście, że nie. I dlatego pański przyjaciel musiał skorzystać z systemu, który stworzył Zakon.

Meredith zaczął się śmiać.

– No tak – powiedział po chwili. – Nie masz pieniędzy? Musisz skorzystać z cudzych.

– Udało mu się wkręcić co najmniej kilku czarowników do zespołów wspinaczy. Straty były ogromne i Zakon rozpaczliwie potrzebował ochotników. Do tego stopnia, że z reguły wierzył w nagłe „nawrócenia". Tym bardziej że niebezpieczeństwo zdrady było małe, oni przecież nie wracali.

– I z jedną z takich wypraw przedostał się przez góry przodek pani Langner?

– Tak. Z tym że jego misja miała odmienny charakter. Zakon poszedł na drugą stronę, niosąc mroczne przesłanie, którego tragiczny finał możemy właśnie zobaczyć w Nayer. Rolą cywila było przetrwać i wrócić, kiedy to tylko będzie możliwe. Po to, żeby ogłosić, co jest naprawdę po drugiej stronie gór. Nie trzymać wiedzy w zamknięciu, nie wykorzystywać jej do własnych celów, ale właśnie... żeby ją ogłosić wszystkim.

– Cywile są zawsze bardziej moralni od członków organizacji militarnych – westchnął Meredith. – O, przepraszam, panie komandorze. Nie miałem ciebie na myśli.

– Dlatego też, kiedy pojawiła się taka możliwość, Ania sama zgłosiła się do mnie. Wiedziała, że mam odpowiednie fundusze, znała moje pasje i wiedziała, że jestem wystarczająco szalony, żeby to zrobić. Bo ścieżka, którą kroczyliśmy razem, nie jest przeznaczona dla ludzi normalnych. Tylko wystarczająco szaleni mogą na nią wstąpić.

Tomaszewski potrząsnął głową.

– I kiedy przelot zakończył się sukcesem, pani Langner odkryła, że sama jest czarownicą?

– Tak. I to zupełnie niesamowitą. O niespotykanej skali możliwości.

– A to akurat mogę ja wyjaśnić – powiedział Meredith. – Jej przodek był czarownikiem i przekazywał dar z pokolenia na pokolenie. Ale po tamtej stronie nikt z magii nie mógł korzystać. I kumulowała się ona w kolejnych potomkach, aż ujawniła się z całą mocą w tej kobiecie. To znany mechanizm, choć nikt nigdy nie sprawdził go na taką skalę.

– Czy to oznacza, że ci z Nayer, którzy powrócili zza gór, też są szczególni?

– Nie sądzę. Zakon załatwił się na własne życzenie, bo tu nie chodzi o sam mechanizm, tylko o różnice między płciami. Magia kobieca różni się od męskiej, tak jak ja różnię się od Kai. A Zakon do poważnych spraw dopuszcza tylko mężczyzn.

– To znaczy, że szowinizm nie popłaca?

– Na dłuższą metę nigdy. – Czarownik zaczął się śmiać.

Osiatyński wrócił do swojej opowieści.

– Po wylądowaniu zrozumiałem, o co w tym wszystkim chodzi. Zaczęliśmy szukać fragmentów tkaniny, którą należało pokryć ołtarz, umożliwiając w ten sposób podróż na Ziemię. Zaczęliśmy szukać pomnika cesarzowej Achai. Niestety, geograf ze mnie kiepski. Nie potrafię narysować mapy, nie potrafię określić położenia według sekstansu, słowem, nie potrafiłem przekazać moim następcom, które Wielkie Lasy udało mi się odwiedzić, a których nie. Stąd ich poszukiwania w ciemno.

– Pamiętam – powiedział Tomaszewski. – Uderzył mnie fakt, że „inżynierowie" stracili zainteresowanie Wielkim Lasem w Banxi, kiedy zrozumieli, teraz już wiem, że pan tam był.

– Byłem, choć dla mnie bez sukcesu. Na początku popełniałem wiele błędów, ale o tym później. Niemniej udało mi się zdobyć jeden fragment tkaniny i przykryć nią ołtarz w Banxi. I zaczął działać, choć w ułomny sposób i z ograniczonym czasem sprawności.

– Przeniósł się pan na Ziemię?

– Nie fizycznie. Wcieliłem się po prostu w jednego z jej mieszkańców. Tak jak to już miało miejsce przed wiekami. Otworzyło mi to oczy na wiele spraw.

– Nie mogę się doczekać pasjonującej opowieści.

– Jest wbrew pozorom mało istotna dla znalezienia sensu. Ale po wielu perypetiach udało mi się stworzyć tam organizację, czy raczej sektę, której wyznawcami są choćby pan Budzyński lub pani Wyszyńska. Zacząłem wysyłać ludzi z Ziemi tutaj, korzystając wciąż z tego samego ołtarza. Mieli między innymi odnaleźć, ile się da, pozostałe fragmenty tkaniny i przedłużyć jego działanie.

– I dokonaliśmy tego – wtrąciła Wyszyńska.

– Wiem. – Osiatyński skłonił głowę w jej stronę. – Ale wracając do mojej historii, musiałem wracać z Ziemi. Zbliżał się fizyczny kres mojego ciała, które pozostało w świątyni w Banxi.

– Fizyczne ciało ma jakiś związek z tym, w które się pan wciela?

– Nie ma żadnego. Z tym tylko, że na Ziemi nie ma też ołtarza. Pozostając tam, żyłbym do momentu zwykłej śmierci. A tu mogłem się przenieść dalej.

– Rozumiem – powiedział odruchowo Tomaszewski, choć tak po prawdzie niewiele rozumiał. Ale domyślał się, że będzie jeszcze czas na dokładniejsze wyjaśnienia. A teraz niech każdy interpretuje opowieść stratosferycznego księcia, jak chce. Fakty mówią za siebie.

– Wtedy domyślaliśmy się już z Anią, gdzie jest prawdziwy „pomnik cesarzowej Achai". Składana z okruchów wiedza zaczynała procentować. I postanowiliśmy się przenieść tutaj. A nasze ciała umarły w Banxi. Widział pan nasze groby?

– Nie.

– Cóż, albo więc pożarły nas dzikie zwierzęta, albo mieszkańcy Wielkiego Lasu po prostu nas spalili.

– A skąd tu się wzięli ludzie, w których mogliście się wcielić?

Osiatyński wzruszył ramionami.

– Tę budowlę zamieszkuje malutkie plemię, żyjące na dość prymitywnym poziomie. Nie są to żadni strażnicy. – Podniósł dłoń w odżegnującym geście. – Podejrzewam, że to potomkowie ludzi biorących udział w dawnych desperackich próbach przedarcia się przez Piekło. Nie mają pojęcia, gdzie tak naprawdę żyją. I łatwo u nich zostać wodzem.

– I zaczęliście badać urządzenia, które się tu znajdują?

– Wie pan, komandorze, właściwie trudno tu mówić o urządzeniach. Trzeba użyć określeń takich jak hybryda magii i technologii. Albo o maszynach, które wspomagają magię. To nie sprzęt techniczny w naszym rozumieniu. W naszym języku brakuje słów, żeby to określić. Próbowaliśmy z Anią różnych rzeczy. Czasami udawało nam się osiągnąć cząstkowy sukces, częściej przeciwnie. Jak choćby moja wizyta u pana w Negger Bank, kiedy to usiłowałem wytyczyć panu drogę, rysując coś na mapie.

– To pan był wtedy tej upalnej nocy w moim domu?!

– Jedynie pana przestraszyłem. Klapa. Szczerze: jeszcze prawie niczego tu nie potrafimy zdziałać. Prawie.

Tomaszewski nie mógł uwierzyć.

– Ale jakim cudem dowiedział się pan, że to właśnie ja zajmuję się pańską sprawą?

Osiatyński uśmiechnął się szeroko.

– O najbliższe prawdy tłumaczenie mógłby się silić raczej mistrz Meredith niż pani inżynier. To zgęstki magii. Ale wiem, że to panu nic nie powie.

Meredith smętnie skinął głową. On czuł bezmiar wysiłków, które trzeba podjąć, żeby na czymkolwiek skorzystać. Wysiłków i tytanicznej, czasochłonnej pracy.

– No dobrze. – Tomaszewski nie ustawał w indagacji. – Ale dlaczego pomnik cesarzowej Achai jest tak ważny?

– Właściwie to zna pan odpowiedź na to pytanie. Bogowie nie szyfrowali swojej wiedzy, nie zostawiali kodów dostępu, haseł ani procedur. Kluczem do wszystkiego zawsze byli ludzie. Żeby przebrnąć przez Piekło, musiał pan odszukać Przewodnika. Kluczem do wiedzy, która tu czeka, jest ktoś z wielkich rodów Królestwa Troy. Odpowiednio czysty genetycznie. Dzięki pobytowi na Ziemi mogę użyć tego słowa.

– I... I tutaj... jest pomnik cesarzowej Achai? Czy tu jest jej ciało?

– Tak.

Wyszyńska tylko westchnęła. Budzyński powiedział coś, na tyle jednak cicho, że nie zrozumieli. Meredith poczuł, jak zalewa go fala gorąca.

Osiatyński zatrzymał się pod ścianą budowli, mówiąc, że tu właśnie jest wejście do wieży. Idealne do rozbicia obozu. A kiedy się z tym uporają, zaprasza na poczęstunek.

Tomaszewski ciągle nie mógł uwierzyć. Odnaleźli grobowiec Achai. Dotknęli samego jądra legendy. A jednak zamiast ulgi czuł tylko kumulujące się napięcie.

Rozdział dziesiąty

Sześć kartaczownic Kadira ostrzeliwało seriami jedno stanowisko cekaemu w rękach marynarzy broniących cesarskiego pałacu. Wymiana ognia była bardzo intensywna, aczkolwiek zupełnie nieefektywna. Cekaem strzelał z murowanej wieżyczki o otworze tak wąskim, że o trafieniu operatora karabinu można było raczej tylko marzyć. A kartaczownice umieszczono w oknach okolicznych domów, dosłownie zatkanych workami z piaskiem. Można by więc zaryzykować dwa stwierdzenia. Strzelanina była przede wszystkim bardzo głośna. A po drugie cesarscy marynarze i „cesarscy" partyzanci używali polskiej amunicji. Groźne widowisko okazało się więc możliwe wyłącznie dzięki zagranicznym dostawom, przydzielanym szczodrze obu stronom konfliktu.

Rosenblum odwrócił się od okna sali audiencji, słysząc westchnienie cesarzowej. Ona sama wolała nie podchodzić do okna, skąd rozciągał się widok na bitwę w całej okazałości.

– Przegrywamy? – zapytała wystraszona.

– Nie sądzę, wielka pani – odparł spokojnie. – A może inaczej. Odpowiedzi będę mógł udzielić, kiedy się dowiem, czym jest przegrana, a czym wygrana.

Spojrzała na niego zadziwiona.

– Co to znaczy?

– Wielka pani, tędy, gdzie trwa ostrzał, nie przejdą, jeśli ci o to chodzi. A na pytanie, czy zdobędą pałac, muszę odpowiedzieć twierdząco.

– Dlaczego? – Podskoczyła.

– Ponieważ pałac nie jest budowlą obronną. A naszymi siłami nikt nie dowodzi. Żołnierze strzelają, bo widzą przeciwnika, który też strzela. Tylko tyle. Przepraszam, to zupełnie bezsensowna wymiana ognia. Z naszej strony przynajmniej. Bo przeciwnik realizuje pewnie jakiś plan. I nie zamierza ginąć, atakując wprost na stanowisko cekaemu ukryte za grubym murem.

Rosenblum nie wiedział, czy cesarzowa rozumie jego słowa, czy nie. Tkwiła w jakimś szoku utkanym ze strachu czy zgrozy, niezdolna podjąć strategicznej decyzji. A właśnie rozkazów brakowało obrońcom pałacu. Marynarze nie byli szkoleni do walk ulicznych, toteż nie mogli mieć pojęcia, że otwieranie ognia dlatego, że tamci strzelają, nie ma żadnego sensu. Rosenblumowi przypominało to filmy wojenne, których się dużo w życiu naoglądał. A na filmie, według scenariusza pisanego przez militarnego ignoranta, to tak właśnie wyglądało. Oni strzelali do nas, a my do nich. Po co? Nie wiadomo. Wszak strzela się wtedy, kiedy oni atakują albo kiedy my chcemy atakować. Inna opcja kończy się wyczerpaniem amunicji. Na filmie amunicja z reguły kończy się nam po to, by umożliwić głównemu bohaterowi dokonanie heroicznych czynów lub dać miejsce do popisu ułanom, którzy przybędą w ostatniej chwili i zrobią z tamtymi porządek.

Tu jednak będzie inaczej. Rosenblum znał wielkość dostaw dla obu stron konfliktu i wiedział, że amunicja nikomu się szybko nie skończy.

– Myślisz, przyjacielu, że oni już usiłują się tu dostać inną drogą?

Durne pytanie. Oboje znali przecież choćby kroniki opisujące życie Achai. Wojsko Biafry też nie popełniło samobójstwa w bezpośrednim ataku na mury. Żołnierze łodziami przedostali się przez cysternę miejską, potem akweduktami i schodzili po dachach. Kronikarze zanotowali nawet taki drobiazg jak gospodyni, która opieprzała żołnierzy, że butami rozwalili dachówki jej domu. Nie sądził, żeby Shen była głupsza od Achai. Jej ludzie pewnie już przenikali do pałacu, a ta palba to na pokaz i dla odwrócenia uwagi. Pałac naprawdę nie był budowlą obronną.

– Co powinnam zrobić?

Podjąć jakąkolwiek decyzję – chciał powiedzieć, ale się powstrzymał. W głowie kołatało mu stare, wyświechtane wojskowe powiedzenie: podjęcie nawet złej decyzji jest lepsze niż niepodejmowanie żadnej. Rozejrzał się po twarzach obecnych w sali audiencji osób. Najbliższa służba, ministrowie, no i marynarze z ochrony. Nikt nie zamierzał się odezwać. Choć jeszcze przed godziną, zanim rozległ się pierwszy strzał, mieli setki, jeśli nie tysiące fantastycznych pomysłów. Czasem nawet niegłupich, wedle oceny Rosenbluma. Ale cesarzową dotknął już decyzyjny paraliż. I strach przed opuszczeniem miejsca, gdzie tak niedawno czuła się absolutnie bezpieczna. Mnożyła przed sobą trudności, mnożyła wrogów i co gorsza, mnożyła w wyobraźni oraz na kolorowych mapach fikcyjne armie, które przecież na pewno zmierzają jej na pomoc. Tylko po to, żeby zwolnić się z obowiązku pokierowania swoim losem. I dlatego z szeroko rozpostartymi ramionami szybowała gdzieś do krainy fantazji.

– Przejdźmy do zamku obronnego, do miejskiej strażnicy. Marynarze osłonią nasz pochód, a tam będziemy mogli się trzymać bardzo długo.

– Ostrzegam was, wielka pani, przed tym rozwiązaniem – powiedział oschle Rosenblum. – Ostrzegam, przypominając sromotny los cesarza Luan, który wybrał właśnie takie rozwiązanie.

– Ale tam moglibyśmy naprawdę długo czekać!

– Na co?

W zapadłej ciszy Rosenblum zrozumiał, że odezwał się zbyt obcesowo do władczyni cesarstwa. Postanowił jednak nie tuszować swojego zachowania, ale jeszcze bardziej podkreślić. Teatralnym ruchem zrzucił ze stołu mapę operacyjną.

– Wielka pani! Myślę, że to ostatnia chwila, żeby uchronić twój majestat. Ostatnia chwila na ucieczkę!

Większość dworzan natychmiast go poparła. Tylko garstka zaprzeczała energicznie. W dalszym ciągu nikt się nie odzywał.

– Nie ma miejsca, gdzie mogłabym się ukryć!

Rosenblumowi zrobiło się jej żal. Nie mógł jednak wyprowadzać cesarzowej z błędu. Miał inne rozkazy.

– Wielka pani. Rozumiem, co dzieje się w twojej duszy, rozumiem, że nie chcesz setek tysięcy ofiar własnych poddanych w okrutnej wojnie domowej. Powiem więc: ambasada RP blisko!

Parsknęła jak kotka.

– Już byłam w waszej ambasadzie. Niestety, dotrzymujecie ustaleń traktatu i nie macie się tam czym bronić!

Punkt dla Rosenbluma. Ambasady nie było w planach ewakuacji i należało władczynię od niej odżegnywać.

– W takim razie zejdźmy do podziemnej przystani, wsiądźmy na imperialny ścigacz i płyńmy wprost na okręty Rzeczypospolitej. Ich żadna siła na tym świecie nie jest w stanie ruszyć.

Cesarzowa zamarła, myśląc nad czymś intensywnie. No przecież ta myśl od dawna snuła jej się po głowie. Na razie w snach. Ale... Bezpieczeństwo na pewno będzie miała zagwarantowane. Bezpieczeństwo. Jakie to piękne słowo. I ulga. Myśl o zrzuceniu z siebie jarzma odpowiedzialności była równie kusząca.

– Marynarze zostają, reszta ma wyjść i czekać w kuluarach – zakomenderowała.

Nareszcie jakaś decyzja. Dworzanie wychodzili szybko i bez słowa. Widząc stan władczyni, nikt nie ośmielił się komentować. Kiedy zostali sami, cesarzowa podeszła do Rosenbluma.

– Mój jedyny przyjacielu – prawie szeptała teraz – a co ze mną będzie? Co stanie się dalej?

To miał przygotowane i z góry ustalone.

– Wielka pani, razem z tobą ewakuujemy twój skarbiec.

Tak, tak, plan ewakuacji skarbca był gotowy od dawna, a marynarze przećwiczeni w tej operacji. Nikt nie zamierzał zostawiać takich bogactw rewolucji.

– Będziesz w Polsce bardzo bogatym uchodźcą. Kupimy ci wielkie posiadłości. – Nie dodał, że za jej pieniądze. – Będziesz bywać w najlepszym towarzystwie. Zobaczysz, ile wspaniałych rzeczy ma do zaoferowania nasza cywilizacja.

– I nikt mnie nie rozpozna?

– Przedstawimy cię jako... hm... tak, żeby twoja uroda pasowała, jako arabską księżniczkę. Albo nie. Jako rumuńską księżniczkę. Najlepiej z Transylwanii, bo to brzmi bardzo tajemniczo. Z królewskiego rodu. Rumuni poświadczą, kiedy się dogadamy finansowo. A poza tym są uzależnieni od dostaw naszej broni, więc to nie będzie problem.

– Ale lud nie będzie mnie kochał.

– Zorganizujemy kilka akcji charytatywnych, których będziesz inspiratorką. A poza tym będziesz sławna. Będziesz modna. Wszyscy będą cię zapraszali. Rauty, przyjęcia, bale, poznasz inny, cudowny świat.

– Ale...

– Ja myślę, że po kilkunastu... no, po dwudziestu kilku latach będziesz się mogła nawet ujawnić, wielka pani. Wynajmiemy najlepszego pisarza, jakiego wydała polska ziemia. Ty mu o sobie opowiesz, a on stworzy wspomnienia, w których będziesz się jawić jako człowiek dobry, pokrzywdzony, ale przede wszystkim wielkoduszny. Który żeby uniknąć rzeźni własnych obywateli, poświęcił władzę i własne życie.

– Ale ci, co tu robią rewolucję, zaprzeczą przecież.

– A po dwudziestu kilku latach wszyscy będą już mieli serdecznie dość rewolucjonistów. – Rosenblum skłonił się, by ukryć radosny wyraz twarzy. – Jest bardzo niewiele rzeczy na świecie, których Polacy dogłębnie nienawidzą. I, uwierz mi, rewolucja jest chyba na niesławnym pierwszym miejscu.

Uwierzyła mu, bo w tej akurat kwestii mówił szczerze. Na jej twarzy nareszcie pojawił się wyraz pewności. Jest rozwiązanie.

Pierwszą myślą Rosenbluma było: łatwo poszło.

Pierwszą myślą cesarzowej było: ale ulga!

To proste wyjście wymazywało z jej głowy wszelkie dręczące ją myśli. Nareszcie koniec, koniec z podejmowaniem decyzji, koniec z odpowiedzialnością, koniec z udręką wiecznych wahań. Wrażliwej, wyrafinowanej intelektualistce pozostawało teraz użyć jedynie prostych słów wobec swojego narodu: nie to nie! Wypchajcie się!

– Idziemy? – Ruszyła w stronę głównego korytarza.

– Tak, wielka pani, ale nie tędy!

Zatrzymała się.

– Dlaczego?

– Nie mam pojęcia, gdzie mogą być już ludzie Shen. Chodźmy bokiem, przez kuchnię.

Skinął na dowódcę marynarskiej ochrony, wskazując mu drogę.

Nie mógł się przyznać, dlaczego wolał unikać głównego korytarza. Tam znajdowały się drzwi do jego gabinetu, a on dzisiaj rano dał już zlecenie miejscowemu rzemieślnikowi. Nie warto było ryzykować, bo może rzemieślnik okazał się gorliwy i już wykonał zlecenie? Może zdjął już tabliczkę z napisem „Izaak Rosenblum, oficer łącznikowy RP przy dworze cesarskiej mości"? I powiesił nową: „Izaak Rosenblum, oficer łącznikowy RP przy rządzie Republiki"?

Tomaszewski nie mógł zasnąć. Zbyt wiele się działo ostatnio, a brak nocy, konkretnie: ciemności, nie sprzyjał osiągnięciu spokoju. Jako dowódca nie mógł nawet szukać ulgi w alkoholu, choć wiedział, że żołnierze mają co nieco w chlebakach i zdobycie czegoś konkretnego nie sprawiłoby mu trudności.

Siedział oparty o własny plecak, od czasu do czasu zapalając papierosa. Obóz był bezpieczny, jeśli chodzi o osłonę. Okazało się, że unoszące się fragmenty podłogi można ustawić na żądanej wysokości i zatrzymać ich ruch. Rozwiązanie lepsze niż worki z piaskiem.

Nad ranem (według zegarka) przyszła do niego Anna Langner. Albo zauważyła, że nie śpi, i była to kurtuazyjna wizyta, albo sama nie mogła zasnąć. Przysiadła się, zaczęli rozmawiać. Szybko przeszli na ty. Opowiadała o swoim życiu i o życiu z Osiatyńskim. Brąz powolutku opadał z pomnika, który swoim zachowaniem usiłował utrwalić książę. Mówiła o strachu, o szaleństwie tej niesamowitej podróży, w którą razem wyruszyli. O tym, jak przemierzali bezkresne połacie cesarstwa i dzikie ostępy poza nim. O mozolnym układaniu elementów mozaiki, które za cholerę nie chciały do siebie pasować. Nie unikała opisu wahań, ciągłej niepewności, zagubienia. Aż wreszcie dotarli tutaj. Pasjonujące było odkrywanie nieprawdopodobnych możliwości tego, co tu zastali, frustrujące, że nie potrafili niczego uruchomić tak do końca. No i ta samotność. Z wielkim napięciem czekali, aż wyprawa RP dotrze do nich.

Potem Langner spytała, czy Tomaszewski ma kiełbasę. Zaczął się śmiać. No tak, tyle lat bez kuchni swojego dzieciństwa. Kiełbasa oczywiście była, ale chyba nie taka, o jakiej Anka marzyła. Wyciągnięta z konserwy, z jakiejś zalewy, mokra, miękka, o silnym, chemicznym zapachu. Ale jej wystarczyło. W niszy u podnóża wieży rozpaliła małe ognisko. Zdrewniałe części rosnących tu roślin praktycznie nie dawały dymu. Ale nabita na patyk kiełbasa zaczęła się opiekać.

– Rodzice mieli wielkie gospodarstwo rolne – powiedziała. – I z dzieciństwa najbardziej pamiętam chwile, kiedy wymykaliśmy się na biwaki w lesie, gdzie piekliśmy kiełbaski nad ogniskiem.

– Wiem, o czym mówisz. Ja wolałem szaszłyki.

Zrobiło się jakoś tak ciepło. Magia wspomnień z domu, szczególnie tu, na szczycie świata, łączyła bardziej niż bliskość dusz. No i piegowata ponad wszelką miarę kobieta osiągnęła jeszcze jeden cel. Opowieść o ciągłej bliskości klęski i walce przede wszystkim z samym sobą sprawiła, że Tomaszewski podziwiał Osiatyńskiego jeszcze bardziej.

Sam książę przyszedł tuż przed pobudką. Poprosił wartownika o obudzenie Michałowicza, Wyszyńskiej i Budzyńskiego.

– Aleście narobili tu zapachu tą kiełbasą. – Przysiadł się do Ani. – Daj skosztować.

– Czysta chemia. – Tomaszewski usiłował zgasić jego ochotę. – Specjalnie preparowane i natłuszczane mięso dla potrzeb wojska.

– Kiełbasa to kiełbasa. Jakby pan jej nie jadł przez tyle lat, toby pan docenił.

Obudzeni członkowie dowództwa schodzili się powoli.

– O! Grilla robicie! – Wyszyńska nachyliła się i wzięła kęs od Tomaszewskiego. – Tfu! To już wolę suchary i czekoladę.

– W takim razie ja chętnie upiekę sobie pani porcję – zaproponował Osiatyński.

– Służę. – Wyszyńska nie mnożyła trudności. – W zamian za historię.

– Jaką historię?

– Tego, co się tutaj stało.

Książę westchnął ciężko. Nabił sobie na patyk od razu dwie kiełbaski.

– Problem w tym, że wszyscy, jak tu jesteście, już tę historię znacie. W mniejszych lub większych fragmentach każdy z was się z nią zetknął.

– A mógłby pan podsumować?

– Owszem. Czyniąc jednak zastrzeżenie, że w naszym języku nie ma ani słów, ani pojęć, ani możliwości zrozumienia problemów, o których będziemy mówić. Trochę przypominamy scholastyka z wczesnego średniowiecza, któremu kazano analizować problemy współczesnej cywilizacji. Co on o niej wie? Jak ma o niej mówić, bo nie śmiem nawet wspomnieć o zrozumieniu. A zapewniam, że różnica między nami, Ziemią, średniowiecznym scholastykiem, a pojęciem Bogów jest dramatycznie większa.

– Zgodzimy się na ułomną interpretację – powiedział Tomaszewski.

– Dobrze. Pamiętajcie tylko, że wszystko, co wiemy, pochodzi bardziej z legend, przekazów ludzkich i domysłów. Źródeł nie zostawili.

– Tutaj też nie?

– Jeśli tak, to nie potrafimy ich odczytać.

Osiatyński włożył swoje kiełbaski w sam środek ognia, rozległo się ostre skwierczenie.

– Najśmieszniejsze jest to – podjął – że nie znamy początku historii. Legendy mówią o jakiejś barierze, którą napotkali Bogowie, i o tym, że powstanie ludzkości we wszelkich światach jest próbą poradzenia sobie z tą przeszkodą. Już tu widać kalectwo wszystkich legend, ale mniejsza z tym. Stworzyli ludzi na wielu planetach, nadali nieznany nam sens ich istnieniu, ale oni też nie byli jednomyślni. Bóg Seph, jakiś rodzaj anarchisty chyba, stworzył sobie na Ziemi własną menażerię. Zwierzęta, które w drodze ewolucji zyskały rozum i upodobniły się fizycznie do ludzi. Nie znają jednak magii, nie ma u nich pojęcia ładu, nie ma sprzyjania.

– Bogowie jednak sprawili matematyczny cud i odnaleźli ten świat ukryty gdzieś na uboczu – powiedział Meredith.

– Tak.

– I zmienili tam porządek rzeczy. Zachwiali ich cywilizacją.

– A owszem. Tyle że Bogowie Darwina nie czytali. A on mówi wyraźnie, że nie rasa, która jest mądra i dobra, nie ta najbardziej inteligenta, nie najlepiej przystosowana przetrwa. Zwyciężyć może jedynie rasa, która w każdej chwili swojego istnienia jest gotowa na zmiany. A Ziemianie byli gotowi na zmiany jak nikt inny we wszechświecie. Seph stworzył tępych wojowników ostatecznej zagłady.

– Wiecznie smutnych żołnierzy... – pokiwał głową czarownik.

– Płaczące psy wojny. O tak. Jego recepta na istoty doskonałe okazała się koszmarem.

– Na nich nie działa nawet magia. A jedyne, co znają tak naprawdę, to pole bitwy, gdzie silniejsi pożerają słabszych.

– Możemy zmienić temat? – Wyszyńska rozejrzała się po twarzach osób siedzących przy ognisku. – Jestem Ziemianką. I nie beczę od rana do nocy.

– Twój smutek ma inne podłoże – uśmiechnął się Osiatyński. – Ty nie znasz prawdziwej radości. Nie widziałaś światłości.

– A szef widział?

– Mówimy o rasach, nie jednostkach.

Meredith położył dłoń na ramieniu Wyszyńskiej. Skłonił głowę w stronę księcia, żeby ten mówił dalej.

– Bogowie zmienili los tamtej cywilizacji, ale zrozumieli też, że na takie potwory wszechświat nie jest przygotowany. Zabawne zresztą, bo kiedy byłem na Ziemi, to widziałem całe mnóstwo filmów traktujących o tym, jak Ziemię najeżdżają i pustoszą przeróżne monstra z całej Galaktyki. Widzowie uwielbiali się ich bać. Mnożyli okropne scenariusze. Tymczasem... nikt z Ziemian nie podejrzewa nawet, że to oni sami są tymi monstrami z peryferii Galaktyki, przed którymi drżą pozostałe rasy.

– My...? – Wyszyńska znowu chciała coś powiedzieć, ale Meredith ścisnął jej ramię.

– Wy – powiedział Osiatyński. – Uwierz mi, że nikomu innemu na przykład nie przyjdzie do głowy, żeby zabić kogoś lub zniewolić dla... jego własnego dobra. Wam takie idee świtają.

– A Bogowie wtedy stworzyli pułapkę na dzieci Sepha? – zapytał Tomaszewski, nakierowując rozmowę na poprzedni wątek.

– Tak. Stworzyli tę planetę, na której umieścili dwie cywilizacje. Jedną, będącą dość kaleką kopią wszystkich zaludnionych światów. Z magią, z mitem założycielskim opartym na rzeczywistych wydarzeniach, z prawdziwą mądrością ukrytą w przetrwalnikach. I drugą, będącą idealną kopią Ziemi. Bez magii, bez mitu, bez pramądrości, za to z eksplodującą technologią, ścisłym racjonalizmem naukowym, empirią, z której wyciąga się wnioski. W momencie, kiedy Ziemianie będą gotowi, żeby tu przybyć, oba światy miały się połączyć i wspólnie stawić czoła najeźdźcom. Mając więcej atutów, a nie mając wad agresywnych potworów. I tu Bogowie popełnili zasadniczy błąd.

– Jaki?

– Widzi pan, komandorze. Oni się spodziewali wizyty Ziemian dużo później. Sądzili, że przylecą tu, lądując na słupach ognia rakietowych silników, zbrojni, liczni, bezwzględni. Nie przewidzieli, że połączenie światów może nastąpić wcześniej. I przegapili pewien niuans.

– Jaki? – zapytał jeszcze raz Tomaszewski.

– Spotkanie cywilizacji miało nastąpić znacznie później. Ziemianie nie są gotowi jeszcze do lotów nawet w obrębie ich Układu Słonecznego. Ale ta chwila jest właśnie szczególnie niebezpieczna. Różnica w rozwoju techniki między Ziemią a naszą cywilizacją to jakieś siedemdziesiąt, osiemdziesiąt lat.

– I ten fakt jest na tyle istotny, żeby namieszać w bożym dziele?

– Proszę sobie wyobrazić, że naprzeciw armii starożytnego Rzymu staje nagle przeciwnik równie liczny, ale technicznie zacofany o osiemdziesiąt lat. Co się wtedy stanie?

– Nic.

– No właśnie. Różnicy nie widać. A w średniowieczu? Jedna armia naprzeciw drugiej. Z tym że ta pierwsza ma sprzęt sprzed osiemdziesięciu lat. Czy to zaważy na losie bitwy?

– Nie.

– A gdyby tak armia wielkiego cesarza Francuzów stanęła wobec armii z okresu Wielkiej Wojny Światowej?

– Rzeźnia. No tak.

– Właśnie. W starożytności różnica kilkudziesięciu lat rozwoju nie miała żadnego znaczenia. I być może za tysiąc lat lub więcej znowu przestanie mieć jakiekolwiek znaczenie. Teraz jednak przewaga Ziemian jest epicka. Zmiotą wszystko, co jest cofnięte o kilkadziesiąt lat w stosunku do nich, na pył.

Tomaszewski wyjął z kieszeni paczkę papierosów. Chciał poczęstować księcia, lecz ten odmówił, wyjaśniając, że na Ziemi oduczył się palić.

Meredith, słuchający dotąd z napiętą uwagą, powiedział nagle:

– Wirus mówił mi, że nie jest na tyle mocny, żeby zachwiać cywilizacją, w której przyszło mu działać. Nie potrafi samymi słowami doprowadzić jej do upadku. A skoro nie może go sprowokować, zamiast tego musi zafundować jej nagły wzrost.

– Święte słowa – uśmiechnął się Osiatyński. – Ja zamierzałem postąpić dokładnie tak samo.

– Wirus pojawiał się we śnie rzemieślników w królestwie Chorych Ludzi i prowokował sny o prochu strzelniczym, metalurgii. Sprawił, że na świecie pojawił się karabin w epoce, w której jeszcze nie powinno go być.

– Ja zrobiłem dokładnie to samo! Mając swoją sektę i dysponując możliwościami ołtarza w Banxi, sprowadzałem na tę planetę inżynierów z Ziemi. Pierwszy z nich, zwany przez wywiad RP „człowiekiem zero", był chemikiem. Podjął zdeponowane przeze mnie w banku pieniądze i kupił podupadającą firmę „Kocyan i wspólnicy". Tam zaczął produkować najnowocześniejsze lekarstwa, których receptury przywiózł ze sobą w głowie. I w ten sposób stworzył farmaceutycznego giganta na skalę światową. Stworzył też imperium finansowe, które trzęsie Rzecząpospolitą i umożliwia sprowadzanie następnych inżynierów. Między innymi tych, którzy skonstruowali potem bombę atomową.

– Dzięki niej utworzyliście przejście przez góry.

– Nie do końca tak. W Górach Pierścienia jest ukryty mechanizm samodestrukcji. Oba światy miały się przecież kiedyś połączyć. A bomba atomowa była tylko inicjatorem.

– I stąd kieruje pan całym procesem? – zapytał Tomaszewski.

– Nie. Ja tutaj nie mam łączności ani z Ziemią, ani z terytorium RP. Ja tylko rozpocząłem pewien proces, który później przebiegał już sterowany przez pana Budzyńskiego czy panią Wyszyńską. Przez ludzi im podobnych. Jedyną możliwością, żeby moja sekta na Ziemi dowiedziała się o postępach czy zapotrzebowaniu na nowych specjalistów, jest śmierć kogokolwiek tutaj. Jeśli tu zginie jeden z moich ludzi, budzi się na Ziemi we własnym ciele i dopiero wtedy może o wszystkim opowiedzieć. Łączności międzyplanetarnej nie ma.

Tomaszewski uśmiechnął się, kiwając głową.

– Dwa razy bardzo uderzył mnie fakt, że „pańscy ludzie" nic sobie nie robią ze śmierci swoich najbliższych kolegów. Jakby nic się nie stało. I bardzo długo zajęło mi, zanim zrozumiałem, że oni wcale nie umierają.

– Jestem pod wrażeniem, że sam pan do tego doszedł.

– A wracając do łączności. Nie usiłował pan wykorzystać do tego Wirusa?

– Celne pytanie. Wielokrotnie próbowałem.

Tu włączyła się Langner:

– Nie zapominaj, Krzysiek, że to nie człowiek ani żadna istota.

– Sam mówi o sobie, że jest rzeczą – potwierdził Meredith.

– On nie ma woli, nie ma ducha, jest programem komputerowym i może zrobić jedynie to, co zapisał w nim jego genialny programista – ciągnęła Langner. – Nie będzie nam pomagał na naszych zasadach. Zresztą zobacz sam.

Piegowata kobieta pstryknęła palcami i tuż przy jej boku nagle pojawił się sympatyczny chłopak. Meredith westchnął przeciągle. Ubrany w wełnianą szatę chłopak nie zwracał na nikogo uwagi. Był całkowicie pochłonięty pieczeniem swojej kiełbaski na patyku.

– Niestety, tu działa z wieloma usterkami. Prawdopodobnie w obrębie budowli ciągle działają jakieś resztki firewalli sprzed milleniów i stąd częściowe malfunction. – Anka zwróciła się do chłopaka: – Czy mógłbyś nam wyjaśnić działanie jakiegokolwiek urządzenia, które znajduje się w tej budowli?

– Nie.

– Dlaczego?

– Nie wiem. Nie mam tego w sobie.

Langner spojrzała trochę kpiąco.

– A teraz najlepsze – powiedziała i zwróciła się znów do chłopaka: – Czy masz nam coś do przekazania?

– Tak. Ale powiem wam, dopiero jak uznam, że spełniacie kryteria brzegowe.

Pstryknęła palcami i chłopak zniknął.

– I to byłoby tyle. On nie jest programem użytkowym. A przynajmniej nie my jesteśmy jego użytkownikiem.

Wyszyńska kręciła głową w podziwie.

– To istny cud techniki – szeptała zafascynowana. – Program, który może istnieć bez komputera.

– Tak. Pani jako elektronik chyba musi to szczególnie doceniać.

– A wracając do naszej opowieści – Tomaszewski uparcie kierował rozmowę na właściwy tor. – Powiedział pan, że Bogowie popełnili błąd.

– Raczej przeoczenie – odparł Osiatyński. – Nie przewidzieli, że ich stworzenie powstanie przeciwko nim.

– Nie rozumiem.

– Nie docenili roli Judasza w historii – roześmiał się książę. – To są tylko moje domysły. Ale czy historia chrześcijaństwa nie wyglądałaby lepiej, gdyby Jezus w chwale dostąpił wniebowstąpienia, dając dowód na to, że dobro zwycięża zło? A tymczasem zaciukali go w najokrutniejszy sposób, co sprawiło, że chrześcijaństwo momentalnie stało się organizacją partyzancką. Ze wszystkimi tego konsekwencjami.

– Ciekawa interpretacja.

– Zawsze usiłowałem dociec, co kierowało Judaszem, bo przecież nie te śmieszne pieniądze, które zarobił.

– I domyślił się pan?

Osiatyński wykonał gest, który mógł oznaczać „chyba tak, chyba nie". Pozostałym to umknęło, ale Tomaszewski domyślił się natychmiast.

– A jakie są pańskie przemyślenia? Jako... drugiego Judasza?

Książę pochylił głowę. Był ewidentnie pod wrażeniem tej uwagi.

– Przyznam, nie sądziłem, że marynarka wojenna przyśle tu tak inteligentnego oficera – szepnął. Potem podniósł wzrok. – Widzi pan, odwiedziłem Ziemię i mogę potwierdzić, że jej mieszkańcy są monstrami. Potworami. Tak, potwierdzam – zamilkł na chwilę. – Ale... oni są potworami w oczach tych innych światów. Szczęśliwych, dobrych, sprzyjających. Natomiast my powstaliśmy jako pułapka na nich. Jako świat, gdzie znajdą swój kres. Jesteśmy więc również światem wrednych wojowników. I my, tam za górami, i ci tutaj, w świecie, który wydał Achaję. Też jesteśmy potworami. Jedyna różnica jest taka, że my jesteśmy ludźmi, a Ziemianie zwierzętami z rozumem.

Książę oddał swój kijek z kiełbaskami w ręce Langner, wstał i zaczął przechadzać się pod ścianą, tam i z powrotem.

– My dla innych światów też jesteśmy potworami – powtórzył raz jeszcze zamyślony.

– I po zwycięstwie powinniśmy zniknąć z mapy wszechświata – dodał Meredith, który miał podobne przemyślenia.

– Właśnie – przytaknął Osiatyński. – Nasi wrogowie, Ziemianie, są więc nam bliżsi niż inne światy. Dla tamtych my też jesteśmy pariasami, wyrzutkami, jesteśmy jak trędowaci. Bo nas również naznaczono złem. A dla Ziemian jesteśmy tylko wrogami. Nie jesteśmy dla nich wstrętni. Oni potrafią wroga szanować, liczyć się z nim, nawet poważać.

Książę zatrzymał się nagle, ale nie przed Tomaszewskim, tylko przed Wyszyńską. Podniosła się natychmiast, co wywołało efekt z lekka komiczny, górowała bowiem nad księciem wzrostem.

– Doszedłem do następującej myśli: nie, nie zarzynajmy się w imię wypełnienia czyjejś woli, tak jak to robi Zakon choćby. Idźmy własną drogą. I zobaczmy w naszych wrogach naszych przyjaciół. Nie, jak wyznaczono nam misję, z innymi światami przeciw nim. Nie, nie. Przeciw innym światom i właśnie z nimi.

– Ciekawa koncepcja – mruknął Tomaszewski. – A myśli pan, że oni też na nią przystaną?

– Ma pan tu dwoje Ziemian. Niech pan ich spyta.

– To są ludzie, którzy panu uwierzyli. A co z pozostałymi?

– Panie komandorze. Ja nie jestem żołnierzem jak pan. Ja jestem człowiekiem kompromisu. Tylko negocjacje prowadzą do celu, tylko dogadanie się, obustronne ustępstwa i zbliżenie stanowisk dadzą sukces. A na wojnie wszyscy tracą. Nie ma wygranych i przegranych. Wszyscy przegrywamy.

– Trzeba byłoby do tej koncepcji przekonać jeszcze generałów.

– Albo ludzi – odparował Osiatyński. – Proszę zwrócić uwagę, że do Wielkich Lasów zawsze usiłowano wkroczyć na czele wojsk. Czy to elitarnej kompanii, czy dwóch batalionów, czy wręcz całej armii, jak w przypadku imperium. I co?

– Nam się udało.

– Owszem. Można spalić lasy, niszcząc przetrwalniki magii Bogów. Ale ja i Ania odwiedziliśmy Wielki Las. Niejeden. Nigdy nie mieliśmy ze sobą zbrojnych. I nigdy nic nam się nie stało. Bo... ja jestem człowiekiem negocjacji. Kompromisu.

– To kolejny punkt, za który pana podziwiam. – Tomaszewski nie ustrzegł się zgryźliwości.

– Bez Ziemian i ich technologii nie posuniemy się w badaniu tej budowli ani o krok. A w głowie nie powinna nam nawet postać myśl, żeby ich oszukać i na przykład zabić wszystkich pewnego dnia. Wtedy cała wiedza tu zdobyta momentalnie znajdzie się na Ziemi. Oni wiedzą, jak ją wykorzystać. My nie.

– Jednak w miarę upływu lat taka myśl może się pojawić w niektórych głowach...

– A te głowy wiedzą, ilu uśpionych agentów Ziemianie u nas umieścili? A ilu we wrogich nam krajach? Mają choć zielone pojęcie, co się stanie?

Tomaszewski zaczął się śmiać. To był argument.

– Rozumiem. Sekta sektą, koniec świata się zbliża, ale interesy muszą toczyć się dalej.

– W rzeczy samej, panie komandorze. W rzeczy samej. Dopiero teraz wizja Osiatyńskiego stała się jasna. Dlaczego mamy ginąć na wojnie z wyznaczonym nam wrogiem? Zasada najniższego stopnia porozumienia, podstawa wszelkich negocjacji, mówi, że zawsze jest minimum wspólnych dążeń. Na przykład: obie strony chcą żyć. Zrozumiawszy bezwzględność punktu pierwszego, można posuwać się wyżej. I znaleźć wiele wspólnych cech, aż do zawiązania sojuszu.

Plan Bogów właśnie zaczynał się chwiać, żeby, być może, lec w gruzach. A mąż stanu, który zamierzał obalić przedwieczny plan, odebrał swojej partnerce patyk z kiełbaskami i zaczął gryźć łapczywie, mimo że z jednej strony były spalone, a z drugiej prawie surowe.

– Mój schemat działania był prosty – wyjaśniał pomiędzy poszczególnymi kęsami. – Jeśli zdobędę tę budowlę, to analizując obcą technologię, choćby miało to zająć całe lata, uzyskam taką przewagę, która pozwoli mi dyktować warunki podczas wszelkich negocjacji. Ale do tego potrzebny mi był zagwarantowany spokój tutaj. To mogłem osiągnąć, tylko dozbrajając Rzeczpospolitą w stopniu takim, który da nietykalność na dekadę, dwie przynajmniej.

– A później z górki? Proces sam zacznie się napędzać?

– Widzi pan, najważniejsze w tym wszystkim jest...

Nie dano mu dokończyć. Dowódca warty przybiegł z meldunkiem, że we wnętrzu gigantycznej budowli pojawili się jacyś ludzie.

– To jest to plemię, w którym jest pan wodzem? – zapytał Tomaszewski.

Książę nie zdążył dopowiedzieć. Odgłosy wystrzałów wystarczająco jasno określiły sytuację.

– Alarm! Alarm! – Michałowicz poderwał się na nogi. – Do broni!

Wartownicy odpowiedzieli ogniem karabinków szturmowych. Okazało się wtedy, że echo jednak było pod niebotyczną kopułą. Z tym tylko, że odbicie powracało po bardzo długim czasie, wzmagając odczucie dezorientacji.

Tomaszewski dopadł chorążego z radiostacją.

– Tu Szpica. Koniuszy, jesteś tam? – krzyknął do mikrofonu.

– Koniuszy do Szpicy. Jestem na lądowisku.

– Widzisz jakieś obce wojska w okolicy?

– Nie. U mnie czysto i spokojnie.

– Szykuj się do obrony lądowiska. Połącz się z bazą i nadaj priorytet. Macie łączność?

– Rozciągnęliśmy antenę na jednej ze ścian wieży. Słychać bazę głośno i wyraźnie.

– Nadaj im, że konieczne jest zbadanie możliwości przelotu nad Piekłem wyznaczoną przez nas trasą. Niech sprawdzą, czy jest to możliwe bez Przewodnika.

– Zrozumiałem.

– Zapytaj, czy po zwiadzie są w stanie dostarczyć nam paliwo i coś mocniejszego.

– Spirytus? – w głosie po drugiej stronie zabrzmiało zdziwienie.

– Bomby paliwowo-powietrzne. Koniec. Bez odbioru.

– Zrozumiałem. Wykonuję.

Tomaszewski, kryjąc się za osłonami z uniesionych fragmentów podłoża, pobiegł do Michałowicza.

– I co?

– Kłębią się przy jednej z bram. To oni zaczęli strzelać, więc nasi ich trochę przetrzepali. Ale oczywiście wstrzymałem nasz ogień.

– Słusznie. Kiedy wylezą z bramy na tę płaszczyznę, przygwoźdź i nie daj leźć dalej.

– Tak jest! – Stary Tatar zdawał się w swoim żywiole. – A może mała wycieczka?

– Nie teraz.

– Krzysiu, jedna rzecz. Oni mają karabiny ładowane odtylcowo. Strzelają z pozycji leżąc.

– Byłby to zbytek szczęścia, gdyby stanęli przed nami na baczność. No i niech dalej marnują bezcenną amunicję.

Mielczarek, który dotąd cały czas towarzyszył swojemu szefowi, postanowił w tej właśnie chwili się oddalić. I to bez zezwolenia. Nikt nie zwracał na niego uwagi. Jako bosman nie mógł rozkazywać Tatarom. Ale co innego dwóm dziewczynom z imperialnej armii. One również chwilowo pałętały się bez przydziału.

– No cześć, dziewczyny. – Przypadł za osłoną, za którą obie się kryły. – Przejdziemy się?

– Ty w takiej chwili chcesz podrywać? – Foe, szczerze zaskoczona, przełknęła ślinę. – Dwie naraz?

– To z chęcią, ale później. Kiedy wszyscy spali, ja zszedłem na dół i trochę pomyszkowałem wśród tych roślin, co tam są. Łatwo można podejść do wroga. Ale sam nic nie zdziałam. A wy weteranki.

– Ale... – Naan postanowiła go trochę uświadomić. – My przeżyłyśmy pięć lat na froncie nie z powodu nadmiernej miłości do bohaterskich czynów.

– Rozumiem. – Mielczarek poczuł do niej szacunek za szczerość. – Ja na froncie nie byłem, mam na koncie kilka akcji... Z tym że jestem szefowi potrzebny do czegoś innego.

– Do czego?

– Wyciągnął mnie z poważnego kryminału, a potem, jak się niepierdoliłem i nawywijałem po wódzie, to regularnie wyciągał mnie za uszy z pierdla. Bo potrzebował...

– Swojego człowieka? – domyśliła się Foe. – Bo w życiu czasem jest robota do zrobienia, a oficer nie ma prawa w tym przypadku wydać rozkazu?

– No właśnie. Mądra jesteś.

– No to chodźmy. – Foe nie dzieliła włosa na czworo. – Tylko wskaż, kogo trzeba zaciukać.

Naan potrząsnęła głową.

– I nie każ nam szturmować przeważających sił wroga.

– Zwariowałaś? Jakich przeważających? Przecież musieli ustawić warty.

– Pani kapitan! Pani kapitan! – Ordynans Kawalca usiłował dobudzić Kai. – Mam rozkazy dla pani!

– Co? – odpowiedziała inteligentnie czarownica, siadając na polowym łóżku.

– Mam dla pani rozkazy.

Kai spała w bluzie i spodniach. A zdaje się, że perspektywa prysznica właśnie ulatniała się bezpowrotnie. Szlag!

– O co chodzi? – zapytała niezbyt jeszcze przytomnie.

– Zwiad przysłał zapotrzebowanie na lot testowy. Chyba mają kłopoty i chcą, żeby szybko sprawdzić możliwość dostarczenia zaopatrzenia i uzbrojenia bez Pośrednika na pokładzie. Chcą wiedzieć, czy można polecieć na samej mapie po wytyczonym wcześniej szlaku.

– Rozumiem.

– Pani powinna się stawić na lądowisku w pełnym rynsztunku. Za pół godziny.

– Zrozumiałam, będę. – Spojrzała na ordynansa. Patrzyli na siebie dość długo. Potem Kai przypomniała sobie regulamin. – Może pan odejść.

– Tak jest! – Zasalutował sprężyście, usiłując stuknąć obcasami w gliniaste podłoże, i wyszedł bez dalszych komentarzy.

Nuk wychyliła się spod koca. Powoli rozcierała sobie twarz.

– Myjemy się czy lecimy brudne? – zapytała.

– W życiu nie wejdę pod prysznic w tych warunkach. I woda zimna.

– No! Ina, przynieś wody do miski!

Pilotka wygrzebywała się z pościeli. Koleżanki zobaczyły nagle, że prawa strona jej twarzy jest podpuchnięta, a oko podbite.

– Co się stało?!

– Nic się nie stało! – warknęła Ina, wyraźnie wściekła. – Przez tę pieprzoną bezsenność wstałam w nocy, żeby się wysikać, i weszłam przez pomyłkę do męskiej latryny. Jak się zorientowałam, to zaczęłam uciekać, no i... zawadziłam o linkę do namiotu. I wyglebiłam... na jakiś kamień.

Nuk zaczęła się śmiać.

– To już druga taka w bazie. Słyszałam, że goła Wyszyńska wlazła pod męski prysznic.

– Nie wiem, o co chodzi. – Kai przeciągała się przy polówce. – Przecież łagodzę wam tę bezsenność.

– Jak znam Wyszyńską, to pewnie poszła tam specjalnie! – Ina wściekła stanęła na nogi i klnąc cicho, ruszyła po wodę. – A jeśli chodzi o mnie, to słabo działa twoje łagodzenie.

– O! Ale foch.

– No wiesz... – Nuk była bardziej ugodowa. – W końcu nie co dzień mylisz latryny.

– I wracasz z podbitym okiem. A może kogoś molestowała? – Kai uśmiechnęła się, ale zaraz spoważniała na powrót. – Latryna! – powiedziała do siebie, patrząc gdzieś w dal.

– Nie no. – Nuk podniosła ręce jak kapłan składający ofiarę Bogom. – Objawienie! Alleluja, jak mawiają Polacy.

– Ażebyś wiedziała, głupia! – Kai z wrażenia, że taki pomysł przyszedł jej do głowy, aż usiadła z powrotem na łóżku. Metal zaskrzypiał ostrzegawczo od impetu. – Wiem, jak odkryć agenta w sztabie Kawalca! I to teraz!

– No jak?

– Ty nie lecisz.

– Dlaczego? – Nuk zaskoczona spojrzała na koleżankę. Najpierw chciała się oburzyć, potem widząc wyraz twarzy Kai, przysiadła obok. – Co wymyśliłaś?

– Pomyśl, jak pięknie się Kawalcowi układa ta historia.

To akurat było łatwe. Agent w jego sztabie zrobił wszystko, judząc, że wojska lądowe tracą swoją pozycję wobec marynarki, która przejęła kontrolę nad rozwojem wydarzeń. O to nie było trudno. Doprowadził nawet do tego, że sam Kawalec odwiedził tę zapomnianą przez ludzi bazę i sam planował lot. Ale rozkazy z góry stwierdzały jasno. Leci sam zwiad i koniec. Generał zastanawiał się, jak obejść rozkazy i chyba był już nawet skłonny pójść na bezczelnego. Ale Krzysiek musiał mieć jakieś kłopoty, a on dostał dzięki temu wspaniały prezent. Zapotrzebowanie od dalekiego zwiadu na lot testowy. A że kolejnym helikopterem polecą sami oficerowie...? Tu już nikt Kawalcowi nie podskoczy. Zresztą nie on wyda rozkaz. Każe go wydać temu saperowi, który nominalnie dowodzi bazą.

– Ale konkretnie, o czym myślisz?

– Kawalec przy całym swoim sukinsyństwie to dżentelmen. Przecież musi mi przedstawić z nazwiska oficerów, z którymi polecę. Prawda?

– Mhm.

– A ja je zapamiętam i powiem, że muszę jeszcze skorzystać z toalety przed lotem. Utwierdzę go w przekonaniu, że kobieta to nie żołnierz. Może nawet pomyśli, że przed akcją muszę „oko poprawić".

Nuk zaczęła się śmiać.

– A ty mi podyktujesz te nazwiska, tak?

– Właśnie. Wystarczy, że zapiszesz je na kartce, numerując kolejno, ilu ich tam poleci. Potem zaszyfrujesz kodem marynarki depeszę do Rosenbluma. Przecież wiemy, kiedy agent, podając się za Pełczyńskiego, wykradł nasze akta z sejfu Wentzla. Wpisał się do rejestru. A każdy oficer, także wywiadu wojsk lądowych, ma wiele obowiązków na terenie bazy. Musi wypełniać księgi wyjść i wejść, musi się meldować, musi realizować konkretne zadania w konkretnych miejscach. A jak zdobędę te nazwiska, to wystarczy, że Rosenblum sprawdzi, który z oficerów NIE MÓGŁ opuścić bazy w danym dniu.

– I myślisz, że można sprawdzić, kto nie opuszczał bazy? Przecież te papiery to jednak konkurencja.

– Rosenblum ma swoje dojścia, a rejestry nie są tajne. On jest wystarczająco sprytny, żeby szybko sobie z tym poradzić.

– Oż kurde...

– Kiedy Rosenblum wyśle ci odpowiedź, to nie tracąc czasu, podyktuj depeszę dla mnie. Otwartym tekstem wyślij tylko jedną cyfrę: jeden, dwa, trzy i tak dalej...

– A jeśli dwóch spełni warunki?

– Dwóch to i tak lepiej niż kilku. A na pewno lepiej niż wszyscy oficerowie wywiadu wojsk lądowych. I tak znacznie zawęzimy grupę poszukiwań i Rosenblum będzie wiedział, co robić.

– Bosko!

– No to się szykujemy. My z Iną się zameldujemy, a ty czekaj na mnie w latrynie. Pamiętaj tylko: damskiej!

Śmiały się, kiedy wróciła Ina z wodą.

– I co wam tak wesoło, baby?

– Takie tam – powiedziała Kai. – Ja się myję pierwsza, ty po mnie.

– A Nuk?

– Ona nie leci. Pamiętaj, jakby kto pytał, zachorowała w nocy i poszła do drużyny sanitarnej po pomoc.

Pilotka niczego nie rozumiała. Pogodziła się także z faktem, że mimo iż przyniosła wodę, będzie się myć w dalszej kolejności. Tak naprawdę to nie pojmowała do końca tych dziewczyn z imperium. One były jakieś dziwne. Już chyba wolała Polki. Co prawda wyniosłe, ale przewidywalne.

Na szczęście toaletę i kompletowanie wyposażenia udało się skompresować do wymaganego minimum. Obie z Iną biegiem co prawda, ale o czasie dotarły na lądowisko. Generał Kawalec, stojący wśród swoich ludzi, przywitał ich podniesioną ze zdziwienia brwią.

– A tej co się stało? – spytał zupełnie nieregulaminowo i wskazał podbite oko Iny.

– Przewróciła się w nocy.

– A ta trzecia, co miała być?

– Ta się rozchorowała. Nie może lecieć.

Generał odetchnął, a właściwie wypuścił z płuc powietrze.

– Hm... – Odwrócił się do swoich oficerów. – Panowie, pozwólcie, że przedstawię. To jest kapitan Kai, marynarka wojenna. Pani kapitan, to pan pułkownik Wasilewski. Pan kapitan Czukow. Pan porucznik Zalewski. I pan porucznik Warega.

Kai salutowała przed każdym i podawała rękę. Wszyscy oficerowie wydawali jej się bardziej sympatyczni niż ich szef. Mimo jednak że wpatrywała się w nich uporczywie, tego, kto jest agentem, nie potrafiła oczywiście zgadnąć.

– Panie generale, bardzo przepraszam.

– Tak?

– Czy mogę oddalić się jeszcze na chwilę? – Głową wskazała rejon, gdzie umieszczono polowe łaźnie i ubikacje. – Nie zdążyłam...

Kawalec spojrzał na zegarek.

– Czas jedna minuta – powiedział oschle. – Proszę.

Kiedy odbiegła, zwrócił się do swoich oficerów:

– No i widzą panowie, co to jest babska armia. Jedna ma podbite oko, druga się rozchorowała, a trzecia pobiegła poprawić makijaż. No cóżżż...

Osiatyński oderwał oczy od zabranej Tomaszewskiemu lornetki. Wyglądał na zadowolonego.

– Zablokowali ruch tych fragmentów posadzki, które poruszają się w górę i w dół. Chyba wbili tam jakieś kliny. Zrobili sobie osłonę dla żołnierzy na wysokość jakichś dwudziestu, dwudziestu pięciu centymetrów.

– Lepsza taka osłona niż żadna – powiedział Tomaszewski.

– Zapewniam pana, komandorze, że jest to osłona „żadna". – Książę uśmiechnął się promiennie. – Mogę opuścić uniesione fragmenty znienacka i żadne patyczki mi w tym nie przeszkodzą.

– A dałoby się mocniej unieść te, które są za nimi? – Michałowicz wyraźnie się ożywił. – Tak, żeby znaleźli się na pochyłej w naszą stronę płaszczyźnie?

– Oczywiście.

– No to mamy ich jak na patelni.

Tomaszewski nie podzielał entuzjazmu Selima.

– A co potem? Z ograniczonym zapasem amunicji? A może wiesz jeszcze, jakimi siłami dysponują? I parę innych drobiazgów?

– Trzymać się możemy długo. A co baza wymyśli, to ich sprawa.

Nie. Nie tędy droga. Wariant bierny to oddanie inicjatywy. Skoro tamci nie odkryli jeszcze lądowiska, mogli przelać pozostałe paliwo do helikoptera i odesłać Przewodnika z Meredithem poza obręb Piekła. Wtedy uzyskają pewność, że dotrą do nich posiłki. Pytanie jednak kiedy? Tomaszewski nie miał pojęcia, ile helikopterów może przylecieć. Starymi wiatrakowcami takich manewrów jak podczas pierwszego przelotu wykonać się nie da. Szlag! To miał być tylko zwiad, a nie pełnowymiarowa operacja wojskowa. A może Przewodnik powinien przeprowadzić siły naziemne? Cholera wie ile to zajmie. Tomaszewski nie miał też pojęcia, co z tubylcami i ich zabójczymi strzałkami. Za wiele niewiadomych. Za wiele pytań. Jedno było jasne. Czekanie nie jest domeną armii. Albo przystępujemy do zdecydowanych działań, albo się wycofujemy. Tyle tylko, że stąd wycofać się nie było gdzie.

Znowu rozpoczęła się strzelanina. To znaczy Nayer otworzyło ogień. Tatarzy kryli się spokojnie za swoimi osłonami. Tomaszewski przysiągłby jednak, że słyszy stłumione odgłosy pistoletów maszynowych.

– Podaj dalej po linii – powiedział do porucznika zwiadowców. – Wstrzymać ogień!

– Myślę, że oni szykują się do natarcia. – Osiatyński znowu przyłożył do oczu lornetkę. – Wyraźnie gromadzą większe siły.

– To co, Krzysiu? – Selim znowu się rozochocił. – Zimny prysznic?

– Niewątpliwie wymagają schłodzenia. Ale zaczekajmy chwilę, aż zbierze się ich więcej.

– Idę do ludzi. Uprzedzę, że zmieni się konfiguracja terenu.

Tomaszewski skinął głową i podszedł do Mereditha. Ten powstrzymał go ruchem ręki.

– Wiem, co chcesz powiedzieć, komandorze. To nie jest dobry pomysł.

– Dlaczego?

– Tu bardziej się przydam niż w bazie. Nie zapominaj, że tak naprawdę atakują was czarownicy Zakonu. A po waszej stronie jestem tylko ja i panna Langner. I... – zawiesił głos.

– I?

– Kai jest blisko.

Coś ciepłego rozlało się w umyśle Tomaszewskiego. Poczuł nagle dziwny skurcz w okolicy żołądka. Kai...

Nie zdążył dokładnie przeanalizować swoich odczuć, bo któryś z Tatarów zameldował służbiście:

– Zwiad wraca.

– A wysyłaliśmy jakiś?

– To Mielczarek. – Tatar wskazał bosmana, który z dwiema dziewczynami dźwigał jakiegoś rannego. – Oddalenie się bez rozkazu, samowolna...

Tomaszewski powstrzymał potok jego wymowy jednym gestem.

– Bosman ma permanentną zgodę – wyjaśnił. I krzyknął: – Kogo macie?

– Melduję, że to ichni wartownik, panie komandorze.

– Dawać go tutaj.

Pojmany żołnierz Nayer był średnio przytomny. Na jego udzie widniała paskudna rana, najprawdopodobniej od rozpryskowej kuli. Prymitywna opaska uciskowa, którą zawiązano wyżej, raczej nie mogła przyczynić się do uratowania mu życia. Na przesłuchanie mieli niewiele czasu.

– Nogi mu do ogniska? – Mielczarek ewidentnie był zwolennikiem szybkich działań.

– Wstrzymajcie się z barbarzyństwem. – Budzyński wyjął ze swojego chlebaka metalowe pudełko. Okazało się, że kryło strzykawkę, igły i kilka ampułek bezbarwnego płynu. – Wystarczy wstrzyknąć trochę nowoczesnej chemii.

– To skopolamina?

– Nasz najnowszy produkt. Pentotal sodu.

Tomaszewski miał zaufanie do produktów firmy „Kocyan i wspólnicy". Tym bardziej że przypalania delikwent raczej by nie przeżył. Wezwany sanitariusz sprawnie wykonał zastrzyk dożylny. Oczy rannego zareagowały silnym zwężeniem źrenic. Oddech stał się głębszy. Ale też plama krwi na posadzce zaczęła powiększać się coraz szybciej.

– Ilu was jest? – Tomaszewski nachylił się nad umierającym, tak jednak, by nie pobrudzić sobie butów.

– Oddział... liczy tysiąc ludzi.

Wyszyńska gwizdnęła cicho.

– Dziesięć do jednego – mruknęła.

– Czy za wami posuwają się inne oddziały?

– Tego... nie wiem... panie. Ale... tak. Nie... nie przybędą tu szybko...

– Ale w ogóle przybędą?

– Tak, panie. Przybędą. My... już nie wojsko karmione vendem. My regularna... armia.

– Kto wami dowodzi?

– Sze... sześciu ludzi zza gór. I nasz... – Ranny westchnął ciężko. – Nasz...

– Czy ludzie zza gór to czarownicy? – włączył się Meredith.

– Tak, panie.

Meredith zerknął na Langner.

– Trzech do jednego.

– To... wielcy mistrzowie... panie. Wielcy...

Nagle sztucznie zwężone źrenice rannego rozszerzyły się, a głowa opadła do tyłu. Mielczarek puścił trzymane dotąd ramiona przesłuchiwanego i zaczął przeszukiwać jego worek.

– Szkoda, że nie przynieśliście kogoś bardziej żwawego. – Tomaszewski wyprostował się, wyciągając papierosa. – Ale i tak... – Zerknął na dziewczyny z imperialnej armii, które pomagały bosmanowi. – Dziękuję.

Foe skrzywiła się tylko.

– Jak zobaczyliśmy ich warty, to zaczęliśmy strzelać. No i wzięliśmy tego, co przeżył – powiedziała szczerze. – Strachu nie było.

Michałowicz właśnie wrócił z obchodu. Ledwie zerknął na leżące we krwi ciało.

– Możemy zaczynać – zaraportował.

– My?

– Nie oddawajmy tamtym inicjatywy. Po mojemu są już prawie gotowi do ataku.

– Słusznie. – Tatarskiego dowódcę niespodziewanie poparł Osiatyński. – To doskonały moment, a potem wywieśmy białą flagę.

– Zmyłka będzie naprawdę duża – powiedział Tomaszewski. – Ale czy jest pan pewien, że chcemy się poddać?

– Ależ skąd. – Książę ukłonił się lekko Tomaszewskiemu. – Zaprosimy ich do negocjacji. Oręż nie jest moją mocną stroną. Rozmowa przeciwnie. Panowie, zaczynajcie, a my – wskazał Budzyńskiego i Wyszyńską – musimy porozmawiać w ustronnym miejscu. Trzeba przyjąć jakąś taktykę.

Tomaszewski zerknął na Michałowicza. Mina Tatara mówiła wszystko. Nigdy jeszcze nie machał białą szmatą. Zatkniętą na lancy głową zabitego wroga i owszem. Ale coś takiego?

– To pani opuści ich fragmenty podłogi?

Langner przytaknęła.

– No to zaczynajmy.

Nawet nie dotknęła ust jak Meredith. Nie potrzebowała żadnych gestów. Wszystkie osłony zablokowane prowizorycznie przez żołnierzy Nayer wsunęły się bezszelestnie z powrotem w podłogę, a jej tylna część uniosła się nieco, przybierając postać szerokiej pochylni.

– Ognia!

Tatarzy zaczęli strzelać, precyzyjnie wybierając cele. Karabiny maszynowe rozszczekały się króciutkimi seriami. To nie była zapora ogniowa. To była egzekucja.

Trudno sobie wyobrazić, co czuli tamci, kiedy zniknęły osłony. Pochylnia nie miała dużego kąta. Nikt się nie zsuwał. Ale mieli piekielny problem, żeby unieść wysoko lufę karabinu, wycelować i odpowiedzieć ogniem. W rozstrzeliwane szeregi błyskawicznie wkradała się panika.

To był właśnie ten moment. Tamci obezwładnieni. Wystarczyło zebrać własną kompanię i rzucić do ataku. Nawet przy stosunku dziesięć do jednego istniała ogromna szansa, że uda się rozproszyć wojsko Nayer.

Tomaszewski musiał się zdradzić jakimś gestem, bo przypadł do niego Meredith.

– Stanowczo odradzam atak – powiedział szybko.

Przed liniami Nayer pojawiła się szara mgła. Coraz gęstsza, ukrywająca wrogich żołnierzy przed wzrokiem strzelców.

– Wstrzymać ogień!

– Mógłbym rozproszyć tę mgłę – powiedział czarownik. – Ale atak odradzam. Nie wiem, co wymyślą, a na naszą reakcję – zerknął na Langner – trzeba będzie chwilę poczekać.

– No to teraz przegrupują się, zejdą na dół, między te rośliny, i zaatakują tamtędy.

– To nie jest takie łatwe. – Piegowata czarownica przysunęła się bliżej. – W tej budowli nie tylko podłoga słucha rozkazów. Rośliny również.

– A czy moglibyśmy chociaż zobaczyć ich siły?

Zaprzeczyła.

– Tu nie ma żadnych urządzeń obronnych. A przynajmniej my o nich nie wiemy.

– Mam nadzieję, że oni również nie są tego świadomi.

– Coś wiedzą. Chociaż jatka, którą zrobiliście, na pewno skłoni ich do przemyśleń. Budynek nie jest ich. I z marszu go nie poznają.

Osiatyński w towarzystwie Budzyńskiego pojawił się z tyłu. Książę miał już nawet patyk z przywiązaną doń białą chustą, którą wręczył jakiemuś żołnierzowi i kazał machać. Sam podszedł do dowódców.

– Doskonale przeprowadzona akcja, panie komandorze – powiedział. – Stworzył pan idealną podstawę do rozmów.

– I jak pan to sobie wyobraża? Ktoś z naszych ma wyjść i spotkać ich delegację pośrodku?

– Nie, panie komandorze. Pochlebiam sobie, że znam się trochę na ludziach. Krwawa łaźnia, którą im urządziliście, bardzo zabolała. Bardzo też podkopała morale ich żołnierzy. Teraz rozpaczliwie potrzebują jakiegoś sukcesu. Choćby najmniejszego.

– To znaczy?

– Wyślą kogoś bezpośrednio do nas. Tutaj. Chcą wiedzieć, kto sprawił, że osiągnęliście tak łatwe zwycięstwo.

– Aha. – Tomaszewski skinął głową. – Chcą wiedzieć, kogo tu spotkaliśmy i kto nam pomaga. A przy okazji rozeznać się w naszych siłach.

Książę uśmiechnął się, trochę jakby z sarkazmem.

– Wasze siły to oni znają co do żołnierza. A nawet wiedzą dokładnie, ile macie amunicji. Co do jednego naboju, panie komandorze. Przecież ich agent w waszym sztabie ciągle działa.

Bolesne ukłucie prawdy. I co tu powiedzieć? Dlaczego tak długo go nie odkryli? Jasna cholera upaćkana fekaliami!

Osiatyński miał rację. Już po kilku minutach, kiedy mgła się rozproszyła, po drugiej stronie również ktoś zaczął machać białą flagą.

– Idą – obwieścił obserwator przy lornetce.

Książę miał więc rację. Dwóch parlamentariuszy zbliżało się zdecydowanym krokiem, i to na pewno nie po to, żeby zatrzymać się na środku i czekać na odpowiedź. Zmierzali wprost do stanowisk tatarskiej kompanii.

– Panie komandorze, rozmawiać będziemy tylko my dwaj. Ja jako gospodarz tego miejsca, pan jako dowódca polskich sił na tym terenie – zdecydował Osiatyński. – Proszę innych, żeby nie włączali się pod żadnym pozorem.

– Ma pan jakiś plan? – zapytał Tomaszewski.

– Negocjacje to mój żywioł – odparł książę wymijająco. – Proszę się nie denerwować. Na początku trochę na siebie powarczymy.

– Rozumiem.

Tamci zbliżali się szybko. Widocznie „zimny prysznic" zadziałał prawidłowo, zmuszając Nayer do gruntownego przemyślenia planu gry. Ale rzeczywiście, najbardziej chyba zależało im na rozpoznaniu, kto przeciwko nim występuje.

– Prosimy. – Książę wskazał parlamentariuszom przejście między stanowiskami żołnierzy.

Przybysze wyglądali na nastawionych pragmatycznie do rozmów. Choć w przypadku czarowników wygląd nie miał żadnego znaczenia. Przyszli bez broni, ale do tego również w ich przypadku nie należało przywiązywać wagi.

Przedstawili się jako Kyle i Brandstetter. Kyle, młodszy, czterdziesto-, czterdziestopięcioletni, miał dość pogodną twarz pozbawioną surowości i tak charakterystycznego dla wielu czarowników wyrazu wyniosłości. Brandstetter natomiast, znacznie starszy, przypominał zasuszonego gnoma.

Od razu pojawił się problem języka, w którym będą prowadzone rozmowy. Okazało się szybko, że tak naprawdę wspólną mową dla wszystkich, w której łatwo przyszło formułować myśli zrozumiałe dla pozostałych, był język, który zrozumiałaby dobrze sama Achaja.

– Witamy – zaczął dość ciepło książę.

Kyle skrzywił się.

– Już nas przywitaliście! – Wskazał kciukiem pobojowisko za swoimi plecami.

– Nie podoba się, jak służba potraktowała was w przedpokoju? – odparował zimno Osiatyński. – Cóż, proszę okazać zaproszenie. Wtedy przeprosimy.

– Zaproszenie? To twoja własność?

– Powołuję się na prawo marynarki. Zająłem niczyje, więc moje. Plemię, które tu żyje od wieków, obrało mnie na wodza. Mówię więc w jego imieniu.

Dobry był. Tomaszewski panował nad mięśniami twarzy, żeby się nie uśmiechnąć.

– A gdzie ty tu morze widzisz?

– Wszędzie dokoła rozciąga się bezkresny obszar oceanu ludzkiej głupoty.

– Spokojnie. – Brandstetter uniósł rękę. – Czyż nie okazaliśmy dobrej woli, przychodząc tutaj? Jesteśmy jedynymi dowódcami sił Nayer i zaufaliśmy wam, oddając się w wasze ręce.

Kłamał, oczywiście! Dzięki Mielczarkowi wiedzieli, że jest ich sześciu plus dowódca wojskowy. Ale musieli mieć tam chyba burdel po krwawej łaźni uczynionej im przez Tatarów, skoro nie doliczyli się brakującego ciała wartownika.

– Dobra wola sprawiła, że od razu, w gości wszak idąc, zaczęliście strzelać w cudzym domu, a potem kryć się za osłonami? Goście mają swoje prawa, owszem, ale i obowiązki. Strzelanie do gospodarza na dzień dobry nie jest w dobrym tonie, zapewniam.

– Przykro nam, że kogoś poniosło. Jednak ta budowla jest nasza. I to my jesteśmy w niej gospodarzami.

– Jakim cudem?

– To my realizujemy wolę Bogów. To my otrzymaliśmy ich spuściznę oraz zadanie, żeby ją chronić przed uzurpatorami.

– Coś mi umknęło? – Osiatyński zamyślił się teatralnie. – Macie to na piśmie? Bo żaden z przekazów o Zakonie nie wspomina.

– Nie zaprzeczaj historii. To Zakon otrzymał dziejową misję, żeby ochronić to miejsce.

– Otrzymał misję ochrony, ale nie dostał dostępu do tej budowli. Zabawne. Żeby tu dojść, musieliście pędzić na śmierć setki tysięcy znarkotyzowanych ludzi. Musieliście niszczyć wiele krajów, musieliście szafować ludzkim życiem, mniej dla was ważnym niż skoszona trawa.

– Nie mów o moralności, jeśli nie rozumiesz tego słowa. Podczas Wielkiej Wojny Światowej również setki tysięcy żołnierzy pędzono na śmierć, i to w trakcie jednej bitwy.

– I też powoływano się wtedy na Boga. Czy zatem chcesz mnie doprowadzić do wniosku: nigdy nie ufaj ludziom, którzy mówią o boskiej misji? Bo zawsze kończy się to kaźnią.

– Skoro tak ważne są dla ciebie sprawy moralności, to wyjaśnij mi, proszę: co się dzieje z człowiekiem, którego ciało posiadłeś? Co się dzieje z życiem ludzi, których ciała mają te dwa zwierzęta? – Machnął na Wyszyńską i Budzyńskiego. – Gdzie twoje współczucie dla nich?

Punkt dla tamtych. Ale nie o to chodziło w dyskusji. „Najpierw sobie powarczymy" – zapowiedział książę.

– A skoro ciebie to obchodzi, skoro jesteś człowiekiem moralnym, wrażliwym na dobro innych ludzi, to mam propozycję. Odchodzicie stąd cali. RP odbudowuje mosty przez cieśninę Olphe i cała wasza armia może wrócić do Nayer. Rozstajemy się w zgodzie, a wasze zbrodnie zostaną darowane.

– Zajęliśmy całe przedmurze Piekła od naszej strony. Mamy tam siłę, którą jeśli skierujemy tutaj...

– Wasza armia umiera z braku zaopatrzenia – przerwał mu Osiatyński. – Cokolwiek by się tu stało, waszej armii po zimie już nie będzie. A wojska tak zwanej Chuchlandii będą wtedy żreć polskie konserwy w twierdzach. W lecie ruszą, żeby posprzątać ciała żołnierzy Nayer. Nie mówiąc już o nalotach dywanowych, napalmie i bombach paliwowo-powietrznych. Do tego czasu RP przywiezie sobie wszystkie potrzebne zabawki, żeby cofnąć was do epoki kamienia łupanego!

– Nie wspominając o zabawkach jeszcze gorszych, którymi przepaliliśmy Góry Pierścienia – wtrącił Tomaszewski. – A tak przy okazji: wiecie już, że Rosenblum kazał alpinistom wysadzić waszą kolejkę przez góry? Więcej sprzętu stamtąd już nie dostaniecie.

Tamci nie mieli kontrargumentów. Musieli zmienić temat, żeby dalsza dyskusja nie przypominała kłótni chłopców w piaskownicy: „To moja łopatka jest lepsza! Nie, to moja!”.

– Tylko tu, w okolicy, mamy pięć tysięcy żołnierzy – powiedział Brandstetter. – Za nami posuwają się jeszcze dwa oddziały po pięć tysięcy. Za nimi będą następne. Z kim chcecie walczyć, mając mało amunicji? Nakryjemy was czapkami.

Skłamał po raz drugi. Dzięki Mielczarkowi wiedzieli, że mieli tu tylko tysiąc żołnierzy. Mocno już poszarpanych.

– My wiemy, jak wykorzystać magię Bogów – ciągnął Brandstetter. – Nawet jeśli przegramy wojnę z wami. Tu możemy zostać do końca świata.

Skoro skłamał już dwa razy, to pewnie skłamał i teraz. Gdyby rzeczywiście miał pojęcie o magii Bogów, to raczej nie musiałby przedzierać się przez Piekło, powodując hekatombę za hekatombą własnych ludzi. Takie działanie raczej nie wyglądało na boski plan.

– Trwać tutaj? – zapytał książę. – A po co?

Celne pytanie.

– Żebyś nie skalał boskich wartości, uzurpatorze.

– A co wy wiecie o boskich wartościach? Dlaczego to akurat wy, a nie ja, macie być ich odkrywcą?

– Bo sprzymierzyłeś się ze zwierzętami. Z nędznym pomiotem Boga Sepha.

– Oczywiście prezenty nie powinny stanowić o wartości gościa, który je przyniósł. Jednak kiedy mam do wyboru dwóch kolegów, to oni jednak oferują mi więcej. Inaczej: oni w ogóle mają dla mnie jakąś propozycję, a wy jedynie polecenie: „Na kolana, psie, i merdać ogonem bez zrozumienia!”.

Brandstetter ukłonił się lekko.

– Czyż pokora nie jest powinnością człowieka?

– Okaż wiec ją i odejdź. Nie decyduj o życiu i śmierci milionów ludzi, boś sam nie bóg żaden!

Tomaszewski uznał, że czas się wtrącić.

– Piaskownica – mruknął. – Jednak zeszliśmy do poziomu: „To ja mam rację! A nie, bo ja!” – westchnął cicho. – Czy macie jeszcze coś do dodania?

– Wiele razy mówiliśmy ci, że to my jesteśmy twoimi prawdziwymi sojusznikami. Nie oni. Nie zwierzęta.

– Upieracie się przy tych „zwierzętach”, jakby sam ten fakt napawał was odrazą. Co ja tu słyszę? Czyżby pychę?

Osiatyński parsknął śmiechem.

– Dla zwierząt jest ten świat? – włączył się Kyle. – Czy dla ludzi?

– Myślałem, że dla wszystkich. Ale skoro oni są tak samo inteligentni jak my, to dla was ważne jest więc wyłącznie pochodzenie, jak widać. Taki pogląd może się nie spodobać ludziom na poziomie.

Rozbawiony książę podniósł rękę.

– By nie grzęznąć dalej w jałowości, zadam pytanie. Czy opuścicie ten teren, żeby w zamian otrzymać ratunek dla setek tysięcy waszych ludzi na wybrzeżu?

Kyle i Brandstetter spojrzeli po sobie. Na pewno nie spodziewali się żadnego rozstrzygnięcia. Odstępować najwyraźniej również nie zamierzali. Ich spojrzenia nie były nawet porozumiewawcze. Ot, dowiedzieli się, czego chcieli. Czas wracać.

– My też zadamy pytanie – odezwał się Brandstetter. – Czy opuścicie to miejsce, a my darujemy wam życie? A jeśli odstąpicie od aliansu ze zwierzętami, odpuścimy wam także grzechy?

Osiatyński uznał, że czas na podsumowanie.

– Jak rozumiem, decydujemy się na wzajemne wyrzynanie? Do samego końca?

Tu już Tomaszewski nie wytrzymał.

– Rany boskie, ludzie! – powiedział podniesionym tonem. – Przecież wy żyliście w normalnych krajach! Ja rozumiem, że czarownicy w tym świecie mogą mieć pierdolca na punkcie przeznaczenia i godzić się ze śmiercią setek tysięcy. Ale wy od pokoleń żyliście w normalnym świecie! Jak możecie doprowadzić do upadku całego kontynentu i całą waszą wielką armię posłać do ziemi jednym przytyknięciem palca?

– Od tysiąca lat, z pokolenia na pokolenie, wychowywano nas w poczuci misji, którą mamy wypełnić.

– Przestań mi tu pierdolić o misji! Oprócz waszych rodziców otaczali was zwykli ludzie i coś musiało do was dotrzeć. – Tomaszewski nagle odetchnął głębiej. – Zresztą dobrze. Przekonajmy się i zróbmy próbę.

– Jaką próbę?

– Waszej wiary. Lub też test, czy macie w sobie coś z normalności.

Kiedy spojrzeli na niego zdziwieni, zaczął wyjaśniać.

– Mogę wam dać słowo honoru, że zabiorę stąd moich ludzi i odlecimy bez jednego wystrzału. Budynek będzie wasz. Pod jednym warunkiem. Dostaniecie moje słowo, jeśli ty – wskazał palcem Kyle'a – weźmiesz pistolet i osobiście zastrzelisz stu swoich ludzi. Patrząc im w oczy, pojedynczo, zastrzel stu ludzi. Jeśli tego dokonasz, my odlatujemy.

– Doskonały pomysł, komandorze – ucieszył się książę. – No? Kyle, zrobisz to?

– Sprawdźmy, czy wierzysz w misję, czy jednak jesteś choć trochę normalny. Bo nikt normalny nie zastrzeli spokojnie stu ludzi.

Coś błysnęło w oczach Kyle'a. Może zbyt plastycznie wyobraził sobie to, czego wrogowie od niego żądają? Może przyszedł choć cień zwątpienia? Opuścił oczy.

– Przykro mi – powiedział Brandstetter – ale nie wierzymy pańskiemu słowu. To żadna gwarancja.

Zapadła cisza. Stali, mierząc się wzrokiem. Tamci panowali nad wyrazem swoich twarzy, Tomaszewski patrzył z politowaniem, Osiatyński kpiąco. Wreszcie książę powiedział:

– Pani inżynier! – Zerknął na Wyszyńską i zwrócił się do niej jak do kata: – Czyń swoją powinność.

Wyszyńska podeszła do swojego ogromnego lampowego kalkulatora, który wciąż stał na wózku, ukryty za wyniesioną z podłogi osłoną. Szybko i sprawnie włączyła urządzenie. Rozległ się pojedynczy pisk, coś w środku zaczęło szumieć. Na konsoli zapłonęły migające lampki. Większość na czerwono. Dopiero kiedy inżynier ustawiła przełączniki, ich kolor zmienił się na biały lub zielony. Czerwona pozostała tylko jedna pulsująca lampa. Na ekranie oscylacyjnym pojawiła się ruchoma sinusoida. Po kilku obrotach potencjometrów falująca krzywa ustaliła się do wzorca wytrawionego na ekranie.

– Gotowe. Działa.

Kyle i Brandstetter stali nieporuszeni.

– I co zamierzacie policzyć za pomocą tego kalkulatora?

Wyszyńska poprawiła włosy, patrząc gdzieś w dal. Potem westchnęła cicho i podeszła do dwóch parlamentariuszy.

– Coś wam powiem. – Uśmiechnęła się rozbrajająco. Chwilę czekała jeszcze na ich reakcję, ale się nie doczekała. – Znacie dowcip o Jasiu, który wmawiał rodzicom, że doktor zdiagnozował u niego grypę? Naciskany jednak przyznał: prima aprilis, to nie grypa, a syfilis.

Kyle podjął kpiący ton pani inżynier.

– Kalkulator wam zachorował?

Wyszyńska oparła ręce na biodrach, stając w lekkim rozkroku.

– Cholera, u mnie się nie rymuje, ale brzmi to tak. – Zaczęła się śmiać. – To nie kalkulator, ale pierdolona bomba atomowa!

Jakby piorun strzelił. Kyle i Brandstetter drgnęli przestraszeni. Nie tylko oni zresztą. Stojący najbliżej zaczęli się odsuwać, jakby miało to jakiekolwiek znaczenie.

– No coście tacy zdziwieni? – kontynuowała Wyszyńska. – Jeśli bomba odpali tutaj, w zamkniętym pomieszczeniu, to zostanie tylko dziura w ziemi i radioaktywna pustynia. Tą bronią przepaliliśmy przecież Góry Pierścienia.

– I chcesz ją zdetonować?

– Nie. Sama wybuchnie, jeśli nie przedłużę sekwencji. Wybuchnie teraz nawet od wstrząsu. Wybuchnie, jeśli ktoś będzie chciał przy niej majstrować albo zdjąć obudowę. Tylko ja i Budzyński wiemy, jak to odwołać. A jeśli nas zabijecie, to bomba wybuchnie sama.

– Jesteś szalona, kobieto!

– Nie. Ja po prostu odrobiłam lekcję, a wy nie.

Kyle i Brandstetter wyglądali na zszokowanych. Cóż, szaleństwo nie musi przecież być domeną tylko jednej ze stron. A sami szaleństwo znali doskonale.

– Jaką lekcję? – spytał Kyle.

– No przecież wasi kamraci byli w Banxi, w świątyni, gdzie jest ołtarz, prawda? Na pewno wam powiedzieli, co tam się stało.

– Wiemy, co tam zaszło.

– No właśnie. Musiałam dotrzeć do tego ołtarza. To być albo nie być dla mnie, dla mojego szefa – wskazała Osiatyńskiego – i dla wszystkich takich jak ja. Zależało mi tak potwornie, że sprzymierzyłam się nawet z nim. – Kiwnęła w stronę Tomaszewskiego. – Ale Krzysiu miał inne plany. Kiedy dotarliśmy do celu, obwiązał ołtarz dynamitem i powiedział, że się wysadzi razem z nim, jeśli nie powiem, co jest grane. I musiałam się spowiadać, musiałam wyznać wszystkie tajemnice, żeby nie rozwalił obiektu mojego pożądania. Sensu mojej misji tutaj.

Wyszyńska zamilkła na moment.

– I dlatego dobrze wiem, co teraz czujecie – powiedziała wreszcie. – Ale ja wyciągnęłam wnioski z tego, co się stało w Banxi. A wy? Wiedzieliście o tej historii?

Kyle potwierdził skinieniem głowy.

– To dlaczego jesteście tacy zaskoczeni? Ach, bo uważacie mnie za zwierzę bez rozumu, tylko z instynktem. – Roześmiała się. – Otóż potrafię myśleć, wyciągać wnioski i udoskonalać metodę. – Wyciągnęła rękę w stronę swojego urządzenia. – Dziura w ziemi i radioaktywna pustynia. Tyle po nas pozostanie, bo to lepsza zabawka niż dynamit Krzysia.

Brandstetter uspokoił się nagle. Najwyraźniej coś przyszło mu do głowy.

– Czarownik od dziecka przyzwyczajony jest do myśli, że musi się poświęcić. Że musi oddać życie dla sprawy, jeśli zajdzie taka potrzeba, czego najlepszym dowodem są ci, którzy setkami ginęli podczas prób przejścia Gór Bogów.

– Do czego zmierzasz?

– Czarownik jest w stanie w każdej chwili poświęcić swoje życie. A wy też jesteście? Nie zadrży wam ręka?

Wyszyńska powiedziała cicho:

– Odpowiem ci jak sierżant Sha, znana mi z kronik o życiu Achai: chyba ci się dupa z głową pomyliła.

– Co?

– Wszyscy zginą? – zapytała i podniosła zaciśniętą lewą pięść. – Ja i Budzyński. – Zaczęła odginać palce po kolei. – W momencie eksplozji natychmiast ockniemy się na Ziemi. Osiatyński i Langner. Zostaną momentalnie wstrzeleni w inne ciała. Tak nastawiony jest ołtarz w Banxi. Meredith... – Zrobiła smutną minę. – Meredith, niestety, zginie. Choć w jego przypadku to chyba nie ma najmniejszego znaczenia.

Czarownik smętnie pokiwał głową.

– Był czas przywyknąć, droga Jadwigo. Był czas przywyknąć.

– Szlag by was trafił! – odezwał się nagle Michałowicz. – Ja mam nową żonę!

Osiatyński zrobił krok do przodu.

– Pomyślcie też o dalszych konsekwencjach eksplozji tej bomby. Ta budowla znika wraz z całą spuścizną Bogów. Was już nie będzie, a my wracamy. Tak czy inaczej. Wasza armia zdycha z głodu, a w przyszłym roku resztki zostaną dobite w ramach zemsty przez górali. Nayer upada. Rzeczpospolita jest wkurzona na czarowników i doprowadza do ich masowych aresztowań w całym cesarstwie, a później chyba w całej reszcie świata. Nawet nie zapadną wyroki śmierci. Wszystkich magów zabiorą do odsiadki na teren RP, gdzie magia nie działa, i koniec pieśni.

– Ale...

– Ale zostaną inne Wielkie Lasy, gdzie również, choć daleko mniejsze, istnieją przetrwalniki magii Bogów. Ze znanych nam lasów oba są w polskich rękach. W Banxi i w Sait. Do pozostałych dobierzemy się później. Ale przedtem do tych dwóch dobiorę się ja. I co zrobię? Sprawię, że czarowników w tym świecie już w ogóle nie będzie. Poza tymi, którzy są pod moją kontrolą.

– Szczególnie wierzę w te masowe aresztowania czarowników – powiedział Kyle. – Niby za co?

– Za udział w spisku i ludobójstwo. No przecież Wojsko Polskie nie przyzna się do odpalenia bomby atomowej ot, tak sobie. A jednej brakuje w magazynie. Odkrycie waszego agenta w sztabie sprawi, że staniecie się najlepszym celem do tego, żeby was w to wrobić. Czyż nie?

Kyle wzruszył ramionami.

– Czarny scenariusz.

– Umiesz myśleć, skończyłeś normalną uczelnię, więc sobie przekalkuluj. O, przepraszam... Nie chciałem użyć słowa, które kojarzy się ze słowem „kalkulator" – zakpił książę. – Ale wojsko lubi takie pseudonimy. Duży Jaś, Agregat, te sprawy. Teraz Kalkulator.

– Macie tak doskonałe dane wywiadowcze – wtrąciła się Wyszyńska. – Nie zastanowiło was, że wszystkie zestawy komputerowe, które montuję, mają kryptonim „Martwica" i kolejne numery? A to urządzenie to Martwica S. Bez numeru.

– I na co to S miało nas naprowadzić?

– S jak Sąd – wyjaśniła. – Ostateczny.

Osiatyński najwyraźniej uznał, że tamci mają dość.

– Drodzy panowie – powiedział – przemyślcie sobie wszystko. Naradźcie się z pozostałymi czterema czarownikami, których tu rzekomo nie ma. Tu nie chodzi o nasz triumf ani o waszą przegraną. Fakty znacie. Proszę tylko, żebyście zachowali się humanitarnie i ocalili rzeszę waszych ludzi. Proszę o to.

Wzmianka o „ pozostałych czterech czarownikach" nie poprawiła nastroju ani Kyle'owi, ani Brandstetterowi. Tymczasem z wnętrza Martwicy S dobiegł cichy, przerywany pisk. Wyszyńska, zasłaniając sobą pulpit, zmieniła ustawienie przełączników. Pisk ustał.

– Panowie – podjął książę – nie zatrzymuję. – Ukłonił się sztywno.

Pozostali obecni odprowadzali odchodzących wzrokiem. Z Michałowicza uszło powietrze. Stojący kilka kroków dalej Mielczarek szepnął, ale tak, żeby było go słychać: „Chciałbym pozwolenie, żeby ich rozwalić". Budzyński ocierał pot z czoła.

– Myśli pan, że zachowają się racjonalnie? – zapytał Tomaszewski.

– Oni jeszcze na coś liczą – odparł książę. – Czekamy.

Okazało się, że lot według wskazań krokomierza śmigłowca, który już przebył tę trasę, nie jest łatwy. Helikopter wykonywał przedziwne manewry, unikając niewidzialnych przeszkód lub nurkując w koronach drzew. Trzeba było mieć naprawdę silne nerwy, żeby sterować w taki sposób. Pilot wojsk lądowych jednak dawał z siebie wszystko, a Kawalec dbał, by każdy ze zwrotów, pikowań i nagłych przewyższeń został wykonany ściśle według zapisu, którym dysponowali. Dużo lepsze okazały się zapiski drugiego pilota maszyny Tomaszewskiego. Mówiły bowiem o tym, co podczas lotu widziała Naan. Na początku niewiele to pomagało. Dwa razy liczniki promieniowania podjęły swój ostrzegawczy werbel. W notatkach nie została żadna wskazówka, co można zrobić. Helikoptery Tomaszewskiego nie napotkały w tych miejscach radioaktywnych chmur. Kawalec jednak nie miał wątpliwości. „Przelatujemy przez to cholerstwo" – rozkazywał. Dziwne uczucie. Gołym okiem nie widać było nic szczególnego. A przyrządy wariowały. Na szczęście ani razu nie zapaliły się na nich czerwone lampki, sygnalizujące przekroczenie limitu. Ale dawka do dawki... Na szczęście Kai nie znała się na promieniotwórczości.

A potem, już prawie u celu, napotkali coś naprawdę dużego. Pilot przeszedł do zwisu, nie wiedząc, co dalej. Na szczęście według Naan wokół rozciągała się pozbawiona przeszkód płaszczyzna. Kai sugerowała oblot groźnego zjawiska szerokim łukiem. Kawalec chciał lecieć przez nie. Potem jednak sprawdził skalę najbliższego licznika.

– Lecimy dokoła – zadecydował po długim wahaniu.

Początkowo wszystko szło dobrze. Przelecieli prawie trzy czwarte okręgu głębokiego obejścia. A potem zgasł silnik.

Pilot wylądował na autorotacji. Coś huknęło ogłuszająco. Kai, gdyby nie wielki hełm, rozwaliłaby sobie głowę o przepierzenie kabiny. Ktoś jęczał, bo chyba zranił sobie łokieć o podpórkę fotela.

– Opuścić maszynę!

Kawalec wyskoczył pierwszy. Pozostali stosowali się do procedury trochę bardziej opieszale. Trzeba było wyplątać się z pasów, wstać na chwiejne z wrażenia nogi, wyskoczyć na zewnątrz i odbiec na przewidzianą regulaminem odległość.

Ogień nie pojawił się jednak. Drugi śmigłowiec lądował właśnie za nimi. Generał zbierał ludzi.

– Chyba możemy już podejść – odezwał się mechanik. – Sprawdzę, co i jak.

– Sprawdzicie, jak otrzymacie taki rozkaz – warknął Kawalec. W miarę spokojnym krokiem podszedł do drugiej maszyny. – Nie mamy czasu. Weźmiesz moich ludzi?

– Nie damy rady. Za wielki ciężar.

– To wyłącz silnik i daj mi swojego mechanika.

Kawalec podszedł do swoich ludzi.

– Wszyscy cali?

– Zwichnięty albo stłuczony łokieć. Reszta bez strat – zameldował pułkownik Wasilewski.

– Rozumiem. Obaj mechanicy do sprawdzania maszyny. Reszta zabezpieczyć teren. Wykonać.

Plusem sytuacji było to, że choć biegun o wyciągnięcie ręki, to wcale nie było zimno. Wszyscy przegrzewali się w swoich zimowych kurtkach. Minusem natomiast, że mechanicy, choć zdjęli pokrywę silnika całkiem sprawnie, nie mogli znaleźć usterki. Naprawa, a właściwie przegląd ciągnął się godzinami. Oficerowie sarkali cicho, żeby szef nie słyszał. „Chyba szybciej byłoby, gdyby ten silnik rozebrali na części". „No patrz, co chwila jeden się zsuwa na dół i znowu się gramoli. Zakotwiczymy tu na rok". To była prawda. Silnik umieszczono na samej górze helikoptera, a jego górne pokrycie nie było wcale płaskie. Bez specjalnego, dosuwanego z boku pomostu technicznego nie dawało się przeprowadzić jakiejkolwiek naprawy. A w polowych warunkach, bez specjalistycznych narzędzi zakrawało to wręcz na niemożliwość. Kawalec pozostał jednak nieugięty.

Przynajmniej zmrok tu nie zapadał. Niestety, mechanicy nie byli technikami warsztatowymi. Poddali się pierwsi.

– Nie umiemy stwierdzić, co się stało – zaraportował jeden z nich. – Być może to awaria instalacji elektrycznej. Ale tutaj nie da rady wybebeszyć całej. A być może stało się coś głębiej. Tu na pewno nie zreperujemy.

Kawalec zerknął na zegarek. Na jego twarzy nie było widać żadnych emocji.

– Dobrze. Lecimy drugim śmigłowcem.

– Nie uniesiemy się w powietrze! – podskoczył pierwszy pilot.

– To odciążmy maszynę. Wybebeszyć wszystko, co się da.

Dwie załogi zaczęły przegląd osprzętu. Szybko wyrzucono oba karabiny maszynowe na burtach, wyrzutnię rakiet, wszystkie flary, krokomierz, radiostację, liczniki promieniowania. Kabinę wypróżniono do zera, pozbywając się plecaków i rzeczy osobistych, skrzynek z amunicją, zapasów jedzenia, wody, lekarstw. Potem pozbyto się interkomu, metalowych siedzisk, gaśnic, zestawów awaryjnych, oświetlenia i wszystkiego, co dało się odkręcić. Na koniec załoga zaczęła zasadniczo rozbierać helikopter na części. Zdemontowano przesuwne drzwi po obu stronach, osłony silnika, osłony wlotów powietrza i belki ogonowej, wyciągarkę, anteny i agregat. Wypompowano nawet część paliwa, zostawiając absolutne minimum na dolot do celu.

– A teraz wyrzućcie to, co macie ze sobą – powiedział Kawalec. – Łącznie z bronią, oprócz osobistej. Wywalcie wszystko.

Teren naokoło śmigłowców przypominał teraz pobojowisko. Ale udało im się, gniotąc i upychając na siłę, zająć miejsca w kabinie. A helikopter, wydawałoby się, bez większego trudu wystartował. Za to hałas dla uszu pozbawionych osłony hełmów ze słuchawkami zdawał się nie do zniesienia. W kabinie szalał wicher, a pilot, choć usiłował lecieć spokojnie, musiał jednak wykonywać manewry zapisane w schemacie. Kai była bliska, by zacząć się modlić. Cały czas miała wrażenie, że po prostu wypadnie przez dziurę po drzwiach.

Paliwo skończyło się, kiedy podlatywali do gigantycznej budowli. Pilot wylądował łagodnie.

– Opuścić maszynę – zakomenderował Kawalec. – Dalej na piechotę.

No ładnie. Bez broni poza pistoletami, bez zapasów, bez radia. Do celu pozostało jeszcze kilka kilometrów.

Do lądowiska, które wybrał Tomaszewski, dotarli według zegarków nad ranem. Wzbudzili żywe komentarze wśród czekających tam załóg przy osłonach.

– No co wy? Tak na piechotę?

– Lot testowy – powiedział Wasilewski, który prowadził ich pochód, obserwowany od dłuższego czasu przez rozradowanych żołnierzy przez lornetki. – Sprawdziliśmy możliwość przelotu nad Piekłem bez Przewodnika.

– Niosąc helikopter na plecach?

– Coś ty. Śmigłowce sprzedali i tubylcy ich przynieśli na plecach.

– To nowy rodzaj wojsk. Teraz można wydać rozkaz: kawaleria powietrzna, do ataku na bagnety!

– Albo: lot na piechotę, wykonać!

Komentarze ucichły natychmiast, kiedy pojawił się Kawalec. Generał bez słowa podszedł do dowódcy lądowiska.

– Gdzie jest grupa komandora Tomaszewskiego?

Porucznik wyjął szkicową mapę terenu i wyjaśnił, jak się dostać do stanowisk Tatarów bez wchodzenia w kontakt z wojskami Nayer.

– Rozumiem – skwitował krótko Kawalec. – Załogi maszyn zostają tutaj. Reszta za mną!

Kai zaklęła w duchu. Była już bardzo zmęczona. A tu jeszcze okazało się, że po przejściu przez rampę czekają ich wielkie schody, na które trzeba się wspinać, używając rąk i nóg naraz. Nie zazdrościła Inie, która z obolałą i spuchniętą połową twarzy miała z powodu swojego niewielkiego wzrostu jeszcze większą trudność w pokonywaniu stopni.

Jedna myśl dodawała Kai energii. Zaraz zobaczy Krzyśka! Ten priorytet spychał wszystko inne na dalszy plan. Teraz już była pewna swoich uczyć. Jej wyczulony, ukryty zmysł czarownicy podpowiadał też, że wszystko układa się tak, jak według niej powinno. Pamiętała dobrze wyznanie Iny, że przez sen Krzysiek wyszeptał jej imię. Rand miał rację. Przy dobrym układzie wystarczy usiąść na brzegu rzeki i czekać spokojnie, aż trupy innych kobiet spłyną z nurtem. Rand, jesteś genialny! Jesteś chyba jedynym facetem na świecie, który choć trochę zna świat kobiet.

Kiedy pokonali upiorne schody, Kawalec poprowadził ich podestem na zewnątrz budowli, żeby skorzystali z wejścia najbardziej odległego od oddziałów Nayer. Tak przynajmniej wynikało ze schematu naszkicowanego przez dowódcę lądowiska. Oficer nie mylił się. Już po chwili zatrzymał ich okrzyk:

– Stój, bo strzelam!

– Tu swoi! – Haseł nikt nie zdążył chyba ustalić. – Generał Kawalec, wywiad wojsk lądowych, plus sześciu!

Ktoś wychylił się z wejścia. Mignęła szeroka twarz ze szparkami zamiast oczu. Potem na podeście pojawiło się trzech tatarskich zwiadowców w maskujących mundurach. Wszyscy mierzyli do przybyszów z karabinków szturmowych.

– Dokumenty!

– Przeginasz – mruknął Kawalec, ale nie dyskutował. Podał dowódcy warty swoją legitymację.

– Stwierdzam zgodność ze wzorem – usłyszeli po chwili.

Nie wiadomo, co Tatar miał na myśli. W każdym razie ich przepuścił. Wnętrze gigantycznej hali zapierało dech, ale nie mieli za bardzo możliwości, żeby się rozejrzeć. Zgodnie z ostrzeżeniem posuwali się skuleni za uniesionymi z podłogi osłonami.

Kai jednak co chwila nieostrożnie wystawiała głowę. Widziała już Mereditha, Michałowicza, zauważyła Wyszyńską, na której widok poczuła lekki chłód gdzieś w żołądku. Mielczarek ze swoim nieodłącznym pistoletem maszynowym. I... Krzysiek!

– Krzysiek! – krzyknęła i pobiegła naprzód, ignorując osłonę.

Spojrzał. Zaskoczenie. Zdziwienie. A potem zobaczyła, jak zmienia mu się twarz.

– Kai!

Rozpostarł ramiona, wpadła w nie sekundę później.

– Krzysiek.

Z rozpędu uderzyła czołem w jego czapkę, ta poleciała do tyłu. Zaczęli się całować.

– No patrzcie, jak zmienił się regulamin marynarki wojennej. Teraz kapitan z komandorem tak się witają – nie oszczędził im cichej uwagi pułkownik Wasilewski. – Ciekawe, czy admirał Wentzel też całuje namiętnie admirała Ossendowskiego?

– Gorzej – skwitował Kawalec. – Kapitan zrzuciła komandorowi czapkę z głowy. A czym ozdobiona jest czapka, wie każdy żołnierz. Za obrazę godła grozi dziewczynie teraz dwa lata więzienia.

– To był nagły powiew wiatru, panie generale. – Tomaszewski wyrwał się z objęć Kai i podniósł czapkę. Następnie złożył Kawalcowi regulaminowy meldunek. – Myślę, że najlepiej będzie, jak pułkownik Michałowicz złoży panu wyczerpujący raport.

– A dlaczego nie pan? – zdziwił się generał. – Czyżby zamierzał się pan oddalić w ustronne miejsce z panią kapitan?

– Muszę przyjąć raport od mojej podwładnej. A obecność oficera tak wysokiej rangi jak pan generał skłania mnie do wniosku, że to rodzaj kontroli. Pułkownik Michałowicz, dowódca zwiadu, jako osoba bezstronna przedstawi panu neutralny opis zdarzeń.

Kawalec zastanawiał się chwilę.

– No tak, właściwie to ma pan rację. Może pan odejść.

Tomaszewski już za plecami Kawalca podniósł lewą rękę, a palcami prawej wykonał kolisty ruch wokół własnego zegarka. Selim, stary Tatar, zrozumiał w lot. Miał zająć generała jak najdłużej. No cóż. Zamierzał więc opowiedzieć wszystko, rozwodząc się nad każdym elementem akcji, a najmniejszy szczegół dogłębnie omówić. W końcu po to się ma przyjaciół.

We wnęce, gdzie ciągle tliły się resztki ogniska, przypadli do siebie. Ale gdzie tam... Zaraz przypałętał się Meredith z gratulacjami za przetrwanie misji w Nayer.

– Tak bardzo się cieszę, że tu jesteś, Muszko!

Kai wykonała pełen ukłon, a potem uściskała swojego mistrza. Za nim, niestety, przyszła Wyszyńska. Tu powitanie wypadło oschlej.

– Cześć.

– No cześć.

Kobiety, podając sobie ręce, ledwie musnęły się palcami.

Za Wyszyńską pojawił się Budzyński, a potem Osiatyński i Langner. Wszyscy byli bardzo ciekawi, co Kai ma do opowiedzenia. Postanowiła ich zaskoczyć.

– Niedługo powinnam dostać depeszę – powiedziała. – I jeśli dopisze nam szczęście, będę wiedziała, kim jest agent w sztabie Kawalca.

– Myśli pani, że on tu jest? – przestraszył się czegoś Budzyński.

– Na pewno.

– Zaraz – włączył się Tomaszewski. – Jakaś depesza przyszła przed godziną. Myślałem, że to żart.

– Dlaczego żart?

– Bo w nagłówku napisali: Hanka Ordonówna do Jadwigi Smosarskiej.

– To do mnie.

– A w treści depeszy jest tylko jedna cyfra.

– Tylko jedna? – ucieszyła się Kai. – No to z całą pewnością wiem już, kto jest agentem. – Wyjęła z kieszeni radiogram do Tomaszewskiego. – Przejęłam dla ciebie w bazie. To od Diona i Tanera, pewnie też przemyślenia na temat agenta. Im również to zlecałeś.

– Tak. – Tomaszewski przejął kartkę z zaszyfrowanym tekstem. – Dlaczego nie przesłali bezpośrednio do mnie?

– Bo to list prywatny, z dopiskiem „do rąk własnych", a ty byłeś w trakcie wykonywania misji.

Skinął głową. Bez słowa wziął kartkę i zaczął rozszyfrowywać tekst.

– Ja również już wiem, kto jest agentem – powiedział Meredith.

– Zdobył pan tę wiedzę za pomocą czarów? – zainteresował się Osiatyński.

– Nie. Widziałem wyraz triumfu na jednej z twarzy. A teraz, widząc strach na pańskiej, wiem, co ten triumf oznaczał. – Czarownik wzruszył ramionami. – Jak się żyje tysiąc lat, człowiekowi nie umykają już takie drobiazgi.

Kai rozwinęła papier z nagłówkiem „Hanka Ordonówna do Jadwigi Smosarskiej". Tylko jedna cyfra. Jeden, dwa, trzy lub cztery. Tylko jedna cyfra...

Zerknęła na treść.

Tą cyfrą było ZERO.

Przełknęła ślinę, czując, jak coś pulsuje jej w skroniach.

– O szlag! – warknęła wściekła. – Agentem jest sam Kawalec!

– Potwierdzam. – Tomaszewski podniósł oczy znad swojego listu.

– I ja tak myślę – dodał Meredith.

Budzyński westchnął ciężko. Jego prawa ręka zaczynała drżeć coraz bardziej.

– No to właśnie nasza misja zakończyła się klęską – powiedział cicho.

– Dlaczego? – zapytał Tomaszewski.

– Bo on zaraz powie swoim kamratom, że nie mamy żadnej bomby atomowej.

– Jak... Jak to...?

– To blef, który wymyślił książę Osiatyński – wyjaśniła Wyszyńska. – A mój kalkulator z dziewięcioma akumulatorami brzęczy, szumi, popiskuje, światełkami mruga. Wygląda groźnie dla niewtajemniczonych.

Tomaszewski wyciągnął papierosa. Ze zdziwieniem zauważył, że jemu też drżą ręce. Lekko, nie tak jak Budzyńskiemu, ale jednak.

– Przecież to wasi inżynierowie skonstruowali bombę – powiedział.

– No i co z tego? – zaperzył się Budzyński. – Niech pan spróbuje otrzeźwieć i wyobrazić sobie, jak pan prezydent, Ministerstwo Obrony Narodowej i sztab generalny oddają bombę nam. Cywilom!

– No przecież...

– W naszym świecie bombę skonstruował Oppenheimer. I co? Myśli pan, że prezydent Roosevelt dał mu jedną? Żeby sobie odpalił w ogródku na sylwestra? Blisko był też Heisenberg. I myśli pan, że Hitler kazałby wyprodukować dziesięć bomb plus jedną dla Heisenberga?

Żeby sobie ją na kogoś zrzucił? Najlepiej ze swojego balkonu?

– Spokojnie, komandor nie wie, kto to Hitler – wmieszała się Wyszyńska. – Krzysiek, gdyby sztab generalny rzeczywiście posłał tu bombę, choć z wielu przyczyn nie mógł, to przecież dysponowałbyś nią ty, a nie cywile, prawda?

Miała rację. Jak zwykle trafiła idealnie w punkt. Miała absolutną, niezbijalną rację.

– Blef, psiakrew! – Odrzucił do połowy wypalonego papierosa. – No, jeśli o mnie chodzi, to skuteczny.

– Wszyscy uwierzyli – stwierdził sucho Osiatyński. – Ale teraz zastanówmy się, jak z tego wybrnąć.

– Czy macie jakieś dowody? – Budzyński nagle podniósł głowę. – Pana nie pytam. – Zerknął na Mereditha. – A pan?

Tomaszewski zaprzeczył.

– Pani?

Kai również pokręciła przecząco głową.

– No to... – Przygryzł wargi. – Może aresztujcie go bez podania powodów? A później coś wymyślimy, że niby ktoś nas wprowadził w błąd. Nawet jeśli go wypuszczą, śledzony dzień i noc, będzie niegroźny.

– Stanowczo odradzam jego aresztowanie – powiedział Meredith. – To czarownik. Zawsze zdąży przekazać jakiś sygnał swoim kolegom.

– Nie mógłby pan jakoś przeciwdziałać?

– Możemy z panią Langner postawić zasłonę tłumiącą. Nie do złamania przez tych tam. Ale taka zasłona od razu powie im, że bardzo chcemy coś ukryć. I domyślą się co, bo już wiedzą, że ich agent do nas dotarł.

– Skąd wiedzą?

– To czarownicy – powtórzył Meredith. – Czują. Dokładnie tak samo, jak ja wyczułem, że Kai jest blisko.

– No to go zabijmy – zaproponowała Wyszyńska. – Albo od razu wszystkich, żeby śledczy nie domyślili się, o kogo chodziło.

– Jakich wszystkich?

– Wszystkich pięciu oficerów wojsk lądowych.

Tomaszewski zakrył twarz dłońmi.

– Jezus Maria... Zabicie generała na froncie. Wszystkich nas rozstrzelają. Oprócz was. – Wskazał Wyszyńską i dyrektora.

– Dlaczego oprócz nas?

– Bo was powieszą!

Kai roześmiała się nerwowo. I zaraz spoważniała.

– A może to nie jest zły pomysł? Może upozorować wypadek?

– Jaki?

– No, coś wymyślimy.

– W pięć minut? Selim zaraz skończy gadać.

No i co tu zrobić? Pat na wszelkich kierunkach przemyśleń, jak by to ujęto w regulaminie. Abstrahując nawet od rozstrzelania i wieszania. Śledczy od razu będą węszyć spisek. A wtedy się zacznie. Powoli, drogą żmudnych przesłuchań dotrą do wszelkich powiązań. Dotrą do dziwnych „inżynierów" nie wiadomo skąd, do całego systemu zależności i nie wiadomo gdzie jeszcze.

– A gdybym ja go zabił? – zapytał Osiatyński.

– Nic z tego. – Budzyński potrząsnął głową. – Śmierć generała oznacza naprawdę poważne śledztwo. A jeśli będą nas przesłuchiwać jako oskarżonych o współudział, to wyciągną z nas wszystko.

– Chyba że dobrze to wymyślimy.

– Niech pan zejdzie na ziemię, komandorze. Widział pan efekt działania pentotalu sodu? Myśli pan, że żandarmeria zawaha się go użyć? No to bez złudzeń, bo sam sprzedaję im preparaty.

Wyszyńska machnęła ręką i odeszła pod ścianę. Była kobietą czynu i biadolenia tylko wyprowadzały ją z równowagi. Usiadła na ziemi, wyjęła swój notatnik i zaczęła w nim pisać.

– Co tam bazgrolisz?

– Piszę pamiętnik – odparła sucho.

– Drodzy państwo – Budzyński przywołał obecnych do porządku – skończmy nasze knowania morderczo-rozbójnicze.

– Jesteśmy dupy wołowe, a nie mordercy – zakpił Tomaszewski. Jemu również żaden pomysł nie przychodził do głowy. – Ale fakt. Jeśli w śledztwie zostaniemy oskarżonymi, czy choćby podejrzanymi, a nie tylko świadkami, to zaczniemy sypać.

– Jak więc zostać jedynie świadkami? – zapytała Langner.

– Zmienić temat rozmowy – powiedział sucho Budzyński. – Co możemy zrobić bez zabijania Kawalca?

Tomaszewski przygryzł wargi.

– Możemy zastrzelić parlamentariuszy i rzucić kompanię do ataku.

– Na tysiąc tamtych?

– Już dawno nie mają tysiąca. Ale mniejsza o ich liczbę. To my dysponujemy nowoczesną bronią, to księcia „słucha" podłoga w tej ogromnej sali.

– No, no, no. – Osiatyński wyraźnie się zainteresował. – Jestem w stanie wysuwać osłony tuż przed atakującymi grupami. Jeśli tylko będą posuwać się skokami.

– I tak nie zabijemy ich wszystkich.

– Ale rozproszymy jako oddział.

– A te posiłki, które nadchodzą? – zaoponował Budzyński.

– Może baza nam coś przyśle w tym czasie.

Wyszyńska nagle podniosła się spod ściany.

– Mam dość waszego pustego gadania. – Podeszła do Mereditha. – Słuchaj, czy potrafisz sprowadzić na nich nastrój rezygnacji i przygnębienia?

– Owszem. Z tym że od razu zorientują się, że coś robię... – urwał nagle. – Zaraz... – Spojrzał na Langner. – Pani Anno. Pani, zdaje się, potrafi rzucać czary bez wypowiadania słów i formowania ich ręką?

– Tak.

– No to zróbmy w ten sposób. Niech pani ześle na nich depresję i rezygnację. Ja panią wesprę całą swoją mocą.

– To da się zrobić. I parlamentarzyści się nie zorientują. Ale tamci czterej, którzy czekają w ukryciu, szybko się połapią, że coś kombinujemy.

– Nie – uśmiechnął się Meredith. – Bo mamy asa w rękawie. Aura Kawalca jest na tyle silna, że na pewno przysłoniła aurę Kai. Oni nie wiedzą, że mamy jeszcze jedną czarownicę w zanadrzu.

Langner uśmiechnęła się także.

– Jasne. Tamci będą sądzić, że to magiczny atak z naszej strony. I dadzą kontrę. A tę kontrę powstrzyma Kai! Musi pozostać tutaj, w ukryciu, żeby jej nie widzieli.

– Ale... Mistrzu! – Kai zrobiła przestraszoną minę. – Ja nie wiem, czy potrafię!

– Ty już wszystko potrafisz, Muszko! – Ton czarownika działał uspokajająco. – Pamiętasz, jak pokonałaś jedną z najsilniejszych czarownic w Sait?

– Wtedy użyłam pistoletu maszynowego.

– I teraz też go użyj. Ale we własnej głowie.

Wyszyńska zaczynała tracić cierpliwość.

– Musimy iść. – Machnęła w kierunku stanowiska Tatarów. – Kawalec już kazał machać białą flagą, żeby wezwać parlamentarzystów.

– Szlag! – Tomaszewski wychylił się zza węgła. – To prawda! Idziemy!

Wyszyńska wyrwała z notesu dwie zapisane kartki. Jedną dała Budzyńskiemu, kazała schować bezpiecznie w kieszeni, mówiąc, że to uwagi dotyczące działania kalkulatora, który chwilowo pełnił obowiązki bomby atomowej.

– Dlaczego mi to dajesz?

– Idę do ataku razem ze wszystkimi – odparła. – I proszę mnie nie powstrzymywać.

Podeszła do Tomaszewskiego, rozpięła mu guzik kieszeni munduru, schowała tam drugą kartkę i na powrót zapięła guzik.

– To list do Kai. Takie tam wyjaśnienia – powiedziała. – Dasz jej po akcji.

Potem podeszła do Mereditha i coś zaczęła do niego szeptać. Tomaszewski nie zajmował już sobie nią głowy. Szybkim krokiem ruszył w stronę stanowiska, gdzie prowadzono negocjacje.

– Ach, panie komandorze. – Kawalec dosłownie promieniał. – Usłyszałem wyczerpujący raport, a reszty się domyślam. – Zabrzmiało to bardzo złowrogo. – Muszę przyznać, że jakakolwiek kontrola była zupełnie niepotrzebna. Akcję przeprowadził pan absolutnie wzorowo! – Generał uśmiechnął się szeroko. – I zapewniam, będę pierwszym, który poprze wniosek o order dla pana!

– Dziękuję, panie generale.

– Jednak muszę wprowadzić niewielką korektę w sposobie prowadzenia negocjacji.

– Popełniliśmy jakiś błąd?

– Błąd? Nie.

Nic nie mogło zepsuć humoru Kawalca. On właśnie osiągał powoli finał swojej misji. Kończył sukcesem swoją ciężką i niebezpieczną pracę.

Negocjatorzy Nayer podchodzili coraz bliżej. Tomaszewski czuł, że pot ścieka mu po plecach. Pomysł z atakiem na przeważające liczebnie oddziały tamtych wypływał tylko z desperacji. Nie mieli szans.

– Mając siłę – puszył się generał – należy rozmawiać z pozycji siły. Powiemy im prawdę.

Aha, zaczyna się.

– Powiemy im, że przylecą tu bombowce, które zetrą na pył ich wojska!

– Nie mamy na razie bombowców mogących operować nad tym terenem, panie generale.

– Ale oni o tym nie wiedzą. W Polsce mamy. Wystarczy je ściągnąć!

– Za rok? Czy za dwa? Ile zajmie wybudowanie infrastruktury?

– Zmiażdżymy ich!

Kyle i Brandstetter byli już w zasięgu słuchu. Tomaszewski widział ich miny. Byli pewni zwycięstwa. A Kawalec zaraz powie im prawdę... Zerknął na popiskujący groźnie lampowy kalkulator pełniący wciąż jeszcze obowiązki bomby atomowej. No i koniec pieśni. Zaraz wszyscy zginą. Przy czym „wszyscy" oznaczało tu raczej jego i jego ludzi.

Generał odwrócił się do parlamentariuszy.

– Witam, panowie!

To była chwila jego triumfu. Szczyt marzeń o sukcesie. Kyle i Brandstetter nie pozostawali dłużni. Uśmiechali się już zupełnie jawnie. Godzina spełnienia. Chwila chwały. Tysiącletnia misja Zakonu za moment zakończy się zwycięstwem.

Generał postąpił krok do przodu.

– Panowie – zaczął, nie mogąc już powstrzymać radosnego wyrazu twarzy – otóż...

– Otóż... – powtórzyła jak echo stojąca tuż za nim Wyszyńska i błyskawicznie wyciągnęła swój rewolwer wielkiego kalibru. – To!

Strzeliła Kawalcowi prosto w potylicę. Prawie z przyłożenia. Krew i fragmenty mózgu chlusnęły na parlamentariuszy. Pocisk po opuszczeniu głowy musiał przelecieć dokładnie między nimi.

Zanim ktokolwiek zdążył zareagować, Wyszyńska włożyła sobie lufę rewolweru do ust i pociągnęła za spust.

– Chryste! – wrzasnął ktoś z tyłu. Reszta stała w totalnym osłupieniu.

– Co... co... co to...? – Pułkownik Wasilewski opanował się nagle i wyszarpnął z kabury swój pistolet. – Co to jest?! – wrzasnął i przeładował broń.

– To wariatka! – krzyknął Budzyński, który teraz się czegoś domyślił. Wyjął z kieszeni kartkę, którą dostał od Wyszyńskiej. Przebiegł tekst wzrokiem. – Mam tu list, gdzie wygraża wszystkim. Ubliża nawet prezydentowi! To wariatka...

Tomaszewski wyjął z kieszeni swoją kartkę i też szybko przeczytał. To nie żadne wyjaśnienia dla Kai. To był list miłosny, pisany w sposób, by jasno dać do zrozumienia, że autorem jest człowiek chory psychicznie.

– A mnie wręczyła list, że jest chora z miłości. Że nie wybaczy! Że zrobi coś okropnego! Ona była niepoczytalna!

Ina, choć nie brała udziału w naradzie przy wygasłym ognisku, momentalnie zorientowała się, w co grają jej sojusznicy, i błyskawicznie stanęła po ich stronie.

– To naprawdę wariatka! – krzyknęła. – Popatrzcie na moją twarz! – Pokazała swoje podbite oko. – Wynajęła jakiegoś żołdaka w bazie, żeby mnie skatował. A on na koniec splunął i powiedział, żebym trzymała się z dala od Krzyśka, bo inaczej Wyszyńska mnie zabije!

– Ona już raz próbowała popełnić samobójstwo – dodał Tomaszewski. – W willi w Negger Bank. Też chciała strzelić sobie w usta. Mam na to świadków.

– Ona była powalona na umyśle! – wtórowała mu Ina. – Całkiem na golasa weszła pod prysznic do kilkunastu nagich żołnierzy! Wszyscy to widzieli!

Brzmiała bardzo przekonująco. A fakty były faktami. O prysznicu rzeczywiście wiedzieli wszyscy.

Wasilewski dyszał ciężko. Nie mógł zebrać myśli. W końcu się opanował.

– Dlaczego zabiła akurat Kawalca?

Budzyński smętnie pokiwał głową.

– Bo generał przywiózł tu Kai. Narzeczoną komandora. I Wyszyńska straciła wszelką nadzieję.

Pułkownik wypuścił powietrze z płuc. Wolną ręką masował twarz.

– Kto chorą psychicznie kobietę wypuścił na taką akcję? Nie mógł pan zareagować, panie dyrektorze?

– To nie ja, tylko admirał Wentzel! – oburzył się Budzyński. – Ja sugerowałem kogoś innego, ale sam pan dobrze wie, jak wy, wojskowi, traktujecie cywilów. Sam pan najlepiej wie, jak traktujecie choćby próbę wtrącenia się w wasze plany!

Wasilewski bez wątpienia wiedział. A Tomaszewski docenił Wentzla jako winnego wysłania wariatki. Oberwujek potwierdzi wszystko bez wahania i idealnie sobie z tym poradzi. Szczególnie że jak zwykle będzie miał za plecami przyszłego prezydenta RP, admirała Ossendowskiego, groźnie potrząsającego regulaminem Wojska Polskiego.

Tomaszewski nachylił się do Iny i tchnął w jej ucho:

– Dzięki, Inna, za wsparcie. Byłaś przekonująca.

Odpowiedziała równie cicho:

– Czy oskarżamy dzisiaj kogoś jeszcze, panie komandorze?

Nieznacznie skrzywił wargi w uśmiechu. Wszyscy patrzyli. Powoli podszedł do leżącej na ziemi Wyszyńskiej, zdjął własną kurtkę i nakrył ją razem z głową. „Służyłaś dzielnie, żołnierzu" – szepnął tak cicho, by nikt go nie usłyszał. „Dziękuję, że wypełniłaś swój obowiązek". Wyprostował się. A potem ruszył w stronę parlamentariuszy.

Ci nadal nie mogli otrząsnąć się z szoku. Wycierali się z krwi wszystkim, co mieli pod ręką. Tomaszewski zdjął z szyi swoją chustę i podał młodszemu, bardziej poszkodowanemu.

– Panowie! – powiedział głośno. – Jest mi niezmiernie przykro z powodu tego, co się stało. Straszny wypadek. Jeden z naszych ludzi okazał się niezrównoważony psychicznie i zastrzelił drugiego z naszych ludzi. Was to w żaden sposób nie dotyczy. Przykro mi jedynie, że byliście świadkami zajścia.

Patrzył uważnie, jak zmieniają się miny Kyle'a i Brandstettera. Ich to nie dotyczy. Dobre sobie. Wiedział, o czym myślą. Przecież to wyglądało jak publiczna egzekucja. A oni prawidłowo odczytali przekaz. Polacy musieli wiedzieć o ich agencie od dawna. I przywieźli go, nieświadomego, dali się nacieszyć złudną nadzieją bliskiego zwycięstwa, a następnie rozstrzelali na oczach tych, którym donosił. Makabryczny pokaz siły i panowania nad sytuacją. Mający odebrać im wszelką nadzieję.

– Panowie! – Tomaszewski wiedział, że musi doprowadzić przedstawienie w tym teatrze szaleńców do końca. – To było absolutnie niezamierzone.

Kiedy podnieśli wzrok, on nagle uśmiechnął się kpiąco i bezczelnie puścił do nich oko. A kiedy zobaczył rodzącą się bezsilną wściekłość, dodał:

– Wycofajcie wasz oddział, panowie. Jak widzicie, nie mogę ręczyć za to, co jeszcze przyjdzie moim ludziom do głowy! Może mały atak gazowy? Macie ze sobą maski?

I to już zabrzmiało groźnie.

Obaj chcieli już odejść, bo o czym rozmawiać w tej sytuacji, kiedy nagle rozległ się okrzyk:

– Krzysiek, dasz mi jeszcze parę minut?

Z kryjówki przy wygasłym ognisku wychynęła Kai i szybko szła w ich stronę. No czemu nie? Nic już nie zmieni sytuacji. Tomaszewski odsunął się trochę.

– Cześć, Chris. – Kai stanęła tuż obok.

Kyle zacisnął mocno szczęki.

– Cześć, Kai – powiedział cicho.

Jeszcze i to mu zgotowano. Agentka, która pod jego bokiem zdobywała informacje. Dużo dowiedziała się przecież także od niego samego.

– Przejdziemy się? Zamienimy parę słów.

– I mnie chcecie zabić? – zapytał.

– Nie miałam na myśli spaceru w głąb naszych stanowisk. Możemy iść w stronę środka tej sali, gdziekolwiek.

Skinął głową. Oboje ruszyli przed siebie, byle dalej od tych, co mogli słyszeć.

– Tobie się chyba teraz wydaje, że właśnie dokonał się podział na zwycięzców i zwyciężonych – podjęła czarownica.

– W tej chwili nic mi się nie wydaje – odpowiedział. – Czuję jedynie przygnębienie i rezygnację. Jestem też cholernie zmęczony.

– To tak jak ja.

– Przecież wygrałaś.

– Owszem, ale zdziwisz się, w czym upatruję swoje zwycięstwo.

Zatrzymali się, obrócili do siebie twarzami i Kai zaczęła mówić.

– W szkole na pustyni, gdzie uczono mnie sztuki, powtarzano co dnia: nie ważcie się służyć królom i cesarzom...

– Przecież służysz.

– Po pierwsze przeceniasz mój wpływ na własne życie. Po drugie w całym swoim życiu nie zrobiłam niczego ani dla cesarstwa, ani dla RP. Wszystko zrobiłam dla Krzyśka, więc tak naprawdę dla siebie.

Była całkowicie szczera i chyba jej uwierzył.

– Mówiono nam, wszystkie imperia przeminą – powróciła do tematu, podnosząc jednocześnie głowę, by popatrzeć na chmury, które kłębiły się pod dachem niebotycznej budowli. – I to imperium też przeminęło. – Zatoczyła rękami koło, żeby pokazać pustkę wokół. – A teraz psy gryzą się o resztki, które spadły ze stołu dawnych panów. Proszę, Chris, nie dołączajmy do nich. Ich władza również przeminie.

– Odebrałem podobne nauki.

– Więc znasz także credo. Wiesz, że w żadnym konflikcie nie ma zwycięzców i pokonanych. Są tylko przegrani. Każda wojna, każda bitwa, każda kłótnia w rodzinie nawet czy sprzeczka z przyjacielem nie wyłoni zwycięzcy. Zawsze i nieodmienne obie strony tylko stracą. To jedynie kwestia czasu.

– Wiem.

– Każda wojna, każda kłótnia, każda nasza złość sprawia, że na polu bitwy zostawiamy kawałek swojej duszy. A sztuka polega na tym, żeby jak najwięcej donieść do kresu.

– Tak, już to słyszałem.

– A ja w to wierzę, Chris.

Zaskoczyła go. Doskonale wiedział, że mówi szczerze.

– Tak, wtedy na pokładzie pytałaś mnie, czy nic dobrego z normalnego kraju, w którym żyłem, do mnie nie przeniknęło. Nie wiedziałaś, jakim cudem decyduję się na takie okrucieństwa, nawet w imię spraw wyższych. I teraz nie uwierzysz mi, że chciałem naprawdę dobrze. Chciałem wypełnić przedwieczną wolę. Chciałem ratować świat przed Ziemcami. Chciałem więc dobrze dla zamieszkujących nasz świat ludzi, niestety, godząc się ze stratami.

– Ależ ja ci wierzę – odparła bez wahania. – Naprawdę ci wierzę i nie wiem, co powiedzieć.

Zamyśliła się i podjęła dopiero po chwili:

– Polacy mają takie zabawne przysłowie. „Dobrymi chęciami piekło jest wybrukowane".

Rozciągnął wargi w oszczędnym uśmiechu.

– Nie służmy królom, nie służmy cesarzom – powtórzyła. – Nie słuchajmy ani rządów, ani przedwiecznych. Każdy człowiek musi sam dojść do tego, kim jest.

– I nie rozsypywać swojej duszy na polach bitew – dokończył za nią.

Tym razem oboje się uśmiechnęli.

– Na takie postanowienie nigdy nie jest za późno – powiedziała cicho. – A jeśli je poweźmiesz, wyjdziesz stąd jako zwycięzca.

Dotknął jej ramion. Potem przyciągnął do siebie i pocałował w czoło. Oddała mu pocałunek w policzek.

Odsunął się trochę.

– Strach mnie zdjął, że jeszcze chwila i twój mężczyzna zacznie do mnie strzelać.

– Strzela dobrze, niestety, ale nie zacznie teraz – doceniła jego żart. – Bo Krzysiek w gruncie rzeczy chyba wie, że tak naprawdę to jesteś fajnym gościem.

Zawahał się.

– Dzięki za rozmowę, Kai.

– Nie ma sprawy. Nie chciałam tego wszystkiego zostawiać takiego... niedokończonego.

– Ładnie więc kończysz bieg spraw. – Podał jej rękę na rozstanie. – Wycofamy się. Żegnaj, Kai.

– Żegnaj, Chris.

Kiwnęła mu i ruszyła w stronę tatarskiej linii. Kiedy zrobiła już kilkanaście kroków, Kyle zawołał za nią:

– A może do zobaczenia?

– Może... – Nie odwracała się już. Podniosła ramię i pomachała mu energicznie.

Langner odjęła od oczu lornetkę.

– Ooo... – Była pod wrażeniem. – Zdaje się, że dziecko pokazało wielką klasę.

– Ona już nie jest dzieckiem, pani Anno – powiedział Meredith. – Stała się prawdziwą kobietą.

Tomaszewski zerknął na czarownika.

– Co powiedziała Wyszyńska tuż przed... – nie wiedział, jak sformułować pytanie.

– Zapytała, czy będę na nią czekał – westchnął Meredith. – Odparłem, że nawet całą wieczność. A w moim przypadku to nie gołosłowie.

Epilog

Były sierżant szef Lewandowski wraz ze swoimi wozami zbliżał się do granicy Dahmerii.

– Prawie jesteśmy – przekonywał go dowódca zbrojnych, którzy za ciężkie pieniądze ochraniali majątek sierżanta. – Granica tam. Za przełęczą, którą właśnie mijamy. Droga w dół już należy do górali.

– I tam nikt nie będzie na mnie nastawać?

– Nikt nie śmie – uśmiechnął się najemnik. – Dahmeria od setek lat ma opinię azylu doskonałego. Czasem nawet myślę, że połowa dochodu tego kraju pochodzi od bogatych uciekinierów z różnych stron. Gdyby któremukolwiek z nich cokolwiek się stało, to miejscowi momentalnie straciliby całą sławę miejsca absolutnie bezpiecznego. No i pieniądze.

– A mordercy nasłani z zewnątrz? Nie przenikną?

– Nie znacie tego kraju, panie. Tu każdy obcy jest widoczny z dala jak latarnia na brzegu morza. Górale nie dopuszczą żadnego takiego, żeby im szkodził w czymkolwiek.

Lewandowski dotąd nie napotkał w drodze większych trudności. Klan złodziei z Negger Bank wynajął mu dobrych żołnierzy do eskorty. Zawodowcy. O nic nie pytali, niczego nie chcieli, za to chyba nie zasypiali nigdy. Nikt nie mógł się zbliżyć nawet na krok. Jedyną trudnością, jaka do tej pory się zdarzyła, był jakiś lokalny kacyk w warowni, gdzie chcieli zatrzymać się na odpoczynek. Zamknął bramę i powiedział, że nie wpuści pod dach po nocy. Niewiele myśląc, sierżant szef wyjął ze swoich rozlicznych bagaży granatnik przeciwpancerny i strzelił wprost we wrota w ostrokole. Bramę wywaliło, watażka na kolanach błagał o wybaczenie i solennie obiecywał, że dołoży starań, uprzedzi innych o spodziewanej wizycie wielkiego pana, że... Nawet nieźle mu to wyszło. Tak się wywiązał z roli przewodnika w gęstych lasach, że w nagrodę dostał ów granatnik i kilka rakiet, które zostały w skrzyni. Pewnie teraz był już królem swojej zapyziałej okolicy.

– A ten domek tam, pod skałą? – Lewandowski wskazał niewielką budowlę, przy której ktoś zostawił uwiązanego przy żłobie konia. – To strażnica?

– Nie, panie. To karczma.

– Taka mała? I w takim miejscu?

– Nie każdy ma tak silne konie jak wasze, panie. I nie każdy ma tak doskonałe wozy. Zwykli ludzie i zwykłe zwierzęta muszą odpocząć po wspinaczce na przełęcz.

– I tylko jeden podróżnik popasa?

– Pogoda się zmienia. – Dowódca najemników popatrzył na ciemniejące od chmur niebo. – Zwykły człowiek nawałnicy się boi. Nie wybiera takich dni na podróż.

Lewandowski może i nie był „zwykłym człowiekiem", ale nie był też przyzwyczajony do długiej jazdy na koniu. Jego kości również wymagały natychmiastowego rozprostowania.

– Postój – zakomenderował.

Ledwie zdążył zleźć z siodła, kiedy drzwi karczmy otworzyły się, przepuszczając człowieka w sięgającym kolan płaszczu z grubej wełny i góralskim kapeluszu o okrągłym rondzie. Lewandowski zmarszczył brwi, robiąc kilka kroków w jego kierunku.

– Chen?

– Witaj! – Były handlarz kawą rozpostarł ręce, by uścisnąć byłego szefa. – Witaj, panie sierżancie!

Poklepali się mocno po plecach.

– Długo tutaj czekałeś?

Chen tylko machnął ręką.

– Drobiazg. Za to wszystko gotowe. – Uśmiechnął się i Lewandowski pomyślał, że to chyba szczery uśmiech. – Zamek już upatrzyłem. Tytuł książęcy dla ciebie też kupiony. Na dworze będą nas podejmować.

Nagle zmienił mu się wyraz twarzy.

– E, taki tam i dwór... Średniej klasy księżniczka z Negger Bank jedną fałdą sukni balowej przykryje.

– No ale... jak tu jest?

– Bezpiecznie.

Chen pomyślał chwilę i postanowił dłużej skupić się na tym wątku.

– Tu macki żadnego wywiadu już nie sięgną. Nawet Rzeczypospolitej. Nie ma tu płatnych morderców, nie ma szpiegów, poza tymi spalonymi, którzy sami się ukrywają. Tutaj po raz pierwszy od wieków byłem na targu. Sam. Bez ochrony. Chodziłem sobie, rozmawiałem z ludźmi.

Po raz pierwszy od długiego czasu sam poszedłem do lasu. Spacerowałem sobie bez żadnego towarzystwa. Podziwiałem widoki... Naprawdę piękne.

– Znaczy można żyć jak normalny człowiek?

Były handlarz kawą przechylił głowę. O jego minie można by powiedzieć, że była „nieokreślona".

– Można – stwierdził w końcu. – A i tutaj pełno znamienitych złodziei, co musieli uciekać, pełno byłych agentów, wielmożów na banicji. Jest na czym ucho zawiesić. Ich opowieści często ciekawe.

– A rozrywki?

– Ach, jedzenie z całego świata sprowadzą i trunki, i dziewczyny, i co tam tylko kto chce. Nawet miejscowe jedzenie smaczne. Taki szaszłyk z baraniny na przykład. Albo śliwowica. Mocna jest, szybko ogłusza.

Z nieba zaczęły spadać pierwsze wielkie krople deszczu. Ochrona stłoczyła się przy wejściu do karczmy. Lewandowski miał czapkę z daszkiem i ciepłą, nieprzemakalną kurtkę, a Chen płaszcz ze sfilcowanej wełny i kapelusz z szerokim rondem. Im deszcz nie był straszny. Obaj patrzyli na ciemniejące w deszczowych chmurach szczyty gór po dahmeryjskiej stronie granicy. Poza górami nie było widać niczego innego. Zimny wiatr cichł powoli.

– Wysoko my tu postawieni będziemy. Wielmoże.

Lewandowski przytaknął. Na odległych turniach ciągle leżał śnieg. Kołujące gdzieś daleko drapieżne ptaki powoli zniżały swój lot, by ukryć się w gniazdach. Zbliżała się ulewa.

– A wiesz – Chen zmienił temat – że jeden z moich ludzi zerżnął owcę?

– Żartujesz?! – Lewandowski drgnął gwałtownie.

– Mówił, że to z ciekawości. Że chciał się przekonać, co w tym widzą miejscowi.

– O Chryste!

Chen pokiwał głową, a potem dokończył:

– Ja myślę, że zrobił to z nudów.

Tłum wdarł się do pałacu z rewolucyjnymi hasłami na ustach. Wszystkie głowy wypełniały szczytne ideały. Niestety, po przebiegnięciu kilkudziesięciu kroków na widok zgromadzonych we wnętrzu bogactw ideały wyparowały, a tłum zajął się rabunkiem. Ludzi ogarnął amok zdobywania tego, co dało się wynieść. Wyposażenie pałacu ulegało momentalnej dewastacji.

Nie wszystkie pomieszczenia okazały się dostępne. Wejścia do tej części, która stanowiła prywatne apartamenty cesarzowej, a także do sal, gdzie zbierali się jej doradcy i ministrowie, wciąż były bronione przez cesarskich marynarzy. Bystre oko mogło nawet dostrzec ukrytych dalej Polaków z żandarmerii polowej, uzbrojonych w naprawdę ciężki sprzęt.

Kiedy Shen wkroczyła do pałacu na czele swoich partyzantów, nie było nawet wiwatów. Rabujący walczyli teraz między sobą o sprzęty i precjoza. Na spotkanie wyszedł jej Rosenblum w galowym mundurze.

– Gratuluję! – wykrzyknął, rozkładając ręce. – Wspaniałe zwycięstwo!

Shen nie komentowała. Z pewnym niedowierzaniem rozglądała się, zaciekawiona nawet, czy okna i drzwi też będą wyrywane ze ścian i wynoszone gdzieś ku nieznanemu przeznaczeniu. Dziwiło ją, że wielu „rewolucjonistów” miało ze sobą narzędzia ciesielskie. Przypadkiem ze sobą wzięli, idąc na szturm?

– Tędy, tędy. – Komandor wskazał drogę. – Tu nie ma co stać, bo stratują.

Oddział ruszył za nim, usiłując się przepchnąć przez tłum. A Rosenblum sprawnie robił im przejście pomiędzy marynarzami i żandarmerią.

– Tutaj będzie spokojnie.

Szerokie i dobrze chronione drzwi przepuściły ich do sal rządowych. Tu rzeczywiście było pusto i cicho. Wszystkie przedmioty leżały tam, gdzie je pozostawiono. Komandor podszedł do specjalnego stojaka, w którym czekały wiaderka z lodem. Z pierwszego wyjął ogromną butelkę szampana.

– No...

Shen nie dała mu dokończyć.

– Dlaczego ochraniacie akurat te pomieszczenia? – zapytała.

– Przyszłe władze przecież muszą gdzieś obradować. A w przeciągach po tamtej stronie – wskazał drzwi wejściowe – już się nie da.

– A dlaczego przyszły rząd ma mieć siedzibę właśnie tutaj?

– Bo te sale są odpowiednio przygotowane. Podciągnięto tu łączność telefoniczną z najważniejszymi punktami miasta. – Nie dodał, że głównie z polską bazą, konsulatem i portami. – Jest radiostacja. Mapy, kartoteki, wszystko. Szkoda, żeby tłuszcza to zdemolowała.

I znowu niedopowiedzenie. Nawet się nie zająknął, że lud, rabując bez ładu i składu, mógłby ujawnić zainstalowaną tu aparaturę podsłuchową. A ona miała właśnie zacząć służyć.

– W takim razie powiedz mi jeszcze, co z... „jaśnie oświeconą"?

Rosenblum zmieszał się lekko.

– Ona... – również zawiesił głos. – Cesarzowa poprosiła o azyl w naszym konsulacie. A na mocy wiążącego nas układu musieliśmy go udzielić. Myślę, że jest już w drodze do jakiegoś odległego miejsca za górami.

– Sprytne. – Sharri domyśliła się natychmiast. Jeśliby cokolwiek poszło nie po myśli RP, to Polacy będą mieli u siebie, w bezpiecznej skrytce, samą cesarzową. Nawet myśl o tym, że ona może powrócić na jednym z żelaznych okrętów, odwołać się do zwolenników starego porządku i wzniecić pożar, powinna ostudzić głowy tych, którzy zamierzaliby fikać nad miarę. – A skarb cesarzowej?

– Najwierniejsi marynarze ponoć wywieźli go w nieznanym kierunku – skłamał gładko Rosenblum, nie siląc się nawet, żeby brzmiało to choć trochę wiarygodnie. – No ale my tu o technicznych drobiazgach, a dziś wielkie święto – zmienił temat, otwierając z hukiem butelkę szampana. – Proszę. Częstujcie się. – Sprawnie napełniał przygotowane na stole puchary. – Zapewniam, że tego jeszcze nie piliście.

– I niby kto tu ma rządzić? – Shen przyjęła kielich z musującym płynem. Przyglądała mu się trochę ogłupiała.

– No jak to kto? – Brwi Rosenbluma powędrowały wysoko. – Ty!

– A wybory?

– Oj! – Drgnął, rozlewając odrobinę wina na posadzkę. – Wiadomo, że lud wybierze ciebie. Zresztą przy tej wielostopniowej ordynacji...

– Sukinsyny – szepnęła, podnosząc puchar do ust.

Szampan był świetny. To coś z bąbelkami smakowało!

– Pani prezydent! Pani konsul! – Komandor wzniósł swój kielich. – Przepraszam, nazwy jeszcze nie wybraliśmy... to znaczy nazwy jeszcze nie wybrano, chciałem powiedzieć. Moje najszczersze gratulacje!

Kadir parsknął śmiechem, aczkolwiek i jemu smakował szampan, który szybko, choć delikatnie uderzał do głowy, wprawiając w dobry nastrój.

– No i będziesz panią prezydent – stwierdził, nie wiadomo, czy w żartach, czy na poważnie.

Wyraźnie zdenerwował tym Shen.

– Wiesz, kim będę?! – wycedziła. – Ja ci powiem. Będę twoją żoną, potworną heterą, wiecznie niezadowoloną, zrzędliwą i upierdliwą. A ty będziesz biegał na targ z każdą moją zachcianką i przynosił wszystko, co niezbędne w kuchni. I najgorszego jeszcze nie powiedziałam. Ja... nie potrafię gotować!

– Będę jadł i chwalił – rzucił rozbawiony. – Ale co ludzie powiedzą? Pani prezydent przy kuchni?

– Nie chcę być żadnym władcą! – krzyknęła. Tym razem na poważnie. – Tak trudno wam zrozumieć, że być może ja też mam swoje marzenia? Że chcę choć raz spróbować normalnego życia?

– Oczywiście, że rozumiem – zaoponował Rosenblum. – Ale jesteś jedyną rozpoznawalną osobą z opozycji. – Uświadomił sobie, że tego słowa mogła nie zrozumieć. – Lud zna tylko twoje imię. Ty jesteś jego bohaterką.

– „Koleś” Varik może zostać przywódcą.

– Wrażliwy romantyk – westchnął komandor. – On się nadaje jedynie na ministra spraw wewnętrznych. Będzie rozstrzeliwał wrogów republiki.

– No to Sharri.

– Chryste Panie! Za tydzień będziesz miała wszystkie latarnie w mieście ozdobione wiszącymi kapłanami. A za dwa tygodnie kontrrewolucję.

– Niech Kadir zostanie szefem – zripostowała złośliwie.

– To jest doskonały pomysł – uśmiechnął się rusznikarz. – Niestety, mąż pani prezydent nie może sam być prezydentem.

Zdenerwowała się.

– Uważasz, że to jest takie śmieszne? – zapytała złowrogo.

Tylko westchnął. Potem wziął z kubełka nową butelkę szampana i dwa kieliszki.

– Państwo wybaczą. – Wykonał coś w rodzaju sztywnego ukłonu. – Muszę porozmawiać z narzeczoną na osobności.

– Ależ oczywiście. – Rosenblum oddał ukłon. I natychmiast podszedł do Sharri, obejmując ją ramieniem.

– Ty zostaniesz rzecznikiem rządu – powiedział.

– I co niby będę robić?

– Tłumaczyć ludowi, co Shen ma na myśli.

– A! – Niedoszła kapłanka zrozumiała w lot. – Świetnie! – ucieszyła się. – Jestem do tego urodzona.

Kadir tymczasem wyprowadził Shen do prywatnego ogrodu cesarzowej. Żandarmi, którzy palili tam papierosy, szybko się ewakuowali. Przecież dostali rozkaz, żeby nie pchać się w oczy miejscowej ludności. Usiedli na małej kamiennej ławeczce pod rozłożystą akacją, tuż przy jeziorku, do którego wpadał szemrzący strumyk.

– Myślisz, że tu zmięknę?

Kadir bez słowa objął swoją dziewczynę. Był starszym, doświadczonym mężczyzną. Generalnie radził sobie w relacjach z ludźmi. I wiedział, jak postępować.

– Opowiem ci, jak to widzę, na dwa sposoby – zaczął, przytulając mocniej, żeby uspokoić szarpiącą się Shen. – Najpierw pragmatyczny.

– Nie chcę słuchać. Chcę mieć normalne życie.

– Ja też chcę żyć w małym mieszkanku z tobą. Najchętniej nad brzegiem morza, żeby patrzeć sobie co rano gdzieś w dal, chodzić z tobą do parku, do amfiteatru, na koncerty.

– No to jesteśmy zgodni. Załatwione.

– Powiedz mi tylko, kiedy tę sielankę przerwie sztylet wbity w twoje plecy? Achaję zasztyletowano, kiedy miała trzydzieści kilka lat. Myślisz, że tyle dożyjesz?

Zastygła. Doskonale wiedziała, ilu ludziom podpadła. Ilu tych, których nie widziała na oczy, pozbawiła majątków, wpływów i władzy. Ilu popsuła interesy. Ilu przez nią musiało teraz uciekać. I dobrze wiedziała, że od dnia zwycięstwa rewolucji liczba ludzi, którzy będą jej złorzeczyć i życzyć śmierci, będzie rosła w niewyobrażalnym postępie. A ilu zdecyduje się przekuć swe uczucia w czyn? Psiamać. Kadir miał rację.

– Achaję zasztyletowano w pałacu. Straże nie mogły nic zrobić.

– My jesteśmy bogatsi o jej doświadczenie. W pałacu prezydenckim będziesz mogła coś zrobić. W przytulnym domku nic.

Przełknęła ślinę. Dopiero teraz jak nigdy rozumiała Achaję. Dosłownie czuła wahania księżniczki zmarłej tysiąc lat temu, sprzeczne chęci, wątpliwości targające jej duchem. I zrozumiała, że Achaja przecież w ogóle nie miała wyjścia. Nie podjęła decyzji. W pewnej chwili korytarz w labiryncie zwęził się tak, że mogła iść tylko dalej prosto. Żadnych rozgałęzień już nie było.

– A wiesz, dlaczego Polacy, kiedy już zapoznali się z historią Achai, nazwali ją terrorystką? – ciągnął Kadir.

– Co masz na myśli?

– Ona nie mogła już przestać. Wojna za wojną. Spaliła Wielki Las, żeby dobrać się do Chorych Ludzi na końcu świata, poszła nawet za Złe Ziemie, żeby dokopać chłopcom z Tor Avahen, mimo że nawet nie miała pojęcia zielonego o ich istnieniu. Pies wojny czuł zew.

– Achaja zrobiła w życiu milion wspaniałych rzeczy... Zaraz. Czemu to mówisz?

– Przedstawiłem argument racjonalny, teraz przechodzę do emocjonalnego.

– Że niby co?

– Wyobraź sobie taką sytuację. – Kadir nie ustawał w przekonywaniu. – Kilka lat później śpimy sobie w ciepłym łóżeczku. A tu pod okna naszej kamienicy przychodzi stary sierżant. Brudny, obdarty weteran. I krzyczy: „Zaciąg! Zaciąg!". Pomyśl sobie, co mu odpowiesz. Otworzysz okno, wychylisz się i... co krzykniesz?

– Spadaj w podskokach!

– O nie, nie. Uwierz mi, że najgłośniej, jak umiesz, zaczniesz wyć: „Ja chcę na wojnę jeszcze raz!".

– Nie zacznę!

– Zaczniesz.

– Nie zacznę.

– Uwierz mi. Zaczniesz.

– To ty mnie przytrzymasz w ciepłym łóżeczku. O!

– Nie powstrzymam cię, dziewczyno. Ciebie nic nie powstrzyma. Czego nasza historia jest najlepszym dowodem. – Zaczął się śmiać. – Rozejrzyj się i zobacz, gdzie jesteś. Największa potęga naszego świata cię nie powstrzymała! Ha, ha, ha!

– Ale ja nie chcę.

– Daj sobie trochę czasu i zobaczysz, że zaczniesz krzyczeć: „Ja chcę na wojnę jeszcze raz!”.

Zaprzeczyła ruchem głowy. Nie tak gwałtownym jednak, jak by chciała.

– Nie dla ciebie ciepłe łóżeczko.

– Nie chcę całe życie do przodu.

– Nie chcesz, ale innej drogi przed tobą nie ma. Ty już z psami wojny zwąchana.

Prychnęła głośno.

– To już lepiej w łeb sobie wystrzelić.

– A nie, nie. Ja wystrzelę – powiedział. – I to z armaty, na wiwat.

Zaczął szarpać korkiem wielkiej butelki. Po chwili rozległ się huk i pienisty trunek chlusnął na wypielęgnowaną ścieżkę.

– Nalać?

– Nie. Będę pić z butelki!

Stratosferyczny książę czuł wielką ulgę, kiedy po raz pierwszy schodził do głębokich piwnic monstrualnego budynku, nie musząc trzymać w ręku pochodni. Wojskowa latarka na baterie nie dość, że nie kopciła, to jeszcze jasny krąg rzucanego przez nią światła pozwalał na wydobycie wielu szczegółów niewidocznych wcześniej.

Pozostali członkowie grupy też mieli ze sobą latarki. Ale choć każdy świecił na boki, podążając za promieniem przewodnika, nikt nie mógł zgadnąć, co Osiatyński w takim skupieniu ogląda. Czarne ściany oraz sklepienie były idealnie gładkie.

– Teraz uwaga – odezwała się Langner. – Trzymajcie się samego środka schodów. Ściany znikną, poręczy nie ma, a przepaść dość spora.

Na szczęście nie docierał tu wiatr, który mógłby kogoś zepchnąć ze stopni. Niemniej uczucie, kiedy snopy światła nie potrafiły przedrzeć się przez mrok dokoła, było dość deprymujące.

– Daleko jeszcze? – zapytał Tomaszewski.

– Nie – odparł książę. – Nasz cel znajduje się na podeście. Tam też nie ma barierek i lepiej nie spaść. Nie mamy tak długich lin, żeby kogokolwiek wyciągnąć.

– Tak głęboko? – zdziwiła się Kai.

– Po prawdzie to nie wiem. Zrzuciłem tam kiedyś pochodnię i... Naprawdę nie jestem w stanie powiedzieć, czy zgasła, czy po prostu straciliśmy ją z oczu z powodu odległości.

– A jak długo leciała? – zapytał Budzyński, mimo drogi wyłącznie w dół bardzo już zdyszany.

– Niestety. Nie mamy tu zegarków.

Kai poczuła nieprzyjemne mrowienie w dole brzucha. Dla pewności złapała Krzyśka za ramię. W odbłyskach światła widziała, że się uśmiechnął. Sam nie miał zbyt dobrego humoru. Schody w początkowym odcinku zakręcały wielokrotnie, krzyżując się z innymi biegami. Choć Tomaszewski szczycił się doskonałą pamięcią i niezłą orientacją przestrzenną, to jednak tutaj miał wrażenie, że droga powrotna zależy wyłącznie od ich przewodników. Zerknął na kompas. Tu, niestety, we wnętrzu budynku, urządzenie, któremu każdy marynarz powierzał życie, wariowało i nie mogło być podstawą do wyznaczania kierunku. A poza tym żywiołem komandora były przestrzeń i otwarte wody. Świadomość obecności nad głową miliardów ton budulca nie pomagała.

– O, właśnie go widzicie. – Osiatyński skierował światło latarki w dół, przed siebie. – To ten podest.

Ostrożnie wstępowali kolejno na kamienny krąg z umieszczonym na środku antycznym sarkofagiem.

– Lepiej usiądźmy – ostrzegła Langner. – Miejsca mało, a kiedy stoimy, wystarczy, że ktoś kichnie, potrąci drugiego, ktoś się potknie i... – Znacząco zerknęła w bok.

Podest rzeczywiście był niewielki. Kiedy usiedli po turecku, zrozumieli, że nie wystarczało już miejsca, żeby się choćby położyć. Przypominali teraz krąg szamanów jakiegoś plemienia zgromadzony wokół ogniska. Rzadko jednak plemienny krąg miał za plecami otchłań.

– Ten grób jest... – Kai szukała odpowiedniego słowa. – Taki mały?

– Nie jest mały – powiedziała Langner. – To złudzenie.

– Sama profilowana trumna wewnątrz ma mniej więcej metr osiemdziesiąt – dodał Osiatyński.

– Mniej więcej? – zakpił lekko Tomaszewski. – Linijki też nie macie?

– Nie mamy.

– I to jest... – Kai przełknęła ślinę. – To jest...?

Osiatyński pochylił głowę w zadumie. Potem dotknął sarkofagu w kształcie ludzkiej sylwetki.

– Tak. To jest prawdziwy pomnik cesarzowej Achai. Jej zabalsamowane żywicą ciało znajduje się wewnątrz.

Tomaszewski miał ogromną ochotę zapalić. Ale jakoś nie wypadało tu wyciągać papierosa. Tyle wysiłków, tyle tajemnic, przeszkód do pokonania. Tyle ofiar po drodze. A teraz patrzył na pomnik cesarzowej Achai. Ten prawdziwy. Naturalnej wielkości.

– Kto go tu przeniósł?

– Niestety. Wiele jeszcze pytań pozostanie bez odpowiedzi – westchnął Osiatyński. – Nie wiemy, kto ani dlaczego, ani nawet w jaki sposób. Nie mamy też zielonego pojęcia, dlaczego umieszczono go właśnie tutaj. W tym konkretnym miejscu.

Milczący dotąd Meredith również dotknął sarkofagu. Przymknął oczy, zamierając. Jedynie jego wargi poruszały się lekko, jakby wypowiadał bezgłośnie jakieś słowa. Potem zerknął na Langner.

– Już wiem, dlaczego nie mogłaś wniknąć zbyt głęboko, koleżanko – powiedział. – Achaję coś chroni.

– Ci ludzie, którzy wydobyli sarkofag z bramy w Syrinx?

– Nie. To coś jest znacznie starsze.

– Z czasów, kiedy przenoszono samą bramę, żeby ukryć ją w świątyni stolicy dawnego Luan?

– Nie. Nawet nie z chwili jej śmierci.

Rudowłosa czarownica potrząsnęła głową.

– Też mi coś nie pasowało do układanki. Ale teraz trochę się domyślam.

– Tak?

– Coś się stało z Achają w chwili przemiany w „potwora" w Wielkim Lesie?

Meredith potwierdził skinieniem.

– To by pasowało do naszej teorii – ożywił się Osiatyński. – Ania, badając szczątki Achai, doszła do wniosku, że w Wielkim Lesie stało się coś niebywałego. Że w trakcie zmiany z człowieka w „potwora" deformacji uległ kod genetyczny.

– Jakiej deformacji? – zapytał Budzyński.

– Coś do niego dopisano.

– No nie. – Dyrektor firmy „Kocyan i wspólnicy" tylko kręcił głową. – Prymitywne dzikusy znały pojęcie genów?

– Nie znały, jak i ja nie znałem. Dowiedziałem się o tym dopiero na Ziemi. Ale do działania magii nie jest potrzebna znajomość jej teoretycznych podstaw. Ani naukowych terminów. Tak jak stolarzowi niepotrzebna łacińska nazwa drzewa, które obrabia. Uwierz mi.

– I co odkryłaś, koleżanko? – dopytywał się Meredith.

– Wydaje mi się, że jej DNA uległo modyfikacji. Ja oczywiście mogłam badać tylko aurę. Ale ta aura wygląda jak u żywego człowieka.

– Mityczne „potwory" chwaliły się, że potrafią wskrzeszać zmarłych – wtrącił Tomaszewski. Jak każdy sumienny oficer wywiadu, zbadał metodycznie wszystkie źródła. – Doktor Bronowski z Sait, który przeprowadzał na nich badania, twierdzi jednak, że to niemożliwe.

– I zupełnie nie o to chodzi – powiedział Meredith. – Aura oznacza, że tam, w martwym ciele, jest jej pamięć.

– Co?!

– Proszę uważać! – ostrzegł Budzyński. – Niech pan nie spadnie, komandorze.

– Nie żywa pamięć – wtrącił książę. – Ania sądzi, że w zmodyfikowanym materiale genetycznym zapisano wszystkie jej wspomnienia. Jej cechy, emocje, wspomnienia i informacje. Wszystko to, co sprawiało, że była człowiekiem.

– Spytam tylko – Tomaszewski zerknął na dyrektora – czy potraficie wskrzeszać umarłych? Jak ten, no... doktor Frankenstein?

– Nie. Nie potrafimy – odparł Budzyński sucho.

– Cóż za ulga... – Tomaszewski zdecydował się na teatralne westchnięcie. – Pokolenia czytelników dawnych kronik nie mogły zrozumieć, co znaczą tajemnicze zdania kończące jej biografię. „Cesarzowa Achaja zginęła zasztyletowana, mając trzydzieści siedem lat” – cytował z pamięci. – Potem znajduje się napis: „Koniec”. I jeszcze dopisek: „Ale nie jest to koniec historii jej życia”. Szczęściem więc okazuje się, że jednak była to poetycka przenośnia. W sensie „jej idee nigdy nie umrą”...

– A tego bym nie powiedział – mruknął Budzyński.

Tomaszewski, Kai i Meredith skamienieli nagle.

– Przepraszam... Co?

– Pytał pan, czy potrafimy wskrzeszać umarłych. Zgodnie z prawdą odpowiedziałem, że nie. Ale teraz pojawia się nowa kwestia. Czy potrafimy powołać do życia Achaję? A na to pytanie mogę odpowiedzieć... Hm. – Budzyński uśmiechnął się szeroko. – Tak. „Hm” to zaiste najlepsza odpowiedź.

– Co to ma znaczyć, do jasnej cholery?!

– Niech się pan nie unosi, panie komandorze. – Osiatyński, również z tajemniczym uśmiechem, uspokajająco podniósł rękę. – Ziemianie opanowali technologię klonowania. Na razie jeszcze nie człowieka, ale dzieli ich tylko włos. Już niedługo będą w stanie stworzyć idealną kopię człowieka. To znaczy jego ciała. Bo człowiek przecież to suma jego doświadczeń, przeżyć, edukacji, uczuć, których doznał. Ale teraz? Mając do dyspozycji ogromny materiał genetyczny, zawierający nawet jej pamięć?

Książę zaczął się śmiać. Wątek podjęła Langner.

– Teraz mamy kalkulator Wyszyńskiej z zapisem wszystkich obliczeń matematyka Pattego. Mamy do dyspozycji dwoje czarowników, teoretycznie nawet nieśmiertelnych. Będziemy mieć do dyspozycji całą wiedzę planety Ziemia i dostawy coraz lepszych komputerów zza gór... – Rozłożyła ręce. – Wokół jest technologia Bogów. Mamy ciało Achai, a w tutejszej cywilizacji to właśnie ludzie są kluczem do otwierania wszelkich tajemnic.

– To sukinsyn! – Kai uderzyła dłonią we własne kolano.

– Kto?

– Ten kronikarz – wyjaśniła. – Musiał coś wiedzieć.

– Kronika powstała wiele lat po śmierci Achai.

– No to wyniuchał, paźgawiec! Albo się domyślił.

Niespodziewanie poparł ją Osiatyński.

– Postać kronikarza mnie również intrygowała. On miał co prawda dostęp do źródeł dla mnie już niedostępnych, ale usiłowałem myśleć podobnie. Stawiać te same pytania. Dlaczego grób umieszczono w miejskiej bramie? Nie na cmentarzu, w świątyni, pod jakimś obeliskiem? Dlaczego użyto żywicy? Przecież nikt ani wcześniej, ani później tego nie praktykował.

Budzyńskiego nie interesowały stare pytania. Nachylił się do Tomaszewskiego.

– Tajemnic do rozwiązania jeszcze niezmierzenie wiele – szepnął. – A ja mam konkretny problem do rozstrzygnięcia.

– Tak?

– Jak szybko możemy podciągnąć tu prąd elektryczny?

– Na razie łatwiej przynieść same agregaty. Coś wymontujemy z helikopterów i poskładamy. A potem to tylko kwestia przepustowości dostaw i priorytetów.

– O to już zadbam.

Tomaszewskiego nurtowała inna kwestia. I nie mógł się powstrzymać od pytania:

– Naprawdę niedługo będziecie potrafili ożywić Achaję?

Budzyński zastanawiał się przez moment.

– Hm. Raczej stworzyć ją na nowo.

Mechanizmy obronne, pochodzące z czasów przed zaraniem historii, musiały nadal działać w obrębie budynku. Wirus miał duże problemy, by jego postać przypominała sylwetkę człowieka. Meredith wciąż rozpoznawał w nim owego wesołego chłopaka, który towarzyszył mu podczas pierwszego życia. Teraz jednak znajoma twarz nie była w stanie przybrać żadnego wyrazu. Wirus wyglądał jak somnambulik, człowiek pogrążony we śnie albo ktoś poddany działaniu silnej magii. Przez jego ciało przebiegały lekkie drżenia, niekiedy wyglądał jakby za mgłą, a niekiedy przybierał odcienie szarości. Mówił jednak normalnie.

– Moje zadanie dobiegło końca.

Meredith wzdrygnął się lekko i zerknął na Budzyńskiego. Zupełnie pozbawiony ekspresji głos nie pasował do epokowej wagi oświadczenia. Ale Wirus nie wygłaszał emocjonalnego przemówienia. On jedynie informował. Pojawił się zresztą w charakterystyczny dla siebie, niespodziewany sposób podczas błahej rozmowy czarownika i dyrektora.

– Budowla będąca przetrwalnikiem boskich wartości została przejęta przez ludzi. Nie tak, jak chcieli Bogowie. Nie w chwili największego zagrożenia ze strony najgorszych potworów w tej Galaktyce, żeby pomóc w walce. Wcześniej. Ludzie przejęli ją razem z Ziemcami. Wypełniła się więc wola Boga Sepha, mojego twórcy.

– Czy będziemy mogli skorzystać z tej wiedzy? – zapytał Budzyński.

Wirus powoli, jakby z trudem przytaknął.

– Zajmie wam to setki lat. Ale teraz to wasze dziedzictwo. Poznacie prawdziwą historię wszechświata. Nauczycie się mówić językiem, w którym wszystkie znaczenia będą prawdziwe. Dotkniecie istoty słowa, magii i stworzenia. Dowiecie się o wszystkich zagrożeniach.

– Jakie są zagrożenia?

Wirus zaprzeczył powolnym ruchem głowy.

– Tylko tyle mój twórca zapisał w mojej pamięci. Teraz inżynierowie wraz z czarownikami muszą sami dochodzić zaklętej tu prawdy.

– A dlaczego Ani Langner tak niewiele się udało? – tym razem pytanie zadał Meredith. – Dlaczego była w stanie dotrzeć jedynie do skrawków?

– Wszystko, co się tu znajduje, trwa w stanie obronnego uśpienia. Kiedy zniszczyłem 28–30, wojownika, który strzegł boskiego przetrwalnika, całość przestawiła się w tryb hermetyczny. Bez możliwości uzyskania dostępu poza tym, co utrzymuje ten budynek przy życiu, poza tym, co stało się po przejściu w tryb awaryjny. Dlatego czarownica dowiedziała się wiele o pomniku cesarzowej Achai, a książę domyślił się, jak działa cząstka mechanizmów, które są częściowo sprawne.

– Czy da się sprawić, żeby ten budynek znowu był aktywny? – zainteresował się Budzyński.

– Kiedy zniknie zagrożenie, budowla sama się zresetuje.

– A co jest tym zagrożeniem? – zapytał Meredith.

Budzyński uśmiechnął się lekko. Sam się domyślił.

– On jest zagrożeniem – powiedział cicho. – Program, który zawirusował system.

– Prawda, że genialny był plan mojego twórcy, Sepha? – Chłopak powoli podniósł wzrok.

– A co jeszcze boski programista zapisał w twojej pamięci?

– Że musicie poznawać budowlę razem, ponieważ ty – popatrzył na Budzyńskiego – rozumiesz, co mówię. Natomiast ty – przeniósł spojrzenie na Mereditha – czujesz, co mówię.

– Inżynierowie i czarownicy... Razem?

– Ścisła wiedza bez czucia nie jest prawdziwą wiedzą. Nie zaprowadzi was daleko.

Meredith doskonale wiedział, o czym mówi Wirus. Przygryzł wargi na wspomnienie Wyszyńskiej. Dopiero ich związek unaocznił mu, że czary bez miłości i wiedza bez miłości nigdy nie będą pełne.

– Muszę wam jeszcze powiedzieć jedno. Ta budowla jest także mapą całego wszechświata. I zaznaczono na niej wszystkie te światy, gdzie urodziło się życie.

– Co?! – Budzyński aż podskoczył w nagłej ekscytacji. – Co...?

Wirus już patrzył w oczy Merdithowi. Czarownikowi wydawało się nawet, że powróciła dawna przewrotność i wesołość chłopca, z którym kiedyś rozmawiał. Choć mogło to być też tylko złudzenie.

– Żegnaj, stary przyjacielu. Opuszczam cię, tym razem na zawsze.

Meredith wiedział dobrze, że rozmawia jedynie z rzeczą. Z pozbawionym uczuć przedmiotem. Coś jednak ścisnęło go w gardle.

Wirus przeniósł wzrok na Budzyńskiego.

– Jest we mnie zaszyty mechanizm autodestrukcji. Wyłączę się za: trzy, dwa, jeden...

Wirus znikł nagle w ciszy. Obaj mężczyźni długo stali, patrząc na puste miejsce. Potem spojrzeli na siebie.

– On... On powiedział... – Budzyński nie mógł zebrać myśli. – Że tu jest mapa wszystkich światów, gdzie istnieje życie! Jasny szlag! To potęga. Potęga. Moc niewyobrażalna. Powiedz, że nie śnię i mamy tę mapę.

– Jest coraz cieplej – mruknął czarownik.

Budzyński podszedł do ściany i położył rękę na jej gładkiej powierzchni.

– Cholera, jak w serwerowni. Budynek się resetuje.

Z góry zaczęły lecieć na nich jakieś paprochy. Obaj poderwali głowy. Wielkie pokrywy wieży, u której stóp stali, uniosły się bezszelestnie, pokazując w ogromnym wykroju komina białe niebo.

– Przewidzieli wentylację. Ukropu nie będzie.

– Oni wszystko przewidzieli.

– Nasza obecność w tym miejscu pokazuje, że jednak nie wszystko – odparł Budzyński. – Aktualne pozostaje, że niczyje losy nie są określone.

– Bardzo się różnimy.

– Nie aż tak bardzo. – Budzyński uśmiechnął się nagle. – Zgaduję na przykład, co ci chodzi po głowie.

– Niby co?

– Zaraz powiesz, że owszem, wchodzisz z nami do interesu pod jednym wszakże warunkiem.

Zaskoczył Mereditha.

– Naprawdę zgadłeś?

– Powiesz: idę z wami, ale chcę, żebyś mi tu dostarczył natychmiast Wyszyńską na złotej tacy.

Czarownik pokiwał głową, masując sobie twarz.

– No nie – mruknął. – Dwóch starców zagubionych na samym końcu świata o czym rozmawia?

– O miłości – odparł szef „Kocyana". I dodał po chwili: – Zrobię to.

– Kiedy?

– Jedynym sposobem przekazania wiadomości na Ziemię jest chwila, kiedy ktoś z naszych umiera. Przekażę więc swoim ludziom rozkaz. Ale kiedy przypomnę sobie mój widok w lustrze, to coś mi mówi, że to ja będę pierwszy. Więc zrobię to osobiście.

Meredith przytaknął. Potem ostatni raz popatrzył w miejsce, gdzie przed chwilą jeszcze widzieli Wirusa. Chłopak z tobołkiem opuszczał go w całej historii wielokrotnie. Ale chyba po raz pierwszy czarownik nie doświadczył dojmującego w takich chwilach poczucia samotności.

– Wstawać, baby! – Wrzask Muhdży obudziłby nawet chorego w śpiączce. – No, jazda z barłogów, niewierne! Ruchy! Ruchy!

– Dlaczego nazywasz nas niewiernymi? – Naan z trudem radziła sobie z zamkiem błyskawicznym śpiwora.

– Bo w Allacha nie wierzycie!

– O mamo – ziewnęła Foe. – To wy macie jeszcze jakiegoś innego Boga? Mówiłaś, że u was... monoteizm – przypomniała sobie to nowe słowo.

– Monoteizm. Ale u każdego inny.

– A... – Foe otrząsnęła się ze snu i zaczęła wkładać swoje ulubione cieplutkie buty. Chwilowo wyziębione lekko. – Znaczy też macie mnóstwo Bogów, za to każdemu człowiekowi wolno wierzyć tylko w jednego z nich?

Zaskoczyła Muhdżę wyraźnie.

– No nie – powiedziała Tatarka po chwili namysłu. – Tylko nasz Bóg prawdziwy.

– A Polacy mają innego. – Naan szarpała się z mundurową kurtką.

– Bo to też niewierne psy, co powinny być naszymi rabami! – Muhdża podsumowała dyskusję na temat teologii. – Ale pomagamy im, żeby się te polskie niedojdy nie pogubiły na polu bitwy.

– Nic już nie rozumiem.

– I nie musisz. No, jazda za mną, baby. Dziś ważny dzień. Wypłata!

– Wypłata czego?

Muhdża nie mogła pojąć, jak można być aż takim niemotą.

– No przecież koniec miesiąca jest. Rzeczpospolita musi się z nami rozliczyć i wypłacić nam żołd co do grosiczka.

Foe i Naan wymieniły się spojrzeniami.

– To u was żołnierzom się płaci?

Tatarska żołnierz nie mogła uwierzyć w to, co słyszy.

– A u was nie? – Spojrzała podejrzliwie. – To z czego będziecie żyły, jak się służba skończy?

Jak to z czego? Na żebry albo z powrotem do rodziny, jak kto miał taką. I tak będą szczęśliwe, że żyją. A może nawet jakaś praca się znajdzie przy wywózce gówna? Perspektywa dziesięciu lat służby była zbyt odległa, żeby snuć jakiekolwiek plany.

– No przecież jakiś cel w życiu macie? Nie? Czy na zawodowstwo chcecie przejść w woju?

Nie komentowały. Szły za przewodniczką, właściwie to bojąc się odezwać. O co tamtej chodziło? Muhdża zauważyła ich wahanie i zaczęła wyjaśniać:

– No bo ja na przykład to mam już uskładane na wkład do banku. Kiedy wrócę, to dostanę kredyt na mieszkanie. Ja z biednej rodziny pochodzę, sama muszę o siebie zadbać. No i jak wrócę, to za służbę na froncie rząd mi musi za studia zapłacić. Będę kiedyś bogatą kobietą. Wykształconą. Władną.

Nie zadawały pytań, bo i tak niczego nie rozumiały. Kwatermistrz, który rozłożył się pod namiotem magazynowym, był mężczyzną i Polakiem. Rozumiały go jeszcze mniej niż frontową dziewczynę. Z wielką uwagą obserwowały więc, co robi Tatarka.

– To jest podstawa twojego żołdu. – Kwatermistrz pokazał Muhdży jakiś dokument, gęsto popstrzony znaczkami. – A tu masz dodatek frontowy, dodatek za walkę wręcz...

Muhdża złowiła ich zdziwione spojrzenia.

– Tak się tylko mówi. „Walka wręcz" oznacza kontakt wzrokowy z nieprzyjacielem – wyjaśniła. – No... Jak kule latają wokół, to oni to rozumieją jako bezpośrednie naparzanie się z wrogiem. Duża zwyżka jest za to.

– Jeszcze masz tu dodatek za stopień, dodatek za staż i rozłąkowe. Zgadza się? – Palec kwatermistrza sunął wzdłuż długiej listy nazwisk w jakiejś księdze. – O, jest. Muhdża Kowalska. Podpisz czytelnie, imieniem i nazwiskiem.

Kiedy dziewczyna opatrzyła dokument eleganckim podpisem, kwatermistrz zerknął na następne ofiary.

– A z wami mam problem – powiedział. – Na razie wypłacę, co się należy, ale nie znam waszego stażu. Ileście służyły?

– Po pięć lat – powiedziała lekko stremowana Naan.

– Ooo! – Mężczyzna aż podskoczył na swoim składanym krzesełku. – To musicie napisać podania, żeby wam zaliczyli staż w cesarskiej armii. Warto!

– Do kogo podania? – Naan nawet nie wiedziała, czy dobrze rozumie znaczenie tego słowa.

– Do ministerstwa bezpośrednio. – Uniósł rękę. – Ja wiem, że to będzie trwać jak cholera. Ale się opłaca!

– My... my chyba nie chcemy. – Naan rozpaczliwie szukała pomocy u Foe, ale ta również nie miała pojęcia, co robić.

– Ja wam napiszę te podania.

Miały wielkie szczęście, bo wśród kręcących się wokół Tatarów pojawił się ktoś, kogo lepiej znały.

Bosman Mielczarek podszedł bliżej i nachylił się nad stolikiem.

– Wypłacaj pan i nie licz, że one podpiszą. Niech postawią po trzy krzyżyki, a ja obok dopiszę, że żołnierze znani mi osobiście. Możemy tak zrobić?

Usiłował mówić jak najciszej, ale ktoś w pobliżu miał koci słuch.

– Ale jaja! – krzyknął rosły Tatar. – Słuchajcie! To analfabetki!

– No już, już! Czego mordę drzesz? – osadził go Mielczarek.

Bosman z kryminalną przeszłością budził respekt nawet wśród zwiadowców. A kwatermistrz, widząc, że dziewczyny mają takie poparcie, również nie wnikał. Wiadomo. To cyngiel Tomaszewskiego. Lepiej mu ułatwić, niż komplikować.

Kiedy już kwatermistrz odszukał Naan i Foe na liście oddziału, a one postawiły we wskazanych miejscach odpowiednią liczbę krzyżyków, stała się rzecz, której się najmniej spodziewały. Mężczyzna z namaszczeniem przeliczył trochę bajecznie kolorowych papierków i wręczył im, dając do zrozumienia, że to wszystko. Za nimi zrobiła się kolejka, nie mogły opóźniać.

– Co to jest? – odważyła się zapytać Naan, kiedy już razem z Muhdżą i Mielczarkiem odeszły poza zasięg słuchu żołnierzy zgromadzonych przy namiocie kwatermistrza.

– Pieniądze – odparł bosman.

– Papierowe?

– No bo nasze. Tu bez wartości. Ale na wybrzeżu kupcy już przyjmują. A kantory i lichwiarze wymieniają na wasze.

– Przecież wystarczy wejść do wody i się zniszczą.

Muhdża nie wytrzymała.

– A o brezencie słyszałaś? O ceratowych workach? – Czując jednak bezmiar ich niewiedzy, tylko machnęła ręką. – Jak się boisz zamoczyć, to oddaj intendentowi.

– No co ty? – Foe aż podskoczyła na myśl, że mogłyby komukolwiek w wojsku oddać cokolwiek cennego.

– Oj, różne rzeczy można o Polakach powiedzieć. Ale akurat nie to, że ci intendent kasę rąbnie. Nawet jak zginiesz, to odda rodzinie.

– A na nasze to ile mamy?

Mielczarek zmarszczył brwi, przeprowadzając skomplikowane obliczenia monetarne.

– Złoto u was tanie według naszej miary. Tak se myślę, że po roku tobyście obie już jakieś tam gospodarstwo mogły kupić.

Foe i Naan nie mogły uwierzyć.

– I tak co roku będą nam płacić?

– Co miesiąc.

– A ile miesięcy ma rok?

– Dwanaście.

Aż je zapowietrzyło. Przed nimi jeszcze pięć lat służby. Ile to jest pięć razy dwanaście? Na palcach liczyć nie mogły, bo trzymały w rękach banknoty.

Mielczarek wybuchnął śmiechem.

– Jak wam ministerstwo doliczy dodatek stażowy za pięć lat na froncie, to dopiero zobaczycie duże pieniądze.

Muhdża położyła bosmanowi dłoń na ramieniu.

– Chodźmy – powiedziała. – One nas chyba już nie słyszą.

Naan i Foe wcale nie znajdowały się w innej rzeczywistości. Kiedy zostały same, instynkt biedy, która im towarzyszyła całe życie, odezwał się z całą siłą. Błyskawicznie znalazły ustronne miejsce, gdzie nikt nie mógł ich zobaczyć. Nie rozumiały ani cyfr, ani różnic między banknotami. Posortowały je zatem, rozkładając na kupki według kolorowych obrazków. Potem zaczęły je sprawiedliwie dzielić, żeby móc łatwiej ukryć.

– Jeden dla ciebie, jeden dla mnie.

Dziewczyny nie były świadome, że wiele tysięcy kilometrów od miejsca, w którym dzieliły się pieniędzmi, miała miejsce podobna operacja. Alpiniści Nazgaj i Szymkiewicz bez trudu przekonali dowództwo o potrzebie kontynuowania ich wypraw w wysokie góry. Przecież każda z odkrytych zakończonych fiaskiem zakonnych wypraw przynosiła kolejne bezcenne dokumenty. No i cała operacja finansowała się sama. Alpiniści przynosili ze sobą diamenty.

Nikt nie miał pojęcia, że nie wszystkie.

– Jeden dla ciebie, jeden dla mnie...

Służący otworzył drzwi z takim impetem, jakby chciał je wyrwać razem z futryną. Skrzydło uderzyło o ścianę z hukiem, osypując farbę. Rozpalony podnieceniem chłopak dopiero teraz zorientował się, co uczynił, i runął na kolana. Bezceremonialnie i bez zapowiedzi przerwał prywatne spotkanie Randa z Korethem, wysłannikiem gildii kupieckiej, odbywające się w prywatnej części wielkiej willi jego pana.

– Wybaczcie, panie! Wybaczcie...

– Co się stało? – rzuciła Aie, kładąc dłoń na kolbie swojego karabinu. – Kto atakuje?

– Pani... Panie... Jest! Jest!

– Co jest? – Aie była nieubłagana. – Mów jasno, pamiętając, że tylko chwile dzielą cię od chłosty!

Chłopak na kolanach zapowietrzył się na moment. Potem jednak, walcząc ze ściśniętym gardłem, wykrzyknął:

– Jest rzeźba!

Rand zerwał się na równe nogi.

– Przynieście ją tu! – krzyknął w stanie najwyższej ekscytacji. – Natychmiast!

– Ale nie wiadomo, czy przez drzwi da się przepchnąć.

– Biegnij. Drzwiom już nic nie zaszkodzi.

Aie zrozumiała wagę tej wiadomości. Rand, ogromny wielbiciel Biafry, zapragnął mieć jego rzeźbę. W jej obecności podobno lepiej mu było się skupić. Podobno. Ponieważ po wpadce z podróbką, co gorsza, przedstawiającą inną osobę, nic już nie było pewne. A Rand chciał mieć autentyk. Co więcej, wykonany w czasach, kiedy żył człowiek, którego uważał za swojego mistrza. Zadanie właściwie niemożliwe do realizacji. Posągów Biafry było tysiące. Ale jak zyskać pewność, że którykolwiek z nich został wykonany przed tysiącem lat? A jednak. Ponoć wszystko w handlu to kwestia złota. Najlepszy pośrednik w handlu dziełami sztuki podjął się tego zadania. A dziś nadeszło spełnienie nadziei.

W drzwiach pojawił się najpierw Sykon, mistrz handlu sztuką. Usiłując powściągnąć radość malującą się na twarzy, złożył pełny pałacowy ukłon. Zza jego pleców dobiegały stłumione przekleństwa robotników szarpiących się z czymś ciężkim na schodach.

– Panie, racz może wskazać inne pomieszczenie. Nie wiem, czy skrzynia tędy przejdzie.

– To każ swoim rozwalić te pierdolone drzwi! – Rand z trudem panował nad sobą. – A jak trzeba będzie, to niech zburzą ścianę!

– Tak, panie!

– Skąd on wie, że to autentyk? – szepnął Koreth do Aie.

Handlarz posągami musiał jednak usłyszeć.

– Moi ludzie wykopali rzeźbę na terenie ruin starej świątyni w stolicy! – zawołał. – Mam pisemne przekazy z epoki...

– No. – Posłaniec gildii skrzywił się zabawnie. – Z powodu czasu dzielącego nas od chwili powstania, siłą rzeczy przekazy mogą być tylko pisemne – zauważył przytomnie.

– Nieważne – przerwał mu Rand. – Zapłacę każdą cenę w złocie, jaką tylko zażądasz. Jeśli rzeźba jest autentyczna.

Koretha aż zabolały zęby. Takiej amatorszczyzny w prowadzeniu negocjacji handlowych jeszcze w swoim życiu nie widział. Cóż. Żądza zaślepia. On sam miałby dwa pytania. Po pierwsze: jak sprawdzić autentyczność? Po drugie: po co sypać ciężkim złotem za jakiś staroć, skoro można taniej zamówić nową, piękniejszą zapewne rzeźbę?

Sykon był doświadczony w swoim fachu. I sam chciał rozstrzygnąć wątpliwości klienta.

– Panie! Jest wiele rzeźb Biafry. Stare i mniej stare. Biafra zwycięski, Biafra niepokonany, Biafra triumfujący. Ale tobie nie o taką chodziło. Biafra zamyślony. To był mój zakres poszukiwań. Dotarłem do mnóstwa posągów. Ale wybrałem ten, znalazłem na podstawie antycznych przekazów. A kiedy go zobaczyłem, zrozumiałem, że trafiłem na oryginał.

– Dlaczego?

– Ponieważ są pozy, w których można przedstawiać władcę i bohatera, a także są pozy, w których uwieczniać go nie należy.

– Dalej nie rozumiem.

– Otóż ten posąg to rzeźba nieudana. Została odrzucona, schowana w jakiejś nieważnej świątyni, i to nie na widoku, tylko gdzieś z tyłu. Dlatego też chyba dotrwała niezbyt naruszona do naszych czasów. Mimo że robota kamieniarska na najwyższym poziomie, nikt jej nie chciał.

– Co z nią jest nie tak?

– Uwierz mi, panie. Widziałem setki rzeźb. Biafra zamyślony, Biafra zatroskany, Biafra obcujący z absolutem. Ten posąg jednak ja sam nazwałbym: Biafra zasępiony.

– A co w tym złego?

– Nie można przedstawiać władcy, osoby nieugiętej, w chwili kiedy ogarnęły go wątpliwości. W momencie kiedy wyraźnie się czegoś boi.

– Hm... – Rand energicznie machał do robotników, którzy ukazali się na górnym podeście schodów, żeby wnosili skrzynię, nie bacząc na zniszczenia.

– Coś jest na rzeczy. – Do Koretha najwyraźniej dotarła ta argumentacja. – To może być potwierdzenie autentyczności. Jakieś tam.

– Chcielibyśmy zobaczyć sami – dodała trzeźwo Aie.

Po roztrzaskaniu framugi wielka skrzynia zmieściła się w przejściu. Burzenie ściany nie było konieczne.

– Szybciej! – Rand nie mógł się doczekać.

– Łomy! – wrzasnął na swoich Sykon. – Rozbijać!

Robotnicy kamieniarscy byli wdrożeni do takich zadań. Chroniące rzeźbę deski odpadły w kilka chwil. A oni nożami o bardzo krótkich ostrzach przecinali wszystkie linki. Potem stali się mniej energiczni. Powoli i delikatnie zaczęli zdejmować chroniące marmur pakuły.

Rand zamknął oczy. Nie chciał patrzeć na odsłaniane niespiesznie fragmenty. Otworzył je, dopiero kiedy Aie wychrypiała:

– Ależ piękna!

Zrobił dwa kroki i zamarł.

– Piękna... – powtórzył za swoją ochroniarką. – Cudowna!

Rzeźba przedstawiała Biafrę w pozycji siedzącej, z brodą opartą na zwiniętej pięści. Jego twarz wyglądała jak żywa. I rzeczywiście. Można się było na niej doszukać wyrazu... strachu? Trwogi? Myślał o czymś naprawdę nieprzyjemnym.

Na licu Sykona tymczasem malował się wyraz bezbrzeżnej ulgi, która właśnie ustępowała miejsca szczęściu.

– A tak, tak – perorował. – Rzeźba jest nieudana, ale tylko w sensie państwotwórczym. Jeśli chodzi o walory artystyczne, to arcydzieło! Wykute przez kamieniarskiego mistrza mistrzów! Przecież tu widać duszę!...

Koreth podniósł ze stolika podręczną lampkę.

– Pozwolą państwo, że się przyjrzę bliżej.

Sykon nastroszył się momentalnie. Aie skinęła z aprobatą.

Stary kupiec długo oświetlał twarz posągu. To z jednej strony, to z drugiej. Zbliżał się o krok i oddalał. Potem westchnął ciężko.

Napięcie handlarza sięgało zenitu. Koreth niespiesznie cofnął się i odstawił lampkę.

– To autentyk – powiedział cicho. – Handlarz nie łże. Rzeźba jest prawdziwa.

Sykon, choć doznał dojmującego uczucia ulgi, zapytał:

– Z całym szacunkiem, panie. Skąd ty to możesz wiedzieć?

Posłaniec gildii uśmiechnął się radośnie.

– Na dziełach sztuki to ja się rzeczywiście nie znam. Ale na ludziach i owszem.

– A co mają do tego ludzie...?

– Rzeźbił ktoś, komu Biafra pozował osobiście. Są tysiące rzeźb antycznego bohatera, wykonane i za jego czasów, i później. Niektóre z nich wykuli ludzie, którzy go znali. A ten mistrz obrabiał kamień w obecności Biafry, który mu pozował! – obwieścił triumfalnie. – I dlatego właśnie ten posąg uznano za nieudany. Nienadający się do pokazywania publicznie.

– Wyjaśnij – poprosiła Aie.

– Co my tu widzimy? Pięknego młodzieńca...

– Bo to był śliczny chłopak. Czytałam, że dziewczyny na jego widok same zadzierały kiecki.

– Może. – Kupiec wzruszył ramionami. – Wszyscy wiemy jednak, jaka słabość go prześladowała.

– Że niby pił nad miarę?

– Właśnie. I wystarczy się przyjrzeć bliżej, żeby dostrzec, że to opuchnięta twarz alkoholika. Tego w żaden sposób nie dało się wystawić w świątyni ani na placu. Rzeźba jest zbyt prawdziwa. A pozujący mistrzowi model chyba właśnie dowiedział się od medyka, że przy takim trybie życia niewiele mu pozostało. Stąd może i strach.

Rand po raz pierwszy dotknął posągu. Czuł jakby dreszcze. Jakieś dojmujące uczucie owładnęło nim z całą mocą. Ale nie potrafił go nazwać.

Z najwyższym trudem odwrócił głowę.

– Dziękuję ci, Sykonie – powiedział. – Wyświadczyłeś mi wielką przysługę, o której będę na pewno pamiętał. A teraz, proszę, napisz na kartce nieprzyzwoicie wysoką sumę i wychodząc, zostaw mojemu intendentowi. A jutro przyjdź ze zbrojnymi odebrać złoto.

– Dzięki ci, panie! Bo ja istotnie poniosłem wiele wydatków...

– W takim razie sumę, która ci się przyśni, pomnóż jeszcze przez dwa. Dobra praca wymaga dobrej płacy.

– Powinniśmy już iść. – Koreth objął Sykona ramieniem. – Jutro dokończymy naszą rozmowę. – Mrugnął do Aie.

– Dziękuję. – Dziewczyna odprowadziła ich do drzwi i pożegnała w imieniu szefa. Rand był już nieobecny duchem.

Kiedy zostali sami, wzięła lampkę, której używał kupiec, i sama oświetliła twarz posągu. Przyglądała się bardzo uważnie.

– Jest cudowna! – wychrypiała. – Dobrze, że kupiłeś tę rzeźbę.

Rand nie słuchał. Biafra... Człowiek, który zaważył na całym jego życiu. Przecież on też musiał przed tysiącem lat dotykać tego kamienia. Musiał siedzieć, i to bardzo długo, tuż przy stanowisku pracy mistrza. Bardzo długo i bardzo blisko. Marmur obcował z jego duszą. A artysta swym kunsztem zaklął ją w kamieniu. Rand ją czuł. Czuł! Duszę Biafry.

Teraz on, mały człowieczek, może oddać hołd swojemu mistrzowi. I powiedzieć: startowałem z jeszcze gorszej pozycji niż ty. Porzucony przez matkę, pozostawiony od niemowlęcia sam sobie, doszedłem tak daleko jak ty. Ale żyję. Może dojdę jeszcze dalej. Ja też mam swoje imperium. Koniec wahań, koniec wątpliwości. Dokonałem niemożliwego!

– Rand? – spytała Aie. – Co ty robisz?

Nie zwrócił uwagi, że oglądając szczegóły, opadł na kolana. A potem jeszcze podparł się rękami. Tkwił teraz u postumentu w pozycji na czworakach.

Powoli podniósł głowę, przez którą przebiegały gwałtowne wspomnienia. Wydawało mu się, że pamięta nawet tę szczególną chwilę, kiedy porzucony przez matkę, siedział sam w wielkiej sali, a jego „przymusowe" opiekunki kłóciły się, co z nim dalej. Wydawało mu się, że pamięta, jak raczkując, bo nie potrafił chodzić, wymknął się na korytarz i tam przeprowadził łapankę wśród kandydatek na matkę. Było mu wszystko jedno. Czepiał się każdej przechodzącej istoty, byleby ta miała na sobie kieckę.

Potrząsnął głową. Nie mógł tego pamiętać. Pewnie usłyszał o wszystkim od którejś z opiekunek dużo później. Niemniej teraz, znowu tkwiąc na czworakach, miał ochotę jeszcze raz wydostać się na korytarz. Na łowy. A nuż jakaś zdatna matka będzie przechodzić samotnie, niczego się nie spodziewając.

Aie usiadła na podłodze obok Randa. Objęła go delikatnie. Odwrócił się na plecy i położył głowę na jej udach.

– Ożenisz się ze mną? – zapytał.

– Człowieku – skrzywiła się – ja jestem kobietą, a ty mężczyzną. Mogę co najwyżej wyjść za ciebie za mąż.

– Kochasz mnie?

Głupie pytanie. Jasne, że go kochała. Tylko jego okropna próżność nie pozwalała mu tego dostrzec.

– Posłuchaj mnie – ciągnął. – Wyjdź za mnie i będziemy żyć dłu... – urwał w pół słowa. – I szczęśliwie.

Realista. Słowo „długo" było niekoniecznie na miejscu. A Aie z kolei dopadło inne wspomnienie. Przypomniała sobie, jak już raz prawie doszło do jej małżeństwa. Jak stary, upity absztyfikant oprowadzał ją po straganach targu matrymonialnego. Grymasił przy wyborze pierścionka, a ona powtarzała „może być, może być".

– Wiesz? Fajnie nam będzie. – Rand przymknął oczy. – Jak Biafra i Achaja, najsilniejsze małżeństwo na tym świecie, co?

– Fajnie – potwierdziła, choć na myśli miała coś zupełnie innego.

– Zrobimy cichy ślub gdzieś na wsi. Zaprosimy tylko najbliższych przyjaciół.

– A mamy jakichś przyjaciół?

– Kadir i Shen na pewno przyjdą. Rosenblum. I Krzysiek z tą swoją czarownicą, jeśli tylko zdążą wrócić. Wspaniałe kameralne wesele. Może tak być?

Skinęła głową.

– Może być – wychrypiała. – Może być.

– Proszę. – Adiutant z kamienną miną otworzył przed Rosenblumem drzwi do gabinetu szefa. Na szczęście te boczne, tajne. Przynajmniej komandor nie musiał maszerować przez całą długość „sali gimnastycznej".

Wentzel siedział na swoim fotelu, zamyślony, wpatrzony w stojącą przed nim butelkę koniaku. Ledwie podniósł wzrok, by zerknąć na swojego najbliższego podwładnego.

– I jak tam? – zapytał cicho.

Rosenblum zrozumiał, że oficjalny meldunek byłby nie na miejscu. Nie trzaskał więc obcasami, nie salutował. Trzymaną w ręku grubą od papierów teczkę położył od razu na blacie.

Admirał zerknął na nią z wyraźną niechęcią. Czas studiowania szczegółowych raportów przyjdzie później.

– Własnymi słowami – poprosił.

Skoro tak, to tak.

– Pozamiatane – Rosenblum wypowiedział tylko jedno słowo.

Na twarzy Wentzla odbił się cień uśmiechu. Zaledwie cień.

– Władzę mamy?

– Tak jest.

– Kawalec?

Rosenblum tu już nie mógł wyrazić swoich myśli słowami. W milczeniu więc podniósł prawą rękę i przeciągnął sobie palcem po szyi.

– Uuu?! Aż tacy sprawni jesteśmy? – Cień uśmiechu zmienił się w prawdziwy uśmiech. I to szeroki. – Kłopoty będą?

– Nie. Wyszyńska załatwiła sprawę definitywnie.

Wentzel nie wnikał. Otworzył koniak i napełnił dwa stojące przed nim ogromne kieliszki.

– Medal jej musimy dać!

– Niestety. To niemożliwe nawet pośmiertnie.

– Zapiszmy zatem jej imię w naszej pamięci. – Admirał ujął w ręce kieliszki i podszedł do człowieka, który był jego prawą ręką. – Złotymi zgłoskami.

Rosenblum przyjął kieliszek z rąk szefa.

– Tak właśnie zrobimy.

– Niestety, przyjacielu, dla ciebie mam smutną wiadomość. Postanowiłem cię zdegradować.

– Tak?

– Zabieram ci najwyższy stopień komandora i dam ci najniższy... – Wentzel zawiesił głos. – Admiralski! Ha, ha, ha...

– O Chryste. – Kontradmirał to było już coś. Pierwszy prawdziwy stopień do dalszej kariery w marynarce. Początek wejścia do właściwego towarzystwa. Do elitarnego klubu.

– No przestań. Kto jak kto, ale ty chyba nie zawdzięczasz tego Chrystusowi?

– Ani Abrahamowi. Jestem niewierzący, panie admirale.

Wentzel stuknął swoim kieliszkiem w Rosenbluma.

– Odtąd już oficjalnie, przy wszystkich możesz mi mówić po imieniu. Joachim.

– Izaak.

– Do dna!

Rosenblum, trochę się dławiąc, wypił kilka łyków koniaku. Wentzel ponownie napełnił szkło. Równie imponującą dawką.

– Chyba nie wytrzymam takiego tempa.

– Polski marynarz wszystko wytrzyma!

Oryginalny francuski koniak napełniał głowę radosnymi myślami. Odsuwał wszelkie wątpliwości, a rzeczy, o których chciałoby się zapomnieć, odsyłał do krainy niepamięci.

– Słuchaj, Joachim, a co to za kamienna bryła pod oknem?

– To admirał Archet, dowódca luańskiej floty. Wiesz, wszyscy uganiają się za jakimiś posągami. Rand sprowadził pomnik Biafry za jakieś niebotyczne pieniądze. Krzysiek odnalazł swój pomnik cesarzowej Achai. Więc i ja kazałem sprowadzić sobie rzeźbę.

– Z końca świata?

– Nie. Z piwnicy tutaj.

Podeszli bliżej. Rzeźba była niedokończona. I z tego chyba powodu nie stanęła w zdobiącym gmach rzędzie marmurowych dowódców. Drugim powodem był fakt, że w tamtej chwili dziejów Luan właśnie przegrało i wielkie gmaszysko znalazło nowych lokatorów.

– Wiele razy zastanawiałem się, co Archet czuł, stojąc w tym oknie, kiedy upadało jego cesarstwo, a on nie mógł nic zrobić. No to po setkach lat postawiłem go tu znowu. Niech dla odmiany popatrzy na upadek swoich pogromców.

– Niezłe – roześmiał się Rosenblum. Czuł, jak od dużych dawek alkoholu zaczyna wirować mu w głowie. – Ale jakiś taki... jakby martwy?

– Miejscowi malują posągi. Może kazać go opacykować jakąś farbką?

– Sami to zrobimy!

Rosenblum wyskoczył do przedsionka i zabrał sekretarce puder oraz szminkę. Uciął jej protesty obietnicą, że na własny koszt sprowadzi jej kosmetyki prosto z Warszawy. Poprosił, żeby zrobiła listę, co ma kazać kupić. Resztki rozsądku nie opuszczały go jednak, bo zastrzegł, żeby lista zmieściła się na kartce formatu A4.

Potem razem z Wentzlem, sącząc koniak, przez pół godziny pracowicie pokrywali twarz kamiennego admirała pudrem i szminką.

– No lepiej! – Wentzel w końcu cmoknął z uznaniem. – Zdecydowanie lepiej.

– Nadal jakiś taki bez wyrazu.

– No!

Wentzel przyniósł swój płaszcz i narzucił na ramiona posągu. Na marmurowej głowie zaś umieścił admiralską czapkę ze złotymi insygniami. Rosenblum dodał swoje ciemne okulary.

– No, teraz jak żywy!

– Masz gumę arabską?

– Jest w szufladzie biurka.

Rosenblum zapalił papierosa i przykleił go do marmurowych warg.

– Noooo... Teraz wygląda jak jeden z nas!

– Właśnie! Coś mu się należy za lata zgryzot w piwnicy.

– To zróbmy sobie z nim zdjęcie! W chwili jego triumfu po upływie wieków.

Pomysł bardzo spodobał się Wentzlowi. Wezwał adiutanta z aparatem. Ten, kiedy obaj objęli już czule kolegę z zamierzchłej epoki, strzelił kilka fotek. Potem odmeldował się służbiście, salutując.

Adiutant okazał się jednak doskonale wyszkolonym człowiekiem, postawionym na właściwym miejscu. Już w sekretariacie otworzył aparat, wyjął z niego rolkę i rozwinął cały film, wystawiając na promienie słońca, które wpadały przez wielkie okno.

– Panie Sławku! Co pan robi? – oburzyła się sekretarka. – Prześwietlił pan przecież cały film! Wszystko pan zniszczył!

– Pani Elżbieto – adiutant wyrzucił taśmę do kosza na śmieci – proszę mi wierzyć, tajne obiekty uwiecznione na tych fotografiach nie mogą się znaleźć nawet w najbardziej poufnych raportach.

Wszystko zaczęło się od tego, że nikt nie pozwolił Inie polatać helikopterem. To znaczy nie pozwolił w charakterze pilota. Żadne zapewnienia, że przecież widziała, co robią piloci, rozmawiała z nimi, uczyła się, nie przynosiły rezultatów.

No trudno. Ina postanowiła znaleźć helikopter dla siebie sama.

Nie było to trudne. Jeden przecież stał w białym polu kilka godzin marszu stąd. Problem tkwił raczej w zorganizowaniu potajemnej wyprawy. I tu przyszła Inie z pomocą Nuk. Sierżant przyleciała najbliższym transportem z bazy pod Piekłem, razem z paliwem i zaopatrzeniem. Tej nie trzeba było dwa razy powtarzać. Mechanik, elektryk, schematy instalacji – to wszystko załatwiało się szybko, jeśli się było, jak ona, atrakcyjną kobietą z darem wymowy i doświadczeniem pracy w wywiadzie. Tam przecież zjednywanie do siebie ludzi to podstawa.

No i wyruszyli. Cztery osoby, wielogodzinny marsz. Nuk jakoś to tak potrafiła przedstawić, że mężczyźni czuli się niczym zbawcy ludzkości, a nie zwykły zespół mający odzyskać porzucony śmigłowiec. Na miejscu, kiedy już fachowcy zabrali się do naprawy, Inę dopadły wątpliwości.

– Myślisz, że dadzą radę? – marszczyła brwi zaniepokojona. – Dwóch mechaników już próbowało.

– Spokojnie. – Nuk tylko wzruszyła ramionami i usiadła na swoim plecaku. – Już ja wiem, jak się naprawia sprzęt w warunkach bojowych. A szczególnie kiedy wkurwiony generał patrzy ci na ręce.

– Że co? Że się zaczynają trząść?

– Że zapominasz swojego imienia. Nie tylko instrukcji obsługi.

Ina zamilkła, zastanawiając się nad czymś.

– Powiedz – spytała po chwili. – Dlaczego poleciałaś na sam biegun? Tak ci się nudziło w bazie pod Piekłem?

Nuk spojrzała na nią spod oka.

– Nie. Mam konkretny plan.

Zupełnie nie wypadało dopytywać, co to za plan. Ina jednak nie mogła wytrzymać. Podczas kilku rozmów z nową koleżanką stwierdziła, że obie, choć z różnych krajów i cywilizacji, są bardzo do siebie podobne. A poza tym sama również miała pewien plan. I kto wie...?

– No dobra, bo się posikasz z ciekawości – przerwała jej rozmyślania Nuk. Była dobrym obserwatorem. – Przyleciałam na biegun, bo tu jest Tomaszewski.

– Hej, on już zajęty.

– A ja nie w tym sensie. Chcę się przedostać przez Góry Bogów. Na tamtą stronę.

Ina aż podskoczyła. Jej podejrzenia okazały się trafne.

– Ale nikogo z naszych tam nie puszczają. Polacy nawet swoich nie wycofują do kraju, póki tajemnica.

– I tu się mylisz, mała. Wiem, że siostra Barucha już była w Polsce. Poznawała sztuczki najnowszej bankowości.

Ina tylko załamała ręce.

– Ale takich pieniędzy, jak ma Baruch, to nie ma nikt inny.

– Oj, musisz przestać myśleć kategoriami stąd, z naszego świata. Zacznij myśleć po polsku.

– To znaczy niby jak?

– A tak, że ja zostałam najbliższą psiapsiółką Kai, Kai jest narzeczoną Krzyśka, a on jest siostrzeńcem admirała Wentzla. Ten z kolei to prawa ręka przyszłego prezydenta RP, Ossendowskiego. I co? Takie znajomości nie wystarczą?

Ina ryknęła śmiechem.

– Fakt. Jak nie takie, to jakie? – Nie mogła się opanować. – Ale jaja! – Usiłowała spoważnieć. – A powiedz, co cię tam pcha?

Nuk wzruszyła ramionami.

– Pełczyński mówił, że ma dla mnie miejsce w wojskach powietrznodesantowych. W elitarnej jednostce, sama śmietanka śmietanki ich wojsk. Tak. Chcę zostać komandosem, zrzucanym na spadochronie za linią wroga.

– I od razu zostać otoczona?

– Komandosi walczą tylko w okrążeniu. A żołnierz, który przeżył tyle bitew co ja, jest dla nich bezcenny.

Ina spojrzała na koleżankę z dużą dozą zazdrości.

– Nuk? Ty się po prostu lubisz naparzać?

– No lubię. I co? – Sierżant podniosła hardo podbródek. – Ja wstąpiłam na ochotnika. A tu... – Machnęła ręką. – Tu już nie będzie porządnej wojny przez długie lata. Już Polacy zadbają o swoje interesy naftowe.

Ina nagle uklękła i położyła koleżance dłonie na kolanach.

– Nuk! Proszę cię! Weź mnie ze sobą! Obie wyemigrujmy! Co?

– A tobie co do głowy strzeliło?

– Rozmawiałam z jednym pilotem. I on mówi, że tam, za górami, zaczynają planować budowę rakiet. I polecą nawet tam, gdzie nie ma powietrza – mówiła w gorączce. – Wyżej i wyżej! Ale w tych rakietach to będą malutkie kabinki. Bo czemuś tam nie mogą wynosić za dużego ciężaru. A przecież według Polaków ja w ogóle nie mam wzrostu! Ja nic nie ważę!

– Ożeż... – Nuk spojrzała na Inę z prawdziwym zainteresowaniem. – No, w tym, co mówisz, sens jest.

– Jedźmy. Tam wolność. Tam każdy może robić, co chce, a nie co mu z góry przypisano.

– I co? I skończysz ich uczelnię? Po polsku?

– Zjem gówno, jeśli każą. Byleby wyżej i wyżej.

Nuk objęła Inę ramionami. Przytknęła czoło do jej głowy.

– Ciebie też gna – westchnęła. – Też w dupie swędzi, jak spokój.

Ina chciała coś powiedzieć, przerwał jej okrzyk mechanika.

– No, dziewczyny! Fajrant.

– Co? – Nuk wstała ze swojego plecaka, który służył jej za krzesło. – Naprawiliście silnik?

– Silnik sprawny. Sterowniki poszły, bo się lut stopił. A poprzednicy się poddali, bo pewnie nie mieli lutownicy.

– I gotowe?

Dziewczyny ruszyły w stronę helikoptera.

– Gotowe. Jakbyście miały pilota, to można już lecieć.

Te słowa śmiertelnie obraziły Inę.

– Ja jestem pilotem – warknęła.

Mechanik nie zdążył się nawet zdziwić, bo pierwsza zareagowała Nuk.

– A latałaś tym kiedyś?

– Patrzyłam, co robią piloci. Potem długo z nimi rozmawiałam.

– I... i... – Sierżant odpowiedź Iny nie mieściła się w głowie. – I chcesz lecieć, bo widziałaś? Bo rozmawiałaś?

– Nie takie rzeczy robiłam w życiu.

– Oszalałaś!

Ina zatrzymała się gwałtownie.

– Nuk. Przed chwilą chciałaś, żebym myślała po polsku. No to zaczęłam!

– I wymyśliłaś, żeby nas zabić, durna? Nie polecisz. Nie dasz rady.

Mała pilotka mimo dramatycznej różnicy wzrostu pochyliła głowę, robiąc przy tym groźną minę. Wyciągnęła przed siebie dłoń z wyprostowanym palcem, a potem wskazała nim siebie.

– Ja nie dam rady?! Ja nie dam rady?! No to wsiadaj i patrz!

Tomaszewski wraz z Kai siedzieli na szczycie wielkiej wieży. Otwarte osłony, które czyniły z niej monstrualny komin do wentylacji wnętrza, stanowiły teraz świetne podesty do wypoczynku, dające niesamowitą perspektywę na bezkresny biały obszar poniżej. Rozciągający się stąd widok robił nieprawdopodobne wrażenie. Siedząc na szczycie świata, widziało się nieskazitelną aż po horyzont, lśniącą w słońcu powierzchnię. Trudno było wytrzymać bez przeciwsłonecznych okularów. Wrażenie nierealności potęgowało „stojące powietrze", którego bezruchu nie zakłócał najmniejszy nawet powiew wiatru. Dzięki temu ludzki głos brzmiał dziwnie, nabierając głuchych, nienaturalnych tonów.

– Powiedz mi, jak to jest? – Kai przytuliła się do ramienia Tomaszewskiego. – Przeciętny mężczyzna bierze sobie za żonę normalną kobietę. I dopiero po paru latach okazuje się, że ożenił się z wredną czarownicą. A ty wiesz z góry.

– Nie bądź taka dowcipna. Mój plan jest prosty.

– Jaki?

– Dostanę wyrównanie za stopień komandora, to kupa forsy. Kupię sobie nowy samochód, koniecznie sportowy. Wsadzę cię tam i będę jeździł odwiedzać kolegów. A każdemu powiem: co mi tu fikasz z tą twoją Marynią? Patrz na parking. To moje nowe auto i moja nowa... czarownica! Masz taką? Masz takie auto?

– Ty świnko! – Chichotała, kryjąc usta w jego rękawie.

– Sama widzisz, kto lepiej wybrał. Ja sobie biorę czarownicę, ty świnię.

Uderzyła go pięścią w bok. I od razu przestraszyła się, że za mocno. W ramach rekompensaty objęła go jeszcze ściślej.

– Nie uważasz – szepnęła po chwili – że w nas jakby symbolicznie łączą się dwa światy?

– Niewiele wiem o symbolice. Natomiast świat, ten czy tamten, to jeden wielki nieogar.

Nie zrozumiała słowa, ale sens do niej trafił. Postanowiła być przekorna.

– Ale ludzie sobie jakoś radzą.

– Tylko ci, którzy postanowili sobą sterować. – Pocałował ją w czubek głowy. – Choć to złe określenie. Żyją naprawdę tylko ci, którzy do czegoś dążą. Którzy nie dali sobie wytrzepać marzeń z głowy. Nie siedzą i biadolą, nie porównują swojego losu z innymi szczęśliwymi krainami, o których nie mają zielonego pojęcia.

– Mówisz jak ktoś z dobrego domu.

– Może. Ale dom nie ma nic wspólnego ani z dążeniem, ani z marzeniami. Te drugie służą do spełniania, a to pierwsze do realizacji drugich.

Zaczęła się śmiać.

– A teraz tak szczerze – mruknęła. – Co cię tak gna?

Tomaszewski zamyślił się na dłużej.

– Wiesz, sprzedaję historię mojej wczesnej młodości w takiej bardzo romantycznej wersji. Trochę kłamię, trochę przeinaczam fakty, a z biegiem lat nawet zaczynam w to wszystko wierzyć.

– A jak było naprawdę? – Drgnęła zaintrygowana.

Cmoknął, nie wiedząc, jak myśli ubrać w słowa.

– Z tym dobrym domem to masz rację – zaczął z trudem. – Wszystko zapewnione, wszystko poukładane, wszystkiego o, tak. – Przeciągnął sobie palcem wysoko ponad czołem. – Tylko ziewać możesz, ale zapewniam cię, nawet twoje ziewnięcia są kolorowe.

– Znam ten świat. – Kai uśmiechnęła się do wspomnień ze swojej młodości.

– No właśnie. Jedyny element powiewu czegoś... cholera, nie wiem, jak to wyrazić. – Tomaszewski odruchowo sięgnął po papierosy, ale zrezygnował nagle. – Czymś, co burzyło sielankę, były wizyty w domu wujka Wentzla. Wchodził w tym swoim wymuskanym mundurze marynarki wojennej i czuć było, że to gość z innego świata.

– Prawdziwego?

– A mój świat nie był prawdziwy? – odpowiedział pytaniem. – Ale wuj nie wtrącał się w sprawy rodziny. A moi wykierowali mnie dobrze. Dostałem się na elitarną uczelnię.

– Co studiowałeś?

– Finanse. Po czymś takim to droga tylko w stronę prezesa banku, ministra, ba, premiera nawet. Gdybym wybrał politykę, to w sile wieku przy pewnym szczęściu mógłbym nawet trząść dość dużym państwem w Europie.

– Ale to nie było to, czego chciałeś?

– Wprost przeciwnie. Miałem swój samochód, własne mieszkanie, dziewczyny. I głowę napchaną filozofią, sztuką, szczytnymi ideami.

– A wkurzali cię tylko malkontenci?

– Właśnie. Jak ktoś narzekał, to sam sobie winny. No, ewentualnie wina edukacji. Tak, to była jedyna rzecz, którą bym poprawił. No i nie zdawałem sobie sprawy, że sam staję się oportunistą. Takim... – znowu nie mógł znaleźć słowa. – Takim księgowym życia. Z bardzo dodatnim saldem w rachunkach. Wszystko wiedziałem, wszystko mogłem wytłumaczyć.

– Wszystko pod kontrolą?

– Właśnie.

Kai odsunęła się trochę, bo chciała widzieć twarz Krzyśka. Ta rozmowa frapowała ją coraz bardziej.

– Powiedz... – Wykazała się niesamowitą intuicją. – Co się stało?

– Żeby to było takie proste... – Skrzywił się. – Czułem, że coś we mnie narasta, ale nie umiałem tego nazwać. I pewnego dnia pojechałem załatwić jakąś durną sprawę. Nie znałem tej części miasta, choć blisko centrum. Zaparkować nie ma gdzie, wszystko zapchane. W końcu widzę. Kilkanaście pustych miejsc. No to do krawężnika, gaszę silnik, wysiadam i wkładam marynarkę. No bo przecież nie da się prowadzić w marynarce, mój drogocenny garnitur mógłby się pognieść.

– Rozumiem. – Kai już czuła, co usłyszy.

– I nagle patrzę, że stanąłem przy... hospicjum dla dzieci. Nikt z miejscowych nie parkował, bo... wstyd im było? Że zdrowi? Nie chcieli patrzeć? Bali się podejść bliżej? Psuć nastroju?

– Mniejsza.

Tomaszewski rozluźnił kołnierzyk munduru.

– Tam, przy hospicjum, znajdował się maleńki park. Śliczny, dobrze utrzymany. I na ławce wśród zieleni siedziała para. Mały chłopczyk z podpiętą kroplówką na stojaku z kółkami i jego matka. Kobieta zapalczywie coś tłumaczyła synowi. A ja stałem...

– Ufff.

– Zastanawiałem się, co można tłumaczyć w takiej sytuacji. O czym ona mówiła? Co w ogóle można powiedzieć?

Kai położyła Tomaszewskiemu dłoń na przedramieniu.

– Jakoś tak zapragnąłem mieć nadludzką, cudowną moc i naprawić to wszystko. Nie mogłem się ruszyć. Przecież to dziecko już niczego nie zrozumie. Jak mu powiedzieć, że ono nie będzie miało swojego życia? I... Nagle przeniosło mnie w inne rejony jaźni. Irracjonalnie zdałem sobie sprawę, że nie żyję własnym życiem. Że wszystko poukładał mi ktoś inny. Że przede mną też nie ma już losu, który sam wybrałem.

– O matko. – Kai rozumiała go doskonale. Choć sama jeszcze nie doszła do takich przemyśleń w pustynnej szkole. Za nią zadecydował przypadek. – Co zrobiłeś? – szepnęła.

– Wskoczyłem do auta i ruszyłem jak burak, z piskiem opon. Następnego dnia zrezygnowałem ze studiów. Żebyś ty widziała minę dziekana, któremu wręczyłem podanie. Miał wypisany na czole zawał serca.

Tomaszewski zaczął się śmiać.

– Poszedłeś do Wentzla? – zgadła.

– Tak. Kupiłem wódkę i poszedłem. „Wujku, ratuj! Kur... Ratuj mnie!" – Tomaszewski przygryzł wargi. – Stary sukinsyn nie okazał nawet cienia zdziwienia. Wódkę wypił. Przystawił swoją pieczątkę gdzie trzeba, podpisał i powiedział: „To teraz sam?”. Wstałem, o mało się nie wywróciłem podpity, zasalutowałem i wrzasnąłem: „Melduję wachtę na mostku!”. Nawet się nie uśmiechnął. „Połóż ręce na sterze, kapitanie swojego życia, i żegluj”, rozkazał. „Sam”.

– Stałeś się dla Boga ruchomym celem.

Zaskoczyła go.

– Bóg, jeśli istnieje, znajdzie mnie w dogodnym dla siebie czasie i w dogodnym dla siebie miejscu. Na moje wymagania nie zerknie – powiedział powoli, bo wyrażona przez dziewczynę myśl wyraźnie go nurtowała. – Ale i nie o to chodziło.

– Aha.

Kai była zdziwiona ich poziomem porozumienia. Doskonale wiedziała, ile spraw w tej opowieści zostało nawet nie muśniętych, ile pominiętych. Jak bardzo nie da się powiedzieć tego, co chciałoby się wyjaśnić z klarowną precyzją. Kochała Krzyśka. A on był jedynym na świecie człowiekiem, który mówił jej językiem. Nie musiała rozumieć wszystkich słów, ona go czuła. Miała wrażenie, że jest w nim cząstka jej samej.

– No i zostałem marynarzem Rzeczypospolitej.

Tomaszewski patrzył w bezkresną, białą pustkę, która ich otaczała. Z wnętrza wieży biło łagodne ciepło. Powietrza nad pustą krainą nie mącił nawet najmniejszy podmuch.

– Widzisz, gdzie mnie zaniosło – powiedział cicho. – Popełniłem mnóstwo czynów, których wolałbym nie popełnić. Męczą mnie koszmary. Meczą natrętne wspomnienia. A jednocześnie wiem, że dzięki temu spotkałem kogoś, kogo naprawdę kocham. I wiem z całą pewnością, że właśnie o to mi chodziło.

Kai ścisnęła jego rękę, opuszczając głowę. I jak mu powiedzieć, że mówi przecież także w jej imieniu? Że ona też chciałaby powiedzieć wielu ludziom, którym wyrządziła krzywdę, że to nie była ona. Że nie chciała. Że to wszystko nie tak, jak myśleli. Ale tych ludzi już nie było. Nawet jeśli wszyscy jeszcze żyli, to już nie byli ci sami. Nie „z wtedy". Inne osoby. Nie zrozumieliby.

Na szczęście Krzysiek wiedział. Albo czuł. Przecież wszystko jedno.

– Ale fajnie było przeżyć te rzeczy – powiedziała. – I nie miej wątpliwości. W zwykłym życiu, bez obijania się po mrocznych, odległych lądach, jest dokładnie tak samo.

– Wiem.

Zaczęli się śmiać.

– A powiedz mi jeszcze, co cię tak gna przed siebie?

Lekko rozłożył ręce.

– *Navigare necesse est.*

– A co to znaczy?

– Nawigacja koniecznością jest. Ale tłumaczenie trochę zabija sens.

Wyobraziła sobie tych wszystkich niespokojnych podróżników po nieodkrytych lądach i nieodkrytym życiu. Noc, dzień, rok po roku, bezustannie dążących, żeby zobaczyć, co jest za horyzontem. Żeby dojść do końca tęczy. Niemożliwe? Nie ma takiego słowa. Jest tylko wewnętrzny ogień. Jest tylko dążenie. A patrzenie w tył? Na starość. „Czarownica i marynarz" – wymyśliła tytuł, który nada swoim wspomnieniom. Ale nie. Dobrze wiedziała, że przed śmiercią również się nie obejrzy. Będzie kuśtykać, żeby zobaczyć, co jest za najbliższym rogiem. Nie można stać w miejscu, trzeba żeglować wśród niewyraźnych, okrytych mgłą kształtów. Coraz dalej, ze świadomością, że nie ma bezpiecznej przystani. To ułuda. Jest tylko ruch. Wiecznie obracające się koła.

Przysunęła się bliżej i przytuliła do Krzyśka. Objął ją ramieniem.

– No to płyńmy dalej, marynarzu! Bo?

– *Navigare necesse est, vivere non est necesse.*

KONIEC

Andrzej Ziemiański

Porzucił prestiżową karierę naukową i zajął się pisaniem książek. Już po kilku latach zdobył uznanie pół miliona Polaków czytających *Achaję* z wypiekami na twarzach.

Z wykształcenia jest architektem. Widzi i myśli obrazami. Podgląda, słucha i rozmawia dla przyjemności. Lubi fotografować puste miejsca. Sam jest dla siebie pracownikiem, szefem i przewodniczącym komitetu strajkowego. Nieustannie prowokuje czytelników i recenzentów swoim podejściem do sztuki pisania. Mówi, że cierpi na przymus tworzenia.

Jego bohaterowie żyją własnym życiem – sami wybierają gatunek i formę opowieści, dzięki czemu z niezrozumiałego dla siebie powodu autor otrzymał wór nagród od czytelników. Pierwsze dwa tomy *Achai* nominowane były do Nagrody im. Janusza A. Zajdla. Drugi tom otrzymał w 2004 roku nagrodę Nautilus.

Cykl *Achaja* to także jedna z najbardziej kasowych serii w polskiej literaturze. To dzięki tym książkom pisarz może realizować swoje najśmielsze egzotyczne podróże i otaczać się ulubionymi gadżetami.

Ziemiański w swoich książkach ceni kobiecość. Nawet w filigranowej postaci dostrzega siłę, która go pasjonuje. Ale to nie oznacza, że ma dla niej litość.

Pisarz ma w sobie coś z hazardzisty – ale uwaga – jeśli zaczyna grę, to żeby wygrać.

Książki Andrzeja Ziemiańskiego
wydane nakładem naszego wydawnictwa

Cykl Achaja:

Achaja – tomy 1, 2, 3
Pomnik cesarzowej Achai – tomy 1, 2, 3, 4, 5

Pozostałe książki:

- Zapach szkła
- Toy Wars
- Breslau forever
- Za progiem grobu
- Pułapka Tesli

WYDANIE I

ISBN 978-83-7964-163-5

PROJEKT I ADIUSTACJA AUTORSKA WYDANIA Eryk Górski, Robert Łakuta

GRAFIKA NA OKŁADCE Piotr Cieśliński

PROJEKT OKŁADKI Piotr Cieśliński, Paweł Zaręba

ILUSTRACJE Dominik Broniek

REDAKCJA Karolina Kacprzak

KOREKTA Magdalena Byrska

OPRACOWANIE OKŁADKI „Grafficon" Konrad Kućmiński

SKŁAD Dariusz Nowakowski | drewnianyrower.com

SPRZEDAŻ INTERNETOWA
swiatksiazki.pl

ZAMÓWIENIA HURTOWE
Firma Księgarska Olesiejuk sp. z o.o. sp.j.
05-850 Ożarów Mazowiecki, ul. Poznańska 91
tel./faks: 22 721 30 00
www.olesiejuk.pl, e-mail: hurt@olesiejuk.pl

WYDAWCA
Fabryka Słów sp. z o.o.
20-834 Lublin, ul. Irysowa 25a
tel.: 81 524 08 88, faks: 81 524 08 91
www.fabrykaslow.com.pl
e-mail: biuro@fabrykaslow.com.pl
www.facebook.com/fabryka

DRUK I OPRAWA OPOLGRAF S.A. www.opolgraf.com.pl